MW01674747

मृदुला गर्ग : एक शिनाख़्त

मृदुला गर्ग : एक शिनाख़्त

संपादक : दिनेश द्विवेदी
परिकल्पना : जितेन्द्र पात्रो

प्रलेक प्रकाशन
PRALEK PRAKASHAN

*** सर्वाधिकार सुरक्षित**

प्रकाशक की लिखित अनुमति के बिना इस प्रकाशित पुस्तक का कोई भी अंश, किसी भी रूप में या किसी भी प्रकार से इलेक्ट्रॉनिक, मशीनी या फोटोकॉपी या रिकॉर्डिंग द्वारा प्रतिलिपित या प्रेषित नहीं किया जा सकता। इस पुस्तक में लिखित सामग्री लेखक के अपने विचार हैं, जिसके लिए प्रकाशक उत्तरदायी नहीं होगा।

प्रलेक प्रकाशन

PRALEK PRAKASHAN

मुख्य कार्यालय : 702, जे-50, ग्लोबल सिटी, विरार (वेस्ट), मुम्बई, महाराष्ट्र-401303

दिल्ली एनसीआर ऑफ़िस पता : 03/सी, ज्ञान खण्ड-4 इंदिरापुरम गाजियाबाद, उ.प्र.-201014

E-mail : pralek.prakashan@gmail.com

Website : www.pralekprakashan.com

दूरभाष : +91 7021263557

"मृदुला गर्ग : एक शिनाख़्त"

संपादन : दिनेश द्विवेदी

परिकल्पना : जितेन्द्र पात्रो

"Mradula Garg : Ek Shinakht" Edited by Dinesh Dwivedi

Hypothesis : Jitendra Patro

ISBN : 978-93-5500-20-75

प्रथम पेपरबैक संस्करण : 2022

कॉपीराइट : लेखिकाधीन

आवरण एवं पुस्तक सज्जा : प्रलेक स्टूडियो

***नोट : "एक शिनाख़्त"** प्रोजेक्ट का सर्वाधिकार 'प्रलेक प्रकाशन प्रा.लिमिटेड' के पास सुरक्षित है।

प्रलेक प्रकाशन का लोगो मिक्की पटेल की तूलिका से।

संपादकीय

निरंतर शाश्वत लेखन

सन् 1978 के आस–पास मैंने अपनी पत्रिका ''पुनश्चः'' का एक विशेषांक 'महिला कथाकारों पर केंद्रित' पर प्रकाशित करने की योजना बनायी। देश की सभी दिग्गज लेखिकाओं से पत्राचार द्वारा उनकी रचनाएँ बुलवायीं। इसी संदर्भ में मैंने मृदुला गर्ग को भी गुज़ारिश से भरा एक ख़त लिखा। जिसके एतराज़ में उन्होंने वापसी ख़त लिखा– 'महिला होने के नाते मैं अलग खड़ा किया जाना पसंद नहीं करती, क्योंकि लेखन का कोई लिंग नहीं होता।' मुझे लगा मेरा सामना बहुत ही प्रबुद्ध और धाकड़ शख़्सियत से हुआ है। मैंने उनका ख़त जस का तस अंक में छाप दिया। इसके बाद उनका उपन्यास 'चित्तकोबरा' 1979 में प्रकाशित हुआ। प्रकाशन के साथ जो बवंडर और विवाद हुआ, वह श्लील–अश्लील को लेकर था। टाइम्स ऑफ इंडिया ग्रुप समूह की चर्चित साहित्यिक पत्रिका 'सारिका' के तत्कालीन संपादक कन्हैयालाल नंदन ने उपन्यास के एक अंश विशेष को उठाकर 'सारिका' में छाप दिया और पाठकों से प्रतिक्रियाएँ आमंत्रित कर डाली। साहित्य के पाठक, समीक्षक और संपादक सब लामबंद हो गये उसके खिलाफ़....एक गंभीर कृति या हृदयस्तलस्पर्शी कविता या पति–पत्नी बल्कि स्त्री–पुरुष के रिश्तों की गूढ़–पड़ताल को बहुत ही सतही–छिछोरे ढंग से रेखांकित कर, संपूर्ण से काट, शोर बनाकर प्रस्तुत कर दिया गया। श्लील–अश्लील का लबादा ओढ़ एक ऐसी दुर्विनीत मुहिम चली जिसने हिंदी साहित्य जगत के संपादन, चितन–मनन, समीक्षा–आलोचना के पाखंड की बखिया उधेड़कर अपनी क्षुद्र मानसिकता की पोल यकायक खोलकर रख दी। जिन लेखकों–पाठकों ने उपन्यास के समर्थन में पत्र लिखे उन्हें जानबूझ कर नहीं छापा गया। तब मैंने अपनी अनियतकालीन पत्रिका 'पुनश्चः' का एक विशेषांक–'चित्तकोबरा प्रसंग– नेपथ्य गाथा' नाम से छाप दिया। इसमें

सामग्री मृदुला जी के माध्यम से मिली। यह बहुत ही जोखिम से भरा काम था। इस बात को तफ़सील से मुझसे अधिक मृदुला जी ने मुझ पर लिखे आलेख से बयाँ किया है।

तक़रीबन चालीस वर्षों से मृदुला जी के और मेरे रिश्ते साहित्य के अलावा आत्मीय स्तर पर बहुत ही गहराई से कायम हैं। मैंने अपनी पत्रिका का काफ़ी बृहदाकार अंक उन पर निकाला था। उनके संपूर्ण लेखन के अलावा उनकी स्नेहिल आत्मीयता की जड़ें बहुत ही गहरी हैं। वे मुझे अपनी सबसे 'अंतरंगतम्–सखी' मानती हैं जो मेरे लिये गौरव का विषय है। हम दोनों एक–दूसरे के दुःखः–सुख के न सिर्फ़ साक्षी रहे हैं बल्कि उस दौरान क़दम से क़दम मिलाकर साथ चले हैं।

मृदुला गर्ग का लेखन, उपन्यास अथवा कथा–साहित्य के दौर का बेहद संवेदनशील लेखन है। हिंदी कथा–साहित्य की औपन्यासिक विधा का सूक्ष्मतम् चित्रण उनके लेखन की एक प्रमुख विशेषता है। विकास करता हुआ समाज हो अथवा विघटित होता हुआ अस्तिववाद, उलझावपूर्ण परिस्थितियों की जटिलतम गूढ़ता के अंतर्गत निकास की चेतना की तलाश करता हुआ व्यक्ति का 'स्व'–इन्हीं सब विसंगतियों से संगति बिठाता हुआ है उनका औपन्यासिक आयाम। मृदुला गर्ग को यदि हम अंतश्चेतनावादी कथाकार कहें तो ज़्यादा मुफ़ीद होगा। मृदुला गर्ग की पूर्ववर्ती परंपरा जैनेन्द्र कुमार और इलाचंद्र जोषी जैसे मनोविश्लेषणवादी कथाकारों के ज़्यादा निकट ठहरती है। परंतु इसका अर्थ यह नहीं हुआ कि वे उसी धारा को आगे बढ़ाने वाली लेखक हैं। क्योंकि जैनेन्द्र या इलाचंद्र इन दोनों के पास ही उनके युग की एक आदर्शवादी प्रतिच्छाया से ग्रस्त एक आधुनिक दृष्टि है। परंतु मृदुला इससे आगे है। उन्हें हम अंतश्चेतना की आधुनिक भंगिमा का कथाकार कह सकते हैं।

'रूकावट' कहानी का प्रकाशन 1970–71 के आसपास हुआ, इसके बाद उनाका प्रथम उपन्यास भी 1975 के आस–पास आया। 'रूकावट' और 'अवकाश' इन दो बिंदुओं का फैलाव ही क्रमषः 'उसके हिस्से की धूप' और 'चित्तकोबरा' में जाकर विस्तार पाता है। प्रेम और काम इन दो शाश्वत सत्यों के आस–पास ही उनका वैचारिक चिंतन प्रस्फुटित –पल्लवित हुआ। जीवन को उसकी संपूर्णता और उदात्तता से समझने के लिए प्रेम से बड़ा कोई माध्यम नहीं हो सकता। यूँ तो प्रेम अपने मूलरूप में अशरीरी होता है जिसे हम प्लेटोनिक कहते हैं, परंतु उसकी अभिव्यक्ति का माध्यम शरीर ही है,

क्योंकि वही उसके संवाहक की प्रथम भूमिका अदा करता है। स्वयं मृदुला जी ने कहा है–''प्रेम ऐसी शाब्दिक संरचना है, जिसके इतने भावार्थ और निहितार्थ हैं कि उसका प्रयोग ठीक किस अर्थ में कर रहे हैं, उसे स्पष्ट करना ज़रूरी है। उसकी विशिष्टता यह है कि उसमें काम–संबंध सम्मिलित रहता है।''

'उसके हिस्से की धूप' और 'चित्तकोबरा' की नायिकाएँ मनीषा और मनु इसी विचारधारा की परिपुष्टि के दो पहलुओं के समान हैं। इसलिए दोनों ही नायिकाओं का समाहार काम के उद्वेग से होता हुआ प्रेम की उदात्ता पर जाकर आरूढ़ होता है। प्रेमहीन 'सेक्स' और 'सेक्सहीन' प्रेम दोनों ही मनुष्य जीवन का अतिचार है, क्योंकि दोनों ओर ही प्राकृतिक संवेगों का निरालंब स्वरूप है, जो कि स्वभावतः ही निराधार हो जाता है।

इस अर्थ में देहों के सम्मिश्रण को 'द्वैतता' से पर, संभोग के दौरान 'विदेह' हो तटस्थता से देखा है। इसलिए मनु संभोग के दौरान 'देहलिप्त' होते हुए भी मानसिक तौर पर 'अलिप्त' भाव से वैदेही है। वस्तुतः प्रेम हो या भोग प्रकृतिः पुरुष–स्त्री को अपनी वस्तु मानकर चलता है। स्त्री मुक्त करती है परंतु पुरुष अनुदारता या अधिकार की विवशतावश बँधन में ही पड़ा रहता है। स्त्री की शारीरिक निवत्तता निवृत्ति गुंफित है, परंतु पुरुष की दैहिक भोगोपरांत की निवृत्ति में भी एक दंभपूर्ण आसक्ति है। प्रेम सामान्य स्थिति में मैं 'आत्म' है या फिर विशिष्ट स्थिति में पहुँचकर या पहुँचाकर 'दिव्य–भव्य' बना चकाचौंध मंडित कर दिया जाता है। परंतु 'उसके हिस्से की धूप' और 'चित्तकोबरा' की मनीषा–मनु इस समस्या के दायरे में भी नहीं आतीं। प्रेम और काम से भी अहम् स्वाधीनता के बरक्स इनका क्रमिक विकास हुआ है। लेखिका की लेखन–प्रयोगशाला की ये दोनों नायिकाएँ वास्तव में किंचित वैभिन्यता के साथ एक ही सिक्के के दो पहलू की तरह हैं। वैचारिक दृष्टिकोण से मनीषा का प्रेम संबधी द्वंद्व जहाँ 'आत्मचेतना' पर हुआ है, वहीं मनु का समापन आत्मचेतना से गुज़रकर। 'आत्मप्रज्ञा' के बाईपास से होता हुआ वैश्विक–करूणा की उदात्तता पर होता है। मनीषा का ही पूर्ण परिपक्व रूप मनु है। मनीषा 'मोह' से प्रेम की तलाश करते–करते मनु से संपृक्त हो–एक पूर्ण स्वाधीन स्त्री, प्रेमिका होती हुई करूणा के सर्वोच्च शिखर पर जा पहुँचकर एकाकार हो जाती है। बग़ैर मनीषा के मनु अज्ञेय है और बिना मनु के मनीषा अपूर्ण है। दोनों ही उपन्यासों का विषय सिर्फ़ 'प्रेम–काम' की मीमांसा न होकर, बावजूद गर्भाशय के, स्त्री की प्रज्ञा, चेतना और प्रबृद्धता

का अन्वेषण है। ऐसा अन्वेषण जो उसे अस्मिता से भी जोड़ देता है। नायिकाओं का प्रस्थान बिंदु कृतिगत रूप से दो अलग–अलग पगडंडियों में विभक्त है परंतु मिलनबिंदु का स्थान समाहार एक ही जगह है। मृदुला जी ने भी माना है– 'मोह में कोई बुराई नहीं है। वह प्रेम का पहला पायदान है। जब मोह सबसे ऊपर वाले पायदान पर पहुँचता है तभी प्रेम कहलाता है। तब तक उसमें करूणा का समावेश हो चुका होता है। वह निज की स्वाधीनता के साथ प्रिय की स्वाधीनता को भी सुरक्षित रखना चाहता है, क्योंकि वह जानता है कि उसके बिना प्रेम में आवेग व रोमांच शेष नहीं रह पाएगा।'

प्रेम की सफलता इसमें है कि वह बाँध ले परंतु सार्थकता मुक्त कर देने में है।

मृदुला का लेखन स्त्री–पुरुष के संबंधों की धुँधाती, ऊब से पृथक हटकर एक अस्मिता की अर्थपूर्ण तलाश है। जबकि उस दौर के मूल्यांकनकारों ने अश्लीलता और अनैतिकता का फतवा जारी करते हुए श्लील–अश्लील का युद्ध छेड़ दिया था। 'रूकावट' और 'अवकाश' कहानियों से जिस बात की शुरूआत हुई थी उसका काफ़ी विस्तृत बौद्धिक और भावनात्मक दोनों ही स्तरों पर गहरा विश्लेषण 'उसके हिस्से की धूप' और 'चित्तकोबरा' में हुआ, क्योंकि मूल उद्देश्य की तह में भोगलिप्सा की बजाय आत्मतुष्टि की अवधारणा सन्निहित थी। मनीषा जहाँ अंत में 'इंट्रोवर्ट' हो जाती है, वही मनु 'एक्स्ट्रोवर्ट'–मतलब परिपक्वता से और अधिक गहरी परिपक्वता। जहाँ देह हाज़िर है, वहाँ मन ग़ैर–हाज़िर और जहाँ मन हाज़िर है, वहाँ दैहिक लिप्सा ग़ैर–हाज़िर है। इसका मूल उत्स श्रीमद्भागवत का वही राधा तत्व है जिसे हमने अलौकिक कहकर लोकोत्तर बनाते हुए महिमामंडित किया। वैष्णवों का परकीया भाव और जैनेन्द्र कुमार का पत्नी के अलावा प्रेयसी वाला सिद्धांत दोनों के मूल में जो वृत्ति है उसी को मृदुला गर्ग ने लौकिकता की ज़मीन पर उतारते हुए अपनी क़लम की खराद पर चढ़ाकर परखा है, परंतु यह भव्य और दिव्य वायवीय ऐन्द्रजालिकता से मुक्त है।

मृदुला जी दावा करती हैं कि 'भावुक इंसान प्रेम कर ही नहीं सकता। प्रेम बहुत जीवट, हिम्मत, संघर्ष और यातना झेलने का काम है।' परंतु यह प्रेम का निष्कर्ष नहीं हैं उनकी प्रेम की परिणिति या प्रतिदान हीनता वे इसे मानती हैं –'स्त्री–पुरुष के बीच के प्रेम जैसा आवेग और तर्कातीत भाव संवेग किसी और प्रेम में मिलता है तो देशप्रेम में। क्योंकि उसी में आप अपने प्राणों को दाँव पर लगाने को तैयार होते हैं, बिना किसी प्रतिदान के।' करूणा से

संपूर्त प्रेम प्रतिदान–प्रतिश्रुति से मुक्त होता है।

उनका दूसरा चर्चित उपन्यास 'अनित्य' आज़ादी के बाद की पीढ़ियों का चित्रण है। यह उपन्यास ऐसे गुज़रे हुए कालखंड की एक ऐसी जीवंत दास्ताँ है जिसमें वह वर्ग शामिल है जो आज़ादी की किसी महान हस्ती या महानताबोध से ग्रस्त किसी पीढ़ी का चित्रण नहीं है बल्कि उन साधारण लोगों की असाधारण कथा है जो कि आज़ादी के बाद की अवसादपूर्ण कुंठित प्रदर्शन, व्यक्ति, परिवार, समाज से होता हुआ पूरे देश पर धुएँ–सा फैलकर जम गया है। कादरता एक विशेषण और कादर एक संज्ञा की तरह हो गया है। यह एक ऐसी गाथा है जिसके पात्र उस युग के घटनाक्रमों में भागीदारी न कर पाने के कारण अपने आपको कभी भी क्षमा नहीं कर पाए बल्कि नैतिकताबोध के उन सिद्धांतो को नहीं अपना पाए जिन्हें आजकल के नेता और बुद्धिजीवी बेईमानी और भ्रष्टता की हद तक अपनाए हुए है। भगतसिंह और गाँधी के आंदोलनों से दो–चार हो चुके वर्ग की स–संभ्रम स्थितियों का विडंबनापूर्ण चित्रण हुआ हैं। बहुत ही व्यापक फलक पर इस उपन्यास को विस्तार मिला है। यहाँ पर लगा संगीता और प्रभा में नारी के 'अबला' वाले रूप को चटखा दिया है। नारी–पात्र के ये तेवर लगे कि कुछ ज़्यादा तीखे और पैने हैं। यहाँ पर नारी पुरुष की मोहताज नहीं है बल्कि सामाजिकता के भय से पुरुष की क़ायल है। काजल बनर्जी की तुलना में आशापूर्णा देवी के उपन्यास 'प्रथम प्रतिश्रुति' की नायिका सत्य से कर सकता हूँ। हालांकि दोनों पात्राओं के परिवेश अलग–अलग हैं, परंतु विद्रोहिता की दृष्टि से दोनों ही बोल्ड हैं। संगीता यहाँ अविजीत द्वारा शोषित होकर भी दिलेर है। कहीं भी नहीं लगा कि उसके चरित्र में कुछ कमजोरी थी, बल्कि वह पुरुष के विद्रूप को अच्छी तरह जानती है। अपनी दिलेरी और दबंगता से उसने अविजीत को फूँककर रख दिया है। यह है नारी–मुक्ति, सिर्फ़ नारे के रूप में नहीं बल्कि क्रियान्वित रूप में। स्वतंत्र देश की नयी पीढ़ी का भविष्य क्या होगा इसका प्रतिनिधित्व करने वाले पात्र प्रभा, कैलाश,विमल दत्त, काजल बनर्जी हैं। वाकई यदि आज़ादी बजाय गाँधीवादी तरीके के सुभाष और भगतसिंह के तरीके से आयी होती तो मुल्क़ इसकी कीमत करना जानता। 22 मार्च, 1981 के धर्मयुग में छपा वक्तव्य उपरोक्त कथन की पुष्टि है– ''अनित्य ऐसे पात्रों की कथा है, जो अपनी कमजोरियों के कारण ऐतिहासिक घटनाक्रम में उस हद तक हिस्सा नहीं ले पाए जिस हद तक लेना चाहते थे या सोचते थे लेना चाहिए, पर उसके लिए ख़ुद को माफ़ भी नहीं कर पाये।

जो नैतिक मानदंड उन पात्रों ने ख़ुद अपना न्याय करने के लिए ख़ुद को माफ़ भी नहीं कर पाए। जो नैतिक मानदंड उन पात्रों ने ख़ुद अपना न्याय करने के लिए अपनाए वे उन मानदंडों से कहीं ज़्यादा ईमानदार थे, जो आजकल हम लोग, हमारे नेता या बुद्धिजीवी अपना रहे हैं।'' इसलिए 'अनित्य' उपन्यास अपराधबोध और मोहभंग का दस्तावेज़ हैं। स्वयं मृदुला जी ने इस बात को स्वीकारा है कि –पारंपरिक दृष्टि से 'अनित्य' ऐतिहासिक या राजनीतिक उपन्यास नहीं है, पर इतिहास का घटनाक्रम राजनीतिक सोच और सामाजिकबोध मेरे पात्रों के चेतना प्रवाह के प्रमुख अंग हैं। इससे इतिहास या राजनीति का महत्व कम नहीं होता, बढ़ जाता है।' उनकी राय में आँखों के सामने बन रहा इतिहास और राजनीतिक गतिविधियाँ हमारी चेतना का अंग नहीं बनतीं, भविष्य निर्माण में उनकी कोई सार्थक भूमिका नहीं हो सकती।

'मैं और मैं' उनका एक ऐसा उपन्यास है जो कौशल कुमार और माधवी के माध्यम से मानवीय रिश्तों का विश्लेषण तो है ही, परंतु इसके अलावा बौद्धिक प्रशंसा की संपूर्ति के लिए आर्थिक विवषता द्वारा स्वार्थपूर्ण दोहन एक गहरे तमाचे की तरह हमारी सामाजिक विद्रुपताओं के मुँह पर पड़ता है। हिंदी में साइकोपेथ को केंद्र में रखकर बहुत लिखा गया है। इस उपन्यास का पात्र कौशल कुमार इसी का प्रतिनिधित्व करता है। यह शोषण और दोहन की दोहरी बुनावट से बुना है। मृदुला जी ने इस उपन्यास में इंसान की कमजोरियों को आत्मसातता, गहराई और फैलाव के साथ व्यक्त किया है। यही कारण है कि लेखन और सृजन दोनों का गहरा पोस्टमार्टम है 'मैं और मैं'। सर्व सुविधा–संपन्न माधवी उस 'एलिट' क्लास की औरत है जिसके आस–पास पैसा और साधन–संपन्न पति तो है, परंतु उसकी बौद्धिकता और उसकी लेखकीयता को सराहने वाला या एप्रिसिएट करते हुए इंसपायर करने वाला कोई नहीं। उधर कौशल है जो निहायत बदसूरत, फटीचर और पैसों वालों के प्रति ज़हर भरा हुआ मगर अति बौद्धिकता से भरा हुआ है। बस यहीं से दोनों पात्र एक–दूसरे से अपना–अपना स्वार्थ साधते हुए शोषित–उत्पीड़ित होते हैं। 'मैं और मैं' दोहरे दोहन और शोषण की कथा है। परंतु कौशल कुमार का शोषण योजनाबद्ध है। उसमें किसी भी किस्म की हिचकिचाहट, अपराधबोध या पश्चाताप नहीं है, बल्कि अपने आपको 'जस्टिफाई' करने के लिए वह ख़ुद को पीड़ित, वंचित और सामाजिक व्यवस्था का मारा हुआ मानता है, इसलिए वह स्वयं ही इस बात पर का अधिकारी मानता है, चूँकि समाज ने उसका

शोषण किया है, वह किसी के भी शोषण का अधिकारी है। इसलिए उसे अपने शोषण करने पर भी गर्व है। बल्कि बेशर्मी की हद तक अपनी इस प्रतिभा का क़ायल जितना अपनी लेखकीय प्रतिभा का। इसलिए उसके शोषण का तरीका गरीब होने के बावजूद भी फ़्यूडलिस्टिक है। चूँकि माधवी स्त्री है इसलिए उसमें एलिट क्लास का वर्गगत अहंकार तो ज़रूर है परंतु स्त्री होने की संवेदना भी मौजूद है। अतः माधवी का शोषण न सिर्फ़ आर्थिक है, बल्कि वह पारिवारिक विघटन की भयपूर्ण स्थिति और दैहिक संस्पर्षता के कगार पर पहुँच जाती है। कौशल का शोषण शुद्ध रूप से आर्थिक शोषण है, जबकि माधवी संपन्न होने के कारण उसके सामने अपने आपको अपराधी महसूस करती है। दूसरी ओर ऐसे लीचड़ आदमी को मुँह लगाने के कारण पति और बच्चों के सामने भी अपराधबोध से ग्रस्त है। तीसरी, मज़बूरी यह है कि कौशल का संसर्ग उसके लेखकीय अहम् को इस क़दर बढ़ा देता है कि वह उसे ही सर्वोपरि मानते हुए शोषण के ऐसे दलदल में जा गिरती है जहाँ उसका नैतिक पतन तो होता ही है, अंत तक आते–आते अपनी संवेदनशीलता और लेखकीय क्षमता दोनों को खो बैठती है। इधर कौशल कुमार अपनी कुरूप बीवी और बच्चों तथा दरिद्रता के दबाव के चलते एक ऐसी घालमेल मानसिकता का शिकार हो जाता है जिसमें निर्ममता, निष्ठुरता, बेशर्मी और बेहयाई का कुरूप चेहरा बहुत भयानक रूप से सामने आता है। मृदुला जी ने स्वयं इस बात को स्वीकार किया है कि माधवी में न्याय बुद्धि के रहते, उसमें सुविधाजीवी वर्ग की सदस्या होने के लिए अपराधबोध तो है, परंतु सुविधाओं को त्यागकर जीने का साहस नहीं है। कौशल में अधिकारबोध है तो माधवी में अपराधबोध। इस तरह से 'मैं और मैं' दो अलग–अलग वर्ग भेदों वाले 'मैं' का द्वंद्व है।

परंतु 'कठगुलाब' उनकी अब तक की कथायात्रा का वह चरमबिंदु है, जहाँ आकर वे स्त्री–पुरुष के अलग–अलग अंतर्द्वंद्वों को समाप्त कर एक ही भाव जगत पर ले आई। यहाँ स्त्री में छुपा हुआ पुरुष में छिपी हुई स्त्री दोनों ही उजागर हो गए। यदि वेदांत की भाषा में कहें तो सांख्य योग के चौबीस तत्वों का पुरुष–प्रकृति जनित विस्फोट और तांत्रिक पीठिका पर कसे तो श्रीविद्या के शिवशक्ति के समन्वित रूप का वह उद्घाटन है जिसे अर्द्धनारीश्वर की संज्ञा दी गई। यह उपन्यास ऊपर से एक कथा कोलाज की तरह है, जिसमें स्मिता, मारियान, नर्मदा, नमिता, असीमा पंचवर्ग की तरह अलग–अलग होते हुए भी एक सूत्र में बद्ध हैं। उसका पुरुष मात्र विपिन अपनी तरह का

एक अलग ही चरित्र है जिसमें पुरुष और स्त्री की सम और विषम संवेदनाओं का मिक़दार बराबर–बराबर बना हुआ है। 'कठगुलाब' में हर वर्ग की रची अपनी ज़मीन को तलाशते हुए, पुरुषों के अन्याय और शोषण के चलते, बग़ैर किसी विक्षोम के अवतरित होती है। 'कठगुलाब' को लेकर कहा गया है कि यह हमें एक आँधी की तरह झकझोरता है। कम से कम हर हिंदीभाषी पुरुष को यह उपन्यास पढ़ना चाहिए। इस उपन्यास को निश्चित ही विश्वसाहित्य की एक लंबी परंपरा के अंतर्गत रखा जा सकता है।

मृदुला गर्ग का उपन्यास 'मिलजुल मन' एक अलग ही ढंग का उपन्यास है। ढब से मतलब उनकी अपनी उस विशिष्ट शैली से है जिसमें वे हमेशा लिखती रही है। यद्यपि शैली, क़िस्सागोई का अंदाज़–ए–बयाँ, मुल्क़ की दुविधाग्रस्त सामाजिक, राजनीतिक और पारिवारिक मनःस्थिति के अलावा इसके सारे क़िरदारों का अलग–अलग दरम्यानी वजूद होते हुए भी कहीं–न–कहीं यकसाँ नुक्ता–ए–नज़र। वैसे भी मृदुला जी तुक में बेतुक और संगति के साथ विसंगति, विसंगति के साथ संगति सब कहाँ और कैसे बिठा दें, यह तरतीबी उनके पाठकों के लिए नई नहीं है।

मृदुला जी का उपन्यास 'वसु का कुटुम' दिल्ली के दामिनी कांड को मद्देनज़र रखकर, एक अलग ही पात्र के माध्यम से व्यक्त किया गया है। इस उपन्यास में हमारे समाज, राजनीति और एनजीओ आदि समाजसेवी संस्थाओं की विद्रूपताओं के पाखंड के वखियाँ उधेड़ कर रख दी है। पूँजीवादी मानसिकता और बाज़ारवादी दृष्टिकोण ने हमारी संवेदनाओं को किस तरह कुचल कर रख दिया है, उसका गहरा पोस्टमार्टम इस उपन्यास में मौजूद है। गज़ब की पठनीयता इसमें मौजूद है।

मैं एक बात स्पष्ट कर दूँ कि उनकी इस लीक से हटकर लिखी गई कृति पर समीक्षा करना मेरा उद्देश्य बिलकुल भी नहीं है। उसका एक कारण है, वैसे भी मैं उन्हें लेकर या उनके लिखे को लेकर कभी भी नक्कार की भूमिका में नहीं रहा हूँ। उनकी हर कृति उनके हर उपन्यास और कहानी के सारे चरित्र, एक पाठक की हैसियत से मेरे रग–ओ–रेशे में मौजूद रहे हैं और वैसे भी इस उपन्यास को लेकर जो समीक्षाएँ देखने में आई वह न तो एकमुश्त समीक्षक के नजरिए स्पष्ट कर पाई हैं और न ही कथानक के साथ न्याय। बहरहाल 'मिलजुल मन' की समीक्षा के दौरान निश्चित ही हमारे वाद–प्रवाद, विमर्श आदि–आदि सारी धारणाओं को ध्वस्त कर यह उपन्यास 50 के दशक के मध्यम वर्ग की ज़िंदगी और सामाजिक पारिवारिक स्तर पर आने वाले

बदलाव और उसी के समांतर स्वतंत्र भारत के मूल्यों की गहन पड़ताल मोगरा, गुलमोहर, बैजनाथ, कनकलता डॉ. कर्णसिंह, मामाजी, सुगी चाचा आदि के माध्यम से निहायत तदाकार होकर की गई है। पं. जवाहरलाल नेहरू की बराबरी से देश में जो नई नस्ल पनप रही थी और पक चुकी थी, इन सबके चेहरे शबगजीदा सहर में नज़र आते हैं क्योंकि राजनीतिक स्तर पर पंचवर्षीय योजनाओं, आधुनिकता का लिबास धारण करता देश और खाटे भारतीय चरित्रों की स्वार्थपूर्ण राजलिप्सा और पद–लोलुपता को विभिन्न पात्रों के मुख से कहलाक़र मृदुला ने इतना गहरा पोस्टमार्टम किया है कि किसी राजनीति चिंतन या विचारक से अलग हटकर एक आम आदमी के मुग़ालतों का स्खलन दिखाई देता है। दुविधा मृदुला जी के पात्रों का प्रमुख गुण है। अन्य लेखकों की तरह वे अपने पात्रों की न तो उँगली पकड़कर चलती हैं और न ही पाठकों की कोई तयशुदा निष्कर्ष पर पहुँचाने में मदद करती हैं। आपको स्वयं ही उनकी लेखन यात्रा के दौरान अपने निष्कर्ष, अपनी सोच और बुद्धि की सीमानुसार निकालने पड़ते हैं। किसी भी पात्र के पक्ष–विपक्ष से परे हट एक तन्मय तटस्थता के साथ वे अपना सरोकार सरखती हैं। इसीलिए कई बार उनके गुज़र चुके उपन्यासों पर बरसों बाद मुड़कर देखने को मज़बूर होना पड़ता है। यह आत्मकथात्मक, संस्मरणात्मक रचना मृदुला गर्ग के लेखन की मंजिल नहीं है और न ही पड़ाव बल्कि झटके से लिया गया एक यू–टर्न है। इस कृति से वे एक अलग ही ढंग (या ढब) से जानी जाएँगी। उनकी अनेक कहानियाँ इस बात का प्रमाण हैं।

'हरी बिंदी' स्त्री स्व–चेतना की वह कहानी है जहाँ औरत 'अपने आप' का जश्न स्वयं के साथ मना रही है, मानी सेलिब्रेटिंग विद हरसेल्फ'। एक सुबह जब आँख खुलने पर अहसास होता है कि पति अलसभोर दिल्ली जा चुका है और आज का सारा दिन उसका अपना है, बग़ैर किस दखलंदाजी के। बस फिर क्या! नीले सूट के साथ माथे पर 'हरी बिंदी' साँट बेतुक से तुक मिलाती, मौसम से बेपरवाह निकल पड़ती है, मुंबई की सड़कों पर बिंदास। यह कहानी स्वयंचेता स्त्री का वह प्रस्थान बिंदु है जहाँ वह 'अपने आप' के साथ कितनी काराविहीन, वर्जनाविहीन और तनावविहीन सार्थकता से लबरेज है। 'हरी बिंदी' की कंट्रास्ट का प्रतीक उसके निजत्व के रदीफ को कायनात के क़ाफिए से जोड़ उसके अपने होने की तुक को बिठा देता है।

'समागम' की नायिका अपनी युवा बेटी की संदेहास्पद मृत्यु से व्यग्र शांति को तलाशती हरिद्वार में हर की पैड़ी पर ठीक गंगा के सामने जन समूह

के साथ भयानक जनरव के बीच सीढ़ियों पर बैठी है। ऐसी ही एक भीड़ नौ बरस की उम्र में उसने आज़ादी की उस पहली शाम भी देखी थी जब कोई बूढ़ा भीड़ के पैरों तले कुचलकर मरता हुआ उसे दिखता है। तब भी वह ऐसी ही भीड़ में चीख़ती है, पर कोई उसकी चीख़ नहीं सुनता। और वह घुप्प अँधेरे में तीन दिन बुखार में तपती बड़बड़ाती रहती है। दरअसल, ऐसा कुछ हुआ ही नहीं था। बहुत गहरा प्रतीक चुना गया है इस कहानी में। आधी–अधूरी आज़ादी की पहली शाम उन्माद ग्रस्त भीड़ के नीचे जो बूढ़ा कुचला जाता हुआ दिखता है, वह गांधी को अप्रसांगिक और उनकी वैचारिकता को कुचलता यही जनसैलाब है, जो इतने बरसों बाद हर की पैड़ी पर गंगा का जयकारा लगा रहा है, दीपदान कर रहा है। तब भी समाज उन्मादित भीड़ था और देवभूमि में भी वही उन्मादित अंधी भीड़ है। उसी भीड़ में बूढ़े पिता की गोद में अधेड़ बेटे की मौत, और अपनी बेटी को याद करते हुए एक माँ का फूट–फूटकर रोना, यह मात्र व्यक्तिगत विलाप नहीं है बल्कि हमारी आधी–अधुरी आज़ादी से सहसंबंध, दुःख में तब्दील हो जाता है। यह कहानी बहुत ही गहराई से निजी दुःख के पड़ताल के बहाने पूरे देश की चरमराती व्यवस्था का भी पोस्टमार्टम करती है।

'वो दूसरी' कहानी में कथ्य तीसरी पीढ़ी की नायिका के माध्यम से पूर्व औरतों के तत्कालीन परिवेश का अनावरण किया गया है। दादी के स्थान पर, रंडियों के मोहल्ले से ब्याह कर लाई गई एक गरीब लड़की जो अपनी कलात्मकता के साथ एक रूढ़ीवादी घर में अपनी कला को बचाए है और प्रकारांतर से किस तरह वह अपनी सौत की कला की विरासत सौंपने की छटपटाहट लिए दुनिया से प्रयाण कर जाती है। इस बात का चित्रण मार्मिकता के साथ मौजूद है। ये वे पूर्वज औरतें हैं जिन्होंने भीषण वर्जनाओं के माहौल में भी अपने रिवायतों–रिवाज़ों से अलग लीक से हट ख़ुद की अस्मिता को ईज़ाद करने का हौंसला हासिल किया। ख़ुद घुट गईं पर अपनी विरासत का खजाना आने वाली पीढ़ियों को सौंप गईं, यह ज़्यादा मायनेख़ेज है।

'वह मैं ही थी' की उमा, जो कि आसन्न प्रसवा है, अपने पति के साथ एक औद्योगिक क़स्बे में रह रही है। जो घर उन्हें मिला है, उस घर में इससे पहले रहने वाले कर्मचारी की औरत प्रसव के दौरान बहुत ही विकृत तरीक से मर चुकी है। उस खाली घर में वह तख़्तनुमा पलंग उन्हें मिलता है, जिस पर की उस औरत ने बच्चा पैदा करते हुए दम तोड़ा था। उसी पलंग पर उमा

को भी सोना–उठना होता है। किवदंती के समान फैली हुई उस औरत की मृत्युकथा के आतंक के साए और सीमेंट के कणों से बोझिल ऑक्सीजन में साँस लेने की मज़बूरी में दहशतज़दा उमा जी रही है। आख़िरकार एक बरसती रात में दूसरे बोसीदा तख़्त पर जिसमें चीटियाँ मरी हुई हैं, वह एक बच्ची को जन्म देती है यानी एक और औरत की दुनिया में आमद, परंतु अधिक ख़ून वह जाने और चिकित्सा के अभाव में गुर्दे खराब होने की स्थिति में वह दम तोड़ देती है। प्रसव की वेदना के व्यक्तिगत अनुभव पर लिखी गई यह पहली कहानी है जिसके समानांतर अभी भी गाँव कस्बों में चिकित्सा के अभाव में जच्चा–बच्चा किस तरह दम तोड़ देते हैं इसका भी भयानक वर्णन उस पहली औरत के माध्यम से हुआ है जो उमा से पहले मर चुकी है।

कहानी 'इक्कीसवी सदी का पेड़' यूँ तो ऊपर से पर्यावरण से जुड़ी हुई कहानी मालूम होती है और काफ़ी हद तक है भी, क्योंकि जिस तरह से कांक्रीट के जंगल न सिर्फ़ महानगरों बल्कि कस्बेनुमा शहरों में भी तेज़ी से फैलते जा रहे हैं, बल्कि छोटे शहरों में जिस तरह से आधुनिक सुख–सुविधाओं की बाढ़ आई है, उसने न सिर्फ़ शहर को बल्कि आस–पास के गाँव की हरियाली को भी नेस्तानाबूद करने में कसर नहीं छोड़ी। इस कहानी में भी कैसे बरसों पुराना, हरा–भरा, चहचहाता दरख़्त पॉलीथीन और कूड़ा–करकट की मार से भराभराकर धराशायी हो जाता है। पेड़ के इस औचक अवसान में एक ऐसी त्रासदी भी छिपी है जिससे कुछ लोग निश्चित ही गुज़रे होंगे। इसमें अपने एक अति प्रियजन के बिछड़ने की पीड़ा भी नत्थी है।

'अगली सुबह' इंदिरा गांधी की हत्या के बाद हुए दंगों पर आधारित है। इस कहानी में यह ज़ाहिर हुआ है कि उन्मादित भीड़ किस तरह से पाशविक होकर मनुष्यता को बौना करती है। इंसान सिर्फ़ एक वस्तु की तरह से निर्ममता और उन्माद का आँखेट बन रह जाता है, और तब थर–थर काँपती हुई मनुष्यता क्षणमात्र में उन्मादी समूह के हाथों हलाक़ हो जाती है।

एक मोड़ पर आकर दांपत्य किस तरह से उबाऊ और नीरस होकर संवादहीनता की जड़ स्थिति तक आ पहुँचता है, इस बात को 'वितृष्णा' कहानी के नायक दिनेश और शालिनी के माध्यम से दर्शाया गया है। दोनों के बीच जब संवाद था तब समय नहीं था, अब समय है तो संवाद नहीं। इसी बात को बहुतम ही मनोवैज्ञानिक तरीके से दिखाया गया है।

'ग्लेशियर से' की नायिका मिसेज दत्ता जो कि शादी से पूर्व ऊषा भटनागर थी, अपने उसी अतीत को वर्तमान में खोजने की चेष्टा करती हैं।

ताजीवास ग्लेशियर एक ऐसा हिमनद है जिसने कि मिसेज दत्ता उर्फ़ ऊषा भटनागर के जीवन की गतिमयता और निरंतरता को मंथर कर दिया है। अकेले ही ग्लेशियर की तरफ़ निकल पड़ी नायिका अपने उस जीवंत अतीत से जुड़ना चाहती है जहाँ उसकी निजी अस्मिता धड़क रही है। पठान,मृत्यु का फरिश्ता, जो बार–बार वक़्त के श्लेष से जीवन की तरफ़ ढकेल लाता है। मुक्ति न अतीत में है न भविष्य में। सिर्फ़ अपने 'खुद को' वर्तमान में तलाशते हुए जीवन जीते चले जाने में है। यह कहानी एक छटपटाती, विडंबना का संत्रास तो है ही परंतु उस सबसे बढ़कर जीवन को तलाशने और अपनी अस्मिता को जीते चले जाने की प्रक्रिया भी है।

'जहाँ कमलनी खिलती है' कहानी भी है, जिसमें धूसर वीरान बंजर मैदान में मात्र दो औरतें हैं। एक मध्यम वर्ग की सलीकेदार और दूसरी मेहनतकश वर्ग की, पहनने औढ़ने के तरीके से विहीन। कहानी जिस निचाट बंजर सन्नाटे में साँस लेती है, वह अपने आप में रोंगटे खड़े कर देने वाला एक दारूण भाव है, परंतु उस धूसरित जीवन रहित स्थान पर अनगिन कमलनियों का यकायक दिखाई देना मृत्यु से जीवन की ओर लौटाता हुआ एक प्रखर संदेश है। दोनों औरतों के बीच मात्र एक संवाद– पहली औरत का 'कुछ चाहिए' और दूसरी सर्वहारा वर्ग की औरत का यह कहना 'न, सोचा इकली कैसे बैठोगी' एक मध्यवर्गीय सोच को यकायक ध्वस्त कर अपनी तरफ़ से जीवनदान की प्रेरणा देने का सबूत बन जाता है। यहाँ पर वर्गभेद नहीं, सिर्फ़ एक ही चीज़ बचती है–करूणा।

'सितम् के फनकार' कहानी विदेशों में बसे उन भारतीयों की कहानी है जो रहते तो परायी ज़मीन पर हैं, पर अपने देश की मिट्टी और संस्कृति संस्कारों को निरंतर याद करते रहते हैं। यह कहानी हमारे खोखले आदर्शों, झूठी संवेदनाओं, निर्जीव रिश्तों के पाखंड को जिस निर्ममता और कठोरता पोल खोलती हुई उधेड़ती है– रोंगटे खड़े हो जाते हैं।

इस तरह से मृदुला गर्ग की कहानियों का समापन या प्रारंभ कहीं भी हो, पर पढ़ना पूरा ही पड़ता है। यह एक ऐसा लुप्त–गुप्त संविधान है जिसे मानने के लिए पाठक बाध्य नहीं है, परंतु इस तरफ़ उसका रूझान अनजाने ही चला जाता है। मृदुला गर्ग की कहानियाँ पाठक के लिए इतना 'स्पेस' देती हैं कि आप लेखक को गाइड बना लिलिस्म में नहीं उतर सकते, इसे आपको अपने अनुसार ही हल करना पड़ता है। यही कारण है कि बने–बनाए फॉरमेट या ढर्रे से उबे बेग़ैर आप पूरी रोचकता, कोतूहल और दार्शनिक निष्कर्ष तक

पहुँच सकते हैं। गलदश्रुता के लिए जगह न होते हुए भी आपकी आँखें कब नम हो जाएँ, यह आपके पाठकीय चौकन्नेपन पर निर्भर करता है। यही मृदुला गर्ग की क़िस्सागोई को कौशल या कमाल है जहाँ लिजलिजी भावुकता बेशक नहीं मिलेगी, पर भावना और संवेदना की गहरी घाटियाँ मौजूद हैं, एक बौद्धिक विरेचन के साथ। उसमें एक ऐसी करूणा सम्मिलित है जो कि सीधे आपको रूलाने की बजाय आँखों को सजल कर देती है। करूणा से मेरा तात्पर्य बुद्ध की करूणा से नहीं बल्कि भवभूति की करूणा से है। ऐसी करूणा जिसमें समष्टिगत औदात्य की अपेक्षा व्यक्तिगत विवेकपूर्ण कारूणिक संयोजन दृष्टिगत होता है। मृदुला की क़लम लिखते वक़्त समय–सापेक्ष वीतरागता के साथ होती है। एक ऐसी तटस्थता जिसमें मृत्यु में भी व्यक्ति तटस्थ होकर अपने संवेगों के साथ होते हुए भी अलहदा होता है।

इसमें कोई शक नहीं कि मृदुला गर्ग का लेखन शाश्वत और कालातीत कालजयी लेखन है।

इस पुस्तक में जिन लेखकों ने अपनी आलेखों द्वारा जो सहयोग दिया है वह मृदुला गर्ग के साहित्य के गहन अध्येता तो है ही इसके साथ ही उनकी आत्मीयता भी अपने–आप में सराहनीय है। मैं उन सभी लेखकों, आलोचकों, समीक्षकों का ह्रदय से आभार व्यक्त करता हूँ। इसके साथ ही मैं मेरे उत्साही प्रकाशक श्री जितेन्द्र पात्रो (प्रबंध निदेशक–प्रलेक प्रकाशन) को भी धन्यवाद देता हूँ जिन्होंने पुस्तक की परिकल्पना को साकार रूप प्रदान किया है।

दिनांक :– दिसंबर 2021

–दिनेश श्री संग्राम सिंह तोमर
सिविल लाइन, बाबई रोड़,
कालिका नगर, वार्ड क्र0–13
होशंगाबाद (म0प्र0)
पिन कोड– 461001

मृदुला गर्ग का विस्तृत परिचय

पताः ई–421 (भूतल) ग्रेटर कैलाश 11 (2) नई दिल्ली 110048

ईमेल : mridula.garg7@gmail.com

सक्रियता के वर्ष : 1971–2022

जन्म : 25 अक्तूबर, 1938, कोलकाता, भारत

शिक्षा : एम.ए. (अर्थशास्त्र) दिल्ली स्कूल ऑफ इकोनॉमिक्स, दिल्ली, 1960

अध्यापन : इन्द्रप्रस्थ कॉलेज व जानकी देवी कॉलेज, दिल्ली, 1960–1963

माँ का नाम : रवि कांता जैन, साहित्य प्रेमी उर्दू हिंदी अंग्रेज़ी में प्रवीण

पिता का नाम : बीरेन्द्र प्रसाद जैन, वकील, मैनेजर, स्वतंत्रता सेनानी, साहित्य अध्येता

1971 में रचनात्मक लेखन आरम्भ। पहला उपन्यास 'उसके हिस्से की धूप' व कथा संग्रह, 'कितनी क़ैदें' 1975 में प्रकाशित। तबसे स्वतंत्र रूप से रचनारत।

उनके रचना संसार में सभी गद्य विधाएँ सम्मिलित है। उपन्यास, कहानी, नाटक, निबंध, यात्रा साहित्य, स्तम्भ लेखन, व्यंग्य, संस्मरण, पत्रकारिता तथा अनुवाद।

उनका कथा साहित्य,कथ्य और शिल्प के अनूठे प्रयोग के लिए जाना जाता है। व्यक्ति व समाज के मूल द्वंद्व उसमें एकमएक हो जाते हैं और अपनी विडंबनाओं में गहराई तक परखे जाते हैं। भाषा की लय और गत्यात्मकता उन्हें अति–पठनीय बनाती है।

2003 से 2010 तक इंडिया टुडे (हिंदी) में पाक्षिक स्तम्भ कटाक्ष लिखा। 2003–2005 तक के लेख, कर लेंगे सब हजम नाम की पुस्तक में और 2006 से 2008 तक के लेख, खेद नहीं है पुस्तक में प्रकाशित हैं।

प्रकाशित कृतियों की सूची

(हिंदी)

उपन्यास

1. उसके हिस्से की धूप 1975
2. वंशज 1976
3. 'चित्तकोबरा'
   1979
4. 'अनित्य' 1980
5. मैं और मैं 1984

6. 'कठगुलाब'
1996

7. मिलजुल मन 2009
8. वसु का कुटुम 2016
9. द लास्ट ईमेल (अंग्रेज़ी में) 2017
10. प्रकाशनाधीन : वे नायाब औरतें (आत्मकथात्मक संस्मरण)

कहानी संग्रह

1. कितनी क़ैदें 1975
2. टुकड़ा–टुकड़ा आदमी 1976
3. डैफोडिल जल रहे हैं 1978
4. ग्लेशियर से 1980
5. उर्फ़ सैम 1986
6. शहर के नाम 1990
7. चर्चित कहानियाँ 1993
8. समागम 1996
9. मेरे देश की मिट्टी अहा 2001
10. जूते का जोड़ गोभी का तोड़ 2006
11. प्रतिनिधि कहानियाँ 2017
12. संकलित कहानियाँ राष्ट्रीय पुस्तक न्यास 2011
13. संपूर्ण कहानियाँ, राजकमल प्रकाशन 2022

नाटक

1. एक और अजनबी 1978
2. जादू का कालीन 1993
3. तीन क़ैदें 1996
4. साम दाम दंड भेद (बाल नाटक) 2011
5. क़ैद दर क़ैद (चार नाटक) 2015

1. रंग–ढंग 1995
2. चुकते नहीं सवाल 1999
3. कुछ अटके कुछ भटके (यात्रा संस्मरण) 2006
4. कर लेंगे सब हजम (कटाक्ष) 2007
5. खेद नहीं है (कटाक्ष) 2009
6. कृति और कृतिकार (संस्मरण) 2013
7. कृति में स्त्री पात्र (आलोचना) 2016

अनुवाद

मृदुला गर्ग के उपन्यास व कहानियाँ अंग्रेज़ी, जर्मन, चौक, जापानी आदि विदेशी व अन्य भारतीयों भाषाओं में अनूदित हैं।

इनमें प्रमुख है :

1. चित्तकोबरा (उपन्यास) इसी शीर्षक से अंग्रेज़ी (1999) मेंय द जिफ्लेक्टे कोबरा नाम से जर्मन में (1988),कोबरा मॉएगो रजूमे नाम से रूसी में 2016 में, और 2022 में कोबरा दे ल स्री नाम से फ्रांसीसी में अनूदित– प्रकाशित।
2. डैफोडिल्स आन फायर (कहानियाँ) अंग्रेज़ी में अनूदित–प्रकाशित 1999
3. 'कठगुलाब' उपन्यास, कन्ट्री ऑफ गुडबाइज नाम से अंग्रेज़ी (2003) मराठी (2007) मलयाळम (2009) और वुडरोज नाम से जापानी में 2011 में अनूदित–प्रकाशित।
4. 'अनित्य' उपन्यास, 'अनित्य' हाफवे टु नोव्हेयर नाम से 2010 में अग्रेजी में और मराठी में 'अनित्य' नाम से 2013 में अनूदित–प्रकाशित
5. 'मैं और मैं' उपन्यास मराठी में मी आणि मी नाम से 2015 में अनूदित–प्रकाशित और 2021 में उडिया में प्रकाशित।
6. 'मिलजुल मन' बंगला, तेलुगु, तमिल, उर्दू, पंजाबी, राजस्थानी में अनूदित और प्रकाशित

पुरस्कार–सम्मान

1. मध्य प्रदेश साहित्य परिषद् महाराज वीरसिंह अखिल भारतीय पुरस्कार उसके हिस्से की धूप। (उपन्यास) 1975
2. आकाशवाणी प्रथम पुरस्कार, एक और अजनबी। (नाटक) 1978
3. साहित्यकार सम्मान, हिंदी अकादमी दिल्ली 1988
4. मध्य प्रदेश साहित्य परिषद्, सेठ गोविंद दास अखिल भारतीय पुरस्कार, जादू का कालीन (नाटक) 1993
5. साहित्य भूषण, उत्तर प्रदेश हिंदी संस्थान 1999
6. हैलमन–हैमट ग्रांट, ह्यूमन राइट्स वॉच, न्यूयॉर्क 2001
7. विश्व हिंदी सम्मेलन सूरीनाम में सम्मानित 2003
8. व्यास सम्मान 'कठगुलाब' उपन्यास 2004
9. साहित्य अकादमी पुरस्कार 'मिलजुल मन' उपन्यास 2013
10. राम मनोहर लोहिया सम्मान उत्तर प्रदेश हिंदी संस्थान 2015

मृदुला गर्ग समय समय पर जर्मनी, यूगोस्लाविया, जापान, चीन, रूस, इटली, डेनमार्क, अमरीका आदि देशों के विश्वविद्यालयों व सांस्कृतिक संस्थानों में आमंत्रित हुई हैं। उन्होंने वहाँ अपना रचना पाठ किया है व समकालीन साहित्यिक व सांस्कृतिक मुद्दों पर व्याख्यान दिये हैं। सभी व्याख्यान देशी–विदेशी पत्रिकाओं में अंग्रेज़ी, इतालवी, रूस और जापानी भाषाओं में प्रकाशित हैं।

अनुक्रम

भूमिका : *05*

मृदुला गर्ग का विस्तृत परिचय : *18*

संवाद : मृदुला गर्ग से

1. मारियाना का साक्षात्कार : 27
2. शिल्पी झा से लंबा वार्तालाप : 49
3. हिंदू कॉलेज के छात्रों से लंबी बातचीत : 65
4. दिनेश द्विवेदी से बातचीत : 65

आत्म–रचना–(मृदुला गर्ग)

1. साहित्य लिखने में जितना त्रास है, उतना तोश भी : 113
2. कभी खुशी, कभी गम, अजब शै–1998 : 119
3. साहित्य में मनोसंधन : 143
4. भोग और त्याग : साहित्य की अंतर्धारा : 153

अपनों की दृष्टि में

1. उमा–अब मृदुला–**अचला बंसल** : **163**
2. मेरी दोस्त मृदुला–**सतिन्दर बजाज** : **168**
3. वे मानवीय तक़लीफ़ें लिखती हैं
   और उम्मीदें रचती हैं–**मधु कांकरिया** : **171**
4. कमाल की कहानीबाज –**रानी देवासर** : **186**
5. बुकर की दावेदार–**वनिता सावंत** : **189**

उपन्यास–विमर्श

अ–'वसु का कुटुम' का एक अंश : **193**

1. क़िस्सा दामिनी की मौत और हम
   सब की बेबसी का–**पुरुषोत्तम अग्रवाल** : **197**

2. यथार्थ और काल्पनिक—**अमित रंजन** : **201**
ब. 'मिलजुल मन' का एक अंश : **204**
1. नए शिल्प में ढली आत्मकथा—**पुष्पपाल सिंह** : **209**
2. ऐसी रही मिल–जुल परिचर्चा—**अमरेन्द्र यादव** : **215**
स. 'कठगुलाब' का एक अंश : **219**
1. कठगुलाब : नारी जिजीविषा के भावोदात्त—**चंद्रकांत बांदिवडेकर** : **225**
2. कठगुलाब के पात्रा अपनी कथा खुद कहते हैं—**महेश दर्पण** : **248**
द. 'मैं और मैं' का एक अंश : **257**
1. स्त्री वर्तमान का दौर और 'मैं और मैं'—**अमरेन्द्र त्रिपाठी** : **263**
2. कथा के पात्रा और कहानी का नया अंत—**सुषमा सक्सेना** : **273**
ई. 'अनित्य' का एक अंश : **280**
1. राजनीतिक विसंगतियों का सशक्त चित्रण—**विवेकी राय** : **287**
2. नित्य की व्यथा से आपूर्त—**दिनेश द्विवेदी** : **293**
स. 'चित्तकोबरा' का एक अंश : **304**
1. स्त्री चाहना का आयतन—**चंद्रकांता** : **308**
2. काम और प्रेम का देहातीत वेदांत—**दिनेश द्विवेदी** : **315**
ग. 'वंशज' का एक अंश : **319**
1. वंशज के बहाने पूर्वज की कहानी— **चंद्रभानु सोनवणे** : **325**
ह. 'उसके हिस्से की धूप' का एक अंश : **332**
1. देह के फ़ैसले अपने, सभी फ़ैसले अपने—**प्रेम शशांक** : **338**

विशेष—विमर्श

1. साहित्य की शाख पर झूलतीं तीन फ़ाख़्ताएँ—**नासिरा शर्मा** : **347**
2. अस्तित्व और जीवन के बीच—**योगेश गुप्त** : **359**
3. मृदुला गर्ग का कथा शिल्प—**रमेश दवे** : **364**

विशिष्ट—कहानियाँ—

1. हरी बिंदी : 391
2. समागम : 396
3. वो दूसरी : 408
4. वह मैं ही थी : 422
5. इक्कीसवीं सदी का पेड़ : 434
6. अगली सुबह : 444
7. वितृष्णा : 456

8. ग्लेशियर से : 463
9. यहाँ कमलनी खिलती है : 475
10. सितम के फनकार : 482

कहानी–विमर्श–

1. निरंतर और स्तरीय कहानियाँ–**महेश दर्पण** : **493**
2. आधुनिकतावादी विविधवर्णी कहानियाँ–**विजय मोहन सिंह** : **503**
3. ज़िंदगी की कैद से निकलने की राह तलाशती कहानियाँ–**सुमन केशरी** : **508**
ल. 'कुछ अटके, कुछ भटके' यात्रा संस्मरण का एक अंश; **तिलिस्मी बुनराकुद्ध** : **521**

यात्रा–संस्मरण विमर्श

1. दिमाग़ ने जिया सफ़र–**ब्रजेश्वर मैदान** : **525**
2. एक प्रबुद्ध सैलानी का सफ़रनामा–**रोहिणी अग्रवाल** : **529**

नाटक–विमर्श

1. नाटककार मृदुला गर्ग मानवीय संवेदनाओं और रंगभाषा की चुनौतियों के साथ–**गिरीश रस्तोगी** : **535**

व्यंग्यकार मृदुला गर्ग–

1. हमसे तो चिड़िया भली : 553

मृदुला गर्ग की कविताएँ–

1. एकांत नहीं कोरोना काल में : 559
2. एक थी पदमा नदी : 560
3. पिता का आना : 562
4. आसमाँ की इबारत : 564
5. दानभीरु : 565

कविता–विमर्श

1. संवेदनाओं की कविताई दास्ताँ–**सुधांशु मिश्र** : **571**

संवाद : मृदुला गर्ग से

मारियाना का साक्षात्कार

मारियाना यान्यीच, इन्डोलिजिस्ट जेग्रेब विश्वविद्यालय, क्रोएशिया

आपने लेखन कर्म क्यों चुना? अब ऐसा क्या है जो आपको लेखन करने लिए बाध्य करता है?

पिछले चालीस वर्षों में मैंने कई मर्तबा यह सवाल ख़ुद से किया है। कभी कोई तो कभी कोई जवाब मिला। मैं यह जानकर खुश हूँ कि इस सवाल का कोई एक जबाब नहीं है।

सबसे पहले, लिखने में एक प्रबल आकर्षण यह था कि उसके लिए रोज़मर्रा के आम चलन के शब्दों को इस्तेमाल करके, उन्हें नये अर्थ व दृष्टि देकर, मैं एक अलहदा, ख़ास पहचान दे सकती थी। जादुई था यह कर पाना, नहीं उससे कहीं ज़्यादा, सरासर जादू था। दूसरी बात मैं तथ्यात्मक वस्तुस्थिति, स्वीकृत नैतिकताबोध, बाह्य तार्किकता और एकांगी सत्य से अपने को मुक्त करना चाहती थी या कहना चाहिए उनका अतिक्रमण करना चाहती थी। लेखन उसके लिए सर्वोत्तम माध्यम था मैं एक वैकल्पिक यथार्थ की रचना करना चाहती थी, पलायन हेतु नहीं, अपने पाठकों के लिए आयामी विचार के दरवाज़े खोलने के लिए। किसी एक विचारधारा या बाद के तहत नहीं। बस विभिन्न विचार पद्धितियाँ जो उनका अपना विवेक उन्हें सुझाएँ। वाद या विचारधारा व्यक्ति को गुलाम बनाती है, पर विचारों की विभिन्नता उसे आज़ाद करती है। साहित्य के मूल्य परंपरा, नकल या नैतिक नियमों से नहीं, स्वतंत्र इच्छाशक्ति, करुणा और सहिष्णुता से निर्धारित होते हैं।

बीज शब्द है। प्रतिरोध में अपने को सतत प्रतिरोधी के रूप में देखती हूँ। ऐसा प्रतिरोध वा असहमति, जो व्यवस्था से ही नहीं, अपने से हुए मोहभंग से पैदा होती है। वह औरों को भी असहमति के लिए उकसाती है और हमें निरंतर विकसित होने सत्य के विभिन्न प्रतिरूपों के प्रति सहिष्णु बनाती है।

क्या इसीलिए आप बराबर लिख रही हैं? क्या प्रतिरोध कभी निहाल भी हो जाता है, आपके लेखन में?

बराबर लिख रही हूँ क्योंकि आज प्रतिरोध और असहमति की आवश्यकता ज़्यादा है, तंग ख़्याली और कठमुल्लापन दुनिया में असहिष्णुता और आतंक को जन्म दे रहे हैं।

मन में कहीं आशा की एक लौ है कि मेरे लेखन से लोगों के सोचने के तरीके में कोई फ़र्क आ सकता है। मेरे या मेरे पात्रों के कहने द्वारा नहीं, जो वे करते हैं, उसकी देखा–देखी। अगर कोई पात्र रूढ़ि या स्वीकृत मूल्यों से अलहदा, विवेकसम्मत निर्णय लेता है तो पाठक को अपना रास्ता ख़ुद चुनने के लिए प्रेरित कर सकता है। मुखे यक़ीन है कि ऐसा हो सकता है क्योंकि ख़ुद मेरे साथ हो चुका है, हालांकि मैंने उस पात्र की कहानी स्वयं लिखी थी।

जब मैंने 'हरी बिंदी' कहानी अपने छात्रों के साथ पढ़ी तो उनके लिए यह समझना मुश्किल हुआ कि वह कहानी सामाजिक *उयूबों को कैसे बोडती थी।* **एक संपादक ने भी कहा कि ठीक है वह औरत मुंबई में घूमने निकल पड़ती है पर इसमें प्रतिरोध कहाँ हुआ? आप क्या कहेंगी इसके बारे में और अन्य कहानियों को लेकर भी।**

प्रतिरोध अकेले घूमने में और एक अजनबी को मेहमान बनाने में कुछ है क्योंकि सत्तर के दशक में भारत में किसी जवान शादीशुदा लड़की के लिए यह कर पाना सामाजिक नियम–क़ायदे के ख़िलाफ़ था। पर असल प्रतिरोध है क्षण को क्षण की तरह जीने में अजनबी से कोई रिश्ता न बनाने में न एक रात का यौन संबंध, न दुबारा मिलने की कोशिश, न दोस्ती का आमंत्रण। जो है क्षणिक आपसदारी में संपूर्ण, वे कुछ देर के लिए पूरी तरह एकात्म है और उससे पूर्ण रूप से संतुष्ट। यह आज भी सब मुल्क़ों के लिए एक नायाब अवस्था है।

एक सीधा स्पष्ट प्रतिरोध होता है जैस। मेरे उपन्यास 'अनित्य' में है जहाँ एक इतिहास की टीचर गांधी पर सवाल उठाती है। या 'वंशज' में है जहाँ नायक व्यवस्था के हर हिस्से में जंग करता है, या 'कठगुलाब' में जेंडर के पूर्वग्रहों में प्रतिरोध है। पर मैं व्यवस्थागत प्रतिरोध की नहीं, उसकी बात करना चाहती हूँ जो आम आदमी या औरत के रोज़मर्रा के जीवन में प्रकट होता है, सहज भाव से जो उन्हें अपनी और दूसरों की छवि के बारे में दुबारा सोचने पर बाध्य करता है। साहित्य का यही मूल धर्म है।

एक कहानी का उदाहरण देकर स्पष्ट करती है।

कहानी का नाम है "छत पर दस्तक़" उसमें एक पात्र है, हाल में सेवा निवृत हुई, निम्नवर्गीय विधवा स्कूल टीचर। वह अपने तकनीक संपन्न, नव धनिक पुत्र के पास अमरीका जाती है, जो वहाँ के तौर–तरीकों से मेल बिठलाने की असमंजस भरी कोशिश कर रहा है। वह वहाँ यह सोच कर जाती है कि या उसे वहाँ रहना पड़ेगा या उससे आर्थिक मदद माँगनी पड़ेगी।

अमरीका में उसका साबका एक बुजुर्ग अमरीकन से पड़ता है, जो उसके मकान के ऊपरी माले में रहता है। रातभर वह उसकी छत के ठीक ऊपर अपने फर्श पर चहलकदमी करता है जिससे वह बहुत परेशान होती है। एक रात डंडा लेकर छत पर दे मारती है। ऊपर से जवाबी ठक ठक होती। है। इस तरह उनके बीच एक मूक वार्तालाप शुरु होता है। बिन देखे–मिले वे दोस्त बन जाते हैं। आज के सोशल मीडिया का पुराना संस्करण समझ लीजिए। नेट के बजाय छत! एक रात छत पर बनी अटूट चुप्पी उसे आशक्ति कर देती है, वह ऊपर जाकर गरी बुलवाती है और यहाँ बेहोश पड़े बुजुर्ग मर्द को फोरी चिकित्सा दिलवाती है। फिर अस्पताल में भी उसकी देखभाल करती है और बाई उसकी दोस्त बन जाती है। यह अनुभव उसके दर मिटा देता है। वह अपने बेटे की परेशानी समझ सकती है और आराम से उससे कह सकती है कि यहाँ कुछ काम निबटा लेने पर ही वह कुछ दिन बाद, हिंदुस्तान वापस जाएगी। जब वह पूछता है। कौन–सा काम, तो हँस कर कहती है वह प्राइवेट है। कहती है मज़े लेकर उस बेटे से, जो दिन–रात अमरीकी तर्ज पर प्राइवेसी का नाम जपा करता है। ख़ुद बुजुर्ग होने पर मुझे अपनी इस कहानी में बहुत प्रेरणा मिली।

बहुत खूब। इसी से सवाल निकलता है, महिला लेखक होने का क्या अर्थ है भारत में? क्या आपके आरंभिक समय में और आज के समय में उनकी स्थिति में कोई बदलाव आया है? नारीवादकार कला क्षेत्र में काम करने वाली स्त्रियों पर क्या असर होना है?

लेखिका किसी भी देश की हो, उससे दो सवाल ज़रूर किये जाते हैं। (क) क्या वह एक स्त्री की तरह लिखती है? (ख) क्या बी लेखन को एक अलग विधा माना जा सकता है? अपने बारे में मात्र इतना कह सकती है कि मैं जन्म से सखी है और चयन से लेखक। इसके अलावा इनके बीच कोई संबंध नहीं है। पर चूँकि समाज बी लेखकों को अलग श्रेणी में रख कर देखता है, इसलिए इस वक्तव्य में कुछ और जोड़ना ज़रूरी हो जाता है।

यह समझने के लिए कि ज़्यादातर बियों के लिए बी लेखक होने का क्या मतलब है, मुझे दो सवाल और पूछने पड़ेंगे।

पहला, क्या सामाजिक, आर्थिक व राजनीतिक हादसों पर या समाज, देश व दुनिया के दुराचार पर बी की पुरुष से अलहदा प्रतिक्रिया होती है?

ओरों के लिए नहीं कह सकती पर जहाँ तक मेरा सवाल है, उसकी चोट पर कह सकती हूँ कि मेरी प्रतिक्रिया, बतौर स्त्री नहीं बतौर संवेदनशील और बाई व्यक्ति होती है। अगर आप उसका मतलब यह लगाएँ कि संवेदनशील और आर्द होना, औरत होना है तो मुझे पूछना पड़ेगा कि क्या सब औरतें सब मर्दों की बनिस्थत संवेदनशील व आर्द्र होती हैं? यह मानने का मेरे पास कोई तर्क नहीं है। यह मसला लिंग का नहीं, व्यक्तित्व का है।

मेरा दूसरा सवाल है कि क्या पाठकीय प्रतिक्रिया लेखक के स्त्री होने से प्रभावित होती है। बदकिस्मती से, हाँ। सो, भले मैं स्त्री की तरह न लिखूँ, मुझे पढ़ने वाले ज़रूर मुझे बतौर स्त्री पढ़ते हैं और अपनी प्रतिक्रिया देते हैं। उसका मेरे लेखन पर असर नहीं पड़ता पर हो सकता है, अन्य स्त्रियों के लेखन पर पड़ता हो।

आपने कहा तो मुझे अहसास हुआ कि क्रोएशिया में भी कुछ ऐसा ही है। साहित्य में बतौर स्त्री लिखना एक तरह का फैशन बन गया है। पर मज़े की बात यह है कि यह सूत्र उन्हीं स्त्री लेखकों पर लागू किया गया जो नारीवादी आंदोलन की समकालीन थी या बाद में आई। उन पर नहीं जिनकी कृतियाँ उससे पहले छप चुकी थी और जो हरवक्त ज़्यादा राजनीतिक व नारीवादी थी। कभी–कभी मुझे लगता है कि लोग भी लेखन को भावनात्मक लेखन या यौन लालसाओं के लेखन से जोड़ कर देखते हैं।

बिल्कुल आपकी बात हिंदी में महादेवी वर्मा और सुभद्रा कुमारी चौहान जैसी लेखिकाओं पर एकदम सटीक बैठती हैं। तीस के दशक की वे लेखिकाएँ आज की लेखिकाओं से अधिक राजनीतिक अवसरवादी श्री परस्नके सेवन को कोई अलग से स्त्री जैमन के बाँचे में चम्पाँ नहीं करता। पर यह भी तय है कि आजकल स्त्रियाँ अपनी यौनिक इच्छाओं के बारे में ज़्यादा खुद कर लिख रही हैं। मैं समझती हूँ कि देह पर बी के नियंत्रण की हायतौबा का बी आज़ादी पर कुछ विरोधात्मक अंतर भी पड़ा है। अधिकतर स्त्रियों संभोग के बारे में वैसे ही लिख रही हैं जैसे पुरुष लिखते हैं। उससे देह पर उनका खुद का नियंत्रण भले साबित हो जाए पर जेंडर, राजनीति और विषम समाज में स्त्री की भूमिका कर

पर उनके सोच की दिशा साफ़ नहीं होती। मेरे लिए देह की आज़ादी से कहीं ज़्यादा ज़रूरी है विचार और विरोध करने की आज़ादी।

आपने एक लेख में उपनिवेशी मानसिकता के विषय में लिखा था। उसमें एक वाक्य में कहा था कि अंग्रेज़ी लेखन को भारत में अधिक प्रशंसा मिलती है। उस संबंध में मेरे तीन प्रश्न हैं।

पहला : आप उन लेखकों में से हैं जो हिंदी–अंग्रेज़ी दोनों में लिख सकती थीं। फिर आपने हिंदी को क्यों चुना? लेखकों की नई पीढ़ी इस बारे में क्या सोचती है?

ऐतिहासिक विडंबना के चलते हम भारतीय द्विभाषी हुए। वितानी हुकूमत के खात्मे के बाद भी शिक्षा का माध्यम, अंग्रेज़ी बनी रही क्योंकि तब तक अमरीकी नव उपनिवेशवाद इनमें फैला चुका था। कॉल सेंटर्स ज़रूरी रोज़गार के अवसर मुहैया करवा रहे थे और चूँकि उसके लिए अंग्रेज़ी का प्राथमिक ज्ञान ज़रूरी था। इसलिए नव युवाओं के लिए अंग्रेज़ी अनिवार्य हो गई। यह समस्या युगोस्लाविया(अब क्रोएशिया) में भी रही थी। अपनी लेखिका नादिया तसिच को पढ़िए।

हुआ यह कि जो अच्छी हिंदी जानते थे या जो उसे बौद्धिक रूप से बराबर बोलते थे, उन्होंने हिंदी में लिखा। जो इतने खुशकिस्मत नहीं थे, उन्होंने अंग्रेज़ी में लिखा। अच्छा बुरा या बाजारू, पर ज़्यादातर विदेशी बाज़ार को नज़र में रख कर, जो हमेशा रंग नहीं लाया। मैं भाग्यशाली लोगों से थी। पढ़ी तो मैं भी अंग्रेज़ी माध्यम स्कूल में थी पर हिंदी–उर्दू जानती–बोलती ही नहीं थी, उनमें साहित्य भी खूब पढ़ रखा था। शुरू में मैंने कुछ कहानियाँ अंग्रेज़ी में लिखी ज़रूर पर जल्द ही पाया कि मैं हिंदी में लिख रही हूँ। इसे मैंने सायास नहीं चुना। जो हिंदी या अन्य मातृभाषा में लिखते हैं, उनकी पकड़ इतिहास, जुग्राफिये, नाते–रिश्ते और सबसे अहम्, भाषा की जटिलता और सहज रचनात्मकता पर अधिक होती है। यानी उनकी भाषा में ज़्यादा रचाव होता है।

आज की युवा पीढ़ी अंग्रेज़ी में लिवती के रोगि उन्हें कोई और भाषा जाती ही नहीं। नाम आज कम दोस्तों के साथ और सोशल मीडिया पर अंग्रेज़ी को ही इस्तेमाल करते हैं, तो उसी में लिख डालते हैं पर यह सीमित भावबोध का लेखन होता है।

मैंने यह टिप्पणी अनेक बार सुनी है। ऐसा है तो क्या भारतीय शिक्षा पद्धति में कहीं कुछ ज़बरदस्त कभी नहीं है? पर शायद

शिक्षा व्यवस्था से यह तय नहीं हो सकता कि लेखक अपना साहित्यिक पाठ किस भाषा में रचेंगे।

आपकी दोनों बातें कमोवेश सही है। शिक्षा व्यवस्था को यह तय नहीं करना चाहिए कि साहित्य किस भाषा में किया जाए। पर दुर्भाग्य से काफ़ी हद तक भाषा ज्ञान आरंभिक शिक्षा पर निर्भर करती है और साहित्य रचना के लिए भाषा का सहजबोध अनिवार्य है। जब वह न हो तो अपनी भाषा में लिखना ही एक तरह का प्रतिरोध बन जाता है। आकार्य के साथ देखती है कि लोग मुझसे पूछ रहे हैं कि मैं हिंदी में क्यों लिखती हूँ। आमतौर पर मेरा जवाब होता है "क्योंकि मैं उसे नहीं, जानती।"

हमारी आरंभिक शिक्षा धीरे–धीरे अंग्रेज़ी की तरफ़ इसलिए बढ़ी क्योंकि हमने अपनी दर्जनों समृद्ध भाषाओं में से किसी एक को भी आपसी तालमेल के लिए नहीं बुना। हम सबको खुश करने में लगे रहे। आम जनता के लिए संपर्क का माध्यम हिंदी ज़रूर बनती गई पर बुद्धिजीवियों या बुद्धि से संबंधित हर काम के लिए वह अंग्रेज़ी रही। शायद एक–दो नहीं, अनेकानेक भाषाओं की समृद्धि ही हमारी शिक्षा नीति के लिए समस्या बन गई। अंग्रेज़ी को चुनता राजनीतिक रूप से एक आसान विकल्प था। पर दूरगामी रूप से हमारे मानसिक विकास को दुर्बल करने वाला बना।

तब यह सवाल उठता है कि किन लेखकों का लेखन उपनिवेशी मानसिकता की हद तोड़ता है?

जवाब देने से पहले यह कहना ज़रूरी है कि यह मानसिकता अत्यन्त जटिल स्थिति से ताल्लुक रखती है, इसलिए इस सवाल का कोई एकागी या दो टूक जवाब नहीं है। हमें अनेक किस्म के अपवादों, विरोधाभासों, विसंगतियों और विद्रूप के लिए जगह छोड़नी होगी। पर मोटा–मोटी तौर पर कह सकते हैं कि ज़्यादातर लेखक जो अपनी मादरी ज़ुबान में लिखते हैं इससे बरी हैं पर सब नहीं। उदाहरण के लिए मनोहर श्याम जोशी, श्रीलाल शुक्ल और कृष्णा सोबती को ले सकते हैं। उनकी आधुनिकता अपनी सामाजिक–राजनीतिक–धार्मिक संस्कृति से मोह और मोहभंग से उपजी है, पर साथ ही उपनिवेशी मानसिकता से उनका मोहभंग और गहरा है और वह अपना प्रतिरोध खुल कर व्यक्त करते हैं।

इसके विपरीत जब अंग्रेज़ी में लिखने वाले लेखक देश से निष्कासित और देश से पलायन करने वाले "भारतीयों में फ़र्क नहीं करते तो हम कह

सकते हैं कि वे उपनिवेशवादी मानसिकता के शिकार हैं। प्रवास में मेज़बान देश की संस्कृति से मेल बिठलाने की कोशिश करते भारतीयों पर अनगिनत उपन्यास–कहानी आदि लिखे गये हैं। फ़िल्में बनी हैं, जिनमें ज़्यादातर भारतीय, जाहिल हास्यास्पद और पिछड़े हुए दर्शाये जाते हैं। पर बेगाने देश में बेगानेपन से आक्रांत भारतीय की, अंग्रेज़ी में, शायद ही कोई मार्मिक कथा कही गई है। वैसी जैसी नादिया तेसिच ने क्रोआती स्त्री के अमरीका, (न्यूयॉर्क) निवास पर लिखी थी। वाकई जो लेखक देश–निकाले और अपनी मर्ज़ी से अन्य देश में बसे व्यक्ति में फ़र्क करने से डरता है वह न अपने लिए लिखता है, न अपने या अन्य किसी समाज के लिए उस दर–दर कर प्रायोजित ढंग से बाज़ार के लिए लिखता है।

क्या आप यह कह रही हैं कि अंग्रेज़ी के लेखक अपने नये निवास के बारे में ही लिखते हैं और आप चाहती हैं कि वे पीछे छोड़े गये घर पर भी लिखें। शायद इसका ताल्लुक सांस्कृतिक परंपरा और स्मृति से हो। मेरी राय में क्रोएशियन और हमारे प्रदेश के अन्य जन अपने अतीत को बहुत कस कर पकड़े रहते हैं इसलिए विस्मरण, प्रस्थान और अस्मिता की समस्याओं पर ज़्यादा लिखते हैं। ज़रूरी नहीं है कि यहीं बात हो। पर मेरी जिज्ञासा यह है कि क्या आप सोचती हैं कि अंग्रेज़ी माध्यम में लिखना, उपनिवेशी मानसिकता का शिकार होना है?

पहली बात। सवाल इस या उस घर या संस्कृति के बारे में लिखने का नहीं है बल्कि किसी भी दिशा में बहनें के बजाय, संतुलित अन्वेषी दृष्टि से दोनों संस्कृतियों को देखने का है। वह तभी हो सकता है जब आप न नये निवास की जीवनशैली के सामने हीनभावना से ग्रस्त हों और न अपने गुह्य और सुदूर अतीत को महिमा मंडित करने के लिए लालायिता। असल में वह भी हीनभावना से मुक्त होने की तलाश से उपजता है।

दूसरे, मैं कदापि यह नहीं कह रही कि अंग्रेज़ी भाषा को सृजन का माध्यम चुनने का मतलब, हर हाल, उपनिवेशवादी मानसिकता को गले लगाना है। हमारी गुलामी के वक्त में भी आर. के. नारायण, मुल्क़राज आनंद, राजा राव ने दिखला दिया था कि लेखक उपनिवेशी भाषा का इस्तेमाल, उपनिवेशी मानसिकता को निरस्त करने के लिए कर सकता है। आर.के. नारायण ने शासक के आडंबरयुक्त अहंकार और शासित की हास्यासपद मुसाहिबी, दोनों पर तिरस्कार रहित कटाक्ष करके, उनके बीच की खाई को

पाट दिया था। उन्होंने दिखला दिया था कि दोनों ही सतही सभ्यता के नादान शिकार थे। जैसे ही आम हिंदुस्तानी ने समझा कि गोरे राजा की संस्कृति उसकी अपनी संस्कृति से किसी हाल बेहतर नहीं थी, उसके लिए प्रतिरोध या विद्रोह कर पाना, कुछ हद तक, सहज हो गया। ऊँचाई पर बैठे सत्ताधारियों की संतानों को नीचे उतारने के लिए, वाकई, निष्कलुष मखौल से बेहतर नुस्खा है नहीं। मुल्क़राज आनंद ने देश की सामाजिक अंतरात्मा को 'बेदर्दी से कुरेदा तो राजा राव ने वही काम रूढ़ दर्शन व धार्मिक अवधारणाओं के साथ किया।

पर यहाँ एक मज़े की बात यह रही कि जैसे ही राजा राव देश से पलायन कर प्रवासी बने, उन्होंने दर्शन का घोल ज़्यादा तीखा कर दिया। जैसा कि आजकल के प्रवासी भारतीय लेखक कर रहे हैं। वे एथनिक और एक्ज़ॉटिक के नाम पर भारतीय दर्शन, मिस्र और धर्म का घालमेल करके विदेशियों के गले उतार रहे हैं या उससे ठीक विपरीत अपने देशवासियों के पिछडेपन का मखौल उड़ा रहे हैं। वह भी इसलिए क्योंकि वे विदेशी संस्कृति में रच–बस नहीं पाते।

देश से बाहर के पाठकों के लिए साहित्य रचने की प्रक्रिया कुछ हद तक शायद बाज़ार से जुड़ी हुई है। जहाँ पढ़ने वाले मिलें उनके लिए उनकी पसंद की रचना करना। पर एक बात कहना चाहूँगी. आर.के. नारायण की कथा साहित्य मुझे कृष्ण चंदर के हिंदी उपन्यास 'एक गधे की आत्मकथा' की याद दिलाता है। उसका जो स्वर है, वह एक जैसा है। आप क्या सोचती हैं? क्या यह सिर्फ़ मेरा सोच है?

मैं आपसे पूरी तरह सहमत हूँ। दोनों में अद्‌भुत समानता है। यहाँ भाषा आड़े नहीं आई, व्यवस्था और उसके नीचे पलने वाली जनता के बारे में अंग्रेज़ी में वही तंज आया जो हिंदी में है।

इसी से जुड़ा एक और सवाना क्या जेंडर (लिंग) का भाषा के चुनाव पर कोई प्रभाव होता है?

नहीं। कुछ प्रभाव शिक्षा का ज़रूर होता है। यह सही है कि पुरुषों के मुक़ाबले स्त्रियों का कम प्रतिशत शिक्षित है पर उसके साथ यह भी उतना ही सही है कि स्त्री–पुरुष दोनों में एक छोटा प्रतिशत ही अंग्रेज़ी का इतना ज्ञान रखता है कि उसमें रचना कर सके। इसीलिए जैसा मैंने पहले कहा, अंग्रेज़ी लेखन में भाषा का रचाव कम होता है पर यह बात संपूर्ण लेखन पर

लागू नहीं होती। अमिताव घोष, विक्रम सेठ, राहुल भट्टाचार्य ऐसे कुछ लेखक हैं, जो अंग्रेज़ी में अपनी मदारी "जुबान जितना ही प्रयोग कर रहे हैं। तोड़–फोड़ भी नये मुहावरों की इज़ाद भी और व्याकरण की ऐसी तैसी भी।

आपकी काफ़ी कहानियों के केंद्र में स्त्रियाँ हैं। जैसे 'कठगुलाब' में आप विशेषरूप से स्त्रियों के विषय में बात करती हैं। बलात्कार, पारिवारिक सुविघटन, अकेलापन, स्त्री–पुरुष संबंध और मातृत्व और जेंडर को लेकर हर तरह की खामख़याली, ग़लतफहमी या भ्रम के बारे में भी। आपने कहा कि साहित्य लोगों को अपनी और दूसरों की छवि के बारे में दुबारा सोचने पर बाध्य करता है। जब आप स्त्रियों के बारे में लिखती हैं तो पाठकों से उनकी छवि के विषय में क्या सोचने की अपेक्षा करती हैं?

मैं चाहती हूँ कि ये समझे कि ऐसा कोई मुखौटा नहीं है जो वे हर औरत के चेहरे पर चस्पा कर सकते हैं। हर औरत अलग इंसान है और दूसरी औरत से एकदम फ़र्क हो सकती है। मतलब यह कि उन्हें तमाम औरतों को एक जमात या जाति विशेष में रखकर देखने के बजाय, स्वतंत्र व्यक्तियों की तरह देखना चाहिए। कभी कामुक तो कभी वौद्धिक मेरे कथ्य में जो भी विषय झलकता है, जैसे राजनीतिक और आर्थिक स्वायत्तता, पर्यावरण, भ्रष्टाचार, युद्ध, फसाद वग़ैरह उसमें औरत–मर्द दोनों रहते हैं। बल्कि तभी मेरी औरतें ज़्यादा मुखर हो कर सामने आती हैं, जैसे पहले के उपन्यासों वंशज या 'अनित्य' में या हाल के लिखे 'वसु के कुटुम' में।

"जेंडर के अलावा आपको और न से विषय प्रासंगिक लगते हैं?

अनेक विषय। 1980 में लिखे एक महत्वपूर्ण उपन्यास 'अनित्य' का कथानक आज़ादी की लड़ाई के दौरान हिंसात्मक और अहिंसात्मक आंदोलनों की टकराहट और उससे पैदा हुई दुविधा से बुना गया है।

ये कथ्य लिखने के लिए आपने गल्प को क्यों चुना। पत्रकारिता या इतिहास को क्यों नहीं?

इसलिए कि हमारे इस वक्त में जब हर घटना त्रासद, हादसा या जन, ब्योरेवार तरीके से हमारे सामने खोल कर रखा जाता है तब भी उनके इर्द–गिर्द कहानी, उपन्यास, नाटक चुनने की ज़रूरत इसलिए है क्योंकि गल्प उनके भागीदारों को भीड़ से अलग करके, एक चेहरा प्रदान करता है। हादसे से पहले और बाद की उनकी कथा कहती है, जिससे हम उनसे एकात्म हो

सकते हैं। चाहे वे हमसे एकदम भिन्न क्यों न हो। गल्प पढ़ते–पढ़ते हमारी समझ में आ जाता है कि हम बच गये वरना जो उनके साथ हुआ हमारे साथ भी घट सकता था। हमारी ज़िंदगी की कहानी हो सकता था। जानने की ललक या अविश्वास और गुस्सा, साझेदारी में बदल जाते हैं और वह अंततः करुणा में। हम अपने से बाहर निकल कर कथा में साँस लेता कोई दूसरा बन जाते हैं। असहिष्णुता, पूर्वग्रह और अन्याय से बचने का अचूक नुस्खा है, दूसरे को ख़ुद में रचा–बसा लेना। खुशफहमी हो सकती है पर मैं लिखती इसीलिए हूँ कि पाठक करुणा संपूर्त विवेक के इस्तेमाल की ओर प्रवृत्त हो।

आपको आपके एक उपन्यास के लिए 1980 में गिरफ़्तार किया गया था। हाल में पढ़ा था कि एक प्रकाशक को एक हिंदुस्तानी लेखक की किताब की सभी प्रतियाँ नष्ट करने पर वाध्य किया गया। धमकियों और लेखकों की हत्याओं के मामले भी सुनने में आ रहे हैं। दुनिया के सबसे बड़े लोकतंत्र में इस तरह के प्रतिबंध के मामले क्यों सामने आ रहे हैं? क्या पिछले कुछ दशकों में प्रतिबंध बढ़े हैं?

जिस लेखक की किताब की प्रतिमा नष्ट की गई थी, वह हिंदुस्तानी नहीं अमरीवान, डॉतेथी हॉरिंगर थी, जिन्होंने हिंदू धर्म पर बहुत अन्य विद्वता के साथ लिखा था। मज़ेदार बात यह रही कि उनकी विद्धता पर किसी ने उँगली नहीं उठाई, हिंदू धर्म की उथली आलोचना पर ही हड़कंप मचता रहा। ख़ुद भारतीय विद्वान, जो जन्म से हिंदू थे, हिंदू विश्वासों की अधिक वेधक आलोचना करते रहे थे और किसी ने उनकी पुस्तक नष्ट करने की माँग नहीं की थी। दरअसल हिंदू के साथ इज्म नहीं लगाया जा सकता। इसलिए हो सकता है उनके अल्प और विकृत ज्ञान ने ही लोगों को अनजाने चिढ़ाया हो पर वह पुस्तक 'अर्थ' दुबारा छप चुकी है और किसी ने एतराज नहीं किया है। शायद उनका पहला प्रकाशक कुछ ज़्यादा ही डर गया था।

फिर भी मुझे यह स्वीकार करना पड़ेगा कि धर्म आधारित प्रतिबंधों की माँग पिछले कुछ वर्षों में घटने के बजाय बढ़ रही है।

बहुत कुछ इस पर निर्भर करता है कि हम प्रतिबंध को किस तरह देखते हैं। उसको किस तरह परिभाषित करते हैं। पर आपने कहा कि भारत में साहित्यकारों पर प्रतिबंध बढ़ रहे हैं। किस तरह के प्रतिबंध? क्या आप कुछ उदाहरण दे सकती हैं?

जी ज़रूर हमारे यहाँ अनेक लेखक अपने धार्मिक प्रतिरोध के लिए मारे जाते रहे हैं, सरकार द्वारा नहीं, आतंकवादी गुटों या स्वघोषित नैतिक गुरुखों द्वारा। खालिस्तानी सिख आतंकवादियों द्वारा 1988 में पंजाब के कवि पाश की हत्या ऐसे ही की गई थी। पर सरकार ने भी प्रतिबंध लगाये। 80 के दशक में सरकार ने आंध्र में तेलुगु लेखक वस्चर राव आदि को बरसों जेल में रखा। 2012 में दो पंजाबी कवियों जगजीत सिंह और सुखविंदर सिंह को भारत विभाजन से पहले के मशहूर पंजाबी लोक गायक और कवि रजब अली की जो पाकिस्तान चले गये थे, नज्मों का अनुवाद करने के लिए गिरफ़्तार कर लिया गया था। फिर 2013–15 में कलबुर्गी पनसारे और थबोलकर की नैतिक झंदाबरदारो द्वारा हत्या की गई, जिनका इन सब मामलों से अधिक प्रचार हुआ।

पर कम से कम इनका कहीं जिक्र तो है, लोगों को मालूमात तो है। मगर कितनी और किन स्त्रियों को यंत्रणा देकर, मारपीट करके, न लिखने पर मज़बूर किया गया और कितनी स्त्रियों ने पीड़ा से छुटकारा पाने के लिए आत्महत्या की, इसका कोई ब्यौरा कहीं नहीं है। और यह सरकार ने नहीं किया, इसलिए उसके लिए हम लोकतंत्र को दोष नहीं दे सकते। ये किया उनके परिवारों और अन्य साहित्यकारों ने। स्त्री लेखकों को इस तरह के पारिवारिक और साहित्यिक–सांस्कृतिक प्रतिबंध का डर ज़्यादा रहता है। यानी प्रतिबंध पाँच तरह के हैं, पारिवारिक, धार्मिक,राजनीतिक, सांस्कृतिक और आतंकवादी। मैं भीड़ द्वारा लागू प्रतिबंधों को आतंकवादी ही कहूँगी, चाहे वे धर्म की आड़ क्यों न लें।

इसका सबसे ख़तरनाक पहलू यह है कि इसका सीधा नतीजा होता है, कलाकार– साहित्यकार का स्वयं खुद को प्रतिबंधित करना।

पर तन्तवादी प्रतिबंध तो पूरी दुनिया में लगाये जाते हैं। मैं भुक्तभोगी हूँ और अनेक मुक्तभोगियों को जानती है, जिन्होंने किसी–न–किसी रूप में नस्लवाद से प्रेरित प्रतिबंध या नफ़रत अमरीका, नीदरलैंड और यूरोप के हर देश में रहे हैं। कम से कम हिंदुस्तान में विभिन्न धर्म, भाषा, संस्कृति, ऐतिहासिक पृष्ठभूमि के लोग साथ रहे तो रहे हैं। टूटभर अलग नहीं हुए और न खुलेतौर पर हमने नस्लवाद का प्रदर्शन किया है।

बिल्कुल ठीक कह रही हैं आप! प्रतिबंध, सेंसरशिप किसी–न–किसी रूप में हर जगह है। नस्लवाद को हम यह मान कर चलते हैं कि दूसरे दूर के देशों में वह है ही. इसीलिए हमें वह झूठ दिखलाई दे जाता है। अपने आस पास का नज़ारा

हम अनदेखा कर देते हैं।

हिंदी मुहावरे में कहें तो दिये तले अंधेरा।

आप लेखन पर वापस आए। आपने अब तक उपन्याम कहानी, नाटक, निबंध सब लिखे हैं। क्या कुछ ऐसा है इन सबके बीच जिसे मृदुला गर्ग की ख़ास शैली कहा जा सके?

इसका उत्तर हिंदी लेखक मनोहर श्याम जोशी और अंग्रेज़ी आलोचक जसवीर जैन के शब्दों में देना चाहती हूँ। जोशी जी ने कहा था."मृदुला गर्ग के लेखन में आधुनिक और पारंपरिक का गेल रहता है। उसे आधुनिक कह कर नहीं कोसा जा सकता क्योंकि माँ, बहिन, नौकरानी वग़ैरह इनके लेखन में बराबर रहते हैं। पर दिक्कत यह होती है कि ये सभी पात्र अलग किस्म के होते हैं। वह ऐसे लिखती हैं जैसे बोल रही हों, तटस्थ भाव में, कहीं जजमेंटल नहीं हैं, कोई निर्णय नहीं देतीं। कहीं सोच कर नैतिकता का अथ नहीं उठाती 'कठगुलाब' में केजुअल स्टाइल में आत्म व्यंग्य है। दूसरों पर भी व्यंग्य है। ऐसा भी नहीं है कि वह अपने पर केन्द्रित है कि अपने को लेकर आत्ममुग्ध हों। वे आत्म को भी देख रही हैं और बाहर को भी देख रही हैं। ऐसा भी नहीं है कि वे नेगेटिव है। बस अपने पर मुग्ध नहीं है। साफ़ देखना दो टूक कहना, अपनी बात को मौलिक ढंग से कहने का साहस रखना, यह एक अद्‌भुत काम है।"

जसबीर जैन ने कहा,"मृदुला गर्ग एक मौलिक और साहसिक विचारक हैं, जिसे न बहुसंख्यकों की रायशुमारी की परवाह है, न स्थापित आलोचकों के मत की। रचना में कटाक्ष और गहन आत्म विश्लेषण पर उनका एक जैसा अधिकार है। उनके पात्र किसी पूर्व योजना के तहत निर्मित नहीं होते, अनायास रच जाते हैं। और जैसे–जैसे रचना आगे बढ़ती है, अधिक बहुआयामी और जटिल होती चली जाती है।" एक वाक्य में कहें तो..."अगर कोई किताब पाठकों को नाराज़ करती है पर उनसे छोड़े नहीं छूटती और अंततः उन्हें सोचने पर मज़बूर करती है तो बहुत मुमकिन है कि वह मृदुला गर्ग ने लिखी होगी।"

"इसका अनुभव तो ख़ुद मुझे भी रहा है। किताब पढ़ी तो वह बतलाएँ कि भारत के बाहर के "लेखकों का आपकी शैली पर कितनी प्रमुख रही है? जैसे कहानी पर एक साक्षात्कार में आपने कहा था कि आप अपनी कहानियाँ एक बैठक में लिखती हैं। उसका भाषा पर क्या असर पड़ता है? क्या आप

उनमें सुधार करने के लिए उन पर वापस लौटती है?

मैंने शुरु बालपन से ही इतने रूसी, फ्रांसीसी, फारसी, जर्मन, बंगला, कन्नड, तमिल, मराठी आदि प्रदेशी–विदेशी लेखकों को हिंदी–अंग्रेज़ी में पढ़ डाला कि उन्हें अलग करके देखना मुश्किल है। कुछ लेखक हैं जो शुरू से लेकर अब तक मेरे पसंदीदा बने हुए हैं, जैसे दांतोय्वस्की, अल्बर्ट कामू, मिलान कुल्लेग, मनोहर श्याम जोशी, गेरियत, गार्शिया, मानसचेंज पर एक समय में मैंने ऑस्कर चाइल्ड पी जी. वुडहाउस और शरतचंद चट्‌टोपाध्याय को भी लत की मानिंद पढ़ा। वे सब मेरे आवबोध के अंग बन गये और बहुत कम उम्र में मैंने महान शख़्सियतों से ख़ौफ़ खाने से निजात पा ली। पर अलग में किसी एक के प्रभाव को रेखांकित करना मेरे लिए मुश्किल है।

कहानी लेखन की बकहूँ तो हाँ एकाध बार आपसे बीट कर भाषा को ज़रा परिमार्जित ज़रूर करती हूँ पर पूरी कहानी द्वारा नये शिल्प में लिखती बहुत कम हूँ। एक कथ्य पर अलबत्ता तीन–चार लिखा था कुछ हेर–फेर के समय और तीनों प्रकाशित हुई थीं। कथ्य भोपाल गैस त्रासदी का या ज़बरदस्त संताप में डूब गया था माना पहले एक गद्य रचना की 'कालिदास का विद्रोही मेघ' नाम से 'सारिका' पत्रिका में छपी। वह कुछ हद तक सीधे–सीधे उस महाविनाश के पीछे की मानसिकता पर प्रहार करती थी। पर मन शांत नहीं हुआ, उलझन बना रही, कथा ने फंतासी का रूप लिया और उसे मैंने विनाश दूत नाम से हिंदी में और विदाउट लब इन भोपाल नाम से अंग्रेज़ी में लिखा। हिंदी की कहानी 'धर्मयुग 'पत्रिका में प्रकाशित हुई और अंग्रेज़ी की, सैन डिएगो यूनिवर्सिटी, यू.एस.ए. की पत्रिका 'फिक्शन इन्टरनेशनल' में।

एक वीडियो में मैंने आपको पाठक का रेखाचित्र खींचते सुना आपने कहा कि आपके जेहन में जो पाठक आता है, वह मर्द होता है। जब मैंने आपकी कहानी 'हरी बिंदी' पढ़ी तो मुझे लगा सब देशों की युवा लड़कियों को यह कहानी ज़रूर पढ़नी चाहिए। मुझे स्वीकार करना होगा कि आपको सुनने से पहले मेरे दिमाग़ में यह बात नहीं आई थी कि इसे मर्दों को भी पढ़ना चाहिए और इसका उन पर ज़रूर कुछ असर होगा।

अब जब मैं इस कहानी का अनुवाद क्रोआती भाषा में कर रही होती इस कहानी के बारे में एक प्रश्न और है मेरे पास। 'हरी

बिंदी' में फ़िल्म देखने के बाद औरत और पुरुष बात कर रहे हैं। आपने लिखा दो–तीन बार, अतिथि ने कहा। पथ है कि क्रोआती भाषा में अतिथि का मतलब मेहमान, घर आने वाला होता है। क्या आपका मतलब था अजनबी, विदेशी व्यक्ति क्योंकि क्रोआती भाषा में इसके लिये दूसरा शब्द है, बहुत अलग स्पष्ट करने के लिए आपसे पूछ रही हूँ मेरा ख्याल है कि मेहमान का मतलब अजनबी का नहीं। आप बतलाएँ।

यहाँ अतिथि थोड़ा सोक्ति में कहा गया है। अतिथि इसलिए क्योंकि बी ने पुरुष को कॉफी के निमंत्रित किया था। ये वह मेहमान ही है, घर पर नहीं लेटल में आज़ादी भी पर अजनबी जैसा रहा नहीं, अतिथि बन गया। कहीं छिपा हास्य भी है। ऐसे तो अजनबी घर से बाहर अतिथि बन गया। मित्र नहीं बन परिचित, पूर्ण परिचित भी नहीं, परिचित–सा परिचित बनने क्रिया में अधिक है। परिचित से आगे कुछ बनते–बनते रह जाता है। अंत में, उसका रहा." मैंने पहले किसी को 'हरी बिंदी' लगाये नहीं देखा–सुना वरन् ठिठकती ज़रूर है पर इससे पहले की कुछ प्रतिक्रिया दे पाती, टैक्सी चल पड़ती है, आँखों से ओझल हो जाती है। यहीं कांमदी बामदी है अतिथिभर बनने की।

मुझे नहीं मालूम कि क्रोआती भाषा में बीच का कोई शब्द है या नहीं पर मेरी राय में आप अतिथि या मेहमान शब्द का ही प्रयोग करें। दुनिया की भाषाओं में पर्यायवाची नाम की कोई चीज़ नहीं होती। मेहमान और अतिथि में भी अंतर है। अतिथि बिना तिथि अचानक आता है। अगर कोई मेहमान से ज़्यादा मानीखेज या रसिक शब्द हो जो आतिथ्य के रचाव को पकड़ सके तो वह ले वरना मेहमान ही सही।

एक मज़ेदार बात बतलाऊँ। रूस के हिंदी विद्वान डॉ. सेर्ग सर्वरियानी यहीं नहीं समझ पाये थे कि उस बेवकूफ औरत ने हरे रंग की बिंदी लगाई क्यों थी! वे मुझसे बहस करते रहे तो मैंने कह दिया, छोड़िये, बस यूँ समझ लीजिए कि वह रूसी नहीं थी और **गर्द** भी नहीं। और पुरुष भी रुसी नहीं था। उन्होंने पूछा क्या वह विदेशी या? मैंने कहा हाँ, छाते पर तेज़ होता है और वह कहता है, "इंग्लैंड में" तो ज़ाहिर है अंग्रेज़ ही होगा। वे बोलें एन आर आई भी हो सकता है (विदेश में रहने वाला भारतीय) मैंने कहा धत् तेरे की! कृपया आप रुसी में इसका अनुवाद करवाने की ज़हमत न उठाएँ। वैसे मेरा 'चित्तकोबरा' उपन्यास रुसी में अनूदित हो कर छप गया है पर वह अनुवाद गुजेल खेलकोवा ने किया है, जो स्त्री हैं। मज़ेदार बात यह थी कि

उसकी लेखक अनुवादक संपादक सब स्त्रियाँ थी, बस प्रकाशक पुरुष थे। पर निहायत संवेदनशील। मेरी बात साबित करने वाले कि पुरुष और स्त्री की मूल संवेदनशीलता में कोई अंतर नहीं है।

'हरी बिंदी' का अनुवाद भी रूसी में होगा ज़रूर। बहुत धन्यवाद स्पष्टीकरण के लिए। क्रोआती में अतिथि ही रखेंगे।

अब आगे सवाल यह है कि कौन है यह पाठक और लेखक का उस पर कितना बस चलता है? एक बात और। क्रोएशिया में प्रकाशक और अध्यापक शिकायत करते हैं कि नई पीढ़ी साहित्य नहीं पढ़ती। हिंदुस्तान में कौन पढ़ता है?

सारी दुनिया की तरह हिंदुस्तान में भी युवा पीढ़ी में बहुत कम लोग पढ़ते हैं। हमारे यहाँ दोगुनी मार है। युवा पीढ़ी पॉप लेखन पढ़ती है वह भी अंग्रेज़ी का हिंदी का नहीं। मगर अंधेरे में रोशनी की एक किरण यह है कि चूँकि हमारे यहाँ साक्षरता इतनी कम रही है कि अब, जब वह बढ़ रही है तो हर साल नये माझर पैदा होते हैं, जो शुरू में अपनी मातृ भाषा में पढ़ना पसंद करते हैं। जहाँ तक मेरा सवाल है मुझे स्वीकार करने में कोई आपत्ति नहीं है कि शुरू में मेरे दिमाग़ में कोई पाठ् नहीं रहता। पर धीरे–धीरे एक धुँधली–सी तस्वीर ज़ेहन में उभरनी शुरू हो जाती है। और वह छवि एक मर्द को होती है जो मेरी अपनी शख़्सियत के बहुत क़रीब होती है। बहरहाल सिर्फ़ औरतें किसी को पढ़ें और बदलाव को उद्धत हो, इसमें तो कोई तुक नहीं है क्योंकि बदलाव तभी आ सकता है जब मर्द भी बदलें।

'हरी बिंदी' मुंबई में स्थित है। और आपके एक कहानी संग्रह का नाम ही है शहर के नाम बतौर लेखक शहर का आपके और आपके पात्रों के लिए क्या महत्व है?

मैं कई शहरों में रह चुकी हूँ दिल्ली, मुंबई, बैंगलूर, पटना, कोलकाता जैसे बड़े शहरों में भी और देहरी ऑन सोन (बिहार), दुर्गापुर (बंगाल) जैसे छोटे कस्बों और हरियाणा के नन्हे गाँव बूलीया में भी न मुझे अपने पैदाइशी शहर को लेकर कोई ऐसा महसूस होता है न मेरे पात्रों को। पर हर शहर का कुछ न कुछ असर हम दोनों के भावबोध पर पड़ता ज़रूर है। कुछ उसके निवासियों से मेलजोल के माध्यम से। पर असल बात यह है कि रफ़्ता–रफ़्ता हर शहर का एक विशिष्ट व्यक्तित्व बन जाता है। वह आत्मीय या नाक घुसेड़ू भी हो सकता है और उदासीन या चेहराविहीन भी। उसका असर मुझ

पर भी पड़ता है और मेरे पात्रों पर भी।

आपने बहुत यात्राएँ की हैं और अनेक देशों के अनेक लेखकों से मुलाकात भी। 1988 में आप जेग्रेव और दुबरोवतिक भी आई थी। उस समय और यहाँ के हालात के बारे में कुछ बतलाएँ। आपको क्या–क्या याद है। वहाँ का वातावरण कैसा था? वह एक बहुत ही दिलचस्प समय था वहाँ होने के लिए। युगोस्लाविया ख़त्म होने के कगार पर था। वहाँ के शहरों, लोगों, लेखकों के बारे में आपको क्या याद है?

मेरी यात्रा को एक से अधिक परिप्रेक्ष्य में देखना ज़रूरी है। बतौर लेखक मैं पहली बार विदेश गई थी। उससे पहले 1985 में, मैं अपने पति के साथ अमरीका और पश्चिम यूरोप के कुछ देशों का भ्रमण कर चुकी थी। पर महज सन्नी की तरह ये काम ने वहाँ.. गये थे और में साथ ढंग ली थी। हम फ्रांस, खिलजेंड सोन, इटली होते हुए अमरीका पहुँचे थे। मेरा उसके पत्रकारों कॉलेज प्रोफेसरों से कतई कोई संपर्क नहीं हुआ था। इसलिए दुबोवतिक की "भाषा और साहित्य, विवादी विमर्श पर होने वाली संगोष्ठी में मैं पहली बार विदेशी प्रोफेसरों से मिल रही थी, जिनके बिन योद्धे से साहित्यकार भी थे। सच यह है कि मुझे बाद में जो भी विदेश में संपन्न साहित्यिक संगोष्ठियों के लिए आमंत्रण मिले, उनका आधार युगोस्लाविया में उस संगोष्ठी में मेरी भागीदारी रही थी। 1990 में आइयोबा अमरीका के यू.एन. कोलोकियम फॉर विमेन में मेरा बीज वक्तव्य, उसके बाद वर्जिनिया, सैन फ्रेंसिस्को आदि की यात्राएँ सब उसी का नतीजा थी। बाद में भी ज्वार बना रहा। पर चूँकि में किसी संस्थान का भाग "नहीं थी इसलिए विश्वविद्यालयों के रम्मी लेन–देन का हिस्सा कभी नहीं बनी।

दुब्रोवतिक संगोष्ठी में तब के प्रचारित तीसरी दुनिया पर सत्र हुए पर प्रतिभागियों में मैं अकेली तीसरी दुनिया की निवासी थी। उनका ख़याल था कि तीसरी दुनिया की हया–शर्म, चुप्पी और असमंजस की मिसाल होती है। उनका कहना था कि मैंने उनके सारे पूर्वग्रह ध्वस्त कर दिये।

इससे तो यही ज़ाहिर होता है कि कुछ स्टीरियोटाइप या रूढ़ विभाजन कभी ख़त्म नहीं होते। नारीवादी सम्मेलन में तो इसकी आशंका कम होनी चाहिए थी पर यह भी सच है कि बहुत बार पश्चिमी नारीवाद, विकसित देशों के बाहर की

स्त्रियों को गिनती में नहीं लेता। उन्हें समझने की कोशिश नहीं करता। सम्मेलन में कौन–कौन लोग हिस्सा ले रहे थे और आपको एक गुट का हिस्सा बन कर कैसा लगा?।

वहाँ पर अमरीकी और फ्रांसीसी स्त्रीवादियों की दो बिल्कुल अलग श्रेणियों थीं। चूँकि मैं फ्रांसीसी ज़ुबान नहीं बोल सकती थी और मेरा पर्चा अंग्रेज़ी में था, इसलिए ज़बरन मुझे अमरीकी गुट में शामिल होना पड़ा। हालांकि मैं ख़ुद को फ्रांसीसी नारीवादियों के ज़्यादा क़रीब महसूस कर रही थी।

क्या काफ़ी लेखक थे? आपको उनके साथ बिताये समय के बारे क्या कुछ याद है, ज़रा विस्तार से बतलाएँ।

कुछ विद्वानों से मेरी अच्छी दोस्ती हो गई थी। नादिया तेसिच जो मूलतः युगोस्लाविया की थीं पर बचपन में ही उन्हें माँ के साथ अमरीका जाकर बसना पड़ा था इसलिए फिलहाल न्यूयॉर्क से आई थीं। उन्होंने वह यात्रा यादगार बना दी और ख़ुद भी मेरे लिए यादगार बनी रहीं। ऐसी ज़िंदादिल और दिलदार औरत शायद ही कोई और कभी मिली हो, जिसने मुझ विदेशी अजनबी को एकदम प्रिय आत्मीय बना दिया था। युगोस्लाविया के विभाजन के बाद क़रीब बीस साल बीतने पर मं अत्यन्त आनंद हालात में 2007 में बाटवे, न्यूयॉर्क में स्थित उनके निवास पर उनसे मिली थी तब से वैसाखियों के सहारे चल रही थी पर थी उतनी ही दिलदार। वे बाटवे पर नाटक करती रही थी, अब भी लोग उन्हें पहचानते हैं। सड़क पार करते हुए और कैफे में, जहाँ वे पैदल मुझे बाईन पिलाने ले गई थी, जाते जाते लोग बराबर उनका अभिवादन कर रहे थे। वे हँस–हँस कर सबसे बतिया रही थी और मैं उनके भीतर अब भी उस दिलकश और ज़िंदादिल भारत तो देख कर हैरान थी, जिससे मेरी मुलाकात बीस साल पहले हुई थी। युगोस्लाविया के होलनाक हालात और विघटन से पीड़ित हो कर उनके अतिप्रिय छोटे भाई का निधन हार्ट बटवा से हो चुका था, जिससे वे बुरी तरह टूट गई थी। युगोस्लाविया के विभाजन में अगरीकी साज़िश के ख़िलाफ़ यू.एन. में बोलने और आंदोलन करने के लिए उन्हें बहुत सताया गया। था। उनका अमीर पति उन्हें छोड़ कर भाग गया था। पर बेटे से आपसी लगाव अपनी मिसाल आप था। पुराने ज़माने के भारतीय परिवार की याद दिलाता था। अपने दुःख की बातें तो उन्होंने मुझे कहानियों की तरह सुनाई थी। तभी उन्होंने मुझे अपना उपन्यास 'नेटिव लेंट' भेंट किया था, यह कह कर कि उसमें मैं भी थी।

किताब के साथ भी एक दिलचस्प वाक्या घट गया था। इस साल लंदन में बम विस्फोट हो गया था जिससे इंग्लैंड वाले बहुत घबराये हुए थे। हमारे हवाई जहाज को लंदन में रुकना था, तो हमें आदेश दिया गया कि हम सिर्फ़ एक थैला लेकर वहाँ उतरें और जहाज में कुछ न छोड़ें। थैले मेरे पास दो थे, एकदम छोटे–छोटे पर गिनती में दो–दो को एक किस जादुई चमत्कार से करें। जहाज वाले हमें कोई बड़ा थैला भी तो नहीं दे रहे थे। पहले पता नहीं था कि वरना न्यूयॉर्क हवाई अड्डे से बच्चों के लिए चॉकलेट न लेती। इस विसंगत आदेश के चलते दो को एक बनाने के फेर में सीट की जेब में रीवाब जहाज में ही छूट गई। फिर भी उतरी मैं दो चलो के साथ ही थी इतने छोटे कि "लंदनवासी तक डरे नहीं और मुझे तंग नहीं किया। पर लौट कर अचरज के साथ देखा कि किताब नष्ट कर दी गई थी। एक किताब से इतना डर मैंने वह आधी ही पढ़ी थी। हिंदुस्तान में कहीं मिली नहीं। बहुत दुःख हुआ। उस दुःखद पर हास्यास्पद अनुभव के बारे में मैन विमेन राइटर्स वेबसाइट पर लिख मारा। तब दूसरा, इस बार, सुखद अचरज घटा। एक और दिलदार लेखिका से परिचय हुआ। पेरिस की लेखिका ममता चौधरी फायर ने मेरी टिप्पणी पढ़ी और नैटिव लेंड की एक प्रति ख़रीद कर मुझे भिजवा दी। मेरी कृतज्ञ खुशी समझ सकती है न।

अफ़सोस कि नादिया अब इस दुनिया में नहीं है। 2014 में उनका निधन हो गया। अब भी उन्हें एक लेखक और नाट्य कर्मी के अलावा एक राजनीतिक आंदोलनकारी की तरह याद किया जाता है। अन्य मित्रों में थीं वरजिनिया से आई, रोक्जान प्राजनाइक, जिन्होंने बाद में मुझे हेमडन सिडनी कॉलेज, वरजिनिया में आमंत्रित किया। उनसे मैं अब भी संपर्क में हूँ। आइवोआ की मारियान, उन्होंने भी मुझे 1991 में वहाँ आमंत्रित किया था। ग्राज ऑस्ट्रिया के वाल्टर होबलिंग जिनसे मैं फिर 1993 में जर्मनी से लौटते हुए मिली। पेन्सिलवेनिया की कवि केरन ब्लोगेन, सैन फ्रांसिस्को की मेरी रेडिक, जिन्होंने मुझे वहाँ बुलाया और बहुत आदर दिया। एक फ्रांसीसी प्रोफेसर जिन्होंने मुझे अनाइ निन का उपन्यास भेंट किया था। पर उनका नाम इस वक्त मुझे याद नहीं आ रहा।

मुझे इस बात का दुःख रहा कि वहाँ सहित्यकार बहुत कम थे और विमर्श पर ज़्यादा ज़ोर था, रचना पर कम। पर नादिया तेसिच ने सबकी कमी पूरी कर दी थी। मैंने सचमुच वहाँ बहुत मौज–मस्ती की थी।

आसपास के शहरों की मैंने बस एक सैलानी की तरह ही यात्रा की और

घर जैसा ही महसूस किया, क्योंकि सब कुछ हिंदुस्तान की तरह ही था, ग़रीब पर ज़िंदगी से धड़कता हुआ और दोस्त नवाज। आर्थिक विघटन के चिह्न स्पष्ट दीख रहे थे। जब पास के शहर का सफ़र करते हुए पाया कि वापसी के टिकट का मूल्य, जाने के टिकट से ज़्यादा था तो किसी ने मज़ाक किया कि यह तो होगा ही, आख़िरकार दिनार का अवमूल्यन जो इतनी तेज़ी से हो रहा है। पर मैं राजनीतिक उथल–पुथल से कमोवेश अनभिज्ञ रही, शायद इसलिए कि भारतीय होने के नाते मुझे एक के बाद एक राजनीतिक संकट की आदत थी, जो हमारे दोषपूर्ण लोकतंत्र को तोड़ने में नाकाम रहते थे, 1975–76 के आपातकाल के एक वर्ष के दौर को छोड कर। वहाँ की मेरी ज़्यादातर यादें खुशगवार है, एक बदनुमा वारदात को छोड़ कर। उसके बारे में अंत में बतलाऊँगी। दुब्रोवतिक की संगोष्टी में भाग लेने वाली में अकेली भारतीय थी और शायद उस हफ़्ते दुब्रोवतिक शहर में भी अकेली भारतीय। उन दिनों में बिंदी लगाती थी और जहाँ भी जाती कोई न कोई पूछ बैठता, "आप भारतीय है?" मैं कहती, "हाँ। क्या भारतीयों के लिए रियायत है?" सब हँस देते। क़ीमत में रियायत तो नहीं मिलती पर स्नेह आपसदारी जम कर मिलती। दुब्रोवतिक मुझे वेनिस की याद दिलाता रहा था। दरअसल वह ज़्यादा मोहक था, सिर्फ़ प्राकृतिक सौंदर्य की वजह से नहीं, इंसानी जज्बे से भरपूर होने के कारण और कम सैलानीनुमा होने के कारण भी। नहर के पास बने बेशुमार कैफ़ों में से जिसके भी पास से मैं गुज़रती उसका जवान मालिक गाने लगता, "ओ मृदुला मृदुला!" बड़ा मज़ा आता। मुझे याद है हम फेरी से लोकरम द्वीप गये थे और काफ़ी वक्त दोषहीन तट (बकौल नादिया) ढूँढ़ते बिता दिया था। न्यूडिस्ट समेत बीच (समुद्रतट) काफ़ी थे पर हमारी पसंद या कहना चाहिए कि नादिया की प्रसंद का एक भी नहीं। जब हम द्वीप के कैफ़ों के पास लौटे तो दुपहर का खाना निबट चुका था। पर नादिया से मालिक को अपने मोहजाल में जकड़ लिया कि वह हमारे लिए ख़ुद सेंडविच बनाने के लिए राजी हो गया। साथ में वाकई उम्दा, तेज़ –तर्रार कॉफी। अमरीकनों के लिए उतने परिश्रम से बनाई कॉफी बेकार का ताम–झाम था पर मेरे लिए नहीं। फिर आख़िरी रात वह भद्दा वाक्या घटा।

अलग–अलग देशों की हम कोई 8–10 महिलाएँ रात के खाने के बाद एक पब में गई और वहाँ दारू पी. नृत्य किया, यानी काफ़ी मौज–मस्ती की। जब हम बाहर निकले तो कुछ नौजवान लड़कों ने हमें घेर लिया और हमारी एक जर्मन साथी को पीटना शुरु कर दिया। वह और मैं सब औरतों में सबसे

छोटे यानी नाटे–दुबले थे। उनसे लड़ने का कोई फ़ायदा नहीं था पर हममें जो सबसे मज़बूत कद काठी वाली दो अमरीकी औरतें थी, वे उन्हें समझाने में कामयाब हो गई। हम होटल लौटे। सभी विचलित थीं और जर्मन साथी के कपड़े फटे हुए थे। मैं समझ नहीं पाई कि हमला करने के लिए उस स्त्री को क्यों चुना गया था। बाक़ी औरतों का कहना था इसलिए क्योंकि वह देखने में सबसे छोटी और दुबली थी पर मैं जानती थी वह सही नहीं था। मैंने और विदेशियों से भी दुर्व्यवहार होता देखा था। मेरे साथ अलबत्ता ऐसा कुछ नहीं हुआ। शायद भारतीयों से उन्हें कोई दिक्कत नहीं थी। पर भीतर ही भीतर काफ़ी आग खदबदा रही थी।

नादिया तेसिन पर इतना विस्तार से बतलाने के लिए शुक्रिया। मैं उन्हें नाम से ही जानती रही हूँ। आपने उनकी बहुत मार्मिक तस्वीर खींची है। क्या आप युगोस्लाविया के अन्य क्षेत्रों में भी गई थी? पूर्वी यूरोप?

नहीं, मैं युगोस्लाविया के अन्य और पूर्वी यूरोप के अन्य देशों में निजी कारण से नहीं जा पाई थी। मेरा बेटा जो अमरीका में पढ़ रहा था। दो साल बाद कुछ दिनों के लिए घर आ रहा था मुझे एक निश्चित तिथि तक दिल्ली पहुँचना था। जून सकती थी पर चुनाव पहले से निश्चित था। पहले बेटा फिर कुछ **चीटा असते** ही साल मेरा छोटा बेटा पूर्वी यूरोप के अनेक देशों के भ्रमण पर गया छात्र लेन–देन के अंतर्गत। उसने पश्चिमी यूरोप के निस्वतन पूर्वी यूरोप को अपनी पसंद से चुना। मैंने उसके माध्यम से उसे जाना क्योंकि वह काफ़ी पत्र लिखता था। उसने लिखा था कि ऑश्विट्ज ने उसकी ज़िंदगी की धारा बदल दी। वहाँ से लौटते हुए मैं जर्मनी ज़रूर गई थी। मेरे उपन्यास 'चित्तकोबरा' का एक वर्ष पहले जर्मन अनुवाद प्रकाशित हुआ था और उसके प्रकाशक ने मुझे उससे संबंधित एक आयोजन में फ्रेन्कफुर्त आमंत्रित किया हुआ था। तो गई। दरअसल दुब्रोवतिक का न्योता भी 'चित्तकोबरा' के जर्मन अनुवाद की वजह से ही मिला था।

क्रोएशिया के कुछ लेखकों के लिए यात्रा लेखन का कारण बनती है और उनके दृष्टिकोण पर एक समुचित प्रभाव। निर्मल वर्मा की रचना शैली को बनाने में यूरोप में बिताया समय बहुत महत्वपूर्ण भूमिका निभाता है। आप आपनी यात्राओं के दौरान क्या चिन्हिती है? क्या आपके लेखन में उनकी महत्वपूर्ण

भूमिका रहती है?

हर यात्रा मेरे लेखन में कुछ न कुछ भूमिका अदा करती है। मेरी कई कहानियों का बीज एक यात्रा से आया है। उदाहरण के लिए, साठ साल की औरत (ग्राज, ऑस्ट्रिया) बड़ा सेब काला सेब (न्यूयॉर्क अमरीका) फिर हिंदुस्तान इतना बड़ा देश है, यूरोप जितना और उतना ही विविध कि देश के भीतर की यात्राएँ भी उतनी ही रोमांचक होती हैं जितनी बाहर की। सात कोठरी मध्य प्रदेश में माण्ड की यात्रा में पनपी। मेरी अधिकतर यात्राएँ साहित्यिक होती हैं क्योंकि मैं तभी यात्रा पर जाती हूँ जब कोई मुझे आमंत्रित करता है और वह साहित्य के लिए होता है। मेरे पास तनख्वाह वाला कोई रोज़गार तो है नहीं इसलिए अपने आप यात्रा कर पाते के साधन भी नहीं हैं। मैंने एक यात्रा संस्मरण की पुस्तक भी लिखी है, 'कुछ अटके कुछ भटके'। उसमें जापान, मालद्वीप, सूरीनाम असम, केरल, सिक्किम आदि के अनुभव है। विवरण कम, कथात्मक तत्व ज़्यादा। वहाँ घटी कोई घटना, कोई मिला नायाब इंसान, कोई सांस्कृतिक परंपरा जैसे जापान का बुनराकू या ऐतिहासिक हादसे से उत्पन्न शहर की छवि में परिवर्तन, जैसे हिरोशिमा या कोई अद्‌भुत स्थल जैसे नाथुला के रास्ते में बना बाबा मंदिर या फिर चाय बागान में कर्मा पूजा या चाय का अद्‌भुत महकदार पुष्प ही।

अन्य लेखकों के बारे में कुछ ठोस कह पाना मुमकिन नहीं है **पन्चतना** ज़रूर कह सकती हूँ कि यात्रा करने से हम अपने सीमित सरोकारों और एक पक्षीय सोच के दायरे से बाहर निकल पाते हैं। पर मुझे इतना ज़रूर लगता है कि पश्चिम यूरोप और अमरीका की बनिस्बत अन्य देशों की यात्राएँ ज़्यादा मागीखेज होती हैं, क्योंकि पश्चिम यूरोप और अमरीका के बारे में इतनी अतिश्योक्ति पूर्ण अंधाधुंध जानकारियाँ मिली हुई हैं कि वहाँ के लिए कुछ कहने को बचा नहीं है। बाक़ी देशों में हम स्वयं अनुसंधान कर सकते हैं और अपनी राय ख़ुद बना सकते हैं।

आपने कहा था कि आपने नादिया तेसिन की एक कहानी द लास्ट स्टेट्‌मेंट का हिंदी अनुवाद किया था। क्या भारत में ऐसे काफ़ी अनुवाद होते हैं? वे कहाँ छपते हैं? और उनके पाठक कितने हैं?

अनुवाद तो बेशुमार होते हैं पर अधिकतर अंग्रेज़ी से या अन्य भारतीय भाषाओं से कुछ अनुवाद जर्मन, फ्रांसीसी, स्पेनी या जापानी आदि भाषा का

से भी होते हैं। पर मूलतः अंग्रेज़ी है। सभी प्रमुख पत्रिकाओं में यह अनुवाद प्रकाशित होते हैं। मैं नादिया तेसिन की कहानी 'द लास्ट स्टेट्मेंट' का अनुवाद इसलिए कर पाई क्योंकि वह अंग्रेज़ी में लिखती थी। वह हिंदी की एक नामी पत्रिका में छपा था 1995 में। जहाँ तक पाठकों का सवाल है, बहुत ही बल्कि मुझे तो लगता है कि हम भारतीय बाहर देशों के साहित्य में अधिक रुचि रखते हैं अपने साहित्य में कम।

अब एक खुशख़बरी। आपकी कहानी का क्रोआती अनुवाद छप गया है। दो–तीन दिन पहले मुझे पता चला। लिंक भेजा रही हूँ वहाँ आप अपनी कहानी का अनुवाद देख सकती हैं Mridula Garg, Zeleni bindi उसके साथ एक छोटी टिप्पणी भी छपी है। साक्षात्कार भी जल्दी ही आ जाएगा

क्रोआती भाषा में।

आपका धन्यवाद।

मृदुला आपका भी।

नोट : मारियाना यान्यीच आधुनिक भारत विशेषज्ञ इंडोलिजिस्ट हैं, जिनकी हिंदी भाषा और हिंदी साहित्य में विशेष रुचि है। वे जेग्रेव विश्वविद्यालय, क्रोएशिया में लेक्चरार हैं और भारत संबंधी विषयों पर संपादन, अनुवाद और अध्यापन का काम करती हैं। आजकल वे लोक सभा में हिंदी विषय पर अपनी पीएच–डी. थीसिस पूरी कर रही हैं।

शिल्पी झा से लंबी बातचीत

बहुत मुबारक दिन है आज, मृदुला जी का बयासीवाँ जन्मदिन और इससे अच्छी बात और गया होगी कि आज वो हमारे साथ है, हमसे बात करने के लिए। मृदुला जी, हमारी जो दुआएँ हैं, वो अगर लम्हों और दिनों और मिनटों का रूप ले पाती तो आप हज़ारों–हज़ार साल जीतीं। हमारी बहुत–बहुत मुबारकबाद आपको।

मैंने तो कभी सोचा भी नहीं था कि मैं बयासी साल की होऊँगी। मुझे याद है कि जब मेरी बहू ने कहा की आपके 80 वें जन्मदिन पर हम कुछ करेंगे तो मैंने कहा पागल हो रही हो, अभी 75 वें जन्मदिन पर जो करना है कर लो। इतना थोड़े हम जिएँगे मगर "खुदा की मार, क्या कर सकते हैं इच्छामृत्यु तो है नहीं, भीष्म पितामह की तरह। ठीक है मुबारक दिन तो मानना ही पड़ेगा, क्योंकि ज़िंदगी है आख़िर जीता तो है और रो कर जीने से बेहतर है कि इस कर जियो। तो हँस बार ही जी रहे हैं।

देखिए हम सब चाहेंगे कि आपकी जैसी ज़िंदगी सब जीये और सबकी इस तरह की ज़िंदगी हो। जितनी खुशदिली से आप एक्टिव हैं, माशाअल्लाह अब तक जिस तरीके से आपको हम पढ़ते हैं और और हम चाहेंगे कि एक और पीढ़ी हमारे बाद की आपको पढ़ते हुए बड़ी हो, और न केवल पढ़े बल्कि आपको इस तरह से सुनने का मौका भी मिले। तो आपकी रचनाओं पर बात करते हैं। जैनेन्द्र जी जो आपके स्त्री पात्र हैं, उनको बारे में कहते थे कि वे सबल ही नहीं, प्रबल है। तो यह स्त्रियाँ आपके आसपास थी या वे पात्र हैं, जो आप चाहती थीं कि आपके पास हों इसलिए वे रचे गए?

मृदुला गर्ग : काफ़ी कुछ मेरे पास थी वो स्त्रियाँ। मेरे आस पास थीं। मेरे संग की औरतों में मैंने कुछ का जिक्र भी किया है, पर वे स्त्रियाँ वैसी की

वैसी मेरे लेखन में नहीं आई। ज़ाहिर है, कुछ तो कल्पना और कुछ बाँचा उसमें मिली है। हम जानते ही हैं कि जब हम किसी अनुभूति से गुज़रते हैं या किसी से मिलते हैं तो उस मेल–मिलाप में जो भी होता है, वह हमारी स्मृति में चला जाता है। और जब वह स्मृति में जाता है तो अपना स्वरूप बदलने लगता है। उसमें कल्पना मिल जाती है। उसमें आप जो चाहती थीं कि हुआ होता और जो दरअसल हुआ नहीं, मगर जो हो सकता था यानी जो आप चाहते हैं कि काश वह हुआ होता, सब उसमें मिलता जाता है। फिर जब आप दोबारा उसे किसी कारण याद करते हैं तो वह एक फेंटेसी युक्त अनुभूति के रूप में सामने आता है। उसे आप रचते हैं। मतलब उसे ही रचते हैं। तो वे स्त्रियाँ वैसी की वैसी आसपास थीं, यह कह नहीं सकूगी। मगर वे विलक्षण ज़रूर थीं और उन विलक्षण स्त्रियों के कारण ही शायद मेरी जो स्त्रियाँ हैं, मेरे उपन्यासों और कहानियों में जो स्त्रियाँ हैं, वह थोड़ी फ़र्क, थोड़ी अलहदा, थोड़ी नालायक होती हैं और लोगों को परेशान करती हैं।

जैसे एक बड़े आलोक में राम बन्ने। उन्होंने कहा था कि मुदुला गर्ग की स्त्रियों के साथ जीवन नहीं बिता सकता। वे बहुत सोचती है। बहुत तर्क करती है और ज़िंदगी उनके साथ, बहुत सहज तरीके से नहीं जी जा सकती। मगर मुझे इस तरह की स्त्रियाँ सहज लगती हैं। मुझे लगता है कि स्त्रियाँ ऐसी ही होती हैं। अगर इसके बीच का कारण ढूँढ़ें तो शायद यही होगा कि वाकई मुझे ऐसी स्त्रियाँ मिली हैं। मैं ये सोचती हूँ तभी मैं आम औरतों से अलग किस्म की औरतों की संरजना कर पाई।

आपकी स्त्रियों के साथ रहना भले पुरुषों को मुश्किल लगे, लेकिन अपने पुरुष पात्रों के साथ रह पाऊँगी इसका भय विकाम है। तो वह पात्र कहाँ से गढ़े गये, जो अपने वक्त से आगे इतने उदार थे। खूब माचो पर्सनैलिटी भी होती थी उनकी, लेकिन वह न केवल सोचने–समझने को बल्कि अपने फ़ैसले ख़ुद लेने को पूरी जगह देते थे, अपने साथ की औरतों को। तो इस तरह के पुरुष आपके आसपास थे या वह आपके अंतर्मन की चाहना थी?

वैसे यह पुरुष भी मेरे आस–पास थे उसी तरह जैसे वे स्त्रियाँ आसपास थी। मगर शायद पुरुषों में मैंने कलाना का इस्तेमाल कुछ ज़्यादा किया है या वहीं मैंने उन्हें डीकंस्ट्रक्ट किया है, जैसे मेरे पिताजी। वह बहनें **माचों** भी थे और रसिक भी। उनकी प्रेमिकाएँ भी थीं या कम से कम दोस्त थीं। प्रेमिकाये थी या दोस्त थी, इसका हमें पता नहीं चलता था। मगर, उनकी

दोस्त थी ज़रूर। उसके बावजूद वह हमारी माँ के साथ भी रसिक रहते थे और माँ की देखभाल भी करते थे, क्योंकि माँ थोडी बीमार रहा करती थीं। बहुत नाजुक थी, बल्कि "जिसको कहते हैं कि थोड़ी–सी हवाई थीं। उनका व्यक्तित्व ऐसा था, जो ज़मीनी लोगों का नहीं होता। ज़मीनी यथार्थ से कुछ अलग ही था। उन्हें भी वे बहुत साज–संभाल कर रखे थे और साथ में बाक़ी स्त्रियों के संग भी उनके संबंध होते थे। उन्हें स्त्रियाँ अच्छी लगती थीं। मतलब हम पाँच बेटियाँ थीं, एक भाई था। तो पाँचों को स्कूल में टीचरें समझती थी कि हमें से हर इकलौती बेटी है। हर बहन से कहती थीं कि तुम इकलौती बेटी हो न, इसीलिए इतनी मुँहफट हो, इतनी आत्मविश्वासी और इतनी आज़ाद ख़याल कि टीचर को भी जवाब दे देती हो, बेधड़क अपनी राय दे देती हो। कम से कम मैं इस मामले में ज़्यादा ही बिंदास थी। अगर मैं टीचर से सहमत न होती तो साफ़–साफ उनसे कह देती। टीचर्स पेट से तो मैं कभी हुई ही नहीं।

एक मज़ेदार वाक्या सुनाती हूँ। एक टीचर थी हमारी अंग्रेज़ी की बहुत खूबसूरत थीं, लड़कियाँ उन पर फिदा रहती थीं। एक बार उन्होंने मेरी पीठ से कहा, एक गिलास पानी ले आओ। मैं जब मुड़ी तो बोली, सॉरी मैंने सोचा तुम हो। मैं मृदुला जैन को जानती हूँ, वह पानी नहीं लाएगी, फिर भी मैं **बदबख़्त** नहीं लाई। मैंने यह नहीं कहा कि कोई बात नहीं, मैं उषा तो नहीं हूँ मगर मैं पानी ले आती हूँ। तो उस तरह का जो मेरा व्यक्तित्व था, मुझे लगता है कि मेरी माँ और पिता दोनों की वजह से था। पिता बहुत आज़ादी देते थे बेटियों को। मतलब घर पर हमारी शादी की कोई बात ही नहीं करता था। इस हद तक कि मंजुल ने एक बार कहा कि यार हम शादी भी तो करेंगे. यहाँ तो कोई बात ही नहीं करता। हमें ख़ुद ही करनी पड़ेगी। तो उन्होंने प्रेम कर लिया और उनका प्रेम विवाह हुआ। इस तरह से शादी की बातचीत शुरू हुई। और पिताजी का मुद्दा यह था कि पढ़ो, बस पढ़ो, बहुत पढ़ो, सिर्फ़ स्कूल कॉलेज की चीज़ें नहीं साहित्य पढ़ो। शेरो शायरी में दिलचस्पी लो। बाक़ी कलाओं में दिलवायी तो एक ख़ास बात यह थी कि बात कैसे की जाती है, यह जो कला है बात कहने की, लफ़्फाजी की जो जादूगरी है, जबान की जो नज़ाकत है, वह सीखो। और वह कौन सिखाता है? साहित्य। नोबेल पुरस्कार विजेता डॉरिस लेसिंग ने कहा था कि 'कन्वर्सेशन इज़ एक्सपेंसिव'। क्योंकि वह यूँ ही नहीं आ जाता। उसमें आपकी इन्वेस्टमेंट करना होता है। सीखना होता है और इसीलिए साहित्य बहुत ज़रूरी है।

तो आश्चर्य नहीं कि, आप छह भाई बहनों में से चार का रुझान

साहित्य की तरफ़ हुआ और अपने–अपने समय के प्रबुद्ध साहित्यकारों में आप सबके सब शामिल हुए। उस दौरान जो स्त्रीवाद की रचनाएँ या स्त्री विमर्श की जो बातें होती थी, वे कहीं–न–कहीं, समाज और पुरुष को विलेन बनाए बिना, न शुरू होती थीं, न ख़त्म होती थीं। ऐसे में आपने ऐसे कथानक रन, जहाँ पर स्त्री की लड़ाई उसके ख़ुद के साथ ही है। अपनी सोच के साथ है। अपनी ज़िद् के साथ है। तो उस ममय के कथानकों को देखें तो यह बड़ा अपने वक्त के हिसाब से, बहुत बड़ा शिफ़्ट रहा होगा।

मृदुला गर्ग : मैंने सोचा ही नहीं कभी इस बारे में कि दूसरे लोग क्या लिख रहे हैं। कि मैं शिफ़्ट कर रही हूँ कि नहीं कर रही हूँ। मैं सिर्फ़ यह जानती थी कि मेरे दोस्त ज़्यादातर पुरुष होते थे। मेरे पिताजी के पास बहुत सारे जवान मर्द तरह–तरह का सलाह–मशवरा लेने आते रहते थे साधारण, ज़िंदगी के बारे में, पेशे के बारे में, व्यवसाय के बारे में। कभी यूँ ही बातचीत करने। कुछ अजनबी भी आते थे। उनका कुछ ऐसा करिश्मा था, शख़्सियत थी। उन जवाँ मर्दों से हम बहनें भी मिलती थी। खूब आज़ादी के साथ मिलते और खूब बहस भी करते। हर तरह के मुद्दे पर बहस होती थी। राजनीति पर, साहित्य पर, कलाओं पर, दर्शन पर, पारिवारिक विषयों को छोड़कर हर बात पर बहस होती थी। तो वह मुझे बहुत अच्छा लगता था। बहुत बार स्त्रियों के साथ उस तरह की बातचीत नहीं हो पाती थी। जो हमारे कॉलेज में हमारे साथ पढ़ती थीं लड़कियाँ, उनके संग बातें होती थीं साज–सजावट की, घर–बार की, शादी की, प्रेम की। प्रेम की भी काफ़ी बात होती थी। मगर हमारे घर पर आज़ादी की ज़्यादा बात होती थीं। चाहे वह देश की आज़ादी हो, चाहे मन की आज़ादी हो। चाहे लेखन की आज़ादी हो। यानी किसी तरह की भी आज़ादी हो। प्रेम के अलावा प्रेम की आज़ादी की हमने कभी बात नहीं की। तो वे लोग क्या लिख रहे हैं मैं नहीं जानती थी। सत्र बतला तो मैंने हिंदी साहित्य बहुत ज़्यादा नहीं पढ़ा था। विदेशी साहित्य पढ़ाया जिसमें रूसी साहित्य का बहुत बड़ा हाथ था। और हाँ मैंने बंगला साहित्य पढ़ा था हिंदी अनुवाद मा. हिंदी में जैनेंद्र, अज्ञेय को ज़रूर पढ़ा था। बच्चन को भी जैनेन्द्र जी और बच्चन जी तो घर आते थे, सो उनकी पाठक–प्रशंसक थीं, और वे मा के शायद इसलिए उन्हें काफ़ी कम उम्र में सलीम लिया नीना के इससे जनेन्द्र हमें उतने जटिल या दुरुह भी नहीं लगते थे। मुझे याद है। जैनेन्द्र जी कोई बेहद घुमावदार और जटिल बात कह कर मासूमियत से हाथ सामने

फैला कर कहते थे। बात बिल्कुल सीधी है। सभी सुनने वाले इधर–उधर ताकने लगते थे। पर माँ की बात वाकई सीधी ही लगती थी। तो हम भी उसे समझने की कोशिश करते। यह कह कर उड़ा नहीं देते कि जैनेन्द्र जी भी क्या तो जलेबी बनाते हैं।

पर अन्य लेखकों को बहुत नहीं पढ़ा था। लेखिकाओं को तो क़रीब –क़रीब नहीं ही पढ़ा था। तो वे क्या लिख रही हैं मुझे मालूम नहीं था। विदेशी लेखिकाओं को ज़रूर पढ़ा था, मार्गेट को जैसे टोनी मॉरिसन, एटवुड, डॉरिस लेसिंग को मैंने पढ़ा था और कई ब्लक लेखिकाओं अलिसन हाफमेन आदि को भी पढ़ा था। और फ्रेंच से अंग्रेज़ी में अनूदित सिमोन दी बोवार और अनाई तिन को पढ़ा था। अनाई तिन तो बात्र में ख़ुद ही अंग्रेज़ी में लिखने लगी थीं। फ्रेंच के लेखकों को खूब पढ़ा था। सार्व कामू आहे जीद, मोपासा आदि। सबसे ज़्यादा रूसी लेखकों को पढ़ा था। दोस्तॉयवस्की मेरे परम पसंदीदा थे पर पुश्किन से उनेकर, ताल्सटॉय, तुर्गनेव, चेखव, गोगोल, सभी को पूरा चाट रखा था। काफ़्का और मिलान कुण्डेरा जैसे दूसरी भाषाओं के लेखकों को भी पढ़ा था।

सिमोन ने जो कुछ कहा, मुझे नहीं लगा कि बिल्कुल कोई नई बात है। दरअसल मैंने महादेवी वर्मा को भी पढ़ा था। लेखिकाओं में एक महादेवी वर्मा और सुभद्रा कुमारी चौहान को पढ़ा था। और मुझे लगता है कि उनमें बहुत समानता थी। वह देश की आज़ादी के लिए लड़ रही थीं और उन्होंने शादी करने के बाद भी खूब लड़ाई लड़ी। वे अपने पति के पास नहीं गई। उनके पति ने बाद में कहा था कि अगर यह आ जाती गौना करवा कर, तो यह देवी से महादेवी कैसे बनती? मतलब, उस तरह का पुरुष भी हमने जाना है कि जो समझ गया कि उनकी शादीशुदा पत्नी उनके पास नहीं आना चाहती। और सिमोन भी दो बार गई और ताउम्र बग़ैर शादी किये उनके सात्र के साथ रोमानी, और मानस के संबंध ही नहीं और दैहिक संबंध भी रहे। यहीं महादेवी से अंतर था।

महादेवी वर्मा को दैहिक संबंधों की शायद ज़रूरत महसूस नहीं हुई। या हुई तो उन्होंने उनका उदात्तीकरण कर लिया। उनका रुझान देश की आज़ादी और व्यक्ति की आत्मिक और मानसिक आज़ादी की तरफ़ ज़्यादा था। आज़ादी की जो परिभाषा उनकी थी। वह बहुत स्टीक थी। जब मैंने सीमोन को बार–बार पढ़ा तो लगा कि ठीक बात कह रही है। लेकिन इस बात से में बिल्कुल इत्तिफाक नहीं रखती थी वह था कि गर्भपात। वह जो गर्भपात का अधिकार चाहती थी उस रूप में मुझे उससे आंशिक रूप से

आपत्ति थी। तुम्हें शायद मालूम होगा कि फ्रांस में एक जुलूस निकला था जिसमें उन लोगों ने भी जिनका विवाह रोने को नहीं हुआ था, या जिनका कोई प्रेम संबंध नहीं था, उन्होंने भी भाग लिया और जो वैनर हाथ में लिया, इस पर लिखा कि उन्हें गर्भपात करवाया है। यह कहा इसलिए गया जिसमें स्त्रियों को गर्भपात का अधिकार मिल जाए, जिससे चोरी छिपे अबॉरेशन न करवाना पड़े। यह नारीवाद का एक दैहिक आधार था उस समय मुझे गर्भपात के अधिकार से एतराज नहीं था क्योंकि में जानती थी कि कुछ स्थितियों में उसको करवाना ज़रूरी होता है। केवल बलात्कार से ठहरे गर्भ का ही नहीं किसी भी अनचाहे या दुर्घटनावश ठहर गये गर्भ का जब शिशु कि देखभाल करने में माँ–बाप दोनों असमर्थ हो गर्भपात करवाना भी होता है। गर गर्भपात स्त्री की सेहत के लिए बेहद हानिकारक होता है इसलिए उसे, परिवार नियोजन का एक माध्यम बनाने के मैं सख़्त ख़िलाफ़ हूँ। उसका इस्तेमाल खूब सोच समझ कर और तमाम चीज़ें देखने के बाद होना चाहिए। और हाँ, सबसे महत्वपूर्ण बात, निर्णय पूरी तरह स्त्री के हाथ में होना चाहिण

जब भारत में गर्भपात का अधिकार स्त्रियों को मिला तब,न अब, निर्णायक शक्ति दरअसल ख़ुद माँ बनने जा रही बी नहीं थी। तो समाज के दुष्ट प्रचलन के अनुरूप, वह हक़ भी पति–परिवार के हाथ में आ गया। और गर्भ में मादा भ्रूण की हत्या को क़ानूनी समर्थन मिल गया। भले बाद में भ्रूण का जेंडर मालूम करना ग़ैर क़ानूनी ऐलान कर दिया गया। पर मुझे आपको बतलाने की ज़रूरत नहीं है कि हमारे यहाँ के विषम और छद्म लोकतंत्र में समदृष्टा क़ानून की कैसे क़ानूनी धज्जियाँ उड़ती है।

ख़ैर, मेरे मन में विश्वास था और है कि मातृत्व एक बहुत बड़ी शक्ति है। पहली बात तो छोटी–सी है कि वही एक शक्ति है, जिसमें आप दूसरे जीव को बिना किसी बाहरी मदद के अपने बलबूते पर जीवित रख सकते हैं। नौ महीने गर्भ में रखकर, बाद में वर्षभर दूध पिला कर। और कोई ऐसी शक्ति नहीं है। यह बात और है कि ऐसी शक्ति जानवरों में भी है और मनुष्य में भी। मगर मुझे नहीं लगता कि जानवरों को हम नीचा समझकर देखें और मनुष्य को ऊँचा मान कर। जानवरों में यह शक्ति है तो अच्छी बात है। इंसानों में भी है पर सिर्फ़ स्त्रियों में। पुरुष माँ नहीं बन सकता। बाक़ी, स्त्री वह सब कर सकती है जो पुरुष कर सकता है, सिवाय बलात्कार के। मगर वह शोषण खूब कर सकती है दूसरी स्त्री का सेक्सुअल शोषण भी वह पूरी तरह से कर सकती है। बस जिसे बलात्कार कहकर परिभाषित किया जाता है सिर्फ़ वह

नहीं कर सकती। तो यह जो माँ बनने की शक्ति थी, गर्भधारण करने की शक्ति थी, उससे पुरुष बेहद घबरा गया। उसकी समझ में आया कि यदि स्त्री इस शक्ति का इस्तेमाल जैसे मज़े करेगी यानी बिना विवाह या विवाह के दूतर, किसी पुरुष से संबंध बताकर माँ बन जाएगी तो उसकी शक्ति का कोई बन की नहीं होगा। इसलिए वे सारी जो नैतिकताएँ समाज ने आरोपित की कि मातृत्व को महिमामंडित करो मगर तभी करो जब स्त्री विधिवत् एक पुरुष को पिता बनाये। विवाह से पहले माँ बने तो ग़लत, अनैतिका विवाह के इतर किसी पुरुष के साथ संबंध बनाकर, माँ बने तो कुलटा और विधवा होने के बाद माँ बने तो भी कुलटा। ये जो अनैतिकताएँ थोपी गयी स्त्री पर पूरी तरह आरोपित थी। स्त्री की शक्ति मातृत्व में थी, है, और रहेंगी।

खुद मेरे लिए माँ बनना एक बहुत सुखद अनुभव था। बल्कि जब लोग मुझसे पूछते हैं कि आपने रचना करना क्यों शुरू किया, क्योंकि मैंने काफ़ी बड़ी उम्र में रचना शुरू की थी। मेरी शादी हो चुकी थी और बच्चे भी हो चुके थे। तो मुझे कहना पड़ता है कि मैं साफ़ तौर पर तो नहीं जानती, मैं विदूषक नहीं हूँ। पर मुझे लगा कि जब मेरे बच्चे हुए, तब उस एक अलग तरह की रचना के साथ, प्रस्फुटन हुआ पूर्ण रचनात्मकता का। मेरे भीतर एक ऊर्जा जगी और मुझे अहसास हुआ कि हाँ जीवन में सुख भी होता है। आप सुखी भी हो सकते हैं।

मेरे भीतर दुःख की परिकल्पना बड़ी ज़बरदस्त थी। बचपन में मुझे यह लगता था, मेरे मन में "एक धारणा थी कि मेरी आँखों में कुछ गड़बड़ है तो मैं जब बस स्टॉप पर उतरती तो वहाँ से घर तक, आँखें बंद करके आती थी। यह अभ्यास करने के लिए, कि अंधा होने पर कैसा महसूस होगा? और मज़े की बात देखिए कि मेरी पोती भी यही करती है। मैंने जब उसे यह करते देखा तो मैं धक्क् से रह गई। मेरी तो आँखें कमज़ोर हो गई थी चौदह साल की उम्र में। और उसे भी चश्मा लग गया है। मेरे लिए यह भयानक–सी पुनरावी थी। मगर'....ख़ैर यह तो अवांतर प्रसंग है, मेरी अपनी निजी बात है। चलिए वापस चलें मेरे लेखन पर।

आपके लेखन में वह बात आती है। आपके कुछ इंटरव्यू में भी इस बात का जिक्र है कि मातृत्व का सुख ऐसा था कि बाक़ी सारी चीज़ें, अपने पति से बाँट पाने के बाद भी, वह सुख आपका अपना था। और बहुत सारी कहानियाँ है उस पर आपकी एक स्त्री पात्र अपने समय से अलग होकर इलीट हो कर विष है। उस समय की

जो ज़्यादातर औरतें थी, उनसे वह मित्र थी। काफ़ी अलग तरह से आपकी और आपकी बहनों की परवरिश हुई। लेकिन फिर भी "वह मैं ही थी' जैसी कहानियाँ भी आप लिखती हैं, जो सारी माँओं को उनकी पीड़ा में एक साथ लेकर आती है। रचनाओं के कैनवस के तौर पर अगर हम देखें तो "कठगुलाब" मुझे सबसे वृहद कैनवस की रचना लगी थी और बहुत सारे पात्र बहुत सारी भौगोलिक और सामाजिक परिस्थितियाँ उसमें आती हैं। अलग–अलग समय की कहानियाँ। लेकिन उसके बाद, आपने मुझसे एक बार कहा था कि "गुलाब" को पसंद करना बहुत आसान है। आपके लिए आपका प्रिय उपन्यास "मैं और मैं" है। ऐसा क्यों?

मृदुला : दरअसल "कठगुलाब" को पसंद करना आसान है, मैंने इसलिए कहा क्योंकि एक तो उसमें लोगों को स्त्री विमर्श दिखता है। जो है भी। उन दिनों, 1998 के आसपास, स्त्री विमर्श की बहुत बातें होती थी, तो मैं जब गुलाब लिखने बैठी तो उससे पहले मेरे मन में आया था कि स्त्री–विमर्श की बात तो बहुत होती है, पर श्री विमर्श है कहाँ? हिंदुस्तान का तो अपना स्त्री विमर्श है नहीं, आंदोलन ज़रूर है। अधिकारों के लिए। मानव अधिकार की तरह। स्त्रियों के अधिकारों के लिए एक आंदोलत है। स्त्री–पुरुष की बराबरी के लिए, जैसे बराबर वेतन मिले, बच्चों के लिए क्रेश हो, इस तरह की बहुत सारी बातें हैं, मगर विमर्श नहीं है। हर स्त्री के हर अनुभव को विमर्श बता देते हैं। कभी–कभी मैं तंज में कहती हूँ कि अपने यहाँ तो औरत छींके भी तो विमर्श घोषित हो जाता है। मतलब कुछ भी कहें वह विमर्श हो जाता है। आम रोज़ाना की बातें विमर्श हो जाती हैं। मुझे फिर लगा कि अगर किसी उपन्यास में स्त्रियों को जागरूक, जेहनी क़िरदारों की तरह पेश किया जाए तो ज़ाहिर है, अन्य राजनीतिक, सामाजिक, सांस्कृतिक मसलों के साथ वे स्त्री विमर्श पर भी बात ज़रूर करेंगी, बहस ज़रूर करेंगी कि स्त्री आख़िर उसके बारे में सोचती क्या है? पुरुष के संबंध में, परिवार के संबंध में. देश के संबंध में, राजनीति के संबंध में सामाजिक स्थितियों के संबंध में, वह सोचती क्या है? और उससे क्या उत्पन्न होता है? क्या कोई विमर्श उत्पन्न होता है, ऐसा विमर्श, जो पुरुष की सोच से अलग हो। तो इसलिए मैंने "कठगुलाब" में एक उग्र नारीवादी पात्र को भी रचा। मज़े की बात है कि जो कुछ जुल्म हुआ, वह उसके साथ नहीं हुआ, उसकी माँ के साथ हुआ और माँ ने सब कुछ माफ़ कर दिया। पर बेटी असीमा ने नहीं किया। माँ का नहीं

समस्त स्त्री जाति के साथ हो रहा जुल्म उसका अपना हो गया, उसकी रग–रग में समा गया।

माँ ने सबकुछ माफ़ किया या नहीं, वाकई हम नहीं जानते पर यह ज़रूर जानते हैं कि अपने शोषण से ऊपर उठ गई सभी स्त्रियों के लिए उनके मन में सहधर्मिता और सहभागिता की भावनाएँ हैं। वे सभी स्त्रियों की मदद करना चाहती हैं और करती हैं। मगर किसी चीज़ को बर्बाद नहीं करना चाहतीं। पर जो उनकी बेटी है, जिसने अपना नाम सीमा से बदलकर असीमा रख लिया है, उसे सब पुरुष हरामी लगते हैं। मतलब वह अपने बाप को हरामी नंबर एक और भाई को हरामी नंबर दो कहती है। **हुता** को इसलिए क्योंकि उन्होंने उसकी माँ को इसलिए छोड़ दिया था या यह कहें माँ ने उन्हें छोड दिया था क्योंकि उनकी चाहत के अनुरूप माँ अपनी और उनकी देह को सर्वोपरि बनाने और मानने को तैयार नहीं थी। और भाई को इसलिए, क्योंकि वह जब बड़ा हुआ तो इसके बावजूद कि माँ ने दोनों बच्चों को पाला ख़ुद काम करके और पति से एक पाई भी नहीं ली बल्कि इसीलिए, माँ को छोड़कर में अमीर पिता के पास चला गया। फिर उसे ऐसे बहुत मर्द मिले जो स्त्रियों को पीटते या प्रताड़ित करते थे। उसकी सब मर्दों से नाराज़गी थी। तो वह सब मर्दों से नाराज़ थी और एक उग्र नारीवाद पात्र है। इसमें जो स्त्रियाँ हैं, उनके साथ पुरुष बदतमीजी करते हैं, बलात्कार करते हैं, ज़बरदस्ती विवाह करते हैं। तरह–तरह से उन्हें शोषित करते हैं। एक ऐसी पात्र है,, मारियाना जिसके हाथ का लिखा हुआ उसका पढ़ी चुरा लेता है। उस पर आधारित अपना उपन्यास लिख लेता है। उसे यह दिलासा देता रहता है कि वह दोनों के नाम से छपेगा। मगर छपता केवल पति के नाम से है। इस तरह से अलग–अलग तरीके से स्त्रियों का शोषण हुआ है। मगर वे तमाम स्त्रियाँ सर्वाइवर्स हैं। हर स्त्री उससे ऊपर उठकर अपना मार्ग तलाश लेती है तो यह जो रोना–धोना है, अंततः रोना–धोना नहीं रहता। तो ऐसी स्त्रियों को ही प्रबल पात्र कहते थे जैनेन्द्र जी। यदि उन्होंने 'कठगुलाब पढ़ा होता तो यही कहते। मारियाना का पात्र इस तरह का है कि लोगों को पसंद आ:ता है। असीमा ख़ासकर पसंद आती है। मैं जब लोगों से बात करती है तो जवान लड़कियाँ कहती हैं, आप जो भी कहें, हमें तो असीमा पसंद है। क्या मारती है मर्दों को!

पर बात यह है कि उसमें जो एक विपिन नामक पुरुष पात्र है, वह जितने भी जुल्म करने वाले पुरुष पात्र हैं, उन पर भारी पड़ता है। उनका प्रभाव मिटा देता है क्योंकि वह सच्चे अर्थ में अर्द्धनारीश्वर है। वह स्त्रियों से ज़्यादा बच्चा

चाहता है। दरअसल पुरुष बच्चा इसलिए चाहते हैं जिससे उनका नाम बना रहे, उनका वंश चले उनकी प्रभुता बनी रहे, पर यह पात्र विपिन कहता है, अगर आप किसी बीमार बच्चे के सिरहाने नहीं बैठे तो आपका जीवन अकारथ है क्योंकि निस्वार्थ प्रेम केवल बच्चों से होता है। उसे बच्चों से वाकई प्यार है। तो यह सब पढ़कर अच्छा लगता है, इसलिए मैंने कहा, उसे पसंद करना आसान था। जो गहन बातें या विचार हों, उन्हें नज़रदांज़ करके दिमाग़ पर बिना ज़ोर डाले पढ़ो और मन से पसंद कर लो।

"मैं और मैं" आपका पसंदीदा उपन्यास है। मैं उसके बारे में आपसे सुनना चाहती हूँ कि उसकी रचना प्रक्रिया आपके लिए कितनी मुश्किल रही?

मृदुलाः उसकी रचना–प्रक्रिया थी। एक बात तो यह थी कि उसको पढ़ने के बाद ज़्यादातर लोगों को लगा कि उसमें जो पात्र है वह मैं हूँ। 'मैं में मैं" जो माधवी है, वह मैं हूँ। उनका ख़याल था कि अपनी पात्र माधवी की तरह, मैं भी खाते–पीते परिवार से थी। काफ़ी उम्र होने पर लिख रही थी। लेखक परिवार से थी। बहुत से पुरुष मेरे दोस्त थे। अगर मैं सचमुच यह मान कर रचना करती तो मेरे हिसाब से वह बिल्कुल बेकार तरीका होता और रचना भी उतनी ही बेकार होती। मैंने जो पात्र गढ़ा है, वह हर्गिज़ मैं नहीं है। बानी में उस जरह की औरत है ही नहीं। उसमें दो पुरूष पात्र हैं, वह लेखक हैं और आर्थिक शोषण के साथ उसका मानसिक और आत्मिक शोषण भी कर रहा है। वह उससे हर वक्त पैसे माँगता रहता है जो वह देती भी रहती है। उससे निहायत तंग आने के बावजूद, छुटकारा पाने की वह कोई असल कोशिश नहीं करती। क्योंकि वह उसके लेखन से जुड़ी हुई है। जब वह व्यक्ति नहीं आता तो उसके दिमाग़ में वह हलचल पैदा नहीं होती जो लेखन के लिए ज़रूरी है। तो उसके लिए वही व्यक्ति ज़रूरी हो जाता है, जो उसका शोषक है। मैंने यह सब नहीं किया। लोगों ने मुझसे पैसे ऐंठने की कोशिश कि कई बार मैंने उनकी असली या नकली मुसीबतों, त्रासदियों की कथाएँ सुन कर पैसे दे भी दिये। सिर्फ़ लेखकों को नहीं, हर तरह के चालबाज़ों को। कौशल कुमार जैसे पात्र बहुत लोगों को मिलते हैं। पर कौशल कुमार औसत पात्रों से बहुत आगे है। वह एक जीनियस लेखक है। मनमुत्र जीनियस है। ऐसा नहीं है कि वह उसका दिखावाभर करता है। वाकई यह एक बेमिसाल लेखक है। बस वह नियमित रूप से या सिलसिलेवार लिखता नहीं। बीच में बीजें छोड़ देता है। रोज़मर्रा की ज़रूरतों के लिए जो पैसा चाहिए होता है,

उसे नियमित या कैसी भी नौकरी करके कमाने के बजाय, इधर–उधर कैसे उधार लेकर पूरी करता है और वह उधार लौटाने कोई कोशिश नहीं करता। बल्कि लौटाने की उसकी मंशा ही नहीं होती। सबसे महत्वपूर्ण बात यह है कि उसके भीतर कतई अपराधबोध नहीं है। वह ऐसा इंसान है कि अगर हत्या भी कर देगा तो उसे अपराधबोधध नहीं होगा। क्योंकि साइकोपैथ है और उसका यही पहला लक्षण होता है कि उसमें कोई अपराधबोध कभी पैदा ही नहीं होता। यह एक अत्यन्त कंपलेक्स मुद्दा है। जटिल मुद्दा है। हिंदी साहित्य में जब भी किसी को पागल दिखाया जाता है तो मंटो के 'टोबा टेक सिंह' की तरह वह अनर्गल बातें करता है। उन बेचारों ने यही एक कहानी पागल के बारे में ऐसी पढ़ी होती है, जो उनकी नसों को तिड़का चुकी होती है। उसकी भाषा, शिल्प और कथ्य उन अनर्गल बातों से कहीं जटिल, कॉम्प्लेक्स और बहुआयागी है पर वह सब सोच–विचार करने की जहमत उठाये बग़ैर एक ही बात दिमाग़ में बिठलाये हुए होते हैं कि मंटो जैसे सिद्धहस्त लेखक की कहानी में खिसका हुआ पात्र अनर्गल बातें करता था। जो बेहद दिलचस्प भी थी। हिंदी साहित्य में बड़े से बड़ा लेखक चाहे वह निर्मल वर्मा ही क्यों न हों, पागल का चित्रण करते हैं तो यही दिखलाते हैं कि वह चीख़ता–चिल्लाता है, बेबात ज़ोर–ज़ोर से हँसता है और अनर्गल बातें करता है। मतलब साफ़ होता है कि वह मानसिक रूप से विकृत है। साइकोपैथ को हमारे यहाँ समझने की कोशिश नहीं की जाती। पागल या विक्षिप्त हमारे यहाँ मज़ाक का विषय होता है। मेरा जो पुरुष पात्र है, वह साइकोपैथ है। इसको समझना बहुत मुश्किल होता है और उसी को गहराई और विस्तार से मैंने "मैं और मैं" में लिखा है। उस तरह की कृति, मुझे नहीं लगता हिंदी साहित्य में कोई दूसरी है तो यह रचना प्रक्रिया काफ़ी दुःखदाई थी। उसके बारे में एक बेहद रोमांचक बात आपको बतलाती हूँ। वह यह कि मैं जब उपन्यास लिख रही थी तो एक बिंदु के बाद, मुझे लगा कुछ गड़बड़ है, बात बन नहीं रही। मेरे भीतर कोई उच्छ्चास नहीं है। मैं लिख रही हूँ लिखे हुए में प्रश्न नहीं प्रकट हो रहा। एक दिन अचानक मेरी समझ में आया कि अरे, उपन्यास तो ख़त्म हो गया। तब मैंने समझा की है कि उपन्यास जिस तरह ख़त्म हुआ है, वह आमतौर पर ख़त्म होने वाले उपन्यासों से बिल्कुल अलहदा है। यानी वह उस तरह का उपन्यास नहीं है, जिसमें आरंभ, मध्य और अंत हो। फिर उसका मैंने वैसे ही वहीं वैसे तरीके से अनिर्त्य में अंत कर दिया। एक और मज़ेदार बात बतलाऊँ? शायद तुम्हें लगे की यह अंधविश्वास

की बात है। जिस समय में उसका अंत लिख रही थी, तभी मेरी छोटी बहन, अचला बंसल, जो ख़ुद एक लेखिका हैं और उनके पति जो कविता वग़ैरह लिखते रहे हैं। मेरे घर आए। मैं फर्स्ट फ़्लोर पर रहती थी। सीढ़ियाँ चढ़ कर वे वहाँ तक आए पर उन्होंने दरवाज़े के बाहर लगी घंटी नहीं बजाई। अचला ने कहा, पता नहीं क्यों, मुझे ऐसा क्यों लग रहा है कि वह कुछ बहुत महत्वपूर्ण लिख रही है और हमें उसे डिस्टर्ब नहीं करना चाहिए। और वे लौट गए। मुझे लगता है, वह अचला के लेखक होने की असीम संवेदनशीलता थी। बहन की नहीं लेखक की।

मैं दर्शकों को बता दूँ कि तकनीकी गड़बड़ी से ऐसा हो रहा है कि, हम बारी बारी से, बोल पा रहे हैं, नहीं तो आवाज़ ईको कर रही है। अगला सवाल मैं करना चाहूँगी आपके शुरुआती उपन्यासों के बारे में "चित्तकोबरा" को लेकर बहुत विवाद हुआ हालांकि मुझे लगता है कि मैं अपने हिसाब से जाऊँ तो जो आपका पहला उपन्यास आया था, "उसके हिस्से की धूप", उसे पढ़ने के बाद तो 'चित्तकोबरा' जैसी अगली कृति का स्वतः इंतज़ार करना चाहिए था क्योंकि नॉजिकल एक्सटेंशन वही होता। लेकिन "चित्तकोबरा" फँस गई विवादों के जाल में। मैं जानना चाहती हूँ कि उसने आपकी लेखन प्रतिभा को क्या कहीं बाधित किया? या उसे और ज़्यादा पैनी धार दी?

बाधित तो बिल्कुल नहीं किया मतलब शायद तुम जानती हो कि 1980 में उसके तुरंत बाद मेरा उपन्यास "अनित्य" गया था। और फिर 1984 में "मैं और मैं"। 'अनित्य' पर तो अत्यन्त बढ़िया प्रतिक्रियाएँ आई। धर्मवीर भारती ने उसे 'कुरु कुरु स्वाहा' के साथ वर्ष का सर्वोत्तम उपन्यास कहा।

पर प्रतिक्रियाएँ तो चित्तकोबरा पर और भी उत्तम आई थी। अभिमन्यु अनत ने कहा था कि उसका छपना, हिंदी साहित्य जगत में एक रोमांचक घटना थी, कि वह मील का पत्थर था। अचरज था कि 'उसके हिस्से की धूप' को लेकर किसी को कोई तक़लीफ़ नहीं हुई थी। हालांकि उसमें प्रमुख पात्रा तलाक लेती है और तलाक लेने के चार साल बाद, जब अपने पूर्व पति से मिलती है तो उससे सहवास भी करती है। फिर वह भी उसे छोड़ कर चला जाता है, इसलिए कि उसे अपने काम या व्यवसाय से ज़्यादा प्यार है। वह दूसरे पति के पास वापस आती है तो अंततः वह निर्णय लेती है कि मर्द बदलने से कुछ नहीं होता। जो प्राप्त करना है, वह ख़ुद अपने भीतर से प्राप्त करना

होगा। तभी उसका गर्भपात भी हो कर चुका होता है। वह निर्णय यही लेती है कि वह लिखेगी कि वह एक लेखिका है जो शिशु को गर्भ में रखकर लिखेगी। तो उस पर एतराज होना चाहिए था, क्योंकि उस समय तलाक–वलाक नहीं होते, हिंदुस्तान में बल्कि कहा यह गया कि यह आज के बारे में का लिखा हुआ उपन्यास है। वह पुरस्कृत भी हुआ। पर सच यह है कि आलोचकों के बीच वह तीस साल बाद जाकर प्रासंगिक हुआ।

एक और मज़ेदार क़िस्सा सुनाती हैं।

अगस्त, 2010 में ज्ञानोदय का बेवफाई विशेषांक निकला। वह नितांत ग़लत वजूहात से चर्चा में आया। क्योंकि उसमें अंतरराष्ट्रीय गांधी विश्वविद्यालय के कुलपति विभूति नारायण राय ने एक लेख में, कुछ हिंदी लेखिकाओं को छिनाल कह कर संबोधित किया था। बहुत बबाल मचा और अगस्त अंक, कुछ महीनों के लिए, बाज़ार से लौटा लिया गया। पर कुछ महीनों बाद, जब संपादक रवीन्द्र कालिया के माफ़ीनामे के बाद, नोक–झोक ठंडी पड़ गई तो वह दुबारा बाज़ार में नमूदार हो गया और जम कर बिका। उसमें मेरे उपन्यास "उसके हिस्से की धूप" का संक्षिप्त रूप छपा था। रवीन्द्र कालिया ने अपने संपादकीय में कहा था कि इस उपन्यास को अगर माकूल प्रचार–प्रसार मिलता तो यह "गुनाहों का देवता" जितना लोकप्रिय होता। ख़ैर उससे खुश हुई भी नहीं भी, क्योंकि 'गुनाहों का देवता' के बारे में मेरी राय ऊँची कदापि नहीं है। पर यहाँ मुद्दा लोकप्रियता का था, गुणवत्ता का नहीं। अब कालिया ठहरे एक बेहद शरारती इंसान। तो उन्होंने उसमें उसका प्रथम प्रकाशन वर्ष नहीं दिया था। अब हुआ यह कि उसे पढ़ कर अनगिनत लोगों के मेरे पास फ़ोन आने लगे। आशिकाना फ़ोन। रोमानी फ़ोन। बड़ा मज़ा आता। उन दिनों मैं अपने बेटे के पास बैंगलोर गई हुई थी। तो मैं उन लोगों से फ़ोन पर बातें करती तो ज़्यादातर घर की निचली और पहली मंज़िल के बीच की सीढ़ियों पर बैठ कर तुम्हें पता ही होगा कि कॉलेज में तमाम रूमानी बातें सीढ़ियों पर बैठकर की जाती हैं। और एक दिन बेटे ने मुझसे पूछा, तुम सीढ़ी पर बैठकर क्या बातें करती रहती हो। मैंने उसे बतलाया तो वह भी खूब हँसा। काफ़ी दिन हो चले थे। मुझे लगने लगा था कि अब उस तमाशे को ख़त्म कर देना चाहिए एक दिन, एक बंदा बोला मैं तय नहीं कर पा रहा हूँ कि मैं जिवेन हूँ या मधुकर हूँ तो मैंने तय किया कि वक्त आ गया था। मैंने चुपके से उसे बतलाया कि दरअसल यह उपन्यास 1975 में छपा था। एकदम सनाका खिंच गया। फ़ोन कट गया। ज़रा देर बाद फिर बजा वही शख़्स था। बोला दीदी

मैं प्रणाम करना भूल गया था। बेचारे को समझ में आ गया था कि मेरी उम्र तब क्या होगी। 70 के आसपास। उन्होंने सोचा था कि वह किसी नवयुवती का लिखा हाल में छपा उपन्यास है। ख़ैर इसमें मतलब की बात यह है कि उम्र से उपन्यास के कथ्य को ताल्लुक नहीं होता पर लोगों की प्रतिक्रिया पर असर ज़रूर पड़ता है। यानी 2010 में लोगों को उसमें रोमांस तो दिखा पर कुछ आपत्तिजनक नहीं लगा। बल्कि सब ठीक–ठाक लगा। उसके बाद 2017 के क़रीब उस पर प्रसार भारती के सौजन्य से दूरदर्शन का टीवी सीरियल बना।

असल में 'चित्तकोबरा' में दिक्कत यह थी कि पति–पत्नी के बीच संभोग के समय, अपनी कुछ और ही सोच रही होती है। प्रेमी के बारे में नहीं। प्रेमी के बारे में सोचती तो वह मान्य होता क्योंकि वह अपेक्षित होता। हर हाल वह पुरुष से आसक्त आन प्रभावित दिखलाई देती। पर "वहाँ मसला ज़रा बेढब था। वह और ही बातें सोच रही थी। तवायफों के बारे में और शरीर के बारे में, दर्शन के बारे में इस सबसे पुरुषों का अहम् बुरी तरह घायल हुआ। उसे बहुत चोट पहुँची। इसलिए क्योंकि इसका तात्पर्य था कि उस स्त्री ने पति को जिस्म में तब्दील कर लिया था। औरतों को तो जिस्म बनाया ही जाता रहता है। मगर पति को जिस्म बनाना, मर्दों को गँवारा नहीं हुआ। मैंने लखनऊ की एक साहित्यिक गोष्ठी में दो टूक कहा कि आप लोगों ने खामख्वाह इतना बबाला मचाया। बेहतर होता कि आप अपनी–अपनी पत्नी से पूछ लेते। वह बतला देती। झूठ बोलती तो भी सच आपको पता चल जाता। सच बोलती तो भी पता चल जाता। तो उस साफ़गोई से लोग और नाराज़ हो गये। सारा मुद्दा अहम् पर चोट का था। "उसके हिस्से की धूप" में चोट अहम् नहीं की थी। 'चित्तकोबरा' ने की। उनके पास तो उस बीमारी के इलाज के लिए एक ही नुस्खा था। अश्लील बतला कर किताब को खारिज़ करो। वही उन्होंने किया।

'उसके हिस्से की धूप' से उनको लगा होगा की नायिका प्यार की तलाश में एक पैसे वाले पति को छोड़कर, एक प्रोफेसर पति के पास आना भला लगा होगा। जब वहाँ पर भी उसको वह नहीं मिला, जो वह चाहती थी तो इसके साथ पोएटिक जस्टिस हो गई। आपकी बात बिल्कुल सही है कि अहम् की तुष्टि हो गई वहाँ।

लेकिन मैं अब एक बिल्कुल अलग बात पूछना चाहती हूँ, भाषा के बारे में। आपकी एक किताब पढ़कर आपकी भाषा और शैली के बारे में कोई राय कायम नहीं की जा सकती। शुरुआती उपन्यासों में काफ़ी जगह हिंदी के शब्द मिलते हैं जबकि "मिलजुल मन" में

उर्दू की "खानगी है। तो यह बदलाव आते–आते आया या हर रचना के मुताबिक उसमें परिवर्तन किया गया?

सीधी–सी बात है, बहुत ही सीधी बात है कि मेरी भाषा मेरी नहीं, मेरे क़िरदारों की होती है। तुम उर्दू की बात "मिलजुल मन" के संदर्भ में कर रही हो पर 1980 में लिखे "अनित्य" में भी, जो रिवायतों की मुखालफत करने वाला क़िरदार लखनऊ में रहता है, जिसकी तवायफों से दोस्ती है, वह खालिस उर्दू बोलता है। जबकि बाक़ी लोग उर्दू भी बोलते हैं और हिंदी भी बोलते हैं। ऐसा नहीं है कि सहसा "मिलजुल मन" में उर्दू शुमार हो गई, पर "में उससे पहले भी जब–जब क़िरदार की शख़्सियत ने माँग की उर्दू खूब रबानी से आई। जैसे कहानी "मंजूर नामंजूर" में काफ़ी तारीफ़ हुई थी उसकी।

हाँ, 2010 में छपे "मिलजुल मन" में उर्दू ज़्यादा है। शायद इसलिए कि उसका वक्त, आज़ादी की तुरंत बाद की दिल्ली का है। पर उसके साथ अगर उसकी ऐतिहासिक प्रक्रिया तलाश करें तो वह काफ़ी दिलचस्प है। हुआ यह कि एक काफ़ी बड़ा बदलाव तब आया, जब मैंने 2003 से 2010 तक, यानी सात साल, मैंने इंडिया टुडे में पाक्षिक स्तम्भ लिखा, कटाक्ष नाम से कटाक्ष! समझ रही हो न, तेज़। दरअसल वे मेरे बहुत त्रासदी भरे दिन थे, बेहद दुःख के दिन थे। जब उन्होंने मुझे कटाक्ष लिखने के लिए कहा तो मेरे मन में आया कि दुःख से उबरने का एक तरीका यह भी है कि ख़ुद पर हँसा जाए। तो मैंने कटाक्ष लिखना स्वीकार कर लिया। अब हर 15 पर, कमर कस कर हँसना–हँसाना होता था, ख़ुद पर, समाज पर, राजनीति पर, सामाजिक हरकतों पर, अंधविश्वासों पर, हिंसा पर यानी हर उस चीज़ पर जो **हौलनाक थी, परेशान्कुन** थी, और जिस पर अमूमन रोने का मन करता था। इसका अंदाज़ा तुम इससे लगा सकती हो कि मैंने इसक युद्ध पर भी कटाक्ष लिखा और मुफ़्त सड़ियाँ बाँटने के क़िस्से में कई औरतों के कुचले जाने पर भी। मैं उन हादसों को हल्के से नहीं ले रही। थी, बस तंज के हथियार से उनका मुकाबला कर रही थी, और लोगों के दिलोदानिश में उनके ख़िलाफ़ जज्बा जगा रही थी। तो कटाक्ष लिखने के दौरान मुझे अहसास हुआ कि तंज के लिए हिंदी से ज़्यादा माकूल ज़ुबान, उर्दू थी। तो मेरी ज़ुबान में उर्दू के अल्फ़ाज़, उर्दू का तंज आता गया, घुलता–मिलता चला गया। "मिलजुल मन" 2007 में लिखना शुरु हुआ, 2010 में पर कटाक्ष लिखना 2010 में बंद हुआ। 2007 में तो वह अपने जोम पर था। यूँ कटाक्ष से परवान नहीं ज़ुबान उपन्यास में खूब काम आई।

उससे पहले के उपन्यासों की भाषा की बात करें तो सबसे गूढ़ और

जटिल हिंदी "कठगुलाब" में मिलेगी। कारण, उसका कथ्य काफ़ी हद तक भोग और त्याग के दार्शनिक प्रश्न के इर्द–गिर्द घूमता है। उसकी अभिव्यक्ति के लिए एक परिस्कृत, जटिल भाषा अनिवार्य हो जाती है। पर साथ ही उसमें आम बोलचाल की भाषा भी खूब है, क्योंकि ऐसे क़िरदार भी हैं जो रोज़मर्रा की ज़िंदगी से जूझ रहे हैं और निम्न या निम्न मध्यवर्ग से आते हैं। या उग्र नारीवाद के ज़बरदस्त गुस्से को शब्द देने में हरामी जैसे शब्द धड़ल्ले से प्रयुक्त करते नज़र आते हैं। पर याद रहे कि वह मज़े के लिए नहीं उन बाजारू शब्दों का इस्तेमाल नहीं करते बल्कि मन की विकराल पीड़ा और त्रासदी को अभिव्यक्त करने के लिए करते हैं। यानी क़िरदार ही बोली बानी ही उपन्यास की भाषा का स्वरूप तय करती है। जिसकी वजह से एक ही उपन्यास में कई तरह की भाषा मिल सकती है।

एक आख़िरी सवाल। आजकल आप क्या लिख रही हैं?

हाँ मैं यह सवाल तो खाने के बाद कुछ मीठा हो जाए की तरह है। तो आजकल में एक दिलचस्प प्रयोग कर रही हूँ। तुमने शुरु में ही पूछा था कि मुझे ज़िंदगी में वाकई विलक्षण औरतें मिली और मेरे साहित्य में नमुदार हुई या वह मेरी चाहनाभर थी। जिसे मैंने कल्पना की मार्फ़त अल्फ़ाज़ दिये। मैंने कहा था, दोनों सच थे तो आजकल मैं उन बेमिसाल औरतों के बारे में लिख रही हूँ, जो अपने 80 बरस के लंबे जीवन के दौरान मुझे साक्षात, मिली थीं। बचपन से लेकर अब तक, हर उम्र की औरत, बच्ची से बुजुर्ग तक। घर–बाहर कूचे तंग गलियों–अलिकाओं–दफ़्तरों कॉलेजों में, हर जगह से, देश से, विदेश से यानी हर मोड़ और नुक्कड़ पर मिलीं, अपने पर यक़ीन करने वाली, जद्दोज़हद में जुटीं, कभी कामयाब, कभी नाकाम पर हर हाल लीक से हटी, कुछ सनकी, कुछ निराली औरतें। कुछ लेखिकाएँ शामिल ज़रूर हो गई हैं पर ज़्यादा नहीं हैं। अन्य क्षेत्रों की औरतें ज़्यादा हैं। कुछ मर्द भी साथ लग लिये हैं। और जाएँगे कहाँ बेचारे! असल बात है कि वे सबकी–सब मेरी क़रीबी रही हैं। उस आत्मकथात्मक संस्मरण को नाम दिया है "वे नायाब औरतें।"

अभी तो लिखा जा रहा है। ईशां अल्लाह पूरा हुआ तो आपके हाथों में होगा।

ज़रूर और जल्द बेसब्री से इंतज़ार रहेगा। एक बार फिर आपको मुबारकबाद और बहुत धन्यवाद कि आपने इस मुबारक दिन मुझसे और मेरे माध्यम से, अनेक चाहने वालों से गुफ़्तगू की।

तुम्हारा भी शुक्रिया।

हिंदू कॉलेज के छात्रों से मृदुला गर्ग की अनौपचारिक वार्तालाप

आपकी उपस्थिति उस दशक में होती है और उस समय का परिवेश आज के जैसा नहीं था, न तो स्त्री लेखन का शोर था और न ही लेखिकाओं की इतनी उपस्थिति थी और न ही स्त्री लेखन में इतना वैविध्य, वैसे में आप जब बिल्कुल नए ढंग से लेखन करने लगी तो कैसा लग रहा था और किस तरह का रिस्पांस मिल रहा था। सकारात्मक और नकारात्मक विस्तार से बताएँ तथा पुरुष लेखकों का वर्ग इसे किस रूप में ले रहा था?

मृदुला जी : बड़े सौभाग्य की बात थी मेरे लिए कि स्त्री लेखन का कोई शोर नहीं था। मैंने जीवन में कभी महसूस भी नहीं किया था कि मैं स्त्री हूँ। एक बार तो मैं भोपाल गई तो उस संगोष्ठी में अकेली स्त्री (लेखक) थी। मुझे पता ही नहीं चला कि मैं अकेली स्त्री हूँ। तीसरी रात जब वे लोग पीने बैठे तो उन्हें यह फिक्र लगी कि मेरा क्या करें। मैंने कहा आप लोग पीजिए मुझे क्या फ़र्क पड़ता है। मेरे घर का वातावरण ऐसा नहीं था कि, आप स्त्री हैं तो पढ़िए मत या आपको केवल घर का काम करना है या शादी करनी है ऐसा कुछ नहीं था हमारे घर में। हमारे माँ–बाप पढ़ाई पर बहुत ज़ोर देते थे। हम पाँच बहनें थीं जिसमें से तीन लिखती है। शायद दो का नाम पता हो, मंजुल भगत और मैं, मृदुला गर्ग। तीसरी अचला बंसल हैं जो अंग्रेज़ी में लिखती हैं। बल्कि आपको बतला दूँ अभी एक किताब आई है राजकमल प्रकाशन से, बिसात तीन बहनें, तीन आँख्यान। उसमें हम तीनों की कृतियाँ हैं क़रीब–करीब एक ही विषय पर उसकी भूमिका मैंने ही लिखी है। तो जिस परिवार में पाँच लड़कियाँ हों फिर भी वातावरण इस तरह का हो कि हमने कभी महसूस नहीं किया कि स्त्री होने के नाते हम कमतर या अलग हैं तो यह भी कभी महसूस नहीं किया कि क्योंकि मैं स्त्री हूँ, इसलिए मेरा लेखन

अलग होगा। हालांकि मेरा पहला उपन्यास छपा 1975 ई. में, जो इंटरनेशनल वूमेन इयर का पहला साल था मगर उससे न तो उसकी समीक्षाओं पर प्रभाव पड़ा और न मेरे लेखन पर, यह सिलसिला आगे भी चलता रहा। 1980 में मैंने 'अनित्य' लिखा जो एक राजनीतिक ऐतिहासिक उपन्यास है। उसकी प्रतिक्रिया बढ़िया रही, उस पर बहुत समीक्षाएँ आई। बहुत बात हुई, बहुत कुछ हुआ, कई जगह पुरस्कार के लिए शॉर्ट लिस्ट भी हुआ, नहीं मिला... वह अलग बात है। मगर उसे (अनित्य उपन्यास को नकारने और मुझे 'उसके हिस्से की धूप', 'चित्तकोबरा', 'कठगुलाब' की लेखिका घोषित करने का काम शुरु हुआ। 1983–84 में अर्थात् 80 के दशक के लगभग बीच में तय हुआ कि भई स्त्री विमर्श भी एक से है उसका एक ढाँचा बना। एक खाँचा बना और उस खाँचे में मुझे डाल दिया गया। मेरा लेखन उस खाँचे में फिट नहीं हो पाया, तब भी खींचतान करके इसमें डाला गया।

आपने कहा उन दिनों स्त्री लेखिकाओं की उपस्थिति नहीं थी, ऐसा नहीं था। मेरी पीढ़ी की जो लेखिकाएँ हैं, मैं समझती हूँ वे आज की पीढ़ी की लेखिकाओं से ज़्यादा साहसिक, उनसे ज़्यादा वैविध्यपूर्ण, ज़्यादा लालित्यपूर्ण, ज़्यादा बढ़िया भाषा और विषयों पर अधिकार रखने वाली थी।" मंजुल भगत, (जो मेरी बड़ी बहन भी थी) चन्द्रकांता राजी सेठ, शशिप्रभा शास्त्री, सुनीता जैन, ममता कालिया बहुत सारी हैं। उसके बाद की पीढ़ी में नासिरा शर्मा, नमिता सिंह, वग़ैरह। हाँ इन्होंने कुछ साल बाद ही लिखना शुरू किया, इनमें भी बहुत वैविध्य था। तब तक अलग से ढाँचा नहीं बनाया गया था कि यह स्त्री लेखन है और यह पुरुष लेखन है। शुरू में मुझे कोई दिक्कत नहीं हुई हालांकि सारे प्रकाशक, समीक्षक, संपादक पुरुष ही थे। स्त्रियों की कुछ पत्रिकाएँ अलग ज़रूर निकलती थी सरिता, मुक्ता वग़ैरह। वैसे उन दिनों जो लोकप्रिय पत्रिकाएँ थी जैसे धर्मयुग, साप्ताहिक हिंदुस्तान, उनमें भी घर–गृहस्थी से संबंधित बातें रहती थीं। अलग से न वे स्त्री की पत्रिका थी न पुरुष की, और वे हर घर में आती थी। आज कोई ऐसी पत्रिका नहीं है जो हर घर में आये।

1980 के मध्य से इस परंपरा ने ज़ोर पकड़ा कि स्त्रिया पर लिखती हैं या स्त्री केवल स्त्री के ऊपर लिख सकती है। ये सब बेकार की बातें थीं। अनेक राजनीतिक, सामाजिक उपन्यास स्त्रियों ने लिखे। नासिरा शर्मा का ईरान की क्रांति पर लिखा 'सात नदियाँ एक समदर', मंजुल भगत का 'खातुल', चन्द्रकांता का 'ऐलान गली ज़िंदा है'। उसके बाद भी और बहुत है।

कुर्तुलऐन हैदर (उर्दू की थी पर हिंदी में भी सराही गई।) सबने ऐतिहासिक उपन्यास लिखे। (संबल 'महाभोज' भी) हाँ महाभोज भी लिखा गया। तो हमारे ऊपर कोई बंदिश नहीं थी, न कोई उसे साहसिक बतलाता था, जो बतलाना चाहिए था। वैसे भी मैंने अर्थशास्त्र पढ़ाने के बाद साहित्य लिखना शुरू किया तो सामाजिक, आर्थिक पहलू, मेरे हर उपन्यास में रहते थे। भई मुझे यह बतलाओं स्त्री के बिना क्या कोई उपन्यास कभी लिखा गया है? हाँ, एक उपन्यास ज़रूर लिखा गया था, भालचन्द्र नेमाडे का 'कोसला', मराठी में। उसमें कोई स्त्री नहीं थी और उस पर काफ़ी बहस भी हुई थी। बातचीत के दौरान, वे कहने लगे कि क्या कभी स्त्री ऐसा उपन्यास लिखेगी जिसमें पुरुष नहीं होगा? तो उस वक्त मैंने कहा कि पुरुष होगा मगर वैसा पुरुष नहीं, जैसा आपने गढ़ा है, थोड़ा–सा अलग किस्म का पुरुष होगा, जैसे अब देखो 'कठगुलाब' में विपिन है। तो ये सब बहस दुर्भाग्यपूर्ण रही। "स्त्रियों की या स्त्री लेखिकाओं की उपस्थिति तब भी थी, मगर उनको अलग से नहीं आँका गया।"

हाँ बिल्कुल। अभी हम हिंदी साहित्य के इतिहास में देख लें। मैं अभी बिल्कुल रिसेंट देख रहा था कि एक सिरे से किसी भी लेखिका की उस तरह से चर्चा नहीं हुई या उस तरह से, उस पर कुछ नहीं मिलता।

उर्दू साहित्य में कुर्तुलऐन हैदर या इस्मत चुगताई की खूब चर्चा हुई लेकिन हिंदी का दुर्भाग्य रहा "कि हिंदी लेखन में स्त्रियों के लेखन को सही तौर पर नहीं रखा गया या सही तरीके से नहीं उठाया गया। इस बारे में मैं सौभाग्यशाली रही, शुरू में। मगर बाद में देखिये, तो मैं और मैं मेरा एक उपन्यास है। मैं समझती हूँ कि वह मेरा सबसे अच्छा उपन्यास है मगर उसकी चर्चा बिल्कुल नहीं हुई। तो इस तरह की चीज़ें होती रहीं। जैसे 'कठगुलाब' को अधिकतर लोगों ने स्त्री विमर्श का उपन्यास कहा। देखिए विमर्श उसमें है ज़रूर कुछ स्त्री पात्र बाक़ायदा विमर्श करती हैं, उस पर बात करती हैं। मगर मूलरूप से उपन्यास में, मुझे नहीं लगता, कि विमर्श होता है या इसमें है। अनुभव होता है, अनुभूति से चीज़ें आती हैं, चेतना होती है, प्रज्ञा होती है, ऐतिहासिक दृष्टि होती है, ऐतिहासिक स्मृति होती है, व्यक्तिगत स्मृति भी होती है, इसी तरह की तमाम चीज़ें होती हैं। फिर उनमें से एक फलसफा उभरता है, जिससे आपको पता लगता है कि लेखक की दृष्टि क्या है? और लेखक की दृष्टि का कोई लिंग नहीं होता। वह दृष्टि होती है, स्त्री की हो

सकती है, पुरुष की हो सकती है। और पुरुष द्वारा भी स्त्री का बहुत ज़बरदस्त चित्रण हो सकता है जैसे जैनेन्द्र के उपन्यासों में हैं। और स्त्री–पुरुष का बहुत बढ़िया चित्रण कर सकती हैं।

मुझे एक चीज़ आजकल बहुत परेशान करती है कि जैसे आजकल स्त्री विमर्श को लेकर तीन चार नाम हमारे यहाँ सजाये दी गई जैसे स्त्रीवादी विमर्श, स्त्रीत्ववादी विमर्श और स्त्रीत्व विमर्श और अंग्रेज़ी में केवल एक फैमिनिज़्म है।

(रोकते हुए) नहीं नहीं, 'फेमिनस्ट डिस्कोर्स है, स्त्रीवादी विमर्श फेमिनिस्ट डिस्कोर्स का अनुवाद है, फेमिनिस्ट का मतलब स्त्रीवादी होता है। स्त्री विमर्श मतलब वुमेन डिस्कोर्स तो वुमेन डिस्कोर्स तो कुछ होता नहीं। अगर आप डिस्कोर्स कहेंगे कि तो आपका मतलब फेमिनिस्ट डिस्कोर्स होगा यानी स्त्रीवादी विमर्श। भले 'स्त्रीवादी विमर्श को मुखसुख के लिए 'स्त्री विमर्श' कर लिया गया हो, असल में तो स्त्रीवादी विमर्श ही रहा।

तो इस तरह की जो संज्ञाएँ दिये जा रहे हैं, हम इससे किस तरह मुक्त हो पायेंगे, क्या इस तरीके का कुछ हो सकता है कि एक कोई शब्द स्थिर कर दिया जाये और उसके इर्द–गिर्द सारी चीज़ें आ जाएँ।

मुझे लगता है कि स्त्री विमर्श इतना चालू हो चुका है कि सब वही कहते हैं। होता यह है कि आप चाहे किसी भी संज्ञा को रख दीजिये, सामने वाला उससे केवल स्त्री विमर्श समझता है और उसी दृष्टिकोण से आपसे बात करने लगता है। मगर हमारा अपना मौलिक स्त्रीवादी विमर्श तो कोई है नहीं, आंदोलन है (जोर देकर)।

हमारे यहाँ का स्त्री शोषण जगविख्यात है, विभिन्न तरीकों से स्त्री शोषित होती है। मगर जो भी डिस्कोर्स है, बाहर से आया है और वही यहाँ लागू होता है। डिस्कोर्स आया क्यों? इसलिए आया क्योंकि पहले पहल तो अधिकार ही माँगे गये थे। जब अधिकार माँगे तो विरोध में कहा गया कि स्त्री ये सब काम नहीं कर सकती, राजनीति नहीं कर सकती, प्लेन नहीं उड़ा सकती, शतरंज नहीं खेल सकती वग़ैरह वग़ैरह। सर्जन नहीं बन सकती, डॉक्टर नहीं बन सकती है, पर सर्जन नहीं बन सकती। तो उसका जवाब देने के लिए हुआ यह कि शोध करके कहा गया कि नहीं, स्त्री–पुरुष के बीच कोई अंतर नहीं है। स्त्री वह सब कुछ सकती है जो पुरुष कर सकता है। एक ही बात बचती थी कि स्त्री शिशु को जन्म दे सकती है, पुरुष नहीं दे सकता।

इसके अलावा कोई दैहिक या जैविक अंतर नहीं था। तो स्वभाव से कोई अंतर नहीं है, यह फेमिनिस्ट मान्यता है। मगर संस्कारगत अंतर है। ज़ाहिर–सी बात है कि अगर आप बच्चों के जन्म से लेकर ही, उन्हें (बालक बालिका को) अलग करके देखेंगे तो वह अंतर आ सकता है। संस्कारगत और संस्कृतिगत दोनों देखिए, हमारे यहाँ यह चलन है कि जो भी कल्याणकारी काम होगा वह स्त्री करेगी। तो यह अंतर है। नहीं नहीं यह काल्पनिक नहीं है। यह परंपरा बनी हुई है, पेशा बन चुका है। सामाजिक व्यवहार का हिस्सा बन गया है और फिर संस्कृति का हिस्सा भी बन गया है। तो स्त्री चाहे बड़े तबके की हो या छोटे तबके की, ईंधन पानी का जुगाड करना हो या बीमार की सेवा, वह अन्य काम भी करेगी मगर ये काम उसके जिम्मे रहेंगे ही। यहीं मध्यवर्ग मंस भी होता है कि स्त्री काम भी करेगी, दफ़्तर भी जाएगी मगर घर का काम और बच्चे जनने का काम उसीका रहेगा। बच्चा पैदा वही करेगी उसके बाद स्तनपान, यह तो एक तरह से स्वाभाविक नैसर्गिक जिम्मेदारी कुछ महीनों तक उसकी बनी रहती है। अन्य देशों में देखा जाये तो जो स्त्रियोचित् काम माने जाते थे, पारंपरिक रूप से, उनमें पुरुष हिस्सेदारी करने लगा है। मगर हमारे यहाँ तो यह भी शोषण का एक माध्यम बन गया है कि स्त्री बाहर भी काम करे और घर में भी काम करे तो उस पर दुगुना बोझ हो जाता है और उसमें उसे सहयोग भी नहीं मिलता।

इतना ज़रूर है कि यह बात मैंने पहले भी कई बार कही है कि एक ज़माना था जब माना जाता था कि स्त्रियोचित् लेखन ज़्यादा भावुक होगा, परिवार के बारे में होगा, स्त्री मन का होगा।

इसके विपरीत कुछ लोगों ने स्थापित किया कि स्त्रीवादी लेखन में स्त्री के माध्यम से स्त्री की बात कही जाए, स्त्री के अधिकारों की बात कही जाए। उसके बाद हुआ "फीमेल' लेखन। उसका मतलब केवल इतना है कि कुछ लोग मानते हैं कि स्त्री के अनुभव ही सिर्फ़ अलग नहीं होते, उनमें स्वभावगत अंतर भी है। विदेशों में भी एक फेमिनिस्ट दौर आया था और अब एक उत्तर फेमिनिस्ट दौर। उत्तर फेमिनिस्ट और, फिर से यह मान्यता हुई है कि स्त्री में मातृत्व की "भावना होती है स्त्री अधिक शांतिप्रिय होती है और स्त्रियों के हाथ में सता आई तो वह अधिक शान्तिप्रिय होगी। इसका कोई दृष्टांत कहीं नहीं मिलता, न इतिहास में, न वर्तमान में। आप देखिए, जब–जब स्त्री के हाथ में सत्ता आई है। उसने जमकर भ्रष्टाचार, शोषण किया है, सब कुछ वही किया है जो पुरुष करते हैं। जब कुछ लोग कहते हैं कि नहीं, यह तो पुरुष

मानसिकता के अंतर्गत किया है तो देखें कि पूरे इतिहास में कोई ऐसा दृष्टात नहीं है कि स्त्रियों का शासन अधिक कल्याणकारी रहा हो। असल में एमेजॉन समाज अकेला दृष्टांत है, जहाँ स्त्रियों का राज था, वह अहिंसक बिल्कुल नहीं था। पुरुष को निचले दर्जे का समझा गया तो उसका जमकर शोषण हुआ। जब कहीं ऐसा कोई दृष्टांत नहीं है, तो मेरा मानना है कि स्वभावगत स्त्री–पुरुष में कोई अंतर नहीं है सिवाय इसके कि आप (स्त्री) शिशु को जन्म देती है और कुछ महीनों तक उसको पालती हैं। यह एक तरह का सशक्तिकरण हैं एक शक्ति है कि आप एक अन्य जीव को अपने बलबूते पर जीवित रखती हैं। उसमें कोई बाह्य साधन नहीं रहता। मगर वही कभी आपका शोषण भी करवा सकता है। चूँकि परिवार की सारी जिम्मेवारी आपके ऊपर होती है तो इस परिस्थिति में आप बच्चे को छोड़कर भागती नहीं। यह सब बड़ा जटिल मामला है। स्त्री–पुरुष का रिश्ता एकदम सीधा नहीं होता। वह वैसा रिश्ता तो है नहीं जैसा पीढ़ियों के बीच है या वर्गों के बीच है या जातियों के बीच है या मालिक नौकर के बीच है। वह ऐसा रिश्ता है, जिसमें कलह भी होगी, प्रेम भी होगा। फिर प्रेम भी कोई ऐसी चीज़ नहीं है कि सर्वथा बना रहे। कभी प्रेम होता है, कभी घृणा होती है, कभी डिप्रेशन होता है कभी लड़ाई होती है कभी मुकाबला होता है, कभी अपने को बेहतर सिद्ध करने की इच्छा होती है तो ये अनेक भावनाएँ चलती हैं। आपसी जो भी संबंध हैं वे बहुआयामी होते हैं। उन्हें किसी एक भाव में नहीं बाधा जा सकता है। जैसे जैनेन्द्र जी का कथन कि पुरुष तो पशु होता है, स्त्री देवी होती है। अब ये ऐसा भाव है कि उसके ख़िलाफ़ जो भी हुआ उसके लिए कह दिया गया कि नहीं, ऐसा कुछ हुआ ही नहीं, हो ही नहीं सकता। असल में एक स्त्री दूसरे स्त्री से भिन्न हो सकती है। पर क्योंकि अपने को स्थापित करता है इसलिए बहुत सारी स्त्रियाँ इस मान्यता की शरण ले लेती हैं कि चूँकि में स्त्री हूँ, इसलिए शोषित हूँ, पीड़ित हूँ और अपने बारे में जो लिख रही हूँ वह तमाम स्त्री जाति के बारे में है। मगर ऐसा ज़रूरी नहीं है। मेरी अंत वेदना को दूसरी लेखिका अभिव्यक्त नहीं कर सकती। ज़रूरी नहीं है कि कर सके। हर स्त्री का लेखन दूसरी स्त्री के लेखन से भिन्न होता है। लेखन अलग होता है, विमर्श अलग होता है। मैं समझता हूँ कि अगर आप सौ रचनाएँ पढ़ें, सौ स्त्रियों की, तो उसमें आपको दिखलाई देगा कि स्त्री के ये मुद्दे कॉमन हैं और ये मुद्दे ऐसे हैं जो पुरुषों ने अभी तक नहीं उठाये। ये मर्द ऐसे हैं जो आज के हालात से उठे हैं और ये मुद्दे ऐसे है जो ऐतिहासिक

हैं। तब कुल मिलाकर हम किसी विमर्श पर पहुँचेंगे। अगर रचना विमर्श से शुरु होगी तो वह बहुत सपाट, सौंधी, एकांगी और स्थूल होगी।

अभिषेक : मैम मैं एक सवाल 'कठगुलाब' की लेखन शैली पर पूछना चाहूँगा कि इस उपन्यास में आप ख़ुद अनुपस्थित ही जान पड़ती हैं, इस उपन्यास की परी कथा इसके कुछ मुख्य पात्र ख़ुद कहते हैं। यह जो आपकी अनुपस्थिति है ये कैसे संभव हो पाई है? ये बहुत कम उपन्यासकारों की शैली में देखने को मिलती है।

मृदुला जी : देखो मैं मानती हूँ कि लेखन का असल मतलब परकाया प्रवेश है। आप ख़ुद नहीं रहते, दूसरा बन जाते हैं, अपना पात्र बन जाते हैं। ज़रूरी नहीं है कि जीवन में आप उसकी तरह जीयें या उसकी तरह सोचे। इसमें कई पात्र हैं तो हर पात्र में प्रवेश करना पड़ा और इससे कई बार लोगों को लगता है कि एक बार एक बात कही जा रही है, तो दूसरी बार दूसरी बात कही जा रही है। ऐसा इसलिए है क्योंकि वह पात्र की सोच है, मेरा नहीं। उसमें काफ़ी विचार भी हैं, पात्र, सोचते हैं, उस सबके बारे में, जो भी घट रहा है।

क्या तुम सर्द होना चाहती हो? यह फेमिनिस्म का एक मूल प्रश्न है या इसमें स्त्रीवाद या नारीवाद के जो मूल मुद्दे हैं, उन पर बहस हो रही है। आपस में बात हो रही है। मतलब इसमें जागरूक महिलाएँ हैं और वे स्त्रीवाद पर बात करती हैं। मगर कहानी उनके अनुभवों की कहानी है और उन अनुभवों से विकसित हुई उनकी चेतना की कहानी भी क्योंकि वे अलग–अलग वर्ग से आई हैं तो मेरा उन सबसे तो कोई साम्य बैठता ही नहीं। अगर कोई ज़बरदस्ती बिठला ले तो वह अलग बात है। जैसे मैं विपिन नहीं हूँ। वैसे ही मैं असीमा भी नहीं हूँ, स्मिता भी नहीं हूँ,, नर्मदा भी नहीं हूँ मारियाना भी नहीं हूँ, मगर हर स्थिति को मैंने अपने रंगों में महसूस किया है। उसी हद तक जैसे उसमें जो दृष्टांत आता है जब मारियाना लिखती है चार स्त्रियों की डायरियाँ और उनके बारे में शोध भी करती हैं जिससे उनके बारे में लिख पाये तो कहती है, वही मेरा भी सच है। और इसीलिए शायद 'कठगुलाब' लोगों को पसंद आता है और शायद इसीलिए अच्छा उपन्यास माना जाता है क्योंकि उसमें पूरी तरह से परकाया प्रवेश हुआ है।

अभिषेक : मैम उसमें मुझे जिसने सबसे अधिक प्रभावित किया आपकी जो एक विशेष भाषा शैली है, उसमें जो एक अनूठापन है जैसे सच व्यस्तता और थकान से बढ़कर नेमत दुनिया में नहीं है, हर चीज़ पर हावी हो जाती

है। पूरा शहर पहले बाग़ बना फिर कब्रगाह। क्रोध था, अशांति थी, संशय था, संवेदना थी, बुद्धिजीवी दंभ भी था अपराधबोध कतई नहीं था।

तो इस प्रकार के शब्दों की बुनावट आप कैसे कर पाती हैं, इसके बारे में बतलाइये।

मृदुला जी : मतलब यह सब कम मिलने लगा है क्योंकि लोगों का हिंदी पर अधिकार छूटता जा रहा है। पर ऐसा नहीं है कि मैंने जानबूझकर सायास लिखा हो। क्योंकि मैंने यह उपन्यास बहुत लय में लिखा था, बहाव में लिखा था। इसको ऐसे लिखा जैसे दिन–रात एक हो। फिर बाद में थोड़ा विलम्बित लय में आ गया। मेरी भाषा हमेशा पात्र की वैयक्तिक भाषा के साथ समय की भाषा होती है। जैसे नर्मदा जो बोलती है उसमें और विपिन जो बोलता है उसमें बहुत अंतर है। असीमा जो बोलती है, वह एक अक्खड़ किस्म की भाषा है और उसकी माँ जो बोलती है वो बिल्कुल अलग हालांकि मैं 'डायलेक्ट' नहीं इस्तेमाल करती, आँचलिक भाषा नहीं इस्तेमाल करती, वह हिंदी ही होती है, खड़ी बोली ही होती है, मगर ये खड़ी बोली की अलग धुनें हैं क्योंकि ये अलग आवाज़ें है, उन पात्रों की अपनी–अपनी आवाज़ से समझती हूँ कि लेखन करना है तो परकाया प्रवेश करना है। अपने आपको छोड़कर खुद का अतिक्रमण करके। लेखन का मतलब ही है अतिक्रमण। अपना अतिक्रमण और दूसरे में प्रवेश। अगर आप कर पाये तो उपन्यास लिखा जाएगा। 'कठगुलाब' लिखने में मैंने बहुत समय लिया, मतलब लिखना शुरू करने के बाद तो जल्दी ख़त्म हो गया। मगर शुरु करने में कई साल लग गये। सालों से लगभग चार–पाँच सालों से मैं लोगों से कहती थी कि मैं ऐसा उपन्यास लिख रही हूँ, या मना में चल रहा है। लिखना चाहती हूँ जिसमें चार–पाँच अलग औरतें हैं और वे अपनी कहानी कहती हैं। तो लोग कहते, कि क्या वे हॉस्टल में रहती है? में कहती नहीं, वैसा कुछ नहीं है। क्या वे एक ऑफिस में काम करती हैं? नहीं, वे एक ऑफिस में काम नहीं करती। मतलब उनका ख़्याल था कि वे एकजुट होकर एक जगह आएँगी। मेरा ख़्याल था कि वे अलग–अलग आवाज़ें हैं बिल्कुल अलग आवाज़ें हैं, नर्मदा है, जो निम्नवर्ग की है चूड़ी कारखाने में काम करती है। बाल श्रमिकों में मेरी बहुत दिलचस्पी है मैंने उन पर पहले भी काम किया है। पहले एक नाटक लिख चुकी हूँ तो वो मन में बसा हुआ था। और एक बात उन दिनों क्योंकि स्त्रीवाद स्त्रीवाद इतना ज़्यादा हो रहा था कि मुझे लगा कि ये सिर्फ़ कहाभर जाता है। इसके अंतर्गत लिखा कुछ नहीं जाता। विमर्श का कहीं नामोनिशान

नहीं है। मौलिक विमर्श तो कहीं होता ही नहीं। मैं समझती हूँ एक–दो लोग ही करते होंगे, कभी–कभी मैं भी कर लेती हूँ, थोड़ा–बहुत मगर विमर्श तब तक ख़ास कोई नहीं था। मुझे लगा कि स्त्रियाँ अगर स्त्रियों पर बात करेंगी तो बहस भी करेंगी आपस में विचार–विनिमय भी होगा। इसीलिए उसमें एक पात्र है असीमा, जो उग्र नारीवादी है। उसके पीछे कारण है और उसका....कहते हैं न कि हर सवाल का जवाब होता है तो उसका असीमा का जवाब है। उसका जो तोड़ है वह उसकी माँ है। शोषण तो हुआ उसकी माँ का, नाराज़ असीमा है। और ये नाराज़गी उसकी सबके लिए है। पूरी स्त्री जाति के लिए वह नाराज़ है। और माँ को देखिए। माँ उससे बहुत ऊपर उठ चुकी है। चाहे जो हुआ हो, उसने अपने को कटु नहीं होने दिया। सबसे हमदर्दी है उसे जो बंदे काम करने आ रहे हैं या बाक़ी जो लोग हैं। सबसे तो एक पात्र यह है फीमेल और दूसरी है फेमिनिस्ट, मतलब जो स्त्री असीमा की माँ है सब कुछ होने के बावजूद कटु कभी नहीं हुई। और कटु से ही शुरु हुई असीमा, तो ये स्त्रीवाद का यह जो एक पक्ष था उसे मैंने ज़रूर उसके माध्यम से उस रूप में दिखलाया है। बाक़ी स्त्रियाँ अलग–अलग वर्गों से अलग–अलग हालात से, अलग–अलग शिक्षा लेकर आई हैं। मगर उनकी कहानी ऐसी नहीं है कि एक ने कहानी कही थी और ख़त्म कर दी फिर दूसरी की शुरु हुई। इनकी कहानी आपस में एकदम गुँथी हुई है। कभी–कभी मुझे खुद भी अचरज होता है। (हँसने लगती है, हम लोग भी हँसते हैं) कि एक ही कहानी को कैसे दूसरा बढ़ाता चला गया। कहीं–न–कहीं वे मिले या फिर....!!!

अभिषेक : मैम चूँकि 'कठगुलाब' इस बार हमारे सिलेबस का भी हिस्सा था और हम लोगों ने पढ़ा तो पढ़ते वक्त एक सवाल मन में आया था, और यही प्रश्न परीक्षा के प्रश्न पत्र में भी आ गया था। तो मैं इस प्रश्न को आपसे भी पूछ लेना चाहती हूँ कि इस उपन्यास में कौन–सा पात्र आपके सबसे क़रीब है या सबसे ज़्यादा कौन प्रभावित करता है और क्यों? चूँकि कई मुख्य पात्र होने के कारण इस उपन्यास में यह तय करना कठिन हो जाता है।

मृदुला जी : शरतचन्द्र ने एक बार कहा था कि लेखक को अपने पात्र से कोई सहानुभूति नहीं रखनी चाहिए और न उससे विकर्षण होना चाहिए। मुझे सभी पात्र एक जैसे लगते हैं। अगर यह किसी और की लिखी हुई किताब होती तो मुझे शायद विपिन सबसे प्रिय पात्र लगता।

यह पाठक के ऊपर होता है कि वह कितनी आत्मीयता महसूस करता है, कितना खुद को पात्र में देखता है। बड़ी बात होती है। हम कहते हैं न

कि मैंने आइडेंटिफाई किया जो अंग्रेज़ी शब्द है या मुझे वह अपना–सा लगा। हमारी सारी फ़िल्म इसी आधार पर चलती हैं। इसीलिए बेवकूफी से आगे नहीं बढ़ पाती (हँसती है) ज़्यादा लोग बेवकूफ होते हैं न, (हँसते हुए) सो ज़्यादा लोगों को वो अपने से लगते हैं।

मतलब कोई नया मौलिक विचार दें तो बहुत सारे लोगों को लगेगा कि ये क्या है, मैंने तो कभी ऐसे नहीं सोचा। मैं समझती हूँ कि सिर्फ़ यह नहीं होना चाहिए कि पात्र में आप ख़ुद को देखें। यह भी होना चाहिए कि आप सोचें यह मेरी ज़िंदगी नहीं है। पर हो सकती थी। मैं बाल बाल बच गया। और फिर आप रुक कर सोचें कि अगर यह मेरी ज़िंदगी होती जैसे स्मिता के साथ जो हुआ वह मेरा साथ हुआ होता तो मैं क्या करती मुझ पर क्या बीतती, मेरा बाक़ी का जीवन कैसा होता। अगर जो विपिन के साथ हुआ, उसकी माँ के साथ तो? विपिन बहुत ही संवेदनशील आदमी है तभी उसने माँ के दुःख को इतने गहराई से महसूस किया। बहुतों के साथ ऐसा होता है, ये चीज़ें होती रहती हैं पर मेरे साथ होता तो मेरी क्या प्रतिक्रिया होती या विपिन के साथ जो बाद में हुआ तब भी कितना वह उदार रहा। उसे लगा कि नीरजा की ज़िंदगी किसी तरह हीन न बने। वह अपनी ज़िंदगी पूरी तरह जिए। तो अगर ये किसी और का उपन्यास होता तो पढ़ने के बाद मैं विपिन से प्रभावित होती और असीमा की माँ से।

रोहितः मैम प्रेम जो है ख़ुद में एक क्रांतिकारी क़दम माना जाता है और उसकी परिणति या लक्ष्य भी विवाह को ही मान लिया जाता है या फिर होता ही है विवाह।

मृदुला जी : मैं नहीं समझती कि प्रेम का लक्ष्य या परिणति विवाह को माना जाना चाहिए। वह उससे जुड़ा एक और प्रकरण है। हमारे देश में जो सामाजिक व्यवस्था है उसमें आमतौर पर, मान्यता है कि प्रेम के माने हैं विवाह। बात यह है कि अगर आपके बच्चे होंगे तो आप ही को पालने होंगे कोई और आ कर उन्हें पालेगा नहीं। अगर आपको बच्चे पालने हैं तब उसके लिए सबसे उपयुक्त संस्था, विवाह संस्था है। क्योंकि उसमें माँ और बाप साथ रहेंगे और बच्चों को सालेंगे। वरना बच्चे को सरकार पाले जैसे कि स्वीडन में होता है। तो वहाँ स्त्री–पुरुष का जोड़ा शादी नहीं करता या कई बार बच्चे होने के बाद शादी करता है। यानी तय करता है कि शादी करे या न करें। यह प्रेम की परिणति नहीं, परिवार चलाने के लिए बच्चों की देखभाल के लिए, विवाह की आवश्यकता है। अधिकतर प्रेम के बाद विवाह होता है

तो इसलिए क्योंकि सभी लोग विवाह करते हैं और वह एक सुगम व्यवस्था है। इसलिए आप निभाते हैं। ये जो आजकल चल पड़ा है लिव इन रिलेशनशिप उसमें और विवाह में कोई विशेष अंतर नहीं है। सिवा इसके कि अगर आप कर्तव्य निभाने से डरते हैं तो कभी–कभी यह रास्ता अपना लेते हैं। वरना अगर आप किसी के साथ रहते हैं तब भी आपको उसके प्रति जिम्मेदारी निभानी चाहिए पूरी तरह। अगर वह बीमार होता है तो साथ रहना चाहिए देखभाल करनी चाहिए। क्योंकि आप जिम्मेदारी नहीं निभाना चाहते तो इस तथ्य के अन्य विकल्प निकालते हैं। या तो यह हो कि आप मिलजुल रहे हैं, ठीक है, साथ रह रहे हैं ठीक है। मगर ऐसा होता नहीं क्योंकि जब किसी से प्रेम होता है तो आप उसके लिए कुछ हद तक आधिपत्य भाव रखने लगते हैं। मतलब आप उसे अपने तक सीमित रखना चाहते हैं। यह मानसिकता आती ही है, चाहे वह स्त्री और पुरुष के बीच का प्रेम हो, चाहे समलैंगिक हो। होता वही सब कुछ है क्योंकि यह एक मानवीय प्रवृत्ति है। जब हमारे बच्चे होते हैं तब भी हम उन्हें अपने पास रखते हैं न नहीं चाहते कि किसी दूसरे को दे दें। तो अधिकार न भी सही, कम से कम स्नेह बँधन तो रहता ही है। वैसे हमारे यहाँ तो आमतौर पर प्रेम के बिना ही विवाह होता है। तो प्रेम की परिणति विवाह कैसे हुआ?

रोहितः लेकिन मैम जब प्रेम होता है तो हम विवाह के रूप में परिणति चाहते हैं।

मृदुला जी : हाँ चाहते हैं। क्योंकि अन्यथा उसका विवाह दूसरे से हो जायेगा (और हँसने लगती है) असल बात यह है। अगर तार्किक रूप से देखें तो हम मानकर चलते हैं कि विवाह अनिवार्य है। चाहे लड़के का हो चाहे लड़की का क्योंकि एक मानी हुई बात है कि विवाह बिना मैं अकेला हो जाऊँगा ज़रूरत पड़ने पर मेरे लिए कौन होगा, खाना कौन पकायेगा, सहारा कौन देगा, यही तमाम बातें। मतलब यह एक इंश्योरेंस है बुढ़ापे के लिए, एक तरह का बीमा है बीमा (हँसते हुए) क्योंकि विवाह अनिवार्य है, माना जाता है मतलब 99 फीसदी लोगों का विवाह होता ही है। अपनी मिर्ज़ी से कुछ ही लोग नहीं करते। एक, दो या पाँच प्रतिशत से ज़्यादा लोग नहीं होंगे जो अपनी मर्ज़ी से विवाह नहीं करते (साधु,–संतो को छोड़ दें तो)। चूँकि विवाह अनिवार्य है इसलिए जिससे प्रेम हुआ है अगर उससे विवाह नहीं करेंगे तो वह किसी और से कर लेगा। आप भी। प्रेम की परिणति विवाह इसलिए नहीं है क्योंकि वही प्रेम की परिणति है, मगर इसलिए क्योंकि विवाह अनिवार्य है। जहाँ

विवाह अनिवार्य नहीं माना जाता वहाँ प्रेम होता है पर विवाह नहीं भी होता।

रोहित : मैम क्या यह विवाह नहीं है जिसको लेकर स्त्री की सारी जकड़नें बनी हुई हैं?

मृदुला जी : नहीं नहीं। यह ज़रूरी नहीं है। दो स्त्री पात्र जब साथ होती हैं तब भी वही सब कुछ होता है। जो फ़र्क है, वह स्त्री को लेकर है, विवाह को लेकर नहीं। आप विवाह के बिना भी अगर मित्र बनाते हैं, वह आपका शोषण करता है, आपका बॉस आपका शोषण करता है, आप कॉलेज में पढ़ाते हैं तो आपका प्रिंसिपल आपका शोषण करता है। आप घर में रहते हैं तो आपकी माँ आपका शोषण करती है। लड़की कमाती है तो माँ–बाप भाई बहन, सब मीना कुमारी का जमकर सब ने शोषण किया था। मतलब विवाह में ही शोषण हो ऐसा नहीं है। यह सारी चीज़ें बहुत हद तक आर्थिक होती हैं और कुछ हद तक भावात्मक मतलब बहुत जगह देखा गया है कि माँ–बाप लड़की को शादी करने के लिए कहते रहते हैं, मगर अगर वह नहीं करती है, कमाने लगती है तो माँ–बाप सोचते हैं कि न ही करे तो अच्छा है। ऐसा बहुत जगह देखा गया है लड़के या लड़कियाँ अमेरिका जाते हैं क्योंकि माँ–बाप कहते हैं। जाओ ये चाहते हैं पैसा आए। मैं तो ऐसा जानती हूँ जो लड़का आई आई.टी. का पढ़ा हुआ था.....(कहानी)

शोषण सिर्फ़ पति नहीं करता। जो शोषण स्त्री का अपने मायके में होता है, वह कम क्रूर नहीं है। एक किताब आप लोगों को पढ़नी चाहिए, सिम्मी हर्षिता का उपन्यास, 'जलतरंग' उसमें जो लड़की शादी नहीं करना चाहती उससे कहा जाता है कि लिख कर दो कि तुम अपनी मर्ज़ी से शादी नहीं करोगी। फिर उसका हर प्रकार से शोषण होता है। शोषण सिर्फ़ विवाह में नहीं होता, हर उस रिश्ते में होता है जहाँ एक कमज़ोर हो दूसरा (रुककर) तुम मेरी बात मानो यह बिलकुल ज़रूरी नहीं है, यह मेरे विचार हैं तुम्हारे अपने विचार बिल्कुल अलग हो सकते हैं और तुम प्रेम करो तो विवाह ज़रूर कर लेना। (मज़ाक करते हुए)

रोहित : मैम ये जो स्त्रीत्व के प्रतीक (जेवर सुहाग चुडी) हैं और स्त्री की क्रांतिकारिकता में द्वंद्व है?

(नहीं कोई दबदबा नहीं है)

फिर तो सवाल ही ख़त्म हो गया। (हँसते हुए)

मृदुला जी : नहीं, नहीं, पूछो। हाँ, अगर चूड़ी बाज़ार में लड़की पढ़कर आए हो तो देखो ये साज–सज्जा पुरुष भी करता है। पुराने ज़माने में तो कुल

वग़ैरह भी पहनते थे, नहीं? और आज भी कितना तो प्रसाधन करते हैं पुरुष। पुराने ज़माने में पुरुषों के प्रसाधन में ज़्यादा समय लगता था। हिंदुओं में और मुसलमानों में भी कोई हो, पुरुष या स्त्री, सब सुन्दर दिखना चाहते हैं। हाँ, सुहाग के ज़रूर कुछ गहन हैं। हमारे यहाँ पुरुष के लिए कोई चिहन नहीं है। पश्चिम में पुरुष भी शादी की अँगूठी पहनते ही हमारे यहाँ पता ही नहीं चलता कि वह शादीशुदा है या नहीं, पर स्त्री के लिए कुछ चिह्न बन गये हैं सुहाग के। जैसे कुछ थाली पहनती है, कुछ मंगलसूत्र तो कुछ माँग में सिंदूर उत्तर भारत में काँच की चूड़ियाँ पहनती हैं। इस तरह की चीज़ें स्त्री के साथ जुड़ गयी हैं। मगर ऐसा तो है नहीं कि आपने अगर चूड़ी पहनी है तो आप किसी दुश्मन को मार नहीं सकती। जिसने नहीं पहनी वह ज़्यादा बहादुर है, अंतिकारी है। ऐसा भी कहीं देखने में नहीं आया। झाँसी की रानी तो बच्चे को पीठ के पीछे बाँधकर लड़ती थी। हाँ, अगर यह लगे कि उसके बिना आपका काम नहीं चल सकता, उसके साथ अंधविश्वास जुड़ जाए कि अगर आपने चूड़ी नहीं पहनी तो आपके पति की हानि हो जाएगी या अगर आप मार–पीट कर कहे कि तुम्हें ये सब पहनना ज़रूरी है, तब बात अलग है। मगर जहाँ तक प्रसाधन का ताल्लुक है उसका क्रांतिकारिकता से कोई दवदव नहीं है। अब कितना समय आप अपने प्रसाधन को देते हैं और कितना समय अपने प्रातिकारी होने को देते हैं (हँसते हुए) वह अलग बात है। आप देखिए कि चीन या क्यूबा में जब प्रसाधन की अनुमति नहीं थी और सभी औरतों को एक तरह के कपड़े पहनने पड़ते थे, तब भी औरतें कुछ नहीं तो क़ोयले से ही काजल लगा लेती थी। मतलब कुछ न कुछ तरीका ढूँढ़ लेती थी सजने–सँवरने का। पुरुष भी। हर मनुष्य इसे चाहता है। केवल मनुष्य नहीं पशु–पक्षी भी वे अपने पर्स–वर्स झाड़कर सुंदर दिखते हैं या दिखलाना चाहते हैं। बल्कि वहाँ जो नर होता है वही ज़्यादा सुंदर होता है मादा ऐसी सुंदर होती है। मोर मोरनी को देखो। पशु मादा को आकर्षित करने के लिए अपनाया था दिखलाते हैं और अपनी खूबसूरती भी तो ये एक प्राकृतिक भाव है कि दूसरों के सामने हम अपने को सुन्दर/अच्छा दिखलाना चाहते हैं।

अभी तुम आये तो हो सकता है मैं अंदर जा रही हूँ तब भी तुम्हारे सामने आकर हँसूगी। मतलब अपने दुःख को पीड़ा को आतंक को दुनियाभर की अपनी कुठाओं को हम जग ज़ाहिर नहीं करते। हम अपना वह रूप दिखलाते हैं जो औरों को अच्छा लगे जिससे उन्हें सुख मिले। हाँ अगर आप ऊपर से नीचे तक जेवर से लद जाएँ अपनी मर्ज़ी से नहीं परंपरा के अंतर्गत तो ज़रूर

आप कमज़ोर पड़ते हैं। आप क्या चुनते हैं सही या ग़लत, इस पर निर्भर करता हैं कि आपकी प्राथमिकता क्या है, क्यों है। प्रसाधन को आप कितना महत्व देते हैं, अगर वह प्रसाधन से ज़्यादा बेड़ी या जकड़न बन जाता है, तब ज़रूर...

रोहित : फिर स्त्री मुक्ति या आज़ादी का प्रश्न किस तरह उठेगा?

मृदुला जी : एक मान्यता है कि स्त्री को कोई फ़र्क नहीं पड़ता कि पुरुष सुंदर है कि नहीं। यह मान्यता पुरुषों ने गढ़ी थी। वरना असल जीवन में शुरु से हमें यह बतलाया जाता है, तेरा दुल्हा आयेगा, राजकुमार की तरह होगा, उसकी बड़ी–बड़ी मूँछें होंगी, इतना लंबा–चौड़ा होगा, उसके चौड़े कंधे, दलिष्ठ छाती होगी, यह सौंदर्य के लिए तलक नहीं तो क्या है? हाँ, सुंदरता के प्रतिमान अलग थे, स्त्री के लिए अलग, पुरुष के लिए अलग। वह बड़ा सुदर्शन युवक है कहा जाता है कि नहीं? कभी–कभी देखने में सुन्दर नाक नक्श नहीं होते, जैसे गांधीजी के नहीं थे कृष्णा मेनन के बिल्कुल नहीं थे, मगर एक आकर्षण होता है, मोहित करने की शक्ति, जो स्त्री में भी होती है पुरुष में भी। उसी तरह यह कि भई स्त्री एक बार प्रेम कर ले तो दुबारा नहीं करती। एकनिष्ट प्रेम करती है। ये सब अपनी सुविधा के लिए गढ़ी हुई बातें हैं। अगर कुछ स्त्रियाँ ऐसी है तो कुछ पुरुष भी होते हैं, जो एक बार प्रेम कर लेते हैं तो कभी दूसरी बार नहीं करते, विवाह नहीं करते। ब्रहमचारी, साधु या संन्यासी हो जाते हैं।

यह बातें सिर्फ़ स्त्री पर लागू होती हैं, इसी मान्यता के ख़िलाफ़ सारा फेमिनिस्ट डिस्कोर्स शुरू हुआ। क्योंकि स्त्रियों पर संस्कार का दबाव रहा, सदियों तक उन्होंने एक तरह का जीवन जिया तो कुछ आदतें पड़ गई। एक तो वे जिम्मेवारी लेती हैं, उसके बाद ज़ाहिर है वे दुनियादार हो जाती है, हो सकता है थोड़ा बहुत स्वभाव में भी अंतर हो, मैं नहीं जानती। कभी आभास नहीं हुआ कि स्वभाव में अंतर है तो क्या है? कहने में अच्छा लगता है कि स्त्रियाँ शांतिप्रिय होतो है। (परिस्थितियाँ बनाती है)। जैसे कि आप देखें कि अगर गाँव में पैसा स्त्री के हाथ में होगा तो यह कल्याणकारी कामों पर खर्च होगा। पुरुष के हाथ में होगा तो दारु बार में उड़ जायेगा। क्योंकि स्त्री के हाथ में अमुमन आता जो नहीं? जब उसे आदत पड़ जाती है पैसा आने की तब वह भी वैसा ही व्यवहार करने लगती है। देखो ये सारा मामला सामाजिक व्यवस्था का है। जब सामाजिक व्यवस्था में स्त्री–पुरुष एक समान होंगे तभी पता चलेगा कि उनका स्वभाव कितना भिन्न है? जितनी ईर्ष्या पुरुष में स्त्री के लिए होती है, उससे कम औरतों में नहीं होती। ऐसा तो है नहीं कि एक

लेखिका दूसरी लेखिका को ऊपर उठा रही है। (बल्कि इसमें भी विभाजन बहुत हैं) हम उसे कहने से क्यों हिचकते हैं ईर्ष्या है तो है। सीधी–सी बात है ऑफिस वग़ैरह से सिनियोरिटी होती है। लेखन में नहीं होती। जितनी भी कलाएँ या साहित्य है, उसका मूल्यांकन सब्ज़ेक्टिव होता है। अंतर्मन से आता है। इसका कोई स्पष्ट मापदंड नहीं है। ऐसा नहीं है कि आपने किसी यंत्र से उसे नाप लिया। न कोई वरिष्ठ या कनिष्ठ है। जो कुछ है आपकी सोच पर निर्भर है। लोग पूछते हैं कि कौन ज़्यादा अच्छा लेखक है, कौन कम, तो तय करना बड़ा मुश्किल है। जितनी भी कला विधाएँ हैं, उनमें कुछ ही लोग मशहूर हो पाते हैं। कुछ ही लोगों की चर्चा होती है। कुछ ही लोगों को पुरस्कार मिलता है। कुछ ही लोग लोकप्रिय होते हैं। तो अपनी सुविधा के लिए हमने मान लिया है कि जो लोकप्रिय होते हैं वे उतना अच्छा नहीं लिखते। मगर ऐसी बात नहीं है। जो बहुत अच्छा लिखते हैं वे लोकप्रिय नहीं होते, ऐसी बात भी नहीं है। तो स्पर्धा होना लाज़िमी है। अब यह आप पर निर्भर है कि आप कितने उदार हैं या कितने अनुदार, मैं अपने लिए कह सकती हूँ कि मुझे खुशी होती है कि किसी को कुछ तो प्राप्त हुआ। अगर मुझे बिल्कुल ही प्राप्त न हो तो ऐसा नहीं है कि मुझे दुःख नहीं होगा। खुशी होती है न, जब कोई पढ़ता है किताब हमारी मुझे याद है जैनेन्द्र जी इतना उनका नाम इतना रौबदार काफ़ी वृद्ध हो चुके थे मैंने उनसे कहा कि हाल में मैंने कल्याणी पढ़ी तो चौक कर पूछा, 'कैसी लगी' तो जो लेखक कहते हैं कि हमें फ़र्क नहीं पड़ता, झूठ बोलते हैं। उनकी रचना किसी को पसंद आए इससे उन्हें ज़रूर फ़र्क पड़ता है। ये दूसरी बात है कि आलोचना की आदत पड़ जाती है। आलोचना कभी–कभी आत्मविवेचना को नकारने लगती है अगर आपका दिमाग़ उदार है और आप अनेक विचारधाराओं को उसमें जगह दे सकते हैं तब आपके भीतर स्पर्धा का भाव कम हो जाता है। अगर आप बहुत रूठ, बहुत आत्मकेन्द्रित है तो आपके लिए कठिन हो जाता है कि विरोध में दूसरा जो कह रहा है, उस पर सोएँ।

अभिषेकः आजकल तो स्त्री जीवन को केंद्र में रखकर कुछ लेखक भी गंभीर लेखन कर रहे हैं। जैसे शिवमूर्ति, संजीव, उदय प्रकाश, दूधनाथ सिंह, अखिलेश और भी लोग हैं या पहले देखें तो कृष्ण बलदेव वैद, मनोहर श्याम जोशी आदि। इनके लेखन को आप किस रूप में देखती हैं जबकि स्वानुभूति और सहानुभूति संदर्भ यहाँ जुड़ जाता है।

मृदुला जी : मैं भी कह रही हूँ न कि स्त्री के बिना कोई लेखन संभव

ही नहीं है। स्त्री तो हर कृति में रहती है मगर महत्वपूर्ण यह है कि आपकी कैसी है किस तरह की स्त्री आपने गढ़ी है। एक ख़ास किस्म की स्त्री जैनेन्द्र जी ने गढ़ी थी, जो अपने लिए निर्णय लेती है, सबकुछ अपनी समझ से करती है। पर एक नैतिक मापदंड में वैद्य है क्योंकि लेखक ने उस पर एक देवत्व हावी कर रखा है। कृष्ण बलदेव का कोई सहानुभूतिपूर्ण रवैया तो है नहीं स्त्री के प्रति। जो चला आ रहा है उसी तरह उन्होंने उसे गढ़ा है, हा सेक्स के प्रति उसके रुझान को और उससे ज़्यादा उसके प्रति पुरुष के यौनिक रुझान को बेबाक् और ईमानदार ढंग से रखा है। मनोहर श्याम जोशी के तो सारे पात्र अलग होते थे चाहे स्त्री हो या पुरुष वे दर्शाते हैं कि सारी सृष्टि एक माया है, यम है सब उसी माया से ठगे जा रहे हैं पर बहुत बार उसकी प्रतिनिधि स्त्री को बनाते हैं। वह मात्र स्त्री नहीं, हमारे पूरे दर्शन की प्रतिनिधि है। उन्होंने 'कसप' जैसा उपन्यास भी लिखा। सामाजिक व वैयक्तिक रूप से उसकी स्त्री इतनी साहसिक है कि आजतक वैसा किसी ने लिखा नहीं। फिर जगदंबा प्रसाद दीक्षित है, उनके उपन्यास बिल्कुल दूसरी तरह के है। उसमें स्त्री अधिकतर शोषित होती है। मैं लेखन को उसके **मयार** या ऊँचाई से जाँचली हूँ, कि लेखक किस हद तक अपने पात्रों से एकात्म हुआ है और किस हद तक पाठक को अपने पात्रों के नजदीक ला कर वहाँ से हट गया है। ख़ुद हट जाना बड़ी बात है। ये सभी लेखक मुझे पसंद है।

जिनके आपने नाम लिये। मनोहर श्याम जोशी को तो मैं अपना गुरु मानती हूँ। हाँ, शिवमूर्ति की त्रियाचरित्र मुझे जानकार यानी सायास लिखी हुई लगती है।

सम्बलः उनकी **सिरी उपमा जोग** जो कहानी है उसमें जैनुयन स्त्री की समस्या को उठाते हैं। जिनका पति को वायकर नौकरी करता है। अधिकारी बन जाता है। ऐसी ही अपनी दुनिया बसा लेता है और पत्नी गाँव में संघर्ष करती है। घर–परिवार में जुझती रहती है। नाते–रिश्ते में अकेली हो जाती है। उस अकेलेपन की वजह से उसके तो इस तरीके का एक नया चेहरा उभरकर सामने आता है ऊपर हमले किए जाते हैं।

मृदुला जी : इसमें नया क्या है? ये तो सबसे पुराना चेहरा है।

सम्बल : अब तो स्त्री लेखन में ग्रामीण स्त्रियों पर चर्चा कम होती है।

मैत्रेयी पुष्पा ने तो क़रीब–क़रीब सारी कहानियाँ ग्रामीण स्त्रियों पर ही लिखी हैं। ऐसा है कि यह प्रेमचंद भी लिख रहे थे और अमरकांत भी कितने लोग यही लिख रहे थे। यह तो बहुत पुराना चेहरा है स्त्री का मुझे दुःख इस

बात का है कि अभी तक वही चला आ रहा है यानी स्त्री को विकल्पहीन दिखलाया जा रहा है। यही घटता रहा है। घटता रहेगा और स्त्री इससे कभी निपट नहीं पायेगी। चाऊ गाँव की स्त्री के पास कोई विकल्प नहीं होता। पर शहर आ सकने वाली स्त्रियों के पास हो भी सकता है। अगर स्त्री पात्र पर यौनिक हमले न हो, तब में मानूँगी कि वह अलग चेहरा है। जैसे मंजुल भगत का जो अनारों उपन्यास है, उसमें अनारों घर–घर जाकर काम करती है। उसका अनेक तरह से आर्थिक सामाजिक शोषण होता है पर सेक्सुअल या यौनिक शोषण नहीं होता। देह के अलावा भी उसका एक भरा पूरा व्यक्तित्व है।

सम्बल : आपका लेखन जो है सन् 20 के बाद लगभग 8889 तक बहुत क्रमागत ढंग से चल रहा था। उसके बाद काफ़ी गैप आता है। इस अंतराल का क्या कारण है।

मृदुला जीः मैंने बहुत देर से लिखना शुरु किया था। 1970 के बाद तो हर साल मेरा एक उपन्यास और एक कहानी संग्रह या नाटक आता रहा। 1975, 1976, 1979 और 1980 में आया फिर 1984 में फिर 1996 में जाकर 'कठगुलाब' आया, 'कठगुलाब' 1994 में लिखा जा चुका था। मगर निजी कारण थे कि छपवाया 1996 में 'कठगुलाब' और मैं और में मैं जो 12 साल का बना था, उसके बीच 5 साल तक मैंने रविवार में कॉलम लिखा और उस दौरान एक कहानी संग्रह और एक नाटक आया 'जादू का कालीन'। फिर गति कम हुई।

सम्बल सर–जब 'मिलजुल मन' आया उसके बीच में काफ़ी गप रहा उसके पीछे में क्या था। क्या आप उसको लेकर के किसी उधेड़बुन में लगी थी या अचानक है)

मृदुला गर्ग नहीं, यूँ तो 2000 में ही मैंने एलान कर दिया था कि मैं ये उपन्यास लिख रही हूँ। पर,....

बात दरअसल यह है कि शुरू में मैंने जो तीव्रगति से लिखा उसका एक कारण यह भी था कि मैं साहित्य से बचपन से मुझे रही थी और मन में लिखने की इच्छा भी रही होगी। मुझे सवाल करने की आदत थी। उससे पहले मैं अर्थशास्त्र पढ़ाती थी। शादी से पहले। तो उसमें बहुत कुछ संशय शंका रचनात्मक गुबार निकल जाता था। शादी के बाद में छोटे कस्बों में रहीं। पहले डालमिया नगर, बिहार में। अगर में वहाँ नहीं रहती तो शायद लेखन नहीं कर पाती। वहाँ रही तो लगा कि हमने जो अर्थशास्त्र पढ़ा है वह वहाँ

कहीं लागू नहीं हो रहा। मेरी एक कहानी है 'वह मैं ही थी अगर मैं डालमिया नगर नहीं जाती तो वो कहानी भी नहीं लिखी जाती। डालमिया नगर पर या बिहार पर मैंने सीधी कहानियाँ नहीं लिखी है, सिवा इसके और 'मिलजुल मन' के एक प्रसंग के। मगर मेरा सोच उसमें से ही आया है, यह कि हमारे यहाँ दो अलग हिंदुस्तान है। तो चार साल वहाँ रही, बच्चे हुए। उसके बाद बंगाल में रही, दुर्गापुर में। उसके बाद बागलकोट कर्नाटक में रही। यानी कस्बों में ही रहीं। तो एक तो बहुत देर से लिखना शुरू किया और जब लिखना शुरू किया तब मैं जहाँ रही अलग–थलग रही। अपने द्वारा चलाये स्कूल की चर्चा)

इन सारी चीज़ें के बीच मेरा लेखन हुआ। बहुत दबाव में हुआ। समय ही नहीं होता था। मगर पिछले तमाम सालों का जो दबाव था, उसके चलते जब लेखन शुरू किया तो तीव्रगति से लिखा। कभी–कभी तो मैं एक दिन में दो कहानियाँ लिख लेती थी। बिल्कुल अलग विषयों पर। तो पहले कहानियों लिखी फिर नाटक, फिर उपन्यास। पहला उपन्यास 1975 में लिखा, दूसरा 1976 में, पर दूसरा उपन्यास, दरअसल, पहले लिखा गया था। छपा बाद में। फिर मैं कोई डायरी, जरनल वग़ैरह नहीं लिखती, सब सामग्री दिमाग़ में ही रखती थी। और संध्या रचना में लिख डालती थी। शायद उसके दवाब में भी तेज़ गति से लिखा गया हो। असल में जो बाद में हुआ वही सामान्य था, वैसा ही होता है या होना चाहिए था। मतलब कम लिखना। शुरू में जो तीव्रगति से लिखा, वहीं अज़ीब था। सोचिए 'चित्तकोबरा' और 'अनित्य' के प्रकाशन के बीच सिर्फ़ एक वर्ष का अंतराल था।जब रचनाओं के बीच वक्त मिलता तो मैं अपनी कहानियों का अंग्रेज़ी अनुवाद कर लेती।

फिर.....1994 के बाद निजी त्रासदी के कारण 4.5 साल मैंने कुछ नहीं लिखा.....छोड़िये। उपन्यास ऐसी चीज़ है भी नहीं कि आपने सोचा और लिख डाला।

जैसा मैंने कहा 2000 में ही मैंने एलान कर दिया था कि मैं एक उपन्यास लिख रही हूँ, यह भी कि उसका नाम मिलजुल मना है। 1998 में जब मंजुल भगत की मृत्यु हुई, तभी मैंने नामवर जी से कहा था कि मैं मंजुल भगत को पात्र बनाकर, उपन्यास लिखूँगी। उन्होंने कहा था कि हाँ उनका व्यक्तित्व ऐसा था कि उसे औपन्यासिक पात्र ही बनना चाहिए। पर मुझे उसका शिल्प नहीं सूझ रहा था, मैं उसे बतौर जीवनी नहीं लिखना चाहती थी पर उपन्यास में उनको रखना भी चाहती थी। चाहती थी कि वह उपन्यास भी हो और जीवनी भी और प्रामाणिक, जैसे उसमें उनकी किताबों का जिक्र है, किताबों

की समीक्षाओं का जिक्र भी है। उनकी अपनी लिखी रचना प्रक्रिया है। मिरांडा हाउसों की यादें लेख हैं। नाम उनका नहीं हैं और उससे बड़ी बात, उनका पूरा जीवन उसमें नहीं है। बाक़ी के जितने पात्र है, ये मेरे जीवन से आए है मगर उनका जीवन, सिर्फ़ या पूरा वह नहीं है जो उन्होंने जिया या मैंने देखा। मतलब जितनी दूर तक उपन्यास में उनकी ज़रूरत थी वे उसमें है। पर पूरे तौर पर नहीं है। जैसे जीवन में किसीका विवाह हुआ तो उपन्यास में भी हुआ, ऐसा नहीं है। हम पाँच बहनें है पर उसमें दो ही बहनें हैं और उनको वक्त आज़ादी के बाद का है।

एक रात अचानक 12 बजे मुझे वह शिल्प सूझा जिसकी तलाश थी। कि उसमें दो नेरेटर या वाचक रखे जाएँ। एक दिवंगत लेखिका की बहन और एक अन्य लेखिका जो–जो झूठ बहुत बोलती है, जो जो वह छुपाती है, या जो–जो वह नहीं जानती या जानना चाहती नहीं या जानकर बतलाती नहीं, वे बातें लेखक बतलाती चलती है। इन दो वाचकों के माध्यम से कहानी चलती है। अन्य पात्र आते–जाते रहते हैं। कई बार होता यह है कि आपस में बातचीत होती है तो लेखिका कहती है, "भई तुम अपनी बात तो कहती नहीं, दूसरों की बातें कहती रहती हो।" बहन कहती है, मेरी कहानी ऐसी ही है। एक की कहूँ तो दस जन चले आते हैं।" तो ये सब चलता रहता है। अंत में शायद वह उपन्यास पढ़कर पता चले तो बेहतर हो। पर चलो बतला देती है। वे दो नरेटर वास्तव में एक ही है। हाँ, उसमें चित्तकोबरा का भी जिक्र है, हालांकि नाम नहीं लिया है पर उस पर हुआ कुविचार काफ़ी है उसमें जब मुझे रात के 12 बजे सूझा तो उसी वक्त उठ कर कंप्यूटर के पास गई। उसके पहले मैं हाथ से लिखती थी। फिर टाइप करती थी। कुछ समय पहले हाथ में तक़लीफ़ हो गई थी जिससे मैं क़लम से नहीं लिख पा रही थी। तो मैंने हिंदी सॉफ़्टवेयर डलवाया और कंप्यूटर पर लिखने लगी। तब मैं इंडिया टुडे में पाक्षिक कटाक्ष लिखा करती थी। सात साल लिखा 2003 से 2010 तक। तो 2006 के बाद कटाक्ष में सीधा कंप्यूटर पर लिखने लगी थी। तब तक और कुछ हिंदी में कंप्यूटर पर नहीं लिखा था। मगर रात को जब इसका शिल्प यूय तो सीप जाकर कंप्यूटर पर लिखा। फिर पूरा उपन्यास कंप्यूटर पर ही लिखा गया। हाथ से कुछ नहीं लिखा। कुछ पता करना होता तो वह भी चलता साथ–साथ पहले शोध करके नहीं लिखती। यह काम मैंने आज तक नहीं किया कि पहले शोध करूँ, सामग्री एकत्र करूँ, जरनल लिख फिर उपन्यास मतलब लिख रही होती हूँ तो साथ–साथ शोध होता है। 'अनित्य'

लिखते हुए तो क़रीब 150 किताबें पढ़ी, जने कहाँ–कहाँ से ढूँढ़कर लाई, उन्हें जो जब्तशुदा थी। भगवानदास मोरवाल जो क्रान्तिकारी थे, उनकी उस दौरान मृत्यु हुई, और भी 1–2 लोगों की मृत्यु हुई, जिनसे मैंने बातचीत की थी। मेरे पिता के मित्र हरीशचन्द्र और भी लोग एक छोटी–सी बात पता करने के लिए कि चंद्रशेखर आज़ाद ने किस पेड़ के नीचे ख़ुद को गोली मारी थी, मैंने काफ़ी पढ़ा, चश्मदीद गवाहों से बात की। इलाहाबाद में उनकी समाधि के पास लिखा था, वह पीपल का पेड़ था, गवाहों ने कहा, वह मौलश्री का पेड़ था। फिर भी उपन्यास सालभर के अंदर ख़त्म हो गया था।

"मिलजुल मन" का मसला और ही था। इसमें मेरा जाना–पहचाना मज़मून था। पात्र भी। जब पात्र आपके नजदीक होते हैं तो आपको दूर जाना पड़ता है, उन्हें देखने के लिए। तभी आप उपन्यास लिख पाते हैं यानी तो आप पारों को औपन्यासिक बना पाते हैं। आप कहेंगे आप बीती, लोग मानेंगे क़िस्सा आप कहेंगे क़िस्सा, लोग सोचेंगे आपबीती है।

अभिषेक : एक और प्रश्न 'उसके हिस्से की धूप' से इस शीर्षक के चुनाव का आधार क्या है?

मृदुला जी : उसमें जो नायिका है वह अपनी तरह जीना चाहती है। पहले वह तलाक लेती है। प्रेम हो जाता है शादी के बाद किसी और से। इसलिए उसके बाद जब पहले पति से दुबारा मिलती है तब उसे लगता है कि पहले जो वह सोचती थी कि वह उदासीन है उसकी तरफ़ से अब समझ में आता है कि वह उदासीन नहीं, उदार था। मतलब उसे जैसे वह चाहती थी, रहने देता था। जब वह दूसरे पति के साथ रहने लगी तो पता चला कि हर वक्त प्रेम–प्रेम–प्रेम कितना कठिन काम है। अंतत समझ में आता है कि एक पुरुष से दूसरे पुरुष के पास भागने से कुछ प्राप्त नहीं होता। जो कुछ प्राप्त होता है, अपने अंदर से होता है। जीवन की खुशी पुरुष के माध्यम से नहीं अपने माध्यम से प्राप्त होती है तो 'उसके हिस्से की धूप', उसके अपने हिस्से की रोशनी, प्रज्ञा, चुनाव है।

अभिषेक : आपकी नज़र में एक आज़ाद स्त्री का स्वरूप नया है?

मृदुला जी : आज़ाद स्त्री का स्वरूप यह है कि वह अपने विवेक से काम ले। अपने लिए ख़ुद चुने। अगर वह गृहिणी बनना चाहती है जो बनना चाहती है पारंपरिक तरीके से जीना चाहती है तो जिए। बिना किसी अपराधबोध के यह नहीं सोचे कि मैं आधुनिक नहीं हूँ। अगर वह साड़ी पहन कर सारे जेवर पहन के रहना चाहती है तो रहे। इसीलिए नहीं कि उसकी

दादी, नानी पहनती थी या यह समान की अपेक्षा हो जो जाना चाहती है ख़ुद चुने। कठिन काम है। बहुत कठिन काम है। वह क्या करती है उससे हमें मतलब नहीं है किसलिए करती है वही महत्वपूर्ण है। अपने विवेक से चुनती है सोचती है वह सही है और इसलिए करती है तो ठीक है। अगर इसीलिए करती है कि स्त्रीवादी विमर्श कहता है ऐसा करने से वह आज़ाद कहलाएगी तो ग़लत है।

अभिषेक : आगे क्या लिख रही हैं?

मृदुला जी : कुछ ठीक नहीं है। ऐसा नहीं है कि अब तुरत दूसरा उपन्यास लिखूँगी। हो सकता है कभी उपन्यास न लिखूँ। मेरा मन है कहानियाँ लिखूँ। मगर मैं कब लिखने बैठ जाऊँ कुछ पता नहीं रहता। एक कहानी है "गोभी का तोड़ जूते को जोड़" वह मैंने जब हम अपने पहले वाले घर से यहाँ शिफ़्ट कर रहे थे तब सामान के ऊपर बैठकर लिखी थी। मेरे दादा जी अपना जूता बार–बार मोची से गँठवाने जाते थे तो वह कहता था, ताऊ अब तो इसको रिटायर कर दो। बचपन की याद, उनके गँठवाएँ जूते की फिर याद हो आई तो वह कहानी लिखी गई। एक और कहानी है 'सात कोठरी', वह कलकते से दिल्ली की उड़ान में लिखी कोलकाता हवाई अड्डे पर लिखनी शुरु की फ़्लाईट देर से आई तो वही लिखती रही, फिर प्लेन में लिखती रही। ग़लती से मैं किसी और की सीट पर बैठ गयी। अब धडाधड में लिखे जा रही हूँ। एक आदमी आया तो पहले कहा यह मेरी सीट। पर मुझे लिखता देख बोला, लिखिए लिखिए और दूसरी सीट पर चला गया। खूब लंबी कहानी "कितनी क़ैदें" रात–भर में ट्रेन में लिखी गई थी, ऊपर की बर्थ पर उस दिनों ऊँची बहुत थी। अब.....पता नहीं.......

यूँ कहानी लिखने का मन होता है तो अमुमन में तीन कहानियाँ एक साथ लिखती हूँ। जो वाकई लिखना चाहती है वह तीसरी कहानी होती है। उस तक पहुँचने के लिए दो अन्य कहानियाँ लिखनी पड़ती हैं, पर तीनों का विषय एकदम अलग होता है। जैसे "यहाँ कमलनी खिलती है" लिखने से पहले "बेंच पर बूढ़े" और "खुशकिस्मत" लिखी। वह मैं ही थी लिखने से पहले।

"चकरघिन्नी" और "रेशम" लिखी थी। शायद मैं मूर्त से अमूर्त की तरफ़ जाती हूँ और जिस त्रासद या हृदयविदारक को लिखना टाल रही होती हूँ, वह अंत में तीसरी कहानी की तरह लिखी जाती है। अब तो लग रहा है, तीसरी कहानी, सितम के फनकार सबसे पहले लिख ली। देखें बाक़ी दो लिखी जाती हैं कि नहीं।

दिनेश द्विवेदी जी से आत्मीय मुलाक़ात

मृदुला जी, आप इस बात को स्वीकारती हैं कि अंतर्द्वंद्वविहीन पात्र आपके कथानकों में नहीं होते, यानी अंतर्द्वंद्व का उलझाव आपके पात्रों में होता है। मगर क्या इससे हम किसी निष्कर्ष पर पहुँच पाते हैं?

मेरे कथानकों में ही क्यों? मैं मानती हूँ कि अंतर्द्वंद्वविहीन 'पात्र' साहित्य में ही नहीं, जीवन में भी नहीं होते। चेतन मनुष्य, वह भी गतिशील समाज में रहने वाला, चाहे आप उसे विघटनशील समाज कहें अथवा विकासशील, अंतद्वंद्वविहीन कैसे हो सकता है। द्वंद्व चाहे व्यवस्था के टकराव से पैदा हो चाहे किसी अन्य व्यक्ति के, उसका समाधान निकालने के लिए, अंततः मनुष्य को अंतर्द्वंद्व से गुज़रना पड़ता है। अंतर्द्वंद्वविहीन केवल यह हो सकता है, जो निर्वाण प्राप्त कर चुका हो। अंतर्द्वंद्व के मंथन से निष्कर्ष तो निकलता है, कुछ–न–कुछ, पर निष्कर्ष निकलते ही फिर कोई द्वंद्व प्रारंभ हो जाता है। आप जिसे उलझाव कह रहे हैं, मैं उसे जीवन की मूलभूत प्रक्रिया कहती हूँ।

'मैं और मैं' आपका निहायत ही आत्मकेंद्रित पात्रों वाला उपन्यास है। साथ ही आत्मालापपूर्ण शैली से युक्त है। इस उपन्यास के कथासूत्र क्या आपके व्यक्तिगत अनुभवों पर आधारित हैं या फिर 'आँखिन देखी' किसी बाह्य कथासूत्र पर?

पता नहीं हमारे देश में इस प्रश्न के पूछे जाने का इतना रिवाज़ क्यों है, जबकि प्रश्नकर्ता और उत्तर देने वाला, दोनों जानते हैं कि यह सवाल सर्वथा निरर्थक है। इसका एक ही जवाब है, जो पूरी दुनिया का हर लेखक अपनी हर रचना के बारे में देगा, यदि उसमें सच बोलने की हिम्मत हो। हर उपन्यास का कथासूत्र व्यक्तिगत अनुभवों पर आधारित होता है। सूत्र, कथा नहीं।

दोनों के बीच का अंतर समझना, साहित्य को समझने के लिए अनिवार्य है। कथा का विकास कल्पना, स्मृति और बाह्य घटनाओं के परस्पर घात–प्रतिघात से होता है, पर जो सूत्र सारी खंडित सामग्री और सोच को एक साथ पिरोकर उसे उपन्यास या कथा का रूप देता है, वह लेखक के अनुभव का अपना, निजी, व्यक्तिगतबोध होता है। इस व्यक्तिगत अनभूति के बिना, जिसे हम आमतौर पर व्यक्तिगत अनुभव कहते पाए जाते हैं, पर जो अनुभव के साथ उसे परखने की दृष्टि के बिना पूर्ण नहीं होता, लेखन संभव नहीं है।

चाहे 'उसके हिस्से की धूप' हो चाहे 'चित्तकोबरा', आप हमेशा नायिका के साथ होती हैं। इधर 'मैं और मैं' की माधवी के साथ आप कुछ ज़रूरत से ज़्यादा हो गई हैं। कौशल कुमार और माधवी, यदि देखा जाए, तो दोहन और शोषण के समान बिंदुओं पर स्थित हैं। फिर आप माधवी का पक्ष क्यों अधिक ले गई?

इस प्रश्न का उत्तर में विस्तार से दूँगी, क्योंकि इसका संबंध मेरे लेखन की मूल भावभूमि से है। यहाँ मेरी मज़बूरी है कि सृजन में किसी की कमज़ोरियों को आत्मीयता, गहराई और फैलाव के साथ व्यक्त करने के लिए मुझे उसके साथ होना पड़ता है। मेरे लिए 'साथ' होने का मतलब आपके अर्थ से बिलकुल भिन्न है। 'उसके हिस्से की धूप' में मैं मनीषा के साथ हूँ इसलिए उसकी विसंगतियों और विडंबनाओं को ज़्यादा मुखरित किया है। उसकी तुलना में जितेन 'नायक' बनकर उभरता है। 'चित्तकोबरा' में मनु के साथ हूँ तो उसकी कमज़ोरियाँ, संघर्ष और टूटन उभरी है, महेश और रिचर्ड में नायक गुण उसकी तुलना में अधिक दिखलाई देते हैं। 'अनित्य' में अविजीत के साथ हूँ तो वह अनायक बन गया है। शायद यह मेरे भीतर बैठे न्यायविद् की माँग है कि मैं केवल उसको जटिलता के साथ व्याख्यायित करूँ, जिसके साथ मेरा तादात्म्य पूरी तरह स्थापित हो जाए। हमारे यहाँ खुद पर हँसने या चोट करने की परंपरा नहीं है, इसलिए इस तादात्म्य को समझना कठिन हो जाता है।

मैं विश्वास करती हूँ कि मुझे सिर्फ़ खुद को बेदर्दी से निरावरण करके देखने का अधिकार है, सिर्फ़ अपनी ही चीर–फाड़ मैं कर सकती हूँ। इसलिए मुझे किसी–न–किसी पात्र के साथ होना पड़ता है। यह सायास नहीं होता। शुरू–शुरू में मैं जानती भी नहीं थी कि मेरे साथ ऐसा हो रहा है। मैं भी आपकी तरह इस नतीजे पर अब पाँच उपन्यास लिख लेने के बाद, पहुँची हूँ कि मेरे लेखन की यह अनिवार्यता है। सृजन करते हुए मैं किसी को अपने

इतने 'साथ' कर लेती हूँ कि जिस बेबाक़ी से ख़ुद को देखती हूँ उसी से उसे देखें और उसके माध्यम से बाक़ी सबको।

यह अच्छा है या बुरा, मैं नहीं जानती पर शायद यह मेरी रचना–प्रक्रिया का अभिन्न अंग है, अब तक 'मैं और मैं' उपन्यास में, मैं माधवी के साथ हूँ। पर इस साथ होने से कौशल के प्रति अन्याय नहीं, न्याय हुआ है। कैसे, यह ज़रा विस्तार में बतलाना होगा।

'मैं और मैं' दोहरे दोहन और शोषण की कथा ज़रूर है पर उसके दोनों पात्रों के बीच एक बहुत बड़ा अंतर है। कौशल का किया शोषण योजनाबद्ध है। इसमें हिचक अपराधबोध या पश्चाताप नहीं है। यह ख़ुद को पीड़ित, वंचित और समाज का शिकार मानता है। उसकी मान्यता है कि क्योंकि समाज ने उसका शोषण किया है, इसलिए उसे अधिकार है कि वह जिस किसी का, जैसे चाहे शोषण कर ले, दरअसल उसे अपने शोषण करने के तरीकों पर गर्व है। वह हथियारों की तरह, कौशल के साथ, उनका इस्तेमाल करता है। अपनी इस प्रतिभा का वह उतना ही क़ायल है, जितना अपनी लेखकीय प्रतिभा का।

माधवी का किया शोषण सुनियोजित और सायास नहीं है। यह अहंकार और स्वार्थ से पैदा होता है और धीरे–धीरे सान चढ़ता है। शुरू में उसमें स्वार्थ है तो संवेदना भी है। अहंकार है तो कौशल के लेखन के लिए श्रद्धा भी है। सुविधासंपन्न वर्ग की सदस्या होने के नाते अपराधबोध है और समाज की असमानताओं को देखने–परखने की न्यायबुद्धि भी है। धीरे–धीरे कौशल के संसर्ग में उसका अहम् बढ़ता जाता है। यह लेखकीय उपलब्धि को सर्वोपरि मान बैठती है और उसके लिए मानवीय संबंधों का इस्तेमाल करने लगती है। अनायास शुरू हुआ कौशल का बौद्धिक दोहन, मकड़जाल की तरह उसे फँसा लेता है, उसका नैतिक पतन होने लगता है। अंत तक आते–आते, वह अपनी संवेदनशीलता ही नहीं, लिखने की क्षमता भी खो बैठती है।

संक्षेप में, जिस बिंदु पर माधवी अपने पतन के अंत में पहुँचती है, कौशल वहाँ से शुरुआत करता है। यहाँ यह निहायत ज़रूरी है कि यह स्पष्ट कर दिया जाए कि माधवी और कौशल, अपने–अपने वर्ग के प्रतिनिधि नहीं हैं। दोनों लेखक हैं। लेखक अपने वर्ग का प्रतिनिधि नहीं होता (चाहे वह ऐसा होने का कितना भी दम क्यों न भरे), क्योंकि वह केवल समसामयिक वर्गीय वस्तुस्थिति में नहीं जीता। उसके पास एक अपना सर्जित यथार्थ होता है, जो वस्तुस्थिति का अतिक्रमण करता है। यानी वह दो धरातलों पर, दो यथार्थ

क्षेत्रों में एक साथ जीता है। या कहना चाहिए मुतवातिर एक यथार्थ से दूसरे में डूबता उतराता रहता है। न वह पूरी तरह वस्तु यथार्थ को छोड़ सकता है, न सर्जित यथार्थ को पकड़े रह सकता है। जीवन की रोज़मर्रा की भूमिकाएँ उसे ऐसा नहीं करने देतीं। वैसे भी सर्जित यथार्थ का पुनर्सृजन, वस्तु यथार्थ पर बार–बार लौटकर ही हो पाता है।

इसलिए लेखक किसी एक की का प्रतिनिधित्व नहीं करता। पर वर्ग से संचितबोध को जीता ज़रूर है और इस जीने में प्रतिनिधि होने का बहम भी पाल सकता है। स्वयं कौशल अपने को साधनहीन वर्ग का सदस्य ही नहीं, प्रतिनिधि मानता है। और ऐसा प्रतिनिधि जो अपनी लेखकीय प्रतिभा के कारण बाक़ी सदस्यों, से श्रेयस्कर यह मानता है, उसे अधिकार शोषण करने का, क्योंकि वह शोषित ही नहीं, अन्य शोषितों से अधिक प्रतिभाशाली और महत्त्वपूर्ण है। पर इसी अहंकार के कारण वह अपने वर्ग का प्रतिनिधि नहीं है, क्योंकि वह अपने को एक वर्ग से क्या, पूरी दुनिया से ऊपर करके आता है।

कौशल अधिकारबोध है माधवी अपराधबोध। न्यायबुद्धि के रहते, उसमें सुविधाजीवी वर्ग की सदस्या होने के लिए अपराधबोध है, पर सुविधाओं को त्यागकर जीने का साहस नहीं है। फिर लेखक होने का अहम् उसे अपने वर्ग की अन्य सुखी, स्वस्थ, विचारहीन महिलाओं से अलग किए रहता है। एक तरह का द्वंद्व है जिससे वह, लेखन के जरिए, बरी होने का स्वप्न देखती है।

तो माधवी और कौशल अपने–अपने वर्ग के वस्तु यथार्थ में स्थित तो हैं, पर उसके प्रतिनिधि नहीं हैं। प्रतिनिधि हैं तो अपराधबोध और अधिकारबोध के।

सुधी पाठकों ने आसानी से उनके बीच के फ़र्क को पकड़ लिया है। एक तथ्य इसकी पुष्टि के लिए काफ़ी है। जबकि माधवी का साहित्यकार उपन्यास के अंत में आकर मरता है, जब वह अपना उपन्यास अधूरा छोड़कर, ख़ुद को पूरी तरह दोहरे शोषण के मकड़जाल के हवाले कर देती है। कौशल अपना उपन्यास शुरू ही नहीं कर पाता। चार कहानियों के अलावा, वह उपन्यास के घटनाक्रम के दौरान, कुछ नहीं लिख पाता। आत्ममुग्ध लेखकीय संभाषण के अलावा उसकी पूँजी, अतीत में लिखी कहानियाँ–भर हैं, और कुछ नहीं।

ग़नीमत है कि मैं माधवी के साथ हूँ। उसी का परिणाम है कि आप कौशल के शोषण को सहानुभूति के साथ देख सकते हैं और यह निष्कर्ष निकाल सकते हैं 'कि 'मैं और मैं' की कथा दोहरे दोहन और शोषण की कथा है। इसे मैं अपने लेखन की सफलता मानूँ तो अशोभन नहीं होगा। माधवी को

माध्यम बनाया, तभी मैं घृणा को सहानुभूति के साथ चित्रित कर पाई। उसके साथ रहकर मैं उसके अहंकार, स्वार्थ, आत्मकेंद्रित व्यवहार को इस तरह दिखा पाई कि आपको लगा, वाह, यह तो आप ही की खोज है। लेखिका तो शायद कुछ और कहना चाहती थी। मैं जानती हूँ कि रचना रचनाकार से बड़ी होती है। और पाठक रचनाकार को भूलकर या ग़लत समझकर, रचना को सही समझे तो यह लेखक की सबसे बड़ी सफलता है। दोहरे शोषण की कथा आप तक पहुँचाई लेखक ने, पर आपको लगा आपने उसे अपने भीतर स्वयं रचा है।

यह मेरे लिए अत्यधिक प्रसन्नता की बात है।

सोचकर डर लगता है कि कहीं में कौशल के साथ हुई होती तो क्या होता? उसका चरित्र कहीं अधिक भदेस, क्रूर, आत्मलिप्त और लीचड़ बनकर सामने आता और शायद अपनी अतिक्रूरता और भद्देपन के कारण अविश्वसनीय हो जाता। कौशल के चरित्र में नेगेटिव को पॉजेटिव करके देखना तभी संभव था, जब उसे माधवी या राकेश के साथ रहकर देखा जाता। साथ ही में यह भी मानती हूँ कि माघवी को किसी हाल में माफ़ नहीं किया जा सकता। उसने अपने लेखकीय अहम् को नैतिक और सुंदर दोनों के ऊपर हावी हो जाने दिया। जिस न्यायबुद्धि ने उसे कौशल की कुरूपता से घृणा करने पर लज्जित किया और झूठ बोलने पर मज़बूर किया, उसने उसे यह क्यों नहीं सिखलाया कि घृणा ही सत्य थी, दया मात्र दिखावा। उसे बार–बार अभिनीत करने का मतलब था, न्यायबुद्धि को खो बैठना। यही हुआ। पहले वह झूठ बोलना सीखी, फिर अन्याय करना। अंत में झूठ को सच मानकर पश्चात्तापहीन शोषण करना। शोषण की कला में कौशल उसका गुरु बनकर प्रकट हुआ। पर वह भूल क्यों गई कि अपनी वर्ग स्थिति के चलते उसके पास शोषण कर पाने की सामर्थ्य ज़्यादा थी। बुद्धि की उसमें कमी नहीं थी, उसे मालूम होना चाहिए था कि एक बार कौशल से दीक्षा ले लेने पर, मुड़कर वापस लौटने की राह बँट हो जाएगी। उसका पतन तो पहले ही दिन तय हो चुका था।

यह हमारा दुर्भाग्य है कि हम शब्दार्थों में खोकर रह जाते हैं। ऐसा न होता तो कोई आलोचक कौशल को सर्वहारा के प्रतिनिधि के रूप में या माधवी को सुविधासंपन्न वर्ग की प्रतिनिधि के रूप में न देख पाता। यथार्थ का अतिक्रमण करने के असफल प्रयास में लगे लेखक हैं वे दोनों। हमारे लेखक आलोचक उनमें अपनी तस्वीर देखते हैं, इसीलिए रोष प्रकट करते हैं।

लेखन के लिए सब कुछ होम करने का दम भरने वाले लेखक, कैसे–कैसे छल–प्रपंच करते हैं, क्या वे जानते नहीं? मानवीयता और नैतिकता का ह्रास होने पर, उनका लेखक भी मर जाता है, क्या उन्हें पता नहीं? लोग अपने भीतर ईमानदारी से झाँकें तो ईमानदार लेखक से इस तरह घबरा कर भागेंगे नहीं।

'पुनश्च' का जब महिला कथाकार विशेषांक मैंने लगभग सात–आठ वर्ष पूर्व निकाला था, तब आपको लेखक और लेखिका का विभाजन बहुत बुरा लगा था.... आपने कहानी भी नहीं भेजी थी, उल्टे मुझे डपटते हुए एक ख़त भी लिखा था. ... 'महिला होना मेरे लेखन में आड़े नहीं आता।' इस समय समीक्षा आलोचना–साहित्येतिहास लेखन को देखते हुए, आप क्या सोचती हैं?

मैंने कहा था, 'महिला होना मेरे लेखन में आड़े नहीं आता।' समीक्षा–आलोचना में नहीं, लेखन में। समीक्षा–आलोचना में आड़े आता हो, तो क्या हुआ, लेखन में अब भी नहीं आता।

हिंदी आलोचना के बारे में आप क्या सोचती हैं?

समकालीन हिंदी आलोचना का क्षेत्र बहुत सीमित है। समसामयिक रचनाओं के समीक्षक तो काफ़ी मिल जाते हैं, पर रचनाधर्मी आलोचक कम हैं। कुछेक अपवादों को छोड़कर, जो विज्ञ हैं, वे ईमानदार नहीं हैं। सबसे बड़ी कमी जो आलोचना क्षेत्र में मुझे लगती है, वह यह है कि आलोचक, रचना को दायरों में बाँधकर देखते हैं। महिला लेखन, जनवादी लेखन, व्यक्तिवादी लेखन, समष्टिवादी लेखन, प्रगतिशील लेखन आदि। इसमें महिला लेखन की दुर्गति तो बेहिसाब है। एक सुविज्ञ आलोचक के लिए यह कहना कि महिला लेखन दायरेबद्ध होता है, आलोचना के सीमित दृष्टिकोण में दायरेबद्ध होने का सर्वोत्तम उदाहरण है। महिला लेखन से क्या तात्पर्य है? क्या महिला द्वारा लिखा साहित्य महिला लेखन होता है, या महिलाओं के बारे में लिखा हुआ, या नारीवादी दृष्टिकोण से लिखा हुआ, या तथाकथित महिला के विशिष्ट गुणों से मंडित लेखन? इस तरह का सतही दृष्टिकोण, जो फटाफट चीज़ों को दायरों में बाँध दे, ईमानदार और गहन समालोचना के आड़े आ जाता है।

एक बात और है। हिंदी में जो लेखक हैं, वही आलोचक भी हैं। इसलिए अधिकतर आलोचना आलोचक की निजी रचनात्मक दृष्टि से परिभाषित होती

है और काफ़ी हद तक आत्मपरक होती है। पूर्वग्रह उसका अनिवार्य अंश भी माना जा सकता है। पर समीक्षा वास्तविक आलोचना तभी बनती है जब वह पूर्वग्रह का अतिक्रमण कर ले, उसी तरह जैसे लेखक रचना तभी कर पाता है, जब वस्तु यथार्थ का अतिक्रमण कर ले, वरना वह अनुकृति मात्र बनकर रह जाती है। हिंदी की आलोचना कुछ अपवादों को छोड़कर किन्हीं पूर्व नियोजित दायरों के बीच घूमती रहती है। कृति को उसकी समग्रता में देखने के बजाय, वर्षों से चली आ रही और कुछ हद तक निष्प्राण परिभाषाओं या मान्यताओं की कसौटी पर परखा जाता है।

एक बहुत ही मज़ेदार बात, जो पढ़ने में आती है, वह यह कि लेखक जिस वर्ग से अपने पात्र चुनता है, उसे उसी का प्रवक्ता मान लिया जाता है, जबकि होता "यह है कि बहुत बार लेखक निम्न वर्ग के पात्र लेकर विशुद्ध सामंतवादी दृष्टिकोण से कथा लिखता है, और उच्च वर्ग के चरित्र लेकर, संस्कृति का ह्रास दिखलाता हुआ, प्रगतिशील दृष्टिकोण का प्रवक्ता होता है। जब इतनी छोटी–सी बात ही आलोचना की पकड़ से बाहर हो तो हर महिला को महिला लेखन के दायरे में खड़ा कर बहुत मामूली बात है।

जैनेन्द्र जी ने अपने एक साक्षात्कार के दौरान आपके उपन्यास 'चित्तकोबरा' के संभोग दृश्य के वर्णन को लेकर अपनी राय व्यक्त की थी कि मृदुला का वर्णन सुसंस्कृत वर्ग में ऊब ज़रूर पैदा करता है। इस टीप पर आपकी प्रतिटीप क्या है?

सुसंस्कृत वर्ग क्या होता है, मैं नहीं जानती, अलबत्ता व्यक्ति सुसंस्कृत अवश्य हो सकता है। जो वर्णन एक सुसंस्कृत स्त्री की ऊब को चित्रित करता हो और पाठक में प्रेमरहित संभोग के प्रति ऊब ही नहीं, वितृष्णा पैदा करने के लिए लिखा गया हो, वह उसमें ऊब के सिवाय क्या पैदा कर सकता है? वितृष्णा, ग्लानि या अपराधबोध? हाँ! पर शायद उसके लिए हमारा लेखक वर्ग, जिसे जैनेन्द्र जी सुसंस्कृत कहते हैं, काफ़ी संवेदनशील नहीं है। इसलिए उन्होंने कहा, ऊब।

"जैनेन्द्र जी ने लेखन की परिस्थितियों का विश्लेषण करते समय कहा था कि 'महिलाएँ पढ़–लिख जाती हैं तो केवल घर–गृहस्थी से मन भरता नहीं, सो फिर लिखना शुरू कर देती हैं।" इस कथन से तो यह स्पष्ट ध्वनि निकलती है कि

महिलाओं के लिए लेखन महज एक शगल या शौक़ है?

महान् लोग भी कभी–कभी सतही बातें करते हैं, बतकही के लिए। पढ़ी–लिखी महिला का घर–गृहस्थी से मन न भरता हो, इसमें कोई विलक्षण बात नहीं है। पर नियानब्बे प्रतिशत पढ़ी–लिखी महिलाएँ 'लिखती' नहीं, और–और काम करती हैं। केवल एक प्रतिशत ही लिखती हैं, वैसे ही जैसे एक प्रतिशत पढ़ा–लिखा पुरुष ही लेखक बनता है। लेखन शगल है, शौक़, पेशा या साधना, यह तो व्यक्ति पर निर्भर करता है।

मृदुला जी, ऐसा लगता है कि आप जैनेन्द्र जी से गहरे रूप में प्रभावित हैं। इसका सबसे सशक्त उदाहरण है 'चित्तकोबरा' का वह विवाद, जिसमें आपने इस विवाद की पैरवी करते हुए जैनेन्द्र जी के 'सुनीता' उपन्यास को बतौर साक्ष्य पेश किया.. ..इसके तहत क्या आप बताएँगी कि उनका कथाकार किस हद तक आपके कथाकार पर हावी रहा है?

पहली बात, विवाद की पैरवी करते हुए मैंने जैनन्द्र जी की सुनीता का साक्ष्य नहीं पेश किया था। शब्दों की कारा से मुक्त न हो पाने की आलोचना की दुर्बलता से साक्ष्य के रूप में, 'सुनीता' आदि उपन्यासों का जिक्र किया था। जैनेन्द्र की मैं प्रशंसक हूँ पर मेरा जीवन दर्शन उनसे भिन्न है। जहाँ तक मेरे कथाकार का प्रश्न है, बेचारा इतनी बड़ी उम्र में मैदान में आया कि न जाने कितने कथाकार पीठ से फ़िसल चुके थे। कोई एक उस पर हावी बना न रह पाया था।

लेखक को विशिष्ट और सामान्य के बीच, अपनी जीवन–शैली में किसे चुनना चाहिए?

लेखक सामान्य शैली को चुने तो बेहतर लिख सकता है, यह मेरा दृढ़ विश्वास है।

कहते हैं कि लेखक को अपने आसपास के प्रदूषित राजनैतिक माहौल से दूर रहकर सृजन करते रहना चाहिए.... आज के संदर्भ में क्या यह मुनासिब होगा?

अपने माहौल से दूर रहकर क्या लेखक ऑक्सीजन, मुखौटा पहनकर, समुद्रतल या अंतरिक्ष में जीने जाएगा प्रदूषण में रहेगा तभी न सृजन के लिए पैशन जुटा पाएगा वरना उसमें और एक विदेशी पर्यटक में फ़र्क क्या रहेगा? फिर तो वह भी यात्रा संस्मरण लिखेगा।

भारतीय साहित्य में किस साहित्यकार की कृति सशक्त और सक्षम है कि उसे विश्व साहित्य की श्रृंखला में रखा जाए?

सभी भारतीय भाषाओं की कृतियों मैंने पढ़ी नहीं हैं। इसलिए सैकड़ों ऐसी कृतियों के नाम नहीं गिना सकूँगी जो विश्व साहित्य में रखी जा सकती हैं। कुछ नाम हैं तकपि शिवशंकर पिल्ले, कुवेन्दु, शिवराम कारन्य, निराला, महादेवी वर्मा, जयशंकर प्रसाद, जैनेन्द्र, विभूतिभूषण बंद्योपाध्याय आदि की रचनाएँ।

आज के पुरुष लेखक अनेकों बार इस तरह के फ़िकरे उछालते हुए पाए गए हैं कि कोई भी लेखिका आज लेखन की उस ऊँचाई तक नहीं पहुँची है, जहाँ पर्ल बक, सिंदरी उनसत या सिमोन दि बोउवा मौजूद हैं। इस पर क्या प्रतिक्रिया है आपकी?

पर्ल वक– महाश्वेता देवी।

सिमोन दि बोउवा महादेवी वर्मा।

सिन्गारी उनसत–माधवी कुट्टी व अनेक समसामयिक लेखिकाएँ।

इस समय ऐसे कितने ही लेखक हैं जो गाँव में महज पैदा–भर हुए हैं। अब बरसों से कभी उधर झाँके तक नहीं। मगर लेखन में अपने गाँव को ड्राइंगरूम में बैठे भुनाए जा रहे हैं। इस छद्म पर आप क्या सोचती हैं?

बात यह है कि उनके लिए गाँव नॉस्टॉलजिया है, मेरे लिए यथार्थ। उनके लिए वह एक ऐसा स्वप्नलोक है, जहाँ वे जानते हैं, वे स्वयं टिककर नहीं रहेंगे। कभी रहे भी तो बाहरी आदमी की तरह, परोपकार या शोध की भावना से प्रेरित होकर। मेरे लिए गाँव एक सच्चाई है। एक ऐसा यथार्थ लोक, जहाँ मैंने बचपन की छुट्टियाँ बिताई थीं। मौज–मज़ा लिया था और बचपन की पूर्वग्रहमुक्त दृष्टि से, वह जैसा था वैसा देखा था। उसके चारों तरफ़ मैंने कोई सपना या रहस्य नहीं बुना था।–इसमें खूबियाँ और खामियाँ दोनों देखी थीं। आम के पेड़ से टपकी रसीली अमियाँ चूसने में आनंद था तो किसान की बहू को बिना इलाज मरते देखने में दर्द। लहलहायी फ़सल की हरियाली के बीच, संगी–साथियों के साथ कुदक्के लगाने का मज़ा था तो बारिश न होने पर फ़सल के सूखने और मवेशियों व बच्चों की कमज़ोर होती काया को देखने का दुःख भी। अब तो सूखा लगातार बढ़ता जा रहा है, हरियाली कम होती जा रही है। यानी दुःख बढ़ रहा है, आनंद कम होता

जा रहा है। रोज़ देखते हैं हम, गाँव से शहर को पलायन और उससे उत्पन्न संकट। झुग्गी–झोपड़ी बस्तियाँ, पानी की किल्लत, कचरे के ढेर और साल–दर–साल फैलती महामारी पर होता क्या है? गाँव का रहस्यमय स्वप्न यथार्थ पर हावी हो जाता है। नॉस्टॉलजिया से अज्ञान बेहतर है। बेहतर कि हम गाँव को न जानें, अगर जानने का मतलब है, आठवीं मंज़िल से उतरकर हफ़्ता–दस दिन गाँव में जा नॉस्टॉलजिया की बेरी चबाना और वापस लौटने पर, आठवीं के बजाय बारहवीं मंज़िल पर चढ़ने की ख्याहिश रखना।

मनु, मनीषी, माधवी इन तीनों नायिकाओं में से सबसे ज़्यादा अपनी–सी कौन लगती है?

कोई नहीं। न वे और न 'अनित्य' की शुभा, प्रभा, काजल या वंशज की रेवा। सबमें मैं थी, पर जब वे काग़ज़ पर उतर आई तो मैं किसी में नहीं बची। सब अपने–अपने रास्ते बढ़ी और अपने तर्कसंगत चरम पर पहुँच गई। मैं पीछे रह गई, जीवन से जकड़ी, पर उनसे अधिक मुक्त भी। हर उस अनुभव को जीने के लिए आज़ाद, जो अब उनका नहीं हो सकता।

भारतीय साहित्य और विश्व–साहित्य में ऐसा कौन–सा लेखक रहा है, जिसके लेखन से आपको जुनून की हद तक इश्क रहा?

चौदह वर्ष की उम्र तक शरतचन्द्र और ऑस्कर वाइल्ड, चौदह बरस के बाद दॉस्तो यव्सकी और चेखव!

अपने समकालीनों में आपकी पसंद?

भारत में जगदंबा प्रसाद दीक्षित, नमिता सिंह, निर्मल वर्मा, विदेश में सैले बैलो, गैबरियल मारखेज।

आपने इस बात को स्वीकार किया है कि भगतसिंह आपको सबसे ज़्यादा प्रभावित करते हैं। ऐसा कौन–सा कारण है जो आपको गाँधी की 'शांति' के बजाय भगतसिंह की 'क्रांति' को चुनने के लिए बाध्य करता है?

इसके उत्तर में मैं भगतसिंह को उद्धृत करना चाहूँगी। "हमारे दल का लक्ष्य एक सोशलिस्ट सामाजिक संगठन की स्थापना है। कांग्रेस और इस दल के लक्ष्य में यही भेद है। जब राजनीतिक क्रांति से स्वतंत्रता मिल जाएगी तो हमारा लक्ष्य शासन शक्ति को उन हाथों में सुपुर्द करना है, जिनका लक्ष्य समाजवाद हो। इसके लिए मज़दूरों और किसानों को संगठित करना होगा, क्योंकि उन लोगों के लिए लॉर्ड रीडिंग या इर्विन की जगह तेज़ बहादुर या

पुरुषोत्तम दास, ठाकुरदास के आ जाने से कोई भारी फ़र्क नहीं पड़ सकेगा।" इस वक्तव्य की सार्थकता हम आज देख ही रहे हैं। गाँधीजी की 'शांति' से मुझे कोई विरोध नहीं है पर इतिहास गवाह है कि उनके शिष्य तभी तक उनके बतलाए मार्ग पर चलें, जब तक गाँधीजी को ये भगवान मानते रहे। या जब तक उनकी व्यक्ति पूजा से उनका प्रयोजन सिद्ध होता रहा। सत्ता हाथ में आते ही वे अंग्रेज़ों से बढ़कर शोषक सिद्ध हुए। मुझे लगता है, हज़ारों–लाखों लोगों का मन हिंसा करने से रोका तो जा सकता है, पर बाद में वह उन्हें और अधिक हिंसक व क्षुद्र बना देती है। क्रांति से तत्काल नुकसान अवश्य होता है, पर अंततः वह चरित्र निर्माण में सहायक भी होती है।

'पहली आज़ादी' के आंदोलन पर केंद्रित 'अनित्य' तो है मगर जिस दूसरी–तीसरी आज़ादी के सारे उतार–चढ़ाव की आप न सिर्फ़ चश्मदीद गवाह बल्कि एक सीमा तक वैचारिक रूप से सक्रिय हिस्सेदार भी रही हैं, उसको केंद्रित कर, अब तक कोई उपन्यास क्यों नहीं रचा?

कौन–सी दूसरी, तीसरी आज़ादी? जहाँ पहली आज़ादी ही आज़ादी की तरह न. आई हो, यहाँ पुनः–पुनः आज़ाद होने की बात कैसे करें? शायद आपका इशारा इमरजेन्सी और उससे मिले छुटकारे से है। इमरजेन्सी से छुटकारा दूसरी आज़ादी के रूप में कहीं आया? फिर वही साँठ–गाँठ और भ्रष्टाचार ही सामने आया न। फिर भी आज़ादी मिली ज़रूर। इमरजेन्सी से वैचारिक रूप से हम उद्वेलित हुए, हमने अपनी रंगों में विद्रोह का जोश महसूस किया। पर उपन्यास क्यों नहीं लिखा? इस सवाल का मेरे पास कभी जवाब नहीं होता। शायद इसलिए कि मैं उपन्यास रचती नहीं। वह अपना समय लेकर पैदा होता है। 1984 के दंगों पर 'अगली सुबह' कहानी पैदा हो गई। 1976 की इमरजेन्सी का आतंक 'शहर के नाम' कहानी में छा गया। पर उपन्यास नहीं हुआ।

ऐसा लगता है जैसे 'कठगुलाब' की कथा इसके पात्र ख़ुद कहते हैं। लेखक की यह अनुपस्थिति कैसे संभव हो पाई?

मेरी अपनी समझ में, उपन्यास है ही लेखन की वह विधा, जिसमें पात्र अपनी कथा स्वयं कहते हैं। वरना वह उपन्यास नहीं, लेख, रिपोर्ताज, विवरण आदि होता है। कथा को पात्र, उत्तम पुरुष, 'मैं' में कहते हैं या तृतीय पुरुष, 'वह' में, उससे फ़र्क नहीं पड़ता। यह कहना भी सही नहीं है कि लेखक

उपन्यास में सर्वथा अनुपस्थित हो सकता है। लेखक का 'स्व' या आत्म, किसी–न–किसी रूप में, पात्रों में समाहित रहता ही है। किसी उपन्यास में वह पूरी तरह उनके बीच घुलामिला रह सकता है और किसी में, बीच–बीच में, उनसे अलग छिटक कर अपनी विदूषकीय या दर्शकीय टिप्पणी देता चल सकता है। शिल्प–शैली चाहे जो है, कथ्य का निरूपण और निर्वाह, पात्रों के 'कहे' के भीतर से नहीं होता, उनके 'किये' से होता है। पात्र चाहे अपने 'किये' को अपने 'कहे' में नकारे, स्वीकारे या लीपा–पोती करके आधा स्वीकारे और आधा नकारे, कथ्य में अंतर्निहित सत्य का सबसे ईमानदार और सटीक खुलासा, अगर कुछ करता है तो, पात्रों का आचरण। ख़ासकर, उनके रोज़मर्रा के जीवन का सामान्य आचरण। उसके साथ ही, उसकी उलटी बात भी उतनी ही सही है। जब पाठक पात्रों के साथ कुछ समय गुज़ार चुकता है, तो उनसे एक विशेष प्रकार के आचरण की अपेक्षा करने लगता है। तब, यदि किसी पात्र का व्यवहार, अपेक्षा के अनुकूल नहीं होता तो अचानक, वही असामान्य या अनपेक्षित आचरण, कथ्य के मर्म को पूरी सच्चाई के साथ उजागर कर जाता है। क्योंकि वह उस पात्र के चरित्र के भीतर छुपे मर्म को भी प्रकट करता है, वही जिसे कह–कहकर प्रदूषित सच की तरह प्रस्तुत किया जाता रहा था। बहुत बार, स्वयं लेखक पात्र के चरित्र और कथ्य के मर्म के उस विशिष्ट कोण से अनभिज्ञ रहता है। उसके लिए भी, उसका सहसा स्पष्ट होना, एक रोमांचकारी अनुभव होता है।

जहाँ तक 'कठगुलाब' का सवाल है, उसमें अनेक पात्र ही नहीं हैं, अनेक स्वर भी हैं। इसलिए और कुछ नहीं तो इतना माना ही जा सकता है कि, शुरू से ही लेखक का, पात्रों के माध्यम से, पाठकों पर किसी एक मान्यता को थोपने का कोई इरादा नहीं है। हाँ, बीच–बीच में, लेखक का अपना स्वर भी सुनाई दे जाता है। वैसे भी इस उपन्यास के पात्र 'मैं' और 'वह', दोनों 'पुरुषों' (स्त्रियो) का उपयोग करते हैं और एक–से–दूसरे पर जाने को, समय और स्थान की दूरी उजागर करने के लिए, इस्तेमाल करते हैं। संक्षेप में कहें तो उपन्यास में लेखक अनुपस्थित तो नहीं है, हाँ, पात्रों के अधीन ज़रूर है। मेरे लिए, एक तरह से, यही औपन्यासिक या तत्त्व है।

पात्रों का चुनाव और रचना में उनकी जगह क्या वही रह पाती है जो लेखक सोचकर चलता है या रचना के अनुभव की यह कोई अबूझ प्रक्रिया है, जिसमें कभी पात्र आगे आता है तो कभी लेखक?

यह सवाल ज़रा बेमानी लग रहा है। क्या हम यह समझें कि कथ्य कोई बना बनाया मकान (भवन) है, जिसमें पात्रों को अपने लिए जगह पानी होती है? मेरी समझ में तो कथ्य वह इमारत है, जिसका निर्माण (अपने साथ–साथ) पात्र स्वयं करते चलते हैं। ज़ाहिर है कि पात्र और कथ्य, दोनों लेखक के दिमाग़ की उपज होते हैं, इसलिए उनका एक लचीला–सा खाका, उसके ज़ेहन में ज़रूर रहता है। पर बेहद लचीला और धूमिल या कहें कि अधबने कमरों, तहखानों, बरामदों, छज्जों का ऐसा कोलाज जो जगह–जगह पर, बोरियों चादरों से ढका रहता है। और जो, धीरे–धीरे, कभी कहीं से कभी कहीं से, लेखक की आँखों के सामने अनावृत होता रहता है। मैं तो ख़ैर, पहले से खाका या रूपरेखा बनाकर उपन्यास लिखती ही नहीं। पर जो इस तरह लिखते हैं, वे भी, पात्रों को ठीक वैसा बनाकर पेश नहीं कर पाते, जैसा सोचे रहते हैं। अपनी समझ में करते भी हैं तो पाठक उन्हें उसी रूप में आत्मसात नहीं करता। ऐसा न हो तो पाठक को उपन्यास के पात्र, इंसान नहीं, कठपुतलियाँ लगें और वह उन्हें जानने–पढ़ने में कोई दिलचस्पी न रखे।

'कठगुलाब' में स्मिता के चरित्र को आपने बड़ी खूबसूरती से सामने रखा है। प्यार के नाम पर वह मनोविश्लेषक का माध्यम बनना नहीं चाहती। यहाँ चुप्पी को आपने स्मिता का अस्त्र क्या इसीलिए बनाया है कि ज़ारविस उससे परास्त हो जाए?

चुप्पी स्मिता के चरित्र का एक आयाम है, जो ख़ास हालात में हथियार बन जाता है। सच यह है कि जब मैंने स्मिता की कहानी कहनी शुरू की, यानी जब उसने कठगुलाब उगाया, फिर उसे छोड़कर शहर जाना पड़ा। और बहिन के घर शरण लेने के बाद, एक के बाद एक त्रासद घटना घटने लगी, तब ज़ारविस नाम का कोई प्राणी मेरे दिमाग़ में नहीं था। यह ज़रूर था कि स्मिता बीस साल बाद हिंदुस्तान (घर) लौटी थी और आपबीती कह रही थी। पर वह आपबीती ठीक क्या थी, उसका "मुझे अंदाज़ा नहीं था। फिर जब कथानक में वह मोड़ आया जब बर्फ के मातमी, घुटन भरे माहौल में, स्मिता पर उसका अकेलापन भारी पड़ने लगा, तो वह मुझे लेकर, एक मनोचिकित्सक के दरवाज़े जा लगी। फिर ज़ारविस नाम ही क्या बुरा था? उसके बाद की कहानी, खुद–ब–ख़ुद खुलती रचती चली गई। स्मिता, ज़ारविस, अमरीकी समाज और मारियाना जैसी मित्रों के आपसी संबंधों के बीच से उभर कर आती गई। स्मिता का अतीत और ज़ारविस का आरोपित विश्लेषण, उनके

घात–प्रतिघात, स्मिता की चुप्पी को बढ़ावा देने लगे। देना ही था, क्योंकि उसके बिना निजत्व बचा नहीं रह सकता था। सो चुप्पी बढ़ी। फिर जब उसे अस्त्र बनने की ज़रूरत पड़ी, तो वह बनी। इसमें पहले से सोचा विचारा कुछ नहीं था। ज़ारविस की हार, कथ्य की मूल आत्मा के लिए अनिवार्य नहीं है। हाँ, वह उसे सशक्त अवश्य बनाती है। या संपुष्ट अवश्य करती है।

मारियाना की इस मान्यता से खुद मृदुला गर्ग नाम की लेखिका कितनी सहमत हैं कि 'हर औरत एक पूरे समय और समाज का प्रतिनिधित्व करती है।'

मैं क्यों, समाजशास्त्र के सभी अध्येता इससे सहमत होंगे। इतिहास को सामाजिक परिवर्तन के परिप्रेक्ष्य में परखना होता है तो उसमें मानवीय संबंधों के बदलाव की महत् भूमिका रहती है। स्त्री–पुरुष संबंध उसका एक अहम् हिस्सा है। मात्र पति–पत्नी या प्रेमी–प्रेयसी का संबंध ही नहीं, स्त्री से पुरुष का हर प्रकार का संबंध, माँ, बेटी, बहिन, मित्र, सहयोगी, मालिक, मातहत, हर तरह का रिश्ता। सामाजिक व्यवस्था में स्त्री का स्थान, उस व्यवस्था के आकलन करने का एक मानक है। सिर्फ़ स्त्री का स्थान नहीं, पुरुष का स्थान भी मानक है। पर चूँकि अब तक सामाजिक व्यवस्था पितृसत्तात्मक रही है, इसलिए पुरुष का स्थान अन्य पुरुषों के संदर्भ में तलाशा व आँका जाता रहा है। जबकि स्त्री का स्थान, अन्य स्त्रियों के संदर्भ में न होकर पुरुषों के संदर्भ में ही देखा जाता है। इसलिए स्त्री का स्थान, पितृसत्तात्मक सामाजिक व्यवस्था का ठीक–ठीक निरूपण करने का एक मानक बन गया है। अगर सामाजिक व्यवस्था मातृसत्तात्मक होती तो, स्त्री के बजाय पुरुष, अपने समय और समाज का वास्तविक प्रतिनिधित्व करता। वह इसलिए, क्योंकि प्रतिनिधित्व, सत्तारूढ़ व्यक्ति नहीं, सत्ताधीन व्यक्ति ही कर सकता है।

रचना के सुख के लिए पति द्वारा पत्नी का इस्तेमाल अलग ही तरह का बलात्कार है। मारियाना और इविंग के जरिए आपने यह प्रभावी ढंग से प्रस्तुत किया है। उपन्यास में आए इस कथांश को आपकी दिमाग़ी उपज माना जाए या यह जीवन के किसी अनुभव से आई सच्चाई है?

अपने अहंकार को पोषित करना हो तो यही कहना उचित रहेगा कि हाँ, मारियाना की प्रतिभा का उसके पति लेखक इविंग द्वारा इस्तेमाल, पूरी तरह

मेरे दिमाग़ की उपजा थी। पर झूठ बोलने की आदत नहीं है, इसलिए कह नहीं सकती। साहित्यिक इतिहास ऐसे दृष्टांतों से भरा पड़ा है, जहाँ लेखक–पति ने पत्नी की डायरी, शोध–सामग्री आदि का अपने लेखन में इस्तेमाल किया है। 'कठगुलाब' उपन्यास में ही दो–एक उदाहरण ऐसे गिनवाए गए हैं। तो यह ऐसा तथ्य है, जो सर्वज्ञात है। हाँ, उसकी प्रक्रिया ठीक क्या होगी, उसका कोई एक खाका नहीं है। मेरे पास कोई भी, पहले से तैयार या अनुकरणीय, खाका नहीं था। मारियाना को बतौर लेखक, या कहना चाहिए अपने भीतर के लेखक को पहचानने की उसकी यात्रा को, मैं इतनी गहराई से आत्मसात कर गई कि बाक़ी की प्रक्रिया, बड़े अनायास भाव से आगे बढ़ती गई। मारियाना के व्यक्तित्व के दो पहलू थे, जो एक–दूसरे को पुष्ट कर रहे थे। एक उसका माँ बनना चाहना, दूसरा उसमें लेखकीय उद्वेलन और प्रतिभा का होना। दोनों का इस्तेमाल हुआ और इर्विंग का उपन्यास लिखा गया। उसकी जो प्रक्रिया सहज रूप से उभर कर मेरे दिमाग़ में आई, वही मैंने लिखी। इतिहास के दृष्टांतों में उसका रूप फ़र्क़ रहा होगा। ठीक क्या था, प्रामाणिक रूप से कोई नहीं जान सकता। कयास ही लगाया जा सकता है। मेरा कयास, कल्पना, अनुमान, अनुभव, अनुभूति जो शब्द देना चाहें, वही है, जो उपन्यास में मैंने लिख दी। बिल्कुल स्कूल रूप में सवाल का जवाब दूँ तो कहना होगा कि वैसा कोई प्रसंग मेरे अपने देखने–सुनने में नहीं आया था। पर उससे क्या? कोई नहीं। यूँ तो हर पात्र के किसी–न–किसी अंश को मैं अपने भीतर महसूस कर सकती हूँ और कह सकती हूँ कि यह मेरे क़रीब है। पर उसी तरह यह भी कह सकती हूँ कि उनमें से कोई, कम–ज़्यादा क़रीब नहीं है। सब बराबर–बराबर हैं। हाँ, अपने को लेखक की तरह न देख कर, अगर पाठक की तरह देखें तो कहूँगी कि मुझे सबसे ज़्यादा अभिभूत किया विपिन ने और असीमा की माँ ने। चौंकिए मत। कुछ वक्त बीत जाने पर मैं अपना उपन्यास एक पाठक की हैसियत से ठीक उसी तरह पढ़ पाती हूँ जैसे किसी और का लिखा उपन्यास। जानती हूँ, हिंदी साहित्य जगत में जो मुद्रा चलती है, वह यह कि भई, हम तो लिख चुकने के बाद, अपना लिखा पढ़ते ही नहीं। न उससे कोई सरोकार रखते हैं। पर सच कहूँ मुझे इस मुद्रा पर कभी विश्वास नहीं हुआ। सुनने में अच्छे लगने वाले झूठ अपने यहाँ खूब चलते हैं। मुझे लगता है, कुछ बरस बीत जाने पर, मुझे ख़ुद जिस उपन्यास में रस नहीं आ रहा, उसमें औरों को क्या खाक आएगा।

अगर आपसे पूछा जाए कि 'कठगुलाब' में आपको अपने सबसे

क़रीब कौन लगता है तो.... कौन होगा? नर्मदा, असीमा, स्मिता या.....

असीमा और उससे ज़्यादा उसकी माँ के संग–साथ के जरिए आने वाला, नर्मदा में बदलाव उपन्यास का वह अंश है, जो वाकई, मेरा अपना देखा हुआ था। परे मेरा देखा तो दुनिया में और बहुत कुछ है। सब तो उपन्यास में आया नहीं। वह आया, क्योंकि वह इस उपन्यास के कथ्य का अभीष्ट था। दरअसल, एक बार नर्मदा जैसी औरत असीमा और उसकी माँ जैसी औरतों के पास पहुँचेगी तो वही होगा, जो 'कठगुलाब' में हुआ। किसी 'विचार' के तहत यह करवाया नहीं गया। यूँ भी वैचारिक पक्ष का आकलन, उपन्यास पूरा होने पर किया जाता है। ही चूँकि, 'विचार' लेखक के व्यक्तित्व की हिस्सा होता है, इसलिए वह उसके 'आत्म' के अंश की तरह, पात्रों के आत्म में, कहीं–न–कहीं सम्मिलित ज़रूर रहता है। पर मुझे नहीं लगता कि नर्मदा यदि असीमा के संसर्ग में आने पर बदलती नहीं तो कोई वैचारिक क्षति हो जाती। याद कीजिए, नर्मदा एक बार नहीं, अनेक बार बदलती है। पर क्या वह "वाकई 'बदलती' है? या वह बदलाव उसके चारित्रिक विकास और स्वभाव की जटिलता का सहज अंग है?

उत्कट अनुभव साधनों पर स्त्री के एकाधिकार का प्रश्न उठाने वाला 'कठगुलाब' का विपिन हिंदी का संभवतः पहला उपन्यास चरित्र है। उसका आत्मस्वीकार अद्‌भुत है। लेकिन वह तिलिस्म से भरपूर स्त्री से डरता क्यों है?

स्मिता से डर कर नीरजा के पास वह क्यों भागता है? इस सवाल का इतना सघन, भरा–पूरा और लंबा जवाब, विपिन ने उपन्यास के भीतर दे रखा है, कि उसे दुहराने में, मुझे ऊब महसूस होती है।

आज के जीवन की विडंबना को नए ढंग से देखने की कोशिश तो आपने निरंतर की है, लेकिन 'कठगुलाब' लिखकर अपनी इस कोशिश में आप ख़ुद को कितना सफल मानती हैं? यह उपन्यास लिखकर कितनी संतुष्टि हुई....?

'कठगुलाब' जिस परिस्थिति में लिखा गया, उसमें उसके पूरा होने पर, आश्चर्य तो किया जा सकता है, पर संतोष, सफलताबोध या हर्ष की अनुभूति का कोई प्रश्न ही पैदा नहीं होता। जो विडंबनाएँ उपन्यास में रूपायित हैं, उनसे कहीं बड़ी विडंबना, उसके लिखे जाने के दौरान, मेरे जीवन में घट गई

थी। उपन्यास पूरा हुआ और एक तरफ़ डाल दिया गया। दो साल तक पड़ा रहा। फिर एक नामी प्रकाशक का पत्र आया। वर्षों से उनका आग्रह था, एक उपन्यास दो। इस उपन्यास के कुछ अंश बहुत पहले छप चुके थे। (पत्रिकाओं में।) उन्होंने वही उपन्यास माँगा, मैंने पांडुलिपि भेज दी। फिर एक नया अनुभव हुआ। पता चला कि करुण रस की तरह, क्रूर रस भी होता है। उसका पहला सिद्धांत यह कि चोट तब करो, जब इंसान पहले से बर्दाश्त बाहर दुःख से पीड़ित हो, क्योंकि तभी उसकी बर्दाश्त की हदों को विस्तार पाते देखने का आनंद प्राप्त हो सकता है। उपन्यास के भीतर की क्रूरता और विडंबना, इस सबके सामने कुछ फीकी पड़ी तो प्रामाणिक भी बनी। चाहें तो उसे सफलता कह लें। मैं तो अपने भीतर कुछ महसूस नहीं करती, सिवाय इसके कि जीवन एक विडंबना है और जीना, एक नाटक।

आज की लेखिकाओं में किसका लेखन आपको संजीदगी से प्रभावित करता है?

नमिता सिंह, माधवी कुट्टी, महाश्वेता देवी, मृणाल पाण्डे, मंजुल भगत, चित्रा मुद्गल आदि।

मृदुला जी, एक व्यक्तिगत–सा सवाल है। आपके लेखन को लेकर आपकी जो कटु आलोचनाएँ या प्रशंसाएँ हुई, उन पर आपके परिवार की क्या प्रतिक्रिया रही?

मेरे परिवार के लोग अपने–अपने काम में इतने व्यस्त रहते हैं, कह सकते हैं, इतने आत्मलीन हैं, कि मेरे लेखन को लेकर होने वाली आलोचनाओं या प्रशंसाओं से उनका कोई लेना–देना नहीं रहता। स्वयं मेरे लेखन की प्रशंसा या आलोचना कर लेते हैं, पर दूसरे क्या कहते हैं, यह जानने की फ़ुर्सत उन्हें नहीं है। वे अपना काम करते हैं, मैं अपना। आपस में हम पारिवारिक सदस्यों की तरह ही मिलते हैं। उनकी समस्याएँ मेरी हो सकती हैं, पर मेरे लेखन की समस्याएँ उन्हें नहीं छूती।

आजकल 'रिटन वर्ल्ड' को 'विजुअल वर्ल्ड' नेस्तनाबूद करने पर तुला हुआ है। भविष्य में क्या साहित्य काग़ज़ की बजाय सेल्युलाइड पर लिखा जाएगा?

पता नहीं हम लोग साहित्य की मृत्यु से इतना आशंकित क्यों रहते हैं। संसार में 'विजुअल वर्ल्ड' भारत की अपेक्षा कहीं अधिक व्यापक रूप से फैला हुआ है और वह भी वर्षों से। फिर भो वहाँ 'रिटन वर्ल्ड' नेस्तनाबूद नहीं हुआ।

विजुअल में तरह–तरह के प्रभावकारी प्रयोग किए जा रहे हैं, जिससे वह 'रिटन वर्ल्ड' को बारीकी और गहराई से पकड़ सकें। साहित्य सेल्यूलाइड पर भी लिखा जाता रहा है, काग़ज़ पर भी, पूरी दुनिया इसकी गवाह है। केवल हम ही दोनों से मात खा रहे हैं। या मात खाने को रो रहे हैं। अगर हमारे भीतर यह मृत्यु कामना घर किए है कि साहित्य को तो मरना ही है, तब वह ज़रूर मरेगा। वरना हम क्या पूरी दुनिया से अलग, ख़ास का पुरुष और नकारा हैं कि 'रिटन वर्ल्ड' सिर्फ़ हमारे यहाँ नेस्तनाबूद होगा?

आज की युवा पीढ़ी अपनी सांस्कृतिक विरासतों, साहित्य जैसे संवेदनात्मक सरोकारों के बजाय 'डिस्को संस्कृति' में डूबती चली जा रही है। एक चिंतक की हैसियत से आपके पास इस भीषण सांस्कृतिक संकट से निपटने का क्या समाधान हो सकता है?

मुझे लगता है, आज़ादी के फौरन बाद यह संभव था कि हम अपने सीमित साधनों के साथ, एक ऐसे समाज की संरचना कर लेते जिसमें उपभोग की वस्तुओं का, ज़रूरत की हदों तक इस्तेमाल होता और सबको खाना, कपड़ा, मकान उपलब्ध हो पाता। पर हमने वह रास्ता नहीं चुना। हमने जो रास्ता चुना उससे भारत के आर्थिक रूप से दो टुकड़े हो गए। एक अति आधुनिक, हाईटैक से सुशोभित, उपभोक्ता संस्कृति के निकृष्टतम स्वरूप का छोटा–सा भारत। दूसरा निर्धन, शोषित, विकास की क़ीमत अदा करता, पानी, ईंधन से भी महरूम, बड़ा भारत। इसके लिए हम युवा पीढ़ी को दोष नहीं दे सकते। केवल साहित्य पढ़ने–न–पढ़ने से किसी पीढ़ी में संवेदना का संचार नहीं हो सकता। ख़ासकर तब जब साहित्यकार स्वयं इस दोगली संस्कृति का अंग बना हुआ हो। जो समाधान मेरी समझ में आता है, वह मेरे मध्यवर्गीय बँधुओं को पसंद नहीं आता, क्योंकि उसमें सबसे ज़्यादा नुकसान उन्हें उठाना होगा। हमें कुछ समय के लिए खुद को अन्य देशों से काट लेना चाहिए, जिससे हम उनके उपभोग के 'डैमस्ट्रेशन इफैक्ट' से बचे रह सकें। फिर सीमित साधनों का समान रूप से वितरण करना सीखना होगा। और जब हम हर भारतीय की जीवन की न्यूनतम ज़रूरतें पूरी करवा लें, तभी अन्य देशों के लिए अपने खिड़की–दरवाज़े खोलने होंगे। लगता तो यह असंभव–सा है। और शायद जब तक जनक्रांति न हो, असंभव है भी।

अनेकों यथार्थवादी उपन्यासों–कहानियों और अनेक ज्वलंत

बोल्ड फ़िल्मों के चलते भी हम इस 'भ्रष्टाचार कदाचार बलात्कार' प्रधान संस्कृति को पछाड़ क्यों नहीं पाते?

मेरे दोस्त, सोचकर देखिए, क्या आज के यथार्थवादी उपन्यास, कहानी और ज्वलंत बोल्ड फ़िल्में, स्वयं इस भ्रष्टाचार कदाचार बलात्कार प्रधान संस्कृति को फैलाने में सहायक नहीं हैं? चटखारे लेकर बीस सफे लिखिए, फिर एक सफे में विरोध प्रकट कीजिए तो पाठक पर बीस सफों का प्रभाव ही अधिक होगा न? यथार्थ को भुलाने से यथार्थ नहीं बदलता, भोगने से भी नहीं, भुगतने की बात और है। भुगतकर उससे लोहा लेने वाले उसे भुलाते नहीं, संस्कृति को बदलने का शोर भी नहीं मचाते। धीमे–धीमे असर करते चलते हैं।

पहले सीमित लेखक और असीमित पाठक थे। आज असीमित लेखक और सीमित पाठक हो गए हैं। इस उत्तरोत्तर ह्रास का क्या कारण आपको समझ आता है?

मैं नहीं मानती। भारत के साक्षरता प्रतिशतों को देखते हुए असीमित पाठक यहाँ कभी नहीं हो सकते थे। न आज असीमित लेखक हैं। पाठक कम ज़रूर हो गए हैं, विशेषकर बड़े नगरों और हिंदी प्रदेशों में। कुछ हद तक इसका कारण दूरदर्शन, फ़िल्में या वीडियो हो सकते हैं। पर मेरी समझ में यह नहीं आता कि ये कारण हिंदीभाषियों को ही ज़्यादा क्यों सताते हैं। यह शोध का विषय है। विश्वविद्यालय का कोई शोधार्थी इस विषय पर शोध कर डाले तो अच्छा रहेगा।

मृदुला जी, आजकल स्त्री–विमर्श काफ़ी ज्वलंत मुद्दा बना हुआ है। इस बहस के चलते इस 'ज्वलंत मुद्दा' और उससे जुड़ी स्त्री –छवि कितना कुछ निखर–निखर कर सामने आयी है, चूँकि आप लेखक होने से पेश्तर स्त्री भी हैं, अतः इस मुहिम पर आपका क्या कहना है?

आजकल स्त्री–विमर्श पर बहस करने का फैशन है, सो उस पर असंख्य किताबें लिखी जा रही हैं। मेरा अपना सोच कुछ अलग है। मैं समझती हूँ कि स्त्री विमर्श के सिद्धांत गढ़ने से पहले हमें स्त्री अनुभव पर गहराई से सोचना चाहिये क्योंकि रचना के सूत्र अनुभव में मिलते हैं, विमर्श में नहीं और विमर्श के सूत्र अनुभवजन्य रचना से निकलते हैं। यानि रचना पहले होती है, विमर्श उसके माध्यम से बाद में विकसित होता है। कह सकते हैं असल मुद्दा रचना

द्वारा नारी भन को उसकी पूरी जटिलता और बहुरंगी छटा में समझने का है।

ऐसा नहीं है कि नारी का मन पुरुष के मन से पृथक वस्तु है, जो समाज और 'समय से अपने संबंध को अलग–थलग तरीके से देखता है। फिर भी ऐतिहासिक और सांस्कृतिक कारणों से समाज और उसके स्त्री सदस्यों के बीच अलग रिश्ता बना रहा है उसके बारे में कोई निष्कर्ष निकालने से पहले हमें कुछ सवालों से रू–ब–रू होना पड़ेगा।

पहला सवाल है, क्या मेरा स्त्री होना मेरे अनुभव जगत् को प्रभावित करता है। उसका जबाव देने से पहले मुझे पूछना पड़ेगा कि क्या वे स्थितियाँ, जिनमें मेरी अनुभूति जन्म लेती हैं या वे स्थितियों, जिनमें में हस्तक्षेप करती हूँ उन स्थितियों से भिन्न हैं, जो एक पुरुष रचनाकार की अनुभूति का परिप्रेक्ष्य बनाती हैं भिन्न हैं तो किस अर्थ में? कहना पड़ेगा कि नब्बे फीसदी स्थितियाँ भिन्न नहीं हैं।

मानव स्थिति में मूलभूत प्रश्नों को लें तो जन्म–मृत्यु, राग–द्वेष, भोग–त्याग, समय से हमारा अंतर्संबंध जैसे विरोधात्मक या दुविधा को जन्म देने वाले, जीवन दृष्टि के जटिल प्रश्न, स्त्री–पुरुष को समान रूप से वैचारिक मंथन के लिये बाध्य करते हैं। उसके विपरीत परिवर्तनशील सामाजिक व व्यावहारिक स्थितियों को लें तो वर्ग, जाति, पीढ़ी आदि के मानवीय अंतर्संबंध, दोनों के लिये एक जैसा सामाजिक व वैयक्तिक परिप्रेक्ष्य बुनते हैं।

सामाजिक धरातल पर देश की स्वतंत्रता या परतंत्रता, स्वतंत्र देश में असमानता व भ्रष्टाचार की क्रूर सच्चाई, निर्बल व बच्चों के प्रति होने वाला अनाचार, पर्यावरण का हास व दोहन, नैतिक मूल्यों का क्षरण, मुझे उसी तरह उद्वेलित करते हैं, जैसे किसी संवेदनशील मनुष्य को, वह पुरुष हो चाहे स्त्री। वैयक्तिक धरातल पर प्रेम का प्रतिफलन, आर्थिक निर्भरता, प्रकृति का साहचर्य पुरानी और अगली पीढ़ी से संघर्ष या सहयोग मुझे उसी तरह प्रासंगिक लगते हैं जैसे अन्य संवेदनशील मनुष्य को, पुरुष हो अथवा स्त्री।

"यानी कसौटी लिंग नहीं, संवेदनशीलता है। स्त्री का अनुभवसंसार पुरुष के अनुभव संसार से भिन्न तभी माना जा सकता है जब हम मान कर चलें कि स्त्री–पुरुष की संवेदन शक्ति के बीच नैसर्गिक अंतर होता है। ऐसा मानने के लिये मेरे पास कोई वैज्ञानिक या तर्कसम्मत कारण नहीं है।

कुछ स्त्रियाँ अवश्य ऐसा मानती हैं। नारीवाद के प्रारंभिक दौर में इस मान्यता का ख़ासा चलन था। पर जैसे–जैसे दृष्टि परिपक्व होती गई विचारकों की समझ में आता गया कि इस मान्यता के पीछे भावावेग के सिवा

कुछ नहीं है। फिर भी कुछ हद तक स्त्री के अनुभवों का स्वरूप अलग है तो वह इसलिये कि ऐतिहासिक परिपाटी ने समाज के संस्कार ऐसे बना दिये हैं कि नारी को अलग करके देखने की रूढ़ि बन चुकी है।

यहाँ दूसरा सवाल उठ खड़ा होता है। समाज में स्थित व्यक्तियों से जब किसी व्यक्ति का संपर्क होता है तो क्या उनका व्यवहार, उसके स्त्री होने से प्रभावित और स्खलित होता है? अगर हाँ तो स्त्री की सामाजिक पृष्ठभूमि, प्रतिष्ठा व मूल्य उस व्यवहार से प्रभावित होंगे? यही नहीं, बार–बार एक ही प्रकार की अनुभूति से उसका वैयक्तिक भावबोध और छवि भी कुछ हद तक प्रभावित होगी। दुर्भाग्य से स्थिति यही है।

इस सामाजिक परिप्रेक्ष्य में नारी–मन की अलग से पड़ताल करने के दो कारण हो सकते हैं।

पहला, स्त्री के कुछ सर्वथा ऐकांतिक पक्ष हैं, जिन्हें सही परिप्रेक्ष्य में रख कर उनके बहुआयामी प्रभावों की पहचान के लिये यह पड़ताल ज़रूरी है।

दूसरा, सदियों से नारी को मात्र देह से परिभाषित करने की प्रवृत्ति चली आ रही है जो, नारी स्वतंत्रता के बहकावे के पीछे बढ़ रही है। उसे खारिज़ करके, मन ही नहीं मस्तिष्क से समृद्ध संपूर्ण व्यक्ति की तरह स्त्री को देखने लिये यह शोधन ज़रूरी है

पहले मैं स्त्री अनुभव के उन दो सर्वथा ऐकांतिक पक्षों पर बात करना चाहती हूँ जिनका स्त्री की सामाजिक छवि पर गहरा और व्यापक असर पड़ा है। एक तरह से स्त्री अनुभव के इन ऐकांतिक पक्षों का संबंध उसकी दैहिक संरचना से है। पर यह भी तय है कि उनसे संपर्क या संघर्ष होने पर ऐसी स्थितियाँ पैदा होती हैं, जो स्त्री के प्रति समाज के व्यवहार और दृष्टि को गढ़ती हैं। उनसे साक्षात्कार और मुठभेड़ अनेक रचनाकारों की रचनात्मकता को प्रभावित करती रही है। जो स्त्रियाँ है केवल उनकी नहीं, जो पुरुष हैं उनकी भी।

पहला ऐकांतिक पक्ष स्त्री के पास गर्भाशय का होना है। यह स्त्री का वह ऐकांतिक प्राप्य है, जो संवेदनशील से संवेदनशील पुरुष के पास नहीं है। प्रश्न उठता है कि क्या गर्भाशय के होने का अर्थ मात्र नौ महीने गर्भधारण करना है? क्या उन नौ महीनों को निकाल दें तो, जैसा एक नवयौवना ने मुझसे हाल में कहा, बाक़ी सब एक जैसा हो जाता है? क्या गर्भधारण या उसकी संभावना का स्त्री की भावभूमि या भावबोध पर कोई स्थायी प्रभाव नहीं पड़ता? मैं समझती हूँ कि पड़ता है, वैयक्तिक तौर पर भी और समाज

से होने वाली भिड़न्त में भी।

गर्भधारण करने और जन्म के बाद दूध पिलाकर बच्चे का पोषण कर पाने में मार्के की बात यह है कि मातृत्व वह अकेली सामर्थ्य है, जहाँ एक प्राणी, दूसरे जीव को बिना किसी बाह्य निधि का सहारा लिये, स्वयंसिद्ध तरीके से, पहले नौ महीने गर्भ में और एक–डेढ़ साल जन्म के बाद जीवित पोषित रख सकती है। पशु–पक्षी मनुष्य सब पर यह नियम लागू होता है। ऐसी संपदा या शक्ति कहीं और नहीं है। पर यही शक्ति स्त्री की सबसे बड़ी कमज़ोरी भी बनती है। पारिवारिक और सामाजिक सत्ता शिशु से स्त्री के अतिरिक्त लगाव को उसे कमज़ोर बनाने और उसका शोषण करने के लिये इस्तेमाल करती रही है।

मातृत्व के अनेक आयाम हैं और हर आयाम पूर्वाग्रहों से जुड़ा रहा है। ज़्यादातर पूर्वाग्रह मातृत्व को महिमामण्डित करते हैं। युगों से करते आये हैं। पर बीसवीं सदी के उग्र नारीवाद ने मातृत्व को स्त्री की पाँव की बेड़ी बतला कर एकदम विपरीत पूर्वाग्रह को जन्म दिया। गर्भपात के अधिकार को नारी स्वतंर्त्र्य की एक शर्त मान लिया गया। विडंबना देखिये कि लड़ाई छिड़ी पश्चिम के संपन्न देशों में और अधिकार मिला ग़रीब हिंदुस्तानी औरत को, जिसके पास अपने निर्णय स्वयं लेने का न आर्थिक आधार था, न संस्कृति। परिवार के दबाव के नीचे गर्भपात के तथाकथित अधिकार को जो नतीजा हो सकता था, वही हुआ। भ्रूण में मादा की हत्या का बहाना मिल गया। यानी सामर्थ्य को असमर्थता बना दिया गया। नई बात नहीं थी। उस संस्कृति की परिणतिभर थी जो स्त्री को, सदियों से मातृत्व के विषय में स्वयं निर्णय लेने के अधिकार से वंचित किये थी।

आज नारीवाद के उत्तर युग में मातृत्व को फिर से एक शक्ति के रूप में, मैं के पहचाना जा रहा है। लंबे समय तक स्त्री के लिये संभोग का आल्हाद अनचाहे गर्भधारण की आशंका से आक्रांत रहा था। पुरुष सत्तात्मक समाज ने मातृत्व को जो पुरुष के संरक्षण में उसे विवाह करने के बाद प्राप्त हो विवाह पूर्व या विवाहेतर प्रेम से ठहरे गर्भ को कलंकित माना जाता था। यानि स्त्री की गरिमा माँ बनने में नहीं पुरुष को विधिवत् पिता बनाने में देखी जाती थी स्त्री की अनन्य सामर्थ्य से जो सत्ता जन्म ले सकती थी उसके भय से उबरने का पुरुष के पास यही उपाय था कि उसे अपने संरक्षण और प्रभुत्व में ले। उसके बिना स्त्री भी बनने से डरेगी तो संभोग से, प्रेम से, अपनी प्रकृति से डरेगी। तो उस आल्हाद को नकारने लगेगी जो केवल शिशु प्राप्ति में नहीं,

प्रेम, संभोग व शिशु जन्म तीनों में निहित है। धीरे–धीरे माँ बनने की सहज इच्छा को औरत ने चादर बुरके घूँघट की तरह अपने अस्तित्व पर ओढ़ लिया शिशु जन्म नैसर्गिक न रहकर सामाजिक कर्म बन गया। पहरेदारी पर पुरुष सत्ता बैठ गई फिर आज का समय आया जब स्त्री को फिर वह प्रौद्योगिक क्षमता मिली जिसमें संभोग से अनचाहे गर्भधारण का डर मिटा दिया इसलिये आज हम मातृत्व के जटिल प्राकृतिक और वैयक्तिक पक्ष को समझने की सही कोशिश कर सकते हैं। उसे व्यापक अर्थ देकर उसे शिशु जन्म तक सीमित न रखकर पोषक तत्व की तरह पहचानकर जो सिर्फ़ बच्चे का नहीं किसी भी ज़रूरतमंद प्राणी संस्था, पर्यावरण व परिवेश का पोषक हो सकता है। निहितार्थ यह है कि यह तत्त्व केवल स्त्री में ही नहीं पुरुष में भी पाया जाता है यह शुभ है कि अब जब अनन्य, रूक्ष चौखटे में जड़ी माँ की छवि स्खलित हो रही है तो स्त्री की रचनात्मक ऊर्जा स्वतंत्र महसूस करके अपने ऐकांतिक अनुभव को शब्द दे सकती है।

हिंदी साहित्य में मातृत्व के व्यापक रूप का चित्रण सभी महिला कथाकारों ने किया है चाहे वे मनू भंडारी (आपका बँटी), मंजुल भगत (नालायक बहू) राजी सेठ (मार्था के देश में व गणित ज्ञान) सुधा अरोड़ा (महानगर की मैथिली), ममता कालिया, चंद्रकांता, कमल कुमार जैसी वरिष्ठ लेखिकाएँ हों या अस्सी के दशक के बाद की अलका सरावगी, गीतांजली श्री, सारा राय जैसी लेखिकाएँ या नीलाक्षी सिंह, महुआ माजी, अल्पना मिश्र जैसी नई लेखिकाएँ।

नमिता सिंह के उपन्यास अपनी सलीबें में शिक्षा संस्थान व सामाजिक संस्था का पोषण करने वाली स्त्री का चित्रण हुआ है। क्षमा शर्मा के उपन्यास 'शस्य का पता' में पर्यावरण के पोषण का मातृत्व शक्ति के स्रोत हो सकता है तो शोषण का माध्यम भी बन सकता है। मैंने अपने उपन्यास 'कठगुलाब' में जिसे लिखते हुए मैं मातृत्व का व्यापक आँकलन करने पर बाध्य हुई थी, मानवीय सशक्तीकरण के आधार के रूप में उसके सकारात्मक पक्ष को उठाया है तो चित्रा मुद्‌गल ने 'आवाँ' में उसका एक) नकारात्मक शोषक पक्ष लिया है। स्त्री को किराये की कोख के रूप में प्रयुक्त किये जाने की साज़िश को चित्रित किया है, जो आज बाज़ार युग की एक प्रवृत्ति बन रही है। इसमें निहित मानव अधिकार का हनन आज व्यापक बहस का मुद्‌दा बना हुआ है। गीतांजली श्री ने 'माई' में उसके पोषक और खाली जगह में उसके शोषक बिंदु पर क़लम चलाई है। 1970 में मंजुल भगत की कहानियों–'नागपाश' व

'नालायक बहू' से यह सिलसिला शुरू हुआ था और तबसे मातृत्व के नकारात्मक सकारात्मक पक्षों की अभिव्यंजना चली आ रही है।

उसके साथ इस सच्चाई से भी हम मुँह नहीं मोड़ सकते कि हज़ार अन्य उपलब्धियों के बावजूद अधिकतर प्रज्ञावान से प्रज्ञावान स्त्री अच्छी भी बनने का आदर्श मन में संजोये रखती है। अपने लंबे अनुभव में मैंने सफल से सफल स्त्री को माहवारी बंद होने के बाद उस बच्चे के लिये ललकते देखा है, जो युवावस्था में कामकाजी सफलता और व्यस्तता के मद में, डंके की चोट पर, उसे नहीं चाहिये था। उसी वय में बच्चों वाली स्त्रियाँ उनके पालन–पोषण में अपनी प्रतिभा के उत्सर्ग को याद करके वैसे ही कलपती हैं जैसे उनकी सफल सहोदरा अजन्में बच्चे के लिये। उन दोनों से अच्छी हालत उस औरत की होती है जो बच्चों को नौकरी, दोनों को संभालते हुए, अपराधबोध से ग्रस्त रही थी कि कहीं उसकी महत्त्वाकांक्षा बच्चों की उपेक्षा तो नहीं करवा रही या बच्चों की परवरिश काम–काज के आड़े तो नहीं आ रही। कम–अज–कम उसे तनी रस्सी पर चलने का रोमांच तो मिला था। भविष्य की स्त्री के लिये मेरी मनोकामना है कि वह कसी रस्सी पर चलने के रोमांच का कभी त्याग न करे।

वर्तमान और अतीत में गहरी घुसपैठ करता आपका सद्यः प्रकाशित उपन्यास 'मिलजुल मन' वर्तमान साहित्य के दौर में बहुत कुछ नया जोड़ता नज़र आता है। ..इसकी लेखन प्रक्रिया को लेकर आप कुछ बतलाएँगी?

सत्ताइस बरस हुए, आज़ादी के आंदोलन की दुविधा भरी पृष्ठभूमि पर उपन्यास 'अनित्य' लिखा था। दुविधा थी अहिंसक असहयोग आंदोलन के दौरान, ही चिंतनशील हिंदुस्तानी के मन में बना रही थी। उपन्यास ख़त्म किया तो अहसास हुआ, दरअसल दुविधा का शैतान, आज़ादी मिलने पर हमारे कंधों से उतरा नहीं, और कसकर चिपट लिया। सिंदबाद के कंधों पर चढ़े बूढ़े की मानिंद। अब दुविधा सिर्फ़ हिंसा–अहिंसा के बीच नहीं, कई मुद्दों को लेकर थी। पूँजीवाद और साम्यवाद के उसूलों के बीच, जिनमें से एक को भी छोड़ने को, हम तैयार न हुए। सोवियत संघ और नाटये मुल्क़ों में दोस्ती के बीच, जिन्हें हमने सम पर बनाये रखने का रास्ता चुना। तभी ख्वाहिश जगी कि आज़ादी के तुरंत बाद के वक़्त के बारे में लिखूँ।

दुविधा के अलावा और कई मायनों में अजब था वह वक्त! सदीभर पहले देखा, आज़ादी का सपना पूरा हुआ था। पर आज़ादी का सुंदर, सजीला

अहिंसक चेहरा हमने ख़्यालों में तैयार किया था, मुल्क़ के तक्सीम होने के साथ, सपने की तरह तिड़ककर बिखर गया। सपने के टूटने पर, हमने असलियत में जीना कुबूल नहीं किया, नया सपना पाल लिया। दुविधा में आ मिला, मासूमियत भरा यक़ीन कि हम गुटनिरपेक्ष और मिली–जुली अर्थ व्यवस्था का ऐसा संसार बसाएँगे कि दुनिया हमारा लोहा मानेगी। हम विश्व गुरु कहलाएँगे।

पहला सपना सौ बरस तक देखा गया था और टूटने में एक पल नहीं लगा था। आज़ादी के बाद का मासूमियत और दुविधा के घालमेल से बना सपना, कुल दस–बीस बरस देखा गया और देखने के दौरान टूटकर बिखर लिया।

पर उसे लिखने का मेरा सपना टलता गया। 1980 के बाद मैंने दो उपन्यास और लिखे। 'मैं और मैं' को परवान चढ़ने में चार बरस लगे, 'कठगुलाब' को बारह बरस। पर मासूमियत मिली दुविधा का इज़हार टला तो टला रहा। शायद माकूल वक़्त का आना, हमारे हाथ में नहीं होता। शायद उस दर्द को अल्फ़ाज़ देने से पहले, मुझे हर दर्द पर हँसने की ताक़त जुटानी थी। वह जुट गई तो ख़ुद व ख़ुद मुल्क़ की वक्ती मासूमियत को निभाने के लिये, मन के पर्दे पर दो कमसिन, पर बला की जेहनी और जज्बाती लड़कियाँ उभर आई। उपन्यास का क़िरदार बन गई। जानती मैं उन्हें हमेशा से थी। पर जब उपन्यास लिखना और टाल न पाई, तभी वे पूरे क़द–क़ामत में, जेहन में नमूदार हुई। अपने साथ उस वक्त का खाका खींचने वाले, लीक से हटे, कई क़िरदार ले आई। सत्ताइस बरस से जो लिखना चाह रही थी, लिखा जाने लगा। मरे वक़्त और मुल्क़ की, मेरे क़िरदारों की कहानियाँ एकमएक हुई और बन गई यह क़िस्सा, जिसका नाम हैं 'मिलजुल मन'।

आत्म–रचना : मृदुला गर्ग

साहित्य लिखने में जितना त्रास है, उतना तोष भी

क़रीब चालीस बरस होने को आए, कथा साहित्य लिखते, पर आज भी, जब कोई पूछता है, आप लिखती क्यों हैं, तो कोई माकूल जवाब नहीं सूझता। ऐसा जवाब, जो सुनने वाले को आश्वस्त करे सूत्र वाक्य की तरह बोला–दुहराया जा सके। ईमानदारी से कहें तो माकूल जवाब कोई है नहीं। कुछ समय तक लेखन कर लो तो, साँस लेने की तरह, एक नामाकूल–सा जैविक कर्म बन जाता है, जो जितना तर्कहीन होता है, उतना अपरिहार्य। उसे जो चाहें नाम दे लें। दीवानगी, भावावेग, चिंतन, प्रतिरोध, इस दुनिया से अलग दुनिया बनाने की पैगंबरी ख़्वाहिश। उसे काग़ज़ पर उतार कर, औरों को प्रेरित करने का अहंकार। जो कहेंगे, वाज़िब होगा। पर जो नहीं कह पाएँगे ज़्यादा वाज़िब होगा। कुछ अपरिभाषित–सा, जो जीने की मज़बूरी की तरह, स्वतः होता चला जाता है।

इस सच्चाई को स्वीकार कर लेने पर, बिना शक, एक ही इत्मीनान बचता है कि साहित्य लेखन का मूल सत्व, अतिक्रमण है। कई तरह का अतिक्रमण। समष्टि के लिए व्यक्ति और व्यक्ति के लिए समष्टि का अतिक्रमण। निजी अनुभूति से उत्प्रेरित, जो विश्व दृष्टि अर्जित की है, उसके द्वारा अपने निजत्व का अतिक्रमण! कथानक में घटित का अतिक्रमण। समय, इतिहास और समाज के प्रति पूर्ण प्रतिबद्ध रहते हुए, वाद की एकांगी प्रतिबद्धता का अतिक्रमण। मुझे उन लेखकों से रश्क होता है जो, तसल्लीबख़्श तरीके से, किसी वाद से प्रतिबद्ध रहकर कथानक रच लेते हैं। चाहे वाद जो हो, मार्क्सवाद, नारीवाद, पुरुषवाद, सामंतवाद, परंपरावाद, या दुनिया बदलने का पैगंबरवाद किसी एक से, या अनेक से भी बँधकर, साहित्यिक कृति या कोई कलाकृति कैसी रची जा सकती है, मेरी समझ में कभी नहीं आया। प्रतिबद्ध मैं हूँ। पूरी तरह। पर मेरे तईं केवल वही प्रतिबद्धता अडिग रह पाई, जिसका

संबंध उस विश्व दृष्टि से था, जो ईमानदार अनुभूति से उपजी थी और सबसे न्याय की माँग करती थी।

बाकी सभी वाद–प्रतिवाद, जब–जब लेखन पर हावी होने को हुए, ख़ुद डोलायमान नज़र आए। कभी इस रुख तो कभी उस रुख़। बहुतेरे वाद देखे–पढ़े, सुन–गुने पर पूर्ण निर्दोष, एक को भी न पाया। न किसी एकांगी मत में, रचना करवा जाने का माद्दा दिखा। जब जीवन की जटिलता समझी, विडंबना झेली, विरोधाभास परखा, तभी कथानक में, अनुभूति के साथ वैज्ञानिक या दार्शनिक दृष्टि का समावेश हो पाया और तभी रचना का साजो–सामान बना।

साहित्य लिखने में जितना त्रास है उतना तोष भी है। ऐसा न होता तो सिर्फ़ आत्मपीड़क किस्म के लोग ही रचनात्मक लेखन करते। कुछ हद तक यह सच है कि लेखक आत्म–पीड़क होता है पर आत्मविभोर भी कम नहीं होता। जितना भी नकारे, मन में कहीं यह मुग़ालता पाले रहता है कि उसके काग़ज़ काले करने से, स्याह असलियत, कुछ हद तक उजली हो जाएगी। यह सच्चाई सभी विधाओं पर लागू होती है। पर जहाँ तक मेरा सवाल है, सबसे ज़्यादा त्रास और तोष मुझे उपन्यास लेखन में मिला है।

उपन्यास लेखन की बात पर, एक संपादक का कथन याद आ गया। उनका कहना था, उसमें है क्या, रोज एक पन्ना लिखिए, सालभर में 365 पन्नों का उपन्यास हो जाएगा। बात थी तर्कसम्मत। रोज़ एक पन्ना लिखोगे तो सालभर में, 365 पन्नों का उपन्यास हो ही जाएगा। पर इसका क्या करें कोई कि, पहला पन्ना लिखने में ही 10 अरब 365 दिन लग जाएँ। और कभी ऐसा हो कि एक पन्ना फी रोज़ के बजाय, पूरा अध्याय फी रोज लिखा जाए और 26 दिनों में उपन्यास तैयार हो जाए।

मौत तो साहब, उस पहले पन्ने को लिख लेने में है। मुझे क्या बुरा था मरना ग़र एक बार होता। दसियों बरस तक, मर–मरकर पहली पंक्ति लिख पाने का अनुभव, उपन्यास 'कठगुलाब' और अब 'मिलजुल मन' लिखते हुए हुआ। कुल 26 दिनों में ज़िंदगी और मौत को यकसा, तेज रफ्तार सें झेल जाने का अनुभव, सिर्फ़ 'चित्तकोबरा' उपन्यास लिखते हुए हुआ। महज एक बार सही, नैमत मिली तो। मुझे क्या बुरा था मरना ग़र **विसाले यार** होता।

दरअसल उपन्यास लिखना निजी ज़िंदगी को हलाक़ करके, नई ज़िंदगी शुरू करने जैसा हैं। वह भी पुनर्जन्म जैसी नई ज़िंदगी नहीं, जो दुबारा मिलने पर हो, पूरी तरह अपनी। यह नई ज़िंदगी औरों से उधार ली हुई होती है। बतौर पेशबीनी, उदाहरण ख़ुद को बनाओ चाहे दूसरों को, खास फ़र्क नहीं

पड़ता। हर हाल, परकाया प्रवेश करना पड़ता है। आत्मकथ्य होते हुए भी उपन्यास, आपबीती नहीं होता, उससे कहीं जटिल काया निषेध की माँग करता है। बार–बार काया में जिओ, उसे पहचानने–समझने की कोशिश करो। हर बार, तब तलक जिए, समझे, पहचाने से ऊपर उठो। यानी अपने जिए, देखे सुने, पढ़े–गुने की बिना पर ही, ख़ुद को नकारों और दूसरों की ज़िंदगी में दाखिल हो। फिर उसे ऐसे लिखो, जैसे ख़ुद जी रहे हो।

जो तुम लिखो, हो वह क़िस्सा। पर पाठक को लगे, उसकी आपबीती है। कुछ पन्ने लिख लेने पर तुम भी भूल जाओ कि बीती भले तुम पर हो, अब वह उनकी कहानी है, जो उपन्यास के क़िरदार बन चुके। और अपनी कहानी कहलवाने के लिए, तुम्हें माध्यम की तरह इस्तेमाल कर रहे हैं। उपन्यास वह बला है, जिसमें हम दूसरों को रजामंदी देते हैं, ख़ुद को हलाक करने की।

इसका प्रबलतम अनुभव मुझे, 1980 में 'अनित्य' उपन्यास लिखते हुए हुआ। चार वर्ष पहले मेरे पिता का देहांत हुआ था। तबसे काफ़ी वक्त मैंने, बचपन को दुबारा जीते बिताया था। आज़ादी की लड़ाई उसका अटूट हिस्सा थी। 1947 में मेरी उम्र कुल नौ साल थी यानी आज़ादी के आंदोलन की मैं मात्र दर्शक थी। हमारा घर राजनीतिक सरगर्मियों का अड्डा था। चूँकि मैं कमउम्र बच्ची थी, इसी वजह से, उसने मेरे भावबोध को गढ़ने में अहम् भूमिका निभाई थी। एक बात मैं अच्छी तरह समझ गई थी। अंततः हमें जो आज़ादी मिली, वह सत्ता हस्तांतरण से ज़्यादा, कुछ नहीं थी। जिस दिन 'अनित्य' लिखना शुरू किया, मेरे सिर में भयंकर दर्द था। उससे निजात न पाने की बेहाली में, मैं अपने तंग छज्जे पर बेताबी से चहलकदमी कर रही थी। दस क़दम आगे... दस क़दम पीछे। ठीक उसी तरह, मेरे पिता भी तंग बरामदे में क़दमताल करते थे, जैसे पिंजरे में बंद शेर जंगल नाप रहा हो। उस बेताब झल्लाहट ने स्मृति के दरवाज़े क्या खोले, उपन्यास की पहली पंक्तियाँ सूझ गईं, दस क़दम आगे...दस क़दम पीछे... फिर आगे ... बार–बार पीछे... मैंने लिखना शुरू किया और पहला अध्याय पूरा करके ही दम लिया। सिरदर्द मिट चुका था।

लिखने के दौरान मैंने समझा, चूँकि मेरा प्रवक्ता आज़ादी से पहले के समय में जी रहा था, उसका और उस परिवेश में जी रहे सभी इंसानों का राजनीतिक प्राणी होना, लाज़िमी था। पर उनकी दुविधा, चुनाव और फ़ैसले, न मात्र वैयक्तिक थे न मात्र राजनीतिक। वे दोनों थे, इसलिए मुझे दोनों स्तरों पर उन्हें संवेदना के साथ चित्रित करना था।

फिर मैंने पाया कि आंदोलन से प्रभावित अनगिनत क़िरदार उपन्यास को जिस सफ़र पर ले चले हैं, उसमें क़िरदारों की निजी ज़िंदगी की घटनाएँ, खुद–ब–खुद आज़ादी की जंग के विभिन्न आयामों से मेल खाती जा रही हैं। तभी पहले–पहल मेरी समझ में आया कि अंततः कथा साहित्य, केवल लेखक नहीं लिखता, दो परतों पर साँस लेता समय भी लिखता है। एक वह जिसमें लेखक खुद जीता है और एक वह, जिसमें वह अपने क़िरदारों को जिलाता है। वह यूँ कि उपन्यास, मात्र कथ्य नहीं होता, न मात्र जीवन दर्शन या समाज का दर्पण। एक तरफ़, वह कथ्य को, लेखक की निजी जीवन–दृष्टि से आप्लावित करके, अनन्यता प्रदान करता है तो दूसरी तरफ़, लेखक की निजी जीवन–दृष्टि, जाने–अनजाने, ऐतिहासिक स्मृति और समष्टि की अनुभूति से समृद्ध होती है। उसी के कारण वह सार्वभौमिक या औपन्यासिक बनती है। उपन्यास की भाषा भी, लेखक की लाख निजी होते हुए भी, उसकी अपनी चुनी हुई नहीं होती। उसे क़िरदार चुनते हैं, वह वक़्त चुनता है, जिसमें वे जीते हैं। हम आप सब मानते हैं कि साहित्य लेखन, नितांत एकल और एकांकी सृजन कर्म है। पर कला साहित्य की मार यह है कि हम कितना भी एकांकी रहकर सृजन करें, हमारा सर्जित, नितांत हमारा नहीं होता। हमारे क़िरदारों, सामूहिक स्मृति और बनते इतिहास का होता है। हाल में 'अनित्य' का अंग्रेज़ी अनुवाद हुआ तो मुझे इस प्रक्रिया से दुबारा गुज़रना पड़ा। एक बार फिर मैं अपने क़िरदारों के हाथों मारी और जिलाई गई।

आपबीती और जग बीती की परस्पर टकराहट को मैं, अपने ताजातरीन उपन्यास, 'मिलजुल मन' के माध्यम से बेहतर समझ और समझा सकती हूँ। क्योंकि उसमें औपन्यासिक कथ्य और जीवनी का सम्मिश्रण स्वतःस्फूर्त तो है पर अनजाने नहीं हुआ। 'मिलजुल मन' का घटनाक्रम मेरा जाना–पहचाना था। 1998 में ही उसका नाम भी सूझ गया था। अमूमन, कहानी या उपन्यास का नाम और पहली पंक्ति, क़रीब–क़रीब साथ सूझते हैं। पहली पंक्ति के जेहन में आते ही, उसका आग़ाज़ हो जाता है। जैसे 'अनित्य' का हुआ था। इंतिहा में चाहे 26 दिन लगें या 10 या 365। हासिल की खुदा जाने। इस बार नाम तो सूझ गया पर पहली पंक्ति नहीं सूझी। शायद इसलिए कि जेहन में पूरा कथानक और क़िरदार मौजूद थे पर वह शिल्प नहीं सूझ रहा था, जो मुख्य प्रवक्ता की शख़्सियत को इस तरह बयान कर सके कि वह, असल भी रहे और औपन्यासिक भी बन जाए। क़िरदार सिर्फ़ मेरा नहीं, पूरे हिंदी साहित्य जगत का जाना–माना था। पर पहचाना उसे किसी ने कतई–कतई

न था। कसूर उनका नहीं था। वह थी ही ऐसी लेखक, जो अपनी काया में यूँ जीती थी मानो पर–काया में जी रही हो। उसकी शख़्सियत जितनी दिलकश थी उतनी दिलफ़रेब। उसकी ज़िंदगी का त्रास, विडंबनापूर्ण उतार–चढ़ाव, और उस त्रास को धता बतलाने का, उसका दमखम, क़िस्से से ज़्यादा हैरतअंगेज था। क़िस्सा बनाती तो पुरजोर बनता। क़िरदार ऐसा पेचोखम भरा था कि औपन्यासिक जामा पहनाए बिना, उसके साथ इंसाफ़ नहीं किया जा सकता था। और करना मुझे इंसाफ़ था ज़रूर, क्योंकि पहले कभी उसके साथ हुआ न था। पर इस सबके साथ साथ मेरे तईं वह क़िस्सा नहीं, असल जीवन था, इसलिए मैं उसे महज क़िस्सा बनाकर पेश नहीं करना चाहती थी।

नौ बरस गुज़र जाने पर, एक रात बारह बजे, यकायक, मुझे उस शिल्प का इलहाम हुआ, जिसमें यह उपन्यास, जीवनी होते हुए भी उपन्यास और उपन्यास होते हुए भी जीवनी हो सका। वह जीवनी पर आधारित उपन्यास नहीं है, जीवनी और उपन्यास दोनों है, बिना लाग–लपेट के। आप समझ सकते हैं, उसमें त्रास, किस क़दर रहा होगा। इसीलिए उसका कलेवर खूब ज़िंदादिल और दिल्लगीबाज़ है। त्रास झेलने का कोई और तरीका हो तो, मुझे उसका इल्म नहीं है। यही कारण होगा, भले हम उसे शिल्प का आग्रह कह लें कि ज़िंदगी में पहली मर्तबा, मैंने बिना क़लम पकड़े, उपन्यास, सीधे कंप्यूटर पर टाइप किया। नीत्शे ने कहा था न, जब उसने टाइपराइटर पर लिखा तो सोच की धारा बदल गई।

मेरे लिए कंप्यूटर एक मायावी सा था, मेरी क़िरदार की मानिंद। क़िरदार कब तर्क को और कंप्यूटर कब लिखने की बेसब्री को दग़ा दे जाए, पता नहीं रहता था। दो बार कंप्यूटर सिरे से जवाब दे गया। पर तब तक वह मेरे शिल्प की मज़बूरी बन चुका था। तो कंप्यूटर पर अनास्था और उसकी दग़ाबाज़ी पर यक़ीन ने पूरा उपन्यास, जबरदस्त व्यग्रता, दुश्चिन्ता और हौले दिल में लिखवाया।

लिख डालो रात–रात जग कर कि कौन जाने कब पहाड़ी नदी को, मैदान में उतारना पड़े। यूँ उतरी वह आख़िर मैदान में ही पर अपने अंदरूनी तर्क के चलते। जब उसके क़िरदार असल ज़िंदगी के पेच में उलझ, मासूमियत खोकर मुल्क़ को साथ लिए–लिए जवान हो गए।

एक बात और। आप उसके प्रमुख प्रवक्ता को न पहचान पाएँ या न पहचानना चाहें तो कोई मुज़ायका नहीं है। आपबीती को क़िस्सा समझकर

पढ़ें तब भी हर्ज़ नहीं है। शायद बेहतर हो, क्योंकि उसमें क़िरदार के अलावा वह वक़्त भी है, जो हमारे मुल्क़ पर आज़ादी के फौरन बाद आया था। और वक़्त क़िरदार से ज़्यादा अहम् होता है। यह दीगर है कि वह वक़्त भी, उपन्यास के क़िरदारों की तरह, मासूमियत और दिलदारी से भरा था। फिर जो मासूमियत खोकर चकरघिन्नी–सा घूमा, मुल्क़ भी और क़िरदार भी तो किस क़दर दिल को लगी, दिल्लगी हुई, आप समझ सकते हैं।

तो इस तरह इस उपन्यास को लिखने के दौरान मेरी समझ में आ गया, मैं क्यों लिखती हूँ। चारों तरफ़ छाए त्रास से पैदा हुई दिल की लगी को झेल पाने का इससे बेहतर हथियार क्या होगा, कि कत्ल भी न करना पड़े और इंसाफ़ भी हो जाए।

कभी खुशी, कभी ग़म, अजब शै–1998

बरस पर बरस बीत रहे थे। 1996 में 'कठगुलाब' हिंदी में छपा 2003 में कन्ट्री ऑफ गुडबाइज नाम से अंग्रेज़ी में काठगुलाब नाम से ही 2007 में मराठी में और 2009 में मलयाळम में छपा। जैसा मैंने पहले बतलाया था। 2011 में वह वुडरोज़ नाम से जापानी में अनूदित हो कर प्रकाशित हो गया। मज़े की बात यह थी कि जब अंग्रेज़ी में अनुवाद हुआ तो भारतीय प्रकाशक (काली फॉर विमेन) को वुडरोज़ में वह क़शिश महसूस नहीं हुई जो 'कठगुलाब' में थी, हालांकि मैंने 'कठगुलाब' शब्द, फूल के प्रचलित नाम वुडरोज़ का अनुवाद करके गढ़ा था। जब जापानी में अनूदित हुआ तो वे उसका नाम विदेशी भाषा में रखना चाहते थे, जिससे वह निराला मालूम हो और जल्दी से समझ न आये। उन्हें हिंदी के 'कठगुलाब' से ज़्यादा निराला या नायाब अंग्रेज़ी का वुडरोज़ लगा) क्या क्या करिश्मे खिलाती है भाषा!

बीच के बरसों में 2003 से 2010 तक में कटाक्ष नाम से इंडिया टुडे में पाक्षिक स्तम्भ लिखती रही और उसकी मार्फ़त दो भाषाई नवाचार सीखें। एक अहसास हुआ कि बिला द्वेष वेशा तंज करने के लिए हिंदी के निस्वतन, उर्दू ज़्यादा मुफ़ीद जुबान है। तो मेरी जुबान में उर्दू अल्फ़ाज़, जुमले और मुहावरे इफ़रात से आने लगे। 2010 में उपन्यास "मिलजुल मन" लिखते हुए वह जुबान मेरे क़िरदारों को रास आ गई। मेरे पाठकों ने भी उसमें कशिश और रोमांचक अलहदगी देख ली। दूसरी मैंने समझ लिया कि पाठकों को हँसने के साथ सोचने पर मज़बूर करना है तो ख़ुद पर हँसना होगा। तभी कटाक्ष, जलन, हसद, ईर्ष्या और कटु आलोचना से बरी रह पाएगा। तो साहब, सात साल तक, हर पन्द्रहवें दिन ख़ुद पर हँसने का कमर कस कर सरंजाम किया तो निजी त्रासदी को हँसी के पीछे छिपाने का हुनर सान चढ़ गया। था तो अपने पास पहले भी काफ़ी, रचनाओं में देखा जा सकता था। पर अब

एकदम बेलौस हो गये। भाड़ में जाएँ आलोचक और सुधी जन आम पाठक खुश तो हम खुश मगर अल्लाहताला हमसे बड़ा विदूषक ठहरा। तो 2013 में जब हम पिचहत्तर साल के हो लिए तो साहित्य अकादेमी ने हमे 'मिलजुल मन' के लिए साहित्य अकादेमी पुरस्कार से नवाज दिया। अब क्या कहते सुधी जनों को! हाँ, फेस बुक में किसी ने लिखा कि इतने बुढ़ापे में पुरस्कार देने का क्या तुक हुआ। मन तो हुआ जवाब में लिख दूँ, बूढ़ा होगा तेरा बाप पर लिहाज कर गई और अचला के साथ अनकही कह हँस ली।

अब साहब ज़रा दिमाग़ लगाइए, "मिलजुल मनश लिख चुका लेखक भला बूढ़ा किस वध महसूस करेगा, जिसे पढ़ कर हमेश त्रिवेदी बेसाख़्ता कह उठे थे, यह उपन्यास है, इतना उल्लास है इसमें बाद में ख़ैर उन्होंने, सोच–विचार कर आलोचना की–परंपरायगत रिवायत के मुताबिक उसके ढाँचे को उपन्यास के मान्यता प्राप्त ढाँचे से फ़र्क बतलाते हुए कहा, मैं उसे उपन्यास नहीं मानता। अपने राम को कतई जो फ़र्क पड़ा क्योंकि बंदापरवर हमने कतई जो उस बात पर यक़ीन किया। मैं मानती हूँ कि हूँ बेसाख़्ता दी गई राय, असली राय होती हैं, पहली नज़र में हुई मुहब्बत या नफ़रत की तरह। तो हम सुखरु रहे। और जब उन्हीं सज्जन ने तारीफ़ के कसीदे काढ़ने के लिए, गीतंजली श्री के उपन्यास "रेत समाधि" में पारंपरिक ढाँचे का न होना चुना, तो मैंने "मिलजुल मन" को उसमें शामिल कर लिया। बहुत समझिए, हरीश त्रिवेदी को शुक्रिया का ख़त न लिख मारा। बेकार बेचारे शर्मिंदा महसूस करते।

ख़ैरसल्लाह! इन बरसों में 1998 का साल अजब से रहा, मसर्रत और ग़म का ऐसा घालमेल कि बॉलीवुड की घनघोर मसाला फ़िल्म, "कभी खुशी कभी ग़म, याद दिलाये बिना न माना। 5 जनवरी, 1998 को मेरी पहली और इकलौती पोती का जन्म हुआ। उससे पहले के वर्ष काफ़ी हताशा भरे थे और गर्भ के शुरुआती महीने भी ख़तरों से वाबस्ता रहे थे। पर जो बीत गई सो बात गई। पोती के जन्म से ज़्यादा मसर्रत भरा वाकया क्या हो सकता था।

वैसे उन दिनों नवजात बच्चे की देखभाल के लिए मानसिक रूप से तैयार महसूस नहीं कर रही थी। तो बहू वंदिता की जचगी के लिए उसके माँ–बाप बंगलोर चले गये।

पर क्या बतलाऊँ, हमारे समधी तेरह दिन के अन्दर बंगलोर से पलायन कर गये। बेटे का फ़ोन आया, फौरन आ जाओ। मैं कुछ पूछती उससे पहले कहा, "वे लोग वापस दिल्ली चले गये। तम्हारा टिकट करवा दिया है, सुबह आ जाना।"

बतलाइए, क्या कह सकता है इंसान ऐसी स्थिति में क्या इंसान इंसान लगा रखी है। सीधे–सीधे औरत नहीं कहा जाता।

तो साहब, मन्नाया दिमारा लिये, डर से काँपती, यह औरत पहुँची बंगलोर पर क्या बतलाऊँ एक बार नन्ही बच्ची को गोद में क्या लिया. फटाक से दादी में तब्दील हो बाईं। मुझे अपनी गाईनिकोलोजिस्ट की बात याद आ गई। मेरी हिस्ट्रेक्टॉमी हुई तो मुझे होमोन्स नहीं दिया कहा, बस भी आप लेखक है किया ज़बरदस्त एडरिनलीन बनता है जिस्म में काफ़ी है दूसरे होर्मोन्स की कमी पूरी करने को और दसेक साल में दादी बनेगी तो ख़ुद व ख़ुद होमोन बनने लगेंगे, जैसे ख़ुद बच्चे को जन्म दिया हो।"

अजब घनचक्कर औरत है।

"अभी मेरी उम्र कुल पचास साल हैं।" मैंने सिर्फ़ इतना कहा। वे इत्मीनान से बोली, ख़ासे हैंडसम बेटे हैं दस साल से पहले न बन जाओ दादी। तब तक एडरिनलीन से काम चलाओ" हँसते–हँसते उन्होंने विदा ली पर में काफ़ी दिन नाराज़ रही। धीरे–धीरे लेखन की रफ़्तार बढ़ी तो उनकी एडरिनलीन वाली थियोरी, शत–प्रतिशत खरी उतरती दिखी।

फिर 1993 आया और बहुत कुछ या सब कुछ भस्म हो गया।

फिर भी, दस साल बाद, साठ साल की होते–होते, मैं दादी बन ही गई। उनकी दूसरी भविष्यवाणी भी पूरी होती नज़र आई। अचानक कुछ बरसों से जो नाहुआ–सा था। वह वक्ष स्थल ऐसे ठोस हुआ, जैसे अभी बच्चे को जन्म देकर चुकी हूँ। कमर तन कर सीधी हो गई, गर्दन ऊपर उठी और बच्ची, अपने आप कंधे से लग गई।

वैसे वंदिता बच्ची को लेकर ज़्यादा ही पोजेटिव या जुनूनी थी, इसलिए उसका ज़्यादा काम ख़ुद करती थी। पर आधी रात को जब रो–रो कर सोना गुहाल कर देती तो आशु उठा कर मेरे पास ले आता और भोलेपन से कहता, अभी हम सीख रहे हैं न, तुम इसे सुला सकती हो।

मैं क्या कहती! छातियाँ यूँ तन जाती कि दूध अब छलका कि अब छलका। पर तर्कबुद्धि को तिलांजलि न दी। सवाल होता कि चिंघाड़ती बच्ची को चुप कैसे करवाया जाए। मैं करती यह कि उसके कान में फुसफुसाती, "देख भई श्रृंगी'', मैं बहुत थकी हूँ। मैं नींद जोरों से आ रही है। तुझे उठा कर घूमना मेरे बस का है नहीं। गायत्री मंत्र सुन और चुप हो कर सो जा। फिर उसके कान में तब तक गायत्री मंत्र पढ़ ली, जब तक वह और मैं, दोनों सो न जाते। एक–दो घंटे बाद आशु उसे ले जाता कहता, तुम क्या करती हो।

कुछ नहीं करती, कहती हूँ सो जा और गायत्री मंत्र सुना देती हूँ। एक रिवायत बन गई। बाद में भी जब वह रोती, उसे ले पूजाघर में जा बैठती और गायत्री मंत्र पढ़ने लगती। दक्षिण में हर घर में पूजा घर होता है। कुछ बड़ी हुई तो वंदिता ने बाक़ायदा गायत्री मंत्र सिखलाया। कमउम्र में वह उसे उचारने लगी। मैंने कहा नहीं पर मुझे यक़ीन है कुछ भूमिका, नवजात कानों से सुने मेरे गायत्री मंत्र की रही होगी। दिल बहलाने को ख़याल अच्छा है।

एक और काम मैं कर पाती थी। जब भी दूध पीकर बेचैन हो दूध उलटने को होती। मेरे कंधे से लगते ही डकार लेकर चैन की मुस्कान दे देती। एक बार तो दिल्ली से उड़ान लेकर घर में घुसी कि श्रृंगी को रोते सुना। गोद में लेकर कंधे से लगाया कि बड़ी–सी डकार लेकर चैन से सो गई। तब से बैटा और बहू मुझे **वर्प** मास्टर कहने लगे। दो महीने वहाँ रह दिल्ली लौट आई।

फिर वहीं, कभी खुशी कभी ग़म वाली मसाला फ़िल्मी शैली में हालात ने पलटा खाया। 31 जुलाई को मेरी बहन, दोस्त और सह लेखक मंजुल भगत का अचानक शाम को कार्डियक अरेस्ट हो गया। चूँकि उसी दिन प्रेमचंद का जन्मदिवस होता है उनकी पत्रिका के नाम से अलंकृत राजेन्द्र यादव की हँस पत्रिका, सालाना जलसा करती थी।

जी हाँ, मजुल की पुण्य तिथि वही है, जो प्रेमचंद की जन्मतिथि है। इससे डा. शुकदेव सिंह ऐसे विचलित हुए कि संस्मरण लिख मारा, मंजुल भगत को मरने के लिए खाली तारीख न मिली। उसी **उन्वान** से उसकी कहानी भी है। अपने लेखक लोचक अजब शै होते हैं। रूपक मिल जाए तो मौत तक भूल जाते हैं। डा शुकदेव सिंह मंजुल के लेखन के प्रशंसकों में शुमार थे। पर साहब रूपक तो रूपक ठहरा, ग़नीमत जानिए कि यह तोहमत न लगाई कि मंजुल भगत ने जानबूझकर, मरने ले लिए वह दिन चुना, जिससे उनकी कहानी का प्रचार हो सके। हम तो साहब वह भी झेल चुके। डॉ. निर्मला जैन ने कहा। चूँकि मृदुला गर्ग के उपन्यास "चित्तकोबरा" के दो पन्नों का सबसे ज़्यादा प्रचार (कुप्रचार) हुआ, इससे साबित होता है कि उन्होंने वे पत्ने, प्रचार करवाने के लिए लिखे। क्यूँ ई.डी ए? तर्क तो ऐसा हुआ कि कहा जाए चूँकि मुल्जिम पर हत्या का आरोप लगा है, इसलिए साबित होता है, उसने सायास हत्या की है, बलिहारी।

ख़ैरसल्लाह में हँस पत्रिका के जलसे की बात कर रही थी। उस बार विषय था, हाल में प्रकाशित हिंदी के चर्चित उपन्यास और प्रकाशक या ऐसा कुछ दो बरस पहले मेरा उपन्यास 'कठगुलाब' छपा था। शायद उस मतिभ्रम

में मुझे भी वक्ता बना दिया। पिछले पाँच साल से मैं अपने भीतर गुफा में क़ैद थी, इसलिए हिंदी अदब के रस्मोरिवाज़ भूल चली थी। बेवकूफी कहें कि ग़म से उपजी मासूमियत, खादिमा ने बड़े खुलूस के साथ, पिछले दो सालों में छपे उपन्यासों पर ईमानदार राय दे दी। भूल गई कि अपने यहाँ संगोष्ठी में ईमानदारी जैसी बेलुत्फ गिजा नहीं परोसी जाती। वहाँ चलता है चटपटा, चरपरा, मिर्च मसाले से अटा। दरअसल, वह ख़यालात के लेन–देन का मच नहीं, बाक़ायदा दंगल होता है। दाँवपेच अल्फ़ाज़ की मार्फ़त लगाये जाते हैं। अपने पसंदीदा अदीब की तारीफ़ में कसीदे काढने को और दूसरे के पसंदीदा अदीब की मज़म्मत के लिए। उपन्यास का जिक्र इन्हीं को अन्ज़ाम देने के लिए कभी–कभाक कर लिया जाता है। यूँ समझिए, जो ज़्यादा बालज्जत गाली दे, गोष्ठी लूट लें।

मैं यही सब सोच रही थी कि हँस का जुलाई अक बँटने लगा। उसमें मंजुल की कहानी "रौनक" छपी थी। हँस तो बाद में भी मिल सकता था पर पता नहीं क्यों, उसे हाथ में लेने को बेकरार थी, और बेज़ारी के बावजूद, मच से उठ नहीं रही थी। हस हाथ में आया नहीं कि मैंने साफ़ सुना, मंजुल कह रही है, "छोड़ परे। घर लौट" में उठ खड़ी हुई और बिना दुआ सलाम घर लौट आई।

घर पहुँचते ही उसके बेटे शरत का फ़ोन आया, कुछ देर पहले ममी का कार्डियक अरेस्ट से स्वर्गवास हो गया।

कुछ देर अवाक् बैठी रही, फिर पूछा, "हुआ क्या था?"

''मैंने कहा न कार्डियक अरेस्ट...''

कार्डियक अरेस्ट बीमारी नहीं होती। मौत सभी की कार्डियक अरेस्ट से होती है। पर तक़लीफ़ क्या थी? शक्कर और बीपी कैसा था? वह सो ''टेस्ट नहीं करवाई होगी।" या खुदा में किस गुफा में केंद्र थी कि बमुश्किल पोली के जन्म पर बाहर निकली थी या ज़बरन निकाली गई थी। क्या मंजुल ने सचमुच मुझे पुकारा था। जाते जाते!

"फिर क्या होना था, संस्कार हुआ, साहित्य अकादेमी में स्मृति सभा हुई और यकायुक मैं गुफा से बाहर आ गई। मुझे याद आ गया कि मंजुल मुझे सफ़ेद कपड़े पहनने और बेनूर चेहरा लिए घूमने पर बराबर फटकार लगाती रही थी। अपने ख़ास अंदाज़ में। कहती, ठीक है ज़िंदगी जी नहीं जाती तो नाटक कर। अरे कपड़े हैंगर पर टाँगती है न. जिस्म पर टाँग ले।

अब वही किया। स्मृति सभा में गई तो पाँच साल बाद, लिपस्टिक लगाई, मेकअप किया, बिंदी फिर भी न लगा पाई, सलीकेदार साड़ी पहनी और

उसके से बोली बहुत लोगों ने आम बातें कहीं। बस मनोहर श्याम जोशी ने उसके और अपने विवाद की कथा कह सुनाई, जिसका जिक्र में पहले कर चुकी हूँ। उन दिनों मंजुल की आर्थिक स्थिति अच्छी नहीं थी। फिर भी इंदिरा गांधी की जीवनी लिखने के लिए लाख रुपये का ऑफर पलक झपकते, यह कह ठुकरा दिया कि हम नेताओं की जीवनी नहीं लिखते।

अब क्या क्या गिनाऊँ उस अजीम शख़्सियत के पहलू मरने से पहले उसने, एक–दो नहीं, दर्जनभर कहानियाँ लिख, ख़ुद पत्रिकाओं में भेज दी थीं। सब उसके न रहने पर छपी। भारतीय ज्ञानपीठ ने "अंतिम बयान" नाम से संग्रह छापा। उन्हीं में कहानी "रौनक थी, जो ठीक उसकी मृत्यु के दिन छपी थी।"

मैं मजुल को दीदी कहती थी, बाक़ी बहनें भी। पर सिर्फ़ उसे बाक़ी हम एक–दूसरे को नाम से पुकारती थी पर मैं उसे, तू कह कर संबोधित करती थी। असल में दीदी उसने बचपन में मार–मार कर कहलवाया था। तू पुकारना बहैसियत दोस्त था। ऐसा ही घालमेल रिश्ता था हमारा और समझ रही हूँ ऐसा ही घालमेल यह संस्मरण बना जा रहा है।

दूरदर्शन के कुबेर दत्त ने, मंजुल की कृतियों से स्मृति सभा की रपट जोड़, पत्रिका में एक बढ़िया कार्यक्रम किया। पर जो वाकई संग्रहणीय और नायाब था दूरदर्शन क अरकाइव्स में नहीं मिला। वह था एक रविवार, मुंबई में ख़ुद वहाँ के डायरेक्टर तातारी साहब का लिया, हम बहनों का साक्षात्कार। तातारी साहब अचानक स्टूडियो में प्रकट हुए और साक्षात्कार लेने का ख़्वाहिश ज़ाहिर की। फिर लाईट साठाड के कई (प्रयोग करने के बाद ओके किया। ज़ाहिर है, बेमिसाल रिकार्डिंग हुई। पर हमारा मीडिया लेखकों को इतनी तवजुह नहीं देता कि उनके बेमिसाल साक्षात्कार संजो कर रखे। तातारी साहब ख़ुद दूरदर्शन के डायरेक्टर जनरल बने पर उसे हासिल न कर पाये। जब क़ायदा ही न हो तो बेक़ायदा काम भी मुमकिन नहीं।

उससे मंजुल से जुड़ा एक और वाकया याद आया। "मेरी कहानी मेरा" पर 1983 में भीमसेन ने'' तुम लौट आओ नाम से फ़िल्म बनाई। सिर्फ़ एक हफ़्ता सिनेमा हॉल में चली और हटा ली गई। बम विस्फोट हो गया था। दुबारा लगी नहीं। उन दिनों कई फ़िल्में दूरदर्शन पर दिखलाई जा रही थीं। भीमसेन ने फ़िल्म उन्हें भेजी तो उस सिलसिले में, मैं और मंजुल, तातारी साहब से मिले। दूरदर्शन के तमाम नियम–क़ायदों का लेखा–जोखा रखा जाए तो काफ़ी मज़ेदार प्रहसन बने। अलग वक़्त पर अलग क़ायदा! तो 1990 के आसपास उन्होंने फरमाया. चूँकि फ़िल्म प्रदर्शित हो चुकी है। इसलिए

दूरदर्शन पर नहीं दिखलाई जा सकती। आज जब हर अटरम–शटरम फ़िल्म, दूरदर्शन के अनेक चैनलों पर दिखलाई जा रही है। इस नियम पर यक़ीन करना मुश्किल है। ख़ैरसल्लाह।

भीमसेन ने कहा, "महज एक हॉल में रिलीज हुई थी। एक हफ़्ते के लिए। अलबत्ता, उससे पहले राष्ट्रपति भवन में दिखलाई गई थी। तातारी साहब ने जवाब दिया, ''रुल्स आर रूल्स!" प्रगति रोकने को कहा जाता, दुनिया का सबसे पुराना जुमला।''

''तभी मंजुल ने कहा, नथ उतर गई न।"

तातारी साहब का चेहरा देखने लायक था हम हँसी और असमंजस के बीच झूलते कुछ पल चुप रहे। फिर मेरा ठहाका बुलंद हो गया, साथ ही मंजुल का। एक ज़माना था जब हमें खोजते हर इंसान से यही कहा जाता जहाँ से ठहाके उठते सुनाई दें, वहीं होंगी दोनों। एक बार पिताजी ने कहा था, "इतना मत हँसा करो, रोना पड़ जाता है।" हालांकि उन्होंने बात हँस कर कही थी पर उस वक्त उनकी जिह्वा पर सरस्वती विराजमान होगी। क्या करें, सरस्वती को जाने कहाँ–कहाँ विराजमान होने का शौक़ है, पिटते हमें भक्त गण है। हिंदी की अदबी दुनिया की ख़ासियत यह है कि बड़ी से बड़ी त्रासदी के दौरान कुछ हास्यास्पद ज़रूर घटता है। मंजुल की मौत अपवाद कैसे होती?"

मंजुल के ऊपर मन क्या लिखा, तमाम पत्रिकाओं के संपादक मेरी जान को आ गये कि उनके लिए भी लिखें। वैसे भी मेरे सिर पर दीदी सवार थी तो तेरह दिन तक में मुखातिब उसकी यादों को अल्फ़ाज़ देती रही और वे एक के बाद एक पत्रिका में छपते रहे। तब भारत भारद्वाज की तरफ़ से हँस में यह जुमला आया, अरे आप क्यों लिखती जा रही है अभी बहुत लोग लिखेंगे उन पर ज़रूर लिखें। मेरा लिखा कैसे रोक रहा हैं उन्हें समझ नहीं आया, हँसूँ या रोऊँ, तो आदतन हँस दी। पर क़सम खुदा की, राजी सेठ और मृणाल पांडे के अलावा किसी ने जो क़लम पकड़ी हो, भारत भारद्वाज ने कतई नहीं।

बाद के बरसों में बहुतों ने उस पर शोध किया, आलोचनाएँ लिखी और सुरैया खान ने एक उम्दा किताब भी लिखी। शोध को में ज़्यादा तरजीह नहीं देती। नौकरी के लिए पीएच–डी करने की मज़बूरी में यूँही घसीटा, समीक्षाओं का सार होता है। पर आलोचना, तक़रीर और किताबघर के लिए कमल किशोर गोयनका द्वारा संपादित रचनावली. महत्व रखते थे। पर उसके साथ भी हास्यास्पद घट गया। रिवायत कैसे टूटे। रचनावली के लिए हमने बड़ी मेहनत से मंजुल से संबंधित सामग्री जुटाई जिसमें उनकी रचना पक्रिया, कुछ

उनके लिखे और कुछ उन पर लिखे संस्मरण वग़ैरह थे। गोयनका जी ने तमाम सामग्री किताबघर के मालिकों को सौंप दी। पर रचनावली छुप कर आई तो उसके दो खंडों में महज रचनाएँ थी कहानियों और उपन्यास पर मंजुल की पहचान बनाती, रचना से इतर सामग्री शायद थी। हम हत्प्रभ रह गये। कारण पूछा तो जवाब सतही रूप से इतना तार्किक था कि निरर्थक था। मासूमियत से उन्होंने फरमाया, चूँकि यह रचनावली हैं इसलिए इसमें रचनाएँ ही शामिल की जा सकती है। तो बंदापरवर बाक़ी क्या थी। व्याकरण?

सबसे ज़्यादा यादगार रही. मंजुल की कहानी पर बनी कबाड़ फ़िल्म, जो बदकिस्मती से मंजुल ने ख़ुद नहीं देखी। मुंबई की साधना चतुर्वेदी ने बनाई थी। उन्होंने बतलाया कि मौत से कुछ ही दिन पहले मंजुल ने फ़िल्म देखने की बेकरारी ज़ाहिर की थी। उसमें सुरेखा सीकरी और रघुवीर यादव जैसे कलाकारों का यादगार अभिनय था और निर्देशन भी कमाल था। मंजुल की स्मृति में संस्था संवाद में कुसुम असल ने पहला प्रदर्शन किया। बाद में दीवी के स्टार प्लस चैनल पर प्रदर्शित हुई, कई बार।

–पर इस यादगार को दुगुना यादगार बनाने के लिए एक हास्यास्पद वाकया जुड़ गया।। हमारे जीवन की अनिवार्यता ठहरी। साधना चतुर्वेदी मेरे घर आई तो मंजुल के निधन पर और उनके कबाड़ न देख पाने पर शोक प्रकट करने के बाद बोली, उसी फ़िल्म के सिलसिले में मुझे कुछ पैसों की ज़रूरत है। लेखक नासिरा शर्मा ने कहा था, मृदुला गर्ग का बेटा–बहू तो मर गये, अब उन्हें पैसों की ज़रूरत नहीं रही। आप उनसे माँग लेंवे दे "देगी।" मैं नहीं जानती कि नासिरा ने वाकई कहा था या उन्होंने आरोपित कर दिया, पर सुन कर नाक़ाबिले बयान तक़लीफ़ हुई। इतनी कि कुछ फेंकने के अन्दाज में रुपये पकड़ाये, हालांकि हमारी माली हालत तब काफ़ी खराब थी। पर उन्हें मतलब कौन हम ढिंढोरा पीटते फिर रहे थे मुफलिसी का।

यह ज़रूर कहना होगा कि दस साल बाद मेरे मुंबई जाने पर उन्होंने पैसे लौटा दिये।

फिलहाल भारत भारद्वाज का श्राप फल गया। मंजुल पर मेरा लिखना कुछ समय के लिए बंद हो गया।

मैंने कहा था न. 1998 का बरस, कभी ख़ुशी कभी ग़म मसाला फ़िल्म को मात देने पर आमादा था। फिलहाल ग़म का पलड़ा भारी था। मंजुल की तेरहवीं हुई नहीं कि बंगलोर से फ़ोन आ गया आशु की तबीयत खराब है।

फौरन से पेशतर आ जाओ। मैं फौरन रवाना हो गई।

मेरे पहुँचने के बाद ही, बेहद क़ाबिल और एक नज़र में रोग का निदान करने वाले, बेजोड़ डॉक्टर रमेश मिले। यह दीगर है कि वे आशु के दफतर में काम करने वाली महिला के पति थे। और वे और आशु, दफ़्तर की तरफ़ से आयोजित मनाली यात्रा साथ कर चुके थे। पर आशु ठहरा अजब **शै।** जनाब को मालूमात ही न थी। वह तो जब, यहाँ वहाँ से जानकारी बटोर, हम डॉ. रमेश के क्लिनिक पहुँचे और उन्होंने आशु को देखते ही कहा, "इट्स यू मिस्टर विक्रम" कि आशु ने उन्हें पहचाना। जैसे एक नज़र में उसे पहचाना था, बीमारी भी पहचान गये। रिपोर्ट दिखलाने लगी तो बोले, बाद में। पहले मुआयना और निदान। मुश्किल नहीं है। ही हाज व टायफायड फेस (ट्रायफायड चेहरा है इनका)।" वही था। इतना विकट टायफायड सिर्फ़ शुभ का देखा था। वैसे क़ाबिल डॉक्टर भी पहले सिर्फ़ डॉक्टर पटवर्धन देखे थे। आशु स्वस्थ हो गया। पर उस दौरान उसने मेरा इतना भेजा फ्राई किया कि ममी द्वारा अपने सामने गटवाये, मेरे इकलौते हीरे के कर्णफूल का खोना या शर्तिया चोरी होना, मन पर हल्की दस्तक़ ही दे पाया। ममी का जौहरी के सामने गर्मी में बैठ कर कुछ गढ़वाना, कितनी हैरतंगेज बात थी, इसका अंदाज़ आप, तफ़सील से बयान की गई ममी की शख़्सियत से लगा सकते हैं। फिर भी बेटे की सेहत के सामने उसे भुलाया जा सकता था।

दिवाली से पहले मैं दिल्ली लौट आई। दिवाली के कुछ दिन बाद, आशु का परिवार किराये का घर छोड़, अपने घर में प्रवेश कर गया। उस घर को बनते कई बार देख चुकी थी। मेरे सुझाव पर, उसके सामने आकाश मल्लिगे का पेड़ रोपा गया था। खूब लंबा होता है और बहुत ऊपर, शीख पर तेज़ महक वाले फूल आते हैं। उनकी खुशबू आकाश तक जाती है, फिर वे ताजा के ताजा झड़ जाते हैं और पूरा मंजर महक सेभर जाता है। वंदिता के माँ–बाप गृहप्रवेश के लिए दिल्ली से बंगलोर चले गये। पर मुझे और आनंद को क्यों नहीं बुलाया गया, आज तक मेरी समझ के बाहर है। अपनी तमाम मनोवैज्ञानिक समझ लगाने के बावजूद पहेली अबूझ रही और अत्यन्त पीड़ादायक। राहत की बात कोई थी तो यह कि जब आशु बीमार हुआ था तो उन्हें मेरी याद आई थी। न कि वंदिता के माँ–बाप की।

छोटी बच्ची, श्रृंगी को ज़रासीम न पकड़ लें, इससे आशु इस कटर ख़ौफ़जदा था कि उसे ले. वंदिता दूसरे कमरे में सोती और मैं आशु के कमरे में डॉक्टर रमेश ने काफ़ी डाँट कर कहा था कि टायफायड के ज़रासीम हवा

में नहीं तैरते। छूने से भी एक से दूसरे को नहीं पकड़ते। आपकी बेटी को कुछ नहीं होगा। फिर भी सोने की व्यवस्था बदली नहीं गई थी। शायद वह रातभर मेरा भेजा फ्राई करना चाहता था। हिंदुस्तान को लेकर उसके पास ढेरों सवाल थे वह कई बरस अमरीका रह कर लौटा था। मसलन, यहाँ टायफायड क्यों होता है, हम सफाई क्यों नहीं रखते, हम लोगों को रोज़गार मुहैया क्यों नहीं करता सकते वग़ैरह वग़ैरह सर्वज्ञ की तरह उनका जवाब देना होता था, जो देने। की हालत में मैं कलई नहीं थी। पर मेरी मनोवैज्ञानिक समझ ने जतला दिया था कि उसका असली सवाल कुछ और था, कि अप अपणा सड़क पर दुर्घटनाग्रस्त क्यों और कैसे हो गये? अब मेरा मनोवैज्ञानिक जान मुझे समझा न पाया कि गृहप्रवेश जैसे महा समारोह में हसे क्यों नहीं बुलाया गया। मैंने सुकून इसी में खोजा कि समारोह में न सही, विपत्ति में, हर बार मुझे आमंत्रित किया जाता रहा था।।

खैरसल्लाह! एक बात और जैसे पहले मुझे रंग देख कर उबकाई आती थी। अब आशु की विकट बीमारी के बाद सफ़ेदी से आने लगी। मैं अपने पुराने रंग में लौट आई। शायद ज़्यादा शोख हो करते उसमें एक और वाकये का हाथ रहा होगा। 1998 की ही बात रही होगी। मैं सफ़ेद कपड़ों मे. वेमेकअप चेहरा लिये, अचला के साथ. एन.एस.डी. के दफ़्तर में किसी नाटक का पास लेने गई थी। एक सज्जन मुझे देख चौक कर दो क़दम पीछे पलट गये। ग़ौर से देखा, नाट्यकर्मी मोहन महर्षि थे। कुछ समय पहले उनका नाटक आइंसटीन देखा था। वे और मैं साथ **समझले।** उन्होंने कहा, नमस्कार मृदुला जी। मैंने उनके नाटक आइंस्टीन की तारीफ़ की। दो–चार मिनट बात करके हम पास ले लौट आये। अचला ने उदास भाव से कहा, तुमने देखा, वे तुम्हें देख कर कैसे चौक गए थे। सोच रहे होंगे शक्ल तो मिलती है पर यह बेनूर औरत मृदुला गर्ग कैसे हो सकती है। पहली बार दिमाग़ पर हल्की दस्तक़ हुई। मंजुल के इंतकाल से पहले की बात होगी। उसने तो दिमाग़ पर हथौड़ा दे मारा था। फिर आई आशु की विकट बीमारी भूल गये हम तमाम सात्विक सफ़ेदी।

उसी महीने के अंत में आशु ऑस्ट्रेलिया गया तो मेरे लिए एक काला ओपल लाया। उसके मुताबिक मेरी साठवीं सालगिरह का उपहार था। मैंने फौरन अँगूठी में जड़वा लिया। कभी खुशी कभी ग़म की यह अगली कड़ी थी। अक्तूबर में मैं साठ साल की हो गई थी। काले ओपल के अलावा एक खुशग़वार पहलू यह था कि मैंने "साठ साल की औरत" नाम से कहानी लिखी

जो मेरी साठसाला सहेलियों को काफ़ी पसंद आई क्योंकि उसमें जिक्र था। एक नायाब जगह, साठ साल की औरत के प्यार कर पाने की कुवत के अहसास का निर्मल वर्मा को इतनी पसंद आई कि मेरे घर फ़ोन करने पर मुझे दिल्ली से बाहर पाया तो आनंद को ही अपनी टिप्पणी सुना दी। लौटने पर, आनंद ने यह तो बतलाया कि निर्मल वर्मा का फ़ोन आया था कि उन्हें मेरी कहानी पसंद आई। पर लाख झक मारने पर यह न बतला पाये कि कहा क्या था। पलभर को मेरी मानसिक हालत वही हो गई, जो गृहप्रवेश में न बुलाये जाने पर हुई थी। फिर ख़ुद कोकास और निर्मत जी की पसंद को काले ओपल की मानिंद उँगली में पहन लिया।

एक बढ़िया बात यह हुई कि जन्मदिन पर मुझे जोधपुर से एक गोष्ठी के लिए बुलावा आ गया। दिल्ली में रह आपके साथ मनाये अपने पचासवें जन्मदिन को याद करके तड़पने से निजात पा गई। गोष्ठी में बकबक करते कोई ढंग की बात कहाँ याद रहती? पर आपसे क्या बयान करूँ कभी खुशी कभी ग़म मसाला फ़िल्म ने वहाँ भी पीछा न छोड़ा। सारा दिन, औरत, मंजुल के निधन पर शोक जतला कर मुझे सताती रही। हमारी संस्कृति में शोक जतलाने की कोई अवधि नहीं होती। मनाने की होती है, तेरह दिन जब ठठ के ठठ जन औपचारिक रीति से शोक प्रकट करते हैं। मेरे पास जब कोई दहाड़ मार कर रोती औरत आती तो औचक मुँह से निकल जाता, आप क्यों रो रही हैं? बेटा मेरा मरा है। चाय बनाऊँ?" वे एकदम चुप हो जाती और कुछ देर बाद चाय सुड़कने लगती। पर बाद के दिनों के लिए रिवायत नहीं बनी। जिसके, जब मन आये, हमदर्दी जतला दे और तुरंत बाद आपसे पूछ ले, आपने उस किताब की तारीफ़ कैसे कर दी वह तो निहायत अश्लील है। आप मुँह दाये सोचते रह जाएँ कि वे चाहती क्या थी, आपको रुलाना या जुर्म की सफ़ाई माँगना? आपकी हालत उस मुल्ज़िम–सी हो जाती, जिसे बिना क़त्ल किये, क़ातिल करार कर दिया गया हो।

सबसे वीभत्स विद्रूप तब हुआ था, जब बेटे की मौत के तीसरे दिन हमदर्दी जतलाने आई, बेहद पढ़ी–लिखी, भद्र महिला अचानक मुझसे बोली, "आप हिंदी में लिखती है। पढ़ता कौन है।" मैं क्या जानें... अबूझ–सी उनका चेहरा निहार रही थी कि अचला ने क़रीब–क़रीब डाँट कर कहा, "अन्दर चलो।" मैं कठपुतली–सी उठ अन्दर चली गई। वापस जाकर उसने भद्र महिला से कहा. "मौका माहौल तो देखा होता!" वे ज़रूरत से ज़्यादा भद्र थी। बुरा मान गई। अच्छा हुआ। दुबारा हमदर्दी जतलाने नहीं आई। अब सोच कर

हँस सकती हैं। पर तब काठ मार गया था।

जोधपुर में मंजुल के निधन पर शोक के साथ जिस किताब के लिए मुझे कठघरे में खड़ा किया जा रहा था, वह मैंने नहीं लिखी थी। मनोहरश्याम जोशी की तभी छपी "हमज़ाद" थी। जब कुछ औरतें आग बबूला हो कर कह रही थी कि ऐसी किताब को जला देना चाहिए तो मैंने सर्व आवाज़ें में कह दिया था, दुबारा पढ़ कर देखिए, उसमें निहित मोहभग समझ आ जाएगा। न पढ़नी हो तो न पढ़िए। वह किताब है बीच सड़क चलता हक़ नहीं कि आपसे टकरा जाएगा। आपको अश्लील लगी तो दस–पाँच पन्ने पढ़ छोड़ क्यों न दी? और छोड़ दी तो कैसे पता, बाद में क्या हुआ? अब साहब पहले मैं उसे दुबारा पढ़ने की सलाह दूँ। फिर कह न चाहे तो न पढ़े वह आपसे टकरा तो रही नहीं, तो चोरी और सीनाज़ोरी हुई ना?

जैसे क़त्ल के बाद क़ातिल की मदद करो तो जुर्म के घेरे में आ जाते हैं, वैसे ही सारा दिन उनका विलाप और कड़वाहट सुनने पर मज़बूर रही। शाम तक सिर में भयंकर दर्द होने लगा।

वापस गेस्ट हाउस आई तो ख़ुदा के रहमोक़रम ने एक मख़सूस औरत मुझसे मिलने भेज दी। उनका नाम फूलवती है। वे जाने–माने आलोचक प्रोफेसर रामबक्ष की पत्नी हैं।

1993 से पहले, जब एक बार जोधपुर जाना हुआ था तो उनके घर गई थी। शाम को जब वे विश्वविद्यालय के उस रद्दी गैस्ट हाउस से जहाँ मुझे ठहराया गया था। लिवाने आई तो हम औचक नाटक देखने चले गये। एक गृहणी के लिए यूँ खानपान की व्यवस्था छोड़ औघड़ मेहमान की फ़रमाइश पर बाहर निकलना कितना मुश्किल है। हर औरत समझ सकती है। पर फूलवती ने ज़ाहिर नहीं होने दिया कि उनका दिमाग़ इसमें उलझा है कि रात के खाने का क्या इंतज़ाम मुनासिब होगा। हम उनके घर लौटे। मैंने कहा, मुझे चाय टोस्ट मिल जाए तो काफ़ी है। बाक़ी घरवाले भी तो थे। तो उस "विकट स्थिति में, प्रभु की तरह हर समय उपस्थित आलू की मदद से, करारे पतले मुलायम, उम्दा पराँठे सेके फूलवती ने और खाये सबने।

उसके बाद उन्होंने राजस्थान में अपने गाँव की ससुराल में बिताये शादी के शुरुआती दिनों का जो रोचक बयान किया, तभी देखे नाटक से ज़्यादा रोमांचक था।

अन्य औरतों की तरह वे गाँव में हाथभर लंबा घूँघट निकाला करती थीं। पति के पीछे चलते पत्नी को सिर्फ़ उसकी जूतियाँ दिखलाई देती। फ़ायदा

यह था कि रास्ते में साँप बिच्छू होता तो भरतार पहले मार लेता बहुरिया को तक़लीफ़ न होती। पैरों में ढेरों गिलट या चाँदी के मोटे जेवर पहनने के पीछे कारण यह था कि वे खेतों में विचरती ढेरों जोकों के पैरों से चिपक ख़ून चूसने से बचाव करते। यानी हर परंपरा के पीछे तर्क ढूँढ़ा जा सकता था पर उतने लंबे घूँघट में दुनिया वाकई शौहर के जूतियों तक सीमित हो जाती थी। फूलवती जैसी बिंदास औरत उस हाल रही थी, यक़ीन करना मुश्किल था। वे बातचीत में निपुण थी और हँसने–हँसाने को तैयार। उन्होंने बतलाया कैसे एक बार जब घर पर अकेली थी तो दामाद साहब तशरीफ़ लाये। आवभगत तो दूर, उन्होंने उन्हें बैठने तक को नहीं कहा। गाया सुन, घर लौटी सास नाराज़ हुई तो उन्होंने कहा, मैंने उन्हें कभी देखा नहीं तो पहचानती कैसे और ग़ैर मर्द को भीतर बुलाती कैसे? देखा कैसे नहीं, इतनी बार तो आ चुके हैं सास ने गुस्से से कहा तो उन्होंने तर्कसंगत जवाब दिया कि वे जो लंबा घूँघट काढ़े होती है, उसके नीचे से सिर्फ़ पाँव दिखते हैं, शक्ल –सूरत नहीं। मारे अचरज सास का बोल न फूटा। किसी तरह बोली, "घूँघट तो सब औरतें करती है पर जैसे तैसे, देख लेती हैं। ऐसा क्या घूँघट कि उसमें फाँक तक न करो। उसके बाद उनके घूँघट की लंबाई कुछ कम हुई पर छुटकारा तब मिला जब पति की नौकरी शहर में लगी। वहाँ पहुँचकर एकदम अलहदा फूलवती नमूदार हुई।

उनकी बेटी सपना बड़ी हुई तो उसकी दिली तमन्ना हुई कि फ़िल्मों में काम करे। आम माँ–बाप की तरह फूलवती या रामबक्ष ने उसका निषेध या विरोध नहीं किया। सिर्फ़ यह शर्त रखी कि बी.ए की पढ़ाई पूरी कर ले, जिससे वहाँ कामयाबी न मिले तो लौट कर आगे पढ़ाई या काम करने लायक बनी रहे। जब उसने मुंबई का रुख किया तो, कभी राजभर घूँघट करने वाली फूलवती साथ गई। वहाँ सपना ने छोटे बजट की कुछेक फ़िल्मों में काम किया पर हाशियाई कामयाबी के अलावा कुछ हासिल नहीं हुआ। नज़रबा करने के लिए पाँच साल का वक्त तय हुआ था। उतना वक्त, माँ ने बेटी का साथ दिया, फिर बिला बहस–मुबाहसे या कडुवाहट दोनों ज़मीनी दुनिया में लौट आई। ऐसी अनूठी औरत थी फूलवती।

पर मैं उस सबके घटित होने से पहले की बात कर रही हूँ। अपने संदर्भ में। 1998 की जोधपुर की उस शाम, जब मैं दिनभर तथाकथित प्रबुद्ध लेखिकाओं और शिक्षकों की वे सिर–पैर की हमदर्दी और तंग नज़र से बख़्शे सिरदर्द से बेहाल थी, फूलवती मिलने आई। तब तक मेरी सुबह से पहली

उड़ीसा की सफ़ेद काली सूती साड़ी बेतरह मुचड़ चुकी थी। बे सवरे बालों के साथ चित्त लेटी थी। उन्हें देख, बिना प्रस्तावना, प्रस्ताव रखा कि सैर करने चलें। खुले मंजर और साफ़ हवा की सख़्त ज़रूरत महसूस हो रही थी। एक नज़र मुझ पर डाल, वे बिला कहाँ–क्यों पूछे साथ चल दीं। घंटेभर हम भटकते रहे। सिर्दरद बढ़ते–बढ़ते उस बिंदु पर पहुँच गया, जिसे लोग माईग्रेन पुकारते हैं। वापस आये तो मालूम हुआ, एक घंटा पहले उम्मेद भवन में रात के खाने के लिए राजमाता का न्योता आया था। हम सबको लिवा ले जाने, फाटक पर गाड़ियाँ लग चुकी थी। साड़ी क्या बदलती, केश सवारने में ही दम निकल गया। जैसी थी वैसी ही राजमाता के हुजुर में पेश हो गई।

वहाँ सब कुछ इतना बेशक़ीमती सूफ़ियाना और नफ़ीस था और साथी प्रबुद्ध महिलाएँ इतनी शोख और महंगी सांड़ियों में लैस कि अपनी मुसी साड़ी और बेसवरे बालों के लिए। राजमाता से माफ़ी माँग उठी।

"बिराजिये। महान लेखक ऐसे ही होते हैं, उन्होंने निहायत खुलूस के साथ कहा। सुसंस्कृति कहे या सलीका आख़िर वह राजस्थान के नगर जोधपुर की राजमाता थी, जहाँ उम्मेद भवन दिनभर बनाया और रातभर ढहाया जाता रहा था। जिससे खुददार राजपूत बिला काम किये पैसे लेने से इन्कार कर बेरोज़गारी में भगवान को प्यारे न हो जाए। खुद्दारी अपने में भी कम न थी पर ज़ालिम सिरदर्द ने सीधा खड़े रहना मुश्किल कर कुर्सी में निढाल बिठला दिया। कुछ देर बाद, महिलाओं का स्वागत करती, कमरे का चक्कर लगाती राजमाता मेरे पास पहुँची। आत्मीयता से कहा, " थारी तबीयत ठीक न है।''

"बस सिरदर्द है,'' संकुचित हो कर मैंने कहा।

''अभी ठीक किये देते हैं। आइए बारादरी में बैठिए। संगीत आरम्भ होने वाला है। कुछ, देर सुनेगी तो सिरदर्द चला जाएगा।

यक़ीन नहीं हुआ पर मेज़बान के हुक़्म की तामील कर, बारादरी में जा बैठी। बाक़ी लोग भी आ गये। राग भूपाली आरम्भ हुआ फिर राग यमन कहाँ बिला गया दुश्मनों के सिर का दर्द? वह बारादरी के श्रवण शास्त्र का कमाल था। जैसे पिरामिड वास्तु कला से पीड़ा निवारण करते हैं, वैसे ही बारादरी श्रवण विज्ञान से।

मैं स्वस्थ हो, भीतर खाने के कमरे में पहुँची। मुस्कराहट के साथ राजमाता के रसमय अनुग्रह के लिए आभार कहा। उन्होंने पूछा, थाली यहीं मँगवा दें या मेज़ पर चलेंगी? अवश्य मेज़ पर चलूँगी कह मैंने प्रसन्नचित्

भोजन किया। किसने पहनी थी मुचड़ी "साड़ी? मैं तो झीना हल्का लिबास पहने हवा में उड़ रही थी। राग यमन ने पहनाया था कि राग भूपाली ने या राजमाता की आत्मीयता ने?

दिलचस्प विडंबना थी। प्रबुद्ध कहलाई जाने वाली लेखिकाओं और शिक्षकों ने अपने अश्लीन व्यवहार से, जिस संस्कृति को तार–तार कर दिया था, अहंकारी समझी जाने वाली सामंती महिला ने अपने विनम आतिथ्य से उसे रागिनी–सा तरंगित कर दिया। एक बात और रामबक्ष जब जेएनयू में प्रोफेसर नियुक्त हो दिल्ली आये तो फूलवती ने उस सादा भोजन की ऐसी कसर निकाली कि, मुझे जोधपुरवासियों से किया इसरार याद आ गया, मैं तभी जोधपुर आऊँगी जब आप वचन दें कि मुझे खाने के लिए नहीं कहेंगे। इतना विविध भोजन और ऐसे मनुहार से खिलाया गया कि चार जन्मों में पूरा खाया जाए। सबसे सुखद पहलू यह था कि उन्होंने उतने ही इसरार और आदर से हमारे ड्राइवर को जीमने को कहा। उसकी किस्मत खराब थी तभी पीलिया हो कर चुका था। बेचारा उम्दा पूरी–कचौड़ी सूँघ भाग लिया।

यूँ 1998 पूरा हुआ।

आगे चलें? 1998 को बीतना था, सो बीत गया। कितना भी मसाला हो, फ़िल्म तो थी नहीं कि जब चाहो दुबारा देख लो।

उसके बाद लोगों की ज़बान पर जिस धमाकेदार होनी का हरदम जिक्र रहता, वह थी 12000 में शुरू होने वाली नई सहस्त्राब्दी। नजूमी और ज्योतिषी ही नहीं, लेखक, कवि, बौद्धिक जन यूँ बेचैन थे, जैसे सहस्त्राब्दी का बदलना उनकी ज़िंदगी में बेहतरी का ज़बरदस्त पैग़ाम था। वे यकायक महान बनने वाले थे या उनकी महानता, संपूर्ण विश्व पर प्रकट होने को थी। नजूमी– ज्योतिषी तो पेशेवर रिवायत के चलते, ग्रहों पर अशुभ प्रभाव और उसका मँहगा उपाय बतलाने में फ़ायदा देख रहे थे। पर लेखक–कवि खुद को मिलेनियम का लेखक कवि घोषित करवाने की जोड़–तोड़ में लगे थे। वही जुगाड़ या बुरा न मानें तो हिंदुस्तान की ख़ास पहचान, प्रवंचना, देखा जनाब धोखा नहीं कहा हमने, आख़िर लेखक हैं मान्यवर। शब्दों की तानाशाही समझते हैं।

लेडी इर्विन कॉलेज की निदेशक अपनी दोस्त, बेजोड़ **सती** बजाज को ठिठोली भी बेजोड़ सूझी। हिंदी–अंग्रेज़ी के मिलिनयम कला और साहित्य पर एक भारी भरकम संगोष्ठी कर डाली। बड़ी बड़ी नामचीन हस्तियों को बुलाया और लगे हाथों, इला अंजली मेनन के कलात्मक हाथों, मेरे विवादास्पद उपन्यास "चित्तकोबरा" का उसी नाम से ताजा छपे अंग्रेज़ी अनुवाद और

अचला बंसल की कहानियों की किताब "वन्स अ इयर इट्स मार्च का विमोचन करवा दिया। हमने अपनी कहानियों का पाठ तो किया ही, सती ने कॉलेज की छात्राओं से मेरी कहानी "मीरा नाची" का नाटकीय पाठ करवा कर श्रोताओं को खुश कर दिया। इतने ताम–झाम से सब कुछ संपन्न हुआ कि वहाँ जमा पत्रकारों ने हमें मिलेनियम विमेन घोषित कर दिया। अब साहब सुझाया तो होगा ही किसी–न–किसी ने पर किसने, मालूम न हुआ। भारतीयों के लिए भारत में आधा झूठ बोलने में पारंगत अनेक जन ठहरे। मेरे ज़मीर पर बोझ ज़रूर रहा पर व्यंग्य की धार ऐसी मारक थी कि हँसी के झटकों ने हल्का कर दिया। सती ने कहा उसने कोई ऐलान न किया था पर विदेशी विश्वविद्यालय, लेडी इर्विन कॉलेज क्यों नहीं? जिस तिस को मिलेनियम वुमन घोषित कर सकते हैं, तो अपनी जबान से हमने यह वाकया पहली मर्तबा बयान किया है।

2000 शुरु होता उससे पहले एक यादगार वाकया हुआ। तब तक हमारी रिहाइश मस्जिद मोठ वाले मकान में थी। एक शाम के धुंधलके में बगल का भीमकाय पेड़, मामूली आँधी में ढेर हो गया। आँधी–सी आँधी न थी। वजह थी, पेड़ के चारों तरफ़ के कच्चे दायरे को सीमेंट से पाटना, जिसने उसका साँस लेना दूभर कर दिया था। वरना उसकी उम्र से ज़ाहिर था, न जाने कितने अँधड तूफ़ान झेल चुका था। यह था नई सहस्त्राब्दी का ख़ैर मक़दम जो आने वाले दिनों की बदहाली की इतिला दे रहा था। उस रात मैं न खा पाई न सो पाई। जिस–जिसको लताड़ सकती थी, लताड़ा। पेड़ों के दोस्त. इन्टेक, सी.एस.ई वग़ैरह को रपट बना कर भेजी पर जानती थी, होना। हवाना कुछ था नहीं। आख़िर वही किया उन्हें किस्मत का मारा, रचना करने पर मज़बूर इंसान करता है। पेड़ को नायक बना कहानी लिख ली, "इक्कीसवी सदी का पेड़ संयोग से पहली जनवरी को अक्षर पर्व पत्रिका में छपी। काफ़ी लोगों ने कहा, "लघु पत्रिका को दे दी!! कोई प्रचार वाली पत्रिका नहीं मिली?"

ना जी। ढूँढ़ी नहीं तो मिलती कैसे? अक्षर पर्व के संपादक ने लिखा, पर्यावरण से संबंधित कहानी भेजें तो तत्काल भेज दी। हमारी फुर्ती से वे गदगद थे, सोचा होगा, ख़त आया नहीं कि लिखने बैठ गई। कहाँ बंदापरवर, हम तो घाव खा पहले ही मुकम्मल कर चुके थे। आपका ख़त आया हमारे दिल जल चुकने के बाद।

ख़ैर उसका अनुवाद अंग्रेज़ी और जर्मन में भी छपा। जब काली फॉर विमेन ने स्त्री लेखकों की कहानियों के संकलन के लिए कहानी माँगी तो वही

ठोक दी। औरत तो उसमें कोई थी नहीं अलबत्ता चिड़िया थी। पर उर्वशी बुटालिया ने उसे बतौर इको फेमिनिज्म लिया और खुशी से छाप दी। जर्मन संस्करण भी उन्हीं की मार्फ़त हुआ।

यह तो हुआ रचनाकार का एक रुख। दूसरा सुनिए। अगले दिन जब उस बुजुर्ग पेड़ को काटने, नगर परिषद् का अमला जुटा तो नज़र धुँधलाई ज़रूर पर इतनी नहीं कि पहचान न पाऊँ कि कटे पेड़ का एक टेढ़ा–मेढा हिस्सा, नरसिंह अवतार–सा दीखता था। फौरन लकड़हारे से दरख्वास्त की कि वह टुकड़ा मुझे अता फरमाएँ। क्या करेगी इसका? "उसने बेतहाशा हँस कर पूछा। मेरे कहने पर, "भगवान की मूर्ति का क्या करते हैं? देखो, नरसिंह अवतार है न सोल्हो आने।" वह फौरन नतमस्तक हो गया। हाय, हमारे भोले आमज़न पर लेखक भोला नहीं होता। **ग्राहम ग्रीन** ने यूँ ही नहीं कहा हर लेखक के दिल में बर्फ की कणी रहती है। पेड़ो को बचा कर रखना चाहिए, दिमाग़ पैरवी कर रहा था पर कटे हिस्से में कलाकृति पा. हर्षित भी हो रहा था।

कहानी तो छप गई पर अपने राम फौरन बीमार पड़ गये और सहस्त्राब्दी के शुरुआती दिन अस्पताल में कटे। "कभी खुशी कभी ग़म' फ़िल्म हाथ धो पीछे पड़ी थी। बुखार जो था। था, पर कान में अजब आवाज़े गुंजायमान होने लगी। लोगों ने कहा टिनिटाइटिस है! या खुदा, यहाँ विश्वास ही सिर्फ़ कानों पर था। आँखें शुरु से दग़ा देती रही थी। अपन तो सर्जरी से ज़्यादा एम आर आई करवाने से घबराते थे असंगत शोर बर्दाश्त नहीं था।

"रात साढ़े ग्यारह बजे तक ग़म खाया, फिर अपु के दोस्त के पिता, एम्स के डाइरेक्टर और बेहद गुस्सैल, ई. एन.टी डॉक्टर कक्कड़ को फ़ोन घुमा दिया, "मैं शशांक (अपु) की माँ हूँ। मेरे कान में अजब आवाज़ें आ रही हैं। कल ही आपको मुझे देखना होगा।" पलभर चुप्पी रही। फ़ोन काट दिया क्या? पता नहीं अपु के दोस्त अहबाब के साथ में बालहठ पर क्यों उत्तर आती हूँ। डॉक्टर ने अपु की लाज रखी, बोले, घबराइए नहीं। अरविंद से टाइम फिक्स करके कल क्लिनिक आ जाए। अभी एक एलेग्रा 120 खा लें।"

मुझे चैन नहीं पड़ा, कहा, "मैं अरविंद को नहीं दिखलाऊँगी, आपको देखना होगा।" वे पुचकार कर बोले, "मैं ही देखूँगा। अब सो जाएँ और मुझे भी सोने दें।" अपनी प्रकृति के विपरीत गये थे वे। अपु के नाम का कमाल था। "सॉरी, थैंक्यू", मैंने साथ उचारे कि फ़ोन कट गया।

अगले दिन काफ़ी शर्मसार महसूस करती, क्लिनिक पहुँची तो हँस कर बोले, "बच्चों वाली बीमारी पकड़ ली। कान में पानी है। दस रोज़ एलेग्रा लें

और हमेशा पास रखें। जब प्लेन में ट्रेवल करें, या अजब आवाज़े सुनें, ले लें।" अब वे ही नहीं अरविंद और मैं भी हँस दिये।

कुछ साल पहले, जब अपु था इससे भी मज़ाहिया क़िस्सा हुआ था। निर्मला जैन के मुताबिक "मज़ाहिया कोई लफ़्ज नहीं होता। नहीं होता तो होना चाहिए, सिर्फ़ मैं नहीं कह रही, जेम्स थरबर ने भी एक लफ़्ज के लिए फरमाया था।

मज़ाहिया क़िस्सा यूँ था। मेरी गर्दन ऐसी अकड़ी कि टस से मस न हो। डॉक्टर ने जाने कितनी दर्द निवारक गोलियाँ खिला डाली। उसके बाद मैंने अहद किया कि जब तक जान पर न बन आए, दर्द निवारक दवा नहीं खाऊँगी। इससे तो बंदा कॉफी पी ले और हो सके तो चंद क्रियाएँ कर ले। धीरेन्द्र ब्रह्मचारी के नुस्खे आजमा ले। बुखार चढ़ा तो डॉक्टर साहब को मेननजाइटिस सूझा, पूछा, "एक के बजाय दो तो नहीं दीख रहे?"

नहीं, पहले भी आधा दिखता था, अब भी आधा दिख रहा है, "मेरे जवाब से उन्हें इत्मीनान न हुआ, बोले, एम.आर.आई. करवा लें। संयोग या दुर्योग से अपु साथ था। मेरे लाख मना करने और डॉक्टर को दस गालियाँ देने पर भी न माना। दुपहर को ख़ुद आई.आई.टी. चला गया चार दोस्तों को मेरे पीछे लगा गया। मैंने कहा, "आप लोग जाए मैं हर्गिज़ एम.आर.आई. नहीं करवाऊँगी। वे जिरह करते रहे तो मैंने कहा, मेरे पास पैसे नहीं हैं। बोले कोई बात नहीं, बाद में दे देंगे, आख़िर हमारे बाप डॉक्टर हैं। एम्स के डॉक्टरों से खुदा बचायें, बेकार के प्रयोग करते रहते हैं। ऐसा है आंटी, शैन्की (शशांक) ने कहा है करवाना है तो हम करवा कर रहेंगे। आप ख़ुद नहीं चलेंगी तो उठा कर ले जाएँगे। मैंने अपनी दुबली–पतली काया देखी फिर उनके बॉडी बिल्ट शरीर, और समझी, वह लफ़्फ़ाज़ धमकी न थी। तो गई, करवाया मारे झिझक के अपना डर ज़ाहिर न किया और पैसे बर्बाद कर लौट आई। न मेननजाइटिस न मेननजाइटिस की दुम बस स्पोन्डोलाइटिस थी। नई बीमारी चली थी, हर लेखक को होती थी। जिसे न होती, उसे वहम करवा दिया जाता। असल में मसला केवल नियमित व्यायाम का था। धीरेन्द्र ब्रह्मचारी तो दुनिया से कूच कर चुके थे, पर उनकी बतलाई कुछ क्रियाएँ याद थी। आलस पर काबू किया और उनकी बदौलत, रफ़्ता–रफ़्ता दुरुस्त हो गये।

ये तो बँधु टाइमपास था। बात हो रही थी नये मिलेनियम की। तो सबसे बड़ी खुशख़बरी मिली अप्रेल 2000 में जब हमारा पोता घर आया। वंदिता ने कहा, वह शशांक के अर्थ वाला नाम रखना चाहती है! तो नाम रखा गया, मृगांक उसके इस भाव ने गृहप्रवेश का दुःख धो पोछ दिया। फिर जिक्र क्यों

कर रही हूँ? क्या करें दिमाग़ में याददाश्त का संदूक अपनी मर्ज़ी से खुलता बंद होता है। उस पर हमारा वश नहीं है, जैसे अप् (शैकी) के दोस्तों पर नहीं था।

अजब बात यह थी, जैसे जैसे मृगांक बड़ा हुआ, उसकी प्रकृति बहुत कुछ शशाक की प्रकृति से मिलती गई। सचमुच ऐसा था, कोरी कल्पना नहीं थी। इतनी तर्कहीन बुद्धि नहीं है मेरी।

पर उस वक्त भी, कभी खुशी कभी ग़म ने पीछा न छोड़ा। मैं अप्रैल में बंगलुरु जाकर खूब खुशी मना आई। सबसे खुशग़वार यह था कि श्रृंगी उस पर जान छिड़कती थी जैसे वही उसकी माँ हो। ज़रा जो रश्क या हसद महसूस की हो। पौने दो साल की बच्ची में यह भाव खुशनुमा था और वह बराबर बना रहा। अलहदगी में श्रृंगी आशु से दो नंबर आगे थी। मुझे याद है, मैं जब बंगलुरु जाती. उसे हिंदी के कुछ ग़ैर संसदीय शब्द सिखला आती, जैसे धीगा मुश्ती, भाड झोको वग़ैरह।

वैसे वदिता बराबर उसे अपने बाल कविता लिखने वाले पिता दामोदर अग्रवाल की कविताएँ सुनाती रहती थी सो हिंदी से अनजान न थी, हालांकि आसपास और स्कूल "से, अंग्रेज़ी या कनन्ड़ बोलने की वजह से हिंदी बोलती कम थी। पर वे कविताएँ ख़ासी "संसदीय यी, वरना हिंदी वाले उन पर मुकदमा न ठोक देते।

किशोरों के लिए मेरा कहानी संग्रह छापते हुए राष्ट्रीय पुस्तक न्यास ने उसमें दादी के कहे वाक्य, "ठीक कर दिया चपड़कनातिये को और हुक्म चलाना अपनी बीवी पर निकालने की सलाह दी थी। यह भी कि अमरीका के कालों को काला न कहूँ। वह कहानी "बड़ा सेब काला सेब, जिसमें वह जिक्र था और जिसका अंग्रेज़ी अनुवाद, स्कूल पाठ्यक्रम में था, मैंने संग्रह से निकाल दी. उस बेजा टिप्पणी ने मेरा दिमाग़ इतना भन्ना दिया था कि उनसे बहस के मूड में न रही। फिर भी, किताब वहाँ से छपवाई इसलिए कि जब भी किसी स्कूल में जाती, हिंदी अध्यापिकाएँ पूछती 'किशोर बच्चों के लिए दिलचस्प किताबें नहीं हैं क्या हिंदी में जो पढ़ाते हैं, इतना उपदेशात्मक होता है कि बच्चे पढ़ना नहीं चाहते। यह इसलिए होता है कि जब हम ख़ासतौर पर बच्चों के लिए लिखते हैं तो उसमें संदेश उपदेश डालना लाज़िमी समझते हैं, मनोवैज्ञानिक मजबूरी बन गई है। मैंने एन.बी.टी. समेत तमाम प्रकाशकों को सुझाव दिया कि मशहूर लेखकों से कहें अपनी लिखी–लिखाई कहानियों से, वे कहानियाँ निकाल कर आपको दे दें, जो किशोरों के लिए रुचिकर हों (उपयुक्त नहीं)। इस तरह आप काफ़ी संग्रह छाप कर, कमी को पूरा कर

सकेंगे। ज़ाहिर है, किसी ने तरजीह न दी। बहुत समझिए एन.टी.टी. ने मेरा संग्रह छाप दिया। वह भी इसी तरह तैयार किया गया था। माफ़ करें, स्मृति फिर क्यू तोड़ भाग ली।

बात अंगी की हो रही थी। तीन साल की थी तो एक दिन खाने के बाद मैंने उससे कहा, "कुल्ला कर लो।"

अनायास वंदिता के मुँह से निकला, "माउथ वॉश।" उसे लगा होगा, शायद न समझे....फौरन श्रृंगी बोली, 'दादी जो कहती हैं, उसे अंग्रेज़ी में मत बोला करो, मुझे समझ आता एक दिन और बाहर जाने से पहले जब वंदिता ने आदतन कहा. "बाथरूम हो आओ।

हम सब गये थे, तो बोली, पीपल आर डिफरेन्ट (सब लोग एक जैसे नहीं होते।) स्कूल गई तो वैली स्कूल, जहाँ फ़र्क होना मज़हब जैसा है। वह कुछ ज़्यादा ही मज़हबी निकली। हिंदी दिवस पर स्कूल ने मुझे बुला लिया। श्रृंगी का बुरा हाल। सबसे पीछे जा बैठी। हिंदी टीचर ने मेरा परिचय दिया तो जोड़ दिया कि इनकी पोती श्रृंगी और पोता मृगांक यही पढ़ते हैं। अध्यापकों की ख़ासियत है, झोक में बोलना। मेरा संबोधन पूरा हुआ तो सहपाठी ने श्रृंगी से कहा, तुम्हारी दादी है।" श्रृंगी का जवाब या तुमसे मतलद!" मृगु (मृगांक) से कहा तो पहले खुश हो कर बोला, "हाँ, फिर सोच कर बोला, ओहो, अब हिंदी टीचर मुझसे और बढ़िया करने को तो नहीं कहेंगी।"

श्रृंगी की झिझक से मुझे श्रृंगी याद आ गया। जब मैं 'अनित्य' उपन्यास लिख रही थी, उसका एक अंश धर्मयुग में पढ़, हिंदी टीचर ने उससे कहा, स्कूल ख़त्म होने पर जब घर जाए तो बस में उन्हें साथ ले जाए उन्हें उसकी मा से मिलना था। उनकी भारत के स्वतंत्रता आंदोलन में ख़ास दिलचस्पी थी। उनकी और गणित के टीचर की बदौलत ही बच्चों को उसके बारे में भावपूर्ण जानकारी मिल रही थी। गणित के टीचर जितना गणित पढ़ाते, उतना इतिहास, कुछेक बच्चों को छोड़, बाक़ी गणित से अवकाश पा खुश होते। आशु को इतिहास से कोई गुरेज़ नहीं था, मेरा नाम बीच में आने से था। तो वह हिंदी के टीचर को टापता छोड़, दूसरी बस पकड़ घर आ गया। वे भी एक चीज़ थे। बुरा नहीं माने और कुछ अर्से बाद, आशु को माध्यम बनाये बिना, मुझसे मिल लिये। जहाँ तक श्रृंगी का ताल्लुक था, वह अपनी अलहदगी में दिनोंदिन बढ़ोतरी करती गई। एक सुबह एसेंबली में निदेशक ने बच्चों से पूछा, सालाना इम्तिहान होने चाहिए कि "नहीं, अपनी राय दें। कुछ बच्चों ने हाँ कहा, कुछ ने न। वे बात ख़त्म करने वाले थे पर श्रृंगी बहस

छोड़ने को राजी न थी। वह विस्तार से सालाना इम्तिहान के हर्गिज़– हर्गिज़ न होने के पक्ष में बोलती गई और उनके हर तर्क के ख़िलाफ़ तर्क पेश करती गई। काफ़ी देर हो गई तो निर्देशक ने कहा, "ठीक है, अब में बहस को ख़त्म करता हूँ।" श्रृंगी ने तुमक कर कहा, "यह बहस है। आप इसे अकेले बंद नहीं कर सकते। मैं बोल रही. हूँ" स्कूल के निदेशक आज़ाद ख़्याल ज़रूर थे पर उस हद तक नहीं। उन्होंने दृढ स्वर में कहा. तुम्हें जो कहना है, लिख कर मेरे दफ़्तर में दे दो। असेंबली में बतौर स्कूल निर्देशक में बहस ख़तम कर रहा हूँ। असेंबली का वक्त पूरा हो गया है, अब क्लासेस होगी। अंगी ने कंधे झटक कर कहा, "ओ के। यही सही।"

वाकई वैली स्कूल का कमाल था कि उस वाकये को ज़रा जो दिल पर लाये। श्रृंगी सितारा छात्रा बनी रही। उसे हर मुमकिन मौका दिया गया।

ग्यारहवीं क्लास में विषय चुनने का वक्त आया तो गणित और साहित्य साथ करना। चाहती थी। वह विकल्प वैली स्कूल में नहीं था। उसके सामने दो विकल्प थे। स्कूल बदल कर अपनी पसंद के विषय ले या उसी स्कूल में रह, दूसरे विषय। हफ़्तों की बहस के बाद तय हुआ कि स्कूल नहीं बदलना चाहती। तो सबने कहा साहित्य के साथ इतिहास ले ले, गणित छोड़ दें, और विकल्प था नहीं। तब तक मेरे समेत सब लोग समझ चुके थे कि श्रृंगी के लिए विकल्प न होने का मतलब, बहस न करना नहीं होता। बहस तो काल्पनिक विषयों पर सपनीले विकल्पों पर धुंआधार की जा सकती है। तो साहब वह बहस महीनों चली, विषय चुनने से पहले ही नहीं चुनने के बाद भी। मैं कुछ दिनों के लिए बंगलोर गई। देर शाम पहुँची तो तुरत श्रृंगी ने मेरी राय पूछी। मैंने सोचा, बेहतर यही है कि दृढ़ता से एक बात कही जाए। हालांकि इस मसले में मैं श्रृंगी की दादी है। आलम यह है कि दोनों तरफ़ के तर्क यकसा दिमाग़ पर दस्तक़ दिये चले जाते हैं। एक बार फ़ैसला कर लूँ तो पत्थर की लकीर हो जाता है, चाहे जितना नुकसान उठाना पड़े।

थकान इतनी थी कि बात करते–करते सो गई। थोड़ी देर में आँख खुली तो श्रृंगी गायब।

मेरे होश फाख़्ता हो गये। पूरे घर में ढूँढ़ा नीचे ऊपर छत पर बने बगीचे में बाल्कनी (में, नीचे के बगीचे और आँगन में, कहीं नहीं मिली। प्राइवेसी की कद्रदानी ताक पर रख आशु के कमरे का दरवाज़ा खटखटाने वाली थी कि श्रृंगी नमूदार हुई। बहुत मुश्किल से आवाज़ संयत रख पूछा, ''तुम कहाँ थी''

उसने चकित नज़रों से मुझे देखा तो मैं सफाई देती नज़र आई. मैं यहाँ

किताब ले आई तो देखा तुम न बिस्तर पर हो न यहाँ।" आशु वंदिता और हमारे बैडरूम के बीच किताबों के आले थे, कुछ आरामकुर्सियों और एक तिरस्कृत–सा टी वी।

बड़ी मुश्किल से ख़ुद को कहने से रोका कि दो घंटे से उसे ढूँढ़ रही थी। कितना अहमकाना मालूम होता नहीं? पर क्या कहूँ, कल्पना करने की कूवत अपने में कम नहीं।

श्रृंगी का जवाब निहायत तर्कहीन और सुकूनदेह था। उसने कहा, "मैं मृगु के कमरे में जाकर सो गई थी। जब भी परेशान होती हूँ, आख़िर में उससे पूछती हूँ। अर्ध सोये वह जो बोल देता है, मान लेती हूँ। फिर वही सो जाती हूँ। बेचैनी दूर हो जाती है।"

कुछ देर बोल नहीं फूटा फिर घुटी आवाज़ में पूछा उसने क्या कहा?",

''वैली स्कूल में साहित्य और इतिहास ले लूँ, गणित ममी से पद लूँ और उसका भेजा न खाऊँ।''

''तो....वही....करोगी..?"

"और क्या कह वह कमरे में जाकर सो गई। मैं बेवकूफ की तरह काफ़ी देर किताबों के साथ बैठी रही। अब बंदापरवर आपसे क्या छिपाना। ज़रा सोचिए, अगर में चीच रात आशु–वंदिता से कहती, दो घंटे से श्रृंगी को ढूँढ़ रही हूँ, घर छोड़ कर तो नहीं चली गई। तो मेरा क्या हश्र होता। मृगु के कमरे में जो सोने की आदत के बारे में मालूम होता. जो होता ही तो ताउम्र मुझ पर हँसना न छोड़ते। अल्लाह के करम से बच गई। पर सच यह है कि वह ख़याल आया ज़रूर था। अब हुज़ूर कुछ तो बालीवुड फ़िल्में देखी है न!

स्कूल पास किया तो इतिहास में शत प्रतिशत अंक आये। लोग मुबारकबाद देते तो कहती कितनी बेवकूफी की बात है, इतिहास में किसी के सौ में से सौ आते हैं। जाने किस ने पर्चा सेट किया, किसने जाँचा।

अब दुविधा का ज़बर दौर शुरू हुआ। बी.ए में साहित्य और थियेटर करना चाहती थी। हिंदुस्तान में किसी विश्वविद्यालय में विकल्प नहीं था। अशोका युनिवर्सिटी में दाखिला मिल गया था पर थियेटर पाठ्यक्रम में नहीं था। अमरीका के स्क्रिप्स कॉलेज में था और दाखिला भी मिल गया पर मतलब था, हिंदुस्तान छोड़े। स्क्रिप्स कॉलेज क्लेयरमॉन्ट के पाँच 'द फाइव सीस नाम से जाने वाले कॉलेजों में से एक था। बाक़ी थे पामोना, मैक्केना, हार्वे मड्ड और फाइजर एक कॉलेज में दाखिला लेकर बाक़ी कॉलेजों में विषय पढ़ सकते थे। जैसे ड्रामा के लिए वह पोमोना कॉलेज जाती थी। डाइनिंग

हॉल, लाइब्रेरी वग़ैरह भी साझा थे। यूँ पूरे परिवेश में काफ़ी खुलापन और चुनने की गुंजाइश थी। जो उसके मन माफ़िक था। अब रोज़मर्रा के पशोपेश और कशमकश ने इतना तूल पकड़ा कि कुछ समय के लिए वंदिता का रुख आध्यात्म की तरफ़ मुड गया। पूरी तरह वापस कभी न आया।

अंततः श्रृंगी स्क्रिप्स चली गई। अशोका ने उदारता का परिचय देते हुए कहा, एकम सेशन वाटे मन न रमे तो अशोका आ सकती है। उसका मन रमा भी नहीं भी। हिंदुस्तान से जुड़ाव रहा. हर छुट्टी में यहाँ आती रही जबकि हमारे परिवार से गये। बाक़ी बच्चे हिंदुस्तान को हीन नज़रों से देखते, यहाँ वहाँ घूम, अमरीकन एक्सेंट पुख़्ता करने में लगे रहते। इन्टर्नशिप भी उसने यहीं "द हिंदु" में की।

अपने पहले साल में सीधा डीन से जाकर भिड़ गई। बोली, "क्या आप जानती हैं, हम जो दूसरे देशों से पढ़ने आते हैं, कितनी तरह की तक़लीफ़ उठानी पड़ती हैं। अलहदा संस्कृति अलहदा रहन–सहन, नये वक्त पर नया खाना–पीना, इन सबसे निबटों। यहाँ किसी को हमारी संस्कृति या हमें समझने में दिलचस्पी नहीं है। टीचर्स को भी नहीं। जो करें, हम करें। तब इतना वर्क लोड पूरा करने की ऊर्जा कैसे पाये?"

डीन ने नहीं कहा, फिर यहाँ पढ़ने आते क्यों हैं? वे जानती थी विदेशी छात्र ही सबसे क़ाबिल याजुएट्स बनते थे और उन्हें वे बाक़ायदा छात्रवृति देकर बुलाते थे। वे नाराज़ नहीं हुई, आराम से कहा, में टीचर्स से कह दूँगी पहले वर्ष में विदेशी छात्रों का वर्क लोड कम रखे।

यही नहीं, जब स्पोकन पोएटरी पर लिखने को कहा गया तो अमरीकन कविता के साथ उसने नामदेव धसाल आदि की दलित कविता और भारत के लोक काव्य से भी उदाहरण दिये। मैं उसमें वही भूमिका निभाती जो **शर्लोक** होल्म्स में हेस्टिस रफ़्ता–रफ़्ता श्रृंगी और स्क्रिप्स एक–दूसरे को समझने और बर्दाश्त ही नहीं, इज़्ज़त से देखने लगे।

सबसे रोचक बात यह हुई कि जब यहाँ से जा रही थी तो क़रीब–क़रीब सभी ने कहा था एकि कालों के देश से होने की वजह से, थियेटर में उसे भूमिका मिलनी मुश्क़िल थी। देश ही कालों का नहीं था, श्रृंगी स्वयं न गोरी थी, न गोरा होने को तरसती थी। नमकीन साँवला चेहरा था, पूरी तरह ओरियंटल। पर मज़े की बात यह हुई कि जब पोमोना कॉलेज ने चार साल पूरे होने पर मैकबेथ नाटक का डायना विन्न के निर्देशन में, सार्वजनिक मंचन किया तो तमाम गोरियों को छोड़, श्रृंगी को लेडी मैकबेथ बनाया। दूसरी

मज़ेदार बात यह हुई कि पाकिस्तान से आये छात्रों को फर्टि से उर्दू बोलते सुन उसने शर्मिंदगी महसूस की और हिंदी के ऑडियो सुन बढ़िया हिंदी बोलने का अभ्यास कर लिया। कभी–कभी वह देर रात कॉलेज के लिए अमरीकन साहित्य या फ़िल्म पर लिखा आलेख, मुझे मेल कर देती और कहती, सुबह तक इसे तीन चौथाई करके भेज दीजिए। मैं संपादन करके इसे छोटा नहीं कर पा रही हूँ। पहले मुझे लगता, कैसे कर दूँ मैं इसका कख नहीं जानती। पर पढ़ने पर बचपन या नौजवानी में पढ़ी देखी फ़िल्में, किताबें या बहसाए मुद्दे याद आ जाते और मैं काँट–छाँट कर पाती। बल्कि संपादन में मुझे रस मिलता। कितना उसके काम आता कितना नहीं नहीं जानती पर चूँकि फ़रमाईश कई बार दुहराई गई तो लगता है, कुछ काम आया ही होगा।

सबसे मज़ेदार वाकया तब हुआ जब एक दिन दुपहर क़रीब एक बजे, उसका फ़ोन आया "कि वे लोग एक कार्यक्रम कर रहे थे, जिसमें पाकिस्तानी लड़का, हसन उर्दू में कविता पढ़ेगा और श्रृंगी अंग्रेज़ी में उसका तर्जुमा। फिर श्रृंगी हिंदी में कविता पढ़ेगी और हसन, अंग्रेज़ी तर्जुमा। हिंदी कविता उसके पास थी। बच्चन की नीड का निर्माण फिर फिर पर अंग्रेज़ी तर्जुमा नहीं था। तो कर लो, मैंने कहा। दादी प्लीज आप कर दीजिए। अच्छा, मैंने सोच कर कहा, कब तक चाहिए वह दादी, असल में अभी तीन बजे प्रोग्राम है। मैंने कविता आपको मेल कर दी है। "दिमाग़ खराब है तुम्हारा इतनी जल्दी.." मैंने डाँटा तो बोली, "मुझे डाँटने में वक्त जाया करने के बजाय आप तर्जुमा कर दीजिए न।" बात थी तर्कसंगत में भी मामा से कम मामा नहीं हैं। तो आधे घंटे मैं ही करके भेज दी। कोई सवा दो बजे फ़ोन करके कहा, एक शब्द बदल दो। वह बोली, प्रोग्राम हो गया दादी, असल में दो बजे था। सबको पसंद आया।" फ़ोन कट गया। मुझे डाँटने का कार्यक्रम मुल्तवी रखना पड़ा। मेरे लिए अजब–ग़जब यह था कि अमरीका जाकर उसने बेहतर हिंदी सीखी।

तो परिवार की सबसे कमउम्र नायाब औरत का जिक्र ख़ैर करके अब मैं अपनी कुछ विदेशी सखियों की तरफ़ रुख करती हूँ, जो कमउम्र और हमउम्र के बीच की हैं।

साहित्य में मनोसंधान

हर रचनात्मक लेखक कुछ हद तक मनोविधेयक का काम करता है। कम से कम उसका संबंध मनोवैज्ञानिक पड़ताल में होना है, भले मनोविद्वेषण का व्यवसाय करने वबाले, उसकी चेष्टाओं को अनाड़ी का अनाधिकार दखल मानें। मैं कहना चाहती हैं कि जितना साहित्यकार अपने पात्रों के आचार–व्यवहार को गढ़ने के लिए मनोविज्ञान या मनोविश्लेषणात्मक सिद्धांतों से उधार लेता है, उतना ही मनोविज्ञान के सिद्धांतकार अपने सिद्धांत गढ़ने के लिए साहित्य में उधार लेते हैं। बल्कि साहित्यकार विश्लेषण में कुछ आगे जाकर मनोसंधान करता है।

जो ऊपरी सतह पर स्पष्ट दीख रहा हो, उसमें असंतुष्ट होने पर ही कोई ईमान, वैकल्पिक संसार की रचना करने के मर्यादा में क़लम उठाता है। उस संसार में यथार्थ के भीतर, जो परत–दर–परत द्वंद्वात्मक विडंबनाओं में लैस यथार्थ है, उसका अनुशीलन करना ही रचना कर्म का गत्व है। यह अनुशीलन व्यक्ति में भी ताल्लुक रखता है और अनेक सामान्य व असामान्य कहलाये जाने वाले व्यक्तियों में बने उस समूह से भी, जिसे हम समाज, सांस्कृतिक इकाई या राष्ट्र के नाम से जानते हैं।

एक मनोवैज्ञानिक की सबसे जटिल समस्या यह तय करना है कि मानव स्वभाव में क्या मामान्य है और क्या, असामान्य। सामाजिक व सांस्कृतिक रूढ़ि या व्यवस्था, इतिहासजनित भ्रम या अहंकार के कारण, जिसे असामान्य घोषित करती है, वह दरअसल असाधारण वैचारिक सोच और अनुसंधान हो सकता है। मनोवैज्ञानिक शोध का एक काम, असाधारण और असामन्य के बीच के महीन अंतर को स्पष्ट करके मानव स्वभाव की जटिल संरचना को उद्‌घाटित करना रहा है। ठीक यही काम साहित्यकार भी करता है। कह सकते हैं, साहित्य का मूल स्वत्व, समाज व व्यवस्था के भ्रमों का निराकरण

कर उसे चेताना है।

इसके विपरीत यह भी उतना ही मच है कि हर तथाकथित सामान्य व्यक्ति में कुछ न कुछ असामान्य समझे जाने वाले तत्व विद्यमान रहते हैं। आप फ्रायड के नियमों को मानें चाहे नहीं, उसका एक महत्वपूर्ण योगदान स्वीकार करना ही होगा कि, पूरी तरह से सामान्य कोई व्यक्ति नहीं होता। बल्कि कहे कि सामान्य शब्द ही व्यक्ति के संदर्भ में बेमानी है। एक तरफ़, हर व्यक्ति दूसरे व्यक्ति में भिन्न होता है, इसलिए दोनों में से किसी एक को सामान्य नहीं माना जा सकता। दूसरी तरफ़, कुछ तत्व ऐसे होते हैं जो धर्म, नमन, रंग, जाति, लिंग से परे, हर व्यक्ति में यक्सां होते हैं, जिन्हें शाश्वत मानवीय तत्व माना जा सकता है। कालजयी और स्थानीयता को लाँघने वाले साहित्य का लक्षण है, इन्हीं शाश्वत तत्वों का अनुशीलन करके, रचना में उनका चित्रण व विश्लेषण उदाहरण के लिए एक शाश्वत नैसर्गिक स्थापना यह है कि सोच–विचारकर वैकल्पिक कर्म के बीच चुन पाने की शक्ति, केवल मानव के पास है, पशु के पास नहीं। इसलिए वह अपने कर्म के लिए उत्तरदायी या जवाबदेह है। साथ ही सहजबोध या इंसटिन्क्ट भी उसके व्यवहार को संचालित करता है। यानी वह हर समय वैचारिक चुनाव और सहज प्रतिक्रिया के बीच की द्वंद्वात्मक स्थिति में विचरता है। दुविधा व द्वंद्व, उसके अस्तित्व या एक्जिस्टैन्म का स्थायी भाव है और उसका प्रयोजन, उनसे मुक्त हो कर कर्म कर पाना है। यह तत्व जितना साहित्य का विषय है, उतना ही मनोविज्ञान का भी है। स्वभाव या संस्कार? विरासत या पालन–पोषण? मानव चरित्र को क्या अधिक प्रभावित करता है, यह प्रश्न मनोविज्ञान को हमेशा से चुनौती देता आया हैं।

और यही प्रश्न, साहित्यिक रचना में खुद–ब–ख़ुद प्रवेश पा लेते हैं। देखा जाए तो मनोविज्ञान की कई मान्य प्रवृत्तियाँ, पहले साहित्यिक रचना में मानवीय नियति के विद्रूप के रूप में अभिव्यक्त हुईं, बाद में उन्हें मनोविज्ञान में मान्यता मिली। फ्रायड के मनोविज्ञान दर्शन के दो आधार स्तम्भ, इलेक्ट्रा और इडिपस काम्प्लेक्स, ग्रीक नाटकों में व्याख्यायित पात्रों के जीवन में घटित असामान्य घटनाओं से उपजी विडंबनाएँ से उधार लिए गये थे।

मैं विश्व साहित्य, जिसमें हिंदी साहित्य भी आता है, के कुछ महत्वपूर्ण उपन्यासों के माध्यम से इन आधारभूत सिद्धांतों को स्पष्ट करना चाहती हूँ। पहला है कामू का स्ट्रेन्जर (अजनबी), जो मियरसौ की मनःस्थिति का, उदासीनता के प्रतीक व्यक्ति के रूप में, अभूतपूर्व विश्लेषण करता है। अंत

में न्यायाधीश के पूछने पर कि उसने एक अनजान व्यक्ति की हत्या क्यों की, उसका उत्तर सूरज के तेज़ ताप के कारण!' भीतर तक हिला देने वाला सत्य वाचन है। कोई उसे गंभीरता से नहीं लेता। अदालत में बैठे तमाम दर्शक हँस पड़ते हैं। न्यायाधीश ही नहीं, उसका अपना वकील भी उसे एक अहमकाना जवाव मानता है। जो सच है, उसमें किसी की दिलचस्पी नहीं हैं, उसके अंतःकरण में झाँक कर देखने की न किसी को फुर्सत है न रुचि।

हत्या से ज़रा पहले वह कहता है, "हर बार जब तेज़ रोशनी की धार, रेत के कणों, टूटे शीशे की कणियों और विरंजित शंखों से टकरा कर चौंध फेंकती, मेरे जबड़े भिंच जाते। मैं शिद्दत से कुछ महसूस कर रहा था तो बस माथे पर धमकते सूरज के ताप के मज़ीरे और दूर कहीं चाकू से निकलता प्रकाश का त्रिशूल उसका धधकता फल मेरी पलकों को बींध रहा था, जलती आँखों को भेद रहा था। तभी सबकुछ चक्राकार घूमने लगा। मेरा सर्वांग तन गया और मेरे हाथ बंदूक पर कस गया अदालत में यह सब कहने–सुनने का उसे मौका ही नहीं दिया जाता। वहाँ बहस वकीलों के बीच होती है, उसकी हिस्सेदारी नगण्य है।

जब–जब मैंने यह उपन्यास पढ़ा, मियरसों का बार–बार यह कहना कि फल–फलों चीज़ उसकी नसों पर भारी पड़ रही थी, अत्यन्त महत्वपूर्ण लगा।

"सूरज का ताप, चमड़े और बैलगाड़ी में जुते घोड़ों की लीद की मिलीजुली बू, लोबान और पालिश की गंध और बिनसोई कटी रात की थकान मुझे न ढंग से सोचने दे रही थी, न देखने।"

माँ के अंतिम संस्कार के वक़्त कही गई इन पंक्तियों से ले कर, अपने मुकदमे की अंतिम सुनवाई तक, वह बार–बार अनेक बाह्य स्थितियों के बारे में, ऐसे वाक्य दुहराता है। शोर, धूप, तेज़ रोशनी, मौन, दिखावा। सबसे ज़्यादा दिखावा। इस हद तक कि अपने और अभियोगी वकीलों के बयान सुनने में भी उसकी दिलचस्पी बनी नहीं रह पाती। अंततः उसे हत्या के लिए मौत की सजा मिलती है तो उसका मुख्य कारण यह रहता है कि उसने अपनी माँ की मृत्यु पर, अतिरिक्त दुःख का दिखावा नहीं किया था। जिसकी वजह से उसे संवेदनहीन और निर्मम माना गया। क्योंकि उसने स्वीकृत व्यवहार के ख़िलाफ़ सहज व्यवहार किया था, जैसे कॉफ़ी या सिगरेट पीना माँ की आयु न जानने पर मनगढन्त उम्र न बतला कर, साफ़ कह देना, उसे नहीं पता, मृत माँ का चेहरा न देखना, अगला दिन एक लड़की के साथ बिताना, मज़ाहिया फ़िल्म देखा, वग़ैरह। ग़लत यह नहीं माना गया कि वह माँ से प्यार नहीं

करता था, जो वह करता था। बार–बार माँ की कही बातें याद आना उसका परिचायक था) या उसकी मृत्यु से उसे गहरा आघात नहीं लगा था। बल्कि यह कि उसने रो धो कर जतलाया नहीं था कि वह प्यार करता था। और उसे उसकी मृत्यु से आघात लगा था। यानी समाज सज़ा देता है, दिखावा न करने की स्वीकृत व सामान्य व्यवहार से फ़र्क व्यवहार करने का सवाल उठता है कि यह कौन तय करेगा कि सामान्य क्या है? सरकार? समाज? क़ानून? मनोविश्लेषक? या हमें मानना होगा कि असामान्य और सामान्य को अलग करने वाला हाशिया, बहुत ही धूमिल और लचीला है। यह सवाल साहित्य को जितना आड़े लेता है उतना ही मनोविज्ञान के सिद्धांतों को। असामान्य या असाधारण के विवाद को लें तो जैनेन्द्र का प्रख्यात उपन्यास त्यागपत्र इसका एक प्रबल उदाहरण है।

मृणाल, उसकी नायिका, अपने पति को अपने पूर्व प्रेम के बारे में ईमानदारी से बतलाती है तो पता चलता है कि सत्यवादिता या ईमानदारी का उसकी नज़र में कोई महत्व नहीं है। भोगविलास और मनसा प्रेम के बीच का अंतर समझने में भी वह असमर्थ है।

उससे परित्यक्त होने पर, वह अपने अहम् का परित्याग कर, एक कोयले वाले के साथ रहने लगती है और उससे गर्भवती भी हो जाती है। प्रेम या पसंद का कोई भाव उसके भीतर नहीं है। अपनी समझ में वह स्व का विसर्जन कर रही है, जो अंततः आत्मा का परमात्मा में विलय करवाता है। यह प्रयोग पूरा होने पर जब बच्चे की मृत्यु हो जाती है तो वह पूरी तरह समाज सेवा में लग कर समाज की जूठन के साथ रह कर अपना उत्सर्ग करती है।

सवाल उठता है, मृणाल मेसोकिस्ट है या त्यागी? असामान्य है या असाधारण? क्या उस मूढ, हिंसक और वीभत्स कोयले वाले के साथ रहने के अलावा उसके पास, दूसरा विकल्प नहीं था?

हम जानते हैं, था। वह पढ़ी–लिखी है, बाद में अध्यापिका बनती है। फिर उसने वही मार्ग क्यों चुना? आधुनिक व वैज्ञानिक दृष्टि से संपन्न लोग कहते हैं, वह आत्मपीड़क या मेसोकिस्ट थी। बचपन में प्रेम होने पर, पिता–माता तुल्य भाई–भाभी से पाये त्रास के कारण, उसके भीतर ऐसी मनोग्रंथी बन गई थी कि वह आत्म–तिरस्कार पर बाध्य हो गई थी। समय के साथ उसने समाज सेवा के माध्यम से उसका उदात्तीकरण किया और अंत में अपनी सहायता के लिए आए भांजे से यह कहने लायक बनी कि क्या तुम्हारा घर

इतना बड़ा है जो समाज के इन सभी कुत्सित समझे जाने वाले लोगों को शरण दे सके? नहीं तो मुझ अकेली को तुम्हारी मदद नहीं चाहिए।'

सच क्या है, उसका पता लगाने के लिए व्यवहारिक मनोविश्लेषक होना काफ़ी नहीं है। हमें लेखक के जीवन दर्शन व नैतिकताबोध को समझना होगा और उसकी कसौटी पर उसके गढ़े पात्र की जीवन यात्रा व जीवन दृष्टि को तोलना–परखना होगा। देखें, जैनेन्द्र का दर्शन क्या कहता है?

जैनेन्द्र के सभी उपन्यास, भोग की अथक दौड़ से उत्पन्न मोहभंग के कथानक हैं। उनका विचार था कि त्याग या अपरिग्रह ही व्यक्ति को पूरी तरह मुक्त करवा सकते हैं। अगर व्यक्ति को किसी चीज़ की इच्छा या कामना ही नहीं होगी तो आप उसका शोषण कैसे करेंगे? किस वस्तु या स्त्रिग्धता से उसे वंचित करेंगे? किस चीज़ को खोने का भय दिखलाएँगे? जहाँ इच्छा नहीं है, वहाँ अभाव भी नहीं है। बाज़ार, उपभोग, मूल्य व्यवस्था, संबंधों की ऊष्मा, सत्ता की तानाशाही, कुछ उसे प्रभावित नहीं कर सकती। अपने चुने हुए रास्ते से डिगा नहीं सकती, क्योंकि इनमें से किसी की उसे न लालसा है, न उनसे भय। मोह, आकर्षण, ललक विहीन, वह सर्वथा मुक्त है। स्व का विसर्जन करके ही हम पूर्ण रूप से मुक्त हो सकते हैं।

इस दृष्टि से देखें तो मृणाल आत्मपीड़क या मेसोकिस्ट नहीं, आध्यात्मिक है। आत्मविसर्जन द्वारा आध्यात्मिक मुक्ति प्राप्त करने की प्रत्याशी है। उपन्यास के अंत में समाज के परित्यक्त लोगों के लिए, उसका स्नेह, सदभाव व सद्कर्म, उस व्यापक करुणा के प्रतीक है जो इस दर्शन के अनुसार, स्व के विसर्जन की सहज तार्किक परिणति है।

भोग व त्याग के बीच का द्वंद्व, साहित्य का अनन्त विषय है तो मनोविज्ञान का भी। इस द्वंद्व में, जैनेन्द्र से एकदम दूसरी धुरी पर है, मिलान कुंडेरा।

मिलान कुंडेस के प्रसिद्ध उपन्यास **द फाइनल वाल्ट्ज** का प्रमुख प्रवक्ता बर्तलफ, जो डॉन वॉन भी है और विचारवान संत भी कहता है, "वैरागी कोई भले हो जाए पर श्लाघा और ख्याति पाने का मोह नहीं त्याग पाता। संसार का सबसे बड़ा सुख है, प्रशंसित होना।' वह एक ऐसे तपस्वी का दृष्टांत देता है, जो धुर रेगिस्तान में, एक छोटे से मंच पर रह कर पूरा जीवन बिता देता है। क्या है वह जीवन? आत्म विदारण और शून्य तक फैला अभाव। पर उसी के कारण उसे लाखों लोगों की अनुशंसा और श्लाघा मिलती है। वे उसके अनन्य त्याग की गाथाएँ सुन कर दांतों तले उंगली दबा

लेते हैं। वाह वाह ऐसा अद्‌भुत त्याग! ऐसी तितिक्षा! इस वाहवाही को त्याज्य कैसे मान लें? कैसे छोड़ दें उसका मोह? कैसे लौट आएँ संसार में, एक मामूली, नगण्य व्यक्ति की तरह जीने के लिए? उसीसे वह शक्ति मिलती है जो आत्म विज्ञापन के लोमहर्शक कृत्य करवा देती है। बर्तलफ कहता है, ष्लाघा की अदम्य लालसा में हास्यास्पद कुछ नहीं है। मुझ वह काफ़ी मार्मिक मालूम पड़ती है। अपने समकालीनों की प्रशंसा चाहने का मतलब है, उनसे जुड़ाव रखना, उनकी परवाह करना, उनके बिना ख़ुद को अपूर्ण मानना।"

यह एक ऐसी अवधारणा है जो, बेशक, हर मनोविश्लेषक के लिए चुनौती है। मनोविश्लेषक की बेधक दृष्टि की बात करें तो दॉस्तायव्स्की के उपन्यास, **ब्रदर्स कारामज़ोव,** जैसा अपूर्व और बहुपक्षीय दस्तावेज़ अन्यत्र नहीं मिलेगा।

किस तरह एक तरफ़, ईश्वर में आस्था, मनुष्य में करुणा और पर हित की भावना का संचार करती है तो दूसरी तरफ़, धर्म की मान्यताओं में अंधविश्वास उसके भीतर मनोविकार उत्पन्न करता है, अनेक पात्रों के माध्यम से इस सत्य का उसमें अदभुत विश्लेषण है। धर्म से संचालित व्यक्ति की मानसिकता, चेतना व मनोविकार के साथ, धर्म से निर्धारित संस्कृति और समाज का व्यापक अनुशीलन है। वह भोग और त्याग के साक्षात्कार, टकराव, विच्छेद और मिलन के हर कोण को अपने में समेटे हुए है। कामुक और लम्पट कागमज़ोव पिता, भोगी, कामासक्त दिमित्री, बौद्धिक, अराजकतावादी इवान, आध्यात्मिक अन्योशा, वैरागी संत फादर जीसिमा, आदिम, सुभेका, और मनोविकार से पीहित स्मर्दय्काव, इन सब पात्रों के अंतर्मन की चीरफाड़, किसी विख्यात मनोविशेषक से अधिक एकाग्रता व कौशल से की गई है। साथ ही आध्यात्मिक दर्शन का भी गहन अनुशीलन है। **स्मर्दय्काव** का चित्रण व एक अध्याय में इवान द्वार वर्णित बच्चों पर होने वाला अनाचार, एबनारमल साइकोलोजी के स्वयंसिद्ध सिद्धांत हमें देता है।

इस पृष्ठभूमि के सापेक्ष हिंदी कथा साहित्य की बात करें तो सबसे पहले एक सीमा की ओर ध्यान दिलाना होगा।

हमारे यहाँ, लंबे समय तक यथार्थवादी उपन्यासों का बोलबाला रहा है। सामाजिक वर्ग व वर्ण संघर्ष का या आँचलिक वृतांत बुनने में, विवरणों को अधिक महत्व दिया जाता रहा, व्यक्तिगत व समाजपरक मनोवैज्ञानिक पड़ताल को कम। व्यक्ति व समष्टि के बीच अस्वाभाविक अंतर करने के

कारण, मनोवैज्ञानिक पड़ताल को बहुधा दिमाग़ी एय्याशी करार दिया गया। बहुत से प्रशंसित और प्रशंसनीय उपन्यास मनोवैज्ञानिक प्रश्नों से कभी काटते रहे। जैनेन्द्र, अमृतलाल नागर, महादेवी वर्मा आदि लेखक इसके अपवाद थे। एक दिलचस्प तथ्य यह है कि प्रेमचंद से लेकर जगदंबा प्रसाद दीक्षित तक अनेक ऐसे प्रतिभाशाली लेखक भी हुए हैं, जो समष्टि का दस्तावेज़ लिखते हुए भी, अनेक ज्वलन्त मनोवैज्ञानिक प्रश्नों को अपने कथानक में समेटे रहे हैं। प्रेमचंद की कहानी कफन तथा जगदंबा प्रासाद दीक्षित का उपन्यास, इतिवृत इसके अन्यतम उदाहरण हैं। कफ़न असमानता से उत्पन्न मनोविकार की ओर संकेत करती है। इतिवृत उस मनोवृत्ति का विश्लेषण करता है, जो महत्वाकांक्षी पर आत्मकेन्द्रित नेता की अदूरदर्शिता का बायस बनती है, और जिसके कारण, भारत के गाँव तवाह हो जाते हैं। बैंकों के कर्ज़ की अदायगी न कर पाने के कारण आज जो इतने किसान आत्महत्या कर रहे हैं, इतिवृत्त उसका पूर्वाभास देता है।

उसके सामने साठोत्तरी उपन्यासों में भीष्म साहनी (तमस) चन्द्रकांता का (कथा सतिसर), चित्रा मुद्‌गल (आवाँ) भगवानदास मोरवाल (काला पहाड़), जैसे विख्यात यथार्थवादी उपन्यास रखें तो वे विवराणात्मक दस्तावेज़ों की श्रेणी में आते हैं।

उसके विपरीत 2020 में आया मृणाल पान्डे का उपन्यास सहेला रे, मनोसंधान की अनुपम कृति है। पहाड़ी इलाके के ब्रिटिश सर्वेसर्वा की गायिका रखैल से शुरु हो कर बहराग रागिनियों के संवेदनशील अनुशीलन के साथ, उन्हें परवान चढ़ाने वाली गणिकाओं और उनके मुरीद, प्रशंसक व रसिक रुतबेदार जनों की निजी और पेशेवर ज़िंदगी का ऐसा मनोवैज्ञानिक लेखा–जोखा चित्रित करता है कि लगता है लेखिका उनके साथ बरसों बरस गुज़ार कर यह कृति लिखने बैठी है। मृणाल ने एक शोधकृत्रि को नाहक ही सूत्रधार बनने का कष्ट दिया। हम और आप जाते हैं कि जाता, मुरीद, मनोविश्लेषक, जो जो हैं, सब लेखक ख़ुद है।

साठ के दशक के बाद, एक दिलचस्प परिवर्तन यह हुआ कि स्त्रीवादी लेखन, मुख्यधारा में आने लगा। स्त्री विमर्श का नाम पर स्त्री के व्यवहार की मनोवैज्ञानिक पड़ताल होने लगी। कह सकते हैं, स्त्रियों के बहाने लिखे गये उपन्यासों ने मनोवैज्ञानिक उपन्यास की परंपरा को वापस बहाल किया। पर सभी उपन्यास स्त्री केन्द्रित नहीं थे। कुछ ऐसे विरल उपन्यास भी लिखे गये, जो संस्कृति के मनोवैज्ञानिक विश्लेषण से संबंध रखते थे।

मैं उनमें से कुछ का संक्षिप्त या कहूँ सांकेतिक विश्लेषण करेंगी। मनु भंडारी का 'आपका बँटी' और कृष्णा सोबती का 'सूरजमुखी अँधेरे के', स्त्री मनोविज्ञान की पड़ताल के उपन्यास हैं। संस्कृति के पतन की पड़ताल के उपन्यासों में शेक्सपियर के औयेलो की टक्कर का उपन्यास है, मनोहर श्याम जोशी का 'हमज़ाद'।

आलोचकों द्वारा 'आपका बँटी', बाल मनोविज्ञान का उपन्यास बतलाया जाता रहा है। सतह से नीचे जाकर देखें तो यह उपन्यास, स्त्री प्रवक्ता, शकुन के मनोविज्ञान का कथानक है। बेटी की मनोदशा का प्रमुख कारण यह है कि उसे, उसके जीवन की विप्लवकारी घटनाओं के बारे में अग्रिम, संवेदनशील जानकारी नहीं दी जाती। स्कूल से लौटने पर अचानक वह पाता है कि घर का सामान बाँध रहा है, वे कहीं और रहने जा रहे हैं। क्यों, किसलिए, कब तक, किन परिस्थितियों में, उसे कुछ ज्ञात नहीं। अनजान नई परिस्थितियों के किए तैयार करना तो दूर, उसकी प्रतिक्रियाओं को जानने की कोशिश दरकिनार, उसे विस्तृत सूचनाएँ भी नहीं दी जातीं। यह व्यवहार, किसी बच्चे को संघातिक मानसिक आघात पहुँचाने के लिए काफ़ी है। माँ के घर से पिता के घर तक का उसका विस्थापन बाद में होता है, असंवाद का मानसिक विस्थापन बहुत पहले शुरू हो चुका होता है। उसकी दुर्दशा का जिम्मेवार, सीधे–सीधे माँ–बाप का तलाक नहीं, संवेदनहीन असंवाद है। अगर उपन्यास बालविज्ञान पर होता तो इस तथ्य की ओर लेखक का अनकहा ही सही, इशारा ज़रूर रहता। पर वहाँ तो पूरा बन पिता के स्वभाव, तलाक व सौतेले बाप व माँ के नये जीवन पर है। जिसमें बँटी के लिए जगह नहीं है। इसलिए कहती हूँ कि वह शकुन के मनोविज्ञान का उपन्यास है, जो नहीं जानती कि तलाक और पुनर्विवाह से कैसे निबटा जाए। हाँ, मनोवैज्ञानिक चाहे तो, जो अनकहा रह गया, उसमें से बाल मनोविज्ञान के सिद्धांत प्राप्त कर सकता है।

'सूरजमुखी अँधेरे के' उपन्यास एक बलात्कृत स्त्री, रति की पीड़ा और मनोग्रंथी को कथानक बनाता है। ऊपरी तौर पर देखें तो लगता है, बलात्कार के बाद वह पुरुष से रिश्ता कायम करने में इसलिए असमर्थ है क्योंकि उसके भीतर एक पापबोध घर कर गया है। और यह अपराधबोध की ग्रंथी, समाज में व्याप्त उस पूर्वग्रह से उत्पन्न हुई है, जो बलात्कार को इज़्ज़त लुटने से जोड़ कर देखता है। अगर बलात्कार को सती– च्युत होना न मान कर हिंसा माना जाए तो जन्य हिंसा के शिकार की तरह, बलात्कृत स्त्री में आक्रोश या रोष तो होगा पर अपराधबोध नहीं। कुछ हद तक यह बात सही है पर

मनोवैज्ञानिक दृष्टि से पड़ताल करने पर हमें मानना पड़ता है कि, बलात्कार की प्रक्रिया इतनी जटिल है कि उस पर कोई एकांगी तर्क लागू नहीं किया जा सकता। बलात्कार स्त्री के स्त्री होने की अस्मिता का ही हनन नहीं करता बल्कि उसके मन में अपने तमाम भावात्मक व मानवीय संबंधों के बारे में संशय पैदा कर देता है। उसे उन पर दुबारा सोच–विचार करने पर बाध्य करता है। समाज में उसके स्तर, हैसियत व छवि पर भी प्रश्नचिह्न लगाता है। ज़ाहिरा तौर पर स्त्री में रोष और प्रतिशोध की भरपूर चाह होने पर भी, भीतर वह किसी–न–किसी प्रकार की द्वंद्व की स्थिति में रहती है। अपनी योग्यता और उत्कृष्टता में भले उसका विश्वास क्षीण न हो, साथी मर्दों पर संदेह और अविश्वास की भावना ज़रूर प्रबल होती है। समस्या तब और जटिल हो जाती है जब समाज में ऐसा कोई परिवर्तन नज़र न आए कि कम से कम उसके तथाकथित प्रगतिशील सदस्य बलात्कार को मात्र हिंसा मानने को तैयार हो। इस दृष्टि से 'सूरजमुखी अँधेरे' के रति के रूप में एक साधारण स्त्री की दुविधा का सटीक आकलन करता है। इसके साथ यह भी कहना ज़रूरी है कि समाज भले न बदला हो पर उसका पथ प्रदर्शन करने वाली ऐसी कहानियाँ ज़रूर लिखी जाने लगी है, जो बलात्कृत स्त्री को अपराधबोध मुक्त रहने की छूट देती हैं। दो ऐसी कहानियों के नाम है, चन्द्रकांता की आवाज़ और चित्रा मुद्गल की प्रेतयोनी।

इससे कहीं अधिक व्यापक फलक पर, संस्कृति के पतन से उत्पन्न नैतिक अवमूल्यन के मनोविकार का बेबाक् और बेधक् चित्रण हुआ है, मनोहरश्याम जोशी के 'हमज़ाद' में। इस उपन्यास की विशिष्टता यह है कि लेखक अपनी तरफ़ से कोई नैतिक निष्कर्ष नहीं देता। वह अपने पतित पात्रों के साथ ख़ुद को पूरी तरह एकात्म कर पाता है क्योंकि उसका अपने समय की संस्कृति से मोहभंग हो चुका है। उपन्यास इस मनोवैज्ञानिक तथ्य की पड़ताल करता है कि कायरतावश पतित का साथ देते जाना और अपने पतन के लिए उसी को जिम्मेवार ठहराना, उससे अधिक पतित होना है, कम नहीं। पर इस निष्कर्ष पर पाठक को स्वयं पहुँचना होता है। यह पूरी तरह लीक में हटा हुआ, मील का पत्थर उपन्यास है।

साहित्य और मनोविज्ञान के पारस्परिक संबंध के विषय में अंतिम बात। मनोवैज्ञानिक शब्दावली में साइकोपाथ उस व्यक्ति को कहते हैं, जिसके भीतर अपराधबोध नहीं होता। वह हत्या भी करेगा तो उसे वाज़िब ठहराने के लिए तर्क ढूँढ लेगा या तर्क की आवश्यकता ही महसूस नहीं करेगा। ऐसा

व्यक्ति बरसों आपके साथ रह सकता है, बिला आपको पता चले कि वह मनोरोगी है। रोज़मर्रा के व्यवहार में वह निहायत जेहनी, विनयशील और सौंदर्यानुरागी हो सकता है। आपको कोई खोट दिखे तो केवल अतिरिक्त तार्किकता का, जो आम व्यवहार या पारिवारिक जिम्मेवारी की बंदिश नहीं मानता। पर भीतर ही भीतर वह इंसान तमाम समाज से बदला लेने की योजना बनाता रह सकता है।

जब मैंने अपने उपन्यास मैं और मैं में कौशल कुमार नाम से ऐसे एक पात्र को चित्रित किया ते उसे स्वीकार करने में लोगों को दिक़्कत हुई। शायद इसलिए कि हिंदी–उर्दू की उत्कृष्ट कृतियों में भी जब मनोविकार का चित्रण हुआ है तो वह अधिकतर स्किजोफरेनिया के अंतिम चरण पर पहुँचे पात्रों हुआ है। उदाहरण के लिए मंटो के 'टोबा टेकसिंह' और निर्मल वर्मा के 'रात का रिपोर्टर' को देख सकते हैं। साइकोपाथ का चित्रण बहुत कम हो पाया है।

सच यह है कि ख़ुद मुझे भी अपने पात्र का मनोविज्ञान पूरी तरह समझने में वक़्त लगा। आज कह सकती हूँ कि बतौर लेखक, उसे चित्रित करने के काफ़ी समय बाद, जब बतौर पाठक, उपन्यास पढ़ा, तब जाकर उसकी तमाम असलियत मुझ पर खुली। इसका जो कारण मेरी समझ में आया, वह यह था कि औपन्यासिक पात्र होने के नाते, कौशल कुमार केवल साइकोपाथ नहीं है, उसके अन्य विभिन्न प्रभावी आयाम हैं। वह एक प्रतिभाशाली लेखक है, विज्ञ व रसिक पाठक और समालोचक है, समाजशास्त्र व दर्शन का अध्येता है। लेखक से पाठक तक की यात्रा में जो समय लगा और उसके फलस्वरूप मेरे सोच और संप्रेषण में जो अंतर आया, मनोसंधान के संदर्भ में वह अत्यन्त महत्वपूर्ण था। उसने मेरे सामने रचनाकर्म की एक महत्वपूर्ण सच्चाई प्रकट की। चूँकि रचनाकार अपने जीवन की त्रासद सच्चाइयों से साक्षात्कार करने से नहीं कतराता, उनका रचना में इस्तेमाल करने से कन्नी नहीं काटता, इसलिए वह, अनायास, विश्लेषण से आगे जाकर मनोसंधान कर जाता है। इसीलिए रचनात्मक साहित्य का मनोविज्ञान के सिद्धांतों पर गहरा और दूरगामी प्रभाव पड़ता है।

भोग और त्याग : साहित्य की अंतर्धारा

जैन परिवार में पैदा होने के कारण शुरू से ही मुझे यह अहसास करवाया गया था कि त्याग स्वयं अपना साध्य है। कि जीवन दुःखों से भरा है, सुख का मार्ग केवल मोक्ष और पुनर्जन्म से मुक्ति में है। सुखदायक प्रवृत्ति वाली हर भौतिक वस्तु और लालसा का त्याग ज़रूरी है। इस बारे में कोई लिखित आदेश नहीं थे, लेकिन सदियों से मौखिक रूप से चली आ रही वर्जनाएँ कम कठोर नहीं थीं। भोजन और यौन संबंधों के आनंद को नीची निगाह से देखा जाता था। जब तक व्यक्ति मृत्यु का चुनाव नहीं कर लेता, यौन संबंध केवल संतान उत्पत्ति के लिए थे और भोजन करना मात्र जीवित रहने के निमित्तभर था। व्यक्ति की इंद्रियाँ, उसे उसके आसपास हरदम–हरपल मौजूद दुःखों के प्रति संवेदनशील बनाती थीं। अहिंसा जो जैन मनीषा का अभिन्न अंग था, इन्हीं दुःखों के अम्बार से हमें बचाने में सहायक होता था। लेकिन पूर्णतया वह भी कारगर नहीं हो पाता। यानी, जब तक आप जीवित हैं, आपको दुःख झेलना ही होगा, इसलिए भी क्योंकि आप जानते हैं कि दूसरे भी पीड़ा झेल रहे हैं। तब होता यह है कि साधक आत्मपीड़ा के अभ्यास में उतर पड़ता है। दुःख, निर्वाण प्राप्ति का साधन बनता है और पुनर्जन्म के निरंतर चक्र से मुक्ति दिलाने का मार्ग भी।

यह तो हुई परंपरागत मिले ज्ञान की बात पर मैंने अपना अधिकांश वयस्क जीवन यह सोचने में बिताया कि क्या त्याग और भोग एक ही सिक्के के दो पहलू नहीं थे? उदाहरण के लिए, अधिकांशतः संभोग जैसा भोग प्रबल कर्म, आत्म–त्याग का पूरक बनता था। संभोग (यौन संबंध) से जुड़े चरम सुख की परिणति, संतान उत्पत्ति में होती थी, यानी जनक और जननी बनने में, जो उन लोगों को आत्मत्यागी नहीं तो **कमअजक्रम** निस्वार्थी तो बनाता ही था।

इस संबंध में प्राचीन भारतीय दार्शनिक चार्वाक के प्रचलित दर्शन से विरोधी मत, मेरा बहुत मददगार साबित हुआ। पश्चिम द्वारा मुक्त बाज़ार या

किसी भी बाज़ार की खोज से बहुत पहले, एडम स्मिथ या अरस्तू के जन्म से सदियों पहले, हमारे पुरातन दर्शन शास्त्री भोगवाद के प्रणेता रहे थे। चार्वाक कहते हैं, जीवन में आनंद प्राप्ति के लिए आपको अर्थ चाहिए। अर्थ प्राप्ति के लिए आपको ऋण की आवश्यकता हो सकती है, बल्कि जीवन के किसी–न–किसी मुक़ाम पर होती ही है। ऋण प्राप्ति के लिए आप में ऋण पात्रता होनी अनिवार्य है। यदि आपका चाल–चलन उपयुक्त नहीं है तो आप उत्तम ऋणपात्र कदापि नहीं हो सकते। अतः व्यक्ति चाहे हर्षोल्लास भरा आनंददायक जीवन जिये या संयम से रहे, उसके व्यवहारिक आचरण में अधिक अंतर नहीं होगा।

जहाँ तक साहित्य का सवाल है, पहली नज़र में लगता है कि त्याग और भोग दो नितांत विपरीत ध्रुव पर खड़े रहे हैं। यह कहना तो ख़ैर एकदम घिसी–पिटी बात होगी कि प्राच्य साहित्य का केंद्र बिंदु त्याग है, और पश्चिमी साहित्य की जड़ें प्रेयवाद में मिलती हैं। उसे दुहराने का मेरा कोई मंतव्य नहीं है। प्राचीन भारतीय साहित्य में दोनों ध्रुवों का सम्मिलन मिलता है। एक ओर कालिदास एवं शूद्रक ऐंद्रिक तथा उल्लास का उत्सव मनाते हैं, दूसरी ओर जातक कथाएँ, त्याग का संदेश देती हैं। परंतु इसका अर्थ यह नहीं है कि पूर्वी या पश्चिमी साहित्य के मध्ययुग की क्लासिक रचनाओं में, जिसे अब उत्तर व दक्षिण का साहित्य कहा जाता है, आध्यात्मिक कथ्य की कमी है। आध्यात्म और अलौकिकता को केंद्र में रखने वाले यूरोप के आंद्रे जीद, मिल्टन, अनातोले फ्रांस, विक्टर ह्यूगो आदि की क्लासिक रचनाओं के बीच, हमें दोस्तो यवस्की का भीमाकार "ब्रदर्स करामाजोव" नज़र आता है। मेरी राय में वह त्याग बनाम भोग का एक संपूर्ण गल्प प्रबंध है। वह दोनों धाराओं के सभी संभावित पक्षों को छूता हुआ, पात्रों की मार्फ़त अपने तार्किक निष्कर्ष पर पहुँचता है। लचर करामाजोव पिता–पुत्र, कामुक दमित्रि, बागी बौद्धिक आइवन, मंद्बुद्धि स्मेरद्याकोव, आध्यात्मिक एल्योषा, संतनुमा वैरागी फादर जोस्सिमा, दुनियादार गुषेंका, विभिन्न और विरोधाभासी इंसानी मनोभावों से लैस हैं। सभी लेखकीय प्रयोगशाला में, अपने–अपने क़िरदार खेलते और खोलते हुए, कृति को उसके आंतरिक तर्क और प्रतिकृति के समाधान तक पहुँचाते हैं। लेकिन हम मालूम यह करना चाहते हैं कि इस असाधारण उपन्यास में चित्रित घटनाओं और भावनाओं के लंबे, कष्टदायक और जटिल खेल का अंतिम नतीजा क्या रहता है? सिर्फ़ यह कि त्याग और भोग के बीच की दुविधा का हल मिलना कभी संभव नहीं है। तब हमारे पास एक ही

आत्मबोध बच रहता है न कि प्रत्येक व्यक्ति को इनके बीच अपना ष्धर्म" और नियति ख़ुद खोजनी होगी।

हैरानी की बात है कि जहाँ शृंगार की धवल परंपरा में, संस्कृत और मध्यकालीन भारत के हिंदी साहित्य में, ऐंद्रिक लेखन खूब मौजूद है, वहाँ हिंदी का आधुनिक साहित्य उससे दूर–दूर रहा है। शायद ब्रिटिश या उसके विक्टोरियन पाखंड का प्रभाव उस की तह में रहा हो। अथवा वह एक अतिवादी छोर से दूसरे अतिवादी छोर तक पहुँचने की उसकी नैसर्गिक नियति थी। जिन लेखकों ने हिंदी और उर्दू में भोग की परंपरा को ज़िंदा रखा, वह गिने–चुने हैं। समकालीन उपन्यासकारों में कृष्ण बलदेव वैद और मनोहरश्याम जोशी का नाम ले सकते हैं या कुछ पहले के हिंदी साहित्यकार पांडेय बेचन शर्मा 'उग्र' का। उर्दू में मंटो तथा इस्मत चुगताई का। अधिकांश अन्य लेखक सेक्स व दैहिक भोग को लेकर अपराध–बोध से ग्रस्त दिखलाई देते हैं या कुछ शिथिल उदारता के साथ, उतने ही शिथिल यौन कारनामों को उभारतेभर दिखते हैं।

इसके विपरीत यदि त्याग के भाव से प्रेरित लेखन की बात करें तो कम से कम प्रख्यात हिंदी उपन्यासकार, जैनेन्द्र की उदात्तता में कतई शिथिलता नहीं दिखती। वह जैन–दर्शन के सच्चे व्याख्याता थे, जो त्याग और आत्म–विदारण द्वारा ही निर्वाण प्राप्ति की संभावना का संदेश देता है। आंद्रे जीद और मिल्टन जैसों के दर्शन से वे कहीं आगे हैं। आधुनिक भारतीय साहित्य के ये पुरोधा अपने उपन्यासों में दिखाते हैं कि भोग में विचरण, व्यक्ति को दिगभ्रमित ही नहीं करता, उसका अंत स्वतः विरक्ति में होता है। कह सकते हैं कि उनके अनुसार त्याग के प्रति तीव्र ललक भी सुख प्राप्ति की उसी उत्कट इच्छा से पैदा होती है, जिससे भोग के कर्म। उनका उपन्यास ''त्यागपत्र'', स्पष्ट रूप से कहता है कि केवल त्याग ही व्यक्ति को पूर्ण रूप से स्वतंत्र कर सकता है। चूँकि ऐसे व्यक्ति को कुछ चाहिए नहीं होता, इसलिए उसका कोई शोषण नहीं कर सकता। चूँकि उसकी इच्छाएँ ही नहीं होतीं इसलिए कोई उसे बाँध नहीं सकता। वह उपभोग के उत्पीड़न से, भौतिक वस्तुओं के बोझ से, रिश्तों की संवेदनीय पकड़ से और समाज के निर्देशों से सदा के लिए मुक्त हो चुका होता है।

मेरा प्रश्न कुछ और है, क्या वह वाकई उसे स्वतंत्र करता है, या एक प्रबल प्रणेता या कहें अत्याचारी, दूसरे का स्थान ले लेता है?

जब किसी सामाजिक व्यक्ति पर अपने साथियों के बीच त्यागी की छाप लग जाती है तो स्वतः ही वह उससे बहुत उम्मीदें जगा देता है। वैरागी के

चाल–चलन के संबंध में समाज द्वारा लंबे समय से प्रचलित और लोचहीन नियम उस पर थोप दिए जाते हैं। आरंभ में नया वैरागी बहुत उत्साह से उन्हें थाम कर चलता है, और बाद में... बाद में तो पलायन का मार्ग बचा ही नहीं रहता। उन नियमों से बाहर आना आसान नहीं, चूँकि वह स्वारोपित होते हैं।

मैं मानती हूँ कि संपूर्ण आज़ादी का एकमात्र रास्ता है, समाज के प्रचलित रीति–रिवाज़ों का खंडन, फिर चाहे वह उपभोक्तावाद से जुड़े हों या त्याग से। तब व्यक्ति क्या करे? जंगल या रेगिस्तान का रास्ता पकड़े और बिना शिष्य बनाए, एकांत जीवन जिए। शिष्य न बनाने की बात बहुत महत्वपूर्ण है। उसका इतिहास में कोई उदाहरण नहीं मिलता। यहाँ तक कि ज्ञान प्राप्ति के बाद बुद्ध और महावीर जैसे अनेक जैन तीर्थंकर भी, धर्मोपदेश देने और उसकी राह पर चल सकने वाले शिष्य बनाने के लिए समाज में लौटे।

जहाँ तक साहित्य का सवाल है, कविता में ज़रूर कभी–कभार व्यक्ति के एकालाप की झलकियाँ मिलती हैं, जिनमें अन्य आत्माओं का कोई योगदान नहीं होता। यूँ तो गल्प में भी मस्तिष्क की अंदरूनी परतों की पड़ताल मिलती है। लेकिन याद रखने लायक मसला यह है कि लेखक कितना भी अकेला क्यों न हो या होने का प्रयास करे, जैसे ही वह कृति को प्रकाशित करवाता है या करवाने का प्रयास करता है, वह कर्म उसे समाज का सदस्य बना देता है। मिलान कुंडेरा के अनुसार, सिर्फ़ लेखक ही नहीं, कोई भी व्यक्ति समाज से पूर्णतया जुदा नहीं रह सकता। उपन्यास "द फेयरवेल वाल्ट्ज" में उनका आधा सत और आधा व्यभिचारी (डॉन ज्वां) पात्र कहता है कि वैरागी भी देखा या प्रशंसा की इच्छा से मुक्त नहीं होता। दुनिया का सबसे बड़ा सुख है, प्रशंसित होना। वह एक वैरागी का उदाहरण देता है जो पूर्ण अभाव में, आत्मालोचना में डूबा, मरुस्थल में उभरे हुए एक छोटे से चबूतरे पर नितांत अकेला रहता है। बदले में उसे उसके आत्मत्याग की उपलब्धियों को सुन कर गद्गद होने वाले लाखों लोगों का चकित प्रशंसा भाव और अनुमोदन प्राप्त होता है। इसके कारण वह जिस आनंद सेभर उठता है, उसे कभी छोड़ना नहीं चाहता। प्रशंसा प्राप्त करने की यह ज़बरदस्त इच्छा कोई मज़ाक नहीं है। डॉन ज्वाँ कहता है "मुझे यह चाहना अत्यन्त मर्मस्पर्शी लगती है। प्रशंसा की चाह रखने वाला इंसान, अन्य लोगों से जुड़ा रहता है, उनकी चिंता करता है, तभी न उनके बिना रह नहीं सकता।"

निष्कर्षतः हम देखते हैं कि सबसे अलग–थलग पड़ा व्यक्ति भी, किसी–न–किसी रूप में, अन्य से जुड़े रहता है।

विभिन्न संस्कृतियों का अध्ययन करने पर जो रहस्य हमें भ्रमित करता है, संभवतः उसे यहीबोध सुलझा सकता है। यौनेच्छा और भोगासक्ति को बड़े पैमाने पर अपनाने वाले पश्चिमी ईसाई समाज में ही, सर्वाधिक ब्रह्मचर्य, यानी ननों तथा पादरियों को गौरव व सम्मान मिलता है। ऐसे हर समाज में, जहाँ भौतिक सुख–सुविधाओं का बोलबाला है, वहीं, त्याग और संयम के प्रति गहरा आकर्षण भी दिखता है। वजह सीधी है, बेहद महत्वपूर्ण समझी जाने वाली वस्तु को तजने वाले के प्रति लोग हैरानकुन और ईर्ष्या से भरी प्रशंसा में डूबे रहते हैं। भारत के मामले में इसमें उलट बेधक सच यह है और संभवतः अन्य पूर्वी देशों के लिए भी, जिन्हें मुख्यतः उनके आध्यात्मिक भावबोध के लिए जाना जाता है कि उनके अधिकांश जन उन लागा की इज़्ज़त करते हैं, जो भौतिक रूप से संपन्न और समृद्ध होते हैं। बेशक वे अपनी सफलता पाने के लिए तरह–तरह कर वन भ्रष्ट कारनाम क्यों न चुके हों। तभी न इन देशों में भ्रष्टाचार कभी चुनाव का मुद्दा नहीं पाता। उसके साथ ही इन देशों में दुनिया जहान के जीवित भगवानो, संतों, तथाकथित चमत्कारी बाबाओं को पूजने वाले सैकड़ों श्रद्धालु जुटे रहते हैं। वहीं नैतिकता से खारिज़ परभौतिक सुख सुविधा से संपन्न, समर्थ जन व सत्ताधारी उनके अनुयायी बनते हैं। यह पर कर दरअसल विरोधाभास जैसा दीखता है। विरोधाभास है नहीं। जो स्वयं अनैतिक तरीकद्दे अपना लोगों को अपनी मुट्ठी में कर चुके हैं, वे कहीं–न–कहीं अपराधबोध से ग्रस्त रहते हैं। और उसका प्रतिकार करने के लिए, किन्ही तथाकथित त्यागमय विभूतियों के आगे नतमस्तक होते हैं कि शायद इन अन्या का नैतिक बल उनकी अपनी आत्मा के कलुष को धो दे।

इस कुछ अलग नजरिये से भी परखा जा सकता है। कह सकते हैं कि वैरागी ही सफल भोगवादी होता है या वैराग्य भोगवाद का परिष्कृत रूप है। वैरागी कुछ नहीं चाहता। अधिकांश लोगों के पास कुछ होता नहीं। यानी वैरागी वह चाहता है, जो आम जनों के पास है, यानी शून्य। कह सकते हैं कि जो वैरागी को चाहिए, वह पाना आसान है, क्योंकि अधिकांश लोगों के पास वह है। उन्हें बहुत कुछ चाहिए लेकिन मिलता कुछ नहीं। यानी जीवन में वे ठगे जाते हैं। केवल वैरागी को ही इच्छित वस्तु पाने का असल सुख प्राप्त होता है। क्या यह भोगवाद का मूल लक्ष्य नहीं? असीम आनंद। जहाँ शून्य और अनंत एकसाथ आ मिलते हैं।

एक रोचक प्रश्न यह है कि आज समूचे विश्व में व्याप्त यूगे–केंद्रित विचार धारा का त्याग और भोग के सवाल पर क्या असर हुआ है और उसका

आधुनिक तथा उत्तर आधुनिक साहित्य की निर्मिति पर क्या असर रहा है? क्या वैश्विक उपभोक्तावाद के चलते, उपभोक्तावादी वस्तुओं को बटोरने और उनसे जुड़ने की बेचैनी ने, भोगवाद को साहित्य का प्रमुख सिद्धांत बना दिया है? मेरी राय में बहुत कुछ ऐसा ही है। वैयक्तिक आज़ादी, कार्यशैली के अनेक विकल्प, संपत्ति की उग्र पहरेदारी, उन्मुक्त यौन व्यवहार, शारीरिक गुणगान, आधुनिक साहित्य के अभिन्न अंग बन गए हैं, जबकि देशभक्ति, आदर्शवाद, त्याग आदि विषय, हास्य या चलचित्रों के लिए मुफ़ीद माने जाने लगे हैं।

इसे विडंबना कहें या जगज़ाहिर तथ्य कि उन्मुक्त भौतिकवाद और पुरातन मूल्यों के रहस्यों को नकारने की इस आदत ने ही अलौकिकता, धर्म–संप्रदायों और संस्कृतियों के तन्मय अध्ययन को जन्म दिया है, जो आज भी आत्म–त्याग में अभ्यासरत है। ऐसा लगता है कि साहित्य में त्याग के खिंचाव और भोग की दौड़ की पहेली कभी सुलझ नहीं सकेगी। और सुलझे क्यों? आख़िर साहित्य का मक़सद, सवाल खड़े करना और शंकाओं को हवा देना है, न कि एक दिशा में वैश्विक समाधान प्रेषित करना।

अपने साहित्य की ओर निष्पक्ष भाव से देखूँ तो पाती हूँ कि मैं इस पहेली और उसके अनसुलझे रहने में ही आनंद लेती रही हूँ। हालांकि, मैंने अक्सर जीवनतत्व को व्याख्यायित और समृद्ध करने के लिए व्यक्ति के ऐंद्रिय पक्ष को महत्वपूर्ण समझ कर उकेरा है। और लिखने की इस कवायद में पता चला कि विषयामत अस्तित्व ख़ुद मस्तिष्क तथा आध्यात्मिक इच्छाओं से बनता है। अपने पुराने उपन्यास "चित्तकोबरा" में मैंने देह और मन के बीच के ज़रूरी द्विभाजक तत्व की पड़ताल की थी। नायिका ऐंद्रिय पक्ष का आनंद उठाती दिखती है, लेकिन यौन सुख की पराकाष्ठा के अनुभव के दौरान उसका मस्तिष्क उसे नकारता है। एक पल वह कह रही है। "...शरीर ही संगीत है, शरीर ही नृत्य। शरीर ही ईश्वर है, शरीर ही आराधना। शरीर ही चेतना है, शरीर ही विस्फोट। शरीर के बँधक रहने पर मनमस्तिष्क नगण्य हैं, पर शरीर लालची नहीं है। अपना प्राप्य पा लेने पर शांत हो जाता है। जब शरीर अपना ऋण चुका देगा, तमाम बकाया अदा कर देगा तो मुक्त कर दिया जाएगा। फिर चाहे तो चैन से सो रहे... अगली वसूली के दिन तक।" उसी के उपरांत यानी शरीर के ऋण चुका देने के बाद वह कहती है। "कमरे का अंधेरा सुकूनदेह था... शरीर तो ख़ैर सो ही जाएगा... गुसलखाने में जाऊँ, सब कुछ धो डालूँ... नीले निशानों का क्या है, दो–चार दिन में खुद व खुद मिट जाएँगे।"

बाद के अपने उपन्यास "कठगुलाब" में एक बार फिर मैंने ऐंद्रिय सुख

और आत्म–परित्याग की पहेली को परखा है। लेकिन इसमें निर्णायक भूमिका निभाता है, दुःख। जैन संतों द्वारा अभ्यासित आत्मपीड़ा से हटकर, दुःख परिस्थितियों का नतीजा भी हो सकता है, जो हमारे बस के बाहर होती हैं। किस्मत से उत्पन्न हों या संयोग से, झेली जा रही पीड़ा पर उससे कोई अंतर नहीं पड़ता। इसके बावजूद, पीड़ा का परिमाण हमारे द्वारा ही संचालित व्याख्यायित होता है। पीड़ा का हमारे ऊपर आक्रमण आतंक, अंततः हमारी भावनाओं की गहराई और दर्द सहने की क्षमता पर निर्भर करता है। एक प्रमुख प्रवक्ता विपिन कहता है, "परम दुःख का दर्शन ईश्वर के दर्शन की तरह हैं। एकमात्र निर्दोष, निष्कलुष आदर्श वही है, पृथ्वी पर बुद्ध होना सबके वश की बात नहीं होती, परगृह त्याग कर कोई भी संन्यासी बन सकता है। "वह खुद, सदैव सौंदर्य के अतींद्रिय अनुभवों की तलाश में रहने वाला, परिष्कृत आनंदवादी है। उसे स्त्रियों में सौंदर्यबोध व संवेदनशीलता पुरुषों से ज़्यादा दिखलाई देती है, इसलिए उसे उनका साथ सहचर्य संबंध है। पर इस सौंदर्य प्रेम की तलाश के दौरान, वह स्त्रियों के उस प्रेम से दूर रहने की कोशिश करता है, जिसमें स्वार्थहीनता और चिरस्थायी समर्पण का भाव निहित है। उसने अनुभव से जाना है कि चिरस्थायी प्रेम का समूचा व्यापार, चिरस्थायी दुःख का कारण बनता है। लेकिन उसका अभियान असफल हो जाता है। अंततः वह अपने को उसी स्थिति में पाता है, जिसमें ताउम्र बचने की योजना बनाता आया था।

वह मानता था कि वह अपने जीवन की परिस्थितियों पर काबू रखने में पूरी तरह सफल था, अपनी इच्छा और जीवन दृष्टि के अनुरूप जीवन जीने की तमाम योजनाएँ बना सकता था, बना रहा था। वह कहता है, आख़िर अपने जीवन को योजना बना कर जीने की कोशिश में ग़लत क्या है, जब तक वह दूसरों को बेरोक टोक अपना जीवन जीने देने में हस्तक्षेप नहीं करता। "मैं चक्रीय दुःख–सुख की बात नहीं कर रहा। वह तो प्राणी मात्र के लिए प्रकृति का नियम है। मुझे भय लगता था उस तिलिस्म से, जो एक तुच्छ प्राकृत प्राणी को वह शक्ति देता था जिससे वह दुःख को, नित्य, शुद्ध, निरभस, निराकार निरंजन ब्रह्म की तरह साध सकता था, उसमें अपने मन प्राण– आत्मा का विलय कर सकता था।''

उससे ग़लती यह होती है कि वह यह समझने में असफल रहा कि कोई भी व्यक्ति एक अकेला द्वीप नहीं होता। वह मानवीय रिश्तों से मुक्त होने का विकल्प चुनकर भी उनसे दूर नहीं हो सकता। न ही वह उन्हें अपनी छवि में रूपांतरित कर सकता है। हर बार, चाहे कितने भी कम समय के लिए जब

वह किसी व्यक्ति से मिलकर संबंध बनाता है, ख़ुद अपने लिए फ़ैसले करने का माद्दा कुछ हद तक खो देता है।

परंतु अपनी ग़लती का सही अहसास उसे तभी होता है जब वह ऐसा संबंध बना चुका होता है, जिससे वह बच रहा था, तब उसे अहसास होता है कि उसका शेष जीवन पहले से पूरी तरह फ़र्क होगा।

आख़िरकार उसे स्वीकार करना पड़ता है कि दुःख का चुनाव व्यक्ति स्वयं नहीं करता, सुख या मृत्यु की तरह वह भी अपने आप आता है और उसके आगमन पर, उसका प्रभाव वैसा ही होता है, जैसा व्यक्ति द्वारा ख़ुद किए गए त्याग का होता है। दूसरे शब्दों में, वैरागी किसी शोकाकुल भोगी से फ़र्क नहीं होता, ख़ासकर तब जबकि दुःख भी सुख के सर्वोच्च बिंदु जितना ही ऊँचा हो जाए। उस मोड़ पर पहुँच कर वह आत्मबोध की विस्मित् पीड़ा से चीख़ पड़ता–

"मैंने नहीं चुना यह जीवन
यह अभिशाप मिला मुझे अगम्य से
किस बूते पर सिद्ध बने हो परमगुरु?
देखो मैंने सिद्ध कर ली दुःख– पिपासा।
वही शक्ति है न तुम्हारी
अखंड शान्ति व सुख दोगे कैसे
मैं पा चुकी जीवन का एकमात्र आदर्श
परम्, पूर्ण, नित्य, अनंत दुःख।

अपने प्रवक्ता के जीवन की पड़ताल करते हुए मैंने पाया सच्चे त्याग का अर्थ है कि भोगवादी ऐसे मोड़ पर पहुँच चुका, जहाँ उसे किसी प्राप्य की अपेक्षा नहीं रह गई है। अपेक्षा न रहने का अर्थ है, भविष्य की आशा या योजना से मुक्ति अर्थात् किसी किस्म की कोई इच्छा या ज़रूरत बाक़ी न रहना। आकांक्षा और अपेक्षा का अंत ही त्याग का मूल है। केवल एक भोगी ही दर्द की वह अतल गहराई महसूस कर सकता है, जो उसके त्याग का प्रेरक बने और वह सच्चे अर्थों में वैरागी हो जाए।

तो क्या एक वैरागी ही परम भोगी होता है या उन भावनाओं के आवेग के कारण ही, जिन्होंने उसे सर्वप्रथम भोगी बनाया था, भोगी की नियति होती है, एक सच्चा वैरागी बनना? निश्चित तो कुछ भी नहीं है। प्रश्न अधिक हैं, जवाब कम बल्कि जब दिये जाते हैं तो और प्रश्नों को ही जन्म देते हैं। अंतिम आँकलन में हम इतना ही कह सकते हैं कि त्याग और भोग एक ही सिक्के के दो पहलू हैं।

अपनों की दृष्टि में

उमा–अब मृदुला

–अचला बंसल

ज़माना गुज़रा, उमा नाम की एक कमसिन लड़की हुआ करती थी। छोटे कद–काठी की, चुप–चुप, शर्मीली लड़की। अपनी उम्र की बाक़ी लड़कियों से अलग, बड़ी बहिन मंजुल से एकदम फ़र्क। मंजुल की तरह, उसके पास फुर्सत के लम्हे भरने को ढेरों–ढेर सहेलियाँ नहीं थीं। कुल मिलाकर थीं तो बस दो–एक सहेलियाँ। उसका पहला प्यार और शौक़, पढ़ना था।

तब मैं नहीं जानती थी कि एक दिन, मेरी यह सीधी–सादी बहिन, विलक्षण मृदुला गर्ग में तब्दील हो जाएगी, बहुआयामी शख़्सियत वाली ऐसी साहसी औरत में, जो अपने विचारों को बेहिचक कहने की हिम्मत करेगी। चाहे वह कितने जानलेवा भँवर क्यों न पैदा करे, कितने चालाक प्रतिरोधों को क्यों न जन्म दे। निजी जीवन में और साहित्य की दुनिया में भी।

ऐसा नहीं है कि हलचलें उसे अछूता छोड़ जाती हैं। लापरवाह उदासीनता के मुखौटे के पीछे, जो वह ख़ासतौर पर लगाये रखती है, गुज़रे ज़माने की वह बात–बात पर आहत हो जाने वाली, झिझकी–सी लड़की अब भी साँस ले रही है। वह लड़की, जो प्रकृति के छोटे–बड़े कारनामों में **यकसाँ** आनंद पाती है। फूलों से भरा उसका छोटा–सा बगीचा हो या नर्गिस का अकेला एक फूल हो, जो उसकी मनुहार का मान रखकर, अपना अहंकार भूल, सीधे तने खड़े पत्तों के बीच सहसा खिल जाता है। कौमार्य की शुद्धता का प्रतीक–सा ममतामय गर्व के साथ, वह उसे अपने घर आने–जाने वालों को दिखलाती है। कुछ ठिठक कर रसपान करते हैं कुछ औपचारिक–सा मुस्करा देते हैं और कुछ ऐसे भी होते हैं, जो बिना पिघले उसे याद दिलाते हैं कि फूलों का क्या है, वे तो हर जगह हैं, लोदी गार्डन हो या कोई और बाग–बगीचा। जवाब में, चेहरे को भावहीन बनाये, वह मुस्करा देती है, बस।

पर हमेशा वह बेअसर नहीं रह पाती। वॉर होने पर, वापसी वॉर में वह

चाकू की धार–सा पायेदार व्यंग करके, ताक़तवर से ताक़तवर प्रतिद्वंद्वी को धराशायी कर सकती है। पर कमज़ोर क्षणों का फ़ायदा उठाकर, मुसीबत से घिरे नामज़द दुश्मन पर भी, उसने कभी चोट नहीं की, यह क़ाबिले तारीफ़ बात है। कुछ वैसी है, जो राजा–महाराजाओं के युग में, लोगों को, निहत्थे पर या पीठ–पीछे वॉर करने से परहेज करवाती थी। उसका न्यायप्रिय दिमाग़ भले तर्क से काम ले, उसका दिल ऐसा मोम है कि खंजर खा चुकने पर भी, पिघले बिना नहीं रहता। ऐसा नहीं है कि कमज़ोर, दुःखी या बीमार का साथ उसे भला लगता है। पर अपने दिमाग़ की तमाम चेतावनियों को नज़रअंदाज़ करके, वह उनका साथ देने पर, ख़ुद को मज़बूर पाती है। उनकी सुनती है, संवेदना महसूस करती है और कठिन राह पर जाकर उनकी मदद करने को तैयार हो जाती है। यक़ीन मानिए, टीसता दिल हो या बीमार देह, दोनों की तीमारदारी करना, वह बखूबी जानती है।

कुछ यादें होती हैं, जो हमेशा दिल में घर किये रहती हैं। उन्हीं में से एक है हरसिंगार के वे ताजे बीने फूल, जिन्हें गीली मलमल में लपेट कर वह मेरे नाश्ते के साथ, अस्पताल में मुझे भेजा करती थी। यह एक अतिरिक्त चेष्टा थी, क्योंकि असल काम तो नाश्ते का बनाया जाना था, पर वह, अस्पताल में बीत रही मेरी नीरस अस्तित्ववादी दिनचर्या के लिए, बहुत मानी रखता था। मेरे बेटे ने कहा था, "वे एक फ़र्क तरह की फ़्लोरेंस नाइटिंगेल हैं।" वह फ़र्क क्या था, उसने स्पष्ट नहीं किया था। पर हम, जो उमा को जानते हैं, समझ गए थे कि वह क्या कहना चाहता था। वह फ़र्क न रहा होता तो वह नर्स या डॉक्टर बनकर रह जाती। और वह वाकई किसी अनर्थ से कम न होता। अपनी करुणा और कल्पनाशीलता के चलते वह हर मरीज के लिए इस क़दर फिक्रमंद हुई रहती कि शायद ख़ुद बिखर कर बीमार हो जाती या अपनी असीम संवेदनशीलता पर उदासीनता का डॉक्टरी मुलम्मा चढ़ाने पर मज़बूर हो जाती। पर मैं नहीं समझती, वह सुरक्षा कवच उसके पास है।

वह न समाजसेवी है, न प्रतिबद्ध नारी मुक्ति समर्थक। बस एक ऐसी औरत है, जिसे अपनी अस्मिता का पूरा ज्ञान है और उस पर गर्व भी। साथ ही उसमें इतनी निष्ठा है कि जब किसी सामाजिक काम को हाथ में लेती है तो उसे मुक़ाम तक पहुँचाकर ही दम लेती है। धोबिन के बेटे को, नामी स्कूल ने दाखिला देने से इंकार कर दिया तो वह बिफर गई। अन्याय बर्दाश्त नहीं कर पाई और उसे दाखिला दिलवा कर ही मानी। यूँ कम–से–कम एक माँ का सपना तो पूरा हुआ कि होनहार बेटे को बढ़िया शिक्षा दिलवा पाये।

सोचती हूँ हिम्मत और आत्मनिष्ठा की कमी उसमें तब भी नहीं थी, जब वह अपने उमा अवतार में थी। बस तब वह इतनी मुखर नहीं थी और समाज के नियम–क़ायदों का प्रतिरोध भी खुल्लम–खुल्ला नहीं करती थी। पर चुपचाप, राह के रोड़ों को परे धकेल, अपनी राह बनाना वह तब भी जानती थी। पढ़ना उसके लिए, जीवन का सत्य था। सोलह साल की उम्र में, आँखों पर मोटा चश्मा लगा, तब उस सत्य से वह विमुख नहीं हुई, बदस्तूर पढ़ती रही। पर चश्मे का ताल्लुक सिर्फ़ आँखों की बीनाई से नहीं होता न। यह वह ज़माना था जब किसी नवयौवना का चश्मा लगाना, छोटा–मोटा हादसा ही माना जाता था। लड़कियों के लिए अभीष्ट था सुंदर दीखना, सुंदर को **साह** जाना और अच्छा वर प्राप्त करना। कहावत थी कि चश्मे वाली लड़कियों पर लड़के नज़र नहीं डालते। पर यह वह लड़की थी, जो चश्मा पहनने के दुःख से बेअसर न होने पर भी, उसे राह में आया एक छोटा–सा पत्थर मानकर, अलग कर सकती थी। अपनी दिलक़श मासूमियत बरकरार रखते हुए यह कार्ल मार्क्स, केन्स, दोस्तो यवस्की और ऑस्कर वाइल्ड के मोटे–मोटे ग्रंथों में यकसाँ डूबी रही। शायद मन–ही–मन वह जानती रही होगी कि वह दिन दूर नहीं था, जब चश्मा लगाना दिमाग़ से दुरुस्त होने की एक अलग किस्म की दिलकश कोशिश की, नुमाइंदगी करेगा। पर शायद इतना कुछ उसने सोचा भी न हो या आने वाला बदलाव उसके लिए इतना मानीखेज़ न रहा हो। सोलह साल की उम्र में भी उसमें धैर्य, दृढ़ता, विवेक या अकड़ की, जो आप कहना चाहें, कमी न थी। और न अब है, जब वह साठ पार कर चुकी है।

यूँ तो हर लेखक ख़ासा चमत्कारी जीव होता है, सच के छोटे–से लम्हे को, कहानी छोड़, लंबे उपन्यास का जामा न पहना पाता, पर मृदुला का रचना और कल्पना कौशल लेखन तक सीमित नहीं है। वह रोज़मर्रा की घरेलू कार्रवाइयों में भी देखा जा सकता है। उसके पकाए व्यंजन उतने ही अलहदा और खास होते हैं, जितने उनमें इस्तेमाल होने वाले पदार्थ, मामूली और आम बीमारों का पथ्य मानी जाने वाली बे–स्वाद लौकी भी उसका स्पर्श पाकर राजसी व्यंजन बन जाती है। लौकी के नाम से चिढ़ने वालों को, मैंने, उसकी बादाम के क़तरों से सजी लौकी की खीर चटखारे लेकर खाते देखा है। शायद बिना यह जाने कि जो वे खाये चले जा रहे हैं, वह लौकी है।

ज़माना पहले भी, जब वह उमा–भर थी, उसने अचानक घर आए मेहमानों के लिए कम मात्रा में पकी भिण्डी की सब्ज़ी और दही को मिलाकर

भिण्डी का रायता तैयार कर दिया था। माँ ने उसे 'उमा का कुछ' नाम देकर पल्ला झाड़ लिया था, पर मेहमान उसे तारीफ़ कर–करके समूचा चट कर गए थे। शायद यह वाक्या, आने वाले दिनों का पूर्वाभास था, कि उसके ख़्यालात, शुरू में चाहे जितने अज़ीब और तर्कहीन क्यों न लगें, वह उन्हें अंजाम दे ही लेगी। इसे उसकी जीत ही कहेंगे। यही वजह है कि वह ऐसी लेखक बन पाई है, जिसका ज़िंदगी का कडुवा–मीठा, बहुरंगा बखान,पाठक की अलसाई उदासीनता को एक झटके में तोड़ देता है। और वह देखता रह जाता है कि कैसे उसकी अपनी शख़्सियत, मृदुला के बुने जादुई ताने–बाने में लिपटती चली जा रही है।

वह अपनी मादरी जुबान, हिंदी में लिखती है। पर चाहती तो उतनी महारत के साथ अंग्रेज़ी में भी लिख सकती थी। कम लोग जानते होंगे कि अपनी पहली कहानी 'टाइम' उसने 1970 में अंग्रेज़ी में ही लिखी थी। उसके बाद भी यदा–कदा कुछ कहानियाँ अंग्रेज़ी में लिखी, जैसे 'रीमोट कंट्रोल', 'थ्री–हाइट्स' और 'रिकान्टेशन'। उनका उसने कभी हिंदी में तर्जुमा नहीं किया, इसलिए उसके ज़्यादातर पाठकों ने उन्हें नहीं पढ़ा। उसकी कविताएँ भी नहीं पढ़ी, जो लिखी भी गई तो उसी के पास महफूज रहीं। क्या उसने कविता को, जीवन के बहशी यथार्थ की पकड़ के लिए स्थगित कर रखा है? वह यथार्थ, जो दिल्ली के 1984 के दंगों के बाद, 'अगली सुबह' में और उसी बरस में की भोपाल गैस त्रासदी के बाद, 'विनाश दूत' में अभिव्यक्त हुआ है, या उसकी कविताएँ इतनी निजी हैं कि वह उन्हें दुनिया की नज़रों के सामने नहीं लाना चाहती? हम नहीं जानते। शायद वह ख़ुद भी नहीं जानती कि कब उसके भीतर का कवि बाहर निकल आएगा और कविताएँ यूँ खिल उठेंगी जैसे उसके बगीचे में फूल।

अभी वह एक उम्दा कहानीकार, उपन्यासकार और निबंधकार है। स्तंभकार भी। ऐसी लेखक, जो अपने हर पात्र का सूक्ष्म, सवांग, संपूर्ण, नोक–पलक में खरा चित्रण करने में सक्षम है। 'कठगुलाब' के पात्र इसके गवाह है कि वह अपने उपन्यासों में, हर जीवन में घट जाने वाली जटिल, असंगत और बेवजह घटनाओं को शामिल करने से नहीं कतराती।

अगर स्मिता इतना मोटा चश्मा न लगाती होती तो "उसकी ज़िंदगी के सफ़र का रंग–रूप बिल्कुल फ़र्क होता।"

और मारियान? उसके जीवन में "बिन बुलाये मेहमान की तरह, नियति घुस "आई" और सब कुछ बदलता चला गया।

ये शब्द मात्र उन दोनों की नहीं, पूरे मानव समुदाय की कहानी कहते हैं। मैं नहीं समझती, हम में से कोई यह दावा कर सकता है कि वह अपनी ज़िंदगी, अपनी योजना के मुताबिक जी पाया है। पूरी तरह से अबूझ तक़दीर के छलावों और पटखनियों से अछूता–अजनबी रहकर। इसीलिए मृदुला का लेखन, देश–काल की परिधियों में बँधा लेखन नहीं है। वह हर बँधन को तोड़कर, सबके लिए किया गया लेखन है। जैसे उसका विख्यात उपन्यास, 'चित्तकोबरा'। तभी, उसके पढ़ने वाले हर जगह और हर समय में मौजूद रहते आए हैं।

मेरी दोस्त मृदुला

–सतिन्दर बजाज

मृदुला एक दोस्त है। मेरी तो लंबे अर्से से रही है। लगता है जैसे वह हमेशा मेरी ज़िंदगी का हिस्सा रहती आई है। जब हम एक–दूसरे के संपर्क में न हों, तब भी। चूँकि हमारी दोस्ती किसी कारण या प्रयोजन से बँधी हुई नहीं थी, इसलिए उसका समय या स्थान–विशेष से संबंध भी नहीं था। कम–से–कम वह उनसे प्रतिबंधित नहीं थी। जब हम दुबारा मिलते हैं, तो उसी जगह से आगे बढ़ लेते हैं, जहाँ छूटे थे।

यह जो हमारी अबाध रूप से इधर–उधर खेलती–खिलखिलाती दोस्ती है, उसमें एक रूपमय कोसला ऐसा भी है, जो मौज–मस्ती से भरा हुआ है। मृदुला हर चीज़ को उत्कर्ष पर पहुँचा हुआ देखना चाहती है। अगर मुझे उस तनाव को महसूस करना पड़े, जो वह अपने निर्दोष कोषों को बनाने में झेलती है, तो शायद मैं पागल ही हो जाऊँ।

शुक्र है कि मुझे उन क्षणों के पार्श्व में नहीं जाना पड़ता, जो में उसके साथ है गुज़ारती हूँ। मुझे मृदुला की साज–सज्जा, पहरावा हमेशा बेहद सलीकेदार लगता रहा है। मेरा ख़याल था, लेखिकाएँ कुछ अस्त–व्यस्त, बिखरी–बिखरी होती हैं, अजब किस्म की पोशाकें पहने हुए। पर मृदुला वैसी नहीं है। वह हमेशा नफ़ीस दिखती है। उसका घर भी वैसा ही है। सुरुचिपूर्ण और खुला–खुला। चीज़–बस्त से अटा–लदा नहीं। वह काफ़ी बढ़िया रसोइंदारिन भी है। क्षण–भर में हाथ के वैसे हल्के से स्पर्श से, वह एक मामूली पदार्थ को सुवासित, जायकेदार व्यंजन बनाकर, पेश कर देती है।

उसका हास्य भाव या 'सेंस ऑफ ह्यूमर' धीमे सुर में अपनी बात कहता है। वह जब कोई चुटकुला या आपबीती सुनाती है तो आप एकदम ठहाका लगाकर हँसते नहीं, मुस्कराकर रह जाते हैं। पर जैसे–जैसे कहानी को आत्मसात् करते हैं, आपके भीतर हँसी के बुलबुले फूटने लगते हैं। वैसे ही जैसे हल्की आँच पर रखे उबलते पानी में फूटते हैं।

मृदुला उन लोगों में से है, जिन्हें अपना निजत्व बनाए रखने के लिए, चारों तरफ़ से बंद, एक अलग अंतरिक्ष की सख़्त ज़रूरत होती है। इस अंतरिक्ष में वही प्रवेश पा सकता है, जिसे वह स्वयं आमंत्रित करे। उसकी सबसे बड़ी नाराज़गी उन्हीं लोगों से है, जो उसके निजी अंतरिक्ष में ज़बरन घुसने की कोशिश करते हैं। लगता है, ख़ुद को जीवित रखने के लिए, उसके लिए यह अलग स्पेस एकदम अनिवार्य है। ज़्यादातर, कुछ समय बाद वह ख़ुद उससे बाहर निकल आती है। पर कभी–कभी भीतर खो भी जाती है और किसी को उसे बाहर खींच लाना पड़ता है। ग़नीमत है कि वह जाने रहती है, कब वह ख़ुद को खो बैठी है। और वापस लौटने के लिए, मददगार को संकेत भी दे देती है। क्योंकि उसके व्यक्तित्व का एक हिस्सा है, जो ख़ुद को जाँचता–परखता रहता है। मृदुला के जो पाठक इस ख़ास तत्त्व को नहीं पकड़ पाते, वे झुँझला उठते हैं। 'चित्तकोबरा' के उस विख्यात दृश्य में, जहाँ नायिका और उसका पति संभोगरत हैं, मृदुला की ही तरह, नायिका भी अपना निरीक्षण करती रहती है, इसीलिए जो घट रहा है, उसका तटस्थ भाव से अंकन भी कर लेती है। इसी तटस्थता ने मृदुला के पुरुष पाठकों को गुस्से सेभर दिया था। पर मृदुला तो सदैव इसी तरह ख़ुद अपना निरीक्षण करती रहती है। लगता है, वह अपनी खुदी से बाहर है और अपने सुख–दुःख को बस एक दर्शक की तरह, देख–परख रही है। यही तो वह ख़ासियत है, जो उसके लेखन में हास्य–व्यंग्य का रंगभर देती है। जब वह अपने को किसी अति गंभीर परिस्थिति में पाती है जहाँ लोग एक छद्म गांभीर्य ओढ़े रहते हैं, या वह ख़ुद भी अतिरिक्त गंभीरता की शिकार हो जाती है तो अनायास वह उस स्थिति का बेतुकापन या उसमें निहित हास्यास्पद तत्त्वों को देख जाती है। यही वह गुण है, जिसे 'साक्षी' भाव कहा गया है।

किताबों के मामले में मेरी और मेरे काफ़ी दोस्तों की पसंद नहीं मिलती। इसलिए बहुत बार जो किताबें वे मुझे सुझाते हैं, अनपढ़ी रह जाती हैं। पर मृदुला जब किसी किताब की सिफ़ारिश करती हैं तो मैं यक़ीन कर सकती हूँ कि वाकई मुझे भी उसमें रस आएगा। हम साथ होते हैं तो हमारा काफ़ी समय पुस्तक चर्चा में या हम फिर प्रकृति का आनंद लेते हैं, या जीवन और संबंधों का मर्म खोजते हैं, और कुछ नहीं तो पुरानी कहानियों का पुनर्विश्लेषण करते हैं।

उसकी कहानियों का शिल्प इतना कसा हुआ है, जैसे तनी रस्सी पर चलता हुआ कोई नट हो। यही वो गुण है जो उन दृश्यों में भी तनाव और विद्युत कंपन है पैदा कर देता है जिनमें न कुछ ख़ास घटित हो रहा होता

है, न बहुत कहा जा रहा होता है। उदाहरण के लिए 'चित्तकोबरा' में बिंदी का माथे के बीच से छिटकते चले जाना बिंदी लगाने वाली के मन की तमाम उथल–पुथल और उद्वेग को उजागर कर देता है। एक अन्य कहानी 'वितृष्णा' में जब पति–पत्नी की पकाई दाल पर कुछ आक्षेप करता है तो वो चुपचाप उठकर सारी दाल को कूड़े में फेंक आती है। एक भी शब्द बोला नहीं जाता, पर पत्नी के मन में बरसों से जमा हो रही वितृष्णा, उस एक मूक चेष्टा के जरिए, पूरी तरह उजागर हो जाती है।

पता नहीं लोग मृदुला के लेखन में कामुकता या सैक्सुआलिटी के वर्णन खोजने पर क्यों आमादा रहते हैं। वह उसका विशिष्ट क्षेत्र नहीं है। उसकी असली प्रतिभा का स्वाद लेना हो तो वह उन दृश्यों में मिलेगी, जिनका शिल्प व कथ्य इतना कसा हुआ होता है कि हँसी के बुलबुले भी फूटते रहते हैं, पर हल्का महसूस करने पर भी तनाव बरकरार रहता है।

मृदुला को चाहे व्यक्ति की तरह लो या लेखक की तरह, वह दोनों सूरतों में समाज सजग प्राणी है। उसका नाटक, 'जादू का कालीन' इसका प्रमाण है। उनमें कालीन कारखानों में काम करने वाले बच्चों की व्यथा और त्रासदी दिखलाई गई है, इस संवेदना के साथ कि वह ख़ुद बच्चों की दृष्टि से, उनके सुख–दुःख को चित्रित कर पाई है।

मृदुला उत्कट रूप से भावप्रवण जीव है। उसकी यह उत्कटता उसके लेखन में ही नहीं, उसके निजी संघर्षों, **सिरदों** और दुःखों में भी देखी जा सकती है। प्रज्ञा, भावना, ईमानदारी और वफादारी का आपसी संतुलन बिठलाते रहना, उसकी मज़बूरी है। जब कोई आलोचक उसके भातबोध से खिलवाड़ करता है तो वह काफ़ी परेशान हो जाती है। वह एक बार फिर 'साक्षी' बन जाती है। ख़ुद को दुबारा दर्शक की तरह परखती है। आपसी संबंधों में लोग–बाग जो खेल खेलते हैं, वे उसे गुस्सा दिलाते हैं। कभी–कभी तो यूँ ही कहे गए जुमले उसे परेशान कर देते हैं, चाहे वे उसके अपने बाहरी रूप के बारे में हो या किसी अंतरंग प्रसंग पर निर्मम कटाक्ष हो। ऐसी बातों को हममें से बहुत से जन यूँ ही जुमलों की तरह लेकर भुला देते हैं।

अजीब बात है कि जो शब्द के तनिक से बिछलन से आहत हो जाती है, वह भयावह हादसों को ऐसे झेल जाती है कि देखने वाले को अंदाज़ा ही नहीं होता कि क्या हो गुज़रा। इस बर्दाश्त करने की ताक़त से ही वह ऊर्जा पैदा होती है, जो मृदुला को अपने हर काम में उत्कर्ष पर पहुँचाती हैं। चाहे वह लेखन हो, खाना पकाना हो या संबंधों को सहेजना हो। दोस्त होना इसी को कहते हैं।

वे मानवीय तक़लीफ़ें लिखती हैं और उम्मीदें रचती हैं।

–मधु कांकरिया

हर कथाकार जब अपनी रचना का पहला ड्राफ़्ट लिखता है तो वह उसमें कुछ भी काँट–छाँट नहीं करता है, जैसे जो भाव, विचार उसके मन में, अवचेतन में आते–जाते हैं वह उन्हें आने देता है, दूसरे ड्राफ़्ट में वह ज़रूर काँट–छाँट करता है। अप्रतिम कथाकार मृदुला जी पर भी मेरा यह संस्मरण पहला ड्राफ़्ट ही समझें, जैसा उन्हें देखा, पाया, समझा वैसा ही उन्हें उतार रही हूँ बिना किसी काँट–छाँट के। वैसे उनको पूरी तरह पकड़ पाना कहाँ मेरे बस का! मैं तो यह तक नहीं याद कर पा रही कि पहली बार कब मिली थी उन से। चाह कर भी नहीं पकड़ पा रही यादों के उन परिंदों को। हाँ इतनाभर ध्यान है कि जो पहली बात सुनी थी उनके बारे में मित्रों से वह यह थी कि बहुत बोल्ड लेखिका है और अपनी बोल्डनेस के चलते एक बार गिरफ़्तार भी हो चुकी है। तब तक उनकी कुछ रचनाएँ पढ़ चुकी थी मैं, इसलिए जितना भी भेजा था, भेजे में सब लगा दिया सोचने में फिर भी सोच नहीं पायी की ऐसी लेखिका से सत्ता को भला क्या ख़तरा हो सकता है? लेकिन इस जानकारी के बाद उनसे मिलने की चाहत शिद्दत से होने लगी। उनका जैन होना और अर्थशास्त्र से एमए होना भी शायद एक कारण रहा हो।

दरअसल कुछ लेखकों के साथ ऐसा होता है न कि उनसे मिलने के पहले ही आप उनसे मिल चुके होते हैं। जाने कितनी दूर तक उनके साथ चल भी चुके होते हैं। जाने किन–किन परिचितों से, मित्रों से, दृश्य–अदृश्य स्रोतों से उनके बारे में सुन चुके होते हैं, उनकी कृतियों से, उनके क़िरदारों के माध्यम से लेखक की एक काल्पनिक छवि अपने हृदय में गढ़ चुके होते हैं। वह कल्पना यथार्थ पर इतनी भारी होती है कि एक समय बाद आप चाह कर भी कल्पना को यथार्थ से अलग नहीं कर पाते हैं।

कभी याद पड़ता है कि मैं उनसे पहली बार शायद भारतीय भाषा परिषद् के हिंदी–उर्दू कथा कुम्भ, 2006 में मिली थी। कई बार लगता है कि वह तो कोई मुकम्मल मिलना था भी नहीं, उनसे असली मिलना तो कई सालों बाद हुआ था जिसका जिक्र इसी संस्मरण में आगे करूँगी। ख़ैर संदेह मिलना चाहे बाद में हुआ हो, पर एक अरसे से मैं उन्हें पढ़ रही थी। उनको पढ़ पढ़ कर मैं सोचना सीख रही थी, ख़ुद को और दुनिया को देखना सीख रही थी। समय और दुनिया से अपने संबंधों के बारे में पड़ताल करना सीख रही थी। कहानियाँ मैं पहले भी पढ़ती रही थी, पर मृदुला जी की कुछ कहानियाँ ऐसी विलक्षण थीं कि जिन्हें पढ़ते पढ़ते मैं देखने भी लगी थी। गहरे यथार्थबोध की इनकी कहानियों ने मुझे आसपास देखना सिखाया। जीवन को और नयी दुनियाओं को मेरे सामने खोला और खुलते–खुलते कब यह वितान समकाल से सभ्यता के आदिम पायदान तक पहुँच गया, पता ही न चला। अंततः उनकी विनाश दूत, गोभी का तोड़ और जूते का जोड़, जहाँ कमलिनी खिलती है, बेंच पर बूढ़े, क्षुधापूर्ति, टुकड़ा–टुकड़ा आदमी....जैसी कहानियाँ ही मेरी प्रिय बनी जो मानवीय सच्चाइयों की बुलंद आवाज़ थीं। जिन्होंने हाशिये पर किसकी पीड़ित मानवता की सुध ली। जिन्होंने अपने स्व को पहचान एक बेहतर इंसान होने में मेरी मदद की, देश और दुनिया के अँधेरे को रौशन किया।

पिछले कई दिनों में मैंने एक चीज़ नोट की है कि अधिकांश आलोचकों ने मृदुला जी को स्त्री–पुरुष संबंधों पर लिखने वाली लेखिका के रूप में रेखांकित किया है। कुछ आलोचकों ने यह भी कहा है कि घोषित रूप से स्त्रीवादी लेखिका नहीं होने के बाबजूद मृदुला जी ने हिंदी साहित्य को ऐसी बोल्ड नायिकाएँ दी हैं नैतिकता के चले आ रहे परंपरागत ढाँचों को तोड़ा है और दमक कर पूछा है कि मैं कौन हूँ और क्या है मेरी पहचान? इन नायिकाओं ने पहली बार अपने स्व की तलाश की। मैं मानती हूँ कि ये सब मुद्दे मृदुला जी के लेखन में हैं, लेकिन उनके लेखन में सिर्फ़ स्त्री संबंधी मुद्दे ही नहीं हैं। उनके लेखन की रेंज बहुत व्यापक है। वे धरती की ध्वनियों को सुनने वाली जीवन की लेखिका हैं। अपने महत्वपूर्ण उपन्यासों में वे अपने समय और समाज के बड़े–बड़े सवालों से टकराती हैं। मानवीय अस्तित्व के बुनियादी सवालों को उठाती हैं। उदार विचारों के बीज बिखेरती हैं। उन्होंने पर्यावरण पर सवाल उठाए, प्रदूषण पर सवाल उठाए, सत्ता की अमानवीयता, जातिवाद, सामाजिक अन्याय और विषमता पर सवाल उठाए और सबसे

बढ़कर वे पीड़ित मानवता की प्रवक्ता बनकर सामने आती हैं। वे कहती हैं 'घटित अनुभव चाहे मेरा हो चाहे किसी और का, उससे उत्पन्न मानवीय पीड़ा मेरी अपनी होती है और वही मुझसे सृजन करवाती है'। यह बिडंबना ही है कि फॉर्मूलाबद्ध सोच के शिकार हमारे आलोचक उन्हें स्त्री–पुरुष संबंधों की लेखिका के रूप में मान्यता देते हैं। उन पर टैग लगाकर उनके लेखन को दायरे में बाँध देते हैं शायद इसलिए कि अपने समय और समय की राजनीति को समझती और उस पर लिखती औरत व्यवस्था और पितृसत्ता को सहज स्वीकृत नहीं हो पाती है।

बिडंबना यह भी है कि उन्होंने ढेरों कहानियाँ लिखी हैं लेकिन चर्चा के केंद्र में कौन–सी कहानियाँ रहीं? वे ही कहानियाँ जो स्त्री मुद्दों पर लिखी गयी या स्त्री–पुरुष संबंधों पर लिखी गयी जैसे–हरी बिंदी, डेफोडिल्स जल रहे हैं, वितृष्णा, वो दूसरी, समागम, कितनी क़ैदें जैसी कहानियाँ। सच्चाई का एक पहलू यह भी है कि मृदुला जी ने ढेरों उपन्यास लिखे। सार्वभौमिक, दार्शनिक और जीवन दृष्टि से भरपूर उपन्यास 'कठगुलाब' लिखा तो 'अनित्य' जैसा राजनैतिक और ऐतिहासिक उपन्यास भी लिखा जिसने अपने समय में पर्याप्त प्रशंसा भी बटोरी लेकिन चर्चा के केंद्र में हमेशा रहा उनका उपन्यास चित्तकोबरा, जिस पर कमाल और बबाल दोनों मचा। सवालों के घेरे में भी हमेशा वही रहा। क्या इसीलिए कि उसकी कहानी के केंद्र में अवैध प्रेम रहा। लेकिन अवैध प्रेम पर तो बहुतों ने लिखा तो क्या इसलिए कि उसकी नायिका के अंदर कोई अपराध भावना नहीं थी। वह पति और प्रेमी दोनों की दुनिया को एक साथ संभाल रही थी, या फिर इसलिए कि संभोग के चरम पलों में उसका दिमाग़ और उसका दिल अलग–अलग काम करता था। और इस प्रक्रिया में कहीं–कहीं उसका पति एक वस्तु के रूप में तब्दील हो गया था। इस उपन्यास पर अश्लीलता के आरोप भी लगे जबकि बकौल लेखिका 'मेरे लिए वह बहुत ही पाकीज़ा उपन्यास था क्योंकि उसमें आधा सच बोलने की कोई गुनहगार कोशिश नहीं की मैंने'मजे की बात देखिये कि 'चित्तकोबरा' (1979) का वह अंश, जिसके लिए मृदुला गर्ग पर वारंट जारी किया गया था, उन्होंने दसेक वर्ष पहले दिल्ली में ब्रिटिश काउंसिल के सेमिनार में पढ़कर सुनाया था। तब आश्चर्य हुआ था कि इसमें अश्लील क्या है? हिंदी की दुनिया में मृदुला गर्ग अपने समय से आगे की लेखिका हैं।

बहरहाल मित्रों पिछले दिनों मृदुला जी का एक कहानी संग्रह संयोग से मेरे हाथों में आया जिसे 2006 में पेंगुइन सीरीज ने निकाला था। उसमें क़रीब

पंद्रह कहानियाँ हैं और आप देखिये कि इसमें कोई भी कहानी ऐसी नहीं है जिसे आप स्त्री–पुरुष संबंधों की कहानियाँ कह सकें। अधिकाँश कहानियों में वे मानवीय त्रासदियों के विभिन्न पहलुओं की पड़ताल करती हैं .इतिहास और भूगोल के कई संदर्भों से गुज़रती है ये कहानियाँ जिन्हें पढ़ते हुए कई शताब्दियाँ आपकी आँखों के सामने घूमने लगती हैं, क्योंकि ये वे कहानियाँ हैं जहाँ वे समय को मात्र दर्शक की तरह देखतीभर नहीं हैं, बल्कि उसे आत्मसात करती हुई लेखिका स्वंय ही समय बन जाती हैं।

एक कहानी का जिक्र करना चाहूँगी जिसका शीर्षक है–'गोभी का तोड़ और जूते का जोड़।' आप देखिये जीवन और माटी से फूटती, यथार्थ की बारीक पकड़ और कल्पना की उन्मुक्त उड़ान भरती यह कहानी किस क़दर जीवन पर भरोसा जगाती है। जब मैं यह कहानी पढ़ रही थी तो मुझे आदम गोंडवी का एक शेर याद आ रहा था जिसमें वो कहते हैं 'आइये महसूस कीजिये ज़िंदगी के ताप को 'मैं' ले चलता हूँ चमारों की गलियों में आपको' मृदुला जी इस कहानी में ज़िंदगी के ताप को महसूस कराती है। एक हैं मुंशी जी और एक हैं मोची जी। दोनों विद्रोही तेवर के हैं, दोनों के पुत्र बड़े–बड़े अफ़सर बन गए हैं। लेकिन दोनों खुद्दार हैं, अपनी जीविका ख़ुद अर्जित करते हैं। जो मुंशी जी हैं वे रिटायर होकर बागवानी करते हैं। एक बार उनके द्वारा उगाई गयी गोभी को पुरस्कार मिलता है। गदगद होकर वे गोभी की तस्वीर को दीवार पर टाँगते हैं और उसको माला पहनाते हैं। उनका दोस्त चुटकी लेता है कि यार तुमने तो गोभी को माला पहना दी लेकिन मेरे को तो जीविका जूते से मिलती है तो क्या मैं भी जूते को माला पहना दूँ? मुंशी जी जवाब देते हैं कि तुम ऐसा हर्गिज़ मत करना यदि तुमने जूते को माला पहना दी तो गाँव के सारे ब्राह्मण तुमको जूता मारेंगे। जूता यहाँ एक प्रतीक है। कहानी चुटीले संवादों के माध्यम से, दोनों की नोकझोंक के माध्यम से आगे बढ़ती है और इसी के माध्यम से लेखिका बिना लाउड हुए बताती है कि हमारी सामाजिक व्यवस्था में किस प्रकार जातिवाद का ज़हर फैला हुआ है। कहानी आगे बढ़ती है और मोची की मृत्यु हो जाती है। आप देखिये कि लेखिका कितनी चतुराई से मृत्यु को चुनती है क्योंकि मौत ही एक ऐसा अवसर है जब भारतीय समाज का सबसे अधिक कर्मकांड सामने आता है। मुंशी जी को याद आता है कि मोची की इच्छा थी कि जूते को माला पहनाई जाए यानि उनके काम का सम्मान किया जाए तो वह उनके घर के आगे कील ठोकता है उस पर जूता टाँगता है और उसे माला पहना देता है। तो

इस प्रकार लेखिका ब्राह्मणवाद और जातिवाद का एक प्रकार से मज़ाक उड़ाती है।

मृदुला जी की एक और कहानी मेरी चेतना में दस्तक़ दे रही है, कहानी का शीर्षक है विनाश दूत। जीवन से मुठभेड़ करती इस कहानी की चेतना आप देखिये किस प्रकार विश्व चेतना को छूती है। यह कहानी 1985 में लिखी गयी थी। जिसका आधार था–भोपाल गैस त्रासदी। बड़ा लेखक किस प्रकार भविष्य द्रष्टा होता है और बड़ी कहानी कैसे बड़े सवाल उठाती है, विचारों के बीज बिखेरती है और आगे आने वाले संकटों से हमें आगाह करती है, इस कहानी को पढ़कर आप समझ सकेंगे। जिस समय यह कहानी लिखी गयी थी उस वक़्त कॉर्पोरेट पूँजी इतने व्यापक पैमाने पर हमारे देश में नहीं आयी थी। लेकिन इस कहानी में लेखिका आगाह करती है कि कॉर्पोरेट पूँजी का आधार चूँकि फ़ायदा होता है इसलिए वह कभी मानव हित में काम कर ही नहीं सकती है। वैश्विक संदर्भों से भरपूर इस कहानी ने सरहद पार अनेक देशों की यात्राएँ की हैं। सबसे पहले अमेरिका की पत्रिका फिक्शन इंटरनेशनल में इस कहानी का अनुवाद हुआ जिसकी टाइटल थी–नोट लव इन भोपाल। वह पर इस कहानी का पाठ हुआ। फिर जर्मनी में जर्मन भाषा में इसका अनुवाद हुआ। इटली के मिलान शहर में इस कहानी का पाठ हुआ। पहुँचते पहुँचते यह कहानी चाइना में भी पहुँची। दिलचस्प बात यह देखिये कि हमारे हिंदी जगत में इस कहानी की चर्चा शायद ही कभी हुई हो।

मृदुला जी का एक और बेहतरीन उपन्यास मेरी चेतना में दस्तक़ दे रहा है जिसको उसका देय नहीं मिला और जिसकी चर्चा भी बहुत कम हुई है–'मैं और मैं। अपने समय से संवाद करते इस उपन्यास में लेखिका यह दिखलाती है कि व्यवस्था की अमानवीयता किस प्रकार एक जीनियस से उसके अपराध बोध, उसकी गरिमा उसके नैतिकताबोध सब कुछ को छीन लेती है। उपन्यास का एक संवाद है, ' खुशहाली और किसे कहते हैं?इतने ढेरों हाथ और इतना कम काम। एक काम को हासिल करने को बेकरार बीस हाथ। जितने ज़्यादा हाथ, उतने कम दाम। दाम गिराते चलो और कमदम हाथों में से एक जोड़ी दमदार हाथ चुन लो, इतने कम दाम पर कि हाथ काम तो करें पर पेट भरे नहीं '।

कहानी में एक पात्र है माधवी जो उच्च वर्ग से आती है जो लेखिका है। एक और पात्र है कौशिक जो विपन्न है लेकिन जीनियस है। दोनों को दोनों की ज़रूरत है। लेकिन दोनों के बीच फैला है ज़िंदगी का टुच्चापन। लेखिका

को लेखकीय परामर्श के लिए जीनियस की ज़रूरत है। जीनियस लेखिका का शोषण करता है, उससे झूठ बोलता है। उससे धन हड़पता है। धीरे–धीरे समय का कीचड़ नायिका को भी छूने लगता है। वो भी सारे दाँव–पेंच सीख जाती है और कौशिक को उसी के दाँव पेंच का प्रयोग कर उसी की भाषा में जवाब देती है, जिसके बाद उसका नर्वस ब्रेकडाउन हो जाता है।मानव स्वभाव और विवेक पर अचूक पकड़ है लेखिका की। बेहद रोचक और व्यंगात्मक शैली में लिखा गया यह उपन्यास पाठक को भावात्मक और वैचारिक दोनों धरातलों पर झिंझोड़ता है। एकदम जासूसी उपन्यास जैसा चलता है, दम थामे पढ़वा ले जाता है यह उपन्यास मगर चलता है भावना के स्तर पर, चलता है जीवन दर्शन के स्तर पर। चलता है मनोविज्ञान के स्तर पर। सामाजिक सरोकारों के स्तर पर।

जटिलताओं से भरा विलक्षण चरित्र गढ़ा है लेखिका ने कौशल कुमार का जो कमीनगी और प्रतिभा का अद्‌भुत मेल है जो आइस–पाइस खेलता माधवी के मानसिक संतुलन के परखच्चे उड़ा देता है। एक जगह माधवी कहती है, 'इस आदमी का पेट नहीं भरेगा। यह वह जोंक नहीं जो भरपेट ख़ून चूस लेने पर फूला पेट लिए नीचे गिर पड़े। जोंक की तरह यह सहज प्रवृति से शोषण नहीं करता। यह आदमी का बच्चा है, लिहाजा एक दिमाग़ भी है इसके पास। सोचने–विचारने की शक्ति, तर्कबुद्धि, स्वार्थपरक विवेकबुद्धि, कुटिल जीवन दर्शन, बहुत सारे मददगार है इनके 'जाने कितनी नदियों का पानी मिला हुआ है मृदुला जी की शख़्सियत में कि वे जब भी लिखती है उनकी खूँटी में पूरी दुनिया सिमट जाती है। उनका लेखन दर्शन और चिंतन में रूपांतरित होता जाता है। जाने कितने वैश्विक संदर्भों को समेटे हुए है उनका उपन्यास 'कठगुलाब'। जब पढ़ते हैं इस उपन्यास को तो देश और दुनिया की जाने कितनी परतें खुलती जाती हैं हमारे सामने। अपनी जादुई क़लम से लेखिका असफल मातृत्व की समस्या को उठाते हुए देश और दुनिया के सभी विराट दिखने वाले लोगों के वासना से खलबलाते अंधेरों कोनों और ज़िंदगी के तूफ़ानों में खोए साधारण दिखने वाले लोगों के असाधारण हौसलों और जीवटता पर टॉर्च फेंकती है। यह बिडंबना ही रही कि ऐसे बड़े फलक और रेंज वाले उपन्यास को स्त्री विमर्श के खाते में डाल दिया गया। फिर भी बेहद प्रशंसा बटोरी है इस उपन्यास ने। कई कई भाषाओँ में उसका अनुवाद भी हुआ भी हुआ।

उनका शुरूआती उपन्यास 'उसके हिस्से की धूप 'भी मेरे मन के बहुत

क़रीब लगा शायद इसलिए कि जीवन दर्शन से भरपूर अपनी आत्म का अनुसंधान है यह उपन्यास। जाने कितने छोटे बड़े जीवन सूत्र समेटे हुए है यह उपन्यास जिसका सार तत्व है 'जीवन में प्रेम है, प्रेम में जीवन नहीं। स्त्री अपने होने की सार्थकता पुरुष के प्रेम में नहीं, बल्कि अपने भीतर की उस तरंग को पहचानने में करे जिसके लिए वह आयी है इस धरती पर '.नहीं कह सकती कि इस अकेले एक उपन्यास ने मेरे दिमाग़ के जाने कितने जालों को साफ़ किया।

बहुत कम लोगों को पता है कि अभी हाल ही में एक फ्रेंच प्रकाशक के आग्रह पर मृदुला जी ने कोरोना पर एक विस्तृत आलेख लिखा है, जिसका शीर्षक है 'बिटवीन नेचर एंड मैन। इस आलेख का वृत्तांत सभ्यता के आरम्भ से लेकर इस मरती हुई सभ्यता तक फैला हुआ है।

कुछ भी तो नहीं छूटता उनकी क़लम की रडार से। वे कीचड़ को कमल से अलग कर देखने वाली आँखें नहीं हैं। वे चाँद पर मुग्ध हैं तो जन–जन की भूख से द्रवित भी। सत्ता की क्रूरता पर आक्रोशित भी। अभी हाल ही में उन्होंने बरबरा राव पर एक कविता लिखी है। पढ़िए उसके कुछ अंश, आप देखेंगे कि समकालीन भारत का आइना है उनका साहित्य जहाँ वे मानवीय तक़लीफ़ें लिखती हैं और उम्मीदें रचती हैं। कविता का शीर्षक है, वरवर राव होना–

यह होता ही रहता है इस मुल्क़ में
क्यों आज हम अपराधबोध से भरे हैं
फनकार ज़िबह होते ही रहते हैं
बाज जो नहीं आते वह करने से
जो हम कहने से कतराते हैं
पर आज हद हो गई
सरकार बजिद है
वरवर राव क़ैद से रिहा होंगे तब
जब दुनिया से कूच कर जाएँ
रिहा कर देती तो हम शांत रहते
चाहे वे कुछ ही दिन जीवित रहते
हम कोविड को गुनहगार बतलाते
कोविड को बड़ी उम्र से जोड़ देते
एक बहाना ही तो चाहिए था

कि गुस्सा न फनफनाए भीतर
कहीं हम सड़क पर न उतर आएँ
हम मध्यवर्गीय सभ्य लोग
अरे अभी मंदिर बना है न
अयोध्या में नया नकोर
अभी वक़्त कहाँ है ग़दर के लिए
हाँ,रोना चाहो तो रो लो. आज़ाद हो
कोई नहीं रोकेगा छाती पीट रुदन से
इस रुदन को रुदाली कहते हैं
यह रोने के लिए रोया जाता है
कीमत वसूल करके रोया जाता है
माहिर हैं हम अफ़सोस जतलाने में
अफ़सोस करने में नहीं
वरना...

आसान नहीं है
क्रान्ति और रस का मिलन
जैसे वरवर राव होना।
वरवर राव इंसान नहीं विचार है
आओ हम सब वरवर राव हो जाएँ
भूल जाएँ रटे रटाये रचना के नियम
किसानों की तरह क्रान्ति गीत गाएँ
क्रान्ति के अद्‌भुत और वीर रस में
लीन हो जाएँ....वरवर राव हो जाएँ

मृदुला जी की यह कविता रचनाशीलता के दायित्वबोध को स्पष्ट करती है। भारत के सबसे बड़े क्रांतिकारी कवि के पक्ष में लिखी गई कविता प्रतिरोध और मानवता की रक्षा की प्रतीक कविता है। वैसे ही किसानों पर लिखी उनकी कविता जिसमें किसानों का दर्द बड़े मार्मिक रूप से उभरा है, कि कुछ पंक्तियों को यहाँ देने का लोभ मैं संवरण नहीं कर पा रही हूँ। कविता का शीर्षक है 'धुँधला देखने की आदत'

पर देखो तो... धुंधलका छँट गया।
अब मैं... आप... सब... देखे सकेंगे

खिली चमकीली रोशनी में
अपना और सबका सच
बेपर्दा, बेलौस, बेख़ौफ़...
कर सकेंगे आंदोलन जन जन के लिए
आज, हर हिंदुस्तानी बना .....फिर एक बार किसान है।

एक जनता का लेखक और उनकी उनकी सामयिक युग चेतना ही गढ़ सकती है ऐसी कविता। घटनाओं, चरित्रों और लोगों को देखने की एक मौलिक दृष्टि है उनके पास। स्त्री यात्रियों पर लिखी गयी एक किताब की भूमिका में लिखा है उन्होंने–सीता पहली यात्री थी जो अपने पति के साथ अपनी मर्ज़ी से वनों में गयी।

अपने समय से आगे की लेखिका मृदुला जी के अंग्रेज़ी में लिखे 2017 में आए उपन्यास 'दि लास्ट ईमेल' की चर्चा अप्रासंगिक नहीं होगी। सबसे पहले तो लोगों ने इस पर ही आश्चर्य किया कि उपन्यास अंग्रेज़ी में क्यों? जवाब शायद यही हो कि सरस्वती जिस रूप में आयी उनके भीतर उसी रूप में उन्होंने उसे अभिव्यक्ति दी। ख़ुद मृदुला जी के अनुसार–इसे हिंदी में लिखना एक प्रकार से अंग्रेज़ी से अनुवाद करना होता क्योंकि उपन्यास के दोनों पात्र अंग्रेज़ी में ही ईमेल के ज़रिये संवाद करते हैं। बकौल अलका सरावगी, प्रेम–वह भी एक विदेशी से, प्रेम के सांस्कृतिक पक्ष भले ही कुछ भिन्न हों–पर उसकी तन और मन में व्याप्ति की सघन स्मृति इस उपन्यास का कथ्य है।

बहरहाल अब थोड़ी बातें मृदुला जी के व्यक्तित्व पर! मित्रों मृदुला जी को मैंने तब जाना जब उनकी ज़िंदगी के आधे से ज़्यादा खूबसूरत परिंदे उड़ चुके थे। लेकिन उनसे मिलने के बाद मुझे अहसास हुआ कि जिनका जीवन क़लम, दवात, काग़ज़ और संवेदना का स्वप्न घर होता है वे कभी उम्र में नहीं जीते हैं। ऐसे लोगों का जीवन बीज से महावृक्ष बनने का एक ऐसा सफ़रनामा होता है जहाँ सत्य, संवेदना और सौंदर्य कभी चूकते नहीं हैं और जीवन कभी अपना अर्थ खोता नहीं है। जब पहली बार मैं उनसे मिलने गयी तो मन थोड़ा डरा हुआ था–पीपर पात सरिस मन डोला। आशंकित थी कि पता नहीं वे मुझसे किस प्रकार मिलेंगी, क्योंकि उनसे पहले मैं एक महान लेखक से मिलने गयी थी उमंगित होकर, उत्साहित होकर। और जब मैं उनसे मिली तो मेरे सारे रोमांच, उत्साह और उमंग पर बिल्ली पंजा मार गयी। मुझे लगा कि मैं एक हाड–मांस के लेखक के सामने नहीं बल्कि अलब्रेयर कामू के अजनबी

के सामने खड़ी हूँ। बहरहाल जब मैं मृदुला जी से पहली बार समय लेकर मिली तो यह मेरा सौभाग्य ही था कि मंद–मंद हवा बहती रही। हर श्रिंगार झड़ते रहे। नहीं जानती थी कि उन लम्हों एक नयी इबारत लिखी जा रही थी, हमारी दोस्ती के नाम जहाँ न उम्र बाधक थी और न ही मेरी अल्पग्यता।

आज जब मैं मृदुला जी से होने वाली वह पहली मुलाकात याद कर रही हूँ तो मुझे एक संस्मरण याद आ रहा है जिसे एक पत्रकार ने अपने समय के दो महान व्यक्तित्व की तुलना करते वक़्त लिखा था। वो पत्रकार लिखता है कि नेहरू जी विराट व्यक्तित्व संपन्न थे। वे जिस समय महफ़िल में आते थे तो अलग से नज़र आते थे। वे जब चलते थे तो एक प्रभा मंडल उनके साथ चलता था। लेकिन उनके व्यक्तित्व में एक ख़ासियत यह थी कि जब बड़ा से बड़ा सूरमा भी उनसे मिलने पहुँचता और जब वह उनसे मिलकर लौट कर आता तो उसके सरोवर का पानी घट जाता। वो इक्कीस से उन्नीस हो जाता। नेहरू जी के ही सामानांतर महात्मा गाँधीजी का व्यक्तित्व था। वे भी विराट व्यक्तित्व थे, लेकिन वे जब किसी महफ़िल में आते थे तो महफ़िल का हिस्सा बन जाते थे। एक आम आदमी बन जाते थे। और इसी कारण जब भी कोई आम आदमी उनसे मिलने जाता तो उसके सरोवर का पानी थोड़ा बढ़ जाता। वह उन्नीस से इक्कीस हो जाता। मृदुला जी मेरे लिए नेहरू जी नहीं थी, वे मेरे लिए आम आदमी की छवि वाली महात्मा गाँधी थीं।

इसका अहसास मुझे दो बार हुआ. पहली बार तब हुआ जब मैंने उन्हें अपना उपन्यास 'सेज पर संस्कृत 'भेंट किया। मुझे उम्मीद तो नहीं थी कि वे पढ़ेंगी लेकिन कुछ दिनों बाद ही मेरी जब उनसे दुबारा बात हुई और मैंने जब संकुताते हुए पूछा कि मेरा उपन्यास उन्हें कैसा लगा तो उन्होंने एक पंक्ति में जवाब दिया–काश! यह उपन्यास मैंने लिखा होता!आप मेरा यक़ीन मानिये कि मैं आसमान से गिरी क्योंकि मेरे लिए वह महज एक पंक्ति नहीं थी, मेरे लिए वह एक संजीवनी थी, एक प्राणवायु थी।जिसने मेरे गिरते हुए लेखकीय आत्मविश्वास को उठान दी थी। उसके बाद तो मुझे लगा कि साहित्य, प्रतिष्ठता और विद्वता के बावजूद मैं उनके साथ कम्फर्टेबल जॉन में हूँ। मेरी अँधेरी कोठरी का वे रोशनदान बन गयी थी। अब तो जब–जब उदासियाँ मुझे दबोच लेती, कुहासा मुझे घेरता मैं उनकी मुंडेर पर जा पहुँचती। हमारी खूब बातें होती, साहित्य पर भी होती और दूसरे विषयों पर भी होतीं। हमारी बातें गाँधी पर होती, अंबेडकर पर होती, अविभाजित युगोस्लाविया पर होती, चे गवारा पर होती, मोदी जी पर होती, अमित शाह

पर होती, यहाँ तक की आम आदमी पार्टी पर भी होती। कई बार मन डरता कि कहीं मेरी मूर्खता पूर्ण बहस से वे संवाद करना ही बंद न कर दें पर वे तो खुला आसमान थीं, बिना किसी श्रेष्ठता ग्रंथि के वे धैर्यपूर्वक मेरी बकवास सुनती, फिर मुझे समझाती, मेरे कंफ़्यूशंस और कुहासों को छाँटती। मेरी मूर्खताओं को ध्वस्त करती। मैं हर बार उनकी राजनैतिक सूझ–बूझ और उनकी बौद्धिकता को देख कर चकित होती रहती।

उनसे हर संवाद के बाद मैं एक बदली हुई मैं होती!
एक विराट होती! एक वृहत्तर मैं!
अपनी असमर्थताओं और क्षुद्रताओं से ऊपर उठती!
अपनी संभावनाओं से मुलाकात करती मैं!

पर मेरी आत्मा तृप्त हो जाती जब वे टाइम और स्पेस की सबसे शानदार चोटी पर खड़ी होकर विगत की ओर देखती हुई अपनी माँ, मंजुल भगत, अपने साहित्यिक मित्रों राजेंद्र यादव, जैनेन्द्र कुमार, कृष्णा सोबती, सुनीता जैन और विशेषकर अपने प्रिय मित्र मनोहर श्याम जोशी पर बात करती। उनके चित्त के उपवन में वनफूल–सी महक उठती थीं उनकी स्मृतियाँ, उनकी रस पगी बतियाँ। वे जैसे फिर फिर जीती जीवन के उन इंद्रधुनषी लम्हों को, अपने हृदय के सारे रस, सारे कोमल भाव, सारे माधुर्य और धरती के सारे सौंदर्य को उन पर उंडेलती हुई वे कविता रचती। उन लम्हों उनको सुनना भोर के उजास में जंगल से गुज़रने जैसा होता। सौंदर्य को अपनी रूह में भरना होता! उनको सुनते हुए मेरी क्षुद्रता, कुंठा, अवसाद और खिन्नता के सारे पत्ते झड़ जाते।

अपनी माँ के लिए 'मेरी कथा यात्रा' में वे लिखती हैं–उसमें खूबसूरती, नज़ाकत, ग़ैर दुनियादारी के साथ ईमानदारी और निष्पक्षता कुछ इस तरह घुली–मिली थी कि वे परीजात से कम जादुई नहीं मालूम पड़ती थी। पर इन खूबियों से सिर्फ़ 'नज़ाकत' को माइनस कर बौद्धिकता को जोड़ दिया जाए तो क्या ख़ुद मृदुला जी उनकी गढ़ंत नहीं हैं?

अपनी पुस्तक 'कृति और कृतिकार' में भी उन्होंने मनोहर श्याम जोशी का अद्भुत शब्द चित्र उकेरा है। कृष्णा सोबती पर लिखा उनका एक वाक्य मुझे बहुत प्रिय है जहाँ वे जैनेन्द्र के कथन 'कृष्णा सोबती के साहित्य में सेक्स का जश्न है' के जवाब में जवाब देती है कि 'जश्न सेक्स का नहीं भाषा का है' .उसी पुस्तक में उनका एक और मौजूं वाक्य है 'मेरे ख्याल से हिंदी साहित्य जगत में फ़्लर्ट करने की कला सिर्फ़ दो जन जानते हैं–राजेंद्र यादव

और मनोहर श्याम जोशी'। बहरहाल उनको सुनते–सुनते मैं भी जैसे उन लम्हों को जीने लगती। मन शीतल हो राग द्वेष से ऊपर उठ जाती।कुछ समय के लिए ही सही मेरे भीतर की उफनती अशांत लहरें सम पर आ जाती।

ताज्जुब वह समय अपने नायकों के साथ मेरी धमनियों में भी बहनें लगता!

उनके बड़प्पन का दूसरा अहसास मुझे तब हुआ जब मुझे 2018 का बांदा का 'प्रेमचंद' स्मृति सम्मान दिए जाने की घोषणा हुई। मैंने मृदुला जी से बिना पूछे ही आयोजकों से अनुरोध किया कि मैं यह सम्मान मृदुला जी के हाथों लेना चाहती हूँ। यह 2019 की बात है। बांदा जैसी छोटी जगह में ज़ाहिर है ट्रैन से ही जाया जा सकता था। आयोजक असहज हो रहे थे, उन्हें लग रहा था उम्र और स्वास्थ्य के मद्देनज़र मृदुला जी शायद ही हाँ करें। लेकिन मेरी सविनय ज़िद्द के आगे उन्हें मृदुला जी से अनुरोध करना पड़ा। इधर उन्होंने सहमते हुए आग्रह का तार खींचा उधर मृदुला जी ने 'तथास्तु' कहा। दिल्ली से पूरे रातभर की यात्रा कर वे बांदा आयी। कर्मयोगी की तरह अपना काम किया, मुझे शॉल ओढ़ाया, मुश्किल से पाँच–छह घंटे वे ठहरी बांदा में और अपने गिरते स्वास्थ्य के साथ रातभर की रेल यात्रा कर वापस। लेकिन इस अवसर पर पूरी तैयारी के साथ उन्होंने जो वक्तव्य दिया मेरी रचनात्मकता पर वह मास्टर पीस ही था .लेकिन उनके हृदय की विशालता तो सामने आनी अभी बाकि थी।

स्त्री दर्पण की तरफ़ से आयोजित 'मधु कांकरिया' के जन्मदिन पर 23 मार्च, 2021 को मृदुला जी ने जो वक्तव्य दिया, रोहिणी अग्रवाल के शब्दों में वह तो 'न भूतो न भविष्यति' ही था। क्या एक वरिष्ठ लेखक अपने कनिष्ठ लेखक को दे सकता है यह सम्मान? यह स्नेह? यह आदर? यह प्रशंसा? इतना समय? मैं सचमुच अवाक् थी! अभिभूत थी। जाने कितने वोल्टॉज का करंट मुझे छू गया था। ममता कालिया एवं विजय कुमार जी ने भी मृदुला जी की इस उदात्तता और अंदाज़ पर फेसबुक में पोस्ट डाली थी और उस वक्तव्य को अविस्मरणीय बताया था विशेषकर ऐसे समय जब लेखिकाएँ एक–दूसरे की प्रशंसा में इतनी उदार नहीं रही थीं। मुझे ताज्जुब हुआ कि कब पढ़ लिया उन्होंने मुझे समग्रता में? सारे उपन्यासों, महत्वपूर्ण कहानियों और यहाँ तक यात्रा वृतांतों को भी समेटना वे न भूली। हर रचना के मर्म तक वे पहुँची। इतनी आत्मीय, गहन, सूक्ष्म और रेशा–रेशा पड़ताल मेरी रचनात्मकता की! आज भी पलकों की झालर भींग जाती हैं जब फिर फिर सुनती हूँ उनके वक्तव्य को।

एक बड़ा लेखक अपने आचरण, विचार, व्यवहार, उदारता, अध्ययन, मेहनत और सबसे बढ़कर अपनी उदार संवेदना से हमें संस्कारित करता है।

हमारी दुनिया को थोड़ी और खूबसूरत बनाता है।

उसी दौरान उन्होंने मुझे साहित्य का मूल मंत्र दिया कि बड़ा साहित्य सदैव कला के भीतरी आलोक से आलोकित होता है और कला के गहन पलों में कोई भी लेखक अपनी संवेदना को स्त्री और पुरुष के साँचों में नहीं बाँटता है। और यह भी कि लेखक की दृष्टि का कोई लिंग नहीं होता। वह दृष्टि होती है,स्त्री की हो सकती है, पुरुष की हो सकती है। और पुरुष द्वारा भी स्त्री का जबर्दस्त चित्रण हो सकता है जैसे जैनेन्द्र के उपन्यासों में है और स्त्री भी पुरुष का बहुत बढ़िया चित्रण कर सकती है। इस मूल मंत्र ने मेरी बहुत सहायता की। धीरे–धीरे मेरी लालसा बढ़ती गयी। मेरा मन हुआ कि झाँका जाए उनके घर आँगन में। देखा जाए कि मृदुला जी अपने निजी जीवन में कैसी हैं और जीवन के प्रति उनका नजरिया कैसा है। मेरी अभिलाषा भी पूरी हुई। दुआओं जैसे दो दिन मेरे आँगन में भी उतरे जब दिल्ली में पूरे दिन उनके साथ दो बार रहने का मौका मिला। मैंने उन्हें भरपूर देखा, उनके घर आँगन को देखा और देखी उनकी मेहमानवाजी। क़लम की उन मल्लिका के घर से आप तो आप आपका ड्राइवर तक बिना खाए पीये नहीं लौट सकता। मैंने देखा कि वे आज भी एक योद्धा हैं। अकेली है लेकिन अपने एकांत को उन्होंने अपनी आंतरिक शक्ति में बदल दिया है। वे विश्राम करने में विश्वास नहीं करती हैं। कुछ लोग होते हैं न कि वे सोने की तैयारी में ही रात बिता देते हैं –नींद से मेरा तअल्लुक ही नहीं बरसों से ख्वाब आ आ के मेरी छत पे टहलते क्यों हैं (राहत इंदौरी)

... तो मृदुला जी ऐसी ही हैं। वे या तो लिखती हैं, नहीं लिख रही होती हैं तो पढ़ती हैं, नहीं पढ़ रही होती हैं तो चलती हैं और चलते–चलते थक जाती हैं तो अपने भीतर चलने लगती हैं। रात के गहन पलों भी उनके भीतर का रचनाकार पाखी फड़फड़ाता रहता है। तीर प्रत्यंचा पर चढ़े रहते हैं। व्यथाएँ जागती रहती हैं। इसीलिए तो 'मिलजुल मन' उपन्यास का शिल्प उन्हें रात बारह बजे सूझा और सूझते ही वे चुस्त कमांडो की तरह कंप्यूटर पर बैठ गयी। उनका एक पात्र कहता है–सच, व्यस्तता और थकान से बढ़कर नेमत दुनिया में नहीं है।लेखन उनका जीवन है, उनकी मुक्ति है। उनकी स्लीपिंग पिल्स हैं। जीवट देखिये कि सरोवर का जल घटते–घटते एक बार तल तक पहुँच गया, आँखों की सर्जरी हो चुकी थी, देख पाना नामुमकिन था

तो भी बोल कर टेप कर बसु का कुटुंब जैसी रचना को अंजाम दे दिया। हार मानना उन्होंने सीखा ही नहीं है। हाल ही में 'मिलजुल मन' का बंगाली अनुवाद छप कर आया है 'मिलोमीसो मन'

''मैं जब अकेली होती हूँ
अपने को जमा करती हूँ''

खरामा बह रही है आज उनके जीवन की नदी। मेहनती खवैये की तरह वे आज भी सारे साँसारिक दंद फंद के साथ लगी हैं उसे खेने में। आज भी वे अपनी रसोई से लेकर कंप्यूटर, बैंक डिटेल्स, बिजली बिल्स, इनकम टैक्स रिटर्न सबकुछ ख़ुद ही देखती हैं। उनकी दिनचर्या में घर परिवार, पेड़ पौधे, प्रकृति, ईश्वर, योग, ध्यान, दवा–दारु, चाय नाश्ता, घर मरम्मत यानी दुनियाभर के तमाम गोरख धंधे शामिल है। आप इनको सुबह बारह बजे के पहले फ़ोन नहीं कर सकते हैं, लेकिन इन सारे दंद फंद के बावजूद मृदुला जी ने अपने वजूद के एक चौथाई हिस्से को बचाकर रखा है जिसके शांत पानी में वे जब तब तैरती रहती हैं, जहाँ वे न किसी की दादी हैं, न किसी की सास हैं, न किसी की माँ हैं, न किसी की पत्नी है। उस अंतर कक्ष का सिर्फ़ एक दरवाज़ा खुलता है सीधा साहित्य और जन जीवन की ओर।

बेबाक् मृदुला जी ने जाने कितनी बार मुझे खरी खरी भी कही। कभी मेरे शीर्षकों को लेकर तो कभी उपन्यास के अंत को लेकर तो कभी किसी कहानी के कथ्य को लेकर तो कभी मेरी वाचालता पर। हाल में ही हँस में छपी मेरी कहानी ' 'उलझन 'को लेकर उन्होंने मुझे कहा कि लेखिका को अपने अनुभव नायिका पर नहीं थोपने चाहिए। एक दूरी बनाकर रखनी चाहिए। कहानी को दुबारा लिखो तब वह एक मुकम्मल कहानी बन पाएगी। मुझे अच्छी लगती है उनकी बेबाक् राय। मेरी दृष्टि और सोच को विस्तार देती हैं वे। मेरी नौका को सुकून मिलता है उसी ठाँव पर।

मृदुला जी के साथ रहना सचमुच सुन्दर भावनाओं, कल्पनाओं, मानवीय विचारों,उजालों और जीते जागते साहित्य, कला और संस्कृति के साथ रहना है। कई बार उनकी बीमारी के चलते जब लंबे समय तक संवाद नहीं हो पाता तो मन डूबने लगता है।एक बार मेरे पास कोई उपाय नहीं था उनकी कुशलता जानने का तो मैंने अपनी बुद्धि का कुछ ज़्यादा ही इस्तेमाल कर देखा कि वे काफ़ी समय तक ऑनलाइन थी, मतलब वे ठीक थीं। मेरी दादागिरी देखिये और मूर्खता भी कि आ बैल मुझे मार की तर्ज पर मैंने लिख भी दिया कि आप तो ठीक हो गए हो. यानी अब बहाना नहीं चलेगा संवाद

न करने का। उनका बड़प्पन देखिये कि उन्होंने जवाब दिया कि भाई ऑनलाइन डॉक्टरर्स से व्हाट्स अप्प पर बात करने के लिए होना पड़ता है। मैंने अपनी सफाई दी–उफ् हमारी कल्पना भी हमारे यथार्थ के अनुसार ही चलती है। उन्होंने फिर ठोका मुझे–अपनी कल्पना को दूसरे के यथार्थ को समझने के लिए तैयार रखना होता है।

इतना जीवंत संवाद कितने वरिष्ठों और कनिष्ठों के बीच होता होगा!

सोचती हूँ यदि मृदुला जी नहीं रहती मेरी मित्र तो क्या रहता मेरे साहित्यिक जीवन का कुल जमा हासिल?

अभी वे अपनी बीमारी और 87 वर्षीय अपने पति की बीमारी से अकेली ही जूझ रही है। यूँ जीवन राग के तार अभी भी कइयों से जुड़े हैं पर बेटे की बात और ही है। बीच–बीच में बंगलौर से आता रहता है बेटा। जब आता है तो सूर्यमुखी–सी खिल उठती हैं वे। आवाज़ की चहक बता देती है कि बेटा आया हुआ है। पर बहुत ही कम समय के लिए ठहर पाता है बेटा। उनकी भी अपनी व्यस्तता। नौकरी की अपनी सीमाएँ। मन डूब जाता है मृदुला जी का जिस दिन बेटा जाता है।

पिछले सप्ताह जब शरीर की दुर्बलता के चलते नौका नदी किनारे ही बँधी रही, अपनी संस्मरण की किताब ' वे नायाब औरतें ' जिसके कई अंश महत्वपूर्ण पत्रिकाओं और ब्लॉग्स में निकल काफ़ी प्रशंसित हो चुके हैं और जो लगभग समाप्ति पर है, पर काम नहीं कर पायीं मृदुला जी तो अपनी पीड़ा को उन्होंने 'oh energy, oh will to live, oh strength, oh wish to finish pending work' जैसे कतिपय शब्दों में उंडेल दिया था। मुझे अनायास ही पिछली सदी के महान कवि शैली की याद आ गयी जिसने भी अपनी पीड़ा को महज तीन शब्दों 'oh world!oh life, oh time' में अपनी सारी पीड़ा उंडेल दी थी।

महान व्यक्तित्व शायद एक तरह ही सोचते हैं!

बहरहाल मृदुला जी जैसी शख़्सियत जो हमेशा विचारों, भावनाओं और संवेदनाओं की दुनिया में विचरण करती रहती हैं, सत्य, सौंदर्य और प्रेम जिनके हमसफ़र हैं ऐसे लोग कभी भी उम्र में नहीं जीते हैं, ऐसे लोग कभी भी बूढ़े नहीं होते। मृदुला जी भी कभी बूढी नहीं होंगी। आज जिस प्रकार वे क़लम से रौशनी बिखेर रही हैं, आने वाले समय में भी वे बिखेरती रहेंगी। अपनी क़लम की आँखें लोगों की तक़लीफ़ों को लिखती रहेंगी। उनकी क़लम की चेतना उम्मीदों को रचती रहेंगी और हम जैसों को अपना ऋणी बनाती रहेंगी।

कमाल की कहानीबाज़

–रानी देवासर

बंगाली मार्किट से लेकर लेडी इर्विन कॉलिज की पिछली दीवार तक जाती उस सड़क का नाम है, बाबर रोड। छोटी–सी सड़क है, पास–पास जुड़े घरों वाली। वहीं बहुत–सी छोटी–बड़ी लड़कियों (अधिकतर) वाले बहुत से परिवार बसे थे। अब 19 नंबर वाले जैन परिवार और 48 नंबर वाले सिंह परिवार की भी कुल मिलाकर आठ बेटियाँ थीं और बीच के तिभावन की पाँच, गुज़रातियों की चार और भी कई रीता, अनीता और बिंदु थीं। कभी–कभी तो नामों की कमी पड़ जाने पर, दुहराये जाने के कारण, बच्चे लड़का बब्बू और लड़की **बबर** भी कहलाते थे।

जैन परिवार की सबसे बड़ी बेटी थी मंजुल, जो हम सबसे पहले स्कूल से निकलकर कॉलिज पहुँची थी। लंबी छरहरी मंजुल अपने घर, माता–पिता और अपनी चार छोटी बहनों की देखभाल बखूबी करती थी– असल में जब में छठी कक्षा में पढ़ती थी तो मैं मंजुल की बहुत बड़ी फैन थी। केवल 48 नंबर वाला घर, जो हमारा था, बड़े–बड़े खुले मैदानों से घिरा था, इसलिए माँ–बाप द्वारा हमारा फाटक खोलकर अपने बच्चों को अंदर कर देना, और बेफिक्र होकर घर या कहीं और चले जाना, रोज़मर्रा की बात थी। 19 बाबर रोड के सारे बच्चे, हर शाम, हमारे घर खेलने आते थे। हमारे पापा, जो बच्चों से बहुत प्यार करते थे, अपने छोटे से घर में एक बड़ी–सी खाने की मेज़ रखते थे, ताकि अँधेरा होने तक, जिन बच्चों को कोई लेने न आये, वे हमारे साथ खा–पीकर मस्त रहें। 'मम्मी–मम्मी' करके रोते हुए बच्चों के अंबार से तो यह अच्छा ही था।

मृदुला थी, जैन परिवार की नंबर दो बेटी मेरी हमउम्र पर मेरी नंबर दो सखी–क्योंकि नंबर एक पर तो मंजुल थी न किताबों की शौक़ीन और एक भरी–पूरी किताबों की अलमारी की स्वामी मालकिन, जिसमें Children' भवन

के कई खंड थे, जिनमें बहुत सुंदर तस्वीरों के साथ, बहुत अच्छी और सच्ची कहानियाँ थीं–बहुत से अच्छे वालों के बारे में।

शायद मृदुला से हमारी दोस्ती, उन किताबों से ही शुरू हुई। पहले हम उन्हें माँगकर लाते, मैं और मेरी बहन रूपा, फिर हम उन्हें पढ़ते और फिर 18 नं. और 19 नं. के बीच जाने कितने सो चक्कर ऊपर–नीचे काटकर, उन्हें तार–तार करते। मृदुला और मेरे बीच एक दोस्त था विलियम–सरासर मेरे दिमाग़ की उपज मृदुला मेरे इस मायावी दोस्त में बहुत दिलचस्पी लेती थी। हर शाम लॉन के किनारे या घर के अगाड़े या पिछवाड़े की सीढ़ियों पर बैठ कर हम दोनों विलियम की बातें करते। जितने प्रश्न वह मुझसे पूछती, उतना मेरा दिमाग़ अपनी रचनात्मक हदें पार करता, विलियम की शक्ल, क़द–बुत, उमर और पहनावे से लेकर, उसकी अक्लमंदियों तक, और शैतानियाँ इज़ाद करता रहता। मालूम नहीं एक छठी कक्षा में पढ़ने वाली ग्यारह वर्षीय लड़की एक–दूसरी वैसी ही चतुर और रचनात्मक लड़की को इस मोहक छलावे में इतने समय तक कैसे रख पाई। पर यह खेल लंबे अर्से तक चलता रहा और हमारी दोस्ती बढ़ती रही–विलियम के चक्कर में!

एक दिन, शायद, मृदुला बहुत ही अड़ गई होगी, उसे देखने के लिए। तो, जब भांडा फूटा तो वह गुस्सा करने या छला गया महसूस करने के बजाय, पेट पकड़कर खूब हँसी और बोली– अरे वाह, निलि, तुम तो कमाल की कहानीबाज़ हो। कहानीबाज़ तो वह निकली आख़िर में, और क्या गज़ब की कहानीबाज़ कि सारा हिंदुस्तान उसे जानने लगा। रही बात मुझे निलि बुलाने की, जब कि मेरा नाम है, रानी। बात यूँ हुई कि मंजुल का भी घर का नाम रानी था, और 21 नंबर में जो 19 नं. से जुड़ा था, एक ताई जी रहती थीं। जब भी वह मुझे और मंजुल को इकट्ठा देखतीं तो "तू भी रानी, मैं भी रानी कौन भरेगा घट का पानी'', कहने से नहीं चूकतीं। आगे जाकर अच्छी और नामी कहानीकार बनने वाली मंजुल ने मेरा नामकरण किया, 'निलि' – शायद नीलिमा को छोटा किया होगा, पर तब से आज तक, जब हम सब दादी–नानी बन गई हैं, जैन परिवार के सब सदस्य मुझे निलि ही कहते हैं–प्यार से या याद से, मुझे मालूम नहीं, जैसे मैं मृदुला को, तब से अब तक, उमा ही बुलाती हूँ–जो शायद उसे उसकी बहनों के सिवाय और कोई नहीं बुलाता। बचपन बीत गया और बाबर रोड की सभी लड़कियाँ जवान हो गई– हम भी कॉलिज गये–मृदुला स्कूल कॉलिज में नाटकों में हिस्सा लेती रहीं किताबें पढ़ती रहीं और शायद अपने–आपको लेखन की ओर ले जाती रहीं।

शादी के बाद वे बंबई चली गई। मंजुल की शादी तो बहुत पहले हो गई थी। उसके और मेरे बीच कोई विशेष संपर्क नहीं था। तभी एक दिन अचानक मुझे मृदुला का पत्र मिला। असल में बाबर रोड में भी हमारी चिट्ठी–पत्री 19 नं. और 48 नं. के कुछ गज के फ़ासलों में, ज़ारी रहती थी। छोटी बहनें, छोटे मुण्डू नौकर और आया, हमारे डाकिये हुआ करते थे।

ख़ैर, मृदुला की चिट्ठी इस बार क़ायदे की डाक से. सचमुच का डाकिया लेकर आया था। उसमें लिखा था कि अगर यह दिल्ली में है और मैं बंबई में तो इससे यह कहाँ ज़रूरी है कि हम नाता तोड़कर, अजनबी हो जाएँ– "बचपन की बनी और समय और स्थितियों के बावजूद बची दोस्ती क़ीमती और सँभालने–संवारने लायक होती है–भूल जाने लायक नहीं। तो हमेशा संपर्क में रहेंगे, और संपर्क में रहे और हैं, आज तक, इतने दशक बाद भी। खुशियों और त्रासदियों को बाँटते हुए। सहेली और बहन के बीच, अगर कोई रेखा होती है, तो वह कब मिट गई, मुझे पता ही नहीं चला।

1979 में जब मेरे पति वहाँ चले गये जहाँ से कोई नहीं लौटता, जितनी दुआएँ करो, मन्नतें माँगो, जितनी आँखें बिछाओं या सर्द आहों से दिल्ली की उबलती गर्मी को शीतकाल बना दो तो जिन कंधों पर मैंने हज़ारों सिसकियाँ और घड़ों आँसू बहाए, उनमें से एक प्रमुख और मज़बूत कंधा, मृदुला का था।

फिर जब हम दोनों मिलकर, शहर से दूर शांति में अति प्यार से बनी अप्पू– अपर्णा की समाधि पर इकट्ठा गये तो मेरी समझ में आया, कितना कठिन होता है किसी प्रिय सखी का दुःख देखना और महसूसना।

मृदुला की पहली किताब, जो मैंने पढ़ी, वह थी 'चित्तकोबरा'। तब हम उम्र में अब से छोटे भी थे शायद जीवन के बसंत से इतनी दूर नहीं और शिशिर से अनजान। उसे पढ़कर मुझे ऐसा लगा जैसे कुछ, किसी की अंतरात्मा से सीधा निकलकर आया हो जैसे मुझे तब लगा था जब मैंने *Han suyin dh Love is a many splenderd thing* या *Pearl S.* ठनबा की 'आप बीती बातें' पढ़ी थीं। अज़ीब संयोग है कि उसका अंग्रेज़ी अनुवाद मुझी को समर्पित है।

मृदुला लिखती रही–हम पढ़ते रहे और अब तो एक अलमारी का एक पूरा खाना भरा है, उसी की लिखी किताबों से! शायद एक दिन मुझे एक पुस्तकालय ही बनाना पड़े– केवल मृदुला की किताबों के लिए। तो क्या, मुझे कितना गर्व है उस पर और कितनी अच्छी किताबें हैं मेरे पास!

'बुकर' की दावेदार

वनिता सावंत

सन् 1993 की बात है। उस साल 'इंडिया टुडे' (हिंदी) साहित्य वार्षिकी में मृदुला गर्ग की कहानी 'भुगतो असीमा' पढ़ी थी। वह उन के एक उपन्यास का अंश था। कहानीनुमा उपन्यास का नाम नहीं दिया था। वह असीमा के आत्मकथन का प्रारंभिक अंश था। पढ़ते ही सोचा कि इस कहानी का मराठी में अनुवाद करना चाहिए। असीमा मन में बसी थी। लेकिन लेखिका से अनुमति माँगने के लिए उनका पता आवश्यक था। पत्रिका में नहीं था। कहाँ से मिलेगा, समझ में नहीं आता था। फिर में भी अन्य कामों में व्यस्त रही। चार–पाँच साल बाद, पुरानी पत्रिकाएँ संभालते समय, वही 'इंडिया टुडे' पत्रिका सामने आयी और असीमा भी उन दिनों में ज्येष्ठ राजस्थानी लेखक श्री विजयदान देथा की राजस्थानी कथाओं का मराठी अनुवाद कर रही थी। उनसे पत्र संपर्क था। उनसे मृदुला जी का पता तुरंत मिल गया। मैंने मृदुला जी को चिट्ठी लिखकर 'भुगतो असीमा' का मराठी अनुवाद करने की अनुमति माँगी। इसके पहले, दिल्ली की एक लेखिका से, उनकी एक कहानी का मराठी अनुवाद करने की अनुमति माँगी थी। लेकिन उनसे 'ही' या 'ना' कोई जवाब नहीं मिला था। तो इस बार भी सशंक थी। मेरा सौभाग्य, मृदुला जी ने तुरंत अनुमति भेज दी। तब ही मालूम हुआ कि–

'भुगतो असीमा' 1996 में प्रकाशित उपन्यास 'कठगुलाब' का अंश था। 'भुगतो असीमा' का मराठी अनुवाद प्रतिष्ठित मासिक पत्रिका 'अंतर्नाद' के दीपावली विशेषांक (2001) में प्रकाशित हुआ। कहानी बहुत सारे लोगों को पसंद आयी। कुछ प्रतिक्रियाएँ टेक्सास, यू.एस.ए. से श्री प्रा.व. कुलकर्णी ने लिखा– "यह कहानी खूब समर्थ है। हिंदी में इतना पुरोगामी साहित्य लिखा जाता है, यह मालूम नहीं था। हमारी अपनी निरर्थक ग़लतफहमी।"

देवरुख (जि. रत्नागिरी) से श्री संजय तांबे–''कथा हृदयंगम है। स्त्री ही

स्त्री की शत्रु होती है। यह दुष्टचक्र कैसे नष्ट होगा?"

'बुकर' की दावेदार दास आइलैंड (अबूधाबी) से श्री अनिल कुसूरकर–"अनुवाद ग्रेट है। अन्य भाषा में इतना ग्रेट लिखा जाता है, यह जानकर मैं चौका, और लज्जित भी हुआ– मराठी की ओर से। मेरी तो राय है, लेखिका को नोबेल पुरस्कार मिलना चाहिए। उनकी भाषा, संयम, समझ, असली कलाकार की बेफिकरी–कितनी भी प्रशंसा करें, थोड़ी ही है। मुझे शक है, वे कुछ दिन अंतरिक्ष में रही होंगी। ऐसा ग्रेट साहित्य पढ़ने के बाद मेरा अंग सुनहरा हो जाता है और चंदन गंध आने लगती है।"

और भी अनेकों ने कहानी की प्रशंसा की और उपन्यास का मराठी अनुवाद करने को कहा। मृदुला जी ने अनुमति दी और उपन्यास भी भेज दिया, तब ही मैंने संपूर्ण उपन्यास पढ़ा। 'भुगतो असीमा' पढ़कर उपन्यास के बारे में किया हुआ अनुमान सही निकला। मैं साहित्यशास्त्र नहीं जानती, तो उपन्यास का साहित्यिक विश्लेषण नहीं कर सकती। मेरे जैसे सामान्य पाठकों की प्रतिक्रियाएँ ही लेखक के लिए सबसे बड़ा पुरस्कार हैं। हर एक स्त्री–पुरुष को 'कठगुलाब' पढ़कर स्वयं अनुभव करना ही उचित है। सभी पात्र अपने आपमें परिपूर्ण हैं। लेकिन मुझे सबसे प्रभावित किया असीमा की माँ ने उनका आत्मकथन नहीं है, फिर भी वे सर्वत्र छायी हुई हैं। हर एक को ऐसी माँ मिल जाए तो? शायद महिलाओं को किसी आंदोलन की ज़रूरत पड़ेगी नहीं। स्त्री–शक्ति की असली मिसाल हैं असीमा की माँ। पुरुषों के भी दुःख होते हैं, यह जानती थी। लेकिन विपिन मजूमदार का आत्मकथन पढ़कर, संवेदनशील पुरुष का दुःख प्रखरता से महसूस हुआ। विपिन मजूमदार का चित्रण अप्रतिम है और वह भी एक लेखिका याने स्त्री ने चित्रित किया है, इसलिए बहुत महत्त्वपूर्ण और विशिष्ट है। मराठी अनुवाद कुछ दिन पहले पूरा किया है।

'कठगुलाब' का मराठी अनुवाद करते समय, हमेशा मन में आता था, इस उपन्यास का अंग्रेज़ी में अनुवाद होना चाहिए। हाल में ही मृदुला जी से समाचार मिला कि मेरी यह मंशा पूरी हो गई है। बहुत खुशी हुई। मेरी एक और मंशा है। मृदुला जी को 'नोबेल' की बात अतिशयोक्तिपूर्ण लगी। लेकिन मेरी राय से, इस 'शुद्ध भारतीय' उपन्यास को 'बुकर' पुरस्कार मिलना चाहिए। मेरी यह भी मंशा पूरी होगी। अंग्रेज़ी अनुवाद से मार्ग सुकर हुआ है। शुभास्ते पन्थानः।

उपन्यास–विमर्श

'वसु का कुटुम' का एक अंश

पर जैसे–जैसे दिन गुज़रते गए, रत्नाबाई का गुस्सा बढ़ता चला गया। वह उसे अपनी दिनचर्या का हिस्सा नहीं बना सकी। जब पाँच महीने बीत गए तो एक दिन वह ख़ुद मीरा राव के दफ़्तर पहुँची। बाहर फाटक पर एक बिना मूँछ–दाढ़ी का एकदम नौजवान चपरासी खड़ा था। उसने एक बदशक्ल, बदलिवास, बदसलीका और बदउम्र औरत को भीतर घुसते देखा तो झिड़ककर कहा, "कौन हो तुम? अन्दर नहीं जा सकती।" 'जाना है, "रत्नाबाई ने कहा।''

''क्या करने जाना है?"

''तेरे बाप के संग सोने जाना है, "रत्नाबाई ने कहा। चौंककर चपरासी एक क़दम पीछे हट गया। इतने में ही रत्नाबाई अन्दर घुस गई। चपरासी ने पीछे से पकड़ने की कोशिश की तो ज़ोर से चिल्लाई, "छूना मत। आगे बढ़ा तो देखना।" रत्नाबाई का चिल्लाना सुनकर चपरासी का ख़ून जम गया। उसके लिए फौरन आगे बढ़ना नामुमकिन था। शायद उसे भी, सफदरजंग अस्पताल के नौजवान डॉक्टर की तरह, बचपन में भुगता हॉरर याद आ गया था। गाँव के चौपाल में सुनी बच्चा–खाऊ चुड़ैल की कहानी, जो बार–बार बुरे सपनों में दिखती रही थी।

रत्नाबाई धड़धड़ाती हुई अन्दर चली गई। जो कमरा सामने दिखा, उसका दरवाज़ा ठेलकर भीतर घुस गई। क्या कमरा था.. जैसे कोई महल हो! ठंडा। आह! एक मेज़ के चारों तरफ़ चार–पाँच जन बैठे थे। सब सजे –धजे उम्दा पोशाकों में, सजीले चमकीले चेहरे–मोहरे वाले तो थे ही। उन्हीं में से एक मीरा राव भी थी।

"ऐऽ, मीरा राव!" रत्नाबाई ने चिल्लाकर उसे संबोधित किया। "कौन हो तुम?" मीरा राव ने कहा।

"एडलेऽ, अब मुझे पहचानती भी नहीं? उस दिन तो मुझे बड़ा अपना

वसु का कुटुम बता रही थी!"

"कौन है यह गलीज़ औरत?"

"गलीज होगा तेरा बाप। मैं रत्नाबाई हूँ। राघवन की गिन्नी लेने आई हूँ।"

"कैसी गिन्नी?" एक सज्जन ने पूछा।

"वो जो इनने चंदा उगाहा था दामिनी के इलाज के लिए, उसी में राघवन की सोने की गिन्नी हैं कि ना, जो पहले–पहल इनने वसूली थी। तो दामिनी तो मर गई बेइलाज़। वो पैसा तो इन्हीं के पास धरा है ना। तो अब जब इलाज हो नहीं रहा, लड़की मर चुकी तो गिन्नी तो वापस दें।"

"दे देंगे।"

"कब दे देंगे? महीनों हो गए। रोज़ राघवन आता हैं, जाता है। आप रोज़ कह देते हैं, मिन्नी दे देंगे। देते हैं नहीं।"

"ख़ैर, हम राघवन से बात करेंगे। उसकी गिन्नी अगर है तो उसे वापस मिल जाएगी। तुम कौन होती हो बीच में बोलने वाली?"

"अयऽ–हयऽ, में उसकी माँ हूँ कि नहीं?"

"ये थोड़ा है कि कोई भी दफ़्तर में घुस आएगा और कुछ भी कहने लगेगा।"

"कोई नहीं हूँ मैं। रत्नाबाई है मेरा नाम माँ हूँ उसकी। कुछ भी कहने नहीं आई। जो मेरे बेटे की गिन्नी है वो वापस माँगने आई हूँ। आपने दामिनी के नाम से चंदा तो उगाहा पर उसका इलाज कराया नहीं। कराने से पहले तो वो मर गई।"

इतने में उन भद्र जनों में से एक थोड़ा कमउम्र भद्र जन बोला, "पर से चंदा तो अभी भी आ रहा है उसके नाम से। मुझे तो मालूम ही नहीं था कि वो मर गई।'

"लोड, और सुनो! अपनी शादी करोगी क्या दुबारा तुम मीरा राव?

"किसके लिए पैसा वसूल रही हो?"

"बदतमीज औरत,"

मीरा राव ने सख़्ती से फटकारा, "चपरासी, इसको पकड़कर बाहर निकालो।"

रत्नाबाई अपना पूरा दम लगाकर चीख़ी, "छूकर तो देख तेरी सात पुश्तों की आँखें बाहर निकालकर रख दूँगी। धरना देकर बैठी हूँ, यहीं मरूँगी। अगर मुझे किसी ने छुआ तो उसकी आगे की सात पुश्ते अंधी पैदा होंगी। मैं श्राप

देती हूँ।"

उसकी कुत्सित काया ने, इस कर्कश चिल्लाहट से मिलकर ऐसा समां बाँधा जैसे नरक में पिशाचिनी चीख़ रही हो और चारों तरफ़ आग के कुंड जल रहे हों! उनसे उठते धुएँ में वे तमाम भद्रजन अंधे होकर डोल रहे हों! सामर्थ्य छा गया।

फिर भी एक सूटधारी ने हिम्मत करके कहा, "चपरासी, इस औरत को बाहर निकालो।"

तभी कई भद्रजनों के फ़ोन एक साथ बजे। कमरे में जो कुछ हो रहा था,

उसे छोड़ उन्होंने फ़ोन सुना। फ़ोन की पहली प्राथमिकता होती है। सभी लोगों के मुँह से एक साथ निकला, "क्या!"

फिर एक साथ, "कब?"

फिर निकला, "ओहो, बड़ा बुरा हुआ!" बाक़ी के भद्रजनों के मुँह से अब समवेत स्वर में निकला, "क्या हुआ?"

फ़ोन वाले भद्रजनों ने कोरस गाया, "बी. के सपोत्रा का कार्डियक अरेस्ट हो गया। आधा घंटा पहले।"

"कार्डियक अरेस्ट हो गया?"

"हाँ"

"फिर?"

"फिर क्या? वो नहीं रहे।"

'ओहो ओहो' की समवेत प्रतिक्रिया कमरे में लहराई। बस, मीरा राव ने उसमें भाग नहीं लिया। वह बुत की मानिंद जड़– अवसन्न बैठी रही। दिखावे को इतनी हरक़त भी नहीं की कि हाथों से सिर ही थाम लेती। सहसा उस मद्धिम स्वर में बजते कोरस गान में सप्तम स्वर में विस्फोट हुआ। चिल्लाकर कहा गया, "मर गया सपोत्रा!" ये रत्नाबाई थी।

"मर गया तेरे वसु का कुटुम! मर गया ज़ालिम सपोत्रा! दे ताली, बजा थाली! चला गया ज़ालिम दुनिया से! दामिनी को डकार गया! राघवन की गिन्नी पचा गया, आख़िर मर गया सपोत्रा! आओ, आओ, खड़ताल बजाओ। आओ, आओ, मृदंग बजाओ! आओ, आओ, नाचो गाओ! मर गया सपोत्रा! मर गया खउआ सपोत्रा!" रत्नाबाई कमरे के बीच दोनों हाथ उठा, गर्दन मटका, पैर पटक, ताल दे नाचने लगी। सब लोग सहमे ठगे खड़े रह गए। ऐसा तांडव उन्होंने कभी देखा न था। 'मशान घाट में तांडव करते शिव भी कुछ नहीं थे इसके सामने। लटकी–झुलती त्वचा, पोपला मुँह, झूमते हाथ पैर, झुर्रियों के

सैलाब में उतराता डूबता चेहरा, उड़ते फरफराते रूखे बाल। हड़ियल उँगलियों से मुद्राएँ करती, कड़ियल पैरों से थाप देती नाच रही थी महापिशाचिनी, उस सजे–सँवरे, महँगे कमरे के बीचोंबीच किसी के मुँह से बोल नहीं फूटा। शायद रत्नाबाई ख़ुद भी नहीं जानती थी कि वह किसे कोस रही थी–सपोत्रा को या दामिनी के बलात्कारियों को? वह बस कोसे जा रही थी और हा हा. हा अट्टहास करती जाती थी। "मर गया, मर गया। दे ताली बजा थाली बजा मृदंगम्! बजा ढोल बजा डमरू दे ताली बजा थाली।"

लोग इतना घबरा गए थे कि उनके मुँह से चपरासी चपरासी भी नहीं निकला। जो वे हरदम इस तरह रटा करते थे, जैसे चपरासी न होकर साक्षात् भगवान हो! कुछ देर नाच यों ही चलता रहा। बस, अगर कोई हरकत में था तो चपरासी रामलखन, जो आप समझ सकते हैं, कुछ देर स्तम्भित रहने के बाद, रत्नाबाई के पीछे कमरे में प्रवेश कर गया था। इतना बढ़िया फ़िल्मी सीन जाया थोड़ा करता। और यों भी उसे मालूम था कि कुछ ही देर में ये लोग चपरासी चपरासी पुकारने वाले हैं। तो जितनी देर वह दृश्य चला, चपरासी रामलखन फटाफट खटाखट अपने मोबाइल पर उसका वीडियो बनाता रहा। काफ़ी वक्त गुज़र गया। लोग यों ही ठगे खड़े रहे। इससे पहले कि कोई हिलता–डुलता, रत्नाबाई ने ही मंच से प्रस्थान कर दिया। नाचते–नाचते वह एक बार उछली और धड़ाम् से मुँह के बल मेज़ पर गिरकर ढेर हो गई। वहीं उसने प्राण त्याग दिये।

हम जानते हैं कि जो हम दिखला रहे हैं, वह शोभनीय नहीं है। बहुतों के सौंदर्यबोध को आहत कर सकता है। मगर हम क्या करें, जो कर रही हैं, रत्नाबाई कर रही हैं, हम नहीं। हो सकता है, वह महाकाली का अवतार हो धरती पर! और आप जानते हैं कि महाकाली तो आपके शोभनीय की छाती पर ही अपना घमासान किया करती हैं। उनके हुँकार में सौंदर्यबोध नहीं होता। उनके हुँकार में होता है तांडव! उनके हुँकार में होता है प्रलय!

क़िस्सा दामिनी की दूसरी मौत और हम सबकी बेबसी का

–पुरुषोत्तम अग्रवाल

प्रचलित विद्या विभाजन में आप इसे सभी कहानी कहें या छोटा उपन्यास लिखवाया गया' 'दस का दम' असल में ठेठ क़िस्सा है, तबील नहीं मुख़्तसर–सा क़िस्सा। लेकिन यह क़िस्सा बनावट में जितना मुख़्तसर है, सरोकार में उतना ही वसीह और बुनावट में उतना ही संघन।

इसे लिखे जाने का क़िस्सा बयान करते हुए मृदुला जी ने लिखा है, 'प्रतिरोध, परकाया प्रवेश और रसोक्ति (आइरनी) ये तीन तत्व मेरी सभी रचनाओं के अभिन्न अंग रहे हैं। लेखिका के इस कथन को यदि कसौटी मान लें तो बेधड़क कहा जा सकता है कि बसु का कुटुम इन तीनों तत्वों को भरपूर धारण करते हुए। अनुभवपगी वरिष्ठता के साथ युवाओं सरीखे जोश और एडवेंचर के प्रेरणाप्रद संयोग का रेखांकन भी है।

क़िस्सा मुख़्तसर है, एक पुराने घर की जगह मकान बनवाया जा रहा है। आस–पास के लोगों की समस्याओं की परवाह किये बग़ैर क़ायदे–क़ानून को ध्वस्त करते हुए मकान का निर्माण हो रहा है। इस निर्माण से शुरु कर यह क़िस्सा बहुत–सी चीज़ों के बनने और बिगड़ने की नवैयत का बयान करता है, अंदाज़े बयां पहले पैराग्राफ में ही साफ़ हो जाता है।

"बी. के. सपोत्रा घर बनवा रहे हैं। अच्छा कर रहे हैं। घर बनवाओ, सबाब लो। परिवार वालों को बारिश–लू से पनाह मिले। निजता पते। बच्चे जन्म लें। दरो–दीवार ज़िंदगी की कशिश से सरोबार हो। मज़ा जा जाए जो घर में एक बगीची भी हो, भले छोटी सी। खाद डाल मामूली सब्ज़ी फूल उगाए जाएँ। भिंडी–बैंगन–टमाटर तो उगाए ही जा सकते हैं। वह भी नहीं तो हरा धनिया और लौकी करेले की बेल सही मिट्टी की छुअन और आसमान का नज़ारा इंसान होने के गुमान को पुख़्ता करते हैं। यह तसल्ली भी बनी रहती है कि खुले में सोने की मज़बूरी नहीं है। जब चाहो, छत के नीचे पनाह ले

सकते हो। मन हो, बाहर बने रहो, न हो तो भीतर जा संग–साथ निभाओं या अकेले किताब पढ़ो। बच्चों, बड़े–बूढ़ों को सुरक्षा दे, ऐसा घर बनाना सचमुच सबाब का काम है। ख़ासकर तब जब घर ऐसी ज़मीन पर बने जिसे बंजर जान खेती में न लगाया गया हो। पेड़ भी न काटने पड़ें और रंग चोखा जमे ग़लत कह गई। बंजर दरअसल कोई ज़मीन होती नहीं, पानी खाद दे मशक्कत करो तो और कुछ नहीं, कीकर बबूल तो उगाया ही जा सकता है। बथुआ लोभिया भी बशर्ते पाँव तले ज़मीन हो। मैं ज़बर ग़लती कर गई। बी. ने सपोत्रा घर नहीं, मकान बनवा रहे हैं।"

कहन की विडंबना और शिल्प के जादू को हरतरफ करके देखना चाहे तो बस इतना है कि बी. के.सपोत्रा बनाए जा रहे पर के जास–पास बाह नहीं लगा रहे रात–रातभर काम करा रहे हैं, लोग धूल–मिट्टी और शोर से होने वाली परेशानियाँ ही नहीं नींव के गड्ढे में गिरने के ख़तरे भी झेल रहे हैं, दमा की मरीज एक–सी औरत दामिनी–इस बात का विरोध करते–करते एकाएक मर जाती है। उसका वैसा ही अज़ीब–सा 'मित्र' राघवन, –रखाबाई और नज़मा के साथ मिलकर उस एनजीओ से जवाब–तलब करने की कोशिश करता है, जिसने दामिनी के इलाज के नाम पर चंदा किया और वह चंदा गायब हो गया। एनजीओ की कर्ता–धर्ता मीरा राव के जीवन और उनके एनजीओ का मोटो है–'वसुधैब कुटुंबकम्' जो रखाबाई के मानीबेज रूप से ग़लत उच्चारण में बन जाता है–बसु का कुटुम। दामिनी तो मर गयी, उसके नाम पर चंदे का क्या हुआ यह सवाल पूछती रखाबाई ख़ुद उस एनजीओ के दफ़्तर में, 'मशान घाट में तांडव करते शिव की तरह नाचती मर जाती है। इसके बाद मामला टीआरपी संभावनायुक्त हो जाता है और टीवी की बहसों में कुछ दिन गर्म रहता है। इन बहसों की नदी कुछ ही दिन में इस ख़ास मामले को छोड़ विदेशों में जमा काले धन को वापस लाने के व्यापक कौवा रोर के सागर में समा जाती है, और क़िस्सा आपको बताता है कि, "यह पूरी कहानी हम कह तो गए, मगर सभी जानते हैं कि सब कुछ रहेगा वही का बही.. तो जब सब जानते हैं तो हम बार–बार उसे क्यों दोहराएँ?"

'वसु का कुटुम' पढ़ते हुए लेबनानी लेखक राबी आलमदीन का उपन्यास 'हाकाबाती' याद आता है। 'हाकाबाती'– इस शब्द का अर्थ ही होता है–क़िस्सागो। 'वसु का कुटुम' उतने विस्तृत फलक को नहीं छूता, लेकिन जितने तक स्वयं को सीमित रखता है, उस फलक पर अनुभव और स्मृति के संधाव को निभाता बखूबी है। इस संधाव में बात को कहने के लिए 'भाषा

को यथार्थवादी' ढंग से बरतने की बजाय लेखिका का आग्रह पाठक की स्मृति और कल्पना को संबोधित करने का है।

दिल्ली के कुख्यात सामूहिक बलात्कार कांड की शिकार दामिनी (मीडिया के एक हिस्से के अनुसार निर्भया) जैसे इस उपन्यास की 'नायिका' के रूप में 'अवतरित हो गयी है। इस विचित्रता की व्याख्या के लिए वह उस बलात्कार कांड का एक 'काउंटर फैक्चुअल' किस्म का नैरेटिव भी राघवन को सुना देती है कि वह लड़की असल में जीवित बच गई थी, और "इसी शहर में एक नौकरी लेकर बस गई। और कोई नाम होता तो लोग उसमें दामिनी को ढूँढ़ते मगर क्योंकि नाम दामिनी था, जो उन्हीं का दिया हुआ बाद जो असली नहीं या जो निमी की नहीं था। इसलिए उन्होंने दामिनी को नहीं ढूँढ़ा।" यानी दामिनी जीवित है, उस भयानक बलात्कार के बावजूद, फिर से लड़ने के हमले के **माम** जीवित है, क्योंकि जैसा कि राघवन और रखाबाई की बात में साफ़ होता है भइया जिरो सार—मूर कर दिया जाये, उस किसी का डर नहीं रहता और वह बहुत जीवट की हो जाती है।"

बी. के. सपोत्रा के विरुद्ध लड़ाई पूरी नहीं होती कि दामिनी के इलाज के नाम पर लोगों से चंदा वसूलने वाले एन.जी.ओ. की कारगुज़ारियों सामने आने लगती है। राघवन ने अपनी बेटी के ब्याह के लिए जो गिली बचा कर रखी थी उससे दामिनी—फेड की शुरुआत होती है। और फिर वह गिधी उसी तरह गायब हो जाती है जैसे नागरिकता का बोध क़िस्सा अपने ठेठ खिलदड़े अंदाज़ में कुछ सच्चाइयों याद दिलाता है जिनके सामने बेबसी इस वक्त की भारतीय नागरिकता की सबसे डरावनी सच्चाई बनती जा रही है।

'वसु का कुटुम' मानवीय संवेदना के छीजने को ही नहीं रेखांकित करता, वह अपने विशिष्ट देशकाल में नागरिकता केबोध और उसके संस्थानों कानूत, प्रेस, तथाकथित सिर्विल सोसाइटी की सड़ांध को भी उजागर करता है। वसुधैब कुटुंबकम् के नारे पर चलने वाले विक़ायदा' नामी एन.जी.ओ. को सपोत्रा साहब चंदा देते हैं, वह एन.जी.ओ. उनके बिजनेस में पैसा लगाता है, अंधाधुंध ब्याज के लालच में। मीरा राव का कहना है हो सकता है, वो दौर—क़ानूनी माना जाए। मगर में मानती हूँ। क्योंकि यह काम समाजसेवा के लिए हो रहा था, इसलिए उसमें क़ानून को टाँग अड़ाने की ज़रूरत थी नहीं।"

किसी भी तरह अपने लिए कुछ हासिल करने की होड़, बहती गंगा में हाथ धोने की ललक. स्वाभाविक ही है कि समाज के इलीट तक सीमित न रह कर सब तरफ़ ब्याप रही है। दामिनी की समर्थक नज़मा अपने लिए स्कूटी

का जुगाड़ कर लेती है, और हिंदीशजी अपने लिए टीआरपी का। स्वयं उनकी चमक फीकी न कर दे इसलिए वे चपरासी रामलखन को दोबारा पैनल डिस्कसन में बुलाते ही नहीं। इधर सारी बहस चलती रहती है आरटीआई होती रहती है, रामलखन के सपोत्रा का बेटा होने का दावा किया जाता है : सपोत्रा बनते मकान से गिर कर मर जाता है... उधर ग़ैर–क़ानूनी ढंग से बन रहा मकान बन भी जाता है, उसके तल्ले सपोत्रा के बेटे द्वारा अलग–अलग लोगों को बेच भी दिये जाते हैं, अब जिसे जो करता है, कर ले।

क़िस्से की सीख पाठक को रामलखन के शब्दों में ही प्राप्त होती है करना यह चाहिए कि चाहे अनुमति–पत्र मिले यी न मिले, आप धड़ल्ले से मकान बनवा डालिए। मगर याद रखिए, जब मकान पूरा हो जाएगा तो आपको मरना पड़ेगा। जब आप मर जाएँगे तो आपने उत्तराधिकारी पर आपके अवैध रूपों का कोई उत्तरदायित्व नहीं होगा।

क़िस्सा ख़त्म होता है, रखाबाई पुत्र लल्लन की भविष्यवाणी से, "यही समलखन हमारे देश का अगला प्रधानमंत्री होगा। और तब? तब बहुत कुछ बदल जाएगा. देश का नक्शा बदल जाएगा!''

क़िस्सा आख़िर में यह भी बता देता है कि यह तल्लन ने कहा नहीं, सिर्फ़ सोचा। कहा हमने।

"मर गया तेरे बस का कुटुम मर गया ज़ालिम गाँवा।" इस घोषणा के साथ नाच रही थी महापिशाचिनी, उस सजे–सँवरे महंगे कमरे के बीचोबीच यह सूचना देता किस्मा कहता है, "हम जानते हैं कि जो हम दिखला रहे हैं, वह शोभनीय नहीं है। बहुतों के सौंदर्यबोध को आहत कर सकता है। मगर हम क्या करें, जो कर रही है रखाबाई कर रही है, हम नहीं। हो सकता है, वह महाकाली का अवतार हो धरती पर। और आप जानते हैं कि महाकाली तो आपके शोभनीय की छाती पर ही अपना घमासान किया करती है। उनके हुँकार में सौंदर्यबोध नहीं होता। उनके हुँकार में होता है तांडव। उनके हुँकार में होता है प्रलय।''

पढ़वा तो यह क़िस्सा ख़ुद को लेगा ही। ऐसी ही किताबों के लिए अंग्रेज़ी में कहते हैं 'अनपुटडाउनेवल'। पढ़ने के बाद, आपका मन प्रलय और तांडव का इंतज़ार करने का होता है, या उसके पहले, बदलाव की दिशा सोचने का...वह आप पर है।..

यथार्थ और काल्पनिक

—अमित रंजन

अमित मृदुला गर्ग के नए उपन्यास के एक पात्र का निर्वहण है। नृत्य और मृत्यु। दसु का कुंटुम में नई दिल्ली के मध्यवर्गीय इलाके में तलाबाई घरेलू कार्य करने वाले पात्र के आगे होकर उपन्यास के सबसे सशक्त दृश्यों में से एक में अपने अंत से जा मिलती है—जैसा कि लेखिका खुद लिखती है, नटराज से भी अधिक उद्वेगपूर्ण मृत्यु का नाच करते हुए। वह एक जन्य छोटे पात्र सपोत्रा की मृत्यु का समाचार सुनकर नृत्य करती है, जो एक बिल्डर है और उपन्यास में सिर्फ़ सुना जाता है। देखने में नहीं आता। वह ऐसे मनोनय जगाने वाला कोई बुखार खलनायक या क्रूर हत्यारा नहीं है, परंतु उपन्यास में दृश्य इतने सुक्तिपूर्ण और खूबसूरत तरीके से रखा गया है, उसमें कुछ भी अतिश्योक्तिपूर्ण नहीं दिखेता। दृश्य हमारे तंत्र के कददावर सत्ता के दलालों के ख़िलाफ़ दमित वर्ग के का रूपकनुमा बन जाता है।

दृश्य शब्द का इस्तेमाल करते समय, शब्द तया उपन्यास की नाटकीयता पर बात करना ज़रूरी हो जाता है। उपन्यास में काफ़ी कम चरित्र है, वह पूर्ण विकसित और त्रि—आयामी है जो कथानक को भी गहराई प्रदान करते हैं। साथ ही निश्चित विचारों का प्रतिनिधित्व करने वाले पात्रों के जरिए कचानक काफ़ी तेज़ी से आगे बढ़ता है मात्र 120 पृष्ठों के उपन्यास में।

दामिनी का केंद्रीय चरित्र अपने नाम में ही द्विआयामी है नाम दिल्ली में 2012 के कांड से लिया गया है जिसके बाद व्यापक विरोध प्रदर्शन देखने को मिले थे और इसके बावजूद अपने दैनंदिन के संबंधों और संवेदनीयता में यह पात्र बेहद गतिशील है। यही इस रचना की खूबी है यह वैचारिक क्रीड़ा के साथ—साथ बेहद जाने—पहचाने रोज़मर्रा के पात्रों वाला उपन्यास है। कथ्य के आधार पर दामिनी एक दुबली—पतली गुमनाम साधारण—सी दिखने वाली लड़की व महिला (दोनों पात्रों द्वारा उसकी आयु पर बेहद अटकलें लगी

दिखती है, जो लोगों के प्रति हमारे विचारों की रोचक अनुभूतिनुमा है, जो दक्षिण दिल्ली के उच्च मध्यवर्गीय परिवेश में बतौर और किरायेदार जाती है। लचीली कद–काठी के बावजूद वह तेज़–तर्रार व्यक्तित्व वाली है स्थानीय परचून दुकानदार से पुरानी चीज़ों पर बहस करती दिख जाती है या फिर एक तले मकान को गिराकर बहुमंज़िला इमारत बनाने वाले बिल्डर से भी दो–दो हाथ करती दिखती है। यह रिश्वत लेने–देने में यक़ीन रखने वाला है। आम लोगों के आम रुपये यहाँ दिखते हैं, और कोई बड़ा ड्रामाई तत्व नज़र नहीं आता इसके बावजूद उपन्यास ख़ासा नाटकीय है। दामिनी के "बीमार रहने और घर के भीतर रहने पर इसकी नाटकीयता उभरती है। उत्तने अपने एनजीओ में काम पर जाना बंद कर दिया है। उसकी बीमारी का कारण सपोत्रा बिल्डिंग के मलबे से उठती धूल को नहीं कहा जा सकता, परंतु यह याचिकाओं के माध्यम से उसके ख़िलाफ़ लड़ती रहती है परचून दुकानदार चंदन भी उसकी अनुपस्थिति से चिंतित होकर उसके घर पहुँचता है। यह उसे घरेलू कामकाज में रत्नाबाई की मदद लेने को कहता है। लेखिका पंसारी के संभावित रूमानी रुझान की सभावनाओं को उभारती हैं और यहीं संवेदनीय सुकबुकाहट के चित्रण से उपन्यास बेहद मानवीय हो उठता है, जहाँ भैया को लेकर राघवन का वैचारिक द्वंद्व और अतः उनकी स्वीकृति को लेकर, उसके अन्य प्रारूप सामने आते हैं। दामिनी की बीमारी गंभीर रूप लेती है और उसे माँ ऊपरी रत्नाबाई, भाई राघवन और बहन के रूप में सफाई वाली नज़मा अस्पताल ले जाते हैं। यही ब्यौरा आधिकारिक तौर पर भी दर्ज होता है और डॉक्टर द्वारा प्रश्न किए जाने पर रत्नाबाई कहती है कि उसके पारिवारिक सदस्यों के धार्मिक संबंध पर सवाल उन्हें जेल पहुँचा सकता है। अस्पताल में दामिनी की एनजीओ का बॉस उसकी मदद को आकर कहता है कि उसकी बीमारी का खर्च एनजीओ उठाएगा। फंड की शुरुआत के लिए राघवन सोने का सिक्का देता है और चारों ओर से पैसा आना शुरू हो जाता है। दामिनी नहीं बचती, लेकिन फिर भी, फंड आता रहता है और इससे पहले कि उसकी पत्नी को पता चल जाए, राघवन, अपना सोने का सिक्का वापिस चाहता है। और यहीं, उसके बार–बार कहने पर रत्नाबाई एनजीओ जाती है, सपोत्रा की मौत का पता चलते ही नाचते हुए मर जाती है। ये मौत दामिनी घोष के सदुपयोग–दुरुपयोग पर मीडिया में बहस छिड़ती है और उपन्यास इस सनसनी और मीडिया की राजनीति को बखूबी उकेरता है।

उपन्यास को पटल पर रखने की काबिलियत उसकी आम घटनाओं की लौकिकता में निहित हैं जो लगातार असाधारण फलक छूते दिखते हैं। इसमें

दैनंदिन का ऐसा यथार्थवाद है जिसे हाथ लगाते हुए लेखक अक्सर चौकन्ने रहते हैं। वहीं सत्तर पार मृदुला गर्ग कामकाजी व्यस्तता वालों और हमेशा क्षमाशील रहने वाले मध्यवर्ग के सामूहिक अपराधबोध से सीधे टकराती हैं। उपन्यास की दामिनी का दावा है कि वह 2012 की त्रासदी की दामिनी है, सिंगापुर ले जाई जाने वाली लड़की कोई अन्य थी और वह ख़ुद बच गई थी। उसकी आयु बीस से चालीस के बीच कुछ भी होगी। वह हर कोई है, वह व्यापक अल्पसंख्यक है अथाह संख्या, ऐसी विशाल मौन शक्ति जो टेलीविजन पर आए दिन देशभक्ति का नारा बुलंद करती दिखती है। दामिनी वाली घटना के दिनों में राघवन समाचार पत्र पढ़ने से गुरेज़ करता था क्योंकि उसकी अपनी बेटी सरकार के ख़िलाफ़ प्रदर्शनों में शामिल होकर पुलिस की पानी की बौछार और लाठियों का सामना कर रही थी। प्रतिरोध टेलीविजन के लिए अच्छे हैं, लेकिन अपने बच्चों के लिए नहीं। मृदुला गर्ग इसी हाशिये की पड़ताल करती हैं, हाशिये के बीच दबी लेखनी की और दीवार पर टंगी दिखने वाली अव्यवस्था उस ख़तरनाक चुप्पी के जवाब में हल्का शोरभर है।

काल्पनिक क़िरदारों का असली क़िरदारों में (उपन्यास की दामिनी) और असली चरित्रों का काल्पनिक में विलय (असाधारण प्रतिवादी के रूप में राघवन की साधारण–सी बेटी) उपन्यास की विशेषता है और यह हमें निरंतर आइना दिखाता रहता है। मीडिया की बहसें भी कुशलता से रखी गई हैं, उनका अति–यथार्थवाद, और नियति नियंत्रण करने वाली आभासी ज्यूरियाँ।

एक अन्य रोचक पक्ष लेखकीय प्राक्कथन से जुड़ा है जिसने मृदुला गर्ग लेखकीय सामग्री, क़लम से डिक्टाफ़ोन तक होते हुए टाइप राइटरों एवं कंप्यूटरों तक की रेखा यात्रा का ब्यौरा गिनाती हैं। उपन्यास की रचना के दौरान लेखिका को देखने में तक़लीफ़ हुई और उन्होंने डिक्टाफ़ोन पर इसे बोला और टाइप कराया। लिखित शब्द की बोलकर रचना करने का विचार रोचक है और इसी कारण इसमें वार्तालाप की प्रचुरता और तात्कालिक हालात उभरते हैं। उपन्यास के शीर्षक पर टिप्पणी भी ज़रूरी हो जाती है। शीर्षक दामिनी के बॉस द्वारा संस्कृत कथन वसुधैब कुटुम्बकम् को दोहराने से बना है, जिसका अर्थ– संसार एक परिवार है, और दामिनी अकेली नहीं है। मानवीयता और संवेदना के वैश्वीकरण का नया रूप तब सामने आता है जब उसके बॉस की संस्था दामिनी की मृत्यु के बाद भी चंदा इकट्ठा करती दिखती है और बॉस दुनिया के किसी अन्य हिस्से में फरार हो जाता है। कुलीन वर्ग के लिए विश्व सचमुच एक बड़ा कुटुम्ब है और अनेक दामिनियों की क़ब्रों की फैली हुई ज़मीन पर पैदावार भी बड़ी ही होती है।

'मिलजुल मन' का एक अंश

"मेरी निस्बत, गुलमोहर ने लिखना काफ़ी देर से शुरू किया। मुहब्बत, शादी, बच्चों की पैदाइश के बाद ज़िंदगी के तंबू में कहीं दरार ज़रूर रही होगी जो साहित्य नाम का ऊँट, गरदन भीतर डाल पाया। ज़िंदगी को बाहर खदेड़, रफ़्ता–रफ़्ता, तंबू हथियाने की कोशिश की होगी पर ज़िंदगी से मात खाता गया होगा। "ज़िंदगी ने मेहमान मान, अपना हिस्सा खातिरदारी में परोसा होगा, यह मानना मुमकिन नहीं। हाँ, इतना माना जा सकता है कि अदब और ज़िंदगी, आपसी हमलों के बावजूद, एक–दूसरे के पास बैठे रहे होंगे।

इससे ज़्यादा मानना चाहूँ तो एक वाकया याद आ जाता है। है बहुत बाद का और कानों सुना, आँखों देखा नहीं। उस शाम मैं मोगरा के घर गई हुई थी। सात बजे से घर लौटने का मन बना रही थी, पर बारिश की झड़ी ऐसी लगी थी कि उठ–उठकर बैठना पड़ रहा था। यूँ रात नौ बजने को आए। दिल्ली की बरसात, बरसती है तो एकमुश्त, जैसे चेरापूँजी से होड़ ले रही हो। घंटे–दो घंटे के भीतर तमामशुद। वापस उमस–घुमस ऐसी कि लगे अभी बरसा नहीं, बरसने को है। फिर धूप की चकाचौंध हावी कि लगे, न पहले बारिश हुई न आगे होगी। पर घंटे–दो घंटे का वह वक़्त चेरापूँजी, बाहर निकलने के हौसले पस्त करने को काफ़ी होता है। एक ख़ासियत और है। दिल्ली की सड़कें तेज़ धूप झेलने को बनी हैं। बरसात, वक़्त पर हो या बेवक़्त, एक मार में उन्हें उफनता दरिया बना देती है। इसलिए हाथ के नीचे मोटर गाड़ी होते हुए भी, बारिश की धार धीमी पड़ने के इंतज़ार में हाथ डाले बैठी थी।

तभी मोगरा के पास शमित का फ़ोन आया। पूछ रहा था, 'गुल को घर कब छुड़वाओगी?'

मोगरा चौंकी, 'गुल? यहाँ कहाँ है गुल? कहाँ से बोल रहे हैं आप, कहाँ छूटे उससे?'

"मैं भला कहाँ छूटता। घर बैठा इंतज़ार कर रहा हूँ। इतनी देर हो गई, वापस नहीं आई तो सोचा तुम्हारे पास गई होगी। बारिश काफ़ी हुई शायद सारी शाम? तुम गाड़ी से छुड़वा रही हो न?"

मोगरा घबरा गई, बोली, "यहाँ हो तब न छुड़वाऊ! घर से निकली कब थी?"

'शाम चार बजे।'

'मेरे घर की कहकर चली थी?' 'कुछ कहा नहीं, बस निकल गई।"

'रोज़ सैर को जाती है न इस वक़्त। इसलिए आपने पूछा न होगा, कहाँ जा रही है? 'बारिश में नहीं जाती। मैं पूछने जा रहा था पर वह बात के बीच में निकल गई।

'कहाँ गई होगी। ऐसा करें....

बात पूरी होने से पहले फ़ोन कट गया। मोगरा और मैं ताबड़तोड़ हर मुमकिन ग़ैर मुमकिन दोस्त के अड्डे पर फ़ोन मिला, उसे तलाशने लगे। बीच–बीच में मैं कहती रही, 'अजीब आदमी है तुम्हारा जीजा शमित कहाँ जा रही हो पूछने में कितनी देर लगती है कि बीवी बीच जुमले निकल ली।' फ़ोन के चोंगे की उठा–पटक के बीच, उसने बेसाख़्ता कहा, 'मुँह में पान ठुँसा होगा।' 'अजीब आदमी है', मैंने दोहराया तो उसी देख़याली में बोली, 'इसमें अज़ीब क्या है? सभी पति यही करते हैं।'

'तुम्हारे भी?'

'हाँ, पवन को तो पता ही नहीं चलता, मैं घर पर हूँ कि नहीं, जब तक दरवाज़े की घंटी बजती न जाए और कोई दरवाज़ा खोलने न आए।'

'क्या राहतअफजा ज़िंदगी है', मैंने कहा तो हाथ रोककर बोली, 'उससे तो अच्छा है न कि घर से निकलो तो पति दस सवाल पूछे और लौटो तो बीस। पर है।...कहीं ऐक्सीडेंट न हुआ हो।'

यह वक़्त बहस का है क्या? मैं फिक्र में मरी जा रही हूँ, तुम्हें फलसफ़ा सूझ रहा।

''नहीं–नहीं', कह मैं अस्पतालों के नंबर इकट्ठा करने में जुटी।

तभी फ़ोन बजा। मैंने झपट लिया। शमित था। बोला, 'मैंने पुलिस को फ़ोन किया था। एस.एच.ओ. हँसकर बोला, 'बीवी गुम गई! संभालने की तमीज न हो तो गुमेगी ही। रोज़ गुमती हैं बीसियों लौट आएगी कुछ देर में,

जाएगी कहाँ?'

'ठीक तो कह रहा था', मेरे मुँह से निकला।

'कौन? मोगरा नहीं हो सकतीं आप।'

इससे पहले मैं कुछ तुर्श कहती, मोगरा ने फ़ोन ले लिया। पुचकार कर बोली, 'मैं करती हूँ पुलिस को फ़ोन। पति करे तो सोचते हैं, घरेलू लड़ाई का मामला होगा।"

शमित रो दिया, "मुझे लड़ते सुना कभी तुमने? दोपहर का खाना निबटाकर बेडरूम में आराम कर रहे थे कि...."

"कितने बजे निबटा खाना।'

"तीन बजे। रोगन जोश और खमीरी रोटी, वाह, खाकर आँख न लगे तो क्या हो?"

"गुल फिर जामा मस्जिद गई होगी रिक्शा लेकर, बल्लीमारान, सुईवालान और जाने किस–किस गली में आपकी पसंद का तर माल चुन, दस्तरखान सजाने?' अब मोगरा का सुर तेज़ और तुर्श था।

"आह! चितली कबर की गली का जायका एकदम अलग है।"

"डॉक्टर ने मना किया है न, इस तरह भटकने को, क्यों जाने देते हैं आप?"

"कमाल है। बल्लीमारान से कब की लौट लीं, उसे क्यों रो रही हो? गायब घर आने के बाद हुई। खटपट से आँख खुली, देखा, सज–धजकर बाहर जा रही हैं। जब तक कुछ पूछूँ, यह जा, वह जा ज़रूर इसमें कोई गहरा राज है। कल ही मैंने टीवी. पर देखा था..."

''चुप रहेंगे आप। मैं देखती हूँ।"

देखना क्या था, वही इधर–उधर फ़ोन लगाना। इस बीच मोगरा के पति पवन तशरीफ ले आए। पुलिस, दोस्त, लेखक बिरादरी, पवन, सब एक सुर में दोहराते रहे, "लड़ाई–झगड़े के बाद पिक्चर हॉल में जा बैठी होंगी, बारिश में ट्रैफिक में फँस गई होंगी, धीरज रखो, लौट आएँगी।"

पवन खा–पीकर सोने चले गए, जल्दी सोते थे। मैंने कहा, 'एक दिन बंदा देर से भी सो सकता है।'

पर मोगरा ने लाजवाब दलील दी, 'पलंग पर न सोते तो सोफे पर ऊँघते, हमारा क्या फ़ायदा होता?'

वाह! खुदा के फ़ज़ल से मैं अनब्याही थी।

यूँ दस बज लिए। इस बार फ़ोन बजा तो घंटी ज़्यादा तेज़ थी या सन्नाटे

में मालूम पड़ी।

मोगरा बाजी मार गई। शमित की आवाज़ इतनी ऊँची थी कि मुझे भी सुनाई पड़ी, 'लो अपनी बहन से बात करो।"

'कहाँ चली गई थी', मोगरा ने इतनाभर कहा कि उधर से लफ़्फाज आबशार फूट पड़ा।

'क्या कोहराम मचा रखा है तुम लोगों ने। मुझे कोई उठा ले गया क्या? उठा ले भी जाता तो दवाइयाँ खाने की बेला वापस पहुँचा जाता। कहाँ–कहाँ से इकट्ठा करता फिरता प्रिस्क्रिप्शन। अपनी मर्ज़ी से गई, अपनी मर्ज़ी से लौट आई। क्या पहाड़ टूट पड़ा? लाकर रख गई थी शामी और सींख कबाब, तंदूरी रोटी, चाकरखानी भी, तेरे जीजाजी के लिए। जीमे अब तक नहीं, मार धमाल मचाए रहे। आई हूँ तब गए हैं गरम करने। हाँ–हाँ पापड़ है, वहाँ ऊपर वाले खाने में, बारिश में नम तो होंगे ही। सेंक लो, करारे हो जाएँगे। ठीक है, तेल में भून दूँगी, अभी आई। बाद में बात करती हूँ'

फ़ोन काट, गुल चल दी, हम उजबक से बैठा किए। अंधेरी गलियों में गाड़ी सरकाती, मैं अपने बिनब्याहे घर को पलट ली। एंटी–क्लाइमेक्स का भाव लिए। व्याह में कुछ सनसनी थी ज़रूर दोस्त नाम से पुकारे जाने वाले महबूब से अलग, अपने–अपने घर में खाने पकाने में वह थ्रिल कहाँ, जो पापड़ भूना जाए या तला जाए का अहम् मसला तय करने में है, रोज़ दर रोज़। बीवी गुम हो चाहे नहीं। गुम होना और वापस आना तिलिस्म बने चाहे नहीं।

बाद में पता चला, उस शाम गुम होने में तिलिस्म कोई था नहीं। अगली सुबह पुलिस, दोस्त, लेखक वग़ैरह को फ़ोन करने और अपने पशेमाँ होने का रोना रो, बिना बतलाए घर से जाने और देर रात लौटने पर, मोगरा ने गुल को शर्मिंदा करने की कोशिश की तो करारी फटकरार सुनी।

'अजब बांगड्स लोग हो, अख़बार वख़बार पढ़ते हो कि नहीं?"

''क्यों तेरे फरार होने की ख़बर अख़बार में छपी थी?''

ज़्यादा होशियार मत बन। फ़िल्मों के इश्तिहार देखती है, कभी नाटकों को भी देख लिया कर।'

'वाह! तुझसे ज़्यादा नाटक देखती रही हूँ, अभिनय भी कर चुकी हूँ कुछ में।'

'ठीक है। अभिनय मैंने भी किया था रेडियो नाटकों में, कोई बड़ी बात नहीं है। दो सौ रुपये पकड़ा देते थे कुल जमा।'

'जी हाँ, आपके लिए अभिनय क्या बड़ी बात है। ज़िंदगी में हर पल किया

करती हैं।

'शेक्सपियर की टाँग मत तोड़। क्लीशे बन लिया अब तलक जुमला छोड़ यार, तेरा आशिक कौन है सो बतला–

"जानती नहीं मेरा आशिक कौन है?

''हे भगवान! फिर वही मुर्गे की टाँग। शमित को छोड़ परे। कल किसके साथ नाटक कर रही थी, सो बतला।"

बस, एक लफ़्ज और नहीं। सारा दिन मियाँ के लिए खाना बनाती रहती है, अख़बार तो पढ़ लिया कर। कौन–से नाटक खेले जा रहे हैं शहर में, इतनी जानकारी तो हो।'

तब जाकर मोगरा के दिमाग़ की घंटी बजी। बोली, 'टेनेसे विलियम्स का नाटक था कल?'

'और क्या? द ग्लास मेनेजरी।"

'तू अकेले देखने गई थी??

''तो क्या इन्हें लेकर जाती!''

''मुझसे कह सकती थी।''

''क्यों? अकेले नहीं जा सकती। सुबह ही तय कर लिया था। परहेजी खाना खा, तमाम दवाइयाँ निगली, जामा मस्जिद जाकर शमित की पसंद का दस्तरखान "जुटाया, अपने लिए दो अदद शीरमाल। श्रीराम सेंटर फ़ोन करके एक टिकट बुक करवाया और इनके उनींदे रहते, फुर्र हो ली।"

''इतनी तेज़ बारिश में?''

''गत्ते की थी जो गल जाती? छतरी थी न, तिपहिया लिया और पहुँच ली। वापसी में नामुरादों ने मॉल रोड का नाम सुन, ऐसे मुँह बिचकाया जैसे तिहाड़ जेल में भरती करवाने ले जा रही हूँ। तंग आकर कहा, 'चलिए भाई साहब, वहीं चलती हूँ जहाँ आप जा रहे हैं। भाभीजी की मेहमाननवाजी का सुख भोगूँगी, सुबह आप घर पहुँचा दीजिएगा। न हो भाभीजी को भी साथ ले लेंगे, घर देख लेंगी। तब जाकर एक ड्राइवर शर्मसार हुआ और घर तक आया।'

'डर नहीं लगा?'

'किस बात का?'

'मार–मूर कर गेर देता तो?'

नए शिल्प में ढली आत्मकथा

—पुष्पपाल सिंह

इक्कीसवीं शती का हिंदी उपन्यास इसलिए भी महत्त्वपूर्ण है कि उपन्यास के शैल्पिक ढाँचे में बड़े कौशल से नई तोड़–फोड़ हुई है और उसका अभिनव रूप तरह–तरह से आकर्षक बन सका है। नई शती की शुरुआत में ही कमलेश्वर ने 'कितने पाकिस्तान', काशीनाथ सिंह ने 'काशी का अस्सी' से उपन्यास का शिल्प परिवर्तन करने की जो शुरूआत की थी, उसे अलका सरावगी, हरिचरन प्रकाश, अशोक भौमिक, विभूति नारायण राय, रणेंद्र आदि ने अपने नए शैल्पिक प्रयोगों से इस विधा को एक सर्वथा नया और लचीला रूप प्रदान किया। अब मृदुला गर्ग ने अपने आत्मकथात्मक उपन्यास 'मिलजुल मन' में औपन्यासिक ढाँचे में एक नया प्रयोग किया है जिसमें उनकी 'स्व जीवनी' उपन्यास और आत्मकथा की विधाओं में आवाज़ाही करती है। इधर हिंदी में आत्मकथाओं–संस्मरणों का दौर (किसी सीमा तक 'बुखार' भी इसे कहा जा सकता है, वे लोग भी आत्मकथा, डायरियाँ लिख रहे हैं जो अभी साहित्य में भली प्रकार पहचान भी स्थापित नहीं करा पाए, न ही वे कोई शोभाधमी व्यक्तित्व– 'सेलेब्रिटी स्टेटस' में हैं कि सामान्य पाठक की उनके व्यक्तित्व में रुचि हो, पता नहीं प्रकाशकों की रुचि उनमें क्यों जगी!! कुछ 'महती' व्यक्तित्व तो 510–20 पृष्ठों के रूप में आत्मकथाओं का बोझ हिंदी संसार पर डाल रहे हैं।) चल रहा है, विशेषतः साहित्य के 'दो दलित वर्गों द्वारा 'मिलजुल मन' इस रूप में एक व्यवस्थित आत्मकथा नहीं है जिसमें लेखकीय व्यक्तित्व समग्रता से उद्घाटित होता है, इसे संस्मरणधर्मा आत्मवृत्त कहा जा सकता है जिसमें कुछ जीवन–प्रसंगों को केंद्र में रखकर स्व–जीवन उद्घाटित किया जा रहा है। किंतु लेखिका की मंशा इसे उपन्यास रूप में प्रस्तुत करने की ही रही है–पुस्तक का भीतरी मुख पृष्ठ इसे 'उपन्यास' ही घोषित करता है।

अपने उत्फुल्ल उल्लासपूर्ण गद्य, शैली के खिलंदड़ीपन और नई शैल्पिक युक्तियों से सृजित क़िस्सागोई के कारण यह आत्मवृत्त अत्यंत पठनीय हो जाता है। वस्तुतः यह अकेली मृदुला गर्ग की ही जीवन–कथा नहीं है, इसमें उनकी बहन मंजुल भगत की भी उपस्थिति उतने ही महत्त्वपूर्ण रूप में आद्यंत बनी रहती है। दोनों बहनों की उपस्थिति को एक बिलकुल नए अंदाज़ में दो काल्पनिक नाम रखकर गुलमोहर उर्फ़ गुल–मंजुल भगत तथा मोगरा मृदुला गर्ग की कथा कही गई है किंतु दो प्रसिद्ध लेखिकाओं को दिया गया नामों का यह निर्भीक अधिक दूर तक साथ नहीं चल पाता उनकी प्रत्यक्ष उपस्थिति थोड़ी देर में ही पता चल जाती है, लेखिका को भी इस बात का अहसास है– "फिर मोगरा और में मिलकर हँसे, लेखक–क़िरदार का फ़र्क मिट गया।" इन दोनों के संवादों में जो युक्तियाँ प्रविधियाँ लेखिका अपनाती है, "उससे इस आत्मवृत्त में क़िस्सागोई का नायाब गुण भरपूर रूप में आया है–क़िस्सा–दर–क़िस्सा बयान होता चला जाता है, पाठक को अपने प्रवाह में लिए हुए, 'खालिस पिताजी की कथा' सुनकर गुल ऐतराज उठाती है तो मोगरा 'फिलहाल यही सही। अपनी बात अगली मुलाकात में कहकर आगे अपनी कथा–युक्ति का खुलासा करती हैं। कुछ भी न छिपाने की इस प्रतिबद्धता का निर्वाह पुस्तक में आद्यंत किया गया है, लेखिका दोनों बहनों के जिन जीवन–प्रसंगों को उठाती हैं, पूरी ईमानदारी और साफ़गोई से उनका बयान किया गया है। क़िस्सा–दर– क़िस्सा बयान करते हुए पाठक में ऐसी ही समुत्सुकता जगाए रखती है जैसी मोगरा में है, "चलो देखते हैं, आगे–आगे होता है, क्या?" जिस प्रकार 'क़िस्सा तोता मैना' या 'सहस्त्र रजनी चरित्र' में पिछली कथा से अगली कथा का सूत्र निकलता है, वैसा ही प्रत्येक अध्याय के अंत में यहाँ होता है, "एक बार...ख़ैर छोड़ो, जुग्गी चाचा का क़िस्सा मोगरा बेहतर सुनाएगी!" "मैं कॉलेज का क़िस्सा बयान कर रही थी, तुम ज़बरन शादी–ब्याह पर जा पहुँचीं। अब सब करो, वक्त आने पर कहूँगी। फिलहाल सुनो मसूरी की कहानी मेरी ज़ुबानी'', आदि।

'मिलजुल मन' की आकर्षक पठनीयता का बहुत बड़ा घटक उसकी खिलंदड़ी भाषा–शैली है जिसमें बहुत बिंदास ढंग से उन्होंने अपने मन की बातें विभिन्न कथा–युक्तियों के प्रयोग से कहीं हैं। बड़े कौशल से लेखिका ने कथा–सूत्रों को सँवारकर कभी। किसी ओर रुख किया है तो कभी मोगरा (स्वयं) की ओर मुड़ लेती गुल है वह–"एक मिनट तुमने कहा था, अगली खेप में सिर्फ़ अपनी बात कहोगी, फिर गुल को क्यों ले बैठी'', "सुनो तो, दिलचस्प

वाक्या बयान करूँगी।" "मुझे नहीं सुनना! अपनी कहो", "इतना तो कह चुकी।" इस प्रकार यह आत्मवृत्त कभी गुल–मंजुल भगत पर जाकर रूकता है तो कभी मोगरा मृदुला गर्ग– पर। किंतु कभी–कभी लगने लगता है कि यह जीवनी मृदुला गर्ग से अधिक मंजुल भगत की होती जा रही है, वही उपन्यास के केंद्र में आ जाती है। शायद लेखिका को भी इसका भान है, तभी तो उसे वह कह उठती है, "मेरी नहीं गुल की कहानी। कहानी जो है गुल की है, मैं सिर्फ़ परछाई हूँ।" इसी प्रवृत्ति के चलते अपने 'पहले इश्क' का वर्णन संक्षिप्ति में ही निबटा वे गुल के उस इश्क का सविस्तार वर्णन करती है, जो विवाह तक जा पहुँचता है, अपने 'पहले और इकलौते इश्क का वर्णन वे इस रूप में करती हैं, "अब चलो आपसे क्या छिपाना, एम.ए. की कक्षा में बैठे–बैठे हमारा उम्रभर का इकलौता इश्क हो गया। हर किताब के पन्ने से हमें उनका चेहरा झाँकता नज़र आने लगा। मित्र प्रसाद के अल्फ़ाज़ में, उन दिनों हमारे चेहरे पर से "टैट वाइड आइड वंडर अबाउट लिटरेचर एंड लाइफ़" गायब हो चुका था और एक बौड़म अहमकाना स्थायी भाव बनवावा बहरख़ैर, उनकी बदौलत आज हम लेखक बने बैठे हैं।" इस प्रकार के संबंध को संकेतित करती उपन्यास के अंत में भी दो–एक पंक्तियाँ इस रूप में आई हैं, "प्यार हुआ तो पिघली बर्फ लावा बन बाहर फूट आई। पहली बार अपने नाजायज प्यार के बारे में जवान खोली है, घबराइए मत, तफ़सील में नहीं जाऊँगी, उपन्यास में कह चुकी।" तफ़सील में तो वे शमित और मंजुल के प्रेम में ही जाती हैं, जिसे बड़े रसपूर्ण ढंग से अभिव्यक्ति दी गई है। प्रसंगात चर्चा मृदुला गर्ग के उपन्यास (चित्तकोबरा) की आई तो उसके प्रकाशन पर हुई तल्ख प्रतिक्रियाओं पर अपनी बेबाक् राय, उपन्यासकार इस रूप में देती हैं, ष्तोबा! सुनिए। ज़माना गुज़रा एक पाक–साफ उपन्यास लिखा था 'चित्तकोबरा' नाम से। दो निहायत पाक–दिल बंदों का, मियाँ–बीवी के अलावा, दूसरों से प्यार था। इसी पर अपने जहीन आलोचकों ने इतना दिल जलाया कि क्या बयान करें। पता नहीं वैसा हसीन प्यार न कर पाने की तक़लीफ़ और हसद थी या कुछ और।" बहरहाल 'चित्तकोबरा' के संबंध में ये दो स्पष्टोक्तियाँ उसकी रचना प्रक्रिया को समझने में दूर तक मददगार साबित होती हैं।

इस आत्मकथात्मक वृत की एक विशेषता यह भी है कि यह अपने समय के समाज और राजनीति का खाका भी पेश करता चलता है। दिल्ली के इक्कों के समय से लेकर इक्का–दुक्का कार आने तक का समय और फिर पिता बैजनाथ के माध्यम से उस समय की व्यापारिक गतिविधियों, आदि से

यत्किंचित् परिचय होता चलता है, साथ ही नेहरू की आर्थिक और वैदेशिक नीतियों की भी मृदुला गर्ग के अर्थशास्त्री ने खूब जमकर ख़बर ली है। लगभग 50 बरस पूर्व की दिल्ली के माध्यम से तत्कालीन सामाजिक स्थितियों का चित्रण कथा में समानांतर रूप में हुआ है। आज जिस रूप में वैश्वीकरण भारतीय समाज का अमेरिकीकरण कर रहा उस पर भी लेखिका अपनी तीव्र प्रतिक्रिया देती है। आपबीती के साथ जगबीती का वर्णन कथा को एक व्यापकता प्रदान कर इसके प्रभाव को बढ़ाता है। इस जगबीती के वर्णन–क्रम में वे मंजुल भगत के औपन्यासिक अवदान पर बहुत सार्थक टिप्पणी कर हिंदी समीक्षा की 'दुर्गति' पर भी मुँह खोलती हैं, यूँ समीक्षा से अपनी शिकायत को वे 'चित्तकोबरा' संदर्भ में भी दर्ज करती हैं। मृदुला गर्ग लिखें और उसमें स्त्री–पक्ष में कुछ न कहा जाए, ऐसा हो नहीं सकता। इस आत्मवृत्त में भी जहाँ भी उन्हें स्त्री– अस्मिता के पक्ष में कुछ कहने का अवसर मिला है, उसका पूरा उपयोग उन्होंने किया है। इसी क्रम में मिरांडा हाउस कॉलिज का वर्णन करते यह सवाल उछाला गया है कि लड़कों की तरह लड़कियों को भी श्घर का चिराग' क्यों नहीं कहा जाता, इसलिए लेखिका खानदानों की मोमबत्तियां' कहकर अपने दृष्टिकोण की इंगति दे देती है। उनका यह स्त्रीवादी स्वर महाभारतीय कथा में स्त्री की दोयम स्थिति के प्रति, अपने 11 वर्षीय किशोर मन की शंकाओं के रूप में अभिव्यक्त होता है–"शर्मिष्ठा ने एक मर्द से मुहब्बत कर क्या गुल खिलाए", "आज़ाद ख़्याल दासी ने अपनी मर्ज़ी से सहवास कर पूर्ण ज्ञानी विदुर को कैसे जन्म दिया'', "नपुंसक पांडु राजा की रानी कुंती ने, पौरुष से दिपदिपाते देवताओं से नियोग कर, एक के बाद एक बेटे कैसे पैदा किए", "पिछली पीढ़ी की सत्यवती ने अपने नाजायज बेटे को किस ठसक से अपना बतलाया, कुंती नहीं बतला पाई'', आदि प्रश्न उठाते हुए पुरुष वर्चस्ववादी समाज में स्त्री की स्वतंत्र अस्मिता का पक्ष पूरी निष्ठा से लिया गया है।

औपन्यासिक शिल्प में आत्मवृत्त

आत्मकथा और औपन्यासिक शिल्प के बीच में आवाज़ाही करता 'मिलजुल मन' (जिसे लेखिका ने 'उपन्यास' कहना ही अधिक उपयुक्त समझा है–पुस्तक के भीतरी पृष्ठ पर) उपन्यास अपनी भाषा की गंगा–जमुनी तराश और दो समकालीन प्रसिद्ध लेखिकाओं–'मृदुला गर्ग तथा मंजुल भगत' की जीवनी को बहुत खिलंदड़े अंदाज़ में प्रस्तुत करने के नए ढंग के कारण विशेष आकर्षण

बन पड़ा है। उपन्यास अपनी जीवनी के कुछ पन्नों में झाँकने के साथ–साथ देश की तत्कालीन परिस्थितियों का आकलन भी करता चलता है। उपन्यास के दो ही मुख्य क़िरदार हैं– 'शोख, मुँहजोर गुलमोहर, (मदुला गर्ग की बहन मंजुल भगत) और 'शर्मिली, मुँहजोर मोगरा (स्वयं मृदुला गर्ग)। कहानी का प्रारंभ अपनी नयी शैल्पिक युक्तियों से करती उपन्यासकार अपने पात्रों–दोनों बहनों को कथा में प्रविष्ट कराती है किंतु बहुत देर तक इन परिकल्पित नामों का निर्भीक ठहर नहीं पाता है और कथा–क्रम में स्थान–स्थान पर उद्घाटित होता चला जाता है कि गुल के रूप में मंजुल भगत की कहानी कही जा रही है और मोगरा के रूप में स्वयं लेखिका–मृदुला गर्ग सामने आ रही है। अपनी दोनों की कद–काठी का वर्णन वे जिस रूप में करती हैं, उससे भी स्पष्ट होने लगता है कि यह आत्मवृत्त मृदुला गर्ग का है, जिसका बड़ा हिस्सा मंजुल भगत की गतिविधियों, प्रेम–प्रसंग, प्रेम–प्रसंग के विवाह के रूप में परिणति, आदि के रूप में भगत की ही कहानी ज़्यादा बनती है। इनकी कहानी में प्रवेश से पहले 'मिलजुल मन' की भाषा पर थोड़ी–सी बात करना ज़रूरी और वाज़िब है। औपन्यासिक शिल्प में ढला यह आत्मवृत्त सहज ही पाठक के मन में यह सवाल उठाता है कि 21वीं शती के प्रथम दशक की लगभग समाप्ति (2009 ई. में) पर प्रकाशित यह कृति जबर्दस्ती उर्दू का प्रयोग, कभी–कभी नितांत अनावश्यक रूप में क्यों कर रही है? आज भी दिल्ली या आस–पास के (राष्ट्रीय राजधानी क्षेत्रों में) क्षेत्रों में मात्र कुछ ही लोग, पिछली पीढ़ी के ही चंद लोग, जिस आम फहम भाषा का प्रयोग कर रहे हैं उससे अलग हट कर गरिष्ठ उर्दू के प्रयोग की कौन–सी बिना टालने वाली, ज़रूरत लेखिका को पड़ गयी–ऐसी भाषा को जिसको समझने के लिए कभी–कभी उर्दू कोश उठा कर देखना पड़ जाए। कुछ उदाहरण वाज़िब होंगे, जीता तो अपनी बसारत से और हारा तो कद्दावर हरीफ से', 'जुग्गी चाचा पर मबूज घी', 'दिमाग़ी तनासुब', 'हैरतजर्द मसरंत', 'शोहदो के माहिरे 'खसूस हैं', 'मज़ाहिया क़िस्से' आदि। कभी–कभी शब्दों के रूप और वचन बदलते हुए भी हिंदी के नहीं उर्दू के व्याकरण से दिशा ग्रहण की गयी है, यथा 'इंतज़ाम' से 'इंतज़ामात' प्रयोग भी इसी रूप में किया गया है। उर्दू की 'रंगत' में नहीं पूरी तरह चाशनी में डूबा यह वाक्य विन्यास देखिए–इंतज़ामात में दोनों बीवियाँ जितनी लायक और ख़बरदार थी, सास हमारी उतनी ही क़ाहिल। वाकई थी यह (या) कह–कह कर बना दी थीं, दीग़र है। यह तर्क भी बहुत दूर तक लेखिका का साथ नहीं दे सकता कि उस वक्त के क़िरदार इसी भाषा में बात

करते थे या तत्कालीन परिवेश को मूर्त करने के लिए यह शैली मौजूँ थी। बहरहाल, पढ़ना तो इसे आज के पाठक को ही है–नयी पीढ़ी किस प्रकार इस भाषा से एकदम कट है, इसे ब्यौरों में जाकर बताने की ज़रूरत यहाँ नहीं है।

बावजूद इसके 'मिलजुल मन' में गज़ब की पठनीयता है जिसका श्रेय लेखिका के कथा–युक्तियों के कौशल को जाता है जिसमें क़िस्सागोई के समान 'और फिर' 'और फिर' के रूप में जानने की जिज्ञासा बनी रहती है। दोनों बहनों के लिए जो नाम चुनने का शैल्पिक सलीका उन्होंने अपनाया है, उसमें गुल की बात कहते–कहते मोगरा बड़ी कुशलता से कथा–सूत्रों को मोगरा के जीवन में और फिर मोगरा से हट कर पुनः गुल पर केंद्रित कर देती है। 'अपनी या अपनों की कहने की इस दिक्कत' को साधती कथा–युक्ति का खुलासा भी लेखिका कर देती है, इसीलिए मैंने तय किया है कि बीच–बीच में, बक़लम लेखक, मोगरा की मदद करती चलूँगी। कुछ भी न छिपाने की यह ईमानदारी इस आत्मवृत्त में आद्यंत बखूबी बरती गयी है, इसीलिए पाठक बहुत विश्वासपूर्वक पन्ने–दर–पन्ने पढ़ता चला जाता है, दोनों लेखिका बहनों के 'पोशीदा राज' जानने की समुत्सुकता में।

भाषा–शैली का 'नमकीनपन' भी इस आत्मकथा को पठनीय बनाने में सहायक हुआ है, इसे 'उल्लासपूर्ण गद्य' भी कहा जा सकता है–इंद्रप्रस्थ कॉलिज में माएँ जाती हैं, लेडी इर्विन में बहनें और मिरांडा में माशूकाएँ। इसी खिलंदड़ गद्य में मृदुला गर्ग ने अपने मंजुल भगत के बचपन, यौवन, शिक्षा और लेखिका बनने के दौर से सभी आवश्यक विवरणों–ब्यौरों (डिटेल्स) में जाकर चित्रित किया है। कहीं–कहीं उन्होंने नेहरू की विदेश और आर्थिक नीतियों पर बड़ी तार्किक और तल्ख टिप्पणियाँ की है। अपने लेखन के जिस स्त्रीवादी स्वर के लिए मृदुला गर्ग का लेखन जाना जाता है, उसकी पहचान भी यहाँ यत्र–तत्र मिल जाती है। अपने और गुल (मंजुल भगत) के पहले 'इश्क' और मंजुल भगत के इश्क का विवाह के रूप में परवान चढ़ने के प्रसंग विशेष रूप से पठनीय बन गए हैं। इतनी ही बेबाक़ी से उन्होंने अपने बहुचर्चित और विवादास्पद उपन्यास 'चित्तकोबरा' के प्रकाशन, हिंदी जगत में उसकी तरह–तरह से आलोचना को भी इसी खिलंदड अंदाज़ में बहुत बेबाक़ी से बयान किया है। यह आत्मकथात्मक उपन्यास हिंदी की प्रसिद्ध लेखिका मृदुला गर्ग तथा मंजुल भगत के जीवन और साहित्य में गहरे पैठने में एक मददगार की अहम् भूमिका निभाने वाली एक महत्त्वपूर्ण कृति है।

ऐसी रही मिलजुल परिचर्चा

–अमरेन्द्र यादव

इस माह से फेमिना हिंदी बुक क्लब की शुरुआत हो रही है। अपनी इस नई पहल में हम पाँच सदस्यीय पैनल द्वारा एक पुस्तक पर परिचर्चा कर रहे हैं, क्योंकि हमारा मानना है कि बात चाहे ज़िंदगी की हो या किसी किताब की, उसे देखने और समझने का हर व्यक्ति का नजरिया अलग होता है। अमरेन्द्र यादव बुक क्लब की संकल्पना और इसकी पहली बैठक में परिचर्चा के बारे में विस्तार से बता रहे हैं।

जब हमने फेमिना बुक क्लब शुरू करने का निर्णय लिया तो बेशक पूरे कॉन्सेप्ट को लेकर हमारी टीम उत्साहित थी, पर हमें इस बात की चिंता सता रही थी कि आख़िर ये होगा कैसे? पैनल द्वारा किताब की चर्चा करने की अपनी इस पहल के लिए हमने वरिष्ठ लेखिका मृदुला गर्ग के सामयिक प्रकाशन द्वारा छापे गए उपन्यास 'मिलजुल मन' का चुनाव किया। यह उपन्यास एक मध्यमवर्गीय परिवार की दो बहनों गुलमोहर और मोगरा की जीवन यात्रा पर आधारित है। चालीस के दशक से शुरू होने वाली कहानी दोनों बहनों की ज़िंदगी के कई पहलुओं को छूते हुए देश में आने वाले सामाजिक और राजनैतिक बदलावों पर प्रकाश डालते हुए आगे बढ़ती है। जब हमने किताब देने के साथ, उसे पढ़ने की समय सीमा भी बताई तो बुक क्लब पैनल में शामिल हर व्यक्ति उस तरह तनावग्रस्त हो गया, जिस तरह बच्चे परीक्षा की तारीख पता चलने के बाद होते हैं। ख़ैर बुक क्लब की बैठक से पहले, पैनल का हर सदस्य पुस्तक पढ़, नोट्स बना एक रोचक परिचर्चा के लिए तैयार था। परिचर्चा के दौरान हमने शैली, भाषा, कहानी, पात्रों के साथ ही किताब की रोचकता व पठनीयता पर नज़र डाली।

क़िस्सागोई का अंदाज़

पैनल के सभी सदस्यों को उपन्यास 'मिलजुल मन' की जो बात सबसे

हटकर लगी, वो थी कहानी कहने का अंदाज़।

सुमनिका : इस उपन्यास में कोई एक व्यक्ति कहानी सुना रहा है, ऐसा नहीं है। दो लोग बैठकर चर्चा कर रहे हैं। एक है लेखिका और दूसरी मोगरा जो कि कहानी का एक महत्त्वपूर्ण क़िरदार है। कहानी सुनाते समय जब मोगरा यहाँ–वहाँ भटकने लगती है तो लेखिका उसे टोक देती है। पूरी कहानी के दौरान उनके बीच चुहलबाज़ी चलती रहती है, जिससे कहानी जीवंत बन जाती है।

कंचन : लेखिका ने ख़ुद तीन भूमिकाएँ निभाई हैं–गुलमोहर (मुख्य पात्र), मोगरा और ख़ुद अपनी पात्रों का कायांतरण कौतुकभरा है। पर कहीं–कहीं इससे कहानी की गति में रुकावट पैदा होती है। मुझे यह अच्छा लगा कि कहानी सुनाते हुए जहाँ कहीं मोगरा पर रिश्तों की सीमा हावी होती है, वहाँ से कहानी कहने का मोर्चा ख़ुद लेखिका सम्हाल लेती है।

शिल्पा : कहानी कहने का तरीका अलहदा है। लेखिका और मोगरा की बातचीत के चलते कई ऐसे मुद्दे भी उठे, जो शायद कोई एक व्यक्ति कहानी कहता तो बाहर नहीं जा पाते। वैसे तो कहानी है दो बहनों की, पर आगे चलकर थोड़ी–थोड़ी हर पात्र की हो जाती है।

देविका : छोटी–छोटी घटनाओं से आगे बढ़ती कहानी कहीं बोर नहीं करती। उसमें बहाव बरकरार रहता है। लेखिका और मोगरा की बातचीत से कई दिलचस्प मुद्दे सामने आते हैं।

शिल्पी : कहानी के आगे बढ़ने का तरीका अलग और रोचक है। पर हाँ, कहीं–कहीं कहानी दहकने लगती है। जैसे–एक पात्र की कहानी चलती रहती है, अचानक दूसरे पात्र की कहानी शुरू हो जाती है।

कहानी और पात्र

एक मध्यमवर्गीय परिवार की कहानी को बयाँ करते 'मिलजुल मन' से पैनल के हर सदस्य ने जुड़ाव महसूस किया, जैसे बड़ी बहन रही कंचन का गुलमोहर के अंदर अपने को खोजना और छोटी बहन शिल्पा द्वारा ख़ुद को बहुत कुछ मोगरा के क़रीब पाना।

सुमनिका : लेखिका ने दो बहनों के माध्यम से एक परिवार ही नहीं, बल्कि उस दौर में मुल्क़ के माहौल को बया किया है। यूँ तो कहानी का कालखंड आज़ादी के दौर का है, पर कहानी और उसमें वर्णित पात्र हमें अभी भी अपने आसपास मिल जाते हैं।

कंचन : कहानी की अच्छी बात यह है कि इसमें ज़्यादा पात्र नहीं हैं।

जिससे उनका नाम याद रखने के लिए ज़्यादा मेहनत नहीं करनी पड़ती। रही बात कहानी को ख़ुद से जोड़कर देखने को तो बता दूँ कि बड़ी बहन होने के नाते में गुलमोहर में अपने को देखती हूँ।

शिल्पा : जो भी बहनें इस उपन्यास को पढ़ेंगी वे कहानी में कहीं न कहीं ख़ुद को मौजूद पाएँगी। बहनों के बीच जो स्वाभाविक प्रेम और स्पर्धा होती है उसे बेहद बारीकी से उकेरा गया है। जहाँ गुलमोहर बड़ी बहनों की तरह काफ़ी व्यावहारिक नजरिया रखती है, वहीं प्रतिभाशाली होने के बावजूद मोगरा का चरित्र कहीं–न–कहीं उससे दबा हुआ है। मैं ख़ुद को मोगरा के क़रीब प्राती हूँ।

देविका : मैं इस बात से सहमत हूँ कि लेखिका दो बहनों के आपसी रिश्ते की बारीकियाँ उभार पाने में कामयाब हुई हैं। पर ऐसा नहीं है कि उन्होंने दूसरे पात्रों के साथ अन्याय किया है। बैजनाथ, मामाजी, जुग्गी चाचा जैसे पात्र भी अपनी विशेष उपस्थिति दर्ज कराते हैं।

शिल्पी : इस कहानी में उस दौर के राजनैतिक और सामाजिक माहौल का सजीव चित्रण किया गया है। इसमें छोटे–छोटे ऐतिहासिक तथ्यों, जैसे–आज़ादी का दिन, वर्ष 1962 में हुए भारत–चीन युद्ध आदि का शामिल होना कहानी को जीवंतता प्रदान करता है।

भाषा, पठनीयता और रोचकता

पुस्तक की भाषा पर पैनल के सदस्यों में काफ़ी मतभेद रहा। जहाँ सुमनिका उपन्यास की भाषा की मुरीद हो गई, वहीं बाकियों को लगा कि रोज़ाना इस्तेमाल में आने वाले शब्दों के प्रयोग से उपन्यास और पठनीय बन जाता।

सुमनिका : "मैं तो इसकी भाषा पर फ़िदा हो गई। उर्दू की कैफ़ियत पूरे उपन्यास में मिलती है। वही शब्द हिंदी में होते तो शायद उतना मज़ा नहीं आता। उर्दू के कठिन शब्द स्पीड़ ब्रेकर का काम करते हैं, ताकि आप और ध्यान देकर पढ़ें। पूरे उपन्यास में जीवन से संबंधित बहुत सारे सूत्र बिखरे हुए हैं।

कंचन : शायद कहानी के काल को साबित करने के लिए लेखिका ने उर्दू के अधिक शब्दों का इस्तेमाल किया है। पर उर्दू के कठिन शब्द कई जगह रोड़ा अटकाते हैं।

उपन्यास की भाषा लेखिकीय वर्ग के लिए है। यदि उर्दू के कठिन शब्दों का हिंदी अर्थ भी दिया जाता तो बेहतर होता। कई जगहों पर देशज शब्दों

के प्रयोग अच्छे बन पड़े हैं।

शिल्पा : भाषा तात्कालीन है, समकालीन नहीं। आम पाठक भाषा को आसानी से नहीं समझ सकेगा। उन पाठकों को पुस्तक रुचिकर लग सकती है, जिन्हें आज़ादी के समय के माहौल को जानने में रुचि होगी। गुल की चुहलबाजियों ने उपन्यास को बोर नहीं होने दिया है, जैसे–अंग्रेज़ दंपति को खूसट का मतलब रोमेटिक बताना। जुग्गी चाचा द्वारा प्रेम पत्र में हिज्जे की गलतियाँ निकालना आदि।

देविका : कठिन शब्द आने से बाधा उत्पन्न होती है, पर कई जगह वाक्य रचनाएँ बेजोड़ हैं। इस विरोधाभास के बावजूद कहना चाहूँगी कि उपन्यास में रोचकता की कमी नहीं है।

शिल्पी : ऐसा लगता है कि दोनों बहनों की शादी से पहले और बाद की ज़िंदगी बयां करने में लेखिका ने जीवन के अपने अनुभवों का बखूबी इस्तेमाल किया है।

'कठगुलाब' का एक अंश

उपन्यास छपकर आ गया। वुमन ऑफ द अर्थ। शिशु मान, मैंने उसे हाथ में लिया। एक रोमांचक लहर बदन को थरथराती हुई उठी और गहरे गर्त में गिर गयी। बेवकूफ़ की मानिंद, मेरे मुँह से निकला, "यह तो सिर्फ़ तुम्हारे नाम से छपा है।"

"और क्या," इविंग ने कहा।

"तुमने कहा था, यह हम दोनों के नाम से छपेगा।"

"पागल हुई हो। कब कहा मैंने।"

''कहा नहीं था, यह हमारी साँझी चेतना से जन्मा रचना शिशु है? फिर मेरा नाम... "

शिशु बाप के नाम से ही जाना जाता है, "अपनी हाज़िरजवाबी पर ख़ुद हँसकर उसने कहा।

मैं विगत के उसके मलहमी शब्दों को पोंछकर फेंक नहीं पा रही थी। घटित को नकारने वाले, उसी मोहाविष्ट स्वर में कहता गया, "तुमने कहा था, बीज मैंने डाला है, गर्भ तुम धारण कर रहे हो, कहा था कि नहीं?"

"शायद कहा हो," उसने लापरवाही से कहा, "रचना करते हुए, जाने क्या–क्या बिम्ब मन में उभरते रहते हैं।"

आख़िर मोह खंडित हुआ और तेज़ी से गुस्सा सिर चढ़ने लगा।

"वह सब झूठ था। मेरा इस्तेमाल कर रहे थे तुम!"

"इस्तेमाल? तुम्हारा क्या इस्तेमाल करता मैं।"

"सारी सामग्री मैंने जमा की..."

"आभार!" उसने व्यंग्य के साथ कहा, "तथ्य जुटा लेने से उपन्यास नहीं लिखा जाता, 'माई डियर' समाजशास्त्रीय अध्ययन और रचनात्मक लेखन में फ़र्क होता है। मैंने तुम्हें अपनी थीसिस लिखने से तो नहीं रोका।"

पर मैंने सृजन चाहा था। तुमने विश्वास दिलाया था मुझे कि मैं सृजन कर रही थी, कर चुकी थी, तुम सिर्फ़ मेरा साथ निभा रहे थे। क्यों इतना झूठ बोला तुमने? क्यों बार–बार कहते रहे, यह हमारी साँझी रचना है, हमारा मानस पुत्र, यह हम दोनों के नाम से छपेगा, जाना जाएगा। जो काम मैंने किया था, वह तो यूँ भी में तुम्हारे हवाले कर चुकी थी। उन चार औरतों की विस्तृत डायरियाँ, जिनमें तुमने मेरी छवि देखी थी। नहीं, यह सही नहीं है, रुथ की डायरी बहुत दिनों तक मैंने पोशीदा रखी थी। तो क्या उसे पाने के लिए इतना प्रपंच किया तुमने? अब कह रहे हो, तथ्य जुटा लेने से उपन्यास नहीं लिखा जाता। रचना शेष रहती है। रुथ के बारे में तमाम तथ्य थे तो तुम्हारे पास। केवल उनका भावात्मक विस्तार मेरे पास था। उसका औपन्यासिक सृजन करना तुम्हारे लिए क्या मुश्किल था। मुश्किल था, तभी उसे पाने के लिए, यानी, यह रचना तुम्हारी कम, मेरी ज़्यादा है।

पन्ने पलटते अनमने हाथ रोककर, मैंने सिर उठाया कि फुँफकारकर यह सब इविंग से कहूँ, पर वह जा चुका था। गुस्से के ताप में जलते जलते, मैंने उपन्यास के पन्ने उलट–पलट डाले, शायद कहीं दो बूँद शीतल जल मिले।

पूरी किताब में, आगे–पीछे कहाँ मेरे योगदान के लिए आभार प्रकट नहीं किया गया था। समर्पण तक मेरे नाम नहीं था। था, हर औरत के नाम। याद आया, मैंने ही एक दिन कहा था, हम अपने उपन्यास को हर औरत के नाम समर्पित करेंगे। पर तब, मैं यही जानती थी कि वह हमारा, हम दोनों का साँझा उपन्यास है।

इतने दिनों तक में रचना के उद्वेग से भरपूर स्फूर्ति में जीती आयी थी कि, अचानक हुए मोहभंग को झेल न पायी। धक्का खाकर डिप्रेशन की गहरी खाई में जा गिरी। उसी में हाथ–पाँव मारते–मारते, मैं उपन्यास पढ़ती चली गयी।

आधे तक पहुँची हूँगी कि वरजिनया का दर्प और गुस्सा रखने में कुलबुला उठा और हर पन्ने के साथ सिर चढ़ता चला गया। दग़ाबाज़! जाहिल कमीना चोर। उपन्यास में काम का एक भी पन्ना ऐसा नहीं था, जो पूरा का पूरा मेरे जरनल से न लिया गया हो।

इर्विंग ने सिर्फ़ भाषा की हेराफेरी की थी। इस रचना में मैंने सिर्फ़ बीज नहीं डाला था, गर्भ भी धारण किया था और शिशु का प्रसव भी किया था।

इर्विंग ने केवल उसे जामा पहनाकर, उसकी चोरी की थी। वह मेरे शिशु का अपहरण था। इविंग लौटकर आया तो मैंने फुँफकार के साथ उसका

स्वागत किया। मैं नहीं जानती थी कि मैं इतने अपशब्द, इतनी हिक़ारत के साथ बोल सकती हूँ। आख़िर थी तो वरजिनया की बेटी।

इर्विंग पर कोई असर नहीं हुआ। "कपटी, धूर्त, नामर्द, बास्टर्ड," मैंने फुत्कारकर कहा था, "पूरा का पूरा मेरा जरनल टीपकर छपवा लिया। यह सरासर चोरी है। कमीने, मैं कभी तुम्हें माफ़ नहीं करूँगी, इसका बदला लेकर रहेंगी।"

"चीख़ो मत," उसने आराम से कहा था।"मैंने कोई कपट नहीं किया।

तुमने अपनी मर्ज़ी से अपना जरनल मुझे दिया था। और कोई अनोखी बात नहीं की तुमने। डी.एच. लारेंस, स्कॉट फिटजरल्ड और भी कितने लेखकों ने उपन्यास लिखते हुए अपनी बीवियों के जरनल इस्तेमाल किये थे। जेल्डा फिटजैरल्ड ने तो अपनी मर्ज़ी से दिया भी नहीं था। बिना सोचे–समझे चल दी थी कोर्ट में, ऐतराज, दर्ज करने, आधी पागल जो थी। हुआ क्या? कोर्ट ने क़ानूनन फिटजैरल्ड को जेल्डा के जरनल का इस्तेमाल करने की इज़ाजत दे दी थी। साहित्य का इतिहास जानती भी हो कि खामखा चिल्लाये जा रही हो!

"यू सन् ऑफ अ बिच यू इम्पोटेंट बास्टर्ड!" मैंने उसकी कमीज़ का कॉलर पकड़कर उसे झकझोर डाला, "समझते क्या हो तुम। जेल्डा की तरह मुझे पागलखाने भिजवा दोगे। वह ज़माना और था, आज और है। मैं तुम्हें छोड़ेंगी नहीं। प्लेजियरिज्म के चार्ज पर जेल भिजवाकर रहूँगी। इस उपन्यास की बिक्री तभी होगी जब इस पर मेरा नाम रहेगा, समझे।"

"क्या सबूत है तुम्हारे पास कि इसमें तुम्हारा कॉंटीब्यूशन हैं," उसने ठंडे, सँभले स्वर में कहा।

"मेरा जरनल और क्या?"

"कौन–सा जरनल?"

"जो तुम्हें... दिया... था," बात पूरी करने से पहले ही मैं समझ गयी, उसने मेरा जरनल नष्ट कर दिया।

सिर में उठती घुमेर को, मैंने उसकी कमीज़ को मुट्ठियों में भींचकर सँभाला। मेरे पंजों के नीचे वह फट गयी और पैने नाखूनों और दाँतों से मैंने उसके कंधों और छाती को लहूलुहान कर डाला।

बड़ी मुश्किल से इविंग मुझसे पीछा छुड़ा पाया था। उसने धक्का देकर मुझे ज़मीन पर गिराया ज़रूर पर मुझ पर हाथ नहीं उठाया।

मेरा गुस्सा गुज़र गया। हिंसा को अभिव्यक्ति के बाद की क्लान्ति देह

पर हावी होने लगी। अवचेतन से उभरकर जेल्डा फिटजरल्ड के शब्द कानों में बजने लगे। "हर औरत में जुल्म उठाने की ऐसी महारत देखी जा सकती है कि सोफिस्टिकेटेड–से–सोफिस्टिकेटेड औरत भी, कहीं–न–कहीं, एक मामूली किसान औरत की तरह कलपती पायी जाती है।" और कहती भी क्या जेल्डा। वह तो रॉक्जॉन, सूजन, एलेना और रुथ से भी ज़्यादा लाचार थी। आँसुओं के नमक, कॉफी की गंध, कसीदेकारी और अनथक काम की जगह, उसकी अस्मिता का आधार था, उसका जरनल। उसके छिनते ही उसका मानसिक संतुलन जवाब दे गया था, नर्वस ब्रेकडाउन की शिकार पहले भी रह चुकी थी। उसके आख़िरी दिन पागलखाने में कटे थे। मेरा जरनल मुझसे छिन गया। मैंने उसकी कापी तक नहीं बनाई थी। वैसे ही उठाकर इविंग के हवाले कर दिया था। उसने उससे बलात्कार करके उसकी हत्या कर दी। उसने मेरे बच्चे को मार डाला। सूजन, रॉक्जॉन, एलेना, रुथ सबका कत्ल कर दिया। जेल्डा को पागलखाने भिजवा दिया। मैं पागलखाने नहीं जाना चाहती। यह कैसा अवसाद मुझ पर तारी होता जा रहा है। आँखों के आगे अँधेरा छा रहा है। मैं रो क्यों नहीं पा रही? मैं डूब रही है इस अवसाद में हाथ–पाँव सुन्न होते जा रहे हैं। मैं ज़मीन पर मुड़ी–तुड़ी, घायल जानवर–सी पड़ी हुई हूँ और इविंग मेरे सिर पर खड़ा है। बमुश्किल मैंने उसकी तरफ़ देखा। फटी कमीज़ के बीच ख़ून रिस रहा था। मेरे अजन्मे बच्चे का ख़ून। मैंने चीख़ मारकर रोना चाहा पर बेहोश होकर लुढ़क गयी। जब होश आया तो इविंग वहाँ नहीं था। आश्चर्य, इविंग चुपचाप चला गया था। मेरी नोच–खसोट के बावजूद, उसने मुझ पर हाथ नहीं उठाया था। इतना धैर्यवान तो पहले उसे कभी नहीं जाना था। तो क्या वह अपने किये पर शर्मिंदा था?

बेवकूफ़! आहत अहम् और खंडित मोह से अभिभूत होकर, ज़रा देर के लिए वरजिनया के दर्प का प्रदर्शन कर लेने से क्या होता है? उसका कला–कौशल मुझमें कहाँ था? मैं वरजिनया नहीं, हाशिये पर छिटकी जेल्डा थी। नहीं, जेल्डा नहीं, मारियान। प्रलाप से रोदन और रोदन से प्रलाप के बीच झुलती, धोखेबाजी से पार पाने में नाकाम, फेमिनिन वाइल्स से मुक्त, एक तुच्छ स्त्री।

मुझे छोड़कर इविंग सीधा पुलिस स्टेशन गया था। अपने घावों के चित्र खिंचवाकर, अदालत में अर्जी दी थी कि उसकी पत्नी पर हिस्टीरिया या मानसिक विकार के दौरे पड़ते थे, जिनके दौरान, वह मार–पीट पर उतर आती थी। लिहाजा, वह उससे तलाक चाहता था।

अमरीका में जो चीज़ सबसे आसानी से उपलब्ध है, वह है तलाक। और तलाक के साथ प्रॉपर्टी सैटलमेंट भी ख़ुद व ख़ुद हो जाता है। पति–पत्नी की जायदाद साँझी होती है, इसलिए इविंग का मेरे तीन बेडरूम वाले फ़्लैट पर दावा ठोंकना, एकदम न्यायोचित् था।

तब मैं पहली बार रॉ के दफ़्तर पहुँची थी। वह संस्था सतायी गयी औरतों को, कम फीस पर फेमिनिस्ट वकील उपलब्ध करवाती थी। मेरी वकील में वे सब गुण थे, जो मुझमें नहीं थे। उसने छानबीन करवाकर, उपन्यास से मिलने वाली रॉयल्टी आदि का पूरा विवरण इकट्ठा कर लिया था। एडवांस की रकम ख़ास कुछ नहीं थी, पहला उपन्यास ठहराय पर छपने के बाद उसकी बिक्री काफ़ी धड़ल्ले से हो रही थी। मौजूदा और संभावित रॉयल्टी का लेखा–जोखा करके, वह इविंग पर इतना दबाव डालने में सफल हो गयी थी कि उसने मेरे फ़्लैट में इस शर्त पर दावा वापिस ले लिया था कि मैं उसकी आय में से कोई एलिमनी नहीं माँगूँगी। हमारा आउट ऑफ–कोर्ट सेटलमेंट हो गया था। अपने फ़्लैट की एकल अधिकारी मैं, उसके भीतर अकेली रह गयी थी। सिर पर छत महफूज थी पर अंतश्चेतना क्षत–विक्षत थी, कोख और मन दोनों प्यासे थे।

मेरी वकील ने सलाह दी थी कि मैं कोर्ट में इस मुद्‌दे को न उठाऊँ कि वुमेन ऑफ द अर्थ, दरअसल, मेरे विस्तृत नोट्स का संकलन–भर था। जरनल की ग़ैरमौजूदगी में उसे साबित करना नामुमकिन था। जो थोड़ी–बहुत रफ नोटिंग्स, जहाँ–तहाँ पड़ी मिली, इकट्ठा करके मैंने उन्हें तरतीब देने की कोशिश की थी। पर वकील का कहना था कि इविंग उन्हें अपने दिये डिक्टेशन बतलाएगा और कोर्ट बेहिचक उसका विश्वास कर लेगी। कोर्ट के लिए पूर्व दृष्टांत बहुत मानी रखते थे और इतिहास ऐसे पूर्वोदाहरणों से भरा पड़ा था। कौन मर्द ऐसा होगा, न्यायाधीश भी आख़िर मर्द होते हैं, जो यह यक़ीन न करता हो कि पत्नी का वाज़िब काम, प्रतिभावान पति से डिक्टेशन लेकर उसे तरतीब देना और टाइप करना ही होता है। ज़्यादा हो–हल्ला मचाने में डर था कि उल्टे इविंग मुझ पर मानहानि का दावा न ठोंक दे। इसलिए मुझसे कहा गया था कि मैं अपनी अस्मिता पर हुए उस भीषण प्रहार के ख़िलाफ़, पब्लिक में आवाज़ न उठाऊँ। मैंने चुप्पी साध ली। पर इविंग पर ऐसी कोई बन्दिश नहीं थी। सोचती हूँ, जिन फेमिनिन वाइल्स की कमी की वजह से वरजिनया हमेशा मेरा तिरस्कार करती रही, वह इविंग में कैसे भरपूर मौजूद थीं। तभी न, गोटियाँ इधर–उधर करके, उस खेल की बाजी, उसने

अपने हाथ ले ली थी। जो मुझे कहने से रोक दिया गया था, वह इविंग ने ख़ुद जग–ज़ाहिर कर दिया। हाँ, तनिक घटा–बढ़ाकर आधे सच से ज़्यादा कारगर दूसरा हथियार दुनिया में नहीं है। इविंग और उसके प्रकाशक ने चुपचाप गॉसिप पत्रकारों के कानों में डाल दिया कि ने इविंग ह्विटमेन की बीवी, मारियान, एक पैरानॉयड, मनोविकृत और उत्पीड़न उन्माद की मारी शै है, जो इस मतिभ्रम में जी रही है कि आज का बेस्टसेलर उपन्यास 'वुमेन ऑफ द अर्थ' उसकी मदद से लिखा गया है। इविंग और उसके उपन्यास में लोगों की दिलचस्पी बढ़ गयी। व्यंजन पर चटखारेदार मसाला जो डल गया था। लोग गॉसिप कॉलम पढ़ते और उपन्यास ख़रीदने दौड़ते, पढ़ने के लिए नहीं, देखने–दिखलाने और बतकही के लिए। उस पूरे साल, इविंग ह्विटमेन का अपूर्व उपन्यास और उसकी दिग्भ्रमित, हिंसक पत्नी, चर्चा के विषय बने रहे। उपन्यास की खूब बिक्री हुई, दूसरे–तीसरे संस्करण निकले और मैं दिन–पर–दिन अपने खोल में सिमटती चली गयी।

कठगुलाब : नारी–जिजीविषा के भावोदात्त

–चंद्रकांत बान्दिवडेकर

हिंदी की श्रेष्ठ रचनाओं की गिनती करनी हो तो निश्चय ही कुछ मृदुला गर्ग की रचना 'कठगुलाब' का समावेश किए बिना सूची अधूरी रह जाएगी। यह एक प्रख्यात महिला लेखक की रचना होते हुए भी, और नारी की कथा–वेदना का उस पर होने वाले अन्याय और ज़ुल्म का स्त्री–पुरुष संबंधों की जटिलता का चिंतनपरक आँख्यान होते हुए भी, नारी विमर्श की सीमाओं को अतिक्रांत करता है–एक महत् रचना के रूप में आकारित होता है। इसमें नारी की, भारतीय भी और वैश्विक भी, स्थिति–गति का, मूलभूत संवेदना स्वभाव का, पुरुष के साथ विभिन्न स्तरीय संबंधों का ताना–बाना अपने जटिल सौंदर्य के साथ सघन रूप में गूँथकर, गहन जीवनानुभव–और साहित्य सौंदर्य, दोनों स्तरों पर, बड़ी ऊर्जा के साथ व्यक्त होता है। हाँ, इसमें लोकप्रियता के नुस्खे लगभग अनुपस्थित हैं और चिंतन की प्रगाढ़ता पाठकों की संख्या को सीमित अवश्य करती है। यह चिंतनपरकता किसी भी विशिष्ट विचारधारा के प्रति प्रतिबद्ध न होने के कारण भी, और जीवनानुभव की परिपक्वता के फलस्वरूप भी, पाठक को बलात् अपनी ओर न खींचकर, चिंतन एवं संवेदन के लिए खुली छूट देती है। लेखिका की मानवीय सहानुभूति का क्षेत्र, विशिष्ट वर्ग तक सीमित न रह कर, वर्गातीत मनुष्य की ओर–स्त्री भी, पुरुष भी–लक्ष्य कर, फैलता जाता है। इसमें–प्रायः पुरुष अपनी दयनीयता में नंगा होकर, विद्रूप का प्रदर्शन करता है तो उसके मूल में, नारी–विमर्श की एकांगी प्रतिबद्धता नहीं, जीवन की स्थिति–गति का सम्यक्बोध है। और नारी की महानता के प्रकाश पुंज झिलमिलाते हैं तो, वह भी, उसके मूलभूत स्वभाव, ऐतिहासिक कृतित्व का प्रभाव और निरंतर शोषण की अग्नि में तपकर निखरने के परिणामस्वरूप उत्पन्न, ओजस्विता का परिणाम है। किसी भी विशिष्ट विमर्श का गहरा संज्ञान, चिंतन में विद्यमान होने के

बावजूद, जीवन के सम्यक्‌बोध का परिदृश्य ही, इस प्रकार की प्रौढ़ता लेखकीय व्यक्तित्व में निर्मित करता है।

स्मिता, मारियान, नर्मदा, असीमा–ये चार नारियाँ और विपिन मज़ूमदार, एक प्रौढ़ पुरुष, इस औपन्यासिक जीवनानुभव के कथा–वाचक हैं। परंतु कभी आत्म–कथनात्मक निवेदन को तृतीय पुरुषी निवेदक भी बीच–बीच में पुष्ट करता है। उसकी कलात्मक अनिवार्यता की अलग चर्चा की जा सकती है–यहाँ उस मोह से बचकर काम लिया जा रहा है, यह स्वीकार करके कि यह निवेदन का वैविध्य सौंदर्य वृद्धि ही करता है। स्मिता बीस वर्ष की जीवनावस्था, भारतीय सस्कार और मध्यवर्गीय परिवेश में बिता कर अमेरिका आयी है। अतः उसके मन में भारतीय संस्कृति की पीठिका है और नयी भिन्न संस्कृति (और प्रकृति भी) का परिदृश्य भी है। मारियाना अमेरिका की संस्कृति में पली है और उसका समाजशास्त्रीय अध्ययन उसके व्यक्तित्व को समृद्ध कर सका है। इनके विपरीत नर्मदा है, जो भारत के अकिंचन श्रमज़ीवी वर्ग में पैदा होकर, और सभी प्रकार के दारिद्रय से उद्‌भूत पीड़ाओं को झेलकर, कामकाज के बहाने, खाते–पीते उच्च मध्यवर्ग के संपर्क में आयी है और अपनी सहज अभिज्ञता से, इसी वर्ग की सांस्कृतिक विपन्नता का कच्चा चिट्ठा भी खोलने की स्थिति में है। लेखिका मृदुला गर्ग की मानवीय सहानुभूति की असली शक्ति और समृद्धि भी, उसी के मार्फ़त, शक्तिशाली ढंग से व्यक्त होती है और भारत के संस्कारों में आये परिवर्तनों की जाँच भी करने की सुविधा उत्पन्न हुई है। इधर के पचास वर्षों में नारी के संस्कारों और प्रकृति में आ रही तब्दीलियों और स्त्री–पुरुष के संबंधों में आ रहे बदलावों का एक वस्तुन्मुखी चित्र स्मिता, असीमा, नमिता, नीरजा के माध्यम से रेखांकित करने की कलात्मक चुनौती को लेखिका ने बड़ी सफलता के साथ अंजाम दिया है। इन सबके साथ, विपिन मज़ूमदार जैसे परिपक्व पुरुष व्यक्तित्व का निर्माण करके लेखिका ने न केवल नारी विमर्श की अतिरेकी परिकल्पनाओं को संतुलित किया है, बल्कि अपने एक तटस्थ परंतु गहन संवेदनशील लेखकीय व्यक्तित्व का प्रमाण भी दिया है। यहाँ, स्त्री और पुरुष संबंधों की परख वास्तविकता नैतिक मूल्यपरकता और मानवीय सहृदयता के आधार पर की गयी है और सभी प्रकार के अतिवाद से बचते हुए, आग्रहों की वैचारिक जाँच–पड़ताल, औपन्यासिक शर्तों पर की गयी है। विचारों की बहुआयामी जटिलता, चिंतन की गहरी पैनी सूक्ष्मता के साथ, औपन्यासिक चरित्रों की आँख्याता और वैविध्य को संभालते हुए, कलावस्तु के सौंदर्यतत्त्व को निष्कलुष

रखना, बड़े कलात्मक सामर्थ्य की माँग करता है। —मृदुला गर्ग इसमें सफल हुई हैं, यह निस्संदिग्ध शब्दों में कहा जा सकता है। सब प्रमुख चरित्र, मेरा नाम स्मिता, मरियान, नर्मदा, असीमा, विपिन मज़ूमदार हैं, कहकर अपनी आप बीती सुनाने लगते हैं। लेकिन अपनी शिक्षा सांस्कृतिक स्तर और संस्कार, वर्ग, देश के मुताबिक, अपनी भाषा के वैविध्य के अनुसार, अलग—अलग तेवर में सामने आते हैं और उनके पारस्परिक संबंधों का जटिल जाल, पाठक के सामने चित्रवार, साकार होने लगता है। इनके आपसी संबंधों के साथ, पारस्परिक प्रभावों का, घटित घटनाओं की तथ्यपना का उलझा रूप मन में रखकर, औपन्यासिक अवकाश को मूर्त करते जाना बड़ी कलात्मक चुनौती है, जिसे लेखिका ने सफलता के साथ पूर्ण किया है।

अमेरिका में बीस वर्ष रहकर अपने घर लौटी स्मिता का प्रथम सामना होता है तो मिट्टी से भरे घर से, मिट्टी की वास्तविकता से यह भारतीय मिट्टी का प्रभावपूर्ण स्रोत (मुझे तो यह समूचा वर्णन एक गद्य कविता—सा लगा—चित्रमय, सूत्रात्मक और सघन अनुभूति से भरा—भरा) वही अनुभव कर सकता है जो विदेश में वर्षों तक रहकर लौट आया है। ख़ास कर समूचे उपन्यास में परिव्याप्त 'कठगुलाब' के ज़मीन से उगने, पानी से खिलने का चरित्र इतिहास प्रारंभ से सर्जनोन्मुख 'कठगुलाब' और उस पर धावा बोलने वाले कठफोड़वा की याद, न केवल तथ्यपरक रहती हैं— लगातार प्रतीकात्मक भी बनती जाती है। स्मिता और स्मिता के जीवन को बरबाद करने वाला उसका 'कठगुलाब' और कठफोड़वा जीजा के रूप में उभरते हैं (दूसरे वाचन में)— "स्मिता ने पानी का झनन झुम खेल शुरू किया भी नहीं था कि कठफोड़वा ने धावा बोल दिया था। खिलने से पहले कलियों को तिड़काकर उसकी पानी की बौछार को नाकारा बना दिया था। स्मिता उससे लड़ती तो कैसे? कठफोड़वा पर उसका कोई वश नहीं था।" उपन्यास में 'कठगुलाब' के विविध प्रतीकात्मक अर्थ उभरते हैं, जिन पर एक स्वयं आलेख लिखा जा सकता है। इसके कारण लगातार किये गए पाठ अधिकाधिक समृद्ध होते जाते हैं। लेकिन केंद्रीय प्रतीकात्मक अर्थ है, नारी की जिजीविषा। "बी.ए. करते—करते पिता भी गुज़र गए और शादीशुदा नमिता के घर शरण लेनी पड़ी थी। पूँजी के नाम पर मात्र कुछ कठगुलाब।"—इस प्रकार जिजीविषा के विभिन्न रूपों में 'कठगुलाब' समृद्ध अर्थ व्यंजित करते जाते हैं। 'कठगुलाब' की प्रतिकूल परिस्थितियाँ, सृजन की क्षमता, सर्जन की शक्ति सुरक्षित रखने की ताक़त न केवल स्मिता के संघर्ष और विजय को प्रतीकित करती है, वह कुल नारी के सामर्थ्य को उजागर करती है।

भारतीय मध्यवर्ग में अजीब रूप लेने वाले, जीजा–साली के संबंधों के विकृत रूप की चरम परिणति, जिस बलात्कार की घटना के रूप में सामने आती है, उसका वास्तविकता और कल्पना की सीमारेखा पर चलाया धूपछाँही खेल, न केवल साली स्मिता को भयावह रूप से प्रभावित करता है, अपितु पाठक में भी सृजनशील संदिग्धता का ही भाव पैदा करता है, और लेखिका की कलात्मकता का कमाल यह है कि अंत तक वह यथावत् बना रहता है। लगभग उपन्यास में सभी घटनाओं की पृष्ठभूमि में मनुष्य के जटिल मानस की क्रीड़ा विद्यमान है और पश्चिमी मनोविज्ञान से गहरे परिचय के बावजूद, कहीं भी पोथीनिष्ठ अनुगमन नहीं है। असल में पश्चिमी मनोविज्ञान के प्रति, एक व्यंग्यात्मक नजरिया आद्योपांत दिखता है, जो मनोवैज्ञानिक डॉक्टर ज़ारविस और स्मिता के पारस्परिक संबंधों से लेकर, परिणति तक सक्रिय है। यहाँ, असल में, सक्रिय अवचेतन मन की उपस्थिति के प्रति संदेह नहीं है, लेकिन उसकी सर्वतोपरि सत्ता भी स्वीकार्य नहीं है। असल में अवचेतन मन को काबू में करके सक्रिय होना, भारतीय जीवन दृष्टि का परिचायक है, जो मनुष्य के अंतर्मन को कर्मठ कर्मकांड में व्यस्त रख, निष्क्रिय बनने नहीं देती बल्कि सक्रिय बनाये रखती है। "सच, व्यस्तता और थकान से बढ़कर नेमत दुनिया में नहीं है। हर चीज़ पर हावी हो जाती है।" असल में किसी पोथीनिष्ठ मनोविज्ञान से मन की गुत्थियाँ सुलझाना कठिन है भारतीय मानस को खोलना तो और भी कठिन है। इसी संदर्भ में मृदुला गर्ग स्मिता के मन की टोह लेते समय लिखती हैं–"बहुत जल्दी में ठीक ऐसे ही उस नर–पिशाच को उसके किए की सजा दूँगी। बचपन में माँ को दुर्गा पाठ करते सुना था। शब्द–पद भूल चुके थे पर लय–ताल मन में बैठी रह गई थी। उसी धुन में रोज़ में प्रतिहिंसा की माला जपती थी। उसके लिए ताक़त और बल इकट्ठा करने की भावना ने ही मुझे अमेरिका जाकर समृद्ध होने की प्रेरणा दी थी। या वह भी पलायन का ही एक रूप था? कौन जाने?"–यह संदिग्धता जितनी महत्त्वपूर्ण है, उतना ही दुर्गापाठ का लय–ताल में माला जपना। रोशनी का आतंक, भीड़ के आक्रमण का भय, हरियाली तक का अजनबीपन, बर्फ का प्रकोप, उसे साइक्याट्रिस्ट जिम ज़ारविस के पास पहुँचाता है। इस सब में, उसे कोई बचाता है तो जिम ज़ारविस के मनोविज्ञान से अधिक स्मिता का सौंदर्यबोध प्रकृति के प्रति आत्मिक लगाव। इस लगाव में जितना सौंदर्यबोध के प्रति मानसिक भावनात्मक समर्पण है, उतनी ही उस प्रतिभा को शब्दांकित करने की कलाकार की क्षमता। "पूरी की पूरी पहाड़ी एक गुलदस्ते

जैसी लगती थी। समूचा पेड़ डाली पर खिले फूल के गुच्छे जैसा।" प्रकृति के रंगों, आकारों, बदलते दृश्यों के प्रति सजगता का सौंदर्यबोध, आतंरिक संवेदना पर आधारित है तथा उसके साथ किये संवादों में विलक्षण जटिलता भी है, जिसकी उत्कट भावना उस तल्लीनता काबोध देती है जो भारतीय मानस का अंग है और जो उस संस्कृति में दुर्लभ है जिसमें, "माँग को पूरा करने के लिए बेचा नहीं जाता, बेच–बेचकर माँग पैदा की जाती है। जहाँ विशिष्ट तारीख को, 'पीक' को मनाया जाता है–एक उत्सवी कर्मकांड के रूप में। यहाँ शुगर की पतझड़ को देखकर, बलात्कार की कल्पना से रोया नहीं जा सकता रोना नहीं आता। लेखिका की आंतरिकता के समृद्ध प्रकाशन की पृष्ठभूमि पर रस्मी हो–हल्ला देखकर सांस्कृतिक अंतर विलक्षण शक्ति के साथ उजागर होता है। "बस मैं अकेली थी। शुगर को मुझसे छीन कर उसी उत्सवी मैदान में दफ़न कर दिया गया था।" प्रकृति के प्रति भिन्न–भिन्न प्रतिक्रिया का यह गहराई से किया गया चित्रण दो भिन्न संस्कृतियों का परिणाम है।

यही अंतर कुछ अधिक व्यंग्यात्मक रूप लेकर, डॉक्टर आरबिस के साथ संबंधों में सक्रिय होता है। मनोवैज्ञानिक डॉक्टर ज़ारविस भी, स्वयं, एक मनोग्रंथि से पीड़ित व्यक्ति लगता है, जिसके व्यक्तित्व में एक ख़ास दर्जे का मनोविज्ञान से संबंधित ज्ञान हो सकता है, लेकिन मनोवैज्ञानिक डॉक्टर के लिए अत्यावश्यक हस्तारहित मन नहीं। इसीलिए वह रोगी की पीड़ा को दूर करने से अधिक अपनी मान्यताओं की विजय में प्रसन्न होता है, अपने अहं की पूर्ति के लिए स्मिता से शादी तक कर सकता है और अपनी रुचि की कॉफी न पाने पर मारने–पीटने पर उतारू हो जाता है। इतने पुस्तकीय ज्ञान के साथ इतनी बड़ी आत्मकेंद्रीयता और अहंकार मनुष्य की समग्र संस्कृति की पृष्ठभूमि में, उसकी मानसिकता की पहचान एक बात है औ कुछ बुकिश केंद्रीय तथ्यों को मूलभूत मानकर, अपनी ही मेधा की अद्धितीयता पर खुश होकर मनुष्य को समझने का दावा करना सर्वथा अलग बात है। लगता है मृदुला गर्ग ने पश्चिमी मनोविज्ञान की कुछ मूलभूत मान्यताओं पर ही सवाल उठाये हैं, और बड़ी शक्ति और सूझबूझ के साथ एक सूक्ष्म लेकिन धारदार व्यंग्य का रूप देखिए–"पिता की रखेल का पता लगाकर जिम इतना खुश था जैसे कोई गुप्त खजाना हाथ लग गया हो। खजाना ही समझो। मनोग्रंथि सुलझाने का सिरा जो मिल गया था। तेज़ रोशनी मेरे भीतर जो ज्वाला धधका देती है, उससे ज़ारविस मुझे मुक्ति दिला पाएगा?" स्मिता आगे कहती है–"दरअसल पहली बार मुझे उससे मुक्ति तब मिली थी जब जीजा के मरने

की ख़बर आई थी। ज़ारविस का मनोविज्ञान इस मोटे और मूक मूल तथ्य को पहचान नहीं पाया–झुरमुट को ही पीटता रहा। असल में उसे जो अपने ऊपर हँसने की शक्ति मिली, वह भी ज़ारविस से अनजाने में मृदुला गर्ग स्पष्ट शब्दों में लिखती हैं, जो लोग बात–बात पर प्यार करते हैं और बात–बात पर तलाक, जिनके यहाँ क़रीब–क़रीब हर बच्चे के दो एक सौतेले या संरक्षक माँ बाप होते हैं, जिन्हें अपने आज़ाद समाज और सेक्स के अमर्यादित आनंद पर नाज है, वे यह भी मानते हैं कि माँ–बाप के सेक्स संबंधों का बच्चों पर इतना दूरगामी प्रभाव पड़ सकता है। दरअसल उन्हीं प्रभावों की शिनाख़्त, निरूपण और इलाज पर लाखों डालर की खपतवाला यह साइक्याट्रिक उद्योग टिका हुआ है। अपनी मनोवैज्ञानिक पैठ पर आत्ममुग्ध, जिम ज़ारविस उससे विवाह करना चाहता है और उसकी अनुमति मिलने पर, "जिम ने उसे बच्ची की तरह गोद में उठाकर झुलाया, दुलराया और चूमा था और छाती से चिपटा कर देर तक सहलाता पुचकारता रहा था। उसे बहुत हँसी, आई थी उसके बचपन पर। लाड़ भी आया था। बेचारा, किशोर संस्कृति का भोला–भाला बच्चा।" –लेकिन यहाँ औपन्यासिक रचाव में रही एक कमज़ोर जगह का ज्ञान होता है। इस बच्चे की ओर यह संस्कृतिसंपन्न महिला कैसे आकर्षित होती है, कुछ इस बिंदु पर लेखिका ध्यान देती तो संतुलन में अधिक शक्ति उत्पन्न होती।

ज़ारविस का विवाह के बाद बच्चा पूरा चित्र रोचक होते हुए भी, कहीं–न–कहीं असंतुलित लगता है। जिम ज़ारविस बच्चा और मनोवैज्ञानिक दृष्टि से विकृत व्यक्ति लगता है। यह कमज़ोरी तब अधिक अबूझ लगती है, जब लेखिका मृदुला गर्ग दो संस्कृतियों के बीच का अंतर विलक्षण, अंतर्भेदिनी दृष्टि से सामने रखती हैं। लेखिका लिखती है– "देखो, उतने कहा था, हम पुरानी संस्कृति के लोग, बोलकर अपने को दूसरों पर खोलते नहीं, बल्कि और गहरे छिपने के पुल बाँधते हैं, कृतज्ञता ज़ाहिर करने में खुद को मटियामेट करके रख देते हैं या मातम में धाड़ मार कर रोते हैं तो समझ लो, हम झूठ बोल रहे हैं। हमारी भाषा खूब लच्छेदार होती है, उसका प्रयोग हम अपने चारों तरफ़ तिलिस्म का ताना–बाना बुनने के लिए करते हैं। उसे फाड़कर हम तक पहुँचना मुश्किल है। हमें सिर्फ़ चुप्पी के दौरान पाया जा सकता है। अमेरिकनों के पास दो–चार जुमले होते हैं, उन्हें हर स्थिति में दोहरा देते हैं। इट इज़ अनविलिबल इट इज़ इनक्रेडिबल या, आई लव कोक, आई लव लो फेट बटर, आई लव यू। पर हम किसी हाल में शरबत या मक्खन से प्यार नहीं कर सकते। जिससे करते हैं, उससे कह नहीं सकते।" यह समूचा विश्लेषण बहुत मूलभूत है लेकिन यह

समझना कठिन है कि विदुग्ध मानस की यह युवती जिग जैसे व्यक्ति में कैसे फँस सकती है। उपन्यास में इसका कोई ठोस प्रमाण नहीं मिलता। तार्किक या बौद्धिक न सही, जैविक स्तर पर ही सही, परंतु यह कहीं नहीं मिलता। एक बात निश्चय ही शक्तिपूर्ण ढंग से लेखिका व्यक्त करती है–जिम ज़ारविस हो या जीजा, दोनों की मूलभूत प्रवृत्ति एक–सी है। असल में मनोवैज्ञानिक डॉक्टर ज़ारविस को, एक मनोरुग्ण के रूप में प्रस्तुत करने में जो नाट्यमय प्रसंग लेखिका ने चित्रित किया है, वह निश्चय ही उपन्यास का एक शक्तिशाली हिस्सा है। उसी तरह ज़ारविस और स्मिता के भयावह संदर्भ में हुई गर्भपात की दुर्घटना से, एक नारी के मन की दर्दनाक अवस्था का चित्र किसी भी क्लासिक रचना की ऊँचाई को, गहराई को, स्पर्श करता है।

असल में, जिम ज़ारविस जैसे उच्च शिक्षित, मनोवैज्ञानिक व्यक्ति का उथलापन और पुरुष केंद्रित अहंकार, कुल अमेरिकन संस्कृति, विकृति और व्यक्तित्व संबंधी अवधारणाओं पर पुनर्विचार करने के लिए बाध्य करता है। और यह निस्संदिग्ध कहा जा सकता है कि किसी भी चिंतनशील संवेदनात्मक अनुभव का, यह एक शक्तिशाली हिस्सा है। वैवाहिक जीवन के स्वास्थ्य की जड़ को खा डालने वाली भावना केंद्रित, सुखवादी, आत्ममुग्ध प्रवृत्तियाँ जिस समाज में बढ़ती जा रही हों, वह समाज समूची मौलिक समृद्धि के बावजूद पतन की दिशा में दौड़ रहा है। स्मिता को तलाक देने के प्रसंग में भी अमेरिकन न्यायिक व्यवस्था का कच्चा चिट्ठा, व्यंग्यात्मक ढंग से खोल दिया गया है। प्रकृति के विभिन्न रूपों को जिस सौंदर्यबोधी नजरिए से देखा गया है उसमें भी अमेरिकन समाज की उत्सवी वृत्ति है, जिसका मनुष्य की बुद्धि, मूल्यपरकता और आत्मा से कोई संबंध नहीं है–विरोधाभासी। सौंदर्य दृष्टि के परिमार्थ में बहुत शक्तिशाली अंकन हुआ है। अमेरिकन समाज का बहिर्मुखी उत्सवी नजरिया और स्मिता की असली सौंदर्य–संवेदना के बीच का विरोध, पैना व्यंग्यात्मक स्वर लिए व्यक्त हुआ है–यह एक बहुत ही बेधक बिंदु है। इस समूचे संदर्भ में, कठगुलाब, केवल नारी विमर्श की अधूरी बात नहीं कहता–नारी की स्थिति पूरे परिदृश्य में, महत्त्वपूर्ण परंतु केवल एक पहलू है। रॉ संस्था में अनेक दुःखी स्त्रियाँ स्मिता के पास आयीं–''वे मुझे प्राचीन संस्कृति की प्रतिनिधि मानती थीं, इसलिए अपने क्षणिक अनुभवों के बीच से किसी गहन सत्य तक पहुँचने के लिए मेरा मार्गदर्शन माँग बैठतीं।'' उन स्त्रियों ने स्मिता से बहुत सीखा तो स्मिता ने भी उनसे कुछ सीखा–''इतनी–इतनी औरतों की गुस्से–भरी कहानियों के बीच मेरा आक्रोश कहीं बिना जाता था।

उनकी राम कहानी सुनकर, अपनी बात न कहती, तब भी बहनापा जुड़ जाता था। कोई तंतु था महीन पर दमदार, जो हमें एक–दूसरे के पास खींचे रखता था।'' स्मिता अंदर से स्वयं बदल रही थी, क्योंकि वह सकेंद्रित नहीं थी। एक महत्त्वपूर्ण तथ्य की ओर बात–बात में इशारा किया गया है। मारियाना कहती है, ट्रक्युलाइजर के संदर्भ में–"गुड, तुम ओरियंटल्ज बड़े पहुँचे हुए होते हो। हम लोग तो एक बार शुरू हो जाएँ तो डोज डबल करने के अलावा कुछ नहीं सोच सकते।'' असल में समाजविज्ञान, दर्शन, संस्कृति, मनोविज्ञान सबके अध्ययन को, मूल जीवनानुभव को, कलात्मक रूपाकार देते समय अनुभव समृद्धि के लिए काम में लाना, आज की तारीख में बहुत ही महत्त्वपूर्ण है–'कठगुलाब' इस तथ्य को सुखद रूप में रेखांकित करता है।

पति द्वारा सतायी गयी औरतों का शरणस्थल है 'रॉ' संस्था–यहीं मारियाना से स्मिता की भेंट होती है, जो अटूट मित्रता में रूपांतरित होती है। मारियाना का एक महत्त्वपूर्ण निरीक्षण है–''यही कि मर्द नाम का प्राणी खुदगर्ज और ज़ालिम होता ही होता है।'' यह 'रॉ' में आयी औरतों का सामान्य मत है, लेकिन मारियाना कहती'' है, ''मैं वह मानने को तैयार नहीं थी। ऐसा नहीं था कि मैंने कभी किसी मर्द के हाथों चोट नहीं खायी थी। पर मैं तमाम मर्दों को एक खाँचे में डालने को तैयार नहीं थी।'' (यह दृष्टि असीमा की निश्चय ही थी जो आगे अपनी तमाम सीमाओं के साथ व्यक्त होती है।) इसी कारण जार्ज रिचर्ड्सन का एक निष्पक्ष चित्र मारियाना प्रस्तुत करती है तो अपनी सुंदर, आत्ममुग्ध–आत्मकेंद्रित स्वार्थी और लालची माँ वरजिनिया का भी अंकन मारियाना बड़ी कुशलता से प्रस्तुत करती है–लेखिका मृदुला गर्ग की से सम्यक् दृष्टि का यह एक महत्त्वपूर्ण पहलू है, जिससे समूची कृति में निष्पक्ष भव्य दृष्टि प्रकट होती है। मारियाना निष्पक्ष नजरिए से टिप्पणी करती है, "सोचती हूँ मेरा बाप खुशकिस्मत था जो माँ के तलाक माँगने से पहले, बिना एलिमनी दिए दुनिया से कूच कर गया।" अपनी माँ की विरूप असलियत खोलने में मारियाना संकोच नहीं करती, वहीं सौतेले पिता जॉर्ज की महानता का बखान करने में भी कोताही नहीं करती। दोनों के बीच के संबंधों की विचित्रता पर बड़ी कारुणिक दृष्टि से मारियाना दृष्टिपात करती है। वह लिखती है, "अमरीका के दो कल्ट आइकांस को टूटते–बिखरते भी देखा था। वे उपास्य आइकांस थे, दौलत और जवानी।" बहुत ही पैनेपन से मारियाना अपनी माँ की कहानी प्रस्तुत करती है। कहीं भी भावुकता नहीं लेकिन भावना की गहरी इंटेंसिटी अवश्य है, जो एक मच्युअर्ड व्यक्तित्व में

उपजती है। मारियाना बताती है, "यह कहानी तभी लिखी गई होती तो शायद मैं अपने प्रेम और पैशन के बारे में ब्यौरेवार बतलाने का लालच न छोड़ पाती। पर अब बीस बरस बीत चुके थे। इस बीच इतनी बार, एक–एक घटना, भावना और संभावना का विश्लेषण–विवेचन कर चुकी हूँ कि क़लम से सच के सिवा कुछ नहीं लिखा जा रहा। कसीदेकारी और रफू दोनों से अनछुआ सच। सोचती हूँ अगर इविंग का नाम इतना कविनुमा न रहा होता या पैसे के प्रति वह इतनी नान–वरजिनियन उदासीनता न दर्शाता तो मैं उससे शादी कभी न करती।" इविंग के साथ प्रेम और उसकी धोखाधड़ी की यह कहानी, जो उत्कट प्रेम के घेरे के बाहर आकर, लिखी गई है, स्त्री का पुरुष द्वारा किए गए अलग प्रकार के शोषण की अद्‌भुत गाथा है– यहाँ शोषण हुआ है, मारियाना की प्रतिभा का, व्युत्पन्नता का, घोर परिश्रम का, और विश्वास से भरे प्रेम का। एक चालाक पुरुष कितने स्तरों पर, कितनी मीठी छुरी से नारी का खूब बहा सकता है, इसका यह बयान लेखिका मृदुला गर्ग की पैनी अंतर्दृष्टि का परिचायक है–अंर्तदृष्टि, मनुष्य के स्वभाव के संदर्भ में।

इस शोषण की कथा में, इविंग की चालाकियों का चित्रांकन, लेखिका की चिंतनपरक विलक्षण मेधा से संयुक्त संवेदनशीलता का प्रमाण देता है। "सिलेक्टिव हियरिंग" का जो रूप प्रस्तुत किया है, वह लेखिका की, मानवीय स्वभाव पर चतुर पकड़ का परिचायक है। अगर लेखिका मारियाना के शब्दों में लिखती है, "दस बरस तक मैं इविंग की पहली और दूसरी दुनिया के बीच कारगर पुल बनी रही और अपने ऊपर से घड़घड़ा कर गुज़रते उसके क़दमों में अपनी मंज़िल की तरफ़ जाने वाला सफ़र देखकर खुश होती रही," तब यह सब वर्णनात्मक या निवेदनपरक नहीं रहता, नाट्यात्मक और चित्रमय बनकर आकारित होता है–यह लेखकीय सृजनशीलता का उत्कर्ष है। यही बात मारियाना के संतान उत्पन्न न करने और अबॉर्शन के बारे में कही जा सकती है। इसीलिए उसके जीवन का यह कारुणिक अध्याय संवेदनशील पाठक को जड़मूल से हिला देता है– "आज यह कहने में मुझे ज़रा संकोच नहीं है कि जितना मैं उस चाहत को ग्रंथों के इमारती बोझ तले दबाती चली गई, उतना ही वह ज़मीन के भीतर फूलती–फलती गई। चूल–चूल पोली हुई इमारत को एक दिन गिरना ही था। वह गिरी और मुझे चाहत से सराबोर, अकेला छोड़ गई।" यहाँ पुरुष द्वारा किए गए नारी के शोषण का एक अन्य रूप उभरता है। अमेरिकन संस्कृति में नारी को, बच्चा कब पैदा किया जाए, यह निश्चित करने का अधिकार नहीं है। आत्मकेंद्रित, दैहिक सुखवादी संस्कृति का यह

प्रमाण है। मारियाना की प्रतिभा का शोषण हो रहा था और उधर मारियाना की सृजनेच्छा अंकुरित होकर लहलहाने भी लगी थी। असल में मारियाना ने रॉवजॉन, एलेजा, सूजन, रूथ की कहानियों का सृजन किया—सामग्री इकट्ठा करते—करते मारियाना की सृजन—शक्ति भी अजब ढंग से विकसित होने लगी—सृजन प्रक्रिया का एक मनोहारी चित्रमय शब्दांकन मृदुला गर्ग ने किया है। इन चारों नारियों के सृजन में नारी की अद्‌भुत कर्म शक्ति के कतिपय पहलू बड़ी ताक़त के साथ व्यक्त होते हैं। सूट्टन के बारे में लिखते समय मृदुला गर्ग लिख गई, "अपना पूरा जीवन ही नहीं, अपनी प्रज्ञा, भावना, चेतना सबको परिवार की हिफ़ाज़त और देखभाल करने में होम कर दिया।" वह भी नारी जाति की आज के क्षण तक की कहानी है। इसी संदर्भ में लेखिका की यह तीखी, कटु परंतु खरी—खरी टिप्पणी, "जब हालात सुधरने लगे, लूटी हुई धरती पर फ़सल लहलहाने लगी, घोड़ों की तादाद बढ़ चली, नेटिव्स के वापसी हमलों की गुंजाइश कम हो गई तो सूजन के पति की मर्दानगी ने जोश मारा। वक़्त की चोटों से आहत, उम्र से पहले बुढ़ाई सूजन को छोड़कर वह अपना ज़्यादातर वक्त जवान और वक्त की खरोंचों से महफूज औरतों के साथ गुज़ारने लगा। सूजन ने प्रतिवाद नहीं किया। परिवार के मर्दों से लड़ने की उसे आदत नहीं थी।"—यह व्यंग्यात्मक धारदार टिप्पणी, समूचे विश्व के मर्दों को काटती है— भारतीय समाज इसका अपवाद नहीं। संभवतः इसका प्रत्याख्यान करने लायक कोई प्रमाण, मर्द वर्ग के पास नहीं है। आगे की यह नारी जीवन की करुण महागाथा— "उसका गुस्सा, शौर्य और हथियार, हमेशा दूसरे मदों के लिए इस्तेमाल होते आए थे। अपने मर्द के सामने उसने हथियार उठाने की कोशिश तक नहीं की। बस अपने लिए रोने का एक ख़ास वक्त तय कर लिया। और काम में हर्ज किए बिना, आँसुओं के नमक में, धरती का ताक़त बिखराने वाला ममत्व ढूँढ़ लिया।''—इस प्रकार के अनुभवों के सूत्र, मान्य तथा निरीक्षण इसलिए महज बौद्धिक अंश नहीं रहते, क्योंकि वे एक विशाल अनुभव के बीच से व्यक्त होते हैं, जो साहित्य की महत्त्वपूर्ण शर्त है। इविंग ने सचेत मारियाना को भी मात दी तो उसके वात्सल्य की दुर्बल जगह पर वार करके समूची कर्मठ महिलाओं के बीच एक समान सूत्र है—"ए वुमेंस वर्क इज़ नेवर डन।" इस सूत्र का पूरा जीवंत नाट्य रूप यहाँ देखा जा सकता है। इसके साथ यह भी—"पर हूँ भी थकी—बीमार। पर कुछ है जो मुझे जिलाए रखेगा। तमाम आधि—व्याधि के बावजूद ख़त्म नहीं होने देगा। काम की हवस, आँसुओं का नमक, कसीदेकारी का सौंदर्यबोध,

कॉफी की गंध या... मेरे लिए यह 'कठगुलाब' का फूल। देखो जब इसकी पंखुड़ियाँ एक–एक करके झड़ जाएँगी, फूल नष्ट हो जाएगा, तब भी बीज बचा रहेगा। मुझे मेरी जड़ों से जोड़े रखेगा। कहो, कैसा रहा फलसफा? बीमार थकान से उभरकर जिलाए रखने को काफ़ी है।' 'कठगुलाब' का यह बहुरूपी, प्रतीकायन, समूचे औपन्यासिक अनुभव की सघनता और जटिल बनावट का प्रमाण है। "फिर वह खूब हँसी थी। वैसे जैसे मैं हँसती थी और मुझसे पहले, रॉक्जॉन, एलेना, सूजन और रूथ हँसती थीं। रूथ? मैं ही तो हूँ रूथ। अपनी कहानी सुना रही थी न आपको? कौन हूँ मैं? रूथ या मारियान?" यह अनेक जन्मों में रूप लेने वाली नारी की करुण गाथा है। प्रपंच बुद्धि से लैस पुरुष के आगे हारने वाली नारी की और पुनः–पुनः जिजीविषा से अंकुरित? आकारित होने वाले 'कठगुलाब' की। इविंग ने अपना उपन्यास प्रकाशित किया, 'वुमन ऑफ द अर्थ'। नाम–पैसा उसे मिला और मारियाना से हुई धोखाधड़ी में पुरुषों के वर्चस्व वाली न्यायपालिका ने, पुरुष इविंग का साथ दिया–मारियाना आई 'रॉ' में। लेकिन प्यार–मोहब्बत जैसी वायवीय चीज़ों के बजाय विश्वास, समझदारी और सहयोग को प्राथमिकता देकर किए दूसरे विवाह में भी पुरुष का वही रूप उसके भाग्य में आया। बच्चा गोद लेने की क़ानूनी प्रक्रिया में भी पुरुष का यही अनुभव रहा।

यहाँ लेखिका मृदुला गर्ग की परिपक्व मानसिकता का एक शक्तिशाली प्रमाण मिलता है। केवल क्लेश और कष्ट भोगने के लिए और पुरुषों द्वारा सब प्रकार से शोषण का लक्ष्य बनने के लिए पैदा हुई स्त्री के सामने एक प्रश्न खड़ा होता है, जो मज़ाक में स्मिता ने मारियाना से पूछा था–"तू मर्द होना चाहती है?" उसके चिंतन में जो लिखा गया है, वह एक संवेदनात्मक गहराई और मौलिक चिंतन का प्रमाण है। "क्या वह मर्द होना चाहती है? कभी नहीं। संवेदनहीन वह होना नहीं चाहती और संवेदनशील पुरुष होने में और भी पीड़ा थी। विराट अकेलापन और गहरा शून्य...मैं मर्द नहीं सर्जक होना चाहती हूँ।"–"अक्षरों की उस नई दुनिया में, मैं, तुझे, अपने खुद को, कितनी कितनी औरतों को दुबारा जन्म देना चाहती हूँ। पीड़ा की एक–एक कचोट को प्यार से बदल दूँगी। फिर झुनन–झुन खिलेंगे कठगुलाब। फिर...मैं अपनी पीड़ा बच्चों में नहीं, शब्दों में बाटूँगी।" और मारियाना का जीवन बदल गया वह इविंग को मात देने वाली लेखिका बन गई। उससे भी अधिक जीवन जीने की सार्थकता और अप्रतिम आनंद की चाभी सृजन प्रक्रिया के रूप में उसे मिल गई थी।

लेकिन शिक्षित नारी की सार्थकता की समस्या शायद इस प्रकार हल हो

सकती थी। भारतीय नारी का विशाल वर्ग है, जो इस छोटे से घेरे के बाहर फैला हुआ है। अतः यह ज़रूरी था कि इस विशाल वर्ग की समस्या का भी कुछ विचार हो जाता।

यह 'नर्मदा' के माध्यम से किया गया है। इससे उपन्यास का अवकाश भी बृहत् हो गया और प्रश्न के नए आयाम भी हुए जा सके। स्मिता का वापस भारत आना–शक्ति अर्जित कर वापस आना भी हुआ। जहाँ उच्चवर्ग में अपनी बढ़ती उम्र को रोकने की सैकड़ों तजवीज़ें होती हैं, वहाँ नर्मदा जैसी मेहनतकश नारी कुछ–कुछ उम्र की मध्यम अवस्था में ही, बुढ़ापे को स्वतः स्वीकार करती है। नर्मदा का शैक्षिक स्तर और आर्थिक वर्ग ही नहीं बदला, लेखिका मृदुला गर्ग को इसका भरपूर श्रेय देना होगा कि उसने इस बदलाव में निहित चुनौतियों को सफलतापूर्वक झेला–भाषा, भावभंगी, विचार का स्तर, कामकाज का रूप, मानसिकता की संरचना, जीवन के प्रति भारतीय परिवेश में (जिसकी ही परिवार व्यवस्था है) आकारित हुआ जीवन दृष्टिकोणय सब कुछ नए भाषा रूप एवं शब्द संहति की माँग करता है। और धीरे–धीरे उच्च मध्यवर्ग के सान्निध्य में आने के कारण, उसमें परिवर्तन भी होता है जिसका पूरा ख़्याल मृदुला गर्ग ने रखा है।

नर्मदा का चित्रण एक अन्य दृष्टि से भी चुनौतीपूर्ण है। सामान्यतः भारतीय दरिद्र वर्ग या अनपढ़ वर्ग भले ही निरक्षर हो, असंस्कृत नहीं है। बल्कि कई मामलों में अपनी सहज, उदार, मानवीय मानसिकता के बल पर वह जो संवेदनात्मक ऊँचाई और आत्मिक औदात्य दिखाता है, वह हमारे पश्चिमी रंग में रंगे या रंगने के इच्छुक मध्यवर्ग /उच्चवर्ग में मुश्किल से दिखता है। स्मिता और मारियाना में, हमने अमेरिकन महिला के विभिन्न रूप देखे और मारियाना के जर्नल द्वारा महिलाओं की जिजीविषा और घोर कर्मठता के भी दर्शन किए। अब मृदुला जी हमें भारत के आदिम वर्ग की नारी के संघर्ष की ओर ले आती हैं और उसके लिए, औपन्यासिक रूप में जो घटनाओं, स्थितियों, परिवेश का सृजन आवश्यक है, वह उन्होंने सफलतापूर्वक किया है। अमेरिका में बीस वर्ष बिता कर स्मिता अपने पति से विच्छेद कर भारत लौटती है। अपने जीजा की मृत्यु की ख़बर उसे मिली है, लेकिन उसके मन की घृणा और प्रतिहिंसा की भावना निःशेष नहीं हो सकी है। इसीलिए वह अपनी बहन से मिलने भी आती है जो उसमें मनःपूर्वकता नहीं है। स्मिता का बहन की अनुपस्थिति में नर्मदा से मिलना, कलात्मक कौशल की दृष्टि से आवश्यक है, क्योंकि इसी कारण वह अपनी बहन, जीजा एवं अन्य व्यक्तियों

के संबंध नर्मदा से असलियत का एक अन्य अनसोचा, अनुमानित रूप टीप सकी है। बहन नमिता का बीमार पति से बदलता व्यवहार, पति के प्रति उपेक्षा और दूसरे व्यक्ति से घनिष्ठ संबंध, बच्चों और पति को नर्मदा की निगरानी में छोड़ स्वच्छंद आचरण, उच्चवर्गीय अहंकार और नौकरों के प्रति हिक़ारत, यह सब खुल कर सामने लाने में, नर्मदा का माध्यम सशक्त था। वास्तविकता का एक महत्त्वपूर्ण आयाम यह है कि नमिता के घर के रईसी वातावरण में भले ही नर्मदा दस कप चाय सुड़कने की सीखे, टीवी देखने की लत में एक अनोखी दुनिया से दो–चार हो जाए, लेकिन वह अपनी मूल, नैतिक जीवन दृष्टि से कहीं समझौता नहीं करती। भले ही दोपहर की छुट्टी में किसी अपने वर्ग के व्यक्ति से प्यार करे लेकिन निःस्वार्थ प्रेम ईमानदारी, दया, सेवा, कर्त्तव्यनिष्ठा, दुर्बलों के प्रति प्रगाढ़ सहानुभूति जैसे मूल्यों से वह कहीं समझौता नहीं करती। जिस जीजा के प्रति साली स्मिता में बेहद नफ़रत है (एक तरह से मनोविकृति की सीमा तक घृणा है) उसी जीजा का एक बहुत ही अलग रूप नर्मदा के माध्यम से सामने आता है और इसमें नर्मदा के औदात्य और मानवीय सहानुभूति का शक्तिशाली परिचय मिलता है। कहीं–कहीं अपने अतीत से चिपकी रहने और नए नजरिए से देख न पाने की स्मिता की दृष्टि, नर्मदा के सहज मानवीय स्नेह के सामने संकुचित प्रतीत होती हैं। बीमार जीजा और उसके बच्चों से निकटता, अपनापा बना रहे, इसके लिए नर्मदा की कोशिशों के सामने, अपनी ही आत्ममुग्ध मानसिकता में रहने वाले और सभी बौने लगते हैं। इसीलिए पूरे घर पर, व्यवसाय पर, अपना अधिकार ज़माने वाला प्रदीप भी कहीं झुकता है तो नर्मदा के सामने।

लेखकीय सहानुभूति का दायरा इतना विस्तृत है कि स्वयं उच्चमध्यवर्गीय जीवन जीने वाली लेखिका ने चंद शब्दों में नर्मदा के जीवन का लगभग एक संपूर्ण चित्र खींचा है–''बचपन बड़े लोगों का होवे है। हम तो पैदा ही कमाऊ होवे हैं। चलो, जब तक माँ की छाती मुँह में रहे, समझ लो बचपन है।" फिर नर्मदा के बचपन की, उसकी दरिद्रता, कामकाज की निर्दय प्रणाली की एक बहुत करुण तस्वीर खींची गई है। ऐसा नहीं कि लगभग निरक्षर यह महिला दुनियादारी नहीं जानती। उसके जीवन में रत लेने वाले वर्ग की असलियत खोलती है नर्मदा, "अजीब बात है कि नहीं, चौराहे पर खड़ा बालक ख़ुद अपनी तक़लीफ़ का रोना रोए तो कोई सुनने को तैयार न हो। लालबत्ती पर गाड़ी रोकनी पड़े तो शीशे ऊपर चढ़ा लें। यों सामने देखे है जैसे अनदेखा करें से कान से सुनना भी बंद हो जावेगा। पर वो ही सब सुना–सुना के ये

दुहराएँगी तो वहीं अंधे बहरे लोग, पैसा खर्चा करके दुःख ख़रीदेंगे। हाय–हाय करके आँसू काढ़ने। उन्हें एक पैसा न देंगे, इनकी तरफ़ सौ–सौ के नोट" –इस प्रकार महीन धारदार व्यंग्य, लेखिका की पैनी नज़र और मानवीय विशाल सहानुभूति को उदात्त करता है। फिर यह रचना महज विचार–विमर्श तक सीमित न रह कर, मनुष्य जीवन के विमर्श तक विस्तारित होती जाती है। भारतीय समाज के वर्गीय सत्य का नंगा रूप नर्मदा के पूरे बयां में फैला हुआ है। इसी बीच नर्मदा के निजी जीवन की करुण गाथा पिरोई गई है, जिसमें यह दारुण सत्य छिपा हुआ है, ''कैसा भाई और कौन भर्तार? मेरा तो कोई अपना न हुआ।" नर्मदा के बचपन से लेकर बुढ़ाने तक (जो उम्र के लिहाज से भले ही बड़ी न हो) की यह करुण कथा उजागर होती चलती है, जिसमें उसके अपनी जात–बिरादरी की अमानवीय हरकतें भी शामिल हैं। अपने बेवकूफ परंतु सदैव हँसने वाले भाई से उसका लगाव, बड़ी बहन के साथ वाले संबंध में स्नेह और स्वार्थ का धूपछाँही खेल, जीजा के साथ बदलते रिश्ते की क्रूर–करुण गाथा, बहन के बच्चों के प्रति निःस्वार्थ प्रेम, इस सबके साथ नमिता के विकलांग पति और उपेक्षित बच्चों के प्रति उसकी महान मानवीय अकृत्रिम वात्सल्य भावना के जो दर्शन लेखिका ने कराए हैं, वे नर्मदा की आत्मा की विस्तारित होती जाने वाली औदात्य गाथा है। इसी के साथ असीमा और उसकी माँ के साथ नर्मदा के निश्छल मानवीय स्नेह संबंधों के कारण नर्मदा में होने वाले संस्कारों का विवरण भी नर्मदा के व्यक्तित्व को समृद्धि देता है। नमिता और असीमा–असीमा की माँ के संबंधों का विरोध लेखिका की वर्गीय सीमा में न अँटने वाली व्यापक सहानुभूति का परिचायक है। लेकिन नर्मदा की आत्मा का केंद्रवर्ती बिंदु था– उसका अपने परिवार वालों के प्रति आंतरिक लगाव। लेखिका ने चंद शब्दों में उसे आकारित किया है, "दर्जिन बीबी की बात और थी। वे समझती थीं कि लाख नर्मदा जीजा से भय खाए, उस घर से दूर उसकी ज़िंदगी सूनी थी। बहन, भाई, भांजे, वही तो थे उसके अपने, ज़िंदगी को मायने देने वाले थे। उनके पास रह कर नर्मदा खुश थी तो सिर्फ़ इसलिए कि उसे लगता था, उनके कारण वह अपनी ही नहीं, उन सबकी जिदंगी पलट कर रख देगी।" यह अपने परिवार के प्रति समर्पित भाव ही भारतीयता का मूल उत्साह है। इसे दर्जिन बीबी असीमा की माँ ही जानती है, क्योंकि वही भारतीयता, समूचे अपमान और अभाव के बावजूद, उसे भी जिदंगी की सार्थकता का एहसास कराती है। इस पारिवारिक स्नेह की गहरी वास्तविकता को समझने से ही नर्मदा और असीमा की माँ की

महानता का रहस्य खुल जाता है। लेखिका मृदुला गर्ग ने एक बहुत बड़े सत्य पर अपने कलाकार की उँगली रखी है। इसी कारण जीजा के प्रति स्मिता की शिकायत का नर्मदा की दृष्टि में विशेष महत्त्व न था, बल्कि उसकी दृष्टि में जीजा की "ज़रा बहुत छेड़खानी" को तूल दिया था स्मिता. ने। परिवार के प्रति प्रेम समर्पित नारी के मन में, बल्कि केंद्र में होता है। फिर वह नर्मदा का पगला भाई हो, जिस पर वह जान न्यौछावर करती थी या बालक के रूप में जी रहा अपाहिज, अपंग, फ़ालिज़ का शिकार, स्मिता का जीजा हो। इस लाचार,, बीमार के प्रति नर्मदा बार–बार वात्सल्य से उमंग जाती है। लेखिका मृदुला गर्ग ने उसका विलक्षण प्रभावपूर्ण चित्र कुछ शब्दों में उकेरा है, जो औपन्यासिक उदात्त शैली का सशक्त उदाहरण है। "साहब बेचारा क्या दिलासा देता, उसकी तो बानी छिनी पड़ी थी। बस टक लगा के मुझे ताक़ता रहवे था, आँखें पनिया जावे थीं... आँखों से आँसू निकल आते तो मैं धोती के पल्लू से पीछ डालूँ थी। कभी मन में जने क्या हूक–सी उठ आये थी कि मैं उसे कहानी या लोरी गाके सुनाने लगें थी। जैसे वो नन्हा बालक हो। अरे क्या मरद, क्या औरत वेबस, लाचार, परबस हो तो नन्हा बालक ही हुआ ना।. .. इस दुःखी जीव को बालक मान छाती से लगाने में क्या सरम और कैसी झिझक?" यह समूचा शब्द चित्र मातृत्व की उमंग का एक मानसिक, संवेदनात्मक दस्तावेज़ है। ऐसे ही दृश्य और प्रसंग उपन्यास की महत्ता को न केवल और रेखांकित करते हैं, बल्कि उसमें अक्षर साहित्य की ऊर्जा और गरिमाभर देते हैं। अक्षर–जो कभी समय के पैरों के नीचे धूमिल नहीं होते, नहीं मिटते। ऐसे कतिपय प्रसंग 'कठगुलाब' में समाविष्ट हैं, जो उसकी चिरंजीविता के शक्ति–चिह्न हैं। स्मिता की नज़र से जीजा का जो घिनौना रूप पाठक के मन में साकार हुआ था, वह नर्मदा की आँखों से पुनर्जीवित ही नहीं होता, कायाकल्प होकर शाश्वतता का स्पर्श पाता है–यह लेखकीय बहुदर्शिनी क्षमता का प्रमाण है। नर्मदा अगर नमिता को सुनाती है, "इस भरी–पूरी दुनिया में कोई न है तुम्हारा, इस नर्मदा के सिवा" तो पाठक को विश्वास हो जाता है कि इस महान् हृदय वाली नारी के पास ही वह निःस्वार्थ, मानवीय सहानुभूति है, जो संतान के रूप में न प्रदीप–जीजा के पास है न पत्नी के रूप में नमिता के पास। इसलिए नमिता की कटूक्तियों को सुनने और उसका घर छोड़ने का निश्चय करने के बाद जब वह कहती है, "इस भरी–पूरी दुनिया में कोई न है तुम्हारा, इस नर्मदा के सिवा" तब पाठक को पूरा विश्वास हो जाता है कि तमाम शिक्षित महानुभावों के तबके में यही एक निरक्षर परंतु संस्कारित चरित्र है, जो भारतीय

संस्कृति की आंतरिकता से भरा–पूरा है, समृद्ध है। यह समृद्धि पूरी शक्ति के साथ दिखाई है मृदुला गर्ग ने फिर यहाँ 'कठगुलाब' का वह खिलने वाला रूप प्रकट होना है–झनन झुम। झनन झुम।

नर्मदा निम्न श्रमकर वर्ग से आई है तो असीमा मध्यवर्ग के नारी विमर्श के प्रगतिशील विचारों से अत्यधिक प्रभावित होकर। नर्मदा का स्थायीभाव प्रेम है और जीवन मार्ग सेवा है, तो असीमा के जीवन का उद्देश्य पुरुष विरोध है। असीमा की किसी के प्रति सहानुभूति भी तब तीव्र होती है जब पुरुष के प्रति विरोध का अवसर उसमें हो। असीमा की माँ में भारतीय संस्कारों की संपन्नता है और भीतर गहरा संतोष–विपरीत स्थितियों के बावजूद भारतीय विवाह संस्कार की पवित्रता से वह अपने अंदर से जुड़ी है और पति द्वारा किए गए से भी। वे संस्कार प्रभावित नहीं होते। पति की कामपूर्ति वह अपनी आंतरिकता के विरोध में जाकर नहीं कर पाती और पति दूसरा विवाह कर लेता है तो उसकी वैवाहिक निष्ठा पर कोई आँच नहीं आती। वह पति से आर्थिक सहायता नहीं लेती और अपने और अपने बच्चों का आर्थिक भार खुद उठाती है। वह स्वाभिमानी ज़िंदगी जी रही है और चाहती है कि बच्चे उसी रास्ते पर चलें लेकिन पुत्र के स्वार्थी व्यवहार का विरोध भी नहीं करती तथा पुत्री की इच्छा के अनुसार पति से झगड़ा भी नहीं करती। लेकिन असीमा अपनी माँ के विपरीत, पुरुष वर्ग के प्रति गुस्से से भरी हुई है। इसीलिए स्मिता के जीजा को कराटे का वार चखाकर धराशयी कर देती है। स्मिता और असीमा दोनों मित्र हैं लेकिन दोनों के स्वभाव में विलक्षण अंतर है, जो भाषायी स्तर पर तथा स्वभावानुकूल प्रसंग–निर्माण में उभरकर आता रहता है। असीमा कहती है, "सच कहूँ मेरी समझ में आ गया है कि मुझे मर्दों को पीटने में ख़ास मज़ा आता था।" उसके मन में प्रश्न पैदा होता है, अगर मर्द औरत के बीच का रिश्ता शोषक शोषित का रिश्ता है तो क्या उसका विकल्प लैज्वियनिज्म है? क्या लैज्वियन के मन में बच्चा जनने की इच्छा नहीं होती? क्या औरत मर्द से सिर्फ़ इसलिए आकर्षित होती है, क्योंकि वह उसे बच्चा दे सकता है?" ये प्रश्न नारी विमर्श का सम्यक् रूप से चिंतन करते समय महत्त्वपूर्ण हैं लेकिन मृदुला गर्ग ने वे उठाए मात्र हैं, उनका औपन्यासिक अनुभव के भाग के रूप में विशेष चित्रांकन नहीं किया है। लेकिन असीमा के संदर्भ में सोचते हुए असीमा और भारतीय वैवाहिक संस्कारों को मनःपूर्वक स्वीकार कर चलने वाली उसकी माँ के विचारों मैं एक विलक्षण परिवर्तन हुआ दिखता है। वह इस बात पर सहमत है कि असीमा विपिन मजूमदार से शादी भले न करे, उसके साथ रह सकती

है। लेकिन इस संदर्भ में भी लेखिका ने विशेष चिंतन प्रस्तुत नहीं किया है। असीमा की माँ का सूनापन अवश्य संकेतित किया है, जिससे उसकी असीमा और विपिन मजूमदार के बिना विवाह के साथी जीवन जीने की इच्छा व्यक्त हुई है। लेकिन असीमा वैयक्तिक समस्याओं को लगभग अनदेखा कर सामाजिक समस्याओं में ही रुचि लेती है। यहाँ एक महत्त्वपूर्ण प्रश्न लेखिका ने उठाया है। वह है प्राथमिक शिक्षा पर खर्च करने के स्थान पर यूनिवर्सिटी में लड़कियों के लिए आरक्षण करने का, उच्च–मध्यवर्गीय महिलाओं का आग्रह। निश्चय ही इसके मूल में निहित वर्गीय स्वार्थ को असीमा बलपूर्वक रेखांकित करती है। असीमा और उसके आत्मकेंद्रित, स्वार्थी भाई के बीच का विरोध भी कुछ–कुछ नारी विमर्श के प्रति प्रतिबद्धता से अधिक उपजा लगता है। विपिन मजूमदार ने आंशिक रूप में इस स्थिति को संतुलित किया है।

विपिन मजूमदार अन्तिम प्रवक्ता है और चार नारियों के माध्यम से जीवन के अनेक रूप प्रस्तुत करने के उपरांत, विपिन मजूमदार जैसे चालीस वर्ष के प्रौढ़, परिपक्व, चिंतनशील पुरुष के द्वारा प्रस्तुति को पूर्णता की ओर ले जाना, संवेदनात्मक चिंतनपरक अनुभव को सम्यक् रूप देने की दृष्टि से आवश्यक भी था। (यहाँ सम्यक् पूर्णता की ओर जैसे शब्द कुछ व्यावहारिक रूप में ही प्रयुक्त हैं– पूरे अर्थ के सभी अनुषंगों को समेटने की दृष्टि से नहीं) यह पुरुष अनुभवी है, सेक्स के संबंध में विशुद्धतावादी नहीं है, स्वयं भी और नारी के संबंध में भी उसकी दृष्टि पारंपरिक शुद्धतावादी नहीं है। वह स्वीकार करता है, "सच कहना है जो सूक्ष्म भावानुभूति और उत्कट सौंदर्यबोध मुझे स्त्रियों में मिला, पुरुषों में कभी नहीं मिला।" इस पुरुष की मैच्युरिटी का पहला प्रमाण यह है कि वह स्त्री से परंपरागत दैहिक शुद्धता (जो पातिव्रत्य का एक रूप है) की माँग नहीं करता, अपेक्षा नहीं करता। इस संबंध में वह जो छूट अपने लिए लेता है, वह अपनी प्रेयसी / पत्नी / मित्र को देने को तैयार है। वह परंपरागत पुरुष अहंकार से ग्रस्त हो कर यह भी अपेक्षा नहीं करता कि गृहस्थी का कामकाज नारी की जिम्मेदारी है। इतना ही नहीं, पुरुष का परंपरागत अर्थार्जन का काम छोड़कर वह नारी की तरह, घर रह कर बच्चा पालने के लिए भी तैयार है।

उसे स्त्री–पुरुषों के स्थायी संबंधों में दिलचस्पी नहीं है। वह स्त्री के बारे में कहता है, "स्त्रियाँ चाहे जितनी भी शोषित, दलित क्यों न हों, तमाम उत्कृष्ट अनुभव–साधनों पर उनका एकाधिकार पुरुष को एकदम खाली, खोखला बनाकर छोड़ देता है।" उसमें एक अधिकार है–स्त्री का माँ बनने का एकाधिकार। उसी तरह स्त्री के बच्चा किससे हुआ है, यह जानने का

अधिकार पुरुष को नहीं है, स्त्री को ही है। स्तनपान कराने का एकाधिकार भी स्त्री के पास है। स्वार्थी से स्वार्थी स्त्री के पास निःस्वार्थ निःकलुष प्रेम कर पाने की सामर्थ्य है। इन्हीं सबके कारण "बेचारा पर निर्भर पंगु पुरुष अपनी अस्मिता सिद्ध करने के लिए इतनी उछल–कूद मचाए रखता है। दफ़्तर की प्रतियोगी उठा–पटक, लड़ाई के मैदान में शक्ति का प्रदर्शन। मनप्राण से तो वह स्त्री से जीत नहीं सकता।" यह समूचा स्त्री–महात्म्य, जो निस्सदिग्ध खरा–खरा है और तुलना में पुरुष की बेचारगी, कमज़ोरी और स्पर्धा जीतने की मक्कारी, यह लेखिका के चिंतन की गहरी क्षमता को उजागर करता है। लेकिन उसकी व्यंग्यात्मक ख़ासियत यह है कि यह सब एक प्रौढ़मना पुरुष से उगलवाया है। मृदुला गर्ग के समूचे लेखन में (इस उपन्यास के संदर्भ में) जौ मैच्युरिटी पैदा हुई है, वह इसी सर्व–आयामी चिंतनशीलता के कारण। लेकिन यह कहना थोड़ा अधूरा भी है। क्योंकि विषय के सभी आयामों को आयत्त करने के बाद भी मानस की एक संवेदनात्मक उदारता होती है, जिससे विरोधी पक्ष के प्रति एक सहानुभूतिपूर्ण स्वागत भाव, जो वैयक्तिक कटुता को संपूर्णतया धोकर मन को परिष्कृत करता है, आवश्यक होता है, जो लेखिका में है, तभी वह मैच्युरिटी अनुभव को समृद्ध करती है। 'कठगुलाब' में इसके मनोहारी दर्शन, स्थल–स्थल पर होते हैं– विपिन मजूमदार के प्रतिपादन में इसकी सुखद प्रतीतियाँ मिलती हैं। विपिन मजूमदार ने बच्चे को लेकर एक छोटा वक्तव्य दिया है–"ऐसे जीवन का कोई मूल्य नहीं है, जिसमें निःस्वार्थ निष्कलुप प्रेम का एक क्षण भी न रहा हो। और ऐसा महत् प्रेम केवल शिशु से ही किया जा सकता है।"...यह समूचा वक्तव्य किसी श्रेष्ठ नाटक के श्रेष्ठ स्वगत की ऊँचाई पर जाता है– "सच कहूँ आप मानें न मानें, आपकी मर्ज़ी, पर मुझे शैया–सुख की नहीं, केवल संतान की इच्छा उद्वेलित करने लगी थी। मेरे गर्भ होता तो मैं असीमा से उसमें बीज डालने को कह सकता था।" –पुरुष–विरोध करने वाली असीमा के प्रति उपजा यह प्यार भी विपिन मजूमदार की मेच्युरिटी का परिणाम है, क्योंकि शब्दों के तीखेपन के बावजूद, असीमा की पुरुष विरोधी वृत्ति और भाषा में विपिन मजूमदार, मूल तथ्य को देख सके, सत्य को पहचान सके– यह मैच्युरिटी है। इसी पुरुष विरोधिनी असीमा के मन में भी कभी माँ बनने की, उसकी स्वभावगत या संस्कारगत ललक उभर आई थी। उसका जैविक कारण हो सकता है, उसकी 'क्षणिकता' को भी स्वीकार किया जा सकता है, परंतु इस समूचे विश्लेषण में एक महत्त्वपूर्ण तथ्य निश्चय ही आलोकित होता

है अपने ख़ुद के बच्चे होने की स्त्री / पुरुष की गहरी आकांक्षा नारी–पुरुष संबंधों का तार्किक युगानुकुल विश्लेषण करते समय यह तथ्य भुला नहीं दिया जा सकता। जो ललक निरक्षर, अनपढ़ नर्मदा में थी और पगले भाई से लेकर बहन के बच्चों तक, नमिता के घर में माँ द्वारा उपेक्षित प्रदीप–नीरजा तक, छाया किए हुए थी। जो अपाहिज फ़ालिज़ से असहाय हुए जीजा के गू–मूत साफ़ करने, कड़ी चीज़ें अपने मुँह में चुभलाकर खिलाने में व्यक्त होती थीय अपने बच्चे होते तो बूढ़े पति के साथ निभा लेने की तैयारी में दिखती थी, जो बच्चों के लिए अपनी ज़रूरत ख़त्म होने पर बड़े घर की सुख–सुविधाएँ त्याग कर अलग हटने की प्रतिज्ञा में थी, वह नारी के मातृत्व का भवोदात्त रूप है। इसी संदर्भ में असीमा की माँ के परंपरागत मातृत्व धर्म को भी समझा जा सकता है। पति को त्याग कर उसने बच्चों के पालन की साँझी जिम्मेदारी के नाम पर पति से पैसा नहीं लिया और मातृत्व के कर्तव्य में कहीं कमी नहीं आने दी। 'कठगुलाब' में सृजन के दो रूप प्रखरता से प्रकट हुए हैं–कला–सृजन और मातृत्व। लेकिन लगता है, कला–सृजन एक महत्त्वपूर्ण परंतु मातृत्व की तुलना में कुछ दोयम दर्जे का रूप है। मैं विपिन जैसे पुरुष को इस प्रक्रिया में जोड़कर लेखिका ने मानव जीवन के मूलभूत के सार–तत्त्व की ओर सशक्त संकेत किया है। नारी विमर्श के संदर्भ में यह मूलभूत बिंदु उपेक्षित नहीं होना चाहिए।

यहीं पर एक और प्रश्न भी उत्पन्न होता है। यह केवल स्त्री की इच्छा नहीं है, पुरुष भी चाहता है कि उसका अपना बच्चा हो। "मेरे भीतर भी अचानक यह। मोह पैदा हो गया था, हमेशा से भीतर पल रहे मोह को मैंने अचानक पकड़ लिया कि बच्चा गोद लेने से मेरी संतुष्टि नहीं होगी। मुझे किसी स्त्री के माध्यम से ख़ुद अपनी संतान चाहिए। ऐसा बच्चा जिसके बारे में मुझे जानकारी हो कि मेरी ही संतान है।" यहाँ नीरजा प्रविष्ट होती है।

इससे पूर्व जो एक महत्त्वपूर्ण निरीक्षण और अनुभव है, वह स्मिता से संबंधित है। स्मिता में वह तिलिस्म देखता है। उससे डरता है। "हँसती वह खूब थी पर उसकी हँसी में मुझे वह शक्ति दिखलाई देती थी, जो दुःख झेलने की सामर्थ्य में से आती है। रह–रहकर मुझे उसमें अपनी माँ की छवि दिख जाती थी। मौका मिलने पर वह औरत एकदम मेरी माँ की तरह दुःख की साधना में निमग्न हो सकती थी, यह मैं भाँप गया था। ऐसी स्त्री से मेलजोल बढ़ाने में ख़तरा ही ख़तरा था। मैं जानता न था, कब वह अपनी दुःख शक्ति का प्रयोग कर बैठेगी, इसके शरीर से निकलती दुःख की विद्युत तरंगें मुझे भयभीत किए रहतीं।" यह पढ़ते हुए स्पष्ट हो जाता है कि विपिन मजूमदार

जैसे बंगाली चरित्र को मृदुला गर्ग क्यों ले आती हैं–ऐसे सूक्ष्म स्पंदन अनुभव करने की क्षमता बंगाली पुरुष में अधिक स्वाभाविक लगती है। अनेक स्थानों पर लेखिका ने विपिन में नारीत्व के दर्शन कराए हैं और असीमा में पुरुषत्व के माता की छवि से स्मिता विपिन के संबंध किस प्रकार आकारित हो रहे थे, इसका बहुत ही सूक्ष्म अंकन लेखिका ने किया है। स्मिता के बारे में विपिन यह भी अनुभव करता है, "सुंदर के रसपान के मामले में वह मुझसे इक्कीस थी, उन्नीस कदापि नहीं।" यहाँ स्मिता का अमेरिका जाने पर, तुरंत अनुभव किया प्रकृति सौंदर्य का अनुभव स्मिता–विपिन प्रथम भेंट में ही पाठक को मिल चुका है, जब निबोरी के सामने सौंदर्यानुभूति से समाधिस्थ स्मिता के चरण विपिन ने छुए थे।

यह निश्चित होने पर कि अपनी संतान की ललक एक मूलभूत चाह है, जिसके बिना जीवन निरर्थक लगता है, विपिन मजूमदार के सामने एक ही विकल्प के बचता हैं–किसी रजामंद बच्चा पैदा कर सकने वाली युवा लड़की से संबंध बढ़ाए। असीमा की उम्र ढल गई थी, स्मिता में माता के दर्शन होते थे। ऐसे समय नीरजा उसके जीवन में आती है। नीरजा में असीमा का कुछ–कुछ खुलापन, सेक्स को लेकर ग्रंथीहीनता थी और बड़ी उस के पुरुषों के प्रति आकर्षण था– पितृछवि की तलाश। विपिन को नीरजा में भी आंशिक रूप में माँ के दर्शन होते थे–कुछ–कुछ जैसे स्मिता में भी होते थे। इस समूचे जीवनचक्र में केवल एक फ्रॉयड नहीं होता, नियति भी कुछ हाथ बँटाती है। मृदुला गर्ग का वैशिष्ट्य यह है कि वह मनोविज्ञान की पोथियों को पढ़कर भी पोथीवादी नहीं बनी हैं, क्योंकि जीवन के भिन्न रूपों, गुत्थियों, व्यामिश्रता का संधान विशिष्ट पोथी से नहीं होता। लेकिन नीरजा को लेकर एक नया भँवर पैदा होता है। बच्चा पैदा करने का निश्चय तो वे करते हैं, लेकिन नीरजा में प्यार मुहब्बत, आवेग, ललक, महत्त्वाकांक्षा जैसी भावनाएँ उसके लिए गौण थीं। प्रमुख थी चुनौती। "मैं अच्छी तरह समझ चुका था कि बिना विवाह, मेरे साथ रहने के लिए भी, उसे प्रेम या आकर्षण ने नहीं, सामाजिक नियम–क़ायदों के निषेध ने प्रेरित किया था। तभी मैंने उसे छेड़ते हुए कहा, चुनौती।" 'कठगुलाब' की जिजीविषा विभिन्न रूपों में इन नारियों में दिखती है। यहीं से बच्चा पैदा करने के लिए उसने जो साइंटिफिक रास्ते अपनाए, उसका बड़ा ट्रेजिक परिणाम निकला। उसके व्यवहार की बढ़ती शुष्कता और यांत्रिकता से साफ़ ज़ाहिर था कि उसके साथ कुछ असुंदर और अवमाननापूर्ण घट रहा था, जो उसका तिलिस्म और रस सोख ले रहा था। प्रायः अपना आपा न खोने वाला विपिन मजूमदार भी नीरजा से कहता है, "मेरा स्पर्म फ्रीज़

करवा कर रख लो। जब सुविधा हो, इस्तेमाल कर लेना।" ख़ुद विपिन कहता है, "तिरस्कार से तिक्त ऐसे असभ्य शब्द बोलते मैंने ख़ुद को पहले कभी नहीं सुना था।" यह टेस्ट और निश्चित तारीख पर संभोग करने की यांत्रिकता एक अति थी, विकृति ही थी। नीरजा का यह रूप उसके लिए भयानक हो गया था–''वह स्त्री नहीं, मशीन बन चुकी थी। न पीड़ा दे सकती थी, न ले सकती थी।"

'कठगुलाब' पढ़ते समय बार–बार लगता है, हम जीवन का कोई अंतिम आदर्श रूप निश्चित नहीं कर सकते, अपनी–अपनी ताक़त, प्रवृत्ति, वृत्ति, सोच–सब की सीमाएँ हैं और जीवन में नियति भी कुछ कम खेल नहीं खेलती। "यह लेखकीय खुली दृष्टि का प्रमाण है।" अंततोगत्वा यह 'कठगुलाब' की जिजीविषा ही है, जो आत्महत्या या निरर्थकता से उपजी चरम निराशा में पुनः–पुनः मनुष्य को कार्यरत करती है–बहुत समस्याएँ हैं और रास्ते भी। अंततोगत्वा मध्यवर्ग को अपनाकर, अपना–अपना चुनाव करना पड़ता है। स्मिता, असीमा, नीरजा इसीलिए गोधड़ा की ओर उन्मुख होती हैं। वास्तव में निम्न वर्ग से आई नर्मदा ने बुद्धि से सोचकर नहीं, अपनी आंतरिकता से इंटयूशन पाकर अपना रास्ता चुना था–सेवा का, जिसमें उसका मातृत्व सार्थकता पाता है। कुछ यही रास्ता शिक्षित तबका भी स्वीकार करता है –गोधड़ का। यहाँ प्रेमचंद का आदर्शवादी रुझान भी स्मरण होता है। लेकिन प्रेमचंद और मृदुला गर्ग में एक अंतर है। 'कठगुलाब' का गोधड़ प्रेमचंद के आश्रम से, आदर्शवाद से अधिक आंतरिक है। स्मिता, असीमा, असीमा की माँ, नर्मदा सब महिलाएँ पुरुष की बर्बरता, आत्मकेंद्रिकता से भीतरी घाव पाकर अपमानित हुई हैं, दुखिया हैं और उनका 'गोधड़' जीवन की सार्थकता की तलाश में अंदर से निर्मित हुआ है। कहीं भी गहरे सामाजिक, राजनैतिक वातावरण का प्रभाव वहाँ नहीं है। विपिन को भी जाने–अनजाने नीरजा के तार्किक और वैज्ञानिक अतिवादी हठ का आघात लगा था। "पर नीरजा मेरे लिए माध्यम या औरत नहीं, एक मोहक व्यक्तित्व थी। अपनी अस्मिता, पैशन, आकर्षण, लावण्य सब खोकर, उसका एक साफ़–सुथरी, चिकनी, निपुण मशीन बनते जाना नाक़ाबिले बर्दाश्त था। देखता तो महसूस होता था, उसके अवयव, कलपुर्जों से ज़्यादा कुछ नहीं हैं और उसका दिमाग़ उनका रख–रखाव करने वाला यंत्र है, जिसकी जानकारी देने की भाषाभर उसे आती है, और कुछ नहीं जानता हूँ जीवविज्ञान में प्राणी मात्र की यही परिभाषा है। पर हम प्राणी मात्र को नहीं, व्यक्ति को सहचर चुनते हैं।... अगर आकर्षण का स्थान

साहचर्य ले ले, तब भी काफ़ी कुछ मूल्यवान बचा रहता है। पर जब सायास, निर्भय बनकर अपने बारे में बेबाक् जानकारी दी जाती है तो न तिलिस्म बचता है और न साहचर्य पैदा होता है। "विपिन–नीरजा के संबंधों का यह यांत्रिकीकरण, एक भयावह घंटा है, जो अति वैज्ञानिकता, तार्किकता के परिणामस्वरूप आने वाले मनुष्य संबंध का, जिसमें कुछ तिलिस्म है, आकर्षण है, गला घुट जाता है। विपिन भी अपनी सार्थकता की खोज में गोधड़ गाँव जाने का निर्णय कर लेता है। असल में देखा जाए तो यह वही रास्ता है, जो अनपढ़, गँवार नर्मदा ने अपनी सहज प्रेरणा से चुना था और जिसकी मूल उस भारतीय समाज की परिवार व्यवस्था था। अनेक दोषों के बावजूद, इस व्यवस्था में आदमी कुछ देने के, बाँटने के, सहजीवन के पाठ को आंतरिकता से सीखता है। यह भी महत्त्वपूर्ण है कि गोधड़ में असीमा को मिलने वाली सफलता में स्मिता का योगदान अधिक था, क्योंकि "स्मिता ने चुपचाप बिना शोर–शराबे, एकदम सहज, स्वाभाविक ढंग से, पेड़–पौधों, प्रकृति, पर्यावरण को अपना हमसफ़र बना लिया था। प्रकृति और परिवेश के सामंजस्य में आस्था रखने वाला उनका स्वभाव, गाँव की आदिवासी औरतों को अपना–सा लगा था।" गाँव के समाज से घुल–मिलने का यह महत्त्वपूर्ण गुर अपनाए बिना, उस समाज का साथ पाना असंभव है। गाँव के बदलाव का पूरा विवरण भी ग्रामीण वास्तविकता की भित्ती पर मज़बूती से खड़े होकर किया गया है। इसीलिए स्मिता गाँव को कुटंब की नज़र से देख सकी। यह 'कुटुंब' शब्द मेरी राय में एक केंद्रीय मुद्दा है, क्योंकि भारतीय समाज की वह मूलभूत वास्तविकता है। मृदुला गर्ग ने उसका बड़ा शक्तिशाली विवेचन किया है– औपन्यासिक अनुभव की शर्त पाल कर। जाते–जाते वन विभाग पर टिप्पणी भी दृष्टव्य है– "वन विभाग की न तर्क में दिलचस्पी थी, न वन उगाने में। उसे केवल खाना–पूर्ति करनी थी।" इसका भी संबंध हमारी उच्चवर्गीय मानसिकता से है, जो हमारे शिक्षा केंद्रों में उपज रही है–समाज से दूर, भाषा, जीवनमान सब मामलों में। 'कठगुलाब' का समूचे औपन्यासिक अनुभव के ताने–बाने में स्थान अंत तक बरकरार है। दृष्टव्य यांत्रिक होकर निर्णय करने वाली नीरजा अंत में अपनी बीमार, बूढ़ी, असहाय माँ नमिता ठगे अपने घर ले गई थी यह ख़बर भी उपन्यास के केंद्रीय चरित्र नर्मदा से विपिन को मिली थी। यह विपिन के लिए कुछ–कुछ अपनेक्षित ख़बर भले हो, भारतीय मानस की गहरी पहचान रखने वाले व्यक्ति के लिए अनपेक्षित नहीं थी। नर्मदा की मानसिक ऊँचाई का जो अनुभव उसके प्रेमी को पैसा देकर भागने के लिए मज़बूर करने वाले असीमा के भाई को क्षमा करने में दिखा था:

कुछ वैसी ही ऊँचाई यहाँ भी दिखती है, जब नमिता को अपने साथ ले जाने का निश्चय वह करती है। और विपिन की प्रतिक्रिया भी दृष्टव्य है, "वाकई उसे खुशी हुई थी। यंत्र खुद अपना खंडन करे, इससे हर्ष की बात क्या हो सकती है। विपिन तो सपना देखता है कि हर शाखा पर हज़ार–हज़ार 'कठगुलाब' उग आए।" संवेदनात्मक चिंतन और चिंतनपरक संवेदना, शक्तिशाली भाषा में व्यक्त हो तो काव्यात्मक अनुभव का गहरा प्रभाव पाठक को अलग मनोवस्था में पहुँचा देता है–बहुत क़ीमती। 'कठगुलाब' में ऐसे गद्यकाव्य के उदाहरण स्थान–स्थान पर मिलते हैं। दुःख की निस्सीम शक्ति सेभर कर विपिन गोघड़ जाने का संकल्प करता है तो, अंत में, यहाँ क़ीमती अनुभव पाठक को मिलता है–प्रस्तुत प्रसंग में भी और समूचे उपन्यास में भी। अपने को निःशेष भाव से समर्पित करने से ही वह शक्ति मिलती है। दुःख की निस्सीम शक्ति, जिसमें बंजर ज़मीन पर 'कठगुलाब' की झाड़ी उगने की संभावना है– स्मिता, असीमा, नर्मदा, नीरजा (भी) सब इस निष्कर्ष पर जाने–अनजाने आ जाते हैं।

यह उपन्यास कुछ जीवन चरित्रों के निखार और परिष्कार की, उनके आपसी उलझे संबंधों की, उनके वैयक्तिक दुःख–दर्द की और उस दुःख–दर्द के विराट में घुल कर ऊर्जा और प्रकाश पाने की, उस ऊर्जा और प्रकाश को समाज में बाँटने की प्रक्रिया को मूर्त करता है। यह उपन्यास भारतीय संस्कृति और परिवेश के साथ वैश्विक परिवेश को भी समेटने का सफल प्रयास करता है। मारियाना द्वारा बताई नारी की व्यथा–कथा, नारी के चिरकाल के शोषण, दमन, अनवरत परिश्रम और प्रचंड जिजीविषा की त्रासद कथा है, तो नर्मदा द्वारा बताई गई भारतीय श्रमज़ीवी विराट वर्ग की व्यथा, उसकी आत्मिक शक्ति के औदात्य से भारत के उज्ज्वल भविष्य के प्रति आश्वस्त करती है। लगता है, भारत की नारी शक्ति असीमा को स्मिता की विनम्र सहचरी बना कर, असली भारत की खोज के लिए गाँव–गाँव जाएगी और अब कुटुंब में पली नीरजा भी अपनी आत्मिक सामर्थ्य की खोज में सफल होगी। असीमा और प्रदीप जैसे आत्मकेंद्रित पुरुष भले ही ऐश्वर्य के सुवर्ण मृग के पीछे दौड़ते जाएँ, विपिन मजूमदार जैसे पुरुष भी होंगे, जो नारी शक्ति की सही पहचान ही नहीं करेंगे, नारी शक्ति के सामने नत–मस्तक होकर 'गोधड़' के विकास में अपने वैयक्तिक दुःख को दूर रखकर, अथवा उससे आत्मिक शक्ति पाकर मनःपूर्वक योगदान करेंगे। नारी की सीमाओं के साथ उसकी सामर्थ्य का बहुआयामी, निष्पक्षपाती, ऊर्जस्वी चित्र आँकने में मृदुला गर्ग को निश्चय ही सफलता मिली है। 'कठगुलाब' को पढ़ते समय नारी की जिजीविषा के होने वाले भवोदात्त दर्शन निश्चय ही पुरुष वर्चस्ववादी समाज में मूल्यवान हैं।

'कठगुलाब' के पात्र अपनी कथा ख़ुद कहते हैं

–महेश दर्पण

'सदा सच बोली', कहना कितना आसान है और हमेशा, एक भी विचलन के बग़ैर, सच बोलने वाले पात्र को सहज, जीवंत, प्रामाणिक बनाना कितना कठिन, सभी जानते हैं। उपन्यास लिखना शुरू नहीं होता कि पात्र प्रमुख हो जाते हैं, लेखक गौण चाहता तो लेखक 'स्व' को अभिव्यक्ति कर देना है, पर करना उसे विसर्जित पड़ता है। अन्य को भीतर समाहित करके ही, उसकी जीवन–गाथा कही जा सकती है। और उसके लिए अहम् का अतिक्रमण करना पड़ता है।' उपन्यासकार मृदुला गर्ग जब यह कहती हैं तो उनके रचनानुभव का एक विशेष हिस्सा हम तक सम्प्रेषित हो रहा होता है। नया उपन्यास 'कठगुलाब' पढ़ते हुए उनका यह कथन मुझे बराबर याद आता रहा। पात्र यहाँ अपनी कथा ख़ुद कहते हैं तो इसका मज़ा भी अलग ही है। 'मैं और मैं' के बाद मृदुला गर्ग का उपन्यास 'कठगुलाब' लंबे समय बाद प्रकाशित हुआ है। इससे पूर्व उनके उपन्यास 'अनित्य' और 'चित्तकोबरा' ख़ासे चर्चित रहे हैं। विविध कथाभूमियों को अपने ही तरीके से सामने रखने की गर्ज़ से मृदुला गर्ग के विचार–प्रधान उपन्यासों का हिंदी में अलग ही महत्त्व है। 'कठगुलाब' इस दृष्टि से एक गंभीर और उद्वेलित करने वाली रचना है।

इस उपन्यास में पात्रों के नाम के शीर्षक वाले पाँच अध्याय हैं और हर एक में पात्र अपनी कथा कहने के बहाने एक तरह से उपन्यास की कथा को ही आगे बढ़ाता है। पहले अध्याय में अपनी कथा कहती स्मिता है। बीस बरस बाद घर लौट रही (?) स्मिता की आत्मकथा में अतीत की स्मृतियाँ हैं और जीवन के कटुता अनुभवों का संसार भी। कुंठाजन्य स्मृतियों की गाँठ भी है, जहाँ एक स्त्री दूसरी स्त्री को और कमज़ोर कर डालती है तो कहीं दिखाती है अपने? पैरों पर खड़े होने का रास्ता भी।

बहन नमिता के घर से बड़ौदा के लिए निकल कर कानपुर पहुँच जाने

वाली स्मिता बाद में अमेरिका भले ही जा पहुँचती है, लेकिन उसके भीतर बलात्कार के बाद जो गाँठ पनपती है, वह अंत तक ख़त्म होने का नाम नहीं लेती। यहाँ तक कि उसे फिर तेज़ रोशनी और बड़े आइनों से नफ़रत हो आती है। इस अजनबी अकेलेपन के बीच रहने को मज़बूर इस युवती के साथ बचपन की कच्ची पक्की स्मृतियाँ, कुछेक घटनाएँ व चीज़ें बराबर साथ रहती हैं। इनमें सबसे ऊपर है कठगुलाब। समय के साथ–साथ उसके भीतर पनप कर क्या बड़ा होता जा रहा है, यह उसे साइक्याट्रिस्ट जिम ज़ारविस बताता है। 'उसके भीतर डर था, क्रोध था, अशांति थी, संशय था, संवेदना थी, बुद्धिजीवी दंभ भी था पर अपराधबोध कतई नहीं था।' ज़ारविस के लिए ग्रह अचंभे में डालने वाली बात इसलिए थी कि उसके विचार में हर व्यक्ति में कहीं–न–कहीं अपराधबोध ज़रूर होता है। स्त्री में तो और भी ज़्यादा। इस पुरुषसत्तात्मक सोच को क्या कहें?

लेकिन स्मिता एकरेखीय चरित्र नहीं है। वह जिम ज़ारविस पर विश्वास करते हुए भी यदि स्वयं से कुछ पूछती है तो इसके बाक़ायदा मनोवैज्ञानिक कारण हैं : ...वह ख़ुद से साक्षात्कार नहीं करना चाहती। एक बार कर ले, तो आइनों और रोशनी के बल्बों से, उसका डर ख़त्म हो जाएगा। क्या सचमुच?. .. तेज़ रोशनी मेरे भीतर जो ज्वाला धधका देती है उससे ज़ारविस मुझे मुक्ति दिला पाएगा? उसे साइक्याट्रिक उद्योग के टिके रहने के तर्क के बारे में सोचना पड़ता है तो इसके आधार भी अमेरिकी समाज की समस्याएँ हैं।

स्मिता अपने भीतर हरदम एक लड़ाई लड़ती रहने को मज़बूर स्त्री है। शादी के बाद ज़ारविस के बहुत क़रीब आकर भी जब उसे यह सुनने को मिलता है कि तुम्हारे भीतर अपराधबोध क्यों नहीं जगता, तो जैसे और पश्चिम के बीच एक तुलनात्मक अध्ययन ही प्रारंभ हो जाता है।

इस दृष्टि से स्मिता के संवाद बड़े महत्त्व के हैं। एक जगह वह कहती है– 'हम पुरानी संस्कृति के लोग, बोलकर, अपने को दूसरों पर खोलते नहीं बल्कि और गहरे छिपने के लिए किले बनाते हैं... हमें सिर्फ़ चुप्पी के दौरान पाया जा सकता है। अमेरिकनों के पास दो–चार जुमले होते हैं, वे उन्हें हर स्थिति में दुहरा देते हैं। इट इज़ अनविलीवेबल। इट इज़ इनक्रेडिबल। या आई लव कोक, आई लव लो फैटे बटर, आई लव यू। पर हम किसी हाल में शरबत या मक्खन से प्यार नहीं कर सकते। जिससे करते हैं, उससे कह नहीं सकते।'

स्त्री, पुरुष के संबंध को यह आत्मकथा पूरे एक्सपोजर के साथ सामने

रखती है। यहाँ निष्कुंठ खुलापन है जिसमें स्मिता अपने साथ ही ज़ारविस के पुरुष को भी खोलती चली है। ज़ारविस जहाँ उससे अद्भुत 'ऑरगेस्म' चाहता है वहीं स्मिता की चुप्पी उसे परास्त करती रहती है। ऐसे में ज़ारविस हिंसक हो उठता है। स्मिता यहाँ दरअसल प्यार के नाम पर मनोविश्लेषक का माध्यम बनना नहीं चाहती। ज़ारविस उसे साइकोपैथ कहकर हिंसक आक्रमण कर डालता है।

कहानी ऐसे में हमें 'रिलीफ फॉर 'एब्यूस्ड वीमेन' के कार्यालय ले जाती है। यहाँ स्मिता को स्त्री शक्ति की सामर्थ्य का एहसास तो होता ही है, जिम ज़ारविस के प्रतिशोध की भावना से भरी उसमें गहरा आत्मविश्वास भी पैदा होता है। यही आत्मविश्वास है जो स्मिता में ज़ारविस के प्रतिशोध को और गहरा देता है।

ख़ास तरह का तनाव इस कथा में बराबर बना रहता है। क्या उसका प्रतिशोध सिर्फ़ ज़ारविस के प्रति है? शायद नहीं। जीजा की दी हुई कुंठा लिए जो स्मिता घर से निकल, अमेरिका जा पहुँची थी, उसे वहाँ भी वही आत्मकेंद्रित मर्द मिलता है जो उसे भोगना हो नहीं चाहता, भीतर से भी नंगा कर देना चाहता है। लेकिन, जैसा मैंने शुरू में कहा, यह कथा एकरेखीय चरित्रों की नहीं है। दूसरे अध्याय में मारियाना अपनी कथा नैरेट करती है जो स्मिता को 'रॉ' में मिली थी। स्मिता के ठीक विपरीत मारियाना मर्द को एक ही खाँचे में डालकर नहीं रखती। विचित्र संयोग है कि इसके साथ ही असहज स्मृतियों का जीवन है। पिता जार्ज एंडरसन, माँ वर्जिनिया और सौतेली माँ। नियति का महाछल भुगतती मारियाना अपने पति इविंग की दास्तान से पहले अपना अनचाहा अतीत सामने रखती है। पति के बहाने अमेरिकी समाज का एक सच उघड़ता चला जाता है। लेकिन ठहरिए, पहले आप मारियाना से तो परिचित हो लीजिए, यह अलग ही तरह की है।

मारियाना समाजशास्त्री तो है ही, यह भी जानती है कि हर औरत एक पूरे समय और समाज का प्रतिनिधित्व करती है। लेकिन वह यह भी समझती है कि उसकी तरह हर औरत, औरों से कुछ अलग एक विशिष्ट प्राणी है। और कथा बताती है कि यह सब ग़लत भी नहीं। जब वह इविंग को रूथ, रौक्जॉन, एलेना और सूजन के बारे में अपने जरनल से पढ़कर सुनाती है तो वह हत्प्रभ रह जाता है। लेकिन मर्द की चालाकी यहाँ भी उपन्यासकार की नज़र पकड़ ही लेती है कि इविंग बावजूद इसके कुछ ज़ाहिर नहीं होने देता।

अपने ही पति से छली जाती है यह औरत भी। 'वूमेन ऑफ द अर्थ'

छपकर आता है तो मारियन उसमें लेखक की जगह सिर्फ़ इविंग का नाम देखकर दंग रह जाती है क्योंकि उपन्यास रचे जाते वक़्त उसे पूरी तरह धोखे में रखा गया था यह कहकर कि उपन्यास दोनों के नाम से छपेगा। कथा के बीच से ही अनायास स्त्री के जीवन का सच उभरता है : 'ए वूमेंस वर्क इज़ नेवर डन।'

मारियाना को जो मोहभंग होता है, वह उसके लिए असह्य तनाव लेकर आता है। उसे प्रतीत होता है जैसे इविंग ने उसके शिशु का ही अपहरण कर लिया है। यह एक अलग ही तरह का बलात्कार था जिसमें रचना के सुख के लिए पति उसे के इस्तेमाल कर ले जाता है।

स्मिता और मारियाना में समानता नज़र आने लगती है। वर्तमान के साथ–साथ 'कठगुलाब' के पात्र अपनी कथा ख़ुद कहते हैं मारियाना का अतीत भी चलता है। रचनात्मक प्रतिशोध के चलते मारियाना अपने नाम से उपन्यास लेखन शुरू कर देती है तो स्मिता ज़ारविस को सजा दिलवाकर हिंदुस्तान लौट जाना चाहती है। लेकिन दोनों के साथ हुआ क्या? स्मिता अपना मुकदमा हार गई और मारियाना मूल सर्जक होकर भी आलोचकों की नज़र में इविंग व्हिटमैन के प्रभाव में आई रचनाकार ही मानी गई। स्त्री समाज पर पुरुष का यह चुपचाप ढाया जाने वाला कहर परदे के पीछे ही रहा। ग़ौर से देखा जाए तो यही इस उपन्यास का मूल सरोकार भी है। रचनाकार परतों के नीचे दबे न दीख सकने वाले सच को ही उभर कर दिखाना चाहता है। ज़ाहिर है इनमें अधिकांश स्त्री जीवन के सच हैं।

स्मिता और मारियाना दोनों का वर्ग एक ही है, अंतर है तो भारतीय और अमेरिकी होने का। पीड़ा–तक़लीफ़ में कहीं कोई फ़र्क नहीं। लेकिन तीसरे अध्याय में परिचित होने वाली नर्मदा का वर्ग यह नहीं। वह स्मिता की बहन की नौकरानी है। बहन की अनुपस्थिति में आकर स्मिता उसे कुरेद–कुरेद कर उसकी ज़िंदगी का सच उगलवाना चाहती है, लेकिन स्मिता और उसकी बहन की ज़िंदगी की परतें उघाड़ती चली जाती है नर्मदा। आम नौकरानी–सी सीधी–सरल नहीं है वह। स्मिता की चाल वह भाँप जाती है–'चाय तो पिला दूँगी पर इत्ती आसानी से इसके काग़ज़ काले न कराऊँगी। जो पैसा मिलेगा उसमें से आधा घरवा लूँगी, समझे क्या है।'

नर्मदा के वृतांत में भी एक जीजा है जो उसका इस्तेमाल करना चाहता है। बचपन की स्मृतियाँ हैं। चूड़ी के कारखाने की दास्तान है, ठाकुर है, कमज़ोर पड़ जाने पर काम की न रही नर्मदा है और इसके बाद फिर शुरू

हो जाने वाला कोठियों में उसका काम है। नर्मदा बचपन से अलग ही किस्म की लड़की है। उसने ख़ुद अपने लिए कभी माँ का सपना नहीं देखा। जब देखा बावले भाई के लिए देखा। भाई की स्मृतियाँ नर्मदा के साथ बनी रहती हैं। यह प्रसंग उसे अतिरिक्त संवेदनशील बताता है।

बदलाव आता है नर्मदा में तब जब वह असीमा और दर्जिन बीबी से मिलती है। वह भी इसलिए कि असीमा लोगों को उनके हक़ के बारे में बताना चाहती है। वह जानती है कि हर किसी को अपने हक़ के बारे में समझ नहीं होती।

इस उपन्यास की रफ़्तार यहाँ अपने ढंग से बदलती रहती है। स्मिता की कई सिटिंग्स में नर्मदा की कहानी धीरे–धीरे खुलती है। पिछली कहानी से जुड़कर यह कहानी बताती है कि मर्द हर वर्ग का एक जैसा होता है। वह स्त्री को भोग्य ही समझता है। क़िस्से के बीच क़िस्सा उभरता चलता हैं और उपन्यास अपनी गति निर्बाध पकड़े रहता है। नर्मदा अपने साथ स्मिता की बहन के परिवार के ही नहीं अपने भी साथ के, नए–नए पात्रों की दास्तान बयान करती चली जाती है।

दूसरे की कथा पूरे धैर्य के साथ स्मिता सुनती है तो इसकी वजह है उसकी ज़िंदगी में अपने ही अक्स देखना। उधर नर्मदा भी स्मिता की ज़िंदगी में अपना–सा कुछ तलाश ही लेती है–'न बालक भया, न भर्तार। मेरी तरह छूछी की पूँछी है, इकली अनाथ।' लेकिन नर्मदा के सामने स्मिता और उसकी बहन नमिता के कद छोटे लगने लगते हैं। विपरीत परिस्थितियों में भी वह अपने हाथ के काम के दम पर अकड़ से रह लेती है। नमिता की हर ऊटपटाँग बात को सुन लेने के लिए तैयार नहीं है। ज़िंदगी में वह भी बहुत कुछ देख जो चुकी है। उसकी शादी जीजा से हो जाती है। आदमी के बारे में विचार करने का नर्मदा का तरीका बड़ा तर्कशील है– 'कोई आदमी क्या पूरा का पूरा अच्छा या बुरा हो सके है। मेरे राच्छस जीजा को ही लो, अपने बेटों के लिए तो अच्छा ही साबित हुआ, पापी।'

असीमा इस उपन्यास का एक मज़बूत चरित्र है। मर्दों से सख़्त नफ़रत रखने वाली क्यों बनी असीमा? इस प्रश्न के उत्तर की ज़मीन बनाता है उसका पिता माँ उसकी ऐसी स्त्री है जिसका हर तर्क फीमेल है। वही बेटी को बताती है कि उसके पिता ने दूसरी शादी इसीलिए की क्योंकि वह हर वक्त उसके पिता की भूख मिटाने के लिए तत्पर नहीं रहती थी। देह प्रदर्शन के ख़िलाफ़ इस माँ का सिद्धांतवाद भी असीमा के मन में एक मज़बूत गाँठ बना जाता

है। पति द्वारा दूसरी शादी कर लेने पर असीमा की माँ का छाती ठोंककर यह एलान कर देना मायने रखता है–'मेरे सिद्धांत मुझे ऐसे पति से एक पैसा लेने की इज़ाजत नहीं देते, जो किसी और का पति बन चुका हो।'

हाथ के हुनर के सहारे माँ को अपने पैरों पर खड़े होते ही नहीं, परिवार को पालते भी देखा है असीमा ने।

असीमा के भीतरं गाँठ पिता और भाई के कारण भी है। वह पिता के बाद नंबर दो हरामी अपने भाई को मानती है। ऑक्सफोम, यू.एम.ए. की दिल्ली शाखा में काम करने के कारण उसकी मुलाकात स्मिता से होती है तो पुरानी चीज़ें फिर से याद हो आती हैं। यह वही असीमा है जिसने अरसा पहले स्मिता में जमकर आत्मविश्वासभर दिया था। और सचमुच फिर स्मिता जीजा का घर छोड़कर निकल भागी थी।

अलग–अलग स्तरों पर यह उपन्यास कई जगह यह स्थापित करता है कि जब तक स्त्री अपनी लड़ाई के लिए खुद आगे नहीं आएगी, उसे शोषण से मुक्ति नहीं मिलेगी। और यह भी कि हर स्त्री में होता है लड़ने का माद्दा, बस उसे जगानेभर की देर होती है। नर्मदा के प्रसंग में असीमा की भूमिका उल्लेखनीय है। हिम्मत आ जाने के बाद की नर्मदा की भाषा ही बदल जाती है–'फिर कभी इस घर में आने की हिम्मत की तो टाँगें तोड़ के सड़क पर फेंक दूँगी। भडुए, अपनी बीबी के पल्लू में जा के सो। मैं तेरी रखैल न थी, तू मेरा रखैल था।'

जीजा के प्रति उसमें यह महज भाषिक आक्रोश नहीं है। भीतर से हिम्मत आ जुटती है नर्मदा में और इसका आधार है असीम।

फेमिनिस्ट होते हुए भी असीमा में तर्कशीलता ही है जो उसे अलग करती है। वह अपने बारे में ही नहीं सोचती। स्मिता और नर्मदा के बारे में विचार करते हुए जैसे समूची स्त्री जाति पर विचार करती है–स्त्री का मनोग्रंथियों से मुक्त होना ज़रूरी मानती है असीमा। स्मिता ऐसा नहीं कर पाई, इसका उसे दुःख है। और तो और, उसे दिखावटी कामों में भी कोई दिलचस्पी नहीं अपना प्रतिशोध वह महिला आंदोलनकारियों के बीच भी दर्ज कराने से नहीं चूकती– 'आँकड़े बताते हैं कि एशिया में कुछ औरतों की जो हैरतअंगेज तरक्की हुई है, वह बाक़ी औरतों के कंधे पर चढ़कर हुई है। आप उस यथास्थिति को बनाए रखना चाहती हैं क्योंकि वह आपके हित में है।'

असीमा ही है, जिसके चलते उसकी माँ में जबर्दस्त सोच का बदलाव आ जाता है और वह विवाह किए बग़ैर भी असीमा को विपिन के साथ रहने को

कह बैठती है। अपनी चिता की आग भी वह असीमा से दिलवाना चाहती है।

असीमा ही वह प्रारंभिक अध्याय है जहाँ नर्मदा, स्मिता और नमिता के जीवन का नितांत मैथ्लक विमर्श संपन्न होता है। स्त्री अपने बारे में ख़ुद सोचने की हैसियत पैदा करती है।

पुरुष तो इस उपन्यास में और भी आए हैं, लेकिन उनकी अहमियत विपिन से ज़्यादा नहीं। विपिन के ही नाम समर्पित है 'कठगुलाब' का अंतिम अध्याय। विपिन का होना ही विचारों की आवश्यकता हो सकती है। मसलन विपिन खुलेतौर पर यह स्वीकारने वाला पुरुष है कि 'उत्कट भावानुभूति मुझे पुरुष में नहीं, स्त्री में मिलेगी, इसीलिए मैं स्त्रियों का साथ ढूँढ़ा करता था पर केवल ऐसी स्त्रियों का, जो स्थाई संबंध बनाने में दिलचस्पी न रखती हों, जो पूरी तरह से आत्मकेंद्रित और तर्कशील हैं।'

उत्कट अनुभव साधनों पर स्त्री के एकाधिकार का प्रश्न उठाने वाला संभवतः यह हिंदी कथा साहित्य का अब तक का अकेला चरित्र है। पुरुष के लिए उसकी आत्म–स्वीकार की शैली अद्‌भुत है– 'मन प्राण से तो वह स्त्री को जीत नहीं सकता, इसलिए दैहिक–भौतिक उपलब्धियों की प्राप्ति में अन्य पुरुषों को हराकर, स्त्रियों को हराने का अभिनय करता रहता है। ठीक इसके विपरीत उसमें असीमा को देखकर जो भावनाएँ उमड़ती हैं वे पुरुष जगत की एक अलग धारा की फंतासी सामने रखती हैं– 'सबसे पहले उसी को देखकर, मरे मन में यह इच्छा पैदा हुई थी कि काश, मैं गर्भ में बीज धारण कर सकता। ऐसा होता तो असीमा को निमित्त बनाकर, एक बच्चे को अवश्य जन्म देता।' उसमें यह विचार इतना गहरा है कि कथा में इसका दुहराव भी होता चला है। असीमा के प्रति उसमें ऐसा आकर्षण समाया हुआ है कि वह हर किस्म के समझौते के लिए तैयार है। यहाँ तक कि वह साथ रहे बस, ज़रूरी न समझे तो सेक्स संबंध भी अनिवार्य नहीं। यहीं विपिन स्मिता को दूसरे रूप में पाकर कतराने लगता है। तिलिस्म से भरपूर स्त्री उसे डराती है। जबकि नीरजा के पास वह फिर–फिर जाता है क्योंकि वह मानती है कि फ्रायड बड़े काम की चीज़ है, उसका अवमूल्यन करने का कोई फ़ायदा नहीं। वह फ्रायड को हीन भावना से मुक्ति का मार्ग मानती है।

समिंग अप पद्धति के कारण यह अध्याय कुछ त्वरित चाल का लगता है। चीज़ों को समेटने और उन्हें एक परिणति की शक्ल देने की गर्ज में उपन्यास की अब तक चली आ रही सहज गति लोप हो जाती है। कहीं संवाद के माध्यम से तो कहीं पात्र के एकालाप के जरिए मनःस्थिति और

उसके विचारों को खोलने की कोशिश की गई है। यहाँ भी स्मिता और विपिन का संवाद बहुत महत्त्वपूर्ण है। स्मिता कहती है 'बूढ़ा सिर्फ़ शरीर होता है। मन तो 'कठगुलाब' की तरह है, सदाबहार पर कितना नष्टप्राय। सूखता नहीं, बुढ़ाता नहीं पर ज़रा हाथ लगने पर, टूट कर बिखर ... जाने को तैयार रहता है।'

'कठगुलाब' का प्रतीक जैसे अपनी एक यात्रा पूरी कर लेता है यहाँ आकर। उदासी और गहराते हुए खुलता है। कथा कहीं आगे बढ़ती है तो कहीं आलाप–सी लगने लगती है क्योंकि संवाद इतने लंबे हैं कि उनकी तान को साधे रख पाना हर जगह सहज नहीं। लेकिन संवादों में ही खुलता है सब कुछ यहाँ नीरजा से विपिन की आत्मीयता का तार असीमा से विपिन के संवाद में ही नहीं, स्मिता के साथ संवाद में भी खुलता है। नीरजा को इतना चाहता है विपिन कि बच्चा गोद लेने तक को तैयार है।

विपिन में ही नहीं, इस उपन्यास के हर पात्र में विचार का माद्दा खूब है। है विपिन अपने बारे में ही नहीं, दूसरों के बारे में भी हर तरह से सोचता है लेकिन सच्चाई से नहीं भागता। यदि वह बच्चा पाने के लिए औरतों को माध्यम की तरह परख रहा होता है, तो उसे स्वीकार भी करता है। अंत में हर पात्र की तरह उसके पास भी शेष रह जाती है उसकी पीड़ा व स्मृतियाँ। हाँ, नीरजा का यह कहना समझ नहीं आता कि विपिन स्मिता से शादी कर ले। शरत के उपन्यासों के पात्रों की हँसी यहाँ खूब उड़ाई गई है। नीरजा तीन बरसों के विपिन के साथ को प्रयोग मान सकती है पर विपिन नहीं।

इधर लंबे समय से उपन्यासों में चरित्र गायब होते चले आ रहे थे। होते भी थे तो सिर्फ़ सहारेभर के लिए। उनकी डीटेल्ड स्टोरी और विकास तो जैसे अतीत की चीज़ हो चुकी थी। ऐसे में 'कठगुलाब' के चरित्र वाकई ध्यान खींचने वाले हैं। इनमें विविधता तो है ही, भावुकता का वह लेप नहीं है जो आज की ज़िंदगी के यथार्थ को सामने आने से रोक ले। हर पात्र अपने साथ–साथ एक–दूसरे के बारे में खूब सोचता है और अपनी एक बौद्धिक परिधि भी तैयार कर लेता है। विपिन की परिणति निरर्थक जीवन को ऊर्जा देने में भले ही होती हो, लेकिन कथानक के अनवरत प्रवाह में जैसे कोई गतिरोध आ खड़ा होता है। ज़िंदगी की इस ठोस सच्चाई का यह अंत स्वाभाविक होते हुए भी कठिन लगता है।

यहाँ तक आते–आते मृदुला गर्ग की कथा भाषा में जो सधाव और ऊष्मा आ गई है वह लंबे रचना–अभ्यास के बाद ही संभव है। जीवन की ऊपरी

परत की कथा "कहने से कुछ अलग है यह कथा भाषा। यहाँ चरित्रों को उनके मनोजगत के साथ प्रस्तुत करने की गर्ज से अनायास एक ऐसी भाषा आती चली गई है जो सामान्य" नैरेशन में नज़र नहीं आती। शायद इसीलिए आत्मकथात्मक अंदाज़ में बात करता हर पात्र नज़र आता है जैसे वह अपनी ज़िंदगी की सच्चाई में से कुछ भी छिपा लेना न चाहता हो। अच्छी बात यह है कि स्मिता, मारियान, नर्मदा, असीमा और विपिन की अपनी–अपनी कथा होते हुए भी मिलकर एक समूची कथा बनती है जो आधुनिक जीवन की जटिलताओं में संघर्ष करते मनुष्य को क़रीब से दिखाने की कोशिश में नज़र आती है। स्त्री और पुरुष को कहीं अलग–अलग रखकर तो कहीं एक रखकर यह उपन्यास मनोवैज्ञानिक विश्लेषण की ऐसी पद्धति अपनाता है जो बोझिल नहीं है।

मृदुला गर्ग के अन्य उपन्यासों की तरह 'कठगुलाब' भी महज मनोरंजन के लिए नहीं पढ़ा जा सकता, इसे पढ़ते हुए पाठक उस विचार–प्रवाह में शामिल हो जाता है जो चरित्रों ने अपनी–अपनी कथा से सामने रखा है।..

.

जहाँ कोई पूर्ण भले ही न हो, लेकिन अपने विचार में इतना संकुचित भी नहीं 'कि सिर्फ़ अपने तक सिमटा रह जाए। इस रूप में यह आज के जीवन की विडंबना "को नए ढंग से देखने की कोशिश है। लेखक यहाँ तटस्थ प्रायः है। वह पात्रों को "खुलने का पूरा अवसर देता है।

"मैं और मैं" का एक अंश

दरअसल सुबह हुई नहीं थी। अन्दर–बाहर रात के आख़िरी पहर का सन्नाटा था, जाग उठने से ज़रा पहले का ठहरा ठहरा स्पन्दन लिये। अँधेरा चितकबरा पड़ने लगा था, पूरी तरह छँटने से पहले उस बेआवाज़ दस्तक़ का इंतज़ार कर रहा था, जो बिला नागा रोज़ पड़ती है।

माधवी उठकर बच्चों के कमरे में चली गई। अन्दर जीरो पॉवर का बल्ब जल रहा था। बाहर और भीतर की रोशनी एक–व–एक हो रही थी। हलके उजास में विस्तर पर निश्चल लेटीं, आलोक और समीर की सफ़ेदपोश आकृतियाँ, बर्फ से गढ़ी मूर्तियों की तरह दिख रही थीं।

बिना शब्द किए माधवी पलंग के पास कुर्सी पर बैठ गई। टक लगाकर उन्हें देखने लगी। छूने की कोशिश नहीं की। तस्वीर कहीं हिल न जाए। इससे सुन्दर कहीं कुछ नहीं है! वह कृतज्ञ थी। आनंद–लीन देख रही थी। आँखों में आँसू उमड़कर गालों पर बहनें लगे थे। नीचे गिरकर उसकी साड़ी की पटलियाँ भिगो रहे थे।

एक घंटा बीत गया...

चेहरे के नक्श साफ़ होने लगे...समीर ने कसमसाकर बदन तोड़ा...

माधवी बाहर निकल आई। आँसुओं को उसने नहीं पोंछा, ख़ुद सूख गए। शांत मन से उसने राकेश से कहा कि फैक्टरी जाते हुए उसे तिलक रोड छोड़ता जाए।

रास्ते–भर वह उसे अपलक निहारती रही पर छूने की कोशिश नहीं की। उतरने लगी तो राकेश ने मुड़कर उसकी तरफ़ देखा और मुस्करा दिया। कितना सुन्दर है सब कुछ, माधवी ने अगाध तृप्ति के साथ महसूस किया और घर के अन्दर चली गई।

सुबह आठ बजे उसे पहुँचा देखकर ममता चकित रह गई। "अभी तो मैंने

माँ का स्पंज भी नहीं किया," उसने कहा।

"स्पंज मैं कर देती हूँ," माधवी ने कहा, "पर तू घर मत भाग जाना। नौ बजे मुझे एक घंटे के लिए त्रिवेणी जाना है। दस बजे लौट आऊँगी तो तू चली जाना।"

"ठीक है," ममता ने कहा, "तुम एक घंटे यहाँ हो तो मैं एक काम कर आऊँ। बहुत दिनों से बेबी के स्कूल जाना चाह रही हूँ, आज हो आती हूँ।"

"नौ बजे तक आ जाएगी न?"

"उससे भी पहले। मुझे वहाँ करना क्या है!"

ममता को भेजकर माधवी माँ के कमरे में चली आई। माँ ने मुस्कराकर उसका स्वागत किया। आज यह पूछने की ज़रूरत महसूस नहीं हुई कि तबीयत कैसी है।

पौने नौ तक उनका काम निबट गया। ममता के आते ही त्रिवेणी के लिए चल पड़ेंगी, माधवी ने पर्स में पड़े पैकेट को थपथपाकर तय किया तभी माँ कह उठीं, "कल तेरे बनाए परवल बहुत बढ़िया थे। ऐसा नहीं हो सकता, आज मैं थोड़ी–सी गोभी खा लूँ?"

"गोभी तो बहुत सकील होगी माँ," उसने कहा।

"बस, ज़रा–सी जायका बदलने को," माँ मनुहार कर उठीं।

बना देती हूँ, माधवी ने सोचा, इतना मन है तो चख लेंगी ज़रा–सी। कुछ नहीं होगा। अब किसी का कुछ बुरा नहीं होगा। बुराई की जड़ मिटने वाली है। दस–पन्द्रह मिनट में गोभी तैयार हो जाएगी, उतने में ममता आ जाएगी। त्रिवेणी पहुँचाने में दस बीस मिनट की देरी हुई तो कोई बात नहीं। कौशल इंतज़ार करेगा, आदत है। बहुत हुआ तो इंतज़ार करता–करता फ़ोन कर लेगा। कोई बात नहीं। माधवी अब उसके फ़ोन से नहीं डरती। माधवी अब किसी चीज़ से नहीं डरती। हर डर से वह मुक्त है, निर्भय, निःशंक, निश्चय पर अटल।

सब्ज़ी तैयार हो गई। ममता नहीं आई। नौ बज गए। माधवी ने गैस पर सूप बनने रख दिया, चलो, इसे भी बना डालती हूँ। आ जाएगी ममता। बाद में माँ को अकेले ही सँभालना होगा उसे सँभाल लेगी। बच्चों को राकेश सँभाल लेगा। मुझे भी... समझ जाएगा। हमारे बीच अब कोई ग़लतफहमी बाक़ी नहीं रही। वह समझ जाएगा, मैंने जो किया, करना ही था, और उपाय नहीं था इसलिए।

"ममता आई क्यों नहीं? अब और देर नहीं होनी चाहिए। कहीं मुझे, माँ

के बिस्तर के पास पड़ी घंटी चीत्कार कर बज उठी और बजती चली गई।

माधवी के सिर पर जैसे गाज गिरी। सूप का पतीला नीचे पलटकर वह उसके कमरे की तरफ़ भागी।

घंटी उसी तरह बजती रही।

माँ का हाथ घंटी पर गिरा पड़ा था, चेहरे पर हवाइयाँ उड़ रही थीं, साँस उखड़ रही थी। बदन के कपड़े पसीने से भीग रहे थे। घंटी बजती चली जा रही थी।

"क्या हुआ?" घबराहट में उसके मुँह से निकला।

माँ ने बोलने की नाकाम कोशिश की।

"नहीं–नहीं, बोलिए नहीं," उसने कहा और गोली उनके मुँह में डाल दो। हाथ घंटी पर से हटा टिया। पसीने से भीगा हाथ बर्फ की तरह ठंडा था। माधवी को ख़ुद पसीना छूट गया।' " डॉक्टर को बुलाती हूँ!" कहती वह फ़ोन पर पहुँची।"

वह चोंगा उठाती, उससे पहले फ़ोन की घंटी बज उठी।

उसने चोंगा उठाया और कहा,' "फ़ोन रख दीजिए। मुझे डॉक्टर...''

"उसके वाक्य को बीच में काटकर उधर से आवाज़ चहकी, "कौशल हूँ। आप आईं नहीं। आपने तो कहा था, नवें घंटे पर तत्काल....

''फ़ोन रख दीजिए," माधवी चीख़ी, "मुझे डॉक्टर को मिलाना है।"

"क्यों, क्या हो गया?" कौशल ने आराम से पूछा।

''माँ की हालत खराब है। फ़ोन फौरन काटिए!"

"इतना घबराइए मत। ठीक हो जाएगी। आप हौसला...."

"फ़ोन काटिए, जल्दी!"

'आप हौसला रखिए। इस तरह से घबराने से तो आपकी अपनी तबीयत...''

माधवी ने फ़ोन का चोंगा नीचे पटक दिया और पड़ोसियों के घर फ़ोन करने दौड़ी। माँ के कमरे से जाते–जाते कहा, "आती हूँ फ़ोन करके।"

माँ ने कातर नज़रों से उसे देखा और अस्फुट स्वर में पूरा दम लगाकर किसी में तरह कहा, ..मत जा. मेरे पास..."

माधवी रुकी नहीं। दौड़कर पड़ोसी के यहाँ पहुँची और डॉक्टर भार्गव को फ़ोन करके वापस दौड़ पड़ी। रास्तेभर प्रार्थना करती रही–हे भगवान, माँ के पास ममता पहुँच चुकी हो! पहुँच चुकी हो!

ममता नहीं पहुँची थी।

माधवी माँ के पास आई। उनकी साँस घुट रही थी। साँस लेने की

कोशिश में पेट इतनी बुरी तरह ऊपर–नीचे हो रहा था कि पूरा पलंग हिल रहा था।

''मा...ध...वी...'' टूटती आवाज़ में उन्होंने कहा।

''डॉक्टर आ रहा है, '' उसने कहा और उनका हाथ थाम लिया। हाथ उसके हाथ पर कस गया जैसे लाश की पकड़ हो!

''नहीं, बचूँगी...'' घरघर करती आवाज़ में उन्होंने कहा, ''म...म...ता...''

''ज़रूर बच्चोगी!'' माधवी ने कहा, ''मैं डॉक्टर शिंदे को बुलाती हूँ।''

पता नहीं डॉक्टर भार्गव अब तक पहुँचे क्यों नहीं। डॉक्टर शिंदे को भी बुला ले, शायद वे जल्दी पहुँच जाएँ। किसी तरह हाथ छुड़ाकर वह फ़ोन के पास आई और चोंगा उठा लिया।

कोई आवाज़ नहीं थी। क्या हुआ, फ़ोन खराब हो गया या...! अब तक कौशल उस पर लिसड़ा पड़ा है।

''हलोऽ!'' वह चीख़ी।

''कहाँ चली गई थीं? क्या हो गया?'' कौशल की आवाज़ आई।

''माँ मर रही हैं।'' वह रो दी।

''ओहो, मैं कुछ कर सकता हूँ?''

सहसा उसका पगलाया दिमाग़ काम कर गया।

''हाँ,'' उसने कहा, ''792163 पर फ़ोन करके कहिए, ममता फौरन यहाँ आ जाए, मुझे इस फ़ोन पर डॉक्टर से बात करनी है,'' जो भी अंक सबसे पहले उसके मन आए, उन्हें बतलाकर उसने कौशल को टालना चाहा।

''अच्छा, क्या नंबर?''

''792163। जल्दी!''

''उनासी, इक्कीस, तिरसठ?'' कौशल को लगता था, कोई जल्दी नहीं है।

''हाँ–हाँ, जल्दी कीजिए।''

''किसको बुलाना है–ममता जी को?''

''जल्दी! प्लीज!'' वह ज़ोर से चीख़ी।

आख़िर फ़ोन कट गया।

माधवी ने डॉक्टर शिंदे को फ़ोन मिलाया। कहा, ''माधवी हूँ। डॉक्टर साब, फौरन आ जाइए! माँ की तबीयत बहुत खराब है।''

''मैं यहाँ हूँ,'' माँ के कमरे से आवाज़ आई। डॉक्टर भार्गव पहुँच गए थे।

वह भागकर वहाँ पहुँची। डॉक्टर भार्गव इंजेक्शन पर इंजेक्शन लगा रहे

थे।

"एंबुलेंस के लिए फ़ोन कीजिए, अस्पताल ले जाना होगा, " उसे देखते ही उन्होंने कहा।

माधवी वापस फ़ोन पर भागी तो सुना उसकी घंटी पहले से बज रही है। उठाकर उसने हलो नहीं कहा, सीधा चिल्लाई, "फ़ोन रख दीजिए। एम्बुलेंस को करना है।"

"अरे, क्या नंबर बतला दिया आपने?'' उधर से आवाज़ आई, "उस पर कोई ममता नहीं है।"

"रहने दीजिए। माँ को फौरन अस्पताल ले जाना है। फ़ोन काट दीजिए।"

"पर ममता जी का सही नंबर बतला दीजिए।"

"रखो फ़ोन!" होशोहवास खोकर वह चीख़ उठी, ''डॉक्टर! डॉक्टर! यह आदमी फ़ोन नहीं रख रहा!"

डॉक्टर भार्गव ने आकर उसके हाथ से फ़ोन ले लिया। इशारे से उसे माँ के पास जाने के लिए कहा।

माँ के कमरे में जाते–जाते उसने सुना, डॉक्टर भार्गव ने सर्द–सख़्त स्वर में कहा है, "फ़ोन रखो!" और तत्काल अपनी तरफ़ से नंबर घुमाने लगे हैं। एक... दो... तीन अब एम्बुलेंस आ जाएगी, माँ के पास पहुँचने पर उसने राहत महसूस की। माँ ने एक बार पूरा दम लगाकर साँस बाहर फेंका और... पलंग हिलना बंद हो गया! पेट नीचे गिरकर ऊपर नहीं उठा!

''डॉक्टर!" माधवी ने आवाज़ दी। डॉक्टर भार्गव ने फ़ोन रख दिया।

माँ की गरदन लटक गई, होंठ खुल आए, आँखें ऊपर टॅग गईं। डॉक्टर भार्गव अन्दर आए और ... यह क्या!

डॉक्टर माँ की छाती पर मुक्के क्यों मार रहे हैं!

''डॉक्टर?" वह फुसफुसाई।

उन्होंने धीरे से हाथ हिलाया और फिर वही हाथ आगे बढ़ाकर माँ की आँखें बंद कर दीं।

माधवी अवसन्न रह गई।

फ़ोन बजने लगा।

डॉक्टर शिंदे आ पहुँचे। डॉक्टर भार्गव ने उन्हें देखकर सिर हिला दिया।

ममता लौट आई।

दोनों डॉक्टर वापस चले गए।

फ़ोन बजता रहा।

ममता फफककर रो दी। माधवी फिर भी अवाक् बैठी रही।

लोग आने लगे।

ममता ने ख़ुद को सँभाला। माँ को नीचे उतारा गया। माधवी जहाँ थी, बैठी रही। ममता ने हाथ पकड़कर उसे उठाया और माँ के बराबर ज़मीन पर बिठला दिया। माधवी बैठ गई। बैठी रही।

लोग आते रहे, पास बैठते रहे, फ़ोन बजता रहा, बजता रहा।

दोपहर बाद, ममता ने आकर कहा, ''तुम्हारा फ़ोन है, सुन लो।"

"फ़ोन!" उसके बदन में धुरधुरी आ गई।

''कई बार मना कर चुके, बार–बार किए जा रहा है, जाकर सुन लो और ख़त्म करो," कड़वे स्वर में ममता ने कहा।

माधवी को चोंगा उठाना पड़ा। "माँ मर गई," उसने कहा।

'हाँ, पता चला। फिर तो आज आपका आना नहीं होगा?" माधवी सुन्न चुप रही।

तब कल आइए। दस बजे मेरी किस्मत भी कितनी खराब है, अब तो यक़ीन आ गया होगा आपको। कितनी शिद्दत से आज का इंतज़ार किया था पर... आज आप आतीं तो मन का सब–कुछ आपके सामने उगल देता!"

माधवी अवाक्–मूक रही।

"हैल्लो! हैल्लो! हैल्लो!" कौशल चीख़ा, "माधवी जी! माधवी जी!"

'हाँ", माधवी ने कहा। कहना पड़ा।

"कल आएँगी न?"

'हाँ," माधवी ने कहा। और चारा नहीं था।

"बात करने की सुविधा नहीं है क्या?" कौशल ने पूछा।

"नहीं," माधवी ने कहा।

''अच्छा, रख रहा हूँ, कल मिलेंगे," कौशल ने कहा और फ़ोन काट दिया।

कल–कल–कल! माधवी के कानों में चुभता रहा। फिर एक कल! कल इस आदमी से मिलना होगा? न मिली तो? तो...क्या होगा? तिलक रोड आ धमकेगा। माँ की तबीयत... कहाँ है माँ? उसका बदन एक बार थरथराया फिर सुन्न पड़ गया। माँ मर गई। घबराकर उसने अपना पर्स टटोला। पुड़िया सुरक्षित है। माधवी ने किसी को ज़हर नहीं दिया। फिर माँ पर कैसे गई।

स्त्री विमर्श का वर्तमान दौर और 'मैं और मैं'

–अमरेन्द्र त्रिपाठी

प्रसिद्ध लेखिका अमृता प्रीतम ने अपनी आत्मकथा 'रसीदी टिकट' में एक जगह लिखा है– यूँ तो मेरे भीतर की औरत सदा मेरे भीतर के लेखक से दूसरे स्थान पर रही है–कई बार यहाँ तक कि मैं अपने भीतर की औरत का अपने आपको ध्यान दिलाती रही हूँ। 'सिर्फ़ लेखक' का रूप सदा इतना उजागर होता है कि मेरी अपनी आँखों को भी अपनी पहचान उसी में मिलती है' (अमृता प्रीतम 1999 51)।

लेकिन अमृता जी की तरह अपनी पहचान 'सिर्फ़ लेखक' के रूप में बनाये रखने वाली लेखिकाएँ हिंदी साहित्य जगत में बेहद कम हैं। स्त्री होना रचनाकार होने का एकमात्र प्रमाण मान लिये जाने वाले स्त्री–विमर्श के वर्तमान दौर में अमृता प्रीतम की तरह हिंदी साहित्य जगत में यह घोषणा करने का साहस भी बेहद कम लेखिकाएँ ही कर पाएँ कि–'मेरे भीतर की इस 'सिर्फ़ औरत' की 'सिर्फ़ लेखक' से कोई अदावत नहीं।'

आजकल तो 'सिर्फ़ औरत' को ही लेखक मानने और मनवाने की रिवायत चल रही है। दुनिया का कोई भी चिंतन संकीर्णता के घेरे में तभी आता है जब उसके केंद्र में यह सिर्फ़' आता है। सहानुभूति से अलग स्वानुभूति के नाम पर 'सिर्फ़ स्त्री' या 'सिर्फ़ दलित' को ही स्त्रियों या दलितों पर लिखने की वकालत करने वाला वर्तमान विमर्श उसके आधार को कमज़ोर कर रहा है। साहित्य के क्षेत्र में भी आरक्षण की वकालत करने वाला यह चिंतन उस ब्राह्मणवादी चिंतन परंपरा का ही आधुनिक संस्करण और प्रतिक्रिया प्रतीत होता है जिसमें शास्त्र पढ़ने और लिखने का अधिकार केवल एक ख़ास वर्ग को था। इस संकीर्ण विचार से स्त्री या दलित विमर्श को तो कोई लाभ नहीं होगा यदि लाभ होगा तो इस विमर्श के नाम पर राजनीति करने वालों और उनके विरोधियों को अतीत का अध्ययन यदि एक तरफ़ उसमें गलतियों की

पुनरावृत्ति से हमें रोकता है तो दूसरी तरफ़ अतीत की समझ हमें उन गलतियों की प्रतिक्रिया के दुष्परिणामों से भी सावधान करता है। पुरुष और सवर्ण जाति यदि स्त्रियों और दलितों की अपराधी है तो उसकी 'आज के' पुरुष और सवर्णों को काटकर या उनसे कटकर नहीं हो सकती। स्त्री और दलित विमर्श की लड़ाई पुरुषवादी और सवर्णवादी मानसिकता से होनी चाहिए।

स्त्री और दलित विमर्श को 'सिर्फ़' स्त्री और दलित तक सीमित करना इनके विरोधियों की भी साज़िश है। विरोधी नहीं चाहते कि इनके लेखकीय क्षितिज का विस्तार हो ताकि इन्हें आसानी से केवल अपनी ही आह को अभिव्यक्ति देने वाले रचनाकारों की सीमा में बाँधा जा सके। शिल्पगत न्यूनता और केवल अपना रोना रोने वाली का नाम देकर मीरा जैसी प्रतिभाशाली और विद्रोहिणी कवयित्री को भी हिंदी साहित्य जगत ने बहुत दिनों तक अस्वीकार किया था। स्त्री रचनाकारों द्वारा स्त्री विमर्श से भिन्न विषयों पर लिखी गयी रचनाओं की अनदेखी द्वारा आजकल यही कार्य किया जा रहा है। इसका प्रत्यक्ष प्रमाण मृदुला गर्ग का रचना कर्म है। 'सिर्फ़ लेखक' के रूप में स्वयं को स्थापित करने की इच्छा रखने वाली मृदुला गर्ग ने अब तक कुल छह उपन्यास लिखे हैं। इनमें तीन सीधे तौर पर स्त्रियों की समस्याओं से संबंधित है जबकि अन्य तीन समाज की अन्य समस्याओं पर स्त्री विमर्श से उनके तीनों उपन्यास– 'उसके हिस्से की धूप', 'चित्तकोबरा' और 'कठगुलाब' को जहाँ व्यापक लोकप्रियता मिली वहीं 'वंशज', 'अनित्य' और 'मैं और मैं' से हिंदी साहित्य जगत लगभग अनभिज्ञ रहा। एक साक्षात्कार में इसे एक संयोग की जगह साज़िश बताते हुए मृदुला जी ने कहा था कि पुरुष प्रधान हिंदी आलोचना जगत नहीं चाहता कि लेखिकाएँ 'सिर्फ़ औरत' की सीमा से बाहर निकलें। जबकि स्त्री की वास्तविक मुक्ति, चाहे वह लेखिका ही क्यों न हो तभी संभव है जब वह घर की चारदीवारी से बाहर निकलकर व्यापक संसार का हिस्सा बनेगी। केवल अपनी ही समस्याओं से लड़ने वाली स्त्री मुक्त कैसे हो सकती है? उसकी वास्तविक तो तब होगी जब वह दूसरी और दूसरों की समस्याओं से टकरायेगी। आज आवश्यकता इस बात की है कि स्त्रियों और दलितों की आँख से भारतीय परंपरा तथा आज और कल के भारत को जाँचा–परखा और देखा जाए, और यह तभी संभव है जब इस कार्य में–सी और दलित वर्ग तमाम संकर्णिताओं से मुक्त होकर हिस्सेदारी करे। मृदुला गर्ग का रचना संसार उनकी समकालीन तमाम लेखिकाओं की अपेक्षा अधिक वैविध्यपूर्ण है। उन्होंने स्त्री विमर्श को एक क़दम आगे बढ़ाते हुए जहाँ

'कठगुलाब', 'चित्तकोबरा' और 'उसके हिस्से की धूप' नामक उपन्यासों में स्त्रियों के मानसिक बस्तर की मुक्ति की बात की वहीं विभिन्न कहानियों में मृत्युबोध, पर्यावरण संकट, संयुक्त परिवार का विघटन जैसी समस्याओं को उठाया। यहाँ मृदुला जी के समस्त कथा–संसार पर विस्तार से लिखना मुश्किल है इसलिए केवल उनके एक उपन्यास 'मैं और मैं' पर विस्तार से विचार किया गया है। इस उपन्यास का कथ्य और उसकी प्रस्तुति मृदुला जी के 'सिर्फ़ लेखक' होने को प्रमाणित करता है।

सन् 2004 के व्यास सम्मान से सम्मानित मृदुला गर्ग का एक कम चर्चित उपन्यास है– 'मैं और मैं'। अर्थशास्त्र की पृष्ठभूमि से आयीं मृदुला गर्ग ने साहित्य जगत में प्राप्त अनुभवों को आधार बनाकर इस उपन्यास की रचना की है। हिंदी में साहित्यिक परिवेश पर आधारित उपन्यासों की एक लंबी सूची है। मोहन राकेश का 'अंधेरे बंद कमरे' और पंकज बिष्ट का श्लेकिन दरवाज़ा' इस संबंध में विशेष रूप से उल्लेखनीय है। लेकिन मृदुला गर्ग का यह उपन्यास इन बहुचर्चित उपन्यासों से इस मामले में भिन्न है कि इसमें साहित्यिक परिवेश या साहित्य की राजनीति की जगह लेखकों के जीवन और उनकी आशाओं आकांक्षाओं एवं सीमाओं को केंद्र में रखा गया है। वर्तमान समय में साहित्य के समक्ष उपस्थित रचनात्मक संकट के कारणों की तलाश में लेखिका ने समाज के कुलीन और अकुलीन वर्ग से संबंधित दो लेखकों के जीवन की छानबीन करने का प्रयास किया हैं। आज के साहित्यकार रचनात्मक श्रेष्ठता प्राप्त करने के लिए स्वानुभूति मानवीय संवेदना या अपनी प्रतिभा एवं क्षमता पर आश्रित न होकर साहित्य जगत की राजनीति और एक–दूसरे का लाभ उठाने एवं उठापटक करने पर ज़्यादा विश्वास करने लगे हैं। अपनी लेखकीय अक्षमता की जिम्मेवारी बौद्धिकताजन्य तर्कों द्वारा सामाजिक विषमता पर डालकर वे स्वयं को तमाम जिम्मेवारियों से मुक्त मान लेते हैं। इस अपराध में समाज के प्रत्येक वर्ग से आने वाले साहित्यकार शामिल हैं। शोषित वर्ग से होने के कारण ही उस वर्ग के साहित्यकारों का अपराध इस मामले में कम नहीं हो जाता। इस साहित्यिक संकट के अतिरिक्त अनेक प्रश्नों को इस उपन्यास में मृदुला गर्ग ने बड़ी शिद्दत से उठाया है जिनको समझने के लिए उपन्यास से होकर गुज़रना अनिवार्य है।

उपन्यास की नायिका माधवी साहित्य जगत में तेज़ी से अभरती एक प्रतिष्ठित लेखिका है। अभिजात संस्कारों एवं आकर्षक व्यक्तित्व की स्वामिनी माधवी के परिवार में उसके समझदार एवं धनाढ्य पति के अतिरिक्त दो बच्चे

भी हैं। संतुलित व्यक्तित्व की माधवी परिवार के प्रति समर्पित महिला है और उसने अपने पारिवारिक दायित्वों और लेखन कर्म के बीच ऐसा संतुलन बैठाया है कि कभी विरोध पैदा नहीं होता। माधवी घर की चारदीवारी के भीतर बैठकर लेखन कार्य करने वाली लेखिका नहीं है। समझदार पति से मानसिक और आर्थिक सहयोग प्राप्त माधवी अपनी साहित्यिक संतुष्टि के लिए बड़े साहित्यकारों के संपर्क में रहना पसंद करती है। इसी प्रक्रिया में एक दिन उसकी मुलाकात लेखक कौशल से होती है। प्रतिभाशाली कौशल बौद्धिकता और अपनी प्रतिभा के अहंकार में मस्त बेहद कुरूप और कुंठित व्यक्ति है। अत्यन्त ग़रीब परिवार में जन्मा एवं अपने अतिनिर्धन परिवार के बोझ से दबा कौशल पारिवारिक जिम्मेवारियों से भागने वाला व्यक्ति है। अपनी बेजोड़ प्रतिभा और स्वयं को पारिवारिक जिम्मेवारियों से मुक्त रखने के बावजूद वह एक दो कहानियाँ ही लिख पाया है। कौशल अपने रचनात्मक संकट के लिए साहित्यिक परिस्थितियों और अपने परिवेश को जिम्मेवार ठहराता है और उससे निकलने के लिए किसी प्रेरणास्रोत की तलाश में है। रचनात्मक प्रतिभा में धार पैदा करने की आकांक्षा से प्रेरित माधवी की रचनात्मक संकट से जूझ रहे कौशल से एक दिन अचानक लेकिन संभावित मुलाकात होती है जो धीरे–धीरे गति पकड़ती है।

ऊपर से सामान्य दिखने वाले इनके संबंधों का आधार स्वार्थ है। कौशल को अपने कुंठित मन की शांति और आर्थिक लाभ के लिए सुन्दर और धनाढ्य माधवी की आवश्यकता है तो माधवी को अपनी साहित्यिक संतुष्टि और रचनात्मक श्रेष्ठता के लिए प्रतिभाशाली कौशल की। और इसके लिए इन दोनों बौद्धिकों के पास अपने–अपने तर्क भी हैं। कौशल माधवी को अभिजात वर्ग से संबंधित होने के कारण अपने शोषण का जिम्मेवार मानता है और उससे आर्थिक लाभ प्राप्त कर इसका प्रतिशोध लेता है। पहले दिन की मुलाकात में ही वह उससे दस रुपये उधार माँगता है जिसकी अंतिम परिणति कंपोजिंग एजेंसी खोलने के नाम पर चार हज़ार रुपये की बड़ी राशि की माँग के रूप में होती है। इसके अतिरिक्त उसे लगता है कि व्यापारी पति से असंतुष्ट माधवी साहित्यिक संतुष्टि के लिए कौशल के क़रीब आना चाहती है। दूसरी तरफ़ माधवी भी कौशल की प्रतिभा का लाभ उठाना चाहती है। कौशल द्वारा उसके अभिजात संस्कारों पर लगातार किये जाने वाले प्रहार से उपजे अपराधबोध से मुक्ति या उसकी दयनीय स्थिति से द्रवित होकर माधवी ऊपरी तौर पर भले ही निःस्वार्थ भाव से कौशल की आर्थिक सहायता करती

हो लेकिन उसके अंतर्मन में कौशल की प्रतिभा का लाभ उठाने का स्वार्थ गहरे स्तर पर विद्यमान है। पति के इस आरोप पर कि 'तुम्हारे पास पैसा है इससे तुम्हें यह अधिकार नहीं मिल जाता कि आदमी का मोहरे की तरह इस्तेमाल करो।' के जवाब में वह साफ़–साफ कहती है 'वह भी तो हमें इस्तेमाल कर रहा है। किताब के लिए पैसा नहीं ले गया था' (मृदुला गर्ग, 1986 57)।

उपन्यास के आरंभिक सौ पृष्ठों में अपने 'मैं' की संतुष्टि के लिए एक–दूसरे का इस्तेमाल करने की प्रतिद्वंद्विता की प्रक्रिया और दोनों लेखकों के आपसी संवाद हैं। माधवी अपनी तमाम घृणा के बावजूद कौशल के झूठ और सच के बीच बनाये गये जाल से स्वयं को मुक्त नहीं कर पाती है। कौशल माधवी की इस सहनशीलता को उसका प्रेम समझ लेता है और उसका अतिरिक्त लाभ उठाने की कोशिश करने लगता है। इस प्रक्रिया में वह कुछ ऐसे अभद्र कार्य कर बैठता है जो माधवी की पारिवारिक ज़िंदगी के लिए घातक सिद्ध हो जाते हैं। कौशल के बार–बार मिलने और 'मैं और मैं और फ़ोन करने के कारण माधवी के बच्चे और उसका पति परेशान हो जाते हैं। जो परिवार कभी उसके लेखन का प्रेरणास्रोत हुआ करता था अब उसमें बाधा उपस्थित करने लगता है। माधवी के समक्ष भी वही रचनात्मक संकट पैदा हो जाता है जो कौशल कुमार के लेखन का हिस्सा है। इन स्थितियों से ऊबकर माधवी कौशल से संपर्क तोड़ लेने और उसको ज़हर देने तक की स्थिति पर विचार करती है लेकिन नीचता की हद तक जाकर वह उसे मना लेता है। कौशल कुमार को जब लगने लगता है कि माधवी के ऊपर उसकी पकड़ कमज़ोर हो रही है तो वह अपने लेखन का सर्वाधिकार माधवी को दे देता है जो उसके अन्य झूठों की तरह एक झूठ है।

माधवी की ज़िंदगी में कौशल का हस्तक्षेप सीमाओं को पार तब कर जाता है जब वह उसकी हृदयगति की बीमारी से पीड़ित माँ का ख़्याल किये बिना उससे संपर्क करने के लिए फ़ोन करता है। कौशल का चरित्र यहाँ एक नया मोड़ लेता है। उसके प्रति पाठक की थोड़ी बहुत बची सहानुभूति भी समाप्त हो जाती है। उसके कार्यकलाप अब ऊब पैदा करने लगते हैं। माधवी से संपर्क साधने का सबसे प्रभावी माध्यम फ़ोन की घंटी ही अंततः माधवी की माँ की मौत का कारण बनता है। घंटी बजने के कारण माँ की निरंतर हो रही खराब तबियत को देखते हुए माधवी का कौशल को फ़ोन न करने का असहाय निवेदन और कौशल का उसकी बातों पर ध्यान न देने वाली हृदयहीनता, न केवल माधवी के मन में बल्कि पाठकों के मन में भी उसके प्रति अपार घृणा पैदा करती है। यहाँ आकर कौशल एक नकारात्मक चरित्र

रूप में सामने आता है। माधवी और कौशल की स्वार्थपरक प्रतिद्वंद्विता समाप्त हो जाती है और पाठक की सहानुभूति माधवी के प्रति हो जाती है। अब वितृष्णा से भरी माधवी कौशल कुमार से संबंध तोड़ लेने का निर्णय लेती है लेकिन मणिकौल जैसे बड़े निर्देशक द्वारा उसकी कहानी पर फ़िल्म बनाने की बात बताकर कौशल पुनः संबंध सामान्य कर लेता है। यहाँ फिर एकबार माधवी की स्वार्थपरकता पाठकों के सामने उभरकर आती है। उपन्यास में क्लाइमैक्स तब आता है जब कौशल की बातों पर विश्वास न कर माधवी स्वयं मणि कौल से फ़ोन पर बात करती है। मणि कौल उसे यह बताते हैं कि कौशल कुमार मुझसे मिला ज़रूर था लेकिन किसी कहानी पर फ़िल्म बनाने की बात नहीं हुई है। सच और झूठ के फ़ासले को ख़त्मकर माधवी का लाभ उठाने वाले जिस खेल की शुरूआत कौशल ने की थी माधवी उसका अंत करने का निर्णय लेती है और कौशल को उसी के बनाये जाल में फँसा देती है। वह उससे बताती है कि मेरी मणि कौल से बात हो गयीं है और उन्होंने बताया है कि वह उसकी कहानी पर फ़िल्म बनाने को तैयार हैं। कौशल को इस बात पर विश्वास नहीं होता क्योंकि उसने तो झूठ बोला था। अब उसे लगने लगता है कि उसने माधवी से जो कुछ भी कहा था वह सच था। सच और झूठ के इस खेल में फँसकर वह विक्षिप्तावस्था में पहुँच जाता है। लेकिन माधवी की स्थिति भी कौशल कुमार से कुछ भिन्न नहीं है। वह स्वयं रचना कर्म से विमुख हो गयी है। जिस उपन्यास को पूरा करने के लिए वह कौशल कुमार की प्रतिभा का उपयोग करना चाहती थी अंत तक आते–आते वह उस उपन्यास की पंक्तियाँ तक भूल जाती है। 'मैं और मैं' की प्रतिद्वन्द्विता में रचनात्मक संकट दोनों लेखकों की नियति बन जाता है। उपन्यास की नायिका माधवी खाये–अघाये वर्ग से आने वाले उन लेखकों का प्रतिनिधित्व करती है जिनके लिए साहित्य 'टाइम पास' का साधन मात्र है। साहित्य उनकी नियति नहीं बल्कि अभिरुचि है। अपने व्यक्तित्व में ईमानदार मानवीय संवेदना के अभाव की पूर्ति के लिए ये लेखक कौशल जैसे व्यक्तियों का उपयोग करना चाहते हैं। अभिजात्य संस्कारों के कारण हृदय के ऊपर बैठ चुके गर्द को जब कौशल जैसे कुछ लोग हटाने की कोशिश करते हैं तो ये लेखक उनकी कुछ आर्थिक सहायता कर अपने कार्यों की इतिश्री मान लेते हैं।

कौशल के साथ माधवी का संबंध स्वार्थ पर टिका हुआ है। यदि कौशल के पास प्रतिभा नहीं होती तो माधवी उसे एक क्षण के लिए भी बर्दाश्त नहीं कर सकती थी। माधवी का यह आत्मचिन्तन उसकी आत्मा की आवाज़ और

उसकी सच्चाई है कि– 'कौशल की जगह कोई सुन्दर नौजवान होता! और कहता कि 'मैं सिर्फ़ आपके लिए ज़िंदा हूँ' तो क्या उसके साथ भी वह ऐसा ही व्यवहार करती। माघवी द्वारा कौशल का अस्वीकार उसके अभिजात्य संस्कारों का परिणाम है। भावावेश में भी कौशल का हाथ पकड़ने से हिचकने वाली माधवी प्रकाशक राजेश्वर मिश्र से बहुत सहजता से हाथ मिलाती है। इसका कारण है कि राजेश्वर मिश्र सुविधासंपन्न प्रकाशक है और उसने न केवल माधवी की दो–तीन किताबें छापी हैं बल्कि उसके लिए एक पुरस्कार का भी जुगाड़ किया है। माधवी के चरित्र के माध्यम से मृदुला गर्ग का उठाया गया यह प्रश्न जोरदार है कि सहज मानवीय संवेदना एवं सामान्य साहित्यिक प्रतिभा के अभाव में अपने संसाधनों के बल पर कुछ रचनाएँ प्रकाशित कर लेने वाले ये रचनाकर साहित्य का कौन–सा भला कर रहे हैं। साहित्य जगत में अभिजात्य संस्कारों के मारे ऐसे साहित्यकारों की भरमार है जो साहित्य लेखन जैसी संवेदनशील विधा में सक्रिय होते हुए भी मानवीयता के सामान्य धरातल पर उतरने का प्रयास नहीं करते।

माधवी का चरित्र एकपक्षीय नहीं है। उसके व्यक्तित्व के कुछ सकारात्मक पक्ष भी हैं। प्रतिभा में तमाम कमी के बावजूद माधवी को अपनी लेखकीय क्षमता पर स्वाभिमान है। कौशल द्वारा उसकी कहानी में संशोधन करने की पहल पर वह स्पष्ट कहती है– 'मेरी कहानी मेरी कहानी है उसमें किसी का दखल मैं बर्दाश्त नहीं कर सकती। हो सकता है आप मुझसे बहुत अच्छा लिखते हों? आपका जीनियस मुझसे बड़ा हो, पर मेरी कहानी आप सुधार नहीं सकते। अगर मुझे लगा कि आपके कुछ जोड़ने से मेरी कहानी सुधर गई तो लिखना छोड़ दूँगी। हमेशा के लिए (मृदुला गर्ग, 1986, 48)।

माधवी के चरित्र के माध्यम से मृदुला गर्ग ने पारिवारिक उत्तरदायित्व और साहित्यिक दायित्व के द्वंद्व को भी चित्रित करने का प्रयास किया है, स्त्री होने के कारण जो संभवतः उनका भोग हुआ यथार्थ हो। कौशल से मिलने के पूर्व तक माधवी अपने पारिवारिक उत्तरदायित्व के प्रति सचेत है इसीलिए वह अपने साहित्यिक दायित्वों का निर्वहन भी उचित तरीके से कर पाती है। लेकिन कौशल से मुलाकात के पश्चात् रचनात्मक श्रेष्ठता और साहित्यिक सफलता प्राप्त करने का लोभ उसे पारिवारिक दायित्वों से विमुख कर देता है। माधवी द्वारा बेटे समीर के लिए खीर नहीं बना पाने की मज़बूरी और फिर उसकी अन्यमनस्कता द्वारा इस चारित्रिक बदलाव को उपन्यासकार ने बड़ी सूक्ष्मता से चित्रित किया है। माधवी के बरक्स कौशल की अपनी पारिवारिक

जिम्मवारियों के प्रति क्रूर उदासीनता और उसे अपने लिए बोझ समझने की मानसिकता इस द्वंद्व को और अधिक उभारती है। साहित्य जगत में ऐसे रचनाकारों की कमी नहीं है जो कौशल की तर्ज पर यह सोचते हैं कि रचनात्मक श्रेष्ठता हासिल करने के लिए सामाजिक और पारिवारिक जिम्मेवारियों से मुक्त होना उचित है। यह उपन्यास इस सवाल को हमारे समक्ष उपस्थित करता है कि क्या सामाजिक उत्तरदायित्व से विमुख व्यक्ति रचनात्मक श्रेष्ठता हासिल कर सकता है? कौशल और माधवी के जीवन में आये रचनात्मक संकट के माध्यम से मृदुला गर्ग ने इसका जवाब 'नहीं' में दिया है।

माधवी के विपरीत कौशल साधनहीन वर्ग के उन लेखकों का प्रतिनिधित्व करता है जो साधनहीनता को तमगों की तरह अपने लेखन एवम् व्यक्तित्व पर धारण कर साहित्य को अपनी बपौती समझते हैं। इनकी धारणा होती है कि हमारी अभावों की ज़िंदगी ही श्रेष्ठ साहित्यकार होने का प्रमाण है और वह हमें सामाजिक जिम्मेदारियों एवं नैतिकता से मुक्त करती है। स्वयं को 'जीनियस' मानने वाले कौशल का यह आत्मवक्तव्य उस वर्ग के साहित्यकारों की मानसिकता का स्पष्ट चित्र उपस्थित करता है "नहीं कर सकते हम बँधी–बधाई नौकरी जानते नहीं सालों, हमारे पास जीनियस दिमाग़ है। उच्चतम कोटि का साहित्यकार हूँ, समाज का दायित्व है कि मेरा पोषण करे। कौन है इस समाज के रक्षक भक्षक दाता? यही माधवी जी और उनके पति सरीखे बड़े लोग (मृदुला गर्ग 1186 पृ. 18)।

ये साहित्यकार अपनी बौद्धिकता का उपयोग अपने स्वार्थों की पूर्ति के लिए करते हैं। अपने अनुचित कार्यों की सिद्धि और उसे सही सिद्ध करने के लिए कौशल वर्ग शोषण के सिद्धांत का, हथियार की तरह उपयोग करता है। माधवी को लेकर उत्पन्न हुई कमज़ोरियों को भी वह तर्कों द्वारा अपने पक्ष में ढाल लेता है। अपराधबोध का नितांत अभाव इस चरित्र की सबसे बड़ी विशेषता है। बौद्धिकता के अहंकार में आकंठ डूबा कौशल अपने भूखे–नंगे परिवार को बोझ समझता है। लेकिन इन चारित्रिक विशेषताओं के अतिरिक्त कौशल के चरित्र का एक और पक्ष भी है। उपन्यास के आरंभिक वर्णनों में कौशल घोर आर्थिक संकट में घिरा एक चालाक बौद्धिक व्यक्ति के रूप में हमारे समक्ष आता है। स्वयं लेखिका माधवी उसे एक प्रतिभाशाली रचनाकार मानती है। उपन्यासकार भी उसके विचारों को उसकी अभावग्रस्त ज़िंदगी के परिप्रेक्ष्य में रखकर उसका समर्थन करती प्रतीत होती हैं। माधवी के अतिरिक्त किसी और की ज़िंदगी में उसकी दखलंदाजी का कोई वर्णन उपन्यास में नहीं है। अपनी तमाम बेहूदगियों के बावजूद वह प्रकाशक राजेश्वर से लगातार

प्रताड़ित होता रहता है, और बदले में उसको किसी प्रकार की हानि नहीं पहुँचा पाता। वक़्त–बेवक़्त जाने–अनजाने सामाजिक असमानता पर की गयी उसकी टिप्पणियाँ सत्य को प्रकट करती हैं जिससे प्रभावित होकर ही माधवी उसके क़रीब है आत्म–मंथन के दौरान कौशल द्वारा किये जाने वाले प्रलापों में कभी–कभी माधवी के संबंध के प्रति उसकी गंभीरता का भी आभास मिलता है।

वस्तुतः कौशल आधुनिकता और बाज़ारीकरण से शापग्रस्त निम्न मध्यम वर्गीय बौद्धिक वर्ग का प्रतिनिधि चरित्र है जिसके जीवन से सच और सपने का भेद मिट गया है। 'सच और झूठ के कलात्मक मिश्रण' के जिस हथियार द्वारा वह माधवी का शोषण करता है, वह उसके जीवन की भी सच्चाई है। अपनी वर्गीय स्थिति से अंसतुष्ट कौशल भले ही अभिजात वर्ग की माधवी को वर्गीय संस्कारों के कारण कोसता है लेकिन उसका अंतिम लक्ष्य भी उसी वर्ग में शामिल होना है। अपने वर्ग और उससे उपजे विचारों को लेकर लगातार किये जाने वाले अहंकार प्रदर्शनों से भिन्न कौशल के अंतर्मन में कहीं बहुत गहरे हीन भावना है। कौशल के समक्ष उपस्थित रचनात्मक संकट और उसका साइकोपैथ चरित्र केवल उसकी नहीं बल्कि उन निम्न–मध्यमवर्गीय बौद्धिक व्यक्तियों की नियति है, जो अपनी सामाजिक स्थितियों से उत्पन्न असंतोष एवम् अभिजातवर्गीय लालसाओं की संतुष्टि अन्य तत्त्वों से करना चाहते हैं।

वास्तव में उपन्यासकार की मुख्य 'चिंता साहित्य जगत में विद्यमान रचनात्मक संकट के कारणों की तलाश करना है। साहित्यकार चाहे जिस वर्ग से हो साहित्यिक ईमानदारी के अभाव में रचनात्मक असफलता ही उसके हाथ लगेगी साहित्य न केवल पाठक से व्यक्तित्व की विराटता की माँग करता है बल्कि रचनाकार से भी उसकी यही अपेक्षा रहती है। लेकिन वर्तमान समय में साहित्यकार व्यक्तित्व शून्य हो गये हैं। बौद्धिकता का अहंकार और साहित्यिक सफलता की लालसा उनको अपने 'मैं' से बाहर झाँकने का अवसर प्रदान नहीं करती। उपन्यास के शीर्षक 'मैं और मैं' में यदि एक 'मैं' कौशल का और एक माधवी का है तो उसकी शीर्षक की अभिव्यंजना 'केवल मैं' की है उपन्यास के दोनों पात्र अपने 'मैं' की स्थापना की प्रक्रिया में दूसरे के 'मैं' को कुचल देना चाहते हैं, लेकिन अंत में दोनों ही समाप्त हो जाते हैं।

आज की साहित्यिक पत्रकारिता में एक–दूसरे पर कीचड़ उछालकर स्वयं को स्थापित करने वाली जो स्थिति उत्पन्न हो गयी है वह इन्हीं माधवी और कौशल कुमारों की देन है। अपने अहंकार में चूर इन साहित्यकारों को न साहित्य का ख़्याल है और न ही साहित्य के पाठकों का ये जिन्हें रचनात्मक सक्रियता कहते हैं वस्तुतः वही रचनात्मक शून्यता और संकट की

स्थिति है। हिंदी साहित्य जगत में किसी विश्वस्तरीय साहित्यिक कृति के नहीं लिखे जाने के यही कारण हैं। इस उपन्यास में आज के साहित्यकारों की लफ़्फाजी और विचारशून्य होते जाने के वास्तविक कारणों को बेहद सूक्ष्मता से चित्रित किया गया है।

'मैं और मैं' पर लिखी एक समीक्षा में आलोचक मधुरेश ने इसे 'मोटे तौर पर स्त्री की आस्मिता की खोज' करने वाला उपन्यास बताया है। वैसे इसी समीक्षा के अतं में निष्कर्षात्मक टिप्पणी देते हुए उन्होंने यह भी लिखा है कि 'अपने वर्तमान रूप में स्त्री की अस्मिता की खोज की अपेक्षा 'मैं और मैं' वर्ग विद्वेष का उदाहरण ही अधिक है (मधुरेश, 2003 पृ. 215)।' वास्तव में स्त्री अस्मिता की तलाश को अपनी रचनाओं के केंद्र में रखने वाली मृदुला गर्ग के इस उपन्यास की नायिका में स्त्री अस्मिता की चेतना का आधार बहुत ही कमज़ोर है। एक पढ़ा–लिखी स्वतंत्र स्त्री होने के बावजूद उसके भीतर कहीं गहरे पुरुषसत्तात्मक व्यवस्था के स्वीकार की भावना है। पति और बच्चों से उसका संबंध निःस्वार्थ प्रेम पर नहीं टिका है, उसमें पुरुषवादी व्यवस्था का भय भी विद्यमान है। अपने नितांत व्यक्तिगत संबंधों में भी वह स्वतंत्र नहीं है। कौशल के बार–बार आने के विषय में बच्चों द्वारा नाराज़गी प्रकट करने पर पति राकेश जब उससे पूछता है कि 'वह क्या रोज़ आता है', तो अपराधबोध से भरकर वह कहती है कि 'अब नहीं आयेगा।' आगे का वार्तालाप उसके कमज़ोर व्यक्तित्व का प्रत्यक्ष प्रमाण है :

'तुम नहीं चाहते तो नहीं मिलूँगी अगली बार', तिलमिलाकर माधवी ने कहा।

'और उपन्यास?'

'तुम्हारी खुशी पहले है। नहीं लिखा जायेगा तो न सही।'

राकेश उठकर बैठ गया। उसके दोनों कंधे हाथों से दबाकर बोला–

'मुझसे झूठ मत बोलो माधवी। मैं तुम्हारी बिसात का मोहरा नहीं हूँ।'

'फिर तुम आदेश क्यों नहीं देते?' माधवी ने रुआँसे स्वर में कहा (मृदुला गर्ग, अपने संबंधों के लिए भी पति के आदेश की प्रतीक्षा करने वाली माधवी से स्त्री अस्मिता की खोज की अपेक्षा करना बेकार हैं। उपन्यास के अतं में माधवी के व्यक्तित्व में जिस स्वतंत्र चेतना का उदय होता है उसका आधार कमज़ोर है। वहाँ सिर्फ़ एक छली गयी स्त्री की हिंसक प्रतिक्रिया है। स्त्री अस्मिता के तलाश की जो जद्दोज़हद मृदुला गर्ग की अन्य नायिकाओं में मिलती है उसका माधवी में नितांत अभाव है। वस्तुतः यह उपन्यास स्त्री अस्मिता की खोज की अपेक्षा रचनात्मक संकट के सवाल को ज़्यादा मज़बूती से उठाता है।

कथा के पात्र और कहानी का नया अंत

–सुषमा सक्सेना

तो कहानी को यों शुरू करती हूँ कि किस तरह एक किशोरी मृदुला जी की पुस्तकें पढ़ती हुई बड़ी होती है और साहित्य के प्रति, ... विशेष रूप से पठन के प्रति अपनी आस्था को लेकर जब समाज में अपने स्वतंत्र और आत्मनिर्भर रूप में आगे बढ़ती है तो पाती है कि मृदुला जी के लेखन से उसे अपने वातावरण को पढ़ते रहने की एक शक्ति–सी मिल गयी है। नौकरी और बाहर के आवश्यक कामों के अलावा मूलतः, मैं अपने ही सानिध्य में और अपने परिवार के साथ पढ़ती–लिखती संतुष्ट रहने वाली एक बड़ी हद तक अंतर्मुखी व्यक्ति हूँ। परंतु जीवन के रीति–रिवाज़ जब मुझे बहिर्मुखी आवरण पहना ही देते हैं तो दायित्वों के तकाजे और सक्षमता की आवश्यकता, मुझे संवाद करने में भी सहज बना देती है .....

परंतु,मिथ्या के ऊपर समय न नष्ट करना,मेरे लिए पहला विकल्प रहता ही है। और नकली और असली दुनिया की जो मेरी समझ है, उसमें मृदुला गर्ग जी के लिखे साहित्य ने बड़ी भूमिका अदा की है।

आज आरम्भ का बिंदु रहेगा मेरा 'मैं और मैं' का पढ़ना। मृदुला जी के इस उपन्यास की नायिका माधवी का प्रशंसा, महत्वाकांक्षा,मानवीय लालसाओं, व्यावहारिक दाँव–पेंच और दया इत्यादि में उलझा हुआ व्यक्तित्व और उसका भरपूर लाभ उठाने वाला कौशल कुमार, जो माधवी के दिमाग़ से खेलता हुआ उसे जहाँ चाहे ले जाता है ..... कभी अति उत्साही हो कर वह उसे शराब भी परोस बैठती है और कभी उसका माथा भी सहलाती है .....

क्या इन सब में सिर्फ़ माधवी का हृदय भाग ले रहा है या उसकी सशक्त मेधा भी? क्या ऐसा करके वह अपने को कोसती भी है? क्या इस बड़प्पन में माधवी का भी स्वार्थ है? क्या यह सब फ़ायदे –नुकसान का हिसाब लगा कर किया गया उपक्रम है? क्या कौशल कुमार के झूठ को पहचान कर ...

. और अपने आप को उसके धोखे को पहचान लेने की हिम्मत देकर, और उसके ऊपर उसी के हथियार का लगभग प्राण घातक वार कर वह अब बहुत स्वतंत्र नहीं महसूस कर रही?

यों तो मैंने उनकी लिखी हुई हर पुस्तक पढ़ी है और किसी एक को श्रेष्ठ कहना मैं सही नहीं मानती, क्योंकि उनकी हर एक पुस्तक मानवमन और संबंधों का एक साफ़ आइना है। बिना किसी घुमाव–फिराव,बिना किसी लाग–लपेट। एकदम ईमानदार और सच्चाई से भरपूर। समाज की कठिन गाँठों वाली बुनावट को खोल कर, उसी ऊन को सीधे गोलों में लपेट कर फिर सीधी बुनाई से एक समतल शाल बुन देने की तरह, जिसमें ऊष्मा भी अधिक है और ऊन की खपत भी कम।

उनकी ‘उसके हिस्से की धूपश मेरी दृष्टि में सबसे अच्छी या ठीक से कहूँ तो सबसे सही लिखी प्रेमकथाओं में से एक है। उस पुस्तक से अपने लगाव की क्या बात कहूँ! हर 18 दिसंबर को यह याद आ जाता है कि आज जितेन का जन्मदिन है।

उस उपन्यास की कुछ बातें अभी भी मेरे सामने रेखांकित रहती हैं।

जैसे कि सुधा का यह कहना कि प्रेम दाँत के दर्द समान होता है! जब तक यह रहता है तब तक इसके अलावा कुछ और समझ में नहीं आता। पुस्तक में एक स्थान पर अस्तित्व की सार्थकता को लेकर कहलाया गया यह विचार कि कोई व्यक्ति यह कह कर कि वह प्रेम में है, उतनी संतुष्टि का अनुभव नहीं कर सकता, जितना यह कह कर कि वह व्यस्त है। मैंने उनकी सब पुस्तकें पहले अनजान साहित्य की तरह पढ़ीं। किसी ने ऐसा नहीं बताया कि उन्हें पढ़ो। पढ़ने की लगन और उनके लेखन के ऊपर बढ़ते हुए आकर्षण से मैंने उनकी सुगठित रचनाओं ...कहानियों, कथाओं,उपन्यासों को एक के बाद एक पढ़ा और धीरे–धीरे मेरे लिए ये प्रबंधन और मनोविज्ञान का अध्ययन बन गयीं। उनकी रचनाओं के पीछे गहरा समाजविज्ञान,मनोविज्ञान और शोध मिल कर एक गहन आधार प्रदान करते हैं और खूबसूरत अभिव्यक्ति के साथ यही सुदृढ़ नींव उनकी रचनाओं को कालजयी बनाती है। किसी भी स्तर पर मृदुला जी सच्चाई, बेबाकी और गहन अध्ययन का सूत्र अपने हाथों से छोड़तीं नहीं।

जब मैं उनके बारे में बात करती हूँ तो काफ़ी गहराई से अपने शब्दों और वाक्यों का चुनाव करना चाहती हूँ और अपनी भाषा को जकड़न में पाती हूँ –

अच्छा लिखती हैं।

..

भाषा कमाल की है।...

सोच गहरी है .... विचार विस्तृत हैं ... संवेदनशील हैं ... उनके पास कहानियाँ हैं .... कथ्य है... यह सबकुछ कह कर भी मैंने मृदुला जी के बारे में जैसे कुछ नहीं कहा। .... वह जो उनमें बिलकुल अलग है। ...वह बहुत कुछ जो उनकी अपनी ख़ासियत, अपनी पहचान है .... वह बहुत कुछ जो हमें ये बताता है कि मृदुला गर्ग एक हैं ...एक और सिर्फ़ एक ......।

इतनी बातें तो आप किसी भी सफल या प्रसिद्ध लेखक के विषय में कह सकते हैं ....और इतनी विशेषताएँ तो शायद हर एक लेखक में होनी भी चाहिए, तभी तो वह लेखक है। इन खूबियों का बयान करने से वह बात नहीं आती जो उनमें बिलकुल अलग है।

मुझ जैसे कई पाठकों की दुनिया में वह विशेष स्थान लेकर अलग से स्थापित हैं, वह सब कुछ कहती हुई जो हम सब कह नहीं पा रहे। सामान्य मनुष्य के दिमाग़ की दुरूह गलियों की जटिलता का तीक्ष्ण परीक्षण कर उसका एक–एक उलझा हुआ ताना– बाना सुलझा के हमारे सामने रख देने वाली मृदुला जी। सत्य को सपाट और सहज करके हमारे सामने परोस देना, ऐसे जैसे कुछ हुआ ही न हो।

मैं अपने आपको ही समझने की कोशिश में, यह कह सकती हूँ कि मृदुला जी के लेखन को परिभाषित करने वाला सबसे गूढ़ जो परिसूचक है, वह है sympathy।

.... एम्पथी अथवा तादात्म्य ..... लगभग तादात्म्य ....

एम्पथी के लिए हिंदी में कोई उपयुक्त शब्द ढूँढना मुश्किल है।.मैं एम्पथी को अपनी कोई परिभाषा देना चाहती नहीं हूँ। बस आप यह समझें कि यदि आप एक विवेकशील पाठक हैं तो मृदुला जी को पढ़ कर अवश्य देखना है ... ...और इत्मीनान से पढ़ें ज़रा ताकि स्वाद और विभेद दोनों को आजमा सकें ... साहित्य का सौंदर्यबोध नए सिरे से निरख सकें ....

पढ़ी हुई किताबों से मैंने जो समझा है, वह है कि अपने आप को दूसरों के साँचे में रख कर उनके स्थान पर,उनकी स्थिति में और उनकी परिस्थिति में सोच पाना,जैसा कि कहते हैं कि दूसरों के जूतों में अपने पैर डाल कर सोच पाना है, एम्पथी। एम्पथी और sympathy .... सिंपथी (सहानुभूति) अलग–अलग शब्द हैं। सिंपथी यानि सहानुभूति एक किस्म का निर्णय होता है कि आपने मान लिया कि व्यक्ति विशेष की भावना जो है, वह सही है, उचित है,

स्वाभाविक है। ...

माने ये ऐसे ही होना चाहिए ... उसके व्यवहार या उसकी प्रतिक्रिया को आपने उचित ठहरा लिया है। .... उसकी हँसी, उसके विक्षोभ, उसके दुःख, उसके क्रोध, उसके आह्लाद से आपकी सहमति है।

.इस प्रकार पात्र से एकमत होकर आप एक तर्कपूर्ण साहित्य नहीं लिख सकते। और आप सिर्फ़ विवरण भी नहीं लिख सकते क्योंकि पात्रों और चरित्रों के मन की गहराइयों में जो प्रक्रिया चल रही है, उसे कहे बग़ैर कहानी नहीं होगी, वह रिपोर्टिंग हो कर रह जाएगी।

इस लिहाज से एम्पथी एक निर्लिप्त क्रिया है। अमुक का व्यवहार ऐसा है! वह ऐसा क्यों कर रही? वह ऐसा क्यों कर रहा? उसका विश्लेषण तो आप करते हैं परंतु उसमें आपकी भागीदारी शामिल नहीं होती। उसे सही या गलत ठहरना शामिल नहीं है ... बस आप सबकुछ देख पा रहे हैं, कारण और व्यवहार दोनों, परंतु उसमें आपका निर्णय शामिल नहीं है। आप जानते तो हैं –परंतु एक स्वच्छ,निर्विकार,निष्पक्ष निरीक्षण से। बस इतना ही। उस पर सही गलत का लेबल चस्पां करना आपका काम नहीं है।

अर्थात् उसका जूता अगर उसे चुभता है तो उसके पैरों में, उसके मौसम में, उसकी त्वचा में .....उसका जूता। वही जूता मेरे पैरों की ताक़त से,मेरी चमड़ी पर,मेरे पैरों के आकार में, मेरे वातावरण में,मेरी सर्दी–गर्मी में, मुझे भी चुभे यह ज़रूरी नहीं .... और यदि उसे चुभ रहा है तो जूते को बदलभर देने से ...अर्थात् मेरा न चुभने वाला जूता उसे दे देने से उसका दर्द कम नहीं हो जायेगा। तो यह फ़ैसले सुनाने का लोभ रोक कर निरीक्षण करना या अध्ययन करना एम्पथी के ज़्यादा निकट होता है और यही एम्पथी मृदुला जी के लेखन को अन्य बहुत सारे लेखन से एकदम अलग कर देती है ... वे सब पात्रों के मन–मस्तिष्क में जैसे कोई सूक्ष्म कैमरा लगा कर पूर्ण मुआयना करती हैं .. . एक–एक दृश्य का ...एक–एक आवेग–संवेग का ...और नतीजे पर पहुँचने की शीघ्रता न कर बता देती हैं कि अब यह सब भीतरी आदान–प्रदान चल रहे हैं ...हर एक इंसान के भीतर उसके स्वयं से किये संवाद में।

मैंने मनोविज्ञान का अध्ययन तो किया नहीं,परंतु मृदुला जी जिस तरह आपके दिमाग़ में, दिल में, रूह में झाँक कर बिलकुल सटीक बातें लिखती हैं तो समझ में आता है कि उनकी मनोवैज्ञानिक दृष्टि बहुत सजग,सतेज और तीव्र है–बिलकुल बेध कर भेद ले लेने वाली ... इस हद तक कि हमारे मन को हिला देती है –– सच्चाई के ठंड़े धात्विक तीर हम पर एक के बाद एक

निरंतर बरसने लगते हैं और यह सच्चाई कभी हमारे बर्दाश्त के बाहर हो जाती है, कभी पात्रों के प्रति तिरस्कार,घृणा और वितृष्णा को जन्म देती है। कभी–कभी कथा की धार असहनीय हो जाती है और सच्चाई हम पर भारी हो जाती है और हम थकने लग जाते हैं। इस परीक्षण को नकारना अपने अस्तित्व को झुठलाना है।

न चाहते हुए भी हम मुड़ –मुड़ कर उनकी कहानी पढ़ने लग जाते हैं। ठीक उसी तरह जैसे कौशल कुमार अपनी निर्धनता,अपनी ज़िंदगी का बदमजा स्वाद और अपने संघर्ष को समर्थ समाज के मत्थे मढ़ता है और उन्हें अपनी चतुराई और मधुरता का निशाना बना पैसे हड़पने को सही मानता है ...जैसे, उन सबसे बदला लेने का और ठगने का उसको अधिकार है–और वह माधवी और उसके पति को छलते हुए आगे बढ़ना अपने जन्म का न्याय समझता है। जैसे माधवी उसे अपनी आत्ममुग्धता को सींचने का ज़रिया पाती है। उसके झूठ के खेल में विदुषी एवं बुद्धिमती होने के बावजूद स्वेच्छा से फँसती जाती है। जुगुप्सा को नज़रअंदाज़ करती हुई उस दलदल में उतरती जाती है।

उसके जाल को बुना जाना देख कर कहीं–न–कहीं प्रशंसा और प्रसिद्धि का लक्ष्य उसे मूर्ख बना जाता है। अपनी प्राथमिकताओं से समझौता कर स्वयं से स्वयं को सही होने की बहस करती है दृ

कौशल कुमार के साथ धीरे–धीरे उसके निर्देशन में चलती जाती है। उदाहरण चाहे बच्चों की खीर बनाना टाल देना हो या फिर पति से कौशल कुमार की बातों में से कुछ अपनी सुविधानुसार छुपा लेना हो।

माधवी को भी लगता है कि ये सब समझौते उसके लेखन को मकाम दिलाएँगे, जिसकी वह हक़दार है। आर्थिक सामर्थ्य माधवी को कौशल कुमार की विपन्नता के करुण प्रतीत होने वाले हथियारों के आगे अपराधबोध सेभर जाता है।

कौशल कुमार इस अपराधबोध और दया भावना से खेलने का कितना आदी है,यह तो आप तब देखते हैं जब वह माधवी के व्यवसायी पति को माधवी की तमाम अनिच्छाओं के बावजूद अपना सरल शिकार बना लेता है।

वही पति जो कौशल की अपने घर में अवांछित उपस्थिति से आजिज भी है –असंतुष्ट भी, परंतु उसकी सभ्यता और शालीनता से खेलना भी कौशल कुमार पूरी निपुणता से करता है। यहाँ तक कि एक बिंदु पर कौशल कुमार खुलेआम एक स्टेज के जादूगर की तरह पति–पत्नी दोनों को ठग रहा

है। दोनों कहीं–न–कहीं उसके खेल के विरुद्ध रहे हैं। परंतु उसके इशारों पर कठपुतली की तरह मंच पर नाचते हैं, जैसे किसी वशीकरण मंत्र के सम्मोहन में हों या फिर नींद की दवा में अधजगे, अपने नियंत्रण से बाहर।

दोनों को कौशल कुमार अपनी चालक जबान और सहानुभूति से द्रवित कर कभी उनकी दया भावना और कभी उनके अपराधबोध से, एक विजेता की तरह खेल कर अपना स्वार्थ सिद्ध करता जा रहा है। पति–पत्नी दोनों उसके चंगुल में हैं और आपस में लड़ भी रहे हैं। परिवार में अद्‌भुत कलह को प्रवेश मिला है .... अब माधवी का परिवार इस आंधी–तूफ़ान से गुज़र कर कब सामान्य हो पायेगा, समय ही बतायेगा।

झूठ देर सबेर सामने आया है तो बस इसलिए कि अपनी आवृत्ति से उसने माधवी की आँखों के आगे का पर्दा उतार कर फेंक दिया है। अब वह आगे अपने आप को धोखा नहीं दे पा रही और कौशल कुमार के झूठ से ही उस पर आक्रमण करती है। शायद उस ज़हर का काट यह ज़हर ही था। परंतु अंत में आकर मैं कौशल कुमार को पराजित और हताश देखती हूँ तो विश्वास नहीं कर पाती। क्योंकि मुझे जीवन ने यह पाठ सिखाया है कि झूठ जिनकी रोज़ी–रोटी का साधन है,वे एक शिकार कम होने से रुक नहीं जाते। तुरंत चल पड़ते हैं नये, निर्दोष, विश्वास करने को तैयार, अपने ह्रदय पर कुछ भी छापने को तैयार ...श्लाघा की प्यास में सक्षम शिकार की तरफ़... जहाँ कौशल कुमार के लिए उसके अपने हथियारों का प्रयोग करना लंबे समय तक आसान रहेगा।

मृदुला जी ने हारे हुए कौशल कुमार की छटपटाहट और आत्मघाती क्षण पर कहानी का समापन किया।

एक कहानी के कई अंत हो सकते हैं। मेरे अनुभवों की कड़वाहट ने एक वैकल्पिक अंत की कल्पना की और उसे मृदुला जी को भेज दिया।

झूठ में सच से ज़्यादा ताक़त और निष्ठा होती है। ऊर्जा भी। और झूठ के खिलाड़ी की चालें ज़्यादा सोची–समझी, क्योंकि यह झूठ उसका पेशा है, एक दिन की बात नहीं और एक दिन की हार को जीत में बदलना झूठ के खिलाड़ी के लिए कठिन हो सकता है। लेकिन उसे जीतना तो है ही, क्योंकि उसके हारने की कीमत बहुत भारी है।

तो इस तरह मैंने अपने लिखे नये अंत में कौशल कुमार को पुनर्जीवन प्रदान किया।

मैं मृदुला जी की यह बात पूरी तरह मानती हूँ कि चूँकि माधवी न केवल

झूठ को समझ गयी है, बल्कि कौशल कुमार के इसी अस्त्र का उस के ऊपर इस्तेमाल भी। कौशल कुमार के लिए यह क्षण असहनीय है और उसे आत्महत्या तक भी ले जा सकता है। मैंने वैकल्पिक अंत में एक और नयी कहानी के द्वार खोले थे और साहस कर उसे मृदुला जी को भेज भी दिया था। इस तरह 'मैं और मैं' मेरे लिए बहुत अपनी –सी किताब है।

शायद आपको ऐसा लगे कि मैं कौशल कुमार के प्रति ज़्यादा कटु हूँ। नहीं .... ऐसी झूठ की फ़सलों के लहलहाने के लिए, माधवी की नाम कमाने की ललक, तारीफ़ की अदम्य तृष्णा से भरा मन और कुल मिलाकर गणित के इस खेल में मिलने वाला हासिल ही कौशल कुमार के लिए एक बेहद उपजाऊ ज़मीन प्रदान करता है। यह एक– दूसरे की मेधा से खेला गय एक खेल है, जहाँ दोनों खिलाडियों का दायित्व बराबर है।

'उसके हिस्से की धूप', 'अनित्य', 'बिसात', 'कठगुलाब', 'चित्तकोबरा', 'बसु का कुटुंब,' 'द लास्ट' मैंने' पढ़ी हैं और इनके अलावा, मैंने उनकी लगभग सब कहानियाँ,कई लेख और साक्षात्कार पढ़े हैं, तो यह कैसे कह दूँ कि 'मैं और मैं' सबसे अच्छी है, परंतु यह पुस्तक मुझे प्रिय थोड़ी ज़्यादा है और आप इसे मेरा पक्षपात कह सकते हैं। मुझे इस बात से भी बड़ी श्रद्धा हुई कि ऐसे विषय पर मृदुला जी ने लिखने की सोची और विषय को जैसे जीवविज्ञान की प्रयोगशाला की मेज़ पर रख कर औजारों से एक–एक शिरा,धमनी,कोशिका, तक ......सबका विवेचन कर दिया....सबके ऊपर एक टार्च जला के रख दी।

एक पाठक जब लेखक की रचना के पात्रों का नया भविष्य लिखने लग जाए, इसे क्या कहेंगे? शायद साहित्य का सबसे बड़ा उद्देश्य क्या यही नहीं होता है? पाठक को रचने पर विवश कर देना?

"अनित्य" का एक अंश

एल्फ्रेड पार्क के बीच खडा वह दीर्घकाय पेड़ जिसके पीछे से आज़ाद लड़े थे अब नहीं है। उसकी पूजा–अर्चना होती देख अंग्रेज़ कलेक्टर ने उसे जड़ से उखड़वा दिया है। फिर भी पूजा ज़ारी है। लोग उखड़े पेड़ की पोली धरती पर ही मालाएँ चढ़ा जाते हैं। अब कुछ दिन बाद भगतसिंह और उनके साथियों को भी फाँसी हो जायेगी। यही सब तब भी होगा। लोग उनका नाम लेकर रोयें–पीटेंगे, फूल मालाएँ चढाएँगे और सत्याग्रही छूट जायेंगे गांधीजी लंदन जायेंगे हम लोग हाथ पर हाथ धरे इंतज़ार करेंगे कि वे एक और समझौता ब्रिटिश सरकार से हमारे लिये करें बस! बलिदान का ऋण क्या ऐसे ही चुकाया जाता है? "वे कर भी क्या सकते थे?" अविजीत ने सुना, सरण कह रहा है।

"क्यों, कम–अज–कम सरदार भगतसिंह, राजगुरु और सुखदेव की फाँसी रद्द करने को समझौते की आवश्यक शर्त बना सकते थे." हरीश ने कहा।

"इर्विन कभी नहीं मानता।"

"तो आंदोलन चालू रखते। छब्बीस जनवरी की प्रतिज्ञा कुछ सोच कर की थी न? इसलिए तो नहीं कि गांधीजी जब चाहें डुगडुगी बजाकर तमाशा समेट लें।"

"मामा कह रहे थे," निखिल ने कहा, "गांधीजी ने अलग से सरदार भगतसिंह और उनके साथियों की रिहाई की बात की थी पर वाइसराय ने इनकार कर दिया।"

"अलग से!" चड्ढा जो देर से चुप था फट पड़ा था, "अलग से बात करने के मानी? बिना दबाव के सरकार भला कोई बात क्यों मानने लगी। मैं तो कहता हूँ वे चाहते ही हैं कि आतंकवादियों को फाँसी लग जाये।"

"कोरी बकवास है," सरण ने कहा, "सब जानते हैं गांधीजी हिंसा के ख़िलाफ़ है, इसलिए आतंकवादियों के लिए कुछ करना उनके सिद्धांत के ख़िलाफ़ है। गोपी मोहन साहा की भी उन्होंने इसीलिए निंदा की थी। 1924 में ही अखिल भारतीय कांग्रेस कमेटी की बैठक में उन्होंने यह बात साफ़ कर दी थी।"

"निंदा तो उन्होंने वाइसराय की ट्रेन के नीचे बम विस्फोट करने की भी कम नहीं की थी। हमारा कहना है कि इस तरह की बातें ब्रिटिश सरकार को एक तरह का बढ़ावा देती हैं।"

"हाँ, यह तो है।" अविजीत ने कहा, "पर उनके सिद्धांत की बात जो है, उसे वे कैसे छोड़ सकते हैं। गांधीजी किसी को अहिंसा पर चलने पर मज़दूर तो नहीं करते। उन्होंने कहा तो था, जो अहिंसा को नहीं मानता उसे कांग्रेस से बाहर रह कर लड़ाई छेडनी होगी।"

"और बाहर रह कर लड़ाई करने का मतलब हरीश ने कहना शुरू किया कि अख़बार में आँखें गड़ाए बैठा करीम बख़्श अचानक बोल उठा, "एक बात है। चन्द्रशेखर आज़ाद के इलाहाबाद आने की ख़बर पुलिस को कैसे हुई?"

"अरे पुलिस तो कबसे उनके पीछे थी," अविजीत ने कहा।

"वही तो। छः साल से फरार थे। पुलिस उन्हें पकड़ नहीं पायी। अब अचानक....''

"उनके दल के दो–तीन आदमी मुखबिर जो हो गये थे। वह जय गोपाल और फनीण्द्र घोष और क्या नाम था पढ़ा नहीं था अख़बार में। उन्हीं की मदद से"

"अमां, उसे तो तीन साल होने को आये। उनकी मदद से पकड़े गये होते तो अब तक कब के''

''तुम कहना क्या चाहते हो?"

"सोच कर अज़ीब–सा लगता है, जवाहरलाल जी से मिले और इतनी जल्दी पकड़ लिये गये।"

"क्या मतलब!"

अविजीत तनकर खड़ा हो गया, "तुम्हारा इशारा किस तरफ़ है?"

"मैं तो सिर्फ़ यह कह रहा हूँ कि सोच कर अज़ीब–सा लगता है।....''

"क्यों लगता है अज़ीब–सा! यह सोचने की हिम्मत कैसे हुई तुम्हारी? फिर ऐसी बात जबान पर मत लाना वरना .....

''वरना क्या कर लोगे तुम?"

"क्या करूँगा?" अविजीत ने दोनों बाजू फैलाए और करीम बख़्श को बाँहों में थाम कर ऊपर उठा लिया।

उसी तरह हवा में उसे टाँगे–टाँगे कहा, "कर तो बहुत कुछ सकता हूँ।" फिर धीरे–धीरे वापस धरती पर उतार कर बोला, पर करूँगा नहीं।"

"इसे कहते हैं अहिंसा," दबी जबान में हरीश ने कहा तो सब लड़के ठठाकर हँस पड़े।

गुस्से से थर–थर काँपता करीम बख़्श कमरे से बाहर निकल गया। अविजीत को लगा वह कुछ ग़लती कर गया। एक मुसलमान लड़के की इतने हिंदू लड़कों के सामने बेइज़्ज़ती नहीं करनी चाहिए थी। पर कुछ करना भी ज़रूरी था वरना शक का वह बीज अब हँसी के दौर में बहुत–सी कड़ुवाहट, छँट गयी है। बस चड्ढा....

"खामख्वाह नाराज़ होने का कोई फ़ायदा नहीं है।" उसने कहा, "बाजुओं के ज़ोर से तू समझौता नहीं बदल सकता।"

"समझौता जब हो ही चुका है तब हम क्या, कांग्रेस भी उसे नहीं बदल सकती।" अविजीत ने कहा, "गांधीजी को नेता चुना है तो उनकी बात रखनी पड़ेगी।"

''नेता बदले भी जा सकते हैं," हरीश ने उग्र स्वर में कहा।

''तो बदल लो." सरण ने चुनौती दी, "हिम्मत हो तो मुखालफत करो। तलाश कर लो नया नेता।

"हो सकता है। जवाहरलाल इसकी मुखालफत करें," निखिल ने कहा।

''कभी नहीं," चटर्जी बोला, "जवाहरलाल गांधीजी के ख़िलाफ़ कभी नहीं जायेंगे।"

"फिर उपाय क्या है?" निखिल ने स्वर बदलकर कहा, "और नेता है कौन गांधीजी की टक्कर का हिंदुस्तान में?"

''गांधीजी के बिना कुछ नहीं हो सकेगा." अविजीत ने समझदारी से कहा, "दो–चार वारदातें कर देने से आज़ादी नहीं मिलेगी। क्रांति चाहे सशस्त्र हो चाहे अहिंसात्मक, सफल तभी हो सकती है जब पूरे हिंदुस्तान में फैल सके। उसके लिए ऐसे नेता की ज़रूरत है जिसकी एक बात पर लोग मर–मिटने को तैयार हों।"

''तेरा मतलब, हमें नेता नहीं, भगवान चाहिए" हरीश ने कहा।

"यही समझो। चूँकि गांधीजी में वह शक्ति है जो लाखों–करोड़ों इंसानों को अपने साथ बहा कर ले जा सकती है, इसलिए हमारे पास इसके सिवा

कोई चारा नहीं है कि हम वही करें जो वे कहते हैं।"

सब लोग चुप हो रहे। सहमत होकर नहीं जवाबों की खोज में।

कुछ देर ठहर कर चड्ढा ने कहा, "अच्छा, अविजीत, सच–सच बतला, तू क्या वाकई यह मानता है कि अहिंसा का रास्ता अपनाने से ब्रिटिश सरकार का दिल बदल जायेगा और वे लोग हिंदुस्तान को आज़ाद कर देंगे?"

हाँ–ना, अविजीत के मुँह से कुछ नहीं निकला। 'हाँ' कहना अपने प्रति झूठ होता और 'ना' कहना गांधीजी के प्रति।"

अगर गांधीजी ऐसा सोचते हैं तो हो भी सकता है," कुछ देर चुप रहकर उसने कहा।

''यानी तूने अपने लिये सोचना बंद कर दिया है।"

''लड़ाई में आदेश पालन खुद सोचने से ज़्यादा महत्त्व रखता है। एक बार चुन लेने पर उसके क़दम से क़दम मिलाकर चलने पर ही कुछ हासिल हो नेता सकता है," अविजीत ने कहा।

कुछ देर चुप रहकर क़रीब–क़रीब सभी लड़कों ने अविजीत की बात का समर्थन किया। पर चड्ढा बोल उठा, "ऐसे नेता का क्या करो जो चार क़दम पूरब की तरफ़ बढ़ाये और जब तक आप उसके पीछे चलें, वह कलाबाजी खाकर अगला क़दम पश्चिम की तरफ़ बढ़ा दे?"

"बाजीगरी करो उसके साथ, और क्या''. हरीश ने कहा और सब लड़के हँस दिये।

सरण चिढ़कर बोला, "हंसना आसान है। गांधीजी में कोई तो बात होगी जो नेहरू और पटेल जैसे लोग उनके पीछे चलते हैं।"

"जादू जानते हैं, जादू हरीश ने कहा।

''जादू कहो या आंतरिक शक्ति। अविजीत ठीक कहता है, नेता वही हो सकता है जो लाखों–करोड़ों को अपने साथ बहाकर ले जा सके।"

सरण का समर्थन अविजीत को रास नहीं आया। सरण उन खुशकिस्मत लोगों में से है जो सोचने की ज़हमत ही नहीं उठाते, इसलिए किसी को अपने सोच पर अंकुश लगाने में क्या तक़लीफ़ होती है। इसका अंदाजा भी उन्हें नहीं हो सकता।

सब कह रहे थे कि अविजीत की बात ठीक है और अविजीत को ही अपनी बात सबसे ज़्यादा ग़लत लग रही थी। आज चड्ढा को याद करके जो बात उसे तंग कर रही है, वही उस दिन भी परेशान कर रही थी पर...

गांधीजी का अनुयायी होने से ही क्या अविजीत में अहिंसा के प्रति सच्चा विश्वास पैदा हो गया था? क्या गांधीजी की इस बात में ज़रा भी दम था कि भारत की जनता में हिंसा की भावना नहीं है। ख़ुद कांग्रेस के सदस्य क्या सचमुच अंहिसा के हिमायती थे?

उस दिन भी अविजीत सोच रहा था–पिछले दस वर्षों से कांग्रेस अहिंसा के सिद्धांत का प्रचार कर रही है पर जब स्वयं गांधीजी ने कांग्रेस अधिवेशन में वाइसराय की स्पेशल पर बम फेंकने की निंदा का प्रस्ताव रखा तो उनके तमाम आतंक के बावजूद वह केवल इकतीस अधिक मतों से पारित हो सका।

आतंक! बिल्कुल ठीक शब्द था। यह गांधीजी का आतंक ही था कि हमारे नेता चुपचाप उनकी बात मानते चले जाते थे।

हमारे यहाँ व्यक्ति पहले आता है। फिर संगठन, और सबसे बाद में सिद्धांत। बुद्ध के ज़माने से यही पद्धति चली आ रही है। बुद्धं शरणं गच्छामि, संघं शरणं गच्छामि, धम्मं शरणं गच्छामि का मंत्र यही सिखलाता है, पहले व्यक्ति, फिर संगठन और सबसे बाद में सिद्धांत।

बहुत ही ख़तरनाक पद्धति है। व्यक्ति पूजा का ज़हर आम आदमी को नपुंसक बना डालता है।

दूसरों के इशारों पर चलने के लिए आदमी पहले अपने से समझौता करता है। फिर औरों से और धीरे–धीरे....

समझौता उसका स्वभाव बन जाता है।

गांधीजी कहते हैं–समझौता मेरे स्वभाव का अंश है।

भगतसिंह कहते हैं–समझौता अपने में बुरा नहीं है बशर्ते कि समझौता हमारा ध्येय न हो, सिर्फ़ ख़ुद को अगली लड़ाई के लिए मज़बूत बनाने के लिए लिया गया अवकाश हो....

कांग्रेस का ध्येय क्या है, समझौता, शासन–सुधार या स्वाधीनता? हमारे लिये हमारा लक्ष्य अधिक महत्त्वपूर्ण है या उस तक पहुँचने का तरीका?

आंतरिक विश्वास के बिना आदमी अगर किसी मार्ग को अपनाये...

फिर वही प्रश्न–अहिंसा में अविजीत का विश्वास था कभी उन दिनों भी जब वह गांधीजी के नाम की माला जपता था?

वह पुलिसमैन, जिसके हाथ की लाठी उसके कंधे और पीठ पर बरसी थी! नफ़रत और हिक़ारत से सना उसका चेहरा! आज भी याद आ जाता है

तो मन एक गहरी प्रतिहिंसा की भावना सेभर जाता है।

विदेशी कपड़े की दुकानों की पिकेटिंग करने उनका जुलूस शांति के साथ आगे बढ़ रहा था जब पुलिस के एक दस्ते ने उन्हें तितर–बितर करने को ललकारा। चड्ढा और अविजीत सबसे आगे थे। खूब उत्तेजित होकर चड्ढा 'महात्मा गांधी की जय चिल्लाने लगा था। चड्ढा जो काम करता था, दीवानगी की हद तक। चाहे जय बोलनी हो चाहे मुर्दाबाद का नारा लगाना हो।

और तब घुड़सवार अंग्रेज़ सार्जेंट घोड़ा दौड़ाता हुआ आगे बढ़ आया था। एक क्षण को अविजीत ने महसूस किया था कि वह उन्हें रौंदता हुआ आगे बढ़ जाएगा। पर ठीक उनके सिर पर आकर घोड़ा रुक गया था। खूब तौलकर उस अंग्रेज़ ने हाथ की लाठी ठीक चड्ढा के सिर पर चलायी थी। अनायास, उसे बचाने के ख़याल से या बस यूँ ही अकारण, अविजीत ने हाथ से उसे पीछे धकेल दिया था और ख़ुद एक क़दम आगे बढ़ आया था। लाठी चड्ढा पर पड़ने के बजाय अविजीत के कंधे पर बरसी थी और फिर पूरे ज़ोर से पीठ पर।

उसका दिमाग़ एकदम खाली हो गया था। बदन सिर से पैर तक इस तरह थरथराया था कि वह गिरने– गिरने को हो गया था। पर वह खड़ा रहा था। एक तीखी नफ़रत का अहसास उसे सहारा दिये रहा था।

साफ उसने देखा था लाठी समेत खींचकर उसने उस गोरे अफ़सर को ज़मीन पर पटक दिया है और ख़ुद घोड़े पर सवार हो गया है। चाबुक मारकर घोड़े को आगे दौड़ाया है और उस सख़्त लाल चेहरे को रौंदता हुआ आगे बढ़ गया है। मुड़कर देखा है और जुगुप्सा के साथ एक बहशी संतोष का अनुभव किया है–हाँ, कभी वह ख़ून से सना मास का लोथड़ दंभ से गढ़ा गोरा लाल चेहरा था, उसके प्रतिद्वंद्वी का!

.... "नहीं, वह अपनी जगह अड़ा खड़ा रहा था। हाथ उठाकर वार नहीं किया था, आवाज़ बुलंद करके प्रतिवाद नहीं किया था वह इम्तिहान में पास हो गया था। लाठियाँ बरसती रही थीं, बदन थरथराता रहा था, सिर में भट्टी धधकती रही थी पर अंग्रेज़ सार्जेंट घोडे पर सवार रहा था और अविजीत नीचे ज़मीन पर खड़ा मार खाता रहा था।

पर वह जीत अहिंसा की नहीं, अनुशासन की थी। दो साल से वे अपने को ऐसी वारदात के लिए तैयार कर रहे थे। दो बार पहले भी लाठी–चार्ज

के शिकार हो चुके थे पर यह पहली मर्तबा था कि अविजीत ने मारने वाले को इतने क़रीब से देखा था। वरना एक हुजूम लड़कों का होता था, एक टुकड़ी पुलिसवालों की। वे सिर्फ़ लाठियों का बरसना महसूस करते थे, मारने वालों को देख नहीं पाते थे।

पर उस दिन उस अंग्रेज़ सार्जेंट का चेहरा उसके जेहन पर ऐसे खुद गया है जैसे वह उसका अज़ीजम नातेदार हो। अगर अविजीत भी लौटाकर दो–चार लाठियाँ उस पर बरसा सकता तो शायद उसे माफ़ करके दोस्त बना लेने में उसे दिक्कत न होती। और शायद उस सार्जेंट की आँखों में नफ़रत और हिक़ारत भी कम हो जाती। जो क्रांतिकारी ईंट का जवाब पत्थर से देते थे, उनके लिए अंग्रेज़ों के मन में भय और आक्रोश चाहे जितना रहता था, हिक़ारत नहीं होती थी। शायद मन–ही–मन वे उनकी इज़्ज़त करते थे। अहिंसा नफ़रत को कम नहीं करती, बढ़ावा देती है, निकास न पाने पर दिल के कोने में जमती चली जाती है और फिर एक दिन जब विस्फोट होता है तो बहुत कुछ चाहत के क़ाबिल, जल कर राख हो जाता है।

तभी न ठीक उन्हीं दिनों जब गांधीजी अहिंसा के प्रयोग सिखला रहे थे, देश में जहाँ–तहाँ हिंदू–मुस्लिम दंगे होते रहते थे, जिनमें हिंदुस्तानियों के दिलों में छिपी हिंसा अपने जघन्य रूप में प्रकट होती थी। एक तरफ़ कराची में कांग्रेस अधिवेशन में गांधी–इर्विन समझौते को पास किया जा रहा था। दूसरी तरफ़ कानपुर में भयानक हिंदू–मुस्लिम दंगा हो रहा था, जिसमें गणेश शंकर विद्यार्थी जैसे नेता को कत्ल किया गया था।

और आख़िर में उन्नीस सौ सैंतालीस की वह नाक़ाबिले बयान मारकाट ....दिलों में जमी हिंसा का नंगा नाच किन्हीं अंग्रेज़ सार्जेंटों की ठोकरों से आज भी अगर कहीं वह अंग्रेज़ सार्जेंट अविजीत को मिल जाये शुरू हुआ सिलसिला...

"पिताजी!" कमरे में आतंक से सवा एक शब्द गूँजा। चौंककर अविजीत ने सिर ऊपर उठाया।

राजनीतिक विसंगतियों का सशक्त चित्रण

–डॉ. विवेकी राय

मृदुला गर्ग ने 'अनित्य' में गांधी के अहिंसात्मक असहयोग आंदोलन और भगतसिंह के आतंकवादी क्रांतिकारी आंदोलन को आमने–सामने रखकर विगत पचास वर्षों के हासोन्मुख समाज की कहानी अत्यंत सघन सटीक प्रतीकात्मक उपन्यास–शिल्प में प्रस्तुत की है। भारतीय स्वराज्य के भटक जाने तथा प्राप्ति के साथ रुग्ण हो जाने का तथ्य तो सर्वविदित है, परंतु इतिहास की गहराई में छिपे, राष्ट्रीय स्थिति के ठीक–ठीक उस बिंदु का अन्वेषण जब स्वतंत्रता–संग्राम के सेनानी भटक कर चूक जाते हैं, इस कृति की अंतरंग सार्थकता है।

पाठकों को आश्चर्य नहीं होता है कि उन सेनानियों का समूचा त्याग बलिदान देश को जिस स्वराज्य की मंज़िल तक पहुँचाता है, वह प्राप्ति के बाद स्वयं उन्हें ही वितृष्ण, कुंठित और आहत कर देती है। वे अकेलेपन और व्यर्थता–बोध की असह्य यंत्रणा में पागल हो सेरिब्रल मलेरिया जैसे रोगों में फँस जाते हैं। गंदा, जड़ और भविष्यहीन स्वराज्य जैसे उन्हें 'उलई उलई' कह मुँह बिराता और चिढ़ाता रहता है। कल के सतेज सेनानी आज न केवल सुविधापरस्त और यथास्थितिवादी हो भीतर से एकदम ठंडे पड़ जाते हैं, बल्कि साथ–साथ काली छाया–जैसे चिपकी सतत रोगी और मरणोन्मुख राजनीति को ढोते, भीतर से सर्वथा टूट जाने के लिए विवश हो जाते हैं।

परंपरा, मिथ्या दायित्व और अतीत से आक्रांत ऐसे गांधीवादी सेनानियों के समझौतावादी हो अंत में प्रक्रियावादी के रूप में परिणत हो जाने की यह भयानक ट्रेजडी अनेक प्रकार के समकालीन राष्ट्रीय प्रश्नों को उभार कर हमारे सामने प्रस्तुत करती है। उपन्यास की वेदना पूरे समाज की वेदना बन छा जाती है। काजल, संगीता, रंजना, शुभा, प्रभा, लक्ष्मण अपर्णा, शुक्ल और अंत में 'अनित्य' भी, सभी चले गये। शेष रह गया अकेला अविजीत, अर्थहीन

बोझ जैसी श्यामा और उसकी संततियों के साथ, भविष्य की आशंकाओं से बेहद भयग्रस्त और असुरक्षा की तीव्र अनुभूति से प्रकंपित।

उपन्यास के अंत में यह 'सबके चले जाने' की स्थिति बहुत संश्लिष्ट संकेतों से परिपूर्ण है और यहाँ तक पहुँचते–पहुँचते पाठक अनुभव करता है कि एक परिवार की इस कहानी में एक राष्ट्र के उत्थान–पतन की कहानी बिंबित है, कृति में हर पारिवारिक घटना आगे चलकर एक विचार बन जाती है।

सबसे बड़ा विचार एक यायावर पात्र है, 'अनित्य' जब इस उपन्यास का हारा–थका और टूटा नायक अविजीत है तब इसका शीर्षक 'अनित्य' क्यों? वास्तव में अविजीत के भीतर निहित क्रांतिकारी व्यक्तित्व की वह पूरक छाया है, जो उसके भटकने से लेकर टूटने तक सदा साथ लगी है। उपन्यास के शीर्षक के रूप में 'अनित्य' एक पीड़ा, एक व्यंग्य, एक चुभन और गहरी कचोट है।

अनित्य के साक्ष्य में संघटित आलोच्य कृति राजनीतिक उपन्यास के रूप में एक वैचारिक हड़कंप की भांति प्रस्तुत हुई है। उसमें क्रांतिकारियों और आतंकवादियों की पक्षधरता को नयी लाइन पर व्याख्यायित किया गया है और गांधी की समझौतेवाली नीति की बहुत कड़ी आलोचना हुई है। आक्रोश का केंद्र गांधीइर्विन समझौता है। उपन्यास का बलिदानी पात्र चड्ढा कहता है, "यह विश्वासघात नहीं तो क्या है?" गांधी और जवाहरलाल द्वारा क्रांतिकारियों की उपेक्षा को विधिवत रचनात्मक भूमिका प्रदान की गयी है।

भगतसिंह की पुनः प्रतिष्ठा कृति का सर्वाधिक ध्यानाकर्षक बिंदु है। "लेनिन... गारिबाल्डी... मैजिनी... भगतसिंह" (पृष्ठ 82), "मार्क्स... लेनिन... माओ ...चे गुएवारा... भगतसिंह" (पृष्ठ 178), और "लेनिन मैजिनी... टीटो... भगतसिंह" (पृष्ठ 203) जैसे उल्लेख पर्याप्त सांकेतिक हैं। महान क्रांतियों के अंतरराष्ट्रीय नायकों की कतार में भगतसिंह की इस सोद्देश्य प्रतिष्ठा के साथ कुछ सवाल उठाये गये हैं और कहा गया है "अगर भगतसिंह कुछ दिन और ज़िंदा रहे होते और युवावर्ग का नेतृत्व कर पाते, तो शायद 1932 से 1942 तक वे दस साल समझौतों की नज़र न होते और देश के युवा अपने को बुरी तरह दुविधाग्रस्त न पाते। तब शायद आज़ादी कुछ ठोस अर्थ लिये आती।" (पृष्ठ 279)।

काजल की फाइल में भगतसिंह का एक लेख है, जिसमें वे महान क्रांति, सोशलिस्ट सामाजिक संगठन समाजवाद और किसानों–मज़दूरों के संगठन

की बातें लिखते हैं (पृष्ठ 78), भगतसिंह के अधूरे कार्यों को पूरा करने के लिए संकल्पवान काजल के समाने लक्ष्य हैं, प्रोपेगंडा बाइ डेथ, साधन–सत्ता पर अधिकार, आम लोगों की हुकूमत, लोकसेना का संगठन और भूमिहीन किसानों द्वारा किसी एक गाँव की संपूर्ण भूमि पर कब्ज़ा! (पृष्ठ 200) इस प्रकार आधुनिकतम आतंकवादी वाम की कड़ियों को भगतसिंह से जोड़कर कथा–लेखिका ने बहुत जोरदार और असरदार ढंग से कुछ नये विचारों के संदर्भ में बुद्धिजीवियों को झकझोरने का प्रयास किया है।

सन् 1930–32 का समय कांग्रेस की समझौतावादी पथभ्रष्टता का प्रस्थान बिंदु है। मार्गच्युत हो जाना अवश्यंभावी था। गांधी इर्विन समझौते में भगतसिंह आदि की फाँसी को रद्द करने की शर्त नहीं रखी गयी और न ही क्रांतिकारियों को जेल से छोड़ने के लिए पहल की गयी। प्रस्तुत उपन्यास में इस स्थिति को गहराई से उठाया गया है। आग के गोले–से दहकते पात्र हरीश, निखिल, चड्ढा, चटर्जी, काजल और 'अनित्य' आदि के आक्रोश में सार्थकता है।

इस बिंदु पर पाठकों का ध्यान अविजीत पर जाता है। वह गांधी को नेता नहीं देवता मानता है (पृ. 65), किंतु मूलतः क्रांति के आतंकवादी मार्ग की ज़मी छाप उसके भीतर से अंत तक हिल नहीं पाती है। वह पिकेटिंग के सिलसिले में हुए लाठी चार्जवाली स्थिति की समीक्षा करते हुए इस निष्कर्ष पर पहुचा है कि "अहिंसा नफ़रत को कम नहीं करती, बढ़ाती है।"

गांधीवाद के साथ गांधी की व्यक्तिगत आलोचना भी हुई है, "जान–बूझकर तीसरे दर्जे में सफ़र करना और लंगोट पहनना एक बात है और..." (पृष्ठ, 87), गांधीवादी नायक अविजीत में भीतर से गांधीवाद के प्रति अनास्था का चित्रांकन हुआ है। बहुत तेज़, तल्ख और चुटीली भाषा में, कांग्रेस द्वारा चलाये गये स्वाधीनता–संग्राम की न केवल समालोचना होती चलती है, बल्कि उसकी उपलब्धियों को शत–प्रतिशत नकारा गया है। यहाँ तक कि सन् 1942 के आंदोलन को भी पूर्ण निष्फल और परिणामहीन चित्रित किया गया है।

ऐसा लगता है कि स्वाधीनता संग्राम को सोद्देश्य किसी विशेष ढाँचे में ढालकर चित्रित किया गया है। इस झोंक में कुछ चुक भी हो गई है। 'करो या मरो' का प्रयोग सन् 30 की लड़ार्ड के संदर्भ में हो गया है, जबकि यह सन् 1942 का नारा था (पृष्ठ, 64), कांग्रेस–कर्मियों के कालिमा वाले पक्ष में ये शायद किसी को बख्शा नहीं गया है। सन् 1942 में माफ़ी माँगकर जेल

से निकल आने वाला मौकापरस्त मुखर्जी उद्योगमंत्री है। अविजीत का जेल का सहयात्री शरण लाइसेंस–कोटा–परमिट और संस्थान के दलाली दलदल में फँसा है।

कुल मिलाकर कथा–लेखिका जैसे संकल्पित होकर स्थायी रूप से पाठकों में यह तथ्य जमा देना चाहती है कि गांधीवादी शुरू से ही नपुंसक, स्वार्थी, मौकापरस्त, ग़लत आदर्शों को जीने वाले, चरित्रहीन और सुविधावादी रहे हैं। अविजीत की सृष्टि इसी संकल्प की पूर्ति के लिए हुई है।

सन् 31 में गोली खाते–खाते बच जाने वाला, स्वतंत्रता के लिए समर्पित अविजीत स्वातंत्र्योत्तर काल में नाना प्रकार के उत्तरदायित्वों को ओढ़े, सिंहानिया ग्रुप में जनरल मैनज़र है, 'गांधी के साथ साझेदारी' का उसका सपना सुविधापरस्ती में परिवर्तित हो गया। संप्रति कुंठा, निराशा, क्षोभ, व्यर्थता–बोध और यंत्रगतिक जीवन के अकेलेपन को काटने के लिए वह कॉलेज–जीवन की प्रेमिका काजल और संगीता की ओर लपकता है। किंतु बदली स्थितियाँ उसे बेतरह झटक देती हैं। उसमें अपराध, संकोच और हीनत्व के भाव उभरते हैं कि उसने अपने क्रांतिकारी मित्रों का साथ क्यों छोड़ दिया?

अविजीत के नैतिक और चारित्रिक पतन के विविध आयामों की सृष्टि में लेखिका कोई कसर नहीं छोड़ती है। उसकी जीवनव्यापी पराजय, असफलता और गिरावट की शुरूआत गांधी की राह की ओर भटक जाने से होती है। देशभक्ति के ज्वार में और झूठी नैतिकता के भुलावे में उसने प्रेमिकाओं की प्रणय–याचना को ठुकराया। संगीता और काजल को पाकर भी न पा सकना वैसा ही लगता है, जैसे लक्ष्य को पाकर भी नहीं पाना!

गांधीवादी के रूप में उसका चित्र प्रतिक्रियावादी का है। उसके भीतर किसी–न–किसी स्तर पर एक कचोट यह है कि वह आज़ादी की लड़ाई में न कूदा होता तो आई.सी.एस. होकर प्रशासक बन गया होता (पृष्ठ, 163), वह नपुंसक और कायर के रूप में इस प्रकार सामने आता है कि उसकी दो प्रेमिकाएँ जैसे उसके गालों पर दो तमाचे! उपन्यास का अंत आते–आते वह एकदम बावला, खोया खोया, कटा हुआ, आहत और बूढ़ा लगने लगता है। गांधीजी की बुढ़ापे की दो लड़कियों की भांति उसकी दो लड़कियाँ हैं और दोनों 'चली जाती हैं।' कहाँ?

वास्तव में यह उपन्यास का अत्यंत चुटीला व्यंग्य है। प्रभा और शुभा ही नहीं, सभी श्चले जाते हैं', क्रांतिकारियों के रास्ते पर, क्रांति की जो जलती

धारा भगतसिंह ने प्रवाहित की, वह बीच के गांधीवादी आंदोलनों के कारण न तो दब गयी और न ही नष्ट हो गयी। वह 'अनित्य' के रूप में सतत अंदर–ही–अंदर प्रवाहित रही। गांधीवादी आंदोलनों की उपलब्धि स्वराज्य के अर्थहीन हो जाने पर फिर वह क्रांतिधारा नयी आग के साथ लहरा उठी, तो यथास्थितिवादी बुजुर्गों के रोकते–रोकते भी ऐसा लगता है कि उधर ही 'सभी चले गये!'

मुख्य कथा के पीछे व्यंजित होता उपन्यास का प्रतीकार्य अधिक ही धारदार है। 'अनित्य' क्रांति की शाश्वत चेतना का प्रतीक है। अविजीत में दिग्भ्रमित गांधीवाद है, जिसने 'भोग' के लिए राजधानी की सर्वश्रेष्ठ सुंदरी श्यामा को पत्नी रूप में चुना है। श्यामा (काली) भारत की गांधीवादी राजनीति है। वह असाध्य रोगिणी है। वह मर रही है। ऐसी स्थिति में उसकी उपलब्धि, उसका बच्चा, स्वराज्य कैसा होगा? वह भविष्यहीन है, अर्थहीन है, लुंजपुंज है, भद्दा है और दोगला है। अविजीत स्पष्ट कहता है, सुधांशु मेरा बेटा नहीं! (पृष्ठ, 201) इस पर भी उसे वह ढो रहा है, घर अंधेरा लग रहा है और लगता है, उससे कुछ नहीं हो सकता है।

यहाँ उपन्यास के पाठकों के भीतर सहज ही संवेदित होने लगता है–परंपरावादी मर रहा है, परंपरा मर रही है और विद्रोह या क्रांति की नयी 'प्रभा' इस घुटते माहौल के भीतर से अज्ञात भाव से फूट रही है। ऐसा लगता है कि मृदुला जी ने पात्रों के नामों' में भी प्रतीकार्थ का ध्यान रखा है। नवीं क्रांति में ध्वंस की आतंकवादी 'प्रभा' की ही नहीं बल्कि रचना और कला की सौंदर्यवादी 'शुभा' वाली भी एक दिशा होगी। शुभा और प्रभा लेखिका की अनूठी सृष्टि हैं। अपनी समस्त भटकनों के बीच मूल संस्कार के रूप में क्रांतिधर्मी अविजीत चाहते हुए भी जैसा न हो सका, उसकी पूर्ति प्रभा में देख अत्यंत अटपटी होने पर भी प्रभा को सहता है।

प्रभा आक्रामक है, एकदम मुक्त, बेलौस, सहज उच्छृंखल, अनौपचारिक, विद्रोहजीवी, वैध–अवैध घरेलू उपद्रवों के बीच शत–प्रतिशत समझौताहीन, समझौतावादी पिता के आगे आँधी जैसी निर्बाध, अनियंत्रित, स्वीकृत संबंधों के शील से रहित, दायित्वबोध–हीन, पूरी तरह जुझारू। कहती, 'हमें कमज़ोर लोगों से नफ़रत है' (पृ. 18), क्रांति का सक्रिय चित्र–सी, ऊँचे उद्देश्यों के लिए भूमिगत वामपंथी आंदोलनों से जुड़ी, अविजीत के परिवार (भारत) में एक विस्फोट–सी, रोमांचक सशस्त्र आंदोलनों की भूमिका में, भगतसिंह के अधूरे कार्यों को पूर्ण करने की दिशा में झपटती एक बिजली जैसी तेज़ नारी

चरित्र सृष्टि!

निश्चित रूप से अविजीत के एक परिवार को कहानी के रूप में नये भारत को जो राजनीतिक कहानी कही गयी है, वह बावजूद सारी पक्षधरता के कलात्मक है। शिल्प–संबंधी ऐसा ही एक प्रयोग भगवतीचरण वर्मा के उपन्यास 'प्रश्न और मरीचिका' में दृष्टिगोचर होता है। नेहरू–युगीन भारत की उच्च नस्लीय सांस्कृतिक गाथा उसमें उदयराज की कहानी के रूप में, एक परिवार की कहानी के रूप में उपस्थित की गयी है। उदयराज ठीक 14 अगस्त 1947 की आधी रात को दिल्ली आता है। पाठक देखता है, सन् 47 को 'उदय' हुआ 'राज' दोगला है। फिर फतहपुरी, पीस लाज, मेलाराम और तिलकराज आदि पात्रों के नामों में सटीक राजनीतिक प्रतीकात्मकता पिरो कर कथाकार अंत में भविष्य–संभावनाहीन 'उदयराज' को निराशा की धुंध में डुबो देता है।

कुछ ऐसी ही धुंधग्रस्तता प्रस्तुत उपन्यास के अंत में है। अनिर्णय की भयानक स्थिति में पाठक सोचता है, क्या होगा इस देश का? क्या मिथ्या मोह को छोड़ वह सही रास्ते पर आयेगा? फिर क्या है सही रास्ता? क्या वामपंथी आतंकवाद के अतिरिक्त अब कोई और मार्ग शेष नहीं बचा? समझौतामूलक गांधीवाद के रास्ते देश जिस लोकतंत्र तक आया, वह बिखर कर ध्वस्त हो गया, तो फिर अब शेष क्या रहा?

उपन्यास इस रूप में आत्म मंथन की राजनीतिक चेतना को छेड़ता है। रचना, संगीता, काजल और अपर्णा की प्रेम–कहानियों के चटक स्वाद में पाठक डूब भी कहाँ पाता है? तेज़–तल्ख वैचारिक क्रांति के झटके उसे बराबर लगते चले हैं। सरहद की प्रेम–कहानियाँ नहीं, कृति की अंतर्यात्रा समाप्त होते–होते केंद्रवर्ती क्रांति–गाथा पाठकों को अपनी गिरफ़्त में ले लेती है। हाँ, सोद्‌देश्य और राजनीतिक होने के कारण इस कृति के संदर्भ में यह सवाल बना रह जाता है कि यह गिरफ़्त कितनी मज़बूत और कारगर होगी?

नित्य की व्यथा से आपूर्त

–दिनेश द्विवेदी

ख्यातिलब्ध कथाकार मृदुला गर्ग का उपन्यास 'अनित्य' सन् 1980 में नेशनल पब्लिशिंग हाउस से प्रकाशित हुआ था। तब से अब तक सजिल्द–अजिल्द छह–सात संस्करण इस उपन्यास के हो चुके हैं। उपन्यास रूप में संपूर्णतः आने से पूर्व इसका एक अंश 'धर्मयुग' में 'टोपी' शीर्षक से छपा था। 1980 में वह वर्ष की श्रेष्ठ कहानियों में संकलित कर ली गई। चर्चा में आ जाने के कारण उसे बाद में भी कहानी संग्रहों में सम्मलित किया जाता रहा। 2000 में वह जापानी में अनूदित होकर भारतीय कहानियों के संकलन में प्रकाशित हुई है। इसी उपन्यास का एक और अंश 'अलविदा मिस्टर मार्शल' शीर्षक से धर्मयुग में ही प्रकाशित हुआ था। उनके विवादास्पद उपन्यास 'चित्तकोबरा' का प्रकाशन 1979 में तथा 'अनित्य' का प्रकाशन 1980 में, लगभग एक वर्ष के बाद हुआ।

प्रस्तुत उपन्यास 'अनित्य' आंतरिक वेदना से आपूर्त एक ऐसा उपन्यास है, जिसकी मूल अवधारणा की तह में एक शाश्वत सत्य छिपा हुआ है, कि स्थिर कुछ नहीं है, सब कुछ बदलता रहता है। वास्तविकता को उसके सभी आयामों से देखना होता है, न आप इतिहास को झुठला सकते हैं, न परिवर्तनशीलता को नकार सकते हैं। स्वतंत्रता प्राप्ति के आंदोलन कि अहिंसात्मकता और क्रांतिकारिता, दोनों रूपों की पृष्ठभूमि पर लिखा गया यह उपन्यास पिछले 50 वर्षों के लगातार गिरते जा रहे तथा हासोन्मुखता की ओर अग्रसर होते हमारे राष्ट्र और समाज की पतनशीलता की महागाथा है। यदि बड़ा उद्देश्य व्यक्ति के हाथों से छूट जाये तो वह अपने आपका सारा जीवन छोटे उद्देश्य को सौंपकर कुठित और बौना जीवन जीने के लिए विवश हो जाता है। रह–रहकर समझौते करता है, और उसका व्यक्तित्व गिरता चला जाता है।

जिस समय यह उपन्यास प्रकाशित हुआ था तभी यह चर्चा में आ गया था। विभिन्न पत्र–पत्रिकाओं में इसकी समीक्षाएँ छपीं। इस पर काफ़ी तर्क–वितर्क और वितंडा फैला। चूँकि इस उपन्यास ने एक सीधा प्रहार हमारे दिल–दिमाग़ पर किए था इससे बौखलाहट और उत्तेजना फैलना स्वाभाविक था। 'चित्तकोबरा' की श्लील–अश्लीलवादी सनसनी समाप्त भी नहीं हो पायी थी कि मृदुला गर्ग ने 'अनित्य' के माध्यम से एक वैचारिक और बौद्धिक धमाके द्वारा पाठकों, समीक्षकों और बुद्धिजीवियों में एक प्रश्नाकुल उद्वेलन की चिंगारी सुलगा दी। 8 मार्च 1981 में 'धर्मयुग' के तत्कालीन संपादक लेखक कवि डॉ. धर्मवीर भारती ने अपने स्तम्भ अक्षर विश्व के अंतर्गत जिन तीन पुस्तकों का चयन कर अपनी टिप्पणी दी उसमें पहले नंबर पर 'अनित्य' था। डॉ. भारती ने कहा– 'राजनीतिक दलों का विघटन, –आर्थिक सुव्यवस्था का विघटन, क़ानून और सुरक्षा का विघटन इन सभी पर अख़बारों, पत्रिकाओं, वक्तव्यों में बहुत कुछ कहा–सुना गया, लेकिन पिछले तीस सालों में जो सबसे घातक संकट उभरा यानी चरित्र का विघटन, उस पर बुद्धिजीवियों ने सतह के नीचे उतरकर गहराई से विश्लेषण कर कोई बुनियादी बात नहीं कही। इसीलिए गतवर्ष पढ़ी गई और याद रही किताबों में सबसे पहला नाम लेना चाहूँगा मृदुला गर्ग के अत्यंत महत्त्वपूर्ण उपन्यास 'अनित्य' का केंद्रीय बिम्ब है, उसका पहाड़ों में उगा लंबा शानदार देवदार जो धीरे–धीरे कमज़ोर पड़ता जा रहा है और एक दिन जड़ से उखड़कर गिर पड़ता है। गया वह होती है, बहुत ट्रैजिक भी होती है उसके उखड़कर गिरने की वह आवाज़, घाटियों में गूँजती हुई। देवदार प्रतीक है उस संस्कारवान व्यक्तित्व का उस दृढ़ निश्चयी संकल्पशील चरित्र का, जो राष्ट्रीय संघर्ष के दौरान उभरा था। वह समझौतों के ख़िलाफ़ था। यहाँ यह कि क्रांतिकारियों के बलिदान की उपेक्षा करने वाले गांधी–इर्विन समझाते को भी नकारता था, लेकिन इन समझौतावादियों की जो कुटिल दोमुँही संस्कृति आज़ादी पाने के बाद उभरी, उसने धीरे–धीरे क्रांतिकारी मूल्यों को छिन्न–भिन्न कर दिया, जिनका प्रतीक भगतसिंह का 'इंकलाब ज़िंदाबाद' था। इस सारी प्रक्रिया को एक मध्यमवर्गीय परिवार की कथा में पिरोकर मृदुला गर्ग ने जितने मार्मिक, प्रमाणिक और कलात्मक ढंग से अपने इस उपन्यास में रखा है, वह सचमुच बहुत प्रभावशाली है। 'अनित्य' निसंदेह इस वर्ष की सबसे महत्त्वपूर्ण रचना है।'

जैसा कि ऊपर कहा जा चुका है उपन्यास के प्रकाशन के साथ ही जो **रद्दोकदही** गुज़र चुकी उस पर अब पुनः क्यों? इसके भी कारण हैं। सन्

2007 अनेक महत्त्वपूर्ण घटनाओं की स्मृति में होने वाले आयोजनों का वर्ष है। प्रधानमंत्री की अध्यक्षता में बनायी गई एक राष्ट्रीय समिति के निर्णयानुसार भारत सरकार ने ही पाँच जयंतियाँ मनाने की गजट अधिसूचना ज़ारी की है। ये जयंतियाँ हैं– 1857 के राष्ट्रीय संग्राम की 150वीं जयन्ती, वंदेमातरम् के गायन कि सौवीं जयन्ती, आज़ादी मिलने की 60वीं जयन्ती और भगतसिंह की जन्म शताब्दी के साथ–साथ उनकी शहादत के 75 वर्ष पूरे होने की स्मृति इस संदर्भ में अनेकों पत्र–पत्रिकाओं में भगतसिंह से जुड़े हुए लेख–आलेख संस्मरण आदि प्रकाशित किये। इसके अंतर्गत मार्च 2007 के 'नया ज्ञानोदय' एवं लखनऊ से प्रकाशित 'कथाक्रम' (अप्रैल–जून, (2007) में दो लेख देखने में आये 'नया ज्ञानोदय' में 'साहित्य में भगतसिंह' (लेखक चमनलाल) तथा 'कथाक्रम' में प्रकाशित मुद्राराक्षस का लेख 'भारतीय परिदृश्य में भगतसिंह'। चमनलाल ने तो भगतसिंह के ऊपर प्रकाशित पिछले दौर के लेखन में 'अनित्व' का चलताऊ–सा जिक्र किया भी है, परंतु मुद्राराक्षस जी ने तो उल्लेख करने की भी जहमत नहीं उठाई। इस संदर्भ में मैंने संपादक 'कथाक्रम' को जो पत्र लिखा है वह ज्यों का त्यों उपन्यास के राजनैतिक विश्लेषण से जोड़ते द्रष्टव्य है। हुए अंत में द्रष्टव्य है।

इस संदर्भ में आज की परिस्थितियों से जोड़ते हुए 'अनित्य' का विश्लेषण पुनः अनिवार्य हो गया है, क्योंकि आज के समाज की दुविधा जड़ पड़ताल 'अनित्य' के माध्यम से ही संभव है। चूँकि यह उपन्यास लेखिका के अन्य उपन्यास से बिल्कुल भिन्न है इसलिए इन संदर्भों का उल्लेख और भी ज़रूरी हो जाता है। जिसके मद्देनज़र मृदुला जी ने समकालीन इतिहास और राजनीति से संबंधित अपनी गहरी समझ का परिचय दिया है। उस समय भी अधिकांश समीक्षकों ने उपन्यास की समीक्षा करते हुए उन संदर्भों की उपेक्षा कर दी थी, जो तब तो ज़रूरी थे ही परंतु अब निहायत ज़रूरी हो गए हैं। 1857 ही नहीं संपूर्ण उन्नीसवीं शताब्दी में ब्रिटिश शासन विरोधी भारतीय संघर्ष सशस्त्र क्रांति के मार्ग पर चलता रहा। 1857 की क्रांति की पराजित परंतु सफलता ने कई महत्त्वपूर्ण ऐतिहासिक मुद्दे उठाये ज़रूर लेकिन निःसंदेह यह क्रांतिवाद के देशभक्तों का आदर्श बन गई। लोकमान्य तिलक, सावरकर, लाला लाजपतराय से लेकर सुभाषचन्द्र बोस तक तमाम देशभक्त नेता 1921 के असहयोग आंदोलन से लेकर 1946 के सैनिक विद्रोह तक गांधी नेतृत्व और डॉ. अहिंसा कि उस भूमिका के तारतम्य को स्पष्ट देखा जा सकता है। 'अनित्य' के शुरू में ही जवाहरलाल नेहरू के 'मेरी कहानी' से

उद्धृत दो उदाहरण न केवल हिंसा अहिंसा और वर्ग संघर्ष की थीम को रेखांकित करते हैं बल्कि नेहरू की अपनी दुरंगी भूमिका का प्रमाण और दस्तावेज़ भी प्रस्तुत कर देते हैं। निश्चय ही 'अनित्य' का आधार एक स्पष्ट क्रांतिकारी सोच है व्यक्तिगत शौर्य और हीरोइज्म मध्यवर्गीय क्रांतिवाद के मूल्यों में महत्त्वपूर्ण है। सर्वहारा क्रांतिवाद में उसे हमेशा एक विशाल जन संघर्ष और 'जन के' 'हीरोइज्म' के रूप में देखा गया है। उपन्यास का क्रांतिवाद मध्यवर्गीय है और इसी आधार पर उसकी पड़ताल भी की जानी चाहिए।

भारतीय परिस्थितियों में मध्यवर्गीय क्रांतिवाद की एक व्यापक भूमिका रही है। 'अनित्य' का कथाचक्र उपन्यास के नायक अविजीत के इर्द–गिर्द घूमता है। बाक़ी के सारे क़िरदार उसके साथ इस तरह से बावस्ता है जैसे ग्रह के साथ उपग्रह।

उपन्यास का 'बोहेमियन' (यायावर) पात्र 'अनित्य' अविजीत का मानसिक धरातल या उसका ज़मीर है। तभी तो उसके लिए अतीत और भविष्य जैसे–असंदेह जनक शब्द भी एक गूढ़ विरोधाभास का अभिधान रखते हैं, और उसके निरंतर 'प्रजेन्ट' से 'पास्ट' तथा 'फ़्यूचर' में छलांग लगाते रहने से अतीत उसके लिए आगामी अतीत और भविष्य विगत भविष्य बन जाता है। अतीत में धकेलने वाले पात्र काजल, संगीता और चड्ढा प्रमुख हैं। वहीं उसे भविष्य में छलांग लगाने वालों में मानसिक रूप से अविकसित बेटा सुधांशु और अप्राप्य रंजना है। उपन्यास का प्रारम्भ जिन –प्रतीकात्मक पंक्तियों से दस क़दम आगे... दस क़दम पीछे–फिर आगे बार–बार पीछे'। ये शब्द महत्त्वपूर्ण है ही क्योंकि अविजीत को इस उपन्यास में कई बार इस शशोपन्ज में दिखाया गया है कि वह काजल के यहाँ जाये या घर, ऑफिस से क्लब जाये या घर, रंजना के यहाँ जाये या कहीं और, लाक्षणिक दृष्टि से इनके महत्त्व का घनत्व और भी बढ़ जाता है क्योंकि उपन्यास के यही आरंभिक शब्द उपन्यास के दौरान एक 'सिंबोलिक एक्सटेंशन का रूप ले लेते हैं एवं नायक का खंडित मनस्तत्व और उसकी अतीत तथा भविष्य के बीच निरंतर कवायद करते रहने की स्थिति को भलीभाँति कलात्मक रूप से उजागर करने में सफल रहते हैं।

"जब हम गुलाम थे तो क़ानून तोड़ते थे जेल जाते थे, यह दिखलाने को कि हमारा मन गुलाम नहीं है–और आज जब हम आज़ाद हैं हमारा मन गुलाम हो गया है?...." ख़ुद अविजीत के द्वारा बोला गया यह संवाद अप्रत्यक्ष रूप

से उसके व्यक्तित्व पर प्रकाश डालता है। विडंबना यही है कि अविजीत अपने इस द्विखंडित व्यक्तित्व से होता हुआ अंत में 'डिलेरियम' में पहुँच जाता है। काजल बनर्जी से दुबारा मुलाकात होने पर वह 'नौस्टेल्जिया' का शिकार हो जाता है। उसे अपने वर्तमान से परिचय जोड़े रखने के लिए बड़ी जद्दोज़हद करनी पड़ती है। फलस्वरूप उसका दिलदिमाग़ दो धाराओं में बँट जाता है। एक स्वतंत्रता पूर्व से और दूसरा स्वतंत्रता प्राप्ति के बाद के वर्तमान से, अविजीत अविजीत नहीं रह जाता–दो मायनों में। पहले मायने में अविजीत वास्तव में इतना भुरभुरा है कि वह काजल, संगीता एवं 'अनित्य' इत्यादि चरित्रों द्वारा विजित है। यहाँ इतना कह देना ही पर्याप्त है कि वादलों के धुंध से बनी हुई छुई हुई श्यामा जानती है कि वह श्यामा नहीं है परंतु अविजीत नहीं जानता कि वह अविजीत नहीं है। जबकि 'अनित्य' अविजीत के ज़मीर या अंतर्रात्मा का पर्याय है। जब कभी भी अविजीत अपने अतीत के दलदल में या अतीत की भूलभुलैया में उलझा या धंसा होता है, 'अनित्य' किसी–न–किसी रूप में सदैव उपस्थित रहता है–उसे कोई काम करने से नहीं रोकता और न ही कोई टोकता है, सिर्फ़ केवल अपने कटाक्षों की चाबुक से उसकी चमड़ी उधेड़ता रहता है। अविजीत और 'अनित्य' वैसे ही पूरक चरित्र हैं'

जैसे– प्रभा और शुभा संगीता और श्यामा।

उपन्यास 'अनित्य' का ढाँचा दो भागों में बँटा है, जिस तरह कथानक की मनः स्थिति भी दो भागों में बँटी हुई है।

वर्तमान से अतीत और भविष्य में दस क़दम आगे दस क़दम पीछे–फिर आगे... बारस्वार पीछे इस उपन्यास को दो खंडों में बाँटा गया है– 'दुविधा' और प्रतिबोध'। प्रथम खंड में वर्तमान में बहुत कम 'एक्शन' है। जितना 'एक्शन' पहले खंड में है वह मुख्यतः इतिहास में घटित कालखंड का हिस्सा है। जबकि दूसरे खंड में प्रभा, विमलदत्त, कैलाशराव इत्यादि की सक्रियता से काफ़ी एक्शन आ गया है। यद्यपि 'अनित्य' जैसे उपन्यास में, जो मानवीय संबंधों को वौद्धिक एवं मनोवैज्ञानिक ढंग से अन्वेषित करता है, 'एक्शन' की बात करना विचित्र लगता है, फिर मी 'इस्ट्रक्चर' कि दृष्टि से यह बात महत्त्वपूर्ण है कि पहले खंड से दूसरे खंड तक पहुँचने में पाठक को कुछ अटपटा–सा महसूस होता है। दूसरे खंड में घटनाएँ तेज़ गति से घटना शुरू हो जाती हैं। समय का विषय काफ़ी महत्त्वपूर्ण होता जाता है और अगर ग़ौर से देखा जाये तो गति और समय का विषय ही है जो पहले और दूसरे खंड

के अंतर को स्पष्ट करता है। पहले खंड में नायक का दिमाग़ रह रहकर अतीत की ओर लौटता है और उसके मानसिक अंतर्द्वंद्व को प्रतीकात्मक रूप से उजागर करने के लिए 'दस क़दम आगे–दस क़दम पीछे फिर आगे... बार–बार पीछे' जैसे प्रतीकों का उपयोग किया गया है। ठीक इसके विपरीत दूसरे खंड में नायक बार–बार भविष्य को लेकर चिंतित है। अब वह पहले खंड की तरह यह नहीं सोचता कि स्वतंत्रता संग्राम के दौरान चड्डा और उसके साथियों ने क्या–क्या किया और उनको क्या क्या यातनाएँ सहनी पड़ीं बल्कि अब वह भविष्य के बारे में सोचता है। राष्ट्रीय एवं व्यक्तिगत स्तरों पर, दूसरे खंड के शुरुआत में बाहर हो रही वर्षा उसे बाढ़ की अनुकंपा के बारे में सोचने पर विवश कर देती है और वह अपनी गड़बड़ाई हुई हालत में यह देखने लगता है कि पूरा देश बाढ़ में डूबा हुआ है। इस खंड में, एकदम पहले खंड के विपरीत मृदुला गर्ग द्वारा प्रतीक भी वही इस्तेमाल किये गये हैं जिनके अंतरंग संबंध गति अथवा समय से हों–जैसे लाल बत्ती का प्रतीक, सुधांशु द्वारा काग़ज़ की नाव बनाने की प्रतीकात्मक प्रक्रिया और सुधांशु द्वारा काग़ज़ कतरने का प्रतीक, नायक अविजीत दो धाराओं में बँटकर एक ऐसे कग़ार पर खड़ा है जहाँ 'सिर भट्टी–सा सुलग रहा है जैसे रेगिस्तान में मीलों लंबा सफ़र तय करके लौटा हो....हाँ', 'लंबा तो था ही सफ़र.... मीलों नहीं वर्षों लंबा' जितने संवेदनात्मक (कटु) अनुभव उसे अतीत के होते हैं, उतने ही संवेदनात्मक (मधुर) अनुभवों के वह ख़्याली पुलाव बनाने लगता है और यही कश्मकश उसे जीवन के आगामी अतीत और विगत भविष्य के बीच छटपटाने पर मज़बूर कर देती है जो आख़िरकार सैरीवल मलेरिया से होते हुए सन्निपात तक ले जाती है।

जहाँ तक स्त्रियों के प्रति उसके स्वभाव और चरित्र का प्रश्न है, वहाँ तक काजल, संगीता और उसकी पत्नी श्यामा इन तीनों के साथ अविजीत के द्वंद्वात्मक संबंध है। श्यामा और संगीता के प्रति अविजीत का सोच–"बादलों से बनी औरत के साथ कोई जानवर कितने दिन भूख दबाये रह सकता है। भूख लगने पर ग्लानि, भूख दबाने पर क्षोभ (पृष्ठ 142) पर संगीता उसकी देह का वह दुर्दमनीय आकर्षण! शालीनता, अनुग्रह, करुणा और मानवीयता की धज्जी उड़ाता वह सम्मोहन, जो हर इंसान की तरह उसके भीतर मौजूद जानवर को झकझोरता था...(पृष्ठ 153)।" जबकि काजल के लिए अविजीत के बजाय 'अनित्य' की टिप्पणी ज़्यादा सार्थक है। 'अनित्य' काजल के विषय में अविजीत से कहता है–'आप सिर्फ़ ऐसी औरतों से प्यार कर सकते हैं जिन

पर ऊँचाई से कृपा दृष्टि डाल सकें। काजल का व्यक्तित्व आप से बड़ा था, इसलिए आप... आप कमज़ोर पर ज़्यादती नहीं करते पर उसकी कमज़ोरी को बढ़ाते हैं, श्यामा अनुग्रह माँगती गई, आप देते गये, वह माँगती 'तीनों में किसी एक महिला के साथ भी अविजीत पूर्ण रूप से संतुष्ट नहीं है। तीनों महिलाएँ सर्वथा अलग स्वभाव एवं रुचि की हैं। काजल क्रांतिकारी स्वभाव की संभ्रांत बुद्धिजीवी महिला है। संगीता में स्वाभिमान कूट–कूटकर भरा हुआ है। जबकि श्यामा बादलों से बनी एक नाजुक शरीर, समर्पित पनि है परंतु तीनों में ही अविजीत कोई–न–कोई ऐसी खामी देखता है कि वह तीनों से कट जाता है। इस तरह उसे भारतीय समाज की पलायनवादी (अवसरवादी) मनोवृत्ति का प्रतीक है, जो हर मौके पर जाने अनजाने अपनी वैचारिक उदात्तता का दामन छोड़कर स्थिति का मनोनुकूल विवेकीकरण कर लेता है। इसके ठीक विपरीत 'अनित्य' में सारी मलंगता विद्यमान है और हर समय वह अविजीत के इस लिजलिजे मध्यमार्गीपन को बेनकाब करता रहता है। 'अनित्य' एक तरह से अविजीत का अंतःकरण है, आत्मा है, ज़मीर है, जिसे अविजीत जीवनभर दबाता रहता है, 'अनित्य' की आवाज़ उसका जीवनभर पीछा करती रहती है। 'अनित्य' आता है, उपस्थित होता है, तब भी और 'अनित्य' अनुपस्थित रहता है तब भी। उपन्यास के मंच पर अविजीत की भूमिका ज़्यादा है। और 'अनित्य' की पात्र यत्र–तत्र फिर भी 'अनित्य' की आवाज़ अधिक तर्कपूर्ण, अधिक समझदारीपूर्ण और अधिक ईमानदार लगती है– देश के प्रति भी और व्यक्ति के प्रति भी।

एकमात्र पुत्र सुधांशु मंद्‌बुद्धि और तुतलाने वाला है। उसे भारत के संभावित भविष्य के प्रतीक के रूप में रखा गया है। सुधांशु में रूपायित नई पीढ़ी को तोतला, अविकसित, व्यक्तित्वहीन बताते हुए कहा गया है–'इस तरह के व्यक्तियों से बना पूरा समाज ही यदि दुविधा जड़ हो? तो इस समाज की नई पीढ़ी कैसी होगी? मानसिक रूप से मंद और बोलने में तुतलाने वाली?

इस उपन्यास में स्वाधीनता प्राप्ति के लिए लड़ी जाने वाली लड़ाई पर अहिंसात्मक असहयोग पक्ष और क्रांतिकारी आंदोलन पक्ष का संदर्भ लेते हुए पचास वर्ष के दौरान देश की राजनैतिक, सामाजिक और सांस्कृतिक पतन शीलता का मार्मिक विश्लेषण किया है। इस उपन्यास की जड़ें लेखिका के अचेतन में गहरे पैठी हैं, तो दूसरी ओर उनका चेतन प्रयास रहा है कि 'अनित्य' में साधारण लोगों के माध्यम से क्रांतिकारी एवं गांधीवादी आंदोलनों को पूरे ऐतिहासिक परिप्रेक्ष्य में देखते हुए यह अध्ययन किया जाये कि समझौतावादी

नीतियों का जनसाधारण मानस पर दीर्घकालीन रूप से क्या प्रभाव पड़ता है और स्वतंत्रता आने के बाद ही हमारे यहाँ की अवसरवादी मानसिकता को गढ़ने में उनकी कितनी और क्या भूमिका रही है?

लेख के प्रारम्भ में उल्लेखित 'कथाक्रम' नामक पत्रिका में प्रकाशित मुद्राराक्षस के लेख 'भारतीय परिदृश्य में भगतसिंह' की प्रतिक्रिया स्वरूप जो पत्र लिखा है, उसे मैं इस उपन्यास की राजनैतिक विचारधारा को विश्लेषित करने के लिये ज्यों–का–त्यों दे रहा हूँ'–

"संयोगवश आपकी पत्रिका 'कथाक्रम' का अप्रैल–जून, 2007 का अंक पढ़ने को प्राप्त हुआ। इस अंक के अंतर्गत हिंदी साहित्य के स्वनामधन्य लेखक श्री मुद्राराक्षस जी का आलेख 'भारतीय परिदृश्य में भगतसिंह' पढ़ने को मिला। आलेख में उन्होंने भगतसिंह के संदर्भ में अपनी आंतरिक पीड़ा को कुछ इस प्रकार व्यक्त किया है– 'किसी ने गांधी और भगतसिंह के व्यक्तित्व की तुलनात्मक पड़ताल नहीं की और इस बात पर चिंता नहीं प्रकट की कि गांधी की तुलना में भगतसिंह इतने निचले पायदान पर क्यों रखे गए' उनकी पीड़ा यह भी है कि 'इस सबकी तुलना में भगतसिंह को लेकर लिखा वैचारिक या रचनात्मक लेखन लगभग शून्य है।'

पढ़कर हैरान रह गया की मुद्राराक्षस जी जैसे विचारक रचनाकार इस बात से क्यों चूक गए या उन्हें किस तरह से विस्मरण हो गया कि सन् 1980 में मृदुला गर्ग का प्रख्यात उपन्यास 'अनित्य' इसी संदर्भ और परिप्रेक्ष्य में आ चुका है। इस उपन्यास के तब से अब तक सजिल्द– अजिल्द दर्जनों संस्करण हो चुके हैं। इस उपन्यास की मूल चिंता यही है जिस पर मुद्राराक्षस जी के आलेख के अंतर्गत वर्तमान चिंता बनी हुई है। यद्यपि उपन्यास सीधे–सीधे भगतसिंह की या गांधी की जीवनी नहीं है परंतु गांधी बरक्स भगतसिंह की विचारधारा की आधुनिक कथ्य की दृष्टि से जोड़ते हुए उनकी विचारधारा की गहरी पड़ताल की गई है। इस उपन्यास का कथानक आज़ादी के बाद का है। परंतु इसमें आये हुए पात्र गांधी और भगतसिंह यानी अहिंसा और क्रांति की विचार धारा से प्रत्यक्ष–अप्रत्यक्ष रूप से जुड़े हुए हैं। 'अनित्य' ऐसे चरित्रों की कहानी है जो अपनी कमज़ोरियों के कारण ऐतिहासिक घटनाक्रम में उस हद तक हिस्सा नहीं ले पाए या सोचते थे उन्हें लेना चाहिए पर उसके लिए ख़ुद को माफ़ भी नहीं कर पाये।

मृदुला जी ने भगतसिंह को गांधीजी के बरक्स रखते हुए इस उपन्यास का ताना–बाना बुना है। मुद्राराक्षस जी ने अपने लेख में गांधी के संदर्भ में

कहा है–'आर्थिक सामाजिक क्षेत्र में वे पूँजीवाद को ज्यों–का–त्यों बनाए रखना चाहते थे। भले ही इसको एक तरह की सामंती करुणा से लैस करना उनका प्रमुख कार्यक्रम था' अपने उपन्यास में मृदुला जी ने इस बात को इस तरह से उठाया था 'गांधी जी के हृदय में ग़रीब, सर्वहारा वर्गों के लिए गहरी वेदना और संवेदना थी, इसमें कोई संदेह नहीं है। अपने अनुयाइयों को भी वे ग़रीब जनता की तरह जीने और ग़रीबों पर अनुकंपा रखने की सीख देते आये थे। पर याद रखने योग्य बात यह है कि ग़रीब के लिए करुणा, अनुकंपा चाहे कितनी भी उत्कृष्ट भावनाएँ क्यों न हों, राष्ट्र की जनता या पूरे समाज को आर्थिक स्वावलंबन की तरफ़ वे नहीं ले जा सकतीं, बल्कि आर्थिक असमानता को अनिवार्य रूप से स्वीकार करती हैं। वर्ग भेद होने पर ही तो अमीर–ग़रीब पर दया दिखला सकेगा। गांधीजी ने जब भी बात की तो आर्थिक अनुकंपा की, आर्थिक समानता की कभी नहीं। इस बात को लेकर 'अनित्य' की प्रभा किहती है– 'एक समाज में रहने वाले लोग इस तरह क्यों बँटे की एक वर्ग के पास इतना हो कि वे मदद करने की सामर्थ्य रखें और दूसरे वर्ग के पास कुछ न हो कि, उसे मदद की ज़रूरत पड़े?" मुद्राराक्षस जी की ग़ैर बराबरी वाली बात को भी मृदुला जी ने इस तरह से स्पष्ट करते हुए 'ब्रिटिश सरकार क्योंकि पूँजीवादी सरकार है इसलिए समझौते से जब भी वह सत्ता छोड़ेगी तो उसे किसी पूँजीवादी राजनैतिक दल को ही देगी।' और यही कारण रहा कि स्वतंत्रता मिलने के बाद भी हमारे देश से का पूँजीवाद और अवसरवाद की जड़ें उखड़ी नहीं, और भी गहरी हो गई। इसी चर्चा के चलते भगतसिंह को उद्धृत करते हुए उन्होंने उपन्यास में स्पष्ट किया है कि उनके दिल का लक्ष्य एक सोशलिस्ट समाज की स्थापना है। कांग्रेस और क्रांतिकारी दल के लक्ष्य में यहीं भेद है कि जब राजनैतिक क्रांति से सत्ता की शक्ति अंग्रेज़ों के हाथ से निकलकर हिंदुस्तानियों के हाथ में आ जाएगी तब भगतसिंह का लक्ष्य शासन शक्ति को उन हाथों के सुपुर्द करना था जिनका लक्ष्य समाजवाद था और इसके लिए मज़दूरों और किसानों का संगठित होना अति आवश्यक है वरना तो उन लोगों के लिए लार्ड रीडिंग या इर्विन की जगह तेज़ बहादुर या पुरुषोत्तम दास ठाकुर दास के आ जाने से कोई भारी फ़र्क नहीं पड़ना।' लेखिका ने 1931 में भगतसिंह के इस कथन को एक भविष्यवाणी की तरह चित्रित किया है। भगतसिंह से पहले इलाहाबाद में एल्फ्रेड पार्क में जिस नृशंसतम तरीके से चंद्रशेखर आज़ाद को मारा गया है उसका स्मरण करते हुए उनके उपन्यास का गांधीवादी पात्र अविजीत सोच

रहा है 'अकेला' एक आदमी, अकेला गोलियों का सामना करता हुआ और इतने सारे लोग बाहर, गोलियों की पहुँच से दूर सुरक्षित निष्क्रिय।" आज़ाद के शव को ले जाने के बाद लोगों द्वारा उस पेड़ पर, जिसके पीछे छिपकर आज़ाद पुलिस से जूझ रहे थे, पर फूल मालाएँ चढ़ाना और रक्तरंजित मिट्टी को माथे से लगाकर विलाप करना गांधी की अहिंसात्मक कायर विडंबना से हमारे राष्ट्रीय चरित्र से को–रिलेटेड करते हुए मृदुला जी ने गहरा और मार्मिक प्रहार किया है। मृदुला जी की यह स्थापना, अपने आलेख में भगतसिंह को लेकर कही गई मुद्राराक्षस जी की इस चिंता एक समाजवादी गणतंत्र की स्थापना नहीं हो जाती, वर्तमान व्यवस्था का स्थान एक नई व्यवस्था नहीं लेती, जिसका उद्‌देश्य जन कल्याण होगा, जिसमें हर तरह के शोषण का अंत हो जाएगा'–को निरस्त कर देती है। 'अनित्य' में आगे भी पात्रों के बहस मुबाहिसों और पात्रों के अंतर्द्वंद्व के माध्यम से उन्होंने भगतसिंह को 'निचले पायदान से ऊपरी पायदान पर रखा है।

''गांधीजी कहते हैं समझौता मेरे स्वभाव का अंश है।"

"भगतसिंह कहते हैं–'समझौता अपने में बुरा नहीं है बशर्ते कि समझौता हमारा ध्येय न हो, सिर्फ़ खुद को अगली लड़ाई के लिए मज़बूत बनाने के लिए लिया गया अवकाश' गांधी की अहिंसा के बजाए भगतसिंह की क्रांति को उन्होंने काजल बनर्जी, विमल दत्त के माध्यम से 'जेनुइन' ठहराया है। उपन्यास में उनका यह चड्डा, कथन पूर्णतः सटीक है।' अहिंसा नफ़रत को कम नहीं करती, बढ़ावा देती है, निकास न पाने पर दिल के कोने में जमती चली जाती है और फिर एक दिन विस्फोट होता है तो बहुत कुछ चाहत के क़ाबिल जलकर राख हो जाता है। 'गांधी के तरीके से आई हुई आज़ादी जब मिली तो सत्ता इलिट के हाथों में आई जनता केवल बक्से में वोट डालने का काम करती रही, गांधीवादी विचारधारा से अनुप्रेरित अविजीत का अपराधबोध और 'अनित्य' का मोह भंग उपन्यास का मूलाधार है। लेखिका ने इस उपन्यास में गांधीवादी और क्रांतिकारी दोनों आंदोलनों को पूरे ऐतिहासिक परिप्रेक्ष्य में देखकर–समझकर वर्तमान परिवेश से जोड़ते हुए गहरी पड़ताल की है। उन्होंने गांधीवादी और क्रांतिकारियों को कथानक के माध्यम से पाठकों के सामने सीधे तौर पर रखते हुए उन पर सोचने–विचारने को न सिर्फ़ विवश किया है बल्कि एक निर्णयात्मक हिस्सेदारी के लिए आग्रह भी किया है। मृदुला जी ने स्वयं कहा है–'स्वतंत्रता मिलने पर गांधीजी की दृष्टि सही प्रमाणित नहीं हुई, तो यह भी सच है कि सरदार भगतसिंह के सर पर भी

सफलता का सेहरा नहीं बँधा, एक तरफ़ कमी व्यापक दृष्टि की रही तो दूसरी तरफ़ संगठन की।' गांधी ने समझौता दर समझौता बढ़ते हुए यदि अहिंसा का मार्ग चुना तो भगतसिंह ने 'प्रोपेगेंडा बाई डेथ' का रास्ता चुना और बहुत छोटी उम्र में शहीद हो गए। उन्होंने असमान्य शौर्य के साथ हर–रास्ता अपनाया–114 दिन की भूख हड़ताल, जेल सुधार की माँग, ब्रिटिश अदालत का बायकाट, वकीलों से बहस, आज़ादी से भी आगे जाकर समाजवादी क्रांति पर वक्तव्यः लेखिका ने यह भी स्पष्ट किया है कि बावजूद इस सबके यहीं संगठन की कमी थी कि युवक वर्ग में जो उफान उनकी शहादत पर आना चाहिए था यह नहीं आया। और क्रांतिकारी आंदोलन एक तरह से उनके साथ–साथ ठंडा पड़ गया। पर इससे उनकी क्रांतिकारी विचारधारा या जीवन का महत्त्व कम नहीं होता। विश्व में जहाँ कहीं भी सफल क्रांति हुई है उससे पहले अनेक असफल क्रांतिकारी 'उसकी वेदी पर शहीद हुए।' उन्होंने भगतसिंह को एक ऐसा विचारशील क्रांतिकारी माना है, जिन्होंने अपनी देश की मिट्टी से जन्म लेकर, अपने देश की व्यवस्था, जनमानस की समस्या को न सिर्फ़ समझा है बल्कि अध्ययन कर अपनी साम्यवादी विचारधारा से व्यक्त भी किया। उनका यह उपन्यास गांधी के बनिस्वत भगतसिंह के ज़्यादा क़रीब है। इस उपन्यास के प्रेरणा स्रोत भगतसिंह हैं। तभी न मन्मथनाथ गुप्त सरीके क्रांतिकारी ने इसे प्रामाणिक और जेनुइन कहा है। बल्कि मनोज दास ने अत्यंत ज्वलंत भाषा में कहा है 'कभी न करने से अच्छा है कि हम' देर से सही पर आज ही इस उपन्यास में उठाये गए उद्वेलक प्रश्नों पर चिन्तन–मनन कर लें।"

वर्तमान संदर्भ में देश की बद से बदतर होती हुई जिन परिस्थितियों का लगभग तीन दशक पूर्व मृदुला गर्ग ने एक भविष्यवेत्ता की तरह चित्रण किया था, वर्तमान में वह बदतर से भी और नीचे चली गई है। इस स्थिति में इस दारुण और भीषण समय में 'अनित्य' का पुनर्पाठ निहायत ज़रूरी हो जाता है।

'चित्तकोबरा' का एक अंश

मेरे सामने घना जंगल है।...गुत्थमगुत्था बेलों का अनंत झंखाड़.....पेड़ों पर घटाटोप लदी लहरियाँ लतरें झाड़ियाँ और काँटे बेपनाह भीड़...आदमी सूने रेगिस्तान में खोता है और भरे–पूरे जंगल में भी किनकी भीड़ है यह.. ..इंसानों की या पौधों की...

स्थितप्रज्ञ पेड़, दूसरों पर लदी लहलहाती लताएँ, काँटे काढ़े झाड़ियाँ, पैरों तले की घास जो रौंदे जाने पर भी नहीं मरती झुक–झुककर, मुड़–तुड़कर जीती चली जाती है।...

तो झुकूँ मैं भी, घास को सहलाऊँ और और उसी के बीच अपने को खो दूँ? इस भयंकर अकेलेपन से छुटकारा मिल जायेगा तब?....

यह कैसा अकेलापन है जो भीड़ के बीच से ज़बरन मुझे खींचकर अपनी गिरफ़्त में ले लेता है और....छोड़ता ही नहीं ..

....मैं रास्ता ढूँढ़ रही हूँ ....कीच–सनी लंबी घास में, बार–बार घुटनों तक पाँव धंस जाते हैं ....टहनियाँ तोड़ने को हाथ आगे बढ़ते हैं और पत्ते नोचकर लहूलुहान लौट आते हैं ....हर पत्ते के नीचे काँटे हैं हथेलियाँ बिंधकर छलनी हो गयी हैं बूँद–बूँद ख़ून टपक रहा है हर रोमछिद्र से पसीना ....लथपथ लाचार, मैं किसी काँटेदार झाड़ी पर बिछ जाऊँगी और आँखें मूँद लूँगी....

...."जब आँखें खोलूँगी तो....एक और किताब?

"मैं काँटो के जंगल से लौटा हूँ।"

"काट लिया जंगल?"

''हाँ।''

मिला क्या?''

''वही।''

"फिर इंसान?"

"हाँ। सिर्फ़ इसान।"

कहाँ रिचर्ड़, कैसे मिलेगा मुझे इस भीड़ में?"

रिचर्ड़ जवाब क्यों नहीं देता? दर्पण बार–बार तारीकी में क्यों डूब जाता है? क्या मैं जवाब चाहती नहीं? क्या तारीकी ही जवाब है?

यह क्या हुआ....

दर्पण टुकड़े–टुकड़े हो गया..

कैसा विस्फोट था! निःशब्द। धमाका नहीं हुआ। बिजली नहीं गिरी।

ज़मीन से लावा नहीं फूटा बस, मेरा दर्पण दरारों से भर गया।

टूटकर नीचे नहीं गिरा सैकड़ों टुकड़ों में बँटकर भी फ्रेम में टँगा है। हर टुकड़ा अपनी जगह चस्पां।

कैसा प्रतिबिंब है यह रिचर्ड़ का सिर का एक भी बाल सफ़ेद नहीं।

सब चटख सुनहरे। और चेहरा, किरच–किरच बँटा पर झुर्री एक भी नहीं।

नहीं–नहीं, मुझे रिचर्ड़ का आज का रूप चाहिए। सफ़ेद बाल। झुर्रियों से भरा चेहरा। संपूर्ण। टुकड़ा टुकड़ा बँटा नहीं.....रिचर्ड़–रिचर्ड़!

सरसराकर मोमबत्ती बुझ गयी। कमरे में घुप अंधेरा हो गया।

रिचर्ड़, बोलो! कहो न एक बार तुम हो। कहीं भी....मिस्र के रेगिस्तान में ....कौंगों के जंगल में ....आइसलैंड के ग्लेशियर पर ....तुम हो ....बस हो .... कहीं भी ....बोलो रिचर्ड़ ....एक बार मेरे दर्पण पर फिर उभरकर आओ न रिचर्ड़....

सिर्फ़ एक बार.....

रात के सन्नाटे में मेरी आँख खुल गयी।

लगा, कोई मेरे अंधेरे कमरे में आया। दाएँ कोने से प्रकाश का सोता फूट निकला। हाँ, कुछ आकृतियाँ होती हैं, जिनकी परछाइयाँ भी रोशनी फेंकती हैं।

ऐसी ही आकृति है यह....

प्रकाश की अभ्यस्त हो जाने पर मैंने देखा....

सफ़ेद सूती धोती का सादा किनारा। सिर पर लिपटा पल्ला। पूरी आस्तीन का सफ़ेद जंफर। बंगाली विधवा का–सा वेश। झुर्रीदार चेहरे पर अपूर्व लावण्य।

मैं एकटक उसे देख रही हूँ आकृति की आलोकित परछाईं धीरे–धीरे पीछे सिमटने लगी है। नहीं, यूँ जाने नहीं दिया जा सकता। दौड़कर थाम लेना होगा।

''मदर टेरेसा! मदर टेरेसा!" मैं हाथ फैलाकर चीख़ पड़ी हूँ।

परछाई दीवार पर सिमट आयी है। उस अपूर्व लावण्यमय मुख पर आमंत्रित करती मुस्कान है।

मैंने हाथ बढ़ाकर सफ़ेद धोती का किनारा मुट्ठी में भींच लेना चाहा है और. ... दुबारा मेरी आँख खुल गयी है।..

कमरे में कोई नहीं है। मैं जानती हूँ, मैंने ख्वाब देखा था। हर रात देखती हूँ। या दिन–भर ख्वाब में जीती हूँ और रात को उससे बाहर निकलने का रास्ता तलाश करती हूँ। जानती हूँ, तलाश रास्ते की नहीं, मंज़िल की होती है। मुझे मंज़िल न सही, रास्ता ही मिल जाये। सिर्फ़ यह पता चल जाये, मैं किस रास्ते की तलाश करूँ। ज़िंदगी की आख़िरी साँस तक मैं उसे ढूँढ़ती रहूँगी साँस लूँगी क्योंकि अभी ढूँढ़ना बाक़ी होगा। तलाश के बिना ज़िंदगी के मानी ही क्या हैं?

मदर टेरेसा। कलकत्ता। वही मज़लूम बस्तियाँ जहाँ कभी रिचर्ड़ काम किया था।

सब कुछ खो चुकने पर हमें उनका ख़्याल आता है। हम छोटे लोग जो हैं। सब–कुछ होते हुए जिसे उनका ख़्याल रहे उसे तो बस, प्यार किया जा सकता है।

क्यों रिचर्ड़, तुम्हें वह ज्योतिषी याद आ रहा है, जो दिल्ली की सड़कों पर आवारागर्दी करते हमे मिला था?

मेरा हाथ देखकर उसने कहा था, "तुम या तो पागल हो जाओगी या भिक्षुणी बन जाओगी।"

तुम ज़ोर से हँस पड़े थे।

"असंभव, "तुमने कहा था, "तुम न पागल होगी, न भिक्षुणी बनोगी।"

"क्यों नहीं," मैंने कहा था, "भविष्य के बारे में तुम क्या जानते हो? मैं ही क्या जानती हूँ और जब हम जानते नहीं तो कुछ भी संभव है।"

"एक बार हँसो।" तुमने कहा था।

"क्यों भला?" मैंने पूछा ज़रूर था, पर हँस दी थी।

"नहीं, तुम, न पागल होगी, न भिक्षुणी बनोगी।" तुमने दुहराया था।

"और तुम मुझे लगता है, पागल हो चुके। अब कहोगे, एक बार रोओ और फिर दुहराओगे नहीं, तुम न पागल होगी, न भिक्षुणी बनोगी।"

"एक बार रोओ।" तुमने फौरन कहा था।

मैं और खुलकर हँस दी थी। 'देखा, "तुमने कहा था, "जो इस तरह खुलकर हँस सकता है, वह न पागल होगा, न।"

"ठीक है, सुन लिया। कितनी बार कहोगे?"

तुमने ठीक कहा था? मेरी हँसी मुझे बचा लेगी? पर उस दिन क्या होगा जिस दिन पता.....चलेगा तुम नहीं रहे....

बीच का कोई रास्ता नहीं है क्या रिचर्ड़?

मैं पागल हो जाऊँ पर इतनी नहीं कि पागलखाने में बंद होना पड़े। बस इतनी कि अपना घर छोड़कर कलकत्ते की गंदी बीमार बस्तियों में शरण ले लूँ और मदर टेरेसा की अनुगत होकर भी भिक्षुणी न बनूँ!

स्त्री चाहना का आयतन

–चन्द्रकांता

प्रेम की आकांक्षा मनुष्य के होने और जीने की अनिवार्य शर्त है। यह जीवन का वह शाश्वत भाव है जो न स्त्री–पुरुष का भेद मानता है, न नैतिकताओं और सामाजिक हदबंदियों की लक्ष्मण रेखाएँ। पाप–पुण्य की परिभाषाएँ यहाँ प्रेमी–प्रेमिका स्वयं निर्धारित करते हैं। मन के भीतरी प्रकोष्ठ में पलती प्रेम की आकांक्षा के बारे में स्वामी परमहंस ने कहा था, "यदि चाहना पाप है तो मन में चाह का उगना भी पाप है'', जोकि वे यह भी मानते थे कि फूलों में सुगंध की तरह बसी इस चाहना को रोक पाना किसी के वश में नहीं है।

चित्तकोबरा उपन्यास का विषय भी प्रेम है। स्त्री की दृष्टि से देखा–महसूस। प्रेम। लेकिन यही प्रेम की दुर्निवार आकांक्षा और उत्कट आवेगों के बावजूद प्रेमी को हासिल कर, उस पर वर्चस्व ज़माने की मंशा नहीं है। व्यक्ति मन के भीतरी कक्ष में दबी–छिपी प्रेम की यह आकांक्षा गालिब के कहे वह आतिश है जो लगाए नहीं लगती और बुझाए नहीं बनती है। इसका अहसास होने पर दुनियावी रिवायतों और बनी–बनाई संहिताओं को धता बतलाकर दो प्रेमी एकात्म होने की एकल यात्रा पर चल पड़ते हैं। इस प्रेम के मूल्य निर्माण स्त्री स्वयं करती है, अपनी जिम्मेदारी और अपनी जवाबदारी पर इस यात्रा पर मनु तब निकल पड़ती है। जब प्रेमहीन शारीरिकता का धर्मोचित् निर्वाह करते एक दिन वह ख़ुद को ख़ुद की नज़र से देखती है, तब अपने भीतर छिपे उस गहवर से उसका साक्षात्कार होता है, जो विषाद का गट्टा है। जहाँ से निरंतर धुआँ उठता है। घुटन भरा धुआँ, ज़बरन घोंटी गई आग का धुआँ। मनु कहती है– यह मेरे प्यार का घर है।

क्या यह गट्टा हर उस स्त्री के भीतर नहीं होता जो एकात्म प्रेम की अभिलाषा रखती है? दाम्पत्य जीवन में सामाजिकता के सिद्धांतों के तहत,

प्रेमहीन शारीरिकता का निर्वाह करते, क्या वह उस सहज आकांक्षा को मार पाती है जो तमाम बाहरी दबावों और निषेधों के बावजूद धुए की शक्ल में उसके भीतर सिर उठाती, अपने होने का अहसास कराती रहती है? इस सच को कैसे झुठलाया जा सकता है कि अक्सर स्त्री, पत्नी–**मी चनकर** सामाजिकता का निर्वाह करती भीतर के इस सुलगते लावे को दबाने की तक़लीफ़देह कोशिशों के साथ जीने को अभिशप्त होती है?

मनु के भीतर दबी इस आग का अहसास उसे प्रेम के दोराहे पर खड़ा कर देता है। एक तरफ़ प्रेम शारीरिकता के धर्मोचित् निर्वाह तक सीमित है। जिसमें सामाजिकता के तमाम दबाव शामिल हैं। दूसरी तरफ़ व्यक्ति की स्वतंत्र आकांक्षा से जन्मा पूर्ण समर्पित निःस्वार्थ एकनिष्ठ प्रेम है, जो व्यक्ति को तमाम ग्रंथियों से मुक्त कर अहम् का हनन करता है। इस प्रेम में शरीर टैबू नहीं है पर यह प्रेम शरीर से लेकर अशरीरी आदर्श को प्राप्त होता है। यहाँ प्रेम में मन और शरीर का द्वैत नहीं। रहता बल्कि चैतन्य मनःसमागम के अनुभव से गुज़र कर दोनों पात्रों का जो आत्मोत्सर्ग होता है। उससे भीतर की संवेदनशक्ति का प्रगाढ़ उत्खनन होता है और भावों का उदात्तीकरण। इस स्थिति पर पहुँचकर व्यक्ति परिवार, समाज और राष्ट्र से भी घनिष्ठता से जुड़ पाता है।

ज़ाहिर है प्रेम की यह आदर्श स्थिति है। एक आध्यात्मिक अनुभव। शरीर माध्यमभर है उस अनुभव तक पहुँचने का, जहाँ पहुँचकर शरीर महत्त्वपूर्ण नहीं रहता। लौकिक से अलौकिक आनंद तक की अनुभूति दिलाने वाला प्रेम, अपनी चरम स्थिति में प्रेमी–प्रेमिका का ऐसा विलय है, कि शारिरिक दूरियाँ कोई मायने नहीं रखतीं। प्रेम संगीत की धुन की तरह, प्रेमी की रग–रग में बजने लगता है। व्यक्ति स्वयं प्रेममय हो उठता है। सूफी शायद इसी को फना–फिला की स्थिति कहते हैं। जहाँ व्यक्ति–प्रेम, मानव मात्र के प्रेम में विस्तार पाता है।

इसे लेखिका का स्वप्न कहें या प्रेम की पराकाष्ठा की आदर्श कल्पना। लेकिन यह प्रेम सामाजिकता की जकड़नों से मुक्त नहीं है। मनु– रिचर्ड़ के इस आदर्श प्रेम के पार्श्व में महेश–जेनी हैं। दोनों की अपनी सामाजिक संहिताएँ हैं। जबकि मनु– रिचर्ड़ का प्रेम किसी सामाजिकता से नहीं बँधा है। वह तो मन के भीतर से फूट आया स्वतंत्र झरना है। मन के उद्दाम आवेग और प्रिय से एकात्म होने की स्वतंत्र इच्छा से जन्मा। यहाँ दोनों पात्र हर सही–ग़लत के लिए समान रूप से भागीदार हैं। न कोई विजेता है, न

विजित। इस प्रेम में तमाम भीतरी बाहरी जकड़नों " से मुक्ति की कामना है। लेकिन एक प्रश्न उठता है, यह स्वतंत्रता हमें कहाँ मिलती है? रूसो ने भी कहा था, पैदा तो हम स्वतंत्र ही होते हैं पर जन्म लेने के बाद आजीवन जंजीरों से बँधे रहते हैं। मनु भी यह सच जानती है पर वह भीतर की उद्‌दाम जिज्ञासाओं को घोंटकर जीने में व्यक्ति जीवन की सार्थकता नहीं मानती। व्यक्ति स्वतंत्रता और सामाजिकता के बीच कोई सामंजस्य चाहती है, यानी कि सामाजिक परंपराओं या इतिहास की धारा के व्यक्ति की ज़रूरतों के मुताबिक मोड़ना चाहती है।

वह यह भी जानती है कि यह सब आसान नहीं है। तभी तो एक अनवरत द्वंद्व में जी रही है। अपने लिए कुछ स्वतंत्र क्षण चुनने का साहस पाते ही वह भीतर के गड्‌ढे से बाहर आती है और उस स्वतंत्रता को जी–भरकर जी लेती है। पर आवेग थम जाने पर वापस विषाद के गड्‌ढे में कूद जाती है।

मनु– रिचर्ड़ दोनों जानते हैं। जिस रास्ते पर वे चल पड़े हैं। वह कहीं नहीं पहुँचाता। सामने डेड एंड है, जिससे टकराकर या तो आप लहूलुहान हो सकते हैं या समझदारी से वापस लौट सकते हैं। लेकिन वे पगडंडियाँ तलाशते हैं। उनके लिए हमसफ़र के साथ की गई यात्रा ही महत्त्वपूर्ण है गंतव्य की तलाश नहीं। मनु कहानी पूरी करने तक हमसफ़र का साथ चाहती है। कहानी ख़त्म होने पर वे दोनों अलग–अलग रास्तों पर चल देंगे। लेकिन क्या तब तक वे अलग–अलग व्यक्ति रहे होंगे? क्या दोनों एकात्म नहीं हो गये होंगे। जहाँ दूसरा दूर होने पर भी मन–संवेदन में संगीत बनकर रच–बस गया होगा।

'चित्तकोबरा' उपन्यास, प्रेम के तयशुदा सामाजिक स्वरूप के प्रेमहीन शारीरिक अनुभव और व्यक्ति की निजी आकांक्षाओं, उद्‌दाम आवेगों से जन्में एकनिष्ठ प्रेम की चरम अनुभूति के दो विपरीत अहसासों का बौद्धिक एवं संवेदनशील साक्ष्य है। एक ओर प्रेम के नाम पर शारीरिक ज़रूरतों का निर्वाह है, जहाँ तन और मन बँटे हुए हैं। शरीर से शुरू होकर शरीर पर ही समाप्त होने वाला यह भाव संवेगहीन प्रेम, मनु के लिए भयंकर पीड़ा और तनाव का बायस बनता है। यहाँ सहभागी की इच्छा–आकांक्षा का कोई महत्त्व नहीं उसके पास मन नाम की भी कोई चीज़ है, इसके बारे में सोचने का कोई चलन नहीं। स्त्री वहाँ मात्र बर्तनभर है। यहाँ द्वंद्व है, तनाव है और अपूर्णता का कचोटता अहसास।

लेकिन मनु मात्र शरीर नहीं है। आवेगों–आकांक्षाओं से भरी–पूरी स्वतंत्र

व्यक्ति भी है। यों वह श्रद्धा से दाम्पत्य जीवन का सम्मान करते हुए इस प्रेमहीन शारीरिकता का निर्वाह भी करती है। पर जिस दिन वह ख़ुद को ख़ुद की नज़र से देखती है? उसका, अपने भीतर ज़बरन घोंट दी गई प्रेम की उस स्वाभाविक आकाँक्षा से साक्षात्कार होता है। जहाँ प्रेम में तन–मन और आत्मा का घनिष्ठ समागम होता है। मनु प्रेम के उस साझे अनुभव से गुज़रना चाहती है, जो आत्मोत्सर्ग का अनुभव है, जहाँ दो आत्माओं का मिलन होता है। जहाँ शरीर माध्यमभर है उस उदात्त प्रेम के चरम तक पहुँचने का। जो अंततः वैयक्तिक की सीमाएँ पार कर सार्वजनिक और सार्वभौमिक रूप प्राप्त कर लेता है।

आवेगों–उद्वेगों का उदात्तीकरण करने वाली प्रेम की इस प्रगाढ़ स्थिति तक पहुँचने का कोई सरल–सहज मार्ग नहीं। रास्ते में ठोस चट्टानें हैं, खंदक खाइयाँ हैं, दूसरों को छीलने लहूलुहान करने का भय है। आशंकाएँ हैं कि कहीं इस महत्त्वाकांक्षा की चरम परिणति क्षुद्र निम्नताओं में न हो। शायद इसीलिए मनु– रिचर्ड़ हर कर्म क लिए ख़ुद को जिम्मेदार मानते हैं, पाप–पुण्य की अपनी परिभाषाएँ गढ़कर मानसिक संतोष पाते हैं। उनका कहना है कि परमात्मा ने हमें जीवन दिया है। इच्छाशक्ति तो ख़ुद की अर्जित की है, अतः हर इंसानी कारनामे के लिए आदमी ख़ुद जवाबदेह है। यहाँ प्रेम से लेकर पूँजीवाद, यंत्रीकरण, शोषण और सामाजिक विषमताओं पर मनु– रिचर्ड़ की वार्ताएँ हैं। क्राइस्ट गाँधी और मार्क्स की विचारधाराओं का परीक्षण है। शोषण मुक्त समाज का सपना है। प्रेम की धारा यहाँ व्यक्ति से शुरू होकर वैश्विक "हित–चिंतन" में प्रवाहित होती है।

'चित्तकोबरा' अपूर्णता से पूर्णता की तलाश है। मनु–रिचर्ड़ उत्कट आवेग के क्षणों को पूर्ण समर्पण भाव से जीते हैं। लेकिन यह छुपन–छुपाई का खेल है, झुटपुटे में जीना इसकी नियति है क्योंकि प्रेम के इस उदात्त रूप को न महेश समझता है, न जैनी। महेश संभ्रांत व व्यवहारिक पति है। प्रेम पर बात करते मनु से कहता है, "समाज में हर पति–पत्नी आपस में प्रेम करें उसमें डूबे रहें तो परिवार, बच्चों–चूढ़ों को मूल जाएँगे।" यह मात्र महेश का नहीं औसत पति का सनातन काल से चली आई सोच है। वह उस एकात्म प्रेम के उस चरम अनुभव से वाकिफ नहीं जो व्यक्ति को इतना उदात्त बना देता है कि आसपास के व्यक्तियों से बेहतर ढंग से जुड़ना संभव हो जाता है, वह मनुष्य को क्षुद्रताओं से मुक्त करता है।

मनु महेश से पूछती है। "क्या उसने कभी पत्नी के अलावा किसी और

स्त्री से प्रेम किया है और उससे विवाह करना चाहा है।" इस प्रश्न के उत्तर में महेश का कहना है कि "प्रेम हो भी तो विवाह के बँधन में मेरा विश्वास नहीं है।" यह वाक्य महेश की दरियादिली पर सोचने पर हमें मज़बूर करे, उससे पहले ही चेतावनी–सा उसका वाक्य लाल झंडी की तरह हमारे आगे खड़ा हो जाता है। "तुम्हें किसी से प्रेम हो तो मुझसे कहना मत।"

इसे जो चाहें समझिए। पत्नी पर एकाधिकार में दरार पड़ने का डर पारिवारिक ढाँचे के ढहने की आशंका या कुछ और। यो पत्नी के प्रति वह पूरे दायित्व को निभाता ही है। जिसमें शरीर की ज़रूरतें प्रमुख हैं, मन में झाँकने की न उसे फुर्तत है न शायद ज़रूरत। यह भी एक तरह से संबंधों का द एंड ही है। लेकिन मनु तो मनाही वाले रास्ते पर चल पड़ी है। मनचाहा साथी मिला है रिचर्ड़। दोनों जानते हैं कि यह यात्रा बाहर की तेज़ रोशनियों और भीतर के मुलायम उजास के बीच तय करनी है जब तक, तब तक छुप्पन छुपाई इसकी मज़बूरी है गोकि तमाम एहतियात के बाद भी जैनी, रिचर्ड़ के प्रेम की गंध सूँघ लेती है, मनु की कविताएँ रिचर्ड़ के पास पा कर वह कविताएँ तो फाड़ती ही हैं। तलाक देने की धमकी भी दे देती है। पर रिचर्ड़ जो मानवसेवा को ज़िंदगी का मक़सद मानता है। दीन जहाँन के बच्चों पर अपना प्यार लुटाता है, अपने बच्चों से अलग कैसे रह सकता है? वह मनु से अपने मन की बात कह देता है। फिर उस डेड एंड की तरफ़ इशारा। मनु के पास भी विकल्प कहाँ है? तभी तो वह उसे हमसफ़र के साथ की गई यात्रा कहती है, जब तक। तब तक। एक स्टेज पर पहुँचकर शायद मनु–रिचर्ड़ को एक–दूसरे की ज़रूरत भी न रहे। तब तक वे उस मुक़ाम पर पहुँच गये होंगे जहाँ प्रेम उस उदात्त स्वरूप को प्राप्त होता है जो पात्रों के आत्मोत्सर्ग से होता हुआ गहन भावबोध और संवेदन शक्ति से उन्हें पूरे विश्व से जोड़ता है। पात्र स्वयं प्रेममय हो शारीरिकता से ऊपर उठता है।

स्त्री के भीतर जगता स्वतंत्र अस्तित्वबोध। उसकी निजी ज़रूरतें। प्रेम की उत्कट आकांक्षाएँ, सामाजिक–पारिवारिक दायरों में भले ग़ैरज़रूरी हों पर वे उतनी ही सच हैं जितनी पुरुष की महत्त्वाकांक्षाएँ। लेखिका ने इस उपन्यास में स्त्री–मन के दबे–ढँके कोने को अनावृत किया है। तय की गई सामाजिकता का निर्वाह करने के बावजूद, स्त्री के भीतर पलती दुर्निवार आकांक्षाएँ और अपने फ़ैसले आप लेने के हौसले को वाणी दी है। प्रश्न उठाये हैं कि क्या स्त्री भीतर की आदिम जिज्ञासाओं को घोंटकर ही समाज के प्रति उत्तरदायी हो सकती है? क्या अपनी ज़रूरतों इच्छाओं के अनुरूप इतिहास

गढ़ने में व्यक्ति जीवन की सार्थकता नहीं है?

स्त्री अपने मूल्य स्वयं इज़ाद करे। यह गुट्ठिल प्रश्न है। सामाजिकता के संदर्भ में ख़तरनाक और व्यक्ति स्वतंत्रता के लिए विचारणीय। एक बने–बनाए ढाँचे में, ख़ुद को भूलकर जीना, या उस दायरे से बाहर निकलकर अपने स्वतंत्र सोच और फ़ैसले के साथ जीना।

ये दोनों स्थितियाँ चाहे निरापद न हों पर कहीं–न–कहीं समाज में स्वीकृत हैं। लेकिन सामाजिकता के ऐतिहासिक दायरे को स्वीकार कर, मन–बेमन से उसकी शर्तों का निर्वाह करते हुए, अपनी निजी ज़रूरतों–आकांक्षाओं के अनुरूप जीना, बिना उस दायरे को तोड़े किसी भी स्त्री के लिए आसान नहीं है। पुरुषों को भले अभयदान मिला हो। सामजिकता या पारंपरिकता का ढाँचा तो स्त्री की निजी स्वतंत्रता को भी पारिवारिक संदर्भों में परिभाषित करता आया है। समाज (या पुरुष कहें) ही उसके मूल्य निर्धारित करता है। उसके कर्म–धर्म और फ़ैसलों में भी उसका नितांत निजी कुछ स्वीकृत नहीं है। लेखिका इस ऐतिहासिक स्थिति में बदलाव चाहती है। स्त्री अपनी ज़रूरतों के मुताबिक अपने फ़ैसले ले और जीने को कोई अर्थ दे। आज जब स्थितियाँ, मूल्य–मान्यताएँ तेज़ी से बदल रही हैं। स्त्री स्वतंत्र ढंग से सोचने लगी है तो बदलाव समाज में नज़र आने लगे हैं। यह दीगर बात है कि स्त्री की स्वतंत्र सोच 'कितना उसके सार्थक जीवन जीने में मदद करेगी और कितना विध्वंसक साबित होगी।'

वस्तुस्थिति जो भी हो, इस सच को नकारा नहीं जा सकता कि इच्छाओं के आवेग को घोटना लगभग असंभव है, ख़ासकर तब जब मनु की तरह स्त्री खुद को खुद की नज़र से देखती है और अपने भीतर के गहवर में झाँकती है। तब अपनी आकांक्षाओं के अनुरूप जीने और अपने अस्तित्व को कोई अर्थ देने की जो चीख़ भीतर से उठती है। उसे अनसुना करना आसान नहीं होता। मेरे उपन्यास 'अर्थान्तर' की नायिका कम्मो के मन से भी यह चीख़ उठी थी, एक संपूर्ण अनुभव की उत्कट आकांक्षा बिना टुकड़ों में घंटे बिखरे। उसने भी चाहा था अपनी मानसिक ज़रूरतों के मुताबिक। समाज के ऐतिहासिक मूल्यों को नए अर्थ देना। वे अर्थ जिसमें सामाजिकता के निर्वाह के लिए ख़ुद को मारना ही एकमात्र विकल्प न हो। एक बने–बनाये ढाँचे को तोड़े बिना स्त्री व्यक्ति होकर जी सके। मात्र जीने का अभिनय दान करे। उसने भी तयशुदा रास्ते से अलग अपनी एक पगडंडी ढूँढ़ी थी। मन के साथी प्रशांत के साथ। एकनिष्ठ प्रेम के मनः समागम का अनुभव पाकर उसने भी जीवन में भराव

महसूस किया था। लेकिन वहाँ भी आगे डेड एंड का अहसास था सो लौटना अनिवार्य था। कम्मो लौटी ज़रूर पर समृद्ध होकर अपने घर परिवार से बेहतर घनिष्ठता से जुड़ भी पाई।

मनु भी लौटती है पर एक अनुभव–संपन्न जीवन जी करे। अपनी आकांक्षाओं के उदात्तीकरण के साथ। 'चित्तकोबरा' में आवेग है। उत्कट प्रेम है, शरीर के साथ मन का अद्वैत है। मनु रिचर्ड़ की बाँहों में बँधकर कनुप्रिया की तरह कभी सूरज, जादू और दिव्य महसूस करती है कभी बिछड़ने पर काँपती है प्रत्यन्चा–सी। इस यात्रा में तनाव भी है, सुख के चरम क्षण भी, डर, आकांक्षाएँ, बिछुड़ने का भय, मृत्युबोध और तमाम द्वंद्वों से मुक्ति भी। आवेग है तो निर्वेद की स्थिति भी। मन और मस्तिष्क सचेत है। कभी सोये हुए रिचर्ड़ को देखते मनु उसके पलंग को ताबूत में बदलते देखती है। उसकी ओढ़ी हुई सफ़ेद चादर ऑर्किड के फूलों से ढक जाती है। ऐसे में मनु का निःशब्द रोना कई अर्थों में खुलता है। प्रेम में मृत्यु का साक्षात्कार क्या प्रेम की पराकाष्ठा है। अहं का हनन है या रिचर्ड़ से दूर होने का भय या आत्मोत्सर्ग की चरम अवस्था? दिवास्वप्नों में मनु रिचर्ड़ को कभी बूढ़ा में देखती है कभी युवा। तीस साल बाद उससे मिलने का वादा है। तब कैसा दिखेगा वह? प्रेम तो बूढ़ा नहीं होता पर रिचर्ड़ तो युवा नहीं रहेगा। वह दिखता युवा ही है अक्सर पर तब, वह उसे बूढ़ा देखना चाहती है। एक समय वह भी आता है जब रिचर्ड़ दूर होकर भी पास महसूस होता है। तब न मिलन की आतुरता रहती है न बिछड़ने की पीड़ा। तब मनु स्वयं प्रेममय हो उठती है। वह संसारभर में प्रेम बाँटना चाहती है। तभी उसे अपने आसपास मदर टेरेसा दिखती हैं, प्रेम बाँटती हुई। क्या पता एक दिन मनु भी उसी रास्ते पर चल पड़े। फिलहाल वह पुस्तकें लिखती है। साहित्य के माध्यम से वह देश समाज और दीन–दुखियों की पीड़ा से जुड़ी है। महेश के साथ भी वह ज़्यादा संतुलित दिखती है। प्रेम ने जीवन में भराव दिया है, ग्रंथियों से मुक्ति भी। वह ख़ुद को बेहतर इंसान बना पाई है। 'चित्तकोबरा' मुझे न मात्र उपन्यास लगा, न कहानी बल्कि स्त्री के भीतरी रसायन को खंगालती कविता, जिसमें तर्क भी है और भावसंवेग भी।

काम और प्रेम का देहातीत वेदांत

–दिनेश द्विवेदी

एक घोर आश्चर्य घटा (जो शायद अब भी जब–तब घटता रहता है) जब 'चित्तकोबरा' के दर्शन को दरकिनार कर श्लील–अश्लील की भोण्डी व्याख्या के खाते. में डाल दिया गया। साहित्य के पाठक, समीक्षक और संपादक सब लामबंद हो गये उसके ख़िलाफ़... एक गंभीर कृति या हृदयस्तलस्पर्शी कविता या पति–पत्नी बल्कि स्त्री–पुरुष के रिश्तों की गूढ़–पड़ताल को बहुत ही सतही छिछोरे ढंग से रेखांकित कर, संपूर्ण से काट, शोर बनाकर प्रस्तुत कर दिया गया। श्लील–अश्लील का लबादा ओढ़ एक ऐसी दुर्विनीत मुहिम चली जिसने हिंदी साहित्य जगत के संपादन, चिंतन–मनन, समीक्षा आलोचना के पाखंड की बखिया उधेड़कर अपनी क्षुद्र मानसिकता की पोल यकायक खोलकर रख दी।

पहली बार किसी शादीशुदा औरत का, पति की किसी भी असमर्थता की हंडी उसके माथे पर फोड़े बग़ैर, अपने 'स्व' का प्रकाशीकरण हुआ है। बड़ी बात यह कि विवाहेतर यौन–संबंधों का कोई अपराधबोध भी नहीं!

'चित्तकोबरा' का दर्शन दो स्तरों पर विभक्त है–लौकिक और अलौकिक (पर ये शब्द धार्मिक या रूढ रूप में प्रयुक्त नहीं है) व्यष्टि या समष्टि मनु और रिचर्ड़ मनु और महेश–मतलब नायिका के उभय पुरुष जीवन की समग्रता और उसकी उदात्तता इस 'ढाई आँखर' में ही सन्निहित है, एक ऐसी सन्निहिता जिसका उत्स या उद्‌गम देह फिर देह से विदेह और अंततः देहातीत होने या होते चले जाने की प्रक्रिया का उदात्तीकरण। त्वरा की मुक्त सघनता, अपरिहार्यता का नैरात्म्य स्वरूप।

प्रेम की अनुभूति अध्यात्म के अनुभव से किसी तरह भी कमतर नहीं। ऐसी स्थिति जिसमें ऐश्वर्यादि, ज्ञानादि एवं वैराग्यादि की निरतिशयता उपस्थित हो। इसलिए जिसमें 'बुभुक्षा' से पृथक नित्य और निरतिशय ऐश्वर्यादि हैं और

जो अपने नित्य–स्वरूप में (द्वैत की प्रभंजना से बाहर) सर्व था तृप्त है ऐसी रमणेच्छा या संभोग का होना अनुपपन्न है। रमण बिना मन के हो नहीं सकता, पति–प्रेमी हेतु हो सकते हैं पर रमणेच्छा की चरमावस्था नहीं हो सकते। इस चरमावस्था का निर्माण 'संभोग' का प्रथम (अमशीनीकृत) सोपान है। यदि सजातीय (स्वकीय) और विजातीय (परकीय) स्वगतभेद (अहं का होना) से परे हो तो भोग कैसे बन सकता है? क्या रिचर्ड़ और मनु शरीरी होते हुए भी अशरीरी (प्लेटोनिक) नहीं हो जाते? द्वैत के मध्य अद्वैताभास की स्थिति, और इसके दरम्या, संभोग के बनिस्बत 'समास्वादन' की निर्मिति अशरीरी प्रेम की तुल्यता होगी। यही वह स्थिति है जहाँ पर शादीशुदा या ग़ैर–शादीशुदा होने का कतई अपराधबोध नहीं रह जाता। भारतीय परंपरा में गोपियों और कृष्ण का उदाहरण इस बात का विश्वभर में ज्वलंत उदाहरण है। इसलिए एमिल जोला, स्टीफन ज्चिग या अल्बर्ट मोराकिया की नायिकाओं से आगे है मृदुला गर्ग की नायिका मनु अपराधबोध से मुक्त, शरीर से अशरीर, देह से विदेह–और गाँधी–मार्क्स के 'दडिसइनहेरिटेड ऑफ द अर्थ' अथवा 'हैव–नाट्स' से होती हुई देहातीत हो मदर टेरेसा की 'करुणामयी' निर्मिति की तरह! बात तभी बनती है जब 'स्व' या 'अहं' की प्रमुखता का अभाव हो अन्यथा वासनापूर्ण स्थिति ही हाथ आती है। संभोग से सापेक्षरूपता का जुड़ा होना ही 'अनाप्तकाम' होना है। इसलिए तो दो के बीच का यह रमण अनुपपन्न है।

यहाँ पर मनु निरतिशय और प्रेमातिशय दोनों ही रूप में दो–फॉक हो जाती हैं। परंतु दैहिक स्तर पर उसकी असंपृक्तता अंत में इस विभक्तता या विखंडन को एकसार कर प्रेमातिशयता पर पहुँचा देती है। प्राकृत शरीर और सामाजिक रिश्ते के तहत पति के साथ किया गया मशीनी–भोग, मस्तिष्क की चैतन्यता या सक्रियता अथवा मन की निष्क्रियता के कारण, 'रसमयता' का नितांत अभाव कर देता है। इस अप्राकृत रसमयता का माध्यम दो शरीरों के नैकट्य से होता हुआ, ग्राह्य–ग्राहक भावों के साजात्य तक आ जाता है। यहाँ पर हेतु महेश नहीं रिचर्ड़ है। परंतु यह भी अभी प्रक्रियात्मकता ही है। क्योंकि अभी भी थोड़ी–सी फाँक है या एक बारीक–सा द्वैत है। परंतु आगे का संभार पति–बच्चे–परिवार घर–गृहस्थी, नेकनामी– बदनामी जैसे लोकाचारी शब्दों से विलग या पृथक 'महत्त्वातिशयता' की है। और यह प्रक्रिया के नैरंतर्य का समाहार तन–मन के द्वैत से उबर, स्वप्न स्वाप–जागरण की भस्मीभूतता से निकल, गाँधी–मार्क्स–ईसा मसीह और मदर टेरेसा की 'सांगोपांगता' से होता हुआ जिस महत्तर भावलोक तक पहुँचा है, वह है–

'सत्यज्ञानानंतानंद' स्थिति या प्रेम का अर्क अथवा देहातीत प्रेम की तुरीयावस्था! यह वह स्थिति है जो कि मनु को पतिता होने के भाव से मुक्त रखे हुए है। सामाजिक वर्जनाओं के बंद कमरों में घुटता हुआ मज़बूरीवश प्रेम अशरीरी नहीं बल्कि पाखंड हो जाता है। क्योंकि स्त्री ऊर्जावान और विचारवान भी है–तब उसकी दैहिक स्वतंत्रता को वेश्यावृति के घिनौने खाते में डाल उसे ओछा या बौना ठहरा दिया जाता है। 'प्रबुद्ध' होना तो बहुत दूर की बात है। और हुआ भी यही, मनु के रूप में स्त्री की प्रांजलता को रेखांकित करने की बजाय उसे 'श्लील–अश्लील' के दलदल में ढकेल एक सार्थक बहस की शुरूआत को 'अथ' के बिंदु पर ही 'इति' कर एक ज्वलंतता की भ्रूणहत्या कर दी गयी। बवंडर इस बात पर नहीं मचा कि चित्रण बेबाक् है, बल्कि इस पर मचा स्त्री एक विचार की तरह उभर रही थी। यहीं पर पुरुष का अहं या दंभ चोटिल हुआ जबकि उपन्यास का इष्ट यह था कि शरीर के रिश्ते से गुज़रते हुए अमूर्त की प्राप्ति तथा कामेच्छा का विलीनीकरण हो एक अमिट अशरीरी प्रेम की प्राप्ति जिसका प्रभाव प्रेम की अवस्था, समय या प्रिय की ग़ैरहाज़िरी पर कतई नहीं पड़ता।

प्रेम की चरमस्थिति का आविर्भाव अप्राकृत रसमय शरीर का निर्माण–अदृष्टिगोचर. ..जितना व्यक्ति वासना और दैहिक–लिप्सा से आप्तकामानुसंधित्सु होता जाता उसके रसमय शरीर की पुष्टि होती जाती है और शरीर में रहते हुए भी प्राकृत शरीर की अनुपस्थिति बढ़ती चली जाती है। पूर्णतया प्रेमनिष्ठ स्थिति किसी भी बुद्धत्त्व से कम नहीं... इसके बाद का सॉंसारिक या लौकिक प्रत्यावर्तन व्यष्टि का विसर्जन और समष्टि का समारंभण है। स्वर्णशोधन और प्रेमशोधन दोनों में ही अग्नि की आवश्यकता है।

पति–पत्नी हों या प्रेमी–प्रेमिका उपाधिकृत परिच्छिन्नता आदि दोषों का आरोपण ही पूर्णता की दुविधा या द्वैत का कारण है। इन्हीं स्थूल आरोपणों का अपनोदन ही शुद्ध रसमय प्रेम है।

यूँ भी काम का उदय सकारण और सहेतुक होता है जबकि प्रेम का सहज और निर्हेतुक। चूँकि काम की मूलभूत प्रेरक रति सहेतुक होती है, अतः उसका और उसकी क्रीड़ा का आदि भी है और अंत भी है। जबकि प्रेम निमित्तरहित, नित्य अखंडित, एकरस रहता है। इसकी क्रीड़ा भी अनादि अनंत होती है। काम की रति पतनोन्मुखी, चंचल होती है तथा इसका पर्यवसान मृत्यु में होता है। परंतु प्रेम की रति परमोज्ज्वल, लोकमर्यादाओं से विमुक्त, निर्भीक और स्वतंत्र होती है। यह क्षण–क्षण नवीन होती हुई

उच्छृंखलताशून्य गंभीर होती है—इसका एक—एक कण अजरत्त्व और अमरत्वदायक होता है! मनु—महेश और मनु— रिचर्ड़ इन्हीं 'काम' और 'प्रेम' की निष्पत्तियाँ हैं। इसीलिए पति—पत्नी के बीच काम—संबंध यंत्रवत् और अस्थायी हो दोनों को ही पराजित कर गया। परंतु रिचर्ड़ और मनु के बीच का 'काम' निष्काम भाव हो आत्म—विसर्जन से होता हुआ विजयी हो गया। यदि गहरायी से देखें तो उपन्यास में कथा का विकास नवरसों की सोपान चढ़ता चला गया है। सर्वप्रथम शृंखला, उसमें भी संयोग तज्जन्य वियोग प्रार्थनारत करुणा से गुज़रता हुआ निर्वेद से पहुँच गयी है।

यही वजह है कि अंत में पात्रों का सामरस्य समाहार उन्हें 'स्यसुखनिभृतचेता' (स्वानंद से जिनका चित्त परिपूर्ण है) बना देता है। विषयातीत कामोद्रेकता से आंतरिक निष्क्रमण ही 'स्वसुरवनिभृतचेता' स्थिति है जो कि मनु—रिचर्ड़ और महेश तीनों को ही बाहर निकाल बाह्य—संवेदनाओं से जोड़ देती है।

यही प्रेम और देह की हाज़िरी—ग़ैरहाज़िरी की एक ऐसी निष्पत्ति है जो विश्व—वैराट्य से जोड़ती है।

"वंशज" का एक अंश

क़रीब एक महीना मास्टर श्रीवास्तव बेरोक–टोक सुधीर को पढ़ाते रहे। एक बात का वे ख़ास ख़याल रखते थे। जब भी मारने को छड़ी हाथ में उठाते, अपनी सफाई देना न भूलते। छड़ी के हर वार के साथ कहते, "मुझे मारना पीटना बिलकुल पसंद नहीं है पर क्या करूँ, जज साहब का हुक्म है।" या कहते, "जाने किस मिट्टी का बना लड़का है कि बाप ने ख़ुद पिटाई करने का हुक्म दिया है।"

सुधीर सुनता, मार खाता और दस वर्ष में संचित अपनी इच्छाशक्ति लगाकर रोने– चीख़ने पर काबू पा जाता। शायद उसके मन के भीतर गहरे आक्रोश की जो लपट धधक उठती, वही उसे रोने– चीख़ने जैसा मामूली काम करने से रोक देती। तब मास्टर श्रीवास्तव का क्रोध सहस्र–गुना बढ़ जाता। उन्हें लगता इतनी मार–पीट करके भी वे वही छिपकलीनुमा फिटमारे इंसान बने हुए हैं। और सुधीर के अफ़सरी वर्ग के गरूर को ज़रा नहीं हिला सके हैं। उनका हाथ और कड़ा पड़ जाता, छड़ी और तेज़ी से सरसराती और मुँह से असंख्य गालियों की बौछार फूट पड़ती।

फिर एक दिन जब जज साहब कचहरी से लौटकर अपने एलसेशियन कुत्ते टाइगर को लेकर घूमने निकलने वाले थे, उनके माली ने आकर ख़बर दी कि छोटे साहब के पढ़ने वाले कमरे की खिड़की पर लगी पीली चमेली पर पहली बार फूल खिले हैं। यह बेल उसने दो साल पहले लगायी थी पर पता नहीं क्यों, पिछले बरस उस पर फूल नहीं आया था। उससे जितना दुःख माली को हुआ था उतना ही जज साहब को उन्होंने ख़ास कुछ कहा नहीं था, पर माली को लगा था वे उसकी देखभाल पर शक कर रहे हैं, सिर्फ़ बाक़ी बाग़ की खुशहाली देखकर डाँट–फटकार नहीं रहे। इस साल चमेली की बेल ने पिछले बरस की कसर पूरी कर दी। फूलों से इतना लद गयी कि पत्ता

देखना मुश्किल हो गया। माली दौड़कर उन्हें बुलाने जा पहुँचा और वे भी जल्द–से–जल्द कपड़े बदलकर उसे देखने चल दिये।

उन्हें फूलों से बेहद लगाव था। हर तरह का फूल उनके बगीचे में मिल सकता था। पर इतनी संपदा के बीच से एक फूल भी किसी को तोड़ने की इज़ाजत नहीं थी। कभी कोई अंग्रेज़ अफ़सर माँग बैठता तो मन मारकर माली से कुछ फूल तुड़वा लेने पड़ते। पर तब भी वे हिदायत कर देते कि एक तो उनके कचहरी चले जाने पर. ही फूल तोड़े जायें, जिससे उन्हें वह दर्दनाक दृश्य देखना न पड़े, दूसरे ज़रूरत से ज़्यादा एक फूल भी न तोड़ा जाये। रोज़ वे बाग़ के किसी–न–किसी कोने का मुआयना करने निकला करते थे, पर जान–बूझकर इस तरफ़ नहीं आते थे। बिना फली बेल देखकर मन को कचोट न लगे। आज खुशी–खुशी वे वहाँ पहुँचकर उस नाजुक–सी बेल पर पीले फूलों के भारी लदान को देखते खड़े रह गये। फूलों के. भार से झुकी पड़ रही बेल को देखकर उन्हें करुणा हो आयी।

"फूल कुछ ज़्यादा नहीं खिल आये? बेल को तक़लीफ़ हो रही होगी, "माली से कह वे वापस खिड़की की तरफ़ मुड़े ही थे कि भीतर का दृश्य देख, ज़िंदगी में पहली बार, फूलों को भूल, हक्के–बक्के खड़े रह गये।

देखा, सुधीर मुर्गा बना खड़ा है और श्रीवास्तव नीम की पतली छड़ी धाड़–धाड़ उसकी झुकी पीठ पर पटक रहा है। साथ ही ज़हरीले नाग की तरह फुँफकारकर चीख़ रहा है, "अब बोल बच्चू। साला समझता क्या है। उल्लू के पट्ठे! बुला अपने बाप–दादा को। हड्डी–पसली एक न कर दी तो मेरा नाम नहीं।"

लग रहा था वह देर से कसरत करता रहा है क्योंकि उसके पीले, अंदर धंसे गाल, सेब के मानिंद लाल हो उठे थे। फीकी, कीच जमीं, मिचमिचाती आँखें पिशाची चमक से चमक रही थीं। सुधीर की कोई आवाज़ उनके कानों में नहीं पड़ी। इसलिए कि वो आवाज़ कर नहीं रहा था या इसलिए कि श्रीवास्तव की चिल्लपों के बीच वह सुनायी नहीं दे रही थी, वे तय नहीं कर पाये। इतना वक़्त उन्होंने अपने को नहीं दिया। जो हो रहा था, उसे देखकर, क्षण–भर के लिए अपना संतुलन खो, वे मास्टर की तरह फुँफकारकर चीख़ उठे, ''श्रीवास्तव!"

श्रीवास्तव ने एक और वार करने को हाथ ऊपर उठाया था कि जज साहब की पुकार चाबुक समान उस पर पड़ी। हाथ जहाँ–का–तहाँ रह गया। लकवे के मरीज की तरह वह अपनी जगह पथराया खड़ा रह गया, इतनी ताब भी न हुई कि घूमकर उस खिड़की की तरफ़ मुखातिब हो, जहाँ से

आवाज़ आयी थी। शुक्ला साहब बरामदा पार करके कमरे में दाखिल हो गये। श्रीवास्तव के हाथ से छड़ी नीचे गिर गयी। पूरे बदन में इस क़दर कंपकंपी छूटी कि चाहने पर भी, वह काँपते हाथ नमस्कार में नहीं जोड़ सका। शुक्ला साहब तब तक अपने पर संतुलन पा चुके थे।

''क्या हो रहा था?" उन्होंने उस ठंडे पथरीले स्वर में पूछा, जो वे अदालत में अभियुक्त से सवाल करते वक्त इस्तेमाल करते थे। स्वर इतना धीमा था कि मुश्किल से श्रीवास्तव के कानों में पड़ा, पर उसे वह उनकी चीख़ से भी ज़्यादा भयंकर लगा। उसने कई बार थूक घोंटा पर कह कुछ नहीं पाया।

"उससे कहिए, बाहर जाये, " जज साहब ने उसी लहज़े में फिर कहा।

मार के सहसा रुक जाने से हक्का–बक्का सुधीर अब तक मुर्गा बना ही खड़ा था। अब डैडी का स्वर सुन सीधा हो गया। उनकी आवाज़ के ठंडेपन से वह समझ गया कि वे बेइंतहा नाराज़ हैं, पर हैं किससे, उससे या मास्टर से, समझ नहीं पाया। सहसा श्रीवास्तव उसके पास आकर बोला, "जाओ बेटा, जाओ तुम बाहर जाओ।" लगा उसका स्वर अचानक शहद की बोतल में जा गिरा है। वह समझ गया, डैडी का गुस्सा उस पर नहीं मास्टर पर है। वह चुपचाप बाहर निकल आया और खिड़की के पास खड़ा हो भीतर देखने लगा। वह जानता था, आमतौर पर डैडी को, उसका ऐसे छिपकर उनकी बात सुनना, बेहद नापसंद होता, पर न जाने क्यों, लग रहा था कि आज वे उसे किसी बात पर डाँटने–फटकारने वाले नहीं हैं। क्या पता, अभी पास बुलाकर प्यार कर बैठें।

''जानना चाहता हूँ आप उसे किस ग़लती की सजा दे रहे थे, " भीतर शुक्ला ने साहब ने पूछा।

ग़लती? मास्टर श्रीवास्तव सकपका गये। ग़लती हो तो कहें। डैसिबल के गुणा में लड़का गड़बड़ा गया था, कहने से वे संतुष्ट होते नहीं दिखलायी देते थे। और सच बात यह थी भी नहीं। बात यह थी कि सुबह से उनका अपना दिमाग़ भन्नाया हुआ था। आज दफ़्तर में कलेक्टर साहब दौरा करने आये थे। जब वे उसके कमरे से गुज़र रहे थे तो, न जाने कैसे, उसके मुँह से डकार निकल गयी थी। वह ध्यान से कलेक्टर साहब के चमचमाते जूते देख रहा था कि आप से आप वह उसके मुँह से निकल गयी। जान–बूझकर वह ऐसा काम कभी नहीं कर सकता था। बल्कि डकार पूरी तरह बाहर आने से पहले, उसने मुँह पर हाथ रखकर उसे भीतर घोंटने की कोशिश की थी। पर कलेक्टर साहब उसके एकदम क़रीब से गुज़र रहे थे और उन्होंने वह सुन

ली थी। उन्होंने आव देखा न ताव, वहीं, सबके सामने, उसी चमचमाते जूते को उठाकर उसकी पीठ पर दो लात जमायी थीं और चीख़े थे, "यू सैवेज ब्लैक डॉग। हाऊ डेयर यू डू दैट बिफोर मी? गेट आउट!"

वह सिर झुकाकर बाहर निकल गया था और जब तक वे मुआयना पूरा करके चले न गये थे, बाहर ही खड़ा रहा था। खड़ा–खड़ा अपनी बीवी को कोसता रहा था, जिसके कहने में आकर, सुबह उसने बासी परांठे का नाश्ता कर लिया था। वह कमबख़्त जानती है कि उसका पेट कमज़ोर है, गैस की बीमारी है, फिर भी ज़रा ख़याल नहीं रखती। जब देखो, बासी, सूखा परांठा लाकर सामने रख देती है। इतना ही होकर रह जाता तो उसे ख़ास ग़म नहीं होता। मार खाने का वह आदी था।! असली दुःख उसे इस बात का था कि कलेक्टर साहब के चले जाने पर झा साहब ने उसे बुलाया था और उसकी बदतमीजी पर एक लंबा लेक्चर देकर, दस रुपया जुर्माना कर दिया था। दस रुपया! इतना जुर्माना तो किसी हिंदुस्तानी की टाँग तोड़ने पर भी नहीं भरना पड़ता। वह बहुत रोया–गिड़गिड़ाया था, पर उन्होंने एक न सुनी थी। उसका मन गहरे विषाद सेभर आया था। यही तो फ़र्क है अंग्रेज़ और, हिंदुस्तानी अफ़सर में। अंग्रेज़ मार ज़रूर बैठता है पर माफ़ी माँग लेने पर खुश होकर इनाम भी देता है। रुपया देता है, लेता नहीं। उसे अपने पर गुस्सा आया था कि उसी वक़्त कलेक्टर के पाँव क्यों न पकड़ लिये थे। इतना घबरा क्यों उठा था कि तमाम वक़्त बाहर खड़ा हवा खाता रहा था। साला झा की दुम! एक वह –एक यह शुक्ला!

दफ़्तर से निकलकर वह सीधा सुधीर को पढ़ाने आ गया था, घर नहीं गया था। उसे डर था, घर गया तो बीवी को मार बैठेगा। फिर वह नाराज़ होकर दो–चार बच्चों को पीट देगी और मातम मनाती हुई, दो दिन खाना नहीं पकाएगी।

"जवाब दीजिए, " शुक्ला साहब का आदेश लात की तरह उसके कान पर लगा। डर हुआ कि कहीं गोरे साहब की तरह वे भी लात न जमा दें। वह चौंककर दो क़दम पीछे हट गया और वहीं से हाथ जोड़कर घिघियाने लगा, "माफ कर दीजिए, जज साहब, माफ़ कर दीजिए। मैं कान पकड़ता हूँ।" और सचमुच मास्टर श्रीवास्तव कान पकड़कर खड़ा हो गया। बाहर खड़ा सुधीर ज़ोर से हँस दिया।

"हाथ नीचे कीजिए। अपना तमाशा बनाने की ज़रूरत नहीं है, "जज साहब ने "सख़्त स्वर में कहा तो हाथ आप–से–आप नीचे आ गये, और बाहर

सुधीर डैडी के प्रति गर्व सेभर उठा।''

"आगे से आप किसी बच्चे को नहीं पढ़ायेंगे। मैं और लोगों को भी आगाह कर दूँगा। फिर कभी बच्चों की ज़िंदगी हाथ में लेने की कोशिश की तो अच्छा नहीं होगा,'' डैडी कह रहे थे।

यह सुनकर मास्टरजी झट अपने घुटनों पर गिर पड़े और विलाप कर उठे, 'ऐसा न कीजिए जज साहब, मेरी रोज़ी–रोटी मारी जायेगी। मुझसे बड़ी भूल हो गयी। बच्चे पर हाथ उठ गया। कुछ ज़्यादती हो गयी।"

"जिस आदमी को गुस्से में भले–बुरे का ज्ञान नहीं रहता, वह कुत्ते–बिल्ली से भी बदतर है। आप जैसे आदमी को बच्चों की पढ़ाई का काम नहीं सौंपा जा सकता।"

"मैं आगे से ख़याल रखूँगा, साहब, फिर कभी ऐसी ग़लती नहीं होगी, साहब, " कहते–कहते मास्टर श्रीवास्तव घुटनों के बल आगे सरकने लगे और हाथ जोड़कर मनुहार करने लगे।

''गैट अप एंड गेट आउट," जज साहब ने थूकती हिक़ारत के साथ कहा। पीठ "पर लात सह जाने वाले मास्टर श्रीवास्तव भी उसे नहीं झेल पाये और विनती करना छोड़ बाहर निकल गये।

बाहर खड़ा सुधीर अधीर मन प्रतीक्षा करने लगा कि अब डैडी उसे आवाज़ देकर बुलाएँगे, पास बैठाएँगे, पुचकारेंगे और पूछेंगे, 'बेटा, ज़्यादा चोट तो नहीं आयी?' यह जानते ही कि मास्टर की मार के पीछे डैडी का हाथ नहीं था, उसका सारा आक्रोश जाता रहा था। ज़्यादा इंतज़ार नहीं करना पड़ा। श्रीवास्तव के बाहर जाने के कुछ ही लम्हे बाद डैडी की पुकार सुनायी दी, 'माली, सुधीर को हमारे पास भेजो।' माली के उस तक आने से पहले ही वह दौड़ता हुआ अंदर आ गया और बिलकुल उनसे सटकर खड़े हो, आग्रह के साथ बोला, "जी, डैडी?"

शुक्ला साहब ने आँखें ऊपर उठाकर उसकी तरफ़ नहीं देखा। उन्हें उस वक़्त शर्म महसूस हो रही थी। किसी के सामने मार खाने पर दुबारा उसके सामने जाने पर आदमी जिस लज्जा का अनुभव करता है, उसी का अनुभव शुक्ला साहब सुधीर के सामने कर रहे थे। मूलतः वे एकांतप्रिय और लजीली प्रकृति के मनुष्य थे। किसी भावात्मक दृश्य की संभावना पैदा होते ही, वे इतने शरमा उठते थे कि दूसरे को सरासर उदासीन और सपाट नज़र आने लगते थे। सुधीर की जगह वे होते तो जल्द से–जल्द वहाँ से हट जाना चाहते। जो कांड अभी होकर चुका था, उसकी याद तक नहीं दिलवाया जाना

चाहते। सुधीर भी ऐसा ही चाहता होगा, सोच लेना, उनके लिए बहुत आसान था।

"मैंने तुम्हारे मास्टर बदल दिये हैं। अब से तुम हमारे बराबर वाले कमरे में पढ़ा करोगे," उन्होंने कोमल स्वर में कहा और फिर कुछ सख़्ती से जोड़ा, "ध्यान से पढ़ना।"

"जी, " सुधीर ने कहा और कुछ और सुनने की आशा में खड़ा रहा।

"ठीक है, जाओ, खेलो," उन्होंने कहा और ख़ुद वहाँ से बाहर निकल गये। बस। लुटा-सा सुधीर उन्हें जाते देखता रहा। न दुलार, न अफ़सोस, जैसे ख़ास कुछ हुआ ही न हो।

शुक्ला साहब की न्याय बुद्धि कहती थी, न केवल गुरु का शिष्य के सामने अपमान नहीं करना चाहिए, बल्कि उसे यह पता नहीं लगने देना चाहिए कि उसके पीछे किया गया है। श्रीवास्तव जैसे मास्टर से लड़के को पढ़वाना असंभव अन्याय होता, यह वे मानते थे और इसी कारण उन्हें हटा भी दिया था। हटा ही नहीं दिया था, और किसी बच्चे को पढ़ाने से भी मनाही कर दी थी। पर इसका मतलब यह नहीं था कि वे सुधीर से उसकी बुराई करने बैठ जाते। फिर वे यह भी तो नहीं जानते थे कि सुधीर ने उनकी और मास्टर श्रीवास्तव की बातचीत सुन ली है।

पता नहीं, उसी पल या आगे चलकर, सुधीर ने मास्टर श्रीवास्तव को माफ़ कर दिया। यही नहीं, वयस्क होने तक उसे उनसे सहानुभूति हो आयी। बचपन की वह घटना उसे ज्यों-की-त्यों पूरी याद रह गयी थी। वह जब चाहता, उसका कोई भी. दृश्य अपनी आँखों के सामने ताजा कर लेता। जैसे-जैसे उसके अनुभव बढ़ते गये, उसे मास्टर का घिघियाता और जज साहब का उदासीन अभिजात रूप बार-बार याद आने लगा। जज साहब के झिड़कने पर जो रूप उसने मास्टर का देखा था, उसकी परिपक्व बुद्धि के लिए, वह उन्हें दयनीय बना गया। उसकी समझ में आ गया कि मास्टर श्रीवास्तव भी उसी की तरह एक निरीह और दुर्बल व्यक्तित्व का आदमी था, जो बली से पिटकर निर्बल को पीटता फिरता था। वह उस व्यवस्था का शिकार था, जिसके अधिकारी जज साहब थे या उनके तबके और व्यक्तित्व के अन्य लोग। एक जज के नाते सुधीर ने उन्हें कभी माफ़ नहीं किया। हाँ, एक साधारण पिता की तरह उन्होंने उसे दुलारा-पुचकारा होता, उस पर पड़ी अकारण मार पर क्षोभ प्रकट किया होता तो वह उन्हें कठघरे में खड़ा नहीं करता। माफ़ करने के अपने अधिकार को त्याग देता। तब वे डैडी होते, जज साहब नहीं।

वंशज के बहाने पूर्वज की कहानी

–चंद्रभानु सोनवणे

'वंशज' उपन्यास पढ़ते समय मेरा ध्यान मनोवैज्ञानिकों की उस मान्यता को ओर चला गया, जिसके अनुसार क्रमागत दो पीढ़ियाँ बहुधा किन्हीं अंशों में उन अर्धवृत्तों के समान होतीं है। जा विरोधी होते हुए भी पूर्ण वृत की निर्मिति के लिए परस्पर पूरक होते हैं। ज्ञान–विज्ञान की गतिशीलता के काल में दो पीढ़ियो के विरोध की प्रमुख कारण विचारभेद जन्य बे बनाव और तनाव होता है 'वंशज' के पीढ़ी–गत तनाव का कारण विचारभेद उतना नहीं है, जितना कि पारस्परिक भावसंवाद का अभाव है। पुरुष प्रधान समाज में जिस प्रकार पितृ–परंपरा से प्राप्त संपत्ति को संरक्षक पुत्र होता है, उसी प्रकार वह पितृ–परंपरा से प्रप्ति व्रतों या मर्यादाओं का भी संरक्षक होता है। इसीलिए पुत्र के लिए पिता, कर्तव्य का प्रतीक होता है और माता, पलायन का प्रतीक। स्वभाव से ही मनुष्य का मन सहजता के प्रति आकृष्ट होता है और इसी कारण कर्तव्यपालन के लिये बाध्य करने वाले पिता के प्रति पुत्र का मनः पितृग्रंथि से बद्ध होकर पीड़ित हो उठता है। पलायन के प्रतीक माता के संपर्क में उसका मन विशेष राहत का अनुभव करता है। पिता और माता के संपर्क में तनाव और राहत का अनुभव करते हुए पुत्र पिता की दृष्टि 'अनुव्रत' और माता की दृष्टि से 'सम्मना' बनकर विकसित होता है। 'वंशज' के सुधीर को तनाव और राहत का संतुलित जीवन उपलब्ध न रहा। सुधीर की माता का देहाँत उसकी आठ वर्ष की आयु में ही हो गया था। पिता ने सुधीर एवं चार साल की बेटी रेवा की खातिर दूसरा विवाह नहीं किया था। वे रेवा की दृष्टि से माता के अभाव को थोड़ी–बहुत पूर्ति अवश्य कर सके थे, किंतु सुधीर की दृष्टि से नहीं। सुधीर के पिता मिस्टर शुक्ला की दृष्टि पुत्री और पुत्र के संबंध में पारंपारिक धारणा से काफ़ी हद तक प्रभावित है। उनका यह विचार है कि पुत्री पराये घर का धन होती है। उसे पाल–पोसकर सुपात्र के हवाले

करना ही पिता की दृष्टि से वे अपना कर्तव्य समझते थे। पुत्र के संबंध में वे यह सोचते थे कि उनके व्रतमय परिष्कृत व्यक्तित्व की स्मृति सुधीर के व्यक्तित्व से ही रहेगी इसीलिए वे पुत्र को जीवन में 'कुछ बनाना' चाहते हैं। वे सुधीर को कुछ बनाने के प्रयत्न में उस पर अपनी मान्यताओं और महत्त्वकांक्षाओं को थोपने का प्रयत्न करते हैं। अनुशासन की कड़ाई पर उनका अटूट विश्वास है। अनुशासन की कड़ाई के बावजूद जब सुधीर अपनी पढ़ाई में पिछड़ने लगा, तो उन्होंने सुधीर की ट्यूशन के लिये मास्टर श्रीवास्तव की नियुक्ति की। मास्टर श्रीवास्तव ट्यूशन को पड़ाने की अपेक्षा अपने दिल की भड़ास निकालने का साधन समझते थे। सुधीर श्रीवास्तव की ज़्यादतियों के विरुद्ध अपने पिता से कुछ कह पाने का साहस नहीं बटोर पाता था मिस्टर शुक्ला अपनी अनुशासन संबंधी ग़लत धारणा के कारण यह भूल बैठे थे कि पितृत्व अनुशासन मात्र नहीं होता। अपनी अनुशासन विषयक मान्यता के कारण वे सुधीर के लिए 'डैडी' न रहे, केवल 'साहब' बनकर रह गऐ।

सुधीर का मन 'साहब' के निरंकुश अनुशासन में ममता पाने के लिए तरस कर रह जाता था। लिज़ा के बिगड़ने पर बग्घी से गिर जाने के बाद उसके बदन पर आई चोटें सांत्वना की अपेक्षा में टीसती रह गई थी। मिस्टर शुक्ला चोटों को सहलाने के स्थान पर अपने बेटे को पुरुषार्थ सिखलाने के लिए चोटों को बर्दाश्त करना सिखलाना अधिक महत्त्वपूर्ण समझते थे। स्नेहिल स्वर सुनने के लिए तड़पने वाला सुधीर का मन निर्मम हाथों से पीटने वाले पिता को शैतान समझकर विक्षुब्ध हो उठता था। घर में रहते हुए वह घरेलूपन से वंचित था। सुधीर के चारों ओर रेवा की आत्मीयता की चारदीवारी अवश्य खड़ी थी, किंतु सिर पर ममता का आसरा न था। विवाह के बाद रेवा के ससुराल चली जाने के बाद तो जैसे वह सूनी सपाट सड़क पर डाल–सा दिया गया था।

कुंठा से विकारग्रस्त बना हुआ उसका मन नियमों की अतिवादिता के समर्थक अपने पिता के प्रति अंदर ही अंदर विद्रोह सेभर उठा। मानवीयता के स्पर्श से रहित नियमों की गुलामी से मुक्ति पाने के लिए उसका मन छटपटाकर रह जाता था। वह देश के आज़ाद हो जाने के बाद भी यह महसूस करता था कि उसकी आज़ादी की लड़ाई तो अभी ज़ारी ही है। पिता के विरुद्ध अपनी आज़ादी की लड़ाई के दौरान वह एक ओर जहाँ साहबीपन का विरोध करता है, वहाँ दूसरी ओर पिता की वसीयत को चालाकी से अपने

को मरवाने की योजना के रूप में देखने लगता है। नियमों का विरोध करते –करते रोमांटिक आदर्शवादी दृष्टि उसके जीवन में विकसित हो चली। सुधीर के मन में पिता का विरोध इस सीमा तक बढ़ गया था कि वह अंग्रेजियत एवं साहबीपन के प्रतिनिधि पिता का विरोध करने मात्र के लिए राष्ट्रीय स्वयंसेवक संघ की सभाओं में जाता रहा था। अंग्रेज़ों के विरुद्ध कही जाने वाली बातों में उसके मन की कुंठा को दिशा मिल जाती थी। इसके बावजूद राष्ट्रीय स्वयंसेवक संघ की कट्टर हिंदुत्ववादिता एवं मुस्लिम विरोधिता उसके व्यक्तित्व को छू तक न सकी थी। यही कारण है कि गांधी हत्या के समाचार के कारण उसे खुशी महसूस न हुई।

इसके विपरीत वह फूट–फूटकर रो उठा था। इतना ही नहीं, गांधी हत्या को शुभ समाचार मानकर मिठाई बाँटने वाले संघियों से वह लड़ भी पड़ा था। संघ के साथ अपने संबंध का अनुभव करके वह आत्मग्लानि सेभर उठा था, किंतु उसका अहं आत्मग्लानि से बचने के लिए दोषों के बोझ को पिता के कंधों पर डालने के लिए प्रयत्न में लगा रहता था।

सुधीर के मन में अपने पिता के विरुद्ध जो घृणा घर कर गई थी, उसे तर्क युक्त सिद्ध करने के लिए यह आवश्यक था कि वह पिता पर अनेक दोषों को आरोपित कर दे। मनोविज्ञान की दृष्टि से इस प्रक्रिया को संयुक्तीकरण (Rationalisation) की प्रक्रिया कह सकते हैं। इसी प्रक्रिया के अनुसार सुधीर ने अपने पिता पर यह आरोप लगाया हैं कि वे पैसे को दाँत में पकड़ते हैं। सुधीर का यह आरोप सर्वथा निराधार है। स्कूल कॉलेज के दिनों में सुधीर जिस–जिस को रुपए बाँट आता था। ज़रूरत पड़ने पर वह घर की चीज़ें तक बेच देता था। मिस्टर शुक्ला उसकी इस आदत से अनजान ही रहे।

मिस्टर शुक्ला में आदेश देने की साहबी प्रवृत्ति सुधीर की सारी प्रतिक्रिया के मूल में है, यह प्रवृत्ति अंग्रेज़ी राज की नौकरशाही की देन है। अंग्रेज़ी राज्य के एक पुर्जे के नाते साहबीपने की प्रवृत्ति मिस्टर शुक्ला में पूरी तरह से मौजूद थी। हुक्म को फौरन तामील किए जाने में ही वे डिसिपिलिन समझ बैठे थे। व्यवसाय से जज होते हुए भी उन्होंने सुधीर से इसी प्रकार के अनुशासन की इच्छा को अपने मन में स्थान दे रखा था। उन्होंने अपनी घरेलू अदालत में सुधीर की सुनवाई के लिए अवकाश ही नहीं रहने दिया था। उनके साहबीपन के पीछे उनका अपना जमींदारों का परंपरा का सामंती रक्त भी अवश्य विद्यमान है। इसी रक्त के प्रभाव में बनिया को वक्काल मानने की प्रवृत्ति चली आई है। इस प्रकार को पृथक्ता के कारण मिस्टर शुक्ला में एरिस्टोक्रेटिक

जीवन मूल्यों से मोह हो चला था। न्याय की दृष्टि से स्वराज्य को सहा समझते हुए भी एरिस्टोक्रेटिक जीवन मूल्यों के नष्ट होने के डर से वे बौखला से गए थे। इन्हीं जीवन मूल्यों को वे सुधीर में भी पल्लवित होते हुए देखना चाहते थे। इन्हीं मूल्यों के प्रभाव में उन्हें जन सामान्य के समान स्वराज्य माँगने का गांधीजी का भिखाराना अंदाज़ नापसंद था फिर भी उन्हें गांधीजी की महानता से इनकार न था, यही कारण है कि गांधी हत्या के समाचार से वे बेहद विचलित हो उठे थे।

यहाँ यह प्रश्न खड़ा होता है कि मिस्टर शुक्ला ने सुधीर को कर्तव्यशील बनाते समय उसके स्वाभिमान का ध्यान क्यों नहीं रखा? पिता के व्यवहार से सुधीर का अहं ठोकरें खा कर कुंठाग्रस्त क्यों बना? मिस्टर शुक्ला अपने बेटे की संवेदनशीलता को पहचान कर उससे व्यवहार क्यों नहीं कर सके? क्या उनमें संवेदनशीलता की कमी थी? वास्तव में मिस्टर शुक्ला की संवेदनशीलता अत्यंत सूक्ष्म है। उनकी संवेदनशीलता से संबंधित अनेक प्रसंग सारे उपन्यास में जहाँ–तहाँ बिखरे पड़े हैं।

फिर भी सुधीर की संवेदनशीलता को समझने में मिस्टर शुक्ला असमर्थ क्यों बने रहे? मुर्गा बन कर पिटते हुए सुधीर को देखकर वे मास्टर श्रीवास्तव पर बरस पड़ते हैं, किंतु लाड़–दुलार के भूखे सुधीर को पुचकार नहीं पाते। यहाँ यह प्रश्न है कि उनका प्यार (Love) लाड़–दुलार (Affection) के रूप में प्रकट क्यों न हो सका? वे एकांतप्रिय एवं लजीली प्रकृति के मनुष्य थे, यह कहकर इस प्रश्न का उत्तर नहीं दिया जा सकता। इसका कारण यह है कि मिस्टर शुक्ला के निर्मम होने की शिकायत केवल सुधीर को है, रेवा को नहीं।

मिस्टर शुक्ला की सुधीर विषयक निर्ममता के संबंध में यह तर्क दिया जा सकता है कि वे पुत्र को ही कुछ बनाने के प्रयत्न में संलग्न थे। अपने इस प्रयत्न में वे औरताना कमज़ोरी नहीं दिखाना चाहते थे। पुरुष होने के नाते उनका पुरुषी अहंकार जनाना भावुकता के विरूद्ध था। किंतु वे यह भूल गये कि यही पुरुष अहंकार सुधीर को भी उन्हीं से विरासत में मिला है, जो नारों की तरह समर्पित या शासित होने के लिए तैयार नहीं है। वस्तुतः मिस्टर शुक्ला और सुधीर के व्यक्तित्वों की टक्कर दो संवेदनशील मदन मर्दों की टक्कर है और यही तनाव के कारणों में से एक प्रमुख कारण है। इसी कारण पिता–पुत्र के संबंध का सारा खेल खराब हो गया है। यदि इनमें से किसी एक पुरुष में अंतर्निहित नारी अधिक प्रबल होती तो पिता–पुत्र के संबंध का रूप कुछ दूसरा ही होता है इस प्रसंग में श्री रामधारीसिंह दिनकर की ये

पंक्तियाँ स्मरण हो आती है– 'मदनि मर्द और औरतानी औरतों ने / सारा खेल खराब कर दिया लाज़िम यह है कि हर औरत ज़रा मर्द और हर मर्द ज़रा नारी हो।

यद्यपि मिस्टर शुक्ला और सुधीर के तनाव का कारण दोनों के मदनि मर्द होने के रूप में समस्या को थोड़ा–बहुत स्पष्ट कर देता है, किंतु इस तर्क से समस्या का पूरा समाधान नहीं हो पाता। इस तर्क के दिये जाने के बाद भी ऐसा अनुभव होता रहता है कि सुधीर के लड़कपन के दिनों में भी, जब उसका अहंकार अनभिव्यक्त–सा रहा था, मिस्टर शुक्ला का प्यारा–प्यारा राजा का–सा मुँह सुधीर के आते ही बिगड़ने क्यों लगता था? न जाने वह कौन–सा क्रूर दैत्य है, जिसके अभिशाप से अत्यधिक संवेदनशील मिस्टर शुक्ला को सुधीर के लिए पत्थर की मूरत बना डाला है? इस प्रश्न का उत्तर खोजने के प्रयत्न में यदि हम मिस्टर शुक्ला के निकटतम व्यक्ति रेवा के पास पहुँचते हैं, तो वह भी इतना कह कर चुप हो जाती है श्क्या हो जाता हैं सुधीर को और डैडी को, कुछ समझ में नहीं आता?' वह इतना और जोड़ देती है 'जानबूझकर उन्होंने सुधीर के प्रति कभी अन्याय नहीं किया' किंतु स्वयं उसे भी यह प्रश्न सताता है कि 'पता नहीं चाह कर भी वे सुधीर को क्यों नहीं समझ पाते' यहाँ असली समस्या तो यही है कि जान–बूझकर सुधीर के प्रति अन्याय न करना चाहते हुए भो मिस्टर शुक्ला अनजाने में ही अन्याय क्यों कर बैठे है?

मिस्टर शुक्ला से ही इस प्रश्न को पूछने पर हमें यह उत्तर मिल सकता है 'सुधीर के प्रति मैं अन्याय कर ही कैसे सकता हूँ। यदि मैं अन्याय करना चाहता तो अपनी वसीयत में सारी जायजाद सुधीर के नाम पर क्यों करता!" मिस्टर शुक्ला का यह तर्क ग़लत नहीं है। हम भी यह देखते हैं कि मिस्टर शुक्ला अपने बेटे से प्यार अवश्य करते हैं। यदि ऐसा न होता, तो सुधीर के घर से चले जाने की बात से सहसा वे अपने को बूढ़ा क्यों महसूस करते?

इसके अतिरिक्त सुधीर की नौकरी के छूट जाने पर उन्हें गहरा धक्का क्यों लगता? मिस्टर शुक्ला के स्पष्टीकरण के बावजूद हम पूरी तरह से आश्वस्त नहीं हो पाते। हमें यह लगता रहता है कि कोई ऐसी चीज़ है, जो जजसाहब की न्यायदृष्टि को बहला कर बहका देती है। समस्या का समाधान पा सकने की इस अंगतिकता की दशा में हमें फिर से मनोविज्ञान का सहारा लेना ज़रूरी है। मनोविज्ञान हमें यह बताता है कि पुत्र में बचपन से ही अनजाने रूप में मातृरति की प्रवृत्ति पायी जाती है। सुधीर में यह प्रवृत्ति है। और वह स्थान–स्थान पर अभिव्यक्त हुई है। यद्यपि सुधीर की माँ का देहांत

उसकी आठ साल की आयु में हो ही गया था। किंतु आठ साल की आयु तक उसमें इतनो परिपक्वता आ गई थी कि उसने अपनी माता के देहांत के बाद भी माता के समान शुद्ध शाकाहारी बना रहना पसंद किया था। बड़े होने के बाद भी माँ के नाते मामी से स्नेह रखना चाहने लगता था, इतना ही नहीं, अपनी परदा प्रथा विषयक मान्यता के विरुद्ध मामी का मन रखने के लिए सविता को एकाध दिन परदा अपनाने के लिए प्रेरित किया था। जिस प्रकार पुत्र में मातृरति की प्रवृत्ति पायी जाती है, उसी प्रकार पुत्री में पितृरति का होना स्वाभाविक माना जाता है। रेवा में यह रति विद्यमान है। विवाह के बाद घर आने पर जब वह यह देखती है कि रेवा के स्थान पर सविता ने आसन जमा लिया है, तो उसे ईर्ष्या होती। दिल्ली लौटने पर संदीप के साथ व्यस्त हो जाने पर उसे डैडी को लेकर ईर्ष्या करना महज बचपना लगने लगता रेवा के प्रति पिता का आकर्षण तो स्पष्ट ही है। वे अपने प्रतिरूप रेवा से 'वाकई प्यार कर बैठे' थे। यही कारण है कि विवाह के बाद रेवा के लौटने पर उन्होंने यह अनुभव किया कि रेवा जो गई तो लौट कर नहीं आई। कम से कम जैसे गई थी, वैसे नहीं। पिता के समान ही सुधीर भी रेवा को चाहने लगा था। रेवा इस बात को जानती हैं। रेवा की तरह गोरी खूबसूरत लड़की से विवाह करने का अरमान बहुत दिनों से सुधीर के दिल में रहा था। रेवा के विवाह के बाद सुधीर संदीप से कहीं ईर्ष्या कर रहा था, इसे रेवा अपनी सहजबुद्धि से समझ भी गई थी। सविता से विवाह करने के बाद सुधीर ने यह महसूस किया कि रेवा से उसे स्नेह ही मिला, साहचर्य नहीं। सविता का साहचर्य पा कर भी वह रेवा को भूला नहीं। उसे अपनी नवजात कच्ची रेवा पर गई प्रतीत होती है। वह सविता की साड़ियाँ रेवा को देने के लिए उद्यत हो जाता है। इतना ही नहीं, विरासत के रूप में मिली हुई जायदाद में से स्वराज्य नगर की कोठी का दानपत्र रेवा के नाम कर डालता है। मानसिक विकृति के चलते रेवा के घर से चले जाने पर वह बड़बड़ाता है कि रेवा तक तो दग़ाबाज़ निकल गई।

पिता और पुत्र दोनों ही रेवा को चाहते रहे और उनके पारस्परिक तनाव में रेवा का यह 'प्यार भी कहीं' अनजाने में जिम्मेदार है यदि सुधीर को सविता के रूप में जीवनसंगिनी मिली होती, तो यह प्यार मनोविकृति तक पहुँचाने वाले तनाव का कारण न बनता। वह आंतरिक मानसिक माधुरी का रूप ले लेता। किंतु सुधीर के भाग्य में यह नहीं बदा था। सविता जहाँ सुधीर की रोमानियत का विरुद्ध सिरा थी, वहाँ वह कमज़ोर औरत नहीं थी। वह सुधीर

का अकेलापन बाँट लेने में समर्थ नहीं थी। सविता का अंतर्निहित पुरुष सुधीर के सामने औरत की तरह रहने के लिए तैयार न था। इसके विपरीत वह स्वयं सुधीर को अपने संरक्षण में लेने के लिए उत्सुक था। सुधीर के लिए सविता इसी कारण जज की मूर्ति का दूसरा रूप थी। अच्छा होता कि सुधीर का विवाह ऐसी नारी से होता, जिसका अंतर्निहित पुरुष कमज़ोर होता।

प्रस्तुत उपन्यास में लेखिका ने यद्यापि वंशज सुधीर की कहानी उपस्थित की है, किंतु इस उपन्यास के सबसे अधिक मार्मिक स्थल 'पूर्वज, से संबंधित है। कहना चाहे, तो हम यह भी कह सकते हैं कि यह उपन्यास 'वंशज' ही नहीं अपितु 'पूर्वज' की कहानी है। यही कारण है कि पूर्वज की मृत्यु के साथ उपन्यास का आकर्षण समाप्त हो जाता है। बाद की कथा तो कलात्मक दृष्टि से लचर बन गई है। के मूक बन जाने पर उसके शेष जीवन की कहानी उपसंहार से अधिक नहीं रहा, किंतु सुधीर को मूक करने के लिए अपनाया गया मार्ग भी अस्वाभाविक एवं बचकाना है। कहीं ऐसा तो नहीं है कि लेखिका की पितृरति ने 'वंशज' को ठीक प्रकार से उभरकर सामने नहीं आने दिया?

"उसके हिस्से की धूप" का एक अंश

पर मनीषा को उसने यूँ नहीं बिसराया। चार वर्ष का लंबा अंतराल हो चला। उसने विवाह नहीं किया। क्यों? अवश्य मनीषा के कारण ही। उसे याद आया नैनीताल में उससे मुलाकात का दूसरा दिन सहज स्नेहिल स्वर में उसने कहा था, 'मनीषा, मैं अभी भी तुम्हें चाहता हूँ–मैं चाहता हूँ तुम आओ,' बस और आज, मनीषा होंठों ही होंठों में मुस्करा दी। जितेन ने कहा था, मन कर रहा है यहीं ठहरा रहूँ और यूँ ही जीता जाऊँ। कह कर वह सो गया था, जितेन जो ठहरा। पर कितना झकझोर देने वाला कथ्य कह गया था वह अपने में कथ्य इतना विशेष नहीं है, मनीषा जानती है, पर जितेन की जबान से फूट कर उसका एक–एक अक्षर दहकते लाल जवांकुसुम–सा खिल उठा था। देखते–देखते मनीषा की आँखों के सामने अनंत छोर तक दावानल की असंख्य लपटें उठने लगी थीं। पर आश्चर्य! क्षितिज को छू कर वह झरी थीं, अंगार बन कर नहीं, पंखुड़ी–पंखुड़ी कनेर बन कर उनमें गंध थी, रूप था, रंग था, मदमाता आकर्षण था। अंजुलि भर–भर उसने उन्हें अपनी देह पर बिखरा लिया। उनमें सामीप्य था, साहचर्य था, उद्वेग था और थी परितुष्टि। ऐसी परितुष्टि जो किसी बँधन में नहीं डालती, पूर्णरूप से मुक्त कर देती है।

मन ही मन उसने बाँहें फैला कर एक बार फिर जितेन को पास खींच लिया, उसे बाँधना चाहा कि ख़ुद उसके कठोर आलिंगन में जकड़ गयी। टूट–टूट जा रहे वदन का रोम–रोम पारुल बन हवा में लहरा गया और एक बार फिर उसने जितेन को कहते सुना, 'मन करता है यहीं ठहरा रहूँ और यूँ ही जीता जाऊँ।' बस, अब कुछ देर बाद वह उठेगा, आँखें खोलेगा और एकदम बिस्तर से बाहर कूद जायेगा। मनीषा सोने का बहाना किये रहेगी। जितेन फ़ोन करके चाय का ऑर्डर दे देगा। चाय आने पर प्याले में डाल कर आवाज़ देगा, 'मनीषा!' मनीषा अलसायी आँखें खोलेगी, तकिये पर सिर ऊँचा

करके हाथ आगे बढ़ायेगी और उसके हाथ से प्याला थामते–थामते मुस्करा देगी, अपनी सबसे प्यारी मुस्कराहट। बिस्तर पर अधलेटी मुद्रा में उसकी प्रतीक्षा–मग्न, धैर्य–समर्पित देह कितनी अद्‌भुत मनोहारिता लिये रहती है, वह जानती है।

फिर चाय पीते–पीते या चाय का प्याला साथ–साथ खाली करके नीचे रख लेने पर जितेन उससे कहेगा, 'मनीषा, मेरे पास लौट आओ, मैं तुम्हें चाहता हूँ, चाहता रहा हूँ।' जितेन तब कहाँ बैठा रहेगा–सामने कुर्सी पर या उसके और क़रीब, उसके बिस्तर पर? ज़रूर बिस्तर पर ही। तब वह क्या कहेगी? शायद हाँ हाँ जितेन, चलो एक बार फिर हम दोनों साथ हो जाएँ। मैं भी तुम्हें चाहती हूँ। तुहारी परिपक्वता को, तुम्हारी चुप्पी को, तुम्हारे उदार व्यक्तित्व को और तुम्हारे इस भीषण ज़रूरतमंद सहवास को उसने आँखें खोलीं, जितेन की ओर ताका और आँखें मूँद लीं। कमरे का प्रकाश उसके स्वप्न में खलल डाल रहा था। मुंदी आँखों से जो वह देख रही थी वह यथार्थ की विवशता लिये एक स्वप्न ही तो था।

उसने देखा जितेन बिस्तर से उठा और उसे बाँहों में ले चल दिया। उसने अपने बदन को ढीला छोड़ दिया, पर भार जितेन की बाँहों पर न हो कर जैसे आसपास बहती हवा के प्रवाह पर था। उसकी बाँहों का कसाव ढीला पड़ गया, वह मुक्त हो गयी, फिर भी हवा उसे उठाये रही। वह जितेन की छाती पर कपोल टिकाये बहती रही, बहती रही फिर स्वप्न में भी उसे लगने लगा कि अब एक गंतव्य ज़रूरी हो गया है, जहाँ बहते बहते पहुँच सके। उसकी आँखों के सामने जितेन का बंगलूर वाला घर साकार हो उठा–बगीचा आँगन–बरामदा, घास–क्यारियाँ गाड़ी–गमले मेज़ कुर्सियाँ, ड्राइवर नौकर–मेहमान, दफ़्तर, नाश्ता–खाना–चाय– प्रतीक्षा, प्रतीक्षा और प्रतीक्षा, समय–समय–समय, खोखले खंडों में विभक्त, हर भाग में फिट होता दैनिक व्यवहार, जितेन और उसके बीच खाने की मेज, जितेन और उसके बीच मेहमानों की कतार, जितेन और उसके बीच बासी मुख और क्लांत शरीर की दूरियाँ, जितेन और उसके बीच असंख्य मूक शून्य क्षण किस शिला से जा टकराया उसने अपने स्वप्न को। सिहर कर उसने आँखें खोल लीं, झकझोर कर जितेन को जगा देना चाहा। उसने हाथ बढ़ाया था कि पास मेज़ पर रखा टेलीफ़ोन उत्कट स्वर में चीत्कार कर उठा। मनीषा का बढ़ा हाथ उसकी ओर मुड़ गया। पलभर वह झिझकी, उठाये या नहीं। निर्णय तक पहुँचने की आवश्यकता नहीं पड़ी। उससे पहले जितेन बिस्तर से कूद कर उसके पास पहुँच गया और

रिसीवर उठा लिया।

"हैलो!" जितेन की आवाज़ इतनी करारी और सुस्पष्ट थी कि विश्वास करना कठिन था कि यह आदमी अभी–अभी प्रगाढ़ निद्रा से उठा है।

"हैलो, मिस्टर राय?" दूसरी ओर से आ रही ऊँची आवाज़ उसे भी सुनायी पड़ी।

"बोल रहा हूँ।"

''ट्रंक कॉल फ्रॉम बंगलूर। स्पीक प्लीज।"

"हैलो, हाँ–हाँ।"

उधर से आ रही आवाज़ धीमी पड़ गयी। वह बहुत कुछ कहती गयी जो मनीषा ठीक से सुन–समझ नहीं पायी।

उसका ध्यान फ़ोन से हट कर सामने खड़े जितेन पर जा केंद्रित हुआ। वह उसकी ओर पीठ किये खड़ा था। लंबी–पतली टाँगों पर प्राचीर के समान तना खड़ा उसका साँवला शरीर उसे मुग्ध किये ले रहा था। अज़ीब बात यह थी कि हलकी गोलाई लिये उसके कंधे दिखायी देने पर भी चित्र खंडित नहीं होता था। उनके झुकाव में विचलता नहीं थी, केवल थी समझौता करने की ताक़त। लगता था उसने जो बोझ उठा रखा है उसके भार से उसके कंधे झुक अवश्य आये हैं। पर केवल इसलिए कि वह उसे और सुगमता से उठा सके, अपनी सीधी तनी पीठ पर आसानी से ढो सके। वह बोझ उसके कंधों को ही झुका सका था, बाक़ी के व्यक्तित्व को नहीं। उसका सिर वैसे ही संतुलन से टिका हुआ था, पाँव उसी धैर्य के साथ धरती पर जमे थे। मनीषा जैसे उस नग्न देह को पहली बार देख–परख रही थी। मंत्र–मुग्ध–सी वह बैठी रही और मन ही मन उसका स्पर्श पा उसी स्वप्न में लौट आयी जो जितेन के बंगलूर वाले बंगले से टकरा कर छिन्न–भिन्न हो गया था।

खट्! फ़ोन कट गया। जितेन तेज़ी से पीछे मुड़ा। अब मनीषा के सामने उसका चेहरा था। वह होंठों पर मोहित मुस्कान बिछाये उसके क़रीब आने की प्रतीक्षा करने लगी। बिना उसकी ओर एक नज़र देखे वह सामने से निकल कर कमरे से सटे बाथरूम में घुस गया। आठ–दस मिनट बाद बाहर निकला तो पूरी तरह तैयार, सूट और टाई में। भौचक मनीषा ने देखा और देखती रह गयी। कमरे में आ कर उसने पलंग के पास पड़े अपने जूते उठाये और सोफे पर बैठ कर फीते कसने लगा। मुँह झुकाये–झुकाये ही वह बोला, "बंगलूर से ट्रंक कॉल थी। फैक्टरी में हड़ताल हो गयी है। मुझे फौरन जाना

है।"

"क्या?"

"हाँ, छह बजे फ़्लाइट है, उससे निकल जाऊँगा। एक–दो लोगों से भी मिलना है, तुरंत चलना होगा।" मनीषा के मुँह से एक शब्द भी नहीं निकला।

''तुम तैयार हो जाओ," अब उसने सीधे उसकी ओर देख कर कहा, "इतने में मैं सामान बाँध लूँ। साथ लेता जाऊँगा, और इधर लौटूँगा नहीं।"

मनीषा ने अपने को प्रकृतिस्थ कर एक यांत्रिक–सा 'अच्छा' कह डाला, वह भी शायद उसने सुना नहीं। वह फ़ोन पर रिसेप्शन को बिल तैयार रखने की ताकीद दे रहा था। देते ही वह सामान बाँधने अंदर कमरे में चला गया। उसके हाथ कितनी फुर्ती से चल रहे होंगे, सामान इधर–उधर से उठ कर किस तीव्रगति और तरतीबी से सूटकेस के अंदर जमता चला जायेगा, वह अच्छी तरह जानती है। उतनी अच्छी तरह यह भी समझ रही है कि उसी फुर्ती के साथ उसे भी कपड़े पहन लेने चाहिए। उसके आत्मसम्मान के लिए यह आवश्यक है कि उसके कमरे में लौटने से पहले वह पूरी तरह तैयार हो जाये, बालों की एक–एक लट के संवर चुकने तक, होंठों पर लिपस्टिक की सानुपात परत ओढ़ लेने तक उस बने–संवरे व्यस्त जितेन के सामने निमिषभर भी बीते चंद घंटों की छाप लिये आना असहनीय है और उसकी देह है कि शिथिल–निढाल उसके मस्तिष्क के आदेशों का पालन करने से इनकार किये दे रही है। कुछ क्षणों पहले की सारी चुस्ती न जाने कहाँ गायब हो गयी है। अपने सिर पर जो दुर्दमनीय बोझ वह महसूस कर रही है, वह शायद उस उपहास का है जो अपने स्वप्न पर वह स्वयं अनुभव कर रही है। फिर भी किसी तरह इच्छाशक्ति से उसने अपनी देह को आगे धकेला और सारे काम करा लिये। जितेन जब दोबारा कमरे में आया तो वह एकदम प्रकृतिस्थ दिखती हुई, सजी–संवरी हाथ में बैग लटकाये सोफे पर बैठी थी। उसने उसकी ओर नहीं देखा, सीधा फ़ोन पर जाकर रिसेप्शन से जल्दी से जल्दी कुली भेजने की माँग करने लगा। जैसे ही उसने फ़ोन काटा, वह उठ खड़ी हुई।

"मैं चलती हूँ," उसने कहा।

"ठहरो!" उसने मेज़ की दराज़ों का मुआइना करते हुए कहा, "रास्ते में छोड़ता जाऊँगा।"

"नहीं," उसने दृढ़ स्वर में कहा, ख़ुद जाऊँगी।"

"अच्छा, " उसने प्रतिवाद नहीं किया, अनिश्चित स्वर में बोला, ''नीचे तक

छोड़ आऊँ?"

"नहीं," मनीषा ने उसी दृढ़ स्वर में दोहराया, "बेहतर है कि हमें होटल में साथ कोई न देखे। मैं पहले जाना चाहती हूँ।"

सहसा जितेन मेज़ छोड़ उसके पास आ खड़ा हुआ जैसे उसे याद आ गया हो कि वह कौन थी और उसके कमरे में क्यों थी।

''मुझे अफ़सोस है," उसने कहा, "एकदम से यह हो गया। तुम जानती ही हो ऐसे मौकों पर तनिक देरी या छोटा–सा ग़लत क़दम कितना नुकसानदेह साबित हो सकता है।"

"बिलकुल," उसने कहा और दरवाज़े की तरफ़ बढ़ गयी।

"बहुत जल्दबाजी करनी पड़ी," उसने फिर कहा।

"नहीं तो," मनीषा तब तक दरवाज़ा खोल चुकी थी, वहीं से उसने कहा, "वैसे भी मुझे दो बजे तक घर पहुँचना था।"

"अगली बार आऊँ तो," जितेन ने कहा तो स्वर से आग्रहान्वित लालसा झलक उठी। मनीषा मुस्करा दी, "भविष्य को अभी से मत बाँधो," उसने कहा और दरवाज़े के बाहर निकल गयी।

रक्तिम जवांकुसुम जब खिलता है तो एक मादक उच्छृंखलता ले करय पर दिन के अवसान के साथ–साथ उसकी पंखुड़ियाँ सिमटती जाती हैं, सूखती नहीं, बस किसी बंदीगृह के अवसादपूर्ण वातावरण के समान कस जाती हैं, फिर न खुलने के लिए। देख कर क्षणभर के लिए भ्रम हो सकता है कि वह कलिका है जो खिलने के लिए आने वाले कल की प्रतीक्षा कर रही है, पर शीघ्र वह टूट जाता है। पता चल जाता है कि उसका संबंध आने वाले कल से नहीं, बीते हुए कल से है। अतीत का नीरस चिह्न मात्र है वह।

अब मनीषा सोच रही थी कि क्या सचमुच वह जितेन के मुँह से वह प्रस्ताव सुनना चाहती थी? क्या वह उस खामख़्याली में खो कर केवल अपने अहम् को संतुष्ट नहीं कर रही थी? कहीं वह उससे निर्णय की माँग कर बैठता तो वह क्या उत्तर देती? आख़िर वह चाहती क्या है? गेंद की तरह जितेन और मधुकर के बीच लुढ़कते रहना? जितेन जो चार वर्ष पहले था, वही अब भी है और वही सदा रहेगा। तब चार वर्ष पहले ऐसा क्या हुआ था कि वह जितेन को छोड़, मधुकर के साथ चली आयी थी? क्या कहा था तब उसने? 'मेरा नूतन जन्म हुआ है, जितेन। तुमसे विवाहित इन दो वर्षों में मैंने अपने को तुम्हारे इतने निकट महसूस नहीं किया जितना इन चार महीनों में मधुकर से

किया है, चार महीने क्या चार दिन में ही कर लिया था। जितेन, मैंने जीवन में पहली बार प्यार किया और पाया है। उसके आग्रह को मैं नहीं ठुकरा सकती। उसको मिटाना ख़ुद को मिटाना होगा। मैं जा रही हूँ, मधुकर के साथ, मुझे जाना ही है। मुझे अफ़सोस सिर्फ़ इस बात का है कि मैं मधुकर से दो साल पहले क्यों नहीं मिली। मिलती तो तुम और मैं, दोनों इस व्यवस्थित विवाह के हादसे से बच जाते। तुम कह सकते हो मैंने तुमसे विवाह अपनी इच्छा से किया था। अब उससे अलग हो कर मैं अपने कर्त्तव्य से च्युत हो रही से हूँ। तुम कहोगे तो सत्य होगा। मैं इनकार नहीं करूँगी। प्रेम होता ही स्वार्थी है। इससे तुम्हें दुःख हो तो तुमसे क्षमा माँग सकती हूँ, पर अपना निश्चय नहीं बदल सकती। पर मैं नहीं सोचती तुम्हें सचमुच दुःख होगा। कुछ दिन सूना–अटपटा अवश्य लगेगा, फिर सब सामान्य हो जायेगा। तुम्हारे लिए मेरी यही प्रार्थना है कि तुम भी ऐसा प्रेम पा सको।

कितनी निर्ममता के साथ उसने जितेन को अलग झटक दिया था जैसे वह उसके और मधुकर के बीच खड़ी गारे की पतली–कच्ची दीवार हो, और कुछ नहीं। यह बातें भी जो वह अभी–अभी सोच गयी है, सब की सब कहाँ उससे कह पायी थी? उसने बिना शोर मचाये उसका निर्णय स्वीकार कर लिया था और उसने निष्कृति की 'वास' छोड़ घर त्याग दिया था। चली गयी थी मधुकर के पास। सहसा उसकी आँखों के सामने मधुकर से मिलन के वह प्रथम क्षण कौंध गये। उनकी चमक के आगे जवाकुसुम के अंबार फीके पड़ गये। वह तो अलौकिक वस्तु थी न? प्रथम प्रेम! यही कहा था न उसने? यही सुना–पढ़ा था न प्रेम एकनिष्ठ होता है, अटूट होता है, अनश्वर होता है पर क्या निरंतर भी?

देह के फ़ैसले अपने, सभी फ़ैसले अपने...

–प्रेम शशांक

मनीषा को जितेन (पति) से कोई शिकायत नहीं। पर उसका जिप्सी मन एक बँधे–बँधाए जीवन से ऊब जाता है। दरअसल उसे चाहिए एक जीवन शक्ति से भरा–पूरा पुरुष पति पुरुष मात्र नहीं। मनीषा में अपने मन– शरीर को समझने और उसके अनुरूप फ़ैसला लेने की नैतिक शक्ति है और इसीलिए वह पति का घर छोड़ देती है और मधुकर में अपने वांछित पुरुष को खोजती है पर पुरुष तो पति बनते ही कामपुरुष हो जाता है और मनीषा की तलाश अधूरी की अधूरी रह जाती है।...

'उसके हिस्से की धूप' एक साहसिक और काफ़ी हद तक सफल प्रयोग कहा जाएगा, जिससे विवाह संस्था को कठघरे में खड़ा किया गया है। ख़ासकर जब यह पहल स्त्री की ओर से की गई है। जिस समाज में स्त्री के दौड़ने, चिल्लाने, ज़ोर से बोलने, घुटने फैलाकर बैठने जैसे सामान्य भाव व क्रियाओं को सामाजिक अवज्ञा के रूप में देखा जाता हो, जहाँ शुचिता का प्रश्न सामाजिक शिखर से जुड़ा हो, वहाँ विवाह संस्था पर कुठाराघात? मृदुला जी ने इस कृति के माध्यम से स्त्री की स्थिति, उसके अस्तित्व की पहचान के संकट, उसके निर्णय और उस निर्णय के परिणाम (दुष्परिणाम) इसके रचना काल 1975 के आसपास ('मैं और मैं' के फ़्लैप पर दिए परिचय के अनुसार) रेखांकित करने की कोशिश की। महत्त्वपूर्ण तथ्य यह है कि (न केवल) इसका कथ्य बल्कि समूचा प्रयोग आज भी उतना ही प्रासंगिक लगता है जितना पिछली शताब्दी के आठवें दशक में लगा था। स्थितियों में बहुत अधिक बदलाव समाज में दिखाई नहीं देता। बड़े शहरों में कुछ परिवर्तन अवश्य दिखे हैं, जैसे "कुछ युवाओं का अपने से बड़ी उम्र की महिलाओं से विवाह करना। भारतीय विवाह संस्था यह चुनौती आज के समय के युवा की परिवर्तित मानसिकता की ओर संकेत करती है।''

भारतीय विवाह पद्धति का जोरदार विरोध विश्वविख्यात विद्वान और सजग समाजशास्त्री आचार्य रजनीश (ओशो) ने अपने प्रवचनों के माध्यम से ज़ाहिर किया था, जिनकी समाज में समय–समय पर न केवल तीखी प्रतिक्रियाएँ हुई बल्कि ख़ासी आलोचना भी उन्हें झेलनी पड़ी। उनका सबसे अधिक एतराज इस बात पर था कि हमारे यहाँ स्त्री और पुरुष को बिना प्रेम के एक–दूसरे को ज़िंदगी–भर साथ रहने के लिए विवाह बँधन में बाँध दिया जाता है, जिनमें आपस में प्रेम तो दूर सामान्य परिचय भी नहीं होता है। उनका विरोध तो विवाह के साथ जोड़े जाने वाले बँधन या गठबंधन जैसे शब्दों से भी था। वह कहते हैं–प्रेम बाँधता नहीं बल्कि प्रेम तो खोलता है। खुले आकाश की तरह उन्मुक्त पता नहीं ओशो का प्रभाव है या कोई और कारण, अब विवाह के निमंत्रण कार्डो पर विवाह बँधन या गठबंधन जैसे शब्द दिखाई नहीं देते हैं। ओशो की तरह ये प्रश्न (शायद) मनीषा को भी तंग करते हैं। 'उसके हिस्से की धूप' की नायिका मनीषा और जितेन राय परंपरानुसार विवाह बँधन (अरेंज मैरेज) में बँधते हैं। बहुत जल्द यह विवाह मनीषा को एक ग़लत क़दम की तरह लगने लगता है। कारण कई दिखाई देते हैं जो तर्क से परे नहीं लगते, जैसे दोनों कामकाजी हैं, दोनों की रुचियाँ भिन्न हैं और सबसे ज़्यादा महत्त्वपूर्ण कारण जितेन का अपने व्यवसाय में बहुत अधिक इन्वॉल्व होना है। यहाँ तक कि घर पर भी व्यवसाय संबंधी दिक्कतें उसका पीछा नहीं छोड़ती जिसके कारण न तो वह मनीषा पर कोई ध्यान दे पाता है और न ही उसे कंपनी ही देता है, फलस्वरूप मनीषा को यह विवाह अर्थहीन लगने लगता है। मधुकर से छोटी–छोटी मुलाकातें इस संबंध के टूटने के संकेत देने लगती हैं और बाद में यही दिशा–निर्देशक साबित होती हैं। मनीषा कठोर निर्णय लेती है। वह जितेन राय से तलाक लेकर मधुकर से विवाह करती है। लेकिन जल्दी ही मधुकर भी जितेन राय में तब्दील हो जाता है। इधर समय के साथ जितेन में परिर्वतन आता है, (कारण जो भी हो) मनीषा से उसकी मुलाकातें होती हैं। इसी कम में उनके बीच प्रेम पुनः लौटने लगता है और शरीर संबंध भी कायम हो जाता है। मनीषा का पछतावा कुछ इस तरह है–

प्रेम जीवन का लक्ष्य नहीं हो सकता। जितेन के लिए यह सत्य है मनीषा पहले से जानती थी आज उसने समझा कि यह केवल जितेन के लिए ही नहीं सभी के लिए सत्य है यह भी समझा कि उसके अपने जीवन का खालीपन इसलिए बराबर बना रहा है, क्योंकि वह उसे किसी–न–किसी पुरुष के प्रेम से भरने का प्रयत्न करती रही है। इतना घनत्व प्रेम में नहीं होता। वह अंतरिक्ष

जैसे फैले जीवन के शून्य को सदैव के लिएभर सके?

कथनानुसार मनीषा का निर्णय जल्दबाजी में उठाया गया क़दम माना जा सकता है, लेकिन ग़लत नहीं। उसके प्रति जितेन का पूर्व व्यवहार अवमानना की हदों को छूता महसूस होता है। प्रेम अगर है तो वह प्रकट भी होता रहना चाहिए, बहुत सारे ढंग हो सकते हैं। स्त्री– अस्तित्व संबंधी दूसरे प्रश्न भी कम महत्त्वपूर्ण नहीं हैं–''अपनी चीज़? मतलब?"

"मतलब तुम।''

"मैं क्या तुम्हारी चीज़ हूँ?''

उसने तिलमिलाकर पूछा?

''बिल्कुल। सिर्फ़ मैने तुमसे प्यार नहीं किया तुमने भी मुझसे प्यार किया है। इसीलिए तुम मेरी चीज़ हो और मैं तुम्हारी।''

'प्रेम' के प्रति विशुद्ध व्यावसायिक और बाज़ारवादी नजरिया और शब्दावली।

यहाँ सिर्फ़ विचारों में भिन्नता नहीं बल्कि रुचियों और संबंधों के व्यवहार के प्रति अंतर महसूस किया जाना चाहिए। स्त्री कोई चीज़ नहीं है, मनीषा की परिष्कृत रुचियाँ और संस्कार उसे विद्रोह के लिए तैयार करते हैं। जहाँ तक मनीषा के पछतावे का प्रश्न है, ओशो एक बार फिर याद आते हैं–

इस जगत की कोई भी प्रीति नहींभर पाती यह सौभाग्य है दुर्भाग्य नहीं।

क्योंकि धमार इस जगत की कोई प्रीति तुम्हेंभर दे, तो फिर परमात्मा को तुम खोजने ही क्यों निकलोगे?

बात अध्यात्म की ओर मुड़ गई। यह एक क़दम आगे की स्थिति कही जा सकती है। मनीषा की स्थिति बहुत कुछ उदय प्रकाश की इस कविता में वर्णित कथ्य जैसी कही जा सकती है (लिंग परिर्वतन करके देखने पर बहुत नजदीकी साम्य मनस्थितिक स्तर पर देखा जा सकता है)–

तुम मिसरी की डाली बन जाओ / मैं दूध बन जाता हूँ/ तुम मुझमें/ घुल जाओ।/ तुम ढाई साल की बच्ची बन जाओ/ मैं मिसरी घुला दूध हूँ मीठा/ मुझे एक साँस में पी जाओ।/ अब मैं मैदान हूँ/ तुम्हारे सामने दूर तक फैला हुआ।/ मुझमें दौड़ों। मैं पहाड़ हूँ।/ मेरे कंधों पर चढ़ो और फ़िसलो।/ मैं सेमल का पेड़ हूँ/ मुझे जोर–जोर से झकझोरो और/मेरी रूई को हवा की तमाम परतों में /बादलों के छोटे–छोटे टुकड़ों की तरह/ उड़ जाने दो/या फिर....ऐसा करते हैं कि हम कुछ और बन जाते हैं/ मसलन...।

(अबूतर कबूतर) कुछ बन जाते हैं पृष्ठ–11–12

यह जो 'कुछ' बन जाने की चाह है, यह न केवल रुटीन को तोड़ने की ललक है, बल्कि व्यक्तियों के बीच के स्पेस को भरने और उन्हें चमक देने की सशक्त कोशिश भी है। यही मनीषा की चाह है। जीवन को उत्सव में बदल देने की चाह जो उसे ज़्यादा प्रीतिकर, उदात्त बनाती है। यह चाह अध्यात्म से बहुत दूर नहीं है, इसे प्रस्थान बिंदु भी कहा जा सकता है। मृदुला जी अपने अगले उपन्यास 'चित्तकोबरा' की भूमिका में इसी का विस्तार करते हुए कहती हैं–मैं मानती हूँ कि जीवन को उसके समग्र और उदात्त रूप में जानने–पहचानने के लिए प्रेम से अधिक उपयुक्त माध्यम नहीं मिल सकता।

मनीषा प्रेम और विवाह से यही करना चाहती है, लेकिन उसे परिस्थितियाँ अनुकूल नहीं मिलतीं, इसलिए वह दो बार छले जाने के अनुभव से गुज़रती है। यही जीजीविषा और चाह उसे साहस देती है, निर्भीक बनाती है, कठोर निर्णय लेने में सक्षम बनाती है। उसके व्यक्तित्व में स्त्री स्वतंत्रता और स्त्री विमर्श की परतें खुलती देखी जा सकती हैं। इन्हीं का विकास हम 'चित्तकोबरा', 'इदन्नमम', 'अल्मा, कबूतरी', 'पीली आँधी' और 'तत्वमसि' में पाते हैं। जब व्यक्तित्व चीज़ों (कमोडिटी) में बदलने लगते हैं तो एक ख़तरा संसार के सामने ही नहीं, समूची सृष्टि के सम्मुख खड़ा होगा। मनीषा इससे विज्ञ है और इस विशाल, लंबी और सतत लड़ाई में अपनी छोटी–सी भूमिका को स्वीकार करते हुए शुरुआत करती है। यह छोटी–सी शुरुआत सुखद ही नहीं, ख़ासी रोमांचक कही जा सकती है। जब इस औपन्यासिक रचना का सृजन हुआ था, मुझे ऐसी कोई स्मृति नहीं है कि स्त्री–विमर्श, स्त्री–स्वातंत्र्य या स्त्री–मुक्ति का कोई माहौल रहा था, सिवाय तत्कालीन प्रधानमंत्री सुश्री इंदिरा गाँधी के राजनीति में होने के। उनसे लेखिका को क्या और कितनी प्रेरणा मिली या रही, यह तो वह ही खोल सकती है लेकिन मैं स्त्री–विमर्श की आज की विकसित अवस्था या स्थिति के बीज इस उपन्यास की रचनाशीलता में ज़रूर देख रहा हूँ। गगन गिल की इस कविता की उदासी को आप कितना झुठला पा रहे हैं इसे आज के स्त्री–विमर्श की सफलता और असफलता की कसौटी मानकर ज़रूर देख सकते हैं–

देह की मुंडेर पर / वह करती है उसका इंतज़ार/ बाहर/ उतना ही अँधेरा है/ भीतर।

दिन लौटेगी लड़की देह की मुँडेर पर/ पृष्ठ 108

गड़बड़ करके देखें तो मनीषा की उदासी और अँधेरा इस कविता की स्त्री बहुत भिन्न नहीं है, लेकिन कंडेंस्ट ज़रूर है। उसकी जिजीविषा ये हावी नहीं

वह चेतन है, साहस से परिपूर्ण और निर्णय लेने में सक्षम है। उदासी से घिरने बजाय वह दुनिया को बदल डालने का माद्दा रखती है। अपने आपको साबित चाहती है। घरेलू सजावटी से ऊपर अपने व्यक्तित्व महसूस करती और यही अहसास को भी कराना चाहती है। लगभग तीस साल सफ़र विकासक्रम आज इस दिशा में जो भी सजगता उपलब्धि देखते हैं, उसमें मनीषा अनुभव कुर्बानियों भुला देना नाशुकराना होगा। गुज़रे बग़ैर कोई भविष्य नहीं बन सकता। यह अलग बात है कि ज़िंदगी की कहीं ज़्यादा तेज़ हुई है। भूमंडलीकरण दौर में बाज़ारबाद शिकंजा कहीं कसा है। पत्र–पत्रिकाओं टी.वी. के विज्ञापनों स्त्री का कमोडिटी रूप में इस्तेमाल ज़्यादा हुआ है। स्त्री देह इनके केंद्र है और इसके प्रतियोगिता देह प्रदर्शन अनुरूप मूल्य भी बढ़ा है। फ़िल्मी संगीत के वी.डी.ओ जहाँ एक तरफ़ तेज़ी से फूहड़ता है, वहीं विरोध स्वर भी उभर हैं, लेकिन स्वर बहुत धीमे हैं, उपलब्ध कराये वाले संगीत के शोर से। विमर्शकार की मुक्ति में देह की मुक्ति देख रहे हैं, इसीलिए विमर्श विरोध स्वर दबे प्रतीत हैं।

आज का माहौल देखते मनीषा चरित्र विश्लेषण सुखद अनुभव है ही चुनौतीपूर्ण है। एक बड़े समय अंतराल जो मुख्य अंतर दिखाई है, मनीषा जीवन सुंदर और उत्सवधर्मी बनाने लिए जो करती वह आज समय जीवन संपन्न बनाने साधनों लिए किया रहा है। न केवल जीवन गति में फ़र्क बल्कि जीवन दृष्टि काफ़ी फ़र्क चुका स्त्री के अस्तित्व पहचान पुख़्ता करने वाले हथियार जीवन को गति वाले साधनों। इस्तेमाल रहे हैं। स्त्री देह पर उसका अधिकार यह मुद्दा स्त्री विमर्श का एक महत्त्वपूर्ण है। प्रख्यात हिंदी कथाकार, 'हंस' के संपादक और स्त्री मुक्ति सशक्त पैरोकार श्री राजेन्द्र यादव से जब यह पूछा जाता कि आप स्त्री के लिए देह मुक्ति की पैरोकारी करते हैं, बताएँ कि मुक्ति सिर्फ़ देह की क्यों? राजेन्द्र जी खुलेमन कहते कि "मैंने कभी देह मुक्ति की बात नहीं की, पर स्त्री की पहली क़ैद उसकी देह है। जब तक स्त्री अपनी देह से बाहर नहीं निकलेगी, तब तक उसकी मुक्ति यात्रा संभव नहीं होगी। जब तक वह अपनी देह को लेकर ख़ुद फ़ैसले नहीं करेगी तब तक मुक्ति का कोई अर्थ नहीं है। स्त्री हमारे लिए दो हिस्सों में बँटी हुई है एक स्त्री कमर से ऊपर आनंद है, कविता है, कमर से नीचे की स्त्री नरक का द्वार है। कहना चाहिए कि हम लोगों ने आधी स्त्री को सांस्कृतिक और साहित्यिक विमर्श से लगभग बाहर कर दिया है।" (आउटलुक 22 सितंबर, 03 में छपे एक साक्षात्कार के आधार पर)

इस उपन्यास के संदर्भ में देखें तो मृदुला जी बहुत पहले से स्त्री मुक्ति को लेकर सतर्क दिखायी देती हैं। मनीषा अपनी देह का अधिकार अपने पास सुरक्षित रखती हैं। वह न जीवन को ढोने में विश्वास रखती हैं और न ही अपनी देह पर पति की अवांछनीय उपस्थिति का बोझ बनाये रखने में कोई यक़ीन रखती हैं। जब उसे लगता है कि जितेन (पति) द्वारा वह इग्नोर की जा रही है, तब वह मधुकर के साथ रहने का कठोर निर्णय लेती है। लेकिन मधुकर भी बहुत ज़्यादा साथ नहीं चल पाता है। उसे लगता है कि परिस्थितियाँ एक बार फिर से दोहराई जा रही हैं। वह फिर अकेलापन महसूस करने लगती है। इसी दौरान वह पूर्व पति जितेन के दुबारा संपर्क में आती है। जितेन का दुबारा आगमन उसे हवा के ताजे झोंके की तरह लगता है और नये प्रेम के साथ एक बार फिर वह देह के बँधन टूट जाने देती है। इतनी बोल्डनैस के साथ स्त्री की देह पर उसके अधिकार और इस अधिकार के ऐसे उपयोग का कोई उदाहरण वह भी किसी लेखिका द्वारा, दूसरा नहीं दीखता। इसे लेखिका की अंतर्दृष्टि का कमाल ही कहा जा सकता है कि उसकी रचनाशीलता की प्रासंगिकता लगभग तीस दशकों के बाद आज भी उतनी ही अक्षुण्ण है।

विशेष–विमर्श

साहित्य की शाख पर झूलती तीन फाख़्ताएँ

–नासिरा शर्मा

जहन में कई बार गाँव के कुछ टुकड़े परछाईयों की तरह गुज़रने जिन में चेहरे होते घर, रास्ता, चेन और कहारों द्वारा उठाई वह डोली भी होती है, जिसमें अम्मा सफ़ेद गर्दा पड़ी डोती में अन्दर बैठी होती और में पर्दे के बाहर कोई आवाज़ कोई संगीत ज़हन में इन यादों के टुकड़ों के साथ नहीं गूँजता, सिवाए एक आवाज़ के जिसे में काफ़ी अर्को तथा मनचक्की की आवाज़ समझती रही थी।

एक ख़ामोश दोपहर में वर्षों बाद वह पुरानी आवाज़ कानों में की तो मैं चोक पड़ी। ध्यान से सुना और ख़ुद से पूछा। यहाँ इस दौर में पनचक्री? यह आवाज़ बहुत कम चिडियों की चहचहाहट में सुनने को मिलती थी जो मेरे पूरे वजूद में गाँवकाओं के जनवरंग–सी बजा देती और मेरा गाँव मुस्तफाबाद मेरी आँखों के सामने फिरने लगवाना जो गुम हो जाती और में भी यस जहनी कैफ़ियत से बाहर निकल आती, यह सोचकर, होंगे केही पनचक्री. आख़िर नया पुराना साथ–साथ क़दम मिलाकर चल रहा है। –

छतरपुर में जे.एन.यू. की तरह रंगी चिडियों का उत्सव जो मनाया नहीं जाता, जबकि मेरे घर के सामने से वन विभाग में खह सैकड़ों पेड़ कशी धूप में वो कभी वर्षों में झूमते से डोलते होते। मगर चिडियों के नाम पर कबूतर, कौन और गौरया कभी–कभार जाट में अजनबी चिड़ियाएँ नंबराई–सी इधर–उधर ती नज़र आ जाती है जिसमें बाज भी होती है।

एक दोपहर वही पनक्की फिर चहकी तो देखा घर के लॉन में दो फाख़्ताएँ बड़े बेगमाली ढंग से पंजे रखती टहल रही हैं, तो क्या यह फाख़्ताएँ की आवाज़ है।

यक़ीन करना पड़ा। पनपने का अर्थ जान गया और पाया कि यह परिन्दा उसी में रहता है। शायद इसी अंदाज़ की देखकर मेरी बड़ी बहनें काख

सिखाने पर कि यह फाख़्ता है उस वह फात्मा ही कहता था।

पुरानी यादें बिन बुलाए मेहमान की तरह अक्सर आपकी बाई में आकर आपको तरोताजा कर जाती हैं और मैं अब जब भी डाली पर झूलती या मुड पर पंजा के बल चलनी सुफियाना रंग की प्याजी दिलकश–सी फाख़्ता देखती हूँ तो मुझे वह 'फात्मा ही लगती हैं।

कभी–कभी ऐसा होता है कि किसी इंसान को देखकर आप कोई रूपगढ़ लेते हैं। जानबूझकर नहीं, अचानक किसी शेर या कविता की पंक्ति, किसी की पहुँची लाइन की तरह वह की जाती है। मिसाल के तौर पर..

मंजुल भगत जब–सी ज़हन में उभरती तो बिना अनारों के नहीं और उस गर्ग चाय के प्याले के बिना नहीं जो उनके घर में खाने की मेज़ पर रखी सफ़ेद टिकांजी से ढकी चायदानी से दमदार चाय के नाम पर पीते को मिली थी। क्या कहीं उसमें मेरे घर का माहौल या मज़ा रचा बसा था

"मैंने अफगानिस्तान पर एक उपन्यास लिखा है 'खातुल'। मैं चाहती हूँ तुम ज़रूर पढ़ो।" मंजुल भगत कहती है।

कैसी अज़ीब–सी बात है कि मैं फाख़्ता के जिक्र से एकाएक मंजूल भगत की तरफ़ बह गई। मगर सच तो यह है कि मुझे यह दोनों बहनें मृदुला और मंजुल अपनी तरफ़ खींचती थीं। शायद उन दोनों की बातें बड़ी दिलचस्प होती, जिसमें एक अज़ीब तरह की रंगारंगी थी। उसमें वही महक आती महसूस होती जिसे मैं अरसे पहले इलाहाबाद में अपनी सहेलियों के झुंड में छोड़ आई थी।

मंजुल जी को अंतिम विदाई के लिए हम सभी 'श्मशान घाट' पर मौजूद थे। सुबह–सुबह सुनीता जी ने फ़ोन पर इत्तला दी थी। उनकी बेटी और पति से कई बार मुख़्तसर–सी मुलाकात हुई और उनके बारे में मदलाली के लेखों के द्वारा बहुत कुछ जानने को मिला। सच तो यह है कि आपके परिचित तो बहुत होते हैं, मगर आपको सखी या दोस्त का अहसास देने वाले बहुत कम होते हैं। और अपनाइयत का यह साथ मुझे क्यों इन दोनों के साथ बैठकर महसूस होता है, मैं कह नहीं सकती।

मृदुला जी से फ़ोन पर बातें होती तो लगातार या फिर वर्षा का विराम लग जाता। मुलाकात होना दूर की बात हो जाती, मगर हम जितने भी अरसे बाद मिल, हम मिलते उसी तरह है जहाँ से हमने छोड़ा था। मंजुल जी की तरह मृदुला जी भी बातों की बेहद शौक़ीन हैं और उनकी यह खूबी उनके संस्मरणों में खुल कर नज़र आती है। हमने एक–दूसरे को खूब पढ़ा भी है

और साहित्यिक एवं सामाजिक मुद्दों पर जी–भरकर बातें भी की हैं और एक–दो यात्राएँ भी साथ–साथ की हैं। कहीं कोई उलझाव, ड्रेप, चिड़चिड़ाहट, बैंक बाइटिंग हमारे बीच नहीं आई और फिर सालभर पहले उनकी तीसरी वहन अचला बंसल से मेरी मुलाकात हुई। कमरे में घुसते उन्हें देखकर लगा था कि मृदुला जी आ रही हैं फिर लगा नहीं, यह मृदुला जी नहीं हैं। फिर. यह कौन हो सकती हैं? प्रोग्राम के खात्मे पर परिचय हुआ कि यह मृदुला जी की छोटी बहन हैं, जो लिखती अंग्रेज़ी में है मगर बातें जहीं लच्छेदार, लहज़ा वही मानूँगा जो दिन में एकदम से अपनी जगह बना लेता है। मुझे याद आता है कि फूल जी से पूछा था कि मुदला जी कार्यक्रम में आ रही हैं? तो उनका जवाब था, वह नहीं आ रही है। यह रही है, मैं तो नहीं मेरा जनाजा जायेगा। सुनकर में इतना खिलखिलाकर हँसी थी कि चन्द्रकांता को भी हँसता पड़ा था।

भाषा एक सेतु नहीं है, बल्कि एक ऐसा रिश्ता है जहाँ सारी दीवारें और रुकावटें दो इंसानों के बीच से, चाहे वह कितने भी अजनबी क्यों न हों, एकाएक ढह जाती है।

क़ायदे से मुदला जी का और जनाजे का कोई तालमेल नहीं है, मगर भाषा की जिस अभिव्यक्ति को उन्होंने पकड़ा था। वह भारतीय समाज की आम बोलचाल से लेकर साहित्य तक कई तरह के अर्थ का ऐसा लुत्फ दे जाती है कि आपके ज़हन में एक वाक्य एवं शब्द का पूरा साहित्यिक इतिहास गूँज उठता है। मानूस शब्द आपके दिल व दिमाग़ के दरवाज़े बिना किसी मेहनत के एकाएक खोल देते हैं। मुझे याद है जब श्रीपतराय जी मेरी कोई रचना पढ़ते तो एक–दो शब्दों को लेकर पूछते, "यह कहाँ से ले आई?" फिर कुछ देर तक ख़ामोशी से मुस्कुराते रहते या फिर ताली बजाकर तेज़ कहकहा लगाते। शब्दों का भी इतिहास होता है अभिव्यक्तियों की भी विरासत होती है और तो और, भाषा के विभिन्न वर्ग एवं समुदाय होते हैं और हद तो यह है कि आप बोलने वाले के शब्द चयन, आवाज़ के उतार–चढ़ाव और इज़हार से उस की पृष्ठभूमि को एक सीमा तक समझ लेते हैं कि यह बंदा आया कहाँ से है। आर्थिक, सामाजिक, धार्मिक एवं अब राजनैतिक फ़र्क भी साफ़ उभर कर आ जाता है।

मृदुला जी एवं मंजुल भगत एक ही परिवार से ताल्लुक रखती है मगर अज़ीब बात है कि दोनों बहनों की जबान एक–दूसरे से कितनी भिन्न है, जब वह काग़ज़ के पन्नों पर साहित्यिक पाठ बनकर उभरती हैं। एक में ढाका

की मलमल का अहसास तो दूसरे में आरगैडी का अहसास, जिस पर एक भी शिकन नहीं। एक में विशेष कालबोध की धड़कन तो दूसरे में वर्तमान समय की पदचाप! यह सारे उदाहरण मेरे ज़हन में न उभरते अगर **राजकेगल** द्वारा छपी पुस्तक "बिसात तीन बहनें तीन आँख्यान" मुझे देखने को न मिलती, जिसमें मंजुल भगत और मृदुला के अलावा उनकी छोटी बहन अचला बंसल भी मौजूद न होतीं। उनकी अंग्रेज़ी कहानी का हिंदी अनुवाद, उसमें मौजूद है तो भाषा का कटाव भी, बिना किसी ग़ैरज़रूरी बयान और बेजा शब्दावली के साथ उनकी कहानी में मौजूद है। अब यह लेखिका का कमाल है या अनुवादक का या फिर दोनों का। तीनों आँख्यानों से गुज़रते हुए परे ज़हन में बार–बार यह समय भेजता रहा, साहित्य की शाख पर झूलती तीन फाख़्ताएँ।

दिमाग़ इस वाक्य के साथ भटकता है। तीन बहनें आपस में और मेरे घर के आँगन में जहाँ तुम हम तीनों बहनें पलकर बड़ी हुई और सभी के हाथों सृजनात्मक। रहस्यों से भरा फलम मौजूद म हमारी सवारिया डोनी सेबी से कार और शिनक बदलती रही अगर साहित्य की पुरानी धुन हमारे साथ रही। अलाप हमारी क्षमता के अनुसार ऊँचे और मंदिम होते रहे।

अब देखते हैं विसान के अन्दर तीनों रचनाओं में ऐसा क्या है जो उन्हें एक साथ छापा गया। पुस्तक मंजुल भगत की रचना से शुरू होती है। इसलिए उनकी रचना में अपनी बात शुरू करती है और तब पाठकों के सामने यह प्रश्न भी आख़िर इतनी लंबी भूमिका की ऐसी क्या ज़रूरत थी। बात सीधे और विकल सपाटतरी में आलोचना और विवचना के बने बनाए मानक पर बड़ी आसानी से लाखों बार दोहराए वाक्यों की सहायता द्वारा की जा सकती थी।

अपने लघु उपन्यास 'बेगाने घर' में मंजुल भगत ने उस गिल जल माहौल को उठाया है जो गुज़रे कल की बात थी। बल्कि इतिहास का ऐसा अध्याय जो हमने कटर या तो पादों में परछाइयाँ बन लहराता है या फिर साहित्य के पत्रों पर यह–सा गया है। जिनके पास गाद उन्हें इस तरह के पाठ पढ़कर बहुत कुछ याद आ जाता है। उनकी नम आँख और लरजते होठों की यह कंपकपाहट उनके पोतों, नवासियों के लिए मज़ाक ही साबित होती है जिसे वह महसूस नहीं कर सकते हैं। लेकिन जिन्होंने समय की उस करवट को क़िस्सागोर्ड के रूप में अपने नाना–नानी से सुना है, उन्होंने अपनी यादों की पक्षी मिट्टी पर इन अक्षरों को किसी **नारींगी** शिलालेख की तरह सुरक्षित रख

रखा है। मंजुल भगत की यह कहानी उन्नीस वर्ष पहले सन् 1978 की लिखी हुई है। हम कह सकते हैं कि उन यादों को बल्कि उस पर काण्ड को गुज़रे व मुश्किल में दो दशक हुए थे। संक्षेप में कहें तो यह कहानी पचास–साठ वर्ग **राज माहान पर निम्नी** गई थी। जब नौकर और मालिक का रिश्ता सिर्फ़ ज़रूरतों की पूर्ति के लिए नहीं बनता था बंद प्यार की एक बारीक मगर मज़बूत डोर से बँधा होता था। जहाँ पुश्त–दर–पुश्त रिश्ता उसी तरह चलता था। जैसे मालिकों के अपने परिवार बिरादरी के बीच बना रहता था।

मंजुल भगत ने अपने नाना के घर के माहौल पर क़लम उठाया है। किसी एक पक्ष के दृष्टिकोण में नहीं बल्कि ज़िंदगी जैसी थी बिल्कुल उसी तरह सामने रख दी। जिसमें भाषा और मुहावरे का ताना–बाना कसा हुआ है कि उसे पहने हुए आप उसका हिस्सा बन उन्हीं कमरों व कोठरियाँ में साँस लेने लगते हैं। जहाँ माली, कोचवान, बावर्ची, भगत अपने परिवारों के साथ बल मिलकर रहते हैं। आज के दौर में ऐसे माहौल और नौकरों की कोई सराहना ही नहीं कर सकता है, जहाँ नौकर मालिकों का कत्ल करके भाग जाते हैं। मंजुल भगत जी की कहानी का किला है वह दरअसल गई संस्कृति की शुरुआत है जो बेगानेपन से शुरू होती है। चाहे किशोरचन्द्र जी की मृत्यु इसका कारण हो या फिर देश के बँटवारे और जमींदारी के उन्मूलन के बाद भारतीय समाज के दान बिसराव और दिशाहीनता., की छटपटाहट हो। हम इस कहानी में किशोरचन्द्र जी की मृत्यु को एक रुपया के रूप में भी ले सकते हैं कि किस तरह हम एक अजनबी राह की तरफ़ बढ़ें। पुराने जीवन मूल्यों, अपनेपन और बेनाम रिश्तों की केंचुली को उतारते हुए। इस केंचुली ने आसानी से हमारी खाल को नहीं छोड़ा। इतनी खराशें और घाव दिये हैं जिनको हम उर्दू के लेखक काजी अब्दुल सत्तार और कर्रातुलएन हैदर की कहानियों में बखूबी पढ़ सकते हैं क्योंकि उनका पूरा साहित्य इसी विषय की धड़कनों की **तपकन** से भरा हुआ है।

अभी कुछ माह पहले मैंने तरुण भटनागर की कहानी दादी, मुल्तान टच एण्ड गो' पढ़ी और मुझे महसूस हुआ, अहसास की खरोच पर पुराने ज़ख़्मों को लेकर इनकी खूबसूरत कहानी नए लेखक भी उसी गर्मी और भावनाओं की गहराई से लिख सकते हैं जो उनका अनुभव नहीं बल्कि दादी की टीमों की अनुभूतियाँ हैं, जो भटनागर की कहानी के क़िरदार की सोच का हिस्सा बन जाती है जिसमें मुक्ति मिलना नामुमकिन है। वास्तव में यह यादें तारीख के अध्याय हैं जो इंसान की सच्ची ऐतिहासिक गाथाएँ हैं, जहाँ इंसान का

अहसास अपने परिवेश और समय को दर्ज कराता है। अपने सुख–दुःख को पूरी ईमानदारी के साथ व्यक्त करता है।

मंजुल जी ने जहाँ उन लड़कियों का ज़िक्र किया है जो चूड़ियों के टूटन को जमा कर खेलती है और शमा या दीये की रौशनी में उन्हें पिघला कर लंबी झालर बनाती है, वहाँ पर लगता है कितनों का बचपन ऐसी घटनाओं का माझा होगा। जहाँ मेरे गाँव से ठीक गनपत की तरह शकूर चला आया और फल बेचने लगा। उस फल बेचने वाली बेटी खलीकुन एकाएक आन खड़ी होती है, घर की छत पर कूकी खेलने के लिए और अब लगता है कि हम बड़े होकर उन टूटे क़िरदारों का खेल क़लम से निकले अक्षरों से खेलते हैं। अहसास के जोड़–जोड़ कर यादों की तो पर तपा कर हम उन टूटे शीशों को एक बार फिर जोड़ने की अपनी चाहत में उसी माहौल पर जो मंजुल ने उभारा है जहाँ इंसानी बिसात बिछी है। ज़िंदगी और समय शतरंज की गोटियाँ बनकर चौपड़बाजी का कमाल दिखा रहे। उसे एक नए दृष्टिकोण से मृदुला गर्ग ने 'वंशज' में उठाया है।

किशोरचन्द्र जी न्यायालय से ताल्लुक रखते हैं, मगर भगवान ने उनके साथ न्याय नहीं किया। पाँच बच्चों मरने व पत्नी के स्वर्ग सिधारने के बाद उनकी मुखी ज़िंदगी में भावनाएँ शुष्क नहीं हुई। प्रसंग तो इस तथ्य को साबित करने के लिए कहानी में अनेक है, मगर बौराई घोड़ी का दौड़ना और दोनों अगले पैरों का चबूतरे पर रख कर अपनी बात मालिक नेक पहुँचाना कही गहरे छू जाता है। उसी किशोरचन्द्र का नाम 1976 में प्रकाशित वर्शन में जज शुक्ला जी था। गुलाब की पीली चेल यहाँ पर पीली चमेली में बदल जाती है और अपने में घंटे, समता में भरे किशोरचन्द्र जी जब दो बच्चों के पिता बन जज शुक्ला का स्पधर लेते हैं जो बिना माँ की औलादों की उचित परवरिश के चलते अक्सर भाई–बहनों के बीच की आम शरारतों और झगड़ा वन वाली अपनी लकड़ी की मेज़ पर बजा कर ऑर्डर–ऑर्डर कहते हैं या फिर कमज़ोर पक्ष का साथ देने में यह समझ नहीं पाते हैं कि कमज़ोर पक्ष भी ग़लती कर सकता है।

जो मज़ा मंजुल भगत के यहाँ आम और ख़ास के मुहावरे में कोथड़ा पड़े कत्थे और मलाई पड़े चूने के संग खुशबूदार किवाम और बराबर कटी छालियों के संग नर्म पान के बीड़े चबाने वाली भाषा का सुरूर है, वह यहाँ आकर अलग तरह के भाषाई कसाव और तराश के साथ नज़र आता है और उस बदलाव को अपने बयान और मुहावरे द्वारा दर्ज कराता है कि समय का

पंखा अब घर–घर डोर से नहीं बिजली से चलता है। मृदुला जी की भाषा में भावना और जबान की फुलकारी की जगह वैचारिक और अनुशासन का गारा लगा हुआ है जो उसी ज़मीन की बात तो करता है 'जो बेगाने घर में की है। मगर गुलाम गर्दिश (सन्न वाटर्स) की ज़िंदगी से भरपूर दुनिया से हट उस समाज की जिसमें वर्गों की विभिन्नता और मानसिकता का अपना यथार्थ गुलबूटे काढ़ता है।

मृदुला जी ने "मेरे संग की औरतें" लेख–संस्मरण में बड़े रोचक ढंग से उस पर की औरतों का शिक्र किया है, जो उनका ननिहाल है। नानी से बात शुरु बरनी माँ का जिक्र करती हुई वह परिवार के मदों का भी बड़ा दिलचस्प ब्यौरा देती है जिसम उनका यह कहना कि नानी से कहानी नहीं सुनी मगर उनकी अपनी कहानी सुनी। चूँकि हमने नानी से कहानी नहीं सुनी, तो ' उस कमी को हम तीनों बहनों ने कहानी लिख कर पूरी कर दी। **चथज** को समझने और लुत्फ लेने के लिए मेरे संग की औरतें से गुज़रना भी एक महत्वपूर्ण अध्ययन हो सकता है क्योंकि उसमें घर का जनानखाना' पूरी तरह खुलकर सामने आता है। जिस तरह 'वंशज' के शुक्ला जी के व्यक्तित्व का दूसरा चेहरा और समाज का दूसरा पक्ष।

लेकिन 'नाना' का रूप चाहे किशोरचन्द्र वाला हो या जज शुक्ला का उनके चरित्र निर्माण का बुनियादी गुण व रस एक है। बच्चों को पिटता देख उनका दिल पिघलता है और वह घोड़ी भी अपनी दौड़ को किसी रूपक, किसी गहरे विद्रोह और इंकार के रूप में यहाँ भी दर्ज कराती है अपने मालिक के प्रति, जिन्हें न घोड़ी को चाबुक मारता पसंद था, न हिश्श हिश्श की आवाज़ कर उसकी चाल बढ़ाना। वह तो चमेली की बेल पर खिले असंख्य फूलों तक को देख चिंतित हो उठते कि इसकी नाजुक काया कितनी बोझिल हो रही होगी, क्योंकि उनके अन्दर पानी में अनेक बच्चों के जन्म का भार उठाना और दो के अलावा सभी को बेमौत के हवाले होते बच्चन का रामे पाना, पिघले मोम की तरह द्रवित कर उन्हें झुलसाए जाता आग्रह यानी उनका बेटा कैसे समझ सकता था, जो उन्हें 'साहेब' कहता था और ज़माने के बनने रंग का मूली आँखों से देख रहा था। हाकिम गोरों का जुल्म एक वृतांत की तरह खुल रहा था और उसे का बरवी से नफ़रत ऊँचे वर्ग की बारी थी–घोडी दिशा हम भियाली निर को नहीं समझ सकती थी। वह भावना को समझती थी। उस प्यार को समझनी थी जो इस भरपूर मिला था। इसलिए यह चाबुक की फटकार से दहल उठी।

इन दोनों उपन्यासों को लिखते समय दोनों लेखिकाओं के ज़हन में वह सब कुछ नहीं होगा, जो आज समय के गुज़रने के बाद उनकी आम भी लिखी घटनाओं के बयान को पर्तदार बना देगा। शायद इसीलिए कहा जाता है कि साहित्य का मूल्यांकन ताबड़–तोड़ नहीं होना चाहिए बल्कि समय के गुज़रने के साथ वह कृतियाँ स्वयं अपनी उपस्थिति दर्ज कराती हैं। जिनके छपे अर्थ समय के साथ हमारे सामने खुलते हैं और हम भी समय के साथ दिमाग़ी और अनुभवी स्तरों पर विकसित होते हैं। यह भी सच है कि तुरंत लिखे साहित्य में जो विद्रोह और सनगनाहट होती है। समय के गुज़रने के बाद उन मुद्दों पर लिखे जाने में एक अलग तरह की विवेचना और व्याख्या भी आ जाती है।

'मृदुला जी का' वंशज स्वतंत्रता संग्राम के गुज़र जाने और इसके बाद का समय लिए है जिसक रोशनदानों और झरोखों से अतीत ताजा हवा और धूप के साथ झाँकता नज़र आता है। बेटे का इस हद तक शर्मसार होना कि फौज़ में भर्ती होने, खुदकुशी करने के साथ स्वयंसेवक संघ में शामिल होने का निर्णय लेने पर वह उसे आमादा करने लगता है। बड़ा विचित्र है कि केवल अपने विचारों और भावना के चलते इंसान दूसरे इंसान को नहीं नकारता बल्कि समय भी अपने अतीत के पदचिह्नों के विरुद्ध राह पकड़ लेता है। अब जो अंग्रेज़ों की तरह रहे वह दिशद्रोही, चाहे उसके विचार और कारनामें जी भी हो। यह भी हमारे सोचने की तर्कहीन दिशा है जो कमोबेश अभी भी मौजूद है बिना इस सच्चाई को महसूस किये हुए कि हर वर्ग का अपना रहन–सहन और तौर–तरीका होता है जो उसे मज़बूरन स्वीकार करना पड़ता है। वह दौर जो जानवर की जबान को समझने की आलियत रखता था, उसकी अगली पीढ़ी अपने बुजुर्गों की भावना को समझने के क़ाबिल नहीं थी। वही खाई डेल्टा बनकर हमारे समाज में इस तरह फैली कि आज हम एक–दूसरे के दुश्मन हो गए, बिना इस तथ्य को समध। इस ज़हरी ने संकीर्ण बदलाव को पूरी प्रामाणिकता के साथ मृदुला जी ने क़लमबंद किया है। भले ही वह उनके मामा और नाना पर आधारित पाठ हो मगर उस समय का यथार्थ था जो घर–घर में घट रहा था। इसका किस को गुमान था कि एकता की चलती ट्रेन एकाएक पटरी बदल लेगी और अपनों की ही शत्रु बन जाएगी। वह समाज जहाँ रिश्ती, पशु–पक्षियों और जानवरों तक की दिल में गुंजाइश थी वह सब अब चेतना में अटक कर रह गया है। मानव अधिकार की लफ़्फाजी, पर्यावरण की लनतरानी और क़ानूनों की भरमार के बाद

इंसानों के दिल अपने संग रहने वालों के लिए प्यार से खाली और तंग है। मोहल्लों में भीड़े, गाय, भैंस, बकरी, चिडियों का पिंजड़ा तो दूर अब फ़्लैटों में चिड़िया और आकाश भी हमसे दूर हो गया है। केवल कार की कतारों के मंजुल जी के उपन्यास में जो कोठरियों हैं, नौकरों के नाम लिखी गईं थीं। "वंशज" में उसी सर्वेन्ट क्वार्टर में फिलिप किराएदार बनकर रहने लगता है जो किराया देने की भी बिसात नहीं रखता। मगर शराब पीने और बेटी की कमाई पर अपना पूरा अधिकार समझता है। बदलाव का यह पहला चरण है।

'वंशज' उपन्यास दरअसल स्वतंत्रता संग्राम की नट्टी से निकले चरित्रों की कहानियाँ हैं जिसमें शुक्ला जी अपने वर्ग और ओहदे कि अनुसार जितने भी नाक पादुका क्यों न हो, मगर अन्दर से पूरे इंसान है। उनका बेटा सुधीर सानेर से बाप में देखता ज़रूर है, मगर अन्दर से उसकी बनावटता की छाया ही है। जो सभी को बाहों में नहीं लगता है मगर हो, सर्वहारा वर्ग के प्रति ज़रूरत में ज़्यादा संवेदनशील और तलाब को ऐसा सपना देखने वाला है जहाँ एक दिन सब बराबर आगे और उसी जुनी बाल में वह अपक्ष की तरफ़ ध्यान न देकर एक भटकाव को जीता है, जो सच तो है मगर उस साई के सरतो दोनों से पकड़ नहीं पाता। शिवाएँ फावड़ा चलाकर यह दिखाना कि मैं साहब नहीं मज़दूर है। यह उस दौर का ''प्रतिनिधि चरित्र कहला सकता है, जब कान्ति एक ठोस स्वप्नफल बनेवर सामने नहीं आ पा रहीं थी। अंग्रेज़ों के जाने के बाद जिस तरह का समाज धीरे–धीरे विवासित हुआ, वहाँ वहीं सब कुछ आज नज़र आता है जो हमने उखाड़ देने के लिए कमर कसी थी। लेकिन जो हमारे बीच खोया वह या अपनों के प्रति मोह हमारे भारतीय जीवन मूल्यों 'बशन' उपन्यास के दो हिस्से बेहद खूबसूरत और प्रभावपूर्ण बने हैं। वह है गांधीजी की हत्या और धनबाद में जाकर सुधीर का मज़दूरों की दयनीय स्थिति के बारे में महसूस करना। यह उपन्यास ग्रामगाथा या किसी चरित्र की संघर्षगाथा नहीं है बल्कि इस लिहाज से यह महत्वपूर्ण होती है कि किसी भी इंसान को उसका माहौल कैसे ढालता है। बड़ी या छोटी घटनाएँ मिस तसे मामूली इंसान चाहे वह बच्चा हो या जवान, उस पर अपना प्रभाव डालती हैं। इस उपन्यास का बहुत–सा वैचारिक हिस्सा आज की बहसों का हिस्सा है। लगता है कि यह आज के संदर्भ में लिखा कल यानी अतीत का पाठ है और साठ वर्षों में हम उन्हीं राहों पर बढ़ते रहे जिसे बहुतों ने स्वीकार और अस्वीकार किया, जिसकी टकराहटों की गूँजे हमें वर्तमान में सुनाई पड़ रही हैं।

इन्हीं टकराइटों पर पूरा उपन्यास भी बना जा सकता था मगर बाहर से ज़्यादा जो भीतर पट रहा था वह क्या कम महत्वपूर्ण था? जिसे सियासतदों को अनदेखा पर सकते थे मगर लेखक उन सारे बदलाव से आँख नहीं मूँद सकता था, क्योंकि यह तो उन्मनी की पर हाथ रखने वाला ऐसा हक़ीम है जो हर अहसास को पकड़ने की मनाता है। जब समय करवट बदल रहा हो तो घटनाएँ अवश्य मुख्य भूमिका में साँप आधी है। सगर उसको गहने वाले इंसानों पर क्या गुज़रती है, ज़रा बारीकी को मैखनन अंगों और मनता है। 'वंशज' उपन्यास समय के उन दोनों पाठों को मिलाने की एक ऐसी कोशिश जो अपने अन्दर बहुत–सी ऐतिहासिक एवं मानवीय घटनाओं और दुर्घटनाओं को किसी मोखने की तरह **समाण, हुए है। ख़ुद लेखिका** का ज़ोर भी उन आहरी परिवर्तनों का अन्दरूनी जलवा दिखाना था वरना वह इस उपन्यास का नाम 'वंशज' न रखती बल्कि सपनों के टूटन से निकला कोई मुहावरा, फोर्ड, नाम चुनती और सिर्फ़ विचारों की टकराहट तक यह उपन्यास सीमित होकर रह जाता।

सुधीर का गुस्सा चंद साल पहले मेरे भीतर भी मना था। जब मैंने किसी से सुना था कि मेरे पिता यूनिवर्सिटी बग्धी से जाते बेरजन में साल की भी वे गुज़र गये थे। मेरा चेहरा चमचमा उठा था। 'मैं आई थी। शायद निशा भी। समय बोनी, देवा और वध का कार तो बहुत बाद तब राहत की साँस आई। दूसरा भी उठता था। बाक़ी दर में फूलों को गमले में रोप रही थी। जंगल की तरफ़ से गाती फारता की ताजा हमेशा की मेरा ध्यान खींच बैठी और मैं कह उठी कि ये फाख़्ता भी खूब बोलती से भरे साथ काम करने वाला नाका हम पढ़ा और बोला, नहीं यह फाख़्ता नहीं बन मुर्गी है। मैं उसकी निरे बुद्धू हो क्या? ये कहना की है। इसको में बचपन से पहचानती है। यह धीरे से बाला, यह वनमुर्गी है। मैंने कोई जवाब नहीं दिया। इतने बरसों का भ्रम टूटना मुझे अच्छा नहीं लगा पर यह सही था कई दिनों तक जोन और मुंढेरों पर बैठी फाख़्ता ग्रामोश थीं पर आवाज़ आ रही थी क्योंकि जंगल में वनमुर्गी चीग रही थी।

बेमौत में बीमारी रचना 1996 में प्रकाशित 'कैरम की गोडिया' नाम से है। जो एक कहानी है जो किसी विशेष स्थिति के जरिए अपनी बात कहती है। जिसमें वैचारिक टमराह है, न गंगा–जमुनी सामंती समाज की खुशबू है, न ही ऐसा कुछ कि हम कहें सबै मीर साहब दुबले क्यों शहर के अंदेशे से उसमें केवल एक पारिवारिक माहौल है जो पिता की बीमारी से कभी आतंकित है

तो कभी गहरे अवसाद में डूबता उतराता है। लेखित एक किशोर के चरित्र जिसका नाम सोनू है, सब कुछ कहलाती है। जो सोचता, महसूस करता और कहानी के बिखरे सिरों को जोड़ता है। कहा जा सकता है कि पानी में बेहद राशी सयाजी नाथानी और अभिव्यक्ति के रूप में हमें बाँधता भी है और जिज्ञासा भी जगाता हूँ कि छोटे से परिवार की घुटन, तनाव और दबाव के पीछे का रहस्य क्या है?

यह कहानी यदि अलग से पढ़ी जाती तो अच्छी होने के बावजूद यह असर ने कोली जो बिमान में तीसरे मोहरे के स्थान पर आकर समय की एक अहंग आधान के रूप में करती है। मृदुला जी की भूमिका पढ़ने से यह बात साम हो जाती है कि जो सुखी जीवन मेरे अपने इरादों को साकार रूप देने के लिए पिता से धन चाहता था। वही के बाद अपनी सारी धन–दौलत विरासत के रूप में उसे देकर चले वर्णन लघु उपन्यास के से नहीं होना है, यह कुछ अटपटा–सा लगता है क्योंकि पाठक इस समय एक तीखे कड़वे कटाक्ष की आशा, सुधीर से कर रहा था या फिर कुछ और जो हो, चकिन इस बात को स्वयं अंकिता ने भी महसूस किया है जिसका इशारा भूमिका में है। शायद यह सुधीर की ज़िंदगी को फिर किसी नए उपन्यास में जगह देना चाह रही हो, या शायद उन्हें पता हो कि अपने स्वार्थों की अत्यधिक जाँच से बर्तन का चिटखना लाज़िम था। उस पर अचानक पड़ी ठंडी फहार ने उसमें दरार डाल दी थी। उस दरारों भरे बर्तन का महत्त्व ही क्या? यही हुआ कि वह सुधीर समय के साथ अचला बंसल की कहानी में 'पापा के चरित्र में ढल गए और जीत व हार का बिसात करम की गोटियों के खेल में देखने लगे और अंत में पागलखाने में इलाज के लिए जाना पड़ा।

'बिसात' एक उपन्यास है जिसे समय–समय पर तीन लेखिका तो न खंड–खंड में लिखा है। इसे हम इत्तफाक कहेंगे या फिर अनुभवों का तालमेल या फिर एक चित्र का **श्रिडायमे** ते प्रभाव या फिर उस माहौल का गहरा असर जिसके प्रभाव से तीनों बाहर नहीं निकल पाई और वह था ननिहाल का घर अचला बंसल ने और मृदुला जी ने अपनी–अपनी रचनाओं में व्याप्त तनाव को बाप, बेटे और पत्नी के बीच दोहराव में देखा है मगर मुझे इस मुद्दे के अलावा दो महत्त्वपूर्ण कारण और लगते हैं। पहला, देश और काल। दूसरा, दो पीढ़ियों के बीच की दूरी कभी वैचारिक रूप से कभी परिस्थितियों के चलते जी पल–पल टपकन बन टीसती है और यह टीसन फोड़ा बनकर अचला बंसल की कहानी में उभरी है, जो सोनू को वही दर्द

देती है जो सुधीर ने अलग धरातल पर सहा और फिर सोनू की यादों में बसे पापा उसे कि तरह तड़पाते हैं और दर्द को सौंपने की तीसरी पीढ़ी सामने आ जाती है।

नासूर का यह सिलसिला उस दौर लगभग सभी परिवारों की कहानी है जब कई तरह की छटपटाहट उन्हें व्याकुल बनाए रखती थी। बाहरी बदलाव का जो असर उन पर पड़ रहा था उससे व्यक्तिगत रिश्ते कैसे असर न लेते। ख़ासकर तब, जब दो अलग परवरिश पाए लोग एक साथ रहन पर मज़बूर हो। यदि गाई का था में पद, सो मुझे बाद शाता है मेरे ज़्यादातर परिवारों में किसी–किसी मामा, मात्रा बुआ और गाई पर पागलपन के दौरे पड़ते थे। उसका कारण राजनैतिक एवं सामाजिक बदलाव भी या जिसमें आर्थिक कारण भी गुड़ चुका था। उसे पर राजब यह कि देश का बँटवारा भी अनेक तरह से देशवासियों के दिनों में आकर वेदना का बीज बो चुका था। ऐसी स्थिति से गुज़रने वाला मदतशीत व्यक्ति कैसे सहज रहे सकता है। घरवालों को लगता है कि यह मेवा घर माना यहीं की है कि वही पीड़ा उन्हें झेलनी पड़ती है और यही उनका उनकी जागर जब दूर कर उस देखते हैं तो स्थिति कुछ और होती ही हम सो वह बनवास पर बड़ी पीड़ा फैली नंतर दाजीती।

तरुण भटनागर की कहानी का अंतरी देवा में निराली प्रवृत्ति है कि यदि मुल्तान किसी का देखना है तो पूरी दादी के उस संदवा में अंतर देखें जिसकी चाबी वह मुझे बारिस के रूप में दे गई और उसी में बंद है असली मूल्यात तरुण में अंत में बहुत कद्र बना हैजा में यहाँ नहीं कह सकती। उसे जानने के लिए पूरी कहानी पढ़ना ज़रूरी है। वहीं अंतरधारा, इन तीनो रचनाओं में बहती नज़र जाती है। जो हमें छोड़ तो गया है मगर फिर भी हमारे साथ है। हमारी यादों का हिस्सा है वही बाद संवेदना की दस्तावेज़ बन कर इन तीनों रचनाओं में क़ैद है। यदि पाठक को पृष्ठभूमि अतीत और इतिहास के उस काल में का पता नहीं है तो फिर उसे इस तीनो रचनाओं का वह महत्व समझ में नहीं आयेगा जो परिनियों को चिनाकर निकाला गया ऐसा यथार्थ है, जो इंसान के टूटने फूटन का साक्षी है। ही ऐतिहासिक दस्तावेज़ों में उनका नाम उन शहीदों में न हो, जिन्होंने स्वतंत्रता संग्राम में अपना जीवन होम कर दिया मगर में हमारे कलेजे में तो बसे ही हैं।

अस्तित्व और जीवन के बीच

–योगेश गुप्त

अच्छा साहित्य धीमी आवाज़ में अपनी बात कहता है। हो सकता है वह बात बहुत लोगों तक न पहुँचे या जिन तक पहुँचे उनमें से कुछ की समझ में न आए, पर यह निश्चित है कि ऊँची आवाज़ कानों तक ही पहुँचती है, दिलोदिमाग़ को नहीं छूती। अच्छे साहित्य की एक और विशेषता है वह जीवन की जटिल से जटिल समस्या को सहज और सुलझे रूप में प्रस्तुत तो करता है, पर ख़ुद को सरल रखने के लिए जटिलताओं से कतराता कभी नहीं। अच्छा साहित्य हमेशा प्रगतिशील होता है, पर यह भी शायद उतना ही सच है कि वादविशेष की सीमाओं में घिरा साहित्य प्रगतिशील नहीं रह पाता। इस वाक्य का यह अर्थ बिलकुल नहीं है कि साहित्यकार की कोई विचारधारा, मान्यताएँ, आस्थाएँ नहीं होती। साहित्यकार अपने नितांत निजी और सामाजिक अनुभवों को अभिव्यक्ति देता है, पर काल्पनिक अनुभवों की भी उपेक्षा नहीं कर सकता। ठोस धरती पर खड़ा होने के बावजूद वह मानसिक रूप से 'जिप्सी' होता है, साथ ही यात्रा और भटकाव के भेद को समझता है। बना–बनाया संतुलन जहाँ उसको बुरा लगता है, सिद्धांततः वह संतुलन के पक्ष में होता है। दरअसल साहित्यकार साहित्य के माध्यम से अपने व्यक्तित्व के बाहर के उस सौंदर्य की खोज करता है जो उसका सत्य भी होता है, उसका शुभ भी और अनुभवों को धरातल और तरलता देने वाली वेदना–धारा भी। यानी साहित्य सर्जक की पूर्णता है, उसका संतोष है और उसकी प्यास भी।

गली में कूड़ा क्यों है? यह व्यक्ति ढोंगी क्यों है? यह मूल्य जड़ होकर मानव–प्रगति में रोड़े क्यों अटका रहा है? आदमी छोटा–बड़ा क्यों होता है? जीवन मृत्यु का मापदंड है या उसकी क्षणिक अभिव्यक्ति मात्र? सर्वव्यापी प्रकाश है या अंधकार? व्यक्ति रोने से बचने के लिए हँसता क्यों है? हँसते

हँसते पागल क्यों हो जाता है? ज़िंदा रहना, ज़िंदा रहने देना, हत्या करना और खुद की हत्या करना आदमी की आदतें हैं या स्वधर्म? ऐसे ही अनेक प्रश्न साहित्यकार की संवेदना को कचोटते रहते हैं मुद्दत से इन प्रश्नों के उत्तर खोजे जाते रहे हैं। उत्तर मिलते हैं, पर उत्तर दूसरे के विपरीत होता है और एक नए प्रश्न को जन्म देता है। इसी कारण शायद प्रयत्नशील व्यक्ति को अपनी अनर्थकता का तीव्रबोध होता है और इसीबोध में से, यह सच है, सबसे सार्थक साहित्य उपलब्ध होता है।

एक मुहावरा है–सच पर से परदा हटा देना। मुझे लगता है, सत्य और परदा दोनों वचार्थ हैं। पूरी तरह अनावरित सत्य सुंदर नहीं हो सकता और मान लो सुंदर लगे तो भी यह सच है कि इस स्थिति में व्यक्ति अकर्मण्य हो जाएगा। सिर्फ़ जीते चले जाना, एक निष्क्रिय आदमी की तरह, उसके अस्तित्व का प्रमाण हो सकता है, जीवन के होने का नहीं। तो शायद अस्तित्व और जीवन की इन्हीं अंतः प्रक्रियाओं को जानने, समझने और उन्हें सार्थक अभिव्यक्ति देने को साहित्य रचना कहते हैं। अस्वीकार करना होगा कि मृदुला गर्ग इन प्रक्रियाओं को जानने, समझने और अभिव्यक्ति देने में पूरी ईमानदारी से प्रयत्नशील हैं।

यह इनकी पाँचवीं कथा–पुस्तक है। चार लंबी कहानियाँ इसमें संकलित हैं और ये कहानियाँ प्रमाणित करती हैं कि मृदुला जी ने तात्कालिक प्रश्नों से सार्वकालिक प्रश्नों की ओर अपनी यात्रा आरंभ कर दी है। किसी भी साहित्यकार की यही यात्रा उसके साहित्य के अर्थों को विस्तार और गहराई देती है।

विषय– वैभिन्य की दृष्टि से मृदुला जी ने दायरे के अनेक बिंदुओं को छुआ है। सामाजिक विडंबनाओं पर खुलकर व्यंग्य किया है, तो किसी क्षण विशेष में धूप की एक किरण को अपनी चेतना के प्रिज्म में से देखकर, इस सतरंगे अनुभव को पुनर्सर्जित किया है। समय के विस्तार में व्याप्त विरह–प्रदत्त उदासी को जहाँ उन्होंने अलसाए फूलों में देखा है, तो एक मज़दूर की व्यथा और उसके प्रति धनी की उपेक्षाभरी सहानुभूति पर चुटकी भी ली है। उन्होंने ढोंगी चरित्रों की बखिया उधेड़ी है तो प्रेम के अनुभव को नई विश्वसनीयता दी है। विवाह संस्थान की एकरसता को चुनौती दी है तो उसे बिना व्यक्ति के अधूरेपन को भी नहीं बख्शा है। यानी प्रश्नों में निहित विरोधाभास उनके साहित्य की मूल प्रेरणा है। यही उनकी जिज्ञासा को उद्दीप्त करता है। उनकी बौद्धिकता के लिए चुनौती प्रश्न नहीं, एक ही प्रश्न के दो विरोधी पक्षों

की अपनी–अपनी तर्कसंगतता है और यही उनके साहित्य को कलात्मक धार देता है और दार्शनिक गरिमा भी। इसीलिए शायद हिंदी का आलोचक उनको ग़लत समझने के लिए बाध्य होता है, क्योंकि जीवन के जटिलतम प्रश्नों को निहायत सपाट तरीके से जाँचना–परखना हिंदी के पेशेवर आलोचकों का स्वभाव बन चुका है।

प्रमाण के तौर पर उनके दोनों उपन्यासों– 'उसके हिस्से की धूप' और 'वंशज' पर प्राप्त प्रतिक्रियाएँ। 'उसके हिस्से की धूप' को एक विवाहित स्त्री के प्रेम की कहानी माना गया। किसी ने उसको स्त्री–स्वतंत्रता का प्रचारक उपन्यास कहा तो किसी ने एक मनोरंजन रोमांटिक उपन्यास। खुट को यथार्थवादी (हिंदी में तथ्यवादी ख़ुद को यथार्थवादी कहते हैं) कहलाने का शौक़ रखने वाले आलोचकों ने कहा कि इस तरह कोई भी पत्नी अपने पति से इज़ाजत लेकर अपने प्रेमी के पास रहने जा हो नहीं सकती, और यह भी एकदम अप्रामाणिक है कि पति चार साल बाद अपनी पत्नी से मिले, जो अब किसी और की पत्नी है, और उतने ही सहज भाव से साथ बैठकर चाय पिए, खाना खाए, जैसे कुछ हुआ ही न हो। इसी तरह की और टिप्पणियाँ बहुत–सी यही स्थिति 'वंशज' के साथ हुई। 'जैनरेशन गैप' का उपन्यास है यह। इसमें अंग्रेज़ी राज्य की 'लीगेसी' पर चोट है। यह मज़दूर वर्ग के लिए लड़ने वाले एक युवक के एक सामंतवादी पिता द्वारा शोषण की कहानी है। अंत बचकाना है। पिता के प्रति पुत्री की भावना में एक काम्प्लैक्स सक्रिय है, इत्यादि। यह सारी स्थिति केवल एक कारण से पैदा होती है कि मृदुला जी अपनी थीम बहुत धीमी आवाज़ में कहती हैं। 'वंशज' में पिता और पुत्र के बीच की संवादहीनता का कारण यह है कि पिता ने अपने व्यवहार–दर्शन को एक तर्कसंगतता का आधार दे दिया है और पुत्र अपना आधार ढूँढ़ रहा। दोनों सिनिक है पर सिनिसिज्म यदि अपना 'लॉजिक' बना ले तो सही होने का भ्रम पैदा कर सकता है। इसी व्यवहार तर्क के अभाव में यह व्यक्ति को पागलपन तक पहुँचा देता है। सिनिसिज्म सत्य के आसपास बने दायरे की परिधि रेखा पर घूमता है, इसीलिए सत्य को उद्घाटित करने का सर्वोत्तम माध्यम है, पर तभी जब अपने लिए नया 'लॉजिक' बना ले और ख़ुद को युक्तिसंगत सिद्ध कर दें। 'उसके हिस्से की धूप' की थीम अधिक सार्वकालिक है। प्रेमानुभव की गरिमा और उसकी अनर्थकता। मनीषा के अंदर का 'जिप्सी' विवाहित जीवन की एकसारता से ऊबकर घर से बाहर सार्थकता की खोज करता है। मधुकर उसे प्रश्न के पहले भाग को हल करने में मदद करता है,

पर वही हल प्रश्न के दूसरे पक्ष को उजागर कर देता है और फिर वहीं प्रश्न–विह्वल मनीषा उपलब्धि के रूप में यह निष्कर्ष कि जो करना चाहा, किया तो सही'। और दूसरा निष्कर्ष कि आत्मोपलब्धि सृजन में है, चाहे वह जैविक हो या कलात्मक। पर समस्या वही है कि धीमी आवाज़ में बोला गया सत्य कम लोगों तक पहुँचता है और उसे ग़लत समझे जाने की संभावना बनी रहती हैं। दूसरी समस्या यह कि मृदुला जी किसी भी विचारधारा के गढ़े गढ़ाए फॉमूलों को इस्तेमाल नहीं करतीं, जिसके कारण उनके साहित्य को अचानक किसी 'कैटेगरी' में नहीं रखा जा सकता। पर जहाँ कुछ आलोचकों के लिए यह लेखक की त्रासदी है, उसकी पहचान में बाधक है, वहाँ मेरे लिए यह किसी भी लेखक की उपलब्धि है कि उसकी पहचान उसके अपने साहित्य और अपने मापदंडों से हो। समसामयिक साहित्य में उसका योगदान तभी महत्त्वपूर्ण हो सकता है। तो मृदुला गर्ग की उपलब्धि यह है कि सामान्य से असामान्य और तात्कालिक से सार्वकालिक तक की यात्रा वह अत्यंत सहज भाव से करती है और सरल भाषा में अपनी बात बिना आवाज़ को ऊँचा उठाए कह देती है। यही उनका शिल्प है। भाषा को चमत्कारिक बनाने में उनका कोई विश्वास नहीं है। ये सब उनके लिए या उनको प्राप्त होने वाली मान्यता के लिए हानिकारक हो सकते हैं पर उनके साहित्य को ठोस आधार इन्हीं से मिलेगा और ये ही उनकी सृजन क्षमता को कुंठित होने से रोकेगी।

इस संकलन की ये लंबी कहानियाँ इसका सबूत हैं। अस्तित्व पर आया संकट व्यक्ति में मुदे व्यतीत की बँधी मुट्ठी खोल देता है। वर्तमान भी भविष्य के लुप्त होते ही भूत बन जाता है। दोनों पति–पत्नी अचानक जीवन के दायरे से टूटकर अस्तित्व के दायरे में आ जाते हैं। समय का विभाजन गड्डमड हो जाता है, पर कहानी की त्रासदी यह नहीं है। त्रासदी यह है कि अस्तित्व का संकट टलते ही, समय के व्यवस्थित होते ही एक नया संकट आ उपस्थित होता है। पत्नी के व्यतीत ने खुलकर, भविष्य की सुरक्षा प्राप्त करके वर्तमान का रंग बदल दिया है। अब क्या दोनों पति–पत्नी की तरह रह पाएँगे? समय का विभाजन सामाजिकता के लिए उपयोगी है। समय के गर्भ में छिपे तथ्य खुलकर वर्तमान को काला कर देते हैं। तथ्यों का खुलना सत्य की उपलब्धि है, पर यही उपलब्धि आवश्यक नहीं कि शुभ भी हो।

इसी अस्तित्व के संकट को 'डेफोडिल जल रहे हैं' में एक और आयाम दिया गया। है मृत्यु की आकस्मिकता को चुनौती देकर। यानी मृत्यु के समय को ख़ुद तय करके। साथ ही इस कहानी में लेखिका ने मृत्यु की भयावहता

को भी चुनौती दी है, बल्कि यह कहना असंगत न होगा कि मृत्यु में जीवन के सौंदर्य को देखा है। और यह सब उसी धीमी आवाज़ में कहा गया है।

'मेरा' एक व्यक्ति की, उसके खोए निजत्व की कहानी है पर 'स्थगित कल' शिल्प और कथ्य दोनों की दृष्टि से बेहद संश्लिष्ट संवेदना और बहुरंगे धागों से बुनी गई कहानी है। थीम उसकी अधिक व्यापक है। मृत्यु–चेतना का मानवीय संबंधों पर प्रभाव। इस कहानी में लेखिका ने मृत्यु–चेतना को अभिव्यक्ति दी है और इसका इस्तेमाल भी किया है। विशेष बात यह है कि पात्र अपने जीवन की अनर्थकता केबोध को इस चेतना से तीव्र होते हुए पाते हैं, संवेदना के स्तर पर टूटते हैं, सबसे उबरना चाहते हैं, पर लाचार नियति के सामने समर्पित हो जाते हैं। 'कल' जिसे वह स्थगित रखना चाहते थे, स्थगित तो हो जाता है पर इस उपलब्धि का सुख उन्हें नहीं मिलता।

मैं मानता हूँ कि मृत्यु–चेतना, जीवन–अस्तित्व की अनर्थकता और प्रकृत सौंदर्य आधुनिक संवेदना के तीन मुख्य घटक हैं, और मृदुला गर्ग के साहित्य में तीनों का एक ऐसा मिश्रण प्राप्त होता है, जिसे निस्संकोच आनुपातिक कहा जा सकता। पर यह अनुपात उन्हें जिजीविषा की तीव्रता, सार्थकता की खोज और पारदर्शी सौंदर्य–बोध में से प्राप्त हुआ है। इस तथ्य के प्रति पूरी तरह जागरूक हैं कि अनुभव में से गुज़र कर ही उसके सभी आयामों से साक्षात्कार किया जा सकता है। दुविधा उनकी अभिव्यक्ति को कभी जड़ नहीं करती। अनुभूत सत्य से आँखें चुराना उनकी आदत नहीं है, इसीलिए किसी भी तरह के कोमल–में–कोमल अनुभव को इतने सहज भाव से वह व्यक्त कर पाती हैं।

दोनों पक्षों का यही द्वंद्व उनके साहित्य का बल है।

मृदुला गर्ग का उपन्यास–शिल्प

–रमेश दवे

मृदुला गर्ग का कथा–विन्यास स्मृतियों और अनुभूतियों की अभिव्यक्ति का विन्यास है। उनके कथायन में छद्म–गोपनीयता नहीं है और न वे हिंदी कथा–साहित्य की छायाकृति बनती हैं। उनका जो है, अपना है, जिसे कृति के जरिए अन्य को सौंप कर ये कृति के निजत्व मोह से भी मुक्त हो जाती हैं। इसीलिए शायद अपने निर्बंध–संग्रह 'चुकते नहीं सवाल' के 'द्विभाषी संस्कृति' नामक निबंध में ये स्पष्ट कहती है।

"रचनाकार होने का मतलब है अकेले होना या कम से कम अकेले चलना यथार्थ के धरातल पर यात्रा करना, पर दृष्टि बहुत आगे जमाए रखना।"

मृदुला गर्ग जिस अकेलेपन से अपना औपन्यासिक पर्यटन करती है, उसमें पड़ाव या मंज़िल का कोई मुक़ाम नहीं होता। वे तो कथा को सतत प्रवाहमान और निर्बाध निरंतरता मानती हैं। इसलिए उनकी कथा अपने अतीत, वर्तमान और भविष्य को खंडित करने और उन्हें पुनः जोड़ने का उपक्रम करने के बजाय, एक ऐसा शिल्प अपनाती है कि काल के सभी संबोधन उसमें एकाकार हो जाते हैं। व्यथा, वासना, विदोह ये तीनों कालबद्ध नहीं है हर युग में व्यथा भी रही है, वासना भी और विद्रोह भी, और भविष्य में भी ये रहेंगे। इसलिए मृदुला काल के संज्ञान को विचार में रूपांतरित कर देती हैं। उनका यदि कोई कथाकाल है, तो इसी वर्तमान भविष्य का ऐसा त्रिकाल है, जो त्रिकाल होकर किसी भी एक समय–विशेष से मुक्त हो जाता है। 'वंशज' के जज साहब जब सुधीर के नाम करते हैं, तो इसका यह अर्थ कतई नहीं कि वे अजय, रेवा या सविता को नकार रहे हैं, बल्कि इन तीनों काल संज्ञाओं से मुक्ता एक करें एक संवेदन–सजा को और एक मनुष्य–संज्ञा को अपना वारिस या इस प्रकार भौतिक संज्ञाएँ अपने आप ही विचार–संज्ञा में विलीन यही मृदुला के उपन्यास शिल्प की विशेषता है। इस तथ्य को

मृदुला स्वीकारती हैं जब वे कहती हैं।

जब अतीत, वर्तमान और भविष्य का फलक एक–दूसरे से टूट करके बिखर जाए कि हमारी दृष्टि तीनों को एक साथ जोड़ कर देखने में असमर्थ हो जाए, तो खोज विकट शंकर संकट बन जाती है इस विचार को उधार लेने लगते हैं, प्रयोग चोरी करते हैं और रूपांतरित कथाओं के भवरलाल में गोते लगाते रहते हैं।

– चुकते नहीं सवाल, पृ. 88.

'मृदुला गर्ग अपना समूचा कथा कर्म काया के संवेदन की भूमि पर करते हैं। छेह उनके कथाकोश में वस्तु न होकर विषय है और विषय भी अमूर्त को संबोधित न होकर, उस मूर्त के प्रति संवेदित है जिसमें मनुष्यगत संवेग है, राग हैं और विराग हैं। वे अपनी कथाओं की भावभूमि में यथार्थ को सत्य की तरह रचती हैं, संत्रास को अपेक्षा संघर्ष और साहस रचती हैं एवं उपस्थिति के बजाय अस्मिता रखती हैं। ये स्त्री के नियंतगत चरित्र को निरस्त नहीं करतीं, क्योंकि यदि स्त्री है, तो वह पुरुष "से भिन्न एक देह है, देह है तो उसके वे अनिवार्य रूप हैं जो देह में देह की पहचान रचते हैं, देह में प्राण हैं, प्राण स्पन्दन है। स्पन्दन में संवेग के ये समस्त तत्त्व हैं जिन्हें हम प्रेम, वासना, व्यथा, विद्रोह आदि अनेक संज्ञाओं में देखते हैं। यदि पुरुष उनके कथा सृजन में पात्र है, तो स्त्री उनके कथाशिल्प का एक ऐसा राग जो प्रेम का दैहिक भोग भी है और आत्मा का अपरिमित योग भी उनके कथा–लोक में निष्प्राण कुछ नहीं, 'कठगुलाब' भी कट होकर जब गुलाब की सजा में जीता है तो स्त्री वहाँ अपना एक नया व्याकरण रचती है। यह अपनी छवि तत्पुरुष में नहीं देखती बल्कि पुरुष में स्त्री भाव उत्पन्न करती है। इसलिए झूला की कथा कोई महागाथा, महाआँख्यान कहलाने की महत्त्वाकांक्षा में लिप्त न होकर जीवनगाथा बनती है। मृदुला का कथायन चुनौती से प्रारंभ होकर चिन्तन की चेतना तक व्याप्त है। उन्हें केवल अपने समय की बोल्ड कथ्यकार कह कर उनके कथाशिल्प का विघटन नहीं किया जा सकता। ये जो 'चित्तकोबरा' में कथा रच गई, उससे उन्हें 'बोल्ड' का विशेषण भले ही दे दिया गया हो लेकिन हिंदी उपन्यास में वह अपने ढंग का पहला नवाचार था। भले ही कृष्णा सोबती 'मित्रो मरजानी' में, चित्रा मुद्गल 'आवाँ' में, मैत्रेयी पुष्पा 'अम्मा कबूतरी' में अपने–अपने ढंग से वासना की साहसगाथा कहती रही, मगर 'चितकोबरा' ने जो ट्रेंड सेट किया, वह न केवल किसी पुरुष–कथाकार के विरुद्ध किसी रखो कथाकार का पुरुषार्थ था बल्कि एक कथाकार का

(स्त्री–पुरुष के संबोधन के बिना) ऐसा प्रयोग था जिसने एक साथ प्रेम, वासना, परिवार, राग, संवेग आदि सबके तथाकथित सामाजिक और सांस्कृतिक धरातलों को हिला दिया था।

प्रसिद्ध अंग्रेजी उपन्यासकार ई. एम. फास्टर ने अपनी पुस्तक असपेक्ट्स ऑफ द नोबेल' में जो कहा है, मृदुला गर्ग का उपन्यास 'विधान' उस कथन के काफ़ी नजदीक नज़र आता है।

उस व्यक्ति (सर्जक) से बड़ा विजेता और कोई नहीं जो कया के लिए एक सुयोग्य कथानक और विषय चुने और साथ उसके तमाम तथ्यों पर ही नहीं, बल्कि मुख्य विषय के आसपास मंडराते विषयों पर भी उसका अधिकार हो?

फॉस्टर मानता है कि "एक उपन्यास को कहानी चाहिए। यही उसका आधारभूत आयाम है, उसके बिना उसका कोई वजूद नहीं। यह एक सर्वोच्च तत्त्व है जो प्रायः सभी उपन्यासों में समान रूप से होता है।" उपन्यास में जहाँ साज–सज्जा, उपयोगितावादी वृत्ति और अहंकार की अभिव्यक्ति फॉस्टर देखते हैं, वहीं रागात्मक, विरोधाभास और प्रभावों का नियंत्रण भी कई उपन्यासकारों में प्रकट होता है। इन सबसे अलग जब ये रिचर्ड़ फिवरल में विसुवियस की तरह स्वयं का एक नायक पुस्तक में देखते हैं तो यहाँ एकदम उपन्यासकार के शिल्प का उत्कर्ष होता है। कोई कृति स्वयं एक नायकत्व ग्रहण कर ले, इससे बड़ी सफलता और क्या हो सकती है। 'चित्तकोबरा', 'मैं और मैं' और 'कठगुलाब' में ढेर सारे पात्रों के बीच जितना बड़ा नावकत्व किसी विशेष पात्र को मिलता है उससे भी बड़ा नायकत्व कृति स्वयं अर्जित कर लेती है। इसलिए हमें चित्तकोबरा' और 'वंशज' याद रहने हैं न कि रिचर्ड़, मनु जज साहब या सुधीर 'कठगुलाब' की स्मिता, मारियाना, नर्मदा, असीमा आदि अपनी–अपनी नायिका छवि पेश करती हैं लेकिन अंततः तो वे सब 'कठगुलाब' ही हैं। मृदुला ने चाहे अचेतन मन से ही ऐसा कुछ किया हो लेकिन एक उपन्यास जब पात्रों, चरित्रों, स्थितियों या कालगत संज्ञाओं में याद रहने के बजाय एक पूरी कृति के रूप में स्मृति में समा जाए तो यह एक उपन्यास की ही नहीं, अपितु उपन्यासकार के शिल्प और कथा–विन्यास की खूबी ही मानी जाएगी।

किसी भी कृति की आलोचना कृतिकार के मानस का वाच्य होता है। इसके लिए आलोचक को सर्जक की आंतरिक प्रज्ञा से संवाद करना होता है। कृति जो सतह पर होती है, यह तह में अलग हो सकती है। किसी भी

कथा की तह में जाए बिना, कथा के अन्दर की व्याकुलता और भाव–संभावना को पकड़ा नहीं जा सकता। 'अनित्य' में यदि अविजीत और 'अनित्य' को उनकी दो पृथक भूमिकाओं में रखकर केवल स्वतंत्रता–संग्राम में निहित दो दृष्टिकोणों का ही विवेचन किया गया तो कृति अपने आंतरिक सौंदर्य में प्रकट होने से रुक जाएगी। इतना तो स्वयं सर्जक ने ही स्पष्ट कर दिया है कि गाँधीवादी और क्रांतिकारी दो धाराओं के बीच बहता यह उपन्यास अपने समय के सत्य से साक्षात्कार कराता है। समय–कथा को पढ़ना दुष्कर कार्य नहीं, 'अनित्य' में उस कथा समय को पढ़ना ज़रूरी है जो गाँधी अपने तरीके से और कांतिकारी अपने तरीके से रच रहे थे। क्रांति का समय तो इतिहास में दस्तावेज़ की तरह हाज़िर है, मगर यदि समय के दो रूपक अविजीत और 'अनित्य' हैं तो दोनों को उनके सामान्य मानवीय पात्रों से मुक्त करके उनके सकराह जनबोधों में देखना होगा, तभी कथा का समय 'अनित्य' होकर भी अविजीत बनेगा। समय को 'अनित्य' और अविजीत बनाने से कथा अपने अवकाश में अमृत हुए बिना भी खड़ी होती है और कथा मात्र एक समय–विशेष की कहानी न होकर विचार और यहाँ तक कि विचारधारा में बदल जाती है। अनित्य' को यदि सतह पर पढ़ा गया तो यह क्रासकात की एक और कथा बन कर रह जाएगी, लेकिन 'अनित्य' को कृतिकार के मानस के उस आलोक में पढ़ा गया जो यह दो दर्शनों के खंड से उत्पन्न करती है, तो कृति समय का उल्लंघन करती है।

'अनित्य' में गाँधी से असहमति का जो आत्मतथ्य है, उसे उपन्यासकार ने "स्थितियों और लोक धारणाओं के साथ प्रस्तुत ती अवश्य किया है किंतु गांधी के अर्थ को गाँधी के बहुवचन में उसी कुशाग्रता से देखने में सर्जक ने संकोच किया है। वह एक अत्यंत रोमेण्टिक किस्म का निर्णय लगता है और मृदुला अपने उस कालगत प्रभाव से बच नहीं सकी हैं। जिस प्रकार वंशज में एक क्षण में कथा का संपूर्ण रूपक एक वसीयत से बदल जाता है, वैसा जोखिम 'अनित्य' में उठाती तो संभव था, 'अनित्य' में से कोई ऐसी धारा बह कर आती जो गांधी और क्रांतिकारी दोनों से पृथक एक लोकधारा होती। संभवतया मृदुला ने जानबूझकर ऐसा विचारीकरण रचना का इसलिए नहीं किया है कि वे गाँधी के प्रति पैदा हुए उस पूज्य भाव को भी खंडित करना चाहती थी जिसमें असहमति न हो। गाँधी हमारे विचार से टकरा कर हमें चाहे प्रभावित न करें, लेकिन वह निरस्त नहीं हो सकता। गाँधी को निरस्त करने का अर्थ होगा उस विचार को ही निरस्त कर देना जो स्वतंत्रता के रूप में

पैदा हुआ था, फिर चाहे उसे अपनाने के मार्ग अलग–अलग हों।

मृदुला को उनके सभी उपन्यासों में एक प्रकार की बेचैनी के साथ देखा जा सकता है। पुरुष को वे स्त्री का विलोम या प्रति–पुरुष नहीं मानतीं, लेकिन "स्त्री–अस्मिता का पराजय–बोध वे उपन्यास से कतई नहीं चाहतीं। वे तो स्त्री–लेखन की स्वीकृति और पहचान के बिना समूचे सृजन को ही निरस्त करने की चुनौतीपूर्ण प्रथा भी अपनाती है। यद्यपि उन्होंने वैसे स्त्रीवाद तो अपने उपन्यासों में नहीं रचा जो किसी सामाजिक सुधारवादी आंदोलन का परिणाम हो, उत्तर–आधुनिकता का कथा में हस्तक्षेप हो या आज के संसार के जेंडरवाद की समानता का प्रतिफल हो। उन्होंने स्त्री को उसकी संपूर्ण मौतिकता में रचा है, उसकी देहगत वासना के साथ मी और देहयुक्त व्यथा और विद्रोह के साथ भी। वे कहीं और कभी स्त्री को पुरुष बनाने या पुरुष को बराबरी का थोधा अहंकार दिखाने की कोशिश नहीं करतीं। वे स्त्री को उसके संपूर्ण स्त्रीत्व में आजमाती हैं। वे स्त्री की देह में माँ की प्रतिमा और बहन की प्रतिष्ठा के आदर्श भी नहीं रचती। इसलिए उनका प्रत्येक उपन्यास स्त्री की देह और उसके मानस की कथा है, उसके प्रेम और विराग की कथा है, उसकी उत्तेजना और उद्वेलन की कथा है और पतित्व या पत्नीत्व से बचे आजीवन कारावास "के विरुद्ध विद्रोह या विचलन को कथा है। वासना या सेक्स मृदुला की कथा की न वर्जना है, न अर्चना बल्कि यह एक स्वाभाविक वृत्ति है, संवेग है, सहज कर्म है और दो देहों की पारस्परिक आकांक्षा और माँग है जो देह में ही और देह से ही संपन्न हो सकती है। इसलिए मृदुला ने देह का कोई दार्शनिकीकरण या अध्यात्मीकरण नहीं किया है बल्कि उसे उसकी भौतिकता में, रूप में, राग में और संपूर्ण चेतना में अभिव्यक्त होने दिया है। यही निस्संकोच देहराग मृदुला की कथा का रस है जिसे ये अपनी संपूर्ण चेतना और सुदृढ़ मानसिकता के साथ स्त्री–पुरुष के देह संवेगों और जीवन–संबंधों में रचती हैं।

कथा का भारतीय रूप कुछ भी रहा हो, लेकिन यह आधुनिक (कथा और उपन्यास दोनों) पश्चिम के फार्म की तरह ही हमारे यहाँ आया। इसीलिए पश्चिम ने अपने–अपने ढंग से कथा के फार्म, कॉंटेंट, केरेक्टर्स, प्लाट और भाषा के आधार पर अनेक प्रयोग और विचलन किए। हेनरी जेम्स या विक्टोरियन उपन्यासों का जो फार्म था, उसे अनेक स्तरों पर पश्चिम में इतना बदला गया कि मदाम बावेरी, प्राइड एंड प्रेज्यूडिस से ही नहीं बल्कि समान संवेग के उपन्यासों में उलवर्ततों मोराविया के 'अन ऑफ रोम', एमिल जोला

के 'नाना', कुप्रिन के 'श्यामा द पिट' और टॉल्स्टाय के 'एना केरिनिना' से अलग ही देहगत वस्तु व्यापार का उपन्यास बन गया और सेक्स की संवेगात्मक उद्दामता और यौन कुंठा का जो भी चित्रण इन सब उपन्यासों में हुआ उसे मिलान कुन्देरा, डी.एच. लारेंस और माकूविज ने एक नए ढंग के मनोराग और मनोविकार के आग्रह और निग्रह के साथ प्रस्तुत किया। प्रेमचंद पश्चिम के फार्म में जिस जन–संवेदना और संघर्ष– शोषण का कथानक रच रहे थे, जैनेन्द्र ने उसे मनुष्य की मनोभूमि और उसके रागभाव के साथ अलग ढंग से रचा और आज जब हम निर्मल वर्मा को उनके समूचे कथा–गद्य में पढ़ते हैं तो वे एक साथ तीन रूप पिरोते हैं–कथा–रूप, विचार–रूप और संवेदन रूप। कृष्ण बलदेव वेद कथा–रूप में कथानक की खंडित करते हैं, विचार रूप में देशजता को अपनाते हैं और शिल्प में भाषाई विचलन करते हैं कुछ अधिक ही देहग्रस्त होकर कृष्णा सोबती जिस कथा। रूप को अपनाती हैं, उससे सर्वप्रथम वे स्त्रीत्व की स्थापित छवि दो जगह से तोड़ती हि–सर्जक के रूप में भी और अपनी कथाओं के पात्रों के जरिए भी वे भी भाषा के स्तर पर इतने अधिक विचलन करती हैं कि कथा के मूल सूत्र टूट कर केवल भाषा ही भाषण बन जाते हैं। राजी सेठ में कथा–सौष्ठव, कथा–सौंदर्य और कथा–संवेदन तीनों का समागम होता है। इसलिए वे कथानक और कथा को एकाकार करती हैं, चरित्र और चेतना का एक नया समास रचती हैं, और विषय और वस्तु के बीच से विचार को दोनों का तत्सम बनाती हैं। ये कथा में जितने नियम हैं, भाषा में उतनी ही कलात्मक उत्कर्ष की चिंता के कारण गढ़ भी हो जाती है। चित्रा मुद्गल के पास अनुभवों को एक ऐसी संवेदनशील संज्ञा है जो उनके अंदर के आयों की आँच की तरह लगती है। य व्यक्ति, संस्था, संगठन, समूह, संबंध और स्वभाव सभी की एक दृष्टि से देखते हुए भी कथा में अपने ढंग से उन्हें मुक्ता करती हैं। ज्योत्सना मिलन अ–अस्तु का में एक ऐसा प्रयोग करती है जिसमें अस्तु कथा की गति लगती है, कथा का आवेश लगती है और चरित्र स्वयं कथा बनता जाता "हैं। यही इस उपन्यास का कलात्मक और मानवीय उत्कर्ष है। अब प्रश्न उठता है, ऐसे में मृदुला अपने कथा–व्यवहार की रचना कैसे करती हैं?

मृदुला के पास एक प्रकार का आंतरिक उद्वेलन भी है और उद्वेग भी। वे कथा–तत्त्व को अपेक्षा कथा के सत्व और बाधा के स्वत्व के प्रति बहुत उत्तेजित हैं। वे स्त्री, पुरुष, परिवार, यौन–संबंध, बच्चे आदि तमाम स्थापित शब्दों के अर्थ तोड़ने को सतत तत्पर–सी लगती हैं। इन सबर्क स्थापित

रूपकों और परिभाषाओं से मुक्ति के लिए वे निर्मम होती है, भावुकताओं के सभी रूमानी देशों से बचती है, और स्त्री हो या पुरुष, उनके अंदर के मनोराग को पकड़ कर कथा में इस तरह पेश कर देती है कि लगता है जैसे ये क्या में विषय–गत आदशों के समस्त गृह होना देना चाहती थी। स्त्री कमज़ोर है तो है, उसे उसकी समूची कमज़ोरी में खुलने दीजिए, पुरुष कायर, कमज़ोर या ग़ैर–बफादार है तो उसे आदर्श का कोई नकली जामा पहनाकर उसकी विकारजन्य स्थितियों पर परदा मत डालिए। स्त्री–पुरुष दोनों की ज़रूरी नहीं कि केवल संबंधों में देखा जाए, बँधनों और प्रतिबंधों में देखा जाए, भावुक प्रेम, वासना, या विराग से देखा जाए। उन्हें अपनी–अपनी स्वायत्त चेतना और स्वतंत्र चर्या में भी देखा जा सकता है। ऐसा लगता है जैसे मृदुला किसी ढाँचे में कस हुए स्त्री–पुरुष–का हर चेहरा बदल कर, स्त्री को अपनी चाह और पसंद का चेहरा देने को व्याकुल हैं और पुरुष के चेहरे में स्त्री की कोई पहचान ढूँढ़ने के बजाय स्त्री को अपने ही चेहरे में हर प्रकार का चेहरा देखने और समझने के लिए उकसाती हैं। 'चित्तकोबरा', 'उसके हिस्से की धूप', 'कठगुलाब' और 'मैं और मैं ऐसे उपन्यास है जिन्हें मृदुला ने समाज की चिंता में नहीं लिखा है बल्कि इन्हें पढ़कर समाज सही चिंता करने और सही ग़लत को चुनने के निर्णय देह के अंदर भी और देह के बाहर भी ले सकता है। यही वह बात है जो मृदुला को अपने तमाम समकालीनों से अलग करती है, बल्कि यों कहें कि इसी कठोर संकल्प के साथ मृदुला अपने पाठकों के बीच जाती हैं।

मृदुला वे अपने उपन्यासों में जो कथात्मक असामान्यपन रचती है, उससे लगता के कि वे अपने कथा–विन्यास में नए मानक रचने की कोशिश में हैं। "उसके हिस्से की धूप'' केवल तीन मुख्य पात्रों की कथा है। दो पुरूषों के बीच एक स्त्री या एक स्त्री की दो पुरुषों में अपनी अस्मिता की उपस्थिति। पुरुष दोनों अलग प्रकार के। न जितेन मुधकर के समान है, न मधुकर जितेन के समान। जितेन जितना बड़ा प्रथम प्रेम है मनीषा के लिए, मधुकर भी उतना ही बड़ा प्रथम प्रेम दोनों से ही वह अपना प्रथमत्व है, अपनी देह के रूप की धूप बाँटती है, अपनी धूप की समूची गरमी बाँटती है। एक यदि यांत्रिक व्यक्तित्व है तो दूसरा सर्जक यांत्रिकता से ऊब कर जब वह सर्जक की देह में विलीन होती है तो वहाँ भी वह बेचैन है और पुनः नैनीताल में आकस्मिक रूप से जितेन से मिल कर जितेन के तन के ताल में डूबती है। कथा का वस्तु–शिल्प इतना आकर्षक है कि मनीषा का बैठा हुआ तन और मन कहीं

भी कोई हिंसा, घृणा, ईर्ष्या या वितृष्णा उत्पन्न नहीं करता। सामान्य कथा में एक स्त्री के दो पुरुषों से देह–भोग किसी–न–किसी अपराध या हिंसा में बदल जाते। मृदुला देह में दर्शन नहीं रचती, आत्मा का या परमात्मा का कोई अध्यात्म नहीं रचती, वासना का अतिरंजन नहीं करती, लेकिन देह में जो मनो–संवेग हैं, वे कब–कब, कैसे–कैसे हलचल रचते हैं, इसकी एक बेचैन छटपटाहट मनीषा में वे इस प्रकार उत्पन्न कर देती हैं कि एक सर्जक स्त्री कितने प्रकार से स्वयं अपने पाप के नियंत्रणों से बाहर जाती है या आत्म–नियंत्रणों को खंडित करती है, यह ज़ाहिर हो सके। मृदुला की चेतना में एक दृढ़ विचार यह है कि मनुष्य में कथा–यथार्थ या जीवन–जन्य वास्तविकता रच कर भी, कथा–कथा लगे। सब कुछ सामान्य होकर भी असामान्य लगे। सब कुछ भौतिक दैहिकता और मानसिक विचार के परिणाम होते हुए भी मन और तन के आत्म–संबंध की तरह लगे। मन का अध्यात्म तन से अलग क्यों हो और तन किसी भी अध्यात्म के समक्ष अपनी दैहिकता का आत्म–समर्पण क्यों करे? कृष्ण बलदेव वेद इसे और अधिक मुखर बनाते हुए शब्द–रंजित करते हैं, इसलिए उन पर शील–भंजन के आरोप लगते हैं, लेकिन उन्हें शील–भंजन के आरोप के बजाय उस स्वभाव में पढ़ना ज़रूरी है जो मनुष्य का नियतिगत स्वभाव और व्यवहार है। मृदुला ऐसा आवेग तो नहीं रचती, मगर वे स्त्री के माध्यम से इतना अवश्य करती हैं कि शीतल की पुरुष–परिभाषा में स्त्री क्यों जिए? उसकी भी अपनी स्त्री–संधि है, उसके अपने संधि–विग्रह हैं और उसका अपना भी एक ऐसा वासना–व्याकरण है जिसमें पुरुष कर्ता का संज्ञापद हटा कर वह स्वयं कर्ता का संज्ञापद रचती है। कथा रचते–रचते मृदुला की जो अविच्छिन्न और अनिमेष अस्तित्वपरक चेतना है, उसे वह अपने चिन्तन को पौष्टिकता से जब व्यक्त करती हैं तो उनकी भाषा सूत्रों या सूक्तियों की तरह सार्वकालिक होकर समय–अवकाश के आवरणों से बाहर निकल आती है। 'उसके हिस्से की धूप' के कुछ अंश इसके प्रमाण हैं।

जो क्रोध नहीं कर सकता वह सुखकर हँस नहीं सकता। गहराई से प्यार नहीं कर सकता। (पृ. 22)

लिखने बैठती थी तो उसका सूनापन और सन्नाटा उसकी कहानियाँ में उतर आता था, वह नीरस हो उठती थी। (पृ. 38)

क्या चरमोत्कर्ष के बहलाते क्षण, शरीर के अपने नहीं, प्यार से उधार पर मिले हैं'? (प्र. 39)

किसी स्त्री–पुरुष के बीच आकर्षण का मतलब यह नहीं होता कि वह विवाह, करें ही करें। आकर्षण ऐसी चीज़ है जो वक्त के साथ टिकती नहीं. ..मधुकर और तुम्हारे बीच जो कुछ भी सुन्न हो तो उसे भुलाया जा सकता है इसमें तलाक की ज़रूरत नहीं है। (जितेन मनीषा से पृ. 124)

"मैं बहुत व्यस्त हूँ" कहकर मनुष्य जिस संतोष का अनुभव करता है, "मैं प्रेम करता हूँ" कहकर कभी नहीं कर सकता।

यहाँ मृदुला प्यार या प्रेम, सूनेपन, सन्नाटे और कथा में उतरते नीरसपन को जिस प्रकार से एक स्त्री की अंत प्रकृति से व्यक्त करती हैं, उससे लगता है। वे तटस्थ नहीं होती, न प्रेम में किसी निष्चेष्ट और निष्प्राण तटस्थ नियंत्रण को स्वीकार करती। चूँकि झूला के पास योरोप की स्त्री का भी देहों के बीच विचरण करता एक ऐसा मॉडल है जिसमें स्त्री चाहे तो पुरुष बदल दे और पुरुष चाहे तो स्त्री, लेकिन मृदुला उस मॉडल को भी आदर्श नहीं बनाती। 'तलाक' का अर्थ है 'विवाह' को एक संस्था का दूसरी संस्था में देहात रूपांतरण। इसलिए जितेन मधुकर से 'तलाक' को आवश्यक न मानकर स्मृति और विस्मृति के नए मानक रचता है, जो पश्चिम का पर्याय भी नहीं और भारतीयता की प्रचलित सामाजिक स्वीकृति की परंपरा को खंडित भी करता है। यथार्थ के किसी आदर्श के विरुद्ध मृदुला का यह यथार्थ मानसिक स्तर का ऐसा यथार्थ है जिसमें सारी औपचारिकताएँ भंग हो जाती हैं वे व्यस्तता और प्रेम के बीच में जिस प्रकार का संतोष–असंतोष रचती हैं, शरीर के क्षण और आकर्षण की क्षणिकता को जिस प्रकार प्रस्तुत करती हैं, उससे यह भी प्रकट करती हैं कि एक कथाकार, चाहे स्त्री हो या पुरुष कथा की वस्तु, व्यर्थ के पाखंड या प्रदर्शन का औज़ार बनाकर आवश्यक रूप से उन छवियों का निर्माण क्यों करे जिन छवियों में उसका अपना असली चरित्र न जीता है न जीने की आकांक्षा करता है?

स्त्री का धूप बाँटना, किसके हिस्से में कितनी धूप है, इसे दो पुरुषों के बीच रखकर एक स्त्री की धूप में दो छायाओं को मँडराते देखना, यह भी बताता है कि मृदुला पुरुष वर्चस्व का अहंकार गलाकर उसे स्त्री की छाया में बदल देना चाहती है। उनका स्त्रीत्व आशय इतना गहन और संकल्पित है कि ये स्त्री का विघटन किसी क़ीमत पर स्वीकार नहीं करती। जैसे एमिल जोला ने जाना पुरुषों के सारे अहंकारों को नेस्तनाबूद करती है अपनी देहगत भूमिकाओं से, वैसे ही भोग से नारी पुरुष–पराजय भी रच सकती हैं और पुरुष प्रेम का समर्पण भी पैदा कर सकती है। भोग मात्र वासना नहीं है, वह

लीला है, जिसे मृदुला मनीषा के स्त्रीत्व में भी और सर्जक स्वभाव में भी रचकर यह बताती है कि वासना स्त्री का वर्चस्व है और पुरुष के अस्तित्व को चुनौती।

न जाने क्यों एक लीक से हट कर लिखा गया यह उपन्यास हिंदी में उतना चर्चित नहीं हुआ जितना 'चित्तकोबरा', जबकि 'चित्तकोबरा' का धरातल तो इसी उपन्यास ने रचा था। यहाँ के जितेन और मधुकर वहाँ का रिचर्ड और महेश भले ही न हों लेकिन मनु वहाँ भी दो पुरुषों की देहलीला का ही तो एक चरम भाग है। मृदुला का कथा संसार अपने आपको जिस प्रकार से व्यक्त करता है, वह थोड़ा अतिरंजित और अस्वाभाविक अवश्य लगता है। मृदुला अतिरंजन के शिखर तक जाते–जाते स्वयं आत्म–चेतन संज्ञान में उतर आती हैं और कथा के चरम शिखर को भाषा के आवरण में ढाँक देती हैं। इससे कथा एकदम अराजक होने से बच जाती है, शील और अश्लील की उक्तियों के आरोपों से मुक्त हो जाती है लेकिन ऐसा करना मृदुला के लिए ज़रूरी क्यों है? कौन से तत्त्व हैं उनके भीतर जो उनके अपने वल्गा–विहीन विद्रोह का रच एकदम थाम लेते हैं? क्या उनका अपना स्त्रीगत शील, उनका अपना चिंतनपरक स्वभाव या उनकी चेतनागत मनीषा? भावुकताओं से बच–बचकर भी वे प्रेम के यथार्थ में रोमेंटिक होने से बिल्कुल तो नहीं बच पाती न 'उसके हिस्से की धूप' में, न मैं और में' में और न 'चित्तकोबरा' में। यदि मृदुला अपने उस विचलित–विशेष को उसी निर्बन्धता से ज़ारी रख पातीं तो संभवतया हिंदी कथा में उनका यह अतिक्रमण हिंदी कथा की एक शैली बनता और यदि हिंदी के कथा–आलोचक अपने अलोचना–मानस को सही ढंग से व्यक्त कर हिंदी कथा में मृदुला की भूमिका की व्याख्या करते, तो संभव था कला का कथा–मार्ग, किसी भी फ़्लावेयर, कुप्रिन और टाल्सटाय के साथ एक समग्र भारतीय दृष्टि से रखा जा सकता था।

मृदुला का गल्प–विज्ञान एक प्रकार से स्त्री–विज्ञान ही है। वे सीमोन द बुआ की तरह कोई 'सेकण्ड सेक्स' जैसा मुहावरा न रचे लेकिन उनका प्रत्येक उपन्यास अतृप्त उद्वेलन से उद्भूत होता है। 'उसके हिस्से की धूप' कथा के देह–तंत्र की देह में ही एक त्रिकोणीय यात्रा थी, उसे 'चित्तकोबरा' में लाकर और अधिक मुखर और बेचैन–सा बना दिया है उपन्यासकार ने 'चित्तकोबरा' जो रूपक रचता है, उससे उसके अनेक पर्यायवाची खोजे जा सकते हैं। अर्थों के कई–कई रूपक देह के अन्दर और देह के बाहर प्रकट होते हैं। तीन जोड़ ओठों और उसके चुंबनों के प्रकारों का, उरोज़ों के व्यापक

विराट वासना– व्यंजन का और संभोग को मात्र दैहिकता के मिलन से पृथक भोग की चरमता का जो कथा प्रसंग मृदुला बनाती हैं, उससे चित्त के अंदर का कोबरा लहरें लेकर बाहर प्रकट हो जाता है। हर मनुष्य के चित्त में यह कोबरा कुंडली मार कर बैठा हुआ है।

"चित्तकोबरा" मृदला की प्रयोगशीलता का उत्कर्ष है। चित्त जब भी अपनी कुंडली से बाहर आकर कोबरा की तरह फन फैलाए तनता है, तो वह शरीर में भी करता है, मानस में भी और चिन्तन में भी। 'चित्तकोबरा' इसलिए स्पन्दन और चिन्तन का उपन्यास है जिसे वासना की गद्य और मनुष्यगत संवेगों के संग" लिखा गया है। इसके अन्दर से महिला का वही मनोरोग बाहर जाता है जो 'उसके हिस्से की धूप' और 'मैं और में आता है। लेकिन तीन कथाओं में मृदुला अपने को पूर्ण नहीं करतीं। ऐसा लगता है कि उनके अंदर का स्त्रीत्व जिस परम–प्रगाढ़त में व्यक्त होकर आच्छन्न होना चाहिए था, वह नहीं हुआ। कलाकार हो या कथाकार, उसकी यह अतृप्ति उसे अधिक प्रयोगशील तो बनाती है लेकिन साथ ही अपनी कथा की सृजनात्मक कल्पनाशीलता को कथा–उत्पाद के भौतिकपन में बदल सकती है और एक सर्जक फिर अपनी ही रची हुई शैली का कारावास पैदा कर लेता है। इस बात को स्टीफन स्पेण्डर ने अपने उपन्यास 'द टेम्पल' में बहुत अच्छे ढंग से कहा है–जैसे ही आप एक कलाकार हो जाते हैं, और अगर आप सफल होते हैं, तो आप अपनी एक शैली विकसित कर लेते हैं, जिसके जरिए आप प्रसिद्धि पाते हैं। इसका मतलब यह हुआ कि आप एक ख़ास किस्म के उत्पाद का निर्माण करते हैं और उसके लिए आपकी ख्याति हो जाती है। मैं ऐसा करना नहीं चाहता। अभी तो मैं –अपनी भौतिक ज़िंदगी जीना चाहता हूँ उसे कला के दलालों के लिए अपनी आत्मा का एक जैसापन नहीं बनाना चाहता। (द टेम्पल पृ. 64)

मुदुला थीम में अपनी कला के इस एकजेसेपन को तोड़ती हैं, भौतिक ज़िंदगी की चाह भी पैदा करती हैं, लेकिन फिर भी उनके कलाकार और कथाकार की पहचान इन तीन उपन्यासों से एक ही किस्म की शैली के उपन्याकार की बनती है और इस 'टाइप' होने की संभावना को भाँप कर ही शायद 'वंशज', 'अनित्य' और 'कठगुलाब' (कुछ हद तक) में मृदुला ने अपनी उत्पाद वृत्ति से पृथक प्रयोग किए हैं। एक उपन्यास कोई प्रोटो–टाइप नहीं बनाता, जिसमें अगले उपन्यास की विषय–वस्तु फिट कर दी जाए। ऐसा लगता है कि मृदुला के ये तीन उपन्यास कुछ–कुछ प्रोटोटाइप हो गए हैं,

यद्यपि उनके अंदर का कथारस क्षीण नहीं होता, फिर भी एक ही कथा का नैरंतर्य तो लगता है।

'चित्तकोबरा' का कथाशिल्प 'उसके हिस्से की धूप' से बेहतर बन पड़ा है, इसलिए कि यहाँ उपन्यासकार ने अपने अन्दर की समस्त संभावनाओं को मुक्त कर दिया है और निस्संकोचता के ऐसे निर्भीक वाक्य रचे हैं जो वाक्य ही कथा को उसके समूचे कथारस में पढ़ने को बाध्य करते हैं और पाठक के अपने रागतत्व को स्पंदित करते हैं। कुछ उदाहरण 'चित्तकोबरा' से कायर का सबसे बड़ा डर यहीं होता है कि कहीं कोई उसे कायर न कह दे।

जो जितना बड़ा कायर होता है उतना ही व्यापक होता है उसका अपराध बोध। (पृ. 53) हम दोनों एक–दूसरे की बाँहों में खो चुके हैं और दो शब्द हमारे अवचेतन में अब भी गूँज रहे हैं, रिचर्ड़–मनु, मनु–रिचर्ड़। (पृ. 64) ''उसका नाम उसका रहा, मेरा मेरा। उसने नहीं कहा, तुम मेरी हो, बस कहा–मनु–मनु–मनु। (पृ. 65)

खुली आँखों की दृष्टि एक–दूसरे से बँध गई है। स्तभित परस्पर सम्मोहित सृष्टि स्थिर है। स्तब्ध! (पृ. 67)

शायद कोई भी इंसान एक ही समय में एक–दूसरे से प्यार नहीं करते। जब एक करता है तो दूसरा नहीं।

अगर समाज में रहने वाले हर पति को अपनी पत्नी से प्यार होगा और पत्नी को पति से तो समाज की भला कौन परवाह करेगा। सुरक्षा का बढ़िया उपाय तयशुदा ब्याह। (पृ. 94)

'चित्तकोबरा' में मृदुला जहाँ भाषा में देहगत सूत्र रचती हैं वहीं देह में देह की भाषा रचती हैं, देह का संगीत रचती हैं, देह की व्यथा, वासना और देह से देह का सम्मोहन और विराग रचती हैं। इसलिए 'चित्तकोबरा' एक प्रकार से देह भाषा का उपन्यास लगता है।

अगर मेरा शरीर एक उरोज़ होता, एक दीर्घकाय उरोज़, विशाल गुदगुदा उरोज़, ग्लोब की तरह गोल। महेश उस पर पसर जाता। उसके हाथ, पाँव और ओंठ एक साथ उससे खेलते उसे मसलते, उसे चूमते।

वह चाहता होगा उसके तीन जोड़ी ओंठ हों। एक मेरे ओंठों पर रखे, एक–एक उरोज़ों पर या दोनों चूचक एक साथ एक जोड़ी ओंठ में दबोचकर तीसरा ओंठ मेरी टाँगों के बीच उन ओठों पर रख दे जो इस समय उसके आगमन की प्रतीक्षा में अतिरमरा रहे हैं।

मेरी आँखें बंद हैं पर मेरा शरीर जगा हुआ है उसके हर स्पर्श को पढ़

रहा है। मेरा शरीर स्वयं चेतना है–अहसास है। (पृ. 100)

शरीर ही संगीत है, शरीर ही नृत्य, शरीर ही ईश्वर है, शरीर ही आराधना, शरीर ही चेतना है शरीर ही विस्फोट।

महेश ने मेरी देह में प्रवेश कर लिया है। पुरुष–स्त्री का संभोग... कुछ नहीं है। यह एक गढ्ढे कोभर देने की उत्कट लालसा, जो हर मानव को विरासत में मिली दुनियाभर को औरतें कपड़े उतारकर एक कतार में खड़ी हो जाएँ तो मुझे ..बोरियत के सिवा कुछ महसूस न हो। कपड़े पहने रहने पर ही इंसान एक–दूसरे से अलग होता है। (पृ. 134)

चित्तकोबरा की इतनी उत्कट भाषा के बीच जब मृदुला गर्ग, गवारों और पूँजीवाद की चर्चा करती है, तो भाषा अपने **तंबर** में लगभग वैसी ही रहती है, यद्यपि शोषितों की बात करना एक प्रकार से कथा में क्षेपक की तरह लगता है। जहाँ तक थाइलैण्ड और आर्किड के फूल का प्रश्न है, उसमें तो गंध और सौंदर्य के माधुर्य "में निहित रामभाव है लेकिन एक राजनीतिक विचारधारा की वाम–वृत्ति का भी थोड़ा परिचय देना क्या मृदुला ने इसलिए तो नहीं किया कि कहीं पाठक 'चित्तकोबरा को मात्र सेक्स का नॉवल न मान लें और विचार की कथा से उसे निरस्त कर दें? ऐसा 'वंशज' और अनित्य' में करके तो वे अपने वैचारिक झुकाव को थोड़ा स्पष्ट करती है लेकिन यहाँ जो सामाजिक परिवेश मृदुला ने रचा है, उसमें ऐसी वैचारिक अव्यंजना उपयुक्त लगती हैं फिर भी एक बात तो कहनी होगी कि मृदुला की दृष्टि विचार के स्तर पर अधिक चौकन्नी है। यदि मृदुला देह के अंदर से देह का अन्वेषण करती है, तो उसकी खूबी यह है कि वह देह अपने समूचे राग में सामान्य होकर भी मनुष्य के समस्त चेतन अवबोधों को हिलाती हुई असामान्य रचना में बदल जाती है। क्रिया मनुष्यगत है, प्रक्रिया मनुष्यगत है, किंतु अंतरक्रिया रामा के चरम उत्कर्ष का स्पर्श करती है। इसके विपरीत जब वे सामाजिक सरोकार पर टिप्पणी करती हैं तो लगता है जैसे वे अपने उद्भूत हर विचार को कथा में पिरो देने के आग्रह से "मुक्त नहीं हो पातीं–

किसी कौम का सच्चा स्वरूप जानना हो, तो शोषितों के बनाए कार्टून देखो। पता चल जाएगा कि क़ौम ज़िंदा है या मर गई। (पु. 72)

"चित्तकोबरा" ने हिंदी कथा–साहित्य में जो विचलन, जो प्रस्थान, जो देहगत रागभाय की सामान्यता का असामान्यपन और जो उद्वेलन रचा, उससे एक बात मृदुला ने यह भी साबित की है कि स्त्रीवाद की नारे की तरह अपनाना या स्त्रीवाद का समर्थन–विरोध करना स्त्रीवाद नहीं है, स्त्रीवाद तो

स्वयं स्त्री में निहित है, यदि स्त्री उसे सर्जनात्मक रूप दे, स्वयं को पुरुप उपस्थिति के समक्ष अनुपस्थिति का वैराग्य न दें और अपनी देह, अपने मनोराग, अपनी व्यथा, वासना, विद्रोह सभी का वैचारिक प्रक्षेपण करे तो उसकी चेतना को कोई समाज चिता पर नहीं चढ़ा सकता, न उसकी वासना की व्यथा में बदल कर उसे मात्र देहवस्तु समझ सकता है। मृदूला का उपन्यास 'मैं और मैं एक प्रकार से हिंदी गल्प में स्वयं रचना का रचना में नवाचार हे तात्पर्य यह है कि यहाँ कथा देहजन्य समाजजन्य या स्थितिजन्य न होकर रचनाजन्य है। सर्जक का सर्जक से साक्षात है, सर्जक से सर्जक का टकराव है और सर्जक से सर्जक के आत्मबंध है। भौतिक रूप किस प्रकार सर्जक की काया में प्रवेश कर तिरोहित हो जाता है, शरीर का सौंदर्य किस प्रकार सृजन के सौंदर्य में समाहित हो जाता है और कैसे एक स्त्री सर्जक और एक पुरुष सर्जक आलोचक सृजन से देह यात्रा का मार्ग तलाशता है, यह हिंदी कथा में एक प्रकार से कथानक, विषय–वस्तु और विचार के स्तर पर लगभग नहीं हुआ है। एक प्रकार से 'मैं और मैं' की कथा में माधवी एक राग–विराग की मूर्च्छा से ग्रस्त नारी न होकर संवेदनात्मक अनुभूतियों की चेतना में जीती नारी है। यहाँ माधवी देह को लेखन में नगण्य करती है–एक प्रकार का प्रोफेशनल दृष्टिकोण जिसमें सृजन अपनी स्वायत्तता में देहगत हस्तक्षेपों को कोई महत्त्व नहीं देता। यही प्रोफेशनल दृष्टि वर्जीनिया वुल्फ में भी थी, जिसके कारण उसने अपनी देह को सृजन में बाधक कमी नहीं माना। मृदुला की अप्रोच भी लगभग वैसी है तो अवश्य लेकिन वे अपने किसी भी भाषा के लेखिका समाज की अनुकृति नहीं बनने देतीं।

प्रायः वर्जीनिया वुल्फ के स्त्रियों संबंधी आकर्षण पर सामान्य टिप्पणी करना एक प्रचलन–सा बन गया है लेकिन उसका स्त्री– प्रेम कभी भी लियोनार्ड (वर्जीनिया के पति) के प्रेम से मेल नहीं खाता था। कैथरीन मेन्सफील्ड से 1917 से 1923 के बीच उसकी दोस्ती पूरी तरह से प्रोफेशनल थी? वह कैथरीन मेन्सफील्ड की 'बेशक़ीमती कला' और स्वाभाविक प्रचण्डता से प्रतिबद्धता को लेकर उससे अत्यंत ही प्रभावित और आकर्षित थी। (अरायटर्स लाइफ–लिंडल गोर्डन– पृ. 184)

'मैं और मैं' पढ़ते हुए मृदुला अपने अनेक आवेशों में व्यक्त होती हैं और माधवी में उन आवेशों का उदात्तीकरण इस प्रकार करती हैं कि आवेश बना भी रहे और वह वर्जित भी न हो। नीत्शे के प्रति 'ट्विलाइट ऑफ दी आयडल्स' में वॉल्टर कौफमन ने इस सृजन–संबद्ध सौंदर्यात्मक क्रिया को

व्यक्त करते हुए कहा है–

"यदि कला को कला होना है और यदि कहीं भी कोई भी सौंदर्यात्मक क्रिया या दृष्टि होती है तो एक शरीरगत शर्त अपरिहार्य है–वह है आवेश या उत्तेजना। आवेश द्वारा हमारे समूचे देहयंत्र को उत्तेजना के उत्कर्ष तक ले जाना ज़रूरी है। सभी प्रकार के आवेश चाहे के कितने भी भिन्न–भिन्न प्रकार से सीमाबद्ध हों, उनमें इतनी ताक़त है कि वे देहगत उत्तेजना को उसकी पूर्णता तक ले जाएँ, इस सबसे बड़ी बात यह है कि जो आवेश वासनात्मक या यौनगत होता है वह तो आवेश का अत्यंत प्राचीन और मूल स्वरूप है, उसे छद्म या अदृश्य रख कर देह का दर्शन क्यों?"

संभवतया उक्त उद्धरण मृदुला के उपन्यासों को सार्थक करता है, क्योंकि उनके उपन्यास इन देहगत आदेशों की ऐसी कथा है जो प्रचलित से विचलित होती और देह के व्यर्थताबोध से ग्रस्त मनोभावों को निरस्त कर सामाजिक मान्यताओं के छदमों को खंडित करती है। 'मैं और मैं' के इन उद्धरणों से यह स्पष्ट भी है नफ़रत के मोम से मढ़ी देह को समर्पण की आग में झोंक देने में जा आत्म–पीड़न है, आत्म–पीड़न में जो आध्यात्मिक परितृप्ति है, स्त्री ही जान सकती है पुरुष तो पर–पीड़न में आनंद लेता है। (पृ. 55)

आह असुंदर के सम्मुख समर्पण करने की शक्ति स्त्री में ही हो सकती है। पुरुष तो उसको नष्ट करके स्व की सुरक्षित रखनाभर जानता है। इसीलिए तो बार–बार पराजित होता है और स्त्री! जो असुन्दर है कुत्सित है, वीभत्स है उसे गले लगा लेती है उसमें विलीन हो जाती है अपने को मिटाकर कर, स्व का विसर्जन करके पूर्णरूप से विजयी हो जाती है 1 (पृ. 56)

मैं क्या जानता नहीं, आप सिर्फ़ इंसान हैं इंसान क्यों आप नारी हैं, पूर्णरूपेण नारी मन मस्तिष्क चेतना से। (पृ. 58) प्रेमी का अस्तित्व बहुमूल्य नगीने की तरह हो, तभी उसके प्रेम को प्रतिष्ठित किया जा सकता है (पृ. 100)

जो कुछ मेरे बाहर घटता है जब तक मेरे 'मैं' का हिस्सा न बन जाए :मैं उसे काग़ज़ पर नहीं उतारता (पृ. 120) देखते–देखते मेरे और माधवी के बीच अकंपित 'नहीं' की दीवार कैसे खड़ी हो गई?

मृदुला की शैली या उनके शिल्प की एक विशेषता कहें या उनका आग्रह कि वे अपनी कथा को भले ही देह में या देह से मा देह के लिए रचे, मगर उनमें जो वैचारिक ऊर्जा है, उनके अनुभवों में पसरा पूँजी और पूँजी के प्रतिकार का समाज है या किसी व्यक्तित्व के प्रभाव का चक्राकार है तो वे

उसे अपनी सामाजिकता की चेतना में चुन देती हैं। इसीलिए 'मैं और मैं' में वे कहती हैं।

दरअसल अब आदमी ख़ुद को प्यार करता है और दूसरों को केवल बर्दाश्त तो उसके क़दम अनायास समाज स्वीकृति की परिपाटी पर पड़ते हैं।समाज उस आदमी को मान्यता देता है जो समाज में रहकर अपने लिए जिए और उस व्यक्ति को पागल बतलाता है जो समाज से बाहर रह कर समाज के लिए जीने की कोशिश करे।(पृ. 168)

मैं और मैं उपन्यास की तीन बातें बहुत प्रभावित करती है। एक तो कथा मैं सर्जक में सर्जक का 'में' है, स्वयं कथाकार के रूप में एक स्त्री का स्त्री में 'में है और यह समाज जिसमें प्रति भी है, प्रेमी भी है, विचार भी है, प्रेम भी है और निहायत असामान्य स्थिति भी, यहीं एक निस्संग और निरपेक्ष जीवन का जीवन में "में एक प्रकार से मृदूला यहाँ स्वयं से रूबरू हैं या यों कहें कि जो एक आकांक्षाग्रस्त आवेशित समाज में सर्जक की सेंटीमेंटल वासना होती वह भावुकता के जोश में लेखकीय अस्मिता पाने को कितनी बेकरार होती है–''इसे वे इतनी कुशलता से रचती हैं कि संबंधों की जटिलता अपने आप सहज हो उठती है और आकांक्षाओं के आशामृग निर्बाध होकर, निर्बन्ध होकर भी अपने अस्तित्व के यथार्थ से विमुख नहीं होते। राकेश, कौशल और माधवी कोई त्रिकोण वैसा नहीं। बनाते जिसमें प्रेम या वासना के तनाव हो। इसलिए कौशल की कुरूपता में मृदुला सर्जनात्मक संवेदन का सौंदर्य रचकर उसके लेखकीय विवेक और प्रतिभा को प्रतिष्ठा देती हैं। वे स्वयं एक सर्जक के आवेश और सम्मोहन को प्रकट तो करती हैं लेकिन कमज़ोरी या वासना की उत्तेजना से नहीं बल्कि उस चेतना से जिसमें एक स्त्री जी सकने में समर्थ है। यहाँ ऐजन्सी का निर्माण, घाटा, व्यापार बंद होने के ख़तरे, कौशल की कर्ज़वृत्ति या संबंधों को भावुकता से भुनाने का कौशल, ये सब माधवी निरर्थक कर देती है उसके सर्जनात्मक विवेक के समक्ष गाँधी–मार्क्स, बिरला–टाटा, पूँजी सब यहाँ भी कथा के अनावश्यक हस्तक्षेप लगते हैं लेकिन कथा में एक जैसे पन की ऊब को तोड़ने के लिए ऐसे हस्तक्षेप यथोचित् भी लगते हैं। 'मैं और मैं' मृदुला के शिल्पगत नवाचार का उत्कर्ष है और इस दृष्टि से वह 'उसके हिस्से की धूप' और 'चित्तकोबरा' से अधिक संयत, सुष्ठु और शैलीगत सौंदर्य का उपन्यास कहा जा सकता है जिसमें कथा, कथाकार के मन और मनोभावों तीनों का रोचक और विस्मयकारी समन्वय है।

'वंशज' एक ऐसा उपन्यास है, जिसमें मृदुला अपनी प्रचलित कथा–श्रृंखला को बदलती हैं। यह उपन्यास परिवार की नींव से उठती एक ऐसी इमारत की तरह है जिसमें जज साहब की न्यायप्रज्ञा और सुधीर की न्यायिकता का अद्‌भुत आवास है। यह उपन्यास संभवतया सत्तर के दशक में लिखा जा चुका था, क्योंकि इसकी एक पुरानी प्रति दो प्रकार के शीर्षकों से देखने को मिली है। 'वंशज' आंतरिक शीर्षक है तो बसंत का एक दिन, या इससे मिलता–जुलता कोई नाम मुखपृष्ठ पर। ख़ैर, यह 'वंशज' का विषय नहीं है। यहाँ कथा में कुछ भी असामान्य–सा नहीं है। एक व्यापारी के बेटी सविता का जज साहब के बेटे सुधीर से विवाह और दोनों के प्रतिकूल विचार, व्यवहार के साथ जज साहब की निर्मम निस्पृहता आदि तत्त्व इस उपन्यास को एक पारिवारिक कथा के उस जीवन से रू–ब–रू करवाते हैं जो सामान्यताओं के बीच से अद्‌भुत को कैसे प्रकट कर सकता है।

वक्त के साथ दंश कम हो जाता है। मैने अपने बच्चों को बचपन से यही शिक्षा दी है कि वे हर घटना को न्याय–दृष्टि से देखें और परखें। औरत को आदमी चाहे जो बना सकता है–कर्त्तव्यपरायण गृहिणी या बुद्धिविहीन खिलौना।

उक्त दोनों उद्धरणों के परिप्रेक्ष्य में यदि यह उपन्यास देखा जाए तो यहाँ एक प्रकार से पहली बार मृदुला ने अपने उपन्यास की कथावस्तु में स्त्री के वचस्व का विघटित किया है। सविता और रेवा दोनों जज साहब की वह या बेटी के संवेदन से कम बँधी हैं लेकिन उनकी वंशगत जागीर के वैभव और उनके वर्तमान ऐश्वयं से अधिक बची हैं। जज साहब एक कठोर, अनुशासित, नैतिक और नियमबद्ध व्यक्ति हैं जो प्रतिक्षण, प्रत्येक स्थिति में न्याय दृष्टि स्थापित करने को सदैव बेचैन हैं। सुधीर के प्रति उनमें बाह्य कठोरता है। असलियतों से बेखबर सुधीर के भावुक जोश और एक प्रकार के एक्टीविजम को वे उसकी नादानी मानते हैं लेकिन सविता और रेवा के छदम प्रेस या मोह की बनिस्वत सुधीर के संताप, संवेदन और संवेग को अधिक न्यायिक और सार्थक मानते हैं। यहाँ स्वतंत्रता के समय का माहौल और गांधीवादी विचार के प्रभाव को भी मृदुला ने रचा है और ऐसा लगता है जैसे मृदुला बार–बार गाँधी को लाकर उनसे संबद्ध अपने उस मानस को व्यक्त कर रही हों जिसमें गाँधी कई मान्यताओं में अमान्य होते हुए भी आवश्यक हैं, कई प्रसंगों में अप्रासंगिक होकर भी सामाजिक मनोविज्ञान और राजनैतिक विचार की विकृत अवस्था में प्रासंगिक हैं। सविता का समूचा लाड़– लालित्य, सेवा–भाव

और उसकी सद्गृहस्थिन भूमिका सब कुछ जज साहब के लिए स्वाभाविक पारिवारिक संतोष तो है, लेकिन आंतरिक परितृप्ति नहीं, विश्वास नहीं, अपनी उस न्यायदृष्टि के प्रति सम्मान और सुरक्षा नहीं जिसे उन्होंने अपने में जिया है। सुधीर में ऐसा कुछ नहीं– जज साहब से पिता के रूप में, पालक के रूप में, जज के पद के रूप में असहमत विद्रोह ज़ाहिर करने वाला सुधीर उनके किसी आदर्श से अपने को बाँध नहीं पाता। वह सुख के संसार की सुविधाजन्य वासना त्याग कर कोयला खदान का मज़दूर इंजीनियर तक बनकर शोषितों, वंचितों, उत्पीड़ितों के पक्ष में खड़ा हो जाता है– ये सब तत्कालीन सामाजिकता के विरुद्ध है लेकिन सुधीर का विवेक उनके ही साथ है। जज साहब के लिए ये सब आदर्श अस्तित्व और जीविका के साधन नहीं। वे सुधीर को फैक्टरी लगाने का पैसा भी देते हैं, वह पैसा एक पार्टनर की चालाकी" का शिकार भी होता है, फिर भी सुधीर के बुनियादी सरोकार अपनी जगह से हिलते नहीं। सरोकारों के प्रति यह संकल्प और समर्थन ही जज साहब की आतंरिक न्यायदृष्टि का आलोक है। इसीलिए रेवा नहीं, सविता नहीं, सविता–सुधीर के बच्चे नहीं, उनको संपत्ति का वारिस सुधीर है। जो व्यक्ति पूरे समाज की व्यथा और वेदना का वारिस हो, यह धन लुटाकर भी निर्धन नहीं हो सकता। इसलिए वेदना का वंशज, व्यथा का वारिस सुधीर हो जज साहब का वह वंशज है, जिसमें उनके आदर्श और उनके न्याय की सार्थकता है।

'वंशज' एक सामाजिक उपन्यास होकर भी जिस प्रकार के नैतिक आचरण की बनावट करता है, उससे यह लगता है कि मृदुला मात्र देह–शिल्प की कथाकार नहीं है, बल्कि उनका संवेदनशिल्प भी सूक्ष्म है, गहन है और अपनी सामयिकता की चेतना से अभिभूत है। सामाजिक उपन्यासों के विषय यद्यपि बहुत पृथक तो नहीं हों पाते और कथा के अधिक ठोस या सपाट हो जाने के ख़तरे उसमें सदैव बने रहते हैं, लेकिन मृदुला ने अंत में आते–आते उस सपाटपन को जज साहब की वसीयत में तिरोहित कर दिया है और इसीलिए उपन्यास इस तरह से आश्वस्त भी करता "है कि कथा किसी भी मुक़ाम पर जाकर उस जिज्ञासा से पृथक हो जाती है जो पूरी तरह कथा में ज़ारी रह कर अंत में अचंभित कर देती है। यहाँ इस दृष्टि से इटालो केलविनों के अमूर्तत उपन्यास के समूर्तत शहरी विवरणों का एक वाक्य मृदुला के कथा संदर्भ में उपयुक्त लगता है।

जैसे जैसे वक्त गुज़रता है, भूमिकाएँ ठीक वैसी ही नहीं रह पातीं, जैसी

वे पहले रही हैं। (सिटीज एंड द डेड–इनविर्जबल सिटीज से पृ. 81)

काजल ने कहा था–''पर कौन लिखता है इतिहास? वही जिसके पास सत्ता होती है और जिनके हाथों में सत्ता होती है उनके मूल्य दुहरे हुआ करते हैं।

''अनित्य'' का उपरोक्त वाक्य इस समूचे उपन्यास का कथा–व्योम उद्घाटित कर सकता है। कथा तो दो मुख्य पात्रों–अविजीत और 'अनित्य' की है। दोनों एक–दूसरे के विलोम हैं–विरोधी नहीं। दोनों असहमत हैं, असमर्थ नहीं। दोनों की अपनी–अपनी दृष्टियाँ हैं, अपने–अपने व्यवहार हैं। इस उपन्यास में एक साथ अनेक प्रश्न, अनेक द्वंद्व रच दिए हैं मृदुला ने। गाँधी से असहमति का द्वंद्व, क्रांतिकारियों के समर्थन का द्वंद्व, बौद्धिक असहमति का द्वंद्व और राजनैतिक क्रियाओं का द्वंद्व। गाँधी–समर्थक भगतसिंह की शक्ति को स्वीकारते हैं और कहते भी हैं कि जितनी जन–जागृति भगतसिंह की एक फाँसी से आई उतनी उनके अभियान से दस साल में भी नहीं आ सकती थी। लेकिन क्रांति समर्थकों को गाँधी के सत्य पर विश्वास नहीं। इसलिए मृदुला में कहीं–न–कहीं गाँधी के प्रति एक सात्विक असहमति अवश्य प्रकट होती है वे जब यह कहलवाती हैं कि ''ऐसा कौन–सा जादू होता है एक आदमी में कि बाक़ी के लोग सोचना ही बंद कर दें।" यहाँ गाँधी विचार की प्रज्ञा में मान्य हैं तो 'अनित्य' अविजीत से यह कह कर गाँधी को अमान्य भी कर देता है–'''वे लोग 'अपने ज़मीर के क़ैदी हैं, गाँधी के नहीं।" इसी प्रकार अविजीत का इंस्पेक्टर मार्शल से यह कहना कि ''युद्ध के दौरान व्यक्ति व्यक्ति नहीं, कर्त्तव्य निभाने वाला पुर्जा–भर होता है" तो लगता है, यहाँ भी मृदुला के अपने तीन आंतरिक टकराव हैं–एक गाँधी–विचार से क्रांति–विचार टकराव का, जिसके प्रतिनिधि अविजीत और 'अनित्य' है, दूसरे प्रेम से प्रेम का जिसके अप्रत्यक्ष आकर्षण में संगीता है अविजीत की पत्नी के होते हुए भी, और तीसरे उस इतिहास–बोध का जो सत्ताएँ रचती या रचवाती हैं, जन की उपेक्षा की क़ीमत पर मृदुला अपने उपन्यासों में समय–चेतना का कतई त्याग नहीं करतीं इसलिए हर बार गाँधी, मार्क्स, समाज और इनसे जुड़े तत्त्व उनके उपन्यासों में दस्तक़ देते रहते हैं और इन सबके बीच वे स्त्री को प्रतिष्ठित करके ''अपने ही कथन को सिद्ध करती हैं कि स्त्री लेखन के बिना विश्व के किसी भी साहित्य का सही मूल्यांकन नहीं किया जा सकता। स्त्रीभाव को यह विराटता तो 'अनित्य' में नहीं है लेकिन एक वैचारिक पृष्ठभूमि पर आधारित यह उपन्यास एक काल–कथा को स्त्री की मनोदशा के साथ पढ़ने को बाध्य

अवश्य करता है।

मृदुला अपने उपन्यासों में एक निश्चित दर्शन के साथ स्त्रीत्व की केंद्रीयता रचती हैं। हो सकता है इसे किसी प्रकार की कुण्ठा या हीनताबोध की संज्ञा ऐसे –आलोचक दें जो स्त्रीवाद के पूरे आंदोलन को ही हीनता–बोध की उपज मानते हैं। मृदुला इस मनोविज्ञान को सतत परास्त करने की भी कोशिश करती हैं। वे स्त्रीवाद से कथा उधार नहीं लेतीं न स्त्री को अवसर देने, महत्त्व देने, प्रतिष्ठा देने या उसकी अस्मिता देने की याचना करती हैं। वे स्त्रीत्व की शक्ति, क्षमता और सामर्थ्य से सब कुछ हासिल करने को अपनी कथा का निरूपण बनाती हैं। स्त्री भले ही क्षुब्ध, संत्रस्त, उत्पीड़ित और बँटी हुई हो, लेकिन वह अपने आंतरिक विप्लव को स्वयं रचती है और आजमाती है। उसका अपना कोई विद्रूप नहीं, न पति, न परिवार, न प्रेमी और न पुरुष वर्चस्व में वह जीतकर उनके विरुद्ध विद्रोह करती है, न व्यथा से व्याकुल होकर चीत्कार करती है। वह तो अपने समूचे दैहिक और बौद्धिक पराक्रम के साथ प्रकट होकर पुरुष के समक्ष इस प्रकार खड़ी है कि वहाँ उसे पुरुष की छाया या माया में देखने के बजाय एक समग्र, संपूर्ण और समर्थ मानवीय उपस्थित में देखना होता है। 'कठगुलाब' की चार केंद्रीय स्त्री पात्र अपना–अपना कथावाचन, अपनी पीड़ा, व्यथा, विद्रोह और टकराव के साथ करती है, लेकिन अपने हर विक्षोभ, अपनी हर बेचैनी और अपनी हर क्रिया का उत्तर स्वयं खोजती हैं। वह पुरुष में अपना सुख–दुःख खोजती अवश्य हैं, उसे बाँटती भी हैं लेकिन जब वर्चस्व की निरंकुशता पुरुष आजमाता है तो वह उस वर्चस्व को केवल नकारती, त्यागती या उसका प्रतिकार ही नहीं करती बल्कि उससे विद्रोह कर अपनी एक समांतर अस्मिता रच देती हैं। वह स्त्री कोमलता में जितनी गुलाब है, कठोरता में उतनी 'कठ' भी। इसलिए मृदुला स्त्री का एक नया रूपक रचती हैं। न वह स्त्रीवादी हैं, न आंदोलनवादी, न अपनी अस्मिता के मनोविज्ञान से ग्रस्त सुधारवादी। वह तो सामर्थ्य और क्षमता का एक ऐसा प्रति संस्करण है जो कहीं–कहीं पुरुष संस्करण का भी अतिक्रमण कर जाता है। हिंदी उपन्यासों पर पाश्चात्य प्रभाव तो एक ऐसा स्वीकृत तथ्य–सा बन गया है कि हिंदी में उपन्यास–लेखन की सौ वर्ष की पूरी परंपरा आज भी उस पाश्चात्य मानसिकता से मुक्त नहीं हुई और कथा आलोचक अभी भी उसे पाश्चात्य का विकराल रूप बल्कि अनुकरण या अनुसरण मानते हैं। यह सही है कि उपन्यास या–कहानी का वैसा रूप हमारे साहित्य में नहीं रहा और उपन्यास एक आधुनिक पाश्चात्य विधा है, लेकिन इसका अर्थ यह नहीं

कि 'बाणभट्ट की आत्मकथा' या 'अनामदास का पोथा' जैसे उपन्यासों को पश्चिमी उपन्यासों की प्रतिकृति कहा जा सके। न वैसा प्रेमचंद का 'गोदान' है न जैनेन्द्र का 'त्यागपत्र', 'कल्याणी' या 'सुनीता, न यशपाल का 'दिव्या' न भगवतीचरण वर्मा का 'चित्रलेखा' और न अज्ञेय का 'शेखर एक जीवनी' या 'नदी के द्वीप। यही बात नवीनतम उपन्यासों में न हम 'कठगुलाब', 'अनित्य' या 'चित्तकोबरा के लिए कह सकते हैं, न 'तत्सम', 'आवा' या 'अल्मा कबूतरी के लिए या 'महाभोज' और 'उसका बँटी' के लिए। यदि बिया हमने उधार ली है तो इसका अर्थ यह नहीं कि विचार, कथानक, चरित्र, जीवनदृष्टि और शिल्प या शैली भी उधार ली हो। निर्मल वर्मा पर पाश्चात्यीकरण के कई आरोप हैं लेकिन 'वे दिन', 'रात का रिपोर्टर' और 'अंतिम अरण्य' तक पढ़ने पर यह नहीं लगता कि उनसे भरतीय कथा– रूपक नहीं बनता और न ऐसा कृष्ण बलदेव वैद के 'मायालोक' और 'नौकरानी की डायरी' को पढ़कर लगता है। चूँकि उपन्यास पश्चिम में पहले आया, इसलिए फार्म की दृष्टि से प्रभाव हमारे उपन्यासों पर आ सकते हैं, लेकिन जीवन–भूमि, दर्शन–भूमि और चरित्र भूमि सब तो हमारी अपनी है, जिस पर कथा दृश्य रचा गया है। विचार में भी प्रभाव आ सकते हैं लेकिन विचार को हमने अपने देश–काल, समय–अवकाश, स्थिति और चरित्र से जोड़कर अपना बनाया है। भारतीय उपन्यासों में दोस्तो यवस्की, टॉमस मान और टाल्सटॉय जैसी बौद्धिक प्रौढ़ता की कमी देखने वाले आलोचक यह क्यों नहीं देखते कि जैनेन्द्र का 'त्यागपत्र', अज्ञेय का 'शेखर एक जीवनी', हज़ारीप्रसाद जी का 'अनामदास का पोथा', रेणु का 'मैला आँचल', प्रेमचंद का 'गोदान' अपनी बौद्धिक और दार्शनिक परिपक्वता के साथ कथात्मक जीवन–दृष्टि में किसी भी कृति से कमज़ोर नहीं हैं। पश्चिम के पास यदि एक परिवेश ऐसा है जिसमें से उपन्यास प्रकट होता है तो वहाँ भी नाटकों की सुदीर्घ परंपरा जब कथा साहित्य में रूपांतरित हुई तो उपन्यास तब जाकर फार्म के रूप में स्थापित हुआ, अब कथा की नाटक से या काव्यात्मक नरेटिव से मुक्ति हुई।''

भारतभूषण अग्रवाल ने अपने शोधग्रंथ हिंदी उपन्यास पर पाश्चात्य प्रभाव में उपन्यास के तीन काल माने हैं। 1936–40 का काल मंथन–काल, 1940–46 का अन्वेषण काल और 1946–51 का संधान काल माना है। जब संधान काल से कथा बीसवीं सदी के अंत तक आई तो हिंदी उपन्यास अपने प्रयोग, अपनी विराटता, अपनी कथावस्तु, विषय और जीवन दृष्टि में जिस उत्कर्ष तक पहुँचा, उसी का तो परिणाम है कि 'नौकर की कमीज़' या 'दीवार

में एक खिड़की रहती थी' जैसे उपन्यास आए कृष्ण बलदेव वैद के 'काला कोलाज','नरनारी' और निर्मल वर्मा के 'वें दिन' और 'अंतिम अरण्य' आए, राजी सेठ का 'तत्सम', चित्रा मुद्गल का 'आवां' आया और मृदुला गर्ग के 'उसके हिस्से की धूप', 'चित्तकोबरा' और 'मैं और मैं' जैसे प्रयोगधर्मी उपन्यास आए। यदि विचारों में बाँट कर देखा जाए तो पश्चिम की वामपंथी और यथार्थपरक धारा में भारतीय उपन्यास ने अपने परिवेश और मनुष्य का कथायन किया और वैयक्तिकतावादी, अभूर्ततावादी या कलावादी उपन्यास ने अपना कथारस रचा। इन दो विचार–भूमियों में यदि मृदुला के उपन्यासों को रखकर देखा जाए तो वे यथार्थों की उपन्यासकार तो अवश्य हैं लेकिन प्रतिबद्धता का कोई जड़ ''व्यवहार नहीं अपनाती। वे स्त्रीवाद को मानती हैं, स्त्री की अस्मिता के लिए लिखती भी है, लेकिन उसे अपने ही विचार और दर्शन की प्रतिबद्धता के साथ न कि किसी के प्रभाव या अनुकरण से स्त्री उनका एक स्वाभाविक सामाजिक, आर्थिक, राजनैतिक और दार्शनिक पक्ष है, उसे ही वे केंद्र की तरह रचती हैं, केंद्र की तरह खोजती है और उसके केंद्र में ही कथा के समस्त इतर स्रोत और सत्वों को समाहित कर देती हैं। 'कठगुलाब' के चारों स्त्री कथा वाचक और एक पुरुष मृदुला के स्त्री केंद्र को मिटा नहीं पाते बल्कि अपने–अपने केंद्र का संरक्षण स्वयं करते हैं पुरुष के साथ रह कर, उसे सह कर और उसे त्याग कर भी और उससे विद्रोह करके भी। मृदुला अपने उपन्यासों में स्त्री–व्यथा को करुणा, दया या निर्भरता में परास्त नहीं होने देतीं बल्कि व्यथा और वासना दोनों के अन्दर से अपनी–अपनी शर्त पर विद्रोह रचती हैं और यह विद्रोह स्त्री के अपने होने, रहने, जीने की अस्मिता का विद्रोह है और उसकी उपस्थिति के अहसास का विद्रोह है। 'कठगुलाब' में ज़ारविस और स्मिता का यह संवाद इस अहसास का एक अच्छा उदाहरण है।

ज़रूरी नहीं कि तुम अभी जवाब दो। ज़रूरी नहीं कि तुम मुझे जवाब दो। पर हद से अपने को मत छिपाओ। पूरा खोल दो। डरो मत.. मैं अन्य पुरुष नहीं हूँ। मैं तुम्हारी प्रतिमूर्ति हूँ।'' (पृ. 39)

मृदुला 'मारियान' में औरत होने न होने का जो द्वंद्व रचती हैं, उससे भी यह स्पष्ट है कि उनका स्त्री–सचेतन कितना बेचैन है।

औरत होना विडंबना को जन्म देता है, उसके मन में बजा नहीं औरत होना एक विडंबना है। नहीं, औरत ख़ुद एक विडंबना है। जहाँ औरत होगी, विडंबना जन्म लेगी। औरत तेरा नाम विडंबना है।

इस विडंबना में छिपी स्त्री को मृदुला नर्मदा में इस प्रकार बाहर लाती हैं कमबख़्त तू क्या सोचे है, तू अकेली मरदमार है, हमें किसी मरद ने न कहा या हमने कभी किसी आदम जात को भरतार न माना।

'असीमा' इन दोनों से और आगे बढ़ती है और ऐसा लगता है कि यहाँ मृदुला अपने स्त्री–बोध में पुरुष के विरुद्ध एक प्रकार के आक्रोश से ग्रस्त हैं मर्दों को देखते ही उन्हें पीटने का मन करता था। ना–ना, एकदम लात–घुसा करने की बात नहीं कर रही। पर उनके दिलो–दिमाग़ पर चोट करने और निशान छोड़ने का मन जठर करता था। (पृ. 179)

छला के उपन्यास मर्दों के मन पर चोट करने और निशान छोड़ने के उपन्यास हैं और इसलिए वे अपनी प्रखरता या मुखरता में स्त्री पक्ष के उपन्यास ही हैं। मृदुला चाहे किसी स्त्रीवाद या फेमिनिज्म को न मानें लेकिन उनका स्त्री–पक्ष अपना है और इसलिए वह एक प्रकार से उनका अपना रचा हुआ स्त्रीवाद ही है।

'विपिन' के कथावाचन में मृदुला का स्त्रीवाद या स्त्री पक्ष अत्यंत मुखर होने के साथ, पुरुष द्वारा स्त्री–वर्चस्व या स्त्री व्यक्तित्व की स्वीकृति भी है और स्त्रीत्व से जुड़े निर्मम सत्य का उद्‌घाटन भी–

देखिए तो असीमा शक्ति का प्रभाव! स्वभाव और सस्कार में फ़र्क करना में कभी नहीं भूलता। धीरे–धीरे सत्कार स्वभाव बन जाता है सच, इतिहास हमें कितना निरुपाय बना देता है। (पृ. 22)

भारतीय परपंरा में तो हमेशा तेज़स्वी स्त्रियाँ और विज्ञ–पुरुष श्राप देते आए थे। (पृ. 218)

उच्च जाति के भारतीय पुरुष से ज़्यादा संवेदन शून्य इंसान पूरी दुनिया में ढूँढ़ें नहीं मिलेगा।

लहुसन की खेती.. औरतों का काम... बच्चे स्कूल, बंजर ज़मीन पर 'कठगुलाब' की झाड़ी उगेगी पर विपिन को उसके नीचे फैला बंजर ही दीखेगा।

'कठगुलाब' के इस उपसंहार तक आते–आते मृदुला मान्यताओं और परंपराओं से उपजे संस्थानों को ढहा देती हैं और तेज़स्वी स्त्री हो या विज्ञ पुरुष दोनों के श्राप में मनुष्यता के हनन को उजागर कर देती है। उच्च वर्ग के पुरुष की संवेदनशून्यता और स्त्री के पारंपरिक कार्य–व्यवहार में वे हमारी समूची ऐतिहासिक मानसिकता, संस्कार और स्वभाव की बेहूदा जड़ों तक को काट फेंकती है। यहीं मृदुला का मृदुला होना है। नंगी स्त्री या नंगा पुरुष तो

कथा के भौतिक पात्र–भर होते हैं लेकिन जो मनुष्य में निहित नंगापन है, चाहे वह दैहिक हो या मानसिक, मृदुला उस आत्मरत, आत्मगत और अहंकारग्रस्त नग्नता के समूचे आशय को अनावृत कर देती हैं इसलिए उनकी व्यथा स्त्री का उत्पीड़न न होकर, स्त्री का क्षोभ न होकर स्त्री के विद्रोह की मनोभूमि है। इसी प्रकार उनकी रची वासना, दैहिक सुख, भोग, काम, रति न होकर वासना के अन्दर पुरुष वर्चस्व को विलीन कर उसे स्त्री के भीतर परास्त कर देने का एक छद्म किंतु आशययुक्त विद्रोह है। इसलिए मृदुला की कथा का विद्रोह किसी समाज–सुधारक या क्रांतिकारी का विद्रोह न होकर उस स्त्रीत्व का विद्रोह है जो पुरुष के अन्दर और पुरुष के बाहर एक अपना ही स्त्रीकेंद्र स्थापित करती है, अन्य समस्त केंद्रीयताओं को व्यस्त करके।'

यदि इसे अतिशयोक्ति या अतिरंजना न माना जाए तो मृदुला के उपन्यासों में एक विशेषता यह नज़र आती है कि उनके किसी उपन्यास को किसी पूर्व या पश्चिम के उपन्यास या उपन्यासकार की छाया में किसी आलोचक ने अभी तक नहीं रखा है और यह कहा है कि यशपाल का 'दिव्या' जिस प्रकर एमिल जोला के उपन्यास 'नाना' की छाया है या भगवतीचरण वर्मा का 'चित्रलेखा' अनातोले फ्रांस के 'ताइस' का भारतीयकरण है, वैसा किसी पश्चिमी उपन्यास की छाया मृदुला का 'चित्तकोबरा' या 'कठगुलाब' है। जिस प्रकार जैनेन्द्र के उपन्यास 'आंतरिक मंथन' और 'प्रत्यक्ष अनुभव' के अगाध जल में से उदित होते हुए भारतभूषण अग्रवाल देखते हैं, वैसे ही मृदुला के उपन्यास भी आंतरिक मंथन और बेचैनी से उपजते हैं। काम, प्रेम और परिवार के साथ समय से उलझने की जो जिद जैनेन्द्र की रही है, वैसी ही कुछ मृदुला में भी दिखाई देती है। उपन्यासों में व्याख्यान या रोमांस की जो परंपरा मध्ययुगीन इंटली ने नोवेला' के माध्यम से रची थी जो बाद में अलबत्ती मोराविया में इटली में और फ्रांस में फ़्लावेयर, एमिल जोला में या रूस के कुप्रिन में दिखाई दी, वह मध्यकालीन परंपरा 'चित्रलेखा', 'दिव्या', 'वैशाली को नगरवधू' आदि में भी आई थी, लेकिन निर्मल वर्मा, कृष्ण बलदेव वेद और मृदुला ने इस परंपरा से विचलन कर रोमांस की परंपरा से भारतीय उपन्यास को मुक्त किया। हज़ारीप्रसाद जी ने आधुनिक वैयक्तिकतावादी दृष्टिकोण के साथ–साथ उपन्यास को जिस प्रकार एक गतिशील विधा कहा है, वैसी विधात्मक गतिशीलता मृदुला के उपन्यास में प्रकट होती है। एमिली ब्राठे के बदरिंग हाइट्स को सघन और व्यक्तिपरक कथा को एक आत्मलीन उदास झाँकी माना गया है लेकिन मृदुला उस उदासी का भंजन करती हैं। हाँ, यह

ज़रूर है कि वे सघन और आत्मलीन अवश्य होती है। यथार्थवादी उपन्यास 'समाज के वैराट्य में जैसा व्यक्ति–विलय करता है, यथार्थ को अपना कर भी मृदुला "वैसा न करते हुए वैयक्तिकता कायम रखती हैं। वे वर्जीनिया वुल्फ या मार्सेल प्रूस्त की तरह अतीत में संचरण या अंतःप्रयाण भी नहीं करतीं और न जेम्स ज्वायस की तरह देशकाल में अविराम संक्रमण करती हैं, लेकिन कथा के इन अत्यंत गहन उद्‌देश्यों और कलात्मक उत्कर्ष से कट कर कभी–कभी ठोस और सपाट हो जाती है। इस कारण वैयक्तिकता और परिपक्वता के बावजूद उनके उपन्यास कलात्मक उत्कर्ष और उदात्तता में कमज़ोर लगते हैं। यदि 'कठगुलाब' में जो प्रश्न वे 'विपिन' में आकर उठाती हैं, वैसे प्रश्नों को लेकर वे अपने समूचे कथा–कल्प की एक सौंदर्यपरक छवि रचती तो कथा के अनेक सपाट स्थल कलात्मक उत्कर्ष में रूपांतरण कर देते।

मृदुला के पास विचार, भाषा और कथा तीनों की गतिमूलकता है और अपने जीवन दर्शन के साथ जुड़ी आस्था और संकल्प है, एक स्पष्ट दृष्टि और दृष्टिकोण है। इसीलिए वे व्यथा, वासना और विद्रोह रच कर उनको विचार में उदत्त कर देती हैं या यों कहें कि चाहे 'चित्तकोबरा' की मनु हो या 'उसके हिस्से की धूप' की मनीषा या 'मैं और मैं' की माधवी ये सब जब तक कथा में पात्र हैं, भौतिक वस्तु हैं, लेकिन जब ये विचार होता हैं तो स्त्री हो जाती है, स्त्री में भी एक ऐसा स्त्रीत्व जो विचार की अस्मिता है, और जो अपना केंद्र स्वयं रचती है और अन्यों द्वारा रचित केंद्रों को ध्वस्त भी करती है। इस दृष्टि से विचार किया जाए तो मृदुला एक ऐसे उपन्यासकार के रूप में हिंदी कथा–साहित्य में अपनी स्थापना करती है जैसे किसी समय डी. एच. लारेंस ने अपनी अस्मिता की स्थापना करते हुए कहा था कि उसने सभ्यता के प्रचलित मूल्यों से मुक्ति हासिल करके अपने ही तरीके से आदिम रक्त संबंधों का अन्वेषण कर लिया है। संभवतया इन आदिम रक्त संबंधों का अन्वेषण ही तो हैं मृदुला के भी उपन्यास जिनमें 'अनित्य' और 'वशंज' कुछ पृथक हो सकते हैं लेकिन 'उसके हिस्से की धूप', 'चित्तकोबरा', 'मैं और मैं' और 'कठगुलाब' लारेंस के कथन के क़रीब इसलिए लगते हैं कि व्यथा, वासना और विद्रोह से विचार तक आने के लिए ये ही आदिम रक्त–संबंध कथा के जीवन–वाहक बनते हैं।

विशिष्ट–कहानियाँ

हरी बिंदी

'आँख खुलते ही आदतन नज़र सबसे पहले कलाई पर बँधी घड़ी पर गई. सिर्फ़ साढ़े छह बजे थे। उसने फौरन दुबारा कसकर आँखें बंद कर लीं और इंतज़ार करने लगी कि अब पलंग चरमराएगा और आवाज़ आएगी—उठना नहीं है क्या? पर जब कुछ देर चुप्पी बनी रही तो आँखें खोलकर देखा, बिस्तर पर वह अकेली है। अरे हाँ, रात ही तो राजन दिल्ली गया है। याद ही नहीं रहा। तो अब उठने की कोई जल्दी नहीं है। उसने ढेर सारी हवा गालों मेंभर कर एक लंबी साँस छोड़ी और पूरे बिस्तर पर लोट लगा गई। दूसरे सिरे पर जाकर मुँह पर बाँह रख कर लेटी तो कानों में घड़ी की टिक–टिक बज उठी। वह मुस्करा दी। उसे कलाई पर घड़ी बाँध कर सोने की आदत है। रोज़ राजन चिढ़ कर कहता है, यह क्या, सारी रात कान के पास टिक–टिक होती रहती है। इसे उतारो न। उसने मुँह पर से बाँह हटा ली, तकिया खींचकर पेट के नीचे दबा लिया और लंबे–चौड़े पलंग पर बाँहें फैलाकर औंधी लेट गई। ओह, सुबह देर तक सोने में कितना आनंद आता है। राजन होता है तो सुबह छह –साढ़े छह से ही खटर–पटर शुरू हो जाती है। चाय–नाश्ते की तैयारी, दोपहर का खाना साथ में और आठ बजे राजन दफ़्तर के लिए रुखसत। न जाने राजन को जल्दी उठने का क्या मर्ज़ है। ख़ैर, आज वह स्वतंत्र है। जो चाहे, करे। उसने शरीर को ढीला छोड़ दिया और दोबारा सोने की तैयारी करने लगी।

फिर आँख खुली तो साढ़े आठ बज चुके थे। उसने एक प्याली चाय बनाई और खिड़की का परदा हटाकर बाहर झाँकने लगी। दूर तक धुंध छाई थी। आज ज़रूर बरसात होगी, उसने सोचा। उसे धुंध बहुत भली लगती है। जब मालूम नहीं पड़ता, वहाँ कुछ दूर पर क्या है तो अनायास आशा होने लगती है कि कोई अनुपम और मोहक वस्तु होगी। मैं भी खूब हूँ, उसने

मुस्कराकर सोचा, मुझे धुंध में खुलापन लगता है और सूर्य के प्रकाश में घुटन चाय पी कर गरम पानी से देर तक नहाया जाए, उसने सोचा और बाल्टी भरने लगी। फिर ठंडे पानी की फुहार ही ऊपर छोड़ ली और एक ग़ज़ल गुनगुना उठी। बड़े तोलिये से खूब रगड़ कर बदन पोंछा। आज एक अद्‌भुत स्फूर्ति और उत्साह का अनुभव हो रहा है। नीले रंग का कुर्ता और चूड़ीदार पाजामा पहना तो नीले रंग की बिंदी माथे पर लगाने को हाथ बढ़ गया। फिर न जाने क्या सोचकर उसे छोड़ दिया और बड़ी–सी 'हरी बिंदी' लगा ली। राजन होता तो कहता, नीले पर हरा? क्या तुक है? उसने दर्पण में दिख रही अपनी प्रतिच्छाया को जबान निकालकर चिढ़ा दिया, कहा, 'तुक की क्या तुक है?' और खिलखिला कर हँस पड़ी।

दराज़ खोली तो नज़र चाँदी की बाली पर पड़ गई। उठाकर कानों में लटका लीं। विवाह के बाद से पहननी छोड़ दी थीं। नकली हैं न। और ज़रूरत से ज़्यादा बड़ी, राजन कहता है। एक पुराना बैग हाथ में ले, झपट कर बाहर निकल आई। बरामदे में मुंडू बैठा आराम से सिगरेट फूँक रहा था, राजन की। उसे देखते ही हथेली में छिपा, बड़ी संजीदगी से बोला, "खाना क्या बनाऊँ?'

''कुछ नहीं, "उसने कहा, "नहीं खाएँगे। तुम्हारी छुट्टी।"

मुंडू की घबराई सूरत देख वह हँस पड़ी और बोली, "मेरा मतलब, जो तुम्हें अच्छा लगे बना लो। तुम्हें ही खाना है, चाहे खाओ चाहे छुट्टी मनाओ।" बिना यह चिन्ता किए कि ठीक कहाँ जाएगी या क्या करेगी, वह सड़क पर कुछ दूर चलती चली गई। बस इतना जानती है कि आज का दिन यों ही नहीं जाने देगी। कुछ तय करने से पहले बारिश शुरू हो गई। उसने कुछ दूर भाग कर टैक्सी को आवाज़ लगाई और भीतर घुसकर सोचने लगी, जब टैक्सी ली है तो कहीं न–कहीं जाने को कहना पड़ेगा। जहाँगीर आर्ट गैलरी, उसने जो सबसे पहले मुँह में आया, कह दिया।

गैलरी में किसी आधुनिक चित्रकार की प्रदर्शनी हो रही थी। विशेष कुछ समझ में नहीं आया पर आनंद अवश्य आया। आज कुछ भी करने में आनंद आ रहा है। एक चित्र के आगे वह काफ़ी देर खड़ी रही। देखा, पूरे कैनवास पर रंग–बिरंगी रेखाएँ इधर–उधर दौड़ी चली जा रही हैं। अरे, उसने सोचा, यह तो बिलकुल मेरे कुर्ते की तरह है।

वह ज़ोर से हँस पड़ी, इतनी ज़ोर से कि पास खड़ा एक दढ़ियल उसे घूरने लगा। कहीं यही तो चित्रकार नहीं है? बेचारा! ज़रूर चित्र अत्यन्त

त्रासद रहा होगा।

उसने चेहरा गंभीर बनाया और दढ़ियल के पास जाकर विनम्रता से कहा, "सॉरी।" और बाहर निकल आई। बाहर आकर ख़याल आया, हो सकता है, वह कलाकार न हो, उद्योगपति हो। दो किस्म के इंसान ही दाढ़ी रखने का साहस कर सकते हैं, कलाकार और सामंत। सामंत अब रहे नहीं, उनका स्थान उद्योगपतियों ने ले लिया है। तब तो दिनभर यही सोचता रहेगा, उसने सॉरी क्यों कहा। उसमें भी नफे की गुंजाइश ढूँढ़ता रहेगा। वह दूने वेग से हँस दी।

फिर देखा, बारिश थमी हुई है पर आकाश अब भी काफ़ी गुस्सैल नज़र आ रहा है। पूरा बरसा नहीं, उसने सोचा, और फिर सड़क थाम ली। सड़क के किनारे रेस्तराँ देख याद आया कि काफ़ी ज़ोर से भूख लगी है। भीतर जाकर चटपट आदेश दे दिया, "एक गरमागरम आलू की टिकिया और एक आइसक्रीम, एक साथ।"

"एक साथ?" वैरे ने आश्चर्य दिखाया।

''हाँ। कोई एतराज है?"

''जी नहीं। लाया।"

उसे ठंडा और गरम एक साथ खाना भला लगता है। कहते हैं, दाँत खराब हो जाते हैं। कितना चटपट काम हो गया आज राजन रहता है तो बढ़िया जगह बैठ कर आराम से खाने की सूची देखने के बाद, सोच–विचार कर आदेश दिए जाते हैं। खाकर बाहर निकली तो सोचा, पास किसी सिनेमाघर में पिक्चर देख ली जाए। किस्मत से अंग्रेज़ी की पुरानी मज़ाकिया पिक्चर लगी मिल गई। डैनी की। राजन कहता है, न जाने तुम्हें डैनी के कैसे पसंद हैं। मुझे तो उसके बचपने पर हँसी नहीं आती। पर उसे आती है, खूब आती है, फिर हँसी पर हँसी आती है... कभी–कभी बे–बात आती है, जैसे आज।

पिक्चर के दौरान वह आज और दिनों से ज़्यादा ठहाके लगा रही थी। पास बैठे आदमी की सूरत अँधेरे में दिख नहीं रही थी, पर हँसी की आवाज़ ज़रूर सुनाई पड़ रही थी। पता लग रहा था, हँसने में वह उससे दो क़दम आगे है। अदाकार की –एक ख़ास बेचारगी की मुद्रा पर वे इतनी ज़ोर से हँसे कि उनके हाथ आपस में टकरा गए। सॉरी कहने के इरादे से एक–दूसरे की तरफ़ मुड़े, पर माफ़ी माँगने के बजाय एक ठहाका और लगा गए।

उसके बाद हर बार यही हुआ। हँसी आने पर वे अनायास एक–दूसरे

को देखते और मिलकर हँसते।

खेल ख़तम होने पर एक साथ बाहर निकले तो देखा, साढ़े चार बजे ही काफ़ी अँधेरा हो चला है। आकाश यों तना खड़ा है कि अब बरसा, अब बरसा।

"कितना सुहावना दिन है, "उसने अपने पड़ोसी से कहा।

'सुहावना?" उसने कुछ अचरज से कहा, "या बेरंग?"

"हाँ, कितना सुहावना बेरंग दिन है!"

वह हँस पड़ा, "समझता हूँ। सूरज यहाँ रोज़ निकलता है।"

"पर धुंध कभी–कभी होती है। आठ महीनों में आज पहली बार।"

"अब मानसून शुरू हो जाएगी?"

''हाँ, आज खूब बरसेगा," उसने कहा। फिर अनायास जोड़ा, "कॉफी पियेंगे?"

"ज़रूर''

हलकी–हलकी फुहार पड़नी शुरू हो गई तो दोनों भाग कर सामने वाले रेस्तराँ में जा घुसे। उसने बाल झटक दिए और बोली, "आपका छाता कहाँ है?''

"छाता?"

''हाँ, आप लोग हमेशा छाता साथ रखते हैं न?"

वह ठहाका मार कर हँस पड़ा, "इंग्लैंड में।" उसने कहा।

कॉफी मँगा कर दोनों सामने, काले पड़ आए, समुद्र को देखते अपने–अपने ख़यालों में खो गए। सहसा उसकी आवाज़ सुनकर वह चौंकी, "आप क्या सोच रही हैं, यह जानने के लिए पेनी का खर्चा करने को तैयार हूँ " वह कह रहा था।

''दीजिए" उसने हँस कर कहा।

उसने निहायत संजीदगी से जेब में हाथ डाला और एक पेनी आगे कर दी। उसने उसे हथेली में बंद कर लिया।

"बतलाना सच सच होगा।"

"मैं सोच रही थी, समुद्र में कूद पड़ें तो कितनी दूर तक अकेली तैर सकूँगी। और आप? आप क्या सोच रहे थे? पर पेनी नहीं दूँगी," उसने मुट्ठी कसकर बंद कर ली, जैसे उसमें किसी आत्मीय का दिया उपहार हो।

''बुरा तो नहीं मानेंगी?" उसने पूछा।

''नहीं, " उसने कह दिया पर दिल बैठ गया। अब वही घिसी–पिटी आशिकाना बातें शुरू हो जाएँगी।

"मैं सोच रहा था, बारिश बढ़ जाने पर यहाँ से वोरली तक का टैक्सी भाड़ा कितना लगेगा?''

वह ज़ोर से हँस पड़ी, दुर्भावना से नहीं, हर्ष के अतिरेक से।

''मुझे रास्ते में छोड़ते जाएँगे तो आधा,'' उसने कहा।

''बहुत खूब,'' उसने यह नहीं पूछा कि वह रहती कहाँ है।

इसे लगा, जीवन में पहली बार ऐसे इंसान के साथ बैठी है, जो यह नहीं जानना चाहता, उसके पति हैं या नहीं, और हैं तो क्या काम करते हैं।

''समुद्र के जल पर गिरती वर्षा की बूँदें कितनी अच्छी लगती हैं,'' उसने कहा।

''हाँ।''

कुछ देर दोनों चुप रहे।

''प्रशांत महासागर पर जब जहाज जाता है, तो उसके अग्रभाग से चीरता जल चाँदी की तरह चमकने लगता है'' अतिथि ने कहा।

''क्यों?''

''शायद फोसफोरेसंस के कारण। आपने कभी नहीं देखा?''

''नहीं।''

''मौका मिले तो देखिएगा।''

''आप बहुत घूमे हैं?''

उसने हलकी ईर्ष्या के साथ पूछा।

''बहुत,'' वह याद करके मुस्करा रहा था। ''सबसे अच्छी जगह कौन–सी लगी?''

''जब जहाँ हुआ,'' वह हिचकिचाहट के साथ मुस्कराया, पता नहीं वह समझे या न समझे।

वह हामी में सिर हिलाक़र मुस्करा दी।

उसने देखा, कॉफी ख़तम हो चली है और वैरा बिल लिए आ रहा है। बाहर वर्षा थमने लगी है, धुंध भी छँट रही है। नहीं, धुआँधार नहीं बरसेगा। वह संकेत झूठा निकला।

अब धुंध हट जाएगी और वही तेज़ प्रकाश वाला सूर्य निकल आएगा।

बिल आने पर उसने उठा लिया, कहा, ''न्यौता मेरा था।''

अतिथि ने बहस नहीं की। शुक्र है, उसने सोचा, पैसे देने की जिद करने लगता तो सब कुछ बिखर जाता। टैक्सी लेकर चले थे कि घर आ गया। उतरते–उतरते पैसे निकालने लगी तो उसने रोक दिया, ''रहने दीजिए।''

''क्यों?'' उसके माथे पर शिकन पड़ गई।

आज का दिन मेरे लिए काफ़ी क़ीमती रहा है।''

''कैसे?''

''मैंने आज से पहले किसी को 'हरी बिंदी' लगाए नहीं देखा,'' उसने स्निग्ध स्वर में कहा।

वह ज़रा ठिठकी कि टैक्सी चल दी। कुछ दूर जाकर आँखों से ओझल हो।

समागम

मैं उस रोमांचक क्षण का इंतज़ार कर रही थी, जो कुछ देर में मुझे अभिभूत करने वाला था। अपने–अपने अनुभव से सभी ने कहा था, अभूतपूर्व होती है, वह अनुभूति। हमेशा के लिए स्मृति में अंकित हो जाती है।

अनुभव से कहा या अनुमान से, कौन जानता है? ख़ुद कहने वाला भी नहीं। शाम साढ़े सात बजे गंगा की आरती होनी थी। अभी कुल छह बजे थे। पर हर की पैड़ी पर तिल रखने की जगह नहीं थी। सीढ़ी दर सीढ़ी एक अपार भीड़ जंगली घास की तरह एक के ऊपर एक लदी हुई थी। कहीं दरार या छीड़ नहीं थी। फिर भी लोग आते जा रहे थे और भीड़ के बीच समाते जा रहे थे। मैं भी समायी थी, इसी तरह, कुछ देर पहले। सच तो यह है कि अगर नवागंतुकों का एक रेला मुझे ठेलकर अपने साथ आगे बहा न लाया होता तो मैं सरहद से ही लौट जाती। मुझे भीड़ से बहुत घबराहट होती है।

नहीं, डर नहीं लगता, कम से कम वह डर नहीं सताता, जिससे प्रभावित होकर चारों तरफ़ से लाउड़स्पीकरों पर हिदायतें दी जा रही थीं। कृपया यात्री ध्यान दें। अपना सामान साथ रखें। जेबकतरों और उठाईगीरों से सावधान रहें। औरतें अपने जेवर की देखभाल ख़ुद करें।

बेसुरे भजन गायन के बीच में किए जा रहे सावधान के ऐलान जिस डर को शब्द दे रहे थे, वह मेरे भीतर कहीं नहीं था। जेवर मैं पहनती नहीं। रुपया–पैसा, थोड़ा–बहुत जो है, गंगातट लेकर आई नहीं। पास में धन्ना सेठ बैठा हो या उठाईगीर, मेरे लिए दोनों एक तरह की हौल को जन्म देने वाले थे। शोर बढ़ रहा था।

संध्या के जोवन पर आने के साथ, भीड़ ने गंगा मैया की जै भी बोलनी शुरू कर दी थी। उसके अलावा, हाथों में वही थामे वर्दीधारी स्वयंसेवक, उचक–उचक कर, ऊँची आवाज़ में यात्रियों से आरती के लिए अनुदान माँग

रहे थे, हाँ जी आप, गंगा मैया की आरती के लिए पैसा बोलिए।

गंगा मैया की जै क्र–क्री, क्र–क्री

गंगा मैया–क्री–क्री तोहे पियरी– क्रव्रा

चढ़ाई–क्री–बो–क्र–क्री। सामान सँभाल कर रखें।

गंगा मैया की आरती के लिए कितना रुपया, बोलिए।

जेबकरों और उठाईगिरों से सावधान।

क्री–क्री– जय गंगा मैया की।

क्री क्री–क्री–क्री।

पता नहीं माइक की खराबी थी या रिकॉर्ड की, पर भजन के सुर क्री–क्री से चिर कर हवा में खो जाते थे। हाँ, ऊँचे स्वर में दी जा रही सावधान रहने की हिदायतें, फटे बाँस–सी कर्णकटु होने पर भी, अपने शब्द यात्रियों तक सुरक्षित पहुँचा देती थीं।

जब पहले–पहल यात्रियों के झुंड ने धकिया कर मुझे यहाँ ला बिठलाया था तो मैं देर तक नज़रें नीची किए रही थी। कम–से–कम जगह में समाने के लिए मैं घुटनों को हाथों से घेरे बैठी थी। मेरे चारों तरफ़ ठठ की ठठ भीड़ थी, इसका मुझे अहसास था। फिर भी उसे अनदेखा किए रहने की कोशिश में मैंने यों दम साध रखा था कि खुशनुमा ठंडी हवा के बावजूद मुझे पसीना आ गया था। पेट में हौल के गोले उठ रहे थे, जिन्हें वापस दबाए रखने के लिए मैं खुल कर साँस लेने से कतरा रही थी। पर बार–बार होते दुनियादार ऐलान उन हौल के गोलों में सुई चुभोने लगे थे।

इतनी दीन–हीन, जेबकतरों और उठाईगिरों से डरी हुई भीड़। इससे भला कैसी घबराहट? यह मेरा वजूद क्या ख़तम करेगी? मैंने सिर उठाकर देखा, दूर तक सिर ही सिर, धड़–ही–धड़, शांत स्थिर कोई हलचल नहीं, धकापेल नहीं। नए आगंतुकों का रेला आता, जनसर में हिलोर उठती पर शीघ्र ही समागम हो जाता। फिर वही शांत–स्थिर समूह जैसे घाटी की सीढ़ियों पर मोम के पुतले स्थापित कर दिए गए हों, ठूसमठूस गहन सन्नाटे के बीच रह–रहकर उठता गंगा मैया की जै का उद्घोष भी उसे तोड़ नहीं पाता था। ध्वनि ऊपर उठती और हवा उसे सोख लेती। जैसे पसीना। हाँ, मेरे बदन का पसीना भी सूख चला था। इतने पास–पास सटे शरीरों के बावजूद किसी देह गंध का अहसास नहीं था।

मैंने अपने चेहरे से सटे चेहरों पर निगाह घुमाई एकदम भावहीन। कोई आशंका, आशा, आकांक्षा नहीं। लगता नहीं था उन्हें किसी क्षण की प्रतीक्षा

थी अधैर्य न सही, सधा हुआ धैर्य तो दिखना चाहिए था। नहीं था। जो था, इतना भावहीन था कि वह अनंत काल तक, बिना प्रश्न, बिना सोच–विचार, बिना अशान्ति, प्रतीक्षा करते रहने की आदत में से ही पैदा हो सकता था। तभी न उनका उद्घोष भी उनसे विलग था। लगता था जयकार उनके समवेत गलों से सायास नहीं निकलता, यों ही अकेले–दुकेले हवा में तिर आता है। वे सब वहाँ थे, अभिलाषा, चेष्टा, उत्कंठा से पर, जहाँ बस थे। इसे ही स्थितप्रज्ञ कहते हैं? तब क्या सिर्फ़ मुझे ही किसी रोमांचक क्षण का इंतज़ार था?

गंगा मैया की जै।

उठाईगिरों और जेबकतरों से सावधान।

अपना रुपया पैसा सँभाल कर रखें।

गंगा मैया की आरती के लिए कितना?

औरतें अपना जेवर बचाएँ।

कर्कश घोषणाओं को हवा नहीं सोख पाई। वे हवा पर काबू पा कर, धम् धम, सिर पर बसने लगी। स्थितप्रज्ञता की धज्जियाँ उड़ गई।

गंगा मैया की आरती के लिए रुपया दीजिए।

अपना रुपया पैसा सँभालिए।

उठाईगिरों से बचाइए।

दीजिए दीजिए। बचाइए बचाइए।

दीजिए–बचाइए का शोर सुन मैं तिक्त हँसी हँस दी। एक बार फिर मैंने अपने पास अंटे चेहरों पर नज़र डाली। सब शांत, निरीह, निर्विकार।

तो किसी ने कुछ नहीं सुना?

मेरे पेट में दोबारा हौल के गोले उठने लगे।

उस भीड़ ने भी कुछ नहीं सुना था। भीड़ सुनती नहीं। भीड़ सुन नहीं सकती। भीड़ में भटका आदमी खो जाता है, हमेशा के लिए। उसके पैरों के नीचे कुचलता चला जाता है। हम पुकारते रह जाते हैं, विनती करते रह जाते हैं, भीड़ रौंदती हुई आगे बढ़ जाती है। कोई कुछ नहीं सुनता।

वह पहली–पहली पन्द्रह अगस्त थी। उत्सव की संध्या। इंडिया गेट पर ज़बरदस्त हुजूम और उसके पैरों तले रौंदा जा रहा एक बूढ़ा। मैं चीख़ी थी, चिल्लाई थी, नौ बरस की अपनी उम्र की तमाम ताक़त लगाकर बार–बार चीख़ी थी। पागल की तरह भीड़ को धक्के देकर, लात–घूँसे मार कर आगाह करने की, रोकने को, नाकाम कोशिश की थी मैंने। और उस कोशिश में अपने

परिवार से बिछुड़ गई थी। भयानक थी वह भीड़, वह शाम।

दोनों तरफ़ से बाधित होने पर भी मैं किसी तरह लड़खड़ा कर नीचे की पैड़ी पर खड़ी हो गई।

''बैठ जाइए,'' बराबर वाले ने शांत भाव से कहा।

"अब क्या होगा?" कातर स्वर में मैं फुसफुसाई।

"आरती होगी।".

''मुझे जाना है,'' मैंने चीख़ना चाहा पर गला रुँध गया।

"अभी नहीं। आरती के बाद। बैठ जाइए, "उसी शांत स्वर में उसने कहा। मैं बैठ गई।

आँखें सामने गंगा के प्रवाह पर जमा दीं। असंख्य दीप उस पर जल–बुझ रहे थे। लोग पत्ते से बनी नाव में छोटा–सा घी का दीप जला कर जल में प्रवाहित कर रहे थे। अब, जब दिन का उजाला मलिन पड़ने लगा था, दीपों का क्षीण प्रकाश टूटते तारों की तरह चकमक करके बुझ रहा था।

हवा तेज़ थी। क्षण–दो–क्षण में ही दीप बुझ जाते थे, पर इतने में दूसरे जल उठते थे। पानी पर जगमग तारे टूटते चले जा रहे थे। मेरे पास भी तो है पत्ते की नाव, फूलों की पंखुड़ियों से भरी। बीच में स्थित नन्हा दीप और कपूर। यहाँ आकर बैठने से पहले उसे गंगा में प्रवाहित करना चाहिए था पर उससे पहले ही यात्री मंडली ने मुझे प्रवाहित कर यहाँ पहुँचा दिया था। अप्रज्वलित उदास दीप मेरी गोद में दुबका पड़ा था। भीड़ के सामने किसका वश चला है।

....फिर भी मेरे परिवार ने मुझे ढूँढ़ लिया था पन्द्रह अगस्त बीत जाने पर, अगले दिन या शायद उसके अगले दिन बीच में अँधेरा ज़रूर घिरा था। एक अँधेरी रात या दो।

अब सोचती हूँ, अगर बीच में अंधकार न आया होता तो मैं उस बूढ़े को कभी न भुला पाती। यह भी कि अगर बूढ़ा आँखों के सामने न रहा होता तो वह तमस मुझे लील गया होता पर एक आतंक दूसरे को काटता, क्षीण करता रहा था। बूढ़ा और घुप अँधेरा, दोनों, फंतासी के हिस्से बन गए थे।

मेरे कहे पर किसी ने विश्वास नहीं किया था।

कल्पना थी तुम्हारी, सबने कहा था। उमस, उत्तेजना और भीड़ की गंधाती रेलपेल से पैदा हुई उद्भ्रान्ति में देखा दुःस्वप्न था। कहाँ, कहीं भी तो कोई बूढ़ा कुचला नहीं गया। कुचला जाता तो क्या उसकी लाश नहीं मिलती? शिनाख़्त नहीं होती. चलो, शिनाख़्त न भी होती तो लावारिस लाश,

सबूत बनी, पड़ी तो मिलती। रुंदी– पिसी लाश, वह भी इंडिया गेट पर, अख़बार वाले ख़बर छापे बग़ैर छोड़ देते क्या? नहीं, सब बच्ची का भ्रम है, आँख लग गई होगी, सपना देखा होगा, डर गई। होगी। आँख में अंजनहारी भी तो निकल रही है, दिख भी कहाँ रहा होगा ठीक से। गरमी, उमस, धकापेल, ऊपर से आँख में दर्द और उसमें से लगातार गिरता पानी। आँख में तक़लीफ़ होते हुए आपको इसे घर से बाहर ले ही नहीं जाना चाहिए था।

कहानी सहने का शौक़ होता है बच्चों को। कहानी को यथार्थ मान बैठते हैं, उस पर विश्वास करने लगते हैं और हमें भी करवाना चाहते हैं। अब इसी को लें, बीच में गुज़रे वक्त के बारे में यह जो बतला रही है, वही कौन–सा सच है। दो चार सवाल करो तो बौखला जाती है, जवाब गड़बड़ाने लगते हैं। पुलिस स्टेशन पर तमाम बत्तियाँ लगी हैं, कहाँ था वह काला घुप् अँधेरा, जिसकी यह बात करती है? दीखता नहीं था। साँस घुटता था, अँधेरा था सब तरफ़ अँधेरा, काला–डरावना, काला अँधेरा, काला अँधेरा। बुखार का प्रमाद था। बुखार आ गया था न वहाँ इसे, उसी का प्रलाप अब तक सिर पर हावी है। आँख में दर्द, बुखार, ऊपर से भीड़ के धक्के, उमस और घुटन। भीड़ को भी क्या दोष दें। आज़ादी का पहला दिन, उन्माद तो होगा ही। बाँध तोड़ती पहाड़ी नदी–सी हरहरा रही थी भीड़, बच्चे डरेंगे नहीं तो क्या? इससे कहिए, भूल जाए सब कुछ।

भूल जाओ सब कुछ। बार–बार मुझसे कहा गया। कहीं कोई बूढ़ा कुचला नहीं गया। कुछ नहीं हुआ, बस तुम भीड़ में खो गई थीं और ढूँढ़ने पर वापस मिल गई। न बूढ़ा था, न अँधेरा, सब बुखार में देखा गया दुःस्वप्न था, कल्पना और सपने से बुनी कहानी, भूल जाओ उसे भूल जाओ सब कुछ, बार–बार वही शब्द दोहराए गए और मुझसे उन्हें भूलने को कहा गया। शब्द मुझे रट गए, फिर भी बहुत कुछ मैं भूल गई पर भीड़ को नहीं भूली। घर के लोग रामलीला देखने जाते तो मैं गुसलखाने में छिप जाती। भीड़ मेरे लिए हौवा बन गई थी।

अब सोचती हूँ, अगर वाकई आज़ादी की उस पहली शाम, कोई बूढ़ा भीड़ के पैरों तले कुचल कर मरता तो क्या उसकी ख़बर छपती? पुलिस वाले उसकी लावारिस लाश की शिनाख़्त करवाते? उस उत्सवी माहौल को एक ग़रीब बूढ़े की मौत के लिए कौन ध्वस्त करता? कोई नहीं। उस दिन भीड़ केवल सड़कों पर नहीं थी, हमारे भीतर, हर किसी के हृदय के अन्दर भी थी। हम भीड़ के हिस्से थे, हमारा अपना अलग वजूद मिट चुका था। हम भीड़

थे, बस भीड़ थे और भीड़ होने में क्योंकि उसी तरह हम आज़ाद थे, मुक्त थे, गरिमामय थे। खुश थे

फिर जब तंद्रा टूटने पर हमारा वजूद जगा तो क्या हुआ? हम इतने हतबल क्यों हो गए इन बझते दीपों की तरह?

''माँ माँ!" कोई आर्त कंठ से मेरे कान में फुसफुसाया।

मैं हिल गई। अब इतनी जगह भी बाक़ी नहीं थी कि बदन हरकत कर पाता। पर मेरा पूरा अस्तित्व धरधरा गया। जितनी नज़र घूम सकती थी, मैंने घुमाकर देखा। मेरे ठीक पीछे बैठा बूढ़ा, हाथ जोड़े, क्षीण स्वर में उचार रहा था, "माँ, गंगा माँ'' ।

"क्या हुआ" मेरा स्वर काँप गया।

बूढ़े को कंधों से थामे अधेड़ ने कहा, "अभी आरती होगी।"

''ये ठीक तो हैं?"

"हाँ माँ, गंगा माँ," बूढ़े के सुर–से–सुर मिलाकर उसने भी उचारा। इतना बूढ़ा आदमी। जैसे पुतला नहीं, उसकी छाया हो। भीड़ के ऊपर तैर कर आ गया होगा, तभी कुचला नहीं गया। उसके साथ का अधेड़ ख़ुद कम कृशकाय नहीं, सत्तर से कम क्या होगा? और बूढा? आयु के हिसाब के ऊपर इतना महीन कि अगर उस समय बाक़ी शोर थमा हुआ न होता तो कानों को छू कर भी अनसुना निकल जाता। अधेड़ ने उसे कंधों से ऐसे थाम रखा था जैसे हाथ हटाते ही वह धराशायी हो जाएगा।

''माँ, गंगा माँ," उसके स्वर का बारीक कंपन कानों की लबों पर महसूस हो रहा था वरना पता चलना मुश्किल था कि वह जीवित है भी या नहीं। "माँ, गंगा माँ," अधेड़ का स्वर, कंपन को संबल दिए हुए था। दोनों की अश्रुधारा बह रही थी।

मेरा मन हुआ, मैं भी माँ, गंगा माँ, का उच्चारण करूँ, आँसुओं को बेरोक वह जाने दूँ। नहीं कर पाई। डर था कि एक बार अंकुश हटा दूँगी तो दोबारा अनुशासित नहीं हो पाऊँगी। फिर प्रकाश भी बहुत ज़्यादा था। संध्या का अवसान क़रीब था पर अब तक धुँधलका हुआ नहीं था। सूर्यास्त के साथ आरती होनी थी। तब तक उजाले से आँखें चुराना असंभव था। और फिर इतने लोगों का जमावड़ा। पर वे क्या मेरी तरफ़ देखेंगे।

सामने ब्रह्मकुंड में लोग डुबकी लगा रहे थे। मर्द औरतें, दोनों निर्वसन, निर्द्वंद्व, निस्पृह। कोई किसी की तरफ़ देख नहीं रहा था। उन पत्तों की नावों की तरफ़ भी नहीं, जो उनके पास से बही चली जा रही थीं। बीच डगर,

उनकी नज़रों के सामने, कितने जलते दीप हवा के प्रकोप से बुझ रहे थे पर किसी को परवाह नहीं थी।

काश, कुछ देर के लिए सारे दीप जले रह सकते। तब मैं भी माँ, गंगा माँ जप सकती, शायद। मैंने कान लगाकर सुना, बूढ़े का स्वर क्षीण से क्षीणतर होता जा रहा था पर उसका कृपित जाप ज़ारी था। धीरे–धीरे मेरी समझ में आया कि लाउड़स्पीकर काफ़ी देर से चुप्पी साधे हुए थे। हवा का वेग बढ़ चला था। हल्की खुनकी बदन में सिहरन पैदा कर रही थी। बूढ़े के शब्द हवा में तिरोहित हो रहे थे। वस बीच–बीच में जब हवा का कोई झोंका सेंध लगाकर हमारे पास–पास अटे शरीरों के बीच घुस आता, तो उसकी काँपती आवाज़ भी कानों को सहला कर गुज़र जाती। कोलाहल और आवागमन रहित वातावरण अब बिलकुल शांत था पर निस्तब्ध नहीं। पहली बार मुझे समवेत प्रतीक्षा की धड़कन की अनुभूति हुई। हवा के झोंके और बूढ़े के जाप की तरह, वह भी 'वास–प्रश्वास बन, माहौल को जीवन के आहलाद सेभर रही थी।

शंख की ध्वनि ने शान्ति को झंकृत किया। आरती शुरू हो गई। ब्रह्मकुंड के चारों ओर ऊँची–ऊँची लपटें उठीं। घंटे घड़ियाल बजे और आरती के सुर घंटियों की टनटनाहट के साथ तरंगित होने लगे। ये कैसी लपटें थीं, ऊपर उठतीं, चक्राकार घूमत, पानी में प्रतिबिम्बित होती, ऊँची–ऊँची लपटें। जैसे प्रकाश का भँवरजाल हो, अग्नि का उल्लसित नर्तन।

जय गंगा माता, श्री जय गंगा माता।
जो नर तुमको ध्याता, मैया जी को ध्याता।
मनवांछित फल पाता, जय गंगा माता।

सस्वर गायन के मधुर सुर प्रकाश के नर्तन की थाप दे रहे थे। मैं घुटनों के बल उठ आई। जल से भीगी, घाट की सीढ़ियों पर थोड़े–थोड़े फ़ासले पर पुज़ारी खड़े थे। प्रत्येक का कपड़े से ढका हाथ एक वृहदाकार दीपगिरी थामे था। नीचे एक दीर्घकाय दीप, उसके ऊपर मंज़िल–दर–मंज़िल बने असंख्य छोटे–छोटे दीप। सब प्रज्वलित। सबकी ज्वाला मिलकर लपट बन कौंध रही थी। उसी लपट को पुज़ारी नदी की आरती में चक्राकार घुमा रहे थे। अग्नि ज्वाला का वह चक्रवात, जल में प्रतिबिम्बित होकर आलोक के भँवरजाल–सा प्रतीत हो रहा था। ब्रह्मकुंड का पानी आग का सोता बन गया था। उसमें से स्फुलिंग की तरह ऊपर उठ रहे थे, घंटियों और गायकों के स्वर। यही वह रोमांचक क्षण था जिसका सबको इंतज़ार था?

फिर मुझे अब भी इंतज़ार क्यों है? पूरे दो बरस के इंतज़ार के बाद आई

थी मैं हरिद्वार। तब नहीं आई थी, बेटी ने मना कर दिया था।

"मेरी देह के अवशेष अपने बगीचे के पेड़ों में डाल देना। हड्डियों की खाद फल के पेड़ों के लिए अच्छी होती है," उसने अपनी वसीयत में लिखा था। क्यों लिखी वसीयत उसने इतनी कम उम्र में? मैं नहीं जानती। मैं आज तक नहीं जान पाई कि उसकी मृत्यु दुर्घटना थी या हत्या। मुझे तो उसकी मृत देह मिली थी और एक सरकारी बयान।

मुझे सिर्फ़ इतना बतलाया गया था कि उस इतवार की सुबह, वह अपने अकेले घर के गुसलखाने में नहाने गई थी, और वहीं गिर पड़ी थी। नल के ऊपर बनी पत्थर की पार्टी से टकरा कर यह देखिए सिर पर जख्म किसी भोथरी, भारी चीज़ से टकराने से बना घाव है। नल के ऊपर लगी पाटो बहुत नीची थी। जल्दी में उठो तो टकराने की पूरी संभावना रहती थी। और जल्दी में तो, आप जानती हैं अमला हमेशा रहती ही थी। पर पिछले तीन सालों से वह उसी गुसलखाने का इस्तेमाल करती आई थी, –अब तक सिर उससे बचाए रखना सीख चुकी होगी। होनी! दुर्घटना तिथि बतला कर नहीं होती। चौबीस घंटे बीत गए थे। किसी ने खोज–ख़बर नहीं ली थी। मंगलवार को अदालत में पेशी थी। सोमवार को मुवक्किल और साथी वकील सलाह करने आए तो दरवाज़ा पीट–पीट कर परेशान हो गए थे। खिड़की की छड़ निकालकर भीतर दाखिल हुए तो लाश बरामद हुई। हाँ, ढीली तो थीं ही खिड़की की छड़ें। अब आप जानिए, छोटे कस्बे का घर, कौन वहाँ ग्रिल लगी होती है। गुसलखाने में कोई दरवाज़ा था नहीं, नहाते हुए कमरे की साँकल चढ़ा लेती थी, सो वही चढ़ी हुई थी।

ठीक है, छड़ निकालकर कोई भी अन्दर आ सकता था और उसके सिर पर वार कर सकता था। पर क्यों करता? कोई प्रयोजन तो साबित हुआ नहीं था। न उसके साथ बलात्कार हुआ, न किसी चीज़ की चोरी हुई, यहाँ तक कि तमाम काग़ज़ात भी ज्यों–के–त्यों ताले में बंद सुरक्षित पाए गए थे।

हाँ, हम जानते हैं, उन दिनों वह घोरेट की पत्थर खदानों की मज़दूर यूनियन की तरफ़ से केस लड़ रही थी। उनके नेता का अपहरण हो गया था। निचली अदालत में सिद्ध हो चुका था कि अपहरण डाकुओं ने किया था पर विपक्षी दल कुछ राजनीतिज्ञों का नाम लेने पर उतारू था। उन्होंने अमला को अपना वकील बनाया था। बहुत भावुक, संवेदनशील लड़की थी। अपनी समझ में शोषित जनता का साथ दे रही थी। पर तब तक उसकी समझ में आ चुका था कि केस में जान नहीं थी। ठोस तथ्यों के न रहने पर वह केस

हारती ही हारती। अब मुवक्किल तो कहेंगे ही, अकाट्य तथ्य थे उसके पास पर जो था ताले में बंद, सुरक्षित अदालत के सामने पेश था। बहुत महत्त्वाकांक्षी, खरी, धुन की पक्की लड़की थी अमला (ग़लत चुनाव और हार, दोनों बर्दाश्त के बाहर थे उसके लिए। उसके साथी वकील ने भी यही बयान दिया था अदालत में।

"तब क्या उसने ख़ुद पार्टी से सिर दे मारा?"

''न, न, हम यह नहीं कहते, बस वेख़याली में। मालिकों को, सबको बहुत दुःख है उसकी मौत पर इतनी मेधावी, निडर, दबंग, निःशंक लड़की और ऐसा करुण अंत!"

"फिर उसने वसीयत क्यों लिखी? इतनी कम उम्र में?...

''वही तो। साफ़ ज़ाहिर है कि वह हताशा की मनःस्थिति में जी रही थी। आत्महत्या का ख़याल चार बार मन में आता रहता था। मन क्षुब्ध विक्षुब्ध हो तो दुर्घटना और आत्महत्या में फ़र्क ही कितना रह जाता है।"

"पर अमला तो कभी हताश, हतबल नहीं होती थी।"

'आप माँ हैं। आपको तो ऐसा लगेगा ही। जननी, प्राणदात्री, करुणामयी, या सनकी?" जवान बेटी के दुःख में कातर माँ, मानेगी लड़की को हत्बल, हताश...

महिम ने विश्वास कर दिया था। सनकी नहीं तो क्या थी अमला, जो इतना पढ़–लिख कर, उज्ज्वल भविष्य की स्वामिनी होकर, लखनऊ, कानपुर में वकालत न करके, राजस्थान के धूल–धूसरित कस्बे घोरेट में पड़ी हुई थी? मैं विश्वास नहीं कर पाई थी, इसलिए मारी–मारी फिर रही हूँ। महिम कानपुर में हैं, अपनी नौकरी पर, भीड़ से घिरे, भीड़ में समाए।

शायद महिम सही थे। अपनी ओर से मैं जानती ही कितना थी। सिर्फ़ यह कि वह अकेली, घर से दूर घोरेट में रहकर काम करती थी। समाज के अभिशप्त, लाचार अंग की मुफ़्त वकालत करती थी, बड़े–बड़े सेठों और सरकारी प्रतिष्ठानों से लोहा लेती थी, कर्तव्यनिष्ठ, जुझारू और नेकदिल थी। मेरे लिए तो वह एक ज़िंदादिल, भरोसेमंद, हँसमुख, डूब कर प्यार करने वाली लड़कीभर थी। जिद्दी पर अड़ियल नहीं, ख़रीदने खाने की शौक़ीन, पर देने में कंजूस नहीं। हर विपदा से खूब लड़–झगड़ लेने पर, अंततः हँस कर बात बना ले जाने में माहिर। अगर मैं कहूँ कि वह औरों से अलग, अनूठी और अनुपम थी तो क्या? हर माँ को अपनी बेटी अनूठी लगती है। पर मेरी बेटी शायद पगली भी थी। महिम कहते हैं, सनकी। शायद ठीक कहते हैं। भीड़

में न खोने का उसका संकल्प पागलपन ही तो था।

महिम उसकी दुःखद परिणति के लिए मुझे दोषी ठहराते हैं। क्यों जाने दिया मैंने उसे उस बीहड़ असुरक्षित प्रदेश में? क्यों स्वीकार का संबल दिया, हर जोखिम भरे अभियान में?

अजीब माँ हो तुम। बेटी की कोई फिक्र नहीं है। सारी दुनिया की माँएँ चाहती हैं, उनकी बेटियों का विवाह हो, घर–बार हो, संतान हो। वे सुखी, सुहागन, गृहस्थिन बनकर जिएँ। एक तुम हो, बेटी के माध्यम से अपनी महत्त्वाकांक्षाएँ पूरी करना चाहती हो। आज़ादी, चुनाव का अधिकार, मुक्त चिन्तन, दुनिया को बदल डालने के सपने, विरोध, विद्रोह, समाजसेवा, बकवास। अपने अहं को तुष्ट करने के खोखले साधन हैं सब सारा कुसूर तुम्हारी मान्यताओं का है। ख़ुद लीक से हट कर जीने के सपने देखे। पूरे नहीं हुए तो बेटी पर थोप दिए। अब भुगतो, रोओ, चीख़ो, तिल तिल कर मरे बेटी की याद में।"

शायद महिम ठीक कहते हैं। शायद सारा कुसूर मेरा ही है। मेरी महत्त्वाकांक्षाएँ थीं, मैं इनकार नहीं करती, पर मैंने उन्हें बेटी पर नहीं थोपा। बस, उसके मार्ग में अवरोध पैदा नहीं किया। बहला–फुसला कर छोटी उम्र में उसका विवाह नहीं किया। मैंने उसे रोका नहीं, ठीक है, पर किसी रास्ते पर झोंका भी नहीं।

पर मैं मनोविशेषज्ञ नहीं हूँ, मनोविश्लेषण करवाना भी नहीं चाहती। हो सकता है, मेरी असंतुष्ट महत्त्वाकांक्षाएँ ही मेरी बेटी के मन में घर करती गई हों। मुझे प्रभावित, रोमांचित करने के लिए ही वह उस कर्म पथ पर अग्रसर हुई। मेरे ही कारण वह... फिर भी मैं रोई–चीख़ी नहीं थी। अपने को लांछित प्रताड़ित नहीं किया था। लीक से हट कर चलने को दोष नहीं दिया था।

महिम के सामने मैंने रोदन को भीतर घोट कर, उसकी मृत्यु को स्वीकार कर लिया था। धीमे स्वर में एक बार कहा था, "ज़रूरी नहीं है कि हर बहादुर लड़की का यही अंजाम हो। डर–डरकर जीने से तो अच्छा है।"

"कि मर जाओ!" महिम फट पड़े थे, "लो मर गई लाड़ली मेरी। जाओ खुशी मनाओ। घी के दीये जलाओ।" अब मेरे चारों तरफ़ घी के दीये जल रहे थे और मेरी बेटी...

मेरा दीप बुझा पड़ा था मेरी गोद में भीड़ मुझे ठेलकर आगे न बढ़ा देती तब भी शायद मैं उसे प्रज्वलित नहीं कर पाती। महिम का कहा याद आ जाता, तीली हाथ में लेते ही। मैं सिर झुका कर उसे सहलाने लगी। प्रकाश

के नर्तन में बहुत भयावह अँधेरा था। मैं देखना नहीं चाहती थी। शायद मेरी आँखों से आँसू भी निकल रहे थे, मेरी गोद धुँधला गई थी।

"इतना घी क्यों बरबाद करते हैं ये लोग? कितने बच्चे खाना खा सकते हैं, इतने में,'' मैंने सुना अमला कह रही थी। अमला। अमला कहाँ है इस हुजूम में? पर... हुजूम भी कहाँ है? एकदम सूना है घाट, हर पैड़ी रीती। मगर अमला कहीं है? ज़रूर, तभी न मैं उसकी आवाज़ साफ़ सुन रही हूँ, जैसे मेरी अपनी गोद से निकल कर आ रही हो।

''तुझे क्या जवाब दूँ, बेटी, मैं ख़ुद प्रश्नचिह्न बनी हूँ। समाधान और शान्ति की खोज में भटक रही हूँ।"

''तुम बहुत भोली हो माँ, यहाँ भला क्या मिलेगा? भीड़ में कुछ नहीं मिलता। जो मिलता है, अकेले–अकेले जूझना पड़ता है, निपट अकेले।"

"मैं जानती हूँ, अमला! मैं यहाँ बिलकुल अकेली हूँ। जब आई थी, मेरे चारों तरफ़ भीड़ थी। अब नहीं है। मैं देख रही हूँ, यहाँ हर आदमी अकेला है। भीड़ का मतलब क्या है, किसे कहते हैं भीड़ हम? बहुत सारे अकेले व्यक्तियों के एक साथ, एक जगह, जमा होने को ही न। भीड़ से मेरा डर मिट गया। पर तू अपनी कह, बेटी। तुझे अपने किसी सवाल का जवाब मिला था, मरने से पहले? उपलब्धि का संतोष, प्राप्य का हर्ष, अपनी तरह जी पाने का आनंद, कुछ पाया था? या यूँ ही, रीती–की–रीती, सब इच्छाएँ मन में सँजोए चली गई? यह क्या हो गया, बेटी! ''क्यों हुआ?"

अपना रोदन कानों में पड़ा तो चौंककर मैंने आसपास देखा। आरती समाप्त हो चुकी थी। लोग उठकर जा रहे थे। सीढ़ियों पर खाली जगह दिखने लगी थी। पर मेरी कमर पर दूसरे शरीर का भार वैसा ही बना हुआ था।

मैंने गरदन घुमाकर देखा। मेरे कंधों पर अपना भार डाले जो व्यक्ति बैठा था, उसकी गोद में बूढ़ा अकड़ा पड़ा था। सूखी लकड़ी–सा निर्जीव। बूढ़े की सद्गति हो गई थी। इतनी सुखद मृत्यु। बेटे की गोद में, गंगा किनारे, ठीक आरती के समय।

"मैं तेरी गोद में सिर रख कर मरी होती, अमला, तो मुक्ति मिल गई होती मुझे।''

''ठीक से देखो, माँ, बेटा बाप की गोद में मरा पड़ा है, बाप बेटे की गोद में नहीं। मैं तुम्हारी गोद में सिर रख कर मरती। तब भी...''

सच! आँसू पोंछ कर देखते ही समझ में आ गया। मेरे कंधे–से–कंधा

लगाए जो बैठा था, बूढ़ा ही था। उसकी गोद में उसका अधेड़ बेटा जड़ पड़ा था। उसकी काठ हुई देह को लाठी की तरह थामे बूढ़ा अब भी माँ, गंगा माँ, बुदबुदा रहा था। मेरा सर्वांग काँप गया। पर मैं हिली–डुली नहीं। मेरा सहारा हटते ही बूढ़ा भरभरा कर गिर पड़ता। मैंने हाथ बढ़ा कर पास खड़े आदमी का कुर्ता पकड़कर खींचा। उसने देखा। औरों ने भी देखा होगा। चार–पाँच लड़कों ने झुककर मृतक की देह को बूढ़े की गोद से उठा लिया। हाथ की लाठी छूटते ही बूढ़ा काँपते पत्ते की तरह पीछे गिरा। मैंने उसे अंक मेंभर लिया। छोटे बच्चे की तरह। वह अब भी माँ, माँ उचारे जा रहा था।

"अमला, अमला, " मैंने पुकारा।

"क्यों इतना सोच करती हो माँ, मृत्यु, मृत्यु होती है, कहीं भी, कैसे भी हो।"

'नहीं, मुझे बतला, क्या रहस्य था तेरी मृत्यु के पीछे? वह दुर्घटना थी या हत्या या...? मुझे बतला।"

''यह क्या है, माँ? दुर्घटना, महाप्रयाण, निर्वाण या लंबे अभाव के कारण हुई हत्या?"

"सवाल मत कर। मैं तेरी तरह वकील नहीं हूँ, टीचरभर हूँ। पर बच्चों को तभी पढ़ा पाऊँगी, जब मन को शान्ति मिलेगी। यह सब क्यों हुआ, बेटी! मुझे बतला, मैं क्या करू?"

''जीवन को सँवारो, माँ, और क्या है करने को।"

''कैसे अमला?" मैंने पुकारा।

"अन्त्येष्टि के लिए चलो माँ।"

कोई लड़का मुझे बाँहों से घेर कर उठाते हुए कह रहा था। मैंने देखा, बूढ़ा मेरी गोद से किसी युवक की गोद में पहुँच चुका था। कुछ और लड़के मुझे घेरे खड़े थे।

"आओ माँ," लड़के ने पुचकार कर मुझसे कहा।

''अमला, अमला," मैंने पुकारा। कोई जवाब नहीं मिला।

''वह चली गई," मैं फूट–फूट कर रो दी, "मुझे छोड़कर चली गई।"

उन्होंने मुझे बेटी का नाम लेकर रोने दिया। फिर धीरे–धीरे, बिना जल्दी मचाए, मुझे उठाकर खड़ा किया। मैंने एक लड़के के कंधे का सहारा लिया और उनके साथ चल पड़ी।

फूलों की पंखुड़ियों से लदी पत्ते की नाव उन्होंने मेरे हाथ से लेनी चाही, पर मैंने अपनी पकड़ नहीं छोड़ी। अन्त्येष्टि के लिए मेरे पास पुष्पांजलि रहे और आँखों में आँसू इस बार रोदन को भीतर नहीं घोंटूँगी, जीभर कर रोऊँगी।

वो दूसरी

हर इंसान की ज़िंदगी में तीन औरतें आती ही आती हैं– माँ, नानी और दादी। मेरी बदकिस्मती कि मैंने नानी दादी को न जाना। मेरे माँ–बाप की शादी होने से पहले ही दोनों चल बसीं। मेरा वजूद तक उन्हें कबूल न रहा।।

नाना ने दुबारा शादी नहीं की इसलिए नानी की जगह, नानी की याद ने ले ली। माँ बराबर उनकी कहानी मुझे सुनाती रहीं और यूँ उनकी शख़्सियत के तिलिस्म को जिलाए रखा। एक मैं थी, उलटी खोपड़ी वाली, सुनती नानी की और सोचती दादी की। जिन्हें माँ ने क्या मेरे बाप ने भी देखा न था। उन्हें जन्म देते ही वे चल दी थीं। माँ ने जब मेरे पिता को जाना तो पार्श्व में दूसरी थीं। ठीक समझे आप, दादी को मरे साल भी न हुआ था कि दादा ने दूसरी शादी कर ली थी। मैंने दादी की तरह जिसे जाना, वही दूसरी थीं।

न–न, हम उन्हें दूसरी कहकर नहीं पुकारते थे। वही, दिवंगत दादी को, मुसलसल, पहली कहकर, ख़ुद को दूसरी बनाए रखती थीं। कभी–कभार, जब माँ, नानी को छोड़, दादी पर आतीं तो जिक्र दूसरी का रहता, पहली का नहीं। दरअसल, पहली के बारे में थोड़ी–बहुत जो जानकारी उन्हें थी, दूसरी की मार्फ़त ही हासिल हुई थी।

माँ बतलाती रही थीं कि जब वे, बहू बनकर उनके घर आईं तो अगवानी में सास नहीं, सास की जिठानी को खड़े पाया। बड़े लाड़– चाव से उन्होंने बहू को देहरी पार करवाई और लंबी साँसभर कर कहा, 'आज वह होती तो कितना खुश होती। वैसे खुश यह भी कम नहीं पर... अरे ओ छोटी।'

उनके पुकारने पर, अचानक ऊँचे सुर में गाई जा रही ग़ज़ल थम गई। माँ के कानों में उस फड़कती ग़ज़ल के बोल, बाहर बारजे में ही पड़ गए थे। पर उसका दूर का भी ताल्लुक, उनकी सास से हो सकता है, सोचा न था। अब देखा कि एक औरत, जो तौर–तरीक़े से किसी सूरत, माँनुमा नहीं थी,

अधूरा काम छोड़ने की ''कसमसाहट के साथ, फर्श से उठ खड़ी हुई हैं। और ताया सास कह रही हैं, अब, बह, यही तुम्हारी सास है।"

उस औरत ने उनके पास आने या उन्हें अपने पास बुलाने की पहल नहीं की। वहीं से हाथ उठाकर आशीष दी, कहा, 'पहली होती तो आज कितना खुश होती। दूधो नहाओ, पूता फलो।' कहते न कहते, वे वापस फर्श पर थीं, और छूटी ग़ज़ल पकड़ने की परत से हारमोनियम **सहेन** रही थीं।

कुछ ही देर में कमरा, दुबारा, ग़ज़ल की गिरफ़्त में था। खुरदरी पर पुरसोज आवाज़ में गाई जा रही ग़ज़ल में, कुछ ऐसी आशिकाना तलब थी कि मुजरे का समाँ बँध गया था। असमंजस में भरी माँ, उन्हें ताक़ती, खड़ी रह गई थीं। आगे बढकर पाँव छूने का ख़याल भी जेहन में नहीं आया था। ताया सास ने ज़्यादा वक्त दिया भी नहीं था। बाँह से थाम कर, रस्में पूरी करवाने, कमरे के दूसरी तरफ़ ले चली थीं।

वह औरत, उसी तरह, सुरों को भरपूर उठान देकर, ऊँची आवाज़ में पास रही थी। उसे घेरे जो पाँच–छह औरतें बैठी थीं, उन्होंने भी उठकर, बहू के पास आने की कोशिश नहीं की थी। उनमें से एक को दिखला कर, ताई ने इतना ज़रूर कहा था, 'वह... तिल्ले के काम की हरी साड़ी में जो है, मेरी भाँजी है, बिट्टो। तुम जानो जैसी बहन की जाई वैसी मेरी।' पर उसे पास नहीं बुलाया था। वह ढोलकी लिए बैठी थी पर फिलहाल थाप नहीं दे रही थी। शायद ग़ज़ल के सुर उसकी पकड़ के बाहर हो गए थे। कुछ देर बाद सँभाल पाए.... शायद...

''मुँह दिखाई को औरतें आती होंगी, तुम बैठ लो,'' ताया सास ने माँ को टकोरा था। माँ पीढ़े पर बैठ गई थीं। पर उनका मन, पूरी तरह, जोम पर आ रही ग़ज़ल में टँका रहा था। यहाँ तक कि आने वालियों को काइयाँ नज़रों और बेलौस फिकरों क्री बाबत सोच, पशेमाँ होने का भी ख़याल न आया था। उस वाकये का मुझसे बयान करते हुए, माँ दुबारा उसी मोहपाश में बँध गई थीं। कहा था, 'तब मेरी समझ में नहीं आया था कि जैसे–जैसे ग़ज़ल उठान पर आ रही थी, उनकी खरखरी आवाज़ में, जो कामुकता पैदा हो रही थी, उसके बारे में, यह तय करना क्यों मुश्किल था कि वह मर्दाना है या औरतनुमा यानी, वह मर्द को आसक्त करेगी या औरत को? अब तो ख़ैर जान गई हूँ कि कामुकता ऐसी क़यामती चीज़ है, जो मर्द–औरत को यकसाँ लुभाती है। तब नहीं जानती थी।'

तभी नीचे से बाक़ायदा मर्द की मर्दाना आवाज़ गूँजी थी, 'उससे कहो,

धीरे गाए। उन्होंने एकदम गाना बंद नहीं किया होगा, करना मुमकिन नहीं था। बंदिश में सहज रूप से वक्फा आया होगा। इसीलिए पहले से कहीं धीमी आवाज़ में कहा गया, अगला फिकरा, साफ़ सुनाई पड़ गया। रंडियों के मौहल्ले की है न, तभी. आगे का जुमला, कई मर्दों की मिली–जुली हँसी में खो गया। कहने वाला भी नाराज़ कम, चुहलबाज ज़्यादा लगा। सास ने बीच में बोल, ग़ज़ल रोक दी। हारमोनियम भी। पर लज्जित या अपमानित, वे नहीं दिखीं। माँ ने अचरज के साथ देखा था, उनके चेहरे पर एक नखरीली मुस्कान तैर आई है, जैसे कई बार का सुना आशिकाना जुमला, फिर सुना हो। उनके बजाय माँ पर्याप्त लज्जित–अपमानित हो ली थीं। चेहरा लाल हो गया था, माथे पर पसीना चुहचुहा आया था। सास से अनदेखा न रहा होगा। उन्होंने हँसकर कहा था, "इनका तो हमेशा का एक ही बोल।'

तभी औरतें आनी शुरू हो गई थीं। जो आई, उसने यह ज़रूर कहा, 'आज वह होती तो कितना खुश होती।' हर बार दूसरी ने हँस कर जोड़ा, 'न हो पहली। जिठानी जी तो हैं।' चार–पाँच बार हो लिया तो ताई ने याद दिलाया, 'तू भी तो है, छोटी।' 'हाँ', वे खिलखिला दी थीं, 'मैं तो हूँ ही, पहली की जगह।' माँ को पूरा व्यापार, ख़ासा अटपटा लगा था। बाद में, रफ़्ता–रफ़्ता दूसरी ने काफ़ी बातों का खुलासा कर दिया था।

रंडियों के मौहल्ले के बारे में, माँ की जिज्ञासा सबसे ज़्यादा थी। पर मुँह खोलकर उस बदनाम बस्ती का नाम लेना नामुमकिन था। इंतज़ार ही कर सकती थीं कि दूसरी ख़ुद बात छेड़े। ज़्यादा इंतज़ार नहीं करना पड़ा था। दूसरी को बोलने बतियाने से गुरेज न था। खूब तफ़सील से बतलाया था।

"मैं ठहरी ग़रीब घर की लड़की। इकलौती तो क्या। लड़की और ग़रीब घर की। रंडियों के मौहल्ले के पिछवाड़े, रिहाइश थी अपनी। शाम ढले उस मौहल्ले में मुजरा जमता तो वह वह ग़ज़ल उठान भरती कि सुनो तो ग़श खा जाओ, दीन दुनिया की सुध न रहे। एक बात कहूँ, बीबी, जिठानी जी से न कहियो, पास में मन्दिर भी था अपने ग़रीबखाने के। वहाँ भी शाम–सवेरे कीर्तन हुआ करे था। एक से–एक भजन गाए जाते थे। पर उन लोगों की ग़ज़लों के पासंग न ठहरे कभी भी। ग़ज़लों की क्या कहूँ, बीबी, बोल ऐसे कि पाँव थिरक उठें। पर बीबी, मैं जो एक दिन नाची हूँ। मैंने कुछ किया तो यह कि उनके सुर से सुर मिलाकर, गा दी। आप से–आप कैसी ऊँची, बेझिझक आवाज़ में गाया करे थीं वे कि, गली पार कर, एक–एक बोल यूँ साफ़ कानों में उतरे, कि जस–का–तस उचार लो। वही किया करती थी मैं।

जितना ऊँचा वे गायें, उतना मैं। किस्मत मेरी ऐसी बलवती कि मेरी माँ बेचारी, ऊँचा सुना करे थी। उस ग़रीब ने तो कभी ठीक से उन्हें न सुना तो ''मेरी क्या बिसात। जान ही न पाई, कितना ऊँचा बोल उठ लिया मेरा बाप भी मेरा कम बेचारा न था। ग़रीब, हमारी अपनी रोटी का जुड़ाग करने, देर रात तक, जाने कहाँ–कहाँ सिर फोड़ता फिरे था। घर पर रहता तब न टीका–टोकी करता मैं इतनी बेवकूफ भी न थी कि उसके घर रहते, रियाज करती। रियाज और सुनो।' वे बेसाख़्ता हँस दी थीं। और काफ़ी हँस लेने के बाद, हारमोनियम ले बैठी थीं। कुछ दिनों के अंतराल के बाद, बीच में छूटी कहानी फिर शुरू हुई थी।

"जब बाऊजी तुम्हारे, पहली के इंतकाल के बाद, दूसरी की खोज में निकले 'और हमारे ग़रीबाखाने पहुँचे तो सबने जाना कि मैं किस क़दर बेवकूफ थी। जैसी रीत है, बाऊजी ने जब मेरे वाप से कहा, बच्चों की खातिर दुबारा ब्याह करना है, ग़रीब घर की ही लड़की चाहिए। तो समझो, वह भवसागर तर गया। मेरे इम्तिहान देने की बारी आई तो मैंने, उसकी नाव क्या, लुटिया ही डुबो दी बीच सागर, खुशकिस्मत था जो कंगाल न हुआ।

''बाऊजी ने कहा, सुना है, यह गाना जानती है, कहिए कुछ सुनाए। लो इन्हें कैसे ख़बर लग गई, मेरी समझ में न आया। बहुत बाद में सोचा, उनकी आवाज़ मुझ तक पहुँचे थी तो, कौन जाने, मेरी भी उन तक पहुँची हो। वह तो ख़ैर बाद की बात है। उस वक़्त तो, जैसे ही मुझसे कहा गया, गाओ, मैं शुरू हो गई। वह फड़कती ग़ज़ल गाई और इतनी ऊँची आवाज़ में कि सन्नाटा छा गया। सुर कुछ ज़्यादा ही ऊपर उठ गए थे। घबराहट में, तुम जानो बीबी, सुजान सवार भी, या तो ठिठका रह जाए है या लगाम खींचनी ही भूल जाए है। फिर मैं तो... मेरा गाना सुनकर बाप की मेरे, समझो कि दिल की धड़कन ही बंद हो गई। पर बाऊजी हँस दिए, बोले, रंडियों के मोहल्ले की है आख़िर कोई बात नहीं, सीख जाएगी।'

''क्या मतलब, आवाज़ नीची रखना सीख जाएगी या ग़ज़ल न गाना सीख जाएगी? मेरे बाप ने दूसरे वाला मतलब लगाया होगा। काफ़ी फटकार पिलाई मुझे पर कितनी कहता, बाऊजी ने रिश्ते से इनकार तो किया नहीं था। पर माँ मेरी, शायद मुझसे भी ज़्यादा पगलैट थी। बोली, रसिया है अपना दामाद। गाना सुनते आँखें हुलस रही थीं।'

'ऐसा नहीं है, बीबी, कि आवाज़ धीमी रखने की कोशिश न की हो मैंने। कितनी तो बाऊजी की डाँट–डपट सुनी। एक वह थी, पहली, सलीकेदार,

छुई–मुई, सूफियानी, एक यह है, गावदी, बेशऊर और बाऊजी क्या, सभी कहते रहे। कहाँ पहली, कहाँ यह। तभी न बाऊजी ने चारों बेटों को जिठानी जी के हवाले कर दिया दो पहली के, दो मेरे जाये। तमीज–तहजीब सिखलानी थी कि नहीं। उनके भी जो हैं, यही हैं, अपना तो तक़दीर ने दिया नहीं। बहन की जाई एक है ज़रूर पर लड़की। एक बात है अपनी जिठानी ही हैं बड़ी इंसाफ– क़ायदे वाली। दिन चाहे बीसियों बार कहें, जैसी बहन की जाई, वैसी मेरी, पर पालते वक़्त, बेटों को, हमेशा ज़्यादा करके आँका। चारों के चारों, शहर के बंदिया हैं हाँ, भतीजे स्कूल–कॉलेजों में पढ़े। छोटे दोनों तो अभी पढ़ रहे हैं, बड़े भइया की नौकरी लग गई, वहीं शहर में, इनकी (मेरे पिता जी की) भी लग जाएगी, देर सबेर सच उनका हक़ उन्हें देने में जिठानी जी ने कभी कोताही नहीं की। जेठ जी कौन अपने छोटे भाई से कम हैं। बाऊजी को तो तुम जानो, लड़कियाँ फूटी आँख न सुहाती। कहा करे हैं न, एक ही शुक्र है भगवान का कि लड़की न दी। मेरी तरह गाने लगती तो बाऊजी उसका गला ही टीप देते। मेरा क्यों न टीपा? पूछो, बीबी, पूछो, जबान है मुझे पे। लाख कहते फिरें, आवाज़ नीची रख, आवाज़ नीची रख, पर ग़ज़ल सुनने की तलब उठती रही है बराबर जब–तब हुक्म सुनाने से बाज न आते, अरी ओ रंडियों के मोहल्ले की, सुना तो अपनी फड़कती ग़ज़ल कोई?"

दूसरी से बोलने बतियाने में माँ को ज़बरदस्त रोमांच महसूस होता, और डर जाती। उनके क़रीब जाना चाहिए कि नहीं? सास तो उन्हें किसी हाल, माना नहीं जा सकता था। सास थीं तो ताई, उनका साथ खूब उबाऊ और सुकूनदेह था। पिता जी भी उन्हें ताई के पास देखते तो, कभी–कभार पास आ बैठते। दूसरी के पास पाते तो कभी पास न फटकते। माँ के मन में अपनी असली सास को लेकर बहुत कौतूहल था। पिता जी से पूछा, उनकी अपनी माँ कैसी थीं, तो बड़ा ठंडा जवाब मिला, 'पता नहीं, मैंने उन्हें नहीं देखा।' उसके बाद उनकी चुप्पी इतनी खिंची कि माँ को लगा, दोनों बुढ़ा लिए। मेरी माँ वकील की बेटी थीं, हर बात की तह तक पहुँचना, उनकी खानदानी बीमारी थी। उन्होंने कयास लगा लिया कि उनके पति, अपनी माँ को, उन्हें पैदा करते ही मर जाने के लिए, माफ़ नहीं कर पाए थे। पर दूसरी तो अच्छी भली, मुँहजोर, ज़िंदा थीं। उनके बारे में पूछने पर भी, उतना ही ठंडा जवाब मिला था, और चुप्पी उसी तरह खिंची थी। माँ ने कहा था, वे दूसरी को समझ नहीं पातीं, क्या करें, उनके साथ वक्त गुज़ारे या नहीं, आख़िर वे उनकी सास

थीं। जवाब मिला था, वे ऐसी ही हैं। फिर चुप्पी यूँ खिंची थी कि लगा था, वे दोनों, उस दूसरी और उसके रसिया शौहर से तो ज़्यादा बूढ़े हो ही चले होंगे। इस चुप्पा–चुप्पी में, माँ की जिज्ञासा और बढ़ गई थी। यह भी वे समझ गई थीं कि पहली के बारे में, ढंग की मालूमात होगी तो, दूसरी के जरिए।

ताया सास समेत गाँव के किसी प्राणी से पहली के बारे में पूछतीं तो लगता, किसी देवी या अप्सरा का बखान सुन रही हैं। कहने को सबके पास बहुत कुछ था। पर वकील की बेटी, मेरी जिरह प्रेमी माँ को, उसमें झूठ के सिवा कुछ सुनाई न देता। कसूर उनका नहीं था, माँ ने मुझसे कहा था, मर कर इंसान, इंसान नहीं रहता, नाटक का नायक या नायिका बन जाता है। जैसे मरना ही सब कुछ हो, ख़ुद इंसान कुछ नहीं। दूसरी, अकेली, ऐसी शख़्स थी, जिसके लिए पहली मर कर भी मरी नहीं थी, हाड़–माँस की औरत की तरह, उसके कद से ऊँचा कद निकाले, बराबर में खड़ी रहती थी। उन्होंने उन्हें देखा भले न था पर उनके इंसान और मादा होने के दो सबूत शुरू से आँखों के सामने रहे थे। उन्हें देखकर, पहली की सूरत का अन्दाज हो जाता होगा। सीरत का गुमान कराने को, गाँव के तमाम लोग थे, अपने से उनकी तुलना सुन–सुन कर तस्वीर बन गई होगी। लोगों की बातों पर पूरी तरह विश्वास उन्होंने नहीं किया होगा, इतनी भोंदू नहीं थीं। पर इतना मान लिया होगा कि पहली उनसे ठीक उलट थी। अपने से उलट की कल्पना करने में कष्ट जितना हो, रोमांच भरपूर है। उसी बल पर उन्होंने पहली की ख़ासी माँसल छवि गढ़ ली होगी।

मुझे यक़ीन है, माँ थोड़ी मशक्कत करतीं तो पहली की सरापा कैफ़ियत, दूसरी से उगलवा लेती और उसके ज़रिये, दूसरी को भी बख़ूबी समझ लेतीं। पर वे कन्नी काट गईं। मेहनत से मुँह फेरा या रोमांच से घबरा गईं, कहना मुश्किल है। वे ख़ुद कई बार मुझसे कह चुकी थीं कि दूसरी का साथ, जितना मोहित करता था, उतना डराता भी था।

इधर रसोईघर में अँगीठी पर खाना चढ़ाया जा रहा होता, उधर दूसरी चौपड़ फैला कर बैठ जाती कि, आओ बीबी, दो–एक बाजी हो जाएँ। माँ कहती, रसोई? तो जवाब मिलता, जिठानी जी हैं न। माँ डाँवाडोल होती कि आवाज़ आ जातीं, 'बहूरानी सुन तो... ' दरअसल, दूसरी के पास उनके देर तक बने रहने पर, ताई को कोई न कोई काम सूझ जाता और वे, प्यार पगी पुकार दे उठती, 'बहूरानी... ' माँ रोमांच छोड़, वाज़िब की तरफ़ भाग लेतीं। जाते हुए कहना न भूलतीं, काम निबटा कर अभी आई। पर जब लौटतीं तो

दूसरी को कुछ और सूझ चुका होता।

कभी वे कहतीं, 'चलो तुम्हें तबला बजाना सिखला दूँ। तुम बजाना, मैं गाऊँगी। हारमोनियम अकेला क्या–क्या करेगा? सुर देगा, ताल नहीं न। या कहो तो, ग़ज़ल गाना सिखला दूँ?' माँ की बोलती बंद हो जाती। ताई जी बुला रही हैं कह, ख़ुद पुकार का आह्वान करती, भाग लेतीं।

जो थोड़ा–बहुत आपस में कहा–सुना गया था, साड़ी पर फूल–पत्ती छापते हुआ था। अपनी कहानी, दूसरी ने तफ़सील से सुनाई ज़रूर थी, पर तमाम, एक बार में नहीं। रफ़्ता–रफ़्ता, तोड़–तोड़ कर, कई बैठकों में।

पहले दिन शुरुआत यूँ हुई थी कि शहर से साड़ी के लिए बढ़िया टाइगर वॉयल आई थी। बेहतरीन रंग थे। वसंत पंचमी पास थी, सो एक पीली साड़ी सामने फैला कर, दूसरी ने कहा था, 'सुना है, तुम फूल–पत्ती आँकने में खूब माहिर हो। पेन्सिल से ज़रा खींच तो दो इस साड़ी पर। धागे तो मैं भी पूर लूँगी या अपनी बिट्टो रानी से भरवा लूँगी। इसका हाथ खूब साफ़ है। पर चित्रकारी करना, हर किसी के बस का नहीं। मैं तो कहूँ हूँ, गाने–बजाने से कम हुनर नहीं है इसमें। पर तुम कौन तस्वीरें खींचोगी। फूल–पत्ती को ही कह रही हूँ न। इतना तो कर लोगी।' माँ ने सावधानी और करीने से, बढ़िया वॉयल पर, फूल–पत्तियाँ उकेर दी थीं। पर दूसरी या बहन की जाई, बिट्टो रानी ने, उनमें धागे भरे या नहीं, पता नहीं चला। अपनी आँखों से देखा नहीं। उन्हें चौपड़ और हारमोनियम से फ़ुर्सत मिलती तब न। गाँव में माँ का बसेरा ज़्यादा दिन हुआ भी नहीं, जानतीं तो वे हमेशा से थीं कि पिता जी की नौकरी लगेगी तो शहर में। पर चारेक महीनों के भीतर हो जाएगी, वह नहीं सोचा था। गाँव छोड़ने का वक़्त करीब आया तो, दूसरी से अंतरंग होकर, पहली के बारे में सविस्तार जान लेने की इच्छा और तेज़ हो गई।

तभी, ऐसी अनहोनी घटी कि जी की जी में रह गई। हुआ यह कि माँ को पता चला, वे गर्भवती हैं। ताई के साथ, लजीली–नखरीली खुशी मना पातीं, उससे पहले, एक ख़बर और हाथ लग गई। यह कि दूसरी भी गर्भवती है। माँ की 'खुशी' मनाना भूल, पूरा परिवार शर्मसार हो उठा। सबसे ज़्यादा मेरे दादा, दूसरी के रसिया बाऊजी। बेटे–बहू के नक्शे क़दम पर, उस उम्र में वह ऊँची आवाज़ में गाई जा रही ग़ज़ल तो थी नहीं कि सारी तोहमत, रंडियों के मोहल्ले पर थोप कर, पल्ला झाड़, अलग हो जाते। माँ–पिता जी के शहर रुखसत होने तक, बेचारे, तमाम रौब–दाब भूल, मुँह छिपाए फिरा किए। दूसरी, अलबत्ता, खुशी का बाक़ायदा इज़हार करती रहीं, खुलेआम।

जैसे माँ नहीं, वे, पहली बार गर्भवती हुई हों। माँ ने तो पति और ससुर की शर्म यूँ गाँठ बाँधी कि दूसरी से सीधे मुँह बात करना ही छोड़ दिया।

गनीमत यह हुई कि पिता जी जब शहर रवाना हुए तो, माँ को साथ जाने से, किसी ने मना नहीं किया। दूसरी का जापा सिर पर यूँ शर्म ताने खड़ा था कि ताया सास ने खुद निकास ढूँढ़ निकाला। कहा, बहू ठहरी बेहद नाजुक जान, उसका जापा, शहरी अस्पताल में डॉक्टरी मदद से होना चाहिए, गाँव की दाई भरोसे नहीं। एक बार भुगत चुके न, दूध का जला, छाछ फूँक–फूँक कर पीता है। किसी ने मुँह "खोलकर यह नहीं पूछा, दूसरी के जापे का क्या? ताई ने बिना पूछे कह दिया, उसकी कौन पहली जचगी है, दो ठोक–ठाक निबट चुकीं। जहाँ तक खुद दूसरी का सवाल था, उन्हें माँ या किसी और में कोई दिलचस्पी नहीं थी। अपनी तीसरी जचगी को ले, यूँ, खुशदिल थीं कि ख़तरे का अंदेशा, पास फटकने से डरा पड़ा था।

यूँ अलग–अलग मुक़ामों पर, नौ महीने पूरे हुए, और दो बच्चियाँ पैदा हुईं। एक मैं, दूसरी मेरी बुआ। मैं, सही सलामत, आज तक जी रही हूँ पर बुआ, चंद घंटों की मेहमानी कर, भगवान को प्यारी हुई। भगवान के प्यार के लिए, सबने, उसी की मर्ज़ी को जिम्मेदार ठहराया और राहत की साँस ली। बस दूसरी, सदमे से यूँ काठ हुईं कि फिर कभी नहीं उबरीं। चुप्पी में पनाह ली और बाहर आई तो सिर्फ़ यह कहने। 'एक पहली थी, बच्चा जन्मा तो सलामत रहा, खुद चल बसी। एक करमज़ली मैं हूँ बच्ची को लील, खुद ज़िंदा बैठी हूँ।"

मैंने दूसरी के बारे में माँ के मुँह से चाहे जो सुना हो, अपनी आँखों से उन्हें ठीक बुढ़िया ही देखा। उनकी निस्बत, दादा कम बूढ़े मालूम हुए। ग़ज़ल तो बहुत दूर की कौड़ी थी, मुझे नहीं याद, मैंने उन्हें कभी भजन भी गुनगुनाते सुना हो। गाना बजाना तो दूर, कभी उन्हें हँसते बतियाते भी न देखा। देखा तो बस, खरबूजे के सूखे बीज छील, मग्ज निकालते। या हद–से हद, कभी–कभार, भुने आटे या बेसन के लड्डू बेचते। चार–पाँच बरस की रही हूँगी मैं, जब कि शुरुआती यादें मन पर दस्तक़ देती हैं। याद आता है कि वो दूसरी दादी हमारे साथ नहीं रहती थीं। साल–दो साल में आती ज़रूर थीं, दो–एक महीनों के लिए। और मैं भी, गाँव, उनके पास जाया करती थी, कभी छोटी बहनों और माँ के साथ, कभी अकेले। ज़्यादातर गर्मियों की छुट्टियों में। और हाँ, दूसरी को हम दादी नहीं, भाभी जी कहा करते थे। दादी तो हम, पिता जी की ताई को कहते थे। माँ–पिताजी भी उन्हें ताई और दूसरी को भाभी

कहते थे। उन्होंने भी तो, माँ को, दादी की तरह, कभी बहूरानी या बहू नहीं कहा था। शहर हो या गाँव, भाभी जी की छवि वहीं रहती। चुपचाप छाछ निकालती या हद–से–हद लड्डू बेचती। फिर गुड़िया कब बनाती होंगी? हाँ, गुड़िया मुझे खूब याद है। याद क्या, कल तक भी, वह मेरे उनके रिश्ते की कड़ी रही थी। जब भी वे हमारे घर आती या मैं गाँव जातीं, वे मुझे एक या दो गुड़िया ज़रूर देतीं। माँ कहतीं, भाभी ने अपने हाथों से बनाई है। चाथड़ों–कतरनों से हम तीन बहनों में, गुड़िया की हक़दार, सिर्फ़ मैं होती थी। शुरू में बहनें चिढ़ती –कुढ़ती थीं, पर धीरे–धीरे, मेरे साथ–साथ, वे भी, उन एक जैसी दीखने वाली गुड़ियों से ऊब चली थीं। उम्र के साथ, मेरी ऊब में शर्मिंदगी भी आ मिली थी।

उन्हीं दिनों, ज़रूर किसी दिन, भाभी जी के गाँव लौट जाने पर, उनकी दो शोभाहीन गुड़ियों और उनके अपने उदासीन, उबाऊ वजूद पर, मैंने खींज ज़ाहिर की होगी, तभी माँ ने दूसरी की कहानी सुनानी शुरू की होगी। अलग–अलग पड़ावों से होकर, वह दूर तक चली थी। उसी के दौरान, वह दिन भी आया था, जब माँ ने गहरे पछतावे के साथ कहा था। ' ऐसी काठ ये उसके मरे पीछे हुई। और किसी को तो तनिक फ़र्क पड़ा नहीं था। इनके दुःख में दिलासा देने की भी किसी ने न सोची। मैंने भी नहीं। दिलासा छोड़, इनके दुःख को समझने की कोशिश भी नहीं की। सच कहूँ औरों की तरह, मैंने भी उसके मरने पर राहत महसूस की थी। ससूर जी रिटायर होने को थे। तेरे साथ, उसका सारा काम भी, हमें निबटाना पड़ता। तेरे पिता जी ने किस फ़र्ज़ से कब कन्नी काटी। दोनों छोटे भाइयों की पढ़ाई में भी... फिर यह.. . बेटी के साथ की छोटी बहन... करना पड़ता तो करते ही। पर न करना पड़े, वही भला, नहीं?' मैंने सुनभर लिया था। पर धीरे–धीरे माँ की कहानियों के चलते, दूसरी में मेरी दिलचस्पी जगने लगी थी। उम्र जब चौदह–पन्द्रह पर पहुँची तो वय–सन्धि के सुरूर में, मैं दादी से पूछ बैठी, 'माँ कहती हैं, भाभी जी पहले ग़ज़लें गाया करती थीं, अब क्यों नहीं गाती?' उस बार माँ भी साथ थीं। दादी ने उनकी तरफ़ देखकर चुहल की थी, ''लाला कहा करें थे ना, सीख जाएगी बड़े घर की तमीज तहजीब। सो सीख गई।"

फिर चुहल भूल, पसीजे स्वर में जोड़ा था, 'गाना–बजाना कब का छूट गया, रानी। तू हुई, समझ, उसी के बाद से।' उससे ज़्यादा कुछ कहने को वे तैयार नहीं थीं। माँ की कहानियाँ भी चुक ली थीं। अब दगी के मंच पर मैं पाँव रख रही थी, वे प्रस्थान कर चुकी थीं। उन्हीं दिनों, मैं अपने भीतर,

एक नई प्रतिभा की पहचान कर रही थी। यूँ तो बचपन से ही मैं चित्रकारी करती रही थी। सब स्कूलों की तरह, हमारे स्कूल में भी, कला की कक्षा लगती थी। अध्यापिका हमेशा मेरे चित्रांकन की तारीफ़ करती थीं, अंक भी मुझे ऊँचे मिलते थे। पन्द्रह–सोलह की उम्र तक आते–आते, मैंने पाया कि मेरा शौक़, छवि अंकन की तरफ़ बढ़ रहा था। स्कूल के बाद, शाम को चित्रांकन सीखने के लिए, मैंने एक नामी चित्रकार के पास जाना शुरू कर दिया था।

शौक़ के उस मंजर में, गर्मियों में मैं गाँव गई। तब भाभी जी ने जो गुड़िया मुझे पकड़ाई, उसमें मुझे उन्हीं की सूरत नज़र आने लगी। और यूँ उनकी सूरत में, नई–नई शौक़ीनी पाए, मेरे चित्रकार मन की दिलचस्पी पैदा हो चली। अगले दिन, जब अन्यमनस्कता की मूर्ति बनी, वे खरबूजे के बीज छील रही थीं, तो मुझे चाचा आया, उनका छवि चित्र बना डाला जाए। मैं काग़ज़ पेन्सिल लेकर उनके सामने जा बैठी और उन्हीं की तरह, मौन साधे, छवि आँकने लगी।

कुछ वक़्त बीतने पर मैंने देखा, माज निकालते उनके हाथ, शिथिल पड़ते पड़ते, थम गए हैं। उचटे, उकताये बदन में चौकन्नापन आ गया है। गरदन और कमर ऊपर खिंचकर सीधी हो गई हैं। चेहरा, हलके स्मित से रँगा, आकर्षण कोण पर टिका है। जैसे कोई पेशेवर मॉडल या शोख कमसिन हो। मैंने अपने अचरज को ज़ाहिर नहीं होने दिया। दम साधे रेखाएँ खींचती रही। छवि खंडित न हो जाए। कुछ देर यूँ ही चित्र बनता रहा, फिर, उन्होंने धीमे से कहा, "इस लायक सुन्दर तो मैं न हूँ। पहली थी।" चुप्पी का टूटना, अब मुझे भला लगा। बात को चलाए रखने की खातिर पूछा, "आपको कैसे पता?''

उनका जवाब चौंकाने वाला था, "तस्वीरें देखकर।" उन्होंने कहा।

कौन–सी तस्वीर? मैंने गाँव के उस घर में किसी औरत की तस्वीर कभी देखी न थी। शहर के घर में भी, पहली–दूसरी दादी तो दरकिनार, पूज्य नानी जी की भी कोई तस्वीर न थी।

मुझे याद है, एकदम शुरू में, मैंने माँ से पूछा था, पहली की कोई तस्वीर नहीं थी क्या,, जो वे उनकी शक्ल–सूरत जानने को, दूसरी का मुँह ताक़ती रहीं? माँ ने हँस कर कहा था, उस ज़माने में फोटो खींचने का चलन नहीं था। कोई रेखाचित्र बना देता तो हो जाती। उसी का सोच कर, उन्होंने ताई जी से एक मर्तबा पूछा ज़रूर था। उनका जवाब था, 'तस्वीरें रानियों–महारानियों की बनाई जाती हैं, या रंडियों तवायफों की।' बाद में, बरसों बाद, मुझे छवि अंकन करते देख, माँ ने एक राज की बात बतलाई थी। मेरे नाना भी छवि

अंकन किया करते थे, नानी का एक चित्र भी उन्होंने बनाया था। और ज़माने के चलन के अनुरूप, उसे अलमारी में बंद करके रखा हुआ था। माँ ने एक बार चोरी से देखा था। नानी की छोड़ो। नाना ने तो। दुबारा शादी तक नहीं की थी। उनके बारे में माँ ने जाने क्या–क्या किंवदंतियाँ गढ़ रखी थीं। पर भाभी जी, नानी की नहीं, पहली दादी की कह रही थीं। कौन–सी अलमारी में बंद है, उनकी तस्वीर? चित्र पूरा हो गया तो मैं भाभी जी के एकदम क़रीब गई। फुसफुसा कर पूछा, "उनकी तस्वीर है आपके पास?''

उन्होंने मेरे हाथ से चित्र झपट लिया। आँखभर कर देखा और बोलीं, "यह मैं हूँ?'' उनके चेहरे पर लवलीन विस्मिति बिखर गई। उस वक़्त, बुढ़ापे के वे मुझे काफ़ी सुन्दर लगीं। तो माँ ने ग़लत नहीं कहा था, कभी वे काफ़ी आकर्षक रही होंगी। मैंने मन–ही–मन अपनी पीठ ठोकी। वाह, क्या छवि उकेरी कि मॉडल की छुपी लुनाई बाहर आ गई।

''लाइए," मैंने चित्र वापस लेने को हाथ आगे किया पर उन्होंने झट उसे धोती के पल्लू में लुका लिया। चेहरे पर त्रस्त भाव उभर आया। बोलीं, "ना। बाऊजी देखेंगे तो टुकड़े कर देंगे।" समझ नहीं पाई, किसके, उनके या चित्र के? ''किसी से कहना मत।" उन्होंने कहा।

"पर...''

''ले गिरी खा।" मुट्ठीभर मग्ज उन्होंने मेरे हाथ में बैंस दिए। जब तक में, उन्हें सँभालती, वे चित्र ले, सिरे से गायब हो गईं। उसके बाद वे दिखीं तो उसी अंतर्लीन मुद्रा में गिरी निकालती, लड्डू बेचती, अन्यमनस्क निर्लिप्त।

मैंने दो–एक बार कोशिश की कि सामने बैठ कर, एकाध चित्र और आँक लूँ। पर मुझे तैयार देख, वे झट उठ जातीं और अपने कमरे में जाकर दरवाज़ा बंद कर लेतीं। उन्होंने इस तरह ख़ुद को मुझसे क्यों काट लिया, मैं समझ नहीं पाई। मैंने कहा भी, '"मुझे चित्र वापस नहीं चाहिए। आप रखिए..." पर बीच ही में, दबी आवाज़ में 'चुप' कहकर, वे उठ गईं। लगा, इस बार जाते हुए गुड़िया नहीं मिलेगी। जान छूटी। पिछले कई सालों से, मैं उनकी दी गुड़िया, बिट्टो बुआ के बच्चों में बाँट जाती थी। मेरे गए पीछे उन्हें पता चल ही जाता होगा। पर मुझसे कभी किसी ने उसका जिक्र नहीं किया था। जाने का वक़्त आया तो, बदस्तूर, भाभी जी ने गुड़िया मुझे पकड़ा दी। मैंने सरसरी निगाह उस पर डाली और भौंचक रह गई। पहले, उनकी किसी गुड़िया में ऐसी उम्दा कारीगरी देखी न थी। धागों से कढ़े नाक–नक्श, तीखे, दिलकश, बदन की गढ़न कटावदार, नाजुक, पहरावा नफ़ीस, सलीकेदार।

"अरे, यह तो पूरी पेंटिंग है पेंटिंग। आप चित्रकारी जानती हैं क्या?" मैंने मुँह से निकला। पर माँ तो कहती थीं... " मेरा बया... तू तो जानती है... वारिस है... हमारी..." उन्होंने बुदबुद करके कहा। गुड़िया में मग्न, मैंने कुछ सुना, कुछ नहीं। इसे साथ ले जाऊँगी, यह गुड़िया नहीं कलाकृति है, मैंने तय किया। हमारी चित्रकला की कक्षा में कलाकृति शब्द का सबसे ज़्यादा इस्तेमाल होता था।

चलने की तैयारी में, भागते–दौड़ते गुड़िया, दादी को दिखलाई तो वे भी चौंक गईं। "यह तो... यह तो..." कह के हक़ला रही थीं कि मैं चहक उठी, "कमाल की है न। जैसे किसी को सामने बिठला कर छवि उतारी गई हो।"

''वही तो... वही..." वे फिर हक़लाई कि मैं भाग ली। कलाकृति के लिए सामान में जगह बनानी थी न। दादी की बुढ़ाती हक़लाहट सुनती रहती तो गाड़ी छूट न जाती।

अगले साल गर्मी की छुट्टियों में, मैं गाँव नहीं गई। अगले मार्च में हायर सैकंडरी के बोर्ड के इम्तिहान होने थे, इसलिए गर्मियों में स्कूल में विशेष कक्षाएँ लगनी थीं। फिर मेरे चित्रकार गुरु ने भी, उन्हीं दिनों, मुझे ख़ासतौर पर कुछ गुण सिखलाने का आश्वासन दिया था। उसके लिए हर हाल में वक्त निकालना था। यूँ वक़्त था कहाँ? सोलह बरस की उम्र सिर पर, दुनियाभर का सोच–विचार, सखी–सहेलियाँ, राज– रियाज, कौन जाता शहर छोड़कर। स्कूल का आख़िरी साल था। बहुत कुछ छूटना था कॉलेज जाने पर। तब तक तो संग साथ बना रहे।

इम्तिहान ख़तम हुए तो मौज–मस्ती सूझी। शहरों में चाचा–ताऊ के जितने बच्चे थे, सबने एक साथ, गाँव जाने का कार्यक्रम बनाया। मैं एक तरह से मुखिया चुनी गई, गाँव के घर के बारे में मेरी जानकारी सबमें ज़्यादा थी, मैंने ही उन्हें जलता रखा था। मेरी परधानी शुरू होती, उससे पहले गाँव से तार आ पहुँचा कि भाभी जी का स्वर्गवास हो गया। अरसे से मियादी बुखार आ रहा था, कई बार मुझे याद किया था। मेरे बोर्ड के इम्तिहान चल रहे थे, इसलिए ख़बर मुझसे छिपा कर रखी गई थी।

अब, सबको गाँव जाना ही था। गए। उनका संस्कार हो लिया तो बिट्टो बुआ, मुझे, हाथ से पकड़कर अपने कमरे में ले गईं। दरवाज़ा झुकाया ही नहीं, बाक़ायदा कुंडी चढ़ा कर बंद किया। लकड़ी की अलमारी खोली। उसमें ठुसे तरह–तरह के सामान के बीच से एक टीन का बक्सा निकाला। पुराने कपड़ों के अम्बार में छिपा पड़ा था। बाहर आया तो पिचका, बदरंग। जंग खाया

ताला भी दिखा पर जिस कुंडी में लटक रहा था, वह ख़ुद उखड़ी पड़ी थी। फिर भी बड़े जतन से सँभालकर, उन्होंने, उसे मुझे पकड़ाया। हाथ लगाते ही, ताले समेत ढक्कन खुल गया। भीतर मेरा बनाया, भाभी जी का चित्र था।

इसमें इतनी लुकाछिपी की क्या बात है। पर हँसी–मज़ाक का मौका न था। जब बनाया था, नज़रभर देख भी न पाई थी। अब लगा, बुरा नहीं बना था। जड़वा कर बैठक में लगाया जा सकता है, अपने शहर के घर में। मैंने ठीक से परखने को चित्र उठा लिया। नीचे एक और छवि चित्र था। भाभी जी का हरगिज़ नहीं। चेहरा, फिर भी पहचाना–सा था। मन में गुड़िया कौंध गई, जो पिछली बार मिली थी। तस्वीर में बराबर उसकी सूरत झलक मार रही थी। अपना नीचे रख, उसे उठा लिया, बहुत अहतियात के साथ। फिर चित्र। वही सूरत। उठाया तो फिर वही। कमरा मायाजाल में बदल गया। यह क्या जादू है। एक–एक करके सभी चित्र मेरे आसपास लेट गए। मेरे वाले को छोड़, आठ थे। मेरे वाले से कहीं बेहतर कला की निपुणता में, चेहरे के लावण्य में। जितनी समझ मुझे थी, उसके हिसाब से, चित्र बहुत बढ़िया... नफ़ीस थे। तो भाभी जी, छिप कर चित्रकारी करती थीं? यक़ीन नहीं हुआ, माँ ने कहा था, फूल–पत्ती भी उनसे बनवाई थीं, साड़ी पर।

अकबकाए हाल, बुआ से पूछा, "भाभी जी ने बनाए थे?"

''ना'', उन्होंने कहा, "पहली ने।"

''सूरत किसकी है?"

"उनकी अपनी।"

तभी! भाभी जी पहचानती थीं उनकी सूरत। पर भाभी जी के पास चित्र आए कैसे? पहली चल बसीं, तभी न दूसरी आई। दादी जी ने दिए? पर भाभी जी तो कह रही थीं...

पर बुआ अब भी बोल रही थीं। 'तेरे लिए हैं। मुझ पे संगवा गई बेचारी। तुझ ये तो आया भी न गया आख़िरी दिनों में। कित्ता याद किया। अपनी जाई रही नहीं, तुझी पे कुरबान होती रहीं। पर तूने कब परवाह की...

बिट्टो बुआ को इतना बोलते पहले नहीं सुना था। सुनती तो क्या ध्यान देती? मेरे लिए वे भाभी जी की परछाईंभर थीं, वह भी माँ के बतलाए इतिहास में। एक गाती, दूसरी बजाती, वरना चौपड़। एक का छूटा तो दूसरी का भी छूट लिया होगा। मैंने तो उन्हें जब कभी एक नज़र देखा तो, बच्चों से घिरे हुए। पर वे बोले चली जा रही थीं। 'बेटे पैदा किए तो समझो जैसे पहली के, वैसे इनके ब्याह करके आई तो किसी ने कुछ माना थोड़ा। जब पेट में

वह आई, तेरे साथ वाली, तो समझ, अपने को मान बैठीं ये भी क्या शौक़ जगमगाया था मन में बच्चे का, सब धरा रह गया। मेरे तो बाद में हुए पर कभी जो हाथ लगाया हो, कभी जो लाड़ किया हो। बस एक तू थी, जिस पर जान छिड़कती रहीं।

ऐसे जान छिड़कते तो कभी देखा नहीं। देखने की तक़लीफ़ कब की? बुआ ने भी कहाँ चेताया? मरे पीछे हमदर्द बनना क्या मुश्किल है। पर तस्वीरें?

''ये तस्वीरें उन्हें किसने दीं, दादा जी ने? खूब सहेज कर रखीं। जड़वा कर कहीं टाँगी क्यों नहीं? अच्छा नहीं माना जाता था तब? पिता जी को मालूम है इनके बारे में? ताऊ जी को? और दादी को?" सवाल करने शुरू किए तो मैं भी धाराप्रवाह बोलती गई।

"हाँ, दादा ज़रूर सहेजते तेरे।" बुआ तंज से बोलीं, "पा जाते तो जला न डालते। जैसे और जलाई। रंडियों के मौहल्ले की ये थीं, वे नहीं। उनकी आबरू पर आँच कैसे आने देते।"

''तस्वीरें जला दीं? क्यों?"

''आइने में देख–देख जो अपनी छवि आप उकेरे, रंडी से कम क्या हुई,' बुआ ने बंद दरवाज़े पर नज़र डाल लेने पर भी, फुसफुसा कर कहा। और तुरंत जोड़ा, "मुझे पती घूर। तेरे दादा का कहा, कहा मैंने।"

''फिर ये कैसे बचीं? और भाभी जी के पास...

''पहली के मरे पीछे, बच्चों समेत, उनका सारा सामान, तेरे दादा ने तेरी ताया–दादी के जिम्मे डाल दिया कि ले सँभाल। चाहे ख़ुद बरत, चाहे आने वाली बहुओं के लिए सहेज। पहली बहू आई, उनकी अपनी मौसी ने कुछ गहना–गुरिया उसे दिया, कुछ आगे के लिए रखा। हाँ, उतरन–शुतरन सब उसी के माथे मढ़ी। उसी में ये भी थीं।''

''बक्सा खोलकर नहीं देखा?"

''तो, और सुनो। तस्वीरें बक्से में थोड़ा थीं। पुरानी गुदड़ी के अस्तर के बीच से मिलीं। धो–धा कर दुबारा बनाने को उधेड़ी तो दिखीं। मेरे सिवा कोई नहीं जानता। दूसरी ने कसम दी थी मुझे, अब मैं तुझे दे रही हूँ, किसी से कहियो मत।" बुआ ने चित्र, भाभी जी की साड़ी में लपेट दिए। मैंने अपने संदूक में कपड़ों के नीचे जमा लिए।

शहर पहुँच लूँ। किसी से कहे बिना भला कैसे रहा जाएगा।

वह मैं ही थी

जब भी उमा को वह औरत याद आती, एक ख़ौफ़ उसके वजूद पर ताजी हो जाता। वह औरत, जो कमरे में उसी पलंग पर बच्चा पैदा करते मर गई थी, जिस पर आजकल उसे लेटना पड़ता था। कई बार सोचती थी अपना बिस्तर उठाकर दूसरे कमरे में ले जाए और फर्श पर बिछा कर सो रहे। पर अपने ख़ौफ़ को दूसरों पर ज़ाहिर करना इतना आसान नहीं था। मनीष पर तो बिलकुल नहीं। उससे कहा तो वह अबूझ आँखों से उसे देखता रहेगा और अपनी बात समझा न पाने का डर उसकी दहशत को और गाढ़ा कर देगा। माँजी से कहा तो वे वही क़िस्सा बयान करना शुरू कर देंगी, जिससे उसे ख़ौफ़ आता था।

जब वह इस घर में आई, तुम्हारी तरह गर्भवती थी। यहाँ कारखाने की नई शाखा शुरू हुई तो उसके पति का तबादला अचानक बड़े शहर से इस कस्बे में हो गया। आख़िरी महीना बहुत बुरा बीता उसका। रात को बिस्तर पर लेटती तो घंटे आधे–घंटे में उठ बैठती। छाती मसल कर कहती, साँस नहीं आ रही। बार–बार यही कहती, साँस नहीं आती। लोग सुनते और कहते, सब्र करो, आदत पड़ जाएगी। यह जो कारखाने में सीमेंट उड़ता है, वही हवा को भारी बना देता है, उसी से साँस नहीं आती। किसी को नहीं आती, शुरू–शुरू में, फिर आदत पड़ जाती है। सबको पड़ गई तो उसे क्यों नहीं पड़ेगी। वह पूरी–पूरी रात बैठ कर गुज़ार देती। कोशिश करती ज़्यादा चले फिरे नहीं, पति को नींद पूरी करनी थी न! कारखाने में नया–नया तबादला, काम का बोझ इतना कि बिस्तर पर लेटते ही नाक बजाने लगता।

फिर भी, दिन में जब तब वह उससे कह उठती। वह जानती है, वह बच्चे को जन्म देने में बचेगी नहीं। शुरू–शुरू में पति सुनता और सुस्त हो जाता। कैसे बुरे वक़्त, इस कस्बे में पटका गया। न अस्पताल, न डॉक्टर, पर करता क्या बेचारा! न ख़ुद की माँ ज़िंदा, न पत्नी की, छोड़ता भी तो कहाँ छोड़ता

उसे? उसके सामने वह यही दिखलाता कि घबराने की कोई बात नहीं थी। उसकी बात हँसी में टालते– टालते आदत पड़ गई और धीरे–धीरे उसने ध्यान देना बंद कर दिया। रोज़–रोज़ एक ही बात को कब तक सुने।

उमा सुनती और सोचती, पर यह तो मेरी कहानी है। बिलकुल मेरी कहानी। पर कहती नहीं। कैसे कहती? मनीष की माँ ज़िंदा थी और उसकी खुद की भी।

फिर उस औरत पर सफाई का फ़ितर सवार हो गया। रात–रातभर न सोए न साँस ले, चित्र बनाया करती थी। अब क्या हुआ कि दिन–रात कैनवास पर रंग उड़ेलने में अपने को खपा दिया। घर की तमाम दीवारें अपने बनाए चित्रों से पाट दी। फर्श की जो धुलाई रगड़ाई की कि पूछो मत। कंपनी की मेज़ कुर्सियाँ उठाकर स्टोर में बंद कर दीं। यह पलंग उसने ख़ुद खड़े होकर बढ़िया से बनवाया था। पलंग क्या तख़्त समझो। हाँ, लकड़ी चड़िया लगवाई और बनवाया खूब लंबा–चौड़ा। पर नीचा तो देखो कितना है, फर्श से कुल छह इंच ऊपर। गद्दा भी पतला सा। पता है क्यों? दिमाग़ में यह ख़याल चढ़ गया कि सारा सामान कमरे से बाहर निकालकर नीचा तख़्त डालेगी तो कमरा बड़ा और खाली लगेगा। खाली जगह में हवा काबू आ जाएगी और वह साँस ले पाएगी। साँस आने पर, कौन जाने एक रात नींद भी आ जाए। पर उम्मीद कहाँ रंग लाई। सीमेंट के कण उसी तरह हवा को बोझिल बनाए रहे। उसके फेफड़ों को चुनौती देते रहे और वह छाती मसलती रातभर इधर–उधर डोलती रही। उसे लगता उसका अजन्मा बच्चा आकर छाती में अटक गया है। कभी–कभी महसूस होता, वह ज़िंदा नहीं, मर चुका है। अन्दर पड़ा–पड़ा फोड़े की तरह सड़ रहा है। इसलिए साँस नहीं आती, नींद गायब हो गई है, खुली आँख बुरे–बुरे सपने आते हैं। पर पक्का पता करने का कोई तरीका नहीं था। कस्बे में न अस्पताल था, न एक्स–रे मशीन और न डॉक्टर। इंतज़ार के सिवा चारा न था। उस क्षण का जब पेट में दर्द की ऐंठन शुरू हो और बच्चा खुद–ब–खुद जन्म ले ले। दाई का काम तो नाल काटना और बच्चे को नहलानाभर था। प्रकृति साथ न दे तो मौत से कौन लड़ सकता है। दाई जो कर सकती थी, किया। उस औरत की किस्मत खराब थी। बच्चे का सिर माँ के जिस्म में अटका रह गया। बाहर आकर ही नहीं पाया। बाद में सुना, बड़े शहर में उसके परिचित कह रहे थे, फॉरसेप लगाकर बच्चे को बाहर खींच लेते तो दोनों की जान बच जाती। पर यहाँ कौन लगाता फॉरसेप? मर गई बच्चे समेत इसी कमरे में, इसी बड़े तख़्त पर, जिस पर तुम लेटी हुई हो। बदकिस्मत थी बेचारी।

बदकिस्मत या महज औरत, उमा सोचती। यह उसकी कहानी है या मेरी या हर उस औरत की, जो अपने वर्ग और स्थान से तोड़ कर दूसरी जगह फेंक दी जाती है? जब वह शादी से पहले कॉलेज में अर्थशास्त्र पढ़ाया करती थी तो उसकी हेड ने एक बार कहा था, विवाह करते हुए जिस बात का ख़याल रखना चाहिए, वह है स्थानमूलक तुष्टिगुण, यानी प्लेस युटिलिटी। उमा समेत सब हँस दिए थे। विवाह के अर्थशास्त्रीय विवेचन पर हँसने के सिवा कर भी क्या सकते थे। आज समझ में आता है, उनकी बात में दम था। भारत जैसे भीषण असमानताओं वाले देश में वर्ग और स्थान की भूमिका एक जैसी है। सिर्फ़ औरत ऐसी चीज़ है जिसे कहीं से उखाड़ कर कहीं फेंका जा सकता है, इस धारणा के साथ कि वह जड़ें जमा ही लेगी। ऐसे तो कोई कीकर बबूल से भी पेश नहीं आता। पर कुसूर किसका है? ख़ुद औरत का परजीवी की तरह इंतज़ार क्यों करती है कि कोई सुदृढ़ जड़ों वाला वृक्ष मिले तो उसके कंधों पर चढ़ कर जीना शुरू कर दे। जड़विहीन क्यों बनाए रखती है ख़ुद को।

नहीं, उमा ये सब माँजी से नहीं कहती। उनका एक ही जवाब होता, तुम्हारे माँ–बाप को शादी से पहले सोचना चाहिए था। माँ–बाप को, उमा को नहीं। मनीष से कहने का सवाल ही पैदा नहीं होता था। अबूझ, अकबकाए भाव से उसे देखते रहने पर, जो समझ उसकी आँखों में उपजती, वह सिर्फ़ यह कहती कि उसकी बातों का बुरा क्या मानना, गर्भवती स्त्रियाँ ऊल–जलूल सोचा ही करती हैं। कहती क्या, वह सिलसिलेवार सोचती भी नहीं थी। यों ही टुकड़ा टुकड़ा तर्क दिमाग़ में उठता और किरच–किरच दहशत मन में रड़कती रहती। फिर रात के अँधेरे में एक क्षण ऐसा आता, जब निस्सीम आतंक उसके पूरे अस्तित्व पर हावी हो जाता।

न चाह कर भी उसे वही कहानी बार–बार सुननी पड़ती थी। माँजी न सुनाएँ तो कोई और औरत सुना जाती थी। उन्होंने भी तो उन्हीं सबसे सुन–सुन कर रटी थी। मनीष का नया–नया तबादला उस कस्बे में हुआ था, इसलिए कारखाने में काम करने वाले सभी अफ़सरों और बाबुओं की बीवियाँ एक–एक करके उससे मिलने आ चुकी थीं। सबकी जबान पर छह महीने पहले मरी औरत की कहानी थी, जिसे अपनी–अपनी शैली में वे उसे सुना जाती थीं।

औरत मर गई तो पति का दिल टूट गया। इस घर में रह नहीं पाया। अगले दिन पड़ोसी के घर जा टिका और मैनेजर को दरख्वास्त दे दी कि उसका घर बदल दिया जाए। इस घर के पीछे, ज़रा दाएँ को जो घर है, वह अलॉट हुआ है उसे। आजकल यहाँ है नहीं। शादी कराने दिल्ली गया हुआ

है। आदमी अकेला कब तक रहे। छह महीने बीत चले। अच्छा हुआ बच्चा माँ के साथ निबट लिया, वरना कौन पालता बेचारे को। आदमी का तो दिल ऐसा टूटा कि घर छोड़कर जाते वक़्त यह पलंग यहीं छोड़ गया। कहने लगा, मुझसे देखा नहीं जाएगा। उसकी हैबतनाक चीख़ों और "बच्चे की बेआवाज़ मौत का साक्षी है यह। हर वक्त उसकी याद दिलाएगा। बड़ी साध से बनवाया था बदकिस्मत ने।

दाई के बाहर आकर कहने पर कि दोनों ख़तम हो गए, वह रोता हुआ कमरे में दाखिल हुआ तो सबसे पहले ख़ून से तरबतर पलंग देखा। फिर पलंग पर पड़ी उसकी लाश पर तो चीख मारकर बेहोश हो गया, बाक़ी लोग भी डर से जकड़े खड़े रह गए। औरत की लाश की आँखें चौड़ी खुली हुई थीं और ख़ौफ़ और दर्द भरा था उनमें, कि किसी की हिम्मत पास जाने की नहीं हुई। सुना, मरघट के डोम ने ही आँखें बंद की उसकी। बच्चा उसी के साथ जला। अटका जो पड़ा था बीच में। न पूरा बाहर, न पूरा अन्दर कोई लेडी डॉक्टर होती तो बाहर खींचकर देख लेती, मरा है या ज़िंदा। पर... देखकर होता क्या? ज़िंदा होता भी तो पालता कौन? तुमने देखे नहीं, बच्चों के कितने सुन्दर–सुन्दर चित्र बनाए थे उसने उस घर में लगे हैं, देख आना किसी दिन। सारे के सारे सहेज कर ले गया उसका पति। बस, एक यह पलंग छोड़ गया। यों धो–पोंछ कर साफ़ कर दिया था एक पड़ोसी ने, पटना शहर से डिब्बा लाकर पॉलिश भी मार दी थी, बिस्तर फिंक ही चुका था, पर वह ले जाने को तैयार नहीं हुआ। मैनेजर कहने लगा, कारखाने के स्टोर में पलंग वैसे भी कम हैं, कुछ टूट–फूट गए, कुछ अफ़सरों की बहाली बढ़ गई। जो अगला अफ़सर इस मकान में आएगा, इस्तेमाल कर लेगा। पलंग है बढ़िया, नहीं?

कहानी सुनते–सुनते उमा का चेहरा पीला पड़ जाता, साँस घुटने लगती, पेट में हौल का गोला उठ आता, सिर में चक्रवातभर जाता और उबकाई लेती वह उसी तख़्त पर निढाल पड़ जाती। आने वाली अफ़सर की बीवी होती, तो कान के पास आकर फुसफुसाती, "बच्चा यहाँ मत होने दो। यहाँ की दाई दस बच्चे करवाती है तो सात माँएँ मर जाती हैं। मेरे दोनों बच्चे शहर में हुए, माँ के घर। तुम अपनी माँ के पास दिल्ली क्यों नहीं चली जातीं?" क्लर्क की बीवी होती तो त्रस्त आँखों से कहती, "आपने यह घर कैसे ले लिया, छह महीने से खाली पड़ा था, कोई यहाँ आने को तैयार नहीं था। उस औरत का भूत... आप तो गर्भवती भी हैं। बच्चा जनने अपनी माँ के पास क्यों नहीं चली जातीं? आपकी सास नहीं मानेगी क्या?" कोई कोई औरत माँजी से कह भी

देती। तब वे लंबी आहभर कर कहतीं, "इसके माँ–बाप! उन्हें अपने सैर–सपाटे से फुर्सत मिले तब न!"

वह बात नहीं है। उसके माँ–बाप और छोटी बहनें संवेदनहीन नहीं हैं। वह तो उनकी महानगरीय दृष्टि है, जो उन्हें बिहार के इस धुर कस्बे की वास्तविकता देखने नहीं देती। वे जानते ही नहीं कि उनके देश में ऐसे गाँव–कस्बे भी हैं, जहाँ डॉक्टर नहीं हैं, चिकित्सा की सुविधाएँ नहीं हैं, जहाँ हर बीमारी का इलाज इस्पिरीन की गोली या तुलसी का काढ़ा है। दिल्ली शहर में भी लाखों लोग हैं, जो इसी कस्बाई तरीके से जीते–मरते हैं, उनके बारे में भी वे क्या जानते हैं? उनके लिए बच्चे के जन्म में औरत का मरना बाजारू फ़िल्म का लटका है या सस्ते उपन्यास की गप। वे जानते ही नहीं, कस्बा होता क्या है। उनके लिए छोटे–से–छोटा शहर है, जयपुर या कानपुर, जहाँ अस्पताल, कम–ज़्यादा आधुनिक होते हैं, डॉक्टर कम ज़्यादा क़ाबिल, पर होते ज़रूर है। घर के बिस्तर पर, दाई की मदद से एक भिगोना उबले पानी के भरोसे, बच्चे नानी–दादी ने पैदा किए थे, जिन्हें उसकी आधुनिक यह वें मनुष्य का दर्जा देने को भी तैयार नहीं थीं। वे संवेदनहीन नहीं, संवेदनशील थीं अपने वातावरण के प्रति। वही अर्थशास्त्र का स्थानमूलक तुष्टिगुण! वर्ग और स्थान का न पट सकने वाला अंतर उन्हें बिहार के इस औद्योगिक कस्बे की सच्चाई जानने नहीं दे सकता था।

जब उसके गर्भवती होने के बाद, मनीष का तबादला अचानक यहाँ होने के आदेश आए, तो उसने सुझाव दिया भी था कि उमा माँ–बाप के पास जाकर बच्चे को जन्म दे। सुनकर वे भौंचक रह गए थे। दोनों छोटी बहनों को लगा था शहर में दंगा हो गया। उनकी व्यस्त सामाजिक ज़िंदगी की रफ़्तार में अड़चन तभी आती थी, जब शहर में फसाद हो जाए। कॉलेज के बाद पिक्चर, पार्टी, नाटक, सैर–सपाटा उनकी दिनचर्या के अभिन्न अंग थे। अस्पताल की भागमभाग और बच्चे की चिल्लपों की उसमें गुंजाइश नहीं थी। ऐसा नहीं था कि उसके बच्चा पैदा करने या पालने में उन्हें हाथ बँटाना पड़ता, बच्चा अस्पताल में डॉक्टर नर्स के भरोसे पैदा होता, पर बेफिक्री और तफ़रीह में कुछ मनोवैज्ञानिक फ़र्क पड़ ही जाता। माहौल भी कोई चीज़ होती है। रात को बच्चा टाऊँ–टाऊँ करके नींद खराब करता और दिन में मौज–मस्ती करते यह अहसास मन को सालता रहता कि उमा अकेली है। पेट बढ़ी औरत को साथ लेकर बाहर जाना बहनों को सोफिस्टिकेटेड प्रकृति को रास नहीं आता और उसका अकेले घर पर पड़े रहना न्यायपूर्ण नहीं लगता। बेकार

के धर्मसंकट में कोई पड़े क्यों, जब उनके महानगरीय धर्म के अनुसार, बच्चे का जन्म उसकी और उसके पति की अंतरंग समस्या थी, जिससे उनका कोई संबंध नहीं था। माँ–बाप की सहानुभूति भी अपने माहौल के प्रति थी। उमा उन्हें क्या दोष देती! शादी से पहले वही कहाँ जानती थी कि हिंदुस्तान में ऐसे गाँव–कस्बे भी हैं, जहाँ डॉक्टर, अस्पताल, चिकित्सा यंत्र, ऑक्सीजन तो दूर, मामूली दवाइयाँ और इंजेक्शन भी नहीं होते। होता है एक प्राथमिक चिकित्सा केंद्र, कंपाउंडर, दाई, एस्पिरीन की गोली और उबला गरम पानी। जानी तो अनजान अंधे की तरह, गर्भ धर, इस कस्बे में न चली आती। पर जाती कहाँ? शुरू–शुरू में उसने मिलने आने वाली औरतों से पूछा भी था। "यह कैसी जगह है कि यहाँ कारखाना है, घर है, फर्नीचर हैं पर अस्पताल या डॉक्टर नहीं है?"

जवाब मिला था, "हैं क्यों नहीं। आम बीमारियों के लिए प्राथमिक दवाखाना है। एक प्राइवेट जनरल फिजीशियन भी है। गंभीर बीमारी हो तो कंपनी अपने मातहतों को इलाज के लिए पटना भेज देती है। बस लेडी डॉक्टर नहीं है। तो भई, देहात में तो बच्चे दाई ही जनवाती है। हाँ, जच्चा–बच्चा की मृत्युदर काफ़ी ज़्यादा है। पर क्या किया जाए, गँवई गाँव का यही हाल है अपने देश में! जिनका मन यहाँ नहीं टिकता, मायके या ससुराल चली जाती हैं। तुम जानो, हमारे यहाँ लड़कियाँ मैके जाना ही पसंद करती हैं। एकाध कोई ससुराल जा टिकती है। इसीलिए लेंडी डॉक्टर की ज़रूरत कभी महसूस नहीं हुई। पर अब कंपनी के मालिक बूढ़े हो चले। नई हवा के उनके लड़के बहुत चाहते हैं, यहाँ अस्पताल खुले, इलाज का वाज़िब इंतजाम हो, लेडी डॉक्टर तक बहाल की जाए योजना बन गई है, दो तीन साल तक अस्पताल हो जाएगा यहाँ।"

पर उमा का बच्चा तो अगले महीने पैदा होना था। उसे रोक कर नहीं रखा जा सकता था। दो तीन साल क्या, प्रकृति एक बार निर्णय ले ले तो घंटा, आधा घंटा भी रोका नहीं जा सकेगा। तभी न, इतना आसान है बच्चे का जन्म और इतना दुष्कर! अपने हाथ में कुछ है ही नहीं–उसका जी करता था पटना चली बजाए दस–पन्द्रह दिन किसी होटल में रहे और दर्द शुरू होने पर अस्पताल में भर्ती हो जाए। वहाँ वह अकेली हो सकेगी। वह औरत नहीं जाएगी उसके साथ। पर कैसे? पैसा कहाँ था उसके पास? जो कमाया, साथ–साथ खर्च करती रही, तब आर्थिक स्वतंत्रता विलास की वस्तु थी। जो बचाया, अपनी शादी में लगा दिया, थोड़ा–बहुत फिर भी जो बचा रहा, शादी

के बाद मौज–मज़े में होम कर दिया। अब वह पूरी तरह मनीष पर निर्भर थी। मनीष के पास इतना पैसा नहीं था कि उसे हफ़्ते–दो हफ़्ते सस्ते से सस्ते होटल में भी ठहरवा सके। फिर ज़रूरत क्या थी? बच्चे किसके नहीं होते! गाँव–कस्बों और शहरों में ज़्यादा होते हैं। सब की सब औरतें बच्चे जनने में मर जाती तो देहात में बढ़ती आबादी यों अजब न बनी होती। रहने दो। मैं जच्चा–बच्चा की मृत्युदर नहीं जानना चाहता। मैंने तुम्हारी तरह अर्थशास्त्र नहीं पढ़ा। आँकड़ों पर मेरी आस्था नहीं है, अपनी आँखों पर है। कोई एक औरत बच्चा जनते इस घर में मर गई तो इसका यह मतलब नहीं कि सब मरेंगी। औरतों को तो बात में से बात निकालने का चसका होता है। मेरे पास इतना वक़्त कहाँ है? अभी तबादला हुआ है। नया काम समझने निबटाने के बाद बिस्तर पर लेटता हूँ, तो बदन चस–चस कर रहा होता है, मुझे तो साँस लेने में कोई तक़लीफ़ नहीं होती, न किसी औरत का भूत मुझे सताता है। बढ़िया, चौड़ा, आरामदेह पलंग है। टीसते बदन को सुख मिलता है। गहरे सोऊँ नहीं तो अगले दिन काम कैसे करूँ?

हर आदमी अपने–अपने वर्ग–स्थान के प्रति संवेदनशील था। बच्चा उमा को पैदा करना था। इस कस्बे के इस घर के उस पलंग पर जिस पर वह औरत मरी थी। मनीष को नहीं। न उमा के माँ–बाप या बहनों को। वे सब अपने दायरों में सुरक्षित थे। वह औरत तो सिर्फ़ उमा के साथ रहती थी।

उसे हलका–हलका बुखार रहता था। जब तब पेट और कमर में दर्द की मरोड उठा करती थी। दिन फिर भी गुज़र जाता, पर रात होने पर बिस्तर पर लेटती तो घंटेभर बाद उठ बैठती। नाक– मुँह दोनों से साँस लेने की कोशिश करती, पर साँस आती नहीं। कभी–कभी इतना घबरा जाती कि मनीष को झकझोर कर जगा देती। कहती, "दम घुट रहा है मेरा, साँस नहीं आ रहा।"

"बेवकूफी की बात मत करो," वह कहता, "हवा में सीमेंट के कण हैं, इसीलिए साँस लेने में तक़लीफ़ होती है। शुरू–शुरू में सभी को होती है, फिर आदत पड़ जाती है। सबको पड़ गई, तुम्हें क्यों नहीं पड़ेगी? दम घुट कर कोई नहीं मरा आज तक। कोशिश करो, नींद आ जाएगी। आदमी चाहे तो बैठे–बैठे भी सो सकता है। और चारा भी क्या है, तुम्हीं बतलाओ, मैंने तो कहा था कि दिल्ली चली जाओ पर तुम... उमा निरुत्तर हो जाती और मनीष करवट बदल कर पलंग के दूसरे कोने पर सरक जाता। खूब चौड़ा पलंग था, चार ताबूतों के बराबर। मनीष और उसके बीच वह औरत आराम से आ लेटती थी। उसी का था न पलंग, साध से बनवाया हुआ। होनी को टाल कर साँस लेने की जिद्दी आस में वह उमा के बराबर में लेटी रहती। साँस न उसे आती,

न उमा को। उमा आँखें पूरी खोल, नीचे चेहरे पर जड़ी, भय से फटी उन आँखों में देखती, जिनसे मौत ने रोशनी तो छीनी, त्रास नहीं छीन पाई। ख़ौफ़ और दर्द का कैसा आलम था, जिसने मर कर भी उसकी आँखों को बंद नहीं होने दिया। उमा और गहरे उनमें झाँकती। वह औरत मंद–मंद मुस्कराने लगती पर आँखों का आतंक बना रहता। उमा को लगता वह उसका अजन्मा बच्चा ही था, जो अब उसकी कोख से जन्म लेने वाला था। उसके घर में उसी पलंग पर। उसका मन पसीज उठता। वह उसे भरोसा देने लगती कि इस बार उसका बच्चा ज़िंदा जन्म लेगा, वह उसे सहेजकर रखेगी, उसकी अमानत की तरह। औरत मुस्कराना बंद कर देती। उसकी पुतलियाँ और फैलती, त्रास और गहराता और उसके साथ उमा को भी वह मंजर दिख जाता, जिसने कभी नूतन नेवाला ख़ौफ़ उसकी रूह मेंभर दिया था। हौल का बवंडर और उसके पूरे वजूद पर ताजी हो जाता।

पता नहीं कितनी रातें उसने उस औरत के साथ एक बिस्तर पर गुज़ारी। फिर सहना नामुमकिन हो गया। वह उसे मनीष के पास छोड़, भटकी रूह की तरह घर में डोलने लगी। मनीष उस औरत की बगल में आराम से सोया रहता। उमा इस कमरे से उस कमरे में भागती, वक़्त काटने के लिए कोने–कोने की सफाई करने लगती।

एक वक्त आया कि सफाई सजावट का फितूर उसके सिर पर सवार हो गया। छोटे कस्बे में और जो न हो, प्राकृतिक संपदा काफ़ी थी। उसने सारा दिन आस–पास के मैदानों–जंगलों में गुज़ारना शुरू कर दिया। तरह–तरह की आकर्षक आकार वाली डालियाँ, फलियाँ, लतरें, बाँस, जड़ें और जंगली फूल–पत्तियाँ व ढूँढ़कर जमा करती और घर ले आती। फिर उनमें से कुछ फूलदानों में सजाती, कुछ के कोलाज बना डालती। फर्श और दीवारों पर सीमेंट की परत बार–बार साफ़ करती, उन्हें झाड़ती, पोंछती, चमकाती और अपनी बनाई कलाकृतियाँ उन पर सजा देती। फ़र्श पर छोटी मचियों पर रखे फूलदान, दीवार पर रंग–बिरंगे, जीवन की हँसी–खुशी को मूर्त करते कोलाज। अपने सबसे प्रिय कोलाज से उसने शयनकक्ष की दीवार ढक दी। पत्रिकाओं में से हँसते–खिलखिलाते बच्चों के चित्र काटकर उनके बीच उगते सूरज और अनगिनत झिलमिलाते सूरजमुखी के फूलों के बिम्ब रंग कर कोलाज तैयार किया था। उसकी कोशिश थी कि घर को इतनी सुंदरता और जीवंत हँसी सेभर दे कि मौत अपना देखा हुआ रास्ता भूल जाए।

इस कोशिश में किसी–किसी रात बदन की हरारत ज़ोर पकड़ लेती। जूड़ी से थरथर काँपता शरीर तेज़ ज्वर के कब्ज़े में आ जाता। वह तय नहीं

कर पाती, एस्पिरीन की गोली खाए या नहीं। कभी मेहनत से क्लांत देह ताप के सामने समर्पण कर देती और वह वहीं कमरे के धुले पुंछे फर्श पर ढह जाती। नीम बेहोशी नींद का काम देती। माँजी का ध्यान उस पर चला जाता तो उठाकर फर्श पर बिछे अपने बिस्तर पर लिटा देतीं। उमा को कुछ राहत मिलती। जब से उसने देखा है, माँजी फ़र्श पर ही अपना बिस्तर बिछाती हैं। मनीष को ज़मीन पर पसरने से ख़ास चिढ़ है, वह जानती है। पर माँजी उसने समझौता कर रखा है। एक बार बतलाया था उन्होंने, कैसे पति के मरने पर जब उन्हें धरती पर उतारा गया तो वे भी उतर आई थीं। दोबारा पलंग पर नहीं चढ़ी थीं। मनीष की कहा–सुनी के बावजूद ज़मीन पर सोने का नियम बना लिया था।

उमा को वहाँ लिटा कर वे उसके सिर में तेल की मालिश करते हुए उसे ढाढस बँधातीं, "ऐसे घबराया नहीं करते, भगवान पर भरोसा रखो। मैंने दस बच्चों को जन्म दिया, ज़िंदा रहे कुल चार–तीन लड़कियाँ और यह एक लड़का, मनीष। भगवान की मर्ज़ी। हिम्मत रखो। भगवान जो करेगा अच्छा ही करेगा।''

उमा की हिम्मत जवाब दे जाती। वह यह पूछने लायक भी नहीं रहती कि दस बच्चों में से कुल चार को जीवित रख कर भगवान ने अच्छा क्या किया? वह औरत आकर उसके पैताने खड़ी हो जाती और अपनी दहशत भरी आँखों से उसे ताक़ती रहती। वह काँप–काँप जाती। माँजी और मनीष उसे आम बीमारियों का इलाज करने वाले प्राइवेट फिजीशियन को दिखलाने के बारे में इस उससे सलाह करते, गर्भावस्था में दिखलाना ठीक रहेगा या नहीं? निर्णय लिए जाने से पहले बुखार उतर जाता और इंतज़ार का पुराना सिलसिला शुरू हो जाता उस दिन का, जब समय पूरा होने पर, प्रकृति उसे उस गुरुभार से मुक्त कर देगी।

एक महीने तक उसने इसी तरह घर को सजाया, सँवारा, सुन्दर–स्वास्थ्यकर बनाया। फिर बरसात के मौसम में शुरुआती हफ़्ते में, रात के तीसरे पहर, जब वह घर के अन्दर घुस आए चींटियों–मकोड़ों को बुहार कर बाहर फेंकने की नाकाम कोशिश कर रही थी, उसको लगा उसके भीतर कुछ फट गया। ढेर सारा पानी टाँगों के बीच से निकल कर फर्श पर बहनें लगा। कोई ज़ोर से चीख़ पड़ा। शायद वह औरत थी।

माँजी दौड़ी आई और गुहार मचाने लगी कि बरसाती रात के उसी अँधियारे पहर में मनीष भाग कर जाए और दाई को बुला लाए। उमा को ले जाकर पलंग पर लिटाने लगीं तो उसने कहर बरपा कर दिया। "दूसरा पलंग लाओ। कहीं से भी लाओ, दूसरा लाओ। यह नहीं। इस पर नहीं।"

वह साफ़ देख रही थी उस पलंग पर वह औरत लेटी हुई थी।

माँजी इस क़दर घबरा गईं कि ज़िंदगी में पहली बार, इकलौते बेटे को गाली दे डाली, "नामुराद, बच्चा जनती औरत की बात सुना करते हैं। कहीं से भी एक खाट लेकर आ, माँग कर, चुरा कर, कैसे भी ला।"

क्या उन्होंने भी उस औरत को देख लिया था।

मनीष को याद आया, घर के सामने जो आम का बगीचा था, उसके बाहर एक तख़्त पड़ा रहता था। चौकीदार और उसके साथी उस पर बैठ कर खैनी फाँकते और ताश पीटा करते थे। इस बरसात में वह खाली होगा। वह जाकर वही उठा लाया।

तख़्त बारिश के पानी से भीगा हुआ था। आम से झड़ा चौर सड़ कर उस पर चिपक गया था। उमा उस पर लेटी तो एक बार लिसलिसाहट ज़रूर महसूस की, फिर बदन से बेतरह झर रहे पसीने से उसे एकाकार कर लिया। बच रहीं दर्द की उठती–गिरती लहरें और हर ज्वार के बाद शरीर पर रेंगने काटने का अहसास। जब तक दर्द की लहर उतर कर दोबारा चढ़ने में पन्द्रह मिनट का वक्फा देती रही, देह पर कीड़े रेंगने का अहसास तीव्रता से महसूस होता रहा। उसे लगा वह औरत, दूसरे कमरे में खिसकाए गए पलंग से उठकर, उसके बराबर में आ लेटी थी। यह उसकी ठंडी नीली उँगलियों का स्पर्श था, जो सहलाने गुदगुदाने के बजाय बदन पर रेंग–रेंग कर डंक मार रहा था। डर कर वह चीख़ उठी। दर्द ने चीख़ को समेट लिया और उस लिजलिजे चुटते अहसास से छुटकारा दिलाने के लिए पाँच–पाँच मिनट पर उठने लगा। पर छुटकारा मिला नहीं। ज्यों–ज्यों दर्द बढ़ा, वह अहसास भी बढ़ता गया। जब तक दाई वहाँ पहुँची, दर्द से निजात का वक़्त बेमानी रह गया था, फिर भी उमा ने उसके दोनों हाथ पकड़कर कहा, "मेरे बदन पर कुछ रेंग रहा है, काटे जा रहा है।"

दाई हँस पड़ी। बोली, "यह बोसीदा तख़्त कहाँ से उठा लाए, चींटियाँ–ही चीटियाँ भरी पड़ी हैं सड़ी लकड़ी में। वह बढ़िया पलंग कहाँ गया, जिस पर मैंने पहली वाली की जचगी करवाई थी?"

"नहीं, वह नहीं," उमा चीख़ पड़ी, "उस पर मैं उसका बच्चा ज़िंदा नहीं।'' जन पाऊँगी।"

दाई ने कंधे झटक दिए और अपने काम से लगी। उसके दोनों हाथ अपने बलिष्ठ हाथों में जकड़कर, बच्चा जनने के लिए सामर्थ्य से बाहर का ज़ोर लगाने के लिए उसे उकसाने लगी। दर्द पूरे उठान पर था। उमा उस औरत से मिन्नत कर रही थी कि वह उसके बराबर से उठ जाए, जिससे वह उस

सँकरे तख़्त पर पूरा फैल कर लेट सके और उसके बच्चे को ज़िंदा जन्म दे सके। होंठों ही होंठों में वह कहे जा रही थी, "इस बार तुम्हारा बच्चा ज़रूर ज़िंदा रहेगा, तुम देख लेना, ज़रूर रहेगा। इस ख़ौफ़ को अपनी आँखों से निकाल दो, मेरे बोसीदे पलंग से उठ जाओ। मुझे अकेला छोड़ दो। मैं वादा करती हूँ, कितनी भी ताक़त लगे, मैं तुम्हारे बच्चे को ज़िंदा जन्म दूँगी।"

उमा ने आँखें बंद कीं, दाँत कसे, दाई के हाथों पर नाखून गड़ाए और शरीर के निचले भाग को शक्ति का केंद्र बना लिया। पलभर के लिए उस औरत ने भी अपनी आँखें बंद कर लीं। उतनी विमुक्ति काफ़ी थी। ख़ौफ़ से आज़ाद होते ही,उसकी देह में एक नई इच्छाशक्ति ने जन्म लिया। शरीर की ताक़त से परे की चीज़ थी वह इच्छाशक्ति, जिसके बल पर बदन से निकला ख़ून का फव्वारा शिशु को भी बाहर खींच लाया।

''लड़की है,'' दाई ने कहा।

गर्व से उमा का चेहरा दीप्तिमान हो गया। डर, दर्द बदन पर रेंगती चींटियाँ सब भूल कर वह बदबुदा उठी, "मैं जीत गई। अपनी बच्ची को रोते सुना मैंने।" उसने आँखें खोलीं और बच्ची के बजाय औरत को देखा। उसकी आँखें भी खुली थीं और उनका ख़ौफ़ बरकरार था। उमा ने अपनी ग़लती महसूस की। हार–जीत का सवाल कहाँ था? यह जन्म उन दोनों का साझा था। "मेरी नहीं तुम्हारी बच्ची," उसने प्रार्थना के स्वर में कहा, "एक बार देखो तो उसे, कितनी स्वस्थ है। सुनो उसका जीवन क्रंदन और भय को अपनी आँखों से मिटा दो। प्यार करो उसे और विदा लो।"

ख़ौफ़जदा चेहरे और फटी आँखों के साथ वह औरत हँस दी। अगर फव्वारे की तरह उमा का ख़ून बाहर न बह रहा होता तो उस हैबतनाक हँसी को देख जम जाता। कँपकँपी तो छूट ही गई। फिर थर–थर, थर–थर, उसका बदन थरथर्राता ही चला गया।

"मेरा काम ख़तम हुआ। मुझे इनाम दो, मैं जाऊँ," दाई ने कहा, "अब किसी डॉक्टर को बुलाओ। ख़ून गिरना बंद नहीं हो रहा, ताप चढ़ रहा है। यह काम मेरा नहीं, डॉक्टर का है।"

माँजी फिर गुहार मचा उठीं, "लेडी डॉक्टर को मार गोली। जा मनीष, किसी मर्द डॉक्टर को ही बुला ला। कुछ तो करेगा। ऐसे मर जाएगी बहू।" एक बार फिर बरसाती रात के अँधेरे और पानी को कोसता, मनीष घर से बाहर निकला।

''कुछ नहीं बदला, "उस औरत ने कहा, "इच्छाशक्ति मुझमें तुमसे कम नहीं थी। फ़र्क सिर्फ़ इतना था कि मेरा बच्चा पहले मरा, मैं बाद में और तुम पहले मरोगी, तुम्हारा बच्चा बाद में।"

"ऐसा मत कहो," थरथराते बदन, किटकिटाते दाँत और बहते ख़ून 31 को नज़रअन्दाज करके उमा ने कहा, "यह तुम्हारी ही बच्ची है, जिसने मेरी कोख से जन्म लिया है। यह ज़िंदा रहेगी। ज़रूर रहेगी। तुम देखो तो सही एक बार।"

मनीष जवान नौसिखिया डॉक्टर को लिए कमरे में दाखिल हुआ। डॉक्टर ने देखा और सिर हिला दिया। "बहुत देर कर दी। गुर्दे नाकाम हो गए हैं। रक्त–स्त्राव रोकने का मेरे पास उपाय नहीं है। यह केस अस्पताल का था।''

उमा ने सुना और नहीं भी सुना। उसका पूरा ध्यान उस औरत पर केन्द्रित था। "बच्ची?" उसने आर्तनाद करके कहा।

आख़िर वह औरत अपना ख़ौफ़जदा चेहरा लिए बच्ची के ऊपर झुक ही गई। "उमा उन्हें एकटक निहारती रही। उस औरत की आँखों का फैलाव कम हुआ, पलकें झपकीं, पुतलियाँ सिकुड़ती और उनमें आँसू उमड़ आए। फिर दुनियाभर की ममता और करुणा उनमेंभर गई। अब जब उसने उमा को देखा तो उसकी आँखों में दहशत के बजाय करुणा का दर्द लहरा रहा था। उमा का डर जाता रहा। उसने अपनी बाँहें फैला दीं। वह पास चली आई। उसे अपनी बाँहों में थाम उसके बराबर में लेट गई।

उमा ने उसके सीने पर सिर रख कर कहा," "मैं मरना नहीं, जीना चाहती हूँ।"

''मैं भी जीना चाहती थी। बहुत कोशिश की थी मैंने।"

''जानती हूँ तुम्हारी कहानी। बहुत बार सुन चुकी हूँ।"

''भूल जाओ उसे, अब यह तुम्हारी कहानी है। ख़तम होकर फिर शुरू होने वाली। वह देखो।" उसने उसका चेहरा बच्ची की तरफ़ घुमा दिया। "हॉ, एक औरत अभी ज़िंदा है, वह जो अभी पैदा हुई है।" आख़िरी हिचकी के साथ उमा ने कहा। बच्ची पर टिकी उसकी आँखें खुली की खुली रह गईं। "इसके प्राण भी आँखों से निकले।" माँजी ने काँप कर कहा।

सन्नाटा खिंच गया। कोई आगे बढ़कर उन खुली आँखों में छाया ख़ौफ़ और दर्द देखने की हिम्मत नहीं जुटा पाया। तभी बच्ची धीमे सुर में रो पड़ी। एक और औरत दुनिया में आ गई। माँजी का मन ममता सेभर गया। वे बच्ची को उठाने आगे बढ़ीं। हिम्मत करके उमा की पलकें मूँदने को हाथ बढ़ाया। देखा चींटियों ने उसके पूरे बदन को ढँक लिया था पर उसकी आँखों में ख़ौफ़ नहीं, अपार करुणा भरी हुई थी। उन्होंने मर चुकी औरत की आँखें बंद कर दीं और अभी पैदा हुई औरत को चींटियों के बीच से उठा, उस कमरे में दौड़ गई, जहाँ साध से बना पुराना पलंग रखा था।

इक्कीसवीं सदी का पेड़

पेड़ को नहीं मालूम था, इक्कीसवीं सदी आएगी, आ गई। जब उसने उगना शुरू किया तो बीसवीं सदी थी या उन्नीसवीं, उसने पता करने की कोशिश नहीं की थी। पेड़ों को सदियों से क्या लेना–देना! सौ–दो सौ साल कुछ नहीं होते उनके लिए। उन्हें वहीं के वहीं खड़े रहना होता है, जड़ें जमाए। चाहे जितने साल बीतें। गर्दन ऊँची और कंधे चौड़े करते जाने की छूट है, पर पैर में चक्कर पालने की नहीं। पेड़ कद निकालता है, मांसपेशियाँ बनाता है, लंबा–चौड़ा, मोटा, होता है, एक सेहतमंद गदगदे बच्चे की तरह, पर बड़े होने पर आवारागर्दी करने निकल जाना उसके स्वभाव संस्कार में नहीं है। उम्र कितनी बढ़े उसका काम नहीं बदलता और न कम होता है। पेड़ भी भला रिटायर होते हैं! पाँच साल गुज़रें या पचास या पाँच सौ, वह अपना काम करता रहता है। वही परिंदों को ठौर देना, दरिंदों को छाँव। पत्तियाँ झाड़ कर मिट्टी को उर्वर बनाना, नमी फैलाना, फल–फूल खिलाना, बीज बनाकर नए पौधे अंकुरित करना, पत्ते– टहनियों में हवा फँसा कर संगीत पैदा करना। कोई–कोई पेड़ खुशबू भी फैलाता है। संशोधन कोई नहीं, हर पेड़ खुशबू फैलाता है, भीनी हो या घनी। गंध लोगों तक पहुँचे, न पहुँचे, यह उनकी घ्रृणा शक्ति पर निर्भर है। आपने महसूस किया होगा...न भी किया .... ध्यान देंगे तो करेंगे कि शोर के बीच आवाज़ ही नहीं गंध भी हम तक नहीं पहुँचती। कूड़ा–करकट फैला हो तो हम सुरों में बँधी महीन आवाज़ें सुन नहीं पाते। शोर और कूड़ा पेड़ों की तान और महक को ख़तरे में डाल देते हैं। परिंदे–दरिंदे फिर भी सुन–सूँघ लेते हैं, असल दिक्कत इंसानों को होती है।

दिन में पेड़ योगाभ्यास करता था। 'वास–प्रश्वास की प्रक्रिया में गहरे खींचकर हवा पेट में भरता। फिर पेट पिचका कर, देर तक, धीमे–धीमे साँस बाहर फेंकता। गहराई से निकालकर बाहर फेंकी गई साँस को वैज्ञानिक

ऑक्सीजन कहते थे। रात में पेड़ हँसता था। दिनभर के देखे इंसानी कारनामे वह याददाश्त में जमाकर रखता। सूरज छिपने के बाद उन्हें नाटक के दृश्यों की तरह सिलसिलेवार याद करता और मज़े लेकर हँसता। उसकी हँसी से निकलते उच्छवास को वैज्ञानिक कार्बन–डाई–आक्साइड कहते थे।

पेड़ ख़ुद कहीं नहीं जाता था, पर चिड़ियाँ दूर–दूर से घूम–फिर कर उसके पास आती थीं। जितनी चिड़ियाँ उतनी बातें। शाम घिरते ही दाना चुगने गई चिड़ियाँ पेड़ को आती। कानावाती करने को आकुल मर्द औरतों की तरह, वे जम कर बैठने से पहले ही पर–बेपर की उड़ाने लगतीं। पूरा मंजर उनकी चहचहाहट सेभर जाता। पेड़ हर कुछ पर यक़ीन नहीं करता था। कहीं जाता भले न हो, कद इतना ऊँचा कर चुका था कि काफ़ी दूर तक ऊपर–नीचे देख लेता था। पर–बेपर की शिनाख़्त कर सकता था। कह कहा कर जब चिड़ियाँ शांत हो जातीं तब रात के अँधेरे में वह उनकी बातें याद करके हँसता था।

प्रवासी पंछी सैर करते जाने कहाँ से कहाँ निकल जाया करते। महीनों गुज़र जाते पर वे लौटकर आते ज़रूर। यायावर की यही सिफत होती है, वे कहते, वह संन्यासी नहीं होता। भ्रमण चाहे जितना करे, लौटकर ज़रूर आता है। वे जो क़िस्से सुनाते, क्या बतलाएँ। कभी–कभी तो हत्प्रभ पेड़ देर रात तक हँसना भूल जाता। फिर जो हँसता तो अट्टहास करके। तभी न सर्दियों में हवा में कार्बन–डाई आक्साइड की मिकदार भक्क से बढ़ जाया करती थी।

ऐसा नहीं है कि परिंदों के तमाम क़िस्से तमतमाने या हँसाने वाले होते थे। कभी–कभी वे पुरसुकून ख़बरें भी दिया करते थे। एक दिन सर्दी के तीन महीने, जनवरी फरवरी और मार्च दक्षिण में बिता कर, एक कोयल उत्तर देश लौटी तो ऐसी कहानी सुनाई कि पेड़ की बाँछें खिल गई। उसने बतलाया कि दक्षिण के शहर में जब सड़क बनाई गई तो ऊँचे–बड़े दरख़्तों को बचा कर, घुमा–फिरा कर निकाली गई। और तो और जब कई मंज़िला मकान बना तब भी पेड़ों का पत्ता बाँका न हुआ। छज्जे में अर्धचन्द्रकार गोलाइयाँ काटकर पेड़ों के तनों को जगह दी गई और वे तीसरी–चौथी मंज़िलों के घरों की छतों को छाँव देते खड़े रहे। क्या–क्या नाज नहीं उठाए इंसानों ने पेड़ों के।

वाह! उस रात पेड़ कम हँसा। दिल को ऐसा सुकून मिला कि अपनी हवा का आनंद ख़ुद लेने का मन हो आया। भला हो, सबका भला हो। ऐसा सुर उठा कि उसे झपकी–सी आ गई। वैज्ञानिकों ने उस रात परीक्षण किया होता तो कहते, कुछ पेड़ रात को भी ऑक्सीजन छोड़ते हैं। कहा तो था, पीपल

के पेड़ के लिए। वह यही पेड़ था। बाद में प्रयोगशालाओं में परीक्षण हुए तो विभ्रम पैदा हो गया। सो, बहस ज़ारी है। वैसी खुशनुमा रात लौट लौटकर नहीं आई न।

पेड़ अपना काम करता रहा, वक्त अपना। बिना रुके, वक्त आगे बढ़ता गया। पेड़ वहीं खड़ा गुज़रे वक्त को देखता रहा। वक्त गुज़रा तो गलियों के बजाय सड़कें, सड़कों के बजाय हाइवे और फ़्लाई ओवर बनने लगे। गलियों से भी पहले पगडंडियाँ हुआ करती थीं। सड़कों के किनारे पेड़ नहीं उगाए जाते थे। पेड़ों के बीच से पाँव–पाँव चलने लायक रास्ता बनाया जाता था। जैसे–जैसे पेड़ मारे जाते गए, रास्ता सड़क बनता गया। फिर भी लोग कहते, छायादार सड़क, ठंडी सड़क। यानी पेड़ पहले, सड़क उनकी छाया में फिर हाइवे और फ़्लाईओवर बने, पेड़ हाशिए, में खड़े दिखने लगे। फिर भी जो बचे रहे, पेड़ों की तरह ही बने रहे।

पेड़ कुछ–कुछ भगवान की तरह होते हैं। अनादि नहीं, पर अनन्त अवश्य। हम जानवरों की तरह उनकी आयु निर्धारित नहीं होती। हर साल, एक साल उम्र बढ़ती है, पर ख़तम नहीं होती। पेड़ ख़ुद मरते नहीं, पर मारे ज़रूर जा सकते हैं। कई बार क़ातिल, पेड़ काटकर जड़ें वहीं छोड़े जाते हैं। तब कभी–कभी बहुत कभी, उनमें से दोबारा पत्ती–टहनी फूट पड़ती है। जड़ से उखड़ कर तो भगवान भी... जैसे–जैसे सड़कों को चौड़ा और इमारतों को ऊँचा करता वक़्त गुज़र रहा था, एक नई शै हवा में घुलने लगी थी। अनचीन्ही–सी वृद्ध अकेलेपन की। सदी के शुरू में कोई अकेलेपन का नाम लेता तो पेड़ फौरन कहता, पेड़ भी कहीं अकेले होते हैं! जहाँ तक निगाह डालो और उम्र के साथ कद बढ़ने पर निगाह जाती भी दूर तक है, पेड़ ही पेड़ नज़र आते हैं। एक ही साँस दूसरे तक पहुँचे तो कहने–सुनने की ज़रूरत नहीं रहती। पर अब... जवाबी साँसों को महसूसना मुश्किल होता जा रहा था। तो क्या हुआ? पेड़ अकेला थोड़ा हो गया। निगाह दूर से हटाकर नीची करता हैं तो कितने लोग चलते, दौड़ते दीखने लगते हैं। दौड़ने का चलन नया है। पहले लोग कितने भी फुर्तीले क्यों न हों, चाल को दौड़ में नहीं ढालते थे। अब भी काम पर जाने वाले लोग नहीं दौड़ते। दौड़ते वही हैं जो महज दौड़ने को निकलते हैं। बस पकड़ने वालों को छोड़कर। पर वह छलाँगभर की दौड़ होती है, कवायद या रेस वाली नहीं। पेड़ सब जानता है। ख़ैर, जाते हुए जो जैसे जहाँ जाए, लौटते हुए उसकी छाँव में ठिठके बग़ैर नहीं रह पाता। कुछ लोग बाक़ायदा बैठ कर सुस्ताते हैं, कुछ सिर्फ़ चाल धीमी करके

लंबी साँसेंभर लेते हैं। उनकी साँसों और पदचापों की आवाज़ें भी चिड़ियों की चहचहाहट की तरह उसकी शाखाओं से गुज़रती हवा के सुरों के साथ संगत बिठला लेती हैं। फिर पेड़ अकेला क्यों महसूस करे?

सैर करने वाले लोगों में उसे सबसे अच्छे, बूढ़ों का हाथ थाम जाते छोटे बच्चे लगते हैं। पता नहीं क्या बात है कि जितना बूढ़ा आदमी हो उतने ही छोटे बच्चे की ऊँगली पकड़कर घुमाने ले जाता है। घुटलियाँ छोड़ तभी–तभी पैरों पर चलना सीखे बच्चे को डाँवाडोल होने से बचाने के लिए, बूढ़े जिस तरह दोहरे होकर कद बच्चे के बराबर बनाते, उसे देखकर पेड़ को बड़ी ममता हो आती। वह और गहरे खींच प्राणवान साँसें छोड़ता। बूढ़ों के चेहरे खिल उठते। कहते, अरे अचानक कैसी ठंडी हवा चल पड़ी, नहीं? पेड़ की साँसें और गहराती, दुलारती छूटतीं, यहाँ तक कि हवा पैदा करते–करते, वह ख़ुद झूम उठता। उसके देखते–देखते बच्चे कद निकालते और एक दिन दौड़ने चालों में शामिल हो जाते। उनकी जगह नए बच्चे आ जाते, पुराने बूढ़ों की जगह नए बूढ़े ले लेते।

यूँ वक़्त गुज़र रहा था कि एक दिन एक बदहवास चिड़िया उसके पास आई। कहाँ तो दूर–दराज चीन देश से। उसकी कहानी सुनकर पेड़ दंग रह गया। चीन देश में वह अकेली चिड़िया बची थी। गुलेल का पत्थर बालभर की दूरी से निकल न गया होता तो वह भी ढेर हो गई होती। वह उड़ निकली। दिनभर किसी चौड़े पत्तों वाले पेड़ में छुपी बैठी रहती, अँधेरा घिरने पर उड़ पड़ती। पेड़ से पेड़ तक छिपती–उड़ती वह सरहद पार कर यहाँ आ पहुँची।

पर बाक़ी चिड़ियाँ? वे क्यों मारी गई? पेड़ ऑक्सीजन भरी साँसें फेंककर साँस छोड़ती चिड़िया को सहेजता रहा और ख़ुद से सवाल करता रहा। उससे क्या पूछना? साँस पर काबू रहा तो ख़ुद बतलाएगी। उसने बतलाया। रुक–रुक कर। चीन में हुक्म हुआ कि खेतों की पैदावार बढ़ानी है। चिड़िया अनाज खा जाती हैं, इसलिए उन्हें मार गिराना है। हर किसान का, हर चीनी नागरिक का फर्ज है, वह चिड़ियाँ मारे। वे मारने लगे। चिड़िया ख़तम होने लगीं। हो गई।

''बस मैं बच निकली, यहाँ तक पहुँचने में सालों लग गए।'' चिड़िया ने डैने फड़फड़ाए, खुलकर साँस ली और हँस दी।

हँसी क्यों, पेड़ ने सोचा।

''बदला ले लिया हमने,'' चिड़िया ने कहा, ''चिड़िया नहीं रहीं तो एक

फ़सल तो बढ़िया गई, फिर कीड़ों की फौजें फ़सल पर टूट पड़ीं। तरह–तरह के कोड़े, दिन–दूने रात चौगुने बढ़ने लगे। चिड़िया थीं तो कीड़ों की आबादी पर काबू रखती थीं। अन्न खाती थीं मुट्ठीभर कीड़े मन भर।"

हुक्मरान नहीं जानते थे, चिड़ियों के न रहने पर ऐसा कहर टूटेगा? इतने बेवकूफ हुक्मरान? बेवकूफ नहीं मगरूर, चिड़िया ने समझाया। जब कोई आदमी समझता है कि उसके हर हुकम की फौरन तामील होगी, उलटा–सीधा जैसा भी हो, तो उसकी दूर की नज़र धुँधला जाती है। गरूर के परदे के पीछे से उसे पास का ही दिखता है, दूर का नहीं। उसने हुक्म दिया, चिड़िया मारो। जितना सोचा न था, उतना आदेश पालन हुआ। आँख दिमाग़ मूँदकर, हर कोई उसकी बात पूरी करने दौड़ा।

घमंड और बढ़ा। परदा और गाढ़ा हुआ। और अंधेरे में चमकती अपनी तस्वीर से चकाचौंध होकर वह आने वाले दिनों का हिसाब रखना भूल गया। भूल गया कि जल्दबाजी में दिए गए हुक्म की झटपट तामील उसे और गाफिल बना देती हैं।

अरे कमाल की जहीन हो तुम तो, पेड़ ने उसमें और साँस भरी, उसे सहेजा–सँभाला, पत्तों को ओट में महफूज रखा। रात में हँसते हुए भी ख़याल रखा, चीनी चिड़िया देशी चिड़ियों के साथ पत्तों के बीच सोई हुई है ना। नीचे न उतर आए कहीं, विदेशी ठहरी। विषारी भरी हँसी से झरता कार्बन–डाई–ऑक्साइड, ऑक्सीजन की तरह हलका नहीं, बमबारी की तरह भारी होता है। ऊपर से नीचे गिरता है। चिड़िया ऊपर सलामत रहती हैं।

वह क्या जानती नहीं होगी। कितनी तो चतुर थी। बचती बचाती, चीन से यहाँ तक ज़िंदा उड़ आई थी। अब धीरे–धीरे वह दानिशमंद, अपनी ज़िंदगी के गमज़दा हादसे को फलसफे में तब्दील कर लेगी। भूलेगी नहीं, कोई नहीं भूलता, पर यादगार पर मकबरा ज़रूर खड़ा कर लेगी। फिर वह अकेली नहीं रहेगी। किसी को अकेले नहीं रहना चाहिए। यहाँ से कोई संगी ढूँढ़ घर बसा लेगी। वाह, फिर तो एक नई नस्ल तैयार होने लगेगी।

पर चिड़िया ने घोंसला नहीं बनाया। जहीन जितनी रही हो, दिल से खाली हो चुकी थी। इतनी मेहनत से बचाई जान को कुछ दिन पेड़ से लगाए सहेजे रखा। फिर एक सुबह चुपचाप नए देश की मिट्टी में जा गिरी।

पेड़ डर गया।

अगर चिड़िया नई नस्ल शुरू करने की हिम्मत कर लेती तो वह निडर बना। रहता। जैसे एक बेवकूफी भरी बेदिली को ज़िंदा जवाब मिलने से, आगे

आने वाली दरिंदगी से लड़ने का जच्चा पैदा हो जाता। पर दरिंदगी वह क्यों कहे, पेड़ ने सोचा, वह कुनाम तो दो पैरों पर चलने वाले 'आदमी' का दिया हुआ है। दरिंदे, बेचारे उतना जुल्म कहाँ करते हैं, जितना इंसानी हुक्मरान उतना लंबा–चौड़ा प्रभाव क्षेत्र ही कहाँ होता है, किसी चौपाये के पास रिहाइशी जंगल बड़ा हो तो भी, अमलदारी सीमित रहती है। इंसान का ही माद्दा है कि अपना इकबाल जलाल कहाँ से कहाँ तक फैला ले। एक बार में जंगल के जंगल, बस्ती की बस्ती तहस–नहस कर डाले। आने वाली दरिंदगी से नहीं, इंसानगी से हमें बचा, ए खुदा। पर सुना है, खुदा मर चुका? नहीं, यह भी इंसानगी का दावा है। जैसे पेड़ नहीं भरा करते, खुदा भी नहीं मरता, साल–दर–साल, सदी–दर–सदी उम्र बढ़ाया करता है।

सदियों जिए पेड़ ने अपने डर को काबू करने के लिए खुदा का नाम लिया ही था कि एक और हादसा हो गुज़रा। खुदा की मौत के डर ने पेड़ के पहले घर को और बढ़ा दिया था। उसने ख़ुद से बहस तो की, पर शायद पूरी शिद्दत से नहीं, क्योंकि बाद में बुजुर्ग पेड़ यही महसूस करता रहा कि कसूर उससे हुआ था।

चिड़िया के मातम और अपने डर में डूबे पेड़ ने एक क्षण के लिए, बस क्षणभर के लिए, साँस भरनी छोड़नी बंद कर दी होगी। उसका पूरा वजूद चिड़िया की कहानी दोहरा कर डर रहा था। पेड़ों को डरना नहीं चाहिए। डर जाते हैं तो हवा में ऑक्सीजन कम हो जाती है। फिजा में डोलती नाराज़ रूहें उस पर काबित हो जाती हैं और तब वह हो जाता है जो उस वक़्त हुआ।

क्षणभर के लिए, महज उतनी देर के लिए, जितनी देर पेड़ साँस रोक कर डर में डूबा था, हलकी–सी आँधी चली। चिड़िया की नाराज़ आत्मा, चक्राकार घूमती हुई जैसे धरती से ऊपर उठी हो। और बुजुर्ग पेड़ ने देखा, उसका पड़ोसी, कद्दावर जवान पेड़, जड़ से उखड़कर ज़मीन पर मरा पड़ा है।

हे भगवान! उसके बेटे की उम्र का नौजवान पेड़। यह क्या हो गया? इतनी तेज़ आँधी तो थी नहीं। इससे कहीं तेज़ अंधड़ वे दोनों पहले कितनी बार झेल चुके। आज क्या हुआ? ऐसी अकारण मौत। मेरे बेटे, मेरे वंशज, मेरे जवाँ पेड़। यह क्यों हुआ? यह कोई आँधी में आँधी न थी। जीवन की अन्तिम साँस जैसे अन्य साँसों से अधिक दीर्घ होती है वैसे ही यह भी थी। विषाद ज़रूर घुला था बेइंतहा। पर उसने तुम्हारी साँस कैसे उखाड़ दी? तुम इतने ज़िंदादिल, हिम्मती, कद्दावर, जवानी के जोश और गरूर से भरपूर, आसमान की ऊँचाई छूने को आतुर, तुम कैसे...?

ओह, कितनी बार समझाया था तुम्हें, कद थोड़ा छोटा रखो, तने का आयतन फैलाने पर शक्ति लगाओ। पर तुम तो आसमान की बुलंदी छूने की आरज़ू रखते थे। जब भी मैं कहता, बड़ा हुआ तो क्या हुआ जैसे पेड़ खजूर, तुम बीच में टोक देते। बुढ़ापे में आपकी याददाश्त कमज़ोर पड़ गई है, मैं खजूर नहीं हूँ, मेरे फल लगे, अति दूर, न अति पास। और छाया, मैं कहता, पंथी को छाया तो चाहिए न? तुम हँस पड़ते, पाँचवें माले की छत पर कर तो रहा हूँ छाया। बाबा, ज़मीन पाँच मंज़िल ऊपर उठ गई, पंछी छतों पर जा चढ़े बेमौका हँसी देख मैं झल्ला उठता, हँस मत, दिन में मत हँसा कर हवा दूषित हो जाती है। बूढ़ों की नसीहतों से खुदा बचाए, तुम बुदबुदाते। मैंने नहीं कहा तुमसे, पेड़ बूढ़े नहीं होते। नौबत ही नहीं आई। मैं तो पहले ही दो हिदायतें देने का धीरज खो बैठा। कई बार समझाया कि बेटे हँसना हो तो रात में हँस, जब पूरा आलम नींद में डूबा हो और तंज भरी साँसों से किसी का नुकसान न हो। और बेटे, लंबाई को चौड़ाई के अनुपात में बढ़ा, कद–पर कद निकालता न चला जा। फिर बंद कर दिया। तुमने सुना नहीं तो क्या हुआ। मुझे कहते रहना चाहिए था। मेरा ख़याल था, हिदायतें मिलनी बंद हो जाएँगी तो तुम्हारे विरोध ख़त्म हो जाएँगे। परंपरा और मुशांती ज्ञान तुम्हारे भीतर जग उठेगा। ऐसा ही होता आया था, मैंने दुनिया देखी थी।

दुनिया देखी थी। अधीर नकारा था मैं। मैंने अनगिनत पतझड़ देखे थे, मेरा फर्ज़ था सिखलाना। काश, मैं समझाना बंद न करता। यह अपने बद पर काबू रखता, इतना लंबा पतला न होता चला जाता। तब वह चिड़िया की नाराज़ रूह को महिश्त तक ले जाने को आतुर हवा की दर्द भरी साँस की चपेट में न आता। धरती पर चौड़ा खड़ा उसका तना, उसे सँभाले रखता काश, मैं समझाता और वह समझ लेता।

आँधी रुक गई। बाक़ी में बदल गई। तो क्या चिड़िया बहिश्त पहुँच गई? सुना है, इस ज़मीन और हवा से बहुत ऊपर कहीं स्वर्ग है, जहाँ धरती से बहिष्कृत आत्माएँ चैन और सुकून से रहती हैं। मेरे जवाँ पेड़ की भी रहेगी? कौन जानता है।

बुजुर्ग पेड़ को दिलासा नहीं मिला। दुःख हद से बढ़ा तो वह उसी में अर्थ खोजने लगा। पहले से भी गहरी–लंबी प्राणवान साँसें भरने लगा जैसे वह ऐसा करके बाक़ी बचे को बचा ले जाएगा।

उस शाम पेड़ को लौटती चिड़ियों ने चहचहाना मुल्तवी रखा। धराशायी पेड़ पर बसेरा करने वाली चिड़िया भी तुजुर्ग पेड़ की तरफ़ आ गई और

चुपचाप मातम पर बैठ गई। दोपहर, बेचहक अफ़सोस में गुज़र गए। फिर जैसा कि सामूहिक मातम में होता है, वे धीमे सुर में एक–दूसरे से मातमपुरसी करने लगीं। दो–दो मौतें हुई थीं। विदेशी चिड़िया को जवाँ पेड़ ने अपने छित्तरे पत्तों का कफन ओढ़ा रखा था।

बात से बात निकलने लगी। पेड़ ने सुना आजकल अनेक जवान पेड़ औचक गिरने लगे हैं। ज़रा तेज़ हवा चली, आँधी नहीं, लू या बरसाती थपेड़ और पेड़ जड़ से उखड़ गए। पर क्यों? आजकल पेड़ों की हालत बीमार कैदियों जैसी हो गई है। रोड़ी–पत्थर डाल कर सड़कें बनाई जाती हैं तो किनारे खड़े पेड़ों के चारों तरफ़, माकूल कच्चा दायरा नहीं छोड़ा जाता। जड़ों से रोड़ी यूँ साट–साट कर बिछाई जाती है कि तन फैलाने की क्या कहें, साँस तक लेना दूभर हो जाता है। तपेदिक के मरीज की तरह पेड़ कमज़ोर पड़ते जाते हैं। फिर न मुनासिब हवा का एक झोंका भी जानलेवा हो जाता है। लगता है लोगों को पेड़ों की ज़रूरत नहीं रही, चिड़िया अफ़सोस कर रही थीं। हाँ, जैसे चीन में चिड़ियों की नहीं रही थी।

या खुदा। पेड़ की साँसें आहों में बदल गई। नाहक वह बच्चे को दोष देता रहा। कितनी बुलंद थी उसकी खुदी कि फेफड़ों पर पड़े कहर के बावजूद, कद ऊँचा करके हवा ईज़ाद करता रहा... हँसता नहीं तो क्या करता। और वह बड़ा बुजुर्ग शाबाशी के बजाय नसीहतें देता रहा। हे भगवान, ऐसे कितने जबाँ पेड़ बदना हुक्मरान और काहिल रियाया के शिकार हो चुके हैं। कितने अभी और होंगे?

पौ अभी फटी नहीं थी कि टिड्डी दल की तरह औरतों–मर्दों का जमावड़ा जबां पेड़ पर टूट पड़ा। नोच–खसोट कर टहनियाँ अलग करने लगा। घर का चूल्हा जलाने के लिए ईंधन मिलने की खुशी में सब चहक चहचहा रहे थे। जैसे कोई उत्सव हो। पेड़ों का दाह–संस्कार ऐसे ही होता है।

फिर भी, ऐसी बेरुखी। पहले एक पल रुक कर अफ़सोस तो ज़ाहिर किया होता हाय, इतना सुन्दर, सजीला, जवान पेड़ असमय कैसे उखड़ गिरा। चिड़ियाँ कह रही थीं, शहर के बाशिंदों को पेड़ों की ज़रूरत नहीं रही। ठंडी गाड़ियों में चलने वाले पंछी नहीं कि छाया की दरकार हो। बिजली से आग बनाने वालों को पेड़ों से क्या काम? फिर ये इंसानी टिड्डियाँ किस शहर से आई हैं? इस शहर के अन्दर कितने शहर बसे हैं? नहीं, लोगों को पेड़ों की ज़रूरत तो है, पर उनसे उसियत नहीं रही। इस क़दर बेदिली! ऐसी बेमुरव्वत मौत! इतना बेदर्द इस्तेमाल!

दुःख को इन्तिहा ने पेड़ की नज़र में तीखी रोशनीभर दी। भविष्य पर पड़ा आज का परदा पारदर्शी हो गया। वह आने वाले वक़्त में दूर तक देखने लगा...

एक मंज़िला मकान तोड़ कर ऊँचे–ऊँचे हवाई महल बनाए जा रहे हैं। तोड़–फोड़ का मलबा पेड़ों की जड़ों में फेंका जा रहा है। सड़कें चौड़ी की जा रही हैं, फ़्लाईओवर बन रहे हैं। चौड़ी सड़कों पर स्कूटरों, गाड़ियों, ट्रकों की कतार पर कतार चली आ रही है। लोग चीख़ रहे हैं, भोंपू पर जोर–जोर से नारे लगा रहे हैं, कागज़ के पोस्टर और प्लास्टिक के थैले पेड़ों की जड़ों में डाल रहे हैं।

खा–पी कर बचा खाना जहाँ–तहाँ फेंक रहे हैं। पेटभर कर और ज़ोर से नारे लगा रहे हैं। ट्रकों पर लदा शोर, पहले चार–पाँच साल बाद सुनाई देता था। अब हर साल सुनने लगा है। प्लास्टिक लिपटे कचरे और मलबे ने पेड़ों की जड़ों पर कफ़न लपेट दिया है। साँस? साँस का क्या होगा? शोर है कि बढ़ता जा रहा है। एक जुलूस सड़क से घूम कर दूसरी पर पहुँचता है कि दूसरा जुलूस पहली सड़क के कान फोड़ने लगता है। शोर का डेसीबेल इतना बढ़ा कि तमाम विज्ञान सम्मत सीमाएँ लाँघ गया। गुज़रे ज़माने की फौज़ों के बूटों की धमक कुछ नहीं थी इसके सामने। पुलों को बचाए जाने के लिए, उन्हें उन पर हौले से गुज़रना सिखलाया गया था। पर पेड़?

शोर उस बिंदु पर पहुँच गया जब, प्लास्टिक में घुटे, बेहोश पेड़ उसे सह न सके। एक–एक करके आख़िरी हिचकी ली और धरती पर लौट गए। इधर पेड़ गिरता, उधर औरतों मर्दों की टोली उस पर लपक पड़ती। नयाँ नौषी, खसोटी जाती। कुल्हाड़ी और आरियाँ तना चाक करती। हर इंसान ज़्यादा से ज़्यादा लकड़ी पर, ज़माने के लिए छीना–झपटी करता। जब कुछ देर में पेड़ का नामोनिशान न बचता।

शीर भवति इंसानी रेवड़ मेड़ों पर टूट रहे थे तो भौंकते, गरियाते कुने–सियार 'चड़िये कुछ पर। शहर के आलो हिस्से के वासियों ने जो जूठन वहाँ पैकी थी, उसमें से माँस लिपटी बेटियाँ लूटने के लिए। जब से जंगल कटे थे, शेर–चीते जैसे मर्यादा पदम ख़तम हो गए थे। जूटा मांस खाने वाले अमर्यादित पशुओं का रुख शहर की तरफ़ हो गया था। अब कुत्तों और भेड़ियों में फ़र्क करना मुश्किल था।

पेड़ ने देखा कि जानवरों के रेले में नंग–धडंग बच्चे भी आ मिले हैं। जानवर हड्डियों पर दाँत गढ़ाए थे और बच्चे दूसरे सड़ते खाने पर। सब कुछ

हड़प हो जाने पर सिर्फ़ प्लास्टिक बचा रहता था। और शोर, दिन पर दिन शोर का डेसीबेल और कचरे का प्लास्टिक बढ़ता जा रहा था।

रह–रहकर पेड़ को एक सर्द देश से आए प्रवासी पंछी के शब्द याद आ रहे थे। उसने कहा था, इंसान क्या खाक चुनेगा, यही कि कैंसर से मरे या एड्स से? इंसानगी से रुंधे पेड़ भी क्या चुनेंगे, यही कि कचरे से मरे या शोर से?

पौ फट रही थी। वक़्त आ गया था कि पेड़ हवा में प्राण फूँकने का काम शुरू करे। पर दुःख की तमाम सरहदें पार करता, वह उस मुक़ाम पर पहुँच चुका था जहाँ साँस सिर्फ़ छूटता है, लिया नहीं जाता। वह यह भी समझ रहा था कि ख़ुद उसके पास ज़्यादा वक्त नहीं है। प्लास्टिक ने उसकी जड़ें क़ैद कर रखी हैं। हवा का हलका–सा झोका उसे ढेर करने के लिए काफ़ी है। हवा है कहाँ? शोर ने उसे सोख लिया है। पेड़ क्या करें? क्या अपनी साँसों के बल पर हवा ईज़ाद करे? जितनी देर के लिए भी कर सके...या...

तभी, कत्ल हुए लापता पेड़ों ने जो 'मशानी वीराना छोड़ा था, उसमें पुष्पित शोर के बीच से उठते नारे, उसके कानों में पड़े। पेड़ लगाओ, पर्यावरण बचाओ।

पेड़ हँसने लगा।

जैसे–जैसे दिन का उजाला बढ़ा, वह साँस रोक कर हँसता गया। जिस रोज़ पेड़ पहली बार दिन में हँसा, संयोग से वह इक्कीसवीं सदी की पहली सुबह थी।

अगली सुबह

नोचे वाले बंसल बाबू और मनकू फिर आवाज़ लगा रहे थे, "भाभी जी! सत्तो आंटी! ओ भाभी जी! आंटी, सत्तो आंटी!"

कितनी ज़ोर से चिल्लाते हैं ये लोग, हमेशा की तरह पहला ख़याल यही आया, फिर वह सहम गई। कुछ घंटों पहले उन्होंने ऐसी ही गुहार मचाई थी और उसे उनका शोर बुरा लगा था, पर जो ख़बर उन्होंने सुनाई थी, इतनी हैरतंगेज और ख़ौफ़नाक थी कि शोर आप ही सहम गया था। इंदिरा गांधी को सोलह गोलियों से छलनी करके मार दिया गया!

अब क्या हो गया! 'शुभ–शुभ', जपती वह कमरे से निकल कर बाहर छज्जे पर लटक गई।

''लड़कों को बाहर न जाने देना भाभी जी, शहर में दंगा हो गया।" ''चार सिख तो मैंने अपनी आँखों से कटते देखे सत्तो आंटी! मार कर फेंक दिया पुल के उस पार!" उनके लड़के मनकू ने हाथ के इशारों से जतला कर कहा। उसकी तरफ़ देखकर वह काँप उठी, पर बात समझ में नहीं आई।

"सिख? सिख क्यों मारे?" उसने पूछा।

"सुना नहीं, इंदिरा गांधी को सिखों ने मारा है।"

"रेडियो पर तो कहा, उनके अपने गार्डों ने गोली चलाई उन पर!"

"हाँ हाँ, वे दोनों सिख... " उत्तेजना से थरथराती आवाज़ में मनकू ने कहा।

"तो क्या हुआ? दो ने मारा, इसका यह मतलब नहीं कि पूरी क़ौम ने मार डाला।" अशोक ने बाहर निकलते हुए लताड़ा।

उसने देखा, अशोक के पीछे अजय के साथ सरबजीत भी कमरे से बाहर निकलने वाला है। वह तेज़ी से अन्दर पलटी और धक्का देकर सरबजीत को कमरे की पिछली दीवार पर पहुँचा दिया। फिर गुस्से से गरज कर आवाज़ लगाई, "अशोक, चल अन्दर!" चकित अशोक अन्दर को मुड़ा तो उसे भी भीतर करके

दरवाज़े पर सिटकनी लगा दी और हाँफती हुई उसके सामने खड़ी हो गई।

"क्या हुआ?" तीनों लड़के अचरज से उसे देख रहे थे। उसने हाथ के इशारे से उन्हें पास बुलाया, सरबजीत का हाथ कसकर पकड़ा और फुसफुसा कर कहा, "बाहर मत निकलना और किसी को ख़बर न हो यह यहाँ है।"

तीनों लड़के ज़ोर से हँस पड़े।

उसने दोनों हाथों से सरबजीत का मुँह भींच कर बंद कर दिया,

"ख़ामोश! आवाज़ नहीं!"

"क्या हो गया तुम्हें, अम्माँ!" हँसना भूल अशोक गुस्से से उफन पड़ा।
"सुना नहीं, शहर में दंगा हो गया। लोग सिखों को मार रहे हैं।"

"बकवास! तुम भी दुनिया–ज़हान की अफवाहों पर यक़ीन कर लेती हो। पता है न, नीचे वाले खामखाह शोर मचाने में कितने तेज़ हैं।"

"एकाध वारदात हो गई होगी, आंटी जी!" सरबजीत ने उसका हाथ हटाकर कहा, "उससे हमें क्या?"

"मैं देखकर आता हूँ क्या हो रहा है बाहर," छोटे अजय ने कहा और लपक कर सिटकनी खोल ली।

"नहीं, " फुफकार कर उसने उसकी कलाई पकड़कर मरोड़ दी, "ख़बरदार, जो मुझे बग़ैर पूछे कुछ किया!"

दोबारा सिटकनी चढ़ा कर, वह दरवाज़े के सामने दूसरा दरवाज़ा बनी खड़ी है।

"तुम लोग नहीं जानते। सन् 1947 में यही हुआ था। सरबजीत को ख़तरा है। इसे छुपाकर रखना होगा।"

"मुझे भला क्या ख़तरा होगा, आंटी!" सरबजीत ने कहा, "मुझे यहाँ सब जानते हैं।"

''यही तो ख़तरा है," उसके मुँह से निकला, "बाबूजी को भी मौहल्ले में सब जानते थे। रेलवे के टिकट बाबू थे, सब उन्हें पहचानते थे। तभी तो... नहीं, वक़्त जाया न कर! मेरे साथ आ।" सरबजीत का हाथ पकड़कर वह ज़बरदस्ती उसे घसीटती हुई पास के स्टोर में ले गई।

"यहाँ बैठ," उसने कहा, "बत्ती न जलाना! दरवाज़े पर बाहर से ताला डाल रही हूँ। तीन बार ठक–ठक करूँगी तो समझ जाना मैं हूँ।"

''लगता है आंटी जी, आपने हाल में कोई बढ़िया जासूसी पिक्चर देखी हैं। चलो, आपकी खुशी, बैठ जाता हूँ। पर साँस लेने का इंतजाम है कोना"
वह नहीं हँसी। "है न वह जंगला!" दीवार में बने छोटे गोल छेद को दिखा कर वह दरवाज़ा बंद करने लगी।

''ठहरो आंटी जी, कुछ खाने को दे जाओ। दोपहर को तो आप जानो. ..'' उसकी बात ख़तम होने से पहले वह पलटी और जल्दी–जल्दी थाली में खाना डाल, पानी की बोतल थाम वापस पहुँच गई। दरवाज़े पर ताला डाल कर ...आई तो अशोक–अजय ने उसकी तरफ़ से मुँह फेर लिया।

''तुमने कभी देखा नहीं, इसीलिए नहीं समझ रहे। मैंने देखा है। सन् 1947 में मेरी उमर दस बरस की थी। मेरे अपने बाबूजी..." उसका गला रुंध गया। 'कमाल करती हो अम्माँ, तब बँटवारा हुआ था देश का, अब बिना बात कोई किसी को क्यों मारेगा? लोग पागल हैं क्या?'

"हैं नहीं, हो जाते हैं।"

"सबके सब पागल हो जाते हैं?"

''सब नहीं, कुछ।"

"पर क्यों?"

"भड़काने वाले थोड़े हों तो भी बहुत हैं। दियासलाई की एक तीली फूस के ढेर में आग लगा देती है। एक बार भीड़ जमा हो जाए तो कुछ भी होकर रहता है, जश्न या जिहाद! भीड़ का आदमी आदमी नहीं रहता...

अशोक हँस पड़ा। "किसका भाषण दोहरा रही हो।" उसने कहा।

वह जवाब देती, उससे पहले अजय पूछ बैठा, "आते कहाँ से हैं वे लोग?"

उसकी आवाज़ में जिज्ञासा थी, पर वह जवाब देने के बजाय सवाल से उलझ कर रह गई। सच, कहाँ से आते हैं वे लोग, दंगाई, हत्यारे? कल तक सब अपने काम–धंधे में लगे थे, किसी को किसी से कुछ लेना–देना नहीं था, फिर आज कैसे एक–दूसरे को पहचान गए, कैसे एकजुट हो जत्थे की शक्ल अख़्तियार कर ली, कैसे मारने लगे लोगों को गुट बनाकर? कौन होते हैं वे लोग, कहाँ से आते हैं और फिर कहाँ जाकर दोबारा छुप जाते हैं?

"बतलाओ न अम्माँ, कहाँ से आते हैं वे लोग?" अजय ने फिर कहा। "कहीं से नहीं आते, " अशोक ने डपट कर कहा, "अम्माँ को वहम हो गया है।"

तभी नीचे से फिर शोर उठा। इस बार भाभी जी की एक ही पुकार में वह दरवाज़ा खोलकर छज्जे पर झुला।"

क्या है भाई साहब, "आवाज़ को बेहद मीठा बनाकर उसने पूछा।''

"अशोक है घर पर?"

"हाँ! जी, हाँ, है।"

''कोई दोस्त आया हुआ है उसका?''

''ना जी। वह तो गया कब का! सुबह आया था, फिर तीन बजे जब आप

गए मेडिकल तो वह बोला, देखकर आऊँ।"

''लौटकर आए तो घुसने मत देना घर में।"

"नहीं जी। अब क्या भरोसा रहा उनका।'

''कैसे नहीं रहा?" अशोक ने चिल्लाकर कहा, ''शरम करो अम्माँ!"

''चुप!'' उसने घुड़ककर कहा।

"अजी मिठाइयाँ बाँट रहे थे ये लोग, भंगड़ा डाल रहे थे। मारते नहीं तो क्या करते! हिंदुओं का ख़ून पानी है क्या?" बंसल बाबू बोले।

"आपने देखा भंगड़ा करते, मिठाई बाँटते?" अशोक ने पूछा। "और क्या। झूठ कह रहे हैं हम!"

"सच देखा आपने?" अशोक की आवाज़ में असमंजस उभर आया। "मार खाए बिना बाज नहीं आना था, इन लोगों ने! पंजाब में इतने हिंदू कत्ल किए, हम ग़म खाए रहे...''

"क्यों खाए रहे?" अशोक ने बात काटकर कहा, "वहाँ जाकर मारते तो बहादुरी होती! यहाँ वालों को मारने से फ़ायदा?"

''वाह बेटा, खूब हिमायत कर रहे हो दुश्मनों की! हम नहीं मारेंगे तो पता है सफाया करके रख देंगे वे हिंदुओं का क्यों भाभी जी, ग़लत कह रहा हूँ?''

"नहीं जी, बिलकुल सच्ची खरी बात है।" उसने कहा।

''तुम विश्वास करती हो, सचमुच विश्वास करती हो? मैं... नहीं... मैं विश्वास नहीं करूँगा।" अशोक उससे नहीं जैसे ख़ुद से नाराज़ हो रहा था।

"अम्माँ के पल्लू में बैठ कर क्या पता चलेगा बर्ख़ुरदार! ज़रा बाहर निकल कर देखो!" बंसल बाबू ने चुनौती दी।

''हाँ हाँ, बाहर ही जा रहा हूँ।" रुंधे गले से चिल्लाकर अशोक ने कहा। सामने आ पड़ी माँ को रुखाई से परे धकेल, वह जैसा था, वैसा ही पैदल घर से निकल गया।

"अशोक अशोक।" वह चिल्लाती रह गई। बजरंगबली रक्षा करना इसकी, रक्षा करना, उसके चले जाने पर देर तक बुदबुद करती रही।

स्टोर के अन्दर बैठे सरबजीत सिंह का हाथ सुन्न पड़ गया। रोटी का कौर तोड़ कर मुँह में डाल रहा था कि सत्तो आंटी की बातें कान में पड़ीं। वह यहाँ बैठा रोटी चबा रहा है, और वहाँ वे लोग...! रोटी का कौर वापस थाली में जा गिरा। उठकर वह दरवाज़े की तरफ़ बढ़ा। दरवाज़े की निचली फाँक से कमरे की रोशनी छन कर अन्दर आ रही थी। अब तक वह उस हलके उजास में देखने का आदी हो चुका था। दरवाज़ा बाहर से बंद था।

भीतर से टटोल कर ऊपर तक देखा। अन्दर कोई सिटकनी नहीं थी! बाहर से दरवाज़ा खोले जाने पर वह निहत्था, विवश, लाचार, उनकी दया पर निर्भर होगा! टटोल–टटोल कर उसने उस छोटे से पिंजरेनुमा कमरे को इंच–दर–इंच तलाशी ली। सिर्फ़ लकड़ी का एक मज़बूत तख़्ता हाथ लगा। उसी को दोनों हाथों से थाम, वह सतर्क होकर बैठ गया।

चारों तरफ़ गहरा सन्नाटा था, ठीक वैसा, जैसा हर रात के पहले पहर में होता है। अँधेरे और चुप्पी के बीच रेडियो ज़रूर बज रहा था, पर एक लय में, थका–हारा सा। उसकी आवाज़ चुप्पी में समांजाती थी। कभी सितार के सुर, कभी वीणा की धुन, कभी भजन के बोल। ओम् शान्ति शान्ति! दिवंगत आत्मा को श्रद्धांजलि, मौन, संतप्त प्रार्थना। दुःख में डूबा आदमी क्या किसी को मारने जाएगा? वह खुद में भी तो ... उनके जाने का इतना गहरा सदमा लगा था दिल को, कि एक ही हूक उठती थी रह–रहकर मन में, जो मेरे साथ हुआ किसी के साथ न हो। सात बरस होने को आए.... ऐसे जख्म कहीं भरा करते हैं, अब भी दिल फोड़ा–सा रिसने–टीसने लगता है। कितना मन था, अपने छोटे घर में रहने का! कितनी मुसीबतें उठाकर दो कमरों का फ़्लैट बनाया था, पर एक दिन नहीं रह पाए उसमें। किराए के लिए दूसरों को देना पड़ा। उसी से गुज़र हो रही है, वरना गवर्नमेंट स्कूल में सिलाई–कढ़ाई सिखलाने का क्या मिलता है! फिर भी सिर पर छत है न! बंसल बाबू बुरे आदमी नहीं हैं। रोज़–रोज़ किराया बढ़ाने की माँग नहीं करते। मुसीबत के दिनों में तंग नहीं किया। दस बरस हो गए इसी कमरे में रहते। लाखों से अच्छी हूँ। रिफ़्यूजी होकर आए तो चाचा–चाची ने सहारा दिया। जैसा भी था, सहारा तो था। माँ भी हमेशा यही कहती थीं, 'संत्तो बेटी, हम लुटे सो लुटे, बस अब मानता माँग कि कहीं आग न लगे, ख़ून न बहे, सिर न कटे, फिर कहीं किसी की इज़्ज़त न लुटे। फिर कहीं किसी बेटी के सामने उसका बाप हलाल न हो, किसी माँ के सामने उसका बेटा...!"

सन्नाटे को चीरते हुए कुत्ते भौंक उठे। वह चौंक पड़ी। अशोक अब तक नहीं आया। पता नहीं कहाँ भटक रहा होगा। हे बजरंगबली, रक्षा करना उसकी।

कुत्ते ख़ामोश हो गए। सन्नाटे में बसा ख़ौफ़ सिमटने लगा। रेडियो पर आ रहा मीराबाई का भजन, 'मेरे तो गिरधर गोपाल... दूसरा न कोय... दूसरा न कोय..मेरे तो... .' बोल उसे गले लगाकर थपकाने लगे।

मैं हूँ एक जन्मज़ात पागल, उसने सोचा। कितनी जल्दी घबरा जाती हूँ। ठीक कह रहा था अशोक, सैंतीस साल पहले जो हुआ, उसकी वजह दूसरी

थी, तब देश का बँटवारा हुआ था। वह तो अंग्रेज़ कर गए हमारा बँटवारा, नहीं तो हिंदुस्तान घने पेड़ जैसा था, चाहे जो बसेरा कर ले। घना पेड़ तो वरगद का भी होता है, जिसके नीचे कुछ उगता नहीं। उग सकता नहीं... दुर, दीमक लगे मेरे सोच को, उलटा–सीधा पता नहीं क्या सोच जाती हूँ! उहूँ, चलूँ, स्टोर खोल दूँ! अँधेरे तंग कमरे में बैठा लड़का मुझे कोस रहा होगा, उसके चेहरे पर हलकी–सी मुस्कान खेल गई। दुर, आग लगे मेरी अक्ल को, यह तक नहीं पूछा, पुत्तर, और रोटी दूँ? पूरी बहमन हूँ, ठीक कहता है अशोक।

''माँ, खाना नहीं दोगी आज?" तभी अजय ने कहा और उसकी मुस्कराहट और सहज हो आई।

''चल रे खाना परोसूँ, मैं भी कमबख़्त..." वह चारपाई छोड़ उठी कि एक ऊँची चीख़ सन्नाटे को चीरती हुई गूँज गई। फिर सब कुछ शांत हो गया।

"तूने सुनी?'' सीने पर हाथ बाँध वह फुसफुसाई।

अजय ने हाँ में गरदन हिला दी।

उसने उसका हाथ पकड़ लिया, होंठों पर अँगुली रख कर समझाया, कतई शोर नहीं होना चाहिए।

रेडियो का वॉल्यूम थोड़ा तेज़ कर दिया और उसकी शान्तिपूर्ण स्वर लहरियों के बीच अपना काम आहिस्ता–आहिस्ता करना शुरू किया। कमरे के एक कोने में एक लंबूतरी अलमारी खड़ी थी। वही एक चीज़ थी, जो स्टोर के दरवाज़े को आड़ दे सकती थी। इशारों से समझा कर उसने अजय को साथ लेकर अलमारी उठाई और स्टोर के सामने रख दी। दरवाज़े पर लटकता ताला दीखना बंद हो गया। दरवाज़े से हट कर ध्यान अब पहले–पहल अलमारी पर जाता था। फिर चारपाई उठाकर दूसरे कोने में की। दोनों कुर्सियाँ और लकड़ी का बक्सा भी अपनी जगह से हटाकर दूसरी जगह रखवाया। कोई देखेगा तो सोचेगा, कमरे का सामान बहुत दिनों से इसी तरह रखा हुआ है। पूरा समय उसने ख़याल रखा कि सामान की रगड़ फर्श पर न लगे और मन–ही–मन जपती रही कि सामान इधर–उधर करने की आवाज़ नीचे वालों तक न पहुँचे। और हाँ, वह तो भूल ही चली थी, जहाँ से सामान हटाया है, जगह–जगह धूल–मिट्टी के दाग निकल आए हैं। उन्हें गीला कपड़ा करके पोंछ देना है। झाड़ू नहीं देनी, उसकी फटकार नीचे तक पहुँच जाएगी। वह सोचेंगे, सूरज डूबे झाड़ू देने का क्या काम। अपशकुनी जो होता है, साँझ ढले झाड़ू लगाना। स्टोर के भीतर सहसा अँधेरा गहरा गया। उस

कमरे से आता हलका उजास भी लोप हो गया। सरबजीत ने दरवाज़े की फाँक से नीचे झाँक कर देखने की कोशिश की। लगा, कमरे की दीवार खिसक कर दरवाज़े से भिड़ गई है। क्या किया उन लोगों ने, कमरे की बत्ती क्यों बुझा दी? एकदम घुप्प अँधेरे में क़ैद कर दिया उसे! वाहे गुरु, कहाँ फँस गया वह! हाथ में हथियार नहीं, कूदकर बाहर भाग सकने लायक खिड़की नहीं, दरवाज़ा खोल पाने को चाबी नहीं, इस दमघोंटू अँधेरे से छुटकारा पाने का उपाय नहीं। 'बत्ती न जलाना, 'उसे सत्तो आंटी के शब्द याद आए। हाँ, बत्ती है अन्दर। एक बार जला कर ज़रूर देखेगा वह। हाथ आगे बढ़ा कर उसने सावधानी से कमरे के एक कोने से दूसरे कोने तक दीवार टटोल डाली। कहीं कोई स्विच नहीं मिला। तो अन्दर से बत्ती जलाई नहीं जा सकती। सत्तो आंटी ने झूठ बोला उससे हाय रब्बा!

अशोक, अजय की अम्माँ से यह उम्मीद नहीं थी। पाँच बरस से उनके घर आ रहा है, उनके अपने बेटों की तरह। अशोक के साथ स्कूल में पढ़ा, अब कॉलेज का आख़िरी साल है, साझे में स्कूटर रिपेयरिंग की दुकान खोलने की तैयारी कर रहे हैं और आज इस तरह...

यह क्या उसका कसूर है कि इंदिरा गांधी को उसके सिख रक्षकों ने मार दिया! क्यों मारा करमज़लों ने! क्यों की गद्दारी? जिसकी जान बचाने की कसम ली, जिसकी हिफ़ाज़त करने की रोटी खाई, उसे अपने हाथों मार दिया! एक निहत्थी औरत जात को! एक बार नहीं, सोलह बार गोली चला कर! यह तो खालसा की बहादुरी नहीं। हम तो जानवर तक पर दोबारा चोट नहीं करते। एक झटके में ख़तम तो ठीक, वरना नहीं। कौन जाने मोनों ने दाढ़ी– केश रख कर गोली चला दी हो! बदकारी उनकी, बदनामी सिखों की! हाँ, यही हुआ होगा। हमारी कौम गुस्सेबाज भले हो, दग़ाबाज़ नहीं होती। फिर मैं क्यों दुबका बैठा हूँ यहाँ भगोड़े की तरह। न हों औज़ार पास, दो हाथ, दो पैर तो हैं। धक्का मार कर दरवाज़ा तोड़ डालूँगा और सारी बात समझा दूँगा अशोक की अम्माँ को। कहूँगा, गुस्सा थूक दो आंटी जी, सब चालबाजी है, लोगों के बहकावे में आकर अपनों से दुश्मनी न करो। सच कहो आप, मैं क्या आपके बेटे की तरह नहीं?

तभी स्टोर के अन्दर–बाहर लाल रोशनी भक से जल उठी। उसकी आँखें दुधिया गई। पलभर को कुछ समझ में नहीं आया। ऐसी लपट तो मदि से उठती है। देखी थी न भाइया जी की मौत पर मढ़ियों की आग यहाँ कैसे जली। यहाँ कौन मसान है? वाहे गुरु यह। आग लगी है आग। दीवार में बने,

छोटे गोल छेद से ऊँची–ऊँची लपटें उठती दिखलाई दे रही हैं। इसी मोहल्ले में लगी है आग! इसी घर के पीछे कौन जाने आग भी लगी हो या...वाहे गुरु, आग इसी घर में लगी है। मुझे ज़िंदा मढ़ि में फेंक भाग गए सबके सब, दग़ाबाज़! समझ क्या रखा है, हत्यारो, मैं ज़िंदा जल कर नहीं मरूँगा। खालसा हूँ खालसा। जितनों को मार सका, मार कर मरूँगा। जो बोले सो निहाल, सत् श्री अकाल!

मन पक्का करके उसने बंद दरवाज़े पर ज़बरदस्त धक्का मारा।

हे मेरे परमात्मा, कर क्या रहा है लड़का! सारी दुनिया को इकट्ठा करना है। क्या! सबर कर लड़के, सबर कर। ऐसा क्या हो गया? दरवाज़ा खोलकर जाऊँ अन्दर या... वह तय नहीं कर पाई कि धड़धड़ाते पैर ऊपर चढ़ने लगे।

"भाभी जी! सत्तो आंटी! ओ भाभी जी! सुना कुछ! सरदारों के जत्थे ने हमला बोल दिया। गुरुद्वारे से गोलियाँ बरसा रहे हैं।" बंसल बाबू और मनकू नीचे ठहर नहीं पा रहे थे, सीधा ऊपर चले आ रहे थे। वह झपट कर बाहर आई और सीढ़ी के दरवाज़े पर उनसे टकरा गई।

''अशोक लौट आया?" मनकू ने पूछा।

''ना, कहाँ लौटा।"

"आपने जाने क्यों दिया? कुछ हो गया तो?"

"रक्षा करना बजरंगबली।" सिर पकड़कर वह वहीं दीवार के सहारे टिक गई।

''कहा नहीं था सरदारों का भरोसा नहीं! आग देखी बाहर?"

"अशोक..." अस्फुट स्वर में उसके मुँह से निकला।

''आग सरदारों ने लगाई है?" अजय ने बाहर निकलकर पूछा।

''और क्या!"

"पर यह आग तो गुरुद्वारे में लगी लगती है!"

''तो?" मनकू ने आगे बढ़कर उसका कालर पकड़ लिया, "गोलियाँ चलाएँगे तो आग नहीं लगाएँगे? पानी पिलाएँगे! एक–एक को ज़िंदा न भून दिया तो नाम नहीं!"

"अशोक....." टूटी आवाज़ में सत्तो ने फिर दोहराया, "अशोक कहाँ चला गया!

"मैं देखता हूँ," मनकू ने कहा, ''चल मेरे साथ।" वह अजय को खींचता हुआ बाहर ले गया।

"भाई साहब।" वह रो दी।

"फिकर न करो, भाभी जी हमारे रहते अशोक भी! मनकू लाएगा ढूँढ़कर। वह गया।" आपको क्या फिकर आ जाएगा।

''कौन?'' उसकी आवाज़ काँप गई।

''वही, अशोक का दोस्त!''

उस एक धक्के के बाद सरबजीत ने दरवाज़े पर और धक्के नहीं मारे थे। नीचे से ऊपर आती चीख़ो–पुकार साफ़ उसके कानों में पड़ी थी। वह दरवाज़े से सट कर खड़ा रहा। तख़्ते पर उसके हाथ और जकड़ गए। दरवाज़ा खुलते ही...! साँस रोक कर वह उस औरत के जवाब का इंतज़ार करने लगा।

कान लगाकर सुनने के बावजूद उसने जो कहा, समझ में नहीं आया। इतनी धीमी आवाज़ में क्यों बोल रही है वह औरत, नीचे वाले तो खूब चीख़ चिल्ला रहे हैं। पता नहीं, क्या साज़िश की जा रही है। यह वक़्त दरवाज़ा तोड़कर बाहर निकलने का नहीं है। इस घर में आग नहीं लगी, इतना तो पता चल गया। घर की मालकिन घर पर है। लगता है, सब लोग खूब चौकन्ने हैं। मौका देखकर वार करना मुनासिब होगा।

''गया कि नहीं?'' बंसल बाबू ने दोहराया।

''कब का,'' सत्तो ने रोते–रोते जवाब दिया। बंसल बाबू के कानों तक भी वह मुश्किल से पहुँचा, "अब तक तो मर–खप गया होगा!" बंसल बाबू लौट गए।

वह कमरे में आकर चारपाई पर ढह गई और बुदबुद करके हनुमान का जाप करने लगी।

दरवाज़े से सटा सरबजीत चौकन्ना खड़ा रहा। उसके और मौत के बीच बस वही दरवाज़ा था। तख़्ते पर जकड़े उसके हाथ पूरी तरह तैयार थे। मरना है तो मरेगा, पर बहादुरी से।

लपटों से बिंधी भले हो, रात फिर भी रात है। एक वक़्त आया, जब दरवाज़े का सहारा लिए सरबजीत और चारपाई पर उठेंगी पड़ी अशोक की अम्माँ, दोनों की आँख लग गई।

हर रात के बाद सुबह होती है। उस रात के बाद भी हुई। बस, कोई सुबह रात से ज़्यादा स्याह होती है। पहली नवंबर की सुबह ऐसी ही हैबतनाक सुबह थी।

अपने घर में वह दबे पाँव दाखिल हुआ, दरवाज़े पर थपक दी तो ऐसे जैसे ज़रा शोर से धज्जियाँ उड़ जाएँगी। एक ही थपक में सत्तो चारपाई से उठकर दरवाज़े पर थी। 'कौन है' का फुसफुसाहट में जवाब मिलने पर फाँकभर दरवाज़ा खोला और उसे अन्दर कर लिया।

एक नज़र उसे देखा तो दिलोदिमाग़ झिंझुड़ कर रह गया। यह सात बरस बाद अशोक का बापू कहाँ से लौट आया! उसकी आँखों के सामने उसका जवान जिस्म आग की लपटों में झुलस कर राख हुआ था! शक की

गुंज़ाइश नहीं थी। भरपूर जवानी में मौत से बुढ़ाया उसका चेहरा, एक दिन के लिए भी तो उससे जुदा नहीं हुआ। झपटकर उस आदमी ने सिटकनी चढ़ा दी और उसे बाँह से खींचकर कमरे में ले आया। "उसे घर में नहीं रखा जा सकता, माँ?" उसने कहा।

माँ शब्द सुनकर वह चौंक उठी। अरे यह तो अजय है, उसका छोटा बेटा। इसके चेहरे को क्या हुआ? एक रात में इसकी उमर चौदह से चालीस कैसे हो गई।

"क्या...?"

''मुझसे बहुत बड़ी ग़लती हो गई। मैं पुलिस स्टेशन चला गया।"

"फिर?"

"उनसे मदद माँग ली उसके लिए। उन्होंने कहा, कैसे हिंदू हो तुम, उसको मार कर आए होते, तो करते हम मदद तुम्हारी!!"

''सत्तो ने उसके हाथ थाम लिए, "अब क्या होगा?''

''एक ही रास्ता है। उसके केश काटने पड़ेंगे।"

''वह कभी नहीं मानेगा।"

''मान जाएगा," अजय ने सूखे सख़्त स्वर में कहा, "उसे बतला दूँगा सब जो मैंने देखा।"

चौंक कर उसने अपने छोटे बेटे को देखा। यह वही लड़का है जो पहली रात पूछ रहा था, कहाँ से आते हैं वे लोग?

"जल्दी करो! वक़्त नहीं है। उसे यहाँ से निकालना है।" उसने कहा।

"क्यों, यहाँ क्या ख़तरा है?" सत्तो ने पूछा और अजय के जवाब दिए बग़ैर जवाब मिल गया।

सड़क के दोनों सिरों से एक साथ शोर उठा और उनके चारों तरफ़ किलेबंदी करने लगा।

''मारो। मारो! मारो!"

"बच कर न जाने पाए!"

अजय ने खीचकर उसे अलमारी के पीछे कर दिया। स्टोर का दरवाज़ा खोलकर वह अन्दर घुस गई।

शोर से हड़बड़ा कर सरबजीत नींद से जग गया, पर तख़्ता उसके हाथ से फ़िसल चुका था। वह हाथ आता, उससे पहले वह औरत अन्दर थी। दोनों हाथों की मुट्ठियाँ बाँधकर उसने उसके सिर पर मारने के लिए उठाई कि उसने उसकी कौली भर।

"पुत्तर! लाल मेरे, जल्दी कर! ख़तरा सिर पर आ गया। केश कटा कर

अजय के साथ भाग जा। और कोई उपाय नहीं।"

तब तक अजय अन्दर आ चुका था। उसके हाथ में कैंची और अशोक का रेजर–ब्लेड था। भौचक सरबजीत अब भी हाथ ऊपर उठाए खड़ा था। बाहर शोर के साथ दर्दनाक चीख़ें गूँजने लगी थीं।

एक ट्रक और कुछ स्कूटर धड़धड़ाते हुए उनके घर के सामने आकर रुके और सामने वाले मकान से आग की लपटें निकलने लगीं।

और चीख़ें! उफ, वे हैबतनाक चीख़ें। फिर भी उनके हाथ मशीनों की तरह चलते रहे। सरबजीत का सिर और चेहरा साफ़ निकलते ही उसने उसे अशोक के कपड़े पहनने को दिए। वही कमीज़ पेंट जिसमें मोहल्ले वाले सैकड़ों बार उसे देख चुके थे। दूसरा जोड़ा पहन कर वह रात घर से निकला था...अब तक नहीं लौटा। अशोक, मन में हूक उठी, कहाँ चला गया अशोक! पर सोचने कलपने का वक़्त नहीं था।

"आंटी जी...." कपड़े पहनते सरबजीत ने रुंधे कंठ से कुछ कहना चाहा पर विदाई लेने–देने का वक्त नहीं था।

''जल्दी चल," अजय ने कहा, "भीड़ का ध्यान दूसरे घर पर है। साइकिल तू चला, मैं पीछे बैठूँगा।" ठीक है, इस तरह भीड़ को अजय की सूरत ज़्यादा दीखेगी, सरबजीत की कम। अशोक की साइकिल पर सवार होकर दोनों जने भीड़ के किनारे–किनारे भाग निकले।

बंसल बाबू के घर से किसी ने ध्यान नहीं दिया, सब छत पर चढ़ कर तमाशा देख रहे थे। उसने कटे केश समेट कर सहेज लिए। स्टोर के दरवाज़े पर दोबारा ताला डाल दिया। वह तय नहीं कर पा रही थी, उन लंबे बालों का क्या करे कि भीड़ के उन्मत्त नारों ने बरबस उसे बाहर खींच लिया। छज्जे पर लटक कर यह नीचे देखने लगी।

कैसी भीड़ है यह। ये जवान छोकरे जिहाद पर निकले हैं या जश्न पर! किसी के चेहरे पर दुःख का ताप नहीं, रंजिश नहीं, मस्त हाथियों से वहशीपन के सिवा कुछ नहीं। एक हत्या तय भी हुई थी, सन् 1948 में। तब भी भीड़ जुटी थी, मातम मना था। लोगों के घरों में चूल्हे तक नहीं जले थे, उस रात और अगली सुबह। और एक अब है कि घर जल रहे हैं। यह मातम है या त्योहार?

छज्जे पर झूलती वह देख रही है... अजय और वह, सरबजीत, अभी भीड़ के नापाक इरादों के दायरे से बाहर नहीं निकले। बजरंगबली... बजरंगबली.. .उसने बुदबुदाने की कोशिश की पर देखा, ठीक उसके घर के सामने चार जवान छोकरे एक आदमी को सड़क पर घसीटे ला रहे हैं। "छोड़ो उसे, हैवानो, छोड़ो!"

चीख़ कर वह नीचे दौड़ने को हुई कि पत्थर बन रह गई। एक सफ़ेद गाड़ी किनारे आकर रुकी, उसमें से बाहर झाँक कर एक आदमी चीख़ा। सीने में मुक्का खाकर उसने पहचाना, यह तो वही आदमी है, जिसे पिछली बार उसने वोट दिया था। पास–पड़ोस के सिखों ने भी। वह सँभल पाती, इससे पहले वह चिल्ला उठा, "रोको रोको! साइकिल पर केश कटा सरदार जा रहा है!"

"नहीं!" पूरा दम लगाकर वह चीख़ी, "ये देखो केश!" सरबजीत के कटे केश दोनों हाथों में ऊपर उठा लिंए। आग की लपटों ने उन्हें रोशनी से बाँध दिया, "लड़का मेरे घर में बंद है। ले जाओ आ कर! उसको छोड़ो। वह मेरा बेटा है। जल्दी आओ ऊपर! कहीं निकल न भागे!" उस पर जैसे दौरा आ गया था।

वह आग की तपिश थी या उसकी अपनी उत्तेजना की। भेड़ियों की तरह जीभ लपलपाती भीड़ उसकी तरफ़ दौड़ पड़ी।

''वहाँ है," अलमारी की तरफ़ इशारा करके उसने कहा। नंगे मज़बूत हाथों " ने दो धक्कों में पल्ले झटक दिए। अन्दर ठसाठस सामान भरा था। गुस्से में फुफकार कर वे उसकी तरफ़ मुड़े।

"अलमारी के पीछे, स्टोर में!" उसने कहा। शब्द मुँह से निकले भी नहीं थे कि अलमारी आगे खींच, भीड़ टूट पड़ी। चाबी लगाने की नौबत नहीं आई। जवान हाथों ने कुंडी समेत ताला तोड़ लिया। अपनी–अपनी छड़ और बर्छी सँभाले, मोर्चाबंदी करते क़दमों से उचक कर उन्होंने भीतर झाँका। खाली पड़ा कमरा मुँह चिढ़ा रहा था।

''झूठ! बार–बार झूठ! सच बोल, कहाँ छिपा रखा है उसको?" पता नहीं कितने आदमी एकसाथ चीख़े और उसकी तरफ़ बढ़ आए।

''शरम करो, राक्षसो, शरम करो!" उसने चिल्लाकर कहा, "यही धरम है तुम्हारा! इसी बूते पर हिंदू कहते हो अपने को? उसकी जगह तुम्हारा बेटा हो तो? तुम्हारे मनकू को ज़िंदा जलाए कोई, तुम्हारे हरीश को पटक–पटक कर मारे! रहम खाओ, मेरे भाइयो, रहम खाओ। तुम भी बेटे–बेटी वाले हो। तुम्हारे भी बूढ़े माँ–बाप हैं। आओ मेरे साथ, बचाओ सामने वाले सरदार जी को!" छज्जे की रेलिंग का सहारा लेकर अपना बचाव करते हुए उसने इशारे करके सामने दिखलाया और स्तब्ध रह गई। बावलों की तरह वह नीचे कूद पड़ने को तैयार थी कि धाड़ से किसी ने लोहे की छड़ उसके सिर पर दे मारी। सरबजीत के केश सत्तो के ख़ून में सराबोर हो गए। 'अशोक...!' बेहोश होते–होते उसके मुँह से निकला। भीड़ की सरहद पर उसने अपने बेटे को देखा था।

वितृष्णा

डेढ़ बजने वाला है। दिन का डेढ़। सूरज ठीक सिर पर है। धूप ने सड़क को नंगा कर रखा है। पास कहीं कोई पेड़ भी नहीं कि झीनी चादर की ओट दे दे।

मोटरसाइकिल के हत्थे को हाथ से थामे दिनेश बेमतलब सड़क के किनारे खड़ा है। हेलमेट के नीचे भट्ठी सुलग उठी थी। उतार कर सीट पर रख लिया है। अब आसमान नंगे सिर पर कोड़े बरसा रहा है। सिर, माथे और चेहरे से बहकर पसीना कमीज़ के कॉलर के नीचे जमा हो रहा है। गीली कमीज़ पीठ पर चिपक रही है। हाथ–पाँव चिपचिपा रहे हैं। सूरज की तीखी चौंध बेसहारा आँखों के आगे लाल नारंगी गोले नचा रही है।

ऐसे में किसी को भी घर की याद आ सकती है। धूप और बारिश से बचने के लिए ही आदमी घर बनाता है।

यहीं सामने उसका घर है। सड़क के उस पार मोटरसाइकिल को घसीट कर चार क़दम ले जाना होगा। आँगन पार करके बीसेक सीढ़ियाँ चढ़ेगा तो दरवाज़ा खोलने की देर होगी। वह घर के अन्दर होगा। कुल मिलाकर दो मिनट भी नहीं लगेंगे। उसने एक बार फिर कलाई पर बँधी घड़ी देखी। हाँ, डेढ़ बजा चाहता है। यही ठीक वक़्त है। शालिनी खाना खा रही होगी। और देर की तो वह अपने कमरे में जाकर रहेगी। घंटी बजेगी तो आकर दरवाज़ा खोलेगी ज़रूर, पर उस वक़्त उसका चेहरा... दिनेश के लिए बर्दाश्त करना मुश्किल हो जाता है।

वह आएगी, आहिस्ता–आहिस्ता, पैरों की आहट से वह पहचान लेगा–उसकी चाल हमेशा यकसाँ रहती है–वह आएगी, दरवाज़े की चटखनी नीचे गिराएगी और वापस लौट जाएगी। ठेलकर दरवाज़ा दिनेश को ही खोलना पड़ेगा। अन्दर घुसने पर वापस जाती उसकी पीठ की एक झलक

देख पाएगा, उसका चेहरा नहीं। फिर खटाक, उसके कमरे का दरवाज़ा बंद हो जाएगा। वह बाहर वाले कमरे में रह जाएगा, जिसे वे बैठक और खाने के कमरे की तरह इस्तेमाल करते हैं। खाने को मेज़ पर क़रीने से खाना लगा होगा। एक थाली, न ज़्यादा बड़ी, न छोटी। उसमें दो कटोरियाँ, एक चम्मच, पास रखा एक गिलास, ट्रे में लगे सब्जियों के दो डोंगे, परोसने को दो बड़े चम्मच, कपड़े से ढकी चार रोटियाँ। दिनेश आराम से हाथ मुँह धोए, पीछे वॉशबेसिन पर साफ़ तौलिया टँगा होगा। फ्रिज से ठंडे पानी की बोतल और दही निकाले और खाना खा ले। इच्छा हो तो रसोईघर में जाकर खाना गरम भी कर सकता है। गैस के चूल्हे के पास दियासलाई रखी होगी और धुली मँजी कड़ाही भी। शिकायत की गुंजाइश नहीं है।

खाना खाकर वह अपने कमरे में आराम कर सकता है। बिस्तर के पास मेज़ पर छोटी–सी डिबिया में सौफ–इलायची रखी रहती है। खा ले और सो जाए। न चाहे तो न सोए।

उस पर किसी किस्म का दवाब नहीं है। पाँच बजे शालिनी उठती है तो चाय बनाकर मेज़ पर रख देती है। अपना प्याला लेकर वह अक्सर खिड़की पर चली जाती है और बाहर देखती रहती है। दिनेश जानता है, अगर वह भी अपना प्याला लेकर खिड़की पर गया तो शालिनी बैठक में लौट आएगी और कोई पत्रिका खोलकर बैठ जाएगी।

अपने ही घर में समय काटना कितना मुश्किल होता है। चार बजे से वह बाहर निकलने की योजना बनाने लगता है। पर पाँच बजे से पहले निकलने पर दरवाज़ा बंद कर लेने के लिए शालिनी को पुकारना होगा। फिर वह चाहे कितनी देर इंतज़ार क्यों न करे, दरवाज़े में चटखनी लगाने वह तभी आएगी जब वह घर से निकल चुका होगा, पहले नहीं। इससे तो करवट बदलते पाँच बज जाएँ..

डेढ़ बज गया। अब घर पहुँच जाना चाहिए। वह जानता है, शालिनी को दोपहर में खाना खाकर सोने की आदत है। नींद में विघ्न पड़ने से उसके सिर में दर्द हो जाता है। कभी–कभी वह दर्द तीन दिन तक ठीक नहीं होता। वह नहीं चाहता, उसके देर से घर पहुँचने की वजह से उसके सिर में दर्द हो।

अभी घर पहुँच गया तो हो सकता है, शालिनी खाने की मेज़ पर बैठी मिल जाए। तब घंटी बजाने की ज़रूरत नहीं होगी। दरवाज़ा खाने की मेज़ के ठीक सामने है और खाते वक़्त वह चटखनी नहीं लगाती, ढुका कर छोड़ देती है। ठेल कर भीतर आया जा सकता है। शालिनी सामने बैठी मिलेगी।

उसके सामने मेज़ पर दिनेश के खाने का इंतजाम होगा। वही एक थाली, एक गिलास, एक चम्मच, दो कटोरियाँ, सब्ज़ी के डोंगे, कपड़े से ढकी रोटियाँ... सलीके से अदा किया गया ठंडा फ्रिज।

दिनेश भीतर घुसता है तो शालिनी मुँह ऊपर उठाकर नहीं देखती। चुपचाप खाती रहती है। वह कैसे समझ जाती है, आने वाला और कोई नहीं, बस दिनेश है? रोज़ वह नए तरीके से दरवाज़ा खोलता है। शायद वह चौंककर सिर ऊपर उठाए। और एक भरपूर नज़र उसे देखने पर मज़बूर हो जाए। फिर... क्या ऐसा नहीं हो सकता कि बरसों बाद उसे देखकर, वह नए सिरे से उसे पहचान उठे?

''शालिनी,'' वह कहना चाहता है, 'शालिनी, मैं रिटायर हो चुका। अब मेरे पास कोई काम नहीं है। तुम्हें याद है, तुम कहती थीं मेरे पास कुछ कहने–सुनने का वक़्त नहीं है। दफ़्तर से घर लौटा हूँ तो फाइलें साथ लेकर हर वक़्त काम में डूबा रहता हूँ। अब मेरे पास फ़ुर्सत ही फ़ुर्सत है। हम घंटों बैठ कर बातें कर सकते हैं। यह तो मैं यूँ ही, आदत से लाचार सुबह घर से निकल जाता हूँ। तुम कहो तो बिलकुल न जाऊँ।' और भी बहुत कुछ वह कहना चाहता है और उसके लिए सही वक्त की तलाश करता रहता है।

हाथ धोकर वह शालिनी के सामने कुर्सी पर बैठ जाता है। खाना परोसता है तो उसकी तरफ़ देखता रहता है... वह मुँह ऊपर उठाए तो अपनी बात कह डाले। पर उसकी नज़रें थाली पर गड़ी रहती हैं और खाना ख़तम करते ही वह चुपचाप अपने बर्तन समेट कर उठ जाती है। कभी ऐसा नहीं होता कि कोई जूठा बर्तन मेज़ पर छूट जाए। ऐसा भी नहीं होता कि वह आँख उठाकर देख ले कि दिनेश खा चुका या अभी खा रहा है, मेज़ पर से उठ चुका या वहीं बैठा है। दिनेश सामने रहता है तो शालिनी का चेहरा, चेहरा नहीं रहता, सपाट पीठ बन जाता है। अपनी तरफ़ पीठ किए आदमी से बात करना बहुत हिम्मत का काम है। दिनेश में उतनी हिम्मत नहीं है।

फिर भी एक दिन, खाते–खाते वह पुकार उठा था, ''शालिनी!"

शालिनी के जिस्म में हरकत नहीं हुई। कौर तोड़ती उसकी उँगलियाँ चौंककर कॉपी तक नहीं। 'शालिनी!" उसने और ऊँची आवाज़ में पुकारा।

शालिनी खाना खाती रही।

''मुझे तुमसे कुछ कहना है।" हिम्मत करके वह एक खाई फलाँग गया। शालिनी ने मुँह ऊपर नहीं उठाया, न उसका हाथ रुका। दिनेश ने चुप्पी को सुनने की कोशिश की। शायद वह उसे सुन चुकी हो, और बिना कहे कह

रही हो, 'हाँ, कहिए, मैं सुन रही हूँ।' पर नहीं, उस चुप्पी में कोई शब्द नहीं था। बिलकुल बेजान थी वह।

''तुम कुछ बोलती क्यों नहीं?'' आख़िर वह चीख़ पड़ा था।

''कहना आपको है मुझे नहीं,'' शालिनी ने धीमे से कहा था, फिर चुप्पी छा गई थी। गुबार की तरह शब्द उठे थे और चारों तरफ़ छाए सन्नाटे में बिना कोई लहर पैदा किए सो गए थे। शालिनी का चेहरा पहले की तरह भावहीन था, सिर के साथ आँखें भी झुकी हुई थीं। उसके कसे होंठ इतनी कम देर के लिए खुले थे कि दिनेश सोचता रह गया कि वाकई उसने कुछ कहा था या महज उसका वहम था। दिनेश की हिम्मत पस्त हो गई थी। अभी बहुत सारी खाइयाँ सामने थीं और फ़लागने के लिए दूसरी तरफ़ तनिक संबल न था। वरना कहने को उसके पास बहुत कुछ था।

''शालिनी,' वह पूछना चाहता था, 'बीस साल पहले तुम्हें इतना कुछ कहना था, उसका क्या हुआ? कहाँ खो गए वे शब्द? बिना कहे तुम्हारा मन कैसेभर गया? तब मैं कितना व्यस्त था। तुमने मुझसे पूछा था, आपके पास घंटेभर की फुर्सत नहीं है कि बैठ कर बात कर सकें तो मैंने कहा था, बात करने की फुर्सत उन्हें होती है जिनके पास काम नहीं होता। अगर तुम घर को पूरे सलीके से चलाओ तो तुम्हारे पास भी चखचख करने को वक़्त न बचे. .. तुम समझती क्यों नहीं, शालिनी, तब मेरे पास वक़्त नहीं था। अब है। हालात बदलते रहते हैं। हालात के साथ हमें बदलना पड़ता है। देखो, घर में हम दो ही प्राणी हैं। एक बेटा है सो अमेरिका जा बसा। लौटकर क्या आएगा। अब जो कुछ कहना है हमें एक–दूसरे से कहना है। इस तरह चुप्पी साधे रहने से ज़िंदगी कैसे चलेगी?''

एक बार फिर कोशिश करूँ अपनी बात कहने को, उसने सोचा था। रोज़ सोचता है। रोज़ अपने को समझाता है कि एक बार सन्नाटा टूट जाएगा तो सब ठीक हो जाएगा। आपस में बात करने का उनका अभ्यास जाता रहा है, बस। और कोई बात नहीं है। पर शालिनी...।

कल दोपहर घर लौटा तो दरवाज़े के बाहर से अन्दर से आ रही हँसी की आवाज़ सुन ली। वह ठिठक गया। किसी और के घर के आगे तो नहीं जा खड़ा हुआ? दरवाज़े के ऊपर लगी अपने नाम की तख़्ती कई बार पढ़ डाली। घर तो उसी का है। तब कौन है अन्दर? हँसी एक नहीं दो नारी कंठों से फूट रही है। कौन है? एक तो शालिनी है, दूसरी? दूसरी कोई हो, शालिनी ज़रूर है। बेसब्री से उसने दरवाज़े को धक्का दिया और अन्दर जा पहुँचा।

सामने सोफे पर मंगला बैठी थी, शालिनी की छोटी बहन। बराबर में शालिनी। दोनों ठहाके मार कर हँस रही थीं। इससे पहले कि हँसी सहसा थम जाने के बाद की चुप्पी कानों को खटकती, दिनेश बोल पड़ा, "अरे मंगला, तुम! कैसी हो? बड़े दिन बाद आई। बैठो बैठो। और सब कैसा चल रहा है? सुरेश कैसे हैं? और बच्चे? माधवी के डॉक्टर बनने में कितने साल बाक़ी हैं? हाँ. .. और कोई नई फ़िल्म देखी ''

वह एक के बाद एक सवाल पूछता चला गया। मंगला बीच–बीच में जवाब देती रही। शालिनी चुपचाप पास बैठी रही, फिर उठकर खड़ी हो गई। पंगला ने उसे देखा, क्षणभर को झिझकी, फिर वह भी खड़ी हो गई।

''अरे, कहाँ चल दीं?'' दिनेश ने कहा, ''बैठो बैठो, खाना खाकर जाना।'' एकदम तैयार है।''

''हमने तो, जीजा जी, खा लिया।'' मंगला ने सकुचा कर कहा।

''खा लिया! ओह...! अच्छा किया, अच्छा किया!''

उसने कहा, ''मुझे देश भी तो कितनी हो गई। पर आओ, मैज पर बैठो मेरे साथ चाय–कॉफी ले लो। क्या लोगी?''

''नहीं, कॉफी भी हम लोग...''

''चलो मंगला, हम उस कमरे में चलें।'' शालिनी ने कहा और अपने सोने के कमरे की तरफ़ बढ़ गई। पीछे–पीछे मंगला।

दिनेश वहीं छूट गया, आरामदेह, सुसज्जित बैठक में, जहाँ मेज़ पर करीने से उसका खाना लगा था, संतुलित, पौष्टिक और स्वादिष्ट।

उसका मन हुआ, सब्ज़ी के डोंगे उठाकर दीवार पर दे मारे, दाल कालीन पर बिखरा दे और चिल्लाकर कहे, सब्ज़ी में बाल है! दाल में कंकड़। शालिनी की इस सुचारू, सुव्यवस्थित, सपाट गृहस्थी का भ्रम टूटना चाहिए। शोर सुनकर वह अपने कमरे से बाहर आएगी तो वह उछलकर उसके सामने आ खड़ा होगा और उसके कंधे दबोच लेगा (जिस्मानी ताक़त उसमें उससे कहीं ज़्यादा है) और तब तक उसके बदन को झटके देता रहेगा जब तक वह चीख़ न पड़े।

'बोलो,' वह कहेगा, 'कुछ भी बोलो! चुप रहोगी तो मैं तुम्हें मार डालूँगा!' तब ज़रूर बोलेगी वह।

उसने हाथों में एक–एक सब्ज़ी का डोंगा उठा लिया और वापस... मेज़ पर पटक दिया। ज़िंदगी में कभी कोई वहशियाना हरकत की नहीं थी। अब भी न कर सका। बस लगा लगाया खाना मेज़ पर सूखता छोड़, घर से बाहर

निकल गया।

क़मीज की बाँह से बार–बार माथे का पसीना पोंछते हुए वह सोच रहा था, अगर कल वह सचमुच कुछ कर गुज़रता तो क्या होता? क्या शालिनी? उसको आँखों की वितृष्णा झेल पाता वह? बलगम की तरह उसके पूरे अस्तित्व पर लिसड़ न जाती।

एक दिन उसका ध्यान आकृष्ट करने के लिए खाते–खाते वह कह उठा था, "दाल में कंकड़ हैं।" शालिनी चुपचाप उठी थी, दाल का डोंगा और थाली में परोसी दाल की कटोरी उठाकर कूड़ेदान में उलट आई थी।" फेंक क्यों दी? खाई जाती।" वह बरबस कह उठा था। शालिनी ने जवाब नहीं दिया था पर उसके पूरे हाव–भाव से ज़ाहिर था कि दाल में कंकड़ होने का सवाल ही पैदा नहीं होता। कहा उसने कुछ नहीं था, एक बार उसकी तरफ़ देखाभर था, पर वह देखना ऐसा था कि आदमी सब कहना सुनना भूल जाए।

कब तक इस चिलचिलाती धूप में खड़ा रहूँ? उसने फिर कमीज़ की बाँह से माथे का पसीना पोंछा और हसरत के साथ अपने घर की तरफ़ देखा। कल दोपहर बाद घर नहीं लौटा। आधी रात क्लब में और आधी पार्क में बैठ कर बिता दी। अब जाना चाहिए। इस बार देखा तो लगा उसके घर की खिड़की का पर्दा हिल रहा है। डोरी पर आधी दूर सकराया गया है, फिर रोक दिया गया है। एक हाथ अब भी वहाँ टिका हुआ है। शालिनी है पर्दे के पीछे। खिड़की से बाहर देख रही है। ज़रूर। अगर वह दबे पाँव भीतर घुसे और पीछे से जाकर उसके कंधे दबोच ले? उसे ज़बरदस्ती अपने से सटा ले? आज उसकी पीठ से ही बात करे? हाँ, शायद यही ग़लती वह करता रहा है। उसकी आँखों में देखकर अपनी बात कहने की कोशिश की है। उनमें अपनापन ढूँढ़ता रहा है और उसकी जगह फैली वितृष्णा से चोट खाकर मूक रह गया है। आज पहले अपनी बात कहेगा, तब उसका चेहरा अपनी तरफ़ घुमाकर देखेगा। शायद उसकी बात सुन लेने पर शालिनी...उसका हृदय एक दबी उत्तेजना से धड़क उठा और वह मुस्तैदी से मोटरसाइकिल आगे घसीटने लगा।

खाना खाकर शालिनी खिड़की पर आ गई। पर्दा एक तरफ़ खिसक गया है। –उसे खींचकर पूरी खिड़की ढक दे तो दरवाज़े में चटखनी लगाकर अपने कमरे में जाकर सो रहे। बाहर तो देखा नहीं जाता। उफ़, किस क़दर धूप है। कितने बरस हो गए, वह धूप में बाहर नहीं निकली। ज़रूरत ही नहीं पड़ती। कोई उससे पूछे, धूप का क्या मतलब होता है तो वह कहेगी सिरदर्द! पता

नहीं लोग कैसे घूम लेते हैं धूप में बेमतलब।

अब वहाँ, उसके घर के ठीक सामने, तपते सूरज के नीचे एक आदमी हाथ से मोटरसाइकिल थामे खड़ा है, निरुपाय सा। मोटरसाइकिल बिगड़ गई है शायद। बेचारा! ज़्यादा देर इसी तरह धूप में खड़ा रहा तो चक्कर खाकर गिर पड़ेगा। लगता है पसीना खूब आ रहा है। जेब से रूमाल निकालने का भी धैर्य नहीं है। बार–बार कमीज़ की बाँह से माथे का पसीना पोंछे जा रहा है।

इस तरह वहाँ खड़े रहने से क्या होगा? मोटरसाइकिल घसीट कर ले जानी ही पड़ेगी। तब जाए, ग़ैरेज़ बहुत पास नहीं तो ख़ास दूर भी नहीं है। ऐसे धूप नीचे खड़े रहने से तो लू लगने का पूरा अंदेशा रहता है। कॉलेज में पढ़ती थी तो देखा था, सूरज के नीचे चक्कर खाकर एक मज़दूर पर गिर कर कैसे छटपटाया था और पाँच मिनट में ख़तम हो गया था। बाद में गिरते हुए। ज़मीन लोगों ने कहा था, समय पर पानी मिल जाता तो बच जाता। उस वक़्त किसी की समझ में नहीं आया था कि हो क्या रहा है। यहाँ भी पास में कहीं पानी नहीं है। क्या पता, प्यास को वजह से ही यह मोटरसाइकिल आगे न बढ़ा पा रहा हो। न हो तो वही एक गिलास पानी उसे दे आए। हर्ज क्या है? उसने फ्रिज खोलकर ठंडे पानी की बोतल निकाली और गिलासभर लिया। वापस खिड़की पर आकर एक बार फिर बाहर झाँका। वह आदमी उसी तरह वहीं खड़ा है। बार–बार उसी के घर की तरफ़ ताक रहा है। क्यों? कोई जान–पहचान का आदमी तो नहीं है? कौन है? ... कौन होगा!

उसने देखा, मोटरसाइकिल घसीटता हुआ वह आदमी धीरे–धीरे उसके घर के आँगन में बढ़ा आ रहा है। अब उसका चेहरा साफ़ दिखाई दे रहा है। अरे यह तो...! उसकी आँखों के किवाड़ बंद हो गए। शरीर में शिथिलता आ गई। उदास भाव से उसने खिड़की का पर्दा खींच दिया और दरवाज़े की चटखनी बिना लगाए अपने कमरे की तरफ़ चल दी। जाते–जाते उसने मेज़ पर पड़ी ठंडे पानी की बोतल उठाई और वापस फ्रिज में रख दी। ज़रूरत होगी तो निकाल लेगा खुद।

बेसब्री से दरवाज़ा ठेल कर दिनेश घर में घुसा। सामने शालिनी की पीठ दिखी। वह अपने कमरे में जा रही थी। फिर खटाक! दरवाज़ा उसके पीठ पीछे बंद हो गया। दिनेश करीने से सजे कमरे में अकेला रह गया।

ग्लेशियर से

मिसेज दत्ता अकेली ताजीवास ग्लेशियर की तरफ़ जा रही हैं। ताजीवास ग्लेशियर है। सब गाइड किताबों में लिखा है, है। इतने सारे लोग उसे देखने सोनमार्ग आए हैं। इसलिए ज़रूरी है... कि है।..पर...दिखलाई नहीं दे रहा..

दिखलाई जो दे रहा है, बिलकुल साफ़ दिख रहा है, वह है, आसमान को छू रहे हरे पहाड़ों की चोटियों पर पुता सफ़ेद रंग। बस में आते हुए रास्ते में ही दीख गया था।

"बर्फ, वह देखो बर्फ, " मिस्टर दत्ता ने अपनी सीट से कहा था।

"बर्फ," सीट नंबर चौदह ने खँखार कर कहा था। "बर्फ, "सीट नंबर तेइस ने किलक कर कहा था।

"बर्फ," सीट नंबर दो और तीन ने इकट्ठा कहा था। मिसेज दत्ता ने देखा था, पहाड़ों की चोटियों पर सफ़ेदी जमी है। हाँ, वह बर्फ है।..होनी तो चाहिए।

पहाड़ों पर बर्फ होती है।

बर्फ सफ़ेद होती है।

वे जानती हैं।

बर्फ ठंडी होती है, बेहद ठंडी... बर्फ की तरह।

नहीं, जानती नहीं। उन्होंने पढ़ा है, ऐसा होता है, सुना है, ऐसा है। देखा नहीं तो जाना क्या?

दूर बर्फ है। बर्फ दूर है। पर मरीचिका की तरह नहीं। चंद क़दम चल लेने पर पास आ जाएगी... पैरों के नीचे... ताजीवास ग्लेशियर सिर्फ़ दो मील दूर है। मिसेज गुप्ता, मिसेज सोनी, मिसेज लाल उस पर चल सकती हैं तो मिसेज दत्ता क्यों नहीं? मिसेज दत्ता हर वह काम कर सकती हैं जो मिसेज बत्रा, मिसेज सोनी, मिसेज सिंह करती हैं। अपने–अपने दायरे के भीतर

आदमी एक–दूसरे के बराबर होता है!

पर... मिसेज दत्ता तो अकेली ग्लेशियर जा रही हैं।

मिस्टर दत्ता ने कहा था, आज टूरिस्ट बंगले में आराम करेंगे, कल सुबह ग्लेशियर देखने चलेंगे... जल्दी क्या है?

तीन बजे वे टूरिस्ट बंगले पर पहुँच गए थे।

चार बज रहे थे...

ग्लेशियर दो मील दूर है... ग्लेशियर सोलह घंटे दूर है ... मिसेज दत्ता को मिस्टर दत्ता के साथ ग्लेशियर देखने जाना चाहिए... मिसेज दत्ता को अकेले घूमने की आदत नहीं है।...

पाँच बज गए...

मिस्टर दत्ता चाय का तीसरा प्याला पी रहे हैं... मिसेज दत्ता दूसरा प्याला पी कर तृप्त हैं... आँखें मूँदे आराम कर रही हैं।..कल ग्लेशियर चलेंगे... ग्लेशियर पन्द्रह घंटे दूर है।... ठीक है... बात–बात पर बेताब होने की मिसेज दत्ता की आत बरसों पहले छूट चुकी...

साढ़े पाँच बजने लगे....

ऐसा भी होता है कि तोहफे पर चढ़े झीने काग़ज़ को उघाड़ने में डर लगता है और तोहफा... मिसेज दत्ता को ख़ुद से डर लगता है... काग़ज़ झीना है पर एक के ऊपर एक, बेहिसाब, न जाने कितनी परतें हैं, कब तक कोई उतारे? मिसेज दत्ता को मिसेज दत्ता बने रहने की आदत है।...

छह शायद बजे नहीं...

एकाएक हवा को न जाने क्या हो गया!

हू हू कर रोती हुई बदहवास उठी और चीड़ के घने दरख़्तों से टकरा टकरा कर सिर धुनने लगी।

मिसेज दत्ता की आँख खुल गई। क्या हुआ? यह हवा को क्या हो गया।

वे उठकर खड़ी हुई कि हवा आकर उनकी छाती से लिपट गई। गले में पड़े दुपट्टे ने अधन पैदा की तो खींचकर उसे दूर फेंक दिया। चीड़ के दरख़्त की तरह चौड़ा उनका सीना नहीं है।..बिलखती हवा को सँभालें कि दुपट्टा.
.

आदतन मिसेज दत्ता दुपट्टे के पीछे चल दीं और दौड़ने पर मज़बूर हो

गईं। हवा पागल हो चुकी थी, मिसेज दत्ता को दौड़ने की आदत न थी, फिर भी कुछ बदहवासी के बाद दुपट्टा हाथ आ गया। पर हवा का बिलखना न रुका। वे खड़ी रहीं पर चीड़ के दरख़्त शुक गए। शाखें शुकतीं और भक्का खाकर सीधी हो जाती, हवा को उनकी हमदर्दी कमूल न थी।

दुपट्टा हाथ में पकड़े, मिसेज दत्ता हवा के थपेड़े सहती कुछ देर खड़ी रही फिर जाने क्या हुआ कि ख़ुद अपने हाथ से उन्होंने दुपट्टा दूर फेंक दिया और हवा के बहाव के साथ चल दीं... गई... दपुट्टे को पेड़ों ने उलझा लिया पर मिसेज दत्ता चलती।

दस साल पहले वे मिसेज दत्ता नहीं थीं...

श्यामला पुरी ने कहा था, चल, हम दोनों बारामुला के पहाड़ों पर रहकर मधुमक्खियाँ पालें। मुँह पर जाली बाँध कर छत्ते में हाथ डालेंगे, शहद चुराएँगे और बेचेंगे शहर–शहर, पहाड़–पहाड़, ऊँचे और ऊँचे, बर्फ के साथ.. तू और मैं..

नहीं नहीं, ऐसा भी कहीं होता है। कभी सुना नहीं, देखा नहीं...

तो चल हम लोग भेड़ पाले.. जम्मू में पठान खानाबदोशों के खेमों में रहेंगे,

सर्दी ख़तम होने पर चल देंगे... कंगन, सोनमर्ग... लद्दाख.. हर महीने नया पहाड़, नया खेमा, पहले से लंबी ऊन... साल में एक बार ऊन काटेंगे और बेच देंगे, अरे, मन हुआ तो भेड़ ही बेच डालेंगे। फिर नई जगह, नया खेमा, नया धंधा.... तू और मैं... बस हम दो और पहाड़...हर सुबह नया पड़ाव ...

नहीं–नहीं, कैसे होगा? न, न, मुमकिन नहीं है यह होना... कोई भी तो ऐसे नहीं जीता... हमारे जानने वालों में... कोई भी तो नहीं...

श्यामला को लोग पागल कहते थे। थी जो पागल... थी? बी.ए. बीच में छोड़कर एक दिन एकाएक गायब हो गई, जाने कहाँ। पर जाने से पहले.. ...

तब वे मिसेज दत्ता नहीं थीं पर...

क्या थीं वे?

मिसेज दत्ता बनने की तैयारी में मशगूल एक अदना लड़की।

हर लड़की श्यामला नहीं हो सकती...

दस साल से उन्होंने व्यतीत हो याद नहीं किया। आज अचानक हवा को क्या हुआ... पहाड़ों पर घूमती श्यामला याद आ गई।

श्यामला बहुत लंबी थी, देवदार की तरह। ढीला कुर्ता और पाजामा पहना करती थी। दुपट्टा ओढ़ती तो चलते–फिरते रास्ते में कहीं गिर जाता. .. चलती तो थी नहीं श्यामला, दौड़ती थी, इस पगलाई हवा की तरह... पागल नहीं तो क्या कहते उसे...

श्यामला.. श्यामला... श्यामला...

श्यामला उसे, मिसेज दत्ता को, जो तब मिसेज दता नहीं, उषा भटनागर थी, बहुत प्यार करती थी...

हर लड़की के लिए ज़रूरी नहीं है कि वह क़ीमती पदों के नीम अँधेरे में सोफों और कालीन के रंग मिलाती हुई जिए, पत्थर और लकड़ी के चंद टुकड़ों पर बिछे रंगीन कपड़ों को घर कहकर पुकारे और हर बरस घर के सामान में लोगों को दिखलाने लायक इज़ाफा करती हुई, एक दिन ख़ुद भी बेशक़ीमती सामान का दर्जा हासिल कर ले, श्यामला क़हा करती थी...

हर औरत के लिए मुनासिब नहीं है कि वह अपने से एक चौथाई दिमाग़ वाले आदमी से शादी करके, उम्रभर उसके कहे जुमले दोहराती हुई जिए जो उसने बासी किताबों से चुराए हों, श्यामला कहती थी...

पर... उसे, उषा भटनागर को ख़ुद अपने से उतना प्यार नहीं था, जितना श्यामला को उससे था, लिहाजा...एक दिन उषा भटनागर मिसेज दत्ता बन गई...

पर मिसेज दत्ता तो अकेली... यह वक्त ग्लेशियर जाने का नहीं है, सूरज डूबने को है, अँधेरे में पाँव फ़िसल गया तो... और फिर जल्दी क्या है, सुबह आराम से नाश्ता करके, गाइड साथ लेकर चलेंगे, मिसेज दत्ता ने ख़ुद से कहा, खुद–ब–ख़ुद कहा क्योंकि कुछ देर पहले मिस्टर दत्ता ये शब्द कह चुके थे पर... वह वापस नहीं लौटीं, ग्लेशियर की तरफ़ बढ़ती गई... रास्ता ऊबड़–खाबड़ है। पहाड़ के बीच चढ़ती उतरती, पत्थर लुढ़काती, घास से महरूम धूल भरी पगडंडी है। पर ग़लतफ़हमी की गुंजाइश नहीं है। इतने पैर उसे रौंद गए कि यह पहाड़ी पगडंडी बड़े शहर की गली की तरह पालतू हो चुकी है। मिसेज दत्ता सही गली की मुसाफ़िर हैं।

फिर भी...

पगडंडी पर वे नीचे उतर रही हैं, झुंड के झुंड सैलानी ऊपर चढ़ रहे हैं। ऊबड़–खाबड़ पथरीली राह वे ऊपर चढ़ रही हैं, पर्यटकों की भीड़ नीचे उतर रही है, वे गलेशियर की तरफ़ जा रही हैं, लोग ग्लेशियर से लौट रहे हैं। ''घोड़ा ले लो मेमसाब, सिर्फ़ पन्द्रह रुपए।'' आवाज़ आई है।

मेमसाहब ने देखा है, ठीक–ठीक गाइड है। सिर पर गोल प्यालानुमा कश्मीरी टोपी, मैला पैबंद लगा कुर्ता–पाजामा, जॉकेट, नाटे कद का जवान आदमी, बोलने का ठीक गाइडनुमा अन्दाज।

"नहीं, "उन्होंने कहा, "नहीं।"

''ले लो मेमसाब, हम भी कुछ कमाएगा। दस रुपया लेगा।"

"नहीं, "उन्होंने फिर कहा, "नहीं।"

मैदान में दिन ढल चुका था। पर यहाँ...न जाने कितना वक़्त गुज़रा होगा. .. सूरज सिर पर है। गरम तीखी रोशनी सोच को पिघला रही है। मैं कौन हूँ... मिसेज दत्ता... बार–बार याद करना पड़ रहा है।.,

"किधर जाएगा मेमसाब ग्लेशियर?''

कोई दूसरा गाइड है या शायद वही पहले वाला। एक कंपनी की बनी मोटर गाड़ियों की तरह हैं सब।

''ग्लेशियर जाना, मेमसाब?"

"हाँ... नहीं..." उसने कहा, "पता नहीं अभी..."

"यह रास्ता तो ग्लेशियर जाता है।" गाइड जानकारी दे रहा है। आवाज़ें और भी हैं...

मिसेज दत्ता, क्यों खामाख्वाह अपने को बहका रही हो। तुम ग्लेशियर जा रही हो और सही– सीधे जाने–पहचाने रास्ते से तुम चाहो तो भी ग़लत रास्ते पर नहीं चल सकतीं...

तुम किससे बात कर रही हो! मिसेज दत्ता... कौन है वह... कहाँ है?

मुझसे? मैं मिसेज दत्ता हूँ?

नहीं... हाँ... हो... नहीं हो?

तुम हो, तुम।

मैं...मैं... कौन... मिसेज दत्ता...

तुम ग्लेशियर जा रही हो।

कौन हो तुम? कौन... कौन...

मैं... मेरा नाम...

उषा! मिसेज दत्ता! ग्लेशियर! बर्फ! श्यामला! बर्फ की श्यामला! सूरज का ग्लेशियर! नहीं, बर्फ का ग्लेशियर! सूरज की श्यामला! उ... ऽषा उ...ऽषा. .. उपा...उ... ऽषा...

''चुप, " उसने कहा, ''प्लीज इतनी सारी आवाज़ों में मत बँटो। मैं सोचना

चाहती हूँ।"

पर सूरज की किरणें कम मानती हैं? हज़ार–हज़ार बूँदों में बँटकर बरसती रहीं। सात–सात रंगों में झिलमिला कर तरसाती रहीं। सोच पिघल कर मोम बन गया।

सामने क्या वही वह रहा है–मोम का सोता? लावे की तरह उबलता... काले पत्थरों पर रंगीन लौ जलाता...

''घोड़ा ले लो मेमसाब, " गाइड फिर पुकार रहा है, ''नदी पार नहीं कर सकेगा।"

तो यह नदी है। क्या बहाव है। सूरज और बर्फ के सम्मोहन से पैदा हुई नदी। ग्लेशियर को भी आख़िर पिघलना पड़ा... सूरज की किरणें पत्थर को भी न पागल बना दें तो..

''घोड़े पर पार कराएगा, मेमसाब। हम भी कमाएगा, ग़रीब आदमी है। सिर्फ़ पाँच रुपए।"

गाइड क़रीब आ गया। उसने जवाब नहीं दिया।

वह एकटक नदी के बहाव को देख रही है। इतनी तेज़ तो कभी श्यामला भी नहीं दौड़ी। लगा दूँ छलाँग? कूद जाऊँ पानी में?

समुद्री उफान में वह उन्माद कहाँ जो इस पहाड़ी नदी में है। उठाकर पत्थर पर पटक देगी और बहा ले जाएगी, चूरा हुई देह के हर टुकड़े को साथ। समुद्र और पहाड़ी नदी में यही तो फ़र्क है। समुद्र की लहरें जाकर लौट आती हैं, पर पहाड़ी नदी जिस दिशा में दौड़ पड़ी तो दौड़ पड़ी, वापस नहीं आती। एक बार बदन कब्ज़े में आ जाए, उत्कंठित पानी उसे छोड़ेगा नहीं। रेशा–रेशा अलग हो जाए, सात रंगों से सात आवाज़ें फूट निकलें... कितना भी ठोस पत्थर हो, अख़्तियार उसका रहेगा नहीं। हर रेशे, हर रंग, हर आवाज़ को मथता पानी बहा ले जाएगा... उसे... वह कौन है।...?

"छाती तक पानी है मेमसाहब, दो रुपए में पार उतारेगा।" गाइड ने आख़िरी कोशिश की।

छाती तक पानी में खड़े होकर आँखें मूँद लो। पहाड़ी नदी का जुनून ख़ुद पाँव उखाड़ देगा, फिर पत्थर भी...

उतर जाऊँ पानी में? बह जाने दूँ शरीर को...?

उसकी आँखें मुँद गई।

नदी का पानी, सूरज की बँटी किरणें, पत्थर और पगडंडी एक साथ ऊपर उठे और गड्डमड्ड होकर गोल गोल चक्कर काटने लगे। डरपोक!

वह सिर पकड़कर वहीं नदी के किनारे बैठ गई।

नदी का पानी खिलखिला कर हँस पड़ा।

डरपोक! ठोस धरती से इतना लगाव! पार नहीं जाना? नहीं जाना पार?

उस पार! उस पार!

वह बैठी रही।

पानी हँसता रहा।

सारे सैलानी लौट गए।

गाइड ने हार मान ली।

उसने धीरे–धीरे आँखें खोलीं।

सामने नदी का अट्टहास करता पानी है पर दूर... पानी से परे ... वह घास पर बैठी है। चार क़दम पर बर्फ है। उसने छूकर देखी है। हाँ, बर्फ है। चीड़ की टूटी–बिछी फुनगियों–सी उगती टहनियों से अटी बर्फ की ज़मीन पर बर्फ को खिजाता नदी का पानी है।

चार छलांग लंबी नदी की चौड़ाई है। आदमी को सिर्फ़ एक छलाँग की इज़ाजत है। पर बर्फ?

उसने ध्यान से देखा... उससे कुछ क़दम आगे पानी से रास तोड़े नहीं टूट रही। इस तरफ़ की बर्फ ने उस तरफ़ की बर्फ से मिलकर जीन कस दी है। चर्फ के उस छोटे से पुल के नीचे पानी बेपनाह छटपटा रहा है।

वह उठकर खड़ी हो गई।

हँसने दो पानी को। बर्फ पर सवार होकर वह नदी पार कर लेगी। चिढ़ाते पानी को चिढ़ा कर वह हँस दी।

"एई लड़की। किधर जाता है!" कानों में एक कड़कदार आवाज़ पड़ी। क्या हुआ? पानी बोल पड़ा या पुल नाराज़ हो गया? उसने चौंककर इधर–उधर देखा...कहीं कोई नहीं है। बस, सूरज सिर पर है। और गर्म रोशनी सोच को पिघला रही है।

उसने पैर आगे बढ़ाया।

"किदर जाता है लड़की?" आवाज़ फिर गूँजी।

सिर को हाथों में थामकर उसने देखा...

दाएँ हाथ पर, चीड़ की बिखरी टहनियों और नाटे पौधों पर हावी बर्फ की चढ़ाई है। आवाज़ उधर से आई है।

उसने देखा और आँखें मल कर फिर देखा, बर्फ की उस चढ़ाई पर एक

ऊँचा दरख़्त उगा है... एक अकेला... चीड़ से ऊँचा... पहाड़ी पीपल... पर सोनमर्ग में पहाड़ी पीपल... रास्ते में तो नहीं देखा...

वह उसकी तरफ़ चल दी।

बिन झुके उठे, पेड़ अपनी जगह खड़ा है। हाँ, उसने महसूस किया, हवा का उन्माद शांत हो चुका है, पेड़ अब नहीं हिल रहे होंगे... शायद.... यहाँ बर्फ पर तो अकेला एक वही पेड़ है।

वह आगे बढ़ी।

कहाँ, यह दरख़्त तो नहीं है। बर्फ का आला बुत है।..किसने बनाया? अपने . डूबने की चाहत से रँगते सूरज ने इसे भी अपने रंग में समेट लिया है। तभी न इसकी आँखों से इस क़दर शोख नीली रोशनी फूट रही है।

वह आगे बढ़ रही है।...

बुत अपनी जगह खड़ा है... बुत है न, कैसे हिले–डुलेगा?

"किधर जाता था?"

उसके दिल की धड़कन बंद होने को हो गई। बर्फ का बुत नहीं, यह तो. ..

उसकी आँखें अपनी पूरी चौड़ाई में खुल गई और खुली रहीं...

"किदर जाता था?" पठान ने फिर पूछा। "उधर.. बर्फ के पुल से...पार, " किसी तरह जवाब उसने दे दिया।

"बर्फ के पुल से?" वह ठठाकर हँस पड़ा। नीली आँखें इस तरह भभक उठीं कि उसकी अपनी आँखें चुधिया गई।

"हाँ।" बमुश्किल उसने कहा।

''चल, " उसने कहा और उसका हाथ पकड़कर एकदम चल पड़ा।

पुल के पास आकर वह रुका।

"चलेगा पार?" उसने उसी खिलखिलाती, दिपदिपाती आवाज़ में कहा। उस चुम्बकीय उन्माद का स्पर्श पा लेने पर हाँ कहना दिक़्कत पैदा करता है और हाँ कहने के सिवा दूसरा चारा रहता नहीं...

"चल," उसी ने कहा और उसे खींचता हुआ पुल पर दौड़ गया।

चार क़दम लंबी दौड़ और... पैरों तले की ज़मीन खिसक गई।

बर्फ का पुल भड़भड़ाकर टूट गया।

छोटा–सा एक क्षण वह था जब वह हवा में लटकी थी, फिर एक खनखनाती हँसी उसे ऊपर उठाए थी।

नहीं—नहीं, क्या बेवकूफी की बात है।

पर... छाती तक पानी है... पानी पर तिरती खिलखिलाहट है... क्या हुआ कि वह पानी में नहीं गिरी?

साफ उसने सुना था... उत्कंठा की धमक से टूटा बर्फ का टुकड़ा बोल पड़ा दुप! उसके गले से घुटी चीख़ निकली थी– दुप! चीख़ कम वह हँसी ज़्यादा था थी। विस्मय और उत्तेजना से पैदा हुई उमंग भरी किलकारी... टूट कर गिरी कि अलमस्त हँसी ने उसे बाँहों में उठा लिया।

पठान छाती तक पानी में है। वह उसकी बाँहों में है और ठहरी हुई हवा को, ज़िंदगी की चाहत से जन्मी हँसी, बहाए लिए जा रही है।

''देखा।" उसने कहा, "पुल का हाल!" उसने देखा, नीली आँखों की मशाल भभक रही है– दुप! दुप!

उसकी हँसी में उसने अपनी खिलखिलाती हँसी जोड़ दी। नई हिस्सेदारी की तरावट से टपकती हँसी।

नदी पार हो गई।

उसने उसे बर्फ सनी घास पर उतार दिया। सामने फिर पहाड़ हैं।

''ग्लेशियर?" उसने कहा, "ग्लेशियर?"

"स्लेज गाड़ी खेलेगा? " पठान ने कहा।

''ग्लेशियर?" उसने व्यग्र होकर कहा, "ग्लेशियर!"

''यह तो रहा।" हवा में हाथ फहराकर उसने कहा। 'दिखलाई क्यों नहीं देता?"

गहरी उत्कंठा से उसने पूछा।

"मैं दिखलाऊँगा तेरे को, मैं!" उसने कहा और लंबे डग भरता वापस बर्फ की उसी चढ़ाई पर चल दिया जहाँ से कुछ देर पहले नीचे उतरा था।

वह उसके पीछे चल दी. चली दौड़ी भागमभाग भागी...कि कहीं नज़रों से ओझल न हो जाए। पैर फ़िसले, फिर जम गए। बर्फ पर वह लुढ़की, लिसड़ी, उठकर खड़ी हो गई।

गिरती तो वह ठठाकर हँस देता।

"आ! आ न, यह रहा ग्लेशियर!" उसके हाथ हवा को बटोर लेते।

"दिखलाई क्यों नहीं देता?" बेकरार वह कहती, "दिखलाई क्यों नहीं देता?" और दौड़ पड़ती, लथर पथर, भागमभाग कि बर्फ के खड़े कंधे के पीछे वह गायब न हो जाए। वह दीखना बंद हो गया ग्लेशियर भी नहीं दिखेगा। वह चोटी के नीचे होती और वह चोटी के दूसरी तरफ़ उतर जाता तो पलभर

को साँस रुक जाती... दुबारा न दिखा तो? पूरी ताक़त लगाकर वह दौड़ पड़ती...

एक खड़ी चढ़ाई... एक तीखा मोड ... फेफड़े फाड़ती एक लंबी दौड़ और वह जड़ लिए खड़ा था... बर्फ के किनारे...पहाड़ी पीपल का ऊँचा दख़्त। सामने बर्फ का झरना है पर मूक, निस्पंद! चंचल पानी वेग से गिरा और बीच हवा में ठगा रह गया... निर्वाक् स्तब्ध!

''ग्लेशियर!" वह फुसफुसाई।

"स्लेज गाडी खेलेगा?" पठान ने कहा।

"ज़िंदगी में पहली बार बर्फ देखी है।"

तृप्त लालसा को शब्द उसने दिए।

उतावला हो वह हँस दिया।

क्या हुआ? ग्लेशियर फिर जल प्रपात बन गया!

''तब चल, खींचकर ले जाऊँगा ऊपर।" उसने कहा।

वह लकड़ी के सपाट ताख़्ते पर बैठी है और वह रस्सी से खींचकर उसे ग्लेशियर की खड़ी बर्फीली चढ़ाई पर ऊपर लिए जा रहा है।

तेजी से उठती गिरती बदहवास साँसों की गूँज हवा को कँपा रही है।

"नहीं," उसने कहा, "तुम थक जाओगे। मैं चलूँगी। ऊपर तक ख़ुद चलूँगी।" उसने पीछे मुड़कर देखा।

''ले जाएगा खींचकर!" भरी बोतल से उड़लती शराब की तरह फक्कड़ आवाज़ में उसने कहा।

सूरज उनके साथ ऊपर चढ़ आया है। खुली बर्फ की सफ़ेदी सात रंग सोखकर और सफ़ेद हो उठी है। उसकी आँखें सतरंगी। नीली... हरी... भूरी. .. जामुनी या... सात रंग अपने में समेटे, काली। दमकते गुलाबी चेहरे पर तीखी नाक, काली दाढ़ी और वशीकरण मंत्र–सी मोहपाश में बाँधती, रंग–रंग का धोखा देती आँखें। उफ, इतना खूबसूरत भी कोई हो सकता है... इंसान?

कूदकर वह स्लेज से नीचे बर्फ पर आ गई।

"मैं साथ चलूँगी।" उसने कहा।

''तब हाथ पकड़े रखो। पहली बार बर्फ देखी है न।" वह खिलखिलाया। यह आदमी है या जुनून की जलती मशाल?

हाथ पकड़कर वह ऊपर चढ़ गई। थकान से बदन चूर हो गया। चोटी पर पहुँचकर उसने स्लेज का मुँह मोड़ा है और कहा है, "बैठो पीछे।"

"वह पीछे बैठ गई है। टाँगें उसकी कमर को घेरकर आगे जमाई हैं, हाथ उसके कंधों पर रखे हैं और... जन्म नीचे!

रफ़्तार। चाहत को दम देती रफ़्तार!

गति। दिल को धड़कने से आगे धकेलती गति।

तेजी का आलम यह कि हवा पिछड़ जाए!

"फिर चलेगा ऊपर?"

अनकहा हाँ।

फिर ऊपर। हाथ में उसका हाथ। बर्फ में जलती मशाल।

जऽम नीचे।

ऊपर सूरज नीचे ठंडी बूरे–सी उड़ती बर्फ.....

फिर ऊपर

सूरज ढल रहा है।..सोच पिघल चुका...अब मशाल की गरमी पा कर शरीर पिघल रहा है, मोम की तरह... रफ़्तार... नीचे फिर... ऊपर... कोई अहसास बाक़ी नहीं है... वबस, रफ़्तार है।...और....

जऽम नीचे, फिर ऊपर और... बर्फ पर केसर का बाग उग आया!

कितने मौसम बदल चुके।

कितने महीने?

जाफरान का फूल बैंगनी से नारंगी हो गया। चाँद की रोशनी में चमक रहा है।

सूरज डूब चला।

उसकी आँखें मुँदी जा रही हैं। ज़ाफ़रान का फूल रंग बदल–बदल कर चमक रहा है।..बैंगनी...नारंगी.... बैंगनी... नारंगी...

पलभर को आँखें खुलती हैं... बर्फ गुलाबी है या नीली ... फिर मुँद जाती हैं।

शरीर को पिघलती बूँदें बर्फ की नज़र हो चुकीं। मौत का फरिश्ता साथ है।

हाँ, अब पहचाना। यह मौत का फरिश्ता है। कोई इंसान इतना खूबसूरत नहीं हो सकता, न इतने गहरे छल सकता है।

तूफ़ान आने से पहले सन्नाटा छा जाता है, मौत के सन्नाटे से पहले तूफ़ान मचल उठता है, वह जुनून, वह शोखी, हवा का वह दिलफेंक मिज़ाज!

हाँ, अगली बार जब स्लेज नीचे लुढ़केगा तो वह बाहर कूद जाएगी।

मौत के फरिश्ते, तेरा लाख–लाख शुक्रिया, ज़िंदगी का वह लाजवाब

समाँ बाँधा कि...

अब बस.. हाथ सुन्न हो गए... तेरे कंधे छूटे जा रहे हैं... पैर मेरे नहीं, नींद की अमानत हैं... मशाल बर्फीले बुत में बदल गई... मैं... बर्फ हूँ...

लुढ़कता हुआ उसका शरीर बर्फ की तलहटी पर आ लगा। उसने तो अगली बार के लिए तय किया था। यह इसी बार... बेहोशी की बर्फ...उस पर बिखर गई उसके बदन में गरमी दौड़ गई। तपती बूँदें गले से उतरी और पूरे बदन में फैलने लगी। उसने आँखें खोल दीं।

उसके होंठों से कहवा का प्याला लगा है।..उसके सुन्न हाथ–पैरों को मला जा रहा है... सामने मिस्टर दत्ता खड़े हैं।

"इस तरह बिना बतलाए चली आई, " वे कह रहे हैं, "सूरज डूब गया तो घोड़े पर ढूँढ़ने निकला। वह तो ग़नीमत हो गई...।

सुनने लायक कुछ नहीं है। उसकी आँखें कुछ और ढूँढ़ रही हैं...वह... हाँ. .. वही तो है... उसके पैरों के पास... फिर यह धोखा कैसे हो गया! उसने चाहा, आँखें मूँदकर बेहोशी की बर्फीली चादर ऊपर खींच ले पर... कहवा के घूँट गले से उतरते चले गए... बदन में गर्मी फैलती रही...

पठान ने सहारा देकर मिसेज दत्ता को घोड़े पर सवार करा दिया। रास हाथ में लेकर वे सीधे तनकर बैठ गई। नज़र घुमाकर ग्लेशियर को नहीं देखा। जो पीछे छूट गया सो...

मिसेज दत्ता ने घोड़े को एड़ दी। पहाड़ी घोड़ा दौड़ निकला। हवा पीछा करने लगी और उससे होड़ लेती एक आवाज़ दौड़ी... कल शाम आना। तेरे को मैं स्लेज गाड़ी खिलाऊँगा– मैं!

उसने मुड़कर देखा...पठान के पीछे बर्फ का पहाड़ है, घोड़े के आगे पहाड़ी नदी है, बीच में दूर तक फैला सपाट मैदान है...

दूर से देखने पर लगा... बर्फ पर पहाड़ी पीपल उग आया है... सूरज की किरणों ने बर्फ के आला बुत को रंग दिया है... वह और कोई नहीं मौत का फरिश्ता है।...

अगली सुबह वे सोनमर्ग से नीचे उतर आए...

बरस पर बरस बीतने लगे...

आजकल मिसेज दत्ता के घर, कालीन और पर्दों पर धूल जमा करती है।

यहाँ कमलनी खिलती है

वीराने में दो औरतें मौन बैठी थीं। पास–पास नहीं, दूर, अलग, दो छोरों पर असंपृक्त। एक नज़र देखकर ही पता चल जाता था कि उनका आपस में कोई संबंध न था, वे देश के दो ध्रुवों पर वास करने वाली औरतें थीं।

एक औरत सूती सफ़ेद साड़ी में लिपटी थी। पूरी की पूरी सफ़ेद रंग के नाम पर न छापा, न किनारा, न पल्लू। साड़ी थी एकदम कोरी धवल पर अहसास, उजाले का नहीं, बेरंग होने का जगाती थी। मैली–कुचैली या फिड्डी–धूसर नहीं थी। पोटी–झोटी भी नहीं, महीन बेहतरीन बुनी–कती थी जैसी मध्यवर्ग की उम्रदराज शहरी औरतें आमतौर पर पहनती हैं। हाँ, थी मुसी–तुसी। जैसे पहनी नहीं बदन पर लपेटीभर हो। वेख़याली में आदतन खुसी पटलियाँ, कंधे पर फिंका पल्लू और साड़ी के साथ ख़ुद को भूल चुकी औरत। बदन पर कोई जेवर न था, न चेहरे पर तनिक–सा प्रसाधन, माथे पर बिंदी तक नहीं। वीराने में बने एक मझोले अहाते के भीतर बैठी थी वह। चारों तरफ़ से खुला, बिला दरोदीवार, गाँव के चौपाल जैसा, खपरैल से ढका गोल अहाता।

दरअसल, वीराना वीरान था भी और नहीं भी। दो बीघा ज़मीन का टुकड़ा, फुट ऊँची चहारदीवारी से घिरा था। दीवार इंसान की बनाई हुई थी, इसलिए दो उसे वीराने का हिस्सा नहीं माना जा सकता था। पर उसकी गढ़न स्त्री की साड़ी जैसी बेरंग– बेतरतीब थीय यूँ कि उसका होना–न–होना बेमानी थी। वह बस थी, पेड़–पत्तों से महरूम, उस खारी धरती की निर्जन सारहीनता को बाँध, कम करने के बजाय बढ़ा रही थी। उस ज़मीन को घेरते वक़्त घेरने वाले का इरादा, उसे आबाद करने का नहीं था। दिल की वीरानी को हरदम रौंदते यादों के काफ़िले को जीते जीते, बाक़ी की ज़िंदगी जीने की कृवत पैदा करने के लिए, जिस एकांत की ज़रूरत होती है, उसी को निजी

बनाने की कोशिश थी। कभी–कभी सुकून पाने को वीराने में ही ठौर बनाना पड़ता है, वैसा ही ठौर था वह मझोला छाजन पर अचरज, इंसानों को बसाने का जज्बा भले न रहा हो, फूलते–फलते पेड़ लगाने का इरादा ज़रूर था। इरादा कि उम्मीद! जिद या दीवानगी! जो था, कारगर न हुआ। धरती में खार की पहुँच इतनी गहरी थी और निकास के अभाव में, बरसात के ठहरे पानी की मियाद इतनी लंबी कि पेड़ों का उगना, मुश्किल ही नहीं, क़रीब–क़रीब नामुमकिन था। कुछ झाऊँ और कीकर ज़रूर उग आते थे जब–तब पर जब और तब के बीच का फ़ासला इतना कम होता कि पता न चलता, कब थे कब नहीं। उगते, हरसाते, ललचाते और मुक्ति पा जाते। जब पहले–पहल, पहला झाऊँ उगा तो बड़ी पुख़्तगी के साथ इरादा, उम्मीद बना कि बस अब वह भरे भले नहीं पर जंगली पेड़ वहाँ हरे ज़रूर होंगे। और उसके एकाध साल बाद, ज़मीन ममतामयी हुई तो फलदार पेड़ भी उग सकेंगे। झाऊँ के बाद कीकर उगे तो उम्मीद भी उमगती चली गई, अंकुर से पौध बनती। सरदी पड़ने पर कीकर पीले पड़ कर सूख गए, झाऊँ भी गिनती के दस–बीस बचे। तब भी उम्मीद ने दम न तोड़ा। लगा इस बरस पाला ज़्यादा पड़ गया, अगली बार सब ठीक हो जाएगा। जब अगले बरस भी सिलसिला वही रहा तो धीरे–धीरे, जंगली पौधों के पेड़ बनने से पहले गलने सूखने के साथ, उम्मीद क्या, जिद तक दम तोड़ गई।

दूसरी औरत छाजन के बाहर, चहारदीवारी के भीतर बैठी थी, हैंडपम्प के पास। फिड्डी, पैबंद लगी कुर्ती और ढीली सलवार पहने थी। अर्सा पहले जब नया जोड़ा बना था तो रंग ठीक क्या रहा होगा, कहा नहीं जा सकता था। और जो हो, सफ़ेद वह कभी नहीं था। मैला–कुचैला या बेतरतीब फिंका हुआ अब भी नहीं। दुरुस्त न सही चुस्त ज़रूर था, देह पर सुशोभित। सीधी तनी थी उसकी मेहनतकश देह, उतनी ही जितनी पहली की दुःखी झुकी लुकी। ज़ाहिर था वह निम्न से निम्नतर वर्ग की औरत थी। गाँव की वह औरत, जो दूसरों के खेतों पर रोज़ मज़दूरी करके एक दिन की रोज़ी–रोटी का जुगाड़ करती है पर खुदकाश्त ज़मीन न होने पर भी रहती किसान है। ज़मीन से जुड़ाव में, अपनी भाव–भगिमा में। वह इस ऊसर धरती के साथ पली–बढ़ी थी। उसे उपजाऊ से खार होते देखा था। कोई नहर बनाई थी सरकार ने। पर पानी के निकास का सही बंदोबस्त न होने पर खार इधर के खेतों की तरफ़ दौड़ा था और हरियल धरती को कल्लर बनाकर छोड़ा था। आदमक़द पेड़ उगाने की न उसने कभी उम्मीद की, न किसी और ने जिद।

उसने आस लगाई तो बस कमतर श्रेणी का धान उगाने वाले खेतिहरों की फ़सल की बुवाई कटाई की, जो कमोबेश पूरी होती रही, दो–एक सालों के फ़ासले पर जब सूखा पड़ता और फ़सल सिरे से गायब हो जाती तो सरकार राहत के लिए जहाँ सड़क–पुल बनाती, वहीं मजूरी करने चली जाती। जिस दिन मजूरी नहीं, उस दिन कमाई नहीं, रोटी नहीं। बिला काम–धाम, आराम से बैठने की उसे आदत न थी। सोने और जागने के बीच सिर्फ़ काम का फ़ासला जानती थी, इसलिए चंद मिनट बेकार क्या बैठी, आपसे आप आँखें मुँद गई। इतनी गहरी सोई कि ओढ़नी बदन से हट, सिर पर टिकी रह गई। निस्पंद बैठे हुए भी उसकी देह ज़िंदगी की थिरकन का भास देती रही। साँस का आना–जाना, छाती का उठना–गिरना, मानो उसकी रूहानियत के परचम हों।

कल उसने दूनी मज़दूरी करके, घरवाले और बच्चे के लिए कुछ रोटी–प्याज बचा रखा था कि आज काम पर न जा, यहाँ बैठ पाए। ऐसा भाग कम होता था कि एक दिन में दो दिनों के गुज़ारे लायक अन्न जुट जाए। सबकुछ बरखा भरोसे जो था। सचमुच पिछले दो बरस बड़भागी बीते थे। पिछले बरस भी बरखा इतनी हो गई थी कि धान की फ़सल ठीक–ठाक हो और उसे कटाई का काम मिलता रहे। और इस बरस... इस बरस तो यूँ टूट कर बरसा था सावन कि बिला खेत–ज़मीन, हरिया लिया था जिया। तभी न कल दूनी मज़दूरी का जुगाड़ हुआ और आज यहाँ बैठने आ पाई। जानती थी पहली औरत आज आएगी, पिछले दो बरसों से आ रही थी।

मुँदने से पहले उसकी आँखें दीवार के परली तरफ़ टिकी थीं। दीवार की बाँध में बँधकर, उधर की निचली ज़मीन के गड्ढों–खड्ढों पर, उमग–घुमगकर बरसा पानी जो ठहरा, तो भरा–पूरा पोखर बन लिया। और उसमें खिल आए कमलनी के अनगिन फूल। जहाँ तक वह जानती थी, और इस इलाके के बारे में शायद ही कुछ था जो वह नहीं जानती थी, तो इस बरस से पहले, किसी बरस यहाँ कमलनी नहीं खिली थी।

हे मैया अजब माया है थारी! इस बरस कमलनी भी यों खिली ज्यों बरसा पानी, अटाटूट। देवी पारबती का चमत्कार नहीं तो क्या कहे इसे? वह जाने थी भली–भाँत, पारबती के कहे पर ही खिली थी कमलनी यूँ घटाटोप। कहा होगा शिवजी से कि प्राण प्यारे खिला दो, छोरी खातिर उसकी नाईं कमलनी। बाबा शंकर मना करते तो कैसे, सूरत छोरी की ज्यों पारबती की परछाई। दिप–दिप मुख पर देवी जोगी मुस्कान लिए ख़त्म हुई थी, पलभर

को जो छोरे का हाथ अपने हाथ से छूटने दिया हो। जैसे ही गाड़ी ट्रैक्टर से टकराई, सोने से छोरा–छोरी मिट्टी हो गए। यह औरत, जो दो बरस से यहाँ आया करे है, जाने क्या सोच बंजर को आड़ दे, बीज छींटा करे है, छोरे की माँ है।

सफ़ेद झुकी औरत की आँखें उसकी देह की तरह बेज़ान नहीं थीं। जब–तब उनमें यादों का बरसाती अँधड़ सरगोशियाँ कर उठता। कभी काली आँधी की किरकिर धूल तो कभी साँवले मेह की झिलमिल टपकन। प्यार से पगे पल की याद कुलाँच भरती कि विरह से सना उपरांत लपक कर उसे दबोच लेता। वह उन्हें पूरा नहीं खोलती थी, न इधर–उधर ताकने की इज़ाजत देती थी।

निगाहें यूँ नीचे झुकी रहतीं जैसे अपने दुःख पर शर्मिंदा हों। पर इधर–उधर न देखने की कोशिश जितनी करे, प्रकृति को पूरी तरह पछाड़ कहाँ पाती थी? गाहे–बगाहे नज़र फ़िसल ही जाती, यहाँ–वहाँ। उसकी दूसरी कोशिश भी नाकाम रहती। बोझिल अधखुली आँखों को पूरी तरह मूँद, यह उम्मीद करने की, कि इस वीराने में यादों के भँवर में डूब, नींद आ जाएगी। एकाध दफा यह तो हुआ कि भँवर से दो–एक खुशनुमा लम्हे जेहन में उभरे और बरबस ओंठों पर हल्की मुस्कराहट तिर गई। पर ज़्यादा देर टिकी नहीं... अनचाहे मनचाहे उगे झाऊँ–कीकर की तरह समाधिस्थ हो गई। बची रही चीख़ती–चीरती एक आवृत्ति... पहले गुज़री इस तिथि की....

कभी ऐसा भी हुआ कि अधखुली आँखों से उसने उम्मीद के इस वीराने को फल–फूल से लदा देख लिया। बेर, कैर, करौंदों से ही नहीं, जामुन और आम के झुरमुट से हरियाया। पर भ्रम रहा भ्रम ही, दीवानगी में भी वह जाने रही कि वह दीवानगी थी, असलियत या सच्चाई नहीं। उन ज़बरन मुँदी, अधमुँदी आँखों में जब नींद कभी न आई तो सपने कैसे आते? नहीं आए इसी से दीवानगी को दीवानगी जाने रही और वीराने को वीराना।

अब भी, हमेशा की तरह, उसने ज़बरन आँखें मूँदी तो छलावे –सी मायावी, नामालूम–सी ने पलकों पर दस्तक़ दी। कहाँ से आई खुशबू? क्या आँख खुशबू लग गई, सपना आ बैठा उसके रूमाल का रूप ले, भीगी पलकों पर? आँखें औचक खुलीं तो इधर–उधर भटक भी लीं।

उसने देखा ... ज़मीन को घेरे जो दो फुटी दीवार खड़ी थी, उसके दूसरी तरफ़ बाहर पानी–ही–पानी था। इतना पानी! हाँ होता है, देख चुकी है न दो बार। बरसात होने पर, उम्मीद का यह वीरान बगीचा, पानी से भरा उथला

नाला बन, ख़ुद अपने पेड़ पौधों को निगल जाता है। पर यह मौत का साया फेंकता पानी नहीं, कुछ और है। इसमें तो बेशुमार कमलनी खिली हैं। दर्जनों, बीसियों, सैकड़ों की तादाद में। वह चौंककर खड़ी हो गई। कमलनी! यहाँ, जहाँ कुछ खिलता नहीं। समझी! आख़िरकार उसे नींद आ ही गई और यह सलोना सपना दिखला गई।

मंत्र मुग्ध वह उठी और यंत्र बिद्ध क़दमों से दीवार के पास पहुँच गई। कमलनी बदस्तूर खिली रहीय मन के तिलिस्मी पेड़ों की तरह बिलाई नहीं। उस पार जाने के लिए वह दीवार में, हैंड पम्प के पास बनी, फाँक की तरफ़ बढ़ी तो वहाँ एक स्त्री मूर्ति देख, स्तब्ध–अवसन्न रह गई। कहाँ से आई यह प्रतिमा, उसने तो लगवाई नहीं, करुणा से ओत–प्रोत देव–मूर्ति...तब... कौन लगा गया... किसने तराशी ऐसी दिलकश... उसकी साँस रुक गई... मूर्ति की छाती उठती–गिरती साँस से हिल रही थी। यह तो... ज़िंदगी की हलचल से लबालब, बादामी आँखें पूरी खोल सपनों में खोई... उसकी बहू थी? ज़िंदा?

पर उसे तो उसने ख़ुद अपने हाथों...

सर में घुमेर उठी और वह चक्कर खा वहीं उसके बराबर में ढह गई। पसीने से तरबतर बदन से चिपकी साड़ी का पल्लू कंधों से लरज, दूसरी औरत की ओढ़नी की तरह ज़मीन पर बिछ गया। वह बेख़बर उठेंगी पड़ी रही। उस औरत ने करुण वात्सल्य से भीगी दृष्टि उस पर डाली पर अपनी जगह से हिली नहीं, सहारा दे उसे उठाया नहीं।

सिर हाथों में धाम, उसने ख़ुद को सँभाला और अपनी उसी झुकी, दुःखी, जीवन से हताश, मुक्ति की तलाश में दिग्भ्रमित मुद्रा में बैठ गई। निगाह बरबस ऊपर उठी तो दूसरी औरत की स्निग्ध नज़र से जा टकराई।

नज़र के साथ चेहरा आँखों की राह जेहन में पहुँचा तो हाहाकार करते दिल ने समझा, वह नितांत अजनबी औरत थी। निश्चल रहकर भी, अपनी साँसों के स्पंदन से उस निष्कंप सन्नाटे को आबाद कर रही थी। खुली बादामी आँखों, उसी मंजर को ताक रही थी, जिसे सपना जान, मोहपाश में बँधी, वह फिर–फिर देखने की पगलाई ख्वाहिश लिए, चली आई थी। उनकी साँझा नज़रों के सामने हर तरफ़ कमलनी ही कमलनी थीं।

दोनों पास–पास मौन बैठी, एक दिशा में ताक रही थीं। पहली औरत अपने से बेख़बर थी और दूसरी से भी, पर दूसरी, पहली से पूरी तरह ख़बरदार थी। स्नेहिल, ममता में रची–पगी दृष्टि, जब–तब उस पर डाल, वापस कमलनी के घटाटोप की तरफ़ मोड़ लेती।

कितना वक़्त गुज़रा कुछ पल, चंद लम्हे, एक घंटा, एक पहर, कौन हिसाब रखता। बेख़याली में गुम पहली औरत भला क्या कयास लगाती, कितने बरस बीते वहाँ? लगा, रेत की मानिंद हाथों से फ़िसली पूरी ज़िंदगी बीत ली। याद आया, यहाँ साँप के एक जोड़े ने बसेरा किया था। केंचुल छोड़ एक दिन सरक लिए। फिर नहीं लौटे। मोर–मोरनी भी भटक आए थे एक बार, जब बरसात से पहले, कुछ पेड़ उम्मीद बन उगे थे। वे भी चले गए न लौटने के लिए। वही बार–बार लौट आती है यहाँ। कब हुआ था वह सब? क्या पिछले साल ही? अब कहाँ थे वे? यहीं कहीं थे आस–पास या गए? सब गए, सबके सब?

दूसरी बेख़बर नहीं थी। आश्वस्त थी कि दिन ढलने में अभी वक़्त था। साँझ उतरने पर, जब कमलनी पंखुड़ियाँ समेटना शुरू करेगी, तभी घर पलट पाएगी, सोचकर ही वीराने में पाँव रखा था। उसे पता था, छोरे की माँ छोरे की पुन्न तिथि पर साँझ घिरने पर ही वहाँ से पलटती थी। कमलनी कल फिर खिलेगी, सूरज उगने के साथ। पर पारबती अपने शिव को साथ ले जो गई सो गई। दो वरस बाद ये सौगात भेजी माँ के लिए ढेरो–ढेर कमलनी के फूल। यहीं से पानी ले जाती थीं गाँवभर की औरतें। इस बरस हर जबान पर यही नाम था, यहाँ कमलनी खिलती है।

बरसात बाद के अगहन महीने की दुपहरी का तेज़ ताप, जिसमें हरिण भी काले पड़ जाते हैं, मद्धिम पड़ना शुरू हुआ तो दमकती चमकती कमलनी, स्त्री की आर्द्र दृष्टि की तरह सौम्य दीखने लगीं। उसने अचकचा कर ऊपर आसमान की तरफ़ देखा, हा, सूरज चलाचली की ओर बढ़ रहा था। उसने ओढ़नी सिर से खींच, पूरा बदन ढका और असमंजस भरी निगाह से पास बैठी औरत को निहारा। निहोरा अब भी था उसमें पर हल्की दुविधा का भास लिए।

थिर मूरत में हरकत हुई तो पहली औरत मायाजाल से निकल ठोस ज़मीन पर आ गिरी। पर कमलनी ... वे तो अब भी खिली थीं। कुछ सिमटी–सकुचाई ज़रूर थीं, नई दुलहिन की तरह। पर थीं सब की सब वहीं, मगन मन पानी के ऊपर तैरतीं। नहीं, मायावी नहीं था वह लोक जिसमें विचर, वह अभी–अभी लौटी थी। कमलनी थीं, वाकई थीं।

बेध्यानी टूटी तो जो पहले नहीं सूझा था, अब सोच बैठी। कौन थी वह औरत, यहाँ क्यों बैठी थी? हैंडपम्प से पानी लेने आई होगी। इस खारे इलाके का पानी भी खारा था, कुओं का ही नहीं, गहरे खुदे नलकूप का भी। वह

खुदवा कर देख चुकी थी। मीठा पानी सिर्फ़ सरकार की कृपा से मिलता था। उसकी ज़मीन पर था मीठे पानी का एक हैंडपम्प। उसी ने कह–सुन कर लगवाया था। सुबह सकारे गाँव की औरतें उससे पानी भरने आती थीं। पर इतनी देर रुक–ठहर कोई बैठती न थी। भागती– दौड़ती आईं, पानी भरते–भरते आपस में दो बोल बोले और चल दीं। कभी वह नज़र आ गई तो शर्मीली–सी दुआ सलाम उससे भी कर ली, बस।

उठने–उठने को होती दूसरी औरत बैठी थी अब तक। पर उसके बदन की कसमसाहट पहली को उठने पर आमादा कर रही थी। क्या वे किसी काम के सिलसिले में आपस में टकराई थीं? याद आया, एक बार, एक स्वयंसेवी संस्था से दो औरतें यहाँ आई थी, गाँव की औरतों को क्या–कुछ बतलाने। बड़ी मुश्किल से औरतों को इकट्ठा किया था पर बात आगे बढ़ी न थी। कैसे बढ़ती? औरतें चाहती थीं रोज़गार और वे देती थीं, मात्र सलाह। तो... उसने क्या किया? कुछ नहीं। सोचा भी नहीं कि कुछ कर सकती थी।

फिर एक बार... अरे पिछले बरस ही तो, धान की थोड़ी–सी फ़सल भी हुई थी इस ज़मीन पर, कुछ औरतें काट ले गई थीं। उनमें रही होगी यह भी। पर... आ...एक बरस बाद... इतनी देर से यहाँ क्यों बैठी है? कौन है यह, क्यों है? कौन हो सकती है? ग़रीब घर की किसान औरत, और क्या। पर. .. आँखों से झरती कण–कण अनुकंपाय सीधी–तनी–कृश देह से तरंगित वत्सल राग? पैबंद लगी फिड्डी पोशाक में दिप–दिप करती देवी–सी आकृति. .. उसकी बहू... पारबती है यह साक्षात! वही... वही... और कोई नहीं... नहीं

कुछ पल गुज़रे... एक पहर और बीता...

सूरज अवसान की तरफ़ बढ़ा, कमलनी सकुचाई, मायाजाल तिड़कता चला गया। इतना कि तमाम संकोच–झिझक के बावजूद, सपनलोक से बेवफाई कर, वह ज़मीनी सवाल कर बैठी।''

''कुछ चाहिए?"

''ना," उसने कहा, "सोचा, इकली कैसे बैठोगी।"

सितम के फनकार

खाने की मेज़ के पास, जिस कुर्सी पर में बैठी थी या कहना चाहिए कि जिस कुर्सी पर बतौर हिंदुस्तान से आए मेहमान, जीवन वर्मा ने इसरार करके मुझे बिठलाया था। उसके ठीक सामने दीवार पर एक लंबा–चौड़ा चित्र टंगा हुआ 47 40X30 इंच का इतना बड़ा कि भरसक कोशिश करके भी उससे नज़र हटाई नहीं जा सकती थी। दाएँ–बाएँ जितनी दूर तक आँखों को घुमाया जा सकता था घुमा लेने पर भी नज़र चित्र से फिरती न थी। कोई न कोई हिस्सा दृष्टि में समाये रहता था। आप कहेंगे नज़र फेरने की ज़रूरत क्या थी? उम्दा मेहमाननवाजी की रिवायत है कि मेहमान को दीवार पर जड़ी बेशक़ीमती पेन्टिंग के सामने बिठलाया जाए। जानती हूँ। जापान तक हो आई हूँ जहाँ ऐसी हर रिवायत को बिला शर्त बिला बहस अज़ाम दिया जाता है। मेहमान के महत्व का अंदाज़ा इसी से लगाया जाता है कि उसकी कुर्सी कमरे की एकदम ताजारीन पेंटिंग या अन्य कलाकृति से कितनी दूर और किस कोण पर है। कति मूर्ति हो पन्टिंग हो पुष्प सज्जा या फूलों की सजावट, होती कमरे मैं एक ही है, जिससे इधर–उधर ला कर उससे बेनियाज न हुआ जाए। पर इस वक्त में जापान नहीं अमेरिका में थी। न्यूयॉर्क के एक महंगे आलिशान सबर्व में घर न जापानी का था न अतिका बल्कि विशुद्ध भारतीय का था। विशुद्ध माने जन्म से पर क्या अमरीकन नागरिक बन चुके एन आर आई या प्रवासी भारतीय को हम विशुद्ध कह सकते हैं, ले जन्म 17 अमरीका में नई–नकोर दूसरी ज़िंदगी मिलती है न? ख़ालिस अमरीकी कहलवाने की कशिश और कोशिश क्या कुछ नहीं करता जाती फिर भी मेरे मेज़बान, जीवन वर्मा बेचारे किस्मत के मारे थे जन्म में विशुदार भारतीय माँ भारतीय पिता भारतीय, नाना–नानी दादा–दादी भी भारतीय दूर–दूर तक विदेशी ख़ून का क़तरा उनकी वंश बेल में दाखिल नहीं हुआ था। यह सब बकवास में क्यों

सोचे जा रही थी? मैं नस्ली शॉविनिस्ट बिल्कुल नहीं न कभी थी न कभी हूँगी। मेरे ज़्यादातर दोस्त– अहबाब मिली–जुली तुला के औरत–मर्द है। इस तरह कि उनके माँ–बाप अलग–अलग मुल्क़ों और कौमों के **बार्शन** है। उस वक्त ये फ़िजुल ख़ुराफ़ात सोचने का मकसूद था चित्र से ध्यान हटाना। बार–बार एक ही विचार मन में कैंध रहा था। इसे खाने की मेज़ के सामने लगाने की क्या तुक थी घर में और कहीं, जगह नहीं मिली? मेरे हाथ में होता तो कहीं भी न लगाती। जानबुझकर सेन चित्र को। जेहन में उतार रही थी, न नज़रअंदाज़ कर रही थी। जो रहा था खुद–ब–खुद हुए रहा था। उस चित्र की फ़ितरत ही ऐसी थी। उसे नज़र की औट न कर पाने की खलिश, मुझे निवाला नहीं निगलने दे रही थी। बेख़्याली में जो एक दो लुक्मे शुरु में खा लिये ये उनसे इतना कह सकती थी कि जो बना था ठीक–ठाक था। उतना लज़ीज़ नहीं जितना मेज़बान ने उसकी तारीफ़ में फरमाया था पर बेस्वाद कतई नहीं। जीवन चर्म ने बड़ी आजिजी से मुझे समझाया था कि वह तेल में सना ज़रूरत से ज़्यादा पका बेहूदा हिंदुस्तानी व्यंजन नहीं बनाने जा रहा था। यह ज़रूर कोई यूरोपीय डिश होगी पास्ता वास्ता जैसी आम फ़हम नहीं. एकदम गरमे क्या तो नाम लिया था उसने चिमीचुर्री? उसने जो कहा हो, मैंने वही सुना था और दुबारा नाम पूछने की हिम्मत नहीं हुई थी। जो भी वह थी बढ़िया ही बनी होगी इतना गुमान मुझे था। अगर मुझे उतनी लज़ीज़ नहीं लग रही थी जितनी लगनी चाहिए थी तो क़सूर, पकाने वाले या पके हुए का नहीं मेरी जबान की कमतरी का था। फिर भी यानी उस कमतरी के बावजूद न खा पाने लायक उसमें कुछ नहीं था। न ज़्यादा लहसुन, न बैंगन, न नाकादिले बर्दाश्त अफलातूनी महक। हाँ, कुछ कच्ची ज़रूर थी पर क्योंकि जीवन पहले ही बतला चुका था कि ज़रूरत से ज़्यादा पकाना, हिंदुस्तानी बेहूदगी की निशानी थी, इसलिए कचास से नज़र चुराने में मैं कामयाब हो गई थी। परीमा जो कर रहा था, वह नज़र में गड़ा सामने दीवार पर दूँगा 40x30 इची चित्र था।

एक बार सोचा पूछूँ क्या मैं कुर्सी बदल सकती हूँ? पर पूछा नहीं। साँच पूरा भी नहीं हुआ कि वह बेहूदा सवाल करने से चेत गई। मेज़ के इर्द–गिर्द सिर्फ़ मेज़बान दम्पति जीवन और सुरुचि नहीं, दो और मेहमान बैठे थे, जीवन के दोस्त मुरलीधर गुप्त और उनकी बेटी सपना। कुर्सी बदलने को कहती तो उसीसे चित्र के बैठा था सामने नहीं। यानी मेज़बान पत्नी सुरुचि से या मेहसान मुरलीधर गुप्त से मान मर्द की बगल से उठकर मेहमान मर्द बैठना

अभेद लगता नहीं ख़ास कर जबसे वहाँ दिला **शाहर** बैठी थी अकेली औरत। अमद कहरवा भी लेती पर जानती थी जीवन उसे बेहूदा हिंदुस्तानियत का कर नवाजेगा। हाँ हाँ ज़रूर जानता है हिंदुस्तान में उठने–बैठने के तौर–तरीकों को तरजीह देने का रिवाज़ नहीं है।

न मुझे हिंदुस्तानी होने से एतराज था न बेटा होने से। पर बेहूदा हिंदुस्तानियत से नवाजा जाना कुबूल न था।

लिहाजा से सुनहरे बेल–बूटे वाली बोनचाइना की प्लेट पर नज़रें गड़ाये चिमीरी नामक या आमक व्यंजन के टुकड़े इधर–उधर घुमाती बैठी रही।

''कैसी बनी है सुना जीवन पूछ रहा था। जी सुरुचि नहीं जीवन। सबसे पहली बात उसने यही कही थी। योगापंथी हिंदुस्तानियों की तरह यहाँ मर्द खाना पकाने या घर का काम करने से परहेज नहीं करते। पर चूँकि में पकाता बढ़िया है। इसलिए वही करता है, मोटे छोटे काम सुरुचि निबटा लेती है।''

''शेफ हैं शेफा' सुरुचि ने कहा था, दाद देकर या तंज से स्पष्ट नहीं हुआ था।।

ज़ाहिर था, शेफ़ की बनाई डिश में दिलचस्पी शेफ़ की ही होगी।

''कैसी बनी है?'' उसने दुहराया तो मुझे अपनी बदतमीज़ी का अहसास हुआ जवान देने के बजाय मैं बदबख़्त यह सोच रही थी कि जब मुझे यही नहीं पता कि बनने पर उसे कैसा लगना चाहिए तो यह कैसे बतलाऊँ कि बनी की पूरी तरकारी, हलवा, छैना पायस, ढोकला इदली भरवाँ करेला होता तो कह सकती थी। तला या सुतः ठीक था कि नहीं, मुलायम या करारा कम–ज़्यादा पा. मिर्ची मसाला तीखा। या फ़ीख़ा था पर उन इंसान हीं था। पता नहीं इसे ज़्यादा उद्यासागर को यो नहीं? कहीं रेयर बीफ तो तरह कच्चा को कच्चा तो नहीं पेश कर दिया गया? अब मुझे नीची नज़र की उनकाई'' आने की हुई। किसी तरह मैनी नज़र से न यहाँ से वहाँ देख ख़ासे नाटकीय अंदाज़ से कहा 'सुपर्ब।

पता नहीं क्या ग़लती हुई कि मुरुरुचे खिलखिलाकर हँस दी, बोली संद्र यही कहते हैं, टैन्डलॉइन है जमावा अचरज कि इतनी खिली–खिली हँसी में भी व्यंग डाल सकता है। हो सकता है मेरे फ़ितूरी दिमाग़ को लगा हो।

जीवन ने एक जलती नज़र उसकी तरफ़ फेंक कर मुझसे कहा, इतने बरस हो गये पर सुरुचि अब तक अपनी माँ के बनाये आलू के परांठों और दही भल्लों की मुरीद है। बैचारी उनसे ऊपर उठ ही नहीं पाई। बनाती भी वही सब है।

"है क्या?" मैंने दबी जबान से सुरुचि से पूछा। बाद में उसने चुपके से जवाब दिया।

''टैन्ड्रलोइन क्या होता है बीफ तो नहीं मैंने जबान कुछ और दनाई।

"नहीं, जीवन पक्के हिंदु है। यह वाला टेन्डर चिकन चिमीचुरी का है, हन्य की खातिर कुछ भाजी तरकारी भी मिला दी गई है। वह फिर तेजिया हँसी हँसी।

चिकन तो ठीक है, चिमीचुरी क्या होता है मैंने नहीं पूछा जोवन बुरा मान जाता। मुझे यक़ीन था उसने काफ़ी विस्तार से उसके बारे में व्याख्यान दिया होगा मेरा हो ध्यान इधर–उधर बिला गया होगा। जब भी वह भारतीय काहिली ग़रीबी पिछड़ेपन के हवाले से अमरीकी ज्ञान–विज्ञान, आर्थिक विकास आरामदेह रहन–सहन के कसीदे काढ़ते हुए, अमरीकी हेल्थ फूड और यूरोप के सूरमे खान–पान तक जाना मेरा ध्यान पहले चरण पर ही बिला जाता कमबख़्त में हिंदुस्तानी–हिंदुस्तान में अटकी रह जाती गुरमे छोड़ हेल्थ, तक काल में न पड़ता।

मैंने फिर आँखें प्लेट पर टिकाई और चिकन चिमी की बनाने में लगीभर लाख चाहने पर भी नज़र बार–बार चित्र की तरफ़ जाती रही।

"आप हिंदुस्तान की किस स्टेट से है?" कानों में पड़ा, मुरलीधर गुप्त पूछ रहे थे। जवाब देने के लिए उनकी तरफ़ देखना लाज़िमी था। मतलब चित्र को भी देखा। असदेख करने की कोशिश में मनोयोग से चिकन चिमीचुरी मुँह में डाली और उचारा उत्तर प्रदेश कानपुर।"

"हम भी यूपी के हैं। उन्होंने ऐसे कहा जैसे उत्तर प्रदेश को यूपी बनाकर, उस पर और मुझ पर करम कर रहे हो।

''मेरा ख़्याल था, आप अमरीका, न्यूयॉर्क से हैं, मैंने कहा।

वे तृप्त भाव से बिहँसे मानो महानता का तमगा पहना दिया गया हो।

"मैं अपनी पत्नी को केरल के आश्रम में छोड़ कर आया है आप कभी गई हैं वहाँ?" आश्रम में क्यों? वे तो बूढ़े नहीं लगते कतई, यानी पचास के आसपास होगी उम्र फिर पत्नी क्योंकर बूढ़ी होगी? हो भी सकती है। मान लीजिए कि वे खाती हों हिंदुस्तानी बेहूदगी और ये अमरीकन हेल्थ फूड़ा तब वे पचास में साठ की लग सकती है और ये सत्तर में पचास के। मगर ये चिकन चिमीचुरी तो हैल्थ फूड नहीं गूरमे है (किस मुल्क़ की ठीक से सुना नहीं पर इतालवी या फ्रांसीसी नहीं है इतना अहसास उसके तबील तसिरे से हैं)। जैसे मुरलीधर उस पर हाथ साफ़ कर रहे थे क्या हरिद्वार का कोई पण्डा करता।

गौरतलब बात यह थी कि उन्हें चित्र नहीं देखना पड़ रहा था। देखते भी तो ज़रूरी नहीं था कि मेरी तरह खाने से बेरुखी हो जाती। अपनी फ़ितरत दूसरों पर क्यों थोप रही. हूँ? छोड़ परे दूसरे सवाल पर ध्यान दे आश्रम में छोड़ा क्यों और छोड़ा तो उत्तर प्रदेश छोड़ केरल में क्यों?

''केरल गई हो कभी मेरी दिल का जायसवाल नहीं उनका मैंने तो सोचाभर या पूछा नहीं लगा सुखे सुने उस्ताद थी।

"हाँ गई हूँ। कोच, तिरुवनंतपुरम गरिवकोटा हम तो सिर्फ़ कोचिन त्रिवेंद्रम और कालीकट गये हैं।

"एक ही बात है ये उनके मयास नाम थे और अब भी है।

''होगे।'' उन्होंने कंधे उचकायें, हम अंग्रेज़ी नाम ही जानते हैं।''

'ज़ाहिर है, मैंने हँसी रोकी और सुरुचि की तरफ़ देखा। वह मस्त हँस रही होगी। पर नहीं, वह बिल्कुल संजीदा थी, शर्मसार और ग़मगीन हँसी से कोसों दूरा प्लेट नज़रें गड़ाये, चिकन चिमी की चूरी बना रही थी।

"उन्हें टर्मिनल कैंसर है, वह मेरे कान में धीमे से फुसफुसाई कि मुरलीधर ने उसी बात को ज़ोर से उचार दिया।

मैं सकते में आ गई। न चाहते हुए भी मुँह से निकल गया उसे कौन है उनके पास सोचा पत्नी वहाँ मर रही है तो पति यहाँ बैठा चिकन मिरी क्यों उड़ा रहा है? आख़िरी वक्त में उसके पास क्यों नहीं है?

सच्चिदानंद आश्रम के तमाम लोग हैं। त्रिवेन्द्रम का वह नेचुरोपैथी आश्रम दुनियाभर में मशहूर हैं।"

''वहाँ जाने से पहले हमने गूगल करके उसके बारे में मालूम कर लिया था बेटी सपना ने सगर्व जोड़ा।"

वे एकदम नेचुरल तरीके से उनका इलाज कर रहे हैं बिना पेनकिलर्स दिसली. रेडियशन वग़ैरह।"

पर दर्द और अकेले में फ़ाज़ हिंदुस्तानी बेहूदगी पर उतर आई।

वे है न? वे कहते हैं मन पर अंकुश रखो तो दर्द से भी छुटकारा मिल सकता है।"

''मिला।''

''शायद'', उन्होंने कौंचाभर चिकन चिमीचुरी अपनी प्लेट में और पलटी सारी काँचा नहीं, सर्विस स्पुन।

"आप उनके पास क्यों नहीं हैं, मेज़ के नीचे जीवन के पर के टोहके को नज़रअंदाज़ करके में लगी रही।

''यह उनका प्राइवेट मामला है जीवन फुसफुस करके घड़का।

जीवन की ची–ची आवाज़ मुरलीधर की दमदार आवाज़ के नीचे दब गई मैं–मैं कैसे जा सकता हूँ। इतना बड़ा बिजनेस हैं सिर खुजाने की फुर्मत नहीं है। केरल तक आने जाने में पन्द्रह दिन खप गये। कितना नुकसान हुआ। रातरात जमकर काम किया तब जाकर भरपाई हुई।

"और तुम?" मैं बेटी से मुखातिब हुई।

"मैं वह जैसे आसमान से गिरी में अपनी कंपनी के पी.आर. विभाग की हुई है। साल में कुल पन्द्रह दिन की छुट्टी मिलती है।"

''यह हिंदुस्तान नहीं है कि जब यह छुट्टी मार कर बैठ जाओ मिलने का नियम हो उतनी ही मिलती है। भाई–भतीजावाद नहीं चलता। जीवन ने तुरं सुर में बाधा दी. पूरा सपना अपनी में कही गई इस साल सारी छुट्टी काल में बिताई। एक दिन के लिए रिलेक्स करने कहीं नहीं गई। मन ही नहीं हुआ। हमसे ज़्यादा मैं क्या कर सकती हूँ अंतिम बात तक आते–आते वह आँगी हो गई। मैंने कहा था नमी को यहीं रहने है पेन मेनेजमेंट कितना विकसित हो गया यहाँ। नस रख लेंगे, रात–दिन की अलहदा, दो और वीकएंड पर तो हम कम से कम में उनके पास रह सकती पर डैंडी ने कहा वहाँ स्प्रिचुअल अप्रोच है सेवा भाव है उनको नेचुरल पद्धति युनीक है। और और हो सकता है, बाएँ वे ठीक हो जाए। उन लोगों की ईश्वर पर आस्था है, इसलिए ईश्वर की भी उन पर अनुकंपा होती है अब वह रो ही तो दी।

मुरलीधर ने बहुत प्यार से एक काँचा चिकने चिमीचुरी उसकी प्लेट पर उलटाई कहा कितनी लाजवाब बनी है नहीं अर्जेंटीना के पारिल्ला में भी नहीं मिलेगी।

ओह तो अर्जेन्टीना की डिश है यहाँ गारत हो गया दिमाग़ कमबख़्त डिश कही की हो या फ़र्क पड़ता है। पर दिमाग़ है कि सबकुछ नोट किये बिना मानता नहीं, बस जीवन की मुफ़लिस–सी आवाज़ में बयान किये तबील ब्यौरे ही दस्तक़ नहीं दे पाते।

"मैंने ग़लत क्या कहा था। वे लोग एक पैसा नहीं लेते निस्वार्थ सेवा करते हैं, आध्यात्मिक हैं, यहाँ जन्मी तुम्हारी पीढ़ी को क्या मालूम मूल चुकी सब कुछ अरे मिलियन डॉलर खर्च करके भी हम उन लोगों जैसा सेवा और परमात्मा **आल्या** नहीं ख़रीद सकते। वे सपना को समझा रहे थे।

"असल बात पैसा नहीं, यह है कि कुछ फ़ायदा है कि नईम ने कहा।''

कैसी भारतीय हैं आप! आस्था पर विश्वास नहीं करेंगे तो होगा

कैसॉजिटिव वाइब्स भेजनी होती है रोगी के पास एक एक आदमी जिससे उसकी मानसिक और आत्मिक शक्ति सबल प्रबल हो सके शरीर को नीरोग

''पर दर्द''

हाँ डैडी दर्द? हम जानते भी नहीं उन्हें कितना दर्द है।

''जान कर क्या होगा? उन्होंने कहा या न. एक समय उनके मस्तिष्क ईश्वर में स्थित हो जाएगा और वे स्वयं पीड़ा से अनमित में जाएगी।

ज़ाहिर था वे शुद्ध हिंदी में उनके कहे शब्द दुहरा रहे थे, पता नहीं वाकई उन पर आस्था थी या सपना को फुसला रहे थे। या अपने को?

सपना देख़याली में बहुत जल्दी–जल्दी, बिना चखे चिकन चिमीचरी निगल रही थी। जीवन अपनी करिश्माई डिश की बेनियाजी को घूर रहा था यह सपना उसकी नज़र से बेअसर आँखों में आँसू संजोये, चम्मच भर–भरकर हँस रही थी। तभी सुरुचि ने अपनी आधी भरी प्लेट आगे खिसकाकर आहिस्ता से कहा "मुझे नहीं खाना।"

उससे बल पाकर मैंने भी हौले से अपनी प्लेट इंचभर आगे की और कहा, मुझे भी।

"दिमाग़ खराब हो गया है तुम लोगों का जीवन ने चीख़ना चाहा पर तुनक कर रह गया। प्लीज ख़त्म करो उसने चिधिया कर जोड़ा पता है कितनी मेहनत की मैंने। कितनी कला लगी है इसे बनाने में? सुरुचि पिघली नहीं बल्कि उसके चेहरे पर वितृष्णा की परत पुत गई। उसे महसूस कर जीवन हिंसक हो उठा।

बोला, 'हिंदुस्तान में इंसान की ज़िंदगी की क़ीमत क्या है जो वे लोग एक आदमी की मौत को लेकर परेशान होंगे उनके लिए जीवन–मृत्यु ईश्वर की इच्छा है, माया है, नियति है। संसार क्षणभंगुर है, जो आता है जाता भी है फलसफा कर अलग हो जाएँगे।

"अलग हम हो रहे हैं वे नहीं। वे तो सेवा कर रहे हैं, सुरुचि आगे बढ़ गई।''

हां–हाँ मालूम है। अंतिम समय जान कर सेना तर रहे हैं अपना परलोक सुधारने का उनकी ज़िंदगी बचाने की खातिर नहीं।"

...किसने कहा!" अब बारूद–सा फटने की बारी सपना की था। हम उन्हें जहाँ करने के लिए नहीं छोड़ कर आये, ठीक होने के लिए भेजा है।"

"पिछड़े हिंदुस्तान में ज़िंदगी की वहाँ क्या क़ीमत है, जानती नहीं? तुम्हारे डैडी तो बखूबी जानते हैं। याद है इस चित्र को देख कर क्या कहा था तुमने–

"छोड़ो?'' उसकी क्या बात आवाज़ का दम घोट कर मुरी ने मिन्नत की।

"भूल गये' कोई बात नहीं, याद दिला देता हूँ। तुमने कहा था यह हिंदुस्तान की वरना की एकदम सही तस्वीर है। साले बड़े स्प्रिचुअल बने फिरते हैं बकवास अपने मतलब के लिए सैकड़ों हज़ारों की जान ले सकते हैं, यह फ़लसफ़ा झाड़कर कि मरना तो उन्हें एक दिन था ही। प्रभु इच्छा। हम क्या कर सकते हैं। अवसरवादी बास्टर्डस आयुर्वेदिक डिस्पैन्सरी खोल कर उन्हीं के मुफ़्त इलाज करने का दिखावा करते हैं जिन्हें बार करके करोड़ों कमाये थे। कोई पूछे अगर आयुर्वेद में इतनी ताक़त है तो ख़ुद एलोपैथिक इलाज क्यों करवाते हैं तमाम सतासीन अमीर जन!"

''डैडी!" सपना ने कातर स्वर में गुहार लगाई।

''बोलो कहा था कि नहीं?''

"कह दिया होगा। बहस में आदमी बहुत कुछ कह जाता पर मेरा विश्वास,

''कचरा विश्वास हर हिंदुस्तानी की तरह तुम भी हिपोकिट हो।''

पर यह चित्र आपने खाने की मेज़ के सामने क्यों लगा रखा है दावत मेरे मुँह से फूटा।

''क्यों उबकाई जाती है? संघ देखने की मूत नहीं है। नज़रेकर कर असता याहते हो? जैसे चौराहे पर भीख माँगते बच्चों और विकलांगों से नज़र कर मोबाइल पर के ऑर्डर करते हो!''

मेरे रूपठ से आवाज़ नहीं निकली। हम सपना भी धूप हो। सुरुचि में हिम्मत करके मोटे स्वर में कहा, "छोड़ो थी। अब कोई खुशनुमा मात करते हैं। पता है जीवन में लेमन सूफ़्ले बना है। देर हुई तो बैठ जाएगा। बड़ी नाजुक दिए है।"

"सोनिया जीवन ने सौंपा मुझे पर पकड़ा जानना नहीं है कहाँ का? बुझये कहाँ का है?

मुझे नहीं पता मैं मिमियाई।

सूरत का है 2012 की बाद का बहुत लोग डूब गये थे, सुरुचि बीच में कूद गई। मैं सूफ़्ले से कर आती हूँ।"

"नहीं मैं ख़ुद लाऊँगा। अभी समय है। बाढ़ आई क्यों वह भी तो बतलाओ। इस को बचाने की खातिर पानी, शहर की निचली ग़रीब बस्तियों और गाँवों की तरफ़ छोड़ दिया गया था। दो हज़ार, एक–सी पिचासी लोग डूब कर मर गये थे। उसी की फोटो है यहाँ देखो, कितने लोग मरते दिख

रहे हैं। गिनो। एक–दो–तीन गिनती जाओ देखो वे बच्चे हैं वे बूढ़े, मर्द, औरत, वे गर्भवती औरतें देखो वह वाली पूरे नौ महीने की लगती है। देखा जिसे नहीं देखने का नाटक करती रही थी, उसे अब रेशा–रेश साफ़ देख रही 40x30 इथ के चित्र का हर मिलीमीटर लाश बनते इंसान की शक्ल से चुका था। चित्र आवाज़ था पर मुझे बेपनाह चीख़–पुकार सुनाई दे रही थी। वे साफ़ दिख रही थी, इतनी कि हर को मैं अलग महत्त्व से कर रही नरसंहार, रेशा–रेशा मेरे सामने घटित हो रहा था। चुंबकीय आकर्षण से बँधी चित्र आँखें गड़ाये में, निस्तब्ध उसे देख रही थी।

'इसके फोटोग्राफर केरल के मशहूर : विकार श्रीनिवासन है। जैसे फोटो न हो कर पेन्टिंग हो। एक बात है केरल में और जो होना है क्यों सोनिया? मैंने कुछ नहीं कहा पर सपना कुर्सी) पीछे खड़ी हो गई। मलेगो "उसने सपाट लहज़े में कहा, दफ़्तर में काम है।"

"बैठो'', जीवन ने हुक्म दिया। उसकी आवाज़ में गज़ब का रवि था, मैं सूपले जा रहा हूँ बहुत नायाब रेसिपी है, उसे बनाना अनियस फारीगिरी की माँग बरता है इस चित्र की तरह। नियंत्रण ज़रा बिगड़ा नहीं, सामग्री का बैलेन्स गड़वाया नहीं पानी की मिकदार बढ़ी नहीं कि सूफ़्ले कोलाप्स हुआ। खाये बग़ैर नहीं जा सके वह रसोई में चला गया।

सपना बैठी नहीं पर जाने के लिए क़दम आगे नहीं बढ़ा खड़ी रही। हम सब भी बाहर के अहसास से थर्राए चित्र की तरह विचल–अविचल बैठे रहे।

कहानी–विमर्श

निरंतर और स्तरीय कहानियाँ

—महेश दर्पण

नई कहानी दौर के बाद जिन रचनाकारों ने अपनी शुरुआती कहानियों से ही नई पहचान अर्जित कर ली, उनमें मृदुला गर्ग का नाम पहली पंक्ति में आता है। 'हरी बिंदी' और 'कितनी क़ैदें सरीखी कहानियों से जगह बनाने वाली मृदुला जी आज चौथे रचना—दशक में हैं। 'संगति—विसंगति' की भूमिका में वह अपने बारे में बहुत साफ़ कहती हैं— "जहाँ तक मेरा अपना सवाल है, मैंने लिखना शुरू किया, साठ के बाद, जब कई कई परंपराएँ, लौट—लौटकर आ चुकी थीं, और आ—आकर लौट चुकी थीं। इसलिए मेरी स्मृति या अवचेतन पर सभी की छाप रही होगी। किसी एक पुख़्ता, ग़ैर—लचीली विचारधारा ने अलबत्ता मुझे गिरफ़्त में नहीं लिया। इसलिए मेरे मन में बराबर यह सवाल उठता रहा कि संगति या विसंगति की जो भी राह, जिस किसी ने पकड़ी, वह सायास थी या नहीं? वह विचारधारा के तहत थी या लेखक का अपना स्वभाव, संस्कार व घटित जीवन ही ऐसा था कि अनायास, वह राह पकड़ ली गई।"

'क्षुधा पूर्ति' कहानी का पेटू चरित्र भुलाए नहीं भूलता। यथार्थ ने फंतासी का अद्‌भुत मेल कराती कथाकार चरित्र के मानस को इस तरह पकड़ लेती है कि हम उसके साथ—साथ सोचने पर विवश हो जाते हैं—'कितनी मज़ेदार बात है। ये लोग हज़ारों रुपया माहवार कमाते हैं। गाड़ी है, टी.वी. है, फ्रिज है, यहाँ तक कि एयरकंडीशनर भी है। पर उसका पेट ये नहीं भर सकते। उसे महसूस हुआ वह एक बहुत बड़ी हस्ती है। दुनियाभर में ढूँढ़ने पर भी उतना बड़ा आदमी नहीं मिलेगा, जो उसे भरपेट खिला सके।' भूख को लेकर कहानी में ऐसा प्रयोग है यह, जो दोनों छोरों से विचार करता है। कहानी के अंत तक आते—आते प्रारंभिक अंश की स्मृति हो आती है जहाँ इस चरित्र का शुरुआती परिचय मिलता है—उसके लिए भरपेट खाना असंभव था, क्योंकि

वह चाहे जितना खा ले, उसका पेट नहीं भरता था। जिस तरह कथांत में उसका पेट भरता है, वह प्राणलेवा तो साबित होना ही था। कथा में विचार की, यह अपनी तरह की बुनावट थी।

मृदुला जी की प्रारंभिक रचनाओं में सर्वाधिक चर्चित कहानी रही है–'हरी बिंदी'। पति को अनुपस्थिति में स्त्री का अपना एक दिन है यह रचना। ऐसा दिन जिसे वह अपनी मरजी से जीती है, बग़ैर किसी बाहरी दबाव के अनावास यहाँ उसे, घर से बाहर निकलने पर ऐसा व्यक्ति भी मिल जाता है जो यह नहीं जानना चाहता कि उसके पति हैं या नहीं, और हैं तो क्या काम करते हैं। हाँ, 'हरी बिंदी' ज़रूर उसे आकर्षक लगती है जिसके लिए, उसका पति राजन होता, तो कहता– नीले पर हरा? क्या तुक है?"

अपनी प्रति छाया को जबान निकालकर चिढ़ाती कथानायिका का यह कहना कि 'तुक की क्या तुक है?" कहानी पूरी हो जाने पर भी साथ रह जाता है। बग़ैर किसी स्त्रीवादी विचार के शोर–शराबे के यह कहानी अपनी बात पूरे सामय के साथ कह जाती है कि स्त्री को भी एक व्यक्ति क्यों नहीं माना जाता? वही अनुकूलित क्यों होती रहे पुरुष के लिए? ज़ाहिर है, यह रचना के टेक्स के बाहर उपलब्ध उसका एक पाठ है।

मनुष्य के विभाजित व्यक्तित्व को सामने रखना हो या आडंबर के पीछे की सच्चाई को उजागर करना, मध्यवर्गीय जीवन की विवशता को सामने रखना हो या पारदर्शी विश्वसनीयता को बनाए रखने की ललक, मृदुला गर्ग का कथाकार हर जगह सन्नद्ध नज़र आता है। 'विचल' में मध्यवर्ग का ढोंग बड़ी सहजता से उजागर हुआ है। अलका जीजी के रहते जो घर बड़ा और खुलापन लिए था, वही सरोज़ और निखिल के आते ही सिकुड़ कर छोटा हो जाता है। यहीं नहीं, व्यवहार का आडंबर भी जैसे स्वतः एक्सपोज होता चला जाता है।

संधी भाषा में संवाद न सिर्फ़ कहानी को आगे बढ़ाते हैं बल्कि स्थितियों की ऊपरी परत को उघाड़ते भी चलते हैं। नैरेटर का काम ऐसे में बहुत कम और संकेत भरकर देने का रह जाता है।

दुनिया के इस क़ायदे की खूब ख़बर लेती हैं कथाकर कि 'औरत आदमी बग़ैर रह जाती है, आदमी औरत के बग़ैर नहीं रह सकता।' 'दुनिया का क़ायदा' कहानी में कथाकार ने यह काम बखूबी किया है। इसके पहले भाग में यह काम स्त्रियों के दिमाग़ को एक्सपोज करके किया जाता है और दूसरे भाग में पुरुष (नायिका का (पति) के। सुनील का जवाब सभ्य समाज की

कलई अनजाने ही खोल जाता है–"सभ्य समाज का यही क़ायदा है। ख़रीद–फरोख़्त, नौकरीपेशा, सब खाने की मेज़ के इर्द–गिर्द, शराब का गिलास हाथ में लेकर तय होते हैं। मेहता से मेरा एक काम अटका पड़ा है।"

इस कहानी का उत्तरार्ध जहाँ पुरुष की, स्त्री को वस्तु समझने वाली मानसिकता को सामने रखता है, वहीं उसकी इस्तेमालिया राजनीति भी बेनकाब होने से बच नहीं पाती। मिस लाला प्रसंग तो पूरे समाज की असलियत ही सामने रख देता है। 'टुकड़ा टुकड़ा आदमी' में खंडित व्यक्तित्व की पहचान के साथ ही आधुनिक जीवन के दबाव भी सामने आते हैं। सुबोध कुमार के कई रूप यहाँ क्रमशः सामने आते हैं। मज़दूरों के बीच बेलापुर सीमेंट फैक्ट्री के चेयरमैन और प्रभा के साथ एक अलग ही व्यक्ति। लेकिन यह कहानी सिर्फ़ व्यक्ति की नहीं है, उस समाज की भी है जो भरपूर श्रम करने के बावजूद कुछ नहीं अर्जित कर पाता। कथा में कंट्रास्ट देखना हो तो यह कहानी पूरे वेग से ध्यान खींचती है। बहुत चुपके से दोनों वर्गों में स्त्री की स्थिति भी खुलती चली जाती है यहाँ साथ ही याद हो आता है 'संगति–विसंगति' की भूमिका का वह अंश भी जहाँ लेखिका यह स्वीकार करती हैं कि जीवन में मिले धक्कों ने, अंततः संयोग व अनायास घटित होते प्रकरणों की प्रबलता को स्वीकार करवाकर छोड़ा।

यह एक भ्रांति ही है कि मृदुला गर्ग का रचना संसार संभ्रांत वर्ग के इर्द–गिर्द घूमता है। उनकी कुछेक खूबसूरत कहानियाँ पूरी संलग्नता के साथ निचले तबके की विवशताओं, सपनों और महत्त्वाकांक्षाओं को सामने रखने की कोशिश में लिखी गई है। यह दीगर बात है कि वहाँ भी सायासता और भावुकता कम ही है। 'दो एक फूल' की शांतम्मा का दर्द डॉ. मालती शर्मा ने जिस तरह समझा है, वह कहानी को अनेकार्थी बनाता है। डॉ. मालती शर्मा की आत्मालोचना इसे और संजीदगी प्रदान करती है। जहाँ यह रचना शांतम्मा को एक मज़बूर स्त्री के रूप में सामने रखती है, वहीं 'उसका विद्रोह' का घरेलू नौकर भीतर ही भीतर सुलग उठता है। वह जिन स्थितियों में जीने को विवश है, उन्हें शांतम्मा की तरह स्वीकार कर लेने की बजाय विद्रोह का रास्ता पकड़ लेता है। कहानी में उसका मनोजगत पूरी आत्मीयता के साथ सामने आता है। इस मनोजगत के अनुरूप ही उसका विद्रोह अपने चरम पर इस तरह पहुँचता है– "उसने गैस पर चढ़ी पतीला उतारकर धम्म् से नीचे पटकी, इधर–उधर पड़े बर्तनों को खनका कर एक तरफ़ धकेला और रसोईघर का दरवाज़ा धड़ाक् से मारकर आँगन में जा पहुँचा। कपड़े उतारकर

आँगन के नल की चुटीली धार के नीचे बैठ गया और अपनी मोटी भाँडी आवाज़ में ज़ोर–ज़ोर से गाने लगा। इतनी ज़ोर से कि बैडरूम में पड़ी मेमसाहब के कानों तक उसकी आवाज़ साफ़–साफ जा पहुँचे।"

यह दरअसल उस व्यक्ति की कहानी है जो अपने मन से कुछ भी कर सकने के लिए स्वतंत्र नहीं है, क्योंकि मालिकों के इशारे पर नाचना उसकी नियति बना दी गई है। उसका पूरा यह विद्रोह इसी नियति के विरुद्ध है। जिस वर्ग के इशारे पर नाचने के लिए यह घरेलू नौकर विवश है, उसे भी रचनाकार ने कतई बख्शा नहीं है।

मृदुला गर्ग की कहानियों के आकार कई तरह के हैं। कुछ कहानियाँ लंबी भी हैं, लेकिन अधिकांश आकार में मँझोले और कुछ बहुत छोटे आकार की भी हैं।

कहानी में अनावश्यक विस्तार या झोल उनके यहाँ नज़र नहीं आता। 'यह मैं हूँ' सरीखी कहानी की सरल के भीतर की तल्खी और झुँझलालट में एक स्त्री का साइके बारीकी से खुलता है। फोटोग्राफर द्वारा रीटच कर सुधार दिए गए अपने चित्र को देख जहाँ यह कथानायिका संतुष्ट हो जाती है, वहीं चित्रकार मणिपाल द्वारा बनाए गए अपने चित्र में जब उसे बारीकी से अंकित एक–एक सच नज़र आता है तो वह अवाक् रह जाती है। यथार्थ का यह सामना मृदुला जी अपनी कहानियों गें बार–बार करती हैं। कहीं वह व्यक्ति का होता है तो कहीं समाज का बाहरी आडंबर को चीरती हुई कहानी जैसे स्वतः अपना यथार्थ पा जाती है। प्रश्न उठता है कि क्या व्यक्ति (विशेषतः स्त्री) वहीं और वैसा होता है, जैसा वह नज़र आ रहा होता है? क्या हम उसे भीतर से पड़े बग़ैर समझ सकते हैं! मृदुला गर्ग का कथाकार कहता हैं–नहीं। चरित्र को पढ़ने के लिए, उसकी थाह पाना ज़रूरी है। ऐसा न होता तो 'लिली ऑफ द वैली' सरीखी कहानी लिख पाना कठिन था। इस कहानी की निशि का अतीत, उसके वर्तमान में उससे क़रीब–क़रीब छूट ही चुका है क्योंकि यहाँ उसे अपने पति राकेश के अनुरूप ढलना है। स्त्री के इस समर्पिता रूप के प्रति कथाकार में कोई भावुकता भरी सहानुभूति नहीं है, यह अच्छी बात है। बावजूद इसके कहना ज़रूरी है कि स्त्री जीवन की विडंबनाओं को वह बड़ी सूक्ष्मता से अंकित करती हैं। वह उनसे कहानीकारों में से एक रही हैं जिन्हें कथानक में आंतरिक तर्क को बनाए रखना आकर्षित करता था। क्रमशः उन्हें लगा कि पात्रों की जीवन दृष्टि की तार्किकता का अपना महत्त्व है। वह स्पष्टतः कहती हैं–"उसके बाद मैंने जितने उपन्यास या कहानियाँ लिखीं,

उनमें शायद ही किसी का अंत तर्क ने तय किया हो, चाहे वह पात्रों के चरित्र का हो या कथायात्रा का। बस, पात्रों के जीवन में जो विसंगतियाँ घटी, उन्हें खींच–खाँचकर, अंत को कहीं से कहीं पहुँचा दिया। धीरे–धीरे सब कुछ और, और विडंबनापूर्ण होता गया। यहाँ तक कि लोगों को विसंगति ही संगति नज़र आने लगी, विडंबना तर्कपूर्ण अब तो आलम यह है कि पात्रों को विडंबना की असंगत मार से बचाए रखने का, मेरा लालच पूरी तरह ख़त्म हो गया है।

'डेफोडिल जल रहे हैं' जैसी कहानी संभवतः इसी प्रक्रिया का सर्वोत्कृष्ट उदाहरण है। कविता, कहानी, यात्रावृत्त और लगाव भरे कोलाज में ज़िंदगी और मौत के दर्शन से खेलती यह कहानी अपेक्षाकृत लंबी ही नहीं, पूरी गहराई में उतरकर अपनी बात करती है। स्त्री और पुरुष के बीच बेहद क़रीबी होते हुए भी मौजूद रहने वाली दूरी ही नहीं, औपचारिकता और अनौपचारिकता का जाला भी साफ़ करती है। गहन अनुभूतियों को स्वर देती यह कहानी एक लंबी कविता की तरह भी पढ़ी जा सकती है।

जिना अधबीच में आकर कहानी का केंद्रीय पात्र बन जाती है। उसके जीते जी ही नहीं, मरने के बाद भी, पत्र से यह स्पष्ट हो जाता है कि जी आदमी ज़िंदगी से बहुत–बहुत प्यार करता है उसके लिए मरना बहुत आसान हो जाता है। अर्धकथा तक कहानी की नायिका नज़र आती सुधाकर की पत्नी और जिना एक–दूसरे को देवदूत स्वीकार करते हैं। और इसकी बना है कि गहरे में कहीं यह विश्वास भी मौजूद है कि उन्हें ख़ुद को समझने वाला व्यक्ति मिल गया है। इस पत्र की एक–एक पंक्ति जिना इसी विश्वास से सुधाकर की पत्नी को संबोधित करती है। भीतर से टूट चुकी सुधाकर की पत्नी को यह पत्र बताता है कि खूबसूरत सिर्फ़ ज़िंदगी होती है, पर मौत उसका हिस्सा ज़रूर बन सकती है। कुल मिलाकर आत्महत्या करने से पहले जिन्ना का लिखा यह पत्र एक तरह से ज़िंदगी से प्यार करने का ज़रूरी सबक है। अपने समय का अद्‌भुत कथा प्रयोग है 'डेफोडिल जल रहे हैं।' यहाँ स्त्री ऊपर से भावनात्मक आवेगों में भले ही नज़र आती हो, लेकिन भीतर से वह बौद्धिक मज़बूती और तर्कशील गहराई लिए है। चरित्रों के भीतर उतरने के लिए जिस मनोवैज्ञानिक समझ का होना ज़रूरी है, वह मृदुला गर्ग के कहानीकार के पास मौजूद तो प्रारंभ से है, लेकिन यहाँ आकर जैसे उसका संपूर्ण विकास नज़र आता है। बेख़याली की हदों को छूता हुआ खिलंदड़ापन हो या ज़िंदगी को समझने की गहरी संजीदगी, 'ग्लेशियर से' जैसी कहानी की मिसेज दत्ता

और पठान न भुलाए जाने वाले चरित्र हैं। श्यामला की बातों को याद करने वाली उषा भटनागर मिसेज दत्ता बनकर भी उसे भुला नहीं पाती। और इसका तर्क है श्यामला की बातें– 'हर लड़की के लिए ज़रूरी नहीं कि वह क़ीमती पर्दों के नीम अँधेरे में सोफों और कालीन के रंग मिलाती हुई जिए, पत्थर और लकड़ी के चंद टुकड़ों पर बिछे रंगीन कपड़ा को घर कहकर पुकारे और हर बरस घर के सामान में लोगों को दिखलाने लायक इज़ाफा करती हुई, एक दिन ख़ुद भी बेशक़ीमती सामान का दर्जा हासिल कर ले.. .. अपनी इच्छाओं–आकांक्षाओं के साथ स्त्री एक व्यक्ति है। स्वयं में संपूर्ण मिसेज दत्ता के भीतर की उथल–पुथल को यह रचना पूरी शिद्दत के साथ पकड़ती और खोलती चलती है। स्त्री की बाहरी यात्रा के साथ यह उसका भीतर से परत–दर–परत खुलते चले जाना। प्रकृति इसमें अहम् रोल अदा करती है।

'हरी बिंदी' में नायिका अपनी प्रतिच्छाया से कहती है–'तुक की क्या तुक है?' यह एक संवाद लगता है रचनाकार के भीतर लंबे समय तक गहरे में बना रहा। इसी के असर ने फिर बाद में 'तुक' जैसी कहानी लिखवाई। पति–पत्नी के बीच के रिश्ते पर हिंदी में शायद ही ऐसी कोई दूसरी कहानी हो जो इतनी पारदर्शिता के साथ अपनी बात कहती हो, जहाँ यथार्थ की संवेदना और संवेदना का यथार्थ एक साथ चहलकदमी करते नज़र आते हों। यहाँ पत्नी की पति के प्रति मनःस्थिति तो खुलती कोई संभव है जो उसका खालीपन दूर कर दे। लेकिन ऊपर की मंज़िल वाली नई किराएदार को देखकर उसका सारा उत्साह रफूचक्कर हो जाता है। कथांत तो उसकी भीतरी टूटन को और खुलकर सामने रख देता है। स्थितियों के माध्यम से पात्रों की मनःस्थितियों को तो रचनाकार ने बखूबी प्रस्तुत किया ही है, व्यंग्य की एक अंडरटोन भी कहानी में बनी रहती है।

स्त्री के अनेक रूप इन कहानियों में मौजूद हैं। वह पराश्रित भी है और आत्मनिर्भर भी, वह अपने निर्णय स्वयं लेती भी नज़र आती है और परवश भी है। "एक चीख़ का इंतज़ार' की गर्भवती परवश है। वह माँ बनने की प्रक्रिया में भी स्वतंत्र नहीं है। स्थितियों–भर का चित्रण होने के बावजूद यह कहानी इस बात का एहसास तो करा देती है।

सावन प्रताप सिंह उर्फ़ सैम मृदुला गर्ग का ऐसा चरित्र है जो आज के समय का प्रतीक चरित्र कहा जा सकता है। सब कुछ पा जाने की चाह में अमेरिका में अपनी जगह बना चुका यह व्यक्ति जब एक दुःस्वप्न की गिरफ़्त

में आ जाता है तो उसे भारत में मौजूद अपनी जड़ों की याद हो आती है। लेकिन अपनी मिट्टी पर बसने के लिए आए इस व्यक्ति के अनुभव उसे सच का दूसरा ही सिरा थमा देते हैं। अकेलेपन के ख़ौफ़ से रू–ब–रू कराती यह रचना बन रही नई स्थितियों पर नए सिरे से विचार के अवसर जुटाती है।

विभाजन से इंदिरा गाँधी की हत्या तक कैसे अचानक घटी घटनाएँ मनुष्य के मन को प्रभावित करती हैं। कैसे उसके भीतर सोया राक्षस या इंसान जाग उठता है, इस पर कथाकर ने ख़ासी गंभीरता से विचार किया है। इस दृष्टि से 'अगली सुबह' और '31 दिसंबर की रात, 1984' जैसी कहानियाँ महत्त्वपूर्ण हैं। यहाँ हवा के साथ बहनें की मज़बूरी नहीं है। व्यक्ति ख़ुद सोचता है और मनमाफिक आचरण करता है, भले ही फिर वह अजूबा क्यों न लगे। माहौल जैसे सजीव हो उठता है। बात खुली है कि डर तो हमारे भीतर मौजूद है। ज़रूरत है, इससे मुक्त होने की। चरित्र के अध्ययन की दृष्टि से 'नकार' जैसी कहानी उल्लेखनीय है। बौद्धिक आवरण के नीचे छिपी बेशर्मी यहाँ खूब बेपर्द होती नज़र आती है। ऐसे चरित्रों के बरक्स 'नहीं' का नायक वह मेहनतकश किशोर खेमू कहीं ज़्यादा प्रभावशाली है जो रेल में ठंडे की बोतलें बेचकर अपना जीवन–यापन करता है। वह यह अच्छी तरह से जानता है कि इंसान की ग़ैरत क्या होती है। कहानी के अन्य विवरण और संवाद तो प्रमुख कथा को सामने रखने के उपादान–भर हैं, लेकिन दो संवाद तो जैसे दो वर्गों के प्रतिनिधि ही बन बैठे हैं। ऊपर वाली सीट की औरत का संवाद है–"पता नहीं रेलवे वाले इन यतीमों को गाड़ी के अंदर क्यों आने देते हैं। ले, यह छह रुपये और फूट यहाँ से।"

खेमू का संवाद उसकी आत्मगरिमा और दृढ़ता को सामने रखता हुआ है–"मुझे रुपया नहीं, अपनी बोतल चाहिए। बोतल लिए बिना मैं नहीं जाऊँगा। रखो अपने रुपये।" दरअसल उसे मलाल इस बात का है कि उसकी बोतल किसी ने चुरा ली है। नौजवानों की उसके साथ की गई मसखरी बताती है कि कैसे कुछ लोग यह मान बैठते हैं कि उनके अलावा किसी के अस्तित्व का कोई महत्त्व ही नहीं है।

'अनाड़ी' की सुवर्णा में दो वर्गों की सोच अलग ही तरह से खुलती है। सोफे पर बैठकर बिस्कुट खाते हुए उसका गाना और इस हालत में उसे देख लेने पर बाई का एतराज इसका आधार बनता है। इन सहज कथाओं के लिए किसी तरह की व्याख्या की दरकार ही नहीं है। मृदुला गर्ग का कथाकार यहाँ कोई अतिरिक्त टीप नहीं देता। कहानी यहाँ पढ़ लेने के बाद, पाठक के भीतर

नए सिरे से फिर शुरू हो जाती है। एक वर्ग के लिए दूसरे का जीवन कैसे सपने की चीज़ हो जाता है। 'अनाड़ी' सरीखी कहानी की स्मृति साथ में हो और वह मैं ही थी' आप पढ़ने लगें, तो कई चीज़ें खुद–ब–खुद सपष्ट होती चली जाती हैं। रचनाकार जैसे बग़ैर किसी शोर–शराबे के यह सत्य सामने रख देता है कि आर्थिक स्रोत से बग़ैर जुड़े स्त्री स्वातंत्र्य सिर्फ़ बहसों में जीवित रह सकता है, जीवन में नहीं। इस कहानी में एक विचार इस तरह आता है–"भारत जैसे भीषण असमानताओं वाले देश में वर्ग और स्थान की भूमिका एक जैसी है। सिर्फ़ औरत एक ऐसी चीज़ है जिसे कहीं से उखाड़कर कहीं भी फेंका जा सकता है। इस धारणा के साथ कि वह जड़ें जमा ही लेगी।"

कथाकार की विशेषता यह है कि वह इस विचार विशेष को अधूरा ही नहीं छोड़ देतीं। बाक़ायदा स्त्री–समाज को झकझोरती हैं। उसके 'स्व' को जगाने की कोशिश में कहती हैं–"पर कुसूर किसका है? ख़ुद औरत का न! परजीवी की तरह इंतज़ार क्यों करती है कि सुदृढ़ जड़ों वाला कोई वृक्ष मिले तो उसके कंधों पर चढ़कर जीना शुरू कर दे। जड़विहीन क्यों बनाए रखती है ख़ुद को?"

विचार में ही नहीं, कथा में भी यह एक स्त्री के दुःख का एहसास दूसरे में जगाती रचना है। उमा का यह एहसास कि 'वह उसका अजन्मा बच्चा ही था, जो अब उसकी कोख से जन्म लेने वाला था।' कहानी को बड़ी कहानी बनाता है। ख़त्म होकर फिर शुरू होने वाली इस कहानी में पैदा हुई बच्ची और कथांत देर तक हांट करता रहता है।

पॉजिटिव चरित्रों के सम्मुख कैसे विचार आत्मालोचना की शक्ल अख़्तियार कर लेते हैं, यह देखना हो तो 'विलोम' एक यादगार रचना है। सोलह बरस बाद मुंबई पहुँची कथानायिका की स्मृतियाँ हरी हो उठती हैं। स्वयं को अभिमन्यु के विलोम–सी महसूसने वाली यह नायिका अंत तक आते–आते जैसे उसी विलोमत्व से बाहर निकल आना चाहती है।

पारदर्शी संबंधों को ज़ुबान देने में मृदुला जी कहानियों का जवाब नहीं। 'उत पर दस्तक़' को पढ़ने वाली के मन में राबर्ट पेन और नलिनी अपनी जगह बना लेते हैं। बदलते हालात में अकेलेपन पर यह बेहतरीन कहानी है। अच्छी बात यह हैं कि यह भाव सिर्फ़ इन दो चरित्रों के भीतर नहीं है। इस कहानी का एक छोर भारतीय व अमेरिकी मानसिकता की परतें भी उघाड़ता है। डॉलर का मूल्य समझने के आगे जिसकी जेहनियत जा नहीं पाती, जो पूरे

एक देश (अमेरिका) को अपना बाप मान कर जीना शुरू कर देता है, वह भी भीतर से कितना असुरक्षित महसूस करता है खुद को सुधीर ऐसे ही लोगों का प्रतिनिधि चरित्र है।

मृदुला गर्ग का कथाकार सिर्फ़ बाहरी स्थितियों व चरित्रों तक अटक कर नहीं रह जाता। वह आवरण के भीतर झाँककर देखने में माहिर है। इस प्रक्रिया में वह कभी स्त्री अस्मिता की पहचान करना चाहता है तो कहीं उसका एहसास कराना। विचार यहाँ कथा का हिस्सा बनकर आते हैं। 'बीच का मौसम' ऐसी ही कहानी है। स्त्री यहाँ अपनी शर्तों पर जीने की बात न सिर्फ़ सोचती नज़र आती है, बल्कि ऐसा जीवन जीते हुए भी दीखती है।

'साठ साल की औरत' के डॉ. चंद्र और सुरभि हों या 'नेति नेति' का श्यामल मास्टर, 'छलावा' का धूल का बगूला हो या उसके आकर्षण में दौड़ते–भागते देश के तमाम प्रमुख, मृदुला जी हर बार एक नई कहनी लेकर आती है और कथ्य पाठक के ज़ेहन में खूब जाता है। 'कलि में सत' जैसी कहानी इस दृष्टि से उल्लेखनीय है कि यहाँ दशरथ परिवार और उर्मिला देवी के माध्यम से समकालीन यथार्थ की कई कई परतों को उघाड़ा गया है। रामकथा का यह आधुनिक जीवन पाठ है। इसके केंद्र में मल्टीनेशनल्स के हित और उनकी चालें हैं। पर्यावरण के नाम पर चल रहे खेल की राजनीति है। अपने समय के कई बड़े प्रश्नों से जूझता कथाकार यहाँ विविध रूपों में नज़र आता है। खराब होता जा रहा पर्यावरण उसके लिए फौरी फिक्र का विषय नहीं है। 'इक्कीसवीं सदी' का पेड़ इस बात को गहरी संलग्नता से प्रस्तुत करती है। यहाँ सोच के मामले में इंसान को पछाड़ पेड़–पौधे और पक्षी कहीं आगे निकल आए हैं। एक सर्द देश से आए पंछी की बात तभी तो पेड़ को याद हो आती है–'इंसान क्या खाक चुनेगा, यही कि कैंसर से मरे या एड्स से? इंसानगी से रुँधे पेड़ भी क्या चुनेंगे, यही कि कचरे से मरें या शोर से?' कथांत में नारे सुनकर पेड़ को आई हँसी की व्यंजना क़ाबिले–ग़ौर है। हिंदी में पर्यावरण कहानीकार की चिंता का विषय हो सकता है, यह इतनी गहराई से सिर्फ़ मृदुला गर्ग के यहाँ नज़र आता है। और कैसे यही पर्यावरण राजनीति का हिस्सा भी बन जाता है और इंसानी समाज के पर्यावरण को प्रभावित करने लगता है, यह देखना हो तो 'मेरे देश की मिट्टी, अहा!' एक गौरतलब कहानी है। लल्ली से लैला बनी लड़की ही नहीं, खेड़ी गाँव का हाल भी इसे पुरजोर अंदाज़ में सामने रखता है।

कहना ज़रूरी है कि साफ़–सधी भाषा में कथ्य की खोज करने वाली

मृदुला गर्ग अपनी पीढ़ी की ही नहीं, हिंदी की सर्वाधिक सक्रिय कथाकार हैं। उनकी रचनाओं में एक क्रमिक विकास इस दृष्टि से नज़र आता है कि कथ्य के स्तर पर जो खोज व्यक्ति की ज़िंदगी से प्रारंभ होती है, वह फिर निरंतर बिगड़ते जा रहे पर्यावरण और विश्व को संचालित करने वाली शक्तियों तक जा पहुँचती है। अच्छी बात यह है कि उनकी रचनाओं में लाउड़नेस कहीं नज़र नहीं आती, अनुभव, स्मृति, कल्पना, वांछा और संवेदनशीलता के कोलाज में स्वभावगत तर्क लिए उनका कथाकार लोकप्रियता के नुस्खों में नहीं फँसता रचना के प्रति परंपरागत मोह से हट कर वह पाठक के स्वतंत्र पाठ का आदर करता है। उनकी यह सामर्थ्य उल्लेखनीय है कि वे भीतर–बाहर के लैंडस्केप कहानियों में इस तरह उतारकर रख देती हैं कि मनुष्य स्वयं को प्रकृति के बीच खुलता महसूस करने लगता है। व्यक्ति से समाज और समाज से व्यक्ति के बीच की आवाज़ाही यहाँ बराबर बनी रहती है। उस व्यवस्था को तो वह एक्सपोज करती ही हैं, जो मनुष्य को मनुष्य नहीं रहने देती, स्त्री के भीतर भी वह ऐसी ऊर्जा भरती नज़र आती हैं कि वह ख़ुद को वस्तु मानने से इन्कार कर दे। उनकी रचनाओं में वह भारतीय मन प्रायः खुलता नज़र आता है जिसमें कहीं अपनी जड़ों से जुड़ने की ललक है तो कहीं मुखौटे उतरने की विवशता। 1970 से 2003 तक की मृदुला गर्ग की कहानियों को पढ़ना एक सुखद अनुभव है क्योंकि उनका कथाकार अपनी चिंताओं का अद्‌भुत विस्तार करता नज़र आता है, तो कहीं फंतासी के ऐसे प्रयोग करता है कि यथार्थ और मुखर हो उठे। उनके लेखन से हिंदी कहानी समृद्ध हुई है तो इसकी सबसे बड़ी वजह है उनका निरंतर और स्तरीय ईमानदार लेखन।

आधुनिकतावादी विविधवर्णी कहानियाँ

–विजयमोहन सिंह

मृदुला गर्ग हिंदी की उन कतिपय महिला कथाकारों में हैं जिनके माध्यम से हिंदी कहानी में 'आधुनिक भावबोध' का प्रवेश होता है। जब मैं आधुनिक भावबोध कहता हूँ तो मेरा तात्पर्य केवल आधुनिकता नहीं है। इन कहानियों के सभी पात्र आधुनिक नहीं हैं वे सभी वर्गों, वर्णों तथा व्यवसायों के हैं, किंतु उनके सोचने, देखने और जीने का तरीका आधुनिक है। कहानियों के इस दृष्टिकोण में ही आधुनिक भावबोध है। 'कितनी क़ैदें' कहानी में यह भावबोध अस्तित्वकारी चिंतन के निकट पहुँच जाता है, जहाँ रुकी हुई बंद लिफ़्ट की क़ैद ही केवल एकमात्र क़ैद नहीं है बल्कि उसके बाहर का जीवन ज़्यादा बड़ी क़ैद के रूप में तब्दील हो जाता है। बंद लिफ़्ट में अपने जीवन का जो सच स्त्री बयान करती है, उसे जानने के बाद 'पुरुष' को बाहर का जीवन बंद लिफ़्ट से बड़ी क़ैद लगने लगता है।

इन कहानियों में ऐसा बेबाक, खुला तथा प्रायः नग्न सच है जो हिंदी की महिला कथाकारों में इससे पहले शायद ही कभी दिखाई पड़ा हो। इसीलिए इन कहानियों में कोई कुंठा या वर्जना नहीं है, किंतु साथ ही इनमें अतिचार या उन्मुक्तता का जश्न भी नहीं है। जीवन का अकुंठ स्वीकार है। इनमें महत्त्वपूर्ण वह दृष्टि है जो अकसर अपने और अपने संबंधों से बाहर जाटपर तटस्थ ढंग से विश्लेषण करती है या कर सकती है वही केवल भावातिरेक नहीं है। यह विशेषता प्रायः हर कहानी में है। यह इनकी केंद्रीय विशेषता है और इसे ही मैं आधुनिक भावबोध कहता हूँ। 'कितनी क़ैदें', 'अवकाश', 'रुकावट', 'यह मैं हूँ', 'वितृष्णा', 'वो दूसरी' आदि कहानियाँ इसी का उत्कृष्ट उदाहरण हैं।

इन कहानियों की दूसरी अत्यंत महत्त्वपूर्ण विशेषता यह है कि इनमें 'सच' या यथार्थ को दोनों पक्षों से देखने की कोशिश की गई है, 'स्त्री' और

'पुरुष' दोनों की ओर से। इसीलिए कोई कहानी पुरुष की ओर से पुरुष को केंद्र बनाकर लिखी गई है तो कोई स्त्री को केंद्र बनाकर स्त्री की ओर से। कहीं पुरुष की आँख का दृष्टिकोण है तो कहीं स्त्री की आँख का दृष्टिकोण। अतः इन कहानियों पर यह आरोप नहीं लगाया जा सकता कि ये 'स्त्रीवादी' कहानियाँ हैं। स्त्रीवाद का लेबिल लगाकर इन्हें गौरवान्वित भी नहीं किया जा सकता। यहाँ 'स्त्री' हमेशा सताई हुई नहीं है वह स्वतंत्र तथा कहीं–कहीं निरंकुश भी है। 'रुकावट', 'लिलि ऑफ दी वैली' या 'कितनी क़ैदें' की स्त्रियाँ ऐसी ही हैं।

यह भी कहा जा सकता है कि ये मूलतः स्त्री–पुरुष संबंधों की कहानियाँ हैं। इन संबंधों पर इतना अधिक तथा इतना खुला लेखन शायद ही किसी अन्य महिला कथा लेखिका ने किया हो। इन संबंधों में दंश है, पीड़ा है, बेबसी है, फिर भी एक सहमति है जिसमें शारीरिक संबंधों का अस्वीकार नहीं है–यद्यपि इन संबंधों में सघन ऐंद्रिकता बहुत कम है। इन संबंधों में अकसर 'दूसरा प्रेम' भी है–पति के अलावा। हालाँकि इस दूसरे प्रेम की निरर्थकता का एहसास भी साथ–साथ चलता रहता है। 'अवकाश' कहानी की नायिका कहती हैं–''दो साल से मैं प्रेम और पश्चाताप में जल रही हूँ।'' वह अपने पति महेश और प्रेमी समीर में से किसी एक को पूरी तरह चुन नहीं पाती। वह कहती है, "मैं समीर से प्यार करती हूँ।" किंतु पति महेश को वह 'आदि नारी' के रूप में शरीर समर्पित कन्ने में संकोच नहीं करती। अपनी दुर्बलता का यह अकुंठ स्वीकार अनेक कहानियों में मिलेगा जो इन्हें विशिष्ट बनाता है। 'ग्लेशियर से' कहानी में मिसेज दत्ता नौजवान, बलिस्ट पठान के प्रति जो अनुभव करती है वह जिस गहरी ऐंद्रिकता से व्यस्त किया गया गया है, उसमें कोई अपराधबोध नहीं है।

मृदुला गर्ग की कहानियों में विविधता और विस्तार है। इसीलिए एकरसता नहीं है। यहाँ घरों में काम करने वाली महरियाँ हैं तो सन् चौरासी के दंगों की त्रासद दास्ताँ भी है और राजस्थान के रेगिस्तानी जीवन की कहानी भी। लेखिका अछोर सफ़ेद क्यारी बर्फ के विस्तार तथा रेगिस्तान की अंतहीन तपती रेत में समानता देखती है और सोनमर्ग के 'ग्लेशियर से उतरकर जैसलमेर के रेतीले दूहों तक का फ़ासला तय करती है। इस प्रकार जीवन के ज़र्रे–ज़र्रे को कहानी बना देने की नैसर्गिक क्षमता यहाँ दीखती है। फिर भी अति नाटकीयता कहीं नहीं है। प्रायः प्रत्येक कहानी की स्वाभाविक शुरुआत होती है और कुछेक कहानियों को छोड़कर सबका अंत उनकी

तार्किक परिणति के रूप में ही होता है, जो आरोपित और थोपा हुआ प्रतीत नहीं होता। कहानियों में अंतर्निहित मनोवैज्ञानिकता तो है लेकिन अनावश्यक दार्शनिकता या सूत्रात्मक प्रवचन नहीं है, जैसा कि हिंदी के कुछ 'महामहिम' कहानीकारों की कहानियों में दिखाई पड़ता है।

मृदुला गर्ग प्रयोगवादी कथाकार नहीं हैं। वे भाषा तथा शिल्प के साथ ज़्यादा छेड़छाड़ नहीं करतीं। सहज, सीधी–सादी भाषा में लिखना उन्हें पसंद है जिसे आम बोलचाल की भाषा कहते हैं, उसमें सामान्यतः वह मध्यवर्ग की घरेलू या पारिवारिक भाषा होती है। बाद की कहानियों में परिवार ज़्यादा है। ज़ाहिर है लेखिका का क्षेत्र सीमित होता हुआ परिवार तक आ गया है। पारंपरिक कहानियों में जो भाग–दौड़, सैर–सपाटा, नई जगहें, नई राय और नए अनुभवों का जो रोमांच था, यह कम और अधिक होता हुआ घरेलू समस्याओं पर केंद्रित होता गया है। लेकिन लेखिका के पास जो कथा दृष्टि है यह जीवन की हर स्थिति की विसंगति और विडंबना को बेझिझक और बेबाक् ढंग से पकड़ लेती है और जहाँ सब कुछ 'चाक चौबंद' और दुरुस्त दीखता है, वहाँ कितनी विरसता तथा एकरसता है, यह तत्काल उसकी नज़र में आ जाता है और कहानी उसी पर केंद्रित हो जाती है। 'चकरघिन्नी' जैसी कहानियाँ ऐसी हैं।

विदेशी परिवेश में प्रवासी भारतीयों पर लिखी गई कहानी 'छत पर दस्तक़' एक अलग किस्म का सच सामने लाती है, कह सकते हैं कि यह भी वह 'दोनों तरफ़ का सच' है जिसे रचनाकार के लिए समझना और जानना ज़रूरी है। कहानी में विदेशी सभ्यता या यहाँ कह लें, अमेरिकी सभ्यता और जीवन शैली की अमानवीयता तथा मनुष्य का मनुष्य के प्रति किसी प्रकार की सहानुभूति का अभाव और नितांत आत्मकेंद्रीयता सामने आती है तो दूसरी ओर प्रवासी भारतीय बनी आज की युवा पीढ़ी उन्हीं के नक्शे–क़दम पर चलती हुई कितनी हृदयहीन तथा संवेदनशून्य हो चुकी है, उसका भी अत्यंत विश्वसनीय चित्र उपस्थित करती है। अमेरिका में रहने वाले 'कमाऊ पूत' के लिए माँ की उपस्थिति असहनीय हो चुकी है। पूरी शालीनता का निर्वाह करते हुए वह माँ से जल्दी से जल्दी छुटकारा पा लेना चाहता है। माँ एक अतिरिक्त उपस्थिति है जो उसके अमेरिकी युवती से विवाह कर लेने के बाद और भी अनावश्यक हो जाएगी। किंतु कहानी जिस बिंदु पर समाप्त होती है वह अधिक महत्त्वपूर्ण है, बल्कि वही उसका केंद्रीय कथ्य है और वह है माँ का अदम्य स्वाभिमान और सेवानिवृत होने के बावजूद पुत्र से कुछ याचना न

करने का निर्णय। वह नितांत अकेली है, किंतु 'ओल्डहोम' नहीं जाना चाहती और न आर्थिक रूप से पुत्र पर निर्भर रहना चाहती है। एक अनिश्चित भविष्य का यह अडिग निर्णय कहानी का महत्त्वपूर्ण बनाता है। चाहें तो इसमें हम आधुनिक स्त्री का वास्तविक रूप देख सकते हैं– अपने 'स्त्रीवादी' रूप में नहीं बल्कि सहज 'मानव' रूप में।

मृदुला गर्ग की सारी कहानियों में 'डेफोडिल जल रहे हैं' नितांत पृथक तथा विशिष्ट है। इसलिए नहीं कि इसमें मृत्यु का सौंदर्य या मृत्यु के गौरव का बखान है, बल्कि इसलिए कि कहानी के रूप में इसका 'ट्रीटमेंट' विस्मयकारी है। साथ ही इस कहानी से छनकर जो जीवन दृष्टि सामने आती है वह भले ही जीवन विरोधी या नकारात्मक हो, लेकिन वह इतनी मोहक है कि पाठक के आविष्ट कर लेती है। महान रोमांटिक कवियों ने मृत्यु की मोहकता तथा उसकी आविष्ट करने वाली शक्ति का अपनी अनेक कविताओं में प्रगाढ़ वर्णन किया है। सभी जानते हैं कि मनोवैज्ञानिक दृष्टि से मनुष्य में जिस प्रकार एक 'लाइफ इंस्टिक्ट' होती है, उसी प्रकार एक 'डेथ इंस्टिक्ट' भी होती है जो कभी–कभी अचानक इतनी बलवती हो जाती है कि हमें उसमें एक अद्‌भुत सौंदर्य तथा दुर्निवार आकर्षण दीखने लगता है। रवींद्रनाथ टैगोर ने अपनी एक कविता में मृत्यु को अपनी प्रिया के रूप में चित्रित किया है। वैसे भी कलाकारों ने प्रायः मृत्यु को एक सुंदर स्त्री के रूप में वर्णित किया है। 'डेफोडिल' की जिन्ना मृत्यु के इसी दुर्निवार आकर्षण से ग्रस्त है। यह अपनी मृत्यु का स्थान और समय स्वयं चुनती है। उसके मरने के बाद कहानी की वर्णनकर्ता को लिखी उसकी चिट्ठी मिली है। उसमें लिखा है, "दो महीने पहले मैंने तय कर लिया था, अपनी मौत के लिए यह वक्त और जगह मैं ख़ुद चुनूँगी....गुलमर्ग पहुँचकर खिलनमर्ग देखा, फिर तुम मिलीं। मैंने तय किया, आगे सफ़र नहीं करूँगी।" अर्थात जिना ने अपनी मृत्यु के लिए स्वर्ग और फरिश्ता चुना। अपनी 'मृत्यु' के लिए वक्त तथा स्थल स्वयं चुनना, चुन पाना शायद 'जीवन' की बहुत बड़ी सार्थकता है। इस मृत्यु में ही जीवन सार्थक होता है। उसका अपना अप्रतिम सौंदर्य भी है। पहाड़ की चोटी से कूदकर मरने वाली जिना के बारे में कहानी कहती हैं: "खाई से नीचे, बहुत नीचे बेशुमार खिले डेफोडिल के पीले फूल और उनके बीच सूरज की रोशनी में चमकता छोटा–सा लाल कस्या। कहानी 'डेफोडिल' से शुरू होती है और 'डेफोडिल' पर ही ख़त्म होती है। ऐसा प्रतीत होता है मानो कहानी 'मृत्यु' की नहीं, महज एक 'फूल' की कहानी है। ढूँढ़ने वाले इसमें आत्महत्या का

मनोविज्ञान ढूँढ़ सकते हैं, जहाँ करुणा का कोई समाजशास्त्र नहीं होता या सामाजिक संदर्भ। यहाँ महज चयन है। और 'वरण की स्वतंत्र है। उस अर्थ में यहाँ एक अस्तित्ववादी ध्वनि भी सुनी जा सकती है किंतु यहाँ मृत्यु का चयन इसलिए नहीं है कि जीवन एबसर्ड है, बल्कि इसलिए कि जीवन बेहद सुंदर है और जहाँ सौंदर्य चरम पर है, वहीं इसे समाप्त हो जाना चाहिए। इस प्रकार देखते हैं कि इस कहानी में अनेक अंतध्वनियाँ और अनेक अर्थ स्तर हैं। इसी रूप में कहानी का अपना विशेष महत्त्व भी है।

मृदुला गर्ग की कहानियाँ अपने भोगौलिक विस्तार, वर्गीय विविधता, रंगा–रंग चरित्रों के कारण ही महत्त्वपूर्ण नहीं हैं, बल्कि उनमें जो भावबोध तथा संवेदना उभरकर आती है, वही उन्हें हिंदी कहानी के विकास से जोड़ती है, यानी ये हिंदी कहानी के पिछले युग से आगे की कहानियाँ हैं।

ज़िंदगी की क़ैद से निकलने की राह तलाशती कहानियाँ

–सुमन केशरी

किसी भी लेखक को उसकी अस्मिता के चश्मे से देखना अकसर ही उसके लेखन के कई पहलुओं से हमें महरूम रखना है। यह बात खासतौर से हाशिए की आवाज़ों के लिए सच है। कई बार तो स्वयं लेखक ही इस दृष्टि से स्वयं को देखे जाने को न चाहते हुए और कुछ मामलों में अनजाने ही स्वीकार लेती है। लेखक के साथ "लेती" शब्द खटक रहा है न? किंतु यह प्रयोग समझबूझ कर किया गया है, क्योंकि अब बात लेखक का स्त्रीलिंग लेखिका, यानी कि व्याकरण की दृष्टि से देखना नहींभर रह गया है, बल्कि स्त्री विमर्शों के विकसित हो जाने के बाद इसकी व्यापकता और गहरायी बहुत बढ़ गई है। अगर हम स्त्री हैं, तो निश्चय ही हमारी दृष्टि कुछ तो अलग होगी, किंतु हमारे विषय? क्या हमारी सोच, हमारी रचना के विषय भी स्त्रियों तक ही सीमित होंगे? क्या हम संबंधों पर बात करते हुए एक–दो–तीन तक उसे सीमित रखेंगे और संबंधों के पीछे के पितृसत्तात्मक सोच व संस्कार को भुला देंगे। क्या हम अपने लेखन को कतई काल–निरपेक्ष और तथाकथित तटस्थ बनाए रखेंगे? क्या हम स्त्री होते हुए भी, एक सामाजिक–राजनैतिक– आर्थिक और यहाँ तक की नैतिक कालखंड के निवासी नहीं हैं? क्या हम हमेशा यही बात मन में धारे रखेंगे कि लड़के के लिए नीला रंग और लड़की के लिए गुलाबी?

ये सारी बातें बहुत शिद्दत से मृदुला गर्ग की कहानियों से गुज़रते हुए मैंने महसूस कीं। जब मैंने उनकी कहानियों के लिए इंटरनेट में 'सर्च' किया तो वहाँ अधिकांश कहानियाँ स्त्री केन्द्रित मिलीं। यह मुझे इन दिनों "अतिव्याप्त" अस्मितावादी सोच का परिणाम लगा। यह लेखक की एक तरह की इमेज–बिल्डिंग भी है। मज़ेदार बात यह कि जब मैंने मृदुला जी से उनकी कहानियों पर चर्चा की तो जिन कहानियों के नाम उन्होंने लिए, उनमें से कईयों का कथ्य वृहत्तर जीवन–जगत था, जो अपने कहनी में अनेक मुद्दों को समेटे

हुए था। वे कहानियाँ अपने कलेवर में अनेक सामाजिक–आर्थिक–राजनैतिक मुद्दे समेटे हुए थीं। उनमें से कई ऐसी कहानियाँ थीं, जिनकी नैरेटर स्त्री थी और इस लिहाज से तथ्यों को स्त्री की निगाह से भले ही देखा गया हो, किंतु उनका सरोकार केवल स्त्री केन्द्रित नहीं था। अर्थात् इन कहानियों में स्त्री पात्र हैं, पर समस्याएँ स्त्री केन्द्रित न होकर व्यापक मानव सरोकारों से संबद्ध हैं। यहाँ मैं उनमें से कुछ कहानियों, यथा "क्षुधापूर्ति", "31 दिसंबर की रात, 1984", "सितम के फनकार", "समागम", "विचल", "विनाश–दूत" और "नेति–नेति" का नाम लूँगी। ये सभी कहानियाँ स्त्री लेखक की तो कहानियाँ हैं, किंतु उस अर्थ में स्त्री–विमर्श की कहानियाँ नहीं हैं, जिस अर्थ में इन दिनों इस पद का प्रयोग होता है। ये एक बेहद जागरूक और संवेदनशील नागरिक लेखक की कहानियाँ हैं। इनमें से कुछ की नैरेटर स्त्री है, पर बात व्यापक सामाजिक–राजनैतिक मुद्दों पर केन्द्रित है। यही बात मृदुला गर्ग के लेखन को "पारिभाषिक" स्त्री–लेखन से न केवल अलगाती है, बल्कि उस विमर्श का विस्तार भी करती है।

मृदुला गर्ग अपने लेखन में एक बड़ा फलक चुनती हैं। उनके कथ्य का वितान बहुत व्यापक और विशद होता है। यह बात उनकी उपरोक्त कहानियों के संदर्भ में ही नहीं उन कहानियों के बारे में भी कही जा सकती है, जिन्हें हम स्त्री–केन्द्रित कहानियाँ कहेंगे। उनकी स्त्री–केन्द्रित कहानियाँ आधुनिक होती हुई स्त्री और पितृसत्ता के चंगुल में फँसे समाज के जद्दोज़हद की कहानियाँ हैं। इसीलिए उनकी कहानियाँ न केवल इतर स्त्रियों बल्कि उनके अपने जीवन को भी तलाशतीं, जीने का नया मुहावरा गढ़ती कहानियाँ हैं।

चलिए, अब इनमें से कुछ कहानियाँ हम पढ़ें...

1975 में लिखी गई "क्षुधा पूर्ति" में ज़ाहिराना तौर पर तो पेटू कन्हाई (पहली ही पंक्ति है–"उसका नाम होना चाहिए था भीम, पर था कन्हाई" और पूरी कहानी में वह पेटू है) की मौत होती है– भूखे नहीं बल्कि चोरी–छिपे ही सही तृप्तिभर खाकर। आप पढ़ते हुए कन्हाई पर दया करेंगे, नाराज होंगे, यहाँ तक कि आपको गुस्सा भी आएगा और घिन भी। किंतु इन कुछ वाक्यों को– "कितनी मज़ेदार बात है। ये लोग हजारों रुपए माहवार कमाते हैं। गाड़ी है, टीवी है, फ्रिज़ है, यहाँ तक कि एयर कंडीशनर भी है। पर उसका पेट ये नहींभर सकते"– पढ़ने के बाद, आप महसूस करेंगे कि वह एक भूखे इंसान की मौत नहीं है, वरन् उसमें भूख की मौत की कामना है, क्योंकि पेटू पेट–भर, मनभर खाने के बाद मरता है। यह कहानी बहुत साफ़ ढंग से बताती है कि

भूखे को अपना हक़ ख़ुद ही लेना है, कोई यूँ ही नहीं दे देगा उसे यह हक़। 1975 में किसी के घर में एयरकंडीशनर होना उसके सचमुच बहुत धनी होने का सूचक था। यह बात मृदुला गर्ग समझ–बूझ कर लिखती हैं।

"31 दिसंबर की रात, 1984" कहानी 2001 में लिखी गई है। कहानी की पृष्ठभूमि सिक्ख अलगाववाद और 1984 का दंगा है। बिना शोर मचाए मृदुला गर्ग सिक्खों और बाकी लोगों के बीच बढ़ती जा रही खाई को उजागर कर देती हैं– "आज भी नहीं जानती, वे (सिक्ख) लड़के इतने चुप क्यों थे? और मैं इतनी दहशतजदा क्यों हो गई थी, जब सब कुछ बिल्कुल सेफ था।" इससे कुछ वाक्य पहले ही हम पढ़ते हैं "पर वे तो...सरदार थे"..." तूने उन्हें घर का नंबर तो नहीं बतलाया?" इस कहानी में लेखिका 'सेफ' शब्द का प्रयोग इतनी बार करती है और इतनी भिन्न अर्थछटाओं के साथ कि आप मुस्कुराने लगते हैं, पर आख़िरी वाक्य में यह प्रयोग दिल दहला देता है, खासतौर से तब जबकि बकौल कहानी के 1984 को हम इंदिरा गांधी की हत्या, सिक्ख दंगों और भोपाल गैस त्रासदी के वर्ष की तरह याद करते हैं, किंतु लोगों के बीच विष की तरह फैल रहे आपसी अविश्वास और तद्जनित बैर–भाव को नज़रअंदाज़ कर देते हैं। यह बात कहानी खूब प्रभावी ढंग से मज़े–मज़े में व्यक्त कर जाती है और आप एक नागरिक के तौर पर ही नहीं, मनुष्य के तौर पर भी अंत में गहरी पीड़ा को अनुभव करते हैं। जाने क्यों इस कहानी की खास चर्चा नहीं हुई! क्या इसलिए कि इसे लिखने वाली एक स्त्री है, और हम स्त्री से ऐसे लेखन की अपेक्षा नहीं करते, क्योंकि उससे हमारे अपने निकष गड़बड़ाने लगते हैं और हम लेखक को किसी तयशुदा खाने में डाल देने की सुविधा से वंचित हो जाते हैं?

1984 में ही हुई भोपाल गैस त्रासदी पर 1985 में लिखी कहानी "विनाश दूत" अपने कथ्य ही नहीं बल्कि शिल्प के धरातल पर भी पाठक को चौंका देती है। एक मेघदूत कालिदास का था, जो यक्ष का संदेश लेकर अल्कापुरी चला गया था और एक मेघ यह है जो कवि के संदेश को न केवल ले जाने से मना कर देता है, वरन् इस बात पर क्रुद्ध भी है कि आख़िर मानव स्वयं को प्रकृति का हिस्सा न मान कर उसका स्वामी क्यों मानता है। वह क्रुद्ध है कि मानव की इसी सोच ने प्रकृति को विनष्ट कर दिया है। आख़िरकार (यूनियन कारबाईड के कारखाने से निकले) ज़हरीले धुएँ के बादल से कवि का दम घुट जाता है और उस पर मेघ अपने जल की कुछ बची–खुची बूँदें गिरा देता है। यह कहानी मन में विकास की अवधारणा को लेकर अनेक

असुविधाजनक सवाल उठाती है, वही इसका लक्ष्य भी है।

अब मैं 1992 में लिखी "समागम" का जिक्र करना ज़रूरी समझती हूँ। इस कहानी का कैनवास बहुत बड़ा है। आज़ादी से लेकर बीसवीं सदी के आख़िरी दशक की शुरुआत तक यह कहानी फैली हुई है। कहानी शुरु होती है हर की पैड़ी पर गंगा आरती के लिए उमड़ते जन सैलाब से, जिसमें एक स्त्री भी है, जिसे इंतजार है उस रोमांच का जिसे देखने–महसूसने के लिए लोग हजारों की संख्या में एकत्रित होते हैं। लेकिन वहाँ का वातावरण, वहाँ की भीड़ जो निस्पृह भाव से वहाँ खड़ी है, स्त्री के मन के उस रोमांच को काफूर कर देते हैं। क्योंकि यह जमावड़ा चेतस लोगों का जमावड़ा नहीं बल्कि भीड़ है– बिना नाम–पहचान की भीड़, वैसी ही भीड़ जिसे उस स्त्री ने 15 अगस्त, 1947 में अपने निरे बचपन में एक बूढ़े को ढकेलते–कुचलते देखा था। वही भीड़ जिसे परवाह ही नहीं थी कि कोई उनके पैरों तले रुंद कर मर गया। यह खबर भी न बनी, क्योंकि सभी आज़ादी के उत्सव में भीड़ के रूप में शामिल थे, किसी चेतस एन्टिटी के रूप में नहीं। बच्ची के दिलो–दिमाग़ में बूढ़े का कुचला जाना और अपना बिछड़ना अंधेरे के रूप में जम गया है, जिसे उसके घरवाले नकारते हैं, उसकी आँख में अंजनहारी होने और उसके बुखार को इस 'अंड–बंड' बात के लिए जिम्मेदार मानते हुए। इसका नतीजा यह होता है कि स्त्री इतनी सचेत हो जाती है कि वह अपनी बेटी को उसके चुने कर्मपथ पर अग्रसर होने का मौका बेधड़क देती है और उसका परिणाम अपने पति के तानों के रूप में आजीवन सुनती है, क्योंकि वह होनहार, बहादुर लड़की राजस्थान के एक कस्बे में मज़दूरों के लिए कानूनी लड़ाई लड़ते हुए मार दी जाती है। इस हत्या को एक हादसा मान लिया जाता है। स्त्री आजीवन इस प्रश्न से टकराती है कि क्या उसे भी अपने पति महिम, जो कानपुर में नौकरी करता है और भीड़ का हिस्सा है और उसी में जीवन की सफलता देखता है, वही बन जाना चाहिए था। क्या इससे उसकी बच्ची बच जाती? वह जानती है कि न तो यह उचित होता न उसके लिए संभव ही। हर की पैड़ी में भीड़ के बीच मौजूद स्त्री एक बूढ़े के मुँह से माँ–माँ सुनते हुए अपनी बेटी को स्मरण करती है। कहाँ तो पहले बूढ़े का अधेड़ बेटा अपने पिता को संभाले हुए था, कहाँ आरती का अंत आते–आते बूढ़ा अपने पुत्र की मृत देह थामे हुए है। यहाँ आप प्रथम स्वाधीनता दिवस को भीड़ द्वारा कुचल दिए गए बूढ़े को याद करते हैं और लेखिका के संग–संग इस अप्रत्याशित मौत को महसूस करते हैं। गज़ब के कलात्मक डिवाइस

का प्रयोग है यह, जिस पर ध्यान देना ज़रूरी है। ख़ैर स्त्री बूढ़े के पुत्र की अन्त्येष्टि में हिस्सा लेकर गोया अपनी बेटी को अंतिम विदा देती है। उसके लिए यह जमावड़ा भीड़ न रह कर चंद लड़कों की संवेदना, करुणा व परोपकार के चलते "समागम" बन जाता है। यानि कि यहाँ भीड़ बिना चेहरे की नहीं रहती, वरन् एक सजग व्यक्ति–समूह बन जाती है। अब स्त्री पहली बार अपनी मृत बेटी के लिए खुल कर रोती है, उसे महसूस करती है, उससे बात करती है– "नहीं मुझे बतला, क्या रहस्य था तेरी मृत्यु के पीछे, यह दुर्घटना थी या हत्या या...मुझे बतला"...यह सब क्यों हुआ बेटी। मुझे बतला मैं क्या करूँ?"

"जीवन को संवारो, माँ, और क्या है करने को।" "कैसे अमला? मैंने पुकारा। "अंतयेष्टि के लिए चलो माँ।" यहाँ से शुरु होती है उस स्त्री की मुक्ति।

इस पूरी कहानी में संवादों व विवरणों के द्वारा हर की पैड़ी का जो दृश्य उत्पन्न किया गया है, उसमें भजन की किर्र किर्र, निर्द्वन्द्व भाव से नंगे नहाते स्त्री–पुरुषों की चिल्लपौं सब साकार हो जाता है। लेखिका बात कुछ इस ढंग से रखती है कि गंगा आरती के लिए पैसे माँगते वर्दीधारी स्वयंसेवक और उठाईगिरों व जेबकतरों में अंतर नहीं दिखाई पड़ता। और इसी के बीच चलचित्र की भांति उस स्त्री का जीवन है। वातावरण व कथ्य का गज़ब का संयोजन यहाँ दिखाई पड़ता है। मृदुला गर्ग की तमाम कहानियाँ चरित्रों व वातावरण का एक संगुफित चित्र उपस्थित करती हैं, जिन्हें अलगा कर देख पाना असंभव है।

इसी प्रकार श्यामल के संदर्भ में जवान बेटे और उसके साथी के लिए भाई की मृत्यु की वेदना को सह पाने और उसके प्रति अपराधबोध को समझने और उससे मुक्ति–अमुक्ति की कहानी है, 1999 में लिखी– "नेति–नेति"। यह कहानी आशा–निराशा, कामना, उससे मुक्ति की इच्छा को अभिव्यक्त करती एक ऐसी कहानी है, जिसमें किसी की मृत्यु के लिए स्वयं को कारण मान लेने वाले की उहापोह का बड़ा गहरा चित्रण है।यह कहानी आध्यात्मिक ऊँचाइयों और पुनः दुःख के सागर में डूबने–उतराने की कहानी है। साथी ईश्वर में विश्वास रखता है, रखना चाहता है, इसीलिए कहानी के अंत में वह शांति का अनुभव करता है। श्यामल की अटूट आस्था ईश्वर में नहीं है, उसे आध्यात्मिक अनुभव होते हैं, लेकिन ईश्वर के अस्तित्त्व के प्रति उसके मन में शंका है, किंतु उससे भय भी है। वह सोचता है कि ईश्वर अन्यायी ठहरा। वह उसे नाराज नहीं करना चाहता, इसीलिए बेटी की सुरक्षा व जीवन के लिए इक्यावन रुपए भेंट करता है। श्यामल सदा सशंकित आधुनिक चित्त का

प्रतीक है, जो ईश्वर से डरता तो है पर उसकी सत्ता को निरद्वंद्व भाव से स्वीकार भी नहीं कर पाता। यह कहानी प्रकृति और मनुष्यचित्त में साम्य उपस्थित कर बहुत प्रभावी आध्यात्मिक अनुभव की कहानी है। कहानी का शीर्षक नेति–नेति– यह नहीं, यह भी नहीं अर्थात् ब्रह्म या ईश्वर शब्दों के परे है– बहुत मानीखेज है खासतौर से एक सशंक आधुनिक चित्त के लिए जो हर चीज़ का प्रमाण माँगता है। मृदुला गर्ग उस आधुनिक मानस के बहुत निकट की रचनाकार हैं।

इसी तरह 2014 में लिखी "सितम के फनकार" को पढ़ें तो हम पाएँगे कि पूरी कहानी, खाने की मेज़ के सामने टंगे, मशहूर चित्रकार श्रीनिवासन द्वारा 2012 में सूरत में आई बाढ़ के शानदार चित्र के इर्द–गिर्द घूमती है जिसमें बाढ़ के डर से डैम को बचाने की ख़ातिर पानी शहर की निचली गरीब बस्तियों और गाँवों की ओर छोड़ दिया गया था, जिसके कारण दो हजार एक सौ पिचासी लोग डूब कर मर गए थे। उस चित्र में बच्चे, बूढ़े, मर्द, औरत, गर्भवती औरतें ("वो देखो पूरे नौ महीने की लगती है। देखा।") सब मरते दिख रहे हैं। यह कहानी विकास की पूरी अवधारणा को ही प्रश्नचिन्हित कर देती है। इसके साथ ही एन आर आई लोगों की सोच को, भारत के प्रति उनके दुहरे दृष्टिकोण कि जब चाहें उसे अपनी कह कर इस्तेमाल कर लें और जब चाहें उसे गाली दे दें, बखूबी प्रस्तुत करती है। (इस कहानी की विस्तृत विवेचना "कुछ न समझे खुदा करे कोई" शीर्षक से शब्दांकन वेब पत्रिका में पढ़ी जा सकती है।)

इसी तरह से 1977 में लिखी "विचल" वृहत्तर परिवार के बीच के आर्थिक–सामाजिक फ़ासलों की कहानी है तो उसी साल लिखी गई कहानी "लौटना और लौटना" उस बात को बहुत व्यंग्यात्मक तरीके से रखती है कि यदि आप अपने बेटे को हर रिश्ते से "लाभ" लेने की बात सिखाएँगे तो अंत में आपके साथ भी उसका व्यवहार वैसा ही होगा। आख़िर के कुछ वाक्य देखें–"...और वह फूलबाग में अपनी कोई ज़मीन है न?" "हाँ बेटा," बाबूजी की साँस रुक–सी गई। "सोचता हूँ, मकान बनवा डालूँ। प्रापर्टी हो जाएगी तो आराम रहेगा।" "बेटा, तुम तो, बस क्या कहूँ, सब हमारे दिल की बात कहे दे रहे हो," बाबूजी आनंद विभोर हो उठे...यथासमय हरीश का मनचाहा विवाह हो गया, दक्षिण यात्रा संपन्न हुई और मकान बन कर तैयार हो गया। पर बाबूजी का अपने मकान में रहने का स्वप्न पूरा न हो सका। जाते समय हरीश मकान किराए पर चढ़ा गया और किराए के रुपए अपने बैंक में जमा कराने का बंदोबस्त करता गया।"

देखिए कैसी विडंबना की स्थिति रचती हैं मृदुला गर्ग। व्यंग्य और विडंबना मृदुला गर्ग के लेखन के प्राण हैं।

तो मृदुला गर्ग की ऐसी अनेक कहानियाँ हैं, जिनका कथ्य समाज की विस्तृत चिंताओं से है। इस दृष्टि से वे निश्चय ही उन चुनिंदा महिला लेखिकाओं में से हैं, जो अपनी तमाम बातें औरतों के इर्द–गिर्द ही नहीं बुनतीं, बल्कि एक जागरूक नागरिक की तरह भिन्न–भिन्न मुद्‌दों को विचार के केंद्र में रखती हैं। उनकी यही विशेषता उनकी स्त्री केन्द्रित कहानियों में भी दिखलाई पड़ती है। उनकी स्त्री केन्द्रित कहानियाँ भी केवल स्त्री की मुक्ति की कामना नहीं करतीं, बल्कि समाज की उन स्थितियों का चित्रण व पड़ताल करती हैं, जिसमें स्वयं पुरुष की मुक्ति स्त्री के स्वतंत्र विकास से बँधी हुई है। इस बात का बेहद प्रभावी उदाहरण "कितनी कैदें" कहानी है। कहानी के आख़िरी हिस्से को पढ़ें–

"लगता है लिफ़्ट ही की नहीं, ज़िंदगी की क़ैद से बाहर निकल आई हूँ।

और मनोज सोच रहा था, यहाँ तक तो ठीक है, पर अब सवाल मौत नहीं, ज़िंदगी का है। क्या मैं इसकी पिछली ज़िंदगी के शिकंजों से बरी रह सकूँगा? इस औरत के साथ जी सकूँगा?"

दरअसल 1972 में लिखी "कितनी क़ैदें" पढ़ते हुए मनोज का यह वाक्य मन में खुभ कर रह गया। आख़िर वह भी तो एक क़ैद में फँस गया है– स्त्री देह की शुचिता के उस क़ैद में जहाँ पुरुष ख़ुद भले ही अनेक स्त्रियों को भोगे और उसके बावजूद "पवित्र" और वरेण्य रहे, किंतु औरत की पवित्रता एक पुरुष–व्रती होने में ही है, वरना वह जूठी है, त्याज्य है। यहीं पर लेखिका द्वारा उठाए बलात्कार की बात पर भी विचार ज़रूरी है। मृत्युरूपी अवश्यंभावी सत्य से साक्षात्कार होने से पूर्व, संबंधों में अब तक ठंडी मीना की कामेच्छा देखकर मनोज आश्चर्य सेभर कह सोचता है, "तो शायद यही सच है हर स्त्री बलात्कार चाहती है। उसे हिस्टीरिक देख उसने जो थप्पड़ लगाए थे, उन्हीं के कारण..." किंतु मीना के विवाह पूर्व जीवन के सत्य को जान लेने के बाद जब वह मीना से पूछता है, "तो यह सच है।...हर औरत बलात्कार चाहती है?" तब मीना का जबाब बहुत मानीखेज है। " नहीं हर औरत पर बलात्कार होता ज़रूर है, पर वह चाहती नहीं। चाहता तो पुरुष भी नहीं। दोनों हृदय की गहराई से प्यार चाहते हैं, पर वह मिलना क्या इतना आसान है? ज़्यादातर लोगों के हिस्से में यही आता है, जिसे बलात्कार कहना उचित है।"

उसके बाद दोनों यह मानते हुए कि लिफ़्ट में क़ैद उन्हें मर जाना है,

शिद्दत से प्यार करते हैं और गहरी परितुष्टि सेभर कर ज्यों ही मनोज उठता है, "कठघरा रोशनी से जगमगा उठा और लिफ़्ट झटके के साथ ऊपर चढ़ने लगी।" यहाँ लिफ़्ट रूम के लिए 'कठघरे' शब्द का प्रयोग बहुत मानीखेज है! अब तक भूकंप के चलते बिजली गुल होने के कारण वे लिफ़्ट में क़ैद थे और जब दो तन, मन की चाहत के साथ मिले, तो एक क़ैद से छुटकारा पाकर वे मानो दूसरे क़ैद– संस्कारों के क़ैद की गिरफ़्त में आ गए।

यह "प्यार" ही अब मनोज के लिए वह कशमकश है कि वह एक झटके से मीना को त्याग नहीं सकता। क्या मीना का सच बोलना गलत था, यह नैतिक सवाल है, जिससे वह जूझ रहा है और अपनी उस मानसिकता से भी जहाँ एक स्त्री इंसान से ज़्यादा देह होती है, देह भर!

तो कहने का अभिप्राय यह कि मृदुला गर्ग की कहानियाँ केवल औरतों की मुक्ति का आह्वान करती कहानियाँ नहीं हैं, बल्कि वह पुरुषों की मुक्ति में आ रही बाधाओं को भी व्यक्त करती कहानियाँ हैं। क्या कोई समाज सामंती सोच से मुक्त हुए बिना वास्तव में मुक्ति पा सकता है। एक औरत प्यार के आवेग में सच बोलती है, यह सच बोलती औरत मीना नए समाज की प्रतिनिधि है, जहाँ संबंधों की नींव "यौन शुचिता" पर नहीं बल्कि सच्चाई पर टिके प्रेम पर रखी जाएगी। जहाँ सच्चा मनुष्य, पाखंडी झूठे मनुष्य की तुलना में अधिक ग्राह्य है, अपनाने योग्य है। क्या इस कशमकश की क़ैद में मनोज नहीं है? 1972 में लिखी यह कहानी सामाजिक सत्य को उधेड़ कर रख देने के साथ–साथ क्या एक नए पुरुष, एक नए सामाजिक सोच की माँग नहीं करती? मेरी दृष्टि में "कितनी क़ैदें" कहानी उस नए और बराबरी के समाज की ओर बढ़ने का न्योता देती कहानी है।

इस कहानी को पढ़ते हुए मुझे ईसाई धर्म में कन्फेशन की बात याद आती रही। जो कन्फेस करता है, वह मुक्त हो जाता है... किंतु यहाँ कन्फेशन अपने पति के सामने है, विवाह नामक संस्था के सामने है, जाली के पार लगभग अदृश्य किसी पादरी के सामने नहीं है! फिर भी मीना मुक्ति के अहसास सेभर गई है, हाँ मनोज संस्कार व सोच जनित क़ैद की घुटन के अहसास से।

मृदुला गर्ग अपनी कहानियों में देशकाल और वातावरण को भी एक चरित्र की तरह ट्रीट करती हैं। उनके यहाँ देशकाल–वातावरण सिर्फ़ होने के लिए नहीं होते, बल्कि कहानी को बनाने–बढ़ाने का काम करते हैं। ऑबजेक्टिव–कोरिलेटिव की तरह। मसलन इसी कहानी में भूचाल केवल कोयना नदी टाउनशिप में ही नहीं आया था, बल्कि वह मीना और मनोज के

जीवन में भी आ गया था। देखिए बाहर का तूफ़ान और लिफ़्ट के भीतर जीवनों का बदलना। मीना का जीवन एक तरह से और बाहर आने पर मनोज का जीवन दूसरी तरह से, जो अब मीना के जीवन पर नेगेटिव प्रभाव ही डालेगा और शायद दिल के संबंधों का यह शहर बसने से पहले ही उजड़ जाए, ध्वस्त हो जाए।

इसी तरह 1976 में लिखी "डैफोडिल जल रहे हैं" में डैफोडिल का जलना केवल फूलों का जलना नहीं है, बल्कि वह सुधाकर और उससे भी बढ़कर पुरुष–चित्त का द्योतक है, जो हर अनुभव को तुरंत–फुरत पा लेना चाहता है। वह कश्मीर का सौंदर्य भी देखना चाहता है और यौन–सुख भी तत्क्षण पा लेना चाहता है। हर चीज़ में हड़बड़ी, यह हमारे यहाँ के पुरुषों का स्वभाव है। सुधाकर उसी पुरुष–प्रवृत्ति का प्रतीक बनकर उभरता है। यह प्रवृत्ति अपने को सर्वज्ञानी भी मानती है। किंतु स्त्री की प्रकृति उससे भिन्न है। वह उस बीज की तरह है, जो मौसम आने तक सुप्त पड़ी रहती है और फिर खिलकर वातावरण का रूप और रंग दोनों बदल देती है। इस कहानी में जिन्ना का चरित्र बहुत गज़ब है। वह एक तरह से मुक्त स्त्री है, जो रोगी की सहायता करती है, पुरुष को प्रेम करने के दूसरे उपाय (मसलन खिल्लनमर्ग से आइरिस लाने की बात, श्रीनगर से दवाई लाना इत्यादि) सिखाती है और साथ ही अपनी मृत्यु का समय और स्थान भी खुद तय करती है। मृत्यु उसके लिए भय नहीं, बल्कि जीवन की अंतिम सीढ़ी को अपने हिसाब से चढ़ना है, जिसमें सौंदर्य हो, तृप्ति हो! जिन्ना जीवन के एक–एक पल को उसकी पूर्णता में जीना चाहती है, उस पूर्णता में स्वार्थ नहीं, सहकार है, संवाद है। इस स्त्री की एक झलक हमें "हरी बिंदी" (1972) में दिखाई पड़ती है और 2003 में लिखी "वो दूसरी" में भी। यह अकस्मात् नहीं कि दोनों ही कहानियों में चरित्र का नाम नहीं है। "हरी बिंदी" में स्त्री चरित्र "वह", "उसे" या "उसकी" है तो "वो दूसरी" में वह "दूसरी" ही नहीं "पहली वाली" भी 'अनामा' हैं। ये स्त्री पात्र उन तमाम औरतों की प्रतिनिधि हैं, जिनमें उनकी अपनी व्यक्ति सत्ता हर हाल में विद्यमान है। वे उसे बचाए रखना चाहती हैं, चाहे नीले सूट पर 'हरी बिंदी' लगाकर या किसी अनजान पुरुष से मित्रवत् बराबरी का व्यवहार करके अथवा अपने रंडी वाले मुहल्ले के गायन को बचाए–बनाए रख कर, अपना ही चित्र अथवा गुड़िया बनाकर। औरतें कला में जीवित रहतीं हैं, वह कला अपनी पसंदीदा फ़िल्म देखने, ठंडा–गरम साथ खाने के मज़े लेने या चित्र बनाने, लड्डू बनाने में ही क्यों न हो। "साठ साल की औरत" भी एक व्यक्तित्व संपन्न स्त्री की कहानी है।

अपनी शर्तों पर जीवन जीती स्त्री की कहानी।

इसी के साथ मृदुला गर्ग "वह मैं ही थी"(1990) और "दो–एक फूल" (1977) जैसी कहानियाँ भी लिखती हैं। "वह मैं ही थी" का यह वाक्य अपनी नग्न सच्चाई के चलते भयानक प्रभाव छोड़ता है– "बदकिस्मत या महज औरत, उमा सोचती। यह उसकी कहानी है या मेरी या हर उस औरत की, जो अपने वर्ग और स्थान से तोड़कर दूसरी जगह फेंक दी जाती है।" इस कहानी में सामाजिक–आर्थिक ईकाई के तौर पर स्त्री–पुरुष की ग़ैर–बराबरी एक अंडरकरेंट की तरह चलती है। पाठक के मन में बार–बार आता है कि यदि स्त्री की जगह पुरुष को मेडिकल सुविधाओं की ज़रूरत होती, तो भी क्या पटना उतना ही दूर होता और उतना ही बजट के बाहर? इसी तरह "दो–एक फूल" की शांतम्मा का पति कभी स्वीकार नहीं करेगा कि बच्चों की मौत उसकी सिफलिस की वजह से हो रही है, शांतम्मा की वजह से नहीं। वह रूप, लावण्य,प्रतिभा की धनी स्त्री तो अभिशप्त है नरककुंड में धँसने के लिए। और ऐसी स्त्रियाँ जब विद्रोह करती हैं तो "वितृष्णा" (1985) की शालिनी जैसी स्त्री पैदा होती है, जो घर का सब काम करती है, पर पुरुष उसके लिए पूरी तरह से बेमानी हो जाता है।

इन सब कहानियों को पढ़ते हुए अगर 2012 में लिखी "यहाँ कमलिनी खिलती है" का उल्लेख न किया जाए, तो बात अधूरी छूट जाएगी। वीरान में दो औरतें एक शहरी और एक खेतिहर मज़दूरनी। शहरी मन के वीरान में खोई तो दूसरी इस बात से अवगत कि पहली औरत आएगी अपने बेटे की बरसी पर। पूरी कहानी स्वप्न, उम्मीद, गहरे अवसाद और उसमें साझेपन के अहसास की कहानी है। कहानी में शिव हैं, पार्वती हैं और है उन दोनों का अटूट प्यार भरा संबंध, जिसके चलते पार्वती के कहने पर शिव वहाँ खारे कल्लर वीराने में दल की दल कमलिनी उगा देते हैं। वीराने में कमलिनी का उगना मानो एक युग का बदलना है। पर देखिए कहानी जहाँ खत्म होती है, वहाँ ठीक अपनी शैली के अनुसार, मृदुला गर्ग कैसा निठुर व्यंग्य सिरजती हैं–"सूरज अवसान की तरफ़ बढ़ा, कमलिनी सकुचाईं, मायाजाल तिड़कता चला गया। इतना कि तमाम संकोच झिझक के बावजूद, सपन लोक से बेवफाई कर, वह (शहरी औरत) ज़मीनी सवाल कर बैठी।

"कुछ चाहिए?"

"ना" उसने कहा, "सोचा इकली कैसे बैठोगी।"

हम शहरी, गाँवों की तरफ़ हरदम देने की नीयत से जाते हैं। हम पूर्ण

हैं, वे गाँव वाले हमें क्या देंगे— यही सोच रहती है न हमारी! पर यहाँ इस अंतिम वाक्य ने "सोचा इकली कैसे बैठोगी।" सारे भ्रम तोड़ दिए। दो बिल्कुल अलग वर्ग, अलग मिजाज की औरतें गोया दुःख–सुख साझा कर रही हों– गहरी समानता के धरातल पर! यह है जीवन और उस पर रची कहानी! सत्य का एक पाठ।

लगभग पचास साल से कहानी लिख रहीं मृदुला गर्ग की कहानियों से गुज़रते हुए हम एक से एक ऐसे चरित्रों से रूबरू होते हैं, जो हमारे आसपास से ही हैं, पर उन्हें देखना बिल्कुल नया लगता है, गोया उनसे पहली बार मिले हों और जब वे हमें अपने बारे में बताने लगते हैं, तो लगता है यह तो कुछ जाना–पहचाना है, पर ऐसा ही तो हमारे मन में भी आया था! एक बार अपने लिए अपने मन मुताबिक जी लेने की इच्छा, प्रकृति के संग एकमेक हो जाने की इच्छा! पहले चुंबन की वास्तविकता और उसके रोमांटिक विवरणों से उसका मेल न खाना...पहले संभोग का बढ़ा–चढ़ाकर वर्णन और स्त्री के लिए उसकी दमघोंटू याद...स्त्री की देह का, उसके मन का क्रमशः खुलना और उससे पुरुष का लगभग अनभिज्ञ रह जाना.. और भी जाने क्या–क्या बातें।

गहरी विडंबना, उदात्त मानवीयता, निर्भीक–निडर, भाषा की बुनावट–गोया कहानी कह रही हों, लिख नहीं। कोई नैतिक जजमेंट नहीं। यही उनकी कहानियों को दूसरी लेखकों की कहानियों से विलगाता है। अपनी चिंताओं के विस्तार व कहने के अंदाज़ में मृदुला गर्ग अनूठी लेखिका है। बस एक बात मुझे हैरत में डालती है कि उनके यहाँ मिथक और परंपरा लगभग न के बराबर है। मिथक तो मुझे मिले ही नहीं। इस अर्थ में वे खांटी आधुनिक हैं।

उन्हें पढ़ते लगा–पढ़ना–गुनना– लिखना साथ–साथ। वे एक खबर पढ़ती हैं, एक बात कहीं सुनती हैं, कोई सपना देखती हैं, कोई कामना करती हैं तब निःर्द्वंद्व भाव से बिना किसी वाद या सिद्धांत में फँसे वे उसकी तह में जाती हैं, सामग्री बटोरती हैं, पर रिपोर्ट नहीं लिखती वरन कहानी रचती हैं, जिसकी अनुगूँज दूर तक जाती है।यहाँ "रचती" शब्द रौ में नहीं, बल्कि रचयिता की रचना के अर्थ में लिखा गया है!

और तब पिछली मुलाकात में उनकी एक बात याद आती है। शादी के अगले ही रोज़ इन्होंने कहा, " यहाँ ...अखबार आता है, अगर तुम कोई दूसरा अखबार पढ़ना चाहो तो अपने लिए मंगवा लो।"

यह कथनभर मृदुला गर्ग को जीवन को जानने–समझने की एक कुंजी दे देता है। यही बात हमें उनकी कहानियों में मिलती है। एक खुला आसमान।

यात्रा–संस्मरण

कुछ अटके, कुछ भटके

अंश और विमर्श

'तिलिस्मी बुनराकु' का एक अंश

कभी जापान जाने का मौका मिले तो ओसाका शहर जाकर बुनराकु कठपुतली थिएटर देखना न भूलिएगा। भूल गए तो एक नायाब अनुभव हाथ से निकल जाएगा।

पिछले बरस जब मैं पहले–पहल जापान गई तो बुनराकु नाम याद रखने के लिए बुनकर राखो मन में बिठला लिया था। जैसे, इचीगया होटल को इव हो गया' से याद रखा था। पर जब बुनराकु की प्रस्तुति देखी तो समझ में आया कि अनजाने में ही उसका मर्म ख़ुद पकड़ा गया था। उसकी संरचना, वाकई महीन फुलकारी वाली बुनाई की तरह थी। जिस तरह जापान दुनिया के अन्य सभी देशों से अलग है, उसी तरह बुनराकु का शिल्प भी अन्य अभिनय कलाओं से सर्वथा अलग है। ऐसा कठपुतली नाटक, जहाँ हमारे देखते–देखते निर्जीव पुतले अभिनेता नज़र आने लगते हैं और सजीव संचालक पुतलों में तब्दील हो जाते हैं।

कठपुतलियाँ इंसानों से आधे आकार की होती हैं और पारंपरिक भव्य पोशाकों में सजी रहती हैं। उनकी आँखों की पुतलियाँ इधर–उधर घूमती हैं, भौंहें ऊपर–नीचे होती हैं, मुँह खुलता–बंद होता है और बदन लयात्मक मुद्रा में हिलता–डुलता है। यह तो ख़ैर हर कठपुतली नाट्य मंचन में होता है, पर अभित करने वाली बात यह है एक में हर पुतली से तीन संचालक काम करवाते हैं। आपकी आँखों के सामने पुतली को मंच पर लाते हैं और खेल के दौरान पूरा वक्त मंच पर बने रहते हैं। प्रमुख संचालक पीछे से पुतली के धागे को एक ख़ास अंदाज़ में बाएँ हाथ से पकड़ कर और दाईं बाँह को दाए हाथ से पकड़ कर चलाता है। दूसरा संचालक बाई बाह को चलाता है और तीसरा टाँगों को। स्त्री पुतलियों की टाँगें नहीं होती इसलिए उनकी निचली पोशाक (स्कट) का इस तरह संचालन किया जाता है कि चलते–फिरते पैरों

का आभास हो। दूसरे और तीसरे संचालक के चेहरे काले नकाब से ढके रहते हैं, पर प्रमुख संचालक, जो मशहूर स्टार होता है, भावहीन चेहरे के साथ सामने बना रहता है। कल्पना कीजिए मंच पर चार कठपुतलियाँ अभिनय कर रही हैं। हर पुतली के साथ तीन चालक मंच पर उपस्थित हैं। यानी कुल मिलाकर सोलह जन एक साथ मंच पर हैं। आप सोचेंगे. इतनी भीड़ में भला क्या नाट्य विरेचन होगा?

बस यहीं बुनराकु का कला–कौशल एक नायाब तिलिस्म को जन्म देता है। ऐसा दृष्टिभ्रम पैदा करता है कि लगता है सादे लिवासों में लैस संचालक वहाँ होकर भी नहीं है। गौण होकर धीमे–धीमे आँखों से ओझल होते चले गए हैं। और कठपुतलियाँ हैं कि कद–बुत में बढ़ती चली जा रही हैं। अपनी अलंकृत राजसी पोशाकों में इंसानों से आधे आकार की न रह कर उनसे ज़्यादा भव्य, लंबी–चौडी, ऊची होती गई हैं। छायांकन का बिंदु लें तो कह सकते हैं कि चुनराकु वह नाट्यकला है, जो इंसानों को ऋण छवि (नेगेटिव) और पुतलों को धनछवि (पॉजिटिव) बना देती है। अपने कथ्य और काव्यात्मक विरेचन में बुनराकु ओपेरा की श्रेणी में आता है। बस यहाँ महानायकों के क़िरदार पुतले निभाते हैं। नामी–गिरामी अभिनेता संचालक बनते हैं। संचालकों के इशारों पर चलते पुतलों के अभिनय को अत्यधिक प्रभावी बनाने में संगीत (शामिसेन) और कथावाचन (जोरुरी) का भरपूर सहयोग रहता है। मंच की दाईं तरफ़ बने एक और मंच पर शामिसेन संगीतकार और जोरुरी कथावाचक बैठे रहते हैं। जोरुरी कथावाचक पूरे जापान में अपनी मुंबई के फ़िल्मी सुपरस्टारों की तरह मशहूर होते हैं। दृश्य के अनुरूप हर पात्र के संवाद बोल कर कथावाचक कहानी को आगे बढ़ाता है। कभी चिल्लाता है तो कभी फुसफुसाता है। कभी सुबकियाँ भरता है तो कभी सीधे–सपाट तरीके से बात करता है। शामिसेन संगीतकार उससे जुगलबंदी करता है, अपने वाद्य यंत्रों द्वारा पवन, वर्षा, तूफ़ान, समुद्री ज्वार भाटे की ध्वनियाँ पैदा करके, रसानुभूति को अधिक उत्कट और प्रचंड बनाता है। कथावाचक और संगीतकार, दोनों की पारंपरिक, अभिजात, कामासिमो पोशाक, अपनी सादगी भरी भव्यता से दर्शकों को मोहित कर लेती हैं।

बुनराकु के सबसे सफल और कालजयी कथानक अठारहवीं सदी में लिखे गए थे। उनकी अनगिनत प्रस्तुतियाँ अब तक हो चुकी हैं और हो रही हैं। तमाम आधुनिकीकरण, बाज़ारवाद और तीव्र गतिशील जीवन शैली के बावजूद न दर्शकों की संख्या में कमी आई है, न उनकी भावविह्वल वाहवाही

में। बुनराकु नाटक का स्थायी भाव प्रतिष्ठा, आत्म–सम्मान और सामाजिक गौरव के लिए महानायक का वीरोचित् और करुण बलिदान है। प्रेम, वियोग, षड्यंत्र, हत्या और आत्महत्या प्रमुख अंग–प्रत्यंग हैं। और उत्कर्ष है, स्वेच्छा से मृत्यु का वरण, अपनी और अपने प्रिय या आराध्य की प्रतिष्ठा की रक्षा हेतु। बुनराकु नाट्य प्रस्तुति के दौरान मेरे मन में बराबर अपने देश के राजपूतों की आन–बान–शान के दृश्य घूम रहे थे।

अपने पारंपरिक समाज की तरह जापान में भी उस सदी में सामाजिक और नैतिक नियम–क़ायदे इतने कड़े थे कि कहीं ज़रा–सी छूट मान्य नहीं थी। आत्म–गौरव को तनिक ठेस पहुँची नहीं कि पात्र आत्महत्या को प्रस्तुत। मैं ही नहीं, पूरा सभागार उससे एकात्म, उद्वेलित, अभिभूत था। मेरी समझ में आ रहा था कि हम कितने भी दोषान्वेषी क्यों न हो जाएँ, अपने को उदासी दार्शनिकता के परम समर्थक मानें, पारंपरिक मूल्यों के प्रति उदासीनता दर्शाएँ, सच यह है कि तमाम सिनिसिज्म के बावजूद, जब मंच पर उदात्त भाव विरेचन होता है तो हम उसी आदिकाल में पहुँच जाते हैं, जिसमें कभी हमारे पूर्वज विचरा करते थे। स्वाभिमान, बलिदान, आत्मोत्सर्ग, जापानियों के लिए ही नहीं, पूरे विश्व के लिए सनातन मूल्य है। पर शायद किसी और संस्कृति के मुकाबले जापानी लोग इच्छित मृत्यु को ज़्यादा समर्थन देते हैं। यह केवल अठारहवीं सदी का नहीं, आज का भी सत्य है। इसी वजह से आज भी न बुनराकु के दर्शक कम हुए हैं, न उनकी वाहवाही।

जो नाट्य प्रस्तुतियाँ मैंने देखीं, उनमें एक का नाम था। यारी–नो–गोजा कसाने काटाबिरा, यानी बछ चलाने वाला योद्धा गोजा। उसमें एक प्रसंग आता है जहाँ सामुराई गोजा परस्त्री गमन के ग़लत आरोप को ख़ारिज़ करने के लिए आत्महत्या को प्रस्तुत है। पर स्त्री उससे प्रार्थना करती है कि वह ऐसा न करे। अगर उसने झूठे आरोप के कारण प्राण त्याग दिए और बाद में सबको आरोप के झूठ होने का पता चला तो उसके पति की प्रतिष्ठा को आघात पहुँचेगा। उसके आत्म–सम्मान को खंडित होने से बचाए रखने के लिए वह चाहती है कि गोजा उसके साथ फरार हो जाए और उसके पति को दोनों की हत्या करने दे। यही होता भी है। नाटक समाप्त होने पर यह अंत चाहे जितना शोचनीय और तर्कहीन मालूम पड़ा हो, प्रस्तुति के दौरान बाक़ी दर्शकों के साथ मैं भी आत्मविभोर थी। जैसे जो कलात्मक था, वही तर्कसंगत भी था। इसके साथ ही प्रस्तुति में जापानी संस्कृति के अनेक विशिष्ट और विलक्षण पहलू, पूरे ब्यौरे के साथ कलाबद्ध थे। जैसे जटिल

केश–सज्जा, शामिसेन संगीत, सामुराई जीवन पद्धति और जापानी चाय–अनुष्ठान। गोजा पर जिस स्त्री से प्रेम करने का अभियोग लगा था, दरअसल रात के समय उसने उसे चाय–अनुष्ठान के गुप्त नियम सीखने बुलाया था और उसके बदले में वह उससे अपनी बेटी का विवाह करने का वचन ले चुकी थी। इस प्रसंग से अन्य सिद्धांतों के साथ जापानी संस्कृति में चाय अनुष्ठान की महत्ता भी समझ में आती है। जापान के जगप्रसिद्ध काबुकी थियेटर का जनक भी बुनराकु ही है। काबुकी तक आते–आते पुतलों का स्थान, शास्त्रीय अभिनय शैली में ढले पुरुष अभिनेताओं ने ले लिया, पर कथ्य और भावसंवेग वही रहा। इसीलिए फिर कहती हूँ जापान जाएँ बुनराकु का रस लिए बग़ैर न लौटें।

दिमाग़ ने जिया सफ़र

—ब्रजेश्वर मदान

मृदुला गर्ग हिंदी की सुप्रसिद्ध लेखिका हैं। अब तक उनके छह उपन्यास, अस्सी कहानियाँ और दो निबंध छप चुके हैं। उनकी नयी पुस्तक 'कुछ अटके, कुछ भटके' सफ़रनामा है लेकिन इधर छपने वाले अधिकांश सफ़रनामों की तरह नहीं जिन्हें पढ़ने का मतलब सफ़र नहीं, 'सफ़र' करना होता है। 'सफ़र' अंग्रेज़ीवाला। इसका सबसे बड़ा कारण यह है कि जब कोई कथाकार और उपन्यासकार सफ़रनामा लिखता है तो उसमें कहानी के उत्स होते हैं। और मृदुला गर्ग की भाषा के प्रवाह, कल्पना के कमाल, ह्यूमर के तीखेपन और बयान की ताजगी का भला कौन क़ायल नहीं होगा? इन सब खूबियों में सफ़रनामों के संदर्भ में 'कल्पना' शब्द किसी को अज़ीब लग सकता है। शायद इसलिए उन्होंने पुस्तक की भूमिका में लिखा है कि सफ़रनामें में कितना यथार्थ है और कितनी कल्पना, इस पर बहस बेमानी है। आख़िर कल्पना भी वही मुसाफिर करता है जो भोग–भुगत रहा होता है। उनके इस कथन से किसी को विरोध नहीं हो सकता कि पैरों चला और दिमाग़ जिया सफ़र ही मिलाकर असल सफ़री यादगार बनता है।

अगर इसे अतिरंजना न माना जाए तो यक़ीनन ही यह यादगारी सफ़र है। 'कुछ अटके, कुछ भटके' में हम एक ऐसी दुनिया से परिचित होते हैं जो हमें रोज़ टेलीविजन और फ़िल्मों में दिखायी जाने वाली दुनिया में नहीं मिलती। सेटेलाइट की बात तो दूर, दुनिया के मानचित्र में भी हम उसे नहीं पा सकते। पढ़ते हुए लगता है कि इस दुनिया से परे और दुनिया नहीं हो सकती। बेशक जिन मुल्क़ों और शहरों का जिक्र इस पुस्तक में है, वे नक्शे में हैं, लेकिन वे नक्शे से बाहर हमें उस दुनिया में ले जाती हैं जो मन की दुनिया है, जहाँ हम लेखक के साथ उनका अंतर्जगत देखने लगते हैं। दुनिया के भीतर एक दुनिया समुद्र में आइसबर्ग की तरह, जिनके नौ हिस्से पानी में

होते हैं और सतह पर एक ही हिस्सा दिखायी देता है।

बहुत ज़्यादा विस्तार में न जाएँ तो यात्राओं के बारे में उनका कहना है कि यात्राएँ कई किस्म की होती हैं, मोटी–मरी दो किस्में हैं, प्रयोजनयुक्त और प्रयोजनमुक्त।

यहाँ उनसे असहमत हुआ जा सकता है, क्योंकि प्रयोजनमुक्त कोई चीज़ नहीं होती। आदमी कमरे की खिड़की भी खोलता है तो उसका कोई–न–कोई कारण होता है। चाहे वह हवा के लिए खिड़की खोले या बाहर किसी शोर को सुनकर। लेकिन कोई भी अनुभव रचनात्मक अनुभव बनता है जब अपने लिए खोली गयी खिड़की सबके लिए खुल जाय। पुस्तक में कहीं प्रयोजनयुक्त यात्राओं की बातें तो हमें इतिहास के उस दौर में ले जाती हैं जब सम्राट अशोक ने बेटे–बेटी समेत ठठ–ठठ भारतवासी, श्रीलंका, चीन, अफगानिस्तान भेजे तो प्रयोजनयुक्त यात्रा के तौर पर! ऊपरी मक़सद था बौद्ध –धर्म का प्रचार–प्रसार, असली अपने प्रभाव क्षेत्र का विस्तार। दूसरे देश पर आधिपत्य, यानी सम्राट अशोक बला के कूटनीतिज्ञ थे। गांधीजी के सच्चे पूर्वज ख़ून का एक कतरा गिरा नहीं कि पूरा मुल्क़ और उसकी जनता अपने कब्ज़े में पश्चिमी देशों के बारे में उनका कहना है कि वे दिखावे और कूटनीति के पचड़े में नहीं पड़े। अपना धर्म दूसरे देश में ले गये। क्रूसेड की फौज़ी पताका फहरा कर धर्म छोड़कर व्यापार का सहारा लेकर इंग्लैंड एशिया में क्या घुसा, यूरोप के तमाम देश फ्रांस, स्पेन, पुर्तगाल, हॉलैंड लाइन में लग गये। पुस्तक के आरंभ में ही वे इस सत्ता, धर्म और व्यापार के नाम पर किस्म–किस्म की यात्राओं से हमें परिचित करा देती हैं। साहित्य में यह सैलानी वे कालिदास और उनके 'मेघदूत' में देखती हैं। मेघदूत के बारे में काफ़ी लिखा–पढ़ा जा चुका है लेकिन यहाँ मेघदूत की प्राध्यापकीय व्याख्या नहीं। लगता है, जैसे हम यह सब पहली बार पढ़ रहे हैं। जहाँ–तहाँ कालिदास मेघदूत के लिए गये या गये होंगे, उनमें से कई जगह जाकर पुस्तक में उनके साथ पहुँचते हैं और उन जगहों को आज के समय में देखते हैं। वे सब मिथक खुलने लगते हैं जहाँ से यक्ष ने पहली बार बादल को देखा था। उल्लेखनीय यह है कि उनके इस सफ़र में चीज़ों, नकली आडंबर हटाकर उन्हें उनके मूत स्त्रोतों से जानने की कोशिश है। मेघदूत वाले प्रसंगों से यह साबित होता है कि सफ़र में कितना यथार्थ है और कितनी कल्पना। इस पुस्तक में ही उन्होंने लिखा है, फाह्यान और ह्वेनसांग को अपनी भारत यात्रा पर जो जो लिखना पड़ा उसमें वह सब था जो उन्होंने भोगा भुगता, देखा–परखा जो कयास लगाया,

सुना–गुना यानी कल्पना में वह भी किया।

'कुछ अटके, कुछ भटके' में पैरों चला यथार्थ है। जापान में जाकर उन्हें पहली बार पता चला कि क्रेन के लिए 'सारस' शब्द अंग्रेज़ों का दिया है। वह पक्षी भारत में होता है, अन्य मुल्क़ों में नहीं। उन्होंने इसे क्रेन कहा, हमने सारस मान लिया। वास्तविक शब्द क्रौंच हैं। जापान ने इसे दीर्घायु का प्रतीक माना है। वाल्मीकि को क्रौच युगल में एक का वध देखकर दूसरे क्रौंच की वेदना से ही कविता की प्रेरणा मिली होगी। शरतचंद्र के हवाले से वह हमें यह भी बताती है कि कैसे अंग्रेज़ों के प्रभाव में हमने सफ़र के लिए 'चेंज' शब्द अपनाया और यात्रा का अर्थ 'चेज' के लिए एक जगह से दूसरी जगह जाना था, उस जगह को जानना नहीं, खाना–बाना सब वही रहता था। जैसे आज भी भारतीय विदेश में जाकर भारतीय खाने वाले सस्ते होटल तलाश करते हैं–अमेरिका में बसे भारतीयों पर व्यंग्य करते हुए वह लिखती हैं कि उन्होंने मार्क ट्वेन का घर देखने की इच्छा ज़ाहिर की तो जहाँ वे ठहरी थीं, वे कहने लगे, यह मार्क ट्वेन कौन–सा घनाढ्य है। घर ही देखना है तो लक्ष्मी मित्तल का देखो, एलिजाबेथ टेलर का देखो।

डॉलर के लिए वहाँ जाने वालों के लिए मार्क ट्वेन या कालिदास का क्या मतलब हो सकता है? एक प्रसंग में हमें पता चलता है कि भारत में जहाँ कालिदास के यादगार हैं वहाँ कोई नहीं जाता लेकिन पास के मंदिरों में भीड़ रहती है। जिसकी रचना में यक्ष ने पहली बार मेघ को देखा था तो उसके बारे में किसी की रुचि नहीं। बाबा मंदिर में, वे हमें सिक्किम की पहाड़ियों में ले जाती है। यहाँ तिब्बती पठार पर 14 हज़ार फीट की ऊँचाई पर बाबा मंदिर की कथा तो अद्भुत है। एक ऐसे फौज़ी की कहानी जो नदी में बह गया लेकिन उसका शव नहीं मिला। जिस प्लाटून में वह था, उसके सैनिकों को उसने सपने में अपना मंदिर बनाने के लिए कहा, फौजियों ने बाबा हरभजन सिंह स्मारक बनवा दिया। इस मॉदेर के बारे में विश्वास है कि यहाँ पानी की बोतल चढ़ाने पर माँगी हुई मुराद एक सप्ताह में पूरी हो जाती है। यह अद्भुत प्रसंग है। बाबा हरभजन सिंह को जीवित माना जाता है। उनका वेतन उनकी पत्नी को हर महीने पहुँचता है। छुट्टियों में उनकी वर्दी एक फौज़ी के साथ घर जाती है और उन्हें तरक्की भी मिल रही है और वह कैप्टन हो गये हैं। सिक्किम के ही एक अन्य प्रसंग में लेखिका द्वारा देखा गया यह नज़ारा तो अपने आप में पूरी कविता है–सुबह के सवा छह बजे थे। जब अचानक धुंध ने अपने सफ़ेद बाल इधर–उधर छितरा कर माँग मुझे दिखलायी।

सिंदूर तो नहीं था। सूरज ने उस सुबह उसमें सिंदूर नहीं भरा था। केरल में ये हमें विष फल दिखलाती हैं जो साइनाइड की तरह है। यह प्रेम के असफल होने पर प्रेमी–प्रेमिकाओं के आत्महत्या करने के काम आता है। इधर चखा और प्राण उधर पुस्तक में और भी दुर्लभ स्मृतियाँ हैं। वान गॉंग के सनफ़्लावर पेंटिंग्स की श्रृंखला के संदर्भ में वह जीवन की जन्म से लेकर मृत्यु तक तमाम अवस्थाओं की जिस तरह व्याख्या करती हैं, वह किसी कला समीक्षक के वश का नहीं। अंत में कहा जा सकता है कि 'कुछ अटके कुछ भटके' के बिंव जैसे स्मृति में हमेशा के लिए अटके रह जाते हैं।

एक प्रबुद्ध सैलानी का सफ़रनामा

–रोहिणी अग्रवाल

'कुछ अटके कुछ भटके' मृदुला गर्ग के यात्रा संस्मरणों का नवीनतम संग्रह है। सैलानी की वह बह जाती भावोच्छ्लता से पिंग, व्यंग्यकार के मारक कटाक्षों से बिंधा, सर्जक कलाकार की कालातीत दृष्टि से गुथा यात्राओं का महावृत्तांत जहाँ तथ्यों की तथ्यपरकता समाजशास्त्रीय चीरफाड़ का उद्योग रच कर वक्त की नब्ज टटोलने का आँख्यान बनती है तो तथ्यों में सतरंगी आभा उकेरती दृश्यावलियाँ अंतः बाह्य प्रकृति के साथ जुड़कर इतिहास, भूगोल और संस्कृति की तमाम दूरियाँ तय कर व्यक्ति को व्यक्तित्व एवं वक्त के साथ जोड़ते हुए एक अनंत नाद की सृष्टि करती हैं। सठिआई उम्र को पार कर मृदुला गर्ग बेशक ताजादम है और तुश तेवरों के साथ हर संगदिली को घुड़कने को तैयार भी। बेशक कुछ अटके कुछ भटके उनकी पहली यात्रा संस्मरणात्मक पुस्तक है, लेकिन यात्रा पर वे पहली बार नहीं निकली। समूचे कथा साहित्य में पंखों के संग संग दिल, दिमाग़ और नज़र खोल कर वे दूर क्षितिज तक उड़ती रही हैं, अकेले एक ऐसा अकेलापन जो रिक्ति के शून्य से नहीं उपजता, अनंत गहराइयों की थाह पाने की अनिवार्य आकुलता में समाविष्ट होता है। इसलिए व्यक्ति, समाज और व्यवस्थाओं के दूरस्थ अनजान प्रदेशों की बीहड़ यात्रा को निकल उनके भीतर का सैलानी टूरिस्ट गाइडों की अनुशासनबद्ध सुविधाओं से मनुष्ट नहीं होता, अटक–भटक कर मंज़िल पाने के उद्देश्य से अकेले अपनी राहों का सतत अन्वेषण करता चलता है। मुन, मनीषा, स्मिता और दर्जिन बी जैसे औपन्यासिक नारी चरित्र उनकी यात्रा–परिणतियाँ हैं–सवाल बन जवाबों को तलाशने के प्रयास में मैं और हम व्यक्ति और समाज, संस्कार और संस्था सब पर एक साथ अनन्यता एवं पारस्परिकता में विचार करने का आश्वासन करती। ज़ाहिर है कि पुस्तक पढ़ते हुए बार–बार एक सवाल उठता है कि भीतर की अमूर्त यात्रा

बाहर की गोचर भौतिक यात्राओं को स्मृति में बार–बार जीने और संजोने के पीछे लेखिका का क्या उद्देश्य रहा होगा? ख़ासतौर पर वर्चुअल रिएलिटी के इस तकनीकी युग में जहाँ 'माउस' के एक क्लिक के साथ घर बैठे आकांक्षित स्थल का श्थ्री डाइमेंशनल टूअर' कर आने की 'ऐयाशी' में तन की तनिक भी कष्ट न देने की भोगवादी मानसिकता तृप्ति पाती है। क्या इस तत्स अहसास से मुक्ति पाना कि लकीर में बँधी ज़िंदगी "जीते चले जाओ तो सब कुछ रोज़नामचा बन जाता है"–दुःख, पीड़ा, जोखिम सब? या घर के घेरे से बाहर अज्ञात के रहस्यमय आकर्षण में बँध कर उसकी हज़ारहा नियामतों को छू–छू कर आँखों में भरने की आदिम ख्वाहिश अपने को बचाने की ललक या अपने को खोकर आनंद को साबुत पाने का दिमाग़ी फितूर? मृदुला गर्ग सवाल अनुत्तरित नहीं छोड़ती, ताल ठोंक कर ऐसे सैलानियों से पंजा लड़ाने बैठ जाती है जो "दूर–दराज वादियों में जाकर भी घर बैठे रहते हैं"–शरतचंद्र के नायकों की नाई जो अंग्रेज़ों की 'नकल' में 'चेंज' के नाम पर आबोहवा ज़रूर बदल लेते हैं, दिनचर्या खानपान रहन–सहन कतई नहीं। "ऐसे इंसानों को क्या कहेंगे–अभागे, बेदिल, बोर या खालिस हिंदुस्तानी? मुझे लगता है, हर दर पर हमसूरत, हमसीरत, हमनिवाला ढूँढ़ने वालों को हमवतन नहीं, हमबोर कह कर पुकारना चाहिए।" न, ऐसे सैलानियों से बेहद परहेज है उन्हें जो पोखर के मेंढक की तरह हर सागर को ताल में तब्दील कर दें। उनके आदर्श हैं भटकने की परंपरा के वारिस मृगु और श्रृंगीय यक्षप्रिया को संदेश पहुँचाने की खातिर एक ही हवाई उड़ान में झपाटे के साथ रामगिरि से अलकापुरी की दूरी तय करता 'अरसिक' दूत नहीं, प्रकृति और परिवेश के हर ऐश्वर्य– विलास–सौंदर्य का रुक–रुक कर आख़िरी घूँट तक रसपान करता रसिया मेघ और ह्यवेनसांग–फाह्यान की परंपरा के विपरीत वह अनाम ब्रिटिश सैलानी जो काग़ज़ काले करने की बजाय डेफोडिल और आइरिस के बीच छितरा कर कश्मीर घाटी में रंग घोल गया सफ़रनामा, उनके लिए, इतिहास लेखन का कूटनीतिक औज़ार नहीं, कल्पना, स्वप्निल रागात्मकता एवं हार्दिकता के साथ गुंधा यथार्थ का पुनर्सर्जित संस्करण है जिसमें अहम् ब्यौरों की प्रामाणिकता नहीं, ब्यौरों के जरिए यथार्थ को नई नज़र से पढ़ने और गढ़ने की अकुलाहट है।

जापान, मालदीव, सूरीनाम, पेरिस तथा भारत के अंतस्थ प्रदेशों की यात्रा करते समय मृदुला गर्ग बाहरी परिवेश के रोमान को चीर कर उसके भीतर घड़कते जीवन को बुनती गूँधती चलती हैं जिसके सूत्र एक छोर पर इतिहास और संस्कृति से बँधे हैं तो दूसरी ओर यथार्थ की विभीषिका से संत्रस्त आम आदमी की जुझारू मनोवृत्ति में। दरअसल इसी ताने–बाने में उनके भीतर का

सर्जक मनुष्य को उसकी महिमा और क्षुद्रता के साथ चित्रित करता हुआ शास्त्र, व्यवस्था और विज्ञान की हर पाखंडपूर्ण शाइस्तगी को बेनकाब करता चलता है। इस दृष्टि से सर्वाधिक उल्लेखनीय संस्मरण हैं–'हिरोशिमा में क्रौंच और कनेर' तथा 'दीदार से सपने तक' एक–दूसरे का विलोम रचते हुए। युद्ध के मारक अभिशाप को झेल कर ज़िंदगी का अभिषेक करता हिरोशिमा त्रासदी के घनत्व को भूलना नहीं चाहता, किंतु अरण्य रोदन उसका लक्ष्य नहीं। जड़ों तक झुलसे पेड़ यदि त्रासदी के छह–सात माह बाद सृजन के कठिन व्रत को कोंपलों के जरिए वक्त की स्लेट पर लिख सकते हैं तो मनुष्य क्यों नहीं? प्रगति की तमाम ऊँचाइयों को अंकवार कर वह विनाश के बरक्स इतिहास में एक नया अध्याय जोड़ देना चाहता है–सृजन, जिजीविषा, संघर्ष और आशा का न, जगर–मगर करती गगनचुंबी अट्टालिकाओं में घुस कर वह हादसे को भुलाना नहीं चाहता। उसे जीवित रख रहा है–संग्रहालय बना कर, जहाँ टंगी दीर्घायु के प्रतीक क्रौंच पक्षी की काग़ज़ी आकृतियाँ मौत से जूझने का आह्वान करती हैं तो क्षमा तो मनुष्य की सबसे बड़ी नियामत का दर्जा दे सबसे पहले अपनी क्षुद्रताओं, बर्बरताओं और हिंसाओं से आत्म–साक्षात्कार करने का संदेश देती हैं। लेखिका इस तथ्य को रेखांकित करना नहीं भूलती कि संग्रहालय के भीतर सिर्फ़ अमरीकी अणुबम से पीड़ित हिवाकुशा की कहानियाँ दर्ज नहीं हैं, वरन् मूल हिरोशिमा निवासियों को उत्पीड़ित करती जापानी सैन्य सत्ता की बर्बरता की कहानियाँ भी हैं। अमानवीय नृशंसताओं को निःसंग दृष्टि से देखने काबोध ताकि स्थितप्रज्ञ हो अपने भीतर के 'मनुष्य' का संधान करके मनुष्य मात्र की रक्षा की जा सके। लेकिन क्या सच में इतना वयस्क और परिपक्व हो पाया है मनुष्य? लेखिका का प्रश्न और पूरी ताक़त के साथ इराक, अफगानिस्तान, अमरीका, गुज़रात, कश्मीर का उल्लेख क्यों गलतियों से सबक सीखने की बजाय मनुष्य पहले से भीषणतर ग़लती करने को लालायित रहता है?

जापान ने संघर्ष से समृद्धि पाई है तो मालदीव ने पर्यटनजन्य समृद्धि की बदौलत आलस्य और आरामतलबी प्राकृतिक सौंदर्य को 'कैश' करके डॉलर कमाता नगीने–सा द्वीप अपनी असली सूरत विदेशी सैलानियों से छुपाए रखता है। क्या मालदीव की बहिश्ती ज़िंदगी के बीच देखी है किसी ने आदिम कबीलों की बदहाल ज़िंदगी? चिलचिलाती धूप में घंटों मछली का काँटा थामें हाथों की कंगाली? सैलानियों द्वारा फेंके गए रबर के टायरों में किलोल करते बच्चों की भविष्यहीनता? तो फिर सत्य क्या है? सतह पर दीखती सच्चाइयों द्वारा सिरजी गई खुबसूरतियों का आनंद? या सतह के नीचे लावा–सी

खुदबदाती विद्रूपताओं का दर्द? भोग या चिंतन? मृदुला गर्ग जिस प्रकार हर यात्रा वृत्तांत को सवाल की खूँटी पर टाँग देती हैं, उससे साफ़ है कि यात्रा उनके लिए तफ़रीह नहीं, बृहत्तर सवालों से टकराने की भूमि है। जैसे 'असम में एक रात' में बिहू नृत्य, ब्रह्मपुत्र नदी, ढोल की थाप पर दो टुकड़ों में फट पड़ती सेमल की फलियों के रोमांच से कहीं अधिक गहरा है छात्र आंदोलनकारियों के विद्रोही रोष का समर्थन कि कौन उन्हें आतंकवादी बनाता गया?

पर्यटन के नाम पर किसी भी प्रदेश के संसाधनों, संस्कृति और सौंदर्य का दोहन करके उसे राष्ट्रीय विकास की मुख्यधारा से काट कर 'बाहरी' बनाए रखना क्या शोषण नहीं जिसके प्रतिकार में हिंसा और नफ़रत का उग आना स्वाभाविक है? सैलानी की पारंपरिक आनंदान्वेषी सतही दृष्टि मृदुला गर्ग का परिचय नहीं। उनकी संवेदना और सरोकार हर दृश्य, घटना, व्यक्ति और मनोविज्ञान को ठोस विश्लेषक "दृष्टि के साथ देखते चलते हैं। इसलिए वे जान पाई हैं कि हँस–हँसकर अपने अभावों से जूझते औसत असमिया की हँसी में संतुष्टि का आह्लाद नहीं, परिस्थितियों पर हँसने की सयानी समझ है ताकि अपने भय को जीत कर भीतरी हाहाकार को कम कर सके और समझौते के लिए भीतर की ज़मीन को तरल उर्वर बनाए रख सके।

कहीं–कहीं मृदुला गर्ग विशुद्ध सैलानी के एग्जोटिक आनंद से विह्वल भी हैं। मसलन 'साँप कब सोता है' में सूरीनाम के वर्षावन की सैर करते हुए चकित, स्तंभित और रोमांचित। "क्या हुआ जो मेरी देह अटक–अटककर धरती और पानी पर सरक रही थी, मेरा मन तो ऊपर उड़ रहा था। कभी बाना–चीकी के पंखों में प्रवेश पाकर, कभी उसकी बदसूरत नहीं, अज़ीब चोंच पर सवार होकर। कोबरा नीचे था, रातभर जागने के लिए दिन में सोया चित्त् ऊपर था, बिना सोए, खुली आँखों सपने लेता, पानी भरी हवा में बहता, सपना जीता। कहने को मैंने मात्र दो घंटे पैदल चलते जंगल में गुज़ारे थे। ज़रा–सा वक़्त पार हुआ था, ज़रा–सा जंगल। पर एक उम्र बीत गई थी।" 'रंग–रंग काजीरंगा' में भी ठीक यही अनबोलता आह्लाद जंगल के राजा शेर को एक नहीं अनेक बार जगह–जगह के जंगल में आँखभर देखने के लोमहर्षक रोमांच के साथ।

दरअसल ये यात्रा संस्मरण नैसर्गिक रंगों से आपूरित लोककलाओं की तरह हैं जिनमें उकेरे गए जंगल, दरख़्त, पर्वत–घाटी, पशु–पक्षी भूगोल का अनुकरणात्मक दृश्य प्रस्तुत नहीं करते, प्रकृति और मनुष्य के पूरक और पारस्परिक संबंधों का महाख्यान रचते हैं। किसी एक के भी विच्छिन्न हो जाने पर क्या सृष्टि जीवन राग से निनादित हो पाएगी? वह राग जो चेतना के हर कण को 'अनित्य वैविध्य का उल्लसित काव्य' बना डालता है।

नाटक–विमर्श

नाटककार मृदुला गर्ग मानवीय संवेदनाओं और रंगभाषा की चुनौतियों के साथ

–गिरीश रस्तोगी

किसी भी साहित्यकार को उसके संपूर्ण साहित्य की समग्रता में देखा जाना चाहिए। विधागत अंतर होते हुए भी एक समर्थ रचनाकार अपनी दृष्टि, अपने समय, अपने द्वंद्व और उलझनों को किस प्रकार नये–नये शिल्प, ताजगी भरी भाषा में व्यक्त करने की आंतरिक त्रासदी से जूझता चलता है यह एक रोमांचक विषय हो सकता है। 'चित्तकोबरा', 'अनित्य' 'कठगुलाब' जैसी चर्चित, अभूतपूर्व कृतियों के साथ ही मृदुला गर्ग अपने पहले नाटक, 'एक और अजनबी' की आधुनिकता, उसके नये कथ्य, भाषा, शिल्प और रंगमंच की क्रियात्मकता के कारण एक मौलिक और तेज़ नाटककार के रूप में चर्चित हुयी थीं। कई वर्ष पहले मैंने मृदुला गर्ग के नाटकों पर लिखा था। लगभग सभी महिला नाटककारों के नाटकों पर लिखा था– मन्नू भंडारी, शांति मेहरोत्रा, मृणाल पांडेय, कुसुम कुमार आदि पर लिखते हुए उस समय बहुत से नये सवाल भी उठे थे। एक मुख्य चर्चा कथाकार और नाट्य लेखन पर भी की थी। दरअसल वह दौर ही था नाट्य लेखन और रंगकर्म का मृदुला गर्ग की टुकड़ा–टुकड़ा आदमी' कहानी का नाट्य रूपांतर भी मैंने किया था जो गोरखपुर के आकाशवाणी केंद्र से प्रसारित हुआ था। जब मृदुला गर्ग गोरखपुर आयी थीं तो 'कठगुलाब' पर एक साहित्यिक गोष्ठी मेरे आवास पर हुयी थी। 'कठगुलाब' जैसी कृति कभी–कभी ही लिखी जाती है। आज वह व्यास सम्मान से सम्मानित है। अर्थात् एक लंबा दौर बीत चुका है। 'एक और अजनबी' 'नटरंग' में प्रकाशित हुआ था और वहीं से सबका ध्यान इस नाटक पर गया–आलोचकों का भी, रंगकर्मियों का भी। आठवें दशक में नये–नये प्रशिक्षित उत्साही कलाकारों में रामगोपाल बजाज, सुरेखा सीकरी, राजेन्द्र गुप्त, सबा ज़ैदी, इला पांडे, मृणाल पांडे आदि जो आज के प्रतिष्ठित रंगकर्मी और अभिनेता है और दूरदर्शन, फ़िल्म, रंगमंच माध्यमों से जुड़े हैं–से प्रस्तुत

होने पर यह नाटक एक विचारोतेजक और मनोरंजक नाटक के रूप में सामने आया लेकिन आज तो मृदुला गर्ग के अन्य नाटक भी आ चुके है–'जादू का कालीन' (1999) 'तीन क़ैदें' (1996), और बाल नाटक 'साम दाम दंड भेद' अर्थात उनके चार नाटक सामने आ चुके हैं और सातवें दशक के बाद आज एक लंबा समय रंगमंच की संभावनाओं की खोज का, नाटककार और निर्देशक के संबंधों और दूरियों का, नाट्य भाषा की तलाश का, आलोचना की बारीकियों और अंदरूनी विसंगतियों का, आज के बदलते समय की चुनौतियों का आता रहा है। पहले शैली–शिल्प की प्रयोगशीलता, आधुनिकता हावी थी, निर्देशक प्रमुख था, आज आलोचनात्मक स्तर पर ही सही, हम अभिनेता के महत्त्व को स्वीकार चुके हैं। स्त्री विमर्श का प्रवेश और उसके साथ मृदुला गर्ग का नाम, उनका विश्लेषण एक अन्य पक्ष है जो स्वयं उनके लेखक व्यक्तित्व से जुड़ गया है। निश्चित रूप से उनके 'एक और अजनबी' और 'तीन क़ैदें' स्त्री संवेदना के, स्त्री की नयी पहचान और अस्तित्व की खोज के नाटक हैं लेकिन आज के तेज़ बदलते दौर में और वैसे भी उनके महत्वपूर्ण कथा–साहित्य के साथ आने वाले परिवर्तनों–विचारों के साथ उनके नाटकों पर भी ध्यान जाता है क्योंकि ये दोनों नाटक अलग नहीं हैं बल्कि इसकी पहचान और चुनौती हैं कि नाटक जैसी दृश्यात्मक विधा में अपने लेखन को, स्त्री को वह कैसे व्यक्त करती हैं–बिना किसी नैतिक उहापोह के। यह एक जटिल कार्य है। छठे दशक से लगातार स्त्री–पुरुष संबंध, दाम्पत्य संबंध, आधुनिकताबोध अनुभव की प्रामाणिकता, यथार्थ, शिल्पगत परिवर्तनों की चर्चा कथा साहित्य के आधार पर हो रही है। स्त्री के अस्तित्व, नारी अस्मिता के प्रश्न, उनसे जुड़े विषय कभी–कभी रूढ़ हुए लगते हैं और पुनरावृत्ति का शिकार होते–होते बैमानी भी लगने लगे हैं–ख़ासकर कहानियों में।

आज न जाने कितने आंदोलनों, वादों, बहसों से हम गुज़र चुके हैं। रचना और आलोचना, विचारधारा और साहित्य, साहित्य और रंगमंच, नाटककार और निर्देशक जैसे अनेक विवादों विरोधाभासों के साथ जब हम मृदुला गर्ग के चार नाटकों को देखते हैं तो हमें सोचने के लिए विवश होना पड़ता है। प्रगतिवाद, प्रयोगवाद, अस्तित्ववाद, एब्सर्ड नाटक, क्षणवाद, नारीवाद वग़ैरह बहुत सारे वादों के गुज़र जाने के बाद उनके नाटकों को पुनः पढ़ने पर लगा कि नाटकों में उनका 'नाटककार' पूरी तरह व्यक्त हुआ है। संश्लिष्ट अर्थ में कृति को देखना आलोचना के पक्ष में है। मृदुला गर्ग के व्यक्तित्व में अभिनय के बीज हैं। अभिनय वह करती भी रही हैं। वैसे भी उनमें वाक् का जो

खुलापन है, अदायगी है और देहभाषा का जो वैविध्य है, लचीला सौंदर्य है वह ध्यान आकृष्ट करता है। मैंने तो 'यशोधरा' कराया था, वह तो स्वयं 'यशोधरा' बनी। उनके नाटकों में अभिनय की संजीदगी व्यावहारिक अनुभव, यानी उनकी सघन अनुभव–संपदा उनकी जीवन शैली, बल्कि वाक्–कौशल अनेक रूपों में ज़ाहिर होता है। मृदुला गर्ग स्वयं भी सभ्यता, संस्कृति के नाम पर नैतिकता और सामाजिक अवरोधों के नाम पर बासीपन और दोहराव का विरोध करती हैं। धीरे–धीरे जंग खाते सामाजिक आदमी के विरुद्ध 'मानवीय भूख जगाने के नाटक' हैं उनकी नाट्य रचनाएँ। आप 'जादू का कालीन' देखिए या 'साम–दाम–दंड–भेद', इनमें उनकी मानवीय पीड़ा और बाल–मनोवृत्ति की पहचान दृष्टव्य है। समाज, जीवन, परिवार, घरेलूपन के बीच, रोज़मर्रा की गतिविधियों, कार्यकलापों के बीच वह नाटक के विषय को पूरे तंत्र पूरी नाट्य–संरचना के साथ ले आती हैं। सृजन प्रक्रिया एक लंबी तलाश रही है उनके लिए। वह बराबर इस प्रश्न से जूझती रही हैं कि साहित्य या कलाओं का राजनैतिक दृष्टि से सही होना या विचारधारा के आधार पर देखा जाना क्यों ज़रूरी है? "कृति के मूल में मानवीय संवेदना रहती है, कोई एक विचारधारा नहीं।" इस माने में वह मुक्तिबोध के क़रीब हैं– 'मानवीय अंतरात्मा में हलचल मचाने वाली पीड़ा।' मृदुला गर्ग असली चीज़ इसी अंतरात्मा की पीड़ा' को मानती है, केवल अनुभूत यथार्थ काफ़ी नहीं है। वह यथार्थ को अपने नजरिये से देखकर पुनसृजित करती हैं। हर बड़ा लेखक स्वयं अपने साथ प्रयोग करता है, दबावों, द्वंद्वों की त्रासदी से उलझता है और उलझता हुआ एक परिणति तक पहुँचता है। अंततः स्वयं वह भी अपने को, अपनी रचना को समझना चाहता है। नाटक तो प्रत्यक्ष विधा है। यहाँ यह 'प्रयोग', यह दबाव और भी ज़्यादा है, जटिल और गहरा है। मृदुला गर्ग का एक लेखक के रूप में निश्चित मत है कि कोई कुछ कहे, उससे कोई फ़र्क नहीं पड़ता, न पड़ेगा। मेरा सच जो है, वही रहेगा।" हो सकता है दर्शक, आलोचक, अभिनेता, निर्देशक कुछ और सोचे, सोचने के लिए विवश कर देना ही नाटक का आधार होना चाहिए यानी नये संस्कार, नयी समझ पैदा करने की पेशकश!

काव्यपाठ, नाट्यपाठ तो अपने में कई–कई कारणों से बहुत महत्त्वपूर्ण है ही लेकिन आजकल पुनपाठ की बात तेज़ी से उभरी है और लोग लिख रहे हैं लगातार ख़ासकर कहानी और उपन्यास का पुनपाठ। मसलन, 'कफ़न', 'गोदान', 'तीसरी कसम' जैसी रचनाएँ या विश्व की अन्य क्लासिक रचनाओं का, उन रचनाओं का पुनर्पाठ जो बदलते समय में किसी रचना का अंतर्बाह्य

नये संदर्भों में खोलता है। नाट्यविधा में यूँ तो स्वयं रंगभच ही उसका पुनपाठ है और एक बार नहीं बार–बार यानी पुनर्रचना। इसीलिए भारतेंदु और प्रसाद दोनों का पुनर्मूल्यांकन हुआ है–एक नया इतिहास और नई ताजगी भरी समीक्षा बनी। आजकल मीडिया, फ़िल्म, दूरदर्शन ने हमारी हिंदी भाषा को बदला है, नजरिये को बदला है। वैश्वीकरण से बहुत तेज़ परिवर्तन हमारी सोच में, परिवेश में, आधुनिकता के अर्थ में, जीवन शैली में व्यावसायिकता और विज्ञापन कल्चर ने किये हैं और यह समझने को भी मज़बूर किया है कि पाठक, दर्शक ज़्यादा महत्त्वपूर्ण है। उसे समझना, आज के समय की चुनौतियों को समझना, न कि अपने आप को लादना। ये सारी बातें 'एक और अजनबी' को पुनः आग के परिप्रेक्ष्य में देखने–समझने और प्रस्तुत करने की दृष्टि से कही गयी है। 'एक और अजनबी' आज उतना विस्फोटक, विचारोत्तेजक नहीं, जितना पहले लगा था। प्यार, स्त्री, स्त्री–पुरुष, विवाह को लेकर जो तेज़ विचार सब लगे थे, ये सब तो आज उठे हुए हैं–ख़ासकर आज की तेज़ रफ़्तार में बदलती जाती, हर क्षण बदलती जा रही जीवन–शैली में एक उधेड़बुन के साथ, कभी–कभी बेहद प्रखर, सीधे ये बातें उठी हुयी हैं–'क्या होता है प्यार? प्यार होता है नाटक के बाहर जीना, जो हो, यही होना, बेखटके होना। जीवनभर हम नाटक ही तो करते हैं प्यार का, रिश्ते निभाने का, प्यार की गढ़ी–गढ़ाई परिभाषा से अलग मृदुला गर्ग के संपूर्ण साहित्य में जो स्वर उभरता है, यह यही कि 'प्यार अंधा नहीं होता।" इस रूढ़ अवधारणा को उनके पात्र तोड़ते हैं। कथ्य, संवाद, स्थितियों, कार्यों, पात्रों की गतियों, संकेतों, अंतर्संबंधों द्वारा यह उसे इस तरह रचती हैं कि स्त्री–पुरुष संबंधों की, रिश्तों की, क्षण की नयी परिभाषा बनती है। वह साहित्य में विशेषतः कथा साहित्य में रूद, बासी, निरर्थक पड़ी उस विचारधारा से अलग एक नयी परिभाषा गड़ती है–वह भी एक बेबाक् तरीके से। हर क्षण एक नया रिश्ता जन्म लेता है। 'स्वेच्छा से जन्मा नया रिश्ता' जिसकी रोमांचक प्रक्रिया में स्त्री का, उनके स्त्री पात्रों का विश्वास है। उनके स्त्री विमर्श की जड़ें इस माने में बहुत गहरी हैं, विश्वव्यापी हैं। बहुत पहले लिखे गए इस नाटक में जो बहुत मॉडर्न, व्यापक, आंतरिक और बाह्य जड़ों से उद्भूत ये बातें तब अजूबी लगी थीं पर आज यह रिश्ता, प्यार, समाज, परिवार, पीढ़ियों, युवा जीवन सबमें आने वाले परिवर्तनों को रेखांकित कर रहा है और कुछ शाश्वत प्रश्न भी उठा रहा है, इसीलिए पड़े हुए रुके हुए नाटकों पर ध्यान जाए, नाट्यपाठ, मंचन, विचार हो क्योंकि यह एक गुँथी–गुँथी प्रक्रिया है तो बहुत–सी बातें स्वतः खुलती हैं। आख़िर क्यों आलोचना की गहराई के संदर्भ में ज़्यादातर

मुक्तिबोध याद आते हैं। मार्क्सवाद से जुड़े थे पर अंततः उन्होंने विचारधारा के बँधन को तोड़ा। मृदुला गर्ग 'आत्म रचना' के संदर्भ में जिन तत्त्वों का संकेत करती हैं, वे हैं– (1) यथार्थ (2) उत्कट अनुभूति (3) कल्पना (4) भाषा–जड़ शब्दों को जीवंत अर्थ देने की चुनौती। मुख्य आकर्षण आज यह देखने का है कि आज वह क्या लगती हैं–बिंबों, प्रतीकों, संकेतों, दृश्यों, अपने पात्रों में। उन्होंने अपने पात्रों पर भी लिखा था। क्या उनके नाटक, उनके पात्र उनकी जिद हैं, उनकी जीवन–दृष्टि हैं या वे अपनी राह, अपना स्वभाव खुद बनाने की चेतना अख़्तियार कर लेते हैं? क्योंकि नाटक की वास्तविक आलोचना तो रंगमंच है, दर्शक हैं।

आज जब विवाह संस्था पर अविश्वास हो चुका है। लोग साथ रह रहे हैं, अलग हो रहे हैं। यौन शुचिता के प्रश्न उठ रहे हैं। मृदुला गर्ग ने 'एक और अजनबी' एक स्तर पर शानी, जगमोहन, इन्दर को लिया है और उनके ज़रिये प्रेम के बदलते सामाजिक अर्थ, स्त्री–पुरुष संबंधों की विडंबना और नारी मन की गुत्थियों को सांकेतित किया है और दूसरी ओर पुरुष स्वभाव को भी। ज्ञानी एक अत्यंत संवेदनशील, स्वतंत्र और बौद्धिक व्यक्तित्व है–वहाँ वदलते सामाजिक नैतिक मूल्य बार–बार प्रतिबिंबित होते हैं–स्त्रियों का स्वभाव भी और स्वाभिमानी व्यक्तित्व भी। वह भी पुरुष से अपेक्षाएँ रखती हैं। मैं शरतचन्द्र की नायिका नहीं हूँ।' उसका प्रेमी इंदर अमेरिका चला गया तीन साल के लिए... इंदर ने मुझे कभी प्यार नहीं किया। मैं उसके लिए एक अनुभव थी– सिर्फ़ एक एडवेंचर। 'प्यार? प्यार एक हवस है, जो क्षणभर में शांत हो जाती है, वह अमेरिका जाना, स्कॉलरशिप, कैरियर की धुन छोड़ भी सकता था अगर वाकई प्यार करता था तो जैसी सूक्ष्म स्त्री संवेदना, अपेक्षाएँ शानी में है। विवाह हो जाने के बाद वह जगमोहन में भी आम पुरुष का चेहरा पाती है–केवल पद, प्रमोशन की चिंता करने वाला, अन्दर से कमज़ोर, बॉस का खुशामदी, पत्नी को अपनी पद–लालसा का माध्यम मानने वाला। यह रूप शानी को, बेहद बेचैन करता है–' तुम्हें जीवन से इतना ही चाहिए? जगमोहन की इतनी छोटी सीमित दुनियाँ से उसे नफ़रत है– 'मैं नहीं चाहती यह गरम साँसों से भरे कमरों में बंद ज़िंदगी सिफ़ारिशों से पायी होनहारी और सिफ़ारिशों के बल पर होती तरक्की। वह खुली हवा में जीना चाहती है। चाहती है जगमोहन भी अपने बल पर जिये। दोनों मिलकर अपना कुछ काम करें। वह जगमोहन से पूछती भी है तुम्हें यह सब अच्छा लगता है? जो हमारी ज़िंदगी है? तुम्हें कभी कोई कमी महसूस नहीं होती? जगमोहन के पास

केवल भौतिक दृष्टि, महत्त्वाकांक्षा है–परंपरागत, स्थूल किस्म के पति जैसी शानी की अंतव्यथा तो क्या, प्रश्नों और घुटन को महसूस करने की संवेदना भी उसके पास नहीं है। दोनों दो अलग व्यक्तित्व हैं जिसका चित्रण नाटक में बहुत अच्छी तरह हुआ है। ज़ाहिर है कि आज के संदर्भ में ये स्थितियाँ और भी पेचीदी, सूक्ष्म हो गयी हैं, नाटक में इन स्थितियों और उलझनों को नाटककार ने मणि के द्वारा भी अव्यक्त रूप में व्यक्त किया है, जो एक सामान्य भयमीत स्त्री है, निर्णय नहीं लेती। अपने संबंधों को, अपनी मानसिक ज़रूरत को कह नहीं पाती। दूसरी ओर मृदुला गर्ग ने स्त्री–पुरुष संबंधों का, प्रेम का और आधुनिकता को सामने लाने के लिए एक–दूसरे जोड़े को लिया है जो विवाहित नहीं हैं और साथ रहते हैं। आज यह उतने कौतूहल और भ्रष्ट स्थिति का, अनैतिकता का प्रश्न नहीं है बल्कि संबंधों और सामाजिक दृष्टि की नयी व्याख्या बन गया है। स्त्री डॉक्टर है, पुरुष लेखक और दोनों स्वाभाविक, निडर, जीवंत, उन्मुक्त हैं। उनकी हँसी, उन्मुक्तता, सहजता, ठहाके, आत्मतृप्ति बहुत कुछ कह देती है। उस माने में उनका पहला दृश्य ही शानी की आंतरिक उलझनों से जुड़ जाता है, साथ ही नाटक की मूल संवेदना से। इस दृश्य की पूर्णता आगे शानी और इंदर के शरीरिक संबंधों की पूर्णता– अपूर्णता से जुड़ती है। कंट्रास्ट है पर दोनों एक–दूसरे के पूरक हैं और नाटक में एक आधार बनाते हैं–प्रत्यक्ष विद्या में प्रस्तुत करने की क्रियेटिव आधारभूमि। इससे प्रस्तुतीकरण की संभावनाएँ स्त्री और पुरुष दोनों को समझने की, और फिर दोनों के संबंधों को समझने की, नाटकीय संवेदना की गहराई में जाने की बनती है। 'प्रेम को निर्जन चाहिए निर्जन को आग,

स्त्री– भीतर और बाहर भी।

पुरुष–कभी आग की लपटों में तमतमाता शरीर देखा है?

स्त्री– नहीं तो।

"**पुरुष**– देखो, शरीर एक जंगल है। आग की रोशनी नहीं होगी तो कैसे. .. खेलेंगे शिकार?

स्त्री– पर आग देखते ही शिकार भाग जाता है,

पुरुष–जानवर इंसान नहीं इंसान को शिकार के वक्त भी सुंदरता चाहिए।

स्त्री– आग की?

पुरुष–नही–नहीं उसमें फूल से खिले शरीर की। शरीर में कितने रंग हैं, उसे देखो....कितने शेड। आग होगी तभी देख पाओगी न। क्या है शरीर... अब एक इप्रेशनिस्ट चित्र।

ये सारी बात आगे जाकर शानी और इंदर के संबंध और उस दौरान शानी की इच्छा और दिवास्वप्न से जुड़ती है। जो बात यहाँ पुरुष कह रहा है, आगे वह शानी की तीव्रइच्छा है– 'मैंने सोचा था आग तापेंगे....' मैंने कुछ और चाहा था।' 'क्या यही वह क्षण है जिसे मैंने चाहा था?" जितना हम पहले के दृश्यों और रिश्तों को समझ लेंगे, उतना ही नाटकीय अर्थ का कैनवेस बड़ा जो जाता है। उसी दृश्य यानी दूसरे दृश्य में पुरुष ही से कहलाया है–'जीवन क्षण–क्षण करके बनता है। एक क्षण को खोने का अर्थ जानती हो...किसी और क्षण को पाना। यह अंत में शानी के अनुभव जुड़ता है। इंदर का कामुक उफान और प्यार के घिसे पिटे शब्द, शानी को निस्संग से बना देते हैं, भावहीन–'यह क्षण भी मैंने खो दिया।' नाटकीय अर्थ को घना और संवेदनात्मक करते ये शब्द नाटक के अंत में बिल्कुल नया अर्थ और संकेत देते हैं जो नाटकीय संरचना का, रचना कौशल का प्रमाण है–उदाहरणार्थ–

नेपथ्य से पुरुष–स्वर : जीवन क्षण क्षण करके बनता है।...

शानी : (जिज्ञासा से) क्षण–क्षण करके बनता है?

पुरुष–स्वर (दिलासा देते हुए) एक क्षण को खोने का अर्थ ही है।...

शानी : खोने का अर्थ है।..?

पुरुष : किसी और क्षण को पाना

शानी :(बल पाकर) किसी और क्षण को पाना?

(विश्वास के साथ) कोई और क्षण।

(कहीं दूर देखती रहती है)

बदलते समय, देश–काल, परिवेश के साथ रंगमंच पर नाटक की संभावनाओं की अनवरत तलाश का नाटक, नज़र आने लगता है–यानी केवल स्त्री–पुरुष संबंधों का नहीं उसके साथ–साथ "गहरे मानवीय अर्थ, और जीवन–संदर्भों की खोज का नाटक।" नाटककार उस मानवीय आत्मा, उस आदिम मानव से, निष्क्रियता से विद्रोह करता दीखता है, दिखावे, बासीपन से अलग अपनी आत्मा के अनुरूप। कहाँ "हैं 'निजी क्षण हम सामाजिक व्यवहार में अलग–अलग पड़े अपना तमाशा ख़ुद देखते रहते हैं–अजनबियों की मानिंद, फिर भी हम स्वप्न देखते हैं। ये सारी बातें नाटक पर दूर तक सोचने को विवश करती हैं और तब यह विचारोत्तेजक, रोमांचक प्रक्रिया में बदल जाता है। बीच–बीच में कई जगह शानी की प्रतिक्रियाएँ, उसका गुस्सा और भीतरी चीख़ है जो उसके द्वंद्व को व्यक्त करती हैं। दूसरी ओर पुरुष लेखक संवेदनशील है जीवन जीना चाहता है, दो वर्षों के सच्चे अर्थों में जीने

के जीवन को विवाह में बाँधना चाहता है—'सुनो, हम ब्याह कर लें, और एक खूबसूरत बच्चा पैदा करें, दोनों एक स्वप्न और कल्पना में डूबते हैं पर स्त्री इससे जल्दी ही अपने को मुक्त कर लेती है— 'नहीं, मुझे विवाह के बँधन में नहीं बँधना—सच्चे प्यार को विवाह की ज़रूरत नहीं होती' 'तोता जब उड़ना भूल जाए तो पिंजरा खुला रहे या बंद, कोई फ़र्क नहीं पड़ता।' क्रमशः प्रेम की उष्णता, सम्मोहन, उन्मुक्तता को कम होती दिखाने में स्त्री का मुक्त होकर चलते जाना, पुरुष का जिये हुए वर्षों का तोष, लेकिन एक दुःख संबंधों पर प्रश्नचिन्ह भी लगा जाता है। पुरुष की धुन से संक्षिप्त—सी बातचीत संबंधों के अजनबीपन को दिखावे के नाटक को व्यापक आधुनिक संदर्भ से जोड़ देती है, बल्कि इस नाटक को 'प्रत्यक्ष अनुभूति का सुख देती है। धुनें का उत्तर 'जी देखा है हर घर में नाटक को घरेलू रोज़मरां के वातावरण से जोड़ देता है। यह घरेलूपन उनके हर नाटक में है जो जान डाल देता है। इसी तरह बूढ़ी दादी हर नाटक में है और ज़्यादा सहज, सांकेतिक है, परंपरागत चिड़चिड़ी, अशक्त और रिजिड़ नहीं। खुला दिल दिमाग़ उनकी ख़ासियत है। बिना कुछ कहे ये दादी जहाँ भी हैं स्त्री पक्ष की सांकेतिक व्याख्या स्वतः कर देती हैं। वे व्यवहार में लचीली, संवेदनशील हैं। उनके गीतों का प्रयोग और कथ्य और पात्रों से उनका संयोजन ध्यान आकृष्ट करता है। विवाह के अवसर पर गाये जाने वाले बन्न बन्नी जहाँ वातावरण को घरेलू, व्यंजक बनाते हैं वहीं शानी के द्वंद्व को, झुँझलाहट को, कथ्य से जुड़ी तनावग्रस्त स्थितियों को और परिस्थिति—विशेष के भी व्यंजक हैं। नाटक में महत्त्वपूर्ण चुनौती होती है अपने कथ्य को दृश्य संरचना, संकेतों, बिंबों, प्रतीकों द्वारा, एक ऐसे शिल्प द्वारा प्रस्तुत करना जो सटीक और चुस्त हो।

एक और अजनबी' में संकेत या प्रतीक कहीं भी अलग नहीं है। रूई की धुनाई, रजाई के भरवाने, दो साल बाद ज़्यादा रजाई की ज़रूरत और रजाई के वापस कर देने से स्त्री—पुरुष की उष्णता, उन्मुक्तता को स्थिरता, जड़ता, विच्छेद का संकेतिक चित्र दिया गया है। नाटक के आरंभ में, बीच में, अंत में निरंतर धुनाई का प्रसंग, धुनने की तिरन—तिरन आवाज़ कथानक का एक अनिवार्य अंग है। ओढ़ा हुआ प्रयोग न लगे, अभिव्यक्ति का पहलू बना रहे, इसके प्रति लेखक सतर्क है। बूढ़ी का—बार—बार अपनी रजाई भरने को कहना और उसका कहना प्रभावहीन अर्थहीन रह जाना, बार—बार सांकेतिकता को उभारता है और रोचक मनोरंजक भी लगता है? मृदुला गर्ग ने इस समूचे प्रयोग को विवाहित जीवन, अविवाहित जीवन की सारी विडंबनाओं, विरोधों

और उष्णता, प्यार के सम्मोहन से जोड़ा है, उससे बीतते हुए काल का और काल के साथ बदलते संबंधों का संकेत भी मिलता है। लेकिन कहीं–कहीं यह प्रयोग खटकता भी है, अतिरिक्त बल और बार–बार आने के कारण जो प्रयोग की विवशता हो जाती है। वैसे भी आज के संदर्भ में 'एक और अजनबी' बड़े कैनवेस का नाटक–स्त्री, पुरुष, प्यार, क्षण और जीवन का नाटक होने के लिए इस पूरे सांकेतिक प्रयोग का और अधिक सूक्ष्म और चुस्त रूप चाहिए क्योंकि आज अभिव्यक्ति की वह समस्या भी नहीं है और सामाजिक परिवेश भी बदला है। हम बिना किसी अतिरिक्त दबाव के इसे प्रस्तुत कर सकते हैं लेकिन यह तभी संभव है जब नाटकों को रंगमंच मिले। जितने द्वार रुकावटों के होते हैं, उससे कहीं ज़्यादा संभावनाओं के द्वार खुलते हैं–एक और अजनबी–सा नाटक! और तब वह सही मानों में 'विचारोत्तेजक' होता है।

पहला नाटक होते हुए भी 'नाटक की भाषा' से हमारा सामना होता है। यह भाषा आम बोलचाल की, घरेलू लहज़े की भी है, जीवन की लय लिये हुए और आधुनिक संवेदना भी लिये हुए भी है। एक आत्मीय वाक् सौंदर्य और अदायगी है। भाषा का रूप और टोन चरित्रों के अनुसार स्वभावतः ढल जाता है। मसलन स्त्रियों के वाक्यों में सहज, रोज़ाना का लहज़ा, व्यवहार, मुहावरा शानी में दबा–घुटापन, झुँझलाहट, तनाव, असंतोष, अतृप्ति उसके हर शब्द में आधुनिक, संवेदनशील है। इसलिए उसकी भाषा में प्रश्न, मौन, टकराहट भी बहुत कुछ कहती है जबकि जगमोहन, इंदर की भाषा, संवाद टिपिकल पुरुष–स्वभाव के हैं लेकिन वही बात लेखक पुरुष में नहीं है। उसकी साहित्यिक बनावट को मृदुला गर्ग ने कविता, नाटकीयता से बचाया है। उन्मुक्त आनंद के उछाह और जीने के रोमांच को हम स्त्री–पुरुष के संवादों में महसूस करते हैं। दरअसल कहीं भी उनकी भाषा में 'लिखित' और 'कथित' रूप नहीं है, वह उच्चरित भाषा है और कहीं भी व्यर्थ का फैलाव, अतिरिक्त कथन, मुहावरे साजी या फिकरेबाजी नहीं है। नाटकीय व्यंजनाएँ और अभिनय की भगिमाएँ हैं। वैसे भी मृदुला गर्ग के कहानियों–उपन्यासों में नाटकीय स्वर संवाद, सांकेतिकता संयोजन–शक्ति, संक्षेप दिखायी देता है कोरी वर्णनात्मक वृद्धि कम है, कयाकारों के नाट्यलेखन में बहुत पहले मैंने एक बात उठायी थी– अतिरिक्त कथन और शब्दों के लिखित रूप की–मसलन भीष्म साहनी के 'नुस' में, एक और अजनबी' में वह नहीं है।

"एक और अजनबी' और मृदुला गर्ग के कथासाहित्य में व्यापक पैमाने पर चित्रित स्त्री की, बल्कि ज़िंदगी की त्रासदी को हम 'तीन क़ैदें' में पाते हैं।

इसमें तीन छोटे–छोटे नाटक हैं– (1) कितनी क़ैदें (2) दुलहिन एक पहाड़ की (9) दूसरा संस्करण– तीनों अपने–अपने ढंग से उस त्रासदी का चित्रण करने वाले पहले नाटक "कितनी क़ैदें' का मूल स्वर स्त्री की घुटन, जकड़न, यातना और चुनौतियों का है। मोटे तौर पर देखें तो स्त्री–पुरुष, पति–पत्नी के रिश्तों और स्त्री के अस्तित्व की खोज का ही नाटक है लेकिन उसका असली सौंदर्य उस दिल की तलाश में, प्यार के रोमांच में है जिसे मनोज और मीना के द्वारा चित्रित किया है। मनोज में पुरुष दम्भ और सपाट एटीट्यूड है। अस्तित्व, नौकरी, प्यार जैसी बातें बेमानी। शादी, पति और बच्चे एक असंगत स्थिति में अचानक फँसे और बुरी तरह फँसते गये। पति–पत्नी के द्वारा बहुत कुछ कर गया है। लिफ़्ट में, बारह घंटे फँसे रहकर जिस तरह हिस्टीरिया, घुटन, 'दरवाज़ा तोड़े', भुवाल, अंधेरे, अचानक बिजली के चले जाने से, अंदर पानीभर आने, भय और मृत्यु से लगातार जूझने की सांकेतिक और जीवंत प्रक्रिया चित्रित है–उसी में रहस्य खुलते हैं और ज़िंदा रहने की इच्छा भी लगातार उसी में मीना द्वारा अपनी 'ग्रंथि', अपनी पीड़ा को खोलना। माता–पिता का एक ही लक्ष्य या अच्छे घर में शादी, प्रदर्शन, मॉडर्न, भी की मान्यताएँ, उनके द्वारा प्रताड़नाएँ रोंगटे खड़ी कर देने वाली हैं। अंधेरे और सन्नाटे के ख़ौफ़नाक क्षणों में वह मनोज को सब कुछ बताती है कि कैसे उसका कौमार्य नष्ट हुआ और वह ड्रग्स की आदी होती गयी। न चाहते हुए भी शादी 'शून्य को व्यास गया तुम्हारे साथ? लेकिन सब कुछ कह कर वह अपने को ग्रंथि, यातना से मुक्त पाती है यद्यपि मनोज का संबंध उसकी आंतरिक चीख़ और द्वंद्व से उतना नहीं है, जितना बाहरी से।

मनोज मैं नहीं चाहता था, तुम पर बलात्कार करूँ। पर तुम चाहती थी। तुमने मेरे प्यार को बलात्कार में तब्दील कर दिया। यही सच है। हर औरतें बलात्कार चाहती हैं। मीना नहीं, कोई औरत बलात्कार नहीं चाहती। होता ज़रूर है। पर चाहती. वह नहीं चाहता पुरुष भी नहीं चाहते दोनों प्यार है। दिल की गहराई से किया जाने वाला प्यार, पर प्यार मिलना उतना आसान नहीं है, मिलती है तो बस चोट, दहशत और घुटन।

नाटककार मृदुला गर्ग मानवीय संवेदना और रंगभाषा की चुनौतियों के साथ लेकिन अब वह प्यार कर सकती है और मरने से पहले मुक्त होकर प्यार करना चाहती है। जबकि मनोज को बंद दरवाज़ों और रुकी हुई लिफ़्ट की यह घुटन लील रही है। इस कन्ट्रास्ट और इन असामान्य, विपरीत क्षणों और अनुभवों को इस नाटक में बड़ी गंभीरता से, खूबसूरती से चित्रित किया है,

मीना की घुटन, भय और उससे मुक्ति को एक स्त्री ही समझ सकती है। अचानक बिजली आने, लिफ़्ट के चल पड़ने से सारा दृश्य झटके में बदल जाता है। 'मौत में साथ देना दूसरी बात है, अब सवाल ज़िंदगी का है' यह मनोज की मानसिकता है जो एक इंजीनियर की है, पुरुष की है। मीना के लिए अब ज़िंदगी का अर्थ बदल गया है–'अपनी ज़िंदगी' की शुरुआत। भूकंप में सब कुछ तहस–नहस हो गया। बचा रहा है सिर्फ़ यह एहसास। मैं जिम्मेवार हूँ। जिम्मेवार हूँ इसलिए ज़िंदा हूँ। ज़िंदा रहूँगी। इस तरह सारे द्वंद्वात्मक क्षणों और पात्रों की मानसिक स्थिति से इतने बड़े हादसों, अनुभवों के बाद, उसकी अभिव्यक्ति के भीतरी दबावों को बाहरी परिस्थितियों के सूक्ष्म चित्रण और गठन से जोड़ना, नाटक की भाषा और शिल्प से जोड़ देना यही 'नाटक' है। यह जो अपने को समझना, स्वीकारना, स्वयं का ज़िंदा रहना, ज़िंदा रहने का संकल्प है, वहीं नाटक का संकेत है, अभिनय के, प्रस्तुतिकरण के, रंगभाषा के, सबसे ज़्यादा मीना जैसे पात्र की अभिनयात्मकता, संवेदना के इतने स्तर सूक्ष्म रूप में गुंथे हुए हैं कि 'कितनी क़ैदें' जैसे लघु नाटक को वह पूर्ण नाटक का रूप प्रदान करते हैं। जैसे कोई लघु कथा लंबी कहानी में परिणत हो गयी हो। मीना में बाहर से सामान्य और भीतर से असामान्य दिखने वाले स्तरों के सूक्ष्म, जटिल रूप ही उसकी ताक़त है। जो मृदुला गर्ग के साहित्य को जितना समझेगा, वह इस लघु नाटक और मीना को भी उतना ही खोल सकेगा।

'कितनी क़ैदें' की तुलना में 'दुलहिन एक पहाड़ की' एक सीधा– सादा लेकिन व्यंजक और केवल स्त्री पात्रों का छोटा नाटक है–बूढ़ी दादी, माँ, दुलहिन और पड़ोसन। यह पड़ोसन भी टिपिकल पात्र है–बड़ी रोचक, मनोरंजक, हरकाल और घर–घर में पायी जाने वाली हर बार एक सी, ख़ास समय और चर्चाओं–कुचर्चाओं, ख़बरों में मस्त स्त्रियों में एक अति प्रचलित प्रवृत्ति यह भी है, मृदुला गर्ग ने उसका अच्छा और नाटकीय उपयोग किया है। नाटक में वह हमेशा एक ही तरह इंट्री लेती है–बिना 'नो एंट्री' की फिक्र किये और पात्र भी कहते हैं–'इसे तो आना ही रहता है हर बार।' यह वाक्य भी उसे स्थापित करता है और बड़े रोचक, सार्थक ढंग से। केंद्र में है युवा दुलहिन, उसमें द्वंद्व भी है, हँसी, मेले की चमक भी है और आज़ाद प्रकृति भी प्रचलित परंपराओं से भिन्न है। उसके हाथ में एक किताब है, एक संकल्प है रोशनी का। 'मेरा बेटा रोशनी में जवान होगा।' 'अगर यह पागलपन है तो मुझे पागल ही रहने दो।' ऊपर से सीधा सपाट और अंधेरे के ख़िलाफ़ होते हुए भी यह नुक्कड़ नाटक नहीं है, स्त्री संवेदना का नाटक है। वह जो चाहती

है, उसे हासिल कर लेती है, उस संकल्प और रोशनी में उसके साथ माँ भी है। दूसरा संस्करण इस नाटक की तुलना में स्त्री–पुरुष संबंधों पर अधिक सोचने वाला, अकेलेपन और छटपटाहट से भरा नाटक है। यहाँ भी शेफ़ाली ताजी हवा का झोंका है, चुलबुली, शैतानी भरी ज़िंदगी जीना चाहती है, घिसटना नहीं। पर दोबारा पढ़ने पर लगा कि यह नाटक अच्छी–ख़ासी कॉमेडी है और केवल स्त्री तक सीमित नहीं है, स्त्री–पुरुष दोनों को समझने का, उनके स्वभाव और रिश्तों को भिन्न ढंग से सोचने की सामग्री देता है और कौतुकमय होता जाता है। यह वाकई दूसरा संस्करण है। दो अंक के इस नाटक में आप चाहे शेफ़ाली और ललित के संवाद पढ़िए चाहे ललित और मालती के, उनमें अपनी–अपनी समझ है, अपनी आंतरिक संवेदना है और कौतुक है और स्त्री और पुरुष की अलग–अलग पहचान है। शेफ़ाली–'मैं मुक्त हूँ ...' मालती– 'पर पुरुष है, इसलिए सच से घबराता है।'–'नहीं झूठ वे सिर्फ़ पुरुषों से बोलती हैं, स्त्रियों से नहीं।' 'प्यार में छलना ज़रूरी होता है', 'हाँ, प्यार का दूसरा नाम है, एक प्यारा फरेब।' 'मैं सच की खोज में थी, सीधा–सपाट सच, चाहे कितना कड़वा क्यों न हो।' –प्यार और रूप, सौंदर्य उसे इतना मिला कि ऊब गयी।' सच का निर्भीक सामना करने शायद इसीलिए शेफ़ाली हो या मालती, वे कठिन बातें भी मस्ताने और आकर्षक अंदाज़ में कह जाती हैं। शेफ़ाली और ललित का अचानक फ़ैसला और भाग निकलने का उत्साह उमंग बहुत रोचक कॉमेडी बन जाता है लेकिन यह कॉमेडी उस ट्रैजेडी से निकलकर आयी है जो शेफ़ाली से कहलाती है कि 'पर शेफ़ाली की कहानी यहीं ख़त्म नहीं हुयी। जब वह दिवालिया हो गयी तो उसे एक महान प्रेम मिला।' जिसमें डॉ. कपूर अपनी हार समझते हैं उसमें वह जीत समझती है। डॉ. कपूर और ललित दोनों को वह अच्छी तरह समझ गयी है। पार्टी दृश्य में सारे चरित्रों को अच्छी तरह खोला गया है। इस तरह 'तीन क़ैदें' में जितनी त्रासदी है, उतनी ही कॉमेडी भी। आधुकिनता कहीं भी असहज नहीं है, स्त्रियाँ अपने 'स्व' को जगाए रहती हैं– 'मुझमें कुछ है जो बस मेरा है। इसे दृश्य–श्रव्य नाटक की संपूर्ण संभावनाओं के साथ, भाषात्मक गतियों, लयों के साथ उन्हें जिस तरह व्यक्त किया है, उससे ये नाटक कहीं भी बोझिल नहीं होते। ज़िंदगी और मृत्यु के संघर्ष को नाटक में मूर्त कर देने की क्षमता भाषा में है तो कौतुकमय व्यवहार को भी। ज़िंदगी को आगे लेकर चलने का हुनर उनके चरित्रों के साथ–साथ उनकी भाषा में भी है। ये सभी नाटक आकाशवाणी, दूरदर्शन, मंच से प्रसारित, प्रदर्शित हो चुके हैं।

'जादू का कालीन' इन नाटकों से भिन्न, बिल्कुल अलग एकदम नये परिवेश का नाटक है और सबसे ज़्यादा आधुनिक है। जिस मानवीय पीड़ा और अभिव्यक्ति के दारुण दुःख की बात मृदुला गर्ग करती हैं, उस दृष्टि से यह नाटक भीतर तक नाटककार मृदुला गर्ग की मानवीय संवेदना और रंगभाषा की चुनौतियों के साथ झकझोर देने वाला है। 'आत्म–रचना' (वैचारिकी अंक 8 जुलाई, 97) में वह कहती हैं।...' असाध्य पीड़ा के क्षणों में मैंने गहरी शिद्दत के साथ चाहा है, काश मैं चित्रकार होती, संगीतज्ञ होती, मूर्तिकार होती, हो पाती, तो अभिव्यक्ति इतनी दारुण दुःखदायी न होती..' फिर भी इस नाटक में कहीं भी शब्दों, पात्रों, स्थितियों, में कहीं भी कोई उलझन, कोई दोहराव, शब्द की खोज या शिल्प की चिंता नहीं है। इस नाटक का महत्त्व वैसे भी बढ़ जाता है क्योंकि यह कालीन उद्योग में लगे बाल श्रमिकों पर आधारित है। चौदह वर्ष से कम उम्र के बच्चों की कोमल उँगलियों की यह दर्द भरी दास्तान है। कालीन उतना ही अच्छा बुना जाएगा जिनती अच्छी गाँठें पड़ेगी। तारों के बीच से ले जाने पर कोमल पतली, लचकदार उंगलियाँ जिस तरह छिलती हैं, जकड़कर ऐंठ जाती है और फिर कालीन बुनने के लिए बेकार हो जाती हैं–प्रायः उंगली चाकू से कट भी जाती हैं–नाटक उस दुर्दशा और शोषण को चित्रित करता है। नन्हें–नन्हें बच्चे झूठ बोलकर सूखाग्रस्त क्षेत्रों से लाकर पचास–सौ रुपये में ख़रीदे बेचे जाते हैं और फिर उन्हें प्रतिरोपित कर दिया जाता है। मुख्यतः यह नाटक गाँव और पिछड़े क्षेत्रों में भयंकर ग़रीबी की दास्तान भी है जो बाल बँधुआ मज़दूर बनना, उसी तरह जीना उनकी नियति बना देती है। उसी में लड़कियाँ बिकती भी हैं, शादी तय हो जाती है और शादी होना बिकना ही है। 'जादू का कालीन' यह प्रश्न भी उठाता है कि बच्चों की चीख़ें हम तक क्यों नहीं पहुँचती और अपनी भीतर तक हिला डालने वाली रचना के कारण यह सवाल भी हमसे करता है कि इसे केवल किशोर बच्चों का नाटक कहकर कैसे छोड़ा जा सकता है? वह भी तब जब आज बाल बँधुआ मज़दूरों के क़ानून बन गए। मीडिया, टीवी, फ़िल्म सबका विषय है यह। विज्ञापनों की तुलना में यह क्रिएट होना, प्रसारित होना एक सार्थक क़दम होगा यह नाटक बहुत खूबसूरती से उन सारे कारणों को, प्रपंचों को एक साथ ले आता है। क्या कर रहा है सरकारी तंत्र? क्या कर रही है पत्रकारिता, क्या कर रहे हैं स्वयंसेवी संगठन, क्या कर रहा है क़ानून, प्रशासनिक व्यवस्था? दरअसल 'जादू का कालीन' हमारे ही पूरे तंत्र को, राजनीति को, प्रशासनिक भ्रष्टाचार को

खोलता है, निराला की भाषा में 'ऐसा यह पेंच है'—जहाँ सब मिल जाते हैं। उस 'मकड़जाल' में बच्चों की चीख़ का यह दर्दनाक नाटक हमारी ही निर्ममता को बेनकाब करता है। कालीन नन्हीं उँगलियाँ बुनती हैं और वे भारत से डॉलर प्रदेश में चले जाते हैं। दो अंक के इस नाटक में भी दादी हैं क्योंकि कहानी वही सुना सकती हैं और अनुभव भी उन्हीं को हैं। उन्हीं के ज़रिये नाटक को लोक की कथा और लय दी है—'ऐसी भई चंपाद्वीप की राजकुमारी। हँसे तो फूल झरे, रोवे तो आँसू नई मोती गिरे।' 'ज़बर सूखा पड़ा है।' नाटक के शुरू में बिना ज़्यादा बयान के सारी 'पॉलिटिक' पता चल जाती है। दादी का जाना—पहचाना गीत उभरता है—महंगी के मारे बिरहा बिसरिगो, भूलि गई कजरी कबीर... देसवा के सब धन—धान बिदेसवा में जाय रहे.... भारतेंदु का 'भारत दुर्दशा' और 'अंधेर नगरी' याद आता है। भारतेंदु के गीत, व्यंग्य लय और वेदना याद आती है। भाई भयभीत है हमारा क्या होवेगा? फ़सल नई, कटाई नई, अब सड़क भी नई। दादी का साफ़ स्वर है—'भूखों मरेंगे और क्या'। दलाल, समाजसेवी, बाप, माँ सब छोरे को सौ रुपये में बेचने को तैयार हैं, लड़की को भेजने को तैयार हैं पर दादी चिल्लाती रहती है—'हमें गैया नई चइए।... हमें हमारा जंगल दो। नई तो नहर का पानी दो। माँ रमई लड़की को भी भेजती है, कम दाम में ही सही क्योंकि भूख, ग़रीबी चरम पर है। इस तरह पूरे नाटक में सरकारी योजनाओं—'लड़का—लड़की बराबर हैं', 'बंधुआ मुक्ति ज़िंदाबाद', 'नारी—मुक्ति ज़िंदाबाद' का केवल मज़ाक ही नहीं उभरता, न मात्र व्यंग्य बल्कि एक दर्द उभरता है और गुस्सा भी जिसे नाटककार ने एक पात्र लेखन के माध्यम से बहुत प्रभावशाली, स्वाभाविक ढंग से व्यक्त किया है। दृष्टा, भोक्ता लक्षण आक्रोश, गुस्सा, प्रतिशोध से भरा, आक्रामक लेकिन सब 'राछसों' को समझने वाला है और लड़ने को तैयार 'खोद आऊँ ताल?' निकाल आऊँ पानी, धरती के पेट से? बुनकर जादू का कालीन, आज़ाद कर दूँ सबको। उसके इस संकल्प के साथ भी दादी हैं, केशो और संतो है। उफ् कितना नाराज़ हूँ मैं आज ...मेरे रास्ते में आए जो, चकनाचूर करके रख दूँ जैसे रोटी टूटे है सूखने पे (दर्शकों को घूरकर) यूँ ताको न मुझे। और न पगला उठू मैं। मैं नाराज़ हूँ...बिगड़ैल साँड की नाई नाराज़। भले ही प्रशासन—तंत्र के लोग उसे और दादी को पागल समझें पर यह विरोध और आक्रामक मुद्राएँ रचनात्मक दृष्टि और नाटकीय मोड़ों का ज़रूरी हिस्सा हैं।

इन सारी विसंगतियों, मानवीय विडंबना, पाखंड के बीच मृदुला गर्ग ने फैंटेसी की लय को पकड़ा है—उसे गाँव की लय में ढाला है। बच्चों का

मिज़ाज बखूबी पकड़ा है, इस ग़रीबी और नियति में भी उनके कल्पना जगत का फैलाव कोई नहीं रोक पाता। वे स्वप्नदर्शी स्वभाव के होते हैं। नाटककार उनके सपनों, कल्पनाओं और स्वभाव को नाटक में साथ–साथ लेकर चलता है। मसलन केशो–'चल संतो, उड़ चल परियों के देस, डॉलर देस में जादू का डंडा घुमा जो चाहे माँग ले। और सब बच्चों का एक उड़नशील गीत बन जाता है, एक मंतर– 'एक... दो... तीन क़दम उठें। तीन–दो–एक' मरनरूमरूँ। 'एक–दो–तीन उड़न छू।" इस गीत का कई तरह से प्रयोग, अलग–अलग परिस्थितियों में हुआ है। इसी से नाटक का अंत है क्योंकि इसे वे मंतर मानते हैं–"कुछ न होवेगा। हम जादू के कालीन पर बैठ उड़नाछू हो जायेंगे।' अपने हर नाटक में मृदुला गर्ग ने एक संकेत दिया है, सोचने–करने की एक दृष्टि, कोई समाधान नहीं। यह उनकी नाट्यकला का नमूना है कि वह सारी निर्ममताओं के बीच भी बच्चों की 'उड़न छू' प्रवृत्ति को नहीं भूलती। उसे स्वयं भी इन्जॉय करती हैं और कराती भी हैं। यही बालमन की कोमलता खिलाड़ीपन, स्वप्नदर्शिता और कल्पनाओं को उन्हीं की भाषा में सारी विरोधी स्थितियों के साथ जोड़ना बहुत जटिल काम है। विषयगत प्रतिबद्धता और विरोधात्मक स्थितियों के कारण यह नाटक कहीं भी सरलीकृत नहीं, न नुक्कड़ नाटक बन पाता है, न प्रचारात्मक, गज़ब की आंतरिक पीड़ा है और बच्चों के माध्यम से सामाजिक, राजनैतिक तंत्र को स्पष्ट कर दिया है। दरअसल पूरे नाटक में उन्होंने लोक का कथात्मक स्वर जोड़ा है और इस लोक कथात्मक, नाटकीय, संगीतमय स्वरों के कारण मृदुला गर्ग के साहित्य में भिन्न प्रकार की भाषा की पहचान कराता है। इसमें ज़मीन की खुशबू है, दर्द है और जैसे अपनी भाषा है जैसे वह भाषा की भीतरी लय पकड़ती हो।

कथ्य, भाषा और संरचना की यह मौलिकता हम उनके 'साम–दाम–दंड–भेद' नाटक में भी देखते हैं। यह उनका बाल नाटक है। पढ़कर लगता है कि बाल नाटक की माँग, उसकी प्रकृति से मृदुला गर्ग पूरी तरह परिचित ही नहीं, उसमें प्रशिक्षित निष्पात हैं। कोई भारी भरकम विषय या परिवेश या भाषा या लक्ष्य नाटक में नहीं है, बच्चों की स्वतंत्र दुनिया है लेकिन ये आज के बच्चे हैं तेज़, हाज़िरजबाव, खिलाड़ी, बाहर की दुनियाँ से जुड़े जैसे उसी में बड़े हुए हैं, नाटककार ने इस नाटक को किसी भी शहर की किसी भी कॉलोनी के किसी भी पार्क का माहौल और गर्मियों की छुट्टियाँ दी हैं क्योंकि यह उन बच्चों और उनके माँ–बाप सबके लिए ज़रूरी है–चारों ओर के तनाव, किताबों के दबाव से मुक्ति। इसके लिए वह क्रिकेट जैसे लोकप्रिय खेल की टीम

लेती हैं सबका प्रिय, पापुलर खेल, विश्वभर में पॉपुलर बच्चों की खिलाड़ी वृत्ति सब जगह है और यह भारतेन्दु की तरह नाटक को 'खेल', 'क्रीड़ा', 'कौतुक', 'विनोद' से जोड़ देता है। 'साम–दाम–दंड–भेद' में कहीं भी बड़ी–बड़ी बातें नहीं हैं, कृत्रिम वातावरण नहीं है। बाल क्रीड़ा और बाल स्वभाव से जुड़ा यह नाटक बच्चों के आनंद का प्रतीक तो है ही– हर दिन, हर क्षण उन पर टीवी कल्चर, विज्ञापनों का प्रभाव किस तरह उनकी किलकारियाँ, उछलना–कूदना, उनका उमंग भरा खिलाड़ीपन छीन रहा है, आज की सेल्समैनशिप, कमीशन और उस नाम पर गंदे मज़ाक, बच्चों की भाषा को प्रभावित कर रही है, यह इस नाटक के आधुनिक संकेत हैं, ताजगी है। अंग्रेज़ी मिली–जुली हिंदी भी बहुत कुछ कह जाती है। वह तो जीवन का अनिवार्य अंग हो गयी है।

मृदुला गर्ग अपने नाटकों में निर्देशक और कलाकारों को काफ़ी स्पेस देता है–सोचने, कल्पना करने और प्रयोग करने के लिए मुक्त छोड़ती हैं। उनमें लेखक–निर्देशक–अभिनेता–दर्शक का सामंजस्य भी है और रचनात्मक प्रक्रिया से गुज़रने का अनुभव भी। अनिल चौधरी साहित्यिक संवेदना के और रंगमंच के सर्जनात्मक निर्देशक रहे हैं। उन्होंने 'जादू का कालीन' का मंचन लेडी इर्विन कॉलेज के लिए 14–15 जनवरी, 1993 को श्रीराम सेंटर दिल्ली के प्रेक्षागृह में किया था। नाटकों के मंचन अच्छे–बुरे दोनों पक्षों से आमना–सामना कराते हैं। किसी को भी पश्चिम आंदोलन ज़रिये से सीमित करके देखना ठीक नहीं। उपन्यास, कहानी, नाटक, अलग–अलग नहीं, आलोचना की संपूर्णता नाटक छोड़कर नहीं। 'एक और अजनबी' का अंत उसकी मंचीय व्याख्या उसकी जिजीविषा रंगमंच पर ही किएट होगी। जादू का कालीन यह दिखाता है कि मृदुला गर्ग कितनी आधुनिक और कितनी पारंपरिक है–किस अर्थ में कहाँ तक? आँचलिकता न होते हुए भी ज़मीन की खुशबू और दर्द है, वही ज़िंदगी है। इस प्रकार उनका नाटककार स्वयं उनके व्यक्तित्व, उनकी रचना दृष्टि और उनके कथा साहित्य और कथाकार को समझने में मदद करता है। आज नाटककार की सबसे बड़ी समस्या और पीड़ा है कि नाटक खेले नहीं जाते। अगर मृदुला गर्ग के नाटक खेले गए होते तो संभवतः उन्होंने हिंदी नाटक और रंगमंच को 'कठगुलाब' जैसी कोई जटिल और कालजयी कृति दी होती। वह अक्सर कामू के 'द आउट साइडर' काफ़्का के 'द ट्रायल' और पुराने अंग्रेज़ी क्लासिक्स की चर्चा करती हैं। कई नाट्य प्रदर्शनों में भी उनसे भेंट हुई है। कथ्य, भाषा, शिल्प, प्रस्तुति और अभिनेता की गहराईयों और बारीकियों को लेकर उनका चिंतन भी बहुत ठोस और मौलिक है।

व्यंग्यकार : मृदुला गर्ग

हमसे तो चिड़िया भली

हरिप्रसाद चौरसिया और भीमसेन जोशी जैसे उस्तादों से तो अपनी चिड़ियाँ भली कि संगीत सुनाने को किसी हॉल या सभागार की मोहताज नहीं हैं। वरना करतीं बेचारी, बीसियों मोबाइलों से संगत। मोबाइल भी उत्तर–आधुनिक कि हर मोबाइल का तराना अलग, और शोर मचाने में एक से बढ़कर एक।

चौरसिया साहब को तो एक मर्तबा बाँसुरी बजाना छोड़, दर्शकों को मोबाइल ज्ञान देना पड़ा था। आयोजकों की लाख इल्तिज़ा पर भी, जब कमबख़्त मोबाइल बंद करने पर राजी नहीं हुए तो उस्ताद ने बाँसुरी रखी एक तरफ़ और यूँ फरमाया :

हुज़ूर, एक ठो मोबाइल मेरे पास भी है, पर मैं उसे हर जगह लेकर नहीं जाता। जानता हूँ, मोबाइल का मतलब ही है, ले के जाऊँ पर यह नहीं कि बिला लिए कहीं जाऊँ ही नहीं। जहाँ जाऊँ–तफ़रीह हो, तक़रीर या मातम हर जगह उसका बोल ऊँचा रखें। देखिए हुज़ूर, आप में से बहुत से लोग घर पर कुत्ता भी रखते होंगे। उसे भी दिन में दो–एक बार घुमाने ले जाते होंगे। पर तब नहीं जब दावत खाने या नाटक देखने जाते हैं। तो मोबाइल पर यह रहमोकरम क्यों?

"मैं भी बगल में मोबाइल रखता हूँ। कभी–कभी घर से बाहर भी ले जाता हूँ, पर स्विच ऑफ करके। सच कहूँ तो तभी ले जाता हूँ जब सब्ज़ी–भाजी ख़रीदने जाना हो। बाज़ार के सब्ज़ी–फल फरोश ही ऐसे जन हैं, जिनके लिए मोबाइल का होना रुतबे की निशानी है। उन मोबाइल याफ़्ता आधुनिक, रुतबेदार दुकानदारों पर धाक् ज़माने के काम आता है मेरा मोबाइल उसे देख ज़रा तमीज से बात कर लेते हैं। आधा–पाव किलो भाजी की माँग की तौहीन नहीं करते, सह–मोबाइलिया जान तौल में मोबाइल देते हैं कि क्या याद

करोगे, हम भी बगल में मोबाइल रखते हैं, पर चालू' वहाँ भी नहीं करता। पहले क्या कम कचरिया या मच्छी बिक रही होती है कि शोर में और इज़ाफा करूँ। आपसे इल्तिज़ा है कि या आप अपने-अपने मोबाइल बंद कर दें या इज़ाजत दें कि मैं अपनी बाँसुरी बंद कर दूँ। आप सोच रहे होंगे, उस्ताद की इस टिप्पणी के बाद लोगों ने शर्मिंदा होकर अपने मोबाइल को तुरंत ऑफ कर दिया होगा। किस शहर में रहते हैं आप! हम बात कर रहे हैं हिंदुस्तान की राजधानी दिल्ली की यहाँ ऐसे शर्मसार लोग रहते तो नेताओं का क्या होता? वे कहाँ जाकर बसते? और वे न रहते तो दिल्ली राजधानी किस बूते रहती? और किस बूते रहती नेतागिरी, जो चलती ही मोबाइलों के सहारे है। हुआ यह कि उस्ताद की तक़रीर सुन लोग हँसे खूब, पर मोबाइल चालू रखे। उस्ताद ने बाँसुरी बजाना पूरी तरह छोड़ा नहीं, वे आयोजकों के बाज़ार में प्रवेश कर चुके थे। आज़ाद चिड़िया तो थे नहीं कि उड़ जाते फुर्र से और जा बैठते किसी ऊँचे दरख़्त की शाख पर और बजाते रहते बाँसुरी ख़ुद की मर्ज़ी से, ख़ुद के मज़े के लिए, पर बजाई बेहद बेमन से उस्ताद ने। और बस उतनी देर, जितनी के लिए रकम ले रखी थी। लोग लाख मुकर-मुकर्रर किया किए, एक जो तान बतौर ऊपरी आमदनी छेड़ी हो। ऊपरी माने दर्शकों की मसर्रत की आमदनी। आजकल दर्शकों को शायद बाँसुरी से कम, मोबाइल से ज़्यादा मसर्रत मिलती है। तो कुछ जन अपने मोबाइल का तराना सुनने में मशगूल रहे। उस्ताद को बेमन से बजाते और जल्दी उठकर जाते देख-सुन बाकियों की हिम्मत उन्हें रोकने कोसने की यूँ न हुई कि मोबाइल वाले थे रुतबेदार जन और बेमोबाइल ठहरे, बे-मोबाइल यानी बेरुतबेदार।

प्रिय पाठको, अब तक हम यही मानते रहे कि बड़भागन हैं चिड़ियाँ, जो जब चाहे जा बैठती हैं ऊँचे दरख़्त की शाख पर और छोड़ देती हैं तराना। नीचे बजते रहे मोबाइल पर मोबाइल, उन्हें परवाह नहीं। अब जाना कि मंडी वह बला है कि उसका शोर सब्ज़ी या मच्छी बाज़ार तक सीमित नहीं रहता। सभागार के भीतर उस्ताद के संगीत में तो सिर्फ़ मोबाइल का शोर बाधा पहुँचा रहा था, बाहर एक नहीं, हज़ार तरह का शोर है। कहीं बसों मोटरों-ट्रकों के भोंपू बज रहे हैं, कहीं शादी का बैंड, तो कहीं चुनावी रैली का लाउड़स्पीकर। कहीं जुलूस के नारे हैं, तो कहीं मनचलों के एफ.एम. या रिकॉर्डर का कानफोड़ गायन।

सदियों से चलन रहा है कि चिड़ियाँ सूरज के उगने और छिपने के झुटपुटे में गायन छेड़ें, पर आजकल शहरों में चिड़ियों ने दिन के उजाले में

गाना क़रीब–क़रीब बंद कर दिया है। गाने लगी हैं रात के अंधेरे में अंधेरा ग़लत कह गई। आजकल शहरों में रातें अंधेरे की मोहताज हो चली हैं। लोग–बाग दिन में कम, रात में जागरण ज़्यादा करते हैं। क्या कहते थे सतयुग में, निशाचर, वही हो गए हैं तमाम उत्तर आधुनिक शहरी जन। नाच–गाने की महफ़िल सजानी हो तो रात में, चलो समझ में आया। पर यहाँ तो दफ़्तर का काम भी रात में निबटाया जाता है। सारे बी.पी.ओ. रात में काम करते हैं। असल में जब अपने यहाँ दिन होता है, आका मुल्क़ों में रात होती है, अपने यहाँ रात तो उनके यहाँ दिन। अपने को उनके दिन के हिसाब से काम करना होगा कि नहीं? रफ़्ता–रफ़्ता अमेरिका का मुँह जोहती जवान पीढ़ी को सारा काम रात में करने की आदत पड़ गई है।

शुरू–शुरू में जब शहरी चिड़ियों ने रात के उजाले में गाना चालू किया तो लोगों ने सोचा, बेचारी उजाला देख गड़बड़ा जाती हैं। सोचती हैं, दिन हो लिया। अब वैज्ञानिकों ने शोध किया तो पता चला कि चिड़ियाँ इतनी बेवकूफ नहीं हैं। उस्तादों की उस्ताद हैं। रात को रात समझकर ही गाती हैं। दिन की जगह रात को इसलिए कि रात में शोर कम होता है। हवाई जहाज तो ख़ैर चला ही करते हैं रात–रात–भर, इक्का–दुक्का ट्रक मोटर भी, पर दिन के मुकाबले काफ़ी कम। चिड़ियाँ किसी से पेशगी लेकर तो गाती नहीं कि श्रोताओं का बेसुरा शोर बरदाश्त करें। अपनी मर्ज़ी की मालिक हैं। अपने गायन के बीच ग़ैरों की चीख़ो पुकार झेलने की जगह अपनी 5 तान लगाने का समय बदल डाला। सुबह–शाम की जगह अब गाती हैं रात के नीम अँधेरे में, चकमक करते कृत्रिम उजाले में।

मृदुला गर्ग की कविताएँ

एकांत नहीं कोरोना काल में

मुझे एकांत की आदत है
मुझे एकांत प्रिय है
एकांत में स्मृति जगती है
"बे आहट, बेआवाज़
ऐसे कैसे आ जाता प्रेमी
निःशब्द अचानक पास
इतने कितने चुम्बन
आत्मा मूक निर्बाध पाती
ज्यों प्रकृति हरियाती
हँसी नहीं, आँसू नहीं
हल्की **स्मित** ओंठो पर
दूर चिड़िया चहचहाती
ऐसे कैसे धीमे से
मौन भंग नहीं होता
स्मृति में आता फैलाव
स्मृति हरियाती ज्यों प्रकृति
एकांत बना रहता
बेआहट बेआवाज़

जब से कोरोना काल आया
एकांत मिला नहीं पलभर
घर में अकेले क़ैद, कान सुनते
इतनी कितनी भीषण आवाज़ें

भूखे मर्दों–औरतों की सुबकियाँ
भूखे बच्चों का करुण क्रन्दन
बेघरों का सिसकता प्रलाप
बेरोज़गारों का हुजूम
ऐसे कैसे दो दो मीटर दूर
जैसे फौज़ की टुकड़ी
बूटों की धमक से जिसके
टूट जाते हैं पुल
प्रेमी ठिठका रहता चौखट पर
धकियाया सा
सुनाई देतीं इतनी कितनी
चीख़ें बेआवाज़ गलों से
स्मृति मूर्छित हो जाती
एकांत की धज्जियाँ उड़ जाती

एक थी पदमा नदी

एक थी पदमा नदी
अल्हड़ आवारा या बदचलन?
अनगिन महदूद नहीं थे उसके
दो आशिकों की माशूका थी
एक का नाम हिंद, दूसरा दंग था
उनके बीच इतनी बार डोलती
कभी इसके आगोश में कभी उसके
लगता सौ पचास के साथ सो ली
जब–जब आशिक बदलती
आफत आ जाती
कगार टूट–टूट कर गिरते
झोपड़े तिनकों से उड़ जाते
मछलियाँ रेत पर तड़पती
उत्ताल लहरों के आलिंगन से
मछुआरे बमुश्किल जान बचाते
पदमा इतराती अठखेलियाँ करती

कुदरत कहती अल्हड़ है
संभल जाएगी भटकना छोड़
एक ठौर ठहर जाएगी पर
पदमा न बदली, न संभली

कुदरत का सब चुक गया
वायु से कहा उठा चक्रवात
पदमा समझ जाए, बंदिश
लगाने को कोई है
वायु ने चक्राकार उछाला
हिलकोरा खाती तरंगों को
पदमा खिलखिलाई चलूँ उस ओर
इधर समन्दरी झंझावात उठ आया
जैसे ही पलटी पीछे से किसी ने
जिस्म उसका दबोच लिया
वह गुस्से से फनफनाई छोड़ो बंग

वह साँस घोटती दानवी जकड़
उस नफ़ीस महबूब की नहीं थी
विकराल अम्फन घात लगाये बैठा था।
जैसे ही हवा ने चक्रवात उठाया
जबड़े खोल उसे निगल लिया
विकट राक्षसी ताक़त से लैस बाहर
उगला कि क़यामत आ गई
समुद्री बेला की ऊँचाई पहाड़ों से
होड़ लेने लगी तूफ़ान का वेग ऐसा
पहाड़ों को चक्राकार घुमा दे
एक बाँह थी ज़िन्नाती गिरफ़्त में,
सिर धुनती पदमा को जकड़े
समन्दरी तरंगें उछाल
धरती धराशायी कर
ऐसा तांडव किया अम्फन ने
कि शिवशंकर त्राही—त्राही कर उठे

दोनों आशिकों के पाँव तले कगार धसके
कि समन्दर सदाबहार पर काबिज़ हुआ
वे तटीय हिंद–बंग के जादुई सुंदरवन
वे नायाब जड़ी–बूटियाँ, पेड़–पौधे '
वे जीव जन्तु, परिन्दे, सरीसर्प

वे सुन्दरी गंगंवा निपा के पेड़
वे शेर जंगली बिल्ली चीतल, ऊद
जल किरात, अजगर कोबरा, कच्छप
वे सफ़ेद सारस, बाज, हार्नबिल, सुर्खाब
वे रंग–बिरंगे दमकते कौरिल्ला
वह पदमा की मदमाती चाल
वह ज़िंदगी की थिरकन
आह, नेस्तनाबूद हो गये
और इंसान... कहाँ गये इंसान....
वह कबीलों से विलगे आदिवासी
वह जंगल में कच्चे घरों के निवासी
वह समन्दर में बेख़ौफ़ उतरे मछुआरे
वह साँवले सलोने ज़मीनी इंसान....

तबाह कर सुन्दरवन
वायु का वेग धीमा पड़ा
तरंगों का उठान कम हुआ
पेट भरे अजगर–सा अम्फन
जिस्म ढीला छोड़ सो रहा
कब तलक, पर कब तलक

पिता का आना

कल रात सिर पर हाथ रख
पिता मेरे सिरहाने बैठे रहे
निःशब्द दो घंटों तलक

बरसों बाद महसूस की
ऐसी तस्कीन भरी तन्द्रा
नहीं वह सपना नहीं था
सपनों में नहीं होती
ऐसी दीर्घ चुप्पी ऐसा सघन स्पर्श
दो घंटे बाद वे गए
और मैं बेहोश हुई
देखा वे अपनी घड़ी
पीछे छोड़ गए
पर बिना घड़ी वे बाहर
कभी निकलते नहीं
मैंने पुकारा
पिताजी घड़ी आपकी
यहाँ है मेरे पास
पुकारा बार–बार
पिताजी पिताजी!
घड़ी आपकी यह रही
लीजिए यह आपकी घड़ी
इसके बिना आप कहीं जाते नहीं।
वे लोटे नहीं मैं पुकारती रही
तकिये के नीचे महसूस करती रही
घड़ी के स्टील की सख़्ती
सुइयों की नोक का तीखापन
छुअन पिता की उँगलियों की
उफ़् कितनी कोमल स्नेहिल
अभी लौट कर आते होंगे
घड़ी बिना जाते नहीं कहीं।
पर धीरे–धीरे घड़ी होने लगी लोप
मेरे हाथों से औचक नहीं
गई धीरे–धीरे जैसे पिता गए थे।

आसमाँ की इबारत

बारिश में छज्जे के नीचे बैठ
आसमाँ की इबारत पढ़ती हूँ–
अल्लाह बड़ा कारसाज है
छह–सात जुमले लिख
फॉन्ट का रंग बदल लेता है
हाँ–हाँ होता है रंग सलेटी पर
पुट लिये रहता कितने रंगों का
बारिश में बाहर रहो तो जानो
धवल सलेटी, रुपहला सलेटी
नील सलेटी, धुँआरा सलेटी, श्याम सलेटी
फाख़्ता की छाती–सा धड़कता सलेटी
जिसमें रहते साँवले रंग कई
वीर धुरंधर बादल वे लौटते नहीं
बिन बरसे, बरखा ज्यों बरसती
पल पल छटा बदलते बादल
बिजली के तर्जन को नकार जब
बरखा थमती औचक बादल थिर
हो नहीं पाते फैल जाते नभ पर
गड्डमड्ड नील सुरमई स्याह इबारत में
एक पर एक, आड़ी तिरछी बेतुकी

परम पिता नन्हा बच्चा बन जाता
पढ़ नहीं पाता अपनी लिखाई
इबारत मिटा रंगों का डिब्बा खोल
मोतिया रंग पोत देता अर्श पर
दोबारा इबारत खींचता गोलाई में

चमक उठते एक...दो...तीन... सात रंग
इंद्रधनुष कहते हो इसे
उलट गया रंगों का डिब्बा

दिव्य बालक का. समेटा इत्मीनान से
जैसे सदियाँ बाक़ी हों, बिखेरा सहेजा
मिटा दिया हाथ फेर सब
खाली फलक चमकीला हो रहा
लोग इसे धूप कहते हैं, तुम भी
मैं जानती हूँ बंद डिब्बा है यह
रंगों का... खुलेगा तब देखेंगे
खेल सलेटी का

दानभीरू

क्या कहते हैं लोग
आपने बुलाया तो हर्ष हुआ
मंच से बोला तो हर्ष हुआ
असल हर्ष होता है कैसे.
मैं बतलाता हूँ सीखो
अभी मैंने अपार हर्ष पाया
मेरे पास पुराना एक हर्ष फ़ोन था
पड़ा पड़ा खराब हो रहा था
बेचने को ओलेक्स पर इश्तिहार दिया
दस हज़ार दाम लगाया
गाहक आये कुछेक
आठ नौ देने को तैयार
नौ दे रहे हैं तो दस भी देंगे
थोड़ा इंतज़ार करूँ...

फिर एक दिन फ़ोन आया
अजीब मज़लूम आवाज़ में
बोला एक फटेहाल आदमी
दीख नहीं रहा था पर आवाज़
आदमी की सूरत खोल गई
घिघिया कर बोला, साहब बेटे को
ऑनलाइन पढ़ाई को फ़ोन चाहिए

मेरे पास कुल सात हज़ार रुपये हैं
परसों तक दो हज़ार जुगाड़ लूँगा
बर्तन भांडे बेच दूँगा, और उधार ले लूँगा
साहब, दया करें किसी को हर्ष न बेचें

परसो नौ हज़ार लाऊँगा, मुझे दीजिए
मैंने कहा ठीक है, दो दिन इंतज़ार कर लूँगा

अगले दिन जाने क्यों आत्मा लगी कोचने
फ़ोन लगा कहा सात हज़ार में ले जाओ
वह आया सात हज़ार रुपए साथ लाया
बेबस लाचार निरुपाय कृशकाय आदमी
साथ आया उससे भी कृशकाय बेटा पर
बेबस लाचार नहीं कान्तिपूर्ण किशोर
उन्होंने हर्ष फ़ोन देखा, छुआ, सहलाया
उमगे हुमगे नतमस्तक हुए ज्यों देवी माता
नोट सामने रखे सौ के पचास के कुछ बीस के
गिन लीजिए, मैंने कहा तुमने गिने मैंने गिने एक बात है।
बाप उमंगा सा कृत्कृत्य हुआ
बेटा बोला लेने आप को है, हम देने आये है
गिनने भी आप को चाहिए न
न–न साहब बच्चा है, बाएँ मिमिया
में गिन देता हूँ आपके सामने
उसने नोट गिने जैसे अपराध कर रहा हो
बेटा तना खड़ा रहा जैसे ख़रीदार हो,
मुझे गुस्सा आया, सोचा कहूँ
दो हज़ार और लाओ तब हर्ष पाओ

तभी बेटे की नज़र मुझसे हट बाप पर पड़ी।
आँखों में आँसू छलछला आये
दुविधा में पड़ा। गुस्सा त्यागूँ या नहीं
मेरे बाप ने मेरे पाँव छुए अहोभाग्य फ़ोन पाया। छुए,

मैंने गुरू–सा त्याग दिया, फ़ोन उसे थमाया
फिर बप्पन सेभर सौ का नोट उठाया।

कहा मिठाई ले जाना बेटे की
पढ़ाई बढ़िया हो मिठाई पहले खाना।
बेटे ने माथा हिलाया ज़रूरत नहीं
बाप ने नोट माथे से लगाया
बेटे की बाँह थाम मेरे पैरों पर झुका
बेटा तना खड़ा रहा तो क्या
बाप धन्य धन्य उचारता रहा

मेरा हर्ष ले इतना हर्षित हुआ
उसे देख मैं हर्ष सेभर गया

ऐसे होता है असल हर्ष सीखो
ग़रीब को कम क़ीमत पर हर्ष बेच कर
है कुछ पुराना धुराना घर पर
सकुचाओ मत बेच डालो तुरंत
इश्तिहार दो पाओ मज़लूम ख़रीदार
आजकल ओलेक्स पर सब मिलता है

कविता–विमर्श

संवेदनाओं की कविताई दास्ताँ...

–सुधांशु मिश्रा

चिंतक कथाकार मृदुला गर्ग की कविताओं से गुज़ारना उनके फैंस के लिए एक नया अनुभव हो सकता है। कथाकार कवियों की कविताओं पर अक्सर कथा का प्रभाव देखा और रेखांकित किया जा सकता है। मृदुला जी की कविताएँ इससे अछूती नहीं हैं। कविताओं को बुनते–गुनते समय जहाँ काव्य की अनिवार्य अंतर्निहित सहज संवेदना का अनुभव निरंतर बना रहता है वहीं उनके गहन एहसास उलझे व नाटकीय और प्रतीकात्मक बिम्बों से इतर एक कथात्मक मूर्तता लेते दिखाई देते हैं।..!

मृदुला जी की 6 कविताएँ माननीय सरोकारों, सामाजिक विरोधाभासों और निजी एहसासों के रंगों में रंगी रची कविताएँ हैं।

एक संवेदनशील सृजनात्मक व्यक्ति के ज़हन में इर्द–गिर्द की दुनिया और उसकी टकराहट कितना शोर पैदा करती हैं जिससे ख़ुद को बचा पाना लगभग नामुमकिन हो जाता है और वह शाब्दिक सृजनात्मक अनुगूँज के रूप में सहज ही बाहर आ जाता है।.."एकांत नहीं कोरोना काल में " की पंक्तियाँ यही कहती लगती हैं–

मुझे एकांत प्रिय है।
एकांत में स्मृति जगती है
बेआहट, बेआवाज़
ऐसे कैसे आ जाता प्रेमी..
जब से कोरोना काल आया
एकांत मिला नहीं पलभर
घर में अकेले क़ैद, कान सुनते
इतनी कितनी भीषण आवाज़ें
भूखे मर्दों– औरतों की सुबकियाँ

भूखे बच्चों का करुण क्रंदन
बेघरों का सिसकता प्रलाप
बेरोज़गारों का हुजूम
ऐसे कैसे दो दो मीटर दूर
जैसे फौज़ की टुकड़ी
बूटों की धमक से जिसके
टूट जाते हैं पुल
प्रेमी ठिठका रहता चौखट पर
धकियाया सा
सुनाई देती इतनी कितनी
पीछे बेआवाज़ गलों से
स्मृति मूर्छित हो जाती
एकांत की धज्जियाँ उड़ जाती

इसी के साथ ज़िंदगी की जटिलताओं, बिंडबना हो और विरोधाभासों को गहराई से परखते उससे तालमेल का व्यावहारिक आयाम रखती हैं कैसी है यह ज़िंदगी' कविता को पढ़ते हुए नर्मदा अंचल के सशक्त कवि विपिन जी की एक कविता की लाइनें सहज ही याद आ जाती हैं–

अपनी शक्ति समझ कर अपने सपनों को साकार करो हारो या जीतो, हरदम आशा का जय जयकार करो....

इस बात को मृदुला जी कुछ यूँ कहती है
जितना चाहे हँसे जिएँगे ज़िंदगी
तय हुआ हँसकर जिएँगे ज़िंदगी
तब भी जब काटे न कटे क्योंकि
हमारे मिटाये नहीं मिटती ज़िंदगी
ख़ुद को हलाक़ करो तो कहलाती
वह मौत है न कि ज़िंदगी
हमें हर हाल में जीनी है हँस कर
यह जो मिली है ज़िंदगी,

कथाकार और स्तंभकार मृदुला जी की कविताओं में सामाजिक सरोकारों का आना सहज ही लगता है "दास भी कविता सामाजिक जीवन की क्रूरताओं और संवेदनशून्यता के चलते आहत आकांक्षाओं को रौंदकर रख देने की **शरादी** को रूपायित करती है और इस तरह की भयानकता पर तीखा तंज

भी करती है–

बेटा तना खड़ा रहा तो क्या
बाप धन्य धन्य उचारता रहा
मेरा हर्ष ले इतना हर्षित हुआ
उसे देख मैं हर्ष सेभर गया
ऐसे होता है असल हर्ष सीखो
ग़रीब को कम क़ीमत पर हर्ष बेच कर
है कुछ पुराना धुराना घर पर
संकुचाओ मत बेच डालो तुरत
इस्तहार दो पाओ मज़लूम ख़रीददार
आजकल अलेक्स पर सब मिलता है।

अपने आसपास के बेहतरीन क्षणों का आनंद लेना, प्रसन्न होना या दुःखी होना उसे गहराई और सूक्ष्मता से महसूस करना किसी भी रचनात्मक व्यक्तित्व की ख़ासियत होती है "आसमाँ की इबारत इसका सटीक उदाहरण है। बारिश में रूप बदलते विशाल आसमानी कैनवास पर बिखरे रंगों की कल्पना को शब्द अद्भुत चित्रोपमता प्रदान करते हैं–

परमपिता नन्हा बच्चा बन जाता
पढ़ नहीं पाता अपनी लिखाई

इबारत मिटा रंगों का डिब्बा खोल
मोतिया रंग पोत देता अर्श पर
दोबारा इबारत खींचता गोलाई में
चमक उठते एक...दो...तीन...सात रंग
इंद्रधनुष कहते हो इसे
उलट गया रंगों का डिब्बा
दिव्य बालक का, समेटा इत्मीनान से

जैसे सादियाँ बाक़ी हों बिखेरा सहेजा
मिटा दिया हाथ फेर कर सब
खाली फलक चमकीला हो रहा
लोग इसे धूप कहते हैं तुम भी
मैं जानती हूँ बंद डिब्बा है यह

रंगों का खुलेगा तब देखेंगे
खेल स्लेटी का

"एक थी पदमा नदी" प्राकृतिक बिम्बों के सहारे मनुष्य और मनुष्यता के पतन की ओर इशारा करती नज़र आती है। कविता जीवन की गति के अनिश्चितता, उसकी विनाशकता से उपजे परिणाम को लेकर भी चेताती है—

दोनों आशिकों के पाँव तले कगार धसके
की समंदर सदाबहार पर काबिज़ हुआ
वह तटीय हिंद—बंग के जादुई सुंदरवन
वे नायाब जड़ी—बूटियाँ, पेड़—पौधे
जंतु परिंदे सरीसर्प
वे सुंदरी, गंगवा, निपा के पेड़
वे शेर, जंगली बिल्ली, चीतल, ऊद

जल किरात, अजगर, कोबरा, कच्छप
वे सफ़ेद सारस, बाज, हॉर्नबिल, सुर्खाब
वे रंग—बिरंगे दमकते को कोरिल्ला
वह पदसा की मदमाती चाल
वह ज़िंदगी की थिरकन
आह. नेस्तनाबूद हो गए.
और इंसान कहाँ गए इंसान.....
वह कबीलों से बिलगे आदिवासी
वह जंगल में कच्चे घरों के निवासी
वह समंदर में बेख़ौफ़ उतरे मछुआरे
वह साँवले—ज़मीनी इंसान
तबाह कर सुंदरवन
वायु का बेग धीमा पड़ा
तरंगों का उठान कम हुआ
पेट भरे अजगर—सा अम्फन
जिस्म ढीला छोड़ सो रहा
कब तलक, पर कब तलक..

मृदुला जी की कविताओं में सामाजिक सरोकार जितने गहरे और संवेदनशील तरीके से अभिव्यक्त किया है उतनी ही शिद्दत के साथ निजी

जुड़ाव को भी कविताओं में अभिव्यक्ति दी है पिता का आना इसकी एक बानगी है तकिए के नीचे महसूस करती रही–

घड़ी के स्टील की सख़्ती
सुइयों की नोक का तीखापन
हुअन पिता की उँगलियों की
उफ् कितनी कोमल स्नेहिल...
अभी लौट कर आते होंगे
घड़ी बिना जाते नहीं कहीं
पर धीरे–धीरे घड़ी होने लगी लोप
मेरे हाथ से औचक नहीं
गई धीरे–धीरे जैसे पिता गए थे।

कुल मिलाकर मृदुला जी की कविताएँ संश्लिष्ट जीवनबोध वैचारिक और बौद्धिक दृढ़ता वाले लेकिन मानवीयता और करुणा से प्लावित मन की कविताएँ हैं।

❑❑❑

CPSIA information can be obtained
at www.ICGtesting.com
Printed in the USA
LVHW040514021222
734355LV00005B/251

9 789355 002075

मृदुला गर्ग

हिन्दी में अनूठी रचनाकार मृदुला गर्ग अंतर्राष्ट्रीय स्तर पर अपनी एक विशिष्ट पहचान रखती हैं। उसके हिस्से की धूप, वंशज, चित्तकोबरा, अनित्य, मैं और मैं, कठगुलाब, मिलजुल मन, वसु का कुटुम के साथ ही अंग्रेजी में लिखा उनका उपन्यास द लास्ट ईमेल भी खूब सराहना पा चुका है। उनके अब तक के नौ कहानी संग्रहों की कहानियाँ 'संगति-विसंगति' में दो खण्डों में सम्पूर्ण कहानियों के रूप में 2003 में प्रकाशित हुई थीं। 2022 में उन सभी कहानियों में 2003 के बाद लिखी कहानियाँ जोड़ कर सम्पूर्ण 87 कहानियाँ प्रकाशित हुई हैं। एक और अजनबी, जादू का कालीन, तीन कैदें, साम दाम दण्ड भेद व कैद दर कैद शीर्षकों से उनके नाटक बहुचर्चित हैं। सामाजिक प्रश्नों पर अपने ढंग से सोचने वाली मृदुला जी के व्यक्तिगत व यात्रा संस्मरण ही नहीं कटाक्ष भी बेजोड़ हैं। आलोचना में वह अलग ही ढंग से विचार करती नज़र आती हैं। उनकी रचनाओं के अनुवाद अंग्रेजी, जर्मन, चेक, जापानी, रूसी में तो हुए ही हैं, तमिल, तेलुगु, मलयळम, बंगाली, राजस्थानी, पंजाबी, उर्दू, मराठी में भी अनूदित होकर प्रशंसा पा चुके हैं। उन्हें साहित्य अकादमी पुरस्कार, व्यास सम्मान, साहित्यकार सम्मान, राममनोहर लोहिया सम्मान, सेठ गोविन्द दास सम्मान, वीरसिंह अखिल भारतीय पुरस्कार, हैलमन-हैमट ग्रान्ट, साहित्य भूषण, आकाशवाणी प्रथम पुरस्कार आदि प्राप्त हो चुके हैं। उनके व्याख्यान विश्व भर में चर्चित रहे हैं।

ई-मेल: mridula.garg7@gmail.com

दिनेश द्विवेदी

सृजनात्मक विधाओं को समर्पित पत्रिका 'पुनश्च' के महिला कथाकार विशेषांक व ईरानी साहित्य पर केंद्रित अंक के अतिरिक्त अमृता प्रीतम, इंदिरा गोस्वामी, दिलीप कौर टिवाणा, मृदुला गर्ग, सुनीता जैन, कमल कुमार, कुसुम अंसल, मेहरुन्निसा परवेज़ व संगीता गुप्ता पर आधारित अंक विशेष चर्चित। 'शिनाख़्त' के नौ अंकों का संपादन। दिनेश जी द्वारा संपादित डॉ. रामरतन भटनागर रचनावाली, चर्चित महिला कथाकारों की कहानियां मृदुला गर्ग की कहानियां, के संपादन तथा अपने कविता संग्रह 'स्पर्श' व 'देह' के उपसर्ग हैं कुछ' व 'पारे की तरह' के लिए प्रशंसित। कविताओं के अनुवाद अंग्रेजी, उर्दू और मराठी में प्रकाशित। । 'दिनेश द्विवेदी यानि जिंदगी जिंदाबाद' सुधांशु मिश्र द्वारा संपादित।

ई-मेल: punasch_dwivedi@yahoo.com

Available on Amazon
E-book Available
Available on Flipkart

9 789355 002075

प्रलेक प्रकाशन, मुंबई वितरक

प्रलेक प्रकाशन का लोगो विश्व प्रसिध्द चित्रकार मिक्क़ी पटेल ने बनाया है.
Pralek Prakashan's logo created by world famous illustrator Mickey Patel.

Web: www.pralekprakashan.com
email: pralek.prakashan@gmail.com
M: 7021263557